BASTEI
LÜBBE

CORNELIA WUSOWSKI

Elisabeth I.

Der Roman ihres Lebens

BASTEI LÜBBE

BASTEI-LÜBBE-TASCHENBUCH
Band 12745

1. Auflage 1997
2. Auflage 1998

Lizenzausgabe mit Genehmigung des Schneekluth Verlages:
Bastei Verlag Gustav H. Lübbe GmbH & Co.,
Bergisch Gladbach
Printed in Germany
Schuber- und Einbandgestaltung: CCG Köln,/
Atelier Höpfner - Thoma, München
unter Verwendung eines Gemäldes von Geeraerts.

Druck und Bindung: Elsnerdruck, Berlin
ISBN 3-404-12745-5

Der Preis dieses Bandes versteht sich einschließlich
der gesetzlichen Mehrwertsteuer.

Für meine Mutter
und
Ingeborg Castell,
die mich zu diesem Roman angeregt hat

STAMMTAFEL HAUS TUDOR

Edmund Tudor
Gf. v. Richmond
* 1430 † 1456

⚭ Margarete v. Beaufort
T.d. Hzg. Johann v. Somerset
aus d. Haus Lancaster
* 1441 † 1509

Eduard IV.
Hzg. v. York
* 1442 † 1483
Hzg. Kg. v. Engl.

Heinrich VII. Tudor ⚭
Gf. v. Richmond
* 1457 † 1509
1485 Kg. v. Engl.

STUART-(STEWART-) Linie

Arthur
Prz. v. Wales
* 1486 † 1502
⚭ Katharina v. Aragon
* 1485 † 1536

Heinrich VIII.
* 1491 † 1547
1509 Kg. v. Engl.
⚭ (1., ⚮ 1533) Katharina v. Aragon
* 1485 † 1536
(2.) Anna Boleyn
T. d. Gf. v. Wiltshire
* 1507 hinger. 1536
(3.) Johanna (Jane) Seymour
* um 1509 † 1537
(4. ⚭ 1540) Anna v. Kleve
* 1515 † 1557
(5.) Katharina Howard
* 1521/2 hinger. 1542
(6.) Katharina Parr
* 1512 † 1548
(2.) Thomas Seymour
⚭ hinger. 1549

Margarete
* 1489 † 1541
⚭ (1.) Jakob IV. Stuart
* 1472/3 gef. 1513
(1488) 1495 Kg. v. Schottland
(2. ⚭ 1526) Archibald Douglas
Gf. v. Angus
† 1557
(3.) Heinrich Stuart
Lord Methven

(1.)
Maria I.
die Katholische
* 1416 † 1588
1553 Kgn. v. Engl.
⚭ Phillipp II.
* 1527 † 1598
1556 Kg. v. Spanien
1580 Kg. v. Portugal

(2.)
Elisabeth I.
* 1533 † 1603
1558 Kgn. v. Engl.

(3.)
Eduard VI.
* 1537 † 1553
1547 Kg. v. Engl.

(1.)
Jakob V.
* 1512 † 1542
(1513) 1524 Kgn. v.
Schottland
⚭ (1.) Madeleine v. Valois
* 1520 † 1537
(3.) Maria v. Guise
T. d. Hzg. Claudius v. Lothr.
* 1515 † 1560
1542 Rgn. v. Schottland

(1.)
5 we
(† ju

(unehel.)
James Stuart
Gf. v. Moray
* 1531 erm. 1570
1567 Rg. v. Schottl.

(2.)
Jakob
* 1540
† als Kind

(2.)
Arthur
* 1541
† als Kind

(2.)
Maria
* 1542 hinger. 1587
1542-78 Kgn. v.
Schottland
⚭ (1.) Franz II.
* 1544 † 1560
1559 Kg. v. Frankr.
(3.) James Hepburn
Gf. v. Bothwell
* (1536) † 1578
1567 Duke of
Orkney

ꝏ Elisabeth Woodville (Wydeville)
* 1431 † 1492

Elisabeth
* 1466 † 1503

weitere Kinder
Haus York

SUFFOLK-Linie

Maria
* 1496 † 1533
ꝏ (1.) Ludwig XII.
* 1462 † 1515
1498 Kg. v. Frkr.
(2.) Karl Brandon
Hzg. v. Suffolk

(2.)
Sohn
†

(2.)
Frances Brandon
† 1559
ꝏ (1.) Heinrich Grey
Hzg. v. Suffolk
hinger. 1554
(2.) Adrian Strokes

(2.)
Eleanor Brandon
† 1547
ꝏ Heinrich Clifford
Gf. v. Cumberland
† 1570

Margaret
† 1596
ꝏ Heinrich Stanley
Lord Strange
Gf. v. Derby
† 1593

Fernando, Lord Derby
† 1637

ere K.
g)

(2.)
Magaret Douglas
† 1578
ꝏ Matthäus Stewart
Gf. v. Lennox
† 1571

Karl
Gf. v. Lennox
† 1576
ꝏ Elisabeth
Cavendish
T. v. Bess v.
Hardwicke
Gfn. v.
Shrewsbury

(1.)
Jane Grey
* um 1537 hinger. 1554
1553 prokl. Kgn.
ꝏ Guildford Dudley
hinge. 1554

Katharina Grey
* 1538 † 1568
ꝏ (1.ꝏ) Heinrich
Herbert, Gf. v.
Pembroke
(2.) Eduart Seymour
Gf. v. Hertford
† 1621
(2.)
ꝏ Frances Howard

(1.)
Maria Grey
* um 1540 † 1578
ꝏ Thomas Keys

(2.) —ꝏ
Heinrich Stuart
Lord Darnley
Duke of Albany
* 1545 † 1578

Arabella
* 1575 † 1615

(2.)
Eduard Seymour
Lord Beauchamp
* 1561 † 1612
ꝏ Honoria Rogers

(2.)
Thomas Seymour
* 1563

Jakob I. (VI.)
* 1566 † 1625
(1567) 1578 Kg. v. Schottland
1603 Kg. v. Engl.
ꝏ Anna v. Dänemark
* 1574 † 1619

ꝏ— William Seymour
Gf. v. Hertford
Hzg. v. Sommerset
† 1660

Eduard Seymour
† 1618

Francis Seymour
† 1664

Shetland-Ins.
Orkney-Ins.
Hebriden
Inverness
Aberdeen
SCHOTTLAND
Perth
St. Andrews
Stirling
Edinburgh
Dunbar
Douglas
Flodden
Ulster
Northumberland
Man
Connaught
IRLAND
Droghedu
Dublin
York
Munster
Cork
ENGLAND
Wales
Coventry
Leicester
Norfolk
Fotheringhay
Stratford
Norwich
Gloucester
Cambridge
Suffolk
Oxford
Somerset
London
Essex
Southampton
Kent
Cornwall
Plymouth
Portsmouth
Dover
Sussex
Wight
Calais
Brugge
Antwerpen
Boulogne
Brussel
FRANKREICH

PROLOG
1536

An einem warmen Julivormittag im Jahre 1536 ritt ein junger Mann nach Schloß Hatfield, das ungefähr drei Stunden von London entfernt lag. Der Reiter, dessen Wams aus geschlitztem, scharlachfarbenem und weißem Atlas den adligen Herrn verriet, summte gutgelaunt die Melodie eines Liedes, das der regierende zweite Tudorkönig verfaßt und komponiert hatte, und erinnerte sich dabei an die Hoffeste anläßlich des Johannistages und des Königs 45. Geburtstag am 28. Juni in Schloß Nonsuch.

Pastime with good company I love and shall until I die.
Grudge so will, but none deny;
so God be pleased, so live will I:
for my pastance hunt, sing and dance
my heart is set all goodly sport to my comfort:
Who shall me let?«

(›Zeitvertreib in angenehmer Gesellschaft liebe ich und werde ich lieben, bis ich sterbe. Murre, wer mag – doch keiner wird's mir verweigern; wenn es Gott gefällt, werde ich so leben: zu meinem Zeitvertreib jagen, singen und tanzen; meinem Herzen ist nach froher Tat zumute – zu meinem Vergnügen: Wer soll mich daran hindern?‹)

Heinrich VIII. – seit siebenundzwanzig Jahren Beherrscher Englands – war bei höfischen Festen stets gut gelaunt, so auch an jenem Junitag. Während des mehrstündigen Banketts hatte er – der Musikliebhaber – zwischendurch zur Laute gesungen, und als der Ball begann, war er, trotz seiner Leibesfülle, beim Tanzen in die Luft gesprungen, und viele der älteren Hofleute waren bei diesem Anblick lebhaft an den jungen König erinnert worden. Der Grund für diese Ausgelassenheit, dachte der junge Mann mit Genugtuung, ist meine Familie, die Seymours, oder besser, meine Schwester Jane, die seit einigen Wochen mit dem König verheiratet ist. Ihr ältester Sohn wird dereinst England regieren, niemand kann ihm den Anspruch auf die Krone streitig machen, zumal der Herzog von Richmond – Heinrichs unehelicher Sohn – vor wenigen Tagen, am 22. Juli, gestorben ist. Und die zwei Töchter? Unwichtig, Bastarde!

Die Seymours sind jetzt die erste Familie am Hof, überlegte er, welche einflußreichen Ämter standen ihm, dem Achtundzwanzigjährigen, und seinem älteren Bruder Eduard offen. Und diese Hoffnung berauschte ihn derart, daß er vom Trab in einen übermütigen Galopp wechselte. Gegen Mittag erreichte er eine Ortschaft und ritt zu dem großen Platz, der, da kein Markttag war, ausgestorben in der Sonne lag, lediglich einige halbwüchsige Jungen lungerten träge um den Brunnen herum. Vor dem Gasthof saß er ab und wollte eben sein Pferd in den Hof führen, als plötzlich die vor Wut sich überschlagende Stimme des Wirtes die mittägliche Stille durchschnitt: »Hinaus, verschwinde, du papistischer Hundesohn!«

»Habt Erbarmen, in Gottes Namen...«

»In Gottes Namen! In Gottes Namen habt Ihr in Eurem Kloster gelebt wie ein Landedelmann, habt geschlemmt, gezecht, gehurt! Hinaus, oder ich hetze die Hunde auf Euch. He, Tom, öffne den Zwinger!«

Fast gleichzeitig schrie eine hohe, schrille Stimme um Hilfe, und ein junger, beleibter Mönch rannte, seine Kutte hochraffend, durch das Tor und über den Platz. Thomas Seymour vermutete, daß der Ordensbruder zu einer der kleineren Abteien gehörte, die seit dem Frühjahr aufgelöst wurden, und daß er auf dem Weg zu einem großen Kloster war, in der Hoffnung, dort aufgenommen zu werden. Der Lärm schreckte die Einwohner aus ihrer Ruhe, und an den Fenstern und unter den Türen sah man jung und alt, teils neugierig, teils offensichtlich schadenfroh die Szene verfolgen

»He, du Hurenbock«, rief einer der Jungen, »wie vielen Nonnen hast du dicke Bäuche gemacht?« Die Leute begannen zu lachen, der Junge hob einen Stein auf und warf ihn dem fliehenden Mönch nach. Thomas hatte teils amüsiert, teils interessiert das Geschehen beobachtet, und als er nun sein Pferd in den Hof führte und einem

Knecht übergab, damit er es versorge, ging ihm durch den Kopf, daß seine Landsleute einerseits fromme, gläubige Christen waren, daß sie andererseits die Institution Kirche und deren Vertreter geradezu haßten. Der Antiklerikalismus, überlegte er, ist verständlich, die hohe Geistlichkeit protzt mit ihrem Reichtum, der niedere Klerus ist habgierig und dünkelhaft, in den Klöstern herrscht eine weltliche Gesinnung, die weit entfernt ist von Armut und Keuschheit, schließlich die Abgaben, der Zehnte und die Begräbniskosten, die sogar die Ärmsten aufbringen müssen. Am schlimmsten aber sind die kirchlichen Gerichte mit ihren hohen Gebühren und ihrer korrupten Verfahrensweise; Schmiergelder, falsche Anklagen, grundlose Exkommunikationen sind an der Tagesordnung. Der Haß auf den Klerus, dachte Thomas, reicht vom Dorfbewohner bis zum Hochadel. Hatte nicht vor vielen Jahren der selige Herzog von Suffolk bei einem Bankett fluchend mit der Faust auf den Tisch geschlagen und geschrien, das Leben in England sei herrlich gewesen, bevor es Kardinäle gegeben habe? Die Bemerkung war nicht ganz ungefährlich, zielte sie doch auf den damals noch allmächtigen und verhaßten Kardinal Wolsey, der sich der Gunst Heinrichs VIII. erfreute, andererseits war Charles Brandon, Herzog von Suffolk, nicht irgendwer, sondern der Busenfreund und Schwager des Königs.

Thomas bestellte beim Wirt einen Krug Bier und ging zu dem Holztisch unter dem Apfelbaum, wo bereits ein Gast saß, der jovial und freimütig erzählte, daß er Kaufmann sei und mit Seide und anderen feinen Stoffen handele.

»Na, was meint Ihr«, sagte er, und in seiner Stimme schwangen Schadenfreude und Hohn mit, »wird das Mönchlein sich irgendwo stärken können und eine Unterkunft finden?«

»Was wollte er überhaupt?«

»Er hat um einen Becher Wasser gebettelt, na, es schadet nichts, daß das papistische Pack jetzt durch die Lande ziehen muß, es wird höchste Zeit, daß sie den Existenzkampf des täglichen Lebens kennenlernen. Wie ist Eure Meinung? Werden alle Klöster aufgelöst werden? Man hört, daß kirchliche Ländereien zum Kauf angeboten werden sollen.« Seine Augen begannen begehrlich zu funkeln. Thomas trank einige Schlucke Bier und überlegte: Der König – seit Dezember 1534 Oberhaupt der Kirche von England – hatte seinen mächtigsten Minister, Thomas Cromwell, im Januar 1535 zu seinem Generalvikar und Stellvertreter in allen kirchlichen Angelegenheiten ernannt, und Cromwell, der wußte, daß sein Herrscher es auf das klösterliche Vermögen abgesehen hatte, ordnete sofort eine Erhebung über die Jahreseinkünfte der Klöster an. Seit Januar 1535 reiste eine Kommission durch das Land, visitierte die Klöster und berichtete über Unzucht, Schulden, Betrügereien mit Reliquien: Manches mochte übertrieben sein, aber insgesamt waren die Zustände beklagenswert. Basierend auf diesen Berichten, hatte Cromwell während des Frühjahres 1536 ohne Mühe im Parlament ein Gesetz durchgebracht, das die Auflösung aller Klöster verfügte, deren Jahreseinkommen weniger als zweihundert Pfund betrug.

»Der König und Cromwell haben sich noch nie mit halben Sachen zufriedengegeben«, antwortete Thomas. »Es sind zwar über die Hälfte der Klöster von dem Auflösungsgesetz betroffen, aber sie besitzen nur einen kleinen Teil des Vermögens, der Reichtum konzentriert sich auf einige große Abteien, irgendwann werden auch sie an die Reihe kommen, wohlhabende Laien werden sicherlich Ländereien kaufen können.«

Unterdessen kam die Wirtin, servierte dem Kaufmann ein gebratenes Huhn und hörte Thomas' Meinung über die Auflösung der Klöster. Sie mischte sich selten in die Unterhaltung der Gäste ein, aber seit dem Frühjahr klopfte alle paar Tage ein Mönch oder eine Nonne an die Tür, bat um eine milde Gabe oder um ein Nachtlager, und es reichte ihr allmählich.

»Die Entscheidungen des Königs sind bestimmt richtig, aber was wird aus den Mönchen und Nonnen, wer kümmert sich in Zukunft um die Armen und Kranken?«

»Seid unbesorgt«, erwiderte der Kaufmann, »man wird sie wahrscheinlich mit einer Rente abfinden, und die Armenfürsorge wird künftig die Aufgabe des Staates sein.« Er zerteilte das Huhn, verspeiste genüßlich eine Keule und erzählte Thomas von seinen Plänen und Hoffnungen: Er habe die Absicht, Klosterländereien zu erwerben, vielleicht werde er als Grundbesitzer eines Tages in den Ritterstand erhoben, seine Söhne, bei entsprechenden Leistungen, sogar in den Hochadel! »In England ist es ja möglich, in einen höheren Rang aufzusteigen, da sind wir fortschrittlicher als das übrige Europa.

Als ich jüngst in Antwerpen war, traf ich einen wohlhabenden Seidenhändler aus Lyon, er mag wohlhabender sein als der französische Hochadel, aber er wird nie in den Adelsstand erhoben werden, er ist und bleibt ein Kaufmann im Reich des allerchristlichsten Königs.«

Thomas lächelte spöttisch und dachte bei sich, daß in den Ritterstand erhobene Kaufleute in den Augen der alteingesessenen Adelsfamilien auch in England Emporkömmlinge waren, aber da die Nobilität durch den jahrzehntelangen Krieg zwischen den Häusern Lancaster und York stark zusammengeschmolzen war, blieb der neuen Tudor-Dynastie nur eine Möglichkeit, den Adel wiederaufzubauen: die Erhebung von Rittern zu Grafen, von Bürgern zu Rittern.

Der Kaufmann hob seinen Krug und rief so laut, daß es bis auf den Platz hinaus zu hören war: »Auf das Wohl König Heinrichs und seiner Nachkommen, auf das Wohl der Tudors! England geht jetzt – nach der Unterwerfung des Klerus unter die Oberhoheit des Königs – England geht einem Goldenen Zeitalter entgegen.« Er nahm einen tiefen Zug und setzte den Krug dröhnend auf den Holztisch. »Eines Tages werde auch ich zu den Landedelleuten gehören. Denkt nur an Wolsey, an More, an Cromwell, die hohe Staatsämter bekleideten und bekleiden – und wo kamen sie her? Wolsey war der Sohn eines Schlachters und Viehhändlers, More der Sohn eines Richters, Cromwell – der mächtigste Mann im Staat – Cromwells Vater war Schmied und Tuchwalker!«

»Ja«, erwiderte Thomas, und er spürte, daß ein leichtes Unbehagen ihn bei diesen Namen überkam, eine plötzliche Furcht vor der Allmacht des Königs, der jeden Engländer hoch erheben, ihn aber auch wieder tief fallen lassen konnte; königliche Ungnade bedeutete Einkerkerung im Tower, einen Hochverratsprozeß und Hinrichtung. War man von adliger Geburt oder hatte man ein hohes Staatsamt bekleidet, so genoß man das Privileg eines raschen Todes durch das Schwert des Henkers, im andern Fall wurde man... – Thomas schauderte... – gehäutet, die Eingeweide wurden bei noch lebendigem Leib herausgerissen und verbrannt, zuletzt wurde man geköpft und gevierteilt. Kardinal Wolsey und Sir Thomas More, der berühmte Gelehrte und Freund Heinrichs, waren Paradebeispiele für Gunst und Ungnade des Königs. Und Cromwell? Es sah so aus, als ob er sich würde halten können.

»Ein Goldenes Zeitalter«, wiederholte Thomas langsam, »die Auflösung der Klosterländereien ist eine Landumverteilung, wie man sie in England seit 1066, seit der Eroberung durch die Normannen, nicht mehr erlebt hat. Die Folgen für Wirtschaft und Gesellschaft sind zur Zeit noch nicht abzusehen. Eines allerdings kann man schon jetzt sagen: Diese Landumverteilung schafft neue Besitzverhältnisse, die nicht mehr rückgängig zu machen sind. Keinem Nachfolger des Königs wird es gelingen, das Rad noch einmal zurückzudrehen.«

Er verabschiedete sich von dem Kaufmann, bezahlte und wollte eben losreiten, als ihm einfiel, daß der Wirt vielleicht eine Abkürzung nach Schloß Hatfield kannte. Dieser erwiderte, ihm sei kein kürzerer Weg bekannt, aber wenn der Herr tüchtig zureite, sei er in längstens einer Stunde am Ziel.

Der Wirt musterte den jungen Mann neugierig und fragte vorsichtig: »Ihr wollt nach Schloß Hatfield, zu Lady Prinzessin Elisabeth?«

Thomas zögerte einige Sekunden und erwiderte kurz: »Nein, zu Lady Elisabeth.«

»Zu Lady…« Er starrte Thomas an, während der Kaufmann verwundert das Messer sinken ließ.

»Sie ist jetzt illegitim wie ihre Halbschwester, Lady Maria. Parlamentsbeschluß.«

»Großer Gott«, rief der Wirt entsetzt.

Thomas verließ ohne weitere Erklärungen den Hof und galoppierte durch den Marktflecken hinaus auf die Landstraße. Eine Stunde später erreichte er Schloß Hatfield, das rund vierzig Jahre zuvor der Bischof von Ely hatte errichten lassen. Während er absaß, betrachtete er das Gebäude aus braunrotem Ziegelstein, die Rundbogenfenster unter dem Dach, die vorspringenden Mauerpfeiler, und er fand, daß das Schloß einer Kirche ähnelte. Für ein heranwachsendes Kind, dachte Thomas, ist es ein recht idyllischer Ort, für die Tochter des Königs allerdings eine einfache Unterkunft.

Als er die Eingangshalle betrat, war er von der Sauberkeit überrascht, auf dem Fußboden lagen frische Binsen, und es roch angenehm. Normalerweise stank es in den Schlössern nach Unrat, und die Hölzer, die man verbrannte, um den schlechten Geruch zu vertreiben, dufteten auch nicht immer angenehm. Vielleicht war der kleine Hofstaat erst vor kurzem von Hundsdon oder einem der anderen Landsitze hierher übersiedelt. Er betrachtete flüchtig die Decke aus Eichenholz, deren kunstvolles Schnitzwerk an ein gotisches Kirchengewölbe erinnerte, und sah sich suchend nach einem Diener um, der ihn zu Lady Bryan, der Erzieherin Elisabeths, führen konnte. Plötzlich flog die Tür eines Nebenraumes auf, und Sir John Shelton, der Haushofmeister, stürmte mit zornrotem Gesicht an Thomas vorbei und hinaus, gefolgt von Lady Bryan, die offensichtlich ihrem Ärger über etwas Luft machte: »Ich lasse mich von Euch nicht herumkommandieren, ich allein bin verantwortlich für die Gesundheit und das Wohlergehen Ihrer Gnaden! Ich werde an Sir Cromwell schreiben und mich beschweren…«

In diesem Augenblick bemerkte sie Thomas und hielt verblüfft inne. Was wollte der Schwager des Königs in Hatfield? »Mylord«, begann sie verlegen, es war ihr peinlich, daß ein Seymour Zeuge des Streites war.

»Gibt es Schwierigkeiten?« fragte Thomas belustigt.

»Ach, Mylord, Ihr stellt Euch nicht vor…« Lady Bryan begann ein Klagelied anzustimmen über die Zustände in Hatfield. Shelton bestünde darauf, daß Lady Prinzessin Elisabeth an der offiziellen Tafel esse, das sei unverantwortlich, weil der tägliche Genuß von Fleisch und Wein für ein Kind ihres Alters ungesund sei, aber sie werde dafür sorgen, daß die Prinzessin eine eigens zubereitete Kinderkost auf ihrem Zimmer bekäme, noch schlimmer sei der Mangel an Kleidern, das Kind habe weder Röcke noch Hemden noch Unterröcke, sie wachse einfach zu rasch, man habe alles verlängert, aber nun ginge es nicht mehr. Endlich fiel ihr ein, daß es einen Grund für unerwarteten Besuch in Hatfield geben mußte, und sie fragte ihn danach.

»Ihre Gnaden ist für illegitim erklärt worden, sie ist nur noch Lady Elisabeth«, und er überreichte ihr ein Schriftstück.

Lady Bryan las und sah Thomas hilflos an.

»Welchen Rang hat Ihre Gnaden jetzt?«

»Das weiß ich nicht, im übrigen ist die Rangfrage doch unwichtig. Königliche Bastarde haben stets eine exponierte Stellung am Hof. Wenn sie keine Thronansprüche geltend machen, liegt eine glänzende Zukunft vor ihnen, hohe Staatsämter, vorteilhafte Heiraten...« Er schwieg unvermittelt, als er Lady Bryans eisige Miene bemerkte.

»Ihr entschuldigt mich«, sagte sie kühl, »ich lasse Euch ein Zimmer für die Nacht richten, und morgen könnt Ihr einen Brief an Sir Cromwell mitnehmen.« ›Königliche Bastarde‹, dachte sie empört, als sie in den ersten Stock hinauf eilte. Maria und Elisabeth sind keine Bastarde, sondern die ehelichen Töchter des Königs.

Habe ich etwas Falsches gesagt, überlegte Thomas, während er langsam durch die Halle zum Garten ging. Dort saß vor einem niedrigen Tisch ein etwa dreijähriges Mädchen und blätterte aufmerksam in einem Buch. Thomas blieb verwundert stehen, die Kleine konnte bestimmt noch nicht lesen, vermutlich war das Buch für sie nur Spielzeug. Dieses Kind ist also die Tochter von Heinrich VIII. und seiner zweiten Gattin, Anna Boleyn, dachte er, betrachtete sie genauer und fand sie bezaubernd. Unter einer weißen Haube quollen rotblonde Löckchen hervor und ringelten sich um ein ovales Gesicht, die Haut war leuchtend weiß, die Hände waren grazil und feingliedrig. Als sie nun von dem Buch aufsah, erblickte Thomas zwei braune Augen von eigentümlich strahlendem Glanz. Das Mädchen glitt von dem Schemel herunter, ging zögernd einige Schritte auf den fremden Mann zu und musterte neugierig die hohe, schlanke Gestalt, die dunklen Augen und den braunen, gekräuselten Backenbart. Thomas fand die Kleine für ihr Alter ziemlich groß, was ihn aber am meisten erstaunte, war die aufrechte, würdevolle Haltung, ganz Königliche Hoheit, dachte er belustigt und lächelte die Tochter des Königs an, was sie mit einem Lächeln beantwortete, und er schloß daraus, daß er ihr gefiel.

»Guten Tag, Lady Elisabeth, ich bin...«

Sofort wurde ihr Gesicht ernst, sie straffte sich etwas und erwiderte: »Lady Prinzessin Elisabeth«, wobei sie das Wort ›Prinzessin‹ besonders betonte, und in ihrer hellen Stimme schwang Stolz mit.

Er lachte und ging einige Schritte auf sie zu. Das Mädchen aber wich zurück, und der Ernst ihres Gesichtes verwandelte sich in Unsicherheit und Scheu. »Nein«, rief sie, drehte sich um und lief hinaus in den Park. Thomas sah ihr erstaunt nach. Welch merkwürdiger Kontrast, dachte er, einerseits das königliche Auftreten und der altkluge Ernst, andererseits rennt sie davon, weil sie offensichtlich

Angst vor mir hat. Ich habe ihr doch nichts getan. Ob Heinrichs Tochter in einigen Jahren auch noch davonlaufen wird, wenn sie einen Mann sieht? Wo ist sie überhaupt? Er folgte ihr langsam, bis er in einiger Entfernung einen Baum erblickte. Elisabeth lehnte an seinem Stamm und sah in die Landschaft. Thomas fühlte sich eigentümlich berührt und kehrte nachdenklich zum Schloß zurück. Er wollte die Ruhe dieses Kindes nicht stören – ihr Leben als königlicher Bastard würde noch unruhig genug verlaufen.

ERSTES BUCH

Der Weg zum Thron

1543–1558

Video et taceo.

I

Am 5. September 1543 herrschte in Schloß Hatfield seit den frühen Morgenstunden eine ungewöhnliche Hektik, die im Laufe des Tages noch gesteigert wurde durch die Anordnungen des Haushofmeisters Shelton. Eben hatte er dem Stallmeister befohlen, daß die Pferde am nächsten Tag bei Sonnenaufgang gesattelt bereitstehen sollten, als ihm einfiel, daß einige noch frisch beschlagen werden mußten, und wenige Augenblicke später rannte ein Stallbursche hinunter ins Dorf, um den Schmied zur Unterstützung zu holen, während Shelton sich zur Küche begab, um die Proviantfrage zu regeln. Der Grund für die Hektik war ein am Tag vorher eingetroffener Befehl des Königs, Lady Elisabeth und ihr Hofstaat sollten unverzüglich nach Schloß Hampton Court aufbrechen, man erwarte sie dort spätestens am Vorabend ihres zehnten Geburtstages, also am 6. September; beiläufig wurde erwähnt, daß die Tochter des Königs künftig am Hof leben solle. Elisabeths Haushalt war nicht besonders zahlreich – er umfaßte nur 32 Leute –, aber der überraschend befohlene Aufbruch brachte Shelton in ungewohnte organisatorische Schwierigkeiten und es dauerte nicht lange, so stritten er und der Koch lautstark über die Brotmenge, die als Wegzehrung mitgenommen werden sollte. Der Wortwechsel drang bis in das Schulzimmer im ersten Stock, wo Elisabeth von Katharina Ashley in Latein unterrichtet wurde. Sie war seit 1537 die Erzieherin und Hofmeisterin, während Lady Bryan den Thronfolger Eduard betreute. Am 12. Oktober 1537 hatte Jane Seymour den Sohn zur Welt gebracht, den sich der König seit vielen Jahren wünschte, Jane selbst war einige Tage nach der Geburt gestorben.

Katharina, von Elisabeth ›Kate‹ genannt, hatte bereits nach kurzer Zeit die Zuneigung und das Vertrauen des kleinen Mädchens gewonnen und war für das mutterlose Kind während der folgenden Jahre die wichtigste Bezugsperson. Sie unterrichtete die Kleine in Latein, Französisch und Italienisch, führte sie in die klassische Literatur ein und berichtete dem König stets voller Stolz über die Fortschritte seiner Tochter; sie sei ein intelligentes, wißbegieriges Kind mit einer außerordentlichen Begabung für fremde Sprachen. An jenem 5. September hätte Kate den Unterricht am liebsten ausfallenlassen, um die Dienerinnen zu beaufsichtigen, die Elisabeths Garderobe richteten, da sie jedoch vermutete, daß der König sich mit seiner Tochter auf lateinisch unterhalten würde, um ihre Kenntnisse zu überprüfen, hielt sie es für angebracht, den Tag für ein kleines Repetitorium zu nutzen, das leider nicht sehr erfolgreich verlief, so daß sie schließlich resignierend bis zur ersten Lektion zurückging. Es war kein Wunder, daß die Gedanken des Kindes wahrscheinlich mehr um das Hofleben kreisten als um Vokativ und Ablativ, und Kate ertappte sich dabei, daß sie selbst während des Unterrichts über den Brief der neuen Königin nachdachte, der zusammen mit dem königlichen Befehl eingetroffen war.

Königin Katharina schrieb, daß Mrs. Ashley Elisabeths Erzieherin und Hofmeisterin bleiben werde, daß die Stieftochter jedoch zukünftig von den Lehrern des Prinzen Eduard unterrichtet werden sollte. Es sei ein Wunsch des Königs, daß seine Tochter dieselbe Ausbildung erhalte wie der Thronfolger… ›Wie der Thronfolger‹, dachte Kate und betrachtete Elisabeth, die schon wieder – statt in das Lehrbuch – verträumt in den Garten hinausschaute. Sie war zu einem großen, schlanken Mädchen herangewachsen, und die Erzieherin fand, daß das ovale, längliche Gesicht an Anna Boleyn erinnerte, auch die langen, schlanken Hände waren ein Erbteil der Mutter, ebenso die Bewegungen und die Körperhaltung. Die Erzieherin fragte sich manchmal, wie der König reagieren würde, wenn ihm diese Ähnlichkeit auffiel. Während der vergangenen Jahre hatte er Elisabeth nur selten und kurz gesehen. Wenn das Kind in Chelsea weilte und der Hof zur Jagdzeit in Richmond, wurde sie hin und wieder zum König gebracht, und als Heinrich am 12. Juli des Jahres zum sechsten Male geheiratet hatte, durften seine drei Kinder bei der Trauung in Hampton Court anwesend sein. Kate erinnerte sich, daß Heinrich die Tochter stets liebevoll behandelt, voller Vaterstolz seinem Gefolge gezeigt und ihre frühreife Intelligenz gelobt hatte. Allerdings, überlegte sie, diese Intelligenz ist häufig mit unkindlichem Ernst gepaart. Das Stimmengewirr aus der Küche unterbrach ihre Gedanken, und sie versuchte, sich auf den Unterricht zu konzentrieren.

»Euer Gnaden«, mahnte sie, und gehorsam blickte Elisabeth wieder in das Buch.

»Rhenus fluvius est«, las sie mit ihrer klangvollen Stimme. »Der Rhein ist ein Fluß.« Sie blickte auf, weil ihr etwas eingefallen war, was sie schon den ganzen Tag beschäftigte. »An Weihnachten lebt der Hof immer in Schloß Whitehall, was meinst du, Kate, wird der König mir eine Fahrt auf der Themse erlauben, von Westminster nach London? Das habe ich mir schon immer gewünscht«, und bei den letzten Worten schwang in ihrer Stimme eine leicht nervöse Spannung mit.

»Der König wird Euch bestimmt eine Fahrt auf der Themse erlauben, vorausgesetzt, der Fluß ist nicht zugefroren oder so gestiegen, daß man unter der London Bridge nicht mehr durchkommt.« Nach diesen Worten legte Mrs. Ashley die lateinische Grammatik zur Seite, weil es ihr zwecklos schien, noch weiter zu unterrichten. »Genug für heute, lauft hinunter ins Dorf zu Euren Spielkameraden, genießt die letzten Stunden der Freiheit, bevor der Ernst des Lebens beginnt.«

»Der Ernst des Lebens?«

»Gewiß, Ihr werdet von den Lehrern des Prinzen Eduard unterrichtet werden, und das bedeutet: lernen, lernen, lernen.«

»Das macht nichts«, rief Elisabeth fröhlich und sprang auf, »du weißt, Kate, daß ich gerne lerne.«

Die Erzieherin lächelte: »Gewiß, mit Ausnahme des heutigen Tages. Ich möchte Euch noch einiges sagen zu Eurem künftigen Leben am Hof.

Als Tochter des Königs habt Ihr eine exponierte Stellung, in der Rangordnung der Damen steht Ihr an dritter Stelle, hinter Ihrer Majestät, der Königin, und hinter Eurer älteren Schwester, Lady Maria. Diese Stellung birgt auch gewisse Gefahren in sich. Viele Höflinge beschäftigen sich nur mit Klatsch, Tratsch, Intrigen. Jeder möchte die Gunst des Königs genießen, neidet dem anderen dessen Stellung und versucht, Rivalen mit allen Mitteln zu beseitigen: Man schart Anhänger um sich, häufig durch Bestechung, man sichert sich die Unterstützung hochstehender Personen. Durch diese Bedingungen ist das Leben am Hof nicht ganz ungefährlich.« Hier schwieg Mrs. Ashley zunächst, um ihre Worte wirken zu lassen, und fuhr dann fort: »Euer Gnaden, achtet darauf, in keine Intrige verwickelt zu werden, seid vorsichtig mit allem, was Ihr sagt, schweigt im Zweifelsfall, aber beobachtet stets mit offenen Augen und Ohren, was um Euch herum passiert.« Kate schwieg und betrachtete Elisabeth, die offensichtlich nachdachte.

»Ja«, sagte sie nach einer Weile, und ein feines Lächeln umspielte ihren Mund, »*video et taceo*« (›ich sehe und ich schweige‹), dann eilte sie die hölzerne Außentreppe hinunter und lief durch den Garten und den Landschaftspark, hinein in den warmen Spätsommernachmittag.

Kate trat auf den kleinen Balkon und sah Elisabeth nach, bis diese nur noch als winziger Punkt in der Landschaft erkennbar war. Aha, dachte sie belustigt, sie rennt zu ihrer Eiche, verständlich am letzten Nachmittag. Und sie beschloß, das Repetitorium während des Rittes nach Hampton Court fortzusetzen, weniger, weil sie befürchtete, daß ihr Zögling vor dem König versagte, sondern weil sie mit ihr brillieren wollte. Heinrich soll merken, überlegte sie, daß Lady Elisabeth intelligenter ist als Lady Maria, diese altjüngferliche, fromme Ziege. Die ältere Tochter des Königs war ihr unsympathisch, aber sie konnte nicht sagen, warum.

Bei der Eiche angekommen, ließ Elisabeth sich erschöpft an den Stamm fallen und atmete tief durch. Dann betrachtete sie aufmerksam die alten Bäume, die hier und da aus der eintönigen Wiesenlandschaft herauswuchsen, und sah schließlich hinüber zum Schloß, das allerdings von ihrem Platz aus nicht zu erkennen war. Sie dachte an die vergangenen Jahre und daran, daß sie sich in Hatfield immer am liebsten aufgehalten hatte. Das Schloß war weder geräumiger noch prachtvoller als Hertford oder Hundsdon, aber hier hatte sie meistens allein mit ihrem Hofstaat gelebt und sich frei gefühlt. Wenn sie unter ihrer Eiche saß, las oder träumte, wenn sie mit den Dorfkindern spielte, war sie nie gestört und zu irgendeiner langweiligen Gebetsandacht gerufen worden, auf den anderen

Landsitzen hingegen hatte sie im gemeinsamen Haushalt mit ihrer älteren Schwester gelebt, und dort war die Atmosphäre stets bedrückend gewesen. Sie überlegte, warum sie sich in diesen Schlössern wie eine Gefangene gefühlt hatte, war sie nicht – trotz des Altersunterschiedes von siebzehn Jahren – mit Maria ganz gut ausgekommen? Die Schwester hatte ihr Kartenspiele beigebracht und manchmal sogar Geld gegeben. Ihre vierteljährliche Rente war höher als die von Elisabeth und betrug immerhin vierzig Pfund. Allerdings, überlegte das kleine Mädchen, Maria hat nie gelacht oder auch nur gelächelt, und der Tageslauf war streng geregelt durch unzählige Messen und Andachten. Das Leben spielte sich zwischen Gebetbüchern, Rosenkränzen und Heiligenbildern ab, und in allen Räumen roch es widerlich nach Weihrauch. Als sie Kate nach dem Grund für Marias Traurigkeit fragte, erwiderte diese, das wisse sie nicht, und seitdem hatte Elisabeth das Gefühl, daß man ihr etwas verheimlichte. Dieses freudlose, fromme Leben wurde nur unterbrochen, wenn der kleine Eduard mit seinem Hofstaat für einige Wochen zu den Schwestern übersiedelte oder ein Würdenträger des Königs Maria aufsuchte, um ihr einen Ehekandidaten zu offerieren. Elisabeth hatte sich über die Besuche des Bruders stets gefreut, einmal, weil sie dann einen Spielkameraden hatte, und zum andern, weil sie merkte, daß er ihre schwesterliche Zuneigung erwiderte. Sie lehrte ihn Karten- und Würfelspiele, sie las ihm vor, und am Neujahrstag schenkte sie ihm Tuchhemden und Mützen, die sie mit viel Liebe und Sorgfalt selbst genäht hatte, sie hätte ihm lieber einen mit Edelsteinen verzierten silbernen oder goldenen Dolch geschenkt, aber sie besaß kein Geld für solche Kostbarkeiten. Leider mußte Eduard stets nach kurzer Zeit an den Hof zurückkehren, weil der König den Thronfolger in seiner Nähe haben wollte, und bei jedem Abschied mußte Elisabeth den Kleinen trösten und Tränen trocknen.

Die Besuche der königlichen Minister hingegen waren weniger erfreulich, weil Maria jedes Mal nach deren Abreise hysterische Anfälle bekam, die einzuordnen Elisabeth schwerfiel. Die Schwester sehnte sich offensichtlich nach einer Ehe und hätte England gerne verlassen, was Elisabeth überhaupt nicht verstand, schließlich war England ihre Heimat. Noch merkwürdiger war es, daß sie die vorgeschlagenen Ehekandidaten ablehnte, weil sie angeblich Ketzer waren. »Ketzer«, schrie sie, und ihre schrille Stimme ließ Elisabeth zusammenzucken, bei den folgenden Worten aber gefror ihr das Blut in den Adern, und sie wurde von Angst und Grauen gepackt. »Man will mich mit dem Lutheraner Philipp von der Pfalz verkuppeln, einem Protestanten, einem Ketzer! Ketzer sind Verbrecher, sie lehnen die Beichte ab, die Sakramente, sie glauben nicht an die Wunder der Heiligen, ich werde nie einen Ketzer oder einen seiner Verwandten heiraten, man sollte sie alle rädern, schleifen, verbrennen, ja, sie gehören auf die Scheiterhaufen, sie sollen als lebende Fackeln die Menschen an den richtigen Glauben erinnern.« Als sie dies sagte, glomm ein Funke in ihren Augen auf, der Elisabeth so erschreckte, daß sie entsetzt in eine Zimmerecke flüchtete, weil es ihr schien, als ob die Schwester vom Teufel selbst besessen sei.

»Lebende Fackeln«, flüsterte Elisabeth und fand es auf einmal ungeheuerlich, daß man Menschen töten wollte, nur weil sie auf andere Art an Gott glaubten als man selbst. Sie spürte ein leichtes Unbehagen, als ihr einfiel, daß sie ab jetzt jeden Tag Marias Gegenwart würde ertragen müssen, und sie beschloß, sich auf keinen religiösen Disput mit der Schwester einzulassen und ihr aus dem Weg zu gehen. In den geräumigen Schlössern des Königs war dies bestimmt möglich. Sie versuchte, nicht mehr an die Schwester zu denken und sich das Hofleben vorzustellen; hin und wieder hatte sie von glanzvollen Festen gehört, von Turnieren, stundenlangen Banketten, die von allerlei Darbietungen – zum Beispiel durch Maskeraden – begleitet wurden, am Hof war man bestimmt auch prachtvoll gekleidet, sie dachte an den Brief, den die Königin ihr geschrieben hatte, da war die Rede von neuen Kleidern, von Schmuck…, ihre Augen wanderten über das einfache weiße Leinenkleid, und sie malte sich aus, wie ihr Samt und Seide, Brokat und Spitzen stehen würden, und Schmuck… Sie streckte ihre langen, schlanken Hände aus, und plötzlich glänzten an den Fingern Saphire, Rubine und Smaragde, endlich würde auch sie Schmuck besitzen wie die ältere Schwester, die ihre Kostbarkeiten sorgsam hütete und nicht erlaubte, daß sie, Elisabeth, eine Brosche oder Kette auch nur berührte. In jenem Brief hatte sie auch gelesen, daß der König sich ein richtiges Familienleben wünsche, und daß die neue Stiefmutter sich bemühen würde, den Kindern eine gute Mutter zu sein. An diesem Punkt angelangt, begann Elisabeth zu überlegen, wie das Leben sich abspielte, wenn man eine Mutter hatte. Eduards Mutter war kurz nach seiner Geburt gestorben, das hatte sie schon öfter gehört – und ihre Mutter? Niemand sprach über sie, und sie hatte sich abgewöhnt, Fragen zu stellen, weil sie spürte, daß man ihr auswich. Nur eines hatte sie herausbekommen, daß sie schon einige Jahre auf der Welt war, als ihre Mutter starb, und sie beschwor mit aller Macht eine Erinnerung herauf, die jedoch, so sehr sie ihr Gedächtnis auch anstrengte, schemenhaft blieb. Sie erinnerte sich, daß eine Frau sie auf dem Arm getragen und mit leiser Stimme gesprochen hatte, aber nicht zu ihr, sondern zum König, der vor ihnen stand, und sie überlegte erneut, ob jene Frau ihre Mutter gewesen war. Über den Königinnen Englands schwebt ein Geheimnis, dachte Elisabeth und erinnerte sich flüchtig, daß Maria in Tränen ausgebrochen und sie angeschrien hatte, sie solle den Mund halten, als sie die Schwester nach deren Mutter gefragt hatte. Sie erinnerte sich an das Getuschel ihrer Umgebung vor zwei oder drei Jahren, und obwohl die Damen sofort schwiegen, wenn sie ein Zimmer betrat, war ihr klargeworden, daß ihr Vater noch zweimal geheiratet hatte, und sie wußte auch, daß beide Frauen inzwischen tot waren, eine zwar nur symbolisch, was immer das auch bedeuten mochte, und sie überlegte, wie lange die neue Stiefmutter wohl leben würde. Die Sonne war inzwischen untergegangen, und Elisabeth begann in der Abendkühle zu frösteln. Sie löste sich von ihrem Baum, ging langsam zurück zum Schloß, wobei sie hin und wieder zurücksah und sich fragte, wann sie Hatfield wiedersehen würde. Zum ersten Mal dachte sie mit gemischten Gefühlen an den neuen Lebensabschnitt.

Als sie die Halle betrat, war die Abendtafel bereits aufgebaut, ein Diener stellte Holznäpfe hin, während ein anderer Bierkrüge und Brot herbeischleppte. Elisabeth blieb einen Augenblick stehen und sog hungrig den Suppenduft ein, der aus der Küche zu ihr drang. In den Haushalten der beiden Königstöchter mußte sparsam gewirtschaftet werden, und so gab es Fleisch nur am Sonntag und an hohen kirchlichen Feiertagen, am Freitag und während der Fastenzeit wurde Fisch oder eine Fastenspeise serviert, und an normalen Wochentagen aß man das Gericht der ärmeren Bevölkerungsschichten: Pottage, eine Gemüsesuppe aus Porree, Knoblauch, Zwiebeln, Kräutern, Hafermehl, und in dieser Suppe schwammen einige Fleischstückchen. Elisabeth sah sich in der Halle um und dachte, daß in wenigen Wochen die kalte Jahreszeit begann, dann wurden Gobelins an die Steinwände gehängt, auf den Fußboden legte man Binsenmatten und Bärenfelle, im Kamin brannte den ganzen Tag Feuer, und sie erinnerte sich etwas wehmütig an die gemütlichen Herbst- und Winterabende, die sie hier verbracht hatte. Im November, wenn der Wind um das Schloß pfiff, der Regen auf das Dach trommelte, und später im Dezember und Januar, wenn draußen alles totenstill war und man durch die Fenster beobachten konnte, daß dicke Schneeflocken lautlos zur Erde fielen, an solchen Abenden saßen die Schloßbewohner in der Halle, die nur von wenigen Fackeln erhellt wurde, wärmten sich vor dem Kaminfeuer, erzählten sich wahre und erfundene Geschichten, sangen und musizierten. Das Hofleben ist bestimmt steifer und zeremonieller, überlegte sie und ging hinauf in den ersten Stock.

An der Abendtafel unterhielt man sich über die innen- und außenpolitische Lage Englands, und Elisabeth hörte, daß in Wales und den nördlichen Provinzen jetzt Ruhe herrsche, auch das Problem Irland sei endlich gelöst, seit das irische Parlament im Juni 1541 Heinrich einstimmig zum König von Irland ausgerufen habe. Dann sprach man über Schottland, und Shelton äußerte sich skeptisch über den am 1. Juli des Jahres geschlossenen Heiratsvertrag zwischen dem Prinzen Eduard und Maria Stuart, der kleinen Königin von Schottland: »Hat die Heirat zwischen der älteren Schwester unseres Königs mit Jakob IV. zu einem dauerhaften Frieden mit Schottland geführt? Nein! Im Gegenteil, im Juli 1513 hat Jakob seinem Schwager den Krieg erklärt, aber er hat bezahlt, als sein Heer bei Flodden Edge im September jenes Jahres von uns besiegt wurde und er selbst in der Schlacht fiel. Und sein Sohn? Jakob V. hat tatenlos den ständigen Grenzzwischenfällen zugesehen, was letztlich erneut zum Krieg mit uns geführt hat, und auch er wurde von uns, bei Solway Moss, im November letzten Jahres besiegt. Vor zwei Monaten hat man diesen Ehevertrag geschlossen, und er ist immer noch nicht ratifiziert. Die Schotten mögen uns eben nicht, und außerdem ist die Mutter der kleinen schottischen Königin eine Guise, also französischer Hochadel, der Himmel bewahre uns vor einem schottisch-französischen Bündnis.«

»Der König wird das Problem Schottland irgendwie lösen, bevor er nächsten Sommer gegen Frankreich ins Feld zieht«, erwiderte Kates Gatte John Ashley. Er war ein entfernter Verwandter der Boleyns und ein Anhänger des reformierten Glaubens. »Ich weiß aus zuverlässiger Quelle, daß auch mit Arran verhandelt wird.« Er sah zu Elisabeth und sprach leise weiter, so daß nur Shelton etwas verstehen konnte. Die Sache war die, daß Heinrich im April des Jahres 1543 dem Grafen von Arran, der die Regierungsgeschäfte der minderjährigen Maria Stuart führte, erklärt hatte, er sei bereit, einer Verbindung zwischen Arrans Sohn und Elisabeth zuzustimmen, unter der Bedingung, daß dessen Sohn am englischen Hof erzogen würde, anders ausgedrückt: Der Sohn wäre so ein Bürge für des Vaters Wohlverhalten gegenüber England gewesen. Arran schwieg während der folgenden vier Monate, und Heinrich versuchte ihn erneut zu ködern: Falls es zu keiner Ehe zwischen Eduard und Maria Stuart käme, würde er, der König von England, Arran als König von Schottland anerkennen, vorausgesetzt, Arrans Sohn heirate Elisabeth und käme sofort an den englischen Hof. Elisabeth hatte erstaunt gehört, daß ihr jüngerer Bruder eine richtige Königin heiraten sollte!

»Kate, wie alt ist die Königin von Schottland?«

»Maria Stuart? Noch kein Jahr, sie wurde im Dezember letzten Jahres geboren.«

»Noch kein Jahr und schon Königin?«

»Ihr Vater, Jakob V., starb wenige Tage nach ihrer Geburt.«

Als Kate an diesem Abend nach dem Nachtgebet Elisabeths Zimmer verlassen wollte, fragte diese plötzlich: »Wie lange wird wohl die neue Königin leben?«

Die Erzieherin sah das Kind einige Sekunden verblüfft an. »Was meint Ihr, Euer Gnaden?«

»Nun, alle Königinnen vor der jetzigen sind rasch gestorben.«

Kate überlegte, daß Elisabeth am Hof dies oder jenes über Anna von Kleve und Katharina Howard hören würde und daß es besser war, sie objektiv über die beiden Damen zu informieren, und so zu verhindern, daß sie peinliche Fragen stellte.

»Die vierte Königin, Anna von Kleve, war eine deutsche Prinzessin«, begann Kate, wobei sie jedes Wort sorgfältig wählte, »der König sah sie also bei ihrer Ankunft in England zum ersten Mal, und da ihm weder ihre Erscheinung noch ihr Benehmen gefielen, eine Königin muß schließlich repräsentieren können, wurde die Ehe annulliert, der König hat sie materiell gut versorgt, und sie lebt heute glücklich und zufrieden auf einem Landgut in der Nähe von Schloß Richmond. Die fünfte Königin, Katharina Howard, war eine reizende Erscheinung, aber menschlich und was Sittsamkeit betraf, verkommen. Sie erwiderte die Zuneigung des Königs nicht, im Gegenteil, sie betrog und verriet ihn, schließlich wurde sie vor Gericht gestellt und zum Tod verurteilt.«

Da Kate einmal beim Thema war, erzählte sie auch von jenem Fluchtversuch der Königin in Hampton Court: Nachdem ihre Verfehlungen bekannt waren, habe man sie in ihren Gemächern streng bewacht, eines Tages jedoch sei sie ihren Wächtern entkommen, sie habe versucht, durch die Galerie, die zum Arbeits- und Andachtszimmer des Königs führe, zu dem Gatten zu gelangen, in der Hoffnung, ihn um Gnade anflehen zu können, kurz vor der rettenden Tür hätten die Wächter sie gefangen, wobei sie ganz entsetzlich geschrien hätte.

»Seit jenem Tag«, und Kates Stimme sank zu einem Flüstern herab, »erzählt man sich, daß es in dieser Galerie spukt, einige Diener haben gesehen, daß in mondhellen Nächten die tote Königin dort laufe, vor jener Tür stehenbleibt, zurückschreckt, schreit und wieder verschwindet, jener Gang wird seitdem ›Geistergalerie‹ genannt.«

Elisabeth hatte aufmerksam zugehört, aber beim Spuk in Hampton Court begann sie zu lachen. »Wie kann man solchen Unsinn glauben«, rief sie, wurde aber sofort wieder ernst und sah nachdenklich vor sich hin. »Die arme Anna von Kleve«, sagte sie schließlich, »wie schrecklich, wenn man einen Mann heiratet, den man nicht kennt; man muß damit rechnen, daß man weggeschickt wird, weil man ihm nicht gefällt. Ich werde nie einen Mann heiraten, den ich nicht kenne, den ich nicht gesehen habe, nie!«

»Euer Gnaden, es ist bei fürstlichen Eheschließungen nicht ungewöhnlich, daß die Partner sich nicht kennen. Was Eure Zukunft betrifft, so werdet Ihr Euch den Wünschen Seiner Majestät des Königs fügen, als Tochter seid Ihr verpflichtet, eine für England vorteilhafte Ehe zu schließen.«

Als Kate gegangen war, lag Elisabeth noch eine Weile wach und dachte über ihren Vater nach. Sie hatte von klein auf gewußt, daß er König und Oberhaupt der Kirche Englands war, aber bis zu jenem abendlichen Gespräch mit Kate war der Begriff ›König‹ für sie abstrakt geblieben, die Bedeutung dieses Titels erfaßte sie erst jetzt: Der König besaß Macht, das Schicksal des einzelnen, des ganzen Volkes lag in seiner Hand, die beiden Königinnen waren ein Beispiel dafür, vielleicht – sie zögerte etwas bei dem Gedanken – vielleicht war auch das Schicksal ihrer Mutter vom König abhängig gewesen? Auch ihr eigenes Schicksal lag in seiner Hand, und sie beschloß, sich stets so zu verhalten, daß er auf sie stolz sein konnte, sie wollte sich ihrem Rang würdig erweisen. Das Hofleben, das ihr am Nachmittag wie ein Reigen von Festen erschienen war, empfand sie nun in der nächtlichen Stille als eine Reihe von Verpflichtungen.

II

Es dämmerte bereits, als sie am nächsten Tag in Hampton Court eintrafen. Am Themseufer zügelte Elisabeth ihr Pferd, betrachtete den Palast mit den unzähligen Türmchen, Zinnen und Schornsteinen zum ersten Mal mit Muße und erinnerte sich an verschiedene Einzelheiten, die sie von Kate unterwegs erfahren hatte.

Der prunkliebende Kardinal Wolsey hatte das Schloß um 1514 erbauen lassen und es 1525 - samt dem luxuriösen Inventar - dem König geschenkt, der die Residenz vergrößern und verschönern ließ: Obst- und Ziergärten wurden angelegt, ein Tennisplatz, eine zweite Küche, mehrere Prunkräume, Galerien und eine riesige Halle; eintausend Räume werden in diesem Schloß bewohnt, dachte Elisabeth, es gibt viele Badezimmer und eine gute Versorgung mit Trinkwasser. Während des kurzen Besuches im Juli anläßlich der königlichen Hochzeit hatte sie nicht viel vom Schloß gesehen, aufgefallen war ihr jedoch die Sauberkeit, die überall herrschte, was kein Wunder war bei den königlichen Befehlen: Die Diener mußten zweimal täglich sämtliche Gemächer ausfegen, wer sich nicht daran hielt, wurde mit Einkerkerung bestraft. Hier herrscht Sauberkeit und Ordnung wie in Hatfield, dachte Elisabeth zufrieden und erinnerte sich angewidert an die Schlösser, die sie gemeinsam mit Maria bewohnt hatte: Dort war der gesamte Abfall auf den Schilf geworfen worden, der die Fußböden bedeckte; lag zuviel Unrat herum, wurde eine neue Lage Schilf aufgelegt, und nach einiger Zeit stank es so unerträglich, daß man in ein anderes Schloß übersiedeln mußte, damit der vorherige Wohnsitz gesäubert werden konnte.

Vor dem Haupteingang hielt sie erneut an und bestaunte die rote Ziegelsteinfassade, deren Abschluß auf jeder Seite zwei wuchtige mehreckige Türme bildeten und deren Mittelteil durch zwei schlanke Strebepfeiler unterbrochen wurde, die eine Kreuzkuppel aus weißem Stein krönte. Sie fand, daß die weißen Zinnen und Türmchen dem Gebäude Leichtigkeit und Eleganz verliehen, ebenso die weißen Tierfiguren auf der Brücke.

»Der Wassergraben um das Schloß«, sagte Kate, während sie durch den Torbogen ritten, »und die hintereinanderliegenden Höfe erinnern mich an die alten Burgen.«

Sie waren nun im äußeren Hof, und Elisabeth wunderte sich über die vielen Menschen, die herumstanden und herumliefen, aber dann fiel ihr ein, daß annähernd tausend Leute zum Hofstaat des Königs gehörten: Staatsbeamte, Adlige mit ihren Dienern, die königliche Garde, Stallknechte, Küchenpersonal, Kammerherren, Pagen, Jagdaufseher, ferner das Unterhaltungspersonal, also Komödianten, »*The King's Music*« – eine Gruppe von annähernd sechzig Instrumentalisten und Sängern -, die Bediensteten der Königin, Türsteher, Gärtner, Waschfrauen, der Hof ist eine Welt für sich, dachte sie. Inzwischen hatten sie den zweiten Torweg erreicht, und Kate sah verstohlen zur Decke, suchte und fand den Falken, das Abzeichen von Anna Boleyn, und die ineinander verschlungenen Initialen H und A. Nur hier und in der großen Halle sind Annas Abzeichen erhalten geblieben, sinnierte Kate, in den übrigen Räumen hat man sie entfernt und durch die Initialen von Eduards Mutter ersetzt, J S. Sie wollte Elisabeth auf die astronomische Uhr über dem Torweg aufmerksam machen, aber plötzlich stand der Sekretär des Königs, Sir Wriothesley, vor ihnen und erklärte wortreich, daß er Befehl habe, sie zur Königin zu bringen. Während sie die Treppe zur großen Halle emporstiegen, streifte Wriothesley Elisabeth mit einem verstohlenen Seitenblick. Er hatte sie zuletzt als Sechsjährige gesehen, anläßlich eines Besuches bei Maria, die über ein Eheprojekt informiert werden sollte. Was hatte er damals dem König geschrieben? ›Auch wenn sie keine weitere Erziehung erhielte, wäre sie trotzdem so, wie sie mir jetzt vor Augen steht, eine Zierde ihres Geschlechts, wie man es von einer Tochter ihres Vaters nicht anders erwarten kann.‹ Er hatte auch erwähnt, daß sie so ernst aussehe wie eine Vierzigjährige. Diese Beobachtung damals war richtig, dachte er, außerdem, ihre Haltung, ihr Gang zeigen, daß sie sich ihres Ranges und ihrer Herkunft bewußt ist, in wenigen Jahren wird sie sich zu einer attraktiven jungen Frau entwickelt haben. Als sie die große Halle betraten, schlugen ihnen Essensdunst und Lärm entgegen, Wriothesley blickte besorgt über die tafelnde Hofgesellschaft und sagte zu Kate, normalerweise werde die zweite Mahlzeit nachmittags um vier Uhr serviert, aber heute sei die Küche mit Vorbereitungen für das morgige Festbankett beschäftigt gewesen, deshalb habe man später als sonst essen müssen, er hoffe nur, daß die Grafen in der anderen Halle bald fertig seien, weil einige von ihnen später an der königlichen Tafel vorschneiden, vorkosten und bedienen müßten. Elisabeth hatte die Tischgesellschaft bisher nur flüchtig bemerkt, so fasziniert war sie von der Größe und Höhe der Halle. Ihre Augen wanderten von den Gobelins an den Wänden hinauf zu den riesigen bunten Glasfenstern und von dort zu der holzgeschnitzten mit Gold verzierten Rippendecke, sie bestaunte die kunstvollen Hängelaternen und kam sich plötzlich winzig vor, fühlte sich eingeschüchtert, und genau das hatte man beim Bau der Halle beabsichtigt. Jeder Besucher, der zum König wollte, mußte diesen Raum durchschreiten und sollte vor der Audienz entsprechend beeindruckt werden.

»Hier essen nur die Ritter und Barone«, sagte Kate leise zu Elisabeth, »die Grafen speisen nebenan.«

»Zwei Hoftafeln?« fragte das Kind erstaunt. »Selbstverständlich«, erwiderte Wriothesley mit wichtiger Miene, »die verschiedenen Ränge müssen doch gebührend berücksichtigt werden.«

Schon wieder der Rang, dachte Elisabeth, der Rang scheint hier sehr wichtig zu sein. Sie blickte zu den weißgedeckten Tischen und sah, daß es mit Fleisch gefüllte Pasteten gab, dunkles Brot und Bier. Einige Ritter waren inzwischen fertig, wischten Mund und Hände am Tischtuch ab und verließen den Raum, andere kamen, zwischendurch brachten Diener, begleitet von einem Aufseher, weitere Pasteten, und Elisabeth beobachtete, daß immer vier Ritter sich eine teilten. Durch einen Vorraum kamen sie in eine kleinere Halle, wo sich tagsüber die Wache aufhielt, und die nachts als Schlafsaal für die Garde diente, zweimal am Tag jedoch wurde sie als Speisesaal für den hohen Adel benutzt. Als Elisabeth den Raum betrat, spürte sie fast körperlich den Unterschied in der Atmosphäre.

Man unterhielt sich nur halblaut, und in einer Ecke des Saales saßen einige Flötisten und spielten leichte Melodien. Neben jedem Platz an den weißgedeckten Tischen lag ein kleines Tuch.

Elisabeth sah Wriothesley fragend an, und er erklärte, es handele sich um Servietten zum Reinigen der Hände, eine französische Sitte, die man vor einiger Zeit eingeführt habe. Die Servietten indes waren nicht das einzige, was Elisabeth auffiel, hier aß man feines weißes Brot, man trank nicht nur Bier, sondern auch Wein, und vor allem gab es große Fleischportionen. Auf den Platten türmten sich ganze Hühner und anderes Geflügel, Schweine- und Hammelkoteletts, in den Schüsseln schwammen große Stücke von gebratenen Ochsen in einer Soße, und das Kind staunte, welche Mengen verzehrt wurden. Jeder legte eine dicke Scheibe Brot auf eine runde Holzplatte, nahm aus der Schüssel, die zwischen ihm und seinem Tischnachbarn stand, ein Stück Fleisch und legte es auf die Brotscheibe. Soviel Fleisch, dachte Elisabeth, hat es in Hatfield und in den anderen Schlössern während des ganzen Jahres nicht gegeben. In den angrenzenden Räumen wurde ihr erneut bewußt, wie bescheiden sie bis jetzt gelebt hatte: Überall hingen Gobelins, lagen Teppiche, da gab es perlenverzierte Kissen, goldbestickte Vorhänge, Stühle, die mit purpurfarbenem Samt bezogen waren, und Wriothesley, dem ihr Staunen nicht entging, erklärte ihr lächelnd, daß diese Pracht vom Kontinent herbeigeschafft worden sei: die Gobelins aus Flandern, die Tische und Truhen aus Venedig, die Kissen aus der Türkei.

»Kate«, sagte Elisabeth und holte tief Luft, »ich glaube, ich träume.«

»Nein«, erwiderte diese und nahm ihre Hand, »Ihr träumt nicht, Ihr seid im Schloß Eures Vaters.«

Das Mädchen war so benommen von dem Prunk, daß sie nicht hörte, wie ein Türsteher ihren Namen rief, und auf einmal stand sie vor der neuen Stiefmutter, die nicht zuließ, daß sie knickste, und sie mütterlich in die Arme schloß.

»Willkommen, Elisabeth«, sagte Königin Katharina, »willkommen am Hof deines Vaters.«

Katharina Parr war die Tochter eines Ritters aus Westmoreland. Im Alter von sechzehn Jahren hatte sie den betagten, verwitweten Lord Borough geheiratet, der bald danach starb. Vier Jahre später ehelichte sie den begüterten, verwitweten Lord Latimer, der ebenfalls nach einigen Jahren das Zeitliche segnete. Katharina, inzwischen dreißig Jahre und materiell gut versorgt, führte ein unabhängiges Leben und widmete sich ihren geistigen Interessen. Sie konnte Lateinisch und Griechisch lesen und schreiben und beherrschte auch Französisch und Italienisch. Sie war Anhängerin des neuen reformierten Glaubens, liebte religiöse Dispute und arbeitete an einem Buch mit dem Titel: »Die Klagen eines Sünders«. Ihre stille Zuneigung galt schon seit einiger Zeit einem Schwager des Königs, dem eleganten Thomas Seymour, der ihre Gefühle erwiderte und erfolgreich um sie warb: Nach Ablauf der Trauerzeit wollten sie heiraten. Da trat – zur Überraschung aller – ein anderer Bewerber auf, der König. Thomas wurde mit einem militärischen Auftrag nach Frankreich entsandt, Katharina verzichtete auf persönliches Glück und wurde Englands neue Königin.

Am Hof wußte niemand genau, wann und wo Heinrich auf sie aufmerksam geworden war, und alle wunderten sich über seine Wahl. Wußte der König nichts über ihren Glauben? Heinrich war in religiösen Fragen im Lauf der Jahre nicht toleranter geworden, nach wie vor mußten Papisten und Protestanten ihre Überzeugung mit dem Leben bezahlen, andererseits ließ er den Thronfolger von protestantischen Gelehrten erziehen, was man am Hof ebenfalls nicht einordnen konnte, wahrscheinlich war die humanistische Bildung des Sohnes ihm wichtiger als dessen religiöse Erziehung. Heinrich hatte Anna von Kleve verstoßen, weil sie ihm nicht gefiel, die neue Königin freilich war in den Augen vieler Hofleute auch keine ausgesprochene Schönheit. Verglichen mit der temperamentvollen, majestätischen Anna Boleyn, der mädchenhaft-zarten Jane Seymour oder der quirligen Katharina Howard, wirkte Katharina Parr auf den ersten Blick unscheinbar: Sie war klein von Gestalt, und die eckige Haube kleidete sie nicht vorteilhaft, aber ihr offenes Gesicht strahlte ausgeglichene Heiterkeit aus; niemand kam auf die Idee, daß der inzwischen zweiundfünfzigjährige König eine Frau wie Katharina Parr gesucht hatte: eine geduldige Gefährtin, die ihm zuhörte, die seine geistigen Interessen teilte, mit der er auch Staatsangelegenheiten besprechen konnte, die ihn pflegte, wenn sein krankes Bein ihn plagte, die für eine behagliche, familiäre Atmosphäre sorgte und die seinen beiden jüngeren Kindern die Mutter ersetzte und deren Erziehung beaufsichtigte und lenkte. Für Katharina war die Erziehung von Elisabeth und Eduard besonders wichtig, weil sie die Geschwister zum neuen Glauben hinführen wollte, bei der inzwischen siebenundzwanzigjährigen Maria wußte sie, daß diese nicht mehr zu bekehren war, und sie wollte sie wie eine Freundin behandeln.

»Du wirst heute abend mit Eduard und mir vorlieb nehmen müssen«, sagte Katharina, »deine Schwester hat vorhin einen Kurier geschickt, sie wird erst am späten Abend eintreffen. Sie mußte unterwegs länger rasten, weil sie sich krank fühlte, und der König hat noch eine wichtige Besprechung mit dem Staatsrat.«

Bei den letzten Worten überschattete ein sorgenvoller Zug das Gesicht der Königin.

Elisabeth bemerkte es und fragte spontan: »Geht es um Schottland?«

Katharina sah ihre Stieftochter verblüfft an. »Ja, um Schottland und um Maria Stuart.«

Schon wieder Maria Stuart, dachte Elisabeth leicht verstimmt, wegen der kleinen schottischen Königin konnte sie ihren Vater also erst am nächsten Tag sehen.

In diesem Augenblick wurde der Thronfolger gemeldet, und wenig später stürmte der fast sechsjährige Eduard ins Zimmer und lief auf Elisabeth zu. »Schwester, liebe Schwester«, und er drückte sein Gesicht in die Falten ihres Kleides.

Eduard war ein rundliches, gutgenährtes Kind, das vom Vater die Augen und von der Mutter die weiße Haut und die blonden Haare geerbt hatte, die modisch kurz geschnitten und nach innen gerollt waren.

Elisabeth beugte sich zu ihm hinunter. »Ich freue mich auf unseren gemeinsamen Unterricht, wir werden viel zusammensein.«

Der Kleine indes war in diesem Moment an anderen Dingen interessiert und wollte endlich die große Neuigkeit erzählen: »Dein Geburtstag wird morgen prachtvoll gefeiert, es gibt ein Bankett mit fünfzig Gängen und zwischendurch Maskeraden, wir essen Wachteln und Tauben und Marzipankuchen, und nach dem Bankett wird getanzt, aber ich darf nicht bis zum Schluß aufbleiben ...«

»Eduard«, unterbrach die Königin den Redestrom, »mußt du alles ausplaudern? Für deine Schwester sollte das Bankett eine Überraschung sein«, und zu Elisabeth: »Der König gibt dieses Fest anläßlich deines zehnten Geburtstages, es beginnt nachmittags um fünf Uhr und wird bis Mitternacht dauern.«

III

Als Elisabeth am nächsten Morgen die Bettvorhänge auseinanderzog, war die Sonne gerade aufgegangen, und vom Hof drangen die Stimmen der Diener zu ihr hinauf. Der heutige Tag wird anstrengend, dachte sie, Unterricht, Umkleiden, die Audienz bei ihrem Vater, schließlich das Bankett ... Sie fühlte sich hungrig, überlegte, ob es schicklich war, in die Küchen zu gehen und sich etwas geben zu lassen, wie sie es in Hatfield manchmal getan hatte, und fand, daß nichts dagegen sprach. Diese einfachen Leute in der Küche kannten sie nicht, hatten sie noch nie gesehen, und wenn sie eines der alten, geflickten Kleider trug, würde niemand vermuten, daß sie die Tochter des Königs war. Sie stand auf, zog sich an, eilte hinunter und lief über die Höfe bis zu einem schmalen Gang, der in einen offenen Hof einmündete: Dort begann der Küchentrakt. Elisabeth blieb stehen und beobachtete fasziniert die Anlieferung der Lebensmittel durch den Torbogen: Ganze Ochsen und Schweine wurden hereingekarrt, mit Mehlsäcken beladene Wagen rumpelten über das Kopfsteinpflaster, dann kam eine Gruppe schwatzender und lachender Bauersfrauen, die riesige Eierkörbe schleppten, und am Toreingang erblickte Elisabeth zwei livrierte Hofbeamte, die Anweisungen erteilten, in welche Lagerräume und Speisekammern die Lieferungen gebracht werden sollten. Über dem Torbogen war ein Zimmer, dort ging ein Mann auf und ab und diktierte mit lauter Stimme einem Sekretär etwas, und als Elisabeth neugierig näherging, hörte sie durch das geöffnete Fenster die Bestellungen für die nächste Woche: ein Dutzend Rinder und Kälber, fünf Dutzend Schafe, fünf Dutzend Schweine, tausend Hühner, tausend Enten. Wie aufwendig hier gelebt wird, dachte sie, was das alles kostet, die Hofleute haben zwar ein Recht auf unentgeltliche Unterkunft und Verpflegung, aber bei der Verköstigung könnte man bestimmt sparen, weniger Fleisch, mehr Suppen und Pasteten. Sie merkte nicht, daß zwei freche schwarze Augen sie beobachteten, und als sie zu den Küchen ging, trat ihr plötzlich ein großer, dunkelhaariger Junge in den Weg, der ungefähr zwölf Jahre alt sein mochte und Pagenkleidung trug.

»Hallo«, sagte er lächelnd, »suchst du etwas?«

»Wo bekommt man hier etwas zu essen?« Und sie amüsierte sich im stillen, daß der Junge, den sie recht sympathisch fand, sie nicht erkannt hatte.

»Ich bringe dich zur Puddingküche, übrigens, mein Name ist Gerard, Gerard Braleigh, ich bin seit einem Monat Page bei Prinz Eduard.«

»Ich heiße Elisabeth.«

»Aha, wie die Tochter des Königs. Bei dem Geburtstagsbankett heute abend habe ich eine besondere Aufgabe, aber das darf ich nicht verraten.«

Er nimmt sich ziemlich wichtig, dachte Elisabeth belustigt. Unterdessen zeigte Gerard ihr die Siederei, wo das Fleisch gesotten wurde, um es zur weiteren Verarbeitung vorzubereiten, und als sie über einen kleinen Hof gingen, wies er auf verschiedene Kammern hin und erklärte ihr, daß dort Fleisch aufbewahrt werde und Fisch in Seetang verpackt, und daß man von hier aus zu den Nebenküchen gelange, die halbfertige Speisen an die achtzehn großen Küchen lieferten. Als sie diese erreichten und eine nach der anderen durchschritten, fühlte Elisabeth sich ähnlich benommen wie am vorherigen Tag auf dem Weg zur Königin. Überall brannten riesige Kaminfeuer, die eine unerträgliche Hitze verbreiteten, in jeder Küche waren Köche und Küchenjungen damit beschäftigt, das Fleisch für die Bratspieße und die Kettengetriebe vorzubereiten, mit denen man ganze Ochsen wendete, andere mischten die Zutaten für die Saucen und Fleischfüllungen. Gerard blieb hin und wieder stehen, erkundigte sich interessiert nach den einzelnen Zutaten, und so erfuhr Elisabeth, daß die Sauce für das Kalb aus Rosmarin, Salbei, Thymian und Petersilie bestand und daß diese Kräutermischung in Rindsfett und Essig gekocht wurde, das Wildschwein wurde mit einer Mischung aus Brotkrumen, Rosmarin, Rosinen, Muskat und Nüssen gefüllt und mit einer Sauce serviert, die aus Eiern, Sahne, Salz und

Zucker bestand. Beim Wort Zucker rümpfte Gerard die Nase, und Elisabeth hörte verwundert, daß seiner Meinung nach weder die fünfzig Küchenbediensteten noch die drei Oberköche und der Küchenmeister etwas von raffinierter Speisenzubereitung verstünden, und er mokierte sich über den Zucker, der auch an pikante Gerichte gegeben wurde, er kritisierte das übermäßige Würzen, das den Eigengeschmack der Speisen, besonders der Fleischgerichte, überdecke, und äußerte sich abfällig über das sparsame Wirtschaften an diesem Hof, die Mahlzeiten für die unteren Ränge würden genau portioniert, und dann die vielen Aufseher, die beobachten mußten, ob auch kein Diener beim Auftragen heimlich etwas von den Platten nahm.

Elisabeth, die ihr Inkognito wahren wollte, schwieg, ärgerte sich aber über diese negativen Bemerkungen, das Abendessen bei der Königin war köstlich gewesen, allerdings halb kalt wegen des langen Weges von der Küche bis zur königlichen Tafel, und während tranchiert, vorgekostet und serviert wurde, hatten die Speisen sich noch mehr abgekühlt, daran mußte sie sich eben gewöhnen, und sparsam wurde in Hampton Court nicht gewirtschaftet, am Hofe ihres Vaters mußte niemand hungern.

Endlich kamen sie in die Puddingküche, und hier war die Hitze halbwegs erträglich, weil es statt der Kamine Holzkohleöfen gab, auf denen Puddings und Saucen zubereitet wurden. Gerard inspizierte mit Kennermiene die einzelnen Töpfe, nahm ab und zu eine Kostprobe, was der Koch stillschweigend duldete, weil er wußte, daß er es mit einem königlichen Pagen zu tun hatte, schließlich befahl er mit herrischer Stimme zwei Näpfe Pflaumengrütze und einen Krug gewürztes Bier.

Elisabeth beobachtete alles stillschweigend, Gerards großspuriges Auftreten bei diesen armen Leuten, die vom frühen Morgen bis zum späten Abend schwer schufteten – anders konnte man es wohl nicht nennen, die wahrscheinlich froh waren, am Hof arbeiten zu können, weil sie hier besser bezahlt und verköstigt wurden als bei einem adligen Grundbesitzer. Gerards Benehmen in der Küche schockierte sie mehr als seine kritischen Bemerkungen vorher. Als der Koch ihr einen großen Napf, der bis zum Rand mit Grütze gefüllt war, reichte, dankte sie ihm mit herzlichen Worten, und als er sie erstaunt ansah, wurde ihr klar, daß diese einfachen Leute wahrscheinlich selten ein Wort des Dankes hörten, und sie beschloß, die niederen Bediensteten stets besonders höflich zu behandeln, sofern sie mit ihnen zusammentraf. Während des Frühstücks versuchte Elisabeth Gerard ein bißchen auszufragen, wie ihm das Pagenleben gefalle, ob er ein Hofamt anstrebe, aber die Antworten waren so nichtssagend, daß sie damit nicht viel anfangen konnte. Als sie überlegte, wie sie ihn schicklich loswerden konnte, wurde er plötzlich gesprächiger.

»Versprichst du mir, daß du das, was ich dir jetzt sage, nicht weitererzählst?«

»Natürlich«, und sie versuchte, sich möglichst wenig von ihrer Neugier anmerken zu lassen.

»Es ist nämlich so«, und er begann zu flüstern, damit der Koch nichts hörte, aber der war mit seinen Töpfen und der Beaufsichtigung der Küchenjungen beschäftigt, »mein Pagenleben habe ich einem grausamen Schicksal zu verdanken, ich bin nicht Gerard Braleigh, ich bin der Enkel von Richard III., ich gehöre zum Haus York.«

Im ersten Moment war Elisabeth sprachlos, aber da sie die Familiengeschichte des Hauses York, dem ihre Großmutter väterlicherseits entstammte, kannte, faßte sie sich rasch und erwiderte vorsichtig: »Man erzählt, daß der einzige Sohn von Richard III. bereits im Kindesalter starb, einige Monate, bevor Richard vom Vater des jetzigen Königs besiegt wurde.«

»Das ist richtig, aber Richard III. hatte noch einen zweiten Sohn, der rechtzeitig, vor der Niederlage des Vaters, in Sicherheit gebracht wurde, das war mein Vater.«

»Aha, das ist natürlich einleuchtend.« Diese Geschichte, die er erzählt, stimmt nicht, überlegte Elisabeth und erinnerte sich an die Abende in Hatfield: Richard III., der Bösewicht, der die zwei kleinen Brüder ihrer Großmutter Elisabeth im Tower hatte ermorden lassen, dieser König war immer wieder Gesprächsstoff gewesen, aber sie hatte nie etwas von einem zweiten Sohn gehört.

»Ich muß jetzt gehen«, sagte Gerard, »mein Dienst bei Prinz Eduard beginnt. Bist du jeden Morgen in den Küchen?«

»Vielleicht ja, vielleicht nein.«

Ein Enkel von Richard III., überlegte sie auf dem Rückweg, unglaublich, und sie beschloß, bei Gelegenheit der Königin von ihrer Begegnung mit dem Pagen zu erzählen.

Die Gelegenheit ergab sich noch an jenem Vormittag, als sie zusammen mit Katharina auf Eduards Lehrer warteten. Katharina lachte etliche Male belustigt auf, während Elisabeth erzählte, fand, daß es nicht schicklich gewesen sei, in die Küchen zu gehen, andererseits sei es verständlich, daß Elisabeth das Schloß erkunden wolle, und sie selbst hätte als Zehnjährige auch nicht anders gehandelt.

Dann erzählte Katharina der Stieftochter einiges über den Pagen Gerard Braleigh. »Er ist der Sohn eines reichen Tuchhändlers, der während der Auflösung der Klöster große Ländereien erworben hat und vor ungefähr zwei Jahren in den Ritterstand erhoben wurde. Ich vermute, daß er dies seinen guten Beziehungen zu John Dudley, Lord Lisle, verdankt; ihre Besitzungen grenzen aneinander. Der König hält viel von Lord Lisle, er hat ihm den Hosenbandorden verliehen und ihn in diesem Jahr in den Staatsrat berufen; er war Vizegouverneur in Calais und Militärgouverneur an der schottischen Grenze. Dudleys jüngster Sohn, Robert, ist seit einiger Zeit Eduards Page, wahrscheinlich hat der Lord dafür gesorgt, daß der junge Braleigh an den Hof kommt, damit Robert sich nicht so allein fühlt, allerdings, wenn ich die beiden beobachte, habe ich stets das Gefühl, daß sie sich nicht gut vertragen. Zuerst dachte ich, es hängt mit dem Altersunterschied zusammen – Robert ist ungefähr ein Jahr jünger als Gerard –, aber allmählich glaube ich, daß der junge Braleigh es Robert nicht gönnt, daß Lord Lisle die Gunst des Königs genießt, und dabei hat Gerard es weiß Gott nicht nötig, neidisch zu sein, meine Damen sind von ihm begeistert, er sei so charmant und könne wunderbare Geschichten erzählen. Es stimmt natürlich nicht, daß er der Enkel Richards III. ist, das hat er sich ausgedacht.«

»Er hat mich belogen«, sagte Elisabeth, und am Ton ihrer Stimme merkte Katharina die Empörung der Stieftochter.

»Wie man es nimmt«, erwiderte sie vorsichtig, »er lügt oft, das ist richtig, aber manchmal habe ich den Eindruck, daß er das, was er erzählt, glaubt, vielleicht, weil er eine andere Person sein möchte. Jeder Mensch, Elisabeth, hat Wünsche und Träume.«

»Ja, vielleicht«, erwiderte das Mädchen zögernd, »heute abend hat er angeblich beim Bankett eine besondere Aufgabe, das stimmt wahrscheinlich auch nicht.«

»In diesem Fall hat er die Wahrheit gesagt«, erwiderte Katharina.

»Mag sein, aber ich werde diesem Pagen nie mehr etwas glauben, nie mehr. Er mag erzählen, was er will.«

Einige Stunden später stand Elisabeth angekleidet für das Fest in ihrem Zimmer vor dem Spiegel und bewunderte ihre verwandelte äußere Erscheinung: Die rötlich-blonden Haare waren so frisiert, daß ihre hohe Stirn vorteilhaft zur Geltung kam, und die eingeflochtenen Perlenschnüre bändigten und schmückten die Locken; sie trug ein Kleid aus grünem, golddurchwirktem Samt, darunter ein rotseidenes Unterkleid, weiße Spitzenmanschetten schlossen die gebauschten Ärmel ab, und die schwarze Pelzborte am tiefsitzenden Ausschnitt ließ die schmalen, kindlichen Schultern weniger eckig erscheinen. Sie betrachtete die Perlenkette, die Rubinbrosche, die mit Edelsteinen verzierten goldenen Ringe und fühlte sich glücklich. Dieses Kleid, dachte sie, ist eines von vielen neuen Kleidern und der Schmuck ein winziger Bruchteil dessen, was in der Schmucktruhe liegt.

Sie sah zur Uhr, stellte fest, daß es noch einige Zeit dauern würde, bis Kate sie zur Audienz bei ihrem Vater holte, und beschloß, die Schwester kurz zu begrüßen, sich nach deren Befinden zu erkundigen und ihre neue Garderobe vorzuführen. Sie hatte Maria noch nicht gesehen, weil diese sofort nach der Ankunft in ihren Gemächern verschwunden und – weil sie sich unpäßlich fühlte – dort geblieben war.

Als Elisabeth gemeldet wurde, sah Maria unwillig von ihrem Gebetbuch auf, ließ die Schwester aber eintreten und gratulierte ihr höflich-unterkühlt zum Geburtstag. Die kleine, schmale Maria wirkte unscheinbar, altjüngferlich, und die streng zurückgekämmten fahlblonden Haare, die fehlenden Augenbrauen und die blaßgraue Haut ließen sie älter erscheinen, als sie war. Sie musterte Elisabeth von oben bis unten und spürte, daß Neid in ihr keimte, den sie vergeblich zu unterdrücken versuchte. Das Fest, das zu Ehren der Schwester stattfand, störte Maria nicht – während ihrer eigenen Kindheit hatte der König auch Turniere und Bankette für sie veranstaltet –, aber beim Anblick dieses blühenden, gesunden Mädchens wurde ihr bewußt, daß die Schwester wahrscheinlich in wenigen Jahren der Mittelpunkt des Hofes war, umschwärmt von den jungen Kavalieren, während sie selbst verwelkte, alterte und unbeachtet dahindämmerte. Dieses Kind war schuld daran, daß ihr Leben anders verlaufen war als geplant ... Bis zu ihrem zehnten Lebensjahr war sie Thronfolgerin und der Mittelpunkt des Hofes gewesen. Ihr Vater, der sie damals abgöttisch liebte, hatte sie mit Kaiser Karl V. verlobt ... 1526 trat Anna Boleyn in das Leben des Königs, ihre Mutter wurde verstoßen, sie selbst von heute auf morgen zum Bastard, als sie sich weigerte, der jüngeren Schwester zu dienen, wurde sie vom Hof verstoßen ... Drei Jahre lang hatte sie dem Vater getrotzt und sich erst 1536 unterworfen und ihn als Oberhaupt der Kirche Englands anerkannt. Sie unterdrückte mühsam die aufsteigenden Tränen.

»Fühlst du dich besser?« fragte Elisabeth arglos.

»Es geht«, Maria strich sich über die Schläfen, »ich habe furchtbare Kopfschmerzen, am liebsten würde ich dem Fest fernbleiben, aber das erlaubt der König nicht.«

»Ein Bankett mit anschließendem Tanz ist doch eine nette Abwechslung.«

»Für dich vielleicht«, erwiderte Maria herablassend, »du hast diese Gelage noch nicht miterlebt, für mich sind diese stundenlangen Eß- und Trinkorgien eine Strapaze, und die Darbietungen zwischendurch finde ich allmählich langweilig: Sänger, Tänzer, Gaukler und immer wieder Maskeraden. Am schlimmsten aber sind die Gäste, jeder protzt mit seinem Besteck.«

»Wie meinst du das?«

»Nun, viele bringen ihre eigenen Löffel und Messer mit, du wirst staunen, welche Kostbarkeiten aus Gold, mit Edelsteinen verziert, du sehen wirst. Es sind die feinsten und kunstvollsten Goldschmiedearbeiten darunter, und man zeigt natürlich, was man besitzt und sich leisten kann. Leider beherrschen viele dieser hohen Herrschaften die Anstandsregeln nicht, oder sie kümmern sich nicht darum. Wundere dich nicht, wenn du einen Herrn siehst, der über den Tisch spuckt oder sich am Kopf kratzt und mit den Fingern, an denen wahrscheinlich Läuse kleben, in der Schüssel nach den besten Fleischstücken fischt und seinem Tischnachbarn nur den abgenagten Knochen übrigläßt. Manche essen ungeniert mit fünf Fingern, statt mit drei, wie es sich gehört; viele Damen benehmen sich äußerst locker, geradezu skandalös, sie zeigen offen ihre Beine, küssen jeden, der ihnen vorgestellt wird, erscheinen zum Bankett ohne männliche Begleitung, gehen ungeniert von einem Herrn zum andern, es ist manchmal schrecklich.«

Elisabeth lachte. »Stell dich nicht so an mit diesen Anstandsregeln, du und ich, wir würden nie dagegen verstoßen, aber man muß manchmal auch ein bißchen großzügig und tolerant sein.«

»Tolerant«, Maria zog verächtlich die Mundwinkel herab, und Elisabeth wechselte das Thema.

»Wie gefällt dir mein neues Kleid? Und die Ringe! Sieh nur«, sie zeigte der Schwester stolz ihre geschmückten Hände. Maria preßte die Lippen aufeinander, betrachtete kummervoll die eigenen kurzen, fleischigen, beringten Finger und gestand sich ein, daß der Schmuck deren Häßlichkeit nicht verbarg.

»In diesem Kleid«, sagte Elisabeth und begann, im Zimmer auf und ab zu gehen, wobei sie sich kokett hin und her drehte, »in diesem Kleid fühle ich mich wie eine richtige Prinzessin.« Der wiegende Gang der Schwester erinnerte Maria lebhaft an Anna Boleyn, und plötzlich war es mit ihrer Beherrschung vorbei.

»Prinzessin«, rief sie höhnisch, stand auf und ging drohend einige Schritte auf Elisabeth zu, die ängstlich zurückwich. »Du fühlst dich wie eine Prinzessin, aber du bist keine, weißt du, was du bist?« schrie sie und packte die Schwester an den Schultern. »Du bist ein Bastard, ein elender Bastard!« Sie stieß Elisabeth von sich fort, und diese taumelte gegen einen Stuhl und hielt sich zitternd an der Lehne fest, unfähig zu begreifen, was hier vorging. »Wir sind beide Bastarde«, sagte Maria leise, schlug die Hände vors Gesicht und begann zu weinen.

Elisabeth aber floh entsetzt in ihr Zimmer, sank erschöpft auf einen Stuhl, fragte sich, was sie gesagt oder getan hatte, daß Maria wie eine Furie auf sie losgegangen war, und kam zu dem Ergebnis, daß das Wort ›Prinzessin‹ die Schwester in Zorn versetzt hatte. Was ist ein Bastard, überlegte sie, folgerte, daß ein Bastard etwas Schlimmes war, und dachte nach, wen sie nach der Bedeutung dieses Wortes fragen konnte. Kate? Bei gewissen Themen war die Erzieherin sehr schweigsam, und das Kind spürte, daß sie auf den Bastard nicht eingehen würde. Die Königin? Sie erinnerte sich an das Verständnis der Stiefmutter für ihren Küchenausflug und beschloß, irgendwann Katharina zu fragen.

Sie betrachtete sich prüfend im Spiegel und stellte erleichtert fest, daß sie völlig gefaßt wirkte und man ihr nicht ansah, in welcher inneren Erregung sie sich befand. Warum hatte sie sich von der Schwester derart aus der Fassung bringen lassen? Sie war die Tochter des Königs, und dieser gab ein Fest für sie.

Wenig später erschien Kate und führte sie durch die ›Geistergalerie‹ bis zu jenem Zimmer, das Heinrich als Arbeits- und Andachtsraum benutzte, weil er von hier aus in die Kapelle hinuntersehen und die Messe verfolgen konnte. Als Elisabeth das Gemach betrat, spürte sie, daß ihr Herz zu klopfen begann, und einen Augenblick glaubte sie vor Aufregung nicht sprechen zu können. Sie bemerkte weder die Königin und die Geschwister noch Eduard und Thomas Seymour – letzterer war vor kurzem aus Frankreich zurückgekehrt –, sie sah nur die große, stattliche Gestalt ihres Vaters, und seine imposante, majestätische Erscheinung faszinierte sie und schüchterte sie gleichzeitig ein. Heinrich VIII. war stets von kräftiger Statur gewesen, aber während der letzten Jahre hatte er so an Leibesfülle gewonnen, daß er weder aktiv an seinen geliebten Turnieren teilnehmen konnte, noch vermochte er Tennis zu spielen, und bei der Jagd fiel ihm das Reiten so schwer, daß man ihm das Wild zutreiben mußte. Die zunehmende körperliche Unbeweglichkeit und die periodisch auftretenden Beinschmerzen raubten ihm einen Teil seiner Lebensfreude, und im Laufe der Jahre waren seine Stimmungen immer unberechenbarer geworden. Es machte ihm keinen Spaß mehr, am ersten Maitag in den Wald zu ziehen, und den kühlen, verregneten Sommer des Jahres 1543 hatte er in seinem komfortablen Hampton Court verbracht, statt sich, wie sonst, auf die sommerliche Rundreise durch sein Königreich zu begeben. Der einzige Lichtblick war die neue Königin, und er hoffte, daß es ihm auf seine alten Tage vergönnt war, endlich ein harmonisches Familienleben zu führen. Bankette und prachtvolle Kleider waren die einzigen Liebhabereien, denen er noch frönen konnte, und Elisabeth, die letztere Neigung von ihm geerbt hatte, vergaß für einige Augenblicke ihre Nervosität und betrachtete fasziniert den Aufzug des Vaters. Er trug einen veilchenfarbenen Samtmantel, der mit weißem Atlas gefüttert war, und ein knielanges Wams aus Goldbrokat, ein schwarzes Samtbarett bedeckte die rötlich-blonden Haare, dicke goldene Halsketten und edelsteingeschmückte Ringe rundeten das Bild ab. Elisabeth setzte zum Hofknicks an, aber da war Heinrich schon bei der Tochter, hob ihr Kinn etwas empor und betrachtete sie eine Weile lang nachdenklich und prüfend.

»Zehn Jahre«, sagte er schließlich, und die Anwesenden hatten den Eindruck, daß etwas Wehmut sein Gesicht überschattete. Er setzte sich in den hohen Lehnstuhl, winkte die Tochter heran und begann eine Unterhaltung auf lateinisch, fragte nach ihrer Lektüre, ob ihr Hampton Court gefalle, welche Instrumente sie spiele.

Kate hielt den Atem an und spielte nervös mit ihrem Taschentuch, aber Elisabeths Antworten waren grammatikalisch fehlerfrei, und Heinrich lächelte etliche Male anerkennend.

Das Bankett fand in der großen Halle statt. An der oberen Breitseite war – etwas erhöht – die königliche Tafel aufgebaut, während der Adel an den beiden Längsseiten Platz nahm. Am unteren Ende der Halle saßen und standen Sänger und Instrumentalisten, die zu Heinrichs privatem Orchester gehörten.

Auf ein Zeichen des Königs hin lösten sich aus dieser Gruppe einige Flötisten, Lautenspieler und Sänger, traten vor das Geburtstagskind und trugen Lieder vor, die Heinrich verfaßt und komponiert hatte. Elisabeth saß zwischen ihrem Vater und Katharina, bewunderte das Goldgeschirr und beobachtete fasziniert, was um sie herum geschah. Außer den Geschwistern und den Seymour-Brüdern saßen noch zwei Herren an der Tafel, und sie erfuhr von der Königin, daß es sich um Chapuys, den Gesandten Kaiser Karls V., handele, und um Lord Lisle. Die älteren Hofleute musterten vorsichtig den Lord und sahen einander erstaunt an; sie bezweifelten nicht dessen Fähigkeiten, aber sie erinnerten sich noch lebhaft daran, daß eine der ersten

Amtshandlungen des jungen Heinrich die Verhaftung und Einkerkerung Richard Empsons und Edmund Dudleys – Lord Lisles Vater – gewesen war; die beiden verhaßten Steuereintreiber hatten sich angeblich bereichert, was – wie jeder wußte – unter dem sparsamen Heinrich VII. völlig unmöglich war. Empson und Dudley wurden hingerichtet, ihr Vermögen konfisziert – und vierunddreißig Jahre später steht Edmund Dudleys Sohn John in höchster Gunst beim König. Während man oben plauderte und der Musik lauschte, traf man im Erdgeschoß die letzten Vorbereitungen zum Auftragen der Speisen: Der Küchenmeister packte den für die königliche Tafel bestimmten Pfau wieder in sein Federkleid und vergoldete den Schnabel, während einer seiner Assistenten die Zinnen der Marzipanburg versilberte, den Wassergraben mit Dessertwein füllte, und endlich war es soweit: Die rot livrierten Diener formierten sich zum Zug und schritten – begleitet von Aufsichtsbeamten – hinter Panetier, Mundschenk, Tranchierer und Vorkoster die breite Treppe hinauf zur Hoftafel. Dort rief ein Herold die Speisenfolge des ersten Ganges aus, und als nun die Köstlichkeiten zur königlichen Tafel getragen wurden, hörte man überall beifälliges Gemurmel. Man sah gebratene Wachteln und Tauben, gesottene Kapaune, allerlei Fleischpasteten, gekochtes mit Senf serviertes Kalbfleisch, gebackene Karpfen, gekochte Hähne und Hühner in ihrem Federkleid, süße Puddings, gezuckerte, mit Goldstaub bestreute Kapaune, und als besondere Delikatesse für die königliche Familie wurden ein ganzer Schweinskopf und ein gebratenes Spanferkel serviert. Auch die Tischdekorationen wurden allgemein bewundert: Wildbretpasteten in Form von Ebern, Taubenpasteten in Gestalt von Schwänen, schließlich ein gekochter Widder, der mit seinem Fell bekleidet in einem goldenen Becken stand und zu leben schien. Elisabeth trank etwas gezuckerten Weißwein, schwankte zwischen Karpfen, Geflügel, Schweinskopf und entschied sich endlich für letzteren. Während der zweite Gang serviert wurde, trippelte plötzlich ein kleiner, dürrer, etwas buckliger Mann in einem knielangen grünen Wams auf die königliche Tafel zu, verbeugte sich ehrerbietig vor Elisabeth, gratulierte ihr mit wohlgesetzten Worten, die aufrichtig und nicht schmeichlerisch gemeint waren, zu ihrem Geburtstag und wandte sich dann zum König:

»Meinen herzlichen Glückwunsch zu Eurer Tochter, Harry, sie ist die Zierde des Hofes.«

In diesem Augenblick wußte Elisabeth, daß dieser Mann, der ihren Vater so vertraulich anredete, nur Will Somers sein konnte, des Königs liebster Hofnarr, der schon seit achtzehn Jahren in dessen Diensten stand und sich gehalten hatte. Minister wurden gestürzt, Königinnen lösten einander ab, doch Somers blieb und erheiterte Herrscher und Hof durch seine neckisch-ernste Art.

»Setze ihr keine Flausen in den Kopf, Will«, erwiderte Heinrich gutgelaunt, und in seinen Augen spiegelte sich unverkennbar Vaterstolz wider.

Somers trippelte weiter zu einem Tisch unweit der königlichen Tafel und blieb vor einem Herrn stehen, der dadurch auffiel, daß er sein Jagdhorn bei sich trug. Dieser Herr stritt mit einem Tischnachbarn laut über die Ausbildung von Kindern in Sprachen und Literatur und rief schließlich wütend: »Alle Gelehrten sind Bettler; sogar Erasmus, dieser hochgelehrte Mann, ist arm, wie ich höre. Ich hingegen würde meinen Sohn lieber hängen sehen, als daß ich ihn klassische Literatur studieren ließe. Die Söhne von Gentlemen müssen in der Lage sein, ihr Horn geschickt zu blasen, gut zu jagen und einen Falken elegant zu tragen und abzurichten; das Studium der Literatur aber soll den Bauernsöhnen überlassen bleiben.«

Somers lachte leise auf und erwiderte: »Hört, hört. Angenommen, der König empfängt einen ausländischen Gesandten, und jemand vom Hof soll dessen Ansprache beantworten, dann würde Ihr Sohn nur in sein Horn blasen, und die gebildeten Söhne von Bauern würden mit der Erwiderung beauftragt werden, und sie würden weit vor Ihrem jagenden oder Falken dressierenden Sohn plaziert werden, und sie würden Ihnen ins Gesicht sagen, daß sie lieber gebildet wären, als sich stupiden Adels zu rühmen.«

Nach diesen Worten herrschte an jenem Tisch betretenes Schweigen, Heinrich indes lachte und rief: »Gut gesprochen, Will«, und zu Katharina: »Allmählich fängt ein Teil der Barone an, umzudenken, was die Bildung ihrer Kinder betrifft, es ist auch schon vorgekommen, daß die Gentlemen sich gegen die Aufnahme von Bauernsöhnen an eine Schule ausgesprochen haben, zum Beispiel vor zwei

Jahren in Canterbury, als Kathedrale und Schule renoviert wurden. Erzbischof Cranmer hat schließlich durchgesetzt, daß auch begabte Kinder armer Leute aufgenommen werden können, was völlig in Ordnung ist.«

Elisabeth hatte aufmerksam zugehört und fand, daß ihr Vater recht hatte, Lernen war für alle wichtig. Sie betrachtete die tafelnden Damen und Herren und beobachtete, daß tatsächlich viele die Anstandsregeln nicht beachteten, was aber der ausgelassenen Stimmung keinen Abbruch tat.

Als der Herold den dritten Gang ankündigte, beugte Heinrich sich zu seiner Tochter und sagte geheimnisvoll lächelnd: »Jetzt wird eine Speise gebracht, die ist für dich allein bestimmt«, und da betraten die Diener auch schon die Halle und trugen ein riesiges Schloß aus Marzipan zur königlichen Tafel. Hinter ihnen ging die Frau, die jenes Kunstwerk geschaffen hatte. Sie war die einzige weibliche Person im Küchentrakt und nur für die Süßspeisen zuständig.

»Schloß Nonsuch, Euer Gnaden«, sagte sie zu Elisabeth, knickste und errötete vor Freude und Verlegenheit über die lobenden Worte des Königspaares.

Elisabeth betrachtete fasziniert und stumm das weitläufige Schloß mit den unzähligen Türmchen und Minaretten.

»Es ist noch prachtvoller als Hampton Court – werde ich dort auch wohnen?«

»Natürlich«, erwiderte Katharina, »nun nimm dir ein Stück Marzipan.«

»Es ist viel zu kostbar zum Aufessen, ich möchte es noch eine Weile betrachten.«

Unterdessen hatten einige jüngere Pagen die Halle betreten und bildeten ein breites Spalier, während der Herold verkündete, daß ein ritterlicher, fairer Fechtkampf zwischen den verbündeten Ländern Spanien und England vorgeführt werde. Nun erschienen zwei schwarz maskierte Knaben zwischen zehn und zwölf Jahren, auf deren Wämsern das Wappen des Landes aufgenäht war, das sie darstellten. Die Zuschauer betrachteten neugierig die schmalen Degen, die allmählich die Schwerter verdrängten; man wußte, daß der italienische Fechtmeister die Pagen eine neue Methode lehrte, bei der es auf den Stoß ankam und nicht, wie bei den alten Schwertkämpfen, auf den Hieb. Das Duell begann, und alle Anwesenden – den kaiserlichen Gesandten ausgenommen – hofften auf einen Sieg Englands, verfolgten gespannt die einzelnen Stöße, ohne deren Bedeutung zu verstehen, und bewunderten, wie leicht und elegant die Pagen die Klingen kreuzten. Thomas Seymour war der einzige, der die neue Fechtkunst einigermaßen beherrschte, und er beobachtete mehr interessiert als gespannt das Schauspiel: Hieb, Parade, *stoccata, mandritto, stramazzone, caricado*...

Donnerwetter, dachte Thomas, der Italiener hat den Burschen allerhand beigebracht, sie scheinen beide gleich gut zu sein, der Spanier ist angriffslustig, der Engländer wendig, plötzlich zuckte er erschrocken zusammen, der Degen des Spaniers fuhr nach dem Knie des Engländers, aber dieser parierte blitzschnell.

Im gleichen Moment sprang Thomas auf, sah Heinrich an und rief: »Sir, laßt abbrechen! Der Spanier hätte soeben den Engländer beinahe zum Krüppel geschlagen!«

Bei diesen Worten wurde Lord Lisle aschfahl. »Majestät«, stammelte er. Heinrichs heitere Miene hatte sich ob dieses unangenehmen Zwischenfalles verfinstert, er ließ das Duell abbrechen und befahl dem Schwager in barschem Ton, eine Erklärung abzugeben. Thomas, der die königlichen Launen kannte, wußte, daß er seine Worte sorgsam wählen mußte, der Stoß – dies hatte er bemerkt – war mit Absicht geführt worden, aber er konnte es nicht beweisen.

»Sir«, begann er vorsichtig, »es gibt einen Stoß – gerade noch an der Grenze des Duell-Kodexes –, man nennt ihn *Coup de Jarnac*, ›de Jarnac‹ deshalb, weil er erstmals bei einem Duell in Frankreich, übrigens vor den Augen des Königs, durchgeführt wurde – dieser Stoß wird linkshändig am Knie durchgezogen, wenn man ihn nicht pariert – und er ist äußerst schwer zu parieren –, wenn man ihn nicht pariert«, rief Thomas so laut, daß jeder in der Halle ihn hören konnte, »dann werden die Fußsehnen durchtrennt!«

Elisabeth unterdrückte einen Aufschrei, im Saal entstand Unruhe, man empörte sich über den Fechtmeister, der Kindern diesen gefährlichen Stoß beibrachte, man verwünschte die gottverdammten Italiener, von denen es in London seit einiger Zeit wimmelte. Heinrich sah düster vor sich hin und sagte schließlich seufzend: »Es geht doch nichts über die alten Schwertspiele, diese neue Kunst ist teuflisch«, und zu Thomas: »Übermittelt dem Fechtmeister folgenden Befehl: Es ist ihm ab sofort bei Todesstrafe untersagt, den Pagen unter sechzehn Jahren diesen *Coup de Jarnac* beizubringen; der Junge, der vorhin diesen Stoß geführt hat, wird bei Tagesanbruch das Schloß verlassen und zu seinen Eltern zurückkehren. Das Duell«, rief Heinrich den Gästen zu, »ist beendet; da der Engländer den Stoß abgewehrt hat, erkläre ich ihn zum Sieger!«

Lauter Beifall begleitete seine Worte, während er Elisabeth aufforderte, die jungen Herren zu demaskieren. Diese erschrak, als sie hörte, daß sie dem Spanier die Maske abnehmen sollte, aber als Tochter des Königs durfte sie weder ängstlich noch unsicher wirken, und so eilte sie klopfenden Herzens zu den Pagen und nahm zuerst dem Engländer behutsam die Maske ab, wobei sie versuchte, nicht an das Unglück zu denken, das diesem beinahe widerfahren wäre. Sie sah ein erhitztes ovales Jungengesicht, eine schmale Nase, sinnliche Lippen und große braune Augen; er sieht gut aus, dachte sie, und wirkt sympathisch, in diesem Moment nannte er seinen Namen: »Robert Dudley, fünfter Sohn von Lord Lisle, Euer Gnaden«, und verbeugte sich respektvoll, aber nicht unterwürfig, eher selbstsicher, was Elisabeth gefiel. Robert Dudley, dachte sie, diesen Namen hatte sie schon einmal gehört, am Vormittag, während des Gesprächs mit Katharina..., plötzlich keimte ein Verdacht in ihr auf, wurde zur Gewißheit, und zornig wandte sie sich zu dem Spanier, riß ihm die Maske vom Gesicht und warf sie in hohem Bogen durch die Halle, was von beifälligem Gemurmel begleitet wurde, weil der Page sich durch sein Benehmen bei vielen Hofleuten unbeliebt gemacht hatte.

»Donnerwetter, Lady Elisabeth hat das Temperament ihrer Mutter geerbt«, sagte ein älterer Hofmann leise zu seinem Nachbarn.

»Und das Temperament des Vaters«, erwiderte dieser, sah zu Heinrich, der schallend lachte, als die Maske durch die Halle flog, schlußfolgerte, daß die ›illegitime Tochter‹ anscheinend beim Vater in Gunst stand, und beschloß, sich mit der jungen Dame gut zu stellen.

»Gerard Braleigh«, sagte Elisabeth empört, »war das die besondere Aufgabe?«

Er sah sie überrascht an und begriff erst allmählich, daß das ›Küchenmädchen‹ die Tochter des Königs war. Elisabeth würdigte ihn keines weiteren Blickes, sondern trat lächelnd zu dem jungen

Dudley: »Ihr habt meisterhaft gefochten, mein Kompliment, kommt, Ihr dürft zur Belohnung Schloß Nonsuch anschneiden.«

»Vielen Dank, Euer Gnaden«, stammelte Robert und errötete vor Verlegenheit und Freude.

Als Gerard Braleigh seinen Kameraden an Elisabeths Seite zur königlichen Tafel gehen sah, preßte er die Lippen aufeinander, und während er sich zu den Pagen begab, die in einer Ecke zusammenstanden, glomm ein gefährlicher Funke in seinen Augen auf. Dieser gottverdammte Dudley, dachte er. Robert taugt als Page so viel wie wir übrigen, aber sein Vater gehört zum Staatsrat, das verschafft dem Sohn natürlich Vorteile. Und er beschloß, nichts unversucht zu lassen, um den Aufstieg des jungen Lord Lisle zu bremsen.

Nachdem Robert das Marzipankunstwerk genügend bewundert hatte, schnitt er ein kleines Stück ab, woraufhin Elisabeth ihm energisch das Messer aus der Hand nahm, das Schloß zerstückelte und eine üppige Portion des Zuckerwerks auf einen goldenen Teller legte, den sie ihm lächelnd überreichte. Lord Lisle strahlte über diese Auszeichnung des Sohnes, er war stolz auf seine Kinder, hegte hochfliegende Pläne für sie, und während Robert zu seinen Kameraden ging, beschloß John Dudley, dafür zu sorgen, daß der junge Braleigh nicht mehr an den Hof zurückkehrte.

Das Bankett ging weiter, und bald war die Stimmung so ausgelassen wie zuvor. Irgendwann ließ Katharina den kleinen Eduard, der inzwischen eingeschlafen war, wegbringen, irgendwann war das Bankett beendet, und dann begann der Tanz, den der König mit Elisabeth eröffnete.

Maria beobachtete eine Weile ihren Vater und die jüngere Schwester, und als sie sah, wie Heinrich lachte und scherzte, hielt sie es nicht länger aus, stand abrupt auf und verließ die Halle, was nicht weiter auffiel. Dieser Bastard, dachte sie empört, wie wichtig dieses Balg genommen wird – sie scheint ihn genauso zu behexen wie die Hure Anna Boleyn.

»Nun, mein kleines Mädchen«, fragte Heinrich, »gefällt dir das Fest?«

»O ja, Sir, ich tanze furchtbar gerne«, und sie schilderte ihm begeistert die Tänze, die sie auf den ländlichen Festen erlebt hatte. Er betrachtete ihre leuchtenden Augen und fühlte sich eigentümlich berührt.

»Du wirst jetzt regelmäßig Tanzunterricht erhalten.« Er blieb schwer atmend stehen, seine Leibesfülle machte ihm immer stärker zu schaffen – und winkte den jungen Dudley herbei: »Robin, mein Junge, komm her, dir als Sieger gebührt die Ehre…« und lächelnd übergab er ihm Elisabeth.

»Mit Robert müssen wir uns gut stellen«, sagte einer der Pagen zu Gerard, »Lady Elisabeth scheint ihn zu mögen, das sieht man ihrem Gesicht an.«

»Abwarten«, brummte Gerard, und als seine Augen das tanzende Paar verfolgten, spiegelten sich Haß und Neid darin wieder. Eines Tages, das wußte er, würde er Robert Dudley einen Stoß ins Herz versetzen, der ihn tötete.

IV

Während der folgenden Wochen verbrachte Elisabeth die meisten Stunden des Tages im Schulzimmer, teils zusammen mit Eduard, teils allein. Wenn die Geschwister tagsüber getrennt unterrichtet wurden, schrieben sie sich zwischendurch kurze Briefe auf lateinisch. Richard Cox und John Cheke – ein junger Gelehrter aus Cambridge – führten die Geschwister in die Klassiker ein, Jean Balmain unterrichtete sie in Französisch, und Battista Castiglione lehrte Elisabeth die italienische Sprache. Bruder und Schwester meisterten ohne Schwierigkeiten Hexameter und Pentameter, und nach kurzer Zeit studierte Elisabeth Kommentare zum griechischen Neuen Testament. Die Lektüre außerhalb des Schulzimmers wurde von Katharina sorgfältig überwacht, sie erlaubte nur Bücher mit biblischen oder mythologischen Geschichten. Während der Mußestunden erhielt Elisabeth Unterricht in Musik, Tanz, Reiten, Bogenschießen und Handarbeiten; letzteres machte ihr keinen Spaß, hingegen begeisterte sie sich für Musik, Tanz und Reiten. Insgesamt waren ihre Lernfortschritte beachtlich, und die Lehrer konnten Heinrich und Katharina guten Gewissens berichten, daß Lady Elisabeth sich in allen Disziplinen auszeichne. Das Familienleben, das sie nun erstmals kennenlernte, verlief harmonisch: Ihre Schwester sah sie nur bei den Mahlzeiten oder während der Stunde vor dem Abendessen, wenn man sich bei der Königin zu Spiel und Unterhaltung traf. Sie war viel mit Eduard und Katharina zusammen, die sie und den Bruder – unterstützt von Cheke – behutsam mit dem reformierten Glauben bekannt machte. Elisabeth empfand für ihre Stiefmutter Respekt, gleichzeitig vertraute sie ihr voll und ganz und wußte, daß sie mit allen Nöten und Problemen zu ihr gehen konnte. Für Heinrich empfand sie ebenfalls Respekt, der begleitet war von grenzenloser Bewunderung. Sie war stolz darauf, daß ihr Vater König von England war und Oberhaupt der englischen Kirche. Sie wußte, daß er ein Buch gegen die Lehren Martin Luthers geschrieben und vom Papst dafür im Oktober 1521 den Titel ›Defensor Fidei‹ (›Verteidiger des Glaubens‹) erhalten hatte, von Cheke und Katharina hörte sie, daß der König von England die Monarchie der Reformation repräsentiere, auch wenn er sich persönlich zum katholischen Glauben bekenne und in England seit 1539 – basierend auf den sechs Artikeln – der traditionelle katholische Glaube gelte. Dieser Widerspruch – Monarch der Reformation und Verfechter des katholischen Glaubens – minderte Elisabeths Bewunderung für ihren Vater nicht im geringsten, konfrontierte sie aber erstmals mit jener religiösen Spaltung des Landes, die auch in der königlichen Familie vorhanden war, wenngleich nach außen hin der Schein gewahrt wurde.

Die religiöse Spaltung Englands war für Heinrich in jenem Herbst nur ein Problem unter mehreren: Im September hatte Schottland den Heiratsvertrag mit England für nichtig erklärt, Heinrichs zweites Angebot war von Arran ebenfalls abgelehnt worden, und es kam erneut zu Grenzzwischenfällen. Ein weiteres Problem war der für den Sommer 1544 geplante Eroberungsfeldzug gegen Frankreich an der Seite Karls V. Ein Krieg kostet Geld, und er überlegte, ob er das englische Pfund abwerten und neue Münzen mit geringerem Gold- und Silbergehalt prägen lassen sollte. Das Problem, das ihn in jenem Herbst 1543 aber am meisten beschäftigte, war die Thronfolge. Er sah seine Kinder täglich, plauderte mit ihnen, beobachtete die Lernfortschritte von Elisabeth und Eduard und sagte hin und wieder zu Katharina: »Ich wünschte, Elisabeth wäre ein Sohn.«

Der 17. November war der erste winterlich kalte Tag in jenem Herbst. Gegen Mittag setzte leichter Schneefall ein und bedeckte die Gärten und Höfe des Schlosses mit einer weißen Schicht. Am Spätnachmittag saß die königliche Familie wie gewohnt in Katharinas Zimmer: Maria beschäftigte sich mit einer Handarbeit, die Königin las dem Gatten aus Thomas Mores »Utopia« vor, Elisabeth und Eduard spielten Karten. Sie saßen so nahe bei Heinrich, daß dieser ihr Spiel beobachten konnte, und es dauerte nicht lange, da bemerkte er, daß Elisabeth den Bruder absichtlich gewinnen ließ, weil sie wußte, daß er ungern verlor. Heinrich beobachtete auch, daß sein Sohn dies nicht bemerkte, und ärgerte sich darüber. Der künftige König von England läßt sich von einer Frau übertölpeln, dachte er wütend und befahl Elisabeth, die Karten wegzulegen und am Spinett etwas vorzuspielen, irgendeine leichte, heitere Melodie. Er hörte ihrem Spiel gerne zu, weil er merkte, daß sie Fortschritte machte, an jenem Nachmittag aber verfinsterte sich sein Gesicht bei den ersten Klängen, und er befahl der Tochter, aufzuhören und das Zimmer zu verlassen. Elisabeth sah ihren Vater fragend an, was diesen noch mehr reizte.

»Hast du nicht gehört, du sollst hinausgehen«, und zu Maria und Eduard: »Ihr verschwindet ebenfalls.«

Katharina, die die Launen ihres Gatten kannte, wußte, daß es wenig sinnvoll war, ihn nach dem Grund seines plötzlichen Ärgers zu fragen, und wartete geduldig auf eine Erklärung.

»Das Lied, das Elisabeth gespielt hat«, sagte Heinrich nach einer Weile, »dieses Lied hat ihre Mutter manchmal gesungen, wenn wir allein waren. Elisabeths Anwesenheit erinnert mich ständig an die Vergangenheit; ich möchte, daß sie für einige Zeit den Hof verläßt und in Chelsea lebt. Ihr Unterricht wird natürlich fortgesetzt, Cheke soll sie begleiten.« Er schwieg und starrte lange Zeit in das Kaminfeuer.

»Wenn sie ein Sohn wäre«, sagte er schließlich seufzend, »müßte ich nicht dauernd über dieses leidige Nachfolgeproblem nachdenken.«

»Ihr habt doch einen Sohn«, erwiderte Katharina erstaunt.

»Was ist ein einziger Sohn? Der Fortbestand einer Dynastie ist erst bei mehreren Söhnen gewährleistet, manchmal denke ich, daß die männlichen Tudors keine Lebenskraft besitzen; mein älterer Bruder starb mit sechzehn Jahren, meine Söhne aus erster Ehe verlor ich nach wenigen Wochen – und Eduard? Wer soll England regieren, falls er ohne Nachkommen stirbt? Bei der jetzigen Thronfolgeregelung könnten die Stuarts Ansprüche geltend machen – ausgerechnet die Stuarts, mit denen ich bisher nur Scherereien hatte. Nein, England soll noch viele Generationen von den Tudors regiert werden. Ich möchte durch einen Parlamentsbeschluß meine Töchter zu Thronfolgern erklären lassen: Eduard, Maria, Elisabeth – schließlich sind in England Frauen nicht grundsätzlich von der Thronfolge ausgeschlossen. Was hältst du von meiner Idee?«

»Ihr handelt richtig, es ist zwar unwahrscheinlich, daß Maria und Elisabeth jemals Königinnen von England werden, aber als Thronfolgerinnen kann man sie besser verheiraten.«

Sie zögerte etwas und bat schließlich den Gatten, Elisabeth nicht wegzuschicken, sie hänge so am König, aber Heinrich blieb unnachgiebig, und so begab Katharina sich zu der Stieftochter, um ihr die geplante Abreise möglichst schonend beizubringen. Unterwegs beschloß sie, dem Kind von den väterlichen Thronfolgeplänen zu erzählen; der Gatte hatte es ihr nicht verboten und Elisabeth, das war ihr bereits aufgefallen, konnte sehr verschwiegen sein, und diese Neuigkeit versüßte ihr vielleicht die Verbannung vom Hof. Als sie Elisabeths Zimmer betrat, sah die Stieftochter sie ängstlich an und fragte, warum der König so erzürnt sei, was sie falsch gemacht habe.

»Du hast keinen Fehler begangen«, erwiderte Katharina und setzte sich neben das Mädchen auf die Bank. »Ich habe eine gute und eine schlechte Nachricht für dich, die schlechte zuerst: Der König wünscht, daß du für einige Zeit den Hof verläßt und in Chelsea lebst. Er möchte nicht ständig an die Vergangenheit erinnert werden. Das Lied«, Katharina zögerte etwas, ehe sie weitersprach, »das Lied, das du spieltest, hat deine Mutter öfter gesungen.«

»Meine Mutter? Hoheit, bitte erzählt mir von meiner Mutter, ich weiß nichts über sie. Alle schweigen, sogar Kate.«

Als Katharina die flehende Stimme hörte und die bittenden Augen sah, empfand sie Mitleid und dachte, es sei nicht richtig, daß man Anna Boleyn vor der Tochter totschwieg.

»Ich habe deine Mutter persönlich nicht gekannt, aber ich kann dir erzählen, was ich über sie weiß. Doch höre zunächst die gute Nachricht«, und sie erzählte von Heinrichs Thronfolgeplänen. Als Elisabeth dies hörte, erinnerte sie sich plötzlich an das Wort ›Bastard‹ und fragte Katharina, was es bedeute.

»Ein Bastard ist ein uneheliches Kind.«

»Warum sind Maria und ich Bastarde? Unsere Mütter waren doch Königinnen von England?«

»Ja«, erwiderte Katharina und überlegte, wie sie diese komplizierten Zusammenhänge einer Zehnjährigen erklären sollte. »Die erste

Frau deines Vaters – Katharina von Aragon – war eine spanische Prinzessin, die im Verlauf von sechzehn Ehejahren etliche Kinder zur Welt brachte, aber nur eine Tochter überlebte die ersten Jahre – deine Schwester Maria. Sie wurde zur Thronfolgerin ernannt, dein Vater indes hoffte weiter auf einen Sohn, weil er glaubte, daß ein Mann besser regieren kann als eine Frau, und weil bei einer Königin die Verheiratung wahrscheinlich zu innen- oder außenpolitischen Schwierigkeiten führt. Im Jahr 1525 oder 1526 wußte man, daß die Königin keine Kinder mehr bekommen würde. Zu jener Zeit gehörte zu ihrem Hofstaat ein junges Mädchen, in das dein Vater sich leidenschaftlich verliebte. Das Mädchen hieß Anna Boleyn, war neunzehn Jahre alt, hatte einige Jahre am französischen Hof gelebt, war keine Schönheit, aber anmutig, geistvoll, gebildet, temperamentvoll, kurz, sie fiel auf, auch durch ihre äußere Erscheinung, Haare und Augen waren nämlich dunkel; väterlicherseits gehörte ihre Familie erst seit zwei Generationen zum Adel, ihre Mutter war mit dem Hochadel verwandt. Dein Vater beschloß, Anna zu heiraten, weil von ihr auch Nachkommen zu erwarten waren, und er beauftragte seinen damaligen Lordkanzler – Kardinal Wolsey – beim Papst eine Annullierung der ersten Ehe zu erreichen, das war im Jahre 1526. Man hoffte, daß der Papst den Wunsch des englischen Königs erfüllen würde, aber Clemens VII. mußte außenpolitische Rücksichten nehmen, und Wolseys Versuche hinsichtlich der Annullierung blieben erfolglos. 1529 wurde der Kardinal entmachtet und starb einige Zeit später. Sein Nachfolger – Sir Thomas More – lehnte es ab, sich mit der Annullierung zu beschäftigen, und so versuchte dein Vater selbst etwas zu erreichen, er setzte Rom unter Druck, ohne Erfolg. 1531 verbannte er Katharina von Aragon vom Hof und lebte offen vor aller Welt mit Anna Boleyn zusammen. Da trat etwas ein, was man erhoffte, was aber auch sofortiges Handeln hinsichtlich der Annullierung der ersten Ehe erforderte: Anna erwartete Anfang 1533 ein Kind. Die Astrologen prophezeiten einen Sohn, und damit dieser legitim zur Welt kam, mußte eine Möglichkeit gefunden werden, daß dein Vater und Anna heiraten konnten. Im Staatsrat gab es einen Mann von einfacher Herkunft, der im Ausland einige Rechtskenntnisse erworben und sich unter Wolsey hochgearbeitet hatte, er hieß Thomas Cromwell. Dieser sah nur eine Möglichkeit, den Konflikt zu lösen: die juristische Trennung der englischen Kirche von Rom. Ab Frühjahr 1532 brachte er im Parlament verschiedene Gesetze ein, die diese Trennung nach und nach vollzogen: Alle Abgaben an Rom wurden untersagt, dem Papst die Mitsprache bei Bischofswahl und Weihe verweigert, die kirchlichen Gerichtshöfe wurden der Kontrolle des Königs unterworfen, der Klerus erkannte den König als Oberhaupt der Kirche von England an, was im November 1534 vom Parlament noch einmal bestätigt wurde.«

Katharina überlegte einen Augenblick und fuhr dann fort: »Es gab damals auch Leute, die sich weigerten, den König als kirchliches Oberhaupt anzuerkennen, sie wurden des Hochverrats angeklagt und hingerichtet, so auch Sir Thomas More, aus dessen Buch ich vorhin vorgelesen habe. Aber zurück zu Anna Boleyn. Im März 1533 brachte Cromwell jenes Gesetz ein, das die Annullierung der ersten Ehe deines Vaters ermöglichte: In Zukunft durfte keine ausländische Rechtsinstanz mehr angerufen werden, um englische Rechtsfälle zu schlichten. Daraufhin erklärte Cranmer, der Erzbischof von Canterbury, die erste Ehe für ungültig und die inzwischen geschlossene Ehe mit Anna für gültig. Am 31. Mai fuhr sie – eskortiert von einem prachtvollen Gefolge – von Westminster die Themse hinunter zum Tower, um dort – gemäß der Tradition – die Nacht vor ihrer Krönung zu verbringen, sich zu sammeln und innerlich auf die Zeremonie vorzubereiten.«

»Im Tower?« unterbrach Elisabeth. »Das ist doch ein Gefängnis!«

»Gewiß, aber der König hat dort eine komfortable Wohnung, und Anna wird mit ihrem Hofstaat einen lustigen Abend verbracht haben. Im übrigen hat die Nacht im Tower auch eine symbolische Bedeutung: Der König nimmt von seinem Reich Besitz. Am 7. September, nachmittags zwischen drei und vier Uhr, wurde Anna in Schloß Greenwich – entgegen den astrologischen Voraussagen von einer Tochter entbunden. Deine Schwester Maria wurde für illegitim erklärt, und du warst nun die neue Thronfolgerin. Der Papst erklärte die zweite Ehe für nichtig und dich für unehelich, was deinen Vater nicht weiter beeindruckte. Er liebte dich, obwohl er im ersten Augenblick natürlich enttäuscht war, und hoffte weiter auf einen Sohn. Während der folgenden Jahre verschlechterte sich die Position deiner Mutter immer mehr: Die leidenschaftliche Zuneigung des

Königs kühlte allmählich ab, was am Hof natürlich bemerkt wurde, und so konnten Annas Feinde die Oberhand gewinnen. Deine Mutter war beim Volk und am Hof unbeliebt. Das Volk machte sie verantwortlich für die Verstoßung der alten Königin, die allgemein bemitleidet wurde, die Hofleute waren teils neidisch auf die Boleyns, teils empfanden sie deine Mutter als hochmütig und herrisch. Für Anna wurde es zum Verhängnis, daß sie sich Thomas Cromwell zum Feind machte. Cromwell war mächtig und besaß die Mittel, die Königin zu stürzen. Er haßte Anna, weil sie eine politisch interessierte Frau war und beim König seine Außenpolitik zu hintertreiben versuchte. 1536 war die Stellung der Königin so geschwächt, daß er den entscheidenden Schlag führen konnte. Ende Januar hatte sie einen toten Sohn zur Welt gebracht, worin der König den Zorn Gottes erblickte, und zu Annas Unglück war Anfang Januar die verstoßene Königin gestorben. Solange sie lebte, konnte die zweite Ehe nicht widerrufen werden, weil dies die Gültigkeit der ersten zur Folge gehabt hätte. Im Frühjahr wurden dem König Zeugenaussagen überbracht, die Annas Ehebruch beweisen sollten; diese Geständnisse hat Cromwell wahrscheinlich mit Hilfe der Folter erpreßt – später stellte sich heraus, daß man einige Anklagepunkte widerlegen konnte –, aber es half nichts, die Männer wurden vor Gericht gestellt und zum Tode verurteilt.«

Katharina schwieg und überlegte, wie sie dem Kind Annas Tod schildern sollte.

»Und meine Mutter, Hoheit?«

»Deine Mutter? Sie war damals in Schloß Greenwich, und einige Hofleute haben sie – am Abend bevor sie in den Tower gebracht wurde – an einem Fenster stehen sehen, sie hielt dich auf dem Arm und redete beschwörend auf den König ein, der neben ihr stand. Aber er glaubte ihr nicht, daß sie unschuldig war. Am nächsten Tag fuhr sie zum zweiten Mal die Themse hinunter zum Tower, diesmal, um dort zu sterben. Man klagte sie des Ehebruchs und Hochverrats an, sie soll sich geschickt verteidigt haben, aber es half nichts, sie wurde zum Tod durch das Schwert verurteilt und am 19. Mai 1536 im Hof des Tower enthauptet. Dein Vater wollte ihr die Schmach des Hinkniens ersparen, und so durfte sie aufrecht stehend sterben. Am Tag zuvor hatte Cranmer die zweite Ehe für ungültig erklärt. Am

30. Mai heiratete dein Vater Jane Seymour, die Mutter von Eduard, im Juli wurdest du – wie vorher Maria – vom Parlament für illegitim erklärt, die Thronfolge übertrug man auf die Kinder aus der Ehe mit Jane Seymour.«

Katharina schwieg und betrachtete Elisabeth, die mit unbewegtem Gesicht in das Kaminfeuer sah. Sie erinnerte sich noch einmal an die Fensterszene und versuchte sich vorzustellen, wie ihre Mutter die Themse hinunterfuhr.

»Der Tower ist also gleichbedeutend mit dem Tod«, sagte sie nach einer Weile.

»Nicht immer, aber häufig.«

»Warum hat mein Vater meiner Mutter nicht geglaubt – wollte er ihr nicht glauben?«

Was antworte ich jetzt, überlegte Katharina, sie darf ihren Vater nicht zu negativ beurteilen.

»Elisabeth, in der Geschichte deiner Mutter sind viele Elemente enthalten, die mit dem Verstand nicht zu begreifen und zu bewältigen sind. Es ist richtig, daß deine Mutter unschuldig war, aber ein Tribunal sprach sie schuldig. Dein Vater hat das Urteil akzeptiert, es steht uns nicht an, diese Entscheidung zu kritisieren, und du solltest eines nicht vergessen: Dein Vater hat Anna Boleyn sehr geliebt, ich glaube, am meisten von allen seinen Frauen.«

Als Katharina gegangen war, versuchte Elisabeth Ordnung in ihre Gedanken zu bringen, aber es gelang ihr nicht so recht, und auf einmal war sie ganz froh, einige Monate entfernt vom Hof zu leben und in aller Ruhe die Geschichte ihrer Mutter noch einmal zu überdenken und vor allem die Tatsache, daß sie künftig an dritter Stelle in der Thronfolge stehen würde.

Als Robert Dudley am nächsten Morgen in die Große Halle hinunterging, begegnete er Elisabeth und ihrem Bruder. Der kleine Eduard klammerte sich an den Mantel der Schwester, weinte bitterlich, und Robert hörte zu seiner Verwunderung, daß er sie anflehte, ihn nicht allein zu lassen.

»Bleib hier, geh nicht fort, liebe Schwester.«

Elisabeth trocknete seine Tränen und löste sanft die kleinen Hände von ihrem Mantel.

»Eduard, der König wünscht, daß ich abreise. Ich muß ihm gehorchen.«

Robert erschrak.

Der König wünscht..., dachte er und spürte, daß ihn eine quälende Enttäuschung überkam.

Er hatte sich an Elisabeths Anblick und Gegenwart gewöhnt, an ihr Lächeln, ihre Launen: An einem Tag behandelte sie ihn wie einen gleichrangigen Kameraden, am nächsten Tag begegnete sie ihm mit reservierter Sprödigkeit und ließ ihn spüren, daß sie die Tochter des Königs und er nur ein Page war ...

Er empfand sie als verwirrend, rätselhaft, und genau dies faszinierte ihn, ebenso wie ihre äußere Erscheinung, es gab hübschere Mädchen am Hof, blond und rosig, Elisabeth mit ihren rötlichblonden Haaren und ihrer blassen Haut war nicht hübsch, aber apart...

Sie wird mir fehlen, dachte er, und als sie nun Eduard wegschob und hinauseilte, folgte er ihr zögernd.

Als er den Hof betrat, war sie schon aufgesessen, ergriff die Zügel und, einem plötzlichen Impuls folgend, rannte er zu ihr.

»Euer Gnaden.«

Sie ließ die Zügel sinken und sah ihn erstaunt an.

»Was gibt es, Robin?«

»Ihr verlaßt uns, Euer Gnaden?«

»Ja.«

»Werdet Ihr zurückkommen, Euer Gnaden?«

Sie zuckte unmerklich zusammen und sah ihn prüfend an. Täuschte sie sich, oder schwang so etwas wie Angst in seiner Stimme mit?

»Ich weiß es nicht – vielleicht ja, vielleicht nein.«

Sie ergriff die Zügel und sah ihn einige Sekunden schweigend an.

Sie mochte ihn, er war ein hübscher Junge, liebenswürdig, unkompliziert, ein hervorragender Reiter, er hatte ihr bei Ausritten mehr beigebracht als der Lehrer, und sie spürte, daß er sie verehrte, das war wohltuend, sie war zwar die Tochter des Königs, aber offiziell nur ein königlicher Bastard.

»Lebt wohl, Robin.«

»Lebt wohl, Euer Gnaden, und gute Reise.«

Er sah ihr nach, bis sie mit ihrem Gefolge zum Tor hinausgeritten war, ging bedrückt zurück in die Halle und fragte sich, ob er sie jemals wiedersehen würde. Am Hof gab es Gerüchte, daß der König sie mit einem der deutschen protestantischen Fürsten verheiraten wolle…

Zu Beginn des Jahres 1544 wurden Elisabeth und Maria durch Parlamentsbeschluß wieder zu Thronfolgerinnen erklärt, allerdings waren sie nach wie vor illegitime Kinder des Königs. Das Thronfolgegesetz veränderte Elisabeths äußeres Leben nur wenig: Sie mußte jetzt noch mehr lernen, lebte meistens entfernt vom Hof, sah Eltern und Geschwister selten und immer nur für einige Tage.

Der Krieg gegen Frankreich wurde am 7. Juni 1546 mit einem Kompromißfrieden beendet.

In jenem Sommer verschlechterte sich die Gesundheit des Königs von Tag zu Tag, was ihn jedoch nicht hinderte, im September seine sommerliche Rundreise anzutreten.

Er hoffte, daß sein persönliches Auftreten in den Grafschaften den Unmut des Volkes über den Preisanstieg besänftigen würde. Im Mai 1544 hatte er das Pfund abgewertet, um den Krieg gegen Frankreich finanzieren zu können; im darauffolgenden Jahr wurden die Engländer erstmals seit Jahrhunderten mit einer Teuerung konfrontiert, der sie hilflos gegenüberstanden.

Als das Jahr 1546 sich dem Ende zuneigte, spürte Heinrich, daß er nicht mehr lange leben würde, und beschloß, den Streit zwischen den religiösen Parteien zu beenden und die Thronfolge, unabhängig von dem Gesetz des Jahres 1544, in seinem Testament so festzulegen, wie er es für richtig hielt.

Seit Englands Trennung von Rom hatten sich zwei religiöse Parteien gebildet, die katholischen Traditionalisten und die protestantischen Reformer, die Heinrich geschickt gegeneinander ausspielte.

Nun entschied er den Streit zugunsten der Reformer und setzte für den Thronfolger einen Regentschaftsrat ein, dem primär Anhänger der Reformation angehörten: Erzbischof Cranmer, Lordkanzler Wriothesley, Eduard Seymour, auch Lord Lisle gehörte dazu, obwohl er erst seit kurzem mit den Reformatoren sympathisierte.

Am 30. Dezember legte Heinrich in seinem Testament die endgültige Thronfolge fest: Eduard und dessen Nachkommen, Maria und ihre Nachkommen, Elisabeth und deren Nachkommen, die Töchter seiner jüngeren Schwester Maria und deren Nachkommen.

Diese letzte Bestimmung bezog die Suffolk-Linie in die Erbfolge mit ein, nicht aber die Stuarts, die Nachkommen seiner älteren Schwester Margarete.

Die Erbfolge der Töchter war an eine Bedingung geknüpft: Ihre Eheschließung mußte schriftlich von der Mehrheit des Regentschaftsrates gebilligt werden, solange der König noch minderjährig war.

Die Nacht vom 27. auf den 28. Januar 1547 war bitter kalt, alle Flüsse waren zugefroren und die Straßen vereist. In dieser Nacht, zwischen zwei und drei Uhr morgens, starb Heinrich VIII. im Alter von sechsundfünfzig Jahren.

Von der Familie war nur Maria während der letzten Stunden bei ihm; die Königin weilte in Greenwich, Eduard in Hertford und Elisabeth in Enfield.

Eduard Seymour, der Graf von Hertford und Vormund des kleinen Eduard, ließ den neuen König sofort in den Tower bringen, hielt aber Heinrichs Tod zunächst noch geheim, entmachtete am 28. Januar den Regentschaftsrat, indem er sich selbst zum Lordprotektor des Reiches und zum Herzog von Somerset ernannte.

Er war überzeugter Protestant, entschlossen, in England die Reformation durchzusetzen, und dachte keine Sekunde daran, daß er sich durch die Entmachtung des Regentschaftsrates auch Feinde geschaffen hatte.

Seine Gedanken kreisten in jenen Tagen um den jungen Eduard und dessen Schwester Elisabeth. Er wollte den Neffen völlig unter seinen Einfluß bringen, und das bedeutete, daß der König von der

Schwester, die er liebte und auf die er hörte, getrennt blieb. Beide Schwestern mußten von Hof und Bruder ferngehalten werden.

Der Lordprotektor rechnete damit, daß die katholische Maria sich freiwillig zurückzog; bei der jüngeren Schwester lagen die Dinge anders.

Der Lordprotektor ließ Eduard am 31. Januar 1547 zum König ausrufen und begab sich dann höchstpersönlich nach Enfield zu der ahnungslosen Elisabeth.

Sie brach in Tränen aus, als sie vom Tod des Vaters hörte, und bat den Lordprotektor flehentlich, sich zu ihrem Bruder begeben zu dürfen, um ihn zu trösten, weil er sich jetzt bestimmt einsam fühle. Seymour musterte das große, schmale, blasse Mädchen von oben bis unten, rechnete nach, daß sie jetzt dreizehneinhalb Jahre alt war, und erinnerte sich flüchtig an die Taufe des jungen Königs, die fast zehn Jahre zurücklag: Heinrichs Töchter hatten der Taufe beigewohnt... Maria stand irgendwo im Hintergrund, Elisabeth aber durfte die Taufschleppe halten, und da sie noch so klein war, mußte sie von zwei Lords getragen werden ... Schon damals war ihm ihre stolze, königliche Haltung aufgefallen... Sie ist wachsam, dachte er, intelligent und verständig, das einzige Kind Heinrichs, das sich zu einer echten Tudor entwickelt, in einigen Jahren kann sie uns zu schaffen machen – sie muß unbedingt vom Hof ferngehalten werden.

»Euer Gnaden«, begann er mit samtweicher Stimme, »Seine Majestät, der König, ist in bester Obhut: Erzbischof Cranmer und Lord Lisle sind ständig bei Seiner Majestät. Es ist ein ausdrücklicher Wunsch des seligen Königs, daß Euer Gnaden bis zur Volljährigkeit im Haushalt Ihrer Majestät, der Königin, leben. Euer Gnaden werden morgen nach Chelsea übersiedeln, dort will Ihre Majestät künftig leben.«

»Ein ausdrücklicher Wunsch meines Vaters«, sagte Elisabeth leise, und ihre zitternde Stimme verriet ihm, daß sie seine Lüge glaubte.

»Ich respektiere natürlich den letzten Wunsch meines Vaters, Mylord.«

Als Seymour gegangen war, überkam Elisabeth eine stumme Verzweiflung, und sie fühlte sich plötzlich allein und schutzlos. Eduard war ein Kind, noch nicht zehn Jahre alt – was werden sie aus ihm machen, überlegte sie. Sie trat zum Fenster, sah hinaus in den trüben Winternachmittag, sinnierte, was aus ihr werden würde und ahnte instinktiv, daß die unbeschwerten Jahre unwiderruflich der Vergangenheit angehörten.

V

Kate, ich lerne heute nachmittag im Garten; schicke Fernando sofort nach seiner Rückkehr zu mir, ich sitze auf der Bank am Flußufer.«

»Euer Gnaden werden sich in der Aprilluft den Tod holen, denkt an Mr. Grindal, der seit gestern fiebert und hustet.«

»Hölle und Teufel«, rief Elisabeth ungeduldig, »heute ist der erste warme Tag, ich sehne mich nach Licht, Luft, Sonne«, außerdem, dachte sie, muß Kate nicht sehen, daß mein Page in London verbotene Lektüre besorgt hat.

Die Erzieherin schwieg, dachte im stillen, daß Elisabeth mit jedem Tag launischer und schwieriger wurde und sagte sich, daß die Zeit der Veränderung vom Kind zum jungen Mädchen eben durchgestanden werden mußte. Wahrscheinlich trauert sie auch noch um den König, überlegte Kate, seit seinem Tod ist noch kein Vierteljahr vergangen. Im Hof erklang Pferdegetrappel, Kate sah neugierig zum Fenster hinaus und lachte belustigt, als sie den Besucher sah.

»Ihre Majestät erwartet Euch schon, Mylord«, und zu Elisabeth:

»Der Großadmiral.«

»Ein Grund mehr, um in den Garten zu gehen«, erwiderte sie, hängte sich den Mantel um und griff nach der griechischen Grammatik.

»Warum macht Ihr Euch so rar, Euer Gnaden? Seine Lordschaft fragt jeden Tag nach Euch.«

»Ich möchte die traute Zweisamkeit zwischen der Königin und dem Bruder des Lordprotektors nicht stören, außerdem muß ich lernen.« Sie sah zur Uhr und runzelte die Stirn. »Was treibt Fernando in London? Er müßte längst zurück sein«, dann eilte sie hinaus und Kate seufzte unhörbar.

Geduld, sagte sie zu sich selbst, vielleicht ist Elisabeth eifersüchtig auf ihre Stiefmutter, vielleicht hätte die Kleine den Bruder des Lordprotektors doch ganz gerne geheiratet, sie hat zwar das Gegenteil behauptet, aber bei Elisabeth weiß man nie, woran man ist; sie sagt dies und jenes, und der Großadmiral ist zur Zeit die beste Partie in ganz England, kein Mann war in letzter Zeit so vom Glück begünstigt wie Thomas Seymour, überlegte Kate. Er wurde zum Ritter des Hosenbandordens geschlagen, der Lordprotektor gab ihm Ländereien, ernannte ihn zum Lord Seymour of Sudeley, beförderte ihn zum Großadmiral, und nun die Romanze mit der Königinwitwe! Wahrscheinlich werden die beiden nach Ablauf der Trauerzeit heiraten. Und während sie dies überlegte, dachte sie zum ersten Mal darüber nach, was Thomas Seymour bewogen hatte, um Elisabeths Hand zu bitten; er ist Ende dreißig, und sie zählt noch nicht vierzehn Jahre, aber vielleicht ist eine Thronfolgerin reizvoller als eine Königinwitwe.

Unterdessen saß Elisabeth am Flußufer, genoß die Frühlingssonne, betrachtete müßig die glitzernde Wasserfläche und dachte über dies und jenes nach. Ihr Leben im Haushalt der Stiefmutter verlief harmonisch, und doch hatte sie sich während der vergangenen Wochen manchmal gewünscht, volljährig zu sein und ihr eigenes Leben zu führen, wie die ältere Schwester.

Maria lebte – nach ihren Briefen zu urteilen – zufrieden in Wanstead, war materiell gut versorgt und konnte tun und lassen, was sie wollte. Sie steht an zweiter Stelle in der Thronfolge, überlegte Elisabeth, aber wegen ihres Glaubens und ihres Alters – sie zählt inzwischen einunddreißig Jahre – ist sie anscheinend für viele Hofleute politisch uninteressant, während ich … Und sie begann erneut über ein Problem zu grübeln, das sie schon wochenlang beschäftigte. Seit Mitte März, dachte sie, also seit vier Wochen, besucht Thomas Seymour Katharina jeden Tag; er scheint sie aufrichtig zu lieben, aber das bedeutet auch, daß bei seiner Werbung um mich – Ende Februar – die Zuneigung wohl kaum eine Rolle gespielt hat, sondern eher politische Überlegungen. Als der Regentschaftsrat die Zustimmung zu dieser Heirat verweigerte, war ich von heute auf morgen für Thomas Seymour uninteressant geworden. Der Antrag hatte ihr geschmeichelt, obwohl sie keine Lust verspürte, sich so früh zu binden; seit der Ablehnung durch den Rat war ihr jedoch klar geworden, daß sie, als protestantische Schwester des Königs, für den Lordprotektor und die übrigen Räte nur eine Schachfigur war, die man, abhängig von der jeweiligen politischen Lage, beliebig verschieben konnte, und daß Bewerber um ihre Hand nicht Elisabeth Tudor heiraten wollten, sondern die Schwester des Königs von England. Diese Perspektive war nicht sehr verlockend, sie mußte aufpassen, daß man sie nicht gegen ihren Willen verheiratete und vor allem mußte sie aufpassen, daß sie nicht politisch mißbraucht und in Intrigen verwickelt wurde.

Sie nahm das griechische Lehrbuch und versuchte, sich auf Vokabeln und Grammatik zu konzentrieren; sie wollte vor dem Cambridger Gelehrten Roger Ascham, der am nächsten Tag eintreffen sollte, um den Unterricht fortzuführen, solange Grindal krank war, zeigen, was sie gelernt hatte.

Sie war so vertieft in ihre Lektüre, daß sie die Schritte nicht hörte, die sich näherten.

»Herrin«, sie zuckte zusammen und lächelte, als sie Fernando erblickte. Er war ein großer Junge von ungefähr fünfzehn Jahren und die dunklen Haare und Augen verrieten, daß er von Spaniern abstammte, die seinerzeit zum Gefolge Katharinas von Aragon gehört hatten. Er war Elisabeth treu ergeben, verehrte sie, und jene romantische Zuneigung war ihr nicht verborgen geblieben und als sie merkte, daß er verschwiegen war, schenkte sie ihm ihr Vertrauen und besprach hin und wieder etwas mit ihm. Seine bevorzugte Stellung blieb den andern Pagen nicht verborgen, und nach kurzer Zeit bezeichneten sie ihn halb spöttisch, halb neidisch als Favorit von Lady Elisabeth.

»Wo hast du dich in London so lange herumgetrieben?« fragte sie und sah ihn streng an, aber ihre lächelnden Augen verrieten ihm, daß sie es nicht so meinte.

»Herrin, ich war zur Audienz bei Seiner Majestät.«

»Du warst... Du hast meinen Bruder gesehen?! Wie ist das möglich? Maria und ich werden von ihm ferngehalten – und du... Erzähle, wie geht es ihm, ist er gesund?«

»Seid unbesorgt, Herrin, er wirkt gesund, aber ... mir scheint, er lebt in einem goldenen Käfig. Seine Majestät wollte mich – gegen den Willen des Lordprotektors – sehen, um zu erfahren, wie es Euch geht, Herrin. Während jenes kurzen Gesprächs mit Seiner Majestät war der Lordprotektor anwesend, und als der König Euren Brief beantwortete, stand der Lordprotektor neben ihm und las, was Seine Majestät schrieb.«

Fernando übergab Elisabeth einen Brief, den sie hastig öffnete, überflog und enttäuscht zur Seite legte, weil er so kühl und unpersönlich klang. Er schreibt, daß es ihm gutgeht, daß er fleißig lernt und hofft, daß der protestantische Glaube sich in England durchsetzen wird, dachte sie, andererseits, was sollte der Bruder ihr – kontrolliert vom Lordprotektor – auch schreiben?

»Seine Majestät übersiedelt in den nächsten Tagen nach Greenwich, Herrin.«

»Der nächste goldene Käfig. Ach, Fernando, wenn mein seliger Vater wüßte, wie sie uns behandeln: Maria und ich, wir haben Eduard zuletzt an Weihnachten gesehen, sie halten uns von ihm fern, wir dürfen ihm hin und wieder schreiben, das ist alles. Er selbst wird von seinem Onkel überwacht, anders kann man es wohl nicht nennen, ich kann verstehen, daß sie Maria nicht zu ihm lassen, sie fürchten den katholischen Einfluß, aber warum darf ich ihn nicht sehen? Ich gehöre zur protestantischen Partei! Ach, es ist alles so kompliziert.«

»Herrin, ich habe mich am Hof etwas umgehört«, Fernando sah sich vorsichtig um und fuhr leise fort: »Der Lordprotektor ist allmächtig, dennoch haben einige Mitglieder des Regentschaftsrates es geschafft, sich neben ihm zu behaupten – Cranmer und vor allem Lord Lisle, der inzwischen zum Grafen von Warwick ernannt wurde. Man erzählt auch, daß der Protektor und der Großadmiral sich nicht verstehen, daß der Admiral ehrgeizig ist und diesem Ehrgeiz alles unterordnet …«

»Dummes Hofgeschwätz«, unterbrach Elisabeth den Pagen, »als Thomas Seymour um meine Hand bat, verfolgte er wahrscheinlich bestimmte Pläne, aber seit einigen Wochen hat er nur noch Augen für Katharina, sie ist für ihn die große Liebe, sie ist ihm jetzt wichtiger als die Politik.«

»Herrin, wer ist für wen die große Liebe? Sie für ihn oder er für sie? Manchmal habe ich den Eindruck, daß Ihre Majestät den Lordadmiral mehr liebt als er sie.«

»Das bildest du dir ein! Hast du den Ovid besorgt?«

Der Page überreichte ihr ein in Schweinsleder gebundenes Buch, wobei er leicht errötete. Elisabeths Augen glitten über den Titel: »Ars amatoria« (›Die Liebeskunst‹), und sie amüsierte sich darüber, daß sie Katharina ein Schnippchen geschlagen hatte. Wie kurzsichtig von der Stiefmutter, ihr die Lektüre des Ovid zu verbieten, weil sie angeblich noch zu jung war für die Liebesrezepte des römischen Dichters. Sie hatte offenbar nicht daran gedacht, daß Elisabeth inzwischen etwas Geld besaß und sich Bücher kaufen konnte. Während das junge Mädchen vorsichtig die Seiten umblätterte, kam ein kleiner Page gelaufen und rief schon von weitem, Mrs. Ashley bitte Lady Elisabeth zu kommen, um das neue Kleid anzuprobieren, und Fernando solle endlich sein Pferd absatteln. Elisabeth legte den Ovid auf die Bank und eilte ins Haus, während Fernando und der kleine Jock sich zu den Ställen begaben.

»Wollt Ihr wirklich zwei Jahre lang Trauerkleidung tragen, Euer Gnaden?« fragte Kate, während sie Elisabeth beim Zuhaken des schwarzen Seidenkleides half.

»Ja, das bin ich meinem Vater schuldig.«

»Schwarz kleidet Euch, aber etwas weiße Spitze …« Sie lief zum Fenster, weil sie die Stimmen von Katharina und Seymour hörte, schaute neugierig hinunter in den Hof, lachte leise auf und winkte Elisabeth zu sich, die ihren Augen nicht traute, als sie sah, daß der Großadmiral die Königinwitwe von England in seinen Armen hielt und küßte. Sie fühlte sich peinlich berührt und wandte verlegen die Augen ab.

»Es schickt sich nicht, Kate – die Dienerschaft kann die beiden sehen.«

»Ach Gott, Euer Gnaden, Ihre Majestät ist eine erfahrene Frau und kein junges Mädchen.«

Inzwischen hatte Thomas sich auf sein Pferd geschwungen, und als er die Zügel ergriff, bemerkte er Elisabeth. Sie hat uns also beobachtet, dachte er belustigt, um so besser, so bekommt sie einen Vorgeschmack. Und er winkte ihr lächelnd zu.

»Ich habe Euch heute nachmittag vermißt, Lady Prinzessin Elisabeth.«

»Ich mußte lernen.«

»Großer Gott, das Leben besteht doch nicht nur aus Büchern«, und dabei glitten seine Augen so begehrlich über ihren Oberkörper, daß Elisabeth unwillkürlich einen Schritt zurücktrat, weil sie instinktiv spürte, daß er ihr in seiner Phantasie das Kleid abstreifte.

»Leb wohl«, rief Thomas zu Katharina, warf ihr eine Kußhand zu und galoppierte davon.

»Ein Glück, daß ich meinen John habe«, sagte Kate lachend, »sonst würde ich mich noch in den Großadmiral verlieben.«

Er benimmt sich unmöglich, dachte Elisabeth, er küßt Katharina in der Öffentlichkeit, und gleichzeitig sieht er mich so ... so komisch an, in einen solchen Mann werde ich mich nie verlieben, nie!

Sie ging zum Schreibtisch, nahm ihr Haushaltsbuch, notierte, was das Buch gekostet hatte, und während sie addierte und rechnete, tauchten Seymours Augen zwischen den Zahlen auf, sie fühlte sich verfolgt und fasziniert zugleich, und um sich abzulenken, blätterte sie bis zur ersten Seite zurück und überprüfte noch einmal sorgfältig ihre Ausgaben seit dem 1. März. An jenem Tag hatte der Rat fünfzig Pfund ihrer Rente ausgezahlt, und diese Summe mußte – laut Anweisung – ein halbes Jahr reichen. Elisabeth wußte, daß der Vater ihr eine Rente von 3.900 Pfund und Ländereien vermacht hatte, deren Verwaltung ihr bei Volljährigkeit übertragen werden sollte, außerdem eine Mitgift von 10.000 Pfund, falls sie heiratete.

Sie hatte die fünfzig Pfund sofort eingeteilt, weil sie wußte, daß sie sparsam wirtschaften mußte. Sie erinnerte sich, daß Maria seinerzeit vierzig Pfund für ein Vierteljahr erhalten hatte, und damals waren die Preise niedrig gewesen. Als sie an jenem Aprilabend nachrechnete, stellte sie fest, daß der Ovid ihr Budget überzogen hatte; im Mai durfte sie sich also keine Extraausgaben leisten.

Als Elisabeth sich am späten Abend in den Ovid vertiefen wollte, fiel ihr ein, daß sie das Buch zusammen mit der Grammatik auf der Bank hatte liegenlassen, und kurz entschlossen verließ sie das Schloß unauffällig durch einen Nebeneingang und eilte hinunter zum Fluß. Sie atmete erleichtert auf, als sie die Bücher an sich nahm, es wäre ihr peinlich gewesen, wenn die Königin durch einen dummen Zufall von der »Liebeskunst« erfahren hätte. In dem Moment, als sie zum Schloß zurückgehen wollte, sah sie, daß ein Boot vom anderen Ufer abstieß und den Fluß überquerte. Sie verbarg sich rasch hinter den Rosenhecken und beobachtete gespannt, was geschah. Das Boot legte an dem Steg unterhalb der Bank an, ein Mann stieg aus, und als er auf das Haus zuging, erkannte Elisabeth im Mondlicht Thomas Seymour.

Sie erschrak, wagte kaum zu atmen, aber als sie sah, daß er zu einem versteckten Gartenpförtchen ging, siegte die Neugier in ihr, und sie folgte ihm unauffällig. Er blieb vor dem rechten Schloßflügel stehen, sah hinauf zu den Fenstern im ersten Stock, hinter denen Licht schimmerte, und wenig später wurde eine niedrige Seitentür geöffnet, und Elisabeth sah, daß eine Kammerfrau der Königin Thomas einließ. Das junge Mädchen blieb regungslos in der Dunkelheit stehen und begriff erst allmählich, was hier vorging.

Er verbringt die Nacht mit ihr, überlegte Elisabeth, sie sind nicht verheiratet, aber das ist anscheinend unwichtig; sie sah hinauf zu den Fenstern und dachte daran, daß ihr Vater erst vor zehn Wochen gestorben war, und zum ersten Mal wurde ihr bewußt, daß Katharina ihn nicht aus Liebe, sondern aus anderen Gründen geheiratet hatte. Galt dies auch für die anderen Königinnen, für ihre Mutter? Ich werde es nie erfahren, dachte sie, aber es scheint, als ob königliche Abstammung gleichbedeutend ist mit Verzicht auf persönliches Glück. Ein Herrscher mußte sich wohl damit abfinden, daß er nicht um seiner selbst willen geliebt wurde, sondern weil er Macht besaß. Sie preßte die Bücher an sich, sah hinauf zu den Fenstern und fühlte sich allein. Sie wußte, was sich in dem Zimmer der Stiefmutter jetzt abspielte.

Kurz nach ihrem dreizehnten Geburtstag war etwas Schreckliches passiert, woraufhin Kate ihr erklärt hatte, daß sie ab jetzt jeden Monat damit rechnen müsse, vorausgesetzt, daß... Kate hatte sie präzise aufgeklärt, sogar wie man mit Hilfe eines Edelsteins eine ungewollte Schwangerschaft verhüten konnte. Sie ging langsam zurück zu ihrem Zimmer und überlegte, ob Katharina jetzt glücklich war.

Am nächsten Tag traf Roger Ascham ein, und die ersten Unterrichtsstunden bei ihm lenkten Elisabeth von ihren Grübeleien ab. Er hatte eine Lehrmethode entwickelt, die er für besonders erfolgreich hielt, das »Rückübersetzen«: Der lateinische oder griechische Text wurde ins Englische übertragen und dann wieder in die fremde Sprache übersetzt. Elisabeth war von der neuen Methode begeistert, und Ascham dachte im stillen, daß sie die eifrigste Schülerin war, die er je unterrichtet hatte, und bedauerte, daß er nur vorübergehend in Chelsea weilte. Am Spätnachmittag erschien Katharina im Schulzimmer, hieß Ascham willkommen, erkundigte sich, welche Texte er mit Elisabeth durchgenommen hatte, was er noch beabsichtige, mit ihr zu lesen, und während dieses Gesprächs über den Lehrplan beobachtete Elisabeth ihre Stiefmutter und fand, daß Katharina geistesabwesend wirkte, was kein Wunder war, gleichzeitig benahm sie sich gelöster als sonst.

Ihre Augen sehen glücklich aus, dachte das junge Mädchen, und zum ersten Mal wurde ihr bewußt, daß die Bedeutung des Wortes Liebe mit dem Verstand nicht zu bewältigen war.

Irgendwann verabschiedete sich Ascham, und als sie mit Katharina allein war, legte sich eine bedrückende Stille über das Zimmer. Elisabeth spürte, daß die Stiefmutter ihr etwas mitteilen wollte und nicht recht wußte, wie sie beginnen sollte.

»Ich habe mich gestern mit Thomas Seymour verlobt, wir werden in den nächsten Tagen heiraten«, sagte Katharina plötzlich.

»Ihr wollt heiraten? Aber, die Trauerzeit …«

»Ich weiß – wir lassen uns heimlich trauen, niemand wird etwas erfahren.«

Elisabeth preßte die Lippen aufeinander und vermied es, die Stiefmutter anzusehen.

»Elisabeth«, begann Katharina, die ahnte, was in dem jungen Mädchen vorging, »ich weiß, daß es für dich schmerzlich ist, daß ich so kurz nach dem Tod deines Vaters einen anderen Mann heirate, aber ich bin bald Mitte Dreißig, ich habe vor vier Jahren auf Thomas verzichtet, weil dein Vater mich heiraten wollte. Jetzt bittet Thomas mich erneut um meine Hand, und ich möchte endlich persönlich glücklich werden.«

»Ihr habt meinen Vater also nicht geliebt.«

»Elisabeth, ich habe mich bemüht, eine gute Gattin zu sein und die Pflichten, die mir mein Rang auferlegte, zu erfüllen; es war eine Ehre für mich, daß ich zur Königin von England erhoben wurde. Eines solltest du dir merken, für den Herrscher ist nicht die Zuneigung einer Einzelperson wichtig, sondern die Liebe des Volkes, das er regiert. Die Liebe des Volkes ist die sicherste Basis seiner Macht, und wenn der Fürst diese Basis erhalten will, ist er gezwungen, sein Wohl dem seiner Untertanen unterzuordnen.«

Als Katharina gegangen war, dachte Elisabeth noch einmal über die letzten Worte der Königin nach und fand, daß sie recht hatte. Ihre Augen glitten sinnend über den Gobelin an der Wand, und plötzlich zuckte sie zusammen – hatte sich hinter dem Teppich nicht etwas bewegt? Gab es in diesem Hause etwa den »Lauscher an der Wand«, den bezahlten Spion, der alles, was er sah und hörte, seinen Auftraggebern berichtete?

Wie unvorsichtig von Katharina und mir, dachte sie verärgert, wir hätten uns im Garten unterhalten sollen, man müßte Glöckchen an den unteren Saum der Gobelins nähen, dann würde eine ungeschickte Bewegung den »Lauscher« verraten. Später teilte sie Fernando ihren Verdacht mit und bat ihn, herauszufinden, ob es im Schloß einen Spion gab.

Während der folgenden Tage beobachtete Elisabeth erstaunt, welche Veränderung mit Katharina vor sich ging; sie ließ neue Kleider und Hauben anfertigen, zwar in Schwarz, aber üppig ausgestattet mit Spitzen und Borten; sie trug mehr Schmuck als sonst, am auffallendsten aber war, daß sie nicht mehr ernst und würdevoll durch das Schloß ging, sondern die Treppen hinauf- und hinuntersprang, sang, scherzte, und Grindal, der inzwischen wieder unterrichtete, wunderte sich, daß die Königinwitwe ihn nicht über die Lernfortschritte der Stieftochter befragte.

Ende Mai teilte Fernando Elisabeth mit, daß es im Haus einen »Lauscher« gebe, der Page William, der zu Elisabeths Dienerschaft gehörte und mit Fernando eine Schlafkammer teilte; seit einiger Zeit gebe er Geld aus für Dinge, die er sich gar nicht leisten könne und er, Fernando, habe aus ihm herausgefragt, daß er den Lordadmiral beobachten solle. Elisabeth war empört über den Spion im eigenen Haus und entließ William auf der Stelle.

Einige Tage später teilte Katharina ihr freudestrahlend mit, daß Thomas nun endlich bei ihnen wohnen könne, die heimliche Heirat sei bis zum Regentschaftsrat durchgesickert, und der Lordprotektor – vollauf beschäftigt mit innen- und außenpolitischen Problemen – habe es schweigend zur Kenntnis genommen. Elisabeth hatte nicht damit gerechnet, daß der Großadmiral so rasch einziehen würde, fühlte sich verunsichert, freute sich einerseits darüber, andererseits hätte sie gerne wie bisher allein mit der Stiefmutter gelebt. Sie erinnerte sich an seine Augen, die ihr verrieten, daß er sie begehrte, dann wieder sagte sie sich, daß dies alles Einbildung war, und kam zu dem Ergebnis, daß er Katharina aufrichtig liebte und daß sie, die Schwester des Königs, für ihn völlig uninteressant war.

Die ersten zwei Wochen nach dem Einzug des Lordadmirals verliefen harmonisch, er gewann die Sympathie der Dienerschaft durch seine heitere, ungezwungene Art, er brachte Abwechslung in das Witwenhaus, lud Freunde ein, und die geselligen Abende endeten häufig erst in den frühen Morgenstunden.

Elisabeth lebte nicht anders als vorher: Tagsüber war Unterricht, abends beschäftigte sie sich mit privater Lektüre, den Gesellschaften blieb sie fern, weil die oberflächlichen Gespräche sie langweilten.

Anfang Juli erwachte sie eines Morgens durch ein prickelndes Gefühl an ihren Füßen, und sekundenlang wußte sie nicht, ob sie träumte oder ob sie gekitzelt wurde. Als sie die Augen öffnete, waren die Bettvorhänge auseinandergezogen, und am Fußende stand Thomas Seymour und lächelte sie belustigt an.

»Guten Morgen, Lady Prinzessin Elisabeth, haben Euer Gnaden wohl geruht?«

Sie starrte ihn wortlos an und versuchte sich zu fassen, er war nur halb bekleidet mit Hose und Hemd, das Hemd war halb offen, sie sah seine behaarte Brust und fühlte sich ihm ausgeliefert. Als er langsam näher kam, wickelte sie sich fester in die Decke und zog sich an den Bettrand zurück.

»Wie seid Ihr in mein Zimmer gekommen, es war abgeschlossen.«

»Wozu gibt es Nachschlüssel?« Und er setzte sich auf die Bettkante.

»Warum seid Ihr gekommen?«

»Ich möchte meiner Stieftochter einen Guten-Morgen-Kuß geben«, fast gleichzeitig spürte sie seine Lippen auf den ihren und stieß ihn zurück.

»Was fällt Euch ein! Gebt mir den Schlüssel!«

Er lachte und stand auf. »Versteht Ihr keinen Spaß?«

Als er gegangen war, ließ sie Kate rufen und berichtete ihr empört, was vorgefallen war.

»Ihr solltet Euch nicht darüber aufregen, Euer Gnaden, er wollte Euch necken.«

»Du mußt ihm den Schlüssel entwenden, vielleicht hat Parry eine Idee (Parry war seit der Übersiedelung nach Chelsea Elisabeths neuer Haushofmeister), außerdem möchte ich morgen eine halbe Stunde früher geweckt werden, dann bin ich wenigstens angekleidet, wenn er kommt.«

Parry lachte, als er von dem Auftrag hörte, und sagte zu Kate, Lady Elisabeth solle sich nicht so anstellen; seit dem Einzug des Großadmirals sei das Leben in diesem Haus nicht mehr so langweilig.

Am anderen Morgen beendete Elisabeth – entgegen ihrer Gewohnheit – in fieberhafter Eile die Toilette, und während eine Dienerin ihr Hemd und Unterkleid reichte, eine andere das Zimmer aufräumte und Kate eines der schwarzen Kleider auswählte, erschien Thomas Seymour, ging ungeniert auf das junge Mädchen zu, gab ihr einen Kuß und beobachtete dann die Prozedur des Ankleidens. An jenem Morgen war auch Kate von seinem Benehmen schockiert, befahl ihm, das Zimmer zu verlassen, und verkündete, daß sie sich bei der Königin beschweren werde.

»Ich wünsche Euch viel Erfolg«, erwiderte Seymour lachend und ging hinaus.

Als die Erzieherin später die Königin über die Vorfälle in Elisabeths Schlafzimmer informierte, war sie über deren Gleichgültigkeit überrascht. Warum man so viel Aufhebens mache, fragte Katharina, Elisabeth sei doch ein halbes Kind.

»Mit Verlaub, Majestät, Ihre Gnaden wird im September vierzehn Jahre, und in diesem Alter ist ein junges Mädchen kein Kind mehr.«

»Ihr meßt dieser Affäre eine Bedeutung bei, die sie nicht verdient, aber wenn es Euch beruhigt, Mrs. Ashley, so werde ich meinen Mann begleiten, wenn er zu Elisabeth geht.«

»Ab morgen seid Ihr vor ihm sicher, Euer Gnaden«, sagte Kate zu Elisabeth und berichtete ihr von dem Gespräch mit der Königin.

»Ich fürchte mich vor ihm, sorge dafür, daß ich morgen eine Stunde früher als sonst geweckt werde.«

Als Seymour, in Begleitung Katharinas, am nächsten Tag zur gewohnten Stunde Elisabeths Schlafzimmer betrat, saß das junge

Mädchen angekleidet am Tisch, las in einem Buch, schrieb und tat, als ob sie die Besucher nicht bemerke.

»Unsere Elisabeth entwickelt sich zur Frühaufsteherin«, sagte Thomas lachend zu Katharina, trat zu dem Tisch, hob das Gesicht des Mädchens zu sich empor und küßte sie auf Stirn und Mund.

Elisabeth errötete und wich zurück, es war ihr peinlich, daß er in Gegenwart seiner Frau so vertraulich mit ihr umging.

»Was schreibt Ihr?« Und seine Lippen berührten flüchtig ihr Gesicht, was sie einerseits als angenehm empfand, andererseits fühlte sie sich beschämt und verwirrt.

»Ich übersetze eine Predigt für Eduard.« Sie stand auf und begann hastig, das Buch und die Schreibutensilien wegzuräumen.

»Gütiger Himmel, wie soll aus dem Jungen ein Herrscher werden, wenn er von allen Seiten dauernd mit Predigten vollgestopft wird? Ich werde mich künftig mehr um meinen Neffen kümmern und ihm das Leben erklären.«

Katharina beobachtete Gatte und Stieftochter und fand, daß die Erzieherin zuviel Aufhebens um die morgendliche Begrüßung gemacht hatte.

»Wir frühstücken heute im Garten, Elisabeth, was soll der Koch dir zubereiten?«

»Meinen Brei aus Hafer, Zucker und Wasser, und er kann ihn mit mehr Brot als gestern eindicken.«

»Was seid Ihr genügsam, Lady Prinzessin Elisabeth«, spöttelte Thomas. »Warum eßt Ihr nicht gebratene Eier und Fleisch?«

»Eier und Fleisch sind zu viel und zu aufwendig.« In ihrer Stimme schwang ein tadelnder Unterton mit, der Seymour nicht entging.

»Hörst du, Katharina, zu aufwendig! Ihre Gnaden wünscht, daß sparsamer gewirtschaftet wird. Na, wir beide können Eier und Fleisch vertragen, nicht wahr?«

Er lachte übermütig, legte den Arm um seine Frau und verließ mit ihr das Zimmer. Beim Anblick dieses glücklichen Paares spürte Elisabeth plötzlich einen feinen Stich, und am liebsten hätte sie allein in ihrem Zimmer gefrühstückt, aber sie lebte im Haushalt der Königin und konnte nicht tun und lassen, was sie wollte. Wäre ich doch volljährig und mein eigener Herr, dachte sie, während sie langsam hinunterging.

Beim Frühstück erzählte Katharina, daß Frances Grey, die Nichte Heinrichs VIII., sie gebeten habe, ihre kleine Tochter Jane für einige Zeit in Chelsea aufzunehmen und zu erziehen. Sie habe eingewilligt und im Herbst, wenn die Kleine zehn Jahre alt sei, werde sie, zusammen mit ihrem Lehrer, nach Chelsea übersiedeln. Das arme Kind tue ihr leid, fuhr Katharina fort, Jane sei so ein gutwilliges, sensibles Kind, das eifrig und gern lerne, und die Mutter, die keinerlei geistige Interessen habe, sich nur mit der Jagd und dem Reitsport beschäftige, die Mutter erziehe die Töchter mit einer unbarmherzigen Strenge, die schon fast unmenschlich sei, und Vater Henry sei zwar ein gütiger Mann, aber er lasse seine Frau gewähren und wage nicht, sich einzumischen.

»Viel schlimmer als ihre Erziehungsmethoden aber ist die Wichtigtuerei mit der Thronfolge. Bei jeder Gelegenheit erwähnt sie, daß Jane an vierter Stelle in der Thronfolge steht, manchmal habe ich den Eindruck, daß sie ihre Tochter als künftige Königin von England sieht.«

»Königin Jane von England«, rief Thomas belustigt, »warum nicht? Man müßte eine Heirat zwischen der gelehrten kleinen Dame und Eduard arrangieren, die beiden würden gut zueinander passen, das Brautbett müßte natürlich mit Büchern statt mit Kissen dekoriert werden.«

Bis zu diesem Augenblick hatte Elisabeth etwas gelangweilt zugehört; sie kannte die schüchterne stille Jane flüchtig. Sie würde das tägliche Leben in Chelsea nicht weiter stören, zumal sie ihren eigenen Lehrer mitbrachte; als Thomas jedoch von Heirat sprach, sah Elisabeth erstaunt auf, es klang fast, als ob er es ernst meinte.

»Mein Bruder kann Jane nicht ausstehen wegen ihrer Gelehrsamkeit, und ich weiß aus seinen Briefen, daß er sich eine schöne Frau wünscht, die einem regierenden Hause entstammt.«

»Euer Bruder wird die Frau heiraten, die wir ihm aussuchen, im übrigen kann man bei Eduard alles erreichen, man muß es ihm nur schmackhaft machen, ich kenne doch meinen Neffen.«

Es ist unglaublich und empörend, dachte Elisabeth, wie sie die Jugend und Unerfahrenheit meines Bruders ausnutzen.

Nach dem Frühstück schlug Thomas vor, eine Runde »Fangen« zu spielen, zuerst sollte Elisabeth eingefangen werden, dann Katharina, zum Schluß er selbst.

»Lauft los, Elisabeth, wir nehmen die Verfolgung auf, wenn Ihr die Bank am Fluß erreicht habt.«

Als sie seine blitzenden Augen sah, spürte sie, daß er etwas im Schilde führte und rannte, als ob ihr Leben davon abhinge.

Ich darf nicht in die Nähe des Wassers kommen, dachte sie, vielleicht will er mich hineinstoßen, ich kann zwar schwimmen, aber im Fluß gibt es Schlingpflanzen. Kurz vor der Bank schlug sie einen Haken, lief zum Haus und Katharina in die Arme, die sie lachend auffing.

»Was hast du junge, rasche Beine, da kann ich nicht mithalten.«

Wenig später erschien ein erschöpfter Thomas.

»Ihr seid eine flinke junge Dame, wie gefällt Euch das Spiel?«

»Mr. Grindal erwartet mich«, erwiderte Elisabeth, »ich muß jetzt gehen.«

»Der verehrte Mr. Grindal wird sich noch etwas gedulden«, Thomas ging einen Schritt auf sie zu und zog langsam den Zierdolch aus der Scheide, »halte sie fest, Katharina.«

»Nein«, rief Elisabeth und glaubte vor Angst ohnmächtig zu werden.

Fast im gleichen Augenblick schnitt der Dolch das Kleid von oben bis unten entzwei, dann das Unterkleid, und sie war so entsetzt und erschreckt, daß sie Thomas' begehrliche Augen nicht bemerkte. Katharina hatte das Geschehen bis zu diesem Moment als Spaß betrachtet, aber der Blick ihres Gatten, der mit Kennermiene die Figur der Stieftochter musterte, ernüchterte sie plötzlich, und sie gab Elisabeth frei.

»Das Kleid«, sagte das junge Mädchen und begann zu weinen, »der Stoff war so teuer.«

»Du bekommst ein neues Kleid, geh jetzt, und ziehe dich um.«

Als Elisabeth außer Hörweite war, sah Katharina ihren Mann eindringlich an: »Ich bitte dich, nicht mehr in Elisabeths Zimmer einzudringen, sie ist kein Kind mehr.«

Thomas sah seine Frau überrascht an, dann begriff er. Unterdessen versuchte Kate, die weinende Elisabeth zu beruhigen, und versprach ihr, noch einmal mit der Königin zu reden.

»Er hat mich so erschreckt, ich hatte solche Angst. Ich möchte jeden Morgen eine Stunde früher geweckt werden, damit ich fertig bin, wenn er auftaucht.«

Thomas hielt Wort, er behelligte Elisabeth nicht mehr, begegnete ihr mit freundlicher Gleichgültigkeit und widmete sich Katharina.

Zunächst war Elisabeth erleichtert, aber im Laufe des Sommers ärgerte sie sich über diese Nichtbeachtung, konnte er sie nicht bewundern wie Fernando oder Grindal?

Thomas scheute sich nicht, Katharina auch im Beisein der Hausbewohner zu küssen, und so wurde Elisabeth zwangsläufig Zeugin der ehelichen Zärtlichkeiten; sie sah stets verlegen zur Seite, weil sie ein solches Benehmen in der Öffentlichkeit unschicklich fand, aber eines Tages merkte sie erstaunt, daß sie anfing, auf Katharina eifersüchtig zu werden, sie schalt sich eine Närrin und flüchtete in die Welt der Bücher. So verging ein Sommertag nach dem andern.

Thomas brachte aus London schlechte Nachrichten mit: Der Lordprotektor sei fest entschlossen, erneut gegen Schottland Krieg zu führen, um endlich beide Länder unter einer Krone zu vereinigen. Elisabeth hörte interessiert zu, wenn Thomas von den Debatten des Regentschaftsrates berichtete, und sie hatte stets den Eindruck, daß der Lordadmiral die Politik des Lordprotektors mißbilligte.

Das Freundschaftsverhältnis zwischen Fernando und Elisabeth vertiefte sich in jenen Wochen, und sie schmiedete Pläne, welche Stellung der zuverlässige, kluge Page in ihrem Haushalt bekleiden sollte, wenn sie volljährig war, vielleicht Verwalter ihrer Ländereien?

Diese Träume und Überlegungen fanden ein jähes Ende, als Fernando Ende August beim Schwimmen ertrank. Elisabeth war fassungslos, sie hatte ihn zwar häufig vor den Schlingpflanzen gewarnt, aber sie wußte auch, daß er gut schwimmen konnte, und fragte sich im stillen, ob es wirklich ein Unfall war. Gab es unter den Dienern jemanden, der ihm seine Vertrauensstellung bei ihr mißgönnte? Sie würde es nie erfahren, aber wenn es so war, dann mußte sie in Zukunft doppelt vorsichtig sein, kein unbedachtes Wort, kein Blick, keine Geste, die ein Gefühl verrieten; in diesem Milieu, an diesem Hof, wo jeder jeden bespitzelte, eine Intrige die andere ablöste, hier durfte nie jemand erfahren, was in ihr vorging; so beschloß sie, ihrer Umgebung in Zukunft noch beherrschter und – dies war wichtig – liebenswürdig gegenüberzutreten.

Der September und ihr vierzehnter Geburtstag kamen und gingen, es wurde Oktober, und die kleine Jane Grey mit Erzieherin, Lehrer und Dienerin zog ein.

Thomas war in jenem Herbst häufig in London und erzählte nach jedem Besuch bei seinem Neffen von seinen Bemühungen, den König zur Selbständigkeit zu erziehen:

»Ich habe zu ihm gesagt, er solle endlich beginnen, selbst zu regieren, er könne dies genauso gut wie andere Herrscher; er müsse damit rechnen, daß der Lordprotektor plötzlich stürbe. Eduard entgegnete, daß er darüber sehr froh wäre. Ich sagte zu ihm, daß er ein Bettlerkönig sei, der nicht einmal Geld fürs Kartenspiel und für die Löhne der Dienerschaft habe, und versprach ihm, dafür zu sorgen, daß er über genügend Geld verfügt.«

»Thomas wird Eduard dem Protektor noch völlig entfremden«, sagte Elisabeth zu Kate, »mein Bruder schreibt in jedem Brief etwas über den ›lieben Onkel Thomas‹, hingegen ist nie von seinem Onkel Eduard die Rede – dies ist eine bedenkliche Entwicklung.«

»Wieso, Euer Gnaden? Ein Onkel, der für genügend Geld und Spielzeug sorgt, wäre mir auch lieber als einer, der nur kontrolliert, ob ich auch fleißig lerne.«

»Du vergißt, daß mein Bruder der König von England ist, und als König muß er wichtige Dokumente unterzeichnen, die man ihm vorlegt. Wenn ein Mitglied des Regentschaftsrates sich zum Günstling des Königs entwickelt, dann besteht die Gefahr, daß dieser Favorit seine Position ausnutzt, um sich seiner Gegner zu entledigen, oder er veranlaßt den König zu Fehlentscheidungen, die nur den eigenen Interessen dienen.«

»Wollt Ihr damit sagen, daß der Großadmiral unlautere Absichten hegt?«

»Das kann ich im Augenblick noch nicht beurteilen; ich sehe dieses Problem auch allgemeiner. Mein Bruder ist beeinflußbar, er kann sich noch kein Urteil bilden, er ist zur Zeit Wachs in den Händen der Räte. Wäre es nicht denkbar, daß einer dieser Herren staatsfeindliche Absichten hegt, sich eines Tages der gleichen königlichen Gunst erfreut wie zur Zeit Thomas – und diese Gunst dann für seine persönlichen Ziele ausnutzt?«

Kate sah Elisabeth erstaunt an. »Ihr denkt zuviel über alles nach, Euer Gnaden.«

Als Elisabeth an einem Sonntagnachmittag Mitte November das Zimmer der Königin betrat, traf sie einen Besucher an, der ihr als Mr. Cecil vorgestellt wurde.

»Mr. Cecil ist der Sekretär des Lordprotektors«, erklärte Katharina, »ich habe ihn hergebeten, weil er mich bei der Verwaltung unserer Ländereien beraten soll« – und zu Cecil: »Sie halten eine Pachterhöhung also für gerechtfertigt?«

Dieser junge Mann ist Sekretär des Lordprotektors, dachte Elisabeth und setzte sich auf einen Stuhl, von wo aus sie Cecil gut beobachten konnte. Er war groß, schlank, und in den dunklen Augen vereinten sich Ernst und Freundlichkeit. Wie alt mag er sein, überlegte Elisabeth, siebenundzwanzig, achtundzwanzig? Er wirkt zuverlässig, ich kann nicht beurteilen, ob seine Ratschläge richtig sind, aber er faselt nicht, was er sagt, ist durchdacht, genau abgewogen, präzise, klar, solch einen Mann könnte ich bei der Verwaltung meiner eigenen Ländereien in ein paar Jahren gebrauchen, ob ich ihn darum bitte, wenn es soweit ist?

»Majestät, Sie sollten versuchen, die Hälfte Ihrer Landgüter allmählich völlig auf die Schafzucht umzustellen, der Wollhandel war während der letzten Jahre das einträglichste Geschäft, und er wird weiter expandieren.«

»Das mag zutreffen, aber ich habe gehört, daß im Parlament schon wieder ein Gesetz eingebracht wurde, das die Einzäunung von Weideland verbietet. Bei großen Ländereien sind Einzäunungen unumgänglich, und ich weiß von meinem Mann, daß der Lordprotektor diese Gesetze unterstützt.«

»Die beiden ersten Gesetzesvorlagen wurden vom Parlament abgelehnt, und die dritte Vorlage wird auch nicht durchkommen. Im Unterhaus sind die Grundbesitzer zahlenmäßig sehr stark vertreten, diese Herren werden nicht gegen ihre eigenen Interessen entscheiden.«

»Ich muß es mir überlegen; jedenfalls danke ich Ihnen sehr, daß Sie Ihren Sonntagnachmittag für mich geopfert haben. Mein Mann war während der letzten Wochen oft in London, so daß wir keine Zeit hatten, um uns ausführlich über unsere Angelegenheiten zu unterhalten; der Regentschaftsrat ist zur Zeit ja vollauf mit den fast unlösbaren politischen Problemen unseres Landes beschäftigt.«

»Jedes politische Problem ist lösbar, Majestät«, erwiderte Cecil, und ein feines Lächeln umspielte seinen Mund.

Elisabeth horchte auf, und ihre Augen trafen sich mit denen des jungen Mannes, als dieser nun fortfuhr:

»Es gibt Probleme, die sich von selbst lösen, wenn man abwartet und die Zeit für sich arbeiten läßt, zur zweiten Gruppe gehören diejenigen, mit denen man leben muß, die letzte Gruppe ist am unproblematischsten, hier kann man durch Gesetze entsprechende Rahmenbedingungen schaffen. Auf diesem Wege wurde während der letzten Monate das religiöse Problem gelöst: Die Protestanten werden nicht mehr verfolgt, die Gesetze bezüglich Verrat und Ketzerei sind inzwischen aufgehoben, ebenso wie die Sechs Artikel, und England wird allmählich ein Mekka, eine Zuflucht für die Protestanten der katholischen Länder. Cranmer schwankt zwar noch hinsichtlich der Glaubenslehre zwischen Luther und Zwingli, aber auch diese Frage wird gelöst werden. Die Teuerung hingegen ist ein Problem, mit dem wir leben müssen, und die Bezieher fester Einkommen sind natürlich am meisten davon betroffen, aber wer konnte bei der Abwertung des Pfundes vor drei Jahren diese Entwicklung voraussehen?«

»Der Krieg gegen Frankreich mußte finanziert werden«, unterbrach Katharina.

»Gewiß, aber man kann Kriege vermeiden, wenn man lange genug verhandelt, möglicherweise sterben unterdessen gewisse Minister oder werden hingerichtet, und schon haben wir eine völlig veränderte außenpolitische Situation. Was hat uns der Krieg gegen Schottland im September eingebracht? Nichts!

Der Lordprotektor hat – aus irgendwelchen Gründen – unseren Sieg bei Pinkie nicht ausgenutzt, und inzwischen ist das schottisch-französische Bündnis perfekt. Maria Stuart wird den Dauphin von Frankreich heiraten und bereits im nächsten Jahr in ihr zukünftiges Königreich abreisen. Jetzt versucht man ein Gegengewicht zu schaffen: Vor einigen Tagen hat der Lordprotektor beim französischen Gesandten vorgefühlt, wegen einer Verbindung unseres Königs mit Elisabeth von Valois.«

»Der arme Eduard«, rief Katharina lachend, »jeder will ihn mit einem anderen Mädchen verheiraten, der eine Onkel mit der Tochter des Königs von Frankreich, mein Mann mit Jane Grey, wer weiß, was ihnen noch alles einfallen wird.«

»Mit Jane Grey?« fragte Cecil erstaunt. »Das ist außenpolitisch aber wenig sinnvoll.«

Er schwieg, und Elisabeth spürte, daß er noch etwas sagen wollte, aber anscheinend nicht recht wußte, wie.

»Wenn Sie erlauben, Majestät, ich würde mir gerne den Garten ansehen, solange es noch hell ist.«

»Gerne, kommst du mit, Elisabeth?«

Während sie zu dritt langsam den gepflasterten Hauptweg hinunter zum Fluß gingen, sah Cecil sich unauffällig um, ob nicht ein Diener sich in ihrer Nähe herumtrieb, aber sie waren allein.

»In Chelsea lebt es sich angenehm«, sagte Katharina, »man ist nahe genug bei London, aber fern dem hektischen Getriebe, und ein Grundstück an der Themse habe ich mir schon immer gewünscht.«

Am Ufer angekommen, blieben sie stehen, und Cecil betrachtete eine Weile nachdenklich die kleinen Wellen, die an die hölzernen Pfosten des Bootsteges schlugen.

»An dieser Stelle der Themse lebt es sich angenehm, Majestät, aber weiter flußabwärts gibt es weniger idyllische Orte. Vor einigen Tagen hatte ich eine Unterredung mit dem Kommandanten des Tower; ich fuhr mit einem Boot, um Zeit zu sparen. Als wir beim Verrätertor anlegten und das eiserne Gittertor geöffnet wurde, da überkam mich plötzlich ein Gefühl der Furcht, obwohl ich genau wußte, daß ich nach spätestens einer Stunde den Tower wieder verlassen würde. Was mag in den Menschen vorgegangen sein, hinter denen sich das Gittertor schloß und die wußten, daß sie ihr Gefängnis nur verlassen würden, um zum Richtplatz zu gehen?«

Hat meine Mutter Angst gehabt, überlegte Elisabeth, ich hätte furchtbare Angst.

»Mr. Cecil«, rief Katharina halb scherzhaft, halb vorwurfsvoll, »was für düstere Gedanken an solch sonnigem Herbsttag.«

»Sie haben recht«, und halblaut fuhr er fort: »In der freien Natur gibt es wenigstens keine Lauscher an der Wand. Wir kennen uns nun schon seit einigen Jahren, und deswegen fühle ich mich Ihnen verpflichtet, Majestät, und möchte Ihnen – in Ihrem eigenen Interesse – einen Rat geben. Versuchen Sie, Ihren Gemahl dahingehend zu beeinflussen, daß er sich mit dem Lordprotektor verträgt; der Herzog von Somerset schätzt seinen Bruder, vielleicht könnten Sie auch über die Herzogin ...«

»Mr. Cecil«, unterbrach Katharina ungeduldig, »die Herzogin und ich können einander nicht ausstehen, und warum soll ich das Verhältnis der Brüder beeinflussen?«

»Ihr Gemahl könnte vielleicht die Politik des Herzogs positiv mitgestalten, außerdem sind zwei stärker als einer.«

Katharina sah den jungen Mann erstaunt an. »Wie meinen Sie das? Die Stellung des Lordprotektors ist doch unangefochten.«

»Zur Zeit ja, aber die Machtposition eines Mannes ist immer wackelig, sofern er nicht vom König geschützt wird, und ein Kind kann niemanden schützen. Der Lordprotektor ist beim Volk beliebt, man nennt ihn den ›guten Herzog‹, aber er hat Feinde im Regentschaftsrat, zum Beispiel den Grafen von Arundel, der den Tudors immer treu ergeben war; man verübelt ihm seine Politik zugunsten der armen Leute, man wirft ihm vor, daß er gegen die Interessen der Grundbesitzer handele.«

»Mein Mann ist in manchen Dingen eigenwillig, ich weiß nicht, ob ich viel bei ihm erreichen werde«, erwiderte Katharina zögernd.

»Sie sollten es in Ihrem eigenen Interesse versuchen, Majestät.«

Inzwischen war es dämmerig geworden, und sie gingen zum Schloß zurück.

»Ich hoffe, daß Sie uns hin und wieder besuchen, Mr. Cecil«, sagte Katharina, während der junge Mann sein Pferd bestieg.

»Mit dem größten Vergnügen, Majestät, übrigens«, er lachte belustigt, »ich vergaß, Ihnen eine Neuigkeit zu erzählen, die bald den Hofklatsch bereichern wird: Der Graf von Warwick ist Protestant geworden.«

»Dudley? John Dudley?! Ihr scherzt!«

»Nein, es ist die Wahrheit.«

»Er war doch immer ein gläubiger Katholik, was mag ihn zu diesem Wechsel bewogen haben, die Glaubenslehre sicherlich nicht.«

Cecil sah sich vorsichtig im Hof um, beugte sich dann zu den beiden Frauen hinunter und sagte leise: »Der Graf ist ein Pragmatiker.

Ich vermute, daß es finanzielle Gründe und politische sind. Die Auflösung der zahlreichen religiösen Stiftungen während der vergangenen Monate hat teils den Staatsschatz gefüllt, teils konnten sich verschiedene Herren dabei bereichern, und soviel man hört, ist die Säkularisierung des Kirchenbesitzes noch nicht abgeschlossen, und außerdem ist England ein protestantisches Land mit einem protestantischen König, und der Graf ist ehrgeizig, sehr ehrgeizig sogar. Leben Sie wohl, Majestät, leben Sie wohl, Euer Gnaden.«

Während Katharina zum Haus zurückging, sah Elisabeth dem Reiter noch eine Weile nach, ehe sie der Stiefmutter nacheilte.

»Ein netter Mann«, und in ihrer Stimme schwang Anerkennung mit, »er wirkt so zuverlässig, so geradlinig, wißt Ihr Näheres über ihn?«

»Ja, schon sein Vater und seinGroßvater haben den Tudors gedient. Sein walisischer Großvater hat für deinen Großvater 1485 bei Bosworth gekämpft und war später Landrat in der Grafschaft Northamptonshire; sein Vater hat deinem Vater als Garderobier gedient. William hat sechs Jahre in Cambridge studiert und stets den Kontakt zu den Humanisten gepflegt. In diesem Kreis habe ich ihn vor einigen Jahren kennengelernt. Seine erste Frau war eine Schwester deines ehemaligen Lehrers Cheke, nach deren Tod hat er Mildred Cooke geheiratet, die älteste Tochter des berühmten Gelehrten; sie ist eine der gebildetsten Frauen, die ich kenne. Bevor William in des Protektors Dienst trat, war er Advokat und Parlamentsabgeordneter für Stamford. Er wird bestimmt noch aufsteigen wollen, die Befähigung dazu hat er, und er redet nie ein Wort zuviel. Wie denkst du über seinen Rat bezüglich Thomas – soll ich ihn befolgen?«

»Das ist schwierig zu entscheiden, einerseits klang es vernünftig, was er sagte, andererseits wissen wir so wenig über die Vorgänge im Regentschaftsrat, und wir wissen nichts über Thomas' Pläne. Ich würde abwarten. Die Frage muß ja nicht heute oder morgen entschieden werden.«

Beim Abendessen erzählte Katharina von Cecils Besuch, seiner Empfehlung bezüglich der Schafzucht und vom Übertritt des Grafen von Warwick zum Protestantismus. Thomas sah erstaunt auf. »Dudley ein Protestant? Nun«, und er lächelte spöttisch, »man tut eben, was man kann. Seinen Sohn Robert läßt er übrigens seit einiger Zeit von Ascham unterrichten.«

»Ist Robert nicht mehr Page bei Eduard?« fragte Elisabeth.

»Nein, John Dudleys Söhne sind zu Höherem berufen«, und dann besprach Thomas mit seiner Frau die Umstellung auf die Schafzucht.

»Was die Einzäunung betrifft, hat Cecil recht. Die Gesetzesvorlage, die kürzlich eingebracht wurde, wird scheitern, und wie ich meinen Bruder kenne, wird er versuchen, mittels Proklamation die Einzäunung durchzubringen, aber in der Praxis hält sich niemand daran. Dieses Problem wird hochgespielt – Einzäunungen hat es in England schon immer gegeben, unser Hauptproblem ist zur Zeit das Herz des ›guten Herzogs‹, das für die Armen schlägt und die Interessen der Grundbesitzer mißachtet.«

Elisabeth betrachtete Thomas verstohlen von der Seite und dachte noch einmal über Cecils Äußerungen im Garten nach. Es hat fast so geklungen, überlegte sie, als ob Thomas gegen seinen Bruder arbeitet, vielleicht sogar auf der Seite seiner Feinde steht; ob er doch ehrgeizige Pläne verfolgt und als sie nun hörte, welche Summen er erwirtschaften wollte, da kam ihr zum ersten Mal der Gedanke, daß bei seiner Heirat mit Katharina Liebe und Zuneigung vielleicht nicht die einzigen Motive gewesen waren, hatte ihr Reichtum ihn angelockt, mit Geld konnte man einiges erreichen. An diesem Punkt angekommen, dachte sie noch einmal darüber nach, warum er um sie selbst geworben hatte. Politische Motive gewiß, aber vielleicht hatte auch Zuneigung eine Rolle gespielt. Und während sie ihre Fischpastete zerteilte und aß, kreisten ihre Gedanken um diese Möglichkeit.

»Ihr seid so schweigsam, Elisabeth, was habt Ihr?«

Sie zuckte zusammen, als sie plötzlich seine Stimme hörte, sah auf, und der Blick seiner Augen verwirrte sie vollends. Sie erblickte darin weder Spott noch Begehren, sondern warme Freundlichkeit.

»Ich bin nur müde.«

»Noch etwas Wein?«

»Ja, bitte.«

Er füllte den Becher halb voll mit Burgunder, reichte ihn ihr, und als sie ihn nahm, berührten ihre Finger für den Bruchteil einer Sekunde seine Hand. Sie spürte, daß sie errötete, trank hastig einen

Schluck, sah verstohlen zu Katharina, aber die unterhielt sich mit Jane.

Thomas war Elisabeths Verwirrung nicht entgangen, und er betrachtete sie prüfend, aber ihr Mienenspiel verriet nichts, und er überlegte, was in ihr vorgehen mochte, und ob sie jemals ihre reservierte Kühle abstreifen würde.

»Ihr lernt zuviel, Elisabeth, Ihr solltet Euch mehr Erholung gönnen.«

Sie sah ihn überrascht an, weil in seiner Stimme eine ihr unbekannte Wärme mitschwang.

»Was haltet Ihr davon, wenn wir nächsten Samstag, vorausgesetzt, das Wetter ist gut, alle zusammen ein Stück die Themse hinunterfahren?«

»Ich kann nicht«, sagte Katharina, »ich will Maria besuchen, sie ist krank.«

»Maria ist ständig krank, wahrscheinlich alles Einbildung.«

»Thomas, wenn Maria mich braucht, ist es meine christliche Pflicht, mich um sie zu kümmern.«

»Nun gut, tue, was du nicht lassen kannst, aber bedenke, daß ein Besuch in diesem weihrauchgeschwängerten Haus den Regentschaftsrat nicht sonderlich erfreuen wird«, und zu den beiden Mädchen: »Wo wollen wir hinfahren, was schlagt ihr vor?«

»Wir könnten bis zum Tower fahren«, erwiderte Elisabeth. »Mr. Cecil hat vorhin vom Verrätertor erzählt, ich würde es mir gerne einmal ansehen.«

Thomas sah Elisabeth erstaunt an. »Ihr habt merkwürdige Ideen – der Tower ist kein attraktives Ausflugsziel.«

»Bitte, Thomas, ich möchte das Tor einfach nur sehen.«

»Gut, wenn Euch soviel daran liegt.«

»Ich möchte nicht mitfahren«, sagte Jane, »ich möchte lieber Maria besuchen.«

»Jane«, sagte Katharina freundlich, aber bestimmt, »du wirst Elisabeth und Thomas begleiten«, und während dieser Worte wanderten Katharinas Augen zwischen Stieftochter und Gatte hin und her.

»Ich habe Angst vor dem Tower«, und das kleine Mädchen begann zu weinen.

»Stell dich nicht so an, Jane«, rief Thomas, »also dann, am nächsten Samstag, auf zum Verrätertor!«

Als Elisabeth sich an diesem Abemd entkleidete, empfand sie erstaunt, daß sie sich auf den nächsten Samstag freute, und insgeheim war sie ganz froh, daß Katharina nicht mitkam.

VI

Ende Januar 1548 starb William Grindal, und Katharina sah sich genötigt, nach einem Nachfolger Ausschau zu halten.

Als sie nach dem Begräbnis mit Gatte und Stieftochter in der großen Halle vor dem Kaminfeuer zusammensaß, brachte sie die Rede auf den neuen Lehrer und wurde dabei erstmals mit einem Charakterzug Elisabeths konfrontiert, der ihr bis dahin noch nicht aufgefallen war und der sie an den verstorbenen König erinnerte, an sein: »Thus saith the King.« (›So spricht der König‹.)

»Ich habe mir überlegt, daß Mr. Goldsmith der geeignete Lehrer für dich ist, ich wüßte nicht, wer sonst in Frage käme, die namhaften Gelehrten sind alle mit deinem Bruder beschäftigt.«

Elisabeth, die ihre Laute stimmte, sah erstaunt auf. »Mr. Goldsmith? Nein, ich möchte von Mr. Ascham unterrichtet werden, seine Methode der Rückübersetzung ist großartig, ich habe noch bei keinem Lehrer soviel gelernt wie bei ihm.«

»Ich finde diese Methode umständlich«, erwiderte Katharina in gereiztem Ton, »Grammatik und Wortschatz kannst du auch lernen, ohne daß du Cicero vom Englischen ins Lateinische rückübersetzt.«

»Es geht Mr. Ascham nicht nur um Grammatik und Wortschatz, er hofft, daß man durch die Rückübersetzung Gehalt und Stil eines Werkes besser kennenlernt, und er hat recht.«

»Tu ihr doch den Gefallen, Kate«, mischte sich Thomas ein, »sie muß mit Ascham zurechtkommen, nicht du!«

»Halte dich heraus, Thomas«, erwiderte Katharina in so scharfem Ton, daß Elisabeth zusammenzuckte, »ich darf mich auch nicht in deine Angelegenheiten mischen« (das war eine Anspielung auf ihren vergeblichen Versuch, den Gatten zu überreden, sich mit dem Lordprotektor zu vertragen, der Gatte hatte sie kurz abgefertigt mit der Bemerkung, sie solle sich aus Dingen heraushalten, von denen sie nichts verstünde), und zu Elisabeth: »Willst du es nicht wenigstens für eine gewisse Zeit mit Goldsmith versuchen?«

»Nein, ich will von Roger Ascham unterrichtet werden und nur von ihm.«

»Elisabeth«, Katharina stand abrupt auf, wobei Zornesröte ihr blasses Gesicht verfärbte, »du lebst in meinem Haus, und in meinem Haus bestimme ich, was geschieht.«

Elisabeth preßte die Lippen zusammen und beschäftigte sich mit der Laute, Thomas fing zu lachen an.

»Das ist die Logik der Frauen«, rief er, »wenn du bestimmst, warum fragst du dann überhaupt?«

Katharina sah von Thomas zu Elisabeth, von Elisabeth zu Thomas, drehte sich wortlos um und eilte in den ersten Stock zu ihren privaten Räumen. Während sie die Galerie entlangging dachte sie nach, warum sie sich über Elisabeth geärgert hatte, war es wirklich nur der Widerstand der Stieftochter gegen Goldsmith, oder gab es noch etwas anderes, etwas Unausgesprochenes, das seit einigen Wochen, seit jenem Towerausflug, in der Luft lag?

Warum bin ich manchmal eifersüchtig auf Elisabeth, überlegte sie, es ist einfach albern, es gibt keinen Grund zur Eifersucht, keinen einzigen.

Sie blieb stehen, weil sie merkte, daß ihr plötzlich übel wurde; genau wie heute morgen, dachte sie, und der Geruch der gebratenen Eier widert mich schon seit Tagen an.

Elisabeth sah der Stiefmutter verwundert nach und überlegte, warum sie in letzter Zeit so gereizt war.

Unterdessen schürte Thomas das Feuer und begann dann den schwarzgefleckten Jagdhund zu necken, der vor dem Kamin lag und seinen Herrn schläfrig anblinzelte. Er schubste den Hund mit der Stiefelspitze hin und her und beobachtete dabei Elisabeth, die immer noch mit dem Instrument beschäftigt war.

Sie weiß, was sie will, dachte er, sie ist nicht so gefügig wie Jane oder so beeinflußbar wie mein Neffe Eduard.

»Liegt Euch wirklich so viel an Ascham?«

»Ja«, und sie legte die Laute zur Seite, »er ist der beste Lehrer, den ich kenne.«

Thomas stand auf: »Ich werde heute abend noch einmal mit Katharina darüber reden, der beste Lehrer ist für eine Tudor gerade gut genug«, und zu dem Hund, »komm, Arras, wir gehen jetzt spazieren.«

Für eine Tudor, dachte Elisabeth, wie das klingt! Sie mußte unwillkürlich lächeln und sah Thomas an.

»Ich danke Euch, es ist sehr... sehr liebenswürdig, daß Ihr mich unterstützt«, und bei diesen Worten überzog eine leichte Röte ihr Gesicht.

Thomas betrachtete sie erstaunt, und als er die glänzenden braunen Augen sah, streifte ihn eine flüchtige Erinnerung an seinen ersten Besuch in Hatfield vor nahezu zwölf Jahren; damals war sie vor ihm weggelaufen, im vergangenen Sommer ebenfalls – und jetzt? Ihre hoheitsvolle Kühle ist während der letzten Wochen langsam abgetaut, dachte er. Er hängte sich den Pelzmantel um, gab dem Hund ein Zeichen, ihm zu folgen, und ging federnden Schrittes durch die Halle zur Eingangstür.

Elisabeths Augen folgten ihm, und als er nun die schwere Eichentür öffnete, verspürte sie fast körperlich den Wunsch, ihn zu begleiten, und sprang auf.

»Thomas, wartet, ich komme mit, ich hole nur meinen Mantel.«

»Müßt Ihr nicht lernen?«

»Das hat Zeit bis später«, und schon eilte sie hinauf.

Aha, dachte er belustigt und überlegte, ob er einen Diener rufen sollte, um sie zu begleiten, es wäre schicklicher, aber wozu, Katharina ruhte um diese Zeit und würde nichts merken.

Inzwischen war Elisabeth zurückgekehrt. Sie trug einen schwarzen, pelzverbrämten Samtmantel und eine dazu passende schwarze Pelzhaube, die einen reizvollen farblichen Kontrast zu ihrer weißen Haut und den rötlich-blonden Haaren bildete.

»Ihr seht ja großartig aus«, rief Thomas spontan, »wie eine Königin!«

»Ihr übertreibt«, und sie lachte verlegen, »gehen wir.«

Wie eine Königin, dachte sie und fühlte sich unendlich geschmeichelt.

Sie gingen durch den Garten hinunter zur Themse und dann weiter flußabwärts. Arras sprang hierhin und dorthin und stöberte nach einer Weile einen Schwarm Raben auf, die krächzend zu dem grau verhangenen Himmel emporflogen und Richtung London zogen.

»Sie fliegen wohl zum Tower, um den Raben dort Gesellschaft zu leisten«, sagte Thomas, »diese trüben Wintertage sind so bedrückend, überall Schnee, er bedeckt die Landschaft wie ein Leichentuch.«

»Es wird noch mehr Schnee geben«, erwiderte Elisabeth und sah prüfend zum Himmel.

Sie gingen eine Weile schweigend nebeneinander her, Thomas war mit seinen Gedanken beim Regentschaftsrat, während Elisabeth sich, wie schon öfter während der vergangenen Wochen, an den Towerausflug erinnerte.

»Ihr seid so schweigsam, woran denkt Ihr?« fragte Thomas nach einer Weile.

»Ich denke an unseren Ausflug zum Tower im November letzten Jahres. Dieser Samstag wird für mich immer eine schöne Erinnerung bleiben«, sie zögerte etwas und sagte dann mit leiser Stimme: »In meinem bisherigen Leben gibt es nicht viel, woran ich mich gern erinnere.«

Da hat sie natürlich recht, dachte Thomas.

»An dem Samstag paßte alles zusammen«, fuhr Elisabeth fort, »angefangen bei dem herrlichen Wetter, dann die überraschende Begegnung mit dem Grafen von Warwick und seinem Sohn Robert«, sie begann zu lachen, »wie ehrerbietig sie sich vor uns verbeugten, der Graf ist dabei ja fast aus dem Boot gefallen; wen haben sie wohl im Tower besucht?«

»Ich vermute, den Herzog von Norfolk. Der frischgebackene Protestant besucht den Katholiken, das paßt zu Warwick, Verbeugungen nach allen Seiten.«

Der Fährmann war dabei, ihr Boot zu wenden und zurückzurudern, als ihnen vom gegenüberliegenden Ufer John Dudley und sein jüngster Sohn entgegenkamen. Man grüßte einander, und dann hielt das Boot vor dem Verrätertor, ein Wärter öffnete, Vater und Sohn gingen die Stufen hinauf, und Thomas und Elisabeth rätselten, welchen Gefangenen die Dudleys besuchten.

Wenn Katharina wüßte, dachte Elisabeth belustigt, daß Jane und ich später im Stadtschloß der Seymours Männerkleidung angezogen haben und mit Thomas dann in jenes Pub an der Themse gegangen sind, wie hieß es noch? »Anchor«. Der Pubbesuch war noch interessanter als die Themsefahrt, endlich war ich einmal mitten im Volk von London, wir haben niemandem davon erzählt, noch nicht einmal Kate weiß etwas.

»Warum habt Ihr uns in ein Pub geführt?«

Thomas lachte. »Ich wollte die hochgeborenen Damen einmal aus ihrem Elfenbeinturm holen und ihnen etwas vom alltäglichen Leben zeigen; Euer Vater ist übrigens während seiner ersten Regierungsjahre öfter inkognito durch London spaziert, aber laßt uns jetzt zurückgehen, es wird bald dämmerig.«

Auf dem Heimweg schwiegen beide. Elisabeth dachte daran, daß der Tod ihres Vaters inzwischen ein Jahr zurücklag, und daß sie sich zum ersten Mal wieder glücklich fühlte.

Als sie über den Hof gingen, glitt Elisabeth auf dem vereisten Schnee plötzlich aus, strauchelte und wäre gefallen, wenn Thomas sie nicht sofort am Arm gepackt und gehalten hätte.

»Verflixt«, murmelte er, »hier muß Asche gestreut werden, man bricht sich ja das Genick.«

Er legte den Arm um Elisabeth und führte sie behutsam bis zum Schloßeingang.

Sie wußten beide nicht, daß die Königin von einem Fenster im ersten Stock die Szene beobachtete. Katharina glaubte nicht richtig zu sehen. Es ist glatt, sagte sie zu sich selbst, er mußte sie festhalten, sonst wäre sie gefallen und hätte sich die Knochen gebrochen, aber wie er den Arm um sie legte..., so legt er immer den Arm um mich, und sie spürte, daß eine quälende Eifersucht sich ihrer bemächtigte, die sie vergeblich zu unterdrücken versuchte. Sie haben einen Spaziergang mit dem Hund gemacht, das ist doch völlig harmlos, aber bisher ging Thomas immer allein mit Arras, und heute zum ersten Mal in Begleitung von Elisabeth... Sie hätte lernen sollen, ob ich sie zur Rede stelle? Nein, ich werde so tun, als hätte ich nichts gesehen. Wahrscheinlich bilde ich mir verrücktes Zeug ein, unter meinem Dach wird es nie eine Liebelei zwischen meinem Mann und meiner Stieftochter geben, nie! Elisabeth ist für derlei Tändelei viel zu spröde.

Ein Hausknecht erschien und streute vom Eingang zum Hoftor Asche. Unterdessen wurde es in der Küche lebendig, man begann mit den Vorbereitungen für das Abendessen.

Katharina nahm nichts wahr, sie sah hinaus in den dämmerigen Winterabend und fühlte sich zum ersten Mal in ihrer Ehe unglücklich.

Unterdessen wanderte Thomas ziellos durch das Haus, dachte über seine politischen Pläne nach, überlegte, was er bisher erreicht hatte, und grübelte über sein problematisches Privatleben nach.

Als sein Bruder Lordprotektor wurde, hatte er gehofft, daß Eduard die Macht mit ihm teilen würde, statt dessen wurde er weder an den politischen Entscheidungen beteiligt, noch in die Pläne des Herzogs eingeweiht. Bereits nach kurzer Zeit fühlte er sich übergangen, zurückgesetzt, und auch die Würden und Güter, mit denen der Herzog ihn überschüttete, hatten seinen Groll und Neid nicht zu besänftigen vermocht.

Eine familiäre Verbindung mit den Tudors würde ihn langfristig über den Lordprotektor erheben, und so hatte er um die Hand von Elisabeth angehalten. Sie stand in der Thronfolge hinter Maria aber, sie war protestantisch, jung, gesund, nach menschlichem Ermessen würde sie die ältere Schwester überleben, wahrscheinlich sogar den kränklichen Eduard. Er hatte – durch Bestechung – vom Leibarzt des Neffen erfahren, daß der Knabe von schwächlicher Gesundheit war und daß, laut Anweisung des Lordprotektors, die schlechte Konstitution des Königs verheimlicht werden sollte.

Als der Rat eine Eheschließung mit Elisabeth ablehnte, weil man sie außenpolitisch vorteilhaft verheiraten wollte, hatte er sich seiner alten Liebe Katharina Parr zugewandt, teils aus Zuneigung, teils, weil sie – nach Elisabeth – die zweitbeste Partie des Landes war. Sie spielte zwar politisch keine Rolle, aber sie war unermeßlich reich, dank der ererbten Vermögen ihrer verstorbenen Gatten. Thomas wußte, daß er hohe Summen benötigen würde, um Anhänger zu gewinnen und eventuell sogar Truppen auszurüsten, um den Lordprotektor zu entmachten.

Nach der Eroberung Katharinas begann er mit der Eroberung des Neffen, er mußte den König auf seine Seite ziehen, und dies gelang ohne Schwierigkeiten, weil der Knabe den strengen Onkel Eduard haßte, der als Vormund die Erziehung überwachte und ihn, umgeben von Gelehrten, ins Schulzimmer verbannte.

Während des Sommers 1547 merkte Thomas, daß die Zeit für ihn arbeitete. Im Rat wurde man zunehmend unzufriedener mit der Politik des Lordprotektors, man warf ihm vor, gegen die Interessen der Grundbesitzer zu handeln, seine Strategie gegenüber Schottland sei völlig verkehrt, er hätte das Heiratsprojekt mit Maria Stuart noch einmal aufgreifen sollen, er sei kein Politiker, sondern ein weltfremder Idealist.

So weit, so gut, dachte Thomas, während er die Treppe zur Halle hinunterging, aber was ist mit Warwick? Er entwickelt sich allmählich zum Führer der Opposition, man muß ihn beobachten, er ist gefährlich, weil er von skrupellosem Ehrgeiz besessen ist, viele unterschätzen ihn, lassen sich von seiner Liebenswürdigkeit betören, auch mein Herr Bruder. Insgesamt kann ich mit der politischen Entwicklung zufrieden sein, der Sturz des Lordprotektors ist nur noch eine Frage der Zeit.

Er ließ sich Burgunder bringen, setzte sich vor das Kaminfeuer, dachte über sein Privatleben nach und darüber, daß er mit dieser Entwicklung nicht gerechnet hatte.

Elisabeth war in sein Blickfeld gerückt, als er anfing, um Katharina zu werben. Bis dahin hatte er sie nur hin und wieder bei Hof gesehen, und nun merkte er plötzlich, daß aus dem Kind ein begehrenswertes junges Mädchen geworden war. Ihr Lerneifer imponierte ihm, und er bewunderte im stillen ihre Sprachkenntnisse, seine Neugier indes wurde am meisten gereizt durch ihr kühles, reserviertes Auftreten, und es schien ihm undenkbar, daß die Tochter von Heinrich VIII. und Anna Boleyn keiner Gefühle fähig war, sie hatte bestimmt etwas vom Temperament der Eltern geerbt, und so versuchte er ihre Sprödigkeit aufzutauen. Zunächst mit wenig Erfolg; seine begehrlichen Blicke ignorierte sie, seine morgendlichen Besuche bekämpfte sie auf ihre Art, schließlich versuchte er es mit absoluter Zurückhaltung, und diese Methode wirkte langsam, aber sicher.

Während des Themseausfluges ist sie richtig aus sich herausgegangen, überlegte er, hat gelacht und geplaudert, seit jenem Tag war ihr Verhältnis zueinander freundschaftlich mit einer schwachen erotischen Untermalung, die aber stärker wurde.

Sie ist in mich verliebt, dachte er, das war heute deutlich zu spüren, und nun? Wie soll es weitergehen?

Er empfand im Moment mehr Zuneigung für sie als für Katharina, aber war das Liebe? Wenn ich sie wirklich liebte, überlegte er, würde ich das Spiel jetzt abbrechen, damit sie allmählich ihre innere Ruhe wiederfindet.

Er stand auf, ging ruhelos auf und ab, hatte ein schlechtes Gewissen gegenüber Katharina und entschied abzuwarten, Elisabeth über seine Gefühle für sie noch eine Weile im unklaren zu lassen, vielleicht löste sich das Problem von selbst.

Elisabeth wurde bei ihrer Rückkehr von einer aufgeregten Kate empfangen, die sie mit Vorwürfen überschüttete, was ihr einfalle, einfach wegzulaufen, statt zu lernen, wo sie überhaupt gewesen sei.

»Thomas und ich sind mit dem Hund spazierengegangen.«

»Ihr seid… Ihr wart allein mit dem Lordadmiral, ohne Begleitung?! Das ist unschicklich, Euer Gnaden, hoffentlich erfährt Ihre Majestät nichts davon. Hat er Euch aufgefordert, ihn zu begleiten?«

»Ja.« Elisabeth spürte, wie sie errötete, und um ihre Verlegenheit zu verbergen, setzte sie sich rasch an den Schreibtisch und schlug ein Buch auf. Hoffentlich merkte Kate nicht, daß sie log, aber sie konnte doch nicht sagen, daß es ihr Wunsch gewesen war, Thomas zu begleiten.

»Ihr werdet bis zur Schlafenszeit in Eurem Zimmer bleiben und lernen, ich lasse Euch das Abendessen bringen und werde der Königin sagen, daß Ihr nicht bei Tisch erscheinen könnt, weil Ihr Euch krank fühlt.«

Als Kate gegangen war, atmete Elisabeth erleichtert auf, ging zum Fenster, sah hinunter in den Hof und ließ den Nachmittag noch einmal an sich vorüberziehen. Dort, an jener Stelle, war sie ausgerutscht, er hatte sie gehalten und dann den Arm um sie gelegt…

Elisabeth schloß die Augen, preßte die Stirn an die Scheibe und erinnerte sich noch einmal an das Gefühl von Sicherheit und Geborgenheit, das sie empfand, als er sie zur Eingangstür führte, aber da war noch etwas anderes gewesen, sie hatte seine körperliche Nähe gespürt, und dies war angenehm und prickelnd gewesen.

Sie befanden sich nun in der Halle..., er umarmte sie und preßte sie an sich..., sie spürte seinen Bart auf ihrer Haut... Elisabeth öffnete erschrocken die Augen, großer Gott, wohin verirrte sich ihre Phantasie?

Sie sah, daß im Hof inzwischen Asche gestreut war, nun konnte sie nicht mehr straucheln und von ihm aufgefangen werden.

Ich bin verliebt, dachte sie, ich habe mich tatsächlich in ihn verliebt, so ist das also, wenn man liebt, man ist unendlich glücklich, und alles andere ist unwichtig, die Lehrbücher, Kates Schelte, der Stubenarrest, alles.

Sie ging zum Schreibtisch, holte aus einem Geheimfach ihren Ovid und begann zu blättern und zu lesen:

Si quis in hoc artem populo non novit amandi,
hoc legat et lecto carmine doctus amet.
Arte citae veloque rates remoque reguntur,
arte leves currus: arte regundus Amor.
(Kennt einer in diesem Volk die Liebeskunst nicht,
so lese er dieses Gedicht und sei danach ein Meister in
der Liebe!
Kunst steuert Schiffe, die mit Segel und Ruder angetrieben
werden,
Kunst lenkt leichte Wagen, Kunst muß auch Amor lenken.)

Iam molire animum, qui duret, et adstrue formae:
solus ad extremos permanet ille rogos.
Nec levis ingenuas pectus coluisse per artes
cura sit et linguas edidicisse duas:
non formosus erat, sed erat facundus Ulixes,
et tamen aequoreas torsit amore deas.
(Setze darum schon jetzt deinen Geist in Bewegung, damit er
von Dauer sei, und füge ihn zu deiner Schönheit hinzu.
Er allein bleibt bis zur Bestattung bestehen. Und du sollst
dich ernsthaft darum kümmern, deinen Geist in den freien
Künsten auszubilden und gut Latein und Griechisch zu lernen.
Odysseus war nicht schön, aber beredt –
und doch ließ er Meeresgöttinnen Liebesqualen leiden.)

Conscius, ecce, duos, accepit lectus amantes:
ad thalami clausas, Musa, resiste fores.
(Siehe, das verschwiegene Bett hat die beiden Liebenden aufgenommen. Vor der verschlossenen Kammertür, Muse, bleib stehen!)

Ite per exemplum, genus o mortale, dearum,
gaudia nec cupididis vestra negate viris.
Ut iam decipiant, quid perditis? Omnia constant;
mille licet sumant, deperit inde nihil.
(Folgt, ihr Sterblichen, dem Beispiel der Göttinnen, und verweigert eure Gunst nicht den Männern, die euch begehren. Mögen sie euch auch betrügen, was verliert ihr schon? Alles bleibt euch; wenn sie auch tausendfach nehmen, bedeutet das doch keinen Verlust.)

Quod datur ex facili, longum male nutrit amorem:
miscenda est laetis rara repulsa iocis.
(Was man mühelos bekommt, ist eine schlechte Nahrung für lange Liebe. Man muß unter die frohen Liebesspiele ab und zu eine Zurückweisung einstreuen.)

Irgendwann brachte eine Dienerin das Abendessen.
»Ihre Majestät wünscht gute Besserung, Euer Gnaden.«
Ihre Majestät, dachte Elisabeth erschrocken, an Katharina hatte sie nicht mehr gedacht, die Stiefmutter durfte nicht merken, was in ihr vorging, sie mußte sich verstellen – und Thomas? Was empfand er für sie? Gab es in seinem Verhalten etwas, das ihr signalisierte, daß er ihre Gefühle erwiderte? Dann fiel ihr ein, daß Thomas sich wegen Katharina auch verstellen mußte, sie atmete erleichtert auf und beschloß, ihn genau zu beobachten.

Am nächsten Tag teilte Katharina der Stieftochter mit, daß sie nach reiflicher Überlegung nun doch beschlossen habe, Roger Ascham als Lehrer zu engagieren.

»Ich danke Euch«, erwiderte Elisabeth und versuchte, möglichst unbefangen zu wirken, »Ihr wißt nicht, wie ich mich darüber freue.«

Mit welchen Argumenten mag Thomas Katharina überzeugt haben, überlegte sie.

Drei Tage später traf Ascham ein und überbrachte Elisabeth Grüße von Robert Dudley. Ascham war ein freundlicher Mann in mittleren Jahren, der mit seinem runden Krauskopf und dem dicht, gelockten Bart eher einem guten Onkel als einem strengen Lehrer ähnelte, und er war tatsächlich nicht streng, verglichen mit seinen Kollegen.

Er vertrat die Meinung, daß der Unterricht Freude machen solle, und war gegen übermäßige Strenge. Er arbeitete an einem Buch, das als Leitfaden gedacht war für die private Erziehung der Jugend in den Häusern von Adligen. Er hatte sich auch schon einen Titel für sein Werk überlegt: ›The Scholemaster‹.

»Ich habe Robert gerne unterrichtet«, sagte Ascham, »er ist so ein netter, sympathischer Junge, aber zwei Schüler an verschiedenen Orten, das ist zeitlich nicht zu schaffen.«

»Ihr hättet Robin ruhig mitbringen können, im Schloß ist genügend Platz, und es hätte mir Spaß gemacht, mit ihm zusammen zu lernen.«

»Das glaube ich«, erwiderte Ascham lächelnd, »aber der Graf von Warwick sieht seine Söhne Ambrose und Robert gern am Hof, in der Nähe Seiner Majestät. Er hat meinen Wunsch, zukünftig nur noch Euch zu unterrichten, sofort akzeptiert, er sagte, der Unterricht Euer Gnaden sei natürlich wichtiger, und für mich ist es eine große Ehre, eine Tudor unterrichten zu dürfen.«

Schon wieder ›eine Tudor‹, dachte Elisabeth belustigt.

»Der arme Robin, jetzt muß er meinetwegen auf Euch verzichten.«

Ascham lachte. »Ich glaube, der Verzicht ist erträglich für ihn, er war ein guter Lateiner, aber er liebt die alten Sprachen nicht besonders, er begeistert sich mehr für die Mathematik, was ich nicht ganz verstehe.«

»Da habt Ihr recht, Mathematik ist entsetzlich langweilig, hingegen Geschichte! Am liebsten würde ich den ganzen Tag historische Werke lesen, aber ich habe täglich nur zwei bis drei Stunden Zeit dafür, weil sonst die anderen Fächer zu kurz kommen. Habt Ihr schon überlegt, was wir lesen werden?«

»Ja, ich schlage vor, daß wir vormittags einen oder zwei Abschnitte aus dem griechischen Neuen Testament behandeln und eine Tragödie des Sophokles oder eine Rede des Demosthenes. Nachmittags lesen wir lateinische Autoren, besonders Cicero und Livius, und Werke der Kirchenväter, zum Beispiel ›Disciplina virginum‹ des heiligen Cyprian.«

Mitte Februar wußte Katharina, daß sie schwanger war. Sie rechnete nach und kam zu dem Ergebnis, daß Ende August mit der Niederkunft zu rechnen war. Thomas freute sich und verkündete, daß er sich einen Sohn wünsche; Elisabeth fand die Neuigkeit aufregend, ein Kind würde das Alltagsleben im Schloß verändern.

»Habt Ihr keine Angst vor der Geburt?« fragte sie die Königin. »Ich hätte bestimmt Angst, nicht vor den Schmerzen, aber man kann sterben«, sie schwieg unvermittelt – mein Gott, dachte sie, wie taktlos von mir, vom Tod zu reden.

»Ich bin ganz zuversichtlich, ich freue mich auf das Kind, es ist ein Teil von Thomas, den man mir nicht nehmen kann.«

Hierauf wußte Elisabeth nichts zu antworten, und so begann sie von Aschams Unterricht zu erzählen.

Katharinas Gefühle hinsichtlich der Schwangerschaft waren zwiespältig. Einerseits freute sie sich und wollte das Kind, weil sie hoffte, daß ein Sohn – vielleicht auch eine Tochter – ihre Ehe festigen würde, andererseits sah sie den kommenden Monaten mit gemischten Gefühlen entgegen.

Ausgerechnet zu einem Zeitpunkt, an dem es zwischen Gatte und Stieftochter »knisterte«, anders konnte man es wohl nicht bezeichnen, mußte sie sich darauf einstellen, daß sie von Monat zu Monat dicker, schwerfälliger und für ihren Mann körperlich immer unattraktiver wurde.

Hinzu kam, daß sie anfing zu altern; wenn sie in den Spiegel sah, entdeckte sie hin und wieder ein graues Haar, in den Augenwinkeln bildeten sich feine Fältchen, und es gab Tage, da war sie überzeugt, daß Thomas sie eines Tages mit einer jüngeren Frau betrügen würde, nicht mit Elisabeth, das hielt sie nach wie vor für unwahrscheinlich, aber mit einer anderen.

Ich bin also nicht auf Elisabeth eifersüchtig, überlegte sie, sondern auf ihre Jugend, für die sie nichts kann, und sie benimmt sich untadelig gegenüber Thomas, sie umgarnt ihn nicht, und mein Mann ist der aufmerksamste und rücksichtsvollste Gatte, seit er weiß, daß er Vater wird; so beruhigte sie sich selbst, aber es gelang ihr nicht immer, weil sie merkte, daß die gespannte Atmosphäre im Schloß sich verdichtete. So verging eine Woche nach der anderen.

Während Katharina sich innerlich auf ihr Kind vorbereitete, steigerte sich Elisabeths Verliebtheit in Thomas derart, daß sie außerhalb des Unterrichts jede Gelegenheit nutzte, ihn zu sehen und ein paar Worte mit ihm zu wechseln, und dabei beobachtete sie verstohlen seine Augen und sein Lächeln und versuchte herauszufinden, ob er ihre Gefühle erwiderte. Als sie merkte, daß ihre Beobachtungen sie nicht weiterbrachten, überlegte sie, ob sie ihm ein Signal geben sollte, aber es gelang ihr nicht, ihre innere Scheu zu überwinden. So wurde es Mitte April.

Als Elisabeth am Morgen des Ostersamstag das Schulzimmer betrat, war Ascham noch nicht anwesend, was sie überraschte, weil er normalerweise mit militärischer Pünktlichkeit seinen Unterricht begann. Sie ging zum Fenster, um nach ihm Ausschau zu halten, sah erstaunt, daß er sich mit dem Reitknecht von Thomas unterhielt und dann über den Hof zum Eingang eilte.

»Verzeihung, Euer Gnaden, daß ich zu spät komme«, sagte er, als er das Schulzimmer betrat, »aber einer der Reitknechte hielt mich auf und übergab mir dies für Euch«, und er überreichte ihr ein

Päckchen, das in Pergament gewickelt und mit einem Seidenband sorgfältig verschnürt war.

»Danke, Mr. Ascham«, Elisabeth legte das Päckchen zur Seite und versuchte, sich nichts von ihrer Aufregung anmerken zu lassen. Einer der Reitknechte, dachte sie – nein, es war der Reitknecht von Thomas, das Geschenk ist von ihm, was mag es sein?

An diesem Vormittag konnte sie das Ende des Unterrichts kaum erwarten, und als Ascham gegangen war, löste sie mit zitternden Fingern das Seidenband, entfernte das Pergament, hielt ein Buch in den Händen, und als sie den Titel las, fing ihr Herz an zu klopfen: »Ars amatoria.«

»Die Liebeskunst «, flüsterte sie, dieses Buch war das Signal, worauf sie schon seit Wochen wartete. Als sie die erste Seite aufschlug, fand sie ein Billett: »Eine kleine Aufmerksamkeit zu Ostern. Thomas.«

Sie verwahrte Buch und Billett in einem Geheimfach des Schreibtisches, trat zum Fenster und sah verträumt auf den Hof, der während der Mittagsstunde menschenleer war, nur ein Rabe hüpfte umher und flog krächzend zu dem Apfelbaum neben dem Hoftor.

Elisabeth wußte, daß Thomas am frühen Morgen nach London geritten war und erst spät zurückkehren würde, und sie war ganz froh darüber, weil sie dadurch Zeit hatte, ihrer Aufregung Herr zu werden.

»Ars amatoria«, dachte sie... Plötzlich fing der Rabe erneut an zu krächzen, und fast im gleichen Moment ritt Thomas durch das offene Hoftor, sah sie am Fenster, winkte ihr zu, rief seinen Reitknecht und übergab ihm das Pferd; dann ging er zum Eingang und sah zu ihr hinauf: »Guten Tag, Lady Prinzessin Elisabeth, habt Ihr fleißig gelernt?«

»Ja.«

»Habt Ihr einen Augenblick Zeit?«

»Gewiß.«

Sie sah ihn hineingehen, hörte seine Schritte auf der Treppe, merkte, daß die Tür leise geöffnet wurde, und dann stand er hinter ihr, umarmte sie, drehte sie sanft zu sich herum, hob ihr Gesicht empor und näherte seinen Mund dem ihren...

Sie schloß die Augen und preßte die Stirn an die Fensterscheibe...

»Elisabeth«, sie zuckte zusammen und wandte sich erschrocken um. In der Tür stand die Königin.

»Wo bleibst du? Das Mittagessen ist längst aufgetragen.«

»Verzeiht, ich habe wohl die Zeit vergessen«, und sie eilte hinunter. Katharina folgte ihr kopfschüttelnd, normalerweise erschien Elisabeth pünktlich zu den Mahlzeiten.

Am nächsten Morgen schlug Thomas vor, am Nachmittag einen Osterspaziergang zu machen.

»Ich möchte lieber ruhen«, sagte Katharina, »aber ihr müßt auf mich keine Rücksicht nehmen.«

Daraufhin schlug Thomas den beiden Mädchen einen Spazierritt vor, und sie stimmten begeistert zu.

Als Elisabeth und Thomas sich am Nachmittag zu den Ställen begaben, hielt Katharina die kleine Jane einen Augenblick zurück.

»Mein Kind, versprich mir, daß du hinter meinem Mann und Elisabeth reiten wirst, du darfst sie nicht aus den Augen verlieren.«

»Gewiß Hoheit«, erwiderte Jane erstaunt und eilte hinaus.

Katharina folgte ihr langsam bis zur Eingangstür, und als sie sah, daß Elisabeth an der Seite des Gatten durch das Hoftor ritt, krampfte sich in ihr etwas zusammen, sie eilte in ihr Schlafzimmer und begann zu weinen.

Es ist zwecklos, dachte sie, ich kann heute Jane als Aufpasser mitschicken, aber irgendwann werden die beiden eine Gelegenheit finden, um unter vier Augen zu sein.

Sie ritten hinunter zur Themse und dann ein Stück flußabwärts.

»Jane«, rief Thomas nach einer Weile, »du reitest jetzt an der Spitze; wir wollen galoppieren, und da müssen wir dich im Auge behalten, falls du vom Pferd fällst.«

»Nein, ich bleibe hinter euch.«

»Es ist zu gefährlich, Jane«, rief Elisabeth ungeduldig, »komm nach vorn.«

»Nein, ich werde hinter euch reiten.«

»Warum in Teufels Namen?« fragte Thomas.

»Es ist ein Befehl Ihrer Majestät.«

Thomas und Elisabeth sahen sich verblüfft an, und dann sagte Thomas langsam: »Ein Befehl, ich verstehe, dann bleibst du eben hinter uns, und wir galoppieren nicht.«

Sie ritten weiter, und Thomas musterte verstohlen Elisabeth. Sie trug immer noch Schwarz, aber das Kleid war mit einer Goldborte besetzt, die Ärmel wurden mit weißen Spitzenmanschetten abgeschlossen, der Mantel war mit lila Seide gefüttert, und statt der Haube bedeckte ein schwarzer, mit Goldfäden durchwirkter Schleier die rötlich-blonden Haare.

»Wie lange werdet Ihr noch Trauerkleidung tragen?«

»Bis zum 28. Januar 1549, da jährt der Todestag meines Vaters sich zum zweiten Mal, warum fragt Ihr? Gefallen Euch meine Kleider nicht?«

»Im Gegenteil, sie gefallen mir sogar sehr gut, und Ihr...", er zögerte etwas und sagte dann leise, damit Jane nichts hörte, »Ihr gefallt mir auch.«

Sie spürte, daß sie errötete, wußte nicht recht, was sie erwidern sollte, und sah vorsichtig nach hinten zu Jane. Wenn sie uns nicht beobachten könnte, würde er mich jetzt bestimmt küssen, überlegte sie, sah ihn verstohlen an und spürte im selben Augenblick, daß er sie forschend betrachtete.

»Ich weiß, woran Ihr jetzt denkt, Elisabeth.«

»Ihr wißt es nicht.«

»Ihr denkt, wenn Jane nicht wäre..."

Sie mußte lachen, die Situation war zu komisch.

»Nun«, und sie versuchte, ihn kokett anzusehen, »wenn Jane nicht wäre, würdet Ihr mich küssen?«

»Ja«, antwortete er belustigt, »würdet Ihr es Euch gefallen lassen?«

»Ja«, sie zögerte etwas und fuhr dann fort: »Vielen Dank für den Ovid, ich habe mich sehr darüber gefreut.«

Er lachte leise. »Ich dachte, ein Buch ist das passende Geschenk für Euch, habt Ihr schon darin gelesen?«

»Ja«, erwiderte sie zögernd, »Thomas«, und sie sah ihn an, »ich will Euch etwas anvertrauen, aber das muß unter uns bleiben, Katharina weiß nichts davon, und Kate auch nicht – ich habe mir den Ovid schon vor einem Jahr heimlich besorgt und gelesen.«

»Wie bitte? Ihr?! Großartig, das hätte ich Euch nie zugetraut, bisher glaubte ich, Ihr würdet nur zwischen Platon und Cicero leben.«

»Was denkt Ihr, ich lese die Klassiker mit großem Interesse, aber ich beschäftige mich auch mit weniger ernsthaften Dingen, ich tanze leidenschaftlich gern und bedauere es sehr, daß in Chelsea keine Bälle veranstaltet werden, und vom Hof hält man mich fern.«

»Am Hof versäumt Ihr jetzt nicht viel. Whitehall zu Lebzeiten Eures Vaters und das jetzige Whitehall, das ist wie Tag und Nacht. Das Hofleben ist zur Zeit langweilig, steif, spartanisch, es fehlen Lebenslust und Eleganz, es ist ein Wunder, daß nicht jeder Höfling eine Bibel mit sich herumträgt.«

»Vielleicht ändert sich alles, wenn Elisabeth von Valois Königin von England wird.«

»Ich glaube, da wird noch viel Wasser die Themse hinunterfließen, jetzt wird Maria Stuart Dauphine von Frankreich. Der französische Gesandte erzählte neulich, daß sie im August mit großem Gefolge Schottland verlassen wird; zu ihrer Begleitung gehören auch vier gleichaltrige adelige Mädchen, die ebenfalls Maria heißen, ist das nicht sinnig? Abgesehen davon hört man, daß ein Wink von ihr genügt, und alle fügen sich ihren Wünschen, kein Wunder, sie steht zur Zeit vom Rang her über ihrem künftigen Gemahl, er ist nur Dauphin, während sie schon Königin ist. Wenn man den Berichten Glauben schenken darf, muß sie ein ungewöhnlich hübsches, liebreizendes Kind sein, dem alle zu Füßen liegen.«

»Ein Wink von ihr genügt«, sagte Elisabeth mit bitterem Unterton, »Königin von Schottland, dereinst Königin von Frankreich, sie wächst am elegantesten Hof Europas auf, ist sie nicht beneidenswert? Offenbar hat eine gute Fee bei ihr Pate gestanden.«

»Das wissen wir noch nicht, es kann auch eine böse Fee gewesen sein, bedenkt, sie ist ein Kind, niemand weiß, welche Anlagen sie besitzt, wie ihr Charakter sich entwickeln wird. Es ist zur Zeit noch völlig offen, ob sie den Aufgaben einer Königin gewachsen ist. Ihr kennt Platons Höhlengleichnis?«

»Gewiß.«

»Nun, die gefesselten Menschen in der Höhle, die sich nicht bewegen und nur in eine Richtung blicken konnten, sahen von den Menschen, die sich hinter ihnen vor einem großen Feuer bewegten, zunächst nur die Schatten, die auf die gegenüberliegende Mauer geworfen wurden, und sie glaubten, dies sei die Wahrheit, die Realität. Genauso geht es uns heute mit Maria Stuart. Wir sehen, daß sie Königin ist, aber wenn wir den Blickwinkel erweitern, würden wir vielleicht etwas vom Menschen sehen.«

Elisabeth sah Thomas überrascht an. »Vielleicht habt Ihr recht, über diese Perspektive habe ich noch nicht nachgedacht, aber wir sprachen über Elisabeth von Valois, wie weit sind die Verhandlungen?«

»Zur Zeit stagniert alles. Ich vermute, daß Heinrich II. nach einer besseren Partie für seine Tochter Ausschau hält.«

»Was sagt Ihr da?« rief Elisabeth empört, und ihre Augen sprühten Zornesblitze. »Ihr meint, ein Tudor sei keine gute Partie? Das heutige England ist das Werk meines Vaters und Großvaters, sie haben das Land nach den Rosenkriegen wieder aufgebaut, ich bin stolz darauf, eine Tudor zu sein.«

»Verzeiht, so war es nicht gemeint, ich dachte mehr an die außenpolitische Bedeutung Englands. Wir sind keine Seemacht wie Spanien, uns fehlen die Goldquellen Westindiens.«

»Was nicht ist, kann noch werden. Mein Vater besaß eine Flotte, man müßte sie vergrößern.«

»Gewiß, aber wir können uns zur Zeit solche Ausgaben nicht leisten, außerdem ist der Lordprotektor mit unendlich wichtigeren Dingen beschäftigt. Die Einzäunungen hat er mittels Proklamation verboten, und jetzt setzt er Untersuchungskommissionen ein, die durch das Land reisen und die Einzäunungen zerstören sollen, in Glaubensdingen versucht er verzweifelt, zu einem Kompromiß zu kommen, den auch die Katholiken akzeptieren können, Cranmer arbeitet schon seit Wochen an einem Gebetbuch.«

»Meine Schwester läßt immer noch Messen lesen.«

»Verständlich, es wird noch eine Weile dauern, bis der Protestantismus sich durchgesetzt hat. Die ausländischen Protestanten, die täglich eintreffen, die zahlreichen Schriften, die endlosen Dispute der Gelehrten geben ein verfälschtes Bild. Die Londoner akzeptieren den neuen Glauben allmählich, aber im Land gibt es noch viele katholische Hochburgen.«

»Ihr meint, daß England ein katholisches Land bleiben wird?«

»Nein, die neue Lehre wird vom Landadel unterstützt, nicht aus religiösen Gründen, sondern, weil sie ihre wirtschaftlichen Interessen wahren wollen; schließlich sind die meisten von ihnen erst durch die Auflösung der kirchlichen Ländereien Grundbesitzer geworden. Viele dieser Herren sitzen im Parlament, und das Parlament hat seit dem Tod Eures Vaters an Einfluß gewonnen, weil ein mächtiger König fehlt. Wenn Euer Bruder in einigen Jahren die Zügel in die Hand nimmt, wird er veränderte Verhältnisse vorfinden.«

Beim Abendessen wurde ein Bote vom Landgut Hanworth gemeldet, der aufgeregt berichtete, daß es zu Krawallen wegen der Einzäunungen gekommen sei, die Bauern hätten die Hecken niedergerissen und die Gräben aufgefüllt.

»Was?« schrie Thomas, sprang auf und lief erregt auf und ab. »Das sind die Heldentaten des guten Herzogs«, und seine Stimme überschlug sich fast vor Wut, »jetzt wiegelt er die Bauern gegen die Grundbesitzer auf. Ich werde morgen bei Sonnenaufgang losreiten und nach dem Rechten sehen.«

Er blieb stehen und dachte nach. »Es ist wohl am besten, wenn ich von Hanworth aus auch die anderen Güter besuche, eine Inspektion ist schon seit langem fällig, allerdings ... Ich muß zwischendurch auch nach London... Katharina, es tut mir leid für dich, aber ich werde erst an Pfingsten wieder hier sein können.«

»Wenn es sein muß«, und sie beobachtete verstohlen Elisabeth, die scheinbar teilnahmslos die Szene verfolgte. Sie kann sich fabelhaft beherrschen, dachte Katharina, eine mehrwöchige Trennung ist ganz gut, vielleicht normalisiert sich die Gefühlswelt der beiden während dieser Zeit.

Bis Pfingsten, dachte Elisabeth erschrocken, das sind ja sechs Wochen, ich werde ihn also sechs Wochen nicht sehen, es kommt alles so plötzlich, und sie fühlte sich niedergeschlagen und traurig, die Hochstimmung des Vortages kam ihr vor wie ein Traum.

Als sie später in die Halle hinuntergingen, sagte Thomas, so leise, daß nur sie es hören konnte: »Lebe wohl, Elisabeth, an Pfingsten sehen wir uns wieder«, und sie erwiderte ebenso leise:

»Lebe wohl, Thomas.«

Die Tage nach Thomas' Abreise verliefen in gleichmäßiger Eintönigkeit, und Parry sagte hin und wieder zu Kate: »Es ist so ruhig und langweilig ohne den Großadmiral«, woraufhin sie stets erwiderte: »An Pfingsten ist er wieder hier, und dann wird es noch spannend genug werden.«

»Wie meint Ihr das?« fragte Parry erstaunt.

»Nun, wir nähern uns der Niederkunft Ihrer Majestät«, und dabei wich sie seinem Blick aus. Parry gab sich mit dieser Antwort zufrieden, Kate indes überlegte zum soundsovielten Mal, ob sie Elisabeth auf den Großadmiral ansprechen sollte; sie hatte längst gemerkt, was in dem jungen Mädchen vorging, aber sie konnte sich nicht zu einer Aussprache entschließen, weil sie wußte, daß ihr Zögling eine Antwort geben würde, die keine Antwort war. So beschloß sie, abzuwarten und still zu beobachten. Sie konnte Elisabeths Gefühle verstehen, auch wenn sie es nicht billigte, Seymour war verheiratet, und sie wußte, daß dies Schwierigkeiten und Enttäuschungen für Elisabeth mit sich bringen mußte.

Elisabeth fand während jener Wochen zum ersten Mal Muße, um über ihre Situation in Ruhe nachzudenken. Sie war verliebt, sie hatte Sehnsucht nach Thomas, sie zählte die Tage bis Pfingsten und fragte sich zwischendurch immer wieder, wie alles weitergehen sollte. Für ein Liebesverhältnis neben Katharina war sie sich zu schade, eine Ehe war ausgeschlossen, es sei denn, die Königin überlebte die Geburt nicht, und wenn dieser Gedanke auftauchte, schob Elisabeth ihn energisch zur Seite, sie wünschte Katharina nicht den Tod im Wochenbett, und selbst wenn Thomas Witwer wurde, so würde der Regentschaftsrat seine Zustimmung wahrscheinlich erneut verweigern.

Sie hätte gerne einmal mit einem Menschen über ihre Situation gesprochen und überlegte, wem sie sich anvertrauen konnte. Parry war zu geschwätzig, Kate hatte wahrscheinlich wenig Verständnis, Fernando war tot, dann fiel ihr William Cecil ein. Sie hatte das Gefühl, daß sie mit ihm über alles reden konnte, er war auch bestimmt verschwiegen, aber sie kannte ihn zuwenig. Nach seinem Besuch im November war er nur noch einmal in Chelsea gewesen, zwischen Weihnachten und Neujahr, und er entschuldigte sein Fernbleiben mit Arbeit, was laut Thomas der Wahrheit entsprach.

Schließlich kam sie auf Ascham, sie hatte ein gutes Verhältnis zu ihm, verbrachte viele Stunden in seiner Gegenwart, und so nahm sie eines Tages ihren ganzen Mut zusammen und bat ihn, sie auf einem Spaziergang durch den Garten zu begleiten.

Sie erzählte ihm alles und fragte schließlich etwas zögernd: »Ist es verwerflich, ich meine, ist es eine Sünde, daß ich in einen verheirateten Mann verliebt bin?«

Ascham lächelte. »Nein, es ist weder verwerflich noch eine Sünde, jeder Mensch verliebt sich irgendwann zum ersten Mal, und Gefühle lassen sich nicht steuern, allerdings ist in Eurem Fall die Situation schon etwas schwierig, weil der Auserwählte verheiratet ist, das führt meistens zu Komplikationen. Es ist ein Spiel mit dem Feuer, und Ihr müßt sehr vorsichtig sein, Euer Gnaden.«

»Vorsichtig? Was ratet Ihr?«

Ascham betrachtete die hilflosen Augen seiner Schülerin und überlegte, ob es überhaupt einen richtigen Rat gab, in einer Situation, die von Gefühlen gesteuert wurde, andererseits war es manchmal unumgänglich, die Gefühle dem Verstand unterzuordnen.

»Euer Gnaden«, begann er vorsichtig, »Ihr wißt wahrscheinlich im Augenblick nicht, ob Ihr dem Gefühl oder dem Verstand folgen sollt. Euer Gefühl sagt ja, Euer Verstand sagt nein, ist es nicht so?«

»Ja, Mr. Ascham.«

»Ihr solltet Eurem Verstand folgen, das ist langfristig besser für Euch. Betrachtet Eure Gefühle für Thomas Seymour als das, was sie sind, eine vorübergehende Schwärmerei, haltet Distanz zu ihm; das ist natürlich nicht ganz einfach, wenn man unter einem Dach lebt, versucht es. Außerdem ...«, hier zögerte Ascham etwas, »der Rat wird irgendwann eine politisch vorteilhafte Heirat für Euch arrangieren, bei diesen Eheverträgen wird auf Gefühle keine Rücksicht genommen.«

»Man wird mich nicht gegen meinen Willen verheiraten, mich nicht! Entweder heirate ich einen Mann, den ich liebe, oder – überhaupt nicht.«

Sie gingen langsam zurück zum Schloß; als sie an dem versteckten Gartenpförtchen ankamen, blieb Elisabeth stehen und sah ihren Lehrer an. »Mr. Ascham, ich danke Euch für das Gespräch, Euer Rat ist sicherlich richtig, aber«, und sie sah zu Boden, »wenn ich doch, wider besseres Wissen, meinem Gefühl folgte, würdet Ihr mich dann moralisch verurteilen?«

»Nein, Euer Gnaden, dieses Recht hat niemand.«

Später ging es Elisabeth durch den Kopf, daß sie – trotz des Gesprächs mit Ascham – keine Entscheidung zu treffen vermochte. Sie konnte nur abwarten.

Thomas schrieb regelmäßig an Katharina, erkundigte sich besorgt nach ihrem Befinden, teilte mit, daß die Ländereien zufriedenstellend verwaltet würden, und bestellte Grüße an Jane und Elisabeth.

Mitte Mai teilte die Königin den beiden Mädchen mit, daß Thomas am Pfingstsonntag wieder in Chelsea sein würde.

Am Tag vor Himmelfahrt ritt Ascham morgens nach London, um neue Lehrbücher zu besorgen und um alte Freunde zu besuchen. Da er erst am späten Abend zurückkehren würde, Elisabeth aber nicht unbeschäftigt bleiben sollte, gab er ihr Übersetzungsaufgaben, und zwar in allen Sprachen, die sie inzwischen gelernt hatte: Lateinisch, Griechisch, Französisch, Italienisch, Spanisch und Flämisch.

Nach Aschams Abreise sah Elisabeth die Texte durch und legte sie zur Seite. Sie war an jenem Vormittag von einer merkwürdigen Unruhe ergriffen und verspürte wenig Lust, sich mit Philosophie zu beschäftigen, wahrscheinlich hängt es mit dem warmen, schwülen Wetter zusammen, überlegte sie, man müßte jetzt an der Themse entlang reiten, dort ist es bestimmt frischer und kühler als hier, und schon war sie aufgesprungen, eilte zu den Stallungen, sattelte ihr Pferd, galoppierte zum Uferweg und dann weiter flußabwärts.

Nach einer Weile hielt sie an, sah sich um und dachte daran, daß sie im Winter mit Thomas hier einen Spaziergang gemacht hatte, und an Ostern waren sie hier geritten, Pfingstsonntag, überlegte sie, das sind ab morgen noch zehn Tage, auch die werden vergehen, und dann sehen wir uns wieder.

Als sie gegen Mittag zurückkehrte, wurde sie in der Halle von einer aufgebrachten Katharina empfangen.

»Wo hast du dich ganzen Vormittag herumgetrieben?«

»Ich bin ausgeritten.«

»Hat Mr. Ascham dir keine Texte zum Übersetzen gegeben?«

»O ja, damit kann ich mich heute nachmittag immer noch beschäftigen.«

»Wie bitte? Du vernachlässigst deine Pflichten und gehst deinem Vergnügen nach? Was ist los mit dir?«

»Ich habe es im Zimmer nicht mehr ausgehalten.«

Katharina musterte das junge Mädchen und überlegte, ob sie eine Strafe verhängen sollte, andererseits war es verständlich, daß ein junges Mädchen auch etwas Abwechslung brauchte.

»Wenn ich dich noch einmal bei einer solchen Disziplinlosigkeit erwische, bekommst du eine Woche Stubenarrest.« Nach diesen Worten ging Katharina langsam die Treppe hinauf.

Ich werde mit meinen Übersetzungen fertig sein, bis Ascham zurückkehrt, dachte Elisabeth, Katharinas Aufregung ist überflüssig, aber vielleicht hängt das mit der Schwangerschaft zusammen.

Nach dem Mittagessen begann sie mit den Übersetzungen und arbeitete ohne aufzusehen konzentriert mehrere Stunden lang. Am Spätnachmittag erschien Jane.

»Ich gehe mit Katharina spazieren, kommst du mit?«

»Nein«, und sie begann einen Abschnitt aus Platons ›Staat‹ zu übersetzen: Es handelte sich um die drei Beweise für das Unglück des Tyrannen im neunten Buch.

»Wenn also der Gute und Gerechte den Schlechten und Ungerechten so vielmal an Freude übertrifft, so wird er ihn unendlich vielmal mehr an edler Lebensführung, Schönheit und Vollkommenheit übertreffen.«

Elisabeth sah zur Uhr, es war noch eine Stunde bis zum Abendessen, wenn sie anschließend sofort weiterarbeitete, würde sie die Rückübersetzung heute noch schaffen. Sie suchte nach dem griechischen Wörterbuch, bis ihr einfiel, daß sie es im Schlafzimmer hatte liegenlassen. Sie ging hinüber, nahm das Buch von der Fensterbank und hätte es vor Überraschung beinahe fallen gelassen: Durch das geöffnete Hoftor kam Thomas, begleitet von Diener und Reitknecht.

Sekundenlang wußte sie nicht, ob sie träumte, aber es war ganz offensichtlich kein Traum.

Thomas saß ab, ging in Gedanken versunken über den Hof, und sie überlegte, ob sie sich bemerkbar machen sollte.

In der Ferne erklang leises Donnergrollen, und als Thomas prüfend zum Himmel sah, entdeckte er das junge Mädchen am Fenster.

»Guten Tag, Elisabeth«, sagte er lächelnd, »hast du fleißig gelernt?«

»Ja«, und sie lächelte ebenfalls. »Wie kommt es, daß du schon zurück bist?«

»Ich wollte dich überraschen, und Katharina natürlich auch. Hast du einen Augenblick Zeit?«

»Ja.«

»Darf ich zu dir kommen?«

»Ja.«

Katharina und Jane sind in frühestens einer halben Stunde zurück, überlegte sie. Sie sah ihn hineingehen, hörte ihn die Treppe emporsteigen, hörte seine Schritte sich ihrer Tür nähern und bekam plötzlich Herzklopfen. Sie würden zum ersten Mal allein sein. Sie merkte, daß die Tür geöffnet und geschlossen wurde, und drehte sich um.

Er trat ein, ging langsam auf sie zu und blieb dicht vor ihr stehen. Ihr Herz klopfte, als ob es zerspringen wollte, und als er nun sanft ihr Gesicht zu sich emporhob, merkte sie, daß sie anfing zu zittern; sie schloß die Augen und spürte fast gleichzeitig seine Lippen auf ihrem Mund. Als er sie nach wenigen Sekunden wieder freigab, sah sie ihn erstaunt an, und in ihren Augen las er die Frage: War das alles?

Er lachte leise, nahm sie erneut in die Arme und preßte sie an sich. Sie spürte seinen kräftigen Oberkörper und merkte, daß eine warme Flut sie durchströmte, die mit einem angenehmen Schwächegefühl verbunden war.

»Thomas«, flüsterte sie, »was wir füreinander empfinden, ist das Liebe?«

Ich könnte jetzt einfach mit ja antworten, überlegte er, aber ich möchte ihr nicht die Unwahrheit sagen.

»Ich weiß es nicht, Elisabeth, ich weiß nur, daß ich dich im Moment mehr liebe als Katharina.«

»Kann man zwei Menschen gleichzeitig lieben?«

»Ja, aber einen von beiden liebt man stärker.«

»Das verstehe ich nicht, es ist zu kompliziert.«

»Du solltest jetzt nicht darüber nachdenken, genieße den Augenblick.«

Sie spürte erneut seine Lippen, aber diesmal fordernder, und gab nach, weil sie es so wollte. Sie hörten weder das Donnergrollen, noch merkten sie, daß ein starker Gewitterregen herniederging, sie hörten auch nicht, daß sich Schritte näherten und die Tür geöffnet wurde.

»Thomas! Elisabeth!«

Sie lösten sich erschrocken voneinander und sahen zur Tür: Dort stand Katharina, sah von einem zum andern, und in ihrem Blick lagen soviel Enttäuschung und Traurigkeit, daß Elisabeth glaubte, vor Scham versinken zu müssen, und als sie nun sah, daß der Leib der Stiefmutter schon leicht gewölbt war, senkte sie verlegen die Augen. Sie trägt ein Kind von Thomas, dachte sie, und Thomas und ich, wir denken nur an ...

Katharina faßte sich zuerst. »Verzeiht, ich wollte eure Zweisamkeit nicht stören, ich wollte Elisabeth nur an das Abendessen erinnern. In meinem Haus, unter meinem Dach! Bist du deswegen früher zurückgekommen, Thomas? Mir hast du etwas von Pfingstsonntag vorgefaselt«, und ihre Stimme bebte vor Empörung.

»Kate, bitte, mach jetzt keine Staatsaffäre daraus, es ist doch nichts passiert.«

Sie sah den Gatten eindringlich an und sagte dann langsam: »Noch ist nichts passiert. Bist du dir überhaupt klar darüber, Thomas, in welcher Situation wir uns befinden? Elisabeth ist noch nicht volljährig, und ich trage die Verantwortung für sie; wenn etwas passiert, werde ich vom Regentschaftsrat zur Verantwortung gezogen, nicht du!«

»Glaube mir doch, es wäre nichts passiert.«

Katharina zuckte die Schultern. »Das sagst du so einfach«, und zu ihrer Stieftochter: »Du kannst hier nicht länger bleiben, am Pfingstsonntag wirst du uns verlassen und nach Cheshunt übersiedeln.«

»Du kannst Elisabeth doch nicht einfach wegschicken, sie bleibt hier.«

Da hob das junge Mädchen den Kopf und sagte mit fester Stimme:

»Ich werde gehen, Thomas, es ist besser so.«

Er starrte Elisabeth ungläubig an und wurde fast im gleichen Augenblick von seiner Frau zur Tür geschoben.

»Laß uns jetzt allein.«

Er eilte hinaus, ohne sich noch einmal umzusehen.

Allein geblieben, sahen die beiden Frauen einander an und schwiegen eine Weile, schließlich sagte Elisabeth:

»Es tut mir so leid, Hoheit, ich schäme mich so...”

»Schon gut«, unterbrach die Königin, »eines sollst du wissen: die Szene mit meinem Mann halte ich deiner Jugend und Unerfahrenheit zugute, Thomas ist schuld daran, daß es so weit kommen konnte. Wann immer du Rat und Hilfe brauchst, kannst du auf mich zählen.«

»Vielen Dank, Hoheit, ich habe noch eine Bitte, ich möchte lieber nach Hatfield gehen, dort ist mein Zuhause.«

»Hatfield? Dagegen ist nichts einzuwenden, aber das Schloß ist seit nahezu fünf Jahren unbewohnt, es müßte renoviert und hergerichtet werden, das dauert Wochen, aber ich kann alles veranlassen.«

»Danke, wann soll ich an Pfingsten aufbrechen?«

»Nach dem Gottesdienst. Die Worte des Herrn werden dir helfen.«

Auch das noch, dachte Elisabeth, eine Predigt von bestimmt zwei Stunden, wenn der Pfarrer nur nicht soviel Unsinn erzählen würde, ich an Katharinas Stelle würde ihn unterbrechen und sagen: »Es reicht!« Die Worte des Herrn helfen mir in meiner Situation bestimmt nicht.

Als Katharina gegangen war, sank das junge Mädchen auf einen Stuhl und begann still vor sich hin zu weinen.

Sie weinte, weil sie von Thomas getrennt wurde, sie weinte, weil sie sich schämte, sie weinte, weil die Zukunft ihr plötzlich ohne Perspektive schien, sie weinte, weil sie sich so elend fühlte wie noch nie zuvor in ihrem Leben.

Später kam Kate – inzwischen von der Königin über alles informiert – und versuchte, ihren Zögling zu trösten, mit wenig Erfolg.

»Das arme Kind«, sagte Kate zu ihrem Mann und zu Parry, »Ihre Majestät macht ein Aufhebens wegen eines harmlosen Kusses«, und sie berichtete, was vorgefallen war, bat die beiden Männer um absolute Verschwiegenheit, was beide versprachen, und Parry sagte sogar, daß man ihm eher die Zunge mit glühenden Eisen ausreißen könne, als ihn jemals zum Sprechen zu bringen; John Ashley und Parry standen ganz auf der Seite Elisabeths.

Ascham war bei seiner Rückkehr nicht wenig erstaunt, als er von der geplanten Abreise hörte, das verweinte Gesicht seiner Schülerin sagte ihm, daß etwas passiert war, was mit Thomas zusammenhing, aber sein Taktgefühl verbot es ihm, Fragen zu stellen.

Am nächsten Morgen teilte Katharina der Stieftochter mit, daß sie den Gatten gebeten habe, während Elisabeths letzten Tagen in Chelsea, in sein Stadtschloß nach London zu übersiedeln.

Ich werde ihn also nicht mehr sehen, dachte Elisabeth, aber vielleicht ist es besser so, und dann begann sie den restlichen Text vom Vortag rückzuübersetzen und merkte überrascht, daß sie bei dieser Beschäftigung allmählich ihr inneres Gleichgewicht wiederfand. Vielleicht sind Übersetzungen die richtige Methode für mich, um schwierige Situationen zu meistern, überlegte sie.

Ihre letzten Tage in Chelsea verliefen harmonisch, und bald herrschte zwischen ihr und der Stiefmutter wieder das vertraute Verhältnis von früher. Am Pfingstsonntag schieden sie als Freundinnen und versprachen einander, regelmäßig zu schreiben.

Einige Tage nach Elisabeths Abreise verließ auch Katharina Chelsea und begab sich nach Schloß Sudeley, wo sie ihr Kind zur Welt bringen wollte.

Thomas war in jenem Sommer viel in London, vollauf beschäftigt, den königlichen Neffen gegen den Lordprotektor aufzuwiegeln und Anhänger um sich zu scharen; er korrespondierte regelmäßig mit seiner Frau, erkundigte sich nach ihrem Befinden und versprach, rechtzeitig zur Niederkunft in Sudeley zu sein.

Auch von Elisabeth erhielt Katharina häufig teilnahmsvolle Briefe, Katharina selbst war, mit fortschreitender Schwangerschaft, manchmal nicht imstande, Briefe zu beantworten, und bat Thomas manchmal, an ihrer Stelle zu schreiben.

Am 31. Juli schrieb Elisabeth:

…Ich kann Mylord nicht vorwerfen, daß er Eure Grüße in seinem Brief nicht ausgerichtet habe, denn er hat es getan;

und auch wenn er es nicht getan hätte, würde ich mich doch nicht über ihn beklagen; denn er soll mir von Zeit zu Zeit Nachricht geben, wie es seinem zudringlichen Kind ergeht; und wenn ich bei seiner Geburt dabei wäre, würde ich sicherlich dafür sorgen, daß es Schläge bekommt für die Nöte, die es Euch bereitet hat...

Katharina mußte unwillkürlich lächeln, als sie dies las, und preßte eine Hand auf ihren Leib, bald war es soweit.

Elisabeth verlebte einen friedlichen Sommer, zuerst in Cheshunt, später in Ashridge. Sie konzentrierte sich auf ihre Studien, übte sich im Bogenschießen, genoß es, ohne Bevormundung in einem eigenen Haushalt zu leben, und versuchte, Thomas Seymour zu vergessen.

Anfang September erfuhr sie, daß Hatfield wieder bewohnbar war, und so verließ sie am 6. September mit ihrem Haushalt Ashridge.

Als sie bei Sonnenuntergang nur noch wenige Meilen vom Schloß entfernt waren, galoppierte Elisabeth ihren Begleitern davon, weil sie allein sein wollte, wenn sie nach all den Jahren die Stätte ihrer Kindheit wiedersah.

Vor dem roten Backsteingebäude angekommen, zügelte sie ihr Pferd, saß ab, blieb einen Augenblick stehen und sah sich um. Hier hatte sich nichts verändert, alles war noch so, wie sie es verlassen hatte. Es waren auf den Tag genau fünf Jahre her, daß sie bei Sonnenaufgang losgeritten waren nach Hampton Court.

Was hat sich in dieser Zeit alles ereignet, überlegte sie, morgen werde ich fünfzehn, und sie fragte sich, was sie in den nächsten fünfzehn Jahren erleben würde.

Sie sah sich suchend nach dem Verwalter um, da kam er auch schon gelaufen und überreichte ihr unter vielen Verbeugungen einen Brief, der am Tag zuvor überbracht worden war.

Elisabeth erkannte sofort Thomas' Handschrift. Aha, dachte sie und entsiegelte das Schriftstück, jetzt teilt er wahrscheinlich mit, daß er stolzer Vater eines gesunden Sohnes geworden ist, sie begann zu lesen und ließ den Brief entgeistert sinken.

Inzwischen waren auch die anderen angekommen.

»Was habt Ihr, Euer Gnaden«, fragte Kate, »ist etwas passiert?«

»Ja. Katharina ist im Wochenbett gestorben, und die kleine Maria, die sie zur Welt gebracht hat, ist inzwischen auch tot. Ist das nicht schrecklich!"

»Das ist natürlich traurig, Euer Gnaden, aber das Leben geht weiter, wißt Ihr nicht, was diese Todesnachricht bedeutet? Der Großadmiral ist ein freier Mann, Ihr könnt ihn haben, wenn Ihr ihn wollt.«

»Nein.«

»Und ich sage Euch, Ihr würdet Euch nicht weigern, wenn der Lordprotektor und der Regentschaftsrat es befürworteten.«

Elisabeth errötete und ging wortlos hinüber zum Park.

»Wo will sie hin?« fragte Parry erstaunt. »Es wird bald Nacht.«

»Sie geht zu ihrer Eiche.«

Zur selben Zeit stand Thomas im Park von Sudeley vor Katharinas Grab, neben sich die kleine Jane, die leise ein Gebet sprach.

Thomas dachte beschämt daran, daß seine Trauer sich in Grenzen hielt, obwohl die Königinwitwe ihm bis zuletzt ihre Zuneigung bewahrt und ihm sogar alles, was sie besaß, vererbt hatte. Er dachte über seine politischen Pläne nach, er wußte von Fowler, einem Günstling des jungen Königs, daß der Neffe den strengen Onkel Eduard von Tag zu Tag mehr haßte, es bedurfte wahrscheinlich nur eines Tropfens, um das Faß zum Überlaufen zu bringen; der gute Herzog ist die längste Zeit Protektor gewesen, dachte Thomas. Und Elisabeth? Bei der zweiten Werbung mußte er geschickter vorgehen, was die Räte betraf.

Man muß eine Situation schaffen, überlegte Thomas, in der die hohen Herren nicht anders können, als ihre Zustimmung zu geben, weil sonst die Schwester des Königs kompromittiert würde.

»Komm, Jane. Laß uns zurückreiten, bevor es dunkel wird. Dein Vater hat mir übrigens geschrieben, er möchte, daß du wieder nach Hause kommst, weil meinem Haushalt keine Frau mehr vorsteht. Ich denke, daß du in den nächsten drei oder vier Tagen Sudeley verlassen wirst.«

Sie waren inzwischen aufgesessen, und als Jane nun die Zügel ergriff, begannen ihre Hände zu zittern, und die Tränen schossen aus ihren Augen.

»Oh, Mylord«, schluchzte sie, »bitte, kann ich nicht bei Euch bleiben, ich möchte nicht nach Hause zurück.«

»Aber Jane, warum denn nicht?«

»Meine Mutter ist so streng, sie schlägt mich wegen jeder Kleinigkeit, ich habe Angst vor ihr.«

»Ach so«, und plötzlich erinnerte sich Thomas an jenes Gespräch im Garten von Chelsea und an Katharinas Bemerkungen über Frances Grey, ihr Getue mit der Thronfolge... Königin Jane von England, dachte Thomas, er hatte damals die Idee nicht weiter verfolgt, aber jetzt? Er brauchte Anhänger, die Greys waren nicht irgendwer, sondern mit den Tudors verwandt, bei dem Köder, den er ihnen bot, würden sie bestimmt anbeißen.

»Hör zu, Jane, in meinem Haus kannst du nicht bleiben, ich bringe dich morgen nach London in unser Stadtschloß, meine Mutter wird sich um dich kümmern, und mit deinen Eltern werde ich die Angelegenheit schon regeln. Sei ganz unbesorgt, du mußt nicht mehr nach Hause zurück.«

»Wirklich? Oh, Mylord, ich danke Euch.«

»So, und jetzt ein kleiner Galopp, damit wir noch bei Helligkeit das Schloß erreichen«, und er gab dem Pferd die Sporen.

Als er durch die Abenddämmerung galoppierte, fühlte er sich frei, eine herrliche Zukunft lag vor ihm, in einem Jahr um diese Zeit war er Lordprotektor und mit Lady Prinzessin Elisabeth verheiratet, und dies versetzte ihn in eine derartige Hochstimmung, daß er anfing, ein Lied zu singen, das der verstorbene König verfaßt und komponiert hatte:

»Pastime with good company
I love and shall until I die....«

VII

Lady Seymour war nicht wenig erstaunt, als Thomas ihr bei seiner Ankunft am Abend des 7. September 1548 die kleine Jane übergab, und sie bat, sich um die Erziehung des heranwachsenden Mädchens zu kümmern.

»Die Kleine kann gerne in meinem Haus leben, Thomas, aber was wird der Marquis von Dorset – damit war Henry Grey gemeint – dazu sagen, er wünscht doch bestimmt jetzt, nach Katharinas Tod, die Rückkehr der Tochter ins elterliche Haus?«

»Jane möchte lieber bei uns bleiben, Ihr wißt ja, wie streng Frances die Töchter erzieht, außerdem...«, er zögerte etwas, aber warum sollte er seine Mutter nicht zumindest teilweise in seine Pläne einweihen? »Der Marquis wird damit einverstanden sein, daß seine Tochter bei uns lebt, ich werde ihm nämlich erklären, daß ich für Jane eine glänzende Zukunft arrangieren kann, eine Zukunft als Gemahlin Eduards, durch mich wird seine Tochter Königin von England; er wird unter diesen Umständen auch bereit sein, mir die Vormundschaft zu übertragen, dies alles klappt natürlich nur, wenn mein Neffe nicht mehr unter der Vormundschaft des Lordprotektors steht.«

»Warum willst du unbedingt diese Heirat arrangieren? Bedenke auch, daß Eduard damit einverstanden sein muß.«

»Er wird einverstanden sein, einfach aus Dankbarkeit, daß ich ihn aus der Vormundschaft befreit habe. Mutter, ich benötige Anhänger, vor allem Anhänger, die zum Hochadel gehören, ein großer Teil des Landadels steht hinter mir, aber der Hochadel ist noch wichtiger.«

»Thomas, was hast du vor? Willst du dich gegen deinen Bruder stellen? Du wirst Unglück über dich bringen, ich flehe dich an, arrangiere dich mit dem Protektor, gib dich zufrieden mit dem, was du hast, dein Ehrgeiz wird dich ins Verderben stürzen, bitte, sei vernünftig.«

»Seid unbesorgt, es wird sich alles regeln. Morgen reite ich zu Janes Eltern nach Leicestershire und rede mit ihnen. Während der kommenden Wochen werde ich mich übrigens nicht um meinen Bruder kümmern, sondern um meine Ländereien, vor allem muß ich zur Geldmünze nach Bristol reisen.«

Lady Seymour sah ihren Sohn erstaunt an. »Was hast du mit der Münze in Bristol zu schaffen?«

»Verzeiht, Mutter, aber das versteht Ihr nicht.«

Sie sah ihn bekümmert an und erwiderte resigniert: »Die familiäre Verbindung mit den Tudors hat der Familie Seymour bis jetzt nur Unglück gebracht; Jane ist tot, ihr Sohn kränkelt, und meine Söhne sind zerstritten, übrigens, das habe ich ganz vergessen«, sie ging ins Nebenzimmer und kehrte mit einem Brief zurück. »Dieses Schreiben traf heute morgen für dich ein.«

Thomas las und schleuderte das Schriftstück wütend auf den Tisch.

»Das ist die Höhe, der Rat besitzt die Unverschämtheit und sperrt meine Rechte auf Katharinas Nachlaß, dabei hat sie mir allein alles vermacht, aber sei es drum, der Protektor will offensichtlich Streit, er soll ihn haben.«

Er ging eine Weile erregt auf und ab und blieb dann vor seiner Mutter stehen. »Ihr solltet Euch über die familiäre Verbindung mit den Tudors nicht grämen, sondern freuen. Bereitet Euch schon jetzt darauf vor, daß binnen eines Jahres eine Tudor hier, im Bath-Palace, wohnen wird. Lady Prinzessin Elisabeth will mich heiraten!«

Im ersten Moment glaubte Lady Seymour nicht richtig gehört zu haben. »Wie bitte? Hat sie dir das Eheversprechen gegeben?«

»Nein, aber aus ihrem Benehmen und ihren Andeutungen kann man schlußfolgern, daß sie eine Ehe mit mir wünscht.«

»Mein Gott, Thomas, ich kann es noch gar nicht glauben, dann wirst du der Schwager des Königs!«

»Ja, und der König liebt seine Schwester, er vergöttert sie geradezu, aber diese Heiratsgeschichte bleibt unter uns.«

Er wußte genau, daß seine Mutter pikante Neuigkeiten sofort ihrer Kammerfrau weitererzählte, und diese geschwätzige Person, dachte er, wird schon alles weitere besorgen. Er sollte sich nicht täuschen.

Lady Seymour war innerlich so bewegt, daß sie noch am selben Abend der Kammerfrau erzählte, daß die Schwester des Königs, Lady Elisabeth, ihren Thomas heiraten wolle.

Bis zum Mittag des folgenden Tages wußte die Dienerschaft des Hauses davon, am Abend sprach man in den benachbarten Palais am Strand nur noch von dieser Heirat, und bereits einen Tag später war es das interessanteste Gesprächsthema auf öffentlichen Plätzen, in Pubs, am Hafen und bei den Händlern.

Als ganz London von dieser Heirat sprach, dachte Lady Seymour erschrocken daran, daß sie versprochen hatte zu schweigen, und es überkam sie ein unbehagliches Gefühl, wenn sie an die Reaktion des Lordprotektors dachte, aber er hüllte sich in Schweigen, und als sie bei einem Besuch im Hause ihrer Schwiegertochter vorsichtig von den Heiratsgerüchten sprach, erwiderte die Herzogin von Somerset: »Es gibt wichtigere Dinge als die Amouren des Großadmirals, überdies, was will Thomas überhaupt mit dieser jungen dummen Gans?«

»Lady Elisabeth ist keine junge, dumme Gans, sondern die Schwester Seiner Majestät und die Tochter des verstorbenen Königs, und außerdem …«, hier schwieg Lady Seymour einen Moment, um die Bedeutung der folgenden Worte zu unterstreichen, »außerdem steht sie an zweiter Stelle in der Thronfolge.«

Die Herzogin wechselte das Thema, weil sie sich über die letzte Bemerkung der Schwiegermutter maßlos ärgerte. Durch diese Verbindung stünde Thomas vom Rang her über meinem Mann, ging es ihr durch den Kopf, aber schließlich waren es nur Gerüchte.

Einige Tage nach seiner Abreise teilte Thomas der Mutter mit, daß Janes Eltern einverstanden wären, daß die Tochter im Bath-Palace lebte. Er verschwieg, daß er die Vormundschaft für fünfhundert Pfund erkauft hatte, Mütter mußten schließlich nicht alles wissen.

Jane war überglücklich und lebte mit ihrem Lehrer und ihren Büchern still und zufrieden vor sich hin. So vergingen der September und der Oktober.

An einem Nachmittag Mitte November besuchte der Lordprotektor ohne vorherige Anmeldung seine Mutter. Als er das Zimmer betrat, sah sie seinem Gesicht an, daß er unerfreuliche Nachrichten mitbrachte.

Er erkundigte sich höflich-kühl nach ihrem Befinden, entschuldigte sich wegen des unangemeldeten Besuches und kam dann zur Sache.

»Ich habe Thomas befohlen, sich unverzüglich nach London zu begeben, und ihm mit dem Tower gedroht, falls er diesem Befehl nicht nachkommt. Ich möchte ihm eine letzte Unterredung gewähren und ihn zur Vernunft bringen. Die Stimmung im Regentschaftsrat ist inzwischen so gereizt, daß ich ihn nicht länger schützen kann, ohne meinen Kopf dabei zu riskieren. Die Blutsverwandtschaft und meine christlichen Pflichten erfordern es, ihn auf die Gefahren aufmerksam zu machen, die ihn erwarten, wenn er sich nicht mäßigt.«

»Was ist passiert, Eduard? Warum drohst du mit dem Tower?«

»Es ist nicht viel passiert, aber es sind Kleinigkeiten, die sich summieren. Er streitet mit dem Regentschaftsrat über die Sperrung seiner Nachlaßrechte. Diese Maßnahme ist gerechtfertigt, weil man befürchten muß, daß er Katharinas Erbe verschleudert. Er lebt zur Zeit prunkvoller als der König, seine kostbare Kleidung, seine aufwendigen Gesellschaften grenzen schon fast an Majestätsbeleidigung. Der schlichte Hof des Königs entspricht seiner religiösen Überzeugung, und die Untertanen haben sich danach zu richten. Der König denkt christlich, er will seinem Volk mit gutem Beispiel vorangehen, mein Bruder aber benimmt sich seinen Pächtern gegenüber so unchristlich, daß es eine Schande ist; er treibt rücksichtslos rückständige Pachtzinsen ein, und wer nicht zahlen kann, verliert Haus und Hof und muß mit der Familie sehen, wo er bleibt.« Hier schwieg der Protektor zunächst, um seine Worte wirken zu lassen.

»Mein Gott, Eduard«, erwiderte Lady Semour hilflos, »diese Verhaltensweisen kann man vielleicht moralisch verurteilen, aber ist es notwendig, mit dem Tower zu drohen?«

»Ja, die Liste geht noch weiter. Man überbrachte mir folgende Äußerung: ›Warum hat man ihn zum Protektor gemacht? Niemand braucht einen Protektor‹. Er hat auch erklärt, daß er auf meine Gunst verzichte und ohne mich viel besser leben würde. Diese Reden allein würden genügen, ihn verhaften zu lassen, aber sie richten sich nur gegen mich persönlich, nicht gegen das Wohl des Staates, und so ignoriere ich seine Worte. Viel schwerwiegender sind Meldungen, denen man entnehmen muß, daß er einen Bürgerkrieg vorbereitet, wobei ich nicht weiß, ob man diesen Meldungen Glauben schenken darf. Eines aber kann verhängnisvoll für ihn werden, sein Einfluß auf den König; er hetzt den Knaben systematisch gegen uns auf, er bemächtigt sich – bildlich gesprochen – seiner Person, kurz, er versucht, dadurch die Staatsgewalt an sich zu reißen. Ich bin gekommen, Mutter, um Euch zu bitten, mit Thomas zu reden, bevor er bei mir erscheint, macht ihm klar, daß die Lage sehr ernst für ihn ist.«

»Ich werde es versuchen, aber ob es etwas nützt?«

Der Lordprotektor blieb die Antwort schuldig und schien über etwas nachzudenken.

»Diese Heiratsgerüchte«, sagte er nach einer Weile, »kann ich überhaupt nicht einordnen; an jeder Straßenecke hört man, daß Elisabeth Thomas heiraten will.«

»Was ist daran so verwunderlich?« entgegnete Lady Seymour arglos. »Das hat Thomas doch selbst gesagt.«

»Wie bitte? Elisabeth hat meinem Bruder ein Eheversprechen gegeben? Das ist ungeheuerlich, das ist Hochverrat!« Der Lordprotektor sprang auf und begann erregt auf und ab zu gehen.

»Beruhige dich doch, du hast mich falsch verstanden. Elisabeth hat kein Wort zu Thomas gesagt, daß sie ihn heiraten will, er schließt es aus ihrem Benehmen und aus gewissen Bemerkungen.«

»Aha, aus ihrem Benehmen, wie soll ich das verstehen?«

Lady Seymour zuckte unwillkürlich zusammen, weil ihr der lauernde Unterton in der Stimme des Sohnes nicht entgangen war, und erwiderte: »Thomas hat keine Einzelheiten erzählt, im übrigen ist Elisabeth ein anständiges Mädchen.«

»Hoffentlich, vergeßt nicht, daß sie eine Tochter Anna Boleyns ist; jedenfalls wäre ein heimliches Eheversprechen ohne die Zustimmung des Rates Hochverrat.«

»Das wissen die beiden genausogut wie du.«

Am nächsten Tag traf Thomas ein. Er scherzte über die Drohung mit dem Tower, aber seine Mutter schloß aus der raschen Rückkehr, daß er erschrocken war. Sie bat ihn, dem Bruder entgegenzukommen, und wartete ängstlich ab. Ihre Sorgen waren jedoch unbegründet: Die Brüder versöhnten sich, und der Protektor erhöhte sogar das Jahreseinkommen des Bruders um 800 Pfund.

Lady Seymour atmete auf und begann, sich mit den Vorbereitungen für das Weihnachtsfest zu beschäftigen.

Thomas lebte während der folgenden Wochen ziemlich zurückgezogen: Er kleidete sich weniger aufwendig, gab keine Gesellschaften mehr, sein einziges Vergnügen schien die Jagd zu sein, er besuchte alle paar Tage seinen Neffen in Whitehall, erkundigte sich nach dessen Lernfortschritten, spielte und plauderte mit ihm, ab und zu traf er sich mit Fowler, einem Günstling des Königs, zechte und spielte Karten mit ihm. Während all dieser Beschäftigungen kreisten seine Gedanken um Elisabeth.

Die Heiratsgerüchte kursierten nach wie vor, aber genau betrachtet, war er noch keinen Schritt weitergekommen. Elisabeth hatte ihm einen teilnahmsvollen Kondolenzbrief geschrieben, den er in freundschaftlichem Ton beantwortet hatte, weil er nicht wußte, ob ihre Gefühle ihm gegenüber gleich geblieben oder sich gewandelt hatten, außerdem war größte Vorsicht geboten hinsichtlich des Regentschaftsrates. Während des Herbstes hatte er ihr öfter von seinen Inspektionsreisen berichtet, und sie hatte überaus vorsichtig geantwortet.

Er überlegte auch, ob er sie in Hatfield besuchen sollte, konnte sich aber nicht dazu entschließen, weil er sie nicht vor den Kopf stoßen wollte. Er suchte nach einem Vorwand, um enger mit ihr in Kontakt zu kommen, und fand keinen. Schließlich beschloß er, ihr zu Neujahr ein hübsches, nicht zu aufwendiges Geschenk zu schicken, vielleicht ein Buch, und bei dieser Gelegenheit wollte er sie fragen, ob er sie besuchen dürfe.

Ungefähr zwei Wochen vor Weihnachten kehrte er um die Mittagszeit von einem Ausgang zurück, und als er am ›Strand‹ entlangging und sich dem Durham Palace näherte, sah er zu seiner Verwunderung Parry, der nachdenklich zu den oberen Stockwerken hinaufsah.

»Hallo«, rief Thomas, »was führt Euch nach London?«

»Ach, Mylord«, erwiderte Parry seufzend, »Ihr wißt wahrscheinlich, daß Lady Elisabeth einen Flügel im Durham Palace bewohnen darf, nun soll – laut Anordnung des Lordprotektors – ein Teil der Münze in unseren Räumen untergebracht werden, und wir müssen uns nach einer neuen Bleibe umsehen.«

In diesem Augenblick hatte Thomas eine Idee, wie er mit Elisabeth in engeren Kontakt kommen konnte.

»Die neue Wohnung ist kein Problem. Der größte Teil meines Schlosses ist zur Zeit unbewohnt; ich stelle Eurer Herrin gerne diese Räume im Bath Palace zur Verfügung; begleitet mich, ich werde Lady Elisabeth einen Brief schreiben.«

Unterwegs erzählte Parry stolz, daß Elisabeth ihn inzwischen zum Schatzmeister ihres Haushaltes ernannt habe, und beiläufig erwähnte er, daß man in Hatfield friedlich dahinlebe.

»Es ist dort wie auf einer einsamen Insel, man hört und sieht nichts«, er zögerte etwas und streifte Thomas mit einem vorsichtigen Seitenblick, »die Gerüchte über eine Heirat zwischen Euch und Lady Elisabeth, die man hier an jeder Straßenecke hört, diese Gerüchte sind völlig neu für mich.«

»So?« sagte Thomas und überlegte, wie er reagieren sollte. »In Hatfield hat man also noch nichts gehört, nun ja, in London schwirren so viele Gerüchte umher, was soll man dazu sagen, aber fragt Eure Herrin selbst, sie weiß vielleicht mehr, als sie sagt. Fragt sie, ob sie mich heiraten würde, vorausgesetzt, der Regentschaftsrat stimmt zu. Wenn Ihr wieder in London seid – und Ihr werdet wahrscheinlich jetzt öfter in London sein wegen der Wohnungsfrage –, dann erzählt mir, was sie geantwortet hat.«

»Gerne, Mylord«, erwiderte Parry, und seine Augen funkelten vor Vergnügen, dieses Spielchen war ganz nach seinem Geschmack, endlich würde es in Hatfield nicht mehr so langweilig sein.

Inzwischen hatten sie Bath Palace erreicht, und es dauerte nicht lange, da nahm Parry den Brief für Elisabeth in Empfang.

»Einen besseren Schatzmeister hätte Lady Elisabeth nicht wählen können«, sagte Thomas liebenswürdig, »Ihr werdet viel Arbeit haben, wenn sie irgendwann über ihre Einkünfte verfügen kann.«

»Da habt Ihr recht, Mylord«, erwiderte der arglose Parry.

»Allein die Grafschaften um London bringen jährlich ungefähr 3106 Pfund, Schloß Berkhamstead, Ashridge College, die Abtei Missenden, die Lordschaft Ewelme, hinzu kommen die Güter in Lincolnshire.«

Verflixt, überlegte Thomas, das ist ziemlich weit von meinen Ländereien entfernt, ich müßte sie im Laufe der Zeit dazu bewegen, ihre Güter gegen solche zu tauschen, die in meiner Nachbarschaft liegen, dann hätte ich mehr Anhänger in meiner unmittelbaren Nähe und könnte leichter Truppen ausheben und bewaffnen, aber das eilt im Moment noch nicht.

»Wann wird Lady Elisabeth über ihren Besitz verfügen können?«

»Das weiß ich nicht genau, wahrscheinlich in zwei Jahren.«

Einen Tausch könnte man vielleicht früher arrangieren, überlegte Thomas.

»Wird der künftige Gatte auch über diese Einkünfte verfügen können?«

»Das weiß ich nicht, Mylord.«

Vielleicht weiß der Lordsiegelbewahrer etwas, überlegte Thomas.

Als Parry gegangen war, dachte Thomas darüber nach, ob Elisabeth sein Angebot akzeptieren würde, und stellte dabei fest, daß er ihre Reaktion überhaupt nicht einschätzen konnte, wie wenig kennt man einen Menschen, überlegte er, sogar einen Menschen, für den man, trotz der politischen und wirtschaftlichen Hintergedanken, echte Zuneigung empfindet.

Während jener Herbstwochen war Elisabeth davon überzeugt, daß sie die Romanze mit Thomas verarbeitet hatte. Sie freute sich über die Briefe von Thomas, aber was bedeutete dies schon, schließlich freute sie sich auch über die Briefe ihrer Geschwister, die leichte Enttäuschung, die sie bei seinem väterlich-freundschaftlichem Ton empfand, ignorierte sie.

An dem Tag, als Parry von seiner Londoner Mission zurückkehrte, fiel der erste Schnee. Nach dem Mittagessen ging Elisabeth wie üblich im Park spazieren, und als sie die weiße Fläche sah, fühlte sie sich deprimiert und traurig. Winter, dachte sie, nun ist endgültig Winter, und bis in den März hinein wird Schnee liegen, das sind zwölf lange Wochen. Thomas hat den Schnee mit einem Leichentuch verglichen, aber daran will ich jetzt nicht denken, es ist vorbei, und sie zwang sich, darüber nachzudenken, was sie dem elfjährigen Eduard zu Neujahr schenken konnte. Er muß wichtige Staatsdokumente unterzeichnen, vielleicht wäre ein kostbares Federmesser das richtige Geschenk. Ein Messer für die Federn, mit denen er als König von England unterschreibt, die Klinge aus Gold, der Griff aus Ebenholz und verziert mit einem Kreuz aus Perlen... Sie zuckte zusammen, als plötzlich einige Raben zum grauen Himmel aufflogen, und sah ihnen nach, bis sie verschwunden waren. Sie erinnerte sich an Thomas' Bemerkung, daß die Raben zum Tower flogen und verdrängte die Erinnerung. Sie wollte jetzt nicht daran denken, es war vorbei, und sie eilte zurück zum Schloß, um sich erneut mit ihren Studien zu beschäftigen.

Es dämmerte bereits, als Parry zurückkehrte.

»Die Wohnungsfrage ist geregelt, Euer Gnaden«, und er schilderte ausführlich seine Begegnung mit Thomas, wobei er natürlich verschwieg, daß dieser ihn gebeten hatte, Elisabeth bezüglich der Heirat zu fragen.

Elisabeth spürte, daß sie bei Parrys Bericht errötete, und war froh, daß die Halle nur von wenigen Fackeln erhellt wurde, aber dem neugierigen Parry entging ihre Verlegenheit nicht.

»Alle Einzelheiten bezüglich der Wohnung stehen in diesem Brief«, und als Elisabeth näher zum Kaminfeuer trat und las, bemerkte er mit Genugtuung, daß ihre Augen aufleuchteten. Das mußte er unverzüglich den Ashleys erzählen, endlich gab es wieder interessanten Gesprächsstoff in Hatfield.

Elisabeth faltete den Brief zusammen und sah eine Weile nachdenklich vor sich hin.

»Das Angebot des Großadmirals ist sehr großzügig, Parry, aber eine endgültige Entscheidung muß reiflich erwogen werden, ich will darüber nachdenken. Was gibt es Neues in London?«

»Ihr werdet es nicht glauben, Euer Gnaden, aber in der Stadt erzählt man, daß Ihr und der Großadmiral heiraten werdet.«

Elisabeth lachte. »Londoner Geschwätz«, und versuchte, sich nichts von der Erregung, die sie plötzlich überkam, anmerken zu lassen.

»Wie Ihr meint, Euer Gnaden, aber angenommen, der Regentschaftsrat stimmt einer Verbindung mit dem Lordadmiral zu, würdet Ihr ihn dann heiraten?«

Elisabeth sah Parry überrascht an und spürte instinktiv, daß er auf ihre Antwort geradezu lauerte. Ich muß aufpassen, dachte sie, ich darf nur etwas sagen, was allgemein und unverbindlich ist.

»Mein lieber Parry«, erwiderte sie lächelnd, »wenn die Zeit für eine Entscheidung gekommen ist, will ich so handeln, wie Gott es mir eingibt.«

Sie nickte ihm hoheitsvoll zu und ging nach oben.

Parry sah ihr verblüfft nach, wieder so eine Antwort, die keine ist, dachte er verärgert und eilte zu Kate, um seine Neuigkeiten zu erzählen.

In ihrem Zimmer angekommen, las Elisabeth den Brief noch einmal in Ruhe und sank dann ratlos auf einen Stuhl. Das Angebot, in seinem Schloß zu wohnen, war verlockend, und seine Absicht, sie kurz nach Neujahr in Hatfield zu besuchen, war noch verlockender, aber die Heiratsgerüchte erschwerten ihre Situation. Sie mußte, wegen des wachsamen Regentschaftsrates, aufpassen, daß sie durch ihre Handlungen nicht ins Gerede kam.

Am Abend sprach sie mit Kate unter vier Augen darüber.

»Was meinst du, Kate? Ich glaube, ich werde sein Angebot ablehnen mit der Begründung, daß ich ein ganzes Schloß mieten oder erwerben will, weil mein Haushalt sich vergrößern wird.

Und sein Besuch? Ich werde ihm schreiben, ich könne ihn Anfang des Jahres nicht empfangen, weil... weil... ach, mir wird schon ein Grund einfallen.«

»Ich verstehe Euch nicht, Euer Gnaden, der Lordadmiral will Euch heiraten, und Ihr zieht Euch zurück. Überlegt es Euch, so einen gutaussehenden, geistreichen, wohlhabenden Mann gibt es in England kein zweites Mal.«

»Ich weiß nicht, ob er mich heiraten will, das sind doch nur Gerüchte.«

»In jedem Gerücht steckt ein Körnchen Wahrheit, habt Ihr denn gar nichts mehr für ihn übrig?«

Elisabeth errötete und sah verlegen zu Boden.

»Ich glaube, es ist besser, wenn ich sein Angebot ablehne«, sagte sie leise.

Während Elisabeth Thomas' Brief beantwortete, wobei sie jedes Wort sorgfältig abwog, hatte Mrs. Ashley eine Auseinandersetzung mit ihrem Gatten.

»Parry meint, daß sie in den Lordadmiral verliebt ist, ich verstehe ihre Zurückhaltung nicht, so ein Bewerber begegnet einem jungen Mädchen nicht alle Tage«, und es folgte ein Loblied auf Thomas Seymour.

»Rede nicht soviel darüber«, unterbrach John seine Frau, »auch Parry sollte besser schweigen, bringt Lady Elisabeth nicht in eine peinliche Situation, schließlich hängt alles von der Zustimmung des Regentschaftsrates ab.«

»Der Rat wird schon zustimmen«, und sie begab sich zu Parry und unterhielt sich noch einmal ausführlich mit ihm über die Gerüchte.

Am nächsten Morgen ritt Parry erneut nach London, bestellte beim Hofjuwelier das Federmesser für den kleinen Eduard und begab sich dann zum Bath Palace um Elisabeths Brief zu überbringen.

Thomas las, verzog keine Miene, sondern sagte nur:

»Es ist verständlich, daß Lady Elisabeth ein Schloß für sich allein möchte, ich werde ihr dabei helfen und nach einem geeigneten Objekt Ausschau halten. Wartet einen Moment, ich gebe Euch einen Brief mit. Habt Ihr herausgefunden, was sie von den Heiratsgerüchten hält?«

»Gewiß, Mylord«, und Parry schilderte die Unterredung vom vorherigen Abend.

Als er fertig war, lächelte Thomas. »Lady Elisabeths Antwort ist sehr diplomatisch«, und der Schatzmeister bemerkte erstaunt, daß ein anerkennender Unterton mitschwang.

Während der folgenden Tage pendelte Parry zwischen London und Hatfield hin und her und beförderte die Briefe, die Thomas und Elisabeth einander schrieben, und manchmal fiel Elisabeth noch etwas ein, bezüglich der Ausstattung des Schlosses, das mußte er dann mündlich mitteilen. Er erzählte Thomas auch, daß Lady Elisabeth bestimmt in Seine Lordschaft verliebt sei, sie erröte jedes Mal, wenn der Name des Großadmirals genannt werde, und sie freue sich ganz offensichtlich, wenn gut über ihn geredet würde, sie schweige sich zwar aus, aber alle seien überzeugt, daß sie den Lordadmiral gerne heiraten würde, und alle versuchten sie zu überzeugen, daß der Lordadmiral die beste Partie für sie sei.

»Sie schweigt sich aus«, erwiderte Thomas, »das ist ganz gut.«

Innerlich war er sehr zufrieden mit dieser Entwicklung seiner Pläne. Er kannte Parry gut und wußte, daß dieser zwar schwatzhaft war, aber die Wahrheit sagte.

War es das ständige Gerede in Hatfield, was für eine glänzende Partie Thomas Seymour sei, ein Mann, würdig, um die Schwester des Königs zu werben, waren es seine Briefe, die sich mit der Wohnungsfrage beschäftigten, deren werbender Unterton aber durchklang, kurz, während jener letzten Dezembertage flackerte der Funke in Elisabeth erneut auf und entwickelte sich zu einer Flamme, die ihr Inneres erwärmte wie nie zuvor. Während des Unterrichts schweiften ihre Gedanken häufig ab, und sie erinnerte sich an einen Blick von ihm, an ein Lächeln, an etwas, was er gesagt hatte, und wenn sie im Park spazierenging, träumte sie davon, daß der Regentschaftsrat seine Einwilligung zur Heirat gab. Sie malte sich die Verlobungszeit aus, sie würden einander oft besuchen, gemeinsam ausreiten, gemeinsam musizieren, Bälle besuchen, lange Gespräche führen, und wo sollte die Trauung sein? In der Dorfkirche in Hatfield? Das wäre romantisch. In Westminster Abbey? Das wäre mit Prunk verbunden und gefiel ihr noch besser, man konnte ja die Flitterwochen in Hatfield verbringen, und die Brautnacht? In Hatfield oder im Bath Palace oder im prunkvollen Schloß Nonsuch?

So vergingen Weihnachten und die letzten Tage des Jahres, und man schrieb den 1. Januar 1549.

Im Laufe des Tages trafen die Neujahrsgeschenke ein, darunter auch das von Thomas: ein Gebetbuch, kostbar ausgestattet mit goldenen Beschlägen, Pergamentpapier, die Schrift kunstvoll verschnörkelt. Sie liebte prachtvolle Bücher und betrachtete es eine Weile bewundernd, ehe sie es irgendwo aufschlug; es war der Teil mit Gebeten, die man beim Tod sprach, ihre Augen glitten über die Seite und verweilten bei der letzten Zeile:

»Erde zu Erde, Asche zu Asche, Staub zu Staub.«

Sie blätterte weiter und empfand Gewissensbisse, weil sie ihm zu Neujahr nichts geschenkt, sondern nur geschrieben hatte; der Grund war nicht Sparsamkeit gewesen, sondern das unbestimmte Gefühl, daß sie vorsichtig sein müsse.

Sie legte das Buch zur Seite, las den Brief ein zweites Mal, und als sie zwischen den Zeilen die Zuneigung herausspürte, tat es ihr leid, daß sie seinen Besuch abgewiesen hatte.

Sie trat zum Fenster und sah hinaus in den grauen Januartag.

Ich werde ihn zum Osterfest einladen, überlegte sie, und wenn er wirklich um meine Hand bittet und der Regentschaftsrat zustimmt, werde ich ihn heiraten, weil ich ihn liebe. Aber das bleibt zunächst mein Geheimnis, niemand darf etwas von meinem Entschluß erfahren, und vor allem müssen meine Gefühle der Außenwelt verborgen bleiben.

Sie ging zum Spinett, schlug einige Akkorde an, variierte eine Melodie, überlegte, ob ihr Vater mit ihrer Wahl einverstanden wäre, und kam zu dem Ergebnis, daß er Thomas akzeptiert hätte, schließlich hatte er ihre Mutter auch aus Liebe geheiratet.

Sie spielte eine andere Melodie und begann leise zu singen:

»Pastime with good company
I love and shall until I die…"

An jenem Neujahrstag hatte sie das Gefühl, daß 1549 ein glückliches Jahr für sie werden würde.

Thomas hatte sich zwar nach außen hin mit seinem Bruder versöhnt, innerlich jedoch war er nach wie vor fest entschlossen, den Protektor zu stürzen, wenn es anders nicht ging sogar mittels eines Aufstandes, der Regentschaftsrat würde sich schon mit ihm als Protektor abfinden. Schließlich verfocht er die Interessen des Adels, einzig der Graf von Warwick bereitete ihm Kopfzerbrechen, aber der Graf war klug und würde sich zunächst wahrscheinlich mit der neuen Situation arrangieren; Thomas erwog auch, sich der Person des Königs zu bemächtigen und den Neffen nach Schloß Holt zu entführen, um so den Rat unter Druck zu setzen. Dazu benötigte er jedoch Unterstützung, und so weihte er Fowler ein, und nachdem der Günstling etliche hundert Pfund erhalten hatte, versprach er seine Hilfe, wenn es soweit war.

Eine Woche nach der anderen verging, und Thomas wartete ungeduldig auf eine Gelegenheit, die es ihm ermöglichte, den entscheidenden Schlag gegen den Bruder zu führen, so wurde es Mitte Januar.

Als Thomas am Spätnachmittag des 17. Januar den jungen König besuchte, fand er ihn in Tränen aufgelöst über seinen Büchern sitzen.

»Um Gottes willen, Eduard, was ist passiert?« (Thomas war der einzige am Hof, der den Monarchen mit Vornamen und dem vertraulichen »Du« anreden durfte.)

Statt einer Antwort weinte der Kleine weiter vor sich hin, und es dauerte eine Weile, bis er sich soweit beruhigt hatte, daß er erzählen konnte.

»Ich hatte gestern keine Lust zu lernen und habe meine Aufgaben liegenlassen, es war das erste Mal, soweit ich mich entsinne. Ich hoffte, Mr. Cheke würde es durchgehen lassen, statt dessen hat er es sofort dem Lordprotektor gesagt, mit der Begründung, er handele nur gemäß den Anweisungen des Protektors. Daraufhin hat der Herzog von Somerset mich gescholten und Strafen verhängt...«

Die Tränen begannen erneut zu fließen.

»Onkel Thomas, du stellst dir nicht vor, wie hart er mich bestraft hat: eine Woche Stubenarrest, alle Spielsachen hat er wegschließen lassen, und sogar in den Freistunden werde ich unterrichtet, eine Woche vom frühen Morgen bis zum späten Abend nur Unterricht.«

»Armes Kind«, murmelte Thomas, und das meinte er aufrichtig, weil er fand, daß bei den Kindern der Oberschicht die Lernerei übertrieben wurde, gleichzeitig hatte er eine Idee…

»Die Strafen sind natürlich hart, aber was können wir dagegen tun?«

»Eine Woche Stubenarrest«, jammerte Eduard, plötzlich jedoch schlug sein Kummer in Wut um, »ich hasse den Herzog von Somerset«, schrie er, »oh, wie ich ihn hasse! Ich wünschte, er wäre tot!«

»Aber Eduard, seinem Onkel wünscht man doch nicht den Tod. Es ist wahr, daß mein Bruder dich streng erzieht, aber warum läßt du dir das gefallen? Schließlich bist du der König!

Führe Klage vor dem Parlament, fordere, daß man den Herzog als Protektor absetze und mich an seiner Stelle zum Protektor ernenne, schicke einen Brief gleichen Inhalts auch an den Regentschaftsrat, heute noch.«

»Eine wunderbare Idee, Onkel Thomas, aber was soll ich schreiben?«

»Ich werde dir die Briefe diktieren.«

»Einen Augenblick, ich muß noch einige Federn zurechtschneiden«, und er entnahm einer Schublade Elisabeths Federmesser.

Thomas betrachtete bewundernd die goldene Schneide, den Griff aus Ebenholz und das darin eingearbeitete Perlenkreuz.

»Eine kostbare Arbeit.«

»Es ist Elisabeths Neujahrsgeschenk, habe ich nicht eine gute Schwester? Sie schrieb mir, daß ich mit diesem Messer nur die Federn schneiden solle, mit denen ich wichtige Dokumente unterschreibe, und die beiden Briefe sind wichtige Dokumente, nicht wahr?«

»Gewiß.« Ich könnte jetzt beiläufig das Thema meiner Verheiratung anschneiden, überlegte Thomas.

»Weißt du, Eduard, das Witwerleben behagt mir nicht, ich würde gerne wieder heiraten. Weißt du keine Frau für mich?«

Der Kleine hielt inne mit Schneiden und überlegte.

»Vielleicht Anna von Kleve, nein, das ist keine gute Idee, sie ist ja bereits Protestantin, meine Schwester Maria wäre sinnvoller, du solltest Maria heiraten, Onkel Thomas, und sie von ihren religiösen Wahnvorstellungen befreien.«

»Ich bezweifele, daß mir das gelingen würde.«

»Sie gefällt dir wohl nicht?« Und er lächelte Thomas schelmisch an.

»Ich finde sie ganz nett«, erwiderte er zögernd.

»Gib es ruhig zu, Onkel Thomas, Maria ist häßlich und alt, im Februar wird sie schon dreiunddreißig Jahre, Elisabeth hingegen, Elisabeth ist eine Schönheit, sie würde besser zu dir passen, aber sie darf nicht heiraten.«

Thomas erschrak. »Warum denn nicht?«

»Elisabeth ist meine große Schwester, wenn ich in einigen Jahren regiere, muß sie mich bei den Staatsgeschäften unterstützen, sie soll meine wichtigste Beraterin werden, eine Familie würde sie von dieser Aufgabe nur ablenken.«

»Verständlich, aber was machst du, wenn sie heiraten will?«

»Das ist ganz einfach, ich werde es ihr verbieten, schließlich bin ich der König, und sie ist meine Untertanin und muß gehorchen.«

Großer Gott, dachte Thomas, das wird noch heiter werden.

Eduard tauchte eine Feder in die Tinte und sah seinen Onkel erwartungsvoll an. »Du kannst jetzt diktieren.«

Thomas stand auf, ging langsam auf und ab und formulierte genußvoll jene beiden Schreiben, die ihm zur Macht im Staat verhelfen würden.

»Welchem Ratsmitglied sollen wir den Brief schicken?« fragte Eduard, während er Sand auf die Tinte streute, »der Herzog von Somerset scheidet aus, vielleicht wäre der Graf von Warwick der richtige.«

Gütiger Himmel, nein, dachte Thomas.

»Wäre ein geistliches Ratsmitglied nicht besser, zum Beispiel der Erzbischof von Canterbury?«

Der gute Cranmer, überlegte er, beschäftigt sich so intensiv mit seiner Glaubenslehre, daß es ihn wahrscheinlich wenig interessiert, wer Lordprotektor ist.

»Du hast recht, Onkel Thomas, der Brief muß dem Erzbischof überbracht werden und zwar sofort.«

Nachdem ein Diener die Schreiben in Empfang genommen hatte, verabschiedete sich Thomas unter einem Vorwand von seinem

Neffen und eilte nach Hause, um dort in aller Ruhe die weitere Entwicklung abzuwarten.

Während Thomas in Whitehall mit seinem Staatsstreich beschäftigt war, saßen Robert Dudley und sein Diener Philip im »Anchor«, tranken gewürztes Bier, beobachteten die Gäste und lauschten, was gesprochen wurde.

Der sechzehnjährige Robert hatte sich zu einem gutaussehenden jungen Mann entwickelt, er war groß, schlank, sein Gesicht war im Laufe der Jahre noch etwas schmaler geworden, aber die großen, braunen Augen blickten offen und freundlich wie eh und je; die untere Gesichtshälfte war von einem braunen Haarflaum bedeckt, dessen Wachstum Robert sorgfältig beobachtete, hatte er einen richtigen Bart, so war er ein richtiger Mann, und wenn er vor dem Spiegel stand, überlegte er manchmal, wie er den Bart zurechtstutzen würde.

Er war so liebenswürdig wie sein Vater, aber im Unterschied zu John Dudley war es bei Robert keine berechnende, sondern eine natürliche Liebenswürdigkeit, die mit einem Charme gepaart war, der die Mädchenherzen höher schlagen ließ.

Robert aber achtete nicht auf die Augen, die ihm folgten, wenn er den Strand hinunterspazierte oder durch die Säle von Whitehall oder Greenwich ging. Er sah stets nur ein einziges Mädchen vor sich, und dieses war groß, schlank, mit langen, schmalen Händen, rötlich-blonden Locken und braunen Augen von eigentümlich strahlendem Glanz. Wenn er ihr während der vergangenen Jahre begegnet war, hatte sie ihn immer bezaubernd angelächelt, aber – und das war der dunkle Punkt – er wußte genau, daß Elisabeth Tudor unerreichbar für ihn war. Er wußte auch, daß sein Vater ihn in wenigen Jahren mit irgendeinem der reichen, vornehmen Mädchen verheiraten würde, die ihm gänzlich gleichgültig waren, er war entschlossen, seiner künftigen Frau ein guter Ehemann zu sein, aber die Gattin würde Elisabeths Bild nie verdrängen können.

Die stille Zuneigung und Verehrung für Elisabeth war Roberts Geheimnis, er hatte noch nie mit einem Menschen darüber gesprochen, auch nicht mit dem achtzehnjährigen Philip, der seinem Herrn treu ergeben war.

Philip war groß, kräftig, rauflustig, und als er nun zum Wirt ging, um noch zwei Krüge Bier zu holen, machte man ihm respektvoll Platz. Robert sah schläfrig durch das Fenster hinüber zum anderen Themseufer und zum Tower, dessen helle Mauern in der Dämmerung noch erdrückender wirkten, und dachte beiläufig zum soundsovielten Male darüber nach, warum sein Vater sich so für die öffentliche Meinung interessierte: Wurde die Regierung kritisiert, klagte man über die Teuerung, wie hielt man es mit der Religion und vor allem, worüber wurde am meisten geredet, welche Gerüchte schwirrten umher?

Robert selbst interessierte sich herzlich wenig für die öffentliche Meinung, er fand es völlig unwichtig, was das einfache Volk dachte, aber er unternahm ganz gern jene Streifzüge durch London, die sein Vater im September des Vorjahres – seit jene Heiratsgerüchte um Elisabeth aufgetaucht waren – angeordnet hatte.

Seit jenem Herbst vertauschte Robert einmal wöchentlich seine Kleider aus Samt und Seide gegen solche aus Wolle und Tuch und spazierte, begleitet von Philip, durch die Straßen Londons, unterhielt sich mit den Händlern und den Fährleuten an der Themse, hörte sich die Gespräche auf den Plätzen und in den Pubs an.

Die beiden jungen Männer genossen die Freiheit von den Zwängen des gräflichen Haushalts, und noch mehr genossen sie es, einmal nach Herzenslust Geld ausgeben zu können. Der Graf sparte bei solchen Anlässen nicht, weil er der Meinung war, daß klingende Münzen so manchen Mund öffneten.

Robert und Philip beendeten ihre Streifzüge meistens in einem Pub, einige Male auch in einem Bordell, weil Philip glaubte, daß Huren gute Informationsquellen wären, was sich als Irrtum herausstellte, und auch ansonsten hatte Robert wenig Spaß dabei, weil er befürchtete, daß sein Vater oder irgendein Höfling davon erfahren könnten.

An jenem Januarnachmittag hatten sie den »Anchor« aufgesucht, weil sie dieses Pub noch nicht kannten.

»Die Schenken hier unten an der Themse müssen wahre Goldgruben sein«, sagte Philip und sah sich in dem Gastraum um, der zu dieser Tageszeit brechend voll war.

»Große Neuigkeiten werdet Ihr Eurem Vater auch heute nicht berichten können, ganz London redet schon seit Wochen nur noch von Lady Elisabeths Heirat. Was sagt Euer Vater, wenn Ihr stets dasselbe erzählt?«

»Er hört mir mit undurchdringlichem Gesicht zu und sagt kein Wort«, antwortete Robert verdrossen, »verzeih, aber ich kann das Wort Heirat nicht mehr hören, können wir uns nicht über etwas anderes unterhalten?«

In diesem Augenblick wurde die Tür aufgerissen, ein dicker Mann stürmte herein und kletterte ächzend auf eine Bank, von wo aus er den Gastraum besser überblicken konnte.

»Hört alle her«, schrie er, »ich komme soeben von Hatfield, ich kann euch interessante Neuigkeiten berichten.«

Innerhalb weniger Sekunden herrschte Totenstille im Pub, und alle Augen sahen neugierig zu dem Redner.

»Ich bin Fischhändler und beliefere das Schloß regelmäßig mit frischem Fisch. Heute erzählte mir ein Küchenjunge, daß Lady Elisabeth und Lordadmiral Seymour noch vor Beginn der Fastenzeit heimlich in der Dorfkirche in Hatfield getraut werden, die offizielle Trauung ist erst im Spätsommer – nach Ablauf der Trauerzeit – und dann natürlich in Westminster Abbey.«

Robert glaubte nicht richtig zu hören und spürte, daß sein Herz sich zusammenkrampfte.

Im Gastraum erklang teils beifälliges, teils erstauntes Gemurmel, und plötzlich rief jemand: »Ihr glaubt doch wohl nicht, was ein Küchenjunge erzählt! Es gibt keinen Ort, wo soviel getratscht und dummes Zeug erzählt wird, wie in der Küche.«

»Die Schloßbewohner werden wohl wissen, was sie erzählen«, erwiderte der Fischhändler beleidigt.

Im Hintergrund fing jemand an, laut und schallend zu lachen, und sekundenlang kam es Robert vor, als ob er diese Stimme kannte, aber er vermochte sie nicht einzuordnen.

»Na«, rief der Mann im Hintergrund, »wenn Lady Elisabeth im Spätsommer in Westminster Abbey vor den Altar tritt, wird sie wahrscheinlich schon einen dicken Bauch haben, genau wie ihre Mutter, die Boleyn, als sie seinerzeit gekrönt wurde.«

In diesem Augenblick war es mit Roberts Beherrschung vorbei. Er sprang auf, bahnte sich über Tische und Bänke einen Weg zu dem Unbekannten, packte ihn am Kragen und schleuderte ihn mit ganzer Kraft gegen einen der Tische, worauf sich ein Tumult erhob, weil einige Bierkrüge umgefallen waren.

»Schweigt«, schrie Robert, und seine Stimme überschlug sich fast vor Empörung, »zähmt Euer verdammtes Schandmaul, was Ihr soeben gesagt habt, ist Majestätsbeleidigung! Ihr wißt wohl nicht, daß Lady Prinzessin Elisabeth die Schwester des Königs ist?«

Er rang nach Luft und merkte in seiner Erregung nicht, daß der Gegner sich inzwischen erhoben hatte und ihn verwundert anstarrte.

»Immer mit der Ruhe, Bürschchen«, mischte sich einer der Gäste ein, »wozu die Aufregung? Wir alle hier lieben und verehren Lady Prinzessin Elisabeth, und wir alle hoffen, daß sie glücklich wird.«

Er nahm einen Bierkrug und sah sich unter den Gästen um.

»Auf das Wohl von Lady Prinzessin Elisabeth!«

Daraufhin sprangen alle Anwesenden auf, hoben ebenfalls ihre Krüge und riefen einstimmig: »Lang lebe Lady Prinzessin Elisabeth!«

Robert war erstaunt über diesen Enthusiasmus und gleichzeitig glücklich. »Ja«, sagte er leise, »lang lebe Elisabeth.«

Im dem Moment, als er zu Philip zurückgehen wollte, spürte er, daß ihn jemand beobachtete. Als er aufsah, begegnete sein Blick den frechen schwarzen Augen des Unbekannten, die ihn spöttisch musterten. Erst jetzt fiel es Robert auf, daß dieser junge, ungefähr gleichaltrige Mann Elisabeth nicht hatte hochleben lassen. Er wandte sich unwillig ab, da sagte der Unbekannte:

»Robert Dudley, bist du es wirklich?«

In diesem Augenblick erkannte Robert seinen Gegner. »Gerard«, rief er verblüfft, »Gerard Braleigh, bei Gott, ich habe dich nicht erkannt«, und er betrachtete erstaunt die kräftige, muskulöse Gestalt des ehemaligen Kameraden.

Er ist nur ein Jahr älter als ich, dachte er, sieht aber aus wie ein erwachsener Mann, er hat schon einen richtigen Bart, und wie er ihn zurechtgestutzt hat, ein halbmondförmiges Oberlippenbärtchen und ein Kinnbart. Wie selbstsicher er wirkt, wann habe ich ihn zuletzt gesehen? Richtig, an Elisabeths Geburtstag damals in Hampton Court. Er fuhr mit der Hand über seinen Flaum und kam sich wie ein dummer Junge vor.

»Was führt dich nach London, Gerard?«

»Ich bin auf der Durchreise, ich begleite meinen Vater auf einer längeren Tour über das Festland. Morgen werden wir uns in Dover einschiffen, und ab Calais fängt die Reise erst richtig an: Antwerpen, Brüssel, Paris, Lyon, Mailand, Venedig, Florenz, Rom, Neapel und zuletzt Madrid, das ist der krönende Abschluß. Du siehst, ich erweitere meinen Horizont, in der Hofluft erstickt man ja.«

Wie prahlerisch er redet, dachte Robert verärgert, und lässig erwiderte er: »Meines Wissens hast du seit über fünf Jahren keine Hofluft mehr geatmet, und was mich betrifft, ich liebe diese Luft und genieße ihr Flair, ich bin oft mit dem König zusammen, höre von meinem Vater immer, was im Regentschaftsrat beschlossen wird.«

»Jedem das Seine«, erwiderte Gerard gleichmütig, aber Robert bemerkte mit Genugtuung den neidischen Unterton, und auch das haßerfüllte Aufblitzen in den schwarzen Augen entging ihm nicht.

»Wie kommt es«, fragte Gerard, »daß der hochwohlgeborene Sohn des Grafen von Warwick einfache Tuchkleidung trägt und ein Pub besucht?«

»Ach, weißt du, ich spaziere ab und zu ganz gern mit meinem Diener inkognito durch London, du weißt ja, daß Luther sagte, man solle dem Volk aufs Maul schauen. Eben das tue ich. Gute Reise Gerard.«

Er ließ ihn stehen und ging zurück zu Philip. Mag er reisen, wohin er will, dachte er, hoffentlich sehe ich ihn nie wieder.

Er gab dem Diener einige Münzen, befahl, das Bier zu bezahlen und eine Fackel zu besorgen.

Sie gingen hinunter zur Themse und dann ein Stück stromaufwärts bis zur nächsten Bootsanlegestelle; die Dudleys bewohnten ein prunkvolles Palais am Strand auf der anderen Flußseite.

Während des Heimweges wurde kein Wort gewechselt, erst als sie schon am Strand entlanggingen, sagte Robert: »Ob es stimmt, was der Küchenjunge erzählt hat?«

Philip dachte einen Augenblick nach.

»Nein, der eine Gast hat recht, in der Küche wird viel dummes Zeug geschwätzt.«

»Ich weiß nicht, warum, aber ich habe keine Lust, meinem Vater etwas von dieser heimlichen Heirat zu erzählen, es ist ja nur ein Gerücht, vor lauter Gerüchten verliert man allmählich den Überblick.«

Da blieb Philip stehen und sagte leise: »Seid vorsichtig, Euer Gnaden. Wir wissen nicht, ob Euer Vater uns nicht von bezahlten Spionen, die wir nicht kennen, beobachten läßt.«

Robert erschrak. »Du denkst aber auch an alles, Philip.«

Kurze Zeit später stand er vor seinem Vater und erstattete Bericht.

Der Graf saß kerzengerade in seinem hohen Lehnstuhl hinter dem Schreibtisch, verzog keine Miene, und Robert überlegte, was wohl in ihm vorgehen mochte. Sein Gesicht gleicht einer wächsernen Maske, dachte er, und begann, von dem Fischhändler im »Anchor« zu erzählen. Als er fertig war, stand der Graf auf, ging zum Fenster und sah eine Weile schweigend hinaus.

»Eine heimliche Heirat«, sagte er schließlich, drehte sich um, und als Robert das Gesicht des Vaters sah, fühlte er sich unbehaglich. Die Starrheit der Züge war einem lauernden Ausdruck gewichen, den er nicht zu deuten wußte.

»Siehst du, Robert«, fuhr der Graf spöttisch lächelnd fort, »das ist die Macht der Liebe. Unser Paar vergißt anscheinend vor lauter Verliebtheit, daß eine Ehe, die ohne Zustimmung des Regentschaftsrates geschlossen wird, Hochverrat ist, ja, sogar ein Eheversprechen ohne Zustimmung des Rates ist Hochverrat, und darauf steht die Todesstrafe.«

»Die Todesstrafe?« stammelte Robert.

»Ja, Tod durch Enthauptung oder Verbrennung bei lebendigem Leib, das entscheidet der König.« Bei diesen Worten spiegelte sich eine solche kalte Grausamkeit in den Augen des Grafen, daß Robert ein Schauer überlief. Er spürte auch, daß ihn eine unerklärliche Angst um Elisabeth überkam, hatte das Gefühl, daß sich etwas zusammenbraute, was nicht mehr steuerbar war, und fühlte sich hilflos.

»Vater, bitte, es sind doch nur Gerüchte, in den Küchen wird so viel dummes Zeug erzählt.«

In diesem Augenblick erschien ein Diener mit einem Brief.

»Der Bote wartet unten auf Antwort, Euer Gnaden.«

Der Graf las den Brief und warf ihn ärgerlich auf den Tisch.

»Cranmer bittet mich umgehend zu einer Ratssitzung in sein Palais, um diese Stunde«, es ging auf sieben Uhr zu, »die geistlichen Herren wissen anscheinend nicht, wie sie den Abend verbringen sollen, es ist eine Zumutung, ich wollte ein paar ruhige Stunden im Kreis der Familie verbringen, statt dessen..."

Er stutzte plötzlich, nahm den Brief, las ihn noch einmal und sah nachdenklich vor sich hin.

»Merkwürdig, warum beruft Cranmer den Rat ein und nicht der gute Herzog«, und zu dem Diener: »Sage dem Boten, daß ich sofort losreite, und du, Robert, läßt mein Pferd satteln.«

Als er allein war, las John Dudley den Brief zum dritten Mal.

Seltsam, dachte er, da ist die Rede von einem Brief des Königs, der besprochen werden muß, hätte das nicht bis morgen Zeit gehabt, dieser unreife Knabe schreibt doch nur unausgegorenes Zeug.

Robert war so aufgeregt und durcheinander, daß er eigenhändig das Pferd sattelte, wobei die Worte »Hochverrat« und »Todesstrafe« seine Gedanken beherrschten.

Wenig später erschien sein Vater.

»Na«, sagte er, während er das Pferd bestieg, »der Herr Lordadmiral kommt bestimmt auch zur Sitzung, da kann ich ihn ja fragen, wann in Hatfield Hochzeit ist.«

»Vater, ich bitte Euch, es sind doch nur Gerüchte.«

»Das weiß ich, mein Junge, aber in jedem Gerücht steckt ein Körnchen Wahrheit.«

Robert sah seinem Vater nach, bis dieser den Hof verlassen hatte, trug einem Diener auf, ihn bei der Abendtafel zu entschuldigen, er müsse noch lernen, und ging hinauf in sein Zimmer. Er wollte allein sein mit seinen Gedanken und Ängsten, und um sich zu beruhigen, versuchte er eine Mathematikaufgabe zu lösen, aber er mußte immer wieder an das Gespräch mit seinem Vater denken und wurde immer unruhiger.

Schließlich legte er die Bücher zur Seite, trat zum Fenster und sah ratlos hinunter in den Hof.

Sein Vater war kurz nach sieben Uhr weggeritten, und er beschloß, auf seine Heimkehr zu warten, gleich wie spät es werden würde.

Als die Uhr halb zehn schlug, sah er den Grafen und seinen Begleiter in den Hof reiten.

Nanu, dachte er erstaunt, das war aber eine kurze Sitzung, gewöhnlich tagt der Rat doch stundenlang.

Der Reitknecht holte eine Fackel, und in ihrem Licht sah Robert, daß sein Vater offensichtlich gut gelaunt war. Der junge Mann atmete auf, und während er in die Halle eilte, um ihn zu begrüßen, fragte er sich, was ihn eigentlich während der vergangenen Stunden so beunruhigt hatte.

»Hallo, Robert«, rief John Dudley, »sorge für den besten Wein, und leiste mir Gesellschaft, ich möchte mit dir über deine Zukunft sprechen.«

Er scheint in einer euphorischen Stimmung zu sein, dachte Robert, während er in die Küche eilte.

Wenig später saßen Vater und Sohn einträchtig bei altem Burgunder vor dem Kaminfeuer.

»Darf ich Euch etwas fragen, Vater?« begann Robert schüchtern.

Er mußte wissen, was im Regentschaftsrat vorgegangen war.

»Gewiß, Robert.«

»Ist im Rat ... Ich meine ist dort alles in Ordnung?«

Der Graf sah seinen Sohn erstaunt an und begann zu lachen.

»Seit wann interessierst du dich für Politik? Du kannst beruhigt sein, es ist alles in bester Ordnung, die Dinge könnten nicht besser stehen.« Er schwieg unvermittelt, sah eine Weile zufrieden in das Kaminfeuer, hob seinen Becher, sah seinen Sohn mit Vaterstolz an und sagte dann feierlich:

»Auf dein Wohl, mein lieber Junge, auf deinen Aufstieg bei Hof und, auf das Wohl deiner künftigen Frau!«

Robert erschrak bei den letzten Worten, beherrschte sich aber.

»Auf Euer Wohl, Vater, und vielen Dank für alles, was Ihr für mich tut.«

»Schon gut, das ist ja meine Pflicht. Du wirst am 24. Juni 1550 achtzehn Jahre, und da ist es allmählich Zeit, deinen weiteren Lebensweg zu planen, zumal ich selbst im achtundvierzigsten Lebensjahr stehe und nach menschlichem Ermessen zwar noch fünfzehn bis zwanzig Jahre vor mir habe, aber der Tod kann auch früher anklopfen. Heute abend habe ich beiläufig arrangiert, daß du in etwa eineinhalb Jahren zwei Ämter bekleiden wirst: Oberhofjägermeister und Erster Kammerherr des Königs!«

Robert glaubte nicht richtig zu hören.

»Erster Kammerherr? Das ist doch einer der begehrtesten Posten bei Hof!«

»Gewiß, ein Posten, gerade gut genug für einen meiner Söhne. Was deine private Zukunft betrifft, so habe ich eine Geldheirat für dich arrangiert. Die andere Möglichkeit, eine Verbindung mit dem alten Adel oder mit politisch einflußreichen Familien, ist für dich weniger interessant, weil du bereits eine günstige Ausgangsposition bei Hof hast, aber du brauchst Geld, um repräsentieren zu können. Kurz, ich habe mit Sir John Robsart aus Norfolk vereinbart, daß du im Sommer 1550 seine einzige Tochter und Erbin Amy heiraten wirst. Sie ist eine glänzende Partie, die viele Ländereien in eine Ehe einbringt. Ihr habt euch letztes Jahr in Wymondham kurz kennengelernt, ich denke, du wirst mit ihr auskommen. Sie ist keine Schönheit, aber sanft und gefügig. Sir Robert schrieb mir, daß sie schon jetzt in dich verliebt ist, mehr kann man nicht erwarten.«

Sie ist vielleicht in mich verliebt, aber ich nicht in sie, dachte Robert verzweifelt, dieses langweilige Mädchen soll ich heiraten, die sich nicht für Bücher interessiert, Latein und Griechisch nur fehlerhaft beherrscht und am liebsten näht und stickt.

»Amy Robsart«, sagte er, »nun ja, meine Ämter zwingen mich, am Hof zu leben, während sie in Wymondham oder an einem anderen Ort die Verwaltung unserer Ländereien überwacht, wir werden also die meiste Zeit getrennt sein.«

Der Graf sah seinen Sohn erstaunt an, dann begriff er und lachte.

»Ich werde mich nicht in deine Ehe einmischen, Robert, aber du solltest den Nachwuchs nicht vergessen, und wenn du dich außerehelich vergnügst, so wahre bitte die Diskretion, das ist wichtig. Ich möchte nicht, daß du deinen guten Ruf verlierst. Versprichst du mir, daß du darauf achten wirst?«

»Ja, Vater.«

»Geh jetzt schlafen, es war ein ereignisreicher Tag für dich, für uns alle.«

In seinem Zimmer sank Robert deprimiert auf das Bett und starrte vor sich hin. Irgendwo im Schloß schlug es Mitternacht.

Wieder ein neuer Tag, dachte Robert, der 18. Januar 1549; ich soll also Amy Robsart heiraten; ich wußte zwar, daß Elisabeth unerreichbar für mich ist, aber durch Amy wird dies zur brutalen Wirklichkeit. Ich werde sie nie lieben können, nie! Vielleicht wird sie krank und stirbt vor der Hochzeit. Im gleichen Augenblick schämte er sich ob dieser Gedanken, überdies würde sein Vater ihn dann mit einem anderen Mädchen verheiraten.

»Elisabeth«, sagte er leise. An jenem 18. Januar 1549 fühlte Robert Dudley sich so unglücklich wie noch nie in seinem Leben.

Während Robert Dudley seinem Vater berichtete, ging Thomas in seinem Arbeitszimmer auf und ab und überlegte, wie Cranmer und das Parlament auf Eduards Brief reagieren würden.

Vielleicht wurde das Amt des Lordprotektors abgeschafft, und alle waren wieder gleichberechtigt, wie es im Testament des verstorbenen Königs vorgesehen war, aber wie das Problem auch juristisch gelöst wurde, er mußte mit Warwick und dessen Machtgelüsten rechnen.

Er überlegte auch, wie er den Neffen bewegen konnte, seine Heirat mit Elisabeth zu billigen, so verging eine Stunde nach der anderen.

Als er sich gegen acht Uhr zur Abendtafel begeben wollte, überbrachte ein Bote einen Brief vom Regentschaftsrat, der von seinem Bruder unterzeichnet war und worin dieser ihn – im Namen aller Ratsmitglieder – aufforderte, unverzüglich vor dem Rat zu erscheinen.

Thomas las und erschrak. Vor dem Rat!

Das klingt wie »vor dem Tribunal«, überlegte er, und aus der Unterschrift des Protektors schloß er, daß sein Staatsstreich mißglückt war.

Er hatte den Pfaffen Cranmer unterschätzt, aber es war sinnlos, jetzt darüber nachzudenken, er mußte schnell und umsichtig handeln, solange er noch Zeit hatte.

Wenn er der Aufforderung Folge leistete, würden sie ihn wahrscheinlich verhaften und im Tower einkerkern, so blieb als Ausweg nur eine Möglichkeit... Wenn dieser Plan glückte, konnte er den Rat von Schloß Holt aus unter Druck setzen.

Er sah zur Uhr: Der Rat rechnete wahrscheinlich gegen halb neun mit seiner Ankunft, kam er nicht, würden sie vielleicht eine halbe Stunde warten, nochmals einen Boten zum Bath-Palais schicken, vielleicht sogar Soldaten, um ihn zu verhaften, die Zeit war knapp, aber nicht zu knapp...

Kurz entschlossen kritzelte er hastig einige Zeilen auf ein Blatt Papier: Es ist soweit! Begebt Euch sofort zum vereinbarten Ort. Mein Reitknecht wird euch begleiten. S.

Er faltete und siegelte den Brief und ließ den Reitknecht holen.

»Du überbringst dieses Schreiben sofort Fowler und übergibst es ihm persönlich, hörst du, nur ihm persönlich, er ist um diese Zeit zu Hause, und dann begleitest du ihn.«

»Jawohl, Mylord.«

Sodann befahl Thomas seinem Kammerdiener, sich unverzüglich zu den Stallungen zu begeben, die drei besten Pferde, genügend Waffen, einen Beutel mit Gold und eine Fackel bereitzuhalten.

Was war noch zu tun? Richtig, seine Korrespondenz!

Er öffnete ein Geheimfach seines Schreibtisches, entnahm ein Bündel Briefe und warf sie in das Kaminfeuer.

Er überlegte, ob er auch Elisabeths Briefe vernichten sollte. Er holte sie hervor, überlas sie flüchtig und stellte fest, daß sie so formuliert waren, daß keine Spur von Zuneigung zu ihm erkennbar war, auch zwischen den Zeilen konnte man nichts herauslesen. Er dachte an Parrys Erzählungen und mußte unwillkürlich lächeln, sie war ein kluges Mädchen. Falls sein Palais durchsucht wurde, war es besser, sie fanden einige harmlose Briefe als überhaupt keine, das war womöglich verdächtiger.

Er legte die Briefe zurück, schnallte seinen Degen um, befestigte am Gürtel einen Zierdolch, dessen Spitze vergiftet war, steckte vorsichtshalber eine schwarze Maske ein, falls es notwendig werden sollte, daß man ihn nicht erkannte, setzte sein Barett auf, hängte sich den Mantel um und eilte hinunter in die Halle.

Dort begegnete er seiner Mutter.

»Warum kommst du nicht zur Abendtafel, Thomas, wo willst du hin?«

Er zögerte einige Sekunden. »Der König hat mich rufen lassen, er ist krank. Wahrscheinlich muß ich die ganze Nacht bei ihm bleiben, wie bereits vor einigen Monaten.«

»Gütiger Himmel, ist er schon wieder krank, das arme Kind! Man hat nur Sorgen mit den Enkeln. Ich will dich nicht aufhalten, Thomas, geh mit Gott, bestelle Eduard Grüße von mir, ich wünsche ihm gute Besserung.«

»Ja, gute Nacht, Mutter.«

Er eilte zu den Stallungen und bestieg sein Pferd.

»Reiten wir los, jede Minute ist kostbar«, und während sie den Hof verließen, erteilte er dem Diener noch einige Anweisungen.

Es war kurz nach halb neun Uhr.

Am Morgen des 18. Januar setzte heftiges Schneetreiben ein, das während des Vormittags andauerte, und Elisabeth schwankte, ob sie, wie gewohnt, nach dem Mittagessen eine Stunde im Park spazierengehen sollte. Sie verzichtete ungern auf diese körperliche Bewegung, und außerdem war es die Stunde am Tag, wo sie völlig allein war, ungestört an Thomas denken und von ihrer Hochzeit träumen konnte.

Als die Pottage aufgetragen wurde, sah sie erfreut, daß es aufhörte zu schneien, sie konnte also spazierengehen.

Während der Mahlzeit fragte Parry, ob Elisabeth inzwischen einen Entschluß gefaßt habe bezüglich des Palais, das Thomas vor einigen Tagen angeboten hatte.

»Ich kann mich nicht zum Kauf entschließen«, erwiderte sie, »das Anwesen entspricht zwar meinen Vorstellungen, aber die Lage – mitten in der Stadt – gefällt mir nicht, ein Grundstück an der Themse wäre mir lieber, ein Schloß wie damals in Chelsea«, und sie zerbröselte verträumt etwas Brot.

Parry seufzte unhörbar, Ihre Gnaden wußten anscheinend nicht, was sie wollte. Die Entschlußlosigkeit seiner Herrin in manchen Dingen, das häufige Widerrufen irgendwelcher Anordnungen brachte ihn manchmal zur Verzweiflung.

»Ich verstehe nicht, Euer Gnaden«, mischte sich Kate ein, »warum wollt Ihr nicht Lord Seymours Angebot annehmen, in seinem Palais zu wohnen? Wenn Ihr ihn heiratet, werdet Ihr sowieso dort wohnen.«

Elisabeth errötete und beugte sich schweigend tiefer über den Suppennapf. Wenn sie doch endlich mit diesen Anspielungen aufhören würden, dachte sie verärgert.

Kurze Zeit später stapfte sie durch den Schnee, genoß die klare Winterluft und dachte an den Verlauf ihres Hochzeitstages: die Zeremonie in der Westminster Abbey, der feierliche Zug durch die Straßen Londons, die gesäumt waren von einer neugierigen, staunenden, jubelnden Menschenmenge, vielleicht eine Fahrt auf der Themse, schließlich das mehrstündige Bankett in Whitehall, bei dem sie wahrscheinlich vor Aufregung keinen Bissen essen konnte, schließlich der Ball…, Thomas eröffnete mit ihr den Tanz, und nach einer Weile verschwanden sie unauffällig und begaben sich zum Bath Palace.

Während ihrer Spaziergänge hatte sie überlegt, wo sie die Hochzeitsnacht verbringen wollte, und sich schließlich für das Palais des Gatten entschieden.

Inzwischen war sie bei der Eiche angekommen, lehnte sich an den Stamm und versuchte, sich das Schlafzimmer vorzustellen, sie hatte die Räume des Bath Palace noch nie betreten.

Sie sah ein großes, hohes Zimmer vor sich, mit einer Decke aus Eichenbalken, an den Wänden hingen Gobelins, ein weißer Marmorfußboden war mit Teppichen belegt, Blattgold verzierte die Möbel aus Eichenholz, die Bettvorhänge waren aus grünem Samt, das Bett selbst war hoch, reichte fast bis an die Decke, sehr breit und ausgestattet mit Leinen, seidenen Kissen und Decken. Die gotischen bunten Glasfenster lagen zur Gartenseite. Einige Kerzen und Hängelaternen erhellten den Raum. Auf einem wuchtigen Eichentisch standen kunstvoll geschliffene Gläser, eine zinnerne Karaffe mit Wein, Teller mit Gebäck und Früchten, dann gab es noch einige

Stühle und Schemel, eine Truhe und natürlich einen Frisiertisch mit allerhand Schubladen und einem dreiteiligen Spiegel aus venezianischem Glas. Der Schmuckkasten aus Ebenholz war mit goldenen Beschlägen verziert und bis zum Rand mit Juwelen gefüllt, zuoberst schimmerte der Perlenschmuck. Kämme und Bürsten waren aus Elfenbein, dann standen da noch einige Fläschchen mit duftenden Ingredienzen.

Thomas führte sie in dieses Zimmer und dann? Überließ er sie ihren Frauen, entkleidete er sie selbst?

Sie konnte sich nicht entscheiden, weil sie nicht wußte, was ihr lieber war, und beschloß, beim nächsten Spaziergang darüber nachzudenken. Sie ging langsam zurück zum Schloß und erinnerte sich an einige Verse von Ovid:

»Conveniunt thalami furtis et ianua nostris
parsque sub iniecta veste pudenda latet,
et, si non tenebras, at quiddam nubis opacae
quaerimus atque aliquid luce patente minus.

(Passend für unsere Heimlichkeiten sind Schlafzimmer und verschlossene Türen, und der Körperteil, dessen wir uns schämen, ist unter der Decke verborgen,und wir suchen zwar keine Finsternis, aber doch so etwas wie einen dunklen Wolkenschleier und weniger Helligkeit als Tageslicht.)

Sponte sua sine te celeberrima verba loquentur,
nec manus in lecto laeva iacebit iners;
invenient digiti quod agant in partibus illis;
in quibus occulte spicula tingit amor.

(Ganz von selbst werden sie ohne dich die wohlbekannten Liebesworte sprechen, und die linke Hand wird nicht untätig auf dem Bette liegen; die Finger werden an jenen Stellen etwas zu tun finden, an denen Amor heimlich seine Pfeile netzt.)

Crede mihi, non est Veneris properanda voluptas
sed sensim tarda prolicienda mora.

(Glaube mir, die Wonne der Venus darf nicht überstürzt, sondern muß allmählich, durch langes Verzögern hervorgelockt werden.)

Sie versuchte sich vorzustellen, wie er sich über sie beugte und sie küßte, sie umschlang seinen Nacken…

»Guten Tag, Euer Gnaden.«

Elisabeth erschrak, sah auf, erblickte einen Reiter, und als er nach rechts abbog und den Weg hinuntergaloppierte, wurde ihr bewußt, daß es der Reitknecht von Thomas gewesen war. Sie war überzeugt, daß er ihr eine Nachricht von Thomas überbracht hatte, und ihr Herz begann vor Freude wild zu klopfen.

Sie raffte Mantel und Kleid hoch und rannte, so rasch es der Schnee erlaubte, zurück zum Schloß.

Eine Nachricht von ihm, dachte sie, wahrscheinlich ein Brief, worin er seinen Besuch ankündigt, dieses Mal würde sie ihn empfangen, vielleicht schreibt er, daß der Rat seine Einwilligung zur Hochzeit gegeben hat..., ihre Gedanken überstürzten sich, und als sie endlich vor der Eingangstür stand, blieb sie einige Augenblicke stehen und versuchte, zu Atem zu kommen.

Ihr Herz pochte immer noch, und in diesen wenigen Sekunden war sie glücklich...

Endlich öffnete sie die Tür, betrat erwartungsvoll die Halle und blieb befremdet stehen.

Ihren Augen bot sich eine merkwürdige Szene:

Kate lag weinend in den Armen ihres Mannes, Parry lief händeringend auf und ab, wobei er ununterbrochen »Gütiger Himmel« rief, Ascham stand mitten in der Halle und blickte todernst zu Boden.

Sie wußte sofort, daß etwas Schreckliches passiert war.

»Mr. Ascham, was ist geschehen?«

Er zuckte zusammen, sah auf, und als er ihrer ansichtig wurde, erbleichte er.

»Euer Gnaden«, und er ging langsam auf sie zu.

»Euer Gnaden, vorhin kam der Reitknecht von Lordadmiral Seymour und berichtete, daß der Lordadmiral gestern abend verhaftet und in den Tower gebracht wurde, der Knecht hat es mit eigenen Augen gesehen.«

Elisabeths Augen weiteten sich vor Entsetzen, und sie hatte das Gefühl, als ob die Halle anfing, sich vor ihr zu drehen, ich darf jetzt nicht ohnmächtig werden, dachte sie, und unter Aufbietung aller Kräfte gelang es ihr, den Schwächeanfall zu überwinden.

»Verhaftet? Im Tower? Warum? Warum?!«

»Das wußte der Reitknecht auch nicht, Euer Gnaden. Gestern abend schickte der Lordadmiral ihn mit einem Brief zu Mr. Fowler…"

»Fowler?« unterbrach Elisabeth. »Er ist ein Günstling meines Bruders und falsch wie eine Schlange! Großer Gott, erzählt weiter, Mr. Ascham.«

»Thomas befahl dem Knecht, diesen Brief nur Fowler persönlich zu übergeben und ihn zu begleiten. Nachdem Fowler den Brief gelesen hatte, warf er ihn in den Kamin, und dann ritten sie los nach Whitehall. Fowler befahl dem Knecht im Hof zu warten, und begab sich ins Schloß. Als der Knecht sich ein bißchen umsah, entdeckte er in einer Hofecke den Kammerdiener des Admirals und drei Pferde. Er ging zu ihm hin und erfuhr, daß er auf den Admiral warte, der sich im Schloß aufhalte. Die beiden Diener rätselten, was dieser merkwürdige Ausflug bei Dunkelheit bedeuten könne, kamen zu keinem Ergebnis und warteten.

Ungefähr eine Viertelstunde nachdem es neun Uhr geschlagen hatte, hörten sie Schritte, Waffengeklirr und sahen, wie ein Trupp Wachsoldaten das Schloß verließ, in ihrer Mitte war der Admiral, die Hände auf dem Rücken gefesselt; die Soldaten unterhielten sich ziemlich laut, und die Diener hörten, daß der Admiral zum Tower gebracht wurde. Mr. Fowler war nicht dabei.

Die Diener ritten zurück zum Bath Palace, erzählten Lady Seymour, was sie beobachtet hatten, woraufhin sie einen Boten zum Lordprotektor schickte, um Näheres zu erfahren.

Der Bote kehrte bereits nach kurzer Zeit zurück, berichtete, daß ihn Mr. Cecil empfangen, sich wortlos alles angehört und ihn wieder zurückgeschickt habe.

Darufhin beauftragte Lady Seymour den Reitknecht, am andern Vormittag nach Hatfield zu reiten und uns über die Ereignisse zu informieren.«

Je länger Ascham sprach, desto mehr verdichtete sich in Elisabeth ein unbestimmtes Gefühl, daß sie auf einen Abgrund zusteuerte, sie wollte auf diesem Weg anhalten, wußte nicht, wie, und fühlte sich hilflos.

»Im Tower«, sagte sie nach einer Weile, öffnete mechanisch ihren Mantel und ließ ihn achtlos zu Boden fallen.

»Ich muß nachdenken, Mr. Ascham, ich möchte den Unterricht heute nachmittag ausfallen lassen.«

»Selbstverständlich, Euer Gnaden.«

Sie ging langsam nach oben in ihr Schlafzimmer und sank erschöpft auf das Bett. Erst jetzt, als sie in diesem stillen Raum allein war, kam ihr die Tragweite der Ereignisse richtig zum Bewußtsein, und sie fing an zu weinen.

Der Tower war gleichbedeutend mit dem Tod, sie würde Thomas nie mehr sehen, nie mehr, sie hatte ihn zuletzt in Chelsea gesehen, an jenem Abend, als er sie zum ersten Mal geküßt hatte, ein Kuß, nicht mehr, es würde nie einen zweiten Kuß geben, selbst wenn ihr Bruder, der König, ihn begnadigte; einer Heirat stimmte der Rat bestimmt nicht mehr zu.

Ihre Hoffnungen, Wünsche, Sehnsüchte, Träume waren von einer Sekunde zur andern zerstört worden, und sie hatte das Gefühl, daß sie sich in einem dunklen Raum befand, ohne Licht, ohne Perspektive. Sie weinte und weinte.

»Thomas«, sagte sie leise.

Es dämmerte bereits, als sie sich soweit gefaßt hatte, um über die gesamte Situation nachzudenken.

Sie rief sich den Bericht des Reitknechtes noch einmal ins Gedächtnis zurück, konnte aber nicht viel damit anfangen, die Gründe der Verhaftung waren ihr nach wie vor unklar, sie mußte aber die Hintergründe kennen, um besser einschätzen zu können, wie es weiterging.

Cecil hat den Boten wieder weggeschickt, überlegte sie, das sieht fast so aus, als ob er etwas weiß … Und mit einem Ruck setzte sie sich auf. William Cecil, dachte sie, stand auf und ging zu Ascham.

Er blickte überrascht auf, als Elisabeth bei ihm auftauchte, und als er ihre vom Weinen geröteten, verschwollenen Augen sah, beschloß er, ihr zu helfen, soweit es ihm möglich war.

»Fühlt Ihr Euch etwas besser, Euer Gnaden?«

»Nein, im Gegenteil. Könnt Ihr mir einen Rat geben? Ich muß wissen, warum Thomas verhaftet wurde. Es gibt einen Mann, der wahrscheinlich die Hintergründe kennt, der die Situation beurteilen kann und der mir vielleicht, wenn auch nur in Andeutungen, etwas sagen würde: Mr. Cecil, der Sekretär des Protektors, aber ich weiß nicht, wie ich unauffällig zu ihm den Kontakt aufnehmen kann, ich muß vorsichtig sein wegen dieser Heiratsgerüchte.«

»Das ist kein Problem, Euer Gnaden. Ich kenne Mr. Cecil gut, während seines Cambridger Aufenthaltes haben wir uns oft besucht und interessant unterhalten. Ich könnte morgen nach London reiten, Bücher kaufen und am Abend die Cecils besuchen. Wenn ich ihn nicht antreffe, weiß vielleicht seine Frau etwas über die Hintergründe. Ich würde in London übernachten und übermorgen wieder hier sein.«

»Ihr wollt diese Mühe auf Euch nehmen? Ich danke Euch, vielen Dank.«

Plötzlich stiegen Zweifel in ihr auf. »Glaubt Ihr, daß Mr. Cecil etwas sagen wird? Er ist vorsichtig.«

Ascham lächelte.

»Ich habe bisher nur einen Menschen kennengelernt, der es versteht, sich unverfänglich und gleichzeitig inhaltsschwer auszudrücken, nämlich William Cecil. Er hat bestimmt von den Heiratsgerüchten gehört, er weiß, daß ich Euch unterrichte, seid unbesorgt, er wird Euch helfen.«

VIII

Am 19. Januar 1549 gegen Mittag kam Ascham in London an und bezog in einem einfachen Gasthof Quartier, weil sein Aufenthalt möglichst unbemerkt bleiben sollte. Er schickte sofort einen Boten zu den Cecils und ließ anfragen, ob er sie am Abend kurz besuchen könne, dann bestellte er beim Wirt Bier und ein Mittagessen und fragte beiläufig, ob es in London Neuigkeiten gäbe.

»Das will ich meinen. Stellt Euch vor, vorgestern abend wurde der Bruder des Lordprotektors, Lordadmiral Seymour, verhaftet und in den Tower gebracht, niemand weiß, warum; alle bedauern die arme Prinzessin Elisabeth, sie war mit ihm so gut wie verlobt, das merkwürdigste aber ist, daß der gute Herzog von Somerset den eigenen Bruder verhaften ließ, das ist unmenschlich und unchristlich.«

»Es wird bestimmt ein ordentliches Gerichtsverfahren geben, vielleicht gelingt es dem Admiral sich zu rehabilitieren, vielleicht beruht die Verhaftung auf einem Mißverständnis.«

»Hoffentlich, ach Gott, die arme Prinzessin Elisabeth.«

Während Ascham zu Mittag aß, kam der Bote zurück und überbrachte eine Einladung von Mrs. Cecil zum Abendessen. Ascham atmete auf, er würde mit Cecil sprechen können.

Am Nachmittag kaufte er Bücher, Tinte, Streusand und andere Kleinigkeiten, die beim Unterricht benötigt wurden, und dabei hörte er den Gesprächen der Kunden zu und stellte erfreut fest, daß Elisabeth allgemein bedauert wurde, während man den Lordprotektor kritisierte und verurteilte, man bezeichnete ihn als lieblos und hartherzig gegenüber dem Bruder, man machte ihn für die Teuerung verantwortlich, er sei unfähig, dieses Problem zu lösen, und die vielen ausländischen Protestanten, die seit dem letzten Sommer ins Land strömten, seien geradezu eine Landplage, na, und der arme Bischof Gardiner sitze immer noch im Tower, und der arme Herzog von Norfolk ebenfalls, es sei eine Schande.

Ascham hörte zu und freute sich im stillen. Er überlegte, daß die Regierung bezüglich der Aburteilung des Lordadmirals die öffentliche Meinung berücksichtigen mußte, wenn sie nicht noch unpopulärer werden wollte, und beiläufig dachte er, daß der verstorbene König, obwohl er Minister und Ehefrauen hatte hinrichten lassen, bis zu seinem Tod beim Volk beliebt gewesen war.

Die Unzufriedenheit in der Bevölkerung über den Lordprotektor erzeugte bei Ascham eine zuversichtliche Stimmung, und gut gelaunt begab er sich zu den Cecils.

Mildred Cecil empfing ihn mit der vertrauten Herzlichkeit.

»Was für eine Überraschung, Euch so unerwartet in London zu sehen, ich hoffe«, und sie sah zur Uhr, »daß William pünktlich zum Abendessen erscheint, ich habe ihn sofort von Eurem Besuch benachrichtigt, und er hat versprochen, den Abend mit Euch zu verbringen. Diese Seymour-Affäre – Ihr habt sicherlich gehört, daß der Lordadmiral verhaftet wurde…, also diese Geschichte bringt meinen Haushalt restlos durcheinander. Vorgestern, es war schon nach sieben Uhr abends, schickte William einen Boten mit der Nachricht, er müsse den Protektor zu einer Ratssitzung begleiten, wir sollten mit dem Essen nicht auf ihn warten. Diese Sitzung war zwar nach neun Uhr beendet, aber gegen zehn erschien der nächste Bote, William müsse noch allerhand für den Protektor schreiben, kurz vor Mitternacht kam er endlich nach Hause, und stellt Euch vor, die nächste Ratssitzung war für heute morgen, acht Uhr, anberaumt. Acht Uhr! Das hat es noch nie gegeben, seit William für den Protektor arbeitet, der Rat tagt seit heute morgen ununterbrochen wegen des Lordadmirals!«

Ascham hörte sich alles schweigend an, aber je länger seine Gastgeberin sprach, desto mehr schwand seine Zuversicht, die Situation schien schwieriger, als er angenommen hatte.

»Wißt Ihr inzwischen, warum er verhaftet wurde?«

»Nein, ich hatte ja noch keine Gelegenheit, mich mit William ausführlicher darüber zu unterhalten.«

In diesem Augenblick betrat Cecil das Zimmer.

»Willkommen, Mr. Ascham, in meinem bescheidenen Haus. Mein Gott, wann haben wir uns zuletzt gesehen? Es muß in Cambridge gewesen sein, und nun unterrichtet Ihr eine Thronerbin Englands, und ich, ich diene England auf andere Weise – aber erzählt, was führt Euch so unverhofft nach London?«

Ascham zögerte einige Sekunden, was von seinen Gastgebern bemerkt wurde.

»Es ist so«, begann Ascham und suchte nach einer Erklärung, »Lady Elisabeth hat spezielle Lektürewünsche, und da die Bücher in Hatfield nicht vorhanden sind, mußte ich nach London reiten und nutze die Gelegenheit, alte Freunde aufzusuchen.«

»Verständlich«, erwiderte Cecil, und für den Bruchteil einer Sekunde wurde sein Gesicht undurchdringlich, lag eine Spannung im Raum, die der aufgeregte Ascham nicht bemerkte, die Mrs. Cecil aber instinktiv spürte. Sie hatte keine Erklärung dafür und versuchte, die Situation zu überbrücken.

»Ich freue mich, daß du pünktlich gekommen bist«, sagte sie zu ihrem Mann, »hat der Lordprotektor dich ausnahmsweise einmal beurlaubt?«

»Nein«, und seine Gesichtszüge entspannten sich, »der Protektor und der Graf von Warwick haben sich vorhin zurückgezogen, um unter vier Augen miteinander zu sprechen, morgen tagen wir erneut, aber erst um neun Uhr.«

»Hat der Rat sich heute tatsächlich nur mit dem Lordadmiral beschäftigt?«

»Ja, Mildred. Verzeih, aber seit vierundzwanzig Stunden höre ich nur den Namen ›Thomas Seymour‹ Wir haben heute abend einen Gast, und ich möchte für einige Stunden nicht mit dieser unangenehmen und problematischen Angelegenheit beschäftigt sein.«

Ascham erschrak, mein Gott, die Sache scheint ernst zu sein, und Cecil hat keine Lust, sich darüber zu unterhalten, was mache ich jetzt?

»Ich verstehe es, William, wenn du dich entspannen willst«, erwiderte Mildred, und dabei streiften ihre Augen Ascham, und sie schlußfolgerte, daß er mit ihrem Mann etwas besprechen wollte.

Während des Abendessens lenkte sie das Gespräch geschickt auf antike Autoren, und bald disputierte man wie während der gemeinsamen Jahre in Cambridge. Ascham versuchte, möglichst unbefangen zu wirken, aber seinen Gastgebern entging nicht, daß ihn etwas beschäftigte, und Cecil verständigte sich mit seiner Frau durch einen Blick.

Als die Mahlzeit beendet war, erhob sie sich und entschuldigte sich mit Hausfrauenpflichten.

»Gehen wir in mein Arbeitszimmer«, schlug Cecil vor, »dort ist es gemütlicher.«

Das Arbeitszimmer war gleichzeitig die Bibliothek des Hauses, und während Ascham neugierig an den Bücherwänden entlangging und auch feststellte, daß neben antiken Dichtern und Philosophen eine Anzahl juristischer Fachbücher vorhanden waren, während er sich also mit den Büchern beschäftigte, legte Cecil im Kamin Holz nach, füllte zwei Becher mit Rotwein und reichte einen Ascham mit den Worten:

»Wir sollten auf das Wohl von Lady Prinzessin Elisabeth trinken und auf ihre Klugheit; sie wird sie in den nächsten Wochen benötigen. Also, was wollt Ihr wissen?«

Diese Wendung des Gesprächs kam für Ascham so unerwartet, daß er nur noch sagen konnte:

»Alles.«

»Alles? Eure Herrin verlangt viel von mir«, erwiderte Cecil lächelnd, wurde aber sofort wieder ernst.

»Lady Elisabeths Wunsch ist verständlich, ich werde Euch das erzählen, was ich weiß, ich werde Euch auch sagen, wie ich die Lage beurteile, und dann überlegen wir gemeinsam, was Ihr der Prinzessin berichtet, ich halte es für besser, wenn sie zum jetzigen Zeitpunkt nicht über alles informiert wird.«

Ascham erschrak. »Ist die Lage so ernst?«

»Ja, aber setzen wir uns doch.«

Cecil dachte eine Weile nach, ordnete seine Gedanken und begann dann zu erzählen.

»Vorgestern war ich länger als sonst beim Protektor, weil er viele Briefe an die ausländischen Protestanten diktierte. Es war schon nach halb sieben Uhr, wir waren inzwischen beim letzten Brief, da wurde ein Schreiben des Erzbischofs Cranmer überbracht; Cranmer bat den Protektor unverzüglich zu einer Ratssitzung in sein Palais, er habe bei seiner Heimkehr einen Brief des Königs vorgefunden, über dessen Inhalt der Rat sofort entscheiden müsse. Der Protektor war erstaunt, auch ein wenig ungehalten, weil er nach Hause wollte, aber er schätzt Cranmer als besonnenen Mann, der nicht ohne triftigen Grund so plötzlich eine Ratssitzung einberuft, so ließ er die Pferde satteln und befahl mir, ihn zu begleiten, falls man einen kundigen Juristen benötigte.

Bei unserer Ankunft waren bereits alle Ratsmitglieder versammelt, nur Lordadmiral Seymour fehlte; Cranmer erklärte, der Rat sei vollzählig, was alle erstaunte, und dann las er den Brief des Königs vor: Der König teilte dem Erzbischof mit, er werde vor dem Parlament Klage gegen den Lordprotektor führen und fordern, daß man ihn absetze und an seiner Stelle den Lordadmiral Seymour zum Protektor ernenne. Im ersten Augenblick waren alle so überrascht, daß niemand ein Wort sagte oder zu sagen wagte.

Der Graf von Warwick war der erste, der seine Meinung äußerte: Er vermutete, daß dieser Brief ein Werk des Lordadmirals sei, und forderte die sofortige Inhaftierung Thomas Seymours.

Der Herzog von Somerset erhob Einspruch und wurde von Cranmer und einigen anderen unterstützt; er schlug vor, seinen Bruder sofort vor den Rat zu laden, ihn zu befragen und danach zu entscheiden, man könne ihm einen letzten Verweis erteilen, ihn eventuell aus dem Rat ausschließen, man könne ihn auch aus London verbannen, aber zunächst müsse er gehört werden. Dieser Vorschlag wurde angenommen, und man schickte einen Boten zum Bath Palace mit der Aufforderung, unverzüglich in Cranmers Palais vor dem Rat zu erscheinen.

Man rechnete, daß Thomas gegen halb neun Uhr eintreffen müßte, zumal der Bote rasch zurückkehrte und meldete, der Lordadmiral sei zu Hause. Man wartete zehn Minuten, fünfzehn

Minuten, zwanzig Minuten, schließlich erklärte Warwick, der Lordadmiral lehne sich offensichtlich gegen die Staatsgewalt auf, und forderte, Soldaten zum Strand zu schicken und ihn auf der Stelle zu verhaften.

Einige unterstützten ihn, die meisten aber schwiegen, auch der Herzog von Somerset. Schließlich schlug Cranmer einen Kompromiß vor: Man solle dem Lordadmiral zwölf Stunden Gelegenheit geben, eine Nachricht an das erzbischöfliche Palais zu schicken, vielleicht sei er aus irgendeinem Grund, den er nicht zu verantworten habe, am Kommen gehindert, wenn man nach Ablauf dieser Frist immer noch nichts gehört habe, solle man ihn verhaften, mit diesem Vorschlag waren alle einverstanden, einzig Warwick stimmte dagegen, der Protektor schwieg. Die nächste Ratssitzung sollte am nächsten Morgen um acht Uhr beginnen, man beauftragte mich, bis dahin eine Anklageschrift gegen den Lordadmiral zu formulieren. Kurz nach neun Uhr war die Sitzung beendet. Der Lordprotektor bat mich, ihn zu begleiten, damit wir gemeinsam die Anklagepunkte formulierten.«

Hier schwieg Cecil zunächst, trank einen Schluck Wein und sah eine Weile geistesabwesend in das Kaminfeuer.

Warum erzählt er nicht weiter, überlegte Ascham, was hat er?

Er glaubte, die Spannung nicht länger ertragen zu können, wagte aber nicht, Cecils Gedankenkette zu unterbrechen.

»Ihr kennt die griechischen Dramen«, begann Cecil, »das Wort ›Schicksal‹ ist Euch vertraut, man mag darüber streiten, ob das Schicksal eines Menschen vorherbestimmt ist oder nicht, jede Religion hat darüber ihre eigene Ansicht, was ich Euch jetzt erzähle, ist meiner Meinung nach ein Beispiel, was für unglückliche Zufälle oder Umstände das Leben eines Menschen in eine Tragödie verwandeln, wobei ich nur von äußeren Umständen spreche, nicht von der inneren Schuld, die derjenige selbst daran hat.

Kurz nach unserer Rückkehr in das Palais des Lordprotektors erschien der Kommandant der Leibwache des Königs mit der Nachricht, daß der Lordadmiral kurz nach neun Uhr in Schloß Whitehall verhaftet worden sei. Folgendes war passiert: Seit einigen Tagen besitzt der König einen Spaniel, der nachts neben seinem Bett schläft; an jenem Abend fing er plötzlich an zu bellen, was wohl ungewöhnlich war, der wachhabende Soldat eilte zum Schlafzimmer des Königs und prallte mit Fowler zusammen, der um Hilfe rief, weil der König entführt werden sollte. Am Bett des Königs fand man Lordadmiral Seymour, die Wache überwältigte ihn, brachte ihn vor den Kommandanten, der ihn verhaften und zunächst in den Tower bringen ließ. Der König ist so verstört, daß seine bisherigen Aussagen praktisch wertlos sind, Fowlers Rolle scheint mir zweifelhaft zu sein, er hat im entscheidenden Moment so reagiert, daß er sich rettete, die Frage, was er in jener Nacht im Schlafzimmer des Königs zu suchen hatte, ist untergegangen, wäre die Entführung des Königs geglückt, sähe die Lage für den Rat jetzt anders aus, dann stünden wir womöglich vor einem Bürgerkrieg, so steht der letzte Akt des Machtkampfs im Regentschaftsrat bevor, wie es dann mit England weitergeht, weiß Gott allein.

Der Protektor äußerte sich an jenem Abend nicht weiter zur Verhaftung seines Bruders und meinte, dies alles müsse im Rat besprochen werden. Heute morgen verlas ich die Anklageschrift; sie umfaßt dreiunddreißig Punkte, ich nenne Euch nur die wichtigsten: sein Wunsch, durch die Heirat Jane Greys mit dem König eine Vormachtstellung zu erringen, sein Auftreten gegen den Lordprotektor, seine Versuche, den König gegen die Regierung zu beeinflussen, der Verdacht, einen Bürgerkrieg zu entfachen, schließlich der Versuch, eine Schwester des Königs, die gleichzeitig Thronerbin ist, zu ehelichen, um dadurch eventuell selbst eines Tages den Thron zu besteigen.

Als ich gestern abend die Anklage formulierte, dachte ich bei mir, daß keiner der Punkte reicht, den Admiral des Hochverrats anzuklagen, teils, weil man es nicht beweisen kann, zum Beispiel seine Versuche, England in einen Bürgerkrieg zu verwickeln, überdies ist alles, was man ihm vorwirft, nicht gegen die Person des Königs gerichtet, er wollte ja nicht den König entmachten, sondern den Lordprotektor.

Ein Anklagepunkt jedoch ist problematisch: sein Versuch, Lady Elisabeth – ohne Zustimmung des Rates – zu heiraten, wobei diese Anklage nur auf Gerüchten basiert, und Gerüchte zu beweisen ist schwierig, vielleicht sogar unmöglich. Das waren meine Gedanken am gestrigen Abend.

Die Diskussion heute vormittag im Rat bestätigte meine Einschätzung der juristischen Lage. Gegen Mittag stellte Cranmer fest, daß man den Lordadmiral zwar nicht des Hochverrats anklagen könne, daß aber seinem Treiben Einhalt geboten werden müsse, er schlage vor, ihn aus dem Rat auszuschließen und ihn, bis zur Volljährigkeit des Königs, vom Hof zu verbannen. Der Graf von Warwick hatte bis jetzt geschwiegen, ebenso der Lordprotektor, letzterer wahrscheinlich, weil er unparteiisch wirken wollte. Der Graf lehnte Cranmers Vorschlag ab und begründete dies folgendermaßen: Er habe gehört, daß der Lordadmiral und Lady Prinzessin Elisabeth noch vor Beginn der Fastenzeit heimlich heiraten wollten; falls der Admiral die Prinzessin ohne Zustimmung des Rates zur Ehe überredet habe, so sei dies Hochverrat; falls die Prinzessin ohne Zustimmung des Rates den Antrag angenommen habe, so sei dies ebenfalls Hochverrat; dieser Punkt der Anklage müsse noch einmal genau überprüft werden, bevor man eine Entscheidung treffe. Cranmer erwiderte, diese Anklage basiere auf Gerüchten, er sehe keine Möglichkeit der Beweisführung. In diesem Augenblick ergriff der Protektor das Wort und gab Warwick recht.

Nun begann eine endlose Debatte, ob an diesen Gerüchten etwas Wahres sei, schließlich schlug der Protektor vor, die Sitzung auf den nächsten Vormittag zu vertagen, er werde bis dahin die Angelegenheit noch einmal mit dem Grafen von Warwick erörtern, vielleicht könnten sie am andern Tag dem Rat eine Lösung vorschlagen.

Warwick war einverstanden und beantragte, daß man des Lordadmirals Forderung einer öffentlichen Gerichtsverhandlung ablehne, ebenso sein Gesuch, mit dem Protektor unter vier Augen zu sprechen; der Rat war damit einverstanden.

Das ist der unerfreuliche Stand der Dinge.«

»Wieso unerfreulich?« fragte Ascham erstaunt. »Es ist doch tatsächlich fast unmöglich, Gerüchte zu beweisen.«

Cecil stand auf und ging im Zimmer auf und ab.

»Wie soll ich es Euch erklären? Die Seymour-Affäre darf man nicht nur juristisch beurteilen, ausschlaggebend dabei ist der politische Hintergrund. Es geht weder um den Lordadmiral noch um die Prinzessin, es geht auch nicht um Heiratsgerüchte, es handelt sich einzig darum, daß der Graf von Warwick an die Macht will; um dies zu erreichen, muß er die Seymours beseitigen, bei Thomas bietet sich ihm jetzt eine passende Gelegenheit, und der Lordprotektor arbeitet ihm dabei zu, ohne es zu merken und ohne zu ahnen, daß er der nächste sein wird.«

»Ich verstehe überhaupt nichts mehr«, erwiderte Ascham, »wieso unterstützt der Protektor den Grafen von Warwick, ohne es zu merken?«

»Der Protektor hegt Vorbehalte gegenüber Prinzessin Elisabeth. Zu Beginn meiner Tätigkeit bei ihm sagte er einmal, Lady Elisabeth sei seiner Meinung nach das intelligenteste von des verstorbenen Königs Kindern. Er fürchtet sich vor ihrer Intelligenz, ihrem Scharfsinn, er weiß, daß der König seine Schwester liebt, er fürchtet ihren Einfluß auf den König, weil er nicht weiß, welche politische Richtung sie verfolgt. Ist sie eine überzeugte Protestantin, oder ordnet sie ihren Glauben der Politik unter? Kurz, der Protektor weiß nicht, woran er mit ihr ist, und deshalb möchte er sie politisch ausschalten, und die Seymour-Affäre bietet eine Gelegenheit. Warwicks Angriff zielt auf Thomas, hat er ihn beseitigt, sind die Tage des Protektors gezählt, der immer unbeliebter wird. Warwick, das ist meine Vermutung, wird versuchen, aus diesen Heiratsgerüchten Thomas den Strick zu drehen, mit allen Mitteln. Der Protektor wird, wegen seiner geschwächten Position und aus persönlichen Motiven, keinen Widerstand leisten. Um diesen sogenannten Hochverrat zu beweisen, benötigt man Zeugen, und etwas aussagen können nur die Personen, die Seymour oder die Prinzessin täglich sehen.«

»Mein Gott«, stammelte Ascham, »glaubt ihr etwa, daß wir, ich meine, daß Lady Elisabeth in die Sache hineingezogen wird?«

»Ich vermute, daß der Protektor und Warwick im Moment darüber verhandeln. Hat die Prinzessin jemals zu Euch oder einem Angehörigen ihres Haushaltes gesagt, daß sie den Lordadmiral heiraten würde?«

Ascham überlegte. »Zu mir hat sie nichts gesagt – und zu den anderen? Nein, bei Tisch oder abends am Kamin wurden oft Anspielungen gemacht, aber sie hat immer geschwiegen, sogar gegenüber Mrs. Ashley, ich hörte nämlich einmal, daß Mrs. Ashley sich bei Parry beklagte, daß Lady Elisabeth sich nie äußere, auch hinsichtlich des Lordadmirals.«

»Vortrefflich«, erwiderte Cecil, »das dachte ich mir. Juristisch wird man wahrscheinlich keine Beweise erbringen können.«

»Dann ist ja alles in Ordnung, ich verstehe Euren Pessimismus nicht.«

Da blieb Cecil stehen und sagte langsam und eindringlich:

»Mr. Ascham, man wird mit allen Mitteln, versteht, mit allen erdenklichen Mitteln versuchen, dem Lordadmiral nachzuweisen, daß er die Prinzessin hat heiraten wollen. Glaubt mir, es gibt raffiniertere Methoden als die Folter, man kann Fallen stellen, Täuschungsmanöver inszenieren, es gibt unendlich viele Möglichkeiten.«

»Ihr habt wahrscheinlich recht, aber wie geht es weiter, wenn trotz aller Bemühungen dem Lordadmiral nichts angelastet werden kann?«

»Auch dann wird er zum Tod verurteilt werden, durch Parlamentsbeschluß. Es wäre nicht das erste Mal. Thomas Seymour muß sterben, weil er Warwick im Wege ist, und der Protektor wird es nicht verhindern können. Das sind die Dinge des Lebens: Brüderliche Gefühle und christliche Nächstenliebe werden zweitrangig, wenn es darum geht, sich selbst zu retten.«

»Wie könnt Ihr es mit Eurem Gewissen vereinbaren, unter dieser Regierung zu arbeiten? Habt Ihr keine Angst, eines Tages das Opfer von Intrigen zu werden?«

»Nein, erstens halte ich mich aus Intrigen heraus, bin nach außen neutral, zweitens versuche ich, die Regierung durch meine gute Arbeit an mich zu binden. Die Verwaltung eines Staates ist heutzutage so umfangreich und vielfältig, daß die Herrscher auf tüchtige Minister angewiesen sind. Und mein Gewissen?«

Cecil zögerte einen Augenblick und fuhr dann fort:

»Euch gegenüber will ich offen reden, zumal es in meinem Hause keinen Lauscher an der Wand gibt; ich bin ehrgeizig, ich möchte vorankommen, vor allem aber möchte ich Englands Entwicklung positiv beeinflussen und mitgestalten; leider kann man sich die Herrscher nicht aussuchen, mir persönlich wäre ein reifer Monarch lieber als ein Knabe, man muß abwarten, wie sich Eduard VI. entwickelt, und was den Protektor und Warwick betrifft, so glaube ich, daß Warwick der fähigere Politiker ist, er äußert sich manchmal zur Sanierung der Finanzen, und was er sagt, klingt vernünftig.

Der Protektor ist zwar integer, aber er ist ein weltfremder Idealist, ein religiöser Fanatiker, und Fanatiker schaden einem Staat immer, weil sie nicht realistisch denken können. Vielleicht erlebe ich es noch, daß ich einem Monarchen dienen kann, der menschliche Reife besitzt und realpolitisch denkt.«

Cecil legte Holz nach und begann erneut im Zimmer auf und ab zu gehen.

»Was soll ich Lady Elisabeth sagen?« fragte Ascham.

»Ihr könnt der Prinzessin erzählen, wie Thomas verhaftet wurde, Ihr könnt auch die Anklagepunkte nennen, vermeidet es, die Heiratsgeschichte zu betonen, verschweigt, daß über diesen Punkt debattiert wurde, erzählt nichts von meiner Einschätzung der Lage, es ist meine persönliche Meinung, vielleicht irre ich mich. Sagt Eurer Herrin, daß ich ihr rate, den Namen Thomas Seymour möglichst nicht zu erwähnen, sie soll auch kein Interesse an seinem weiteren Schicksal zeigen, sie soll aufpassen und diplomatisch reagieren. Sagt ihr, ich könne im Moment die Lage noch nicht beurteilen.«

Am 20. Januar kehrte Ascham gegen Mittag nach Hatfield zurück und berichtete Elisabeth von seiner Unterredung mit Cecil.

Sie hörte zu, ohne ihn zu unterbrechen, und als er fertig war, sagte sie:

»So, Mr. Cecil kann die Lage noch nicht beurteilen, dann müssen wir abwarten. Euch, Mr. Ascham, danke ich jedenfalls ganz herzlich, daß Ihr mir diesen Dienst erwiesen habt.«

Als sie später im Park spazierenging, dachte sie noch einmal über Cecils Ratschläge nach und kam zu dem Ergebnis, daß er wahrscheinlich mehr wußte, als er sagte, sein Wissen aber aus bestimmten Gründen für sich behielt. War die Lage ernster, als sie dachte, wollte er ihr keine unnötigen Hoffnungen machen, vielleicht gaben die Anklagepunkte ihr einen Hinweis, ob sie damit rechnen mußte, daß Thomas zum Tod verurteilt würde; sie ging die einzelnen Punkte durch und fand, daß keiner ausreichte, um den Lordadmiral des Hochverrats anzuklagen, ausgenommen die albernen Heiratsgerüchte, die jedoch auf nichts basierten…

Sie blieb stehen und sah gedankenverloren über die Schneelandschaft.

Sie hatte Thomas zum letzten Mal in Chelsea gesehen, sie hatte seinen Besuch abgelehnt und das Angebot, in seinem Palais am Strand Räume zu mieten. In den Briefen war immer nur von Schlössern die Rede gewesen, hin und wieder hatte er geschrieben, daß er sie bewundere, aber auch dies war unverfänglich, warum sollte ein Mann ein junges Mädchen nicht bewundern?

Sie war mit keinem Wort auf das Gerede und Geschwätz ihrer Umgebung eingegangen, sie hatte sich nichts vorzuwerfen, ihr Gewissen war rein, und festen Schrittes marschierte sie zurück zum Schloß.

Der Rat kann Thomas nicht des Hochverrats anklagen, überlegte sie, wahrscheinlich wird er einige Tage, vielleicht auch Wochen im Tower verbringen, und dann ist er wieder ein freier Mann.

Er wird vielleicht für ein Jahr oder länger vom Hof verbannt werden und muß sich auf seinen Landsitzen aufhalten, zum Beispiel auf Sudeley, sie könnte ein Gut in der Nähe erwerben und ihn heimlich besuchen, nach einer gewissen Zeit war der Rat vielleicht bereit, einer Heirat zuzustimmen, abgesehen davon war sie jetzt bereit, seine Geliebte zu werden, das ist die Lösung des Problems, überlegte sie, ein diskretes Liebesverhältnis, das konnte ihr niemand verbieten, und sie würde der Thronrechte nicht verlustig gehen.

Was ist, wenn ich schwanger würde? Nein, es darf nicht geschehen – obwohl, ein Kind von Thomas, ich würde es mir wünschen, aber solange wir nicht verheiratet sind, darf es nicht sein. Ich stehe in der Thronfolge an zweiter Stelle, das muß ich bei allen Entscheidungen berücksichtigen.

Als sie die Halle betrat, war sie voller Zuversicht und glaubte, daß alles gut enden würde.

Am Nachmittag übersetzte sie die ersten Gesänge aus Homers Odyssee, und als sie im zweiten Gesang in den Versen 63-146 las:

»Deine Mutter ist schuld, die Listigste unter den Weibern!
Denn drei Jahre sind schon verflossen, und bald auch das vierte,
Seit sie mit eitlem Wahne die edlen Achaier verspottet,
Allen verheißt sie Gunst und sendet jedem besonders
schmeichelnde Botschaft; allein im Herzen denkt sie anders!

Unter anderen Listen ersann sie endlich auch diese:
Trüglich zettelte sie in ihrer Kammer ein feines
Übergroßes Geweb` und sprach zu unserer Versammlung:
Jünglinge, die ihr mich liebt, nach dem Tode des edlen Odysseus
Dringt auf meine Vermählung nicht eher, bis ich den Mantel
Fertig gewirkt – damit nicht umsonst das Garn mir verderbe -,
Welcher dem Helden Laertes zum Leichengewande bestimmt ist,
Wann ihn die finstre Stunde mit Todesschlummer umschattet…
…Und nun webete sie des Tages am großen Gewebe,
Aber des Nachts, dann trennte sie's auf, beim Scheine der Fackeln.
Also täuschte sie uns drei Jahr' und betrog die Achaier…

Als Elisabeth dies las, legte sie die Feder zur Seite und lächelte verträumt vor sich hin. Welche Listen mußte sie ersinnen, um nicht mit einem ungeliebten Mann verheiratet zu werden, wie konnte sie ihre Umgebung täuschen und sich heimlich mit Thomas treffen?

Als ihr nichts einfiel, beschloß sie, am nächsten Tag während ihres Spazierganges darüber nachzudenken, und malte sich aus, wie sie heimlich nach Sudeley ritt, um Thomas zu besuchen, der natürlich nichts davon ahnte. Allerdings, ganz allein durch die Landschaft zu reiten, das war zu gefährlich, sie brauchte männlichen Begleitschutz, und als sie überlegte, wer sie begleiten könnte, fiel ihr Robert Dudley ein.

Sie hatte ihn zuletzt im Herbst 1546 gesehen, das war schon über zwei Jahre her, wenn man dem Gerede der Leute glauben durfte, hatte er sich zu einem gutaussehenden, charmanten jungen Mann entwickelt.

Ob er inzwischen in ein Mädchen verliebt war?

Bei diesem Gedanken verspürte sie einen ganz feinen Stich und bemerkte verwundert, daß es sie stören würde, wenn Robert Dudley Zuneigung für ein Mädchen empfand. Robin ist bestimmt noch nicht in eines der adligen Mädchen verliebt, er wird mich nach Sudeley begleiten, er und sein Diener Philip.

Nach dem Abendessen saßen die Schloßbewohner wie üblich vor dem Kaminfeuer. Parry und John Ashley unterhielten sich über die Gutsverwaltung, Kate nähte, dachte über Thomas nach und streifte Elisabeth hin und wieder mit einem mitleidigen Seitenblick. Das arme Kind, dachte sie, was für eine glänzende Partie wäre der gutaussehende Lordadmiral gewesen…

Ascham starrte in die Flammen, ging in Gedanken noch einmal das Gespräch mit Cecil durch, und je länger er nachdachte, desto schwerer wurde ihm ums Herz.

Elisabeth saß auf einem Schemel nahe beim Feuer, ein aufgeschlagenes Buch auf dem Schoß und träumte vor sich hin. Sie ritt auf einem Rappen zu Schloß Sudeley, neben sich Robert Dudley, Philip war hinter ihnen, nun waren sie im Schloßhof, sie hatte Sudeley nie gesehen und vermutete, daß es Chelsea ähnelte. Sie saß ab, eilte auf den Eingang zu, betrat die Halle, da kam Thomas die Treppe herunter, blieb einen Augenblick überrascht stehen, und Sekunden später lag sie in seinen Armen, und er küßte sie wie in Chelsea… Als er sie freigab und sie sich umdrehte, sah sie Robert Dudley – er hatte die Szene beobachtet, und sie spürte, daß er eifersüchtig war, aber das machte nichts, im Gegenteil, sie freute sich sogar darüber…

Aber, mein Gott, dachte Elisabeth und klappte das Buch zu, was bilde ich mir ein? Ich träume von der Zukunft und vergesse die Gegenwart! Thomas ist im Tower, niemand weiß, wie es weitergeht. Heute abend herrscht klirrende Kälte, ob er sich wenigstens an einem Feuer wärmen konnte, hatte er genug zu essen, war er – und bei diesem Gedanken überlief sie ein Schauer – war er schon gefoltert worden, würde man ihn foltern? Sie schloß die Augen, weil ihr dieser Gedanke unerträglich war, er ist immerhin der Bruder des Lordprotektors, sie werden es nicht wagen, ihr Herz krampfte sich zusammen, und sekundenlang glaubte sie, nicht mehr atmen zu können, nein, dachte sie und öffnete die Augen, sie werden es nicht wagen, ihn zu foltern.

Im gleichen Augenblick zuckte sie zusammen und horchte: Sie glaubte Schritte zu hören, die sich dem Eingang näherten, sie bekam Angst ohne zu wissen, warum, und stand auf.

Fast im gleichen Augenblick pochte jemand an die Tür, sie gab dem Diener ein Zeichen, er möge öffnen, und sah verwundert den Pfarrer des Dorfes völlig erregt die Halle betreten.

»Euer Gnaden, ich bitte um Vergebung, Euer Gnaden, daß ich unangemeldet hier eindringe. Ich komme von einem Krankenbesuch; unterwegs überholte ich einen Trupp bewaffneter Männer, die offensichtlich nach Hatfield ritten, sie werden bald hier sein, vielleicht wollen sie das Schloß überfallen und plündern, sie wirkten nicht sehr vertrauenerweckend.«

»Bewaffnete?« fragte Elisabeth, sie spürte, daß sie Angst überkam, und fühlte sich allein und hilflos.

So vergingen einige Minuten, plötzlich ertönte Hufgetrappel, sie hörten Stimmen und das leise Klirren von Schwertern. Elisabeth straffte sich und ging in die Mitte der Halle, sie war die Schloßherrin und fest entschlossen, ungebetenen Gästen den Zutritt zu verwehren. Niemand würde es wagen, die Schwester des Königs zu belästigen.

Einige harte Schläge an die Tür ließ alle zusammenfahren, und dann rief jemand: »Aufmachen, im Namen des Königs!«

Großer Gott, dachte Elisabeth, was hat das zu bedeuten, und sie befahl dem Diener, die Tür zu öffnen.

Ein Hauptmann und ein Dutzend Wachsoldaten betraten die Halle. Der Hauptmann verbeugte sich vor Elisabeth, entschuldigte die Störung und reichte ihr ein Schreiben, worin sein Name und sein militärischer Rang genannt waren.

Elisabeth las und erbleichte: Der Brief war vom Kommandanten des Tower unterschrieben.

»Was wollt Ihr?« Und sie versuchte, mit fester Stimme zu sprechen.

»Wer von den Anwesenden ist Thomas Parry, John und Katharina Ashley, sie sollen vor mich treten.«

Parry und die Ashleys gingen zögernd zu dem Hauptmann, und als sie vor ihm standen, rief er: »Im Namen des Königs, ihr seid verhaftet!«

»Warum? Nennt den Grund, Ihr könnt doch nicht einfach meine Leute verhaften!« Elisabeths Stimme bebte vor Empörung, und sie trat ebenfalls zu dem Hauptmann.

»Befehl des Lordprotektors«, erwiderte er achselzuckend, »ich tue nur meine Pflicht, Euer Gnaden.«

»Warum, nennt mir den Grund...«, Im gleichen Augenblick spürte sie eine Hand auf ihrer Schulter, und als sie sich umdrehte, blickte sie in Aschams ernste Augen und begriff, daß es zwecklos war, sich gegen die Staatsgewalt aufzulehnen. Sie unterdrückte die aufsteigenden Tränen und sagte leise: »Laßt meinen Leuten wenigstens soviel Zeit, daß sie Wäsche und etwas Wegzehrung mitnehmen können.«

»Die Zeit haben wir nicht, Euer Gnaden, überdies ist im Tower bestens für alles gesorgt«, und zu den Soldaten: »Führt sie hinaus!«

Im Tower..., dachte Elisabeth und sah hilflos zu, wie die Ashleys und Parry von den Soldaten hinausgeführt wurden, der Hauptmann verbeugte sich erneut, dann verließ auch er die Halle, und sie war mit Ascham und dem Pfarrer allein. Letzterer begann ein Gebet zu sprechen, Elisabeth sank erschöpft in einen Lehnstuhl und schloß die Augen. Warum, dachte sie, warum?

Es dauerte eine Weile, bis sie ihre Gedanken geordnet hatte, und bat den Pfarrer, sie allein zu lassen. Gebete, dachte sie, helfen jetzt überhaupt nicht weiter, jetzt muß ich logisch denken.

»Mr. Ascham, ich befürchte, daß diese Verhaftung heute abend etwas mit Thomas Seymour zu tun hat.«

»Das befürchte ich auch, Euer Gnaden.«

»Ich vermute, daß diese albernen Ehegerüchte dabei eine Rolle spielen. Man hofft, daß meine Leute etwas aussagen, das gegen Thomas spricht, um einen Grund zu haben, ihn des Hochverrats anzuklagen.«

»Was sollen sie aussagen, Euer Gnaden, ich entsinne mich nicht, daß Ihr Euch während der vergangenen Wochen jemals zu den Heiratsgerüchten geäußert habt.«

»Gewiß, aber man kann Parry und die Ashleys im Tower foltern, was werden sie dann aussagen?«

In diesem Moment erinnerte sich Ascham an Cecils Worte: ...man wird mit allen Mitteln versuchen, dem Lordadmiral nachzuweisen, daß er die Prinzessin hat heiraten wollen. Glaubt mir, es gibt raffiniertere Methoden als die Folter, man kann Fallen stellen, Täuschungsmanöver inszenieren, es gibt unendlich viele Möglichkeiten.

»Euer Gnaden, im Augenblick können wir nur abwarten, Mr. Cecil gab Euch den Rat, aufzupassen und diplomatisch zu reagieren, denkt noch einmal in Ruhe darüber nach.«

Elisabeth verbrachte eine unruhige Nacht, malte sich entsetzt aus, welche Qualen ihre Leute wahrscheinlich im Tower erdulden mußten, überlegte, daß man durch Folterungen falsche Geständnisse aus ihnen herauspreßte, und dachte verzweifelt darüber nach, wie sie diese Geständnisse widerlegen konnte, falls man sie selbst befragte – und man würde sie verhören, dessen war sie jetzt sicher.

In jener schlaflosen Nacht wurde ihr klar, daß der Rat entschlossen war, ihre eigene Aussage und die Aussagen ihrer Leute zu benutzen, um Thomas des Hochverrats anzuklagen, eine Anklage, die nur auf diesen albernen Ehegerüchten basierte, diese Gerüchte mußten bewiesen werden, aber es gab nichts zu beweisen, sie hatte sich nichts vorzuwerfen; es geht um sein Leben, dachte sie, aber es geht auch um mein Leben, ein falsches Wort, und man klagt mich ebenfalls des Hochverrats an, gewiß, mein Bruder, der König, kann uns begnadigen, er kann ein Todesurteil in Haft oder Verbannung umwandeln, aber mein königlicher Bruder ist ein elfjähriges Kind, ein Spielball in den Händen des Rats.

Sie begann zu weinen und fragte sich, wie es so weit hatte kommen können, warum war ihr Vater so früh gestorben, wenn er noch lebte, wäre ihr diese Situation bestimmt erspart geblieben, andererseits ... Sie setzte sich im Bett auf und trocknete ihre Tränen, war es nicht auch eine Erfahrung, aus der sie lernen konnte? Als sie Hatfield vor vielen Jahren verließ, um nach Hampton Court zu gehen, hatte Kate sie vor den Intrigen gewarnt, in die sie geraten konnte, weil sie königlicher Abstammung war, die Schwierigkeiten, die sie jetzt zu bewältigen hatte, waren das Resultat ihrer Nähe zum Thron; jeder versuchte, ihren Rang für seinen persönlichen Ehrgeiz zu nutzen, auch Thomas?

Es dauerte eine Weile bis sie sich beruhigt hatte, schließlich stand sie auf, trat zum Fenster und sah hinaus in die Winternacht.

Die Nähe zum Thron ist gefährlich, überlegte sie, ich muß in Zukunft noch vorsichtiger sein, ich kann keinem Menschen mehr trauen, ich werde alle Probleme allein bewältigen müssen, ich werde einsam sein, ich werde kämpfen, ich werde um das Leben von Thomas und um das meinige kämpfen, ich habe mir nichts vorzuwerfen, ich muß mich nur klug und diplomatisch verhalten, wie Cecil es mir geraten hat.

»William Cecil«, sagte sie leise, und dabei hatte sie das bestimmte Gefühl, daß sie ihm vertrauen konnte.

Der Vormittag des 21. Januar verlief ruhig. Ascham hatte schwierige Texte ausgesucht, um seine Schülerin abzulenken, und während Elisabeth übersetzte und rückübersetzte, beruhigten ihre Nerven sich allmählich, sie vergaß für wenige Stunden die düstere Gegenwart und versank in die Welt Arkadiens.

Ascham dachte unterdessen noch einmal über die Verhaftung von Parry und den Ashleys nach und beschloß, sobald wie möglich und unauffällig erneut nach London zu reiten, um irgendwie – mit oder ohne Cecils Hilfe – etwas über das Schicksal der Verhafteten zu erfahren.

Nach dem Mittagessen ging Elisabeth wie üblich spazieren.

Auf dem Rückweg rannte ihr ein kleiner Page entgegen und übergab ihr einen Brief: »Von Mr. Ascham, Euer Gnaden«, und schon eilte er zurück zum Schloß.

Elisabeth betrachtete den Brief und konnte sich nicht entschließen, ihn zu öffnen, weil sie spürte, daß er eine schlechte Nachricht enthielt, sie zögerte noch einen Augenblick und brach schließlich das Siegel.

Ascham schrieb, daß, kurz nachdem sie das Schloß verlassen hatte, Sir Robert Tyrwhitt – der Kommissär des Rates – mit einem kleinen Gefolge eingetroffen sei. Tyrwhitt werde Schloß Hatfield beaufsichtigen, die Kosten für Unterkunft und Verpflegung trage die

Regierung, außerdem habe er Befehl, Elisabeth einer Anhörung zu unterziehen.

»Ich schreibe diesen Brief, Euer Gnaden, damit Ihr Euch auf die neue Situation einstellen könnt. Eure Rückkehr eilt nicht, Tyrwhitt läßt sich im Moment alle Räume des Schlosses zeigen. Vernichtet den Brief, wir sind zur Zeit nur von Lauschern umgeben.«

Elisabeth ließ den Brief entgeistert sinken. Eine Anhörung! Eine Anhörung, und Sir Tyrwhitt war ihr Gegner.

Sie kannte ihn nicht weiter, hatte ihn nur hin und wieder von weitem in Hampton Court gesehen, seine Gattin war eine von Katharinas Hofdamen gewesen und hatte sie immer recht freundlich behandelt.

Eine Anhörung also, nun gut, jetzt wußte sie wenigstens, woran sie war, ihre Bewährungsprobe begann heute, am 21. Januar 1549, und sie ging – erfüllt von einer neuen Sicherheit, die gleichzeitig mit Angst vermischt war – mit festen Schritten zum Pfarrhaus, das in Sichtweite des Schlosses lag.

Der Pfarrer war nicht weiter erstaunt über ihren plötzlichen Besuch, schließlich kam sie regelmäßig zu ihm und erkundigte sich nach der Gemeinde, wer krank sei, in welcher Familie Not herrsche, und er staunte stets von neuem, wie sie sich als Schloßherrin um die Dörfler kümmerte, und diese dankten es ihr durch Treue und Anhänglichkeit.

Elisabeth indes genoß ihre Popularität und freute sich, wenn bei ihren Ausritten Kinder herbeiliefen, sie umdrängten und ihr Blumen reichten, wenn Männer und Frauen ihr von den Feldern zuwinkten, sie war stolz darauf, daß die Bevölkerung sie liebte, und pflegte diese Zuneigung der einfachen Leute, für die sie »König Heinrichs Tochter« war.

Sie bat den Pfarrer, von seinem gestrigen Krankenbesuch zu erzählen, und während er abwechselnd berichtete und Bibelworte zitierte, warf sie den Brief diskret in das Kaminfeuer. Als sie sich kurze Zeit später verabschiedete, versprach sie, der kranken Bäuerin stärkenden Wein zu schicken, und ging dann langsam hinüber zum Schloß.

Vor der Eingangstür blieb sie einen Augenblick stehen, um sich zu sammeln und ihre Angst zu überwinden. Es hilft nichts, dachte sie, und erhobenen Hauptes betrat sie die Halle.

Dort ging Tyrwhitt auf und ab und schien angestrengt über etwas nachzudenken.

»Willkommen in Hatfield, Mylord!«

Beim Klang ihrer Stimme sah er auf, eilte auf sie zu, verbeugte sich schwungvoll und sehr tief, für Elisabeths Geschmack etwas zu tief, um nicht zu sagen kriecherisch.

»Euer Gnaden, ich bitte Euer Gnaden untertänigst um Vergebung für mein plötzliches Erscheinen in Eurem Schloß, aber ich hatte keine Zeit, Euer Gnaden zu benachrichtigen, der Rat hat mich von heute auf morgen hierhergeschickt, die Kosten für meine Begleitung und mich..."

»Die Kosten sind das Unwichtigste, Mylord. Für die Dynastie Tudor war Gastfreundschaft stets eine heilige Pflicht.«

Sie lächelte ihn liebenswürdig an, obwohl sie eine fast körperliche Abneigung gegen Tyrwhitt verspürte, was für ein widerlicher Kerl, dachte sie, dreimal in einem Satz »Euer Gnaden«, er ist ein schleimiger Kriecher par excellence.

»Seid ihr gut untergebracht, Mylord, habt Ihr alles zu Eurer Bequemlichkeit vorgefunden?«

»Vortrefflich, Euer Gnaden.« Eine weitere Verbeugung folgte.

»Ihr habt mir noch nicht gesagt, warum Ihr gekommen seid, Mylord.«

»Ach ja, natürlich... Er zögerte etwas, und als er weitersprach, vermied er es, sie anzusehen.

»Euer Gnaden benötigen Ersatz für Mr. Parry und die Ashleys, und dem Lordprotektor ist sehr daran gelegen, daß Euer Haushalt reibungslos weiterläuft.«

»Das ist sehr aufmerksam vom Lordprotektor.«

Aha, dachte sie, der feine Lord ist das Werkzeug des Protektors, mein Gegner ist also der Herzog von Somerset.

Sie hatte ihn zuletzt in Enfield gesehen, als er ihr den Tod des Vaters mitteilte, das war fast zwei Jahre her, und als sie sich nun flüchtig an jene Begegnung erinnerte, beschlich sie ein ungutes Gefühl.

»Es gibt noch einen zweiten Grund für meine Anwesenheit«, fuhr Tyrwhitt fort, und als seine Augen sich mit denen Elisabeths trafen, glaubte sie einen lauernden Ausdruck in ihnen zu erkennen.

»Der Protektor bat mich, Euch ein paar Fragen zu stellen, Ihr sollt der Regierung helfen, gewisse Dinge aufzuklären, die Lordadmiral Seymour betreffen. Es ist keine große Angelegenheit, eine kleine Anhörung, mehr nicht, fast eine Formsache.«

Eine Formsache! Für wie dumm hält er mich, dachte Elisabeth empört, bei dieser Formsache geht es um Leben oder Tod, das weiß er genausogut wie ich. Sie lächelte und erwiderte:

»Ich beantworte gerne Eure Fragen, Mylord, und hoffe, daß meine Antworten der Regierung weiterhelfen. Ich betrachte es stets als meine oberste Pflicht, dem Wohl Englands zu dienen. Erlaubt, daß ich mich vorher noch etwas ausruhe, Ihr seht ja, daß ich von einem längeren Spaziergang zurückkehre; in etwa einer halben Stunde könnt Ihr mit der kleinen Anhörung beginnen.«

»Selbstverständlich, Euer Gnaden«, und er verbeugte sich zum dritten Mal.

Elisabeth nickte ihm hoheitsvoll lächelnd zu und schritt langsam die Treppe empor zu ihrem Schlafzimmer.

Tyrwhitt sah ihr verblüfft nach und setzte sich dann kopfschüttelnd vor den Kamin. Der Protektor hatte ihm etwas von einer dummen, kleinen Göre erzählt, und wem war er begegnet? Einem aparten jungen Mädchen, das wie die Königin von England auftrat! Sollte der Protektor Elisabeth Tudor unterschätzt haben? Dieses rotblonde Geschöpf war immerhin eine Tochter der Boleyn, und es war allgemein bekannt, wie geschickt und diplomatisch sie seinerzeit die Fragen während ihres Prozesses beantwortet hatte. Königin Anna aber war eine reife Frau gewesen, während ihre fünfzehnjährige Tochter ein unerfahrenes junges Ding war. Was hatte sie gesagt? Die Dynastie Tudor! Welche Allüren! Sie war die Tochter ihrer Mutter, hatte deren Hochmut geerbt! Na, dachte Tyrwhitt, ich werde dem Bastard der Boleyn das königliche Getue schon austreiben und sie in die Knie zwingen. Der Protektor wird mit mir zufrieden sein. Die Angelegenheit ist ganz einfach, ich werde sie einschüchtern, ihr erklären, daß man ihre Jugend und Unerfahrenheit ausgenutzt hat, daß allein Mrs. Ashley schuld an allem hat, nicht sie, sie wird daraufhin ein Geständnis ablegen, damit ist diese alberne Sache erledigt, und ich kann mich wieder wichtigeren Dingen widmen.

Wahrscheinlich schätzt der Protektor sie ganz richtig ein: jung, dumm, unerfahren.

Unterdessen saß Elisabeth vor dem Spiegel und ließ sich von ihrer Kammerfrau Lucy die Haare bürsten.

»Euer Gnaden«, flüsterte sie, »die Leute von diesem Lord Tyrwhitt haben einige Eurer Diener bestochen, damit sie jedes Wort Eurer Gnaden weitergeben, mir hat man auch Geld angeboten, ich habe es abgelehnt, ich wollte Euch nur sagen, Ihr werdet von allen Seiten beobachtet.«

»Danke, Lucy.« Großer Gott, dachte Elisabeth, wohin soll das noch führen? Die Wahl der richtigen Worte war nicht weiter schwierig, aber sie mußte auch ihr Mienenspiel beherrschen, ihre Augen durften kein Gefühl verraten, überdies mußte sie die Kleiderfrage lösen.

Am 28. Januar war ihr Vater zwei Jahre tot, und sie hatte beschlossen, ab dem 29. wieder farbige Kleider zu tragen. Seit Thomas' Verhaftung fühlte sie sich innerlich so elend, daß sie sich am liebsten für immer in Schwarz gekleidet hätte. Tyrwhitts Ankunft veränderte alles. Sie überlegte, daß er ihre Trauerkleidung mit Thomas' Verhaftung in Zusammenhang brachte und Rückschlüsse zog. Bisher hatte er sie nur im schwarzen Mantel gesehen, das war unverfänglich, zumal der Mantel mit weißem Hermelin besetzt war, aber jetzt? Wenn sie ihm jetzt gegenübertrat, mußte sie gut aussehen, froh und unbefangen wirken, und das richtige Kleid konnte dazu beitragen, schlichte Eleganz, überlegte sie, ist die richtige Lösung.

»Lucy, bringe mir das grüne, das blaue und das weiße Kleid.«

Sie zog die Roben nacheinander an und musterte sich kritisch im Spiegel. Grün und Blau standen ihr gut, aber der Ausschnitt des grünen Kleides war zu tief, die Goldborten an der blauen Robe zu prachtvoll, beide waren unangemessen. So entschied sie sich für Weiß.

»Wie findest du dieses Kleid, Lucy?«

Die Kammerfrau betrachtete ihre Herrin von oben bis unten und erwiderte zögernd: »Ich bitte um Vergebung, Euer Gnaden, die beiden anderen Kleider sind eleganter, dieses hier wirkt so... so brav.«

Elisabeth lachte, wurde aber sofort wieder ernst. »Brav? Genauso soll Lord Tyrwhitt mich einschätzen. Es ist schlimm, Lucy, wenn man sich in den eigenen vier Wänden verstellen muß, aber ich werde diese Maskerade schon überleben. Richte während der nächsten Tage alle farbigen Kleider, entferne die Goldborten, und bei besonders tiefen Ausschnitten setzt du Stoff oder Spitzen ein.«

Ein letzter Blick in den Spiegel, dann ging sie mit klopfendem Herzen hinunter in die Halle. Unterwegs beschloß sie, sich nach ihren Leuten zu erkundigen, Tyrwhitt würde natürlich lügen, aber vielleicht verriet sein Mienenspiel ihr etwas.

Er sprang auf und verbeugte sich erneut, als Elisabeth erschien.

»Haben Euer Gnaden sich etwas erholt?«

»Ja«, und sie setzte sich auf den Schemel neben dem Kamin.

»Bevor Ihr mit der Anhörung beginnt, Mylord, gestattet mir eine Frage: Wie geht es den Ashleys und Mr. Parry? Sind sie gesund, angemessen untergebracht, werden sie gut verpflegt, ich sorge mich um sie.«

»Ich weiß nicht, wie es ihnen geht, Euer Gnaden, ich habe sie nicht gesehen, im übrigen sind Eure Leute es nicht wert, daß Ihr Euch Sorgen macht.«

»Wie meint Ihr das?«

»Das werdet Ihr erfahren.«

Er lügt, überlegte sie, er weiß bestimmt, wie es ihnen geht. Ascham müßte unter einem Vorwand noch einmal nach London reiten. Inzwischen hatte Tyrwhitt sich wieder in den Lehnstuhl gesetzt und musterte Elisabeth mit spöttischen Blicken. Wie sittsam sie sich gibt, dachte er, sie faltet die Hände, ihr Gesicht ist ernst, was geht hinter der hohen Stirn vor? Sie kann ihre Abstammung nicht verleugnen, von Heinrich VII. hat sie die Nase und das lange Kinn geerbt, von Heinrich VIII. die rötlich-blonden Haare, sie ist eine Tudor, die Tudors haben sich in England durchgesetzt, ihre Herrschaft ist heute unbestritten, und diese Überlegungen verunsicherten ihn für Sekunden, aber er schob seine Gedanken unwillig zur Seite, er mußte dem Lordprotektor noch heute einen Bericht schicken, und dieser Bericht würde die Basis für seinen weiteren Aufstieg am Hof sein.

»Euer Gnaden«, begann er mit samtweicher Stimme, »bevor ich meine Fragen stelle, möchte ich Euch – in Eurem Interesse – auf zweierlei aufmerksam machen. Erstens: Ihr seid zwar königlicher Abstammumg, aber letztlich nur eine Untertanin des Königs wie alle Engländer, Euer Schicksal liegt in der Hand Seiner Majestät, königliche Allüren ziemen sich nicht für Euch. Zweitens: Ihr solltet meine Fragen wahrheitsgemäß beantworten und nichts verschweigen, ich weiß inzwischen alles, weil Eure Leute ausgesagt haben.«

Elisabeth erschrak und dachte in ihrem überreizten Nervenzustand sofort an die Folter, Folter und Aussage waren für sie untrennbar miteinander verbunden. Kate, dachte sie, Kate unter der Folter, und sie begann zu weinen.

Tyrwhitt betrachtete sie zufrieden, es lief alles bestens.

Da hob Elisabeth ihr tränennasses Gesicht und fragte mit erstickter Stimme:

»Was haben meine Leute ausgesagt? Könnt Ihr mir ein Beispiel nennen?«

Tyrwhitt starrte sein Opfer verblüfft an, was erdreistete sie sich, das war doch die Höhe!

»Euer Gnaden«, erwiderte er mit schneidender Stimme, »hier stellt nur einer Fragen, und das bin ich! Im übrigen sind die Aussagen Eurer Leute im Augenblick belanglos.«

Aha, dachte Elisabeth und trocknete ihre Tränen, er weicht aus, er weiß nichts.

»Wann habt Ihr den Lordadmiral zum letzten Mal gesehen, Euer Gnaden?«

»Vergangenes Jahr, am Tag vor Himmelfahrt.«

»Aha. Wann habt Ihr zum ersten Mal etwas von den Heiratsgerüchten gehört?«

»Letztes Jahr, ungefähr zwei Wochen vor Weihnachten.«

»Aha. Was habt Ihr gedacht, als Ihr von diesen Gerüchten hörtet?«

»Ich habe es für Londoner Geschwätz gehalten und nicht geglaubt, in der Hauptstadt wimmelt es immer von Gerüchten.«

»Das stimmt zwar, aber in diesem Fall ist es etwas anders. Die Heiratsgerüchte haben eine reale Grundlage, schließlich hat der Lordadmiral im Winter 1547 beim Rat um Eure Hand angehalten.«

Tyrwhitt erhob sich, ging hin und her, und Elisabeth spürte fast körperlich, daß er sie lauernd beobachtete.

»Euer Gnaden«, begann er nach einer Weile, »in Eurem Haus hat man sich bestimmt über diese Gerüchte unterhalten, wie habt Ihr Euch dazu geäußert?«

»Ich habe mich überhaupt nicht dazu geäußert.«

Tyrwhitt blieb abrupt stehen und starrte Elisabeth an.

»Wie bitte? Das ist nicht möglich, Ihr lügt!«

»Ich lüge nicht, Mylord, es ist die Wahrheit.«

»Ich glaube, Ihr versteht nicht, was ich meine. Es ist verständlich, daß Ihr gegenüber der Dienerschaft geschwiegen habt, aber es gibt einen Lehrer, eine Erzieherin, es gibt Leute, die Euer Vertrauen genießen. Ihr habt Euch bestimmt mit Mrs. Ashley über eine Heirat mit dem Lordadmiral unterhalten.«

»Nein, nie.«

Tyrwhitt schwieg, er fühlte sich verwirrt, offene Fragen führten zu keinem Ergebnis, sie sagte bestimmt nicht die Wahrheit, aber warte nur, du rothaarige Hexe, dachte er grimmig, ich zwinge dich in die Knie.

»Euer Gnaden«, jetzt klang seine Stimme väterlich-wohlwollend, »widerlegt doch nicht dauernd die Aussagen von Mrs. Ashley, sie hat ein umfassendes Geständnis abgelegt.«

»Was hat sie gesagt?«

»Das ist im Moment unwichtig, Euer Gnaden.«

Er weicht aus, überlegte Elisabeth, er weiß nichts! Welch' plumpes Täuschungsmanöver, für wie dumm hält er mich eigentlich?

Tyrwhitt setzte sich wieder und schloß die Augen, als denke er nach.

Was denkt er sich jetzt aus, überlegte Elisabeth.

Da öffnete Tyrwhitt die Augen und lächelte sie freundlich an. So, frohlockte er innerlich, jetzt beginnt der Großangriff, die entscheidende Phase der Schlacht, in wenigen Minuten wird sie alles gestehen.

»Euer Gnaden«, säuselte er, und beim Klang seiner Stimme wurde Elisabeth übel, am liebsten wäre sie aufgestanden und weggerannt, aber das ging nicht, und so nahm sie sich zusammen, »Euer Gnaden, ich verstehe, daß Ihr alles leugnet, das liegt in der Natur des Menschen, aber bedenkt, welch großen Dienst Ihr der Regierung und Eurem Land erweist, wenn Ihr gesteht, daß Ihr dem Lordadmiral die Ehe versprochen habt. Ich mache Euch einen Vorschlag: Wenn Ihr jetzt alles gesteht, werde ich den Bericht so abfassen, daß Euch keine Schuld trifft, ich werde die Schuld auf Eure Leute abwälzen, vor allem auf Mrs. Ashley, ich werde schreiben, daß sie als Erzieherin versagt hat, daß sie Eure Jugend ausgenutzt und Euch hinterlistig überredet hat, dem Lordadmiral die Ehe zu versprechen, und Ihr – in Eurer Unerfahrenheit – Ihr habt die Tragweite nicht erfaßt. So war es doch, nicht wahr?«

Das ist der Gipfel, dachte Elisabeth empört, für wie charakterlos hält er mich, ich würde eine Schuld nie auf andere abwälzen, ganz abgesehen davon, daß es nichts zu gestehen gibt. Sie stand auf.

»Mylord«, und ihre Stimme klang so fest und bestimmt, daß Tyrwhitt unwillkürlich zusammenzuckte, im gleichen Moment wußte er, daß er diese Schlacht verloren hatte.

»Mylord, ich habe nichts zu gestehen, ich schwöre bei Gott, daß ich dem Lordadmiral Seymour nie die Ehe versprochen habe, die Heiratsgerüchte sind Gerüchte, mehr nicht, und was Mrs. Ashley betrifft, so hat sie ihre Pflichten als Erzieherin immer ernst genommen und bestens erfüllt, ich bin ihr zu Dank verpflichtet, sie wird immer mein volles Vertrauen genießen.«

Nun erhob sich auch Tyrwhitt.

»Wie Ihr meint, Euer Gnaden. Überdenkt meinen Vorschlag noch einmal, das ist ein gutgemeinter Rat von mir.«

Dann eilte er hinauf in sein Zimmer, um den Bericht für den Lordprotektor zu schreiben.

Elisabeth sah ihm nach und überlegte, daß er sie am nächsten Tag weiter quälen und ihr wahrscheinlich neue Fallen stellen würde.

Tyrwhitt verbrachte den Rest des Nachmittags mit der Formulierung des Berichtes, wobei er einen zuversichtlichen Ton anschlug, um seine Niederlage zu verschleiern.

»Ich lese in ihrem Antlitz, daß sie schuldig ist, weiß aber, daß es noch viel ärgerer Stürme bedarf, ehe sie Mrs. Ashley preisgeben wird.«

Das Abendessen verlief leidlich harmonisch. Elisabeth hatte beschlossen, Tyrwhitt gegenüber so zu tun, als ob es keine Anhörung gegeben hätte, und begegnete ihm als liebenswürdige Schloßherrin, die darüber entzückt war, einen so reizenden Besucher zu beherbergen. Sie erzählte ihm ausführlich, welche Texte sie während des Unterrichts las, und schwärmte ihm von den Dichtern vor.

»Interessant«, murmelte Sir Robert und überlegte verzweifelt, wie er sie von der Antike in die Gegenwart zurücklocken konnte, wobei er im stillen hoffte, daß die lockere Atmosphäre während der Mahlzeit sie zu einer unvorsichtigen Bemerkung veranlaßte.

Als die süßen Speisen serviert wurden, sagte Elisabeth zu Ascham:

»Ich hatte heute ziemliche Schwierigkeiten bei der Übersetzung von…«, sie wollte sagen »von Homer«, hatte aber im gleichen Augenblick eine Idee, wie sie Sir Robert verwirren und vielleicht auf eine falsche Fährte locken konnte, und so sagte sie: »…von den Gedichten der Sappho. Das liegt am Wörterbuch, es gibt bessere. Könnt Ihr morgen nach London reiten und ein neues Wörterbuch und eine neue Grammatik besorgen?«

Ascham verstand sofort und spielte den Ball geschickt zurück.

»Gerne, Euer Gnaden, ich muß sowieso noch einige Bücher besorgen, die wir bald benötigen, ich werde nachher ein paar Aufgaben für morgen zusammenstellen.«

»Das ist nicht nötig«, mischte sich Tyrwhitt ein, »Lady Elisabeth und ich werden uns morgen den ganzen Tag unterhalten, und Ihr könnt Euch mit der Heimkehr Zeit lassen.«

Großer Gott, dachte Elisabeth, den ganzen Tag will er mich verhören, nun, auch das wird vorübergehen, zu Ascham aber sagte sie:

»Wie schön, daß Ihr in London genügend Zeit habt, um alles zu erledigen, vielleicht könnt Ihr sogar alte Freunde besuchen«, und zu Tyrwhitt: »Ich liebe die Dichterschulen der Insel Lesbos und besonders die Verse der Sappho, jedes Mal, wenn ich ihre Gedichte lese, sehe ich sie vor mir, die Lyra spielend, umgeben von jungen Mädchen, die aufmerksam ihrem Gesang lauschen, ach, man müßte im alten Griechenland leben!«

Sir Robert starrte Elisabeth verwundert an: »Lesbos?« stammelte er. »Sappho?! Ihr liebt die Verse der Sappho?! Ja, aber, …auf Lesbos, …ich meine,…irgendwie…«, und er suchte krampfhaft nach Worten.

»Irgendwie…, Mylord? In der Antike hat man vieles unkomplizierter gesehen, und die gleichgeschlechtliche Liebe war vor allem eine geistige Liebe, sie sollte die Bildung eines Menschen beeinflussen, und dagegen ist nichts einzuwenden.«

Sir Robert musterte Elisabeth und verstand überhaupt nichts mehr. Sollte sie etwa…?! Dann waren die Verhöre natürlich zwecklos, aber das konnte und durfte nicht sein.

An jenem Abend wußte Sir Robert nicht, wie er Elisabeth Tudor einordnen sollte, er wußte nur, daß das Verhör am folgenden Tag wahrscheinlich auch ergebnislos verlaufen würde, und daß König Heinrichs Tochter klüger war, als der Rat annahm.

Tyrwhitts Vermutung sollte sich bestätigen. Am nächsten Tag verhörte er Elisabeth vom Morgen bis zum Abend, verschonte sie nur während des Mittagessens mit seinen Fragen, aber es gelang ihm nicht, sie einzuschüchtern, von einem Geständnis ganz zu schweigen. Unzählige Male mußte er sich anhören, daß sie nie ohne Zustimmung des Rates heiraten würde, daß in Hatfield die Heiratsgerüchte stets in Verbindung gebracht wurden mit der Zustimmung des Rates, und immer wieder schilderte sie ihm das Gespräch mit Parry.

Am frühen Abend war Sir Robert die ständigen Wiederholungen leid, gab es auf und schrieb ziemlich entnervt seinen Bericht, worin er erstmals seine Schwierigkeiten andeutete: »Ich versichere Euer Gnaden, daß sie wirklich sehr klug ist und es nur unter Aufwendung diplomatischer Künste möglich sein wird, etwas aus ihr herauszubekommen.«

Inzwischen war Ascham zurückgekehrt.

»Nun«, fragte Elisabeth, »habt Ihr alles bekommen, hattet Ihr noch Zeit, Eure Freunde zu besuchen?«

»Ja, Euer Gnaden.«

Während Ascham die Bücher auspackte und Elisabeth die Rechnung las, sagte er so leise, daß nur sie es hören konnte: »Sie sind nicht im Tower, sondern in Whitehall, man hat sie noch nicht verhört, man hat auch den Admiral noch nicht verhört.«

Elisabeth atmete erleichtert auf, ihre Vermutung war richtig gewesen, aber wie lange würde man ihre Leute noch schonen? Wenn

Tyrwhitts Verhöre erfolglos blieben, versuchte man bestimmt, bei ihren Leuten mittels der Folter ein Geständnis zu erpressen, und sie spürte, wie die Angst ihr die Kehle zuschnürte, sie hatte Angst um Thomas, um die Ashleys und Parry, und sie bangte auch um ihr Leben, sie wollte noch nicht sterben, aber es war zwecklos, jetzt darüber nachzudenken, sie mußte sich auf die Gegenwart konzentrieren, wenn sie sich weiterhin vorsichtig und diplomatisch verhielt, konnte sie vielleicht alle retten.

Am nächsten Tag quälte Tyrwhitt Elisabeth erneut mit Fragen, wieder ohne Erfolg.

Der Bericht, den er am Abend verfaßte schloß mit einem versteckten Hilferuf. Er schrieb, daß er inzwischen davon überzeugt sei, daß nur der König oder der Protektor ein Geständnis aus ihr herausbrächten. Als er den Brief siegelte, spürte er eine gewisse Erleichterung.

Der Protektor würde seine Anspielung bestimmt verstehen und persönlich in Hatfield auftauchen, um die unerschrockene Tochter der Boleyn zu verhören.

Elisabeth wunderte sich, als Tyrwhitt sie am nächsten Tag mit Fragen verschonte und Ascham seinen gewohnten Unterricht wieder aufnehmen konnte. Hatte Sir Robert aufgegeben?

Als sie an jenem Mittag zum ersten Mal seit Tagen wieder spazierenging, fühlte sie sich erschöpft und ausgelaugt, sie vermochte noch nicht einmal an Thomas zu denken.

Heute ist der 24. Januar, überlegte sie, es ist noch keine Woche her, daß ich hier ging, von meinem Hochzeitstag träumte, und nun?

Auch am 25. Januar machte Sir Robert keine Anstalten, sie zu verhören, und als sie sich nach dem Frühstück ins Schulzimmer begab, beobachtete sie erstaunt, daß er unruhig in der Halle hin und her ging, und sie hatte den Eindruck, daß er auf etwas wartete. Wahrscheinlich treffen heute neue Anweisungen des Protektors ein, überlegte sie, es hilft nichts, ich muß durchhalten.

Sir Robert war fest davon überzeugt, daß sein Hilferuf erhört, der Protektor an diesem oder am nächsten Tag eintreffen würde, und er beschloß, in der Halle auf ihn zu warten.

Wer beschreibt sein Erstaunen, als ihm am späten Vormittag die Ankunft von Lady Tyrwhitt gemeldet wurde, und bevor er sich von seiner Überraschung erholt hatte, stand seine Gattin vor ihm.

»Da staunst du, nicht wahr?« sagte sie und lachte.

»Der Herzog von Somerset hat angeordnet, daß ich ab sofort Elisabeths neue Erzieherin bin, er meint, es sei höchste Zeit, daß eine Dame von Rang die Aufsicht über Heinrichs Tochter übernimmt.«

»Hat er meinen letzten Bericht erhalten?«

»Ja, das ist der zweite Grund, weshalb ich komme. Der Herzog glaubt – das ist auch meine Meinung –, daß es einer Frau leichter gelingt, das Vertrauen eines jungen Mädchens zu erwerben und etwas in Erfahrung zu bringen. Junge Mädchen sprechen ganz gern über ihre erste Liebe, vielleicht erzählt Elisabeth mir einiges, sozusagen von Frau zu Frau, wer weiß, welche intimen Einzelheiten ich erfahre, die du als Mann nie erfahren würdest. Weißt du, was man sich in London inzwischen erzählt? Sie erwartet von Thomas ein Kind!«

»Londoner Geschwätz«, brummte Sir Robert, »sie ist rank und schlank.«

»Ich glaube auch nicht, daß sie schwanger ist, aber ihre Jungfräulichkeit..., nun wir werden sehen. Also, der Protektor wünscht, daß sie zunächst nicht weiter verhört wird, Ascham soll wie bisher unterrichten, und ich soll versuchen, ihr Vertrauen zu erwerben, der Protektor ist überzeugt, daß sie nach einer gewissen Zeit von selbst reden wird.«

»Meine Liebe, ich fürchte, wir alle unterschätzen die Tochter von Heinrich VIII., sie ist vorsichtig, und ihre Antworten auf meine Fragen waren klug und diplomatisch, hoffentlich verrechnet der Herzog sich nicht.«

»Robert, ich bitte dich, sie ist ein junges, unerfahrenes Mädchen, es ist natürlich, daß sie diplomatisch geantwortet hat, das hätte ich an ihrer Stelle auch getan; ich werde sie – im Gegensatz zu dir –

nicht verhören, sondern mit ihr plaudern, sie wird mir vertrauen, schließlich kennt sie mich noch von Hampton Court her, was war sie für ein reizendes Kind!«

»Das war einmal, sie ist kein Kind mehr.«

Als Elisabeth und Ascham sich zur Mittagstafel in die Halle begaben, sahen sie erstaunt, daß nicht für drei, sondern für vier Personen gedeckt war. Während sie noch rätselten, was das zu bedeuten habe, erschienen die Tyrwhitts.

»Euer Gnaden«, sagte Sir Robert, »der Lordprotektor hat angeordnet, daß meine Frau Eure neue Erzieherin ist.«

Lady Tyrwhitt lächelte Elisabeth freundlich an. »Wie schön, Euch nach all den Jahren wiederzusehen, Euer Gnaden, Ihr seid richtig erwachsen geworden.«

Elisabeth sah entgeistert von Sir Robert zu dessen Gattin und wieder zu Sir Robert.

»Mrs. Ashley ist meine Erzieherin!«

»Mrs. Ashley ist als Erzieherin nicht mehr tragbar, sie hat restlos versagt.«

In diesem Augenblick überkam Elisabeth eine unbändige Wut, und sie verlor zum ersten Mal die Beherrschung.

»Niemand hat das Recht, mir Mrs. Ashley wegzunehmen«, schrie sie Tyrwhitt an, und Zornesröte verfärbte ihr blasses Gesicht.

»Euer Gnaden«, mischte sich Lady Tyrwhitt ein, »man meint es doch nur gut mit Euch.«

»Was sagt Ihr?« und Elisabeths Stimme überschlug sich fast vor Zorn, »könnt Ihr überhaupt denken? Man verhaftet meine Leute, in meinem Haus wimmelt es von Spionen, und jetzt kommt Ihr und wollt mich erziehen! Ihr verlaßt sofort das Schloß, ich will Euch nicht mehr sehen!«

Sie begann zu weinen und sank auf einen Stuhl.

»Mein Gott, Robert«, sagte Lady Tyrwhitt und sah hilflos zu ihrem Gatten, der nur die Schultern zuckte, als wollte er sagen: »Ich habe nichts anderes erwartet.«

Ascham trat zu Elisabeth und legte ihr die Hand auf die Schulter.

»Euer Gnaden«, sagte er leise, »beruhigt Euch, es ist zwecklos.«

Er hat recht, dachte sie, mein Gott, wie konnte ich mich nur so gehenlassen.

Beim Mittagessen herrschte bedrückende Stille, und anschließend zog sich jeder auf sein Zimmer zurück.

Als Elisabeth das Schloß verlassen wollte um spazierenzugehen, begegnete ihr Lady Tyrwhitt.

»Wo wollt ihr hin, Euer Gnaden?«

»Ich gehe spazieren.«

»Bei diesem Wetter?« Es hatte inzwischen angefangen zu schneien.

»Ihr werdet Euch erkälten, Ihr bleibt hier!«

Da stieg in Elisabeth erneut der Zorn hoch, und ihre Augen sprühten Blitze.

»Ihr habt mir nichts zu befehlen!« schrie sie die Lady an. »Niemand hat mir etwas zu befehlen! Ich gehe jeden Tag spazieren und werde es auch heute tun!«

Sie drehte sich um, lief hinaus und schlug die schwere Eichentür mit einem dumpfen Knall hinter sich zu.

Lady Tyrwhitt starrte ihr einen Augenblick fassungslos nach, begann laut zu weinen und eilte nach oben zu ihrem Gatten.

»Robert, ich halte es hier nicht länger aus, du stellst dir nicht vor, wie dieses Mädchen mich behandelt, sie ist so frech, so ungezogen, ich will sofort zurück nach London!«

Sir Robert nahm seine Frau tröstend in die Arme und seufzte resigniert. Da hatte der Protektor sich etwas einfallen lassen, warum zum Teufel, kam er nicht selbst nach Hatfield?

In diesem Augenblick schlug Sir Roberts Resignation in Ärger um.

»Heinrichs Tochter benötigt nicht eine, sondern zwei Erzieherinnen, sie hat nicht das Recht, sich gegen dich aufzulehnen, ich werde noch heute an den Protektor schreiben und mich beschweren, so geht es nicht weiter!«

Inzwischen hatte seine Gattin sich etwas gefaßt. »Du kannst ihm schreiben, aber das löst unsere Probleme hier nicht. Ich muß irgendwie Elisabeths Vertrauen gewinnen, ich will es nachher noch einmal im Guten versuchen. Wir müssen uns auch in ihre Situation hineindenken: Der Mann, den sie liebt, ist im Tower eingekerkert, ihre Leute wurden verhaftet, und sie weiß nichts über deren Schicksal, dann tauchst du auf, verhörst sie tagelang, jetzt komme ich, das muß ja alles verkraftet werden.«

Unterdessen rannte Elisabeth durch den Park und versuchte ihrer Erregung Herr zu werden. Sie empfand Lady Tyrwhitts Ankunft als Bevormundung und Demütigung. Seit sie Chelsea verlassen hatte, war sie ihr eigener Herr gewesen mit einem eigenen Haushalt; sie hatte sparsam gewirtschaftet, selbständig entschieden und sich von niemandem – auch nicht von Kate – etwas vorschreiben lassen. Und nun diese Lady. Aber es war sinnlos, dagegen zu rebellieren, die Tyrwhitts würden bestimmt noch eine Weile in Hatfield bleiben, und sie mußte versuchen, sich mit ihnen zu arrangieren, vor allem mußte sie sich beherrschen! Sie beschloß, nur mit ihnen zu sprechen, wenn es anders nicht ging, sie höflich-unterkühlt zu behandeln und sie die meiste Zeit zu übersehen.

Bei ihrer Rückkehr saß Lady Tyrwhitt in der Halle und beschäftigte sich mit einer Näharbeit. Als Elisabeth wortlos vorbeiging, sah Lady Tyrwhitt auf: »Euer Gnaden.«

Elisabeth tat, als habe sie nichts gehört, und ging hinauf .

Lady Tyrwhitt nähte verärgert weiter, sie war fest entschlossen, nicht aufzugeben.

Beim Abendessen versuchte sie es erneut.

»Euer Gnaden, ich will Euch nicht Eure Spaziergänge verbieten, aber ich denke an Eure Gesundheit.«

Elisabeth schwieg und beschäftigte sich mit der Fleischpastete.

»Hättet Ihr nachher Lust zu einem Kartenspiel, Euer Gnaden?«

»Nein, Mylady, ich muß lernen.«

Lady Tyrwhitt blickte hinüber zu ihrem Gatten, aber Sir Robert sah auf seinen Teller und formulierte im Geist den Beschwerdebrief an den Lordprotektor:

»So kann es nicht weitergehen, es muß etwas geschehen!« Vielleicht kommt der Herzog jetzt, hoffte Tyrwhitt.

Die beiden nächsten Tage verliefen ruhig, abgesehen davon, daß im Schloß eine gespannte Atmosphäre herrschte.

Am späten Abend des 27. Januar erhielt Tyrwhitt einen Brief des Protektors.

Nachdem er das Schreiben und den zweiten beigefügten Brief gelesen hatte, lachte er und sagte gutgelaunt zu seiner Gattin: »Der gute Herzog hat wirklich großartige Ideen! Dieser Brief hier ist fingiert und voller Anschuldigungen und Verunglimpfungen bezüglich Elisabeths: Sie sei nicht mehr jungfräulich und so weiter. Der Herzog schlägt vor, ihr diesen Brief zu zeigen, ich soll so tun, als ob es gegen den Befehl des Protektors ist, er hofft, daß diese Beschuldigungen sie endlich zum Reden bringen werden, daß sie bereit ist, mir alles zu gestehen, wenn ich nur schweige, ich könne ihr für diesen Fall versprechen, was sie wünsche. Morgen schnappt die Falle zu, es wird auch höchste Zeit.«

Als Elisabeth sich am andern Morgen nach dem Frühstück ins Schulzimmer begeben wollte, wurde sie von Tyrwhitt zurückgehalten.

»Einen Augenblick, Euer Gnaden«, und er holte den Brief hervor, »es ist eine etwas heikle Angelegenheit, der Protektor schickte mir gestern diesen anonymen Brief mit der ausdrücklichen Weisung, niemandem etwas über den Inhalt zu sagen. Ich handele jetzt seinem Befehl zuwider, aber ich fühle mich moralisch verpflichtet, Euch den Brief zu zeigen.«

Elisabeth verzog keine Miene, als sie den Brief las, innerlich aber war sie entsetzt und beschämt.

Sie wurde als leichtfertige Dirne bezeichnet, die in ihrem Liebesnest Hatfield wollüstige Nächte mit Thomas Seymour verbracht hatte...

Elisabeth erschrak, hatte die Bevölkerung Londons diesen Eindruck von ihr? Diese Anschuldigungen mußte sie entkräften, sie mußte beweisen, daß sie keine Dirne war, und zwar sofort.

Tyrwhitt beobachtete sie und wartete in atemloser Spannung auf ihre Reaktion, jetzt, dachte er, jetzt ist es soweit.

Da gab sie ihm den Brief zurück und lächelte ihn liebenswürdig an.

»Mylord, ich danke Euch sehr, daß Ihr mir diesen Brief gezeigt habt, worin meine Mädchenehre verunglimpft und beschmutzt wird. Ich muß meine Jungfräulichkeit verteidigen, deshalb werde ich an den Lordprotektor schreiben und ihn bitten, meine Unschuld beweisen zu dürfen.«

Sir Robert glaubte, nicht richtig gehört zu haben. Wieder kein Geständnis, wieder war alles schiefgegangen!

»Euer Gnaden«, stammelte er, »bedenkt, Ihr habt den Brief offiziell nie gesehen, Ihr könnt doch nicht einfach an den Protektor schreiben, warum vertraut Ihr Euch nicht mir an, ich schwöre bei Gott, daß alles, was Ihr mir sagt, unter uns bleiben wird, niemand wird erfahren, was Ihr mir anvertraut habt, niemand, ich schwöre es!«

»Seid unbesorgt, Mylord, ich werde Euer Vertrauen nicht mißbrauchen, und jetzt entschuldigt mich, Mr. Ascham wartet.«

Sir Robert sah ihr verzweifelt nach und begab sich dann zu seiner Gattin.

»Nun, was hat sie gebeichtet?«

»Großer Gott«, er sank stöhnend auf einen Stuhl, »sie wird an den Herzog schreiben«, und er schilderte das Gespräch.

»Ich gebe es auf, mit diesem Mädchen werden wir nicht fertig, hoffentlich wird dem Protektor allmählich klar, daß Heinrichs rothaarige Tochter keine dumme kleine Gans ist.«

Am Nachmittag schrieb Elisabeth ihren Brief an den Lordprotektor. Während des Spazierganges hatte sie über den Aufbau nachgedacht.

Zunächst mußte er den Eindruck gewinnen, daß sie ihm vertraute, dann würde sie ihm Parrys Anfrage mitteilen, was sie von einer Verbindung mit dem Lordadmiral hielt, wenn der Rat dafür wäre, dann würde sie ihm ausführlich Kates Ergebenheit und Treue für den König, den Protektor und den Rat schildern, und dann kam… Sie steckte den Gänsekiel in den Mund und überlegte: Alles, was sie bisher geschrieben hatte, wußte der Protektor bereits von Tyrwhitt, das alles hatte er schon so oft gehört, daß ihm hoffentlich übel davon werden würde, aber jetzt, dachte sie, jetzt werde ich ihn zwingen, mir zu glauben, daß ich die Wahrheit sage… Entschlossen tauchte sie die Feder in die Tinte und schrieb weiter:

Master Tyrwhitt und andere haben mir erzählt, daß ein Gerücht umgeht, das sich schwer an meiner Ehre und Anständigkeit vergreift (die ich vor allem hochhalte), und das besagt, ich sei im Tower und in Hoffnung von Mylord Admiral. Mylord, das ist schändliche Verleumdung, und deswegen, ganz abgese-

ben von meinem lebhaften Wunsch, des Königs Majestät zu sehen, bitte ich Euer Lordschaft aufs herzlichste, mich unverzüglich an den Hof kommen zu lassen, damit ich mich dort zeige, wie ich bin.

In Eile geschrieben, Hatfield, am 28. Januar.

Eure zuverlässige Freundin nach meinem geringen Vermögen,

Elisabeth.

Meine Bitte, bei Hof zu erscheinen, kann er nicht übergehen, dachte sie und streute zufrieden Sand über die Tinte.

Der 29. und der 30. Januar verliefen ruhig. Tyrwhitt hatte dem Protektor ebenfalls geschrieben und kleinlaut bekannt, daß auch der Versuch, mittels eines fingierten Briefes ein Geständnis zu erhalten, mißlungen war.

Ansonsten begegneten sich die feindlichen Parteien in Hatfield mit gleichgültiger Höflichkeit und warteten gespannt auf die Reaktion des Protektors.

Am Spätnachmittag des 31. Januar erschien der Pfarrer bei Elisabeth und bat sie, ihn zu begleiten, in seinem Haus warte einer ihrer Pächter auf sie, der sie wegen der Pachtzinsen sprechen wolle und nicht wage, im Schloß zu erscheinen.

Elisabeth wunderte sich zwar, normalerweise scheuten ihre Pächter sich nicht, im Schloß vorzusprechen, aber sie kam dem Wunsch des Pfarrers nach.

Als sie den Wohnraum des Hauses betraten, erblickte sie einen jungen Mann, der ihr bekannt vorkam, und dann fiel ihr ein, daß es der Vetter ihres verstorbenen Lehrers Grindal war, und daß sie ihn ein Jahr zuvor bei der Beerdigung gesehen hatte.

»Mr. Grindal, welche Überraschung, aber warum kommt Ihr nicht ins Schloß? Mr. Ascham wird sich freuen, Euch zu sehen.«

»Euer Gnaden, ich überbringe Euch eine mündliche Botschaft von Mr. Cecil, er hielt es nicht für ratsam, daß ich im Schloß mit Euch spreche. Gestern wurden Eure Leute in den Tower gebracht und verhört; sie haben ein Geständnis abgelegt, diese Aussagen werdet Ihr in den nächsten Tagen erhalten.«

Elisabeth merkte, daß sie anfing zu zittern, und setzte sich auf einen Stuhl.

»Großer Gott«, sagte sie leise, »jetzt ist das eingetreten, was ich seit ihrer Verhaftung befürchtete, hat man sie stark gefoltert?«

»Gefoltert?« fragte Grindal erstaunt. »Nein, sie wurden nicht gefoltert, als man ihnen die verschiedenen Folterinstrumente zeigte, waren sie sofort bereit auszusagen.«

Elisabeth seufzte erleichtert auf, die Folter war ihren Leuten Gott sei Dank erspart geblieben.

»Was haben sie ausgesagt?«

»Ich kenne den Inhalt der Geständnisse nicht, Euer Gnaden, aber Mr. Cecil läßt Euch ausrichten, daß Ihr beruhigt sein könnt, es wurden keine Aussagen gemacht, die Euch belasten. Man wird Euch jetzt in Ruhe lassen, selbst wenn Sir Tyrwhitt noch dies und jenes fragt, so ist es belanglos, trotzdem ist natürlich immer noch äußerste Vorsicht geboten.«

»Wann werden meine Leute aus dem Tower entlassen?«

»Das wissen wir nicht, Euer Gnaden, es sieht so aus, als ob die Tyrwhitts noch eine Weile in Hatfield bleiben werden.«

Was ist mit Thomas, dachte Elisabeth, sie hatte während der letzten Tage die Gedanken an ihn verdrängt, obwohl dauernd von ihm gesprochen worden war.

»Hat der Lordadmiral auch ausgesagt?«

»Nein, dazu wird es auch nicht kommen.«

Elisabeth spürte bei diesen Worten eine unbestimmte Angst in sich aufsteigen.

»Wie meint Ihr das?«

»Der Lordadmiral begehrt, öffentlich gehört zu werden, aber dies ist unmöglich, weil sonst der König und Euer Gnaden der Öffentlichkeit preisgegeben würden, man wird ihn durch das Parlament aburteilen lassen.«

»Durch das Parlament? Ohne ordentliche Gerichtsverhandlung? Mr. Grindal, meine ganze Hoffnung ruht auf meinem Bruder, er ist der König, er kann begnadigen, er hat seinen Onkel Thomas immer geliebt, er liebt mich, seine Schwester, er wird uns helfen.«

Grindal zögerte etwas, ehe er antwortete.

»Euer Gnaden, ich will Euch diese Hoffnung nicht rauben, aber Seine Majestät ist sehr ärgerlich über Euch und den Lordadmiral wegen der Heiratsgerüchte, er wird zur Zeit stark vom Grafen Warwick beeinflußt.«

Warwick, dachte Elisabeth und erinnerte sich an das Gespräch zwischen Cecil und Katharina an jenem Herbstnachmittag im Jahre 1547, …der Graf ist ehrgeizig…, auf Eduard kann ich nicht rechnen, dachte sie verzweifelt, werde ich mich jemals auf ihn verlassen können?

»Mr. Grindal, glaubt Ihr…«, sie zögerte etwas, »glaubt Ihr, daß das Parlament den Lordadmiral zum Tod verurteilen wird?«

»Ich fürchte es, Euer Gnaden das Hochverratsgesetz ist noch nicht aufgehoben.«

Eine Weile war es still im Raum. Dann sagte Elisabeth leise:

»Ich konnte mich retten, aber ihn nicht«, sie begann zu weinen und konnte nicht aufhören. Sie merkte nicht, daß Grindal wegging, sie nahm nichts wahr von der Umgebung und versuchte, sich an Thomas' Gesichtszüge zu erinnern; endlich versiegten ihre Tränen, und als sie aufsah, erblickte sie den Pfarrer, der sie besorgt beobachtete.

»Euer Gnaden, Ihr solltet auf Gott vertrauen, noch ist das letzte Wort nicht gesprochen.«

»Auf Gott vertrauen?« erwiderte Elisabeth, »die Entscheidungen des Rates und des Parlaments werden bestimmt nicht vom Glauben beeinflußt. Habt Ihr etwas kaltes Wasser? Man muß im Schloß nicht sehen, daß ich geweint habe.«

Einige Tage später zeigte Tyrwhitt Elisabeth die Geständnisse von Parry und Kate.

Obwohl sie über die Verhöre bereits informiert war, überprüfte Elisabeth die Unterschriften ihrer Leute auf Echtheit, dann begann sie zu lesen.

Parry hatte gestanden, daß Mrs. Ashley ihm gesagt habe, daß sie Elisabeth am liebsten mit Seymour verheiratet sähe, er schilderte auch den letzten Abend in Chelsea, die Geschichte, wie die Königinwitwe Gatte und Stieftochter überrascht hatte, wobei er erwähnte, daß Mrs. Ashley ihm dies erzählt hatte.

Kate bestätigte Parrys Aussagen und schilderte Seymours morgendliche Besuche bei Elisabeth. Tyrwhitt beobachtete Elisabeth, konnte aber in ihrem Gesicht nichts lesen, was ihn weitergebracht hätte. Als sie fertig war, erklärte sie Sir Robert, sie würde sich schriftlich zu den Aussagen äußern.

Als Tyrwhitt ihre Stellungnahme am nächsten Tag las, bekam er einen Wutanfall. Sie hatte die Geständnisse bestätigt und Kleinigkeiten sachlich richtiggestellt, insgesamt enthielt ihre Stellungnahme keine Neuigkeiten.

Tyrwhitt schrieb an den Protektor: »Sie singen alle das gleiche Lied, und deshalb glaube ich, daß es eine besprochene Sache ist. Wie sonst wäre es möglich, daß alles ganz genau übereinstimmt?«

Elisabeth war am meisten betroffen über Kates Bitte nach besserer Unterbringung, ihre Zelle sei so dunkel, sie habe die Fenster gegen die Kälte mit Stroh verstopfen müssen, weil kein Glas in ihnen sei.

An einem Abend Mitte Februar saßen die Tyrwhitts, Ascham und Elisabeth vor dem Kamin; die Spannung zwischen ihnen hatte sich etwas gelockert und man versuchte sich zu arrangieren. Die Männer lasen, Lady Tyrwhitt nähte, und Elisabeth war damit beschäftigt, ihre Laute zu stimmen.

Als sie fertig war, glitten ihre Finger nachdenklich über die Saiten, und sie erinnerte sich schmerzlich an jenen Nachmittag im Februar, als sie mit Katharina wegen Ascham gestritten hatte, später war sie mit Thomas an der Themse spazierengegangen, bei ihrer Rückkehr wäre sie fast gefallen, wenn Thomas sie nicht gehalten hätte, an jenem Nachmittag war ihr bewußt geworden, daß sie sich in Thomas verliebt hatte; dies alles lag nun schon ein Jahr zurück, was hatte sie in diesem Jahr alles erlebt, durchlebt, durchlitten, das erlebten andere Menschen vielleicht in zehn Jahren oder überhaupt nicht.

Und nun? Wie würde es weitergehen? Die Saiten auf der Laute taugen nicht mehr viel, überlegte sie, ich werde demnächst eine neue kaufen, diese aber werde ich aufheben zur Erinnerung an Thomas... Sie sah erschrocken auf, Erinnerung? Er lebt noch, dachte sie, und vielleicht überlebt er.

In diesem Augenblick sagte Sir Robert zu seiner Gattin:

»Heute schrieb mir der Lordprotektor, daß man jetzt anfangen wird, die Ländereien des Lordadmirals aufzuteilen.«

»So?« erwiderte Lady Tyrwhitt. »Dann wird er auch bald abgeurteilt werden«, und verstohlen beobachtete sie Elisabeth.

Elisabeth empfand diese Nachricht wie einen Keulenschlag, aber sie tat, als habe sie nichts gehört, und sagte zu Ascham:

»Besorgt mir doch eine neue Laute, wenn Ihr wieder einmal in London seid, aber sie muß von einem Italiener gefertigt sein, die verstehen am meisten von Saiteninstrumenten.«

Der Winter des Jahres 1549 ging zu Ende.

Elisabeth wurde von Tyrwhitt nicht mehr mit Fragen belästigt, aber sie befürchtete, daß ihr Ruf durch die Gerüchte gelitten hatte, daß sie beim Volk nicht mehr so beliebt war wie früher, und so schrieb sie am 21. Februar erneut an den Protektor und bat ihn, eine Kundmachung in die Grafschaften zu senden, daß die Gerüchte nichts als Lügen seien.

Ihre andere Sorge galt Mrs. Ashley, die zusammen mit ihrem Gatten und Parry immer noch in Haft war, und so schrieb Elisabeth am 7. März einen weiteren Brief an den Protektor, bedankte sich, daß bezüglich der Verleumdungen eine Kundmachung erlassen worden sei, und legte Fürsprache ein für die Ashleys, besonders für Kate.

Die Märztage vergingen einer nach dem andern.

Der Schnee taute, und im Park blühten Schneeglöckchen und Krokusse.

Der 21. März war ein warmer, sonniger Frühlingstag, und Elisabeth verspürte Lust auszureiten. Der Schnee war inzwischen restlos getaut, und sie sah erstaunt, daß die Forsythien anfingen zu blühen.

Es ist Frühling, dachte sie, und Thomas lebt, wir haben beide überlebt, das Parlament hat ihn also nicht verurteilt, Cecil hätte mich bestimmt darüber informiert, Thomas lebt, vielleicht... Und während sie zum Schloß zurückritt, keimte eine leise Hoffnung in ihr.

Als sie die Halle betrat, ging Tyrwhitt dort auf und ab, während seine Frau einen Brief las.

»Ah, da seid Ihr, Euer Gnaden, es gibt Neuigkeiten.«

In diesem Augenblick trat Lady Tyrwhitt zu ihrem Gatten, und Elisabeth spürte, daß das Paar sie neugierig betrachtete.

»Was habt Ihr für Neuigkeiten, Mylord?«

»Gestern, am 20. März, wurde Lordadmiral Seymour hingerichtet. Kurz vorher fand man Briefe bei ihm, sie waren an Euer Gnaden und an Lady Maria gerichtet, er forderte Euch auf, sich gegen den Lordprotektor zu erheben, bevor es zu spät sei.«

Es dauerte einige Sekunden, bis Elisabeth begriffen hatte, daß Thomas nicht mehr lebte, und der Schock war derart, daß sie nur ein Gefühl der inneren Leere empfand, gleichzeitig wurde sie von dem Gedanken beherrscht: Man darf mir nichts anmerken, ich darf jetzt kein Gefühl zeigen.

»Wann wurde das Urteil gefällt, Mylord?«

»Am 4. März, Euer Gnaden.«

»Wie lautete die Anklage, Mylord?«

Tyrwhitt nahm den Brief: »Der Parlamentsakt nominiert als Schuldbeweise: den Versuch, sich des Königs Person und damit der Regierung zu bemächtigen; die Anhäufung von Geld und Lebensmitteln; sein Trachten, Lady Elisabeth, die Schwester des Königs zu heiraten, und schließlich sein Versuch, den minderjährigen König dahin zu bringen, allein regieren zu wollen.«

»Hat Seine Majestät sich zum Urteil geäußert?«

»Ja, er sagte: ›Wir sehen, daß es der Dinge viele sind, die man Unserem Oheim, dem Lordadmiral, zur Last legt, und daß diese einem Hochverrate bedenklich nahekommen. Gerechtigkeit muß sein, und Wir wollen Euch nicht hindern, Eurem Wunsche gemäß zu verfahren.‹«

»Ach«, seufzte Lady Tyrwhitt gerührt, »er war sicher artig anzusehen und vorzüglich in seinen Reden.«

»Viel Verstand und wenig Urteilskraft«, sagte Elisabeth und ging nach oben.

Die Tyrwhitts sahen ihr verblüfft nach.

»Was für ein kühler Ton«, sagte Lady Tyrwhitt nach einer Weile, »ich denke, sie hat ihn geliebt, entweder ist sie ein sprödes Geschöpf, oder sie verstellt sich.«

»Beides, meine Liebe«, erwiderte Sir Robert.

Elisabeth stand in ihrem Zimmer am Fenster und sah hinaus in den Frühlingsnachmittag. Thomas war tot, ihre Leute immer noch im Tower, die Tyrwhitts waren immer noch in Hatfield, diese Verhältnisse würden sich wahrscheinlich bald ändern, aber Thomas, es war endgültig aus, vorbei, ein Abschnitt ihres Lebens war abgeschlossen, und jetzt, als die unerträgliche Spannung der letzten Wochen und Monate nachließ, jetzt dachte sie zum ersten Mal darüber nach, ob sie ihn wirklich geliebt hatte, oder ob es nicht doch nur eine Schwärmerei gewesen war oder ein Traum, bedingt durch ihr abgeschiedenes Leben seit dem Tod des Vaters.

Und Thomas? Was hatte er für sie empfunden? Er hat zweimal versucht, eine Erbin des Thrones zu heiraten, er hat gegen den Protektor gearbeitet, folglich hat politischer Ehrgeiz in erster Linie seine Gefühle bestimmt, vielleicht nicht ganz, er hat gewiß Zuneigung für mich empfunden, aber Liebe? Nein, dachte sie, er hat mich nicht geliebt, er hat mich begehrt... Sie fühlte sich enttäuscht und fragte sich zum ersten Mal, ob sie an seiner Seite glücklich geworden wäre.

Am nächsten Tag überbrachte ein Bote die Nachricht, daß Eduard seine Schwester zwei Jahre lang nicht bei Hof empfangen werde.

»Diese Verbannung stört mich weiter nicht«, sagte Elisabeth zu Ascham, »ich brauche Zeit und Ruhe, um Abstand zu gewinnen, ich werde meine Studien betreiben, und wenn Ihr in die Haupstadt reitet, hört ihr ja, was es Neues gibt. Könntet Ihr morgen nach London reiten? Ich hätte gerne eine neue Laute.«

Als Ascham am andern Morgen aufbrechen wollte, übergab Elisabeth ihm einen Brief.

»Ein paar Zeilen für Mr. Cecil, ich bin ihm zu Dank verpflichtet.«

IX

Der 17. März 1551 war ein milder, sonniger Frühlingstag. In London blieben an jenem Morgen viele Läden und Handwerksbetriebe geschlossen, weil ihre Besitzer, begleitet von Frauen, Kindern, Lehrlingen und Dienstboten, zu bestimmten Straßen eilten, um einen Platz in der ersten Reihe zu ergattern.

Die Hausbesitzer in jenen Straßen hatten schon seit Tagen ihre Fenster an wohlhabende Kaufleute vermietet, damit diese, unbelästigt von den Gerüchen des Volkes und dem Lärm der fliegenden Händler jenes einmalige Schauspiel erleben konnten: der feierliche Einzug von Lady Prinzessin Elisabeth in London und ihr Ritt durch die Straßen der Hauptstadt nach Whitehall zum ersten offiziellen Besuch am Hof Eduards VI.

Einige der Zuschauer erinnerten sich dunkel daran, sie als Kind erblickt zu haben, wenn sie von Whitehall zu einem der anderen Schlösser ritt, aber die meisten im Volk hatten sie noch nie gesehen, und ihre Neugier wurde gesteigert über das, was man über sie wußte: Sie war die Tochter der hochmütigen Anna Boleyn, sie war mit Thomas Seymour fast verlobt gewesen, sie war Protestantin und, was man so hörte, liebte und achtete der junge König seine Halbschwester.

Man rechnete nach, daß sie jetzt siebzehneinhalb Jahre alt war, und mutmaßte, daß der Rat sie bald verheiraten würde. Die neugierige Menge mußte sich bis zum Mittag gedulden, ehe sie Elisabeth Tudor sah, und als es endlich soweit war, hörte man nur Rufe der Bewunderung. Die alten Leute fanden, sie sehe ihrem Großvater Heinrich VII. ähnlich, und eine junge Frau rief: »Sie hat die rötlich-blonden Haare ihres Vaters geerbt, sie sitzt so stolz im Sattel wie er, sie ist eine echte Tudor«, sie hob ihren Sohn hoch, damit er König Heinrichs Tochter zuwinke.

Elisabeth blickte auf den Pferdehals und versuchte, ihre Erregung zu verbergen, sie hatte nicht damit gerechnet, daß die Straßen Londons dicht gesäumt waren mit Zuschauern, aber sie merkte, daß die unzähligen Augenpaare bewundernd und wohlwollend auf ihr ruhten, und atmete erleichtert auf. Ihr Ruf hatte anscheinend durch die Seymour-Affäre nicht gelitten.

In diesem Augenblick sah sie den winkenden Jungen, hielt bei der Mutter und fragte nach dem Alter des Kindes, aber bevor diese antworten konnte, rief jemand: »Hoch lebe Lady Prinzessin Elisabeth!« In dieser Sekunde war der Bann gebrochen, und die Worte eilten durch die Straßen der Hauptstadt. Elisabeth lächelte die Mutter an, strich dem Kind über die Haare und ritt weiter.

»Donnerwetter, was ein hübsches Mädchen«, sagte einer der Männer, »habt ihr die schmalen Hände gesehen? Sie ist groß und gut gewachsen, ein bißchen flachbrüstig, aber die Haltung ist königlich.«

»Wie schlicht sie gekleidet war«, bemerkte eine der Frauen, »ein schwarzer Samtmantel, darunter ein einfaches Kleid aus grünem Tuch und eine schmucklose schwarze Haube.«

»Ihr Gefolge ist auch nicht herausgeputzt«, sagte die Nachbarin und begann die Damen und Herren zu zählen, die hinter Elisabeth ritten, und kam auf zweihundert Leute.

Der offizielle Empfang in Whitehall war für den 19. März vorgesehen, und so schlug Elisabeth den Weg zum St. James Palace ein, wo sie während ihres Londoner Aufenthaltes wohnen sollte.

Als sie im Hof absaß und die rötliche Ziegelfassade betrachtete, dachte sie daran, daß ihr Vater dieses Schloß einst für Anna Boleyn hatte umbauen lassen, und sie erinnerte sich, daß der Kamin im Audienzsaal mit einem Liebesknoten und den verschlungenen Intialen H und A geschmückt war; während ihrer Kindheit war sie nur selten hier gewesen, und sie war froh, daß dieses Schloß nur mit wenigen, verschwommenen Erinnerungen verbunden war, Erinnerungen konnten belastend sein, und sie wollte die Zeit bis zur Audienz nutzen, um sich innerlich auf die Begegnung mit dem königlichen Bruder vorzubereiten und sich auf die Zukunft einzustellen.

Als sie zu ihren Gemächern ging, dachte sie etwas wehmütig an die zwei verflossenen beschaulichen Jahre in Hatfield zurück. Die Hinrichtung des Mannes, den sie geliebt und die damit verbundenen Aufregungen hätte ihr Körper nicht verkraftet: sie war krank geworden, und der erschrockene Lordprotektor hatte die Ärzte Dr. Bill und Dr. Wendy nach Hatfield gesandt.

Während jener Wochen waren auch die Ashleys und Parry zurückgekehrt, und unter Kates liebevoller Betreuung war sie allmählich genesen.

Lady Tyrwhitt lebte nach wie vor im Schloß, aber ihre Anwesenheit störte nicht weiter, im Gegenteil, Elisabeth hatte im Lauf der Zeit bemerkt, daß Lady Tyrwhitt eine belesene Gesprächspartnerin war.

Im Herbst jenes Jahres 1549 hatte es eine Auseinandersetzung zwischen Parry und Ascham gegeben, und letzterer verließ Hatfield.

Sie hatte den Verlust des Lehrers, der fast ein Freund geworden war, sehr bedauert, andererseits fühlte sie sich erwachsen genug, um selbständig ihre Studien weiter zu betreiben.

Im Jahr 1550 hatte der Rat ihr endlich die Besitztümer übereignet, die ihr gemäß dem väterlichen Testament zustanden, und sie hatte sofort einige Güter in Lincolnshire gegen Hatfield eingetauscht, so wurde das Schloß der Kindheit ihr Eigentum.

Als sie begann, sich mit der Verwaltung der Ländereien zu beschäftigen, fehlte ein kundiger Berater. Sie bat Cecil, ihr zu helfen, ernannte ihn zum Oberaufseher und war etwas enttäuscht, als er um die Erlaubnis bat, die Kleinarbeit von einem Stellvertreter erledigen zu lassen, da er selbst kurz vor seiner Ernennung zum Staatssekretär stehe und keine Zeit habe, sich voll der Güterverwaltung Ihrer Gnaden zu widmen.

Staatssekretär, überlegte Elisabeth, wer hätte das gedacht, schließlich hatte Cecil zusammen mit dem Lordprotektor einige Monate im Tower verbracht. Die innenpolitische Entwicklung während jener Jahre war aufregend gewesen, und sie hatte mit einer gewissen Genugtuung den Sturz des Lordprotektors verfolgt: Er war größenwahnsinnig geworden, hatte Kapellen niederreißen lassen, um am Strand einen neuen Palast zu bauen. Im Sommer des Jahres 1549 war das ›Book of Common Prayer‹ erschienen, das Gottesdienste in englischer Sprache befahl und katholische Messen verbot. Daraufhin hatte es in Cornwall einen Aufstand gegeben und fast gleichzeitig im Norden, in Norfolk, unter der Führung des Bauern Ket. Kets Rebellion hatte nichts mit dem ›Common Prayer Book‹ zu tun, sondern war ein Versuch, die Unterstützung der Regierung gegen die herrschende Klasse zu gewinnen, die wieder rücksichtslos die Einzäunungen vorantrieb.

Beide Aufstände waren gewaltsam niedergeschlagen worden, wobei John Dudley, Graf von Warwick, sich besondere Verdienste erworben hatte.

Jene innenpolitischen Unruhen hatten entscheidend zum Sturz des Lordprotektors beigetragen. Die Ratsmitglieder waren nacheinander zu Warwicks Partei gewechselt, und im Oktober 1549 wurden der gute Herzog, Cecil und einige andere verhaftet und im Tower interniert, im Februar 1550 entließ man sie, legte ihnen aber Geldbußen auf. Im Frühling wurde der Lordprotektor wieder in den Staatsrat aufgenommen, erhielt einen Teil seiner Besitzungen zurück, und im Sommer schlossen er und Warwick Frieden und besiegelten ihn durch eine Heirat: Am 3. Juni ehelichte Warwicks ältester Sohn John des Protektors Tochter Anna. Einen Tag später, am 4. Juni, fand in Schloß Sheen eine zweite Heirat statt: Robin heiratete Amy Robsart. Elisabeth spürte einen leichten Stich, wie vor Monaten, als sie die Neuigkeit gehört hatte.

Robin, überlegte sie, ist jetzt erster Kammerherr meines Bruders und Oberhofjägermeister. Ich werde ihn während meines Aufenthaltes hier wahrscheinlich oft sehen und seine Frau ebenfalls, und sie merkte verwundert, daß sie auf Amy eifersüchtig war, wie albern, dachte sie, schob die Gedanken an das junge Paar zur Seite und überlegte, warum der Graf von Warwick sie so überraschend eingeladen hatte, nach London zu kommen.

Einige Wochen zuvor hatte Parry aus der Hauptstadt eine Neuigkeit mitgebracht, die sie zutiefst beunruhigte: Der Graf von Warwick, der, trotz der Versöhnung mit Seymour, jetzt der mächtigste Mann im Staat war – ohne den Titel des Lordprotektors angenommen zu haben –, der Graf wollte sie unbedingt verheiraten, angeblich mit dem dänischen Kronprinzen. In der ersten Aufregung hatte sie dem Grafen mitteilen wollen, daß sie diese Verbindung ablehne, aber nachdem sie in Ruhe darüber nachgedacht, erschien es ihr sinnvoller zunächst abzuwarten; man mußte sie um ihre formelle Zustimmung bitten, dann konnte sie immer noch ihre Einwilligung verweigern. Sie wollte nicht mit einem Mann verheiratet werden, den sie nicht kannte, und vor allem wollte sie keinen Ausländer heiraten und England verlassen, nicht jetzt, in einem Augenblick...

Sie blieb stehen und sah sich um: Sie war in einem langen Gang, dessen Fenster zur Parkseite lagen. Sie ging zu einem dieser Fenster und sah hinaus: Dort drüben, dachte sie, liegt Whitehall, gegenüber ist Westminster Abbey, wo die englischen Könige gekrönt werden..., und sie begann über ein Problem nachzudenken, das sie seit Wochen beschäftigte, seit jenem Moment, als sie von verschiedenen Seiten hörte, daß des Königs Gesundheitszustand sehr labil sei. Wenn er ohne Nachkommen vor Maria stirbt, überlegte sie, was Gott verhüten möge, wird Maria Königin und England wieder katholisch, nun gut, auch das werde ich überleben, aber nach menschlichem Ermessen stirbt Maria vor mir ohne Nachkommen – es ist unwahrscheinlich, daß sie noch heiratet –, und dann, dann...

»Königin von England«, sagte sie leise, »Elisabeth I. von England.«

Der Gedanke machte sie glücklich, sie wollte dieses Land regieren, wie zuvor ihr Vater und Großvater, weil sie überzeugt war, daß sie regieren konnte. Diese Überzeugung war in ihr gereift, seit sie ihre Ländereien verwaltete. Sie kümmerte sich um jede Kleinigkeit, daß die Pächter die Bauern nicht ausbeuteten, versuchte, die Erträge zu steigern, und vor allem wirtschaftete sie sparsam, auch im eigenen Haushalt. Zum Frühstück ließ sie nach wie vor Heringe und gewürztes Bier servieren und nicht Schokolade, wie es in einigen Palais der Wohlhabenden am Strand üblich war. Die neue Importware Kakao war ihr zu teuer.

Am wichtigsten aber, überlegte sie im Weitergehen, ist die Liebe des Volkes, die Engländer mögen mich, meinen Bruder respektieren sie, weil er König ist, lieben sie ihn auch, wie sie meinen Vater geliebt haben? Wahrscheinlich nicht, er ist ihnen zu fremd.

Sie hatte Eduard zuletzt als Kind gesehen, inzwischen war er dreizehneinhalb Jahre und fast schon ein junger Mann. Während ihrer Verbannung vom Hofe waren Briefe zwischen ihnen gewechselt worden, und einmal hatte sie ein Bild von sich beigefügt.

Als sie sich an den Wortlaut jenes Briefes erinnerte, mußte sie unwillkürlich lächeln:

...fügt Euer Majestät, nicht zufrieden mit den mir zuvor erwiesenen Wohltaten und Freundlichkeiten, wieder eine neue hinzu, indem Ihr wünscht und bittet, wo Ihr gebieten und befehlen könntet, und etwas von mir begehrt, das an sich selber nicht begehrenswürdig ist, sondern erst durch Euer Hoheit Ersuchen würdig gemacht wird. Ich meine mein Bild; und ich würde das Gebot nicht abgewartet haben, sondern ihm zuvorgekommen sein und wäre nicht die Letzte im Gewähren, sondern die Erste im Darbringen gewesen, wenn die innere gute Gesinnung gegen Euer Gnaden so deutlich darin zum Ausdruck käme, wie das äußere Gesicht und die äußere Erscheinung dargestellt sind. Denn das Gesicht würde ich wahrlich nur mit Erröten darbringen, aber der Gesinnung würde ich mich niemals schämen...

Welch ehrerbietiger, ehrfurchtsvoller Ton, dachte sie, aber ich will mir Eduards Zuneigung und Gunst erhalten, einfach, weil er unter Warwicks Einfluß steht; solange Eduard mir gut gesonnen ist, kann Warwick mir nicht gefährlich werden, weil die letzte Entscheidung beim König liegt.

Warwick wollte sie vielleicht zur Heirat überreden, darüber hinaus war er wahrscheinlich neugierig auf die protestantische Schwester des Königs, die ihm nicht soviel Schwierigkeiten bereitete wie die katholische Maria. Sie wird morgen hier eintreffen, dachte Elisabeth, und man wird ihr keinen freundlichen Empfang bereiten, im Gegenteil, sie muß vor dem Rat Rechenschaft ablegen, warum sie immer noch in ihren Schlössern die Messe lesen läßt, obwohl dies seit zwei Jahren verboten ist.

Elisabeth korrespondierte auch mit der Schwester und las zwischen den Zeilen, daß diese nach wie vor dem katholischen Glauben anhing. Daran wird sich auch nichts ändern, überlegte sie, im übrigen ist die Religion eine persönliche Angelegenheit, sie kann glauben, was sie für richtig hält, warum arrangiert sie sich nicht mit der Regierung? Warum lehnt sie einen protestantischen Gottesdienst in der englischen Sprache ab? Sie hat mit Warwick deswegen nur Schwierigkeiten gehabt, und als sie ihren Cousin Karl V. um Hilfe bat, hat dieser mit einer Kriegserklärung gedroht, falls man Maria nicht in Ruhe ließe. Daraufhin tolerierte man zwar stillschweigend die Messen in Wanstead und Beaulieu, aber das Problem war dadurch nicht gelöst, jetzt muß sie sich vor dem Rat verantworten; wie kann man nur so fanatisch und engstirnig sein, aber vielleicht hängt es mit dem Alter zusammen, sie ist jetzt fünfunddreißig.

Als sie ihre Gemächer betrat, waren die Kammerfrauen – unter Lucys Oberaufsicht – damit beschäftigt, Kleider, Wäsche und Pelze auszupacken.

»Euer Gnaden«, fragte Lucy, »was wollt Ihr zur Audienz bei Seiner Majestät anziehen?«

Elisabeth legte den Mantel ab und betrachtete unschlüssig ihre Roben.

»Suche eines aus, Lucy, es spielt keine Rolle, welches Kleid ich übermorgen trage, sie sind alle gleich schlicht, wie gerne würde ich manchmal kostbar und prunkvoll gekleidet sein, aber man muß sich anpassen.«

»Was haltet Ihr von dem blauen Kleid, Euer Gnaden, Ihr könntet den schwarzen Flohpelz dazu tragen.«

»Blau und Schwarz? Nein! Richte das weiße Kleid, Weiß und Schwarz sieht eleganter aus, als Schmuck könnte ich die Perlenkette tragen und die acht Rubinringe, das genügt.«

»Acht Ringe, Euer Gnaden?«

»Warum nicht? Ich habe schöne Hände, äußerliche Vorteile muß man zur Geltung bringen, und das schwarze Haarnetz mit den Goldfäden kannst du noch mit einer Goldborte verzieren.«

Warwick soll ruhig merken, dachte sie, daß ich die Schlichtheit nur bis zu einem gewissen Punkt akzeptiere.

Als Elisabeth am frühen Nachmittag des 19. März den Thronsaal in Whitehall betrat, bekam sie Herzklopfen. Der Hofstaat hatte sich an den Längsseiten versammelt, und während sie zum Thron schritt, spürte sie, daß alle Augen ihr neugierig folgten und nur auf einen Etikettefehler lauerten.

Sie hatte den Hofknicks am Tag vorher noch einmal geübt, und als sie vor dem Thron stand, konzentrierte sie sich nur auf diese Zeremonie.

Erst als sie sich langsam erhob, bemerkte sie ihren Bruder auf dem Thronsessel und erschrak. Er war während der vergangenen Jahre natürlich gewachsen, aber er sah schmal und kränklich aus und ähnelte nicht mehr dem rundlichen Kind von einst. Sie fand, daß er wie eine steife Puppe auf dem Thron saß, fragte sich, ob er wirklich ein Tudor war, und erinnerte sich schmerzlich an die majestätische Erscheinung ihres Vaters. Erst jetzt bemerkte sie die Personen, die neben dem Thron standen: William Cecil, der sich äußerlich kaum verändert hatte, seit sie ihn in Chelsea gesehen, hinter ihm ein großer, schlanker Mann mit einem schmalen Gesicht, dessen Augen sie liebenswürdig und verschlossen zugleich anblickten, sie schätzte ihn auf ungefähr fünfzig Jahre und erinnerte sich dunkel an John Dudley, den sie als Kind hin und wieder bei Hof gesehen hatte, neben ihm stand – und sie merkte, daß sie Herzklopfen bekam -, neben ihm stand sein Sohn Robert.

Er sieht seinem Vater ähnlich, dachte Elisabeth, was für ein gutaussehender junger Mann Robin geworden ist, der Spitzbart steht ihm gut, eine von den hier anwesenden Damen ist seine Frau, im gleichen Augenblick hörte sie die Stimme des Bruders: »Seid Ihr gut untergebracht im St. James Palace, liebe Schwester?«

»Ja, Majestät.«

»Es gibt Probleme, da möchte ich Eure Meinung hören.«

»Gewiß, Majestät.«

»Das ›Common Prayer Book‹ wird zur Zeit überarbeitet, was haltet Ihr davon?«

»Ich hoffe, daß der Protestantismus in unserem Land dadurch gefördert wird, Majestät.«

Eduard nickte zufrieden und überlegte, was er noch sagen oder fragen konnte, aber es fiel ihm nichts ein, und so stand er auf.

»Ich möchte Euch etwas zeigen, liebe Schwester, folgt mir in mein Arbeitszimmer«, und zu Cecil und den beiden Dudleys: »Ihr auch.«

Im Arbeitszimmer führte er Elisabeth zu einem Tisch, wo Pinsel, Federn und beschmutztes Papier lagen, nahm eines der Blätter und zeigte es ihr mit sichtlichem Stolz.

Sie erblickte eine Malerei in Rot und Gold und überlegte, was hier dargestellt war.

»Seht, liebe Schwester, daran habe ich heute vormittag gearbeitet; es ist das Titelblatt für mein Tagebuch, mit dem Wappen von England.«

»Es ist schön, Bruder, wie geschickt Ihr seid«, sagte Elisabeth und hoffte, daß er ihre Heuchelei nicht bemerkte, die Zeichnung war so dilettantisch, daß sie Leoparden, Lilien und Krone nur mit Mühe erkannte.

»Die Leoparden sind schwer zu zeichnen«, sagte Eduard seufzend, »aber Robert wird mir helfen, er hat auch die Ereignisse meiner ersten drei Regierungsjahre nach Diktat aufgezeichnet, seht, schreibt er nicht schön?« Und er reichte ihr ein dickes Heft mit rauhem Papier.

»Ab 1550«, fuhr Eduard fort, »habe ich selbst die Ereignisse eines jeden Tages aufgeschrieben, das ist schwierig, weil manchmal überhaupt nichts passiert.«

Elisabeth nahm das Tagebuch und blickte gebannt auf die Buchstaben, wie regelmäßig Robin schreibt, dachte sie, leicht schräg nach rechts, das Schriftbild paßt zu seiner äußeren Erscheinung, und sie versuchte, es sich einzuprägen. Unterdessen schmiegte Eduard sich an sie und wiederholte einige Male, wie glücklich er sei, die liebe Schwester endlich wiederzusehen.

Elisabeth blätterte langsam eine Seite nach der anderen um, spürte, daß Warwicks Augen auf ihr ruhten, und fühlte sich unbehaglich.

Was mochte in ihm vorgehen?

Der Graf hatte sie zuletzt als Kind gesehen und war angenehm überrascht von ihrer aparten Erscheinung. Kein Wunder, dachte er, daß Lordadmiral Seymour sie heiraten wollte, die würde mir auch gefallen. Wie wenig sie der Halbschwester ähnelt, aber sie hatten eben grundverschiedene Mütter. Die Tochter der Boleyn wirkt auch in schlichten Kleidern elegant, die Tochter der Spanierin hingegen geschmacklos herausgeputzt in ihren Prunkgewändern, sie ist ein schreckliches Frauenzimmer, dieser Auftritt gestern vor dem Rat, unerhört, wie ein sturer Bock hat sie auf ihrer Messe bestanden, wenn man sie nur auf schickliche Art abschieben könnte, aber je älter sie wird, desto schwieriger wird es, dieses fade Geschöpf zu verheiraten. Bei Elisabeth dürfte die Eheschließung kein Problem sein, wenn es mit Dänemark nicht klappt oder sie den Prinzen ablehnt, kann man ihr andere Kandidaten offerieren, die Söhne des Herzogs von Sachsen oder einen italienischen Fürsten, man wird sehen. Sie ist jung und gesund, überlegte Warwick, steht an zweiter Stelle in der Thronfolge, er mußte, bedingt durch Eduards labile Gesundheit und den großen Altersunterschied zwischen den Geschwistern, damit rechnen, daß sie vielleicht eines Tages den Thron bestieg, und diese Perspektive war für ihn persönlich wenig verlockend, bei der Seymour-Affäre hatte sie gezeigt, aus welchem Holz sie geschnitzt war, und hier am Hof hielt sie bestimmt die Augen offen, und niemand würde wissen, was hinter der hohen, weißen Stirn vorging.

Er beschloß, seinen ganzen männlichen Charme aufzubieten, er würde ihr liebenswürdig begegnen und den Höflingen signalisieren, daß die Tochter der Boleyn mit Respekt und Ehrerbietung zu behandeln war. Vielleicht konnte er sie für sich einnehmen und, wenn dies glückte, mit einem ausländischen Fürsten verheiraten, dann war er sie los. Er ahnte nicht, daß auch die Gedanken seines Sohnes Robert um Elisabeth kreisten, allerdings interessierte ihn nur die äußere Erscheinung und nicht die politische Rolle des jungen Mädchens.

Robert betrachtete die schlanke Gestalt mit unverhohlener Bewunderung, und in seiner Phantasie streifte er den schwarzen, golddurchwirkten Schleier von ihrem Haar und berührte es vorsichtig mit der Hand; er dachte an die Gerüchte, die seinerzeit über sie und Thomas Seymour verbreitet wurden, er überlegte, ob sie noch Jungfrau war, und bedauerte, daß er dieses Geheimnis nie erfahren würde.

Cecils Augen ruhten auf den Geschwistern, er verglich sie und fand, daß Heinrichs Sohn kein Herrscher war und wahrscheinlich auch keiner werden würde, vor dem man automatisch das Knie beugte, wie vor seinem Vater. Es gibt Momente, dachte Cecil, da ist der König noch ein richtiges Kind, zum Beispiel jetzt, er schmiegt sich wie ein liebebedürftiges Kätzchen an die Schwester, bei gewissen Anlässen spielt er, anders kann man es nicht bezeichnen, er spielt den Herrscher, erwartet, daß alle in Ehrfurcht vor seinen hochtrabenden, gelehrten Worten erstarren, er läßt sich bewundern und huldigen und merkt nicht, daß er sich damit lächerlich macht. Warwick behandelt den König geschickt, läßt ihn glauben, daß er regiert, und gewinnt dadurch immer mehr Einfluß auf ihn, ob Eduard jemals fähig ist, selbständig zu denken, zur Zeit glaubt er alles, was Warwick ihm erzählt. Die dänische Heirat kann ich vielleicht verhindern, ohne daß der Graf etwas merkt, aber damit ist dieses leidige Eheproblem nicht gelöst; Elisabeth darf jetzt nicht verheiratet werden, sie muß in England bleiben, er seufzte innerlich, betrachtete das junge Mädchen und erinnerte sich, was Ascham zu ihm gesagt hatte: ›Es ist schwer zu sagen, ob die Gaben der Natur oder die des Glückes bei meiner erlauchten Herrin mehr zu bewundern sind. Aristoteles' Lob trifft ganz auf sie zu: Schönheit, Gestalt, Klugheit und Fleiß.‹ Sie zeige für ihr Alter eine erstaunliche Würde und Anmut, sie bemühe sich eifrig um den wahren Glauben, ihr Lerneifer sei groß. Ihr Geist kenne keine weibliche Schwäche, ihre Beharrlichkeit stehe der des Mannes nicht nach, er habe tagtäglich von Elisabeth mehr gelernt als sie von ihm. ›Ich lehre sie Worte, und sie lehrt mich praktische Dinge. Ich lehre sie fremde Sprachen, und ihr bescheidenes, mädchenhaftes Wesen lehrt mich, was ich zu tun habe. Ich glaube, in ganz Europa hat niemand bessere Anlagen als sie.‹

In diesem Augenblick sah er hinüber zu Robert, stutzte und amüsierte sich im stillen; sieh' an, dachte er, der junge Dudley scheint für Elisabeth etwas übrig zu haben, in seinem Gesicht kann man lesen wie in einem offenen Buch; es ist gut, daß der Graf dies nicht sieht, das Interesse für die Schwester des Königs würde ihm nicht gefallen.

Elisabeth schloß das Heft, sah auf und bemerkte für den Bruchteil einer Sekunde Roberts Augen, bevor er verlegen die Wimpern senkte. Sie freute sich über den Blick des jungen Mannes, und als sie das Tagebuch auf den Tisch legte, leuchteten ihre Augen auf, was keiner bemerkte außer Cecil. Die jungen Herrschaften scheinen sich zu mögen, dachte er, das gefällt mir überhaupt nicht, Robert ist verheiratet, wenn er die Augen zur Schwester des Königs erhebt, wird es Komplikationen geben, es leben weiß Gott genug junge, hübsche Mädchen am Hof, mit denen er sich amüsieren kann, und Elisabeth sollte aus der Seymour-Affäre etwas gelernt haben; ihr Rang erfordert es, daß sie ihre Gefühle dem Verstand unterordnet, und er beschloß, bei passender Gelegenheit diskret darauf hinzuweisen.

»Für Eure Nachkommen, Bruder«, sagte Elisabeth, »ist dieses Tagebuch interessant.«

Was für eine Zeitverschwendung, dachte sie, über alle politischen Entscheidungen gibt es Korrespondenzen und Berichte.

»Ich vermisse Maria, ist sie nicht gekommen?«

»Sie ist gestern sofort wieder nach Wanstead zurückgeritten, Gott sei Dank, ihre Anwesenheit ist peinlich, ich bin froh, daß ich sie nicht empfangen habe, stellt Euch vor, Schwester, an ihrem Gürtel hing ein Rosenkranz, ihr Gefolge war mit Kreuzen dekoriert, Kreuz und Rosenkranz an meinem Hof, das ist schon fast Majestätsbeleidigung! Sie war von Kopf bis Fuß mit Schmuck behängt und in Silber- und Goldbrokat gekleidet, vor dem Rat benahm sie sich wie ein störrischer Esel«, und zu Warwick: »Erzählt Lady Elisabeth, was passiert ist, Mylord.«

Warwick verbeugte sich vor Elisabeth, dachte einige Sekunden nach und fing an zu berichten: »Euer Gnaden, Lady Maria traf gestern – am 18. – in Whitehall ein und wurde mit den gebührenden Ehren vor den versammelten Rat geleitet. Wir teilten ihr mit, daß Seine Majestät das Lesen der Messe in ihrem Haushalt bis jetzt geduldet habe, in der Hoffnung, daß sie irgendwann den Gesetzen des ›Common Prayer Book‹ gehorchen würde. Da sie sich anscheinend nicht unterwerfen wolle, untersage man ihr für die Zukunft das Lesen der Messe, einmal, weil man um ihr Seelenheil fürchte, zum andern, weil sie dem Volk ein schlechtes Beispiel gebe, wenn sie als des Königs Schwester die Wünsche Seiner Majestät ignoriere, ihre Haltung könne dazu führen, daß auch andere Untertanen dem König den Gehorsam verweigerten. Lady Maria erwiderte, daß ihre Seele Gott gehöre und daß sie ihre Ansicht und ihren Glauben nie ändern würde. Wir erklärten ihr, daß wir nicht ihren Glauben beeinflussen wollten, sondern nur forderten, daß sie dem König gehorche. Unsere Versuche waren umsonst, weder versöhnliche Worte noch Drohungen beeindruckten sie, sie blieb verstockt, und so ließen wir sie schließlich gehen.«

»Eine unangenehme Geschichte«, sagte Eduard, »wie würdet Ihr gegen Maria vorgehen, Schwester?«

Elisabeth überlegte eine Weile und erwiderte vorsichtig: »Man sollte sie in Ruhe lassen. Es ist zwecklos, sie zum Protestantismus zu zwingen, innerlich wird sie immer Katholikin bleiben, und mit Heuchlern ist dem neuen Glauben nicht gedient, Bruder.«

Er sah sie zweifelnd an, Warwick aber sagte: »Ich bin derselben Meinung wie Ihr, Euer Gnaden, mit Heuchlern ist uns nicht gedient, andererseits muß man bedenken, daß es immer noch katholische Hochburgen gibt, zum Beispiel in Norfolk, wenn Lady Maria offiziell zum Protestantismus übertreten würde, wären die Katholiken vielleicht bereit, ihrem Beispiel zu folgen, und wir hätten außenpolitisch weniger Schwierigkeiten.«

»Man müßte Maria ins Ausland verheiraten«, sagte Eduard, »aber das ist schwierig wegen ihres Alters, bei Euch, liebe Schwester, ist es einfacher. Ich habe eine glänzende Partie für Euch ausgesucht, Ihr werdet den dänischen Kronprinzen heiraten«, und zu Cecil: »Ihr müßt die Verhandlungen beschleunigen, das dauert alles schon viel zu lange.«

»Selbstverständlich, Majestät, allerdings ist die Frage der Mitgift immer problematisch.«

»Ich will, daß Elisabeth bald heiratet, das ist doch auch Euer Wunsch, Schwester?«

Sie spürte, daß ihr Herz langsam absackte, und erwiderte hastig: »Es ist mein sehnlichster Wunsch, und ich danke Euch, Bruder, daß Ihr so fürsorglich an meine Zukunft denkt.«

Gütiger Himmel, dachte sie entsetzt und beschloß, Cecil in den nächsten Tagen einen Wink zu geben.

»Majestät«, mahnte Warwick, »der Gottesdienst beginnt in einer halben Stunde«, und zu Elisabeth: »Anläßlich Eures ersten Besuches bei Hof hat Seine Majestät einen besonderen Gottesdienst gewünscht.«

»Stellt Euch vor, liebe Schwester«, unterbrach Eduard den Grafen, »Erzbischof Cranmer hat sich bereit erklärt, zwei Stunden lang in

Westminster Abbey vor dem versammelten Hof zu predigen, ist das nicht wunderbar?«

Elisabeth glaubte nicht richtig gehört zu haben, erwiderte aber lächelnd: »Es ist eine große Ehre für mich, und ich freue mich sehr.«

Wenn Eduard wüßte, dachte sie, daß der Pfarrer in Hatfield nur zwanzig Minuten predigen darf und an Feiertagen höchstens eine halbe Stunde, wenn er wüßte, daß ich den Pfarrer unterbreche, wenn ich glaube, daß er Unsinn redet, dann müßte ich wahrscheinlich auch vor dem Rat Rechenschaft ablegen, und sie beschloß, wenn es ihr zu langweilig wurde, darüber nachzudenken, wie sie noch rationeller wirtschaften konnte. Roberts Frau wird auch bei dem Gottesdienst anwesend sein, ging es ihr durch den Kopf, ob sie hübsch ist?

Wenn Cranmer zwei Stunden salbadert, überlegte Warwick, kann ich in Ruhe noch einmal über die Einzelheiten der Finanzreform nachdenken.

Cecil war ebenfalls wenig entzückt über den zweistündigen Gottesdienst, er hörte Cranmer ganz gerne predigen, fand aber, daß eine Stunde genügte, und beschloß, darüber nachzudenken, wie man für die Dänen die Frage der Mitgift juristisch so formulieren konnte, daß niemand mehr wußte, worum es eigentlich ging.

Abgesehen von Eduard war Robert Dudley der einzige, der sich auf den Gottesdienst freute, weil er zwei Stunden lang Elisabeth betrachten konnte.

Als Elisabeth am Nachmittag des folgenden Tages in Whitehall eintraf, begegnete sie im Hof Cecil. Sie unterhielten sich während einiger Minuten über belanglose Dinge, wobei Cecil spürte, daß Elisabeth etwas belastete.

»Ich muß erst in einer Stunde bei meinem Bruder sein und möchte vorher noch ein bißchen im Schloßgarten spazierengehen, habt Ihr Zeit, mich zu begleiten?«

»Mit Vergnügen, Euer Gnaden.«

Während sie hinunter zur Themse gingen, begann Elisabeth das Gespräch.

»Ihr habt den Grafen von Warwick seinerzeit richtig eingeschätzt, wieso nennt er sich nicht ›Lordprotektor‹?«

»Warum sollte er? Er entscheidet alles, und jeder fürchtet ihn.«

»Als wir gestern den Thronsaal verließen, sah ich den Herzog von Somerset isoliert im Hintergrund stehen, das hätte ich vor zwei Jahren nicht für möglich gehalten, befürchtet Warwick nicht, daß es ihm ebenso ergeht und er gestürzt wird?«

»Vielleicht, aber ich glaube, wenn er merkt, daß sich etwas zusammenbraut, wird er rechtzeitig gegensteuern.«

Sie waren inzwischen bei der Bootsanlegestelle angelangt, und Elisabeth überlegte, ob Thomas Seymour von hier aus die Fahrt zum Tower angetreten hatte.

»Mr. Cecil«, sagte sie nach einer Weile, »als ich gestern meinen Bruder sah, bin ich erschrocken, ich fürchte, er ist kränker, als die Ärzte sagen, wie ist Eure Meinung?«

»Ich kann die ärztlichen Berichte nicht beurteilen, muß allerdings zugeben, daß der Gesundheitszustand Seiner Majestät sich während der letzten Jahre peu à peu verschlechtert hat, andererseits hat Seine Majestät sich bis jetzt von jeder Krankheit auch wieder erholt, Ihr solltet Euch nicht unnötig sorgen.«

Elisabeth überlegte: War es besser, das heikle Thema fallenzulassen oder weiterzuspinnen, es ging ja nicht primär um Eduards Gesundheit, sondern um etwas ganz anderes, und Cecil wußte es.

Es geht um die Thronfolge, dachte sie, und davon bin ich betroffen, also, ich will wissen, wie ich Warwick einschätzen muß.

»Mr. Cecil, es ist möglich, daß Eduard ohne Nachkommen stirbt, dann wird meine Schwester Maria Königin und England wieder katholisch; die Thronbesteigung meiner Schwester bedeutet Warwicks Sturz, und er wird versuchen, dies zu verhindern, weil er an der Macht bleiben will.«

»Die Wiedereinführung des katholischen Glaubens hat ihre Grenzen, Euer Gnaden. Die Säkularisierung des kirchlichen Grundbesitzes kann nicht mehr rückgängig gemacht werden, das hätte eine Revolte der Grundbesitzer zur Folge, abgesehen davon versucht der Graf Lady Maria zu verheiraten, vom Ausland aus kann man ein Land nicht regieren, in diesem Fall würde er faktisch an der Macht bleiben.«

»So«, und in Elisabeths Stimme schwang ein empörter Unterton mit, »der Graf will uns durch Heirat ins Ausland abschieben, damit er – falls Maria oder ich Königin werden – weiterregieren kann, warum versucht er nicht, Eduard zu verheiraten, das wäre viel wichtiger, mein Bruder wird in diesem Herbst vierzehn Jahre, er könnte in zwei bis drei Jahren Nachkommen haben, das würde für den Grafen die Situation vereinfachen.«

Je länger sie sprach, desto erregter wurde ihre Stimme, und Cecil verbarg nur mühsam sein Erstaunen, er hatte sie bis jetzt für ruhig und beherrscht gehalten.

»Wir versuchen natürlich, eine passende Gemahlin für Seine Majestät zu finden, aber das ist nicht ganz einfach, weil man bei einer dynastischen Verbindung immer die Außenpolitik berücksichtigen muß. Für England ist die Verbindung mit einer katholischen Großmacht wünschenswert, das würde unsere Stellung in Europa stärken, und da langfristig unsere Beziehungen zu Schottland zufriedenstellend geregelt werden müssen, kommt für eine dynastische Verbindung nur ein Land in Frage, Frankreich.«

»Ihr denkt an Elisabeth von Valois?«

»Ja. Sie ist die Schwägerin der schottischen Königin, und ein Bündnis zwischen England und Frankreich würde die Habsburger in Schach halten, aber«, er zögerte, überlegte, ob er sie über den unerfreulichen Stand der Dinge informieren sollte, und entschied, daß es besser war, wenn sie alles wußte. »Der Traum einer Verbindung zwischen den Häusern Tudor und Valois ist seit einigen Tagen ausgeträumt. Frankreich hat die Verhandlungen endgültig abgebrochen, der Grund war weder die Mitgift noch die Religion, sondern die Gesundheit Seiner Majestät. Der französische Gesandte erklärte uns, man befürchte, daß der König das heiratsfähige Alter nicht erreichen werde. Das Argument ist verständlich, schließlich ist die Tochter Heinrichs II. erst ein paar Jahre alt, und es dauert mindestens noch acht bis neun Jahre, ehe sie ehefähig ist. Dieses Risiko ist den Franzosen zu groß, und so sieht man sich rechtzeitig nach einem andern Kandidaten um.«

»Um Gottes willen«, sagte Elisabeth leise, »steht es so schlimm um ihn?« und sie unterdrückte mühsam die aufsteigenden Tränen. »Wie kommt der Franzose zu dieser Meinung, Mr. Cecil, vielleicht übertreibt er, vielleicht ist doch die Religion der Grund für die Ablehnung.«

»Leider nein, Euer Gnaden; der Gesandte sieht Seine Majestät hin und wieder, außerdem habe ich inzwischen herausbekommen, daß er die Ärzte bestochen hat.«

»Dr. Bill und Dr. Wendy verheimlichen also den wahren Gesundheitszustand meines Bruders?«

»Sie verheimlichen ihn vor der Öffentlichkeit, dem Hof und dem Rat; Warwick ist wahrscheinlich der Einzige, der Bescheid weiß, und ich tue natürlich so, als glaubte ich den Ärzten.«

Elisabeth sah Cecil verzweifelt an. »Wie soll es denn weitergehen? Der König ist todkrank, und seine Schwestern versucht man ins Ausland abzuschieben, es ist einfach empörend, wenn mein Vater wüßte, daß gewisse Leute die Dynastie Tudor beseitigen wollen, Leute, die er rehabilitiert hat, weil er von ihrer Loyalität überzeugt war! Ich entsinne mich noch genau an meinen zehnten Geburtstag, den ich in Hampton Court feierte, an jenem Abend saß Warwick, damals nur Lord Lisle, an der königlichen Tafel - und jetzt? Ich darf nicht daran denken!«

»Euer Gnaden«, versuchte Cecil sie zu beruhigen, obwohl er selbst auch schon darüber nachgedacht hatte, was Warwick plante, »Euer Gnaden, wir wollen die Situation nicht dramatisieren, Seine Majestät ist nicht todkrank, und über die Heiratspläne solltet Ihr Euch keine Gedanken machen. Bei Lady Maria ist das Alter ein ernsthaftes Hindernis, und Eure Heirat… Ich werde morgen dem dänischen Gesandten ein Schriftstück mit juristischen Spitzfindigkeiten bezüglich Eurer Mitgift überreichen.«

Er lachte leise und fuhr fort: »Entweder die Dänen verhandeln weiter, dann wird sich die Angelegenheit eventuell noch ein Jahr hinziehen, oder sie brechen ab, dies ist nicht günstig, weil der Graf natürlich sofort einen neuen Kandidaten ins Spiel bringt, dann fängt alles von vorne an, so schiebt man leidige Angelegenheiten vor sich her, es gibt politische Fragen, da ist Abwarten besser als eine rasche Entscheidung.«

Elisabeth glaubte, nicht richtig gehört zu haben, Cecil lag also nichts an ihrer Verheiratung, er unterstützte sie gegen Warwick. Sie lächelte ihn dankbar an. »Ich glaube, Ihr habt recht, abwarten ist die halbe Diplomatie.«

Auf dem Rückweg zum Schloß fragte Elisabeth Cecil ein bißchen über Roberts Frau aus.

»Lady Dudley ist mir noch gar nicht vorgestellt worden, ich würde sie gerne einmal kennenlernen.«

»Das wird sich kaum arrangieren lassen, Euer Gnaden, sie lebt nicht in London, sondern auf ihren Gütern und beaufsichtigt die Verwaltung derselben.«

Elisabeth blieb überrascht stehen. »Wie bitte? Sie lebt nicht mit ihrem Mann zusammen? Merkwürdig, es gibt doch unter den Pächtern bestimmt tüchtige, loyale Männer, die man mit der Verwaltung beauftragen kann.«

»Ich verstehe es auch nicht, aber man muß bedenken, daß es eine reine Geldheirat war, und wenn die Zuneigung fehlt, lebt man eben nebeneinander her.«

Wenn die Zuneigung fehlt, dachte Elisabeth, hoffentlich fehlt sie!

Sie gingen weiter.

»Habt Ihr Lady Dudley einmal gesehen?«

»Ja, ich war zur Hochzeit eingeladen.«

»Ist sie hübsch?«

Cecil überlegte. »Sie ist weder hübsch noch häßlich, sie sieht aus wie tausend andere junge Mädchen und fällt nicht weiter auf, ich glaube, sie hat aschblondes Haar, aber ich entsinne mich nicht mehr genau, im übrigen ist die äußere Erscheinung einer Frau für mich zweitrangig, sie darf natürlich nicht wie ein Faß aussehen oder einen Buckel haben, sie muß normal aussehen, und vor allem lege ich Wert darauf, daß ich mich mit ihr unterhalten kann wie mit meiner verstorbenen Gattin oder mit Mildred; eine Frau kann noch so schön sein, wenn sie den Mund aufmacht und dummes, belangloses Zeug redet, ist sie für mich uninteressant.«

Elisabeth hörte sich alles an und dachte im stillen, daß sie eine Schwäche für gutaussehende, charmante Männer hatte, sie würde nie einen häßlichen Mann heiraten und wenn er noch so geistreich war, er mußte gut tanzen und sie galant hofieren, vielleicht war es nicht richtig, daß sie auf diese Äußerlichkeiten Wert legte, aber es war nun einmal so.

»Könntet Ihr Euch mit Lady Dudley unterhalten?«

»Nein.«

»Kann ihr Mann sich mit ihr unterhalten?«

»Ich glaube nicht.«

Gott sei Dank, dachte Elisabeth.

Die Neuigkeiten über Amy Dudley, geborene Robsart, beschäftigten sie im Augenblick so stark, daß sie Cecils verstohlene Blicke nicht bemerkte.

Er spürte ihre innere Erregung, blieb plötzlich stehen, sah sie an und sagte ernst und eindringlich:

»Das Ehepaar lebt zwar getrennt, aber vor Gott und der Welt sind sie verheiratet, das sollte man nie vergessen.«

»Ja, natürlich«, erwiderte Elisabeth hastig, spürte, daß sie errötete, und ärgerte sich darüber.

In diesem Augenblick hörte sie Eduards Stimme:

»Schwester, liebe Schwester«, sie zuckte zusammen, sah hinauf zu den Fenstern des Schlosses, erblickte den Bruder und neben ihm Robert.

»Mr. Cheke ist fort, Schwester, kommt rasch zu mir, ich will den restlichen Nachmittag und den Abend mit Euch verbringen.«

Sie verabschiedete sich von Cecil, eilte zum Eingang und dachte herzklopfend daran, daß sie nun mehrere Stunden in Robert Dudleys Gegenwart verbringen würde, dann erinnerte sie sich an Cecils Worte: ...vor Gott und der Welt sind sie verheiratet, aber er scheint sie nicht zu lieben, überlegte sie und erinnerte sich noch einmal an die Szene in Eduards Arbeitszimmer.

Als sie die Große Halle betrat, fühlte sie sich verunsichert und schwankte zwischen Gefühl und Verstand.

Während der folgenden Wochen wurde Elisabeth zum Mittelpunkt der Hofgesellschaft.

Die jungen Kavaliere umschwärmten sie und überboten sich mit Komplimenten und Artigkeiten; hin und wieder fand ein Ball statt, und Warwick eröffnete jedesmal mit ihr den Tanz, weil sie die ranghöchste Dame war; sie genoß diese Seite des Hoflebens in vollen

Zügen, schließlich erlebte sie zum ersten Mal, daß sie im Mittelpunkt stand, aber sie war auch vorsichtig und überaus mißtrauisch.

Sie behandelte alle gleich liebenswürdig, ging auf Warwicks gesellschaftlichen Plauderton ein, versuchte, sich möglichst nur über Nichtigkeiten mit ihm zu unterhalten, und wußte dabei genau, daß sie diesem Mann nichts vormachen konnte, und daß sein Charme sofort in Grausamkeit umschlagen würde, wenn sie nicht mehr in seine politischen Pläne paßte.

Dies war die andere Seite des Hoflebens, und hin und wieder verspürte sie eine unbestimmte Angst.

Dieses Unbehagen wurde noch genährt, wenn sie beobachtete, wie aalglatt höflich Warwick den Herzog von Somerset behandelte, und es gab Momente, da tat der ehemalige Lordprotektor ihr fast leid, weil sein Leben von der Gnade John Dudleys abhing.

Der Herzog behandelte sie mit reservierter Höflichkeit, was sie als wohltuend empfand, weil dieses Benehmen halbwegs aufrichtig war. Die meisten Höflinge waren in ihren Augen Heuchler und Kriecher, nur wenige hoben sich positiv ab, und das waren die Männer, die schon ihrem Vater gedient hatten.

Abgesehen von Cecil und Erzbischof Cranmer erkannte sie in dem Grafen von Arundel einen Mann, der den Tudors treu ergeben war, auch der Marquis von Winchester und der alte Lord Sussex schienen loyal zu sein.

So verging eine Woche nach der andern, der Hof übersiedelte inzwischen nach Greenwich, und gegen Ende April hatte sie genug von der Hofatmosphäre und beschloß, nach Hatfield zurückzukehren.

Es gab noch einen zweiten Grund, den sie sich selbst nur zögernd eingestand: Robert Dudley.

Da Eduard oft nach ihrer Gesellschaft verlangte, sah sie auch Robert häufig, und Anfang April wußte sie, daß sie sich zum zweiten Mal verliebt hatte.

Er ist auch verheiratet, wie Thomas, dachte sie verstimmt und wurde nachdenklich, als ihr bewußt wurde, daß dieses Mal keine raffinierte psychologische Verführung vorausgegangen war. Verglichen mit Thomas benahm Robert sich vorbildlich, so daß sie letztlich nicht wußte, woran sie mit ihm war; der kurze Blick, den sie im März bemerkt hatte, war bewundernd gewesen, konnte harmlos sein, und daß er seine Frau nicht besonders liebte, sagte nicht viel. Manchmal vermutete sie, daß er Zuneigung empfand, aber zu ängstlich und schüchtern war, um es zu zeigen, dann wieder glaubte sie, daß sie sich alles nur einbildete, weil sie es innerlich wünschte, und allmählich fand sie die Situation unerträglich. In Hatfield mußte sie ihren Pflichten als Gutsherrin nachkommen, würde ihn nicht mehr sehen und nicht mehr an ihn denken.

Eduard war entsetzt, als er hörte, daß sie den Hof verlassen wollte, beschwor sie, zu bleiben, und sie gab nach, weil sie ihn nicht erzürnen wollte, beschloß aber, im Laufe des Sommers erneut um Erlaubnis zu bitten, nach Hatfield zurückkehren zu dürfen.

Um die Mittagsstunde des 25. Mai wurden einige Orte von einem Erdbeben heimgesucht, das etwa eine Viertelstunde dauerte, aber es gab kein größeres Unglück. Trotzdem gerieten die Einwohner in Surrey, Godston, Brenchingley, Titsey, Rigate, Bedington und Croydon in Furcht, als Häuser, Hügel und der Erdboden zitterten, und erblickten darin den Zorn Gottes.

Im Juni wurde das Land von Unwettern und Hagel heimgesucht, in Shropshire brach das Schweißfieber aus und verbreitete sich wie ein Lauffeuer in den umliegenden Grafschaften, viele junge Menschen starben an der Seuche, die abergläubischen Leute sahen darin wieder ein Zeichen des Himmels und befürchteten, daß bald ein Unglück über England hereinbrechen würde, ein Glaubenskrieg zum Beispiel.

Elisabeth war nicht abergläubisch, sondern nutzte die Naturkatastrophen, um bei dem Bruder noch einmal ihre Rückkehr nach Hatfield anzusprechen. Sie versuchte, ihn davon zu überzeugen, daß eine Mißernte bevorstehe und sie sich um ihre Pächter und Bauern kümmern müsse.

Nachdem sie drei Tage lang auf ihn eingeredet hatte, gab er endlich nach, bat sie aber, den ganzen letzten Tag vor ihrer Abreise bei ihm zu verbringen.

»Am Nachmittag, liebe Schwester, werden wir ausreiten, nur begleitet von Robert und seinem Bruder Ambrose.«

Elisabeth sah ihn zweifelnd an. »Ich weiß nicht, ob das Eurer Gesundheit zuträglich ist, Bruder, während der letzten Tage hattet Ihr hin und wieder Schwindelanfälle.«

»Bitte, liebe, süße Schwester.«

Da gab sie nach.

Am letzten Tag vor der Abreise herrschte drückende Schwüle, und als Eduard sein Pferd bestieg, tänzelte der Rappe nervös hin und her.

Elisabeth ritt zwischen ihrem Bruder und Robert, und während letzterer sich mit dem König über das Ausflugsziel unterhielt, erinnerte Elisabeth sich daran, daß sie einst davon geträumt hatte, in Roberts Begleitung nach Schloß Sudeley zu reiten, jetzt ritt sie tatsächlich neben ihm, aber unter welch veränderten Umständen.

Inzwischen waren sie bei einer Wiese angekommen, an deren Ende die Wälder begannen.

»Wir wollen um die Wette galoppieren«, rief Eduard, »wer zuerst den Wald erreicht, ist Sieger.«

»Majestät«, sagte Robert, »ich fürchte, daß ein Galopp in der schwülen, feuchten Luft zu anstrengend für Euch ist, bedenkt, daß Ihr heute morgen nicht aufstehen konntet, weil Euch schwindelte.«

»Ich bin der König, niemand hat mir Vorschriften zu machen«, und er gab seinem Pferd die Sporen.

»Wir sollten ihm einen Vorsprung gewähren, weil er gewinnen will«, sagte Ambrose, im gleichen Augenblick schrie Elisabeth auf.

»Um Gottes willen, seht, ich glaube, das Pferd geht durch, er kann es nicht mehr halten«, und sie galoppierte hinter dem Rappen her, gefolgt von den entsetzten Dudleys. Sie war eine gute Reiterin und ließ die Männer bald hinter sich. Ich muß ihn einholen, dachte sie, da bäumte der Rappe sich auf, schleuderte Eduard zu Boden und verschwand im Wald.

Elisabeth eilte zu dem Bruder, beugte sich über ihn und erschrak. Er ist tot, dachte sie.

»Er ist tot«, sagte sie zu den Dudleys, die inzwischen angekommen waren.

Ambrose kniete sich neben die leblose Gestalt und beobachtete sie einige Sekunden, während Elisabeth zu weinen begann und Robert den König hilflos anstarrte.

»Beruhigt Euch, Euer Gnaden«, sagte Ambrose und stand auf, »Seine Majestät ist nur bewußtlos, ich werde Hilfe holen.«

Robert setzte sich zitternd neben seinen König ins Gras, er war aschfahl geworden.

»Ich bin schuld an dem Unfall, wenn mein Vater das erfährt…«

Elisabeth trocknete ihre Tränen und sah Robert erstaunt an.

»Euer Vater? Er kann Euch doch keine Vorwürfe machen, Euch trifft keine Schuld. Ich hätte Eduard überreden müssen, im Schloß zu bleiben; ein Ausritt bei dieser Witterung ist nicht zu verantworten, da besteht immer die Gefahr, daß ein Pferd durchgeht.«

»Seine Majestät hatte sich so auf diesen Nachmittag mit Euch gefreut«, Robert zögerte etwas, nahm dann aber seinen ganzen Mut zusammen: »Eure Gegenwart hat dem König gutgetan, während der letzten Wochen ging es ihm gesundheitlich wesentlich besser als sonst, wollt Ihr den Hof wirklich verlassen, könntet Ihr nicht den Sommer hier verbringen?«

Elisabeth sah Robert überrascht an. War dies ein Wunsch des Königs, oder wollte er, daß sie blieb?

Der junge Mann spürte, daß er unter den forschenden Augen des Mädchens errötete, und zupfte verlegen an den Spitzenmanschetten seines Hemdes.

»Ich würde gerne bleiben«, erwiderte Elisabeth nach einer Weile, »aber ich muß mich um meine Ländereien kümmern, die Unwetter haben bestimmt das Getreide zerstört, und meine Leute erwarten, daß ich ihnen helfe, außerdem…« Sie zögerte, überlegte, ob es richtig war, ihm ein Signal zu geben, und entschied, daß es wahrscheinlich nicht richtig, aber reizvoll war.

»Es gibt noch einen anderen Grund, weswegen ich den Hof verlasse, Robin.«

Robin, dachte er und bekam Herzklopfen.

»Es ist lange her, daß Ihr mich Robin genannt habt, damals waren wir noch Kinder.«

»Jetzt sind wir keine Kinder mehr, und deshalb muß ich nach Hatfield zurückkehren. Übrigens, es geht mich nichts an, aber wollt Ihr Eure Frau nicht nach London kommen lassen?«

»Nein, sie paßt nicht hierher.«

»Man redet darüber, daß Ihr von Eurer Frau getrennt lebt, Ihr seid immerhin der Erste Kammerherr meines Bruders.«

Robert sah eine Weile verdrossen vor sich hin.

»Ich liebe Amy nicht und werde sie nie lieben. Sie wurde mir von meinem Vater aufgezwungen, manchmal wünschte ich, sie wäre tot.«

»So etwas dürft Ihr nicht denken«, rief Elisabeth erschrocken, in diesem Augenblick wußte sie nicht, ob sie sich über Roberts Geständnis freuen sollte, und dachte an Cecils Worte: ›Vor Gott und der Welt sind sie verheiratet.‹

Sie stand auf und strich ihr Kleid glatt.

»Ich will mich nicht in Euer Privatleben einmischen, es war nur ein gutgemeinter Rat von mir. Seht, da kommen Ambrose und Euer Vater, wir müssen wieder unsere offiziellen Hofgesichter aufsetzen, Robin.«

Robert sprang hastig auf, sein Vater!

Als die Gruppe näher kam – der Graf wurde von Dienern mit einer Bahre und den Ärzten begleitet –, erkannte Robert an der eisigen Miene seines Vaters, daß ihn nichts Gutes erwartete, aber in diesem Augenblick war es ihm gleichgültig, Elisabeth hatte ihn »Robin« genannt, und das machte ihn glücklich.

Die Diener legten Eduard auf die Bahre, und während Dr. Wendy den Pulsschlag beobachtete, hob Dr. Bill vorsichtig ein Augenlid hoch.

»Es wird noch eine Weile dauern, bis Seine Majestät wieder bei Bewußtsein ist«, sagte Dr. Bill, »einige Tage Bettruhe würden ihm guttun.«

Warwick hatte bis jetzt geschwiegen, nun trat er zu Robert und musterte ihn mit kalten Augen von oben bis unten.

»Du bist ein Versager«, zischte er.

»Wann wirst du anfangen, über deine Handlungen nachzudenken? Wie konntest du es zulassen, daß der König galoppiert! Du weißt genau, wie wichtig das Leben Seiner Majestät ist.«

»Ich habe es versucht, dem König gesagt, daß er sich schonen soll«, erwiderte Robert kleinlaut.

»Schweig«, schrie der Graf, »du hast mich enttäuscht, du sollst darauf achten, daß Seine Majestät sich schont ...«

»Mylord«, mischte sich Elisabeth ein, »Ihr solltet Robert nicht zürnen, mich trifft die Schuld, ich hätte Eduard den Ritt ausreden sollen.«

Warwick starrte Elisabeth an, was fiel diesem Mädchen ein? Er zwang sich zu einem verbindlichen Lächeln.

»Glaubt mir, Euer Gnaden, Robert ist ein Versager.«

Er drehte sich abrupt um und ging raschen Schrittes zurück zum Schloß, gefolgt von den Ärzten und Dienern.

Elisabeth blickte ihm unbehaglich nach, der Auftritt eben gefiel ihr nicht.

»Ich danke Euch, Euer Gnaden«, flüsterte Robert.

»Schon gut, Ihr solltet neben der Bahre gehen, das sieht besser aus.«

Im Schloß angekommen, blieb Elisabeth bei Eduard, während Robert und Ambrose, begleitet von einigen Reitknechten, sich auf die Suche nach dem entlaufenen Pferd begaben.

Elisabeth saß neben dem Bett, betrachtete das blasse Gesicht des Bruders, wischte ab und zu mit einem Tuch den Schweiß von seiner Stirn und dachte noch einmal über die Szene zwischen dem Grafen und Robert nach.

Das Leben des Königs ist für Warwick wichtig, weil seine Macht davon abhängt, überlegte sie, diese Position will er sich langfristig sichern, aber wie? Wenn Maria Königin wird, hat er nichts Gutes zu erwarten, ihre Gedanken begannen sich zu überstürzen: Entmachtung, Tower? Vielleicht sogar... Hinrichtung? Er wird versuchen, Marias Thronbesteigung zu verhindern, diesem Mann ist alles zuzutrauen, sogar... Mord!

Maria hat immer einen Vorkoster an der Tafel, vielleicht sollte ich auch endlich diesen Posten besetzen, andererseits kann ich meinen Dienern in Hatfield vertrauen, vielleicht bilde ich mir auch alles nur ein und bin zu mißtrauisch.

Sie nahm das Tuch und wischte dem Bruder erneut über die Stirn. Du mußt mindestens noch zehn Jahre leben, Eduard, und Söhne haben, dachte sie, dann wären deine Schwestern in Sicherheit, aber vielleicht wird Warwick irgendwann gestürzt, zuviel Macht in der Hand eines einzigen Mannes führt fast zwangsläufig zu seinem Sturz: Wolsey, Cromwell, Somerset...

In diesem Augenblick erwachte Eduard aus seiner Bewußtlosigkeit.

»Was ist passiert, liebe Schwester?«

»Das Pferd hat Euch abgeworfen, und Ihr seid ohnmächtig geworden; jetzt haben die Ärzte Euch Bettruhe verordnet.«

Eduard seufzte. »Schon wieder Bettruhe. Warum bin ich ständig krank? Ich möchte gesund sein, wie andere Leute, und mich nicht dauernd schonen müssen.«

»Das hängt mit Eurem Alter zusammen, Bruder«, versuchte Elisabeth ihn zu trösten, »in einigen Jahren seid Ihr der gesündeste Mensch der Welt.«

»Das glaube ich nicht, Schwester, manchmal möchte ich sterben.«

»So dürft Ihr nicht denken, Ihr müßt den Willen zum Leben haben.«

Eduard sah Elisabeth eine Weile zweifelnd an, schließlich sagte er leise:

»Ihr reitet morgen zurück nach Hatfield, wer weiß, wann wir uns wiedersehen; ich bitte Euch, liebe Schwester, wacht heute nacht an meinem Bett.«

»Gerne, Eduard.«

Sie verbrachte die Nacht bei ihm und dachte über die vergangenen Jahre nach. Irgendwann ging sie zum Fenster und sah hinaus in den Garten und hinüber zur Themse. Von ihrem Platz aus konnte sie die erleuchtete Ratsstube sehen, dort wurde noch gearbeitet. Als sie ins Zimmer zurückgehen wollte, sah sie einen Mann das Fenster öffnen, es war der Graf von Warwick.

In den Händen dieses Mannes liegt also die Zukunft Englands, dachte sie und fühlte sich auf einmal entsetzlich hilflos.

Während der folgenden Wochen besuchte Elisabeth ihre Ländereien, überprüfte den durch die Unwetter entstandenen Schaden und traf Vorsorge, daß die Bauern den Winter überleben konnten.

Parry ritt nach wie vor in regelmäßigen Abständen nach London, und die Nachrichten, die er nach Hatfield brachte, sorgten für Gesprächsstoff im Schloß.

Im August berichtete er, daß Warwick am Schweißfieber erkrankt sei und im Sterben liege, einige Tage später war der Graf wieder gesund.

Im September erfuhr Elisabeth, daß die dänische Heirat im Sande verlaufen war, und atmete erleichtert auf.

Im Oktober überstürzten sich die Ereignisse. Am 11. wurde Warwick vom König zum Herzog von Northumberland ernannt, am 16. wurde der Herzog von Somerset wegen Hochverrats verhaftet und erneut im Tower inhaftiert. Der verzweifelte Herzog flehte um Gnade und bat sogar Elisabeth um Hilfe. Sie vermutete, daß die Anklage wegen Hochverrats unbegründet war, aber sie hatte den Winter des Jahres 1549 nicht vergessen, und fand, daß der Herzog erntete, was er gesät.

So schrieb sie ihm in wohlgesetzten Worten, daß sie nur ein schwaches Weib sei, ›machtlos gegen die Beschlüsse des Parlaments, sie könne nichts anderes tun, als ihm raten, Trost bei Gott zu suchen.

Eduard Seymour wurde zum Tode verurteilt und am 22. Januar 1552 hingerichtet. Sein königlicher Neffe schrieb am Abend in sein Tagebuch:

22. Dem Herzog wurde heute zwischen acht und neun Uhr morgens auf Tower Hill der Kopf abgeschlagen.

In jenem Jahr 1552 wurde ein neues ›Common Prayer Book‹ veröffentlicht, dessen Nichtbeachtung gesetzlich bestraft werden konnte; sämtliche ›papistischen‹ Reste in Lehre, Ritual und Gewändern waren durch die neue Gottesdienstordnung abgeschafft worden, außerdem arbeitete Cranmer an einem Glaubensbekenntnis für die englische Kirche. Er formulierte zweiundvierzig Artikel, die einen Kompromiß bilden sollten, zwischen der lutherischen und der calvinistischen Lehre.

Die neuen protestantischen Bischöfe wurden erst dann in ihrem Amt bestätigt, wenn sie zu finanziellen Konzessionen bereit waren, was zur Folge hatte, daß nun auch der bischöfliche Grundbesitz in die Hände von Laien fiel.

Gegen Ende des Jahres 1552 war John Dudley der mächtigste Mann in England. Im Rat wagte niemand, ihm zu widersprechen, und der junge König stand völlig unter seinem Einfluß und brachte ihm die gleiche Zuneigung entgegen wie seinerzeit dem Onkel Thomas.

John Dudley hätte glücklich sein können, aber er wußte, daß es einen Feind gab, gegen den er machtlos war: die labile Gesundheit des Königs.

Eduard war in jenem Jahr zuerst an Masern, später an Schafblattern erkrankt, und gegen Jahresende begann ihn ein hartnäckiger Husten zu quälen.

Wenn der König ohne Nachkommen stirbt, dachte Dudley manchmal, dann ... Aber er schob diese Gedanken stets zur Seite und versuchte, sich selbst zu beruhigen: Bisher ist Eduard von jeder Krankheit genesen, warum nicht auch in Zukunft?

So begann das Jahr 1553.

Am Spätnachmittag des Neujahrstages erhielt der Herzog ein ärztliches Bulletin, worin zwischen den Zeilen eine Verschlechterung der königlichen Gesundheit angedeutet wurde, die den Herzog sehr nachdenklich stimmte.

John Dudley las das Bulletin zweimal und sah eine Weile ratlos vor sich hin. Eduards Leben scheint an einem seidenen Faden zu hängen, überlegte er, wenn der König ohne Nachkommen stirbt, wird die katholische Maria Englands neue Königin, das bedeutet meine Entmachtung, vielleicht werde ich sogar inhaftiert und hingerichtet, schließlich kann man das Hochverratsgesetz beliebig auslegen.

Vielleicht habe ich Glück und die kränkliche, ältliche Maria stirbt vor Eduard, dann wäre Elisabeth seine Nachfolgerin, von ihr hätte ich wahrscheinlich nichts zu befürchten, da sie Protestantin ist, aber selbst wenn sie mich zum Lordkanzler ernennt, ist das gleichbedeutend mit Entmachtung; sie wird die Richtlinien der Politik bestimmen und nicht ich, sie kann selbständig denken und ist nicht beeinflußbar.

Verflixt, er sprang auf und ging unruhig auf und ab. Er wollte um jeden Preis an der Macht bleiben, und um dies zu erreichen, mußte er verhindern, daß die Schwestern des Königs nach dessen Tod den Thron bestiegen, aber wie konnte er es verhindern, wie?

Die Zeit drängt, er würde die Schwestern in absehbarer Zeit nicht mehr verheiraten können, also müssen sie anderweitig ausgeschaltet werden. Vor allem darf der König Maria und Elisabeth nicht mehr sehen, aus den Augen, aus dem Sinn – und dann?

Ich habe die Seymours entmachtet, um in England regieren zu können, überlegte er verzweifelt, bei Thomas war es schwierig genug, ihn unter das Schwert des Henkers zu bringen, er wollte selbst Lordprotektor werden und hat allerhand angezettelt, um sein Ziel zu erreichen; Einfälle hat er gehabt, das muß man ihm lassen, dachte John Dudley und blieb plötzlich mitten im Zimmer stehen. Ihm war etwas eingefallen, als er an Thomas dachte. Ja, überlegte er, das wäre eine Möglichkeit, es ist wahrscheinlich sogar die einzige Lösung meines Problems.

Wenig später begab er sich gutgelaunt zur Abendtafel.

An jenem 1. Januar 1553 beschloß John Dudley, Herzog von Northumberland, Eduards Schwestern von der Thronfolge auszuschließen, und er wußte auch, wie er vorgehen mußte.

Es war ganz einfach, und er wunderte sich, daß er nicht schon längst darauf gekommen war.

X

Die kleine Jane Grey war nach Thomas Tod mit gemischten Gefühlen in ihr Elternhaus zurückgekehrt. Einerseits liebte sie den Landsitz Bradgate mit seinen Kastanienbäumen, Rosengärten und Terrassen, andererseits fürchtete sie sich vor ihrer Mutter.

Eineinhalb Jahre lang hatte sie angstfrei gelebt und war liebevoll behandelt worden, zunächst von der Königinwitwe, später von Lady Seymour, und Thomas war für sie ein großer Bruder gewesen.

Als sie im Frühjahr 1549 die Große Halle in Bradgate betrat, dachte sie beklommen an ihr künftiges Leben.

Ihre Befürchtungen waren richtig.

Frances Grey war wütend, empört und verbittert, daß die erhoffte Heirat ihrer ältesten Tochter mit dem König gescheitert war und ließ ihren Zorn an Jane aus. Bei der geringsten Kleinigkeit ohrfeigte und verwünschte sie das Mädchen, bestrafte sie mit Stubenarrest oder ließ ihr an der Familientafel nur Wasser und Brot servieren. Jane weinte, flüchtete immer mehr in die Welt der Bücher und vertraute sich schließlich nur noch einem Menschen an, ihrem Lehrer, Mr. Aylmer.

»Ich möchte so gerne sterben«, sagte sie eines Tages zu ihm, »ich wünschte, ich wäre tot, dann müßte ich keine Angst mehr haben.«

»Ihr seid noch so jung, Euer Gnaden, das Leben beginnt doch erst für Euch; ich bin überzeugt, daß Eure Eltern bereits einen Gemahl für Euch suchen, Ihr werdet bestimmt glänzend verheiratet werden, und dann beginnt ein neues und hoffentlich glücklicheres Leben für Euch.«

Seine Vermutung war richtig. Frances Grey hatte beschlossen, ihre Tochter mit dem Mann zu vermählen, der nach dem König die beste Partie des Landes war, und so erfuhr Jane im Sommer des Jahres 1549, daß sie sich mit Lord Hertford, dem Sohn des Lordprotektors, verloben würde.

Jane kannte Hertford, und er gefiel ihr. Er war genauso alt wie sie, hübsch, liebenswürdig, er konnte Menschen aufheitern, war gütig und verständnisvoll. Lord Hertford, dachte sie und lächelte zum ersten Mal seit ihrer Heimkehr.

Nach dem Tod des Lordprotektors wurde diese Verbindung für die Greys völlig unwichtig, Jane aber blieb ihrem Verlobten innerlich treu.

In jener Zeit starben die beiden Halbbrüder von Frances, und der Titel des Herzogs von Suffolk ging an Henry. Frances, die nicht mehr mit der Geburt von Söhnen rechnete, übertrug ihre Thronansprüche auf ihre älteste Tochter, so daß Jane nicht nur faktisch, sondern auch juristisch nunmehr an dritter Stelle in der Thronfolge stand.

Als Jane an einem Januarmorgen im Jahre 1553 zum Frühstück erschien, wurde sie von ihrer Mutter liebevoller begrüßt als sonst.

Frances erkundigte sich, ob sie gut geschlafen habe, wollte wissen, welche Lektüre sie mit Mr. Aylmer lesen würde, und teilte ihr mit, daß ein Bote unterwegs sei, um Samt, Seide und Brokat für Kleider zu bestellen.

»Dein neuer Flohpelz wird aus Hermelin sein, Hermelin ist gerade gut genug für meine Tochter«, sagte Frances und tätschelte Janes Wange, woraufhin das junge Mädchen – sie war inzwischen fünfzehneinhalb Jahre – verwirrt von der Mutter zum Vater sah.

Henry Grey indessen schwieg wie gewöhnlich und verspeiste genüßlich die geräucherten Heringe. Jane begann ihren süßen Hirsebrei zu löffeln und beantwortete die mütterlichen Fragen, wobei sie es vermied, Frances anzusehen. Das plötzliche Interesse für ihre Person verunsicherte sie, und instinktiv beschlich sie ein ungutes Gefühl.

Als sie sich ins Schulzimmer begeben wollte, wurde sie von der Mutter zurückgehalten.

»Einen Augenblick, mein Kind, Mr. Aylmer kann warten. Dein Vater und ich haben etwas mit dir zu besprechen, es betrifft deine Zukunft. Wir haben eine glänzende Partie für dich arrangiert, die beste Partie, die es zur Zeit in England nach dem König gibt.«

Jane erschrak, sie war doch bereits verlobt.

»An Pfingsten wirst du den einzigen noch ledigen Sohn des Herzogs von Northumberland heiraten, Guildford Dudley.«

»Guildford Dudley«, stammelte Jane, sie kannte den jungen Mann, er war zwar hübsch, aber verwöhnt, herrschsüchtig und arrogant. »Ich kann Guildford nicht heiraten, ich bin mit Lord Hertford verlobt.«

»Rede keinen Unsinn«, erwiderte Frances gereizt, »Lord Hertford ist der Sohn eines Hochverräters, und ich werde meine Tochter nie mit einem solchen Mann verheiraten, die beste Partie Englands ist für meine Tochter gerade gut genug. Denke daran, du bist eine Großnichte des verstorbenen Königs und stehst in der Thronfolge an dritter Stelle, nach den Schwestern des regierenden Königs, du kannst nicht irgendwen heiraten.«

Jane begann zu weinen und sah hilfesuchend zu Henry Grey.

»Vater, bitte, ich möchte Guildford nicht heiraten…«

Im gleichen Augenblick sprang Henry Grey auf und stellte sich drohend vor seine Tochter.

»Was«, schrie er und lief rot an vor Zorn, »du willst nicht, du besitzt die Unverschämtheit, deinen Eltern zu trotzen! Warte«, und er schlug Jane ins Gesicht, daß sie gegen die Wand taumelte, »du wirst Guildford heiraten, notfalls schleppen wir dich gefesselt vor den Altar, du wirst ihn heiraten, hörst du?«

Jane starrte ihren Vater an, so hatte er sie noch nie behandelt, unterdessen war Frances vor ihre Tochter getreten und traktierte sie mit Ohrfeigen.

»Du undankbares Geschöpf«, schrie sie, »deine Eltern versuchen, dich standesgemäß zu verheiraten, und du weißt es nicht zu würdigen! Hinaus, verschwinde, ich will dich in den nächsten Tagen nicht mehr sehen! Du wirst bis Anfang Februar in deinem Zimmer bleiben, drei Tage bekommst du Wasser und Brot, ich will dich an unserer Tafel nicht mehr sehen, verschwinde, sofort!«

Jane taumelte weinend hinaus, lief zum Schulzimmer und erzählte ihrem Lehrer, was passiert war.

»Beruhigt Euch, Euer Gnaden, Guildford ist zwar nicht so belesen wie seine Brüder, liebt die Jagd, das Kartenspiel und Saufgelage mehr als ein gutes Gespräch, aber er ist kein schlechter Mensch, er wird Euch bestimmt gut behandeln und erlauben, daß Ihr Euch auch in Zukunft mit Philosophie und Dichtung beschäftigt.«

Jane trocknete ihre Tränen und sah Aylmer zweifelnd an.

»Ihr habt vielleicht recht, aber, ich… ich fürchte mich vor meinem Schwiegervater, ich weiß nicht, warum, aber ich fürchte mich.«

»Euer Gnaden, der Herzog von Northumberland wird Euch bestimmt höflich, liebenswürdig und respektvoll behandeln.«

»Respektvoll? Wie meint Ihr das?«

Aylmer ging nicht weiter auf diese Frage ein, sondern besprach mit seiner Schülerin die Übersetzungen vom Vortag, lobte sie, gab ihr dann die neuen Texte, und während Jane sich mit Ciceros Reden gegen Catilina beschäftigte, trat Aylmer zum Fenster und dachte über die geplante Heirat nach.

Guildford ist der Lieblingssohn des Herzogs, überlegte er, es ist verständlich, daß er ihn besonders gut verheiraten möchte, und Jane ist – nach den Schwestern des Königs – die beste Partie in England, weil sie in der Thronfolge an dritter Stelle steht, andererseits, was bedeutet das schon? Sie wird – nach menschlichem Ermessen – nie Königin von England werden, ihre politische Bedeutung ist gering, legt Northumberland solchen Wert auf den Rang seiner Schwiegertochter, oder hegt er noch Hintergedanken?

Er fühlte sich plötzlich beunruhigt und wußte nicht warum.

In der Großen Halle hatten die Greys inzwischen ihr Frühstück beendet, und als Henry den letzten Schluck des gewürzten Bieres trank, spürte er einen bitteren Nachgeschmack.

»Die Gewürze müssen künftig besser dosiert werden«, brummte er und dachte beschämt daran, wie er seine Tochter behandelt hatte, das arme Kind, wie konnte er es wiedergutmachen? Verständlich, daß sie diesen eingebildeten Guildford nicht heiraten wollte, andererseits, welche Perspektiven eröffneten sich ihr.

»Ich glaube, Frances, es wäre besser gewesen, Jane zu sagen, daß sie Königin von England wird, vielleicht hätte sie sich dann nicht so gegen diese Heirat gesträubt.«

»Ich verstehe dich nicht, du kannst doch diesem Kind kein Staatsgeheimnis anvertrauen!«

»Meine Tochter ist intelligent genug, um die politische Tragweite dieser Nachricht zu beurteilen«, erwiderte der Herzog von Suffolk gekränkt, »abgesehen davon ist dieses Staatsgeheimnis problematisch, ich habe gestern, nach unserem Gespräch mit Dudley, noch einmal darüber nachgedacht, das Gelingen seines Plans hängt von zu vielen Zufällen ab, und ich habe ein ungutes Gefühl dabei.«

»Stell dich nicht so an, du bist immer so ängstlich, der Herzog hat alles genau durchdacht, was soll denn schiefgehen?«

»Eduard muß überredet werden, in seinem Testament die Schwestern von der Thronfolge auszuschließen, das Testament muß vom Parlament ratifiziert werden, um rechtsgültig zu sein, der Rat muß zustimmen, das sind doch gewichtige Probleme.«

»Es dürfte nicht schwierig sein, Eduard zu überreden, im Rat hat man Angst vor Dudley, und das Parlament wird er mit juristischen Tricks überlisten, es wird ihm schon etwas einfallen. Janes Proklamation zur Königin ist eine Tatsache, die jeder akzeptieren muß, abgesehen davon wird kein Engländer die katholische Maria als Königin haben wollen, wir leben in einem protestantischen Land.«

»Und Elisabeth? Das Volk liebt sie.«

»Der Bastard der Boleyn als Königin von England! Das ist absurd. Ihre zweifelhafte eheliche oder uneheliche Geburt schließt sie aus, abgesehen davon versucht Dudley, sie zu verheiraten, wenn es nicht anders geht, wird er sie zum Eheglück zwingen.«

»Und Maria Stuart? Ihre Großmutter war immerhin Heinrichs älteste Schwester.«

»Ihr Anrecht basiert nur auf dem Stammbaum, Heinrich II. fängt deswegen bestimmt keinen Krieg mit England an, du siehst alles zu schwarz. Wir werden Jane nicht sagen, daß sie Königin von England wird, im übrigen ist das mit Northumberland auch so vereinbart.«

Während der folgenden Wochen versuchte Jane sich an den Gedanken zu gewöhnen, daß sie Guildford heiraten solle, und irgendwann resignierte sie innerlich und dachte, daß sie zufrieden mit ihm würde leben können, wenn er sie in Ruhe ließ und ihre Studien tolerierte.

Ende Mai 1553 wurde die Hochzeit mit königlichem Pomp in Durham Palace gefeiert, Eduard sandte von Greenwich kostbare

Geschenke, er selbst konnte wegen seiner verschiedenen Krankheiten an den Feierlichkeiten nicht teilnehmen.

Am Abend des Hochzeitstages kam es zwischen den Müttern des jungen Paares zu einer heftigen Auseinandersetzung. Man hatte den Suffolks zugesichert, daß Jane, bis zur Vollendung des sechzehnten Lebensjahres, im elterlichen Haus leben dürfe, erst danach sollte sie in das Haus des Gatten übersiedeln. Inzwischen war der Herzog anderer Meinung geworden und fand, die Ehe müsse rasch vollzogen werden, Jane sollte also im Durham Palace bleiben.

Schließlich fand man einen Kompromiß und schickte Jane nach Chelsea, wo sie im Schloß der verstorbenen Königinwitwe, das inzwischen den Dudleys gehörte, vorerst allein leben sollte. Weder sie noch Guildford wurden in die politischen Pläne des Herzogs eingeweiht.

Während des Frühjahrs hatte Eduards Gesundheit sich rapide verschlechtert, abgesehen von der Lungenschwindsucht war sein Körper mit Schwären bedeckt, die allmählich aufbrachen, und im Laufe des Mai kamen starke Durchblutungsstörungen hinzu. Anfang Juni wußte Northumberland, daß Eduard nur noch wenige Wochen leben würde; er hatte nicht mit einem so raschen Verfall gerechnet, geriet in nervöse Panik, und es gelang ihm nur mit Mühe, sie zu verbergen. Vor allem durfte ihm jetzt kein Fehler unterlaufen, jeder Schritt mußte wohl überlegt werden. Einige Tage nach der Hochzeit beauftragte er die Ärzte, den König schonend auf den nahenden Tod vorzubereiten; er war bei dem Gespräch anwesend, hielt sich aber im Hintergrund, beobachtete Eduards Reaktion und stellte zufrieden fest, daß der junge Mann sich apathisch, fast desinteressiert alles anhörte. Als Dr. Bill und Dr. Wendy gegangen waren, trat er an das Fußende des Bettes.

»Nun, Majestät«, begann er mit einschmeichelnder Stimme, »die Ärzte beurteilen die Situation wahrscheinlich zu pessimistisch, andererseits muß man immer mit dem Tod rechnen und sollte rechtzeitig Vorsorge treffen.«

»Wie meint Ihr das?«

»Majestät, Ihr hinterlaßt keine Kinder, Ihr müßt in Eurem Testament die Nachfolge regeln.«

»Wieso?« fragte Eduard erstaunt. »Mein Vater hat seinerzeit die Nachfolge geregelt, wenn ich ohne Erben sterbe, wird Maria Königin.«

»Majestät, Euer seliger Vater hat wahrscheinlich nie damit gerechnet, daß Ihr kinderlos vor Euren Schwestern sterben werdet, abgesehen davon hat England während der letzten Jahre eine tiefgreifende religiöse Wandlung erlebt, England ist heute ein protestantisches Land, das ist ein Verdienst Eurer Regierung, Ihr seid ein Vorkämpfer des neuen Glaubens, ein Vorbild für alle protestantischen Fürsten, Ihr wollt doch nicht, daß dieses blühende Land ein Opfer der papistischen Ketzerei wird?«

Eduards Augen weiteten sich vor Entsetzen. »Nein, das darf nie geschehen!«

»Seht Ihr, wenn England protestantisch bleiben soll, müßt Ihr Lady Maria von der Erbfolge ausschließen.«

»Ihr habt recht, daran habe ich gar nicht gedacht, nun, dann wird eben meine protestantische Schwester Elisabeth Königin. Sie ist jung, sie wird heiraten, Kinder haben, ach«, und er begann zu weinen, »früher habe ich sie mir immer als Ratgeberin gewünscht, sie ist klug, sie wird England gut regieren, und Ihr werdet ihr zur Seite stehen, nicht wahr?«

Der Herzog spürte, wie ihm der kalte Schweiß ausbrach. Gütiger Himmel, dachte er erschrocken, ich muß ihm diese Idee ausreden.

»Elisabeth I.von England«, flüsterte Eduard und lächelte.

Der Bastard der Boleyn als Königin, dachte der Herzog wütend, das Thema muß beendet werden, Bastard! Bastard, natürlich.

Er verbeugte sich, lächelte Eduard liebenswürdig an, räusperte sich und erwiderte:

»Majestät, ich versichere Euch, daß es mein sehnlichster Wunsch ist, Lady Elisabeth zu dienen und sie bei der Regierungsarbeit zu unterstützen, aber Ihr spracht selbst von ihrer Verheiratung, sie wird natürlich einen ausländischen Fürsten ehelichen, und das bedeutet, daß England zum Vasall eines fremden Staates wird, wollt Ihr das?«

Eduard dachte nach.

»Elisabeth kann auch einen englischen Aristokraten heiraten.«

»Gewiß, Majestät, aber das würde zu innenpolitischen Konflikten führen, die vielleicht in einen Bruderkrieg münden, denkt an den jahrzehntelangen Konflikt zwischen den Häusern Lancaster und York, er hat das Land ruiniert, überdies kann es zu außenpolitischen Konflikten kommen, wenn Lady Elisabeth Königin wird: Der Papst hat sie seinerzeit zum Bastard erklärt, und dies gilt immer noch. Das Haus Habsburg wird wahrscheinlich einen Bastard auf Englands Thron nicht anerkennen, und das Haus Valois ebensowenig, im Gegenteil, Heinrich II.wird die Krone für Maria Stuart beanspruchen, sie ist schließlich eine Urenkelin Heinrichs VII. und außerdem Katholikin…

»Hört auf, Mylord, ich vermag Euch nicht zu folgen, es muß doch eine Lösung geben.«

»Selbstverständlich, Majestät. Wenn Ihr die Interessen des Landes und des Hauses Tudor wahren wollt, gibt es nur eine Möglichkeit: Schließt Lady Maria und Lady Elisabeth von der Thronfolge aus, die eine wegen der Religion, die andere aus den genannten Gründen, übertragt die Nachfolge auf die älteste Tochter des Herzogs von Suffolk, auf Lady Jane und ihre Nachkommen. Sie ist Protestantin, mit einem Protestanten verheiratet. Als Urenkelin Heinrichs VII. ist sie eine Tudor, und außerdem stehen die Suffolks im Testament Eueres Vaters an dritter Stelle.«

Eduard überlegte, die Argumente des Herzogs klangen überzeugend.

»Majestät, ich bin Euer Diener und würde nie wagen, Euch zu beeinflussen, aber, denkt an das Land, an die Dynastie.«

»England… die Tudors«, flüsterte Eduard, »Ihr habt recht. Der Lord Oberrichter soll noch heute mein Testament aufsetzen, die Ausschließung meiner Schwestern von der Thronfolge könnte man vielleicht so formulieren: ›Im Falle Lady Maria oder Lady Elisabeth in den Besitz der Krone gelangen würden, würden sie sicherlich Ausländer heiraten und so dies edle, freie Königreich dem Bischof von Rom untertan machen, ja, das Reich vielleicht zum Vasallenstaat eines größeren Königreiches herabwürdigen, was zur Folge hätte, daß seine Ehre und sein Ansehen litten.«

Der Oberrichter, Sir Eduard Montague, war entsetzt, als er von der Änderung der Thronfolge hörte, er wies darauf hin, daß es ungesetzlich sei, Heinrichs VIII. Letzten Willen und dessen Ratifizierung durch das Parlament umzustoßen, aber es half nichts.

Eduard unterschrieb das Dokument, und Northumberland atmete erleichtert auf; jetzt kam der nächste Schritt: Der Rat und die Richter mußten das Schriftstück unterzeichnen.

Der Herzog dachte, daß die Herren das Testament widerspruchslos akzeptierten, wurde aber eines Besseren belehrt.

Nachdem er Eduards Letzten Willen vorgelesen hatte, war die Ratsstube von eisigem, unheilvollem Schweigen erfüllt.

Schließlich bemerkten die Richter vorsichtig, daß man Heinrichs Letzten Willen nicht einfach übergehen könne. Bis zu diesem Augenblick hatte der Herzog sich noch beherrschen können, aber angesichts der gegnerischen Front verlor er die Nerven, und seine Liebenswürdigkeit verwandelte sich in Wut.

»Redet keinen Unsinn«, schrie er die Richter an und zu Cecil: »Was ist Eure Meinung, Mylord?« Cecil war vor einigen Monaten in den Adelsstand erhoben worden.

Der Staatssekretär sah sich in der Runde um, überlegte und erwiderte:

»Mylords, bevor wir dieses Dokument unterschreiben, gebe ich folgendes zu bedenken: Das Thronfolgegesetz des Jahres 1544 ist noch rechtsgültig. Damals wurde dem regierenden König, Heinrich VIII., das Recht zugestanden, seinen Nachfolger selbst zu bestimmen, dies gilt aber nicht für den Nachfolger. Das Thronfolgegesetz muß durch das Parlament geändert werden, das ist die Voraussetzung für die Rechtsgültigkeit des uns vorgelegten Testaments.«

Der Herzog starrte seinen Staatssekretär haßerfüllt an, nahm sich aber zusammen.

»Für juristische Spitzfindigkeiten haben wir jetzt keine Zeit, Mr. Cecil.«

Da erhob sich der Graf von Arundel.

»Es ist unerhört«, rief er, »was hier vorgeht, ist gegen Recht und Gesetz. Ich verstehe nichts von dem juristischen Kram, aber für mich gibt es nur zwei legitime Erben der Krone, die leiblichen Töchter Heinrichs VIII., das sagt mir mein Gefühl.«

»Und mein Gefühl, Mylord«, schrie der Herzog den Grafen an,

»mein Gefühl sagt mir, daß Ihr in den Tower gehört, und nicht nur Ihr, alle, alle Anwesenden!«

»Also auch Ihr«, entgegnete Arundel, »Ihr an erster Stelle.«

»Mylords«, und der Herzog begann erregt hin und her zu laufen, »wer sich weigert, dieses Dokument zu unterzeichnen, mit dem werde ich in Hemdsärmeln kämpfen, jawohl, das werde ich!«

Er blieb stehen, rang nach Luft und wischte sich mit einem Tuch über die Stirn.

Cecil und Arundel sahen einander an und dachten dasselbe: Im Augenblick ist es zwecklos, Widerstand zu leisten, am besten, man unterschreibt, vielleicht ergibt sich eine Gelegenheit, die Unterschrift zu widerrufen, das Testament ist schließlich rechtswidrig.

Cecil trat an den Tisch, unterzeichnete wortlos das Dokument, die übrigen folgten seinem Beispiel, wobei jeder ängstlich überlegte, wie es weitergehen würde.

Der Herzog triumphierte, jetzt konnte er Jane zur Königin proklamieren, wobei er natürlich damit rechnen mußte, daß in den katholischen Hochburgen Maria als neue Königin ausgerufen wurde, die Lösung dieses schwierigsten Problems beschäftigte ihn schon seit Wochen.

Während der Ratssitzung merkte er, daß die Mehrheit der Lords in Maria die legitime Erbin sahen, und er mußte damit rechnen, daß die Mehrheit der Bevölkerung ähnlich dachte.

Als er an jenem Abend die Ratsstube verließ, wußte er, daß der Erfolg seines Plans davon abhing, ob er die letzte Hürde überwand: die Schwestern des Königs. Solange sie sich in England frei bewegen konnten, waren sie eine Gefahr für Jane, er mußte sie unter einem Vorwand nach Greenwich locken und sich ihrer bemächtigen.

Während der folgenden Tage arbeitete er einen Plan aus, der nach menschlichem Ermessen gelingen mußte. Er wollte ihnen einen Brief schicken mit der Aufforderung, nach Greenwich zu kommen, weil der König dies wünschte, er sei krank und sehne sich nach ihrer Gegenwart.

Nach der Ankunft sollten sie über das Testament des Bruders informiert werden; falls sie sich weigerten, dieses Dokument anzuerkennen – und der Herzog war von ihrem Widerstand überzeugt –, bedeutete dies Hochverrat, man würde sie im Tower einkerkern und hinrichten lassen.

Der problematische Punkt dieses Plans war die Wahl des richtigen Zeitpunktes. Sie durften nicht zu früh und nicht zu spät in Greenwich eintreffen, am besten kurz nach dem Tod des Königs. Er fragte die Ärzte, ob sie erkennen könnten, wann Eduards letzte Stunden begannen, und sie versicherten ihm, daß es Anzeichen für die nahende Todesstunde gäbe.

Der Herzog schrieb die beiden Briefe, verwahrte sie in einem Geheimfach seines Schreibtisches und wartete in aller Ruhe die weitere Entwicklung ab.

So verging ein Junitag nach dem andern.

Die ersten Julitage waren so heiß und schwül, daß man kaum atmen konnte, und die täglichen Gewitter brachten nur geringe Abkühlung.

In der Themse fing man riesige Fische, was als übles Vorzeichen gedeutet wurde. Am 6. Juli war die Luft noch drückender als sonst, und Robert Dudley, der auf Befehl seines Vaters den ganzen Tag neben Eduards Bett saß, verließ während des Vormittags einige Male den Raum, um ein frisches Hemd anzuziehen.

Gegen Mittag erschienen die Ärzte, betrachteten Eduard und verschwanden wieder.

Wie lange soll dieses Martyrium noch dauern, dachte Robert und spürte, daß er es nicht mehr lange neben dem körperlichen Wrack des Königs aushalten konnte, er glaubte zu ersticken, sprang auf, wollte das Zimmer verlassen, da überbrachte man ihm den Befehl, sich unverzüglich zu seinem Vater zu begeben.

Im Vorzimmer bat man ihn zu warten, weil die Ärzte noch beim Herzog wären und anschließend werde der spanische Gesandte zur Audienz empfangen. Einer plötzlichen Eingebung folgend, stellte Robert sich hinter eine Säule neben der Tür; wenn die Ärzte hier vorbeigingen, unterhielten sie sich vielleicht, es war möglich, daß er etwas hörte, was er sonst nicht erfahren würde.

Nach einer Weile erschienen Dr. Bill und Dr. Wendy, blieben unweit der Säule stehen, sahen sich vorsichtig um, glaubten sich allein – Diener und Türsteher zählten nicht – und begannen eine Unterhaltung in griechischer Sprache. Ihr Tonfall war gedämpft, aber Robert verstand jedes Wort und war erstmals in seinem Leben für Aschams Unterricht dankbar.

»Ihr seid also auch der Meinung«, begann Dr. Bill, »daß der König noch in dieser Nacht sterben wird?«

»Ja«, erwiderte sein Kollege, »ich verstehe nicht, warum der Herzog die ungefähre Uhrzeit wissen will, das kann man nicht vorhersagen, und wenn wir den König heute nachmittag noch einmal sehen, werden wir genausowenig wissen, wie viele Stunden er noch lebt.«

»Der Herzog ist eben kein Arzt, viel merkwürdiger ist die absolute Geheimhaltung, niemand, auch nicht der Staatsrat oder Sir Cecil darf erfahren, daß der König im Sterben liegt.«

»Der Herzog wird seine Gründe haben, aber die gehen uns nichts an, und wir sollten über gewisse Dinge nicht nachdenken, das ist zu gefährlich.«

Als die beiden Männer das Zimmer verlassen hatten, ging Robert zu einem der Fenster und sah geistesabwesend hinunter in den Hof.

In dieser Nacht, dachte er und fühlte sich auf einmal unbehaglich, warum darf niemand wissen, daß der König nur noch einige Stunden leben wird?

Er schrak zusammen, als etwas an ihm hochsprang und bemerkte im gleichen Augenblick erleichtert, daß es nur der schwarze Spaniel des Königs war, der schon seit Tagen winselnd im Schloß herumlief.

Robert beugte sich hinunter, kraulte das seidige Fell, und der Hund begann vor Vergnügen mit dem Schwanz zu wedeln, endlich kümmerte sich jemand um ihn.

»Du weißt wohl nicht, zu wem du gehörst? Wenn alles vorbei ist, wird mein Vater sich um dich kümmern.«

Der Spaniel knurrte unwillig, fing an zu bellen, und Robert trat erschrocken einen Schritt zurück.

Im gleichen Augenblick wurde die Tür des Arbeitszimmers aufgerissen, und der Herzog stürzte wutentbrannt heraus.

»Was ist das für ein gottverdammter Lärm?« Und zu dem Diener: »Schafft den Köter weg, ich kann die Kläfferei nicht ertragen!«

»Die Kläfferei, Vater«, sagte Robert langsam und wunderte sich, woher er auf einmal den Mut nahm, so zu seinem gefürchteten Vater zu sprechen, »die Kläfferei hat immerhin Thomas Seymour in den Tower gebracht und Euch letztlich zur Macht verholfen.«

Der Herzog sah seinen Sohn überrascht an, und Robert erschrak beim Anblick des leichenblasses Gesichtes.

»Thomas Seymour?« fragte der Herzog, und seine Augen begannen unstet zu flackern.

»Thomas Seymour..., der Hund war ein unglücklicher Zufall für ihn, nicht für uns, das Leben ist eine Kette von solchen Zufällen. Komm, ich will etwas mit dir besprechen.«

Während sie das Arbeitszimmer betraten, überlegte Robert, daß es auch ein Zufall war, daß er die Unterhaltung der Ärzte gehört hatte, hoffentlich war es ein glücklicher Zufall, er mußte unbefangen wirken, sein Vater durfte nicht merken, daß er wußte, wie es um den König stand.

»Höre mir gut zu, Robert, es ist wichtig, daß du später alles so machst, wie ich es dir jetzt sage, ich verlasse mich auf dich, weil du ein Dudley bist und dir am Glück unserer Familie gelegen sein muß. Heute nachmittag, gegen vier Uhr, besuchen die Ärzte den König noch einmal. Ich werde bei dieser Visite anwesend sein. Du sollst mich genau beobachten, wenn ich dir kurz zunicke, verläßt du unauffällig das Zimmer, gehst zu den Stallungen und übergibst unseren beiden Reitknechten diese Briefe.«

Er entnahm einer Schublade zwei Schreiben und reichte sie Robert.

»Der eine Brief soll nach Hundsdon zu Lady Maria gebracht werden, der andere nach Hatfield zu Lady Elisabeth. Sage den Boten, daß sie die Nachricht nur den Damen persönlich übergeben dürfen, niemandem sonst. Ist alles klar?«

»Ja, Vater, allerdings...«, er zögerte etwas, »Lady Maria und Lady Elisabeth sind doch bestimmt über die Krankheit des Königs längst informiert.«

»Selbstverständlich«, der Herzog seufzte, »es ist alles so traurig, Seine Majestät möchte die Prinzessinnen vor seinem Tod noch einmal sehen, ein verständlicher Wunsch, nicht wahr?«

»Ja. Wieviel Zeit geben die Ärzte dem König noch?«

»Das weiß Gott allein. Es kann noch Wochen dauern, geh jetzt wieder zu Seiner Majestät.«

Als Robert das Zimmer verließ, überstürzten sich seine Gedanken. Ich muß sofort handeln, überlegte er, Elisabeth ist in Gefahr, das spüre ich, aber vorher muß ich in Ruhe über alles nachdenken. Also: Der König kann nicht mehr schreiben und nicht mehr sprechen, er dämmert schon seit Tagen halb bewußtlos vor sich hin. Diese Briefe sollen die Schwestern nach Greenwich locken, wenn sie eintreffen, das ist frühestens morgen der Fall, vielleicht auch erst übermorgen, wenn sie eintreffen, ist der König tot, Jane wahrscheinlich schon zur Königin proklamiert, was sollen die Schwestern dann hier? Jane als Königin anerkennen? Dazu werden sie nicht bereit sein, sie sind Tudors, und die Tudors sind eigensinnig, eine Weigerung bedeutet Hochverrat und...

»Mein Gott«, flüsterte Robert, und plötzlich wußte er, was gespielt wurde, mein Vater will Maria und Elisabeth in seine Gewalt bekommen, er wird sie töten lassen. Solange sie leben, sind sie eine ständige Gefahr für ihn und für Jane.

Nein, dachte Robert, das mache ich nicht mit, diese Testamentsgeschichte hat mir schon nicht gefallen, aber jetzt wird ein Mord geplant! Elisabeth darf nicht hierherkommen, ich muß sie warnen, und Maria? Das muß ich mir noch überlegen, Elisabeth ist auf jeden Fall wichtiger.

Er war inzwischen wieder im Zimmer des Königs und setzte sich neben das Bett.

Er dachte an den Beutel mit Goldstücken in der Kleidertruhe, es waren seine sämtlichen Ersparnisse, damit konnte er den Reitknecht bestechen, damit dieser Elisabeth einen kleinen Zettel übergab, aber er konnte den Beutel nicht in den Kleidern, die er trug, verstecken, Gold und Zettel mußten bereits im Stall sein, wenn sein Vater ihn wegschickte.

Er dachte eine Weile nach, sagte zu dem Diener, er müsse unbedingt das Hemd wechseln, eilte in seine Räume, holte den Beutel, schrieb einige Worte auf einen schmalen Papierstreifen, faltete ihn so klein wie möglich zusammen und rief seinen Diener Philip.

»Gegen vier Uhr«, flüsterte er ihm zu, »gehst du mit Beutel und diesem Stück Papier unauffällig zu den Stallgebäuden, nimmst mein Pferd und führst es im Hof spazieren. Wenn ich auftauche, kommst du mit dem Schimmel zu mir und übergibst mir diskret Beutel und Papier, dann führst du zum Schein das Pferd noch ein bißchen herum.«

»Ja, Euer Gnaden.«

Philip wußte nicht, worum es ging, und wollte es auch nicht wissen, aber er ahnte, daß sein Herr etwas plante, was den Interessen des Herzogs schadete, und das war gefährlich.

»Euer Gnaden«, begann er vorsichtig, »bei Eurem Plan darf Euch kein Fehler unterlaufen, habt Ihr alles gut überlegt?«

»Ja.«

Hoffentlich versteht sie meine Botschaft, dachte Robert, während er ein frisches Hemd anzog.

Als er zum Gemach des Königs zurückging, schwankte er, ob er nicht auch Maria warnen sollte, nein, entschied er, Maria ist mir gleichgültig, und eine Königin Maria, falls es diese Chance für sie noch gibt, eine Königin Maria wäre ein Unglück für die Dudleys und für England. Schicksal, nimm deinen Lauf!

Pünktlich um vier Uhr betraten die Ärzte und der Herzog das Zimmer.

Robert erhob sich ehrerbietig, stellte sich neben die Tür und beobachtete herzklopfend das bleiche Gesicht seines Vaters. Hoffentlich klappte alles mit Philip, hoffentlich war der Reitknecht bestechlich, hoffentlich erfuhr sein Vater nicht, daß der Sohn ihn verraten hatte, seine Nerven waren derart überreizt, daß er in seiner Phantasie beim Verrätertor ankam, die Stufen emporschritt und dann hinter den dicken grauen Mauern eines Turmes verschwand...

Die Ärzte beugten sich über den König und befühlten ihn vorsichtig einige Minuten lang, die Robert wie Stunden empfand.

Endlich richtete Dr. Bill sich auf, während sein Kollege Eduards Pulsschlag beobachtete.

»Nun«, fragte der Herzog, »wißt Ihr jetzt mehr?«

»Nein, Euer Gnaden, ich kann nur das wiederholen, was wir Euch heute mittag bereits sagten, man kann keinen genauen Zeitpunkt nennen.«

John Dudley nickte seinem Sohn unmerklich zu, und Robert verließ leise das Zimmer.

Als er die Treppe zur Großen Halle hinuntergehen wollte, stutzte er. An einem der Fenster stand Cecil und sah hinaus in den Hof.

Robert konnte das Gesicht nicht sehen, spürte aber, daß der Staatssekretär über irgend etwas angestrengt nachdachte. Ausgerechnet Cecil, dachte Robert ärgerlich; er verspürte wenig Lust, ihm jetzt zu begegnen, er begegnete ihm überhaupt ungern, weil der durchdringende Blick und die spitzfindigen Bemerkungen des Politikers ihn stets von neuem verunsicherten, und er verstand nicht ganz, daß sein Vater bei jeder Gelegenheit Cecil lobte: Er sei ein hervorragender Diplomat, ein wahrer Glücksfall für die Regierung und so weiter.

Warum treibt er sich um diese Zeit in der Halle herum, überlegte Robert, normalerweise müßte er über seinen Akten brüten. Ob ich einen Nebenausgang benutze, aber der Weg durch die Halle zu den Ställen ist kürzer, und mein Vater boebachtet mich wahrscheinlich vom Fenster aus. Vielleicht bemerkt der Herr Diplomat mich nicht, und mit raschen, leisen Schritten ging er hinunter.

Cecil hatte erfahren, daß die Ärzte beim König waren, wollte sie abfangen und ein bißchen ausfragen, weil er – genau wie der Herzog – seit Wochen darüber nachdachte, wie lange der König noch leben würde.

Die Ärzte werden nicht viel sagen, überlegte Cecil, aber vielleicht verrät ihr Mienenspiel etwas.

Seit jener turbulenten Ratssitzung grübelte er darüber nach, was der Herzog mit Maria und Elisabeth vorhatte, aber seine Versuche, auf Umwegen Northumberland etwas zu entlocken, waren vergeblich, John Dudley schwieg sich aus.

Sein Schweigen ist kein gutes Zeichen, dachte Cecil, an diesem Punkt endeten seine Überlegungen jedes Mal, und er ärgerte sich darüber.

Robert hatte fast den Ausgang erreicht, als der Graf von Arundel die Halle betrat.

»Hallo, Robert, wohin so eilig?«

Beim Klang von Arundels Stimme zuckte Cecil zusammen, drehte sich um und ging langsam zu den beiden Männern.

»Sollst du nicht Tag und Nacht bei Seiner Majestät wachen?« fragte der Graf erstaunt.

»Ja, aber ich muß jetzt sofort zwei Boten wegschicken.«

»Wohin, Robert?« fragte Cecil. »Wohin?«

Die Frage kam so überraschend, daß der junge Mann nur noch sagen konnte: »Nach Hundsdon und Hatfield, Lady Maria und Lady Elisabeth sollen nach Greenwich kommen, entschuldigt mich, ich bin in Eile«, und schon war er im Hof, rannte zu den Ställen, und dabei überlegte er, daß es verkehrt gewesen war, Cecil und Arundel über den Inhalt der Briefe zu informieren, jetzt ist es geschehen, dachte er, Schicksal, nimm deinen Lauf!

In diesem Augenblick kam ihm Philip mit dem Pferd entgegen.

Arundel und Cecil sahen einander schweigend an. In Cecils juristisch geschultem Kopf überstürzten sich die Gedanken mit dem Ergebnis, daß er beschloß, Elisabeth noch am gleichen Tag zu warnen, sie durfte Hatfield jetzt nicht verlassen! Arundel brauchte etwas länger, bis er seine Gedanken geordnet hatte, und sagte nach einer Weile: »Was hat der Herzog mit den Schwestern vor?«

»Warum fragt Ihr mich? Der Herzog weiht mich nicht in seine Pläne ein. Vielleicht will man den Prinzessinnen endlich mitteilen, daß sie von der Thronfolge ausgeschlossen sind und daß Lady Jane Englands neue Königin wird.«

»Lord Cecil, für wie dumm haltet Ihr mich? Ihr wißt genausogut wie ich, was hier gespielt wird. Der Herzog muß Heinrichs Töchter töten, ach was, ermorden, wenn er seine Herrschaft sichern will, und der Rat, die Richter, der Oberrichter, ja sogar der Erzbischof von Canterbury haben durch ihre Unterschrift diesen kaltblütigen Mord vorbereitet. Wir alle, auch Ihr, Sir Cecil, haben das Haus Tudor verraten.«

»Was geschehen ist, ist geschehen, entschuldigt mich, Mylord, ich muß noch arbeiten.«

Cecil ließ den verblüfften Grafen stehen und eilte in seine Privaträume, die im andern Flügel des Schlosses lagen. Er wollte in Ruhe nachdenken und dann rasch handeln.

Arundel ging zum Ausgang und blieb stehen.

Da kam Robert zurück und verschwand in einem Nebeneingang. Er fühlte sich erleichtert wie noch nie zuvor in seinem Leben, es war alles gelaufen, wie er es geplant hatte. Er, Robert Dudley, der jüngste Sohn des Herzogs von Northumberland, hatte Elisabeth Tudor das Leben gerettet.

Die Boten sind unterwegs, dachte Arundel, es ist zu spät. Zu spät? Nein, es ist nicht zu spät, Maria wird wahrscheinlich erst morgen aufbrechen, Zeit genug, um sie zu warnen. Und Elisabeth? Sie ist für den Herzog nicht weiter wichtig, ihm kommt es auf Maria an, vielleicht kann man von Hundsdon aus eine Warnung nach Hatfield schicken, Elisabeth wird auch erst morgen aufbrechen, zumal es heute bestimmt noch ein Gewitter gibt.

Er sah prüfend zum Himmel, marschierte mit festem Schritt zu den Ställen, suchte und fand seinen Reitknecht. Er zog ihn in eine Ecke und sagte leise: »Wenn es dunkel ist, nimmst du ein gutes Pferd und reitest nach Hundsdon. Mein Diener wird dir nachher eine Botschaft bringen, die übergibst du Lady Maria, aber nur ihr, hörst du?«

»Ja, Euer Gnaden, aber sie kennt mich nicht.«

»Sie kennt meine Handschrift, das genügt. Wirst du dir alles merken können?«

»Gewiß, Euer Gnaden.«

Der Graf ging erleichtert in sein Zimmer zurück.

Er, der Graf von Arundel, hatte der rechtmäßigen Thronerbin, Maria Tudor, das Leben gerettet. Er setzte sich an seinen Schreibtisch und begann einen Text zu formulieren, nach einer Weile zerriß er das Papier und begann von neuem.

Er mußte mit allem rechnen, auch damit, daß man den Reitknecht abfing und das Billett entdeckte, deshalb mußte er eine Formulierung finden, die Maria warnte und ihn nicht verriet.

Er seufzte und sah zur Uhr, es war kurz nach fünf, er hatte genügend Zeit, um die rechten Worte zu finden, vor zehn Uhr abends würde der Knecht nicht losreiten können, und die Tore blieben im Sommer bis Mitternacht geöffnet.

Unterdessen schrieb Cecil einen Brief an seine Frau, worin er aufzählte, welche Wertgegenstände und Bücher sie in den nächsten Tagen auf das Landgut bringen sollte, das er von seinem Vater geerbt hatte.

Niemand weiß, wie es nach dem Tod des Königs weitergeht, überlegte er, und das Gut bietet eine gewisse Sicherheit, dieser Rechtsbruch des Herzogs kann nicht gutgehen, schließlich gibt es eine göttliche Gerechtigkeit.

Nachdem er den Brief gesiegelt hatte, nahm er ein Blatt Papier und schrieb ein Wort darauf, das genügte, Elisabeth kannte seine Schrift.

Er rief seinen Diener, übergab ihm Brief und Billett und erteilte ihm seine Anweisungen.

»Wenn es dunkel ist, verläßt du unauffällig das Schloß, reitest nach Hatfield und übergibst das Billett Lady Elisabeth, aber nur ihr, hörst du? Von Hatfield aus reitest du nach London und überbringst meiner Frau diesen Brief. Du sagst ihr, daß die Zukunft ungewiß ist und wir mit allem rechnen müssen.«

Als der Diener gegangen war, vertiefte Cecil sich in seine Akten. Er merkte nicht, daß der Himmel sich verdunkelte und einzelne Blitze aufzuckten, erst als über dem Schloß Donnergrollen hörbar wurde, schrak er zusammen. Im gleichen Augenblick begann es heftig zu stürmen, und wenig später setzte ein wolkenbruchartiger Regen ein.

Cecil schloß das Fenster, und als er weiterarbeiten wollte, sah er flüchtig auf die Uhr, es war Viertel vor sechs. Er vertiefte sich in einen Bericht über den Sohn Karls V., Philipp, ein ernsthafter junger Mann, stets schwarz gekleidet, ein fanatischer Anhänger des katholischen Glaubens, er sollte, so lauteten die Gerüchte, König von Spanien werden, man munkelte von einer Abdankung des Kaisers, aber niemand wußte etwas Genaues.

Philipp als König von Spanien, dachte Cecil, da zeichnen sich ganz neue Konstellationen ab, was bedeutet das für England?

Er war so beschäftigt, daß er seine Umgebung vergaß.

Als es zu regnen begann, schloß auch der Graf von Arundel sein Fenster, blieb aber noch eine Weile stehen, sah hinaus in das Unwetter und dachte voller Groll und Erbitterung an Henry Grey. Er hatte es ihm nie verziehen, daß er vor vielen Jahren seine kleine Schwester, Lady Arundel, hatte sitzenlassen, um Frances Brandon, die Nichte des Königs, zu ehelichen. Das würde dir so passen, Henry, dachte der Graf erbost, daß deine Tochter Jane Königin von England wird, diese Suppe werde ich dir gründlich versalzen. Wenn Maria gewarnt ist, wird sie in den katholischen Norden fliehen, ihre Anhänger um sich scharen und ihren Thron zurückerobern, und ich werde endlich aus meinem Schattendasein, das ich seit Heinrichs Tod führe, heraustreten und mit einem ansehnlichen Hofamt für meine Treue belohnt werden.

Inzwischen schlug es sechs Uhr, der Regen begann nachzulassen, hörte auf, und das Gewitter zog weiter.

Arundel öffnete das Fenster und atmete genußvoll die frische, abgekühlte Luft ein, plötzlich stutzte er, traute seinen Augen nicht, die Tore wurden geschlossen!

Was soll das, dachte er, am hellichten Tag? Es dauerte eine Weile, bis er begriff, daß das Schloß von der Außenwelt isoliert werden sollte, niemand durfte hinein, und niemand durfte hinaus, entsetzt beobachtete er, daß Tore und Nebeneingänge von Bewaffneten bewacht wurden, es gab für seinen Reitknecht keine Möglichkeit, unbemerkt das Schloß zu verlassen.

Es muß etwas Außergewöhnliches passiert sein, überlegte der Graf, und plötzlich wußte er, daß der König tot war und daß die Welt dies noch nicht erfahren sollte. Maria Tudor, dachte er entsetzt, was wird nun aus Englands legitimer Königin?

Zur selben Zeit betrat Cecils Diener aufgeregt das Arbeitszimmer seines Herrn.

»Verzeiht die Störung, Sir Cecil, aber die Tore sind geschlossen und werden bewacht.«

»Wie bitte?«

»Die Tore sind geschlossen, ich kann Euren Auftrag nicht ausführen.«

Cecil sprang auf und ging zum Fenster.

»Gütiger Himmel, tatsächlich.«

Der König ist tot, schoß es ihm durch den Kopf, und Elisabeth Tudor, dachte er verzweifelt, was wird nun aus Englands rechtmäßiger Thronerbin?

»Vielleicht werden die Tore nachher wieder geöffnet«, sagte der Diener.

»Das glaube ich nicht.«

Niemand, überlegte er, darf während der nächsten Tage ohne Erlaubnis des Herzogs das Schloß verlassen, es blieb nichts übrig, als abzuwarten und aufzupassen, ob es nicht doch eine Möglichkeit gab, einen Boten hinauszuschmuggeln.

Eduard war um sechs Uhr abends gestorben, und der Herzog hatte sofort befohlen, den Tod zu verschweigen, außer den im Sterbezimmer weilenden Personen wußte niemand, was passiert war, weder die Hofleute im Vorzimmer noch Dr. Cheke, Eduards langjähriger Lehrer, der in einer Fensternische stand und still vor sich hinweinte.

Northumberland erteilte einige Anweisungen bezüglich der Rückkehr des Hofes nach London und überlegte, wann er den Rat informieren sollte, am selben Abend, am nächsten Morgen?

Er stand am Fenster, beobachtete die Wachposten an den Toren und wurde auf einmal von panischer Angst erfaßt: Vielleicht war der Tod des Königs inzwischen durchgesickert, vielleicht war es einem Spion gelungen, das Schloß zu verlassen, vielleicht war er auf dem Weg nach Hundsdon, um Maria die Todesnachricht zu überbringen, vielleicht wurde sie am nächsten Tag zur Königin proklamiert!

Diese Gedanken trieben ihn fast zum Wahnsinn, und so berief er noch am gleichen Abend den Rat ein.

Er versuchte, ruhig und gefaßt zu wirken, aber Cecil und Arundel bemerkten, daß seine Hände zitterten, und dachten sich ihr Teil. Jetzt, während der kommenden, entscheidenden Tage, darf er nicht nervös werden, überlegte Cecil, sonst unterläuft ihm ein Fehler, der für uns alle zum Verhängnis werden kann.

Der Herzog informierte die Herren kurz über den Tod des Königs, er sei in den Armen Robert Dudleys friedlich entschlafen, dann teilte er mit, daß er die Instandsetzung des Towers befohlen habe, um die neue Königin würdig zu empfangen, schließlich erfuhren die Lords, daß Königin Jane am nächsten Tag von Chelsea nach Sion gebracht werde, von dort aus ihre Themsefahrt nach London antrete und daß der Hof sofort nach der Ankunft von Lady Maria und Lady Elisabeth nach Whitehall übersiedele, der Rat werde natürlich im Tower bei der Königin wohnen, Eduard bleibe vorerst unbestattet in Greenwich.

Der Herzog schwieg, blickte in die Runde und stellte erleichtert fest, daß die Lords alles schweigend ohne Widerspruch zur Kenntnis nahmen.

Jetzt kam der heikle Punkt seiner Ausführungen, Northumberland überlegte kurz und fuhr fort: »Morgen wird Lady Elisabeth hier eintreffen, wahrscheinlich am Spätnachmittag oder gegen Abend, sie wird sofort nach ihrer Ankunft in Gewahrsam genommen. Bei Lady Maria liegen die Dinge anders, es ist zu riskant, auf ihre Ankunft zu warten, deshalb wird mein Sohn Robert morgen vormittag mit einem Trupp Soldaten nach Hundsdon reiten, Lady Maria festnehmen und in den Tower bringen, über das weitere Schicksal der Prinzessinnen entscheide ich später. Mylords, ich möchte noch einmal daran erinnern, daß wir alle im gleichen Boot sitzen.«

Die Herren sahen einander an und schwiegen betreten.

Arundel und Cecil dachten dasselbe: Der Herzog redet zuviel, es war ein Fehler, den Rat über Marias Verhaftung zu informieren, es war ein entscheidender Fehler!

Robert verläßt morgen mit einem Trupp Berittener das Schloß, die Tore werden für wenige Augenblicke geöffnet…

Zur selben Zeit überreichte Roberts Reitknecht Elisabeth den Brief des Herzogs. Sie kannte den Boten nicht und musterte ihn von oben bis unten, ehe sie das Schreiben öffnete. Der arme Kerl ist ja völlig durchnäßt, dachte sie, warum hat er nicht irgendwo Schutz vor dem Regen gesucht, oder ist die Botschaft so wichtig?

Sie las den Brief, las ihn noch einmal, legte ihn nachdenklich auf den Tisch und befahl dem Diener, Mrs. Ashley zu holen.

»Euer Gnaden«, begann der Reitknecht zögernd, »ich habe noch eine zweite Nachricht für Euch«, er nestelte an seinem Wams und übergab der erstaunten Elisabeth ein halbfeuchtes Stückchen Papier.

Sie entfaltete es und las entsetzt: »Der König wird noch in dieser Nacht sterben.«

»Eduard«, flüsterte sie und sank auf einen Stuhl. Sie fühlte sich schwindlig, und die Buchstaben begannen vor ihren Augen zu tanzen. Noch in dieser Nacht, dachte sie, aber das ist unmöglich, in dem Brief steht doch ...

Sie sah ratlos vor sich hin, etwas stimmte nicht, sie las erneut die acht Worte auf dem zerknitterten Stückchen Papier, und plötzlich stutzte sie: die Schrift! Robins Schrift!

Ihre Gedanken begannen sich zu überstürzen, er schreibt die Wahrheit, warum sollte er sie belügen? Sie mußte jetzt Ruhe bewahren und logisch denken. In diesem Moment erschienen der Diener und Kate. Letztere spürte sofort, daß etwas nicht in Ordnung war.

»Was ist passiert, Euer Gnaden?«

Elisabeth stand auf und trat zu dem Reitknecht.

»Ihr habt mir wichtige Nachrichten überbracht, dafür danke ich Euch«, und zu dem Diener: »Führe den Mann in die Küche, dort kann er seine Kleider trocknen, sorge dafür, daß er eine warme Mahlzeit und Wein bekommt, und sage Parry, er soll ihm einen Beutel mit Goldstücken geben.«

»Euer Gnaden«, stammelte der Reitknecht, »vielen Dank, Euer Gnaden, aber ... noch ein Beutel Gold, das habe ich nicht verdient.«

»Seid unbesorgt, Ihr habt es verdient.«

Noch ein Beutel Gold, überlegte sie, für Robin muß es sehr, sehr wichtig sein, daß ich seine Botschaft erhalte... Es ist also wahr, mein Bruder... vielleicht ist er schon tot.

Sie begann zu weinen, und es dauerte eine Weile, bis sie sich beruhigte.

Kate wunderte sich, daß um einen einfachen Reitknecht soviel Aufhebens gemacht wurde, ein Beutel mit Goldstücken!

Elisabeth wirtschaftete sparsam, der Bote mußte ungewöhnliche Nachrichten gebracht haben, traurige Nachrichten, weil sie weinte.

»Kate, als ich vor einem halben Jahr nach Whitehall ritt, um meinen kranken Bruder zu besuchen, wurde ich unterwegs angehalten und zurückgeschickt mit der Begründung, ich dürfe ihn nicht sehen; vorhin erhielt ich einen Brief mit der Aufforderung, sofort nach Greenwich zu kommen, der König sei krank und wünsche, mich zu sehen, gleichzeitig gab mir der Bote diesen Zettel, lies – was hältst du davon?« Und sie reichte Kate beide Papiere.

Die Erzieherin las und sagte spontan: »Eine Nachricht ist falsch.«

»Das denke ich auch. Der Brief ist merkwürdig, er ist weder von meinem Bruder geschrieben noch von ihm unterschrieben, vielleicht kann Eduard nicht mehr schreiben, vielleicht weiß er nichts von dem Brief, ich habe einen Verdacht, wer der Verfasser sein könnte, jedenfalls ist der kleine Zettel aufschlußreicher.«

»Euer Gnaden, glaubt Ihr wirklich, daß Seine Majestät noch in dieser Nacht...«

»Ja, es ist eine traurige Wahrheit, aber es ist die Wahrheit«, sie zögerte etwas und fuhr fort: »Weißt du, wer diesen Zettel geschrieben hat? Robert Dudley!«

»Der Sohn des Herzogs?« fragte Kate überrascht.

Robert Dudley, überlegte Kate und erinnerte sich plötzlich an verschiedene Äußerungen Parrys im Frühjahr und Sommer 1551, Parrys scharfen Augen entging nichts, und warum sollte des Herzogs jüngster Sohn nicht in Elisabeth verliebt sein?

»Ich habe ein ungutes Gefühl bei dem Brief, Euer Gnaden, aber ich sehe keinen Zusammenhang zwischen den beiden Nachrichten.«

»Der Zusammenhang ist ganz einfach Kate, zu einfach. Nach dem Tod meines Bruders beginnt der Kampf um die Krone. Du erinnerst dich bestimmt an die Gerüchte, die Parry neulich aus London mitbrachte, Jane Grey, nein, Jane Dudley, würde Thronansprüche geltend machen. Diese Gerüchte sind nicht von der Hand zu weisen, wobei natürlich nicht Jane, sondern ein Mann im Hintergrund die treibende Kraft ist.

Wenn ich mich jetzt nach Greenwich begebe, gerate ich in den Strudel der Nachfolgefrage. Eines weiß ich schon lange, der Herzog will verhindern, daß meine Schwester Königin wird. Jetzt versucht er, Jane oder mich, oder uns beide, gegen Maria auszuspielen, und das mache ich nicht mit! Ich werde meiner Schwester niemals die Krone streitig machen, nie! Wir werden hierbleiben und in Ruhe alles abwarten.«

»Ihr habt recht, Euer Gnaden, aber was ist mit Lady Maria, vielleicht hat sie auch eine Nachricht erhalten.«

»Das glaube ich nicht, ab morgen bin ich übrigens krank; ich traue dem Herzog zu, daß er versuchen wird, mich mit Gewalt nach Greenwich zu schaffen.«

Im Sommer 1553 war Maria Tudor siebenunddreißig Jahre alt. Ihre unglückliche Jugend und der Kummer über die religiöse Entwicklung in England hatten sie vorzeitig altern lassen, und ihre innere Verbitterung spiegelte sich in den glanzlosen Augen wider und in dem schmalen, zusammengekniffenen Mund. Sie hatte die Hoffnung längst aufgegeben, irgendwann einen katholischen Fürsten zu heiraten, hin und wieder erinnerte sie sich schmerzlich an ihre Kinderverlobung mit Karl V., inzwischen waren über dreißig Jahre vergangen, Karl hatte einen erwachsenen Sohn, Philipp, der in den Niederlanden regierte, er war das einzige legitime Kind neben illegitimen Halbgeschwistern; Philipp war ebenfalls Vater eines legitimen Sohnes, hatte wahrscheinlich auch etliche illegitime Kinder, und er war Witwer.

Jedes Mal, wenn Maria sich an ihre Kinderverlobung erinnerte, wurde ihr bewußt, daß sie in ihrem Leben noch nie das Gefühl der Verliebtheit kennengelernt hatte, und daß sie um alles, was das Leben einer Fürstentochter bieten konnte, betrogen worden war.

Kein Mann und keine Krone, das einzige was ihr geblieben war, und was man ihr nicht rauben konnte, war die Religion, der katholische Glaube, er war ihr Lebensinhalt, und im Laufe der Jahre wurde sie eine religiöse Fanatikerin. Einige Angehörige ihres Hofstaates fanden, daß die Praktizierung des katholischen Glaubens und ihr Haß auf die Protestanten anfing, krankhaft zu werden. Seit dem kurzen Besuch in Whitehall im Frühjahr 1551 lebte sie völlig zurückgezogen und unbehelligt auf ihren Landsitzen und kümmerte sich nicht um die innenpolitische Entwicklung, weil es sie nicht interessierte.

Als sie an jenem 6. Juli 1553 Northumberlands Brief erhielt und las, daß Eduard krank sei, war sie überrascht, erschüttert und gerührt.

Der arme kleine Bruder, er siechte inmitten dieser barbarischen Ketzer dahin, er brauchte sie, warum sonst sollte sie zu ihm kommen, sie mußte ihm beistehen, vielleicht gelang es ihr sogar, ihn wieder zum richtigen Glauben zu bekehren, und so befahl sie, alles für die Abreise am nächsten Tag vorzubereiten.

Der 7. Juli war klar und sonnig, aber immer noch unerträglich heiß und schwül. Am späten Vormittag konnte Maria mit ihrem Gefolge endlich aufbrechen. Sie wollte an dem Tag nur bis zu ihrem Schloß in Clerkenwill reiten, dort übernachten und am 8. nach Greenwich weiterreisen. Wegen der Hitze mußten sie öfter und länger rasten, und so wurde es drei Uhr nachmittags, als sie endlich Hodesdon erreichten.

Am Ortsausgang kam ihnen von Süden ein Reiter entgegen, der schon von weitem etwas rief. Maria hielt an, und als der Mann näher kam, hörte sie verwundert:

»Zurück! Zurück!«

»Ich glaube, er meint uns«, sagte Andrew Huddleston, ihr Verwalter. Inzwischen war der Reiter herangekommen, saß ab und lehnte sich schweißüberströmt und keuchend an den Pferdeleib. »Majestät«, stammelte er, »zurück, reitet nicht nach London, reitet nach Norden, Robert Dudley und ein Trupp Soldaten verfolgen Euch, sie können jeden Augenblick hier sein, Majestät.«

Maria starrte den Mann entgeistert an. Was ging hier vor? Was bedeutete die Anrede »Majestät«?

Inzwischen hatte Huddleston sich gefaßt und fing an, die Zusammenhänge zu ahnen.

»Wer seid Ihr? Was ist passiert?«

»Seine Majestät, König Eduard ist gestern gestorben. Der Herzog von Northumberland verschweigt vorläufig den Tod des Königs, weil Lady Jane, seine Schwiegertochter, zur Königin proklamiert werden soll. Euch, Majestät, will man in den Tower bringen. Ich hätte Euch gestern schon warnen sollen, aber die Tore waren verschlossen, heute morgen gelang es mir, mich unter Robert Dudleys Leute zu mischen und mich während der Mittagsrast unbemerkt zu entfernen. Majestät, säumt nicht länger, reitet gen Norden, es geht um Euer Leben, Majestät.«

Maria glaubte nicht richtig zu hören. Eduard war tot! Man versuchte, ihr den Thron zu rauben?!

»Wie soll ich Euch glauben?« sagte sie nach einer Weile. »Wer seid Ihr überhaupt, wer schickt Euch?«

»Mein Herr und Gebieter ist der Graf von Arundel.«

»Arundel«, flüsterte sie und dachte nach: Gouverneur von Calais, Kammerherr ihres Vaters, unschuldig eingekerkert zur Zeit von Somersets Sturz, der alte Haß auf die Greys… Arundel konnte sie vertrauen.

»Habt Ihr einen Brief dabei?«

»Nein, Majestät, der Graf wagte nicht, Euch eine schriftliche Botschaft zu senden.«

Erst in diesem Augenblick begriff sie die volle Tragweite dessen, was geplant war, und ein unbändiger Zorn stieg in ihr hoch.

»Verräter!« schrie sie. »Ketzer! Diesen Verrat wirst du büßen, John Dudley, du und deine ganze Familie, ich werde euch ausrotten, vernichten!«

Sie ergriff die Zügel und wendete das Pferd.

»Wir reiten nach Kenninghall, Andrew.«

Kenninghall gehörte zum konfiszierten Besitz des katholischen Herzogs von Norfolk und war eines von Marias Lieblingsschlössern.

»Mit Verlaub Majestät, es wäre eine große Ehre für mich, wenn Euer Majestät im Haus meines Onkels in Sawston-Hall übernachten würden.«

»Sawston liegt in der Nähe von Cambridge, eine Hochburg der Ketzer.«

»Euer Majestät sind im Hause meines Onkels sicher, ich bürge dafür.«

Maria überlegte, bis Sawston war es der halbe Weg.

»Gut, ich vertraue Euch, nehmt Arundels Boten auf Euer Pferd, der Mann ist ja zu Tode erschöpft«, und zu ihrem Gefolge:

»Wir reiten nach Sawston und morgen weiter nach Kenninghall. Von Norfolk aus werde ich den Thron zurückerobern! Die Krone Englands gebührt den Tudors, nicht Lady Jane, folgt mir!«

Sie gab ihrem Pferd die Sporen, Huddleston aber rief: »Hoch lebe Königin Maria, sie ist Englands neue Königin!«

»Ja, hoch lebe Königin Maria!« riefen die Gefolgsleute, und dann galoppierten sie begeistert hinter Heinrichs ältester Tochter her.

Königin von England, dachte Maria, das hätte ich nie für möglich gehalten, ich werde um diese Krone kämpfen, die die Ketzer mir entreißen wollen, und dann wird England von dem protestantischen Pack gesäubert, die kleine Jane ist unschuldig an diesem Verrat, dieses Mal hast du dich verrechnet, John Dudley... und der Rat spielt mit, unglaublich, man sollte die Banditen in den Tower werfen, Cranmer, Paget, Cecil...

Maria I. von England..., und während sie unter der glühenden Julisonne eine Meile nach der andern zurücklegte, formulierte sie im Geist ihre Proklamation zur Königin, die gleichzeitig das Landvolk zu den Waffen rufen sollte, um ihrer Sache, ihrem Erbrecht, beizustehen:

»Wisset, all ihr getreuen Untertanen dieses Königreiches, daß Euer vieledler Fürst, Herrscher, Herr und König, Eduard VI., am Donnerstag, welches der 6te Juli gewesen, von dieser Welt geschieden und in Gottes Ewigkeit eingegangen ist. Nunmehr ist die erlauchte Prinzessin, weiland Seiner Majestät Schwester Maria, durch Gottes Gnade Königin von England, Irland, rechtmäßige Besitzerin der Krone, Regierung und Titel von England und Irland und allem, was dazugehört. Zum Ruhme Gottes, zur Ehre Englands und zu eurem Nutzen. Und Ihre Hoheit ist nicht aus dem Königreiche geflohen und gedenkt auch solches, wie fälschlich berichtet wird, nicht zu tun.«

Am Spätnachmittag traf Robert Dudley mit seinen Männern in Hundsdon ein. Er hatte sich im stillen gewundert, daß ihnen unterwegs niemand begegnet war, und vermutete daher, daß Maria auf anderen Wegen nach Greenwich ritt.

Als er im Schloßhof absaß, spürte er instinktiv, daß etwas nicht in Ordnung war. Über dem Anwesen lag eine tiefe, unheimliche Stille, man sah keine spielenden Kinder, keine Stallburschen, keine schwatzenden Mägde, man hörte keinen Küchenlärm, keine Gesprächsfetzen oder Gesang, die Fenster waren alle geschlossen, das einzige Lebewesen war eine fette schwarze Katze, die sich in der Sonne putzte.

Robert zog seinen Degen und ging langsam zur Großen Halle. Auch hier rührte sich nichts, nur eine Ratte huschte über die schmutzigen Binsen ins Freie, eine Maus äugte vorsichtig aus ihrem Loch, und einige Spinnen krabbelten an den roten Steinwänden entlang.

Ratten, Mäuse und Spinnen, dachte Robert angewidert, sind das etwa die einzigen Bewohner? Er winkte seinen Männern, ihm zu folgen, und durchschritt einen Raum nach dem andern. Als sie ihren Rundgang beendet hatten, steckte Robert den Degen wieder in die Scheide.

»Der Vogel ist also ausgeflogen«, sagte er, »aber man soll nichts unversucht lassen, durchstreift die Gegend, ich erwarte Euch hier in einer Stunde.«

Er hielt es für unwahrscheinlich, daß Maria sich in der Nähe des Schlosses verborgen hatte, aber er wollte einen Augenblick allein sein und in Ruhe nachdenken. Er setzte sich auf die Eingangstreppe und blinzelte in die Nachmittagssonne. Sie ist gewarnt worden, überlegte er, genau wie Elisabeth, warum auch nicht?

Elisabeth wurde sogar zweimal gewarnt, von mir und von Cecil, warum sonst ist Cecils Diener heute morgen mitgeritten, ganz unauffällig hat er sich unter uns gemischt, und irgendwann war er verschwunden; ich habe so getan, als ob ich ihn nicht bemerke, vielleicht war die Warnung des Herrn Staatssekretärs eindeutiger als meine, und er spürte einen feinen Stich von Eifersucht.

Er mochte Cecil nicht besonders, weil er im Frühjahr und Sommer 1551 bemerkt hatte, daß zwischen dem Diplomaten und Elisabeth ein gewisses Vertrauensverhältnis bestand. Es war albern, daß er auf Cecil eifersüchtig war, aber gegen Gefühle war man machtlos.

Maria ist gewarnt worden, dachte er, wahrscheinlich von einem Ratsmitglied oder von mehreren, mein Vater hat also Feinde. Bis jetzt haben sie nicht gewagt, sich offen gegen ihn zu stellen, aber Marias Flucht hat die Situation verändert. Sie wird ihre Anhänger um sich scharen und gegen Jane antreten. Der Ausgang dieses Kampfes ist ungewiß, man muß damit rechnen, daß Heinrichs Tochter siegt. Was wird dann aus uns, den Dudleys? Man wird uns einkerkern und...? Er starrte verzweifelt auf das Kopfsteinpflaster.

»Großer Gott«, sagte er leise, »ich bin erst einundzwanzig Jahre alt, und ich möchte leben, ich möchte nicht hingerichtet werden...« Er erinnerte sich dunkel an seinen einzigen Besuch im Tower zusammen mit seinem Vater, damals im Herbst 1547, sie waren mit dem Boot die Themse hinuntergefahren, und Elisabeth war ihnen entgegengekommen, begleitet von Thomas Seymour und Jane... Vielleicht legte Elisabeth ein gutes Wort für ihn ein, aber woher sollte sie wissen, daß er sie gewarnt hatte?

Vielleicht siegte sein Vater, dann war Elisabeth in Gefahr, man mochte es betrachten, wie man wollte, die Situation war ausweglos.

Später kamen seine Männer zurück, sie hatten die Flüchtlinge natürlich nicht gefunden.

Im Rat herrschte Bestürzung, als Robert von seinem mißlungenen Unternehmen berichtete.

Die Augen des Herzogs wanderten langsam von einem Lord zum andern. Einer von ihnen war der Verräter und hatte Maria gewarnt, aber jetzt fehlte die Zeit für Nachforschungen.

»Lady Maria wird im katholischen Norden ihre Anhänger um sich sammeln«, sagte Cranmer nach einer Weile.

»Na und?« brauste der Herzog auf. »Soll sie, das stört uns nicht, sobald Lady Jane in London eintrifft, wird sie zur Königin proklamiert, das einzige, was jetzt zählt, sind Tatsachen.«

»Euer Gnaden«, begann Cecil vorsichtig, »es ist auch eine Tatsache, daß Lady Maria uns entkommen ist. Es wäre vielleicht besser, sie zu verfolgen und sich ihrer zu bemächtigen, das ist im Augenblick wichtiger als die Proklamation einer neuen Königin.«

»Redet keinen Unsinn, Mylord.«

»Euer Gnaden«, begann Cranmer, »Lady Elisabeth ist auch noch nicht eingetroffen, ich fürchte, sie kommt nicht mehr.«

»Na und? Ich werde alles durchführen wie geplant. Mylords, wir sitzen im gleichen Boot.«

Nach diesen Worten verließ der Herzog abrupt das Ratszimmer.

Elisabeth, überlegte er, richtig, anscheinend gibt es mehrere Verräter, und er beschloß, zwei Lords, denen er vertrauen konnte, am anderen Tag nach Hatfield zu schicken, um der Tochter der Boleyn ein großzügiges Angebot zu unterbreiten: Ländereien und Schlösser soviel sie wollte, eine dreifache Jahresrente, kurz, alle Schätze Englands, wenn sie bereit war, auf ihre Thronrechte zu verzichten.

Inzwischen hatte Elisabeth Cecils Billett erhalten. Als sie las: »Wartet«, mußte sie unwillkürlich lächeln, das war typisch Cecil. Abwarten, aber er hatte recht.

Zu Parrys Entsetzen erhielt auch der zweite Bote einen Beutel mit Gold, und der Schatzmeister fragte sich, was mit Lady Elisabeth los war.

Am Nachmittag des folgenden Tages trafen die beiden Emmissäre des Herzogs ein und berichteten Elisabeth vom Tod Eduards, von der geplanten Proklamation Janes, dann zählten sie auf, welche irdischen Güter Lady Elisabeth erhielt, falls sie auf ihre Thronansprüche verzichtete und Lady Jane als Königin anerkenne. Elisabeth verzog keine Miene. Der Herzog hielt sie anscheinend für bestechlich, habgierig und obendrein für dumm. Er müßte sie besser kennen, überlegte sie.

Als die Herren endlich schwiegen und sie erwartungsvoll ansahen, lächelte sie liebenswürdig und erwiderte: »Mylords, das großzügige Angebot des Herzogs von Northumberland ehrt mich, allerdings muß ich Euch sagen, daß ich nicht über etwas verfügen kann, was ich nicht besitze. Meine Schwester Maria ist die Thronerbin, der Herzog sollte besser ihr dieses Angebot unterbreiten, und jetzt entschuldigt mich, Mylords, ich bin schon seit Tagen krank.«

Sie nickte ihnen hoheitsvoll zu und zog sich in ihr Schlafzimmer zurück.

Die Herren sahen sich verblüfft an und ritten zurück nach Greenwich, es war unglaublich, man hatte sie einfach weggeschickt.

Der Herzog nahm diesen neuen Fehlschlag schweigend zur Kenntnis und beschloß, sich zunächst auf Jane zu konzentrieren, mit Heinrichs Töchtern konnte er sich immer noch beschäftigen.

Am Abend jenes Tages erschien ein Bote in Hatfield und überbrachte eine Nachricht von Maria. Sie schrieb, daß sie sich in Kenninghall aufhalte und fest entschlossen sei, um die Krone zu kämpfen. Der Brief bestärkte Elisabeth in ihrem Entschluß, sich aus dem Kampf zwischen Jane – oder besser: – zwischen dem Herzog und der Schwester herauszuhalten, aber sie mußte informiert sein, und so beauftragte sie Parry, täglich nach London zu reiten, um zu hören, was es Neues gäbe.

Am Abend des 10. Juli berichtete Parry, Jane sei an jenem Tag zur Königin proklamiert worden, allerdings sei die Begeisterung der Londoner Bevölkerung sehr gering.

Am nächsten Tag hörte sie, daß in Kenninghall sich nicht nur die Katholiken, sondern auch die Protestanten um Maria scharten. Das sah nach Bruderkrieg aus, und Elisabeth wurde nachdenklich. Der Herzog würde bestimmt nicht untätig in London bleiben, sondern ebenfalls ein Heer aufstellen. Ihre Vermutung sollte sich bestätigen.

Am Abend des 15. Juli berichtete Parry aufgeregt, daß der Herzog am Tag vorher mit seinen Söhnen John, Ambrose und Robert an der Spitze eines Heeres nach Framlingham aufgebrochen war; Maria habe sich in diese Burg zurückgezogen, und der Herzog werde die Festung wahrscheinlich belagern.

Elisabeth überlegte: Framlingham gehört zu den Gütern des alten Herzogs von Norfolk, liegt nahe der Küste, notfalls kann Maria über das Meer fliehen, überdies ist die Burg nur auf Waldpfaden erreichbar, eine Belagerung kann Wochen, sogar Monate dauern. Auf jeden Fall werden die Waffen entscheiden, wie 1485 bei Bosworth..., sie spürte, daß sie nervös wurde und versuchte, ihre Nerven mit Übersetzungen zu beruhigen.

Es vergingen vier weitere Tage.

Am 19. Juli kam Parry nicht zur gewohnten Zeit zurück, und Elisabeth begann unruhig zu werden. War ihm etwas zugestoßen? Es dunkelte bereits, als er laut singend in den Hof ritt und leicht angetrunken mit federnden Schritten vor Elisabeth erschien. Sie musterte ihn streng von oben bis unten, angetrunkene Männer waren ihr zuwider.

»Wo habt Ihr Euch herumgetrieben, ich war in Sorge um Euch.«

Ihr Tonfall ernüchterte ihn.

»Ich bitte um Vergebung, Euer Gnaden, ganz London feiert und lebt in einem Freudentaumel, in den Straßen wird getanzt, gesungen, getrunken, überall entzündet man Freudenfeuer, heute nachmittag wurden in allen Kirchen die Glocken geläutet, na, da habe ich eben auch ein bißchen mitgefeiert.«

»Ist Lady Jane gekrönt worden?«

»Nein, Euer Gnaden, heute nachmittag haben der Staatsrat und Lord Pembroke, der Bürgermeister von London, am Kreuz von Cheapside Lady Maria zur Königin von England ausgerufen!«

»Dem Himmel sei Dank, Parry, Ihr habt recht getan, mitzufeiern, meine Schwester ist also in London?«

»Nein, Euer Gnaden, Ihre Majestät ist immer noch in Framlingham.«

»Und der Herzog?«

»Auf dem Weg nach Framlingham.«

»Der entscheidende Waffengang steht also noch bevor?«

»Es sieht so aus, Euer Gnaden.«

»Hoffentlich feiern die Londoner nicht zu früh, die Proklamation ist schön und gut, aber entscheidend ist doch, wessen Waffen siegen werden. Wenn Maria dem Herzog in die Hände fällt, ist die Proklamation von heute nachmittag wertlos. Ihr reitet nicht mehr nach London, ich kann und will nichts mehr hören.«

Die folgenden Tage verbrachte Elisabeth in dem quälenden Zustand zwischen Furcht und Hoffnung, und es kam vor, daß sie von panischen Angstzuständen befallen wurde, wenn sie daran dachte, daß der Herzog Maria besiegen würde. Als sie am Nachmittag des 26. Juli unter ihrer Eiche im Gras saß, bekam sie wieder Angstzustände und legte ihre Lektüre zur Seite.

Wenn Maria siegt, dachte sie zum soundsovielten Mal, wird England wieder katholisch, aber dann ist mein Leben gerettet, und vielleicht läßt sie mich in Ruhe, was die Religion betrifft, schließlich hat man ihre Messe während der letzten zwei Jahre auch toleriert. Siegt der Herzog, so wird er uns beide vernichten, und im Geist sah sie das Verrätertor vor sich, die Steinstufen, die aus dem Wasser hinauf zur Festung führten...

Andererseits, überlegte sie, ist Maria vom Rat und der Stadt London unter dem Jubel der Bevölkerung zur Königin proklamiert worden, diese Tatsache kann der Herzog nicht einfach übergehen... So saß sie lange und grübelte, ohne zu einem Ergebnis zu kommen. Sie merkte nicht, daß zwei Herren durch den Park auf sie zugingen, erst als sie angeredet wurde, schrak sie zusammen, sah auf und erblickte den Marquis von Winchester und den alten Lord Sussex, die, ihre juwelenbesetzten Barrette in der Hand, sich ehrerbietig vor ihr verneigten.

Erschrocken und verwirrt stand sie auf, es war soweit, im nächsten Augenblick würde man sie verhaften, eine Flucht war unmöglich und überdies einer Tudor unwürdig, eine Tudor sieht der Hinrichtung beherrscht und gefaßt entgegen...

»Euer Gnaden«, begann Lord Sussex, »wir kommen im Auftrag Ihrer Majestät, Königin Maria. Ihre Majestät erwartet Euch am 31. Juli in Wanstead. Ihre Majestät möchte am 3. August feierlich mit Euer Gnaden in London einziehen.«

»Königin Maria?« fragte Elisabeth, sie konnte es nicht glauben, hielt es für einen Traum, aus dem es ein böses Erwachen gab. »Und der Herzog?«

»Er wurde vor fünf Tagen, am 21. Juli, in Cambridge vom Grafen von Arundel verhaftet und in den Tower gebracht, dort warten er und seine Söhne auf den Prozeß.«

Die letzten Worte rauschten an Elisabeth vorbei, sie war

zu überwältigt, bis sie begriff, daß auch Robert Dudley im Tower war.

Sie lehnte sich erschöpft an den Stamm der Eiche und schloß die Augen.

»Gütiger Himmel, so bin ich gerettet, meine Schwester ist Königin von England, der Tower bleibt mir also erspart.«

»Wie bitte? Wie meint Ihr das, Euer Gnaden?« fragte Sussex.

»Nun, bei einem Sieg des Herzogs wären die Königin und ich eingekerkert und hingerichtet worden. Wann und wo war die Entscheidungsschlacht?«

»Die Schlacht?« fragte Winchester verwundert. »Es kam zu keinen kriegerischen Handlungen, Ihre Majestät hat den Thron zurückerobert, ohne daß ein Tropfen Blut geflossen ist; es ist eine Eigenschaft der Engländer, ihren gesetzlichen König so zu verehren, daß sie ihm nie die Treue brechen werden, die Liebe und Anhänglichkeit des englischen Volkes hat Ihrer Majestät zu ihrem Recht verholfen.«

»Ich verstehe«, sagte Elisabeth, »die Liebe des Volkes..., Mylords, Ihr müßt mir alles genau erzählen, und vor allem müssen wir feiern, Ihr seid herzlich eingeladen, den Abend und die Nacht in Hatfield zu verbringen, folgt mir«.

Ehe die Herren danken konnten, rannte Elisabeth so rasch sie konnte zurück zum Schloß. Es schickte sich nicht, zu rennen, aber das war ihr an jenem Nachmittag gleichgültig. Sie stürzte in die Große Halle und rief nach Parry.

»Euer Gnaden?«

»Parry, der Herzog wurde verhaftet, meine Schwester hat gesiegt, das will ich feiern, außerdem haben wir zwei Gäste zum Abendessen, sorge für den besten Wein, sage dem Koch, er soll ein Bankett richten wie zu Zeiten meines Vaters in Hampton Court, laßt einige Ochsen schlachten und ladet die Bauern für morgen abend ins Schloß.«

»Ein Bankett?! Euer Gnaden, der Koch hat nur Pottage gerichtet.«

»Zum Teufel, Parry, überlegt Euch etwas, laßt den Karpfenteich plündern, laßt Federvieh, Schafe und Kälber schlachten, noch etwas, ich will am 29. bei Sonnenaufgang Hatfield verlassen«, und schon eilte sie nach oben in ihr Schlafzimmer, während Parry sich in stummer Verzweiflung in die Küche begab.

Unterdessen suchte Elisabeth nach einem passenden Kleid für den Abend. »Die schlichten Zeiten sind jetzt, Gott sei Dank, vorbei, Lucy, meine Schwester liebt den Prunk, besetze alle Kleider mit Goldborten, Spitzen und Perlen, ich werde eine Menge neuer Roben anschaffen müssen, und heute abend werde ich mich von Kopf bis Fuß mit Schmuck behängen, das heißt«, sie überlegte, »ich müßte Trauer tragen wegen meines Bruders und dezenten Schmuck, lege die Perlen zurecht und den Hermelin, und nähe eine violette Samtborte an die schwarze Haube.«

Als sie endlich fertig angekleidet vor dem Spiegel saß und mit Lucys Hilfe den Pelz drapierte, erschien Kate.

»Der Koch hat gezaubert, Euer Gnaden, zwei Dutzend Fleischspeisen, unzählige Pasteten, jetzt ist er mit den Süßspeisen beschäftigt, er hat sich eine besondere Überraschung ausgedacht: Gegen Ende des Banketts, als Höhepunkt, wird Euer Gnaden der Tower serviert, ein Tower aus Marzipan und allerhand Zuckerzeug, der Koch will versuchen darzustellen, wie der Herzog und seine Söhne beim Verrätertor ankommen, eine diffizile Arbeit, ich finde, der Koch hat heute ein besonderes Lob verdient.«

»Ja, natürlich«, erwiderte Elisabeth. Erst jetzt erinnerte sie sich an Sussex' Worte: ›...dort warten er und seine Söhne auf den Prozeß.‹

Robin ist im Tower, dachte sie erschrocken, er ist unschuldig eingekerkert, er hat mich gewarnt, ich muß ihm helfen, ich werde bei Maria für ihn bitten...

Sie erhob sich und ging langsam hinunter zu den Lords, ihre euphorische Stimmung war verflogen, aber sie durfte sich nichts anmerken lassen.

Ein Diener servierte Wein, und nachdem sie auf das Wohl der neuen Königin getrunken hatten, begann Winchester zu erzählen: »Lady Jane und ihr Gatte wurden mit dem gebührenden Pomp in den Tower gebracht. Das junge Mädchen weinte, sie wollte nicht Königin sein, aber es half ihr nichts. Guildford hingegen stellte Ansprüche, er verlangte eine Krone für sich, woraufhin Jane ihm erklärte, sie als Königin könne ihm nur ein Herzogtum verleihen, sie weigerte sich, ihn zum Mitregenten zu erheben. In der Nacht vom 9. Juli erhielt der Rat einen Brief Ihrer Majestät, worin sie Rechenschaft forderte und Begnadigung versprach, falls man sie in ihre Rechte einsetze. Dieser Brief war für den Herzog die letzte Gelegenheit, sein Leben zu retten, aber er stieß die Möglichkeit von sich, und der Rat schickte Ihrer Majestät eine Antwort, worin er seine Ergebenheit für Lady Jane ausdrückte. Der letzte Satz lautete: ›Wir sind Eure Freunde, insolange Ihr Euch als gehorsame Untertanin betraget.‹ Der Brief war von allen Ratsmitgliedern unterschrieben. Am 10. Juli wurde Lady Jane zur Königin proklamiert, und am gleichen Tag ließ Ihre Majestät ihre Erbrechte im Norden verkünden. Der Erfolg war überwältigend. Fast vierzigtausend Mann zu Fuß und zu Pferd griffen zu den Waffen, waren bereit, für sie zu kämpfen, sogar die Männer von Suffolk, die fanatischen Protestanten, kamen, verlangten aber, daß ihr Glaube nicht angetastet werden dürfe, was Ihre Majestät zusicherte.

Man zog nach Framlingham, errichtete ein Feldlager, und Ihre Majestät setzte einen Preis auf den Kopf des Herzogs aus.

Als der Rat und der Herzog erfuhren, daß die Bevölkerung und die Lords – zum Beispiel Sussex, Bedingfield, Jerningham – hinter Ihrer Majestät standen, war man zunächst ratlos. Man vergeudete wertvolle Zeit mit Diskussionen, der Herzog gab schließlich zu, daß er besser auf Lord Cecils Rat gehört und die Festnahme Ihrer Majestät betrieben hätte, zuletzt beschloß er, begleitet von seinen Söhnen, an der Spitze eines Heeres nach Framlingham zu ziehen. Unterwegs löste sein Heer sich allmählich auf, alle Soldaten liefen zu Ihrer Majestät über, und zuletzt waren nur noch wenige Getreue und seine Söhne bei ihm. In London zog der Rat die Konsequenzen. Der Graf von Arundel und Lord Cecil überredeten die Herren, den Tower zu verlassen und sich mit dem Bürgermeister von London zu verständigen, daß Lady Maria Tudor zur Königin proklamiert werde, was am 19. Juli geschah. Der Herzog von Suffolk billigte die Entscheidung, er hatte keine andere Wahl.

Lady Jane war erleichtert, als sie hörte, daß sie nicht mehr Königin sei, sie und Guildford blieben aber zunächst noch im Tower.

Der Graf von Arundel ritt sofort nach Framlingham, um Ihrer Majestät zu huldigen, der Herzog, als er sah, daß seine Sache verloren war, ließ Ihre Majestät auf dem Marktplatz von Cambridge hochleben, aber es war zu spät.

Am Morgen des 21. Juli erschien der Graf von Arundel bei Northumberland und verhaftete ihn. Am gleichen Tag wurde er unter Bewachung nach London gebracht. In einem zerrissenen roten Mantel, hager und zitternd, betrat er die Hauptstadt. Eine feindselige Menge säumte die Straßen, um ihn zu sehen, man beschimpfte ihn als Verräter und bewarf ihn mit Unrat. Im Tower brach er zusammen.«

Winchester schwieg, und eine Weile sprach niemand ein Wort. Ob ich nach Robin frage, überlegte Elisabeth.

»Mylord«, begann sie zögernd, »sind alle Söhne des Herzogs im Tower?«

»Ja, bis auf Henry, der noch in Frankreich weilt, und Lord Robert wurde erst heute früh eingeliefert, er versuchte vergeblich, zu Ihrer Majestät zu gelangen und sie um Gnade anzuflehen.«

»Der Herzog wird wahrscheinlich hingerichtet werden«, sagte Elisabeth, »er hat es nicht besser verdient, aber was ist mit seinen Söhnen, sie waren doch nur Werkzeuge seines Willens.«

»Ich habe den Eindruck«, antwortete Lord Sussex, »daß Ihre Majestät geneigt ist, Gnade walten zu lassen, sie möchte im Augenblick keine Rache üben.«

Als Elisabeth am Abend des 31. Juli in Wanstead ankam und langsam durch die Große Halle auf die Königin zuging, erschrak sie bei deren Anblick. Maria war eine alte Frau geworden, und sie überlegte, wie lange sie einander nicht gesehen hatten – es war ungefähr sieben Jahre her, irgendwann im Spätsommer 1546...

Maria ihrerseits fragte sich, ob diese große, schlanke, junge Frau wirklich ihre Halbschwester war, sie rechnete nach, daß Elisabeth im September zwanzig Jahre wurde. Sie steht in der Blüte ihres Lebens, dachte Maria, aber dafür bin ich jetzt Königin, sie unterdrückte die aufkeimende Eifersucht, und als Elisabeth zum Hofknicks ansetzte, winkte sie ab und ging mit der Schwester in ihre privaten Räume.

»Es ist ein Wunder, daß wir leben«, sagte die Königin und nippte vorsichtig an dem süßen spanischen Wein.

»Wer hat Euch gewarnt, Majestät?« Elisabeth wollte möglichst rasch auf Robert zu sprechen kommen.

»Der Graf von Arundel«, und dann schilderte Maria ausführlich die Begegnung auf der Landstraße. »Ich werde den Grafen zu meinem Zeremonienmeister ernennen, er muß belohnt werden, so wie andere bestraft werden müssen, allerdings werde ich versuchen, soviel Milde wie möglich walten zu lassen, Cranmer muß natürlich in den Tower, die übrigen Ratsmitglieder..., man wird sehen.«

»Was wird aus Cecil?«

»Cecil ist ein schwieriger Fall. Er kann natürlich als Protestant nicht Staatssekretär bleiben, andererseits war er die treibende Kraft, daß ich am 19. Juli zur Königin proklamiert wurde; ich habe ihm einen untergeordneten Posten angeboten, aber er hat abgelehnt, er möchte auf seinem Landsitz als Privatmann leben, sich mit seinen Büchern beschäftigen und Blumen züchten..., soll er, er ist kein großer Verlust, es gibt bessere Politiker als ihn.«

Elisabeth glaubte nicht richtig gehört zu haben, die Menschenkenntnis der Schwester war offensichtlich unterentwickelt.

»Jane und Guildford«, fuhr Maria fort, »bleiben vorerst im Tower in einer Ehrenhaft, vielleicht entlasse ich sie irgendwann, sie sind in meinen Augen unschuldig, sie sind ein Opfer des Ehrgeizes von John Dudley. Der Prozeß gegen ihn beginnt übrigens am 18. August, bei ihm werde ich keine Gnade walten lassen, er wird hingerichtet.«

»Und seine Söhne, Majestät?«

»Das weiß ich noch nicht.«

»Seine Söhne sind auch ein Opfer des väterlichen Ehrgeizes, Majestät, einer hat sogar gegen den Vater gearbeitet.«

Maria sah die Schwester erstaunt an.

»Wie meinst du das?«

»Robert Dudley, der jüngste Sohn des Herzogs, hat mir eine Warnung geschickt«, und sie erzählte von dem Boten und den zwei Nachrichten, die sie erhalten hatte.

Robert Dudley, überlegte Maria, was mochte ihn bewogen haben, die Schwester zu warnen? Hatte er vielleicht auch Arundel einen Hinweis gegeben?

»Robert Dudley soll leben«, sagte sie nach einer Weile, »vorerst wird er im Tower bleiben, wie lange, weiß ich noch nicht, einige Monate vielleicht oder auch einige Jahre.«

Einige Jahre, dachte Elisabeth, das wird sie ihm hoffentlich nicht antun, aber ich habe wenigstens sein Leben gerettet, und sie dankte der Schwester mit herzlichen Worten, wobei sie bemüht war, ihre Gefühle für Robert zu verbergen.

»Über all der Freude«, sagte Maria, »dürfen wir unseren armen toten Bruder nicht vergessen. Ich habe gestern erfahren, daß er immer noch unbestattet in Greenwich liegt, es ist ein Skandal, aber von Ketzern kann man nichts anderes erwarten. Ein protestantischer Trauergottesdienst kommt nicht in Frage, ich werde eine Messe für ihn lesen lassen.«

»Eine Messe, Majestät? Eduard war doch Protestant.«

»Das spielt keine Rolle. Vielleicht rettet eine Messe seine Seele vor der ewigen Verdammnis.«

Elisabeth schwieg und beschloß, dieser Messe fernzubleiben.

Am 3. August, gegen sieben Uhr abends, zogen Heinrichs Töchter in die Hauptstadt ein. Die Straßen Londons waren mit Fahnen geschmückt, die Garde war in die Tudorfarben Grün und Weiß gekleidet, auf allen Plätzen standen Kinderchöre und sangen, und eine unübersehbare Menschenmenge jubelte der neuen Königin und ihrer jungen Schwester zu. Maria wirkte an diesem ihrem Triumphtag geradezu verjüngt. Sie trug eine violette Robe als Zeichen der Trauer um Eduard, und während ihr weißes Pferd geduldig durch die Menge trabte, lächelte sie ihrem Volk scheu zu, wobei sie vor Aufregung errötete. Sie war es nicht gewohnt, daß man soviel Aufhebens um ihre Person machte. Elisabeth hingegen, ebenfalls in Violett, genoß den Ritt durch die Straßen der Hauptstadt; sie grüßte lächelnd nach allen Seiten, wobei sie sich bemühte, bescheiden zu wirken, an diesem Tag war nicht sie die Hauptperson, sondern die Schwester, allerdings, dachte sie, eines Tages werde ich meinen Einzug als Königin in London halten, der Gedanke berauschte sie wie Wein, sie war nur noch einen

Schritt vom Thron entfernt, sie war jetzt die Thronfolgerin, welche Perspektive!

An jenem Sommerabend sah sie so optimistisch in die Zukunft wie noch nie zuvor in ihrem Leben.

Während Elisabeth sich mit der Zukunft beschäftigte, kreisten Marias Gedanken um Vergangenheit und Gegenwart. Ihr Leben hatte glücklich begonnen: Während der ersten zehn Jahre war sie als Thronfolgerin der Mittelpunkt des Hofes gewesen, 1526 begann die Eheaffäre ihres Vaters, sie mußte miterleben, wie ihre Mutter verstoßen wurde, damit nicht genug, wurde sie von einem Tag zum andern zum Bastard und sollte der jüngeren Schwester als Hofdame dienen, ihre Weigerung erregte den väterlichen Zorn, sie wurde vom Hof verbannt, wurde bedrängt, sich dem König zu unterwerfen und ihn als Oberhaupt der Kirche Englands anzuerkennen. Im Juni 1536 gab sie nach, weil der kaiserliche Gesandte ihr dazu geraten hatte. Der König war nun wieder ganz wohlwollender Vater und bewilligte ihr einen eigenen Hofstaat, der etwas zahlreicher war als der von Elisabeth, schließlich war Maria die Ältere.

Die Trennung von Rom hatte ihr Leben fast zerstört, Eduards früher Tod hatte sie zur Königin erhoben, war das nicht ein Zeichen Gottes?

Gott wollte, daß sie England wieder unter die Oberhoheit des Papstes brachte, die Messe einführte und den Protestantismus ausrottete, es war eine Pflicht, die sie erfüllen mußte , und sie würde sie gerne erfüllen.

Wehe den Protestanten, die sich weigern, die Messe zu hören, ich werde sie verfolgen und niemanden schonen, wer es auch sei….

Es dämmerte bereits, als sie über die London Bridge ritten. Im Zwielicht sahen sie die Umrisse des Tower, und Elisabeth dachte flüchtig daran, daß die Könige Englands die Nacht vor der Krönung hinter diesen Mauern verbrachten, das blieb keinem erspart, auch sie würde eines Tages dort einziehen…

XI

Maria I. von England verbrachte nach ihrem triumphalen Einzug in London nur eine Nacht im Tower und verließ die düstere Festung am nächsten Tag fluchtartig, um sich nach Schloß Richmond zurückzuziehen. Hier wollte sie die letzten Sommerwochen verbringen und erst kurz vor ihrer Krönung am 1. Oktober wieder in die Hauptstadt zurückkehren. In Richmond genoß sie die ersten Tage als regierende Königin in vollen Zügen, ließ sich huldigen, entfaltete Prunk trotz der leeren Staatskassen, war zu allen gütig und freundlich, und für Elisabeth empfand sie zum ersten Mal schwesterliche Zuneigung und behandelte sie mit liebevoller Aufmerksamkeit, was von den Höflingen neugierig beobachtet wurde.

Bereits nach kurzer Zeit war Elisabeth der Mittelpunkt des Hofes, man umschwärmte sie und schmeichelte ihr, einmal, um sich bei der Königin beliebt zu machen, zum andern, weil man in Elisabeth die künftige Monarchin sah, mit ihr wollte es niemand verderben.

Jene harmonischen Tage währten aber nicht lange, und Königin, Regierung und Volk wurden mit dem harten politischen Alltag konfrontiert.

Am Nachmittag des 20. August 1553 saß Maria in ihrem Arbeitszimmer in Schloß Richmond und betrachtete vergrämt und mißmutig ihren Lordkanzler, Stephen Gardiner, Bischof von Winchester. Gardiner, inzwischen fast siebzig Jahre alt, genoß seine Stellung als Lordkanzler, die es ihm ermöglichte, Personen, die er für gefährlich hielt, auszuschalten, vor allem aber versuchte er, die Königin zu beeinflussen, die in seinen Augen keine Herrscherin war wie ihr Vater, sondern eine Frau, die sich bei politischen Entscheidungen von ihren Gefühlen leiten lassen würde. Die Interessen des Landes und des Volkes waren für Maria Tudor zweitrangig. Für Gardiner bot sich so die Möglichkeit, seine Interessen durchzusetzen, allerdings mußte er stets damit rechnen, daß auch andere Personen versuchten, die Königin zu beeinflussen, zum Beispiel der kaiserliche Gesandte Simon Renard, der die Interessen Karls V. vertrat. Renard besaß zur Zeit den größten Einfluß auf die Königin, was den Bischof von Winchester maßlos ärgerte.

Maria betrachtete ihren Kanzler, der mit wichtiger Miene eine schweinslederne Dokumentenmappe öffnete, und fragte sich, warum sie ausgerechnet den Sonntag im Arbeitszimmer verbringen mußte. Normalerweise kniete sie um diese Stunde vor ihrem Hausaltar, aber dies war nicht der einzige Grund ihres Unmuts. Eine Woche zuvor, am 12. August, hatte sie widerwillig eine Proklamation veröffentlicht, worin sie zusicherte, daß sie niemanden mit Gewalt zum Katholizismus bekehren wolle, obwohl sie hoffe, ihre Untertanen würden katholisch werden. Die Reaktion der protestantischen Bevölkerung war verheerend, gotteslästerlich, ketzerisch, Maria fand keine Worte für das, was sich am 13. August, einem Sonntag, ereignet hatte: Dr. Boum, der katholische Kaplan Bonners, des Bischofs von London, hatte gepredigt, und in seiner Predigt Bonner gepriesen, mit dem Ergebnis, daß die Protestanten ihn niederbrüllten, einen Dolch nach ihm warfen, der sein Ziel verfehlte, zwei bedeutende protestantische Geistliche hatten ihn in Sicherheit gebracht, was die Regierung nicht daran hinderte, Protestanten wegen Anstiftung zum Aufruhr zu verhaften, der betagte Prediger Latimer würde sich demnächst vor dem Staatsrat verantworten müssen. Cranmer hatte eine Erklärung gegen das Lesen der Messe verfaßt, die in London zirkulierte, auch seine Verhaftung war nur eine Frage der Zeit, aber, und dies war das Hauptproblem, das Maria schlaflose Nächte bereitete: Die führenden protestantischen Geistlichen konnte man verhaften und in den Tower werfen, aber damit war der Irrglaube in der Bevölkerung noch nicht ausgetilgt. An jenem 13. August war ihr bewußt geworden, daß die Rückführung Englands unter die Oberhoheit des Papstes schwieriger war, als sie gedacht hatte, aber ihr Entschluß, dieses Ziel zu erreichen, war an jenem

Sonntag noch bekräftigt worden; sie war noch unentschlossen, wie sie vorgehen sollte, aber sie würde alle Hindernisse überwinden, der Protestantismus in England mußte besiegt werden, das war ihr Lebensziel.

Die Rekatholisierung war nicht das einzige Problem, das Maria belastete. Seit einigen Tagen wurde sie von Gardiner und Renard bedrängt, sich zu verheiraten. Sie verspürte nicht die geringste Lust zur Ehe, aber sie mußte natürlich an die Nachfolge denken, im Augenblick war ihre protestantische Halbschwester die Thronfolgerin...

Maria seufzte, der Bastard der Boleyn wurde allmählich zu dem politischen Problem, das sie am meisten beschäftigte. Inzwischen hatte Gardiner das gesuchte Dokument gefunden und überreichte es der Königin mit einer tiefen Verbeugung: »Das Todesurteil des Herzogs von Northumberland, Majestät.«

Maria zuckte zusammen. »Hat das nicht bis morgen Zeit? An einem Sonntag unterschreibt man keine Todesurteile, das ist Sünde.«

»Gewiß, Majestät, ich erteile Euer Majestät im voraus Absolution! Ihr solltet bedenken, Majestät, daß der Herzog Euer Erzfeind ist! Das Urteil ist gesprochen, je schneller Ihr es unterschreibt, desto schneller kann es vollstreckt werden, das ist wichtig für Eure und des Landes Sicherheit.«

Maria las das Dokument, unterschrieb es hastig und gab es Gardiner zurück, der es mit einer erneuten Verbeugung in Empfang nahm, dann überreichte er seiner Königin zwei weitere Schriftstücke. Maria las die Namen und legte die Papiere entrüstet auf den Tisch.

»Ihr verlangt Unmögliches von mir«, rief sie ungehalten. »Ihr wißt genau, daß ich nicht bereit bin, die Todesurteile von Lady Jane und ihrem Gatten zu unterschreiben; wenn jemand unschuldig ist, dann diese beiden. Jane hat nie nach der Krone getrachtet!«

»Majestät, Ihr erinnert Euch sicherlich an den Ratschlag, den der Kaiser und sein Gesandter, Mr. Renard, Euch gaben: alle Anhänger von Lady Jane, alle Personen, die die Stellung Eurer Majestät bedrohen oder bedrohen könnten, müssen als Verräter hingerichtet werden. Solange Lady Jane lebt, ist sie eine Gefahr für den Staat.«

Maria überlegte eine Weile und erwiderte: »Ich kann und will diesen Rat meines Vetters nicht befolgen, ebensowenig wie seine andere Empfehlung: Ich soll dem Volk den Katholizismus nicht aufzwingen, sondern nach und nach religiöse Änderungen einführen! Es ist unglaublich!«

Sie sprang auf und ging erregt hin und her. »Der mächtigste katholische Fürst Europas, Kaiser Karl V., der Herrscher, in dessen Reich die Sonne nicht untergeht, ausgerechnet er rät mir, in meinem von Ketzern verseuchten Königreich den katholischen Glauben allmählich einzuführen! Da lobe ich mir seinen Sohn, Prinz Philipp von Spanien, dessen Inquisitoren rücksichtslos verfolgen und aburteilen, oder denkt an Heinrich II. und das ›Chambre ardente‹, wir sollten uns ein Beispiel an Frankreich nehmen!«

Bei den letzten Worten schwang eine Begeisterung mit, die Gardiner erschauern ließ.

Das französische Sondergericht ›Chambre ardente‹ war noch grausamer als die spanische Inquisition. Die Protestanten, die bereit waren, auf dem Scheiterhaufen öffentlich zu widerrufen, wurden nur bei lebendigem Leibe verbrannt, diejenigen, die nicht bereit waren abzuschwören, wurden vor der Hinrichtung gefoltert, außerdem schnitt man ihnen die Zunge ab, um sie daran zu hindern, noch am Brandpfahl ihre religiöse Lehre zu verkünden, besonders widerspenstige Ketzer wurden über einem schwachen Feuer bei lebendigem Leib langsam geröstet...

»Chambre ardente«, sagte Maria leise, und Gardiner wäre entsetzt gewesen, hätte er geahnt, welches Bild die Phantasie seiner Königin beschäftigte:

Sie wurde in der Krönungssänfte durch die Straßen Londons getragen und erblickte auf allen öffentlichen Plätzen Scheiterhaufen, auf denen Ketzer brannten, manchmal standen drei oder vier zusammengebunden an einem Brandpfahl...

»Lebende Fackeln«, sagte Maria und setzte sich wieder an ihren Schreibtisch, »so muß man die Glaubensfrage lösen.«

»Euer Majestät wollen also die Todesurteile von Lady Jane und ihrem Gatten nicht unterschreiben?«

Gardiner verspürte in jenem Augenblick wenig Lust, das Thema Religion weiter zu erörtern.

»Sie werden nicht hingerichtet, das ist mein letztes Wort in dieser Angelegenheit«, und mit einer energischen Handbewegung schob sie die Papiere zur Seite.

»Nun zu den Söhnen des Herzogs«, und er entnahm der Mappe vier weitere Schriftstücke.

Maria las die Namen: John, Henry, Ambrose, Robert…, man hatte sie zum Tod verurteilt.

Sie sah ihren Kanzler hilflos an, aber der verzog keine Miene. So vergingen einige Minuten.

»Nein«, sagte Maria schließlich, »auch diese Urteile werde ich nicht unterschreiben, Ambrose und Robert haben Eduard gut gedient, das hat Arundel mir gesagt, und Eduard hat die Brüder geliebt, besonders Robert.«

Gardiner spürte, daß allmählich Wut in ihm hochstieg, und es gelang ihm nur mit Mühe, sich zu beherrschen.

Was für eine Gefühlsduselei! Hier handelte es sich um wichtige politische Entscheidungen, um nichts anderes!

»Majestät, ich weiß nicht, ob es jetzt angebracht ist, Erinnerungen an die Vergangenheit zu pflegen«, und dann bot er seine ganze Beredsamkeit auf, um die Königin von der moralischen Schuld der jungen Dudleys zu überzeugen.

Maria ihrerseits hörte gar nicht zu, sondern überlegte, ob sie Gardiner erzählen sollte, daß Robert Elisabeth gewarnt und gerettet hatte, vielleicht beurteilte der Lordkanzler Elisabeth dann milder. Sowohl die Schwester als auch Anna von Kleve waren dem Requiem ferngeblieben, aber während Anna sich mit Schmuck und guten Worten hatte überreden lassen, die Messe zu besuchen, weigerte Elisabeth sich strikt, am katholischen Gottesdienst teilzunehmen. Der Boykott der Thronfolgerin sprach sich rasch am Hof, bei den ausländischen Gesandten und in London herum, und Maria wußte, daß viele ihrer Untertanen innerlich auf Elisabeths Seite standen. Es berührte sie schmerzlich, daß die Schwester am Irrglauben festhielt, und sie wußte nicht recht, wie sie sich ihr gegenüber verhalten sollte, schließlich war Elisabeth nicht irgendwer, sondern die beim Volk überaus beliebte Thronfolgerin. Es gab Augenblicke, da war Maria fast entschlossen, die Schwester in Ruhe zu lassen, schließlich hatte Eduard sich zuletzt auch damit abgefunden, daß seine Schwester Katholikin blieb, wenn es nicht anders ging, konnte man Elisabeth vom Hof entfernen und nach Hatfield schicken, aber da waren Gardiner und Renard, die täglich forderten, Elisabeth müsse »unschädlich« gemacht werden, weil sie eine politische Gefahr sei.

Gardiner plädierte für eine Heirat mit einem katholischen Fürsten, also für eine Verbannung ins Ausland, Renard hingegen erklärte, Lady Elisabeth gehöre in den Tower. Was hatte er am Tag zuvor gesagt?

»Anscheinend hält sie aus Zweckmäßigkeit an der neuen Religion fest, um die Unterstützung der Anhänger dieser Religion für ein Komplott zu gewinnen. Vielleicht verdächtigen wir sie zu Unrecht, aber gegenwärtig ist es sicherer vorzubeugen, als vor vollendete Tatsachen gestellt zu werden.«

Maria bezweifelte, ob der Tower die richtige Lösung war, aber Renard blieb stur und verfocht hartnäckig die Meinung seines kaiserlichen Herrn.

»Die Söhne des Herzogs müssen hingerichtet werden«, schloß Gardiner und sah die Königin erwartungsvoll an.

»Robert Dudley hat meine Schwester gewarnt und ihr so das Leben gerettet, und ich habe Elisabeth versprochen, daß er nicht hingerichtet wird.«

Es dauerte eine Weile, bis der Kanzler die Neuigkeit verarbeitet hatte.

»Woher wissen Eure Majestät von der Warnung?«

»Meine Schwester hat es mir selbst erzählt.«

Gardiner lächelte spöttisch. »Euer Majestät glauben diese Geschichte? Lady Elisabeth beherrscht die Kunst der Verstellung exzellent, als Mann wäre sie ein hervorragender Diplomat!«

»Schweigt«, brauste Maria auf, »meine Schwester ist keine Heuchlerin, wenn sie es wäre, würde sie die Messe besuchen, wie so viele andere, die sich nach außen hin bekreuzigen, innerlich aber Protestanten geblieben sind.«

»Lady Elisabeth besucht die Messe nicht, weil sie fürchtet, unpopulär zu werden. Die Protestanten, überhaupt alle oppositionellen Kräfte, sehen in Lady Elisabeth die Alternative zu Eurer Majestät. Sie ist eine politische Gefahr, weil auch viele Mitglieder des Staatsrates hinter ihr stehen.«

Maria dachte nach, Gardiner hatte zweifellos recht. Der Staatsrat – zur Zeit ungefähr fünfundzwanzig Lords – war in zwei Lager gespalten, die Renard als »Katholiken« und »Ketzer« bezeichnete. Zu den Katholiken gehörten natürlich Gardiner, Dr. Boum und ehemalige Beamte ihres Haushaltes, die unter Eduard VI. im Tower inhaftiert waren; zu den Ketzern zählten Arundel, Pembroke, Sussex, Lordadmiral William Howard, Paget, Petre. Sie hatten Maria zu ihrem Erbrecht verholfen, und ohne diese Männer konnte sie das Land nicht regieren. Die ›Ketzer‹ waren zwar damit einverstanden, daß die katholische Religion wiederhergestellt wurde wie zu Zeiten Heinrichs VIII., aber die Rückgabe der klösterlichen Ländereien lehnten sie ab, hinzu kam, daß jene Herren geradezu begeistert waren von der charmanten, klugen Lady Elisabeth. Die »Ketzer« vergöttern den Bastard der Boleyn, dachte Maria verbittert, sie wurde nicht vergöttert...

»Wir müssen befürchten«, fuhr Gardiner fort, »daß die unzufriedenen Kräfte sich um Lady Elisabeth scharen, einen Aufstand anzetteln, Euer Majestät entthronen und Lady Elisabeth zur Königin proklamieren.«

»Ein Komplott«, erwiderte Maria nachdenklich, »das ist auch Mr. Renards Sorge, aber was können wir tun? Sollen wir sie von der Thronfolge ausschließen?«

»Das ist nicht zu realisieren, Majestät und außerdem wäre es unklug. Ein Ausschluß von der Thronfolge würde bedeuten, daß man das Gesetz aus dem Jahre 1544 ändert, dieser Antrag wird im Parlament zur Zeit nicht durchkommen, bedenkt, wie viele Ketzer im Unterhaus sitzen, außerdem würde ein Ausschluß von der Thronfolge das Volk noch mehr gegen Euer Majestät aufbringen, das Volk liebt nun einmal Lady Elisabeth.«

Er schwieg und beobachtete zufrieden die Wirkung seiner Worte, er wußte, daß er den wundesten Punkt bei seiner Königin getroffen hatte: Ein einziges Mal war es ihr vergönnt gewesen, die Zuneigung des Volkes zu erleben, und diese Zuneigung schmolz wie Schnee in der Sonne, seit sie versuchte, aus England ein katholisches Land zu machen.

Maria kniff die Lippen zusammen, umklammerte mit beiden Fäusten die Lehnen ihres Stuhles und versuchte die aufsteigenden Tränen zu unterdrücken. Sollte sie auch jetzt, als Königin, im Schatten der Schwester stehen?

»Schafft sie weg!« schrie sie Gardiner an, »verheiratet sie ins Ausland, ich will sie nicht mehr sehen, warum unternehmt Ihr nichts?«

»Majestät«, versuchte der Kanzler zu beschwichtigen, »Lady Elisabeths Verheiratung ist nicht einfach, ich erinnere Euer Majestät daran, daß der selige König Heinrich VIII. in dieser Angelegenheit nur Absagen erhalten hat, mit der Begründung, Lady Elisabeth sei illegitim.«

»Die Hure Anna Boleyn«, stöhnte Maria, »sie ist der Fluch der Dynastie Tudor«, die Königin sank in sich zusammen und begann zu weinen.

Gardiner wartete, bis sie sich etwas beruhigt hatte, und kam dann vorsichtig auf ein Thema zu sprechen, das ihm sehr am Herzen lag, weil er natürlich die katholische Religion auch nach Marias Tod in England gefestigt wissen wollte.

»Ich werde tun, was ich kann, um Lady Elisabeth zu verheiraten, allerdings, auch vom Ausland aus kann sie Unruhen stiften, es gibt eine viel einfachere Lösung dieses Problems, eine Lösung, die Eurer Majestät für immer die Liebe des Volkes sichern wird.«

Maria trocknete ihre Tränen und sah den Kanzler erwartungsvoll an.

»Der Kaiser wünscht, und nicht nur er, sondern auch die Regierung, das Parlament, das Volk, alle wünschen, daß Euer Majestät bald heiraten, um die Thronfolge besser abzusichern. Die Kinder Eurer Majestät hätten natürlich Vorrang vor Lady Elisabeth, und England würde ein katholisches Land bleiben.«

»Ihr verlangt ein großes Opfer von mir«, erwiderte Maria verdrossen, »bei dem Wort Ehe empfinde ich nur Ekel und Abscheu, ich bin mit Gottes Sohn, Jesus Christus, vermählt, und Ihr erwartet von mir, daß ich es dulde, daß ein gewöhnlicher Mann meinen jungfräulichen Körper berührt! Dies wird nie geschehen, mir wird übel, wenn ich daran denke!«

Jungfräulicher Körper, dachte der Kanzler belustigt, das Fleisch ist inzwischen verwelkt, hoffentlich bekommt der Bräutigam in der Hochzeitsnacht keinen Schock und wird impotent...

»Es gibt am Hof einen Aristokraten«, begann er von neuem, »in dessen Adern edelstes englisches Blut fließt, er ist ein Urenkel Eduards IV., genau wie Euer Majestät eine Urenkelin dieses Königs ist. Nach Eurer Thronbesteigung habt Ihr ihm seine Ländereien zurückgegeben und ihn zum Grafen von Devon ernannt.«

»Das war nur recht und billig, schließlich war er fünfzehn Jahre unschuldig im Tower eingekerkert, weil sein Vater, der Marquis von Exeter, wegen Hochverrats hingerichtet worden war.«

Vor Marias innerem Auge erschien die Gestalt eines großen, gutgewachsenen, hübschen jungen Mannes mit zarter Haut und hellbraunen Haaren...

»Nein«, sagte sie nach einer Weile, »ich kann Eduard Courtenay nicht heiraten, er ist erst siebenundzwanzig Jahre, zehn Jahre jünger als ich, sein Lebenswandel ist unwürdig, ich höre nur, daß er seit seiner Entlassung aus dem Tower spielt, säuft, hurt, mit vollen Händen Geld ausgibt, nein, einen solchen Mann heirate ich nicht, überdies ist er anscheinend in Elisabeth verliebt.«

»Die Mutter des Grafen ist die beste Freundin Eurer Majestät«, erwiderte Gardiner und unterdrückte ein Lächeln, als ihm einfiel, was man bei Hof erzählte: Nach Marias Einzug in London hatte die Marquise von Exeter die Nacht im Tower neben der Königin in deren Bett verbringen müssen, weil Maria sich in der alten Festung ängstigte! Der Tower ist weiß Gott kein angenehmer Ort, dachte der Kanzler, aber schließlich hat sie in den komfortablen Räumen des Königs gewohnt.

»Der junge Courtenay«, fuhr er fort, »ist gebildet und belesen, ich habe ihn seinerzeit im Tower als artigen jungen Mann kennengelernt und ihn wie einen Sohn in mein Herz geschlossen.«

»Ich heirate keinen Engländer«, erwiderte Maria heftig, »meine Mutter war Spanierin, darauf bin ich stolz, ich fühle mich als Spanierin und würde am liebsten einen Spanier heiraten, im übrigen werde ich mich – was die Heirat betrifft – den Wünschen des Kaisers beugen, er allein weiß, was gut und richtig für mich ist.«

Gardiner preßte verärgert die Lippen aufeinander. Dieser gottverdammte Habsburger, dachte er, wieso mischt er sich in die englische Politik ein? Da es ihm zwecklos schien, das Thema Heirat zu vertiefen, kam er noch einmal auf die Todesurteile zurück.

»Was soll mit den Söhnen des Herzogs geschehen, Majestät?«

»Sie werden nicht hingerichtet.«

Während Maria widerwillig ihre Regierungspflichten erfüllte, unternahm Elisabeth in Begleitung ihres Großonkels, Lordadmiral William Howard, einen längeren Spazierritt durch den Park. Lord William, inzwischen dreiundvierzig Jahre alt, war ein Sohn des zweiten Herzogs von Norfolk aus dessen zweiter Ehe und war somit ein Halbbruder von Anna Boleyns Mutter und von Katharina Howards Vater. Nach der Hinrichtung seiner Nichte Katharina hatte er auf seinen Gütern ein zurückgezogenes Leben geführt. Als Maria die Adligen aufrief, sie beim Kampf um ihre Erbrechte zu unterstützen, war er mit seinen Leuten sofort nach Norfolk geeilt, um ihr zu huldigen. Die Belohnung ließ nicht auf sich warten: Er wurde zum Lordadmiral ernannt und erhielt einen Sitz im Staatsrat. So ändern sich die Zeiten, überlegte Lord William zufrieden, als er neben Elisabeth durch den Park ritt, die Familie Howard zählt wieder zu den ersten Familien bei Hof.

Der alte, inzwischen achtzigjährige, dritte Herzog von Norfolk war sofort aus dem Tower entlassen und von Maria mit Ehren überhäuft worden.

Irgendwann rächt sich alles auf dieser Welt, dachte Lord William, die Tochter der unglücklichen und unschuldig hingerichteten Anna Boleyn ist wieder Englands Thronfolgerin, eines Tages wird sie Englands neue Königin sein, und sie vertraut mir. Elisabeth I. von England, dachte er mit Genugtuung und streifte seine Großnichte mit bewundernden Seitenblicken. An jenem Nachmittag trug sie ein königsblaues seidenes Kleid, das einen reizvollen farblichen Kontrast zu der karmesinroten Satteldecke und dem weißen Pferd bildete.

Elisabeth sah sich in der weitläufigen Parklandschaft um und sagte auf einmal, gerade als ob sie Lord Williams Gedanken erraten hätte:

»Wenn ich einmal Königin bin, werde ich die Jagdzeit immer in Richmond verbringen, in den Wäldern hier soll es das meiste Wild geben, während des Winters wohne ich in Whitehall und ansonsten in Nonsuch, und hin und wieder werde ich mich für ein paar Tage nach Hatfield zurückziehen.«

»Wollt Ihr Euch überhaupt nicht in Greenwich, Hampton Court oder Windsor aufhalten?«

»Windsor ist mir zu düster, da werde ich trübsinnig, Hampton Court ist das Schloß meines Vaters, das soll es auch bleiben, gegen Greenwich ist nichts einzuwenden, überdies will ich eine Gewohnheit meines Vaters aufgreifen, und jeden Sommer ein paar Wochen durch mein Land reisen, damit ich nach und nach jede Grafschaft kennenlerne, und die Bevölkerung sieht so wenigstens einmal im Leben die Königin. Ich werde mit diesen Leuten sprechen, sie fragen, ob ich ihnen helfen kann, ich werde mir ihre Bitten und Probleme anhören, werde versuchen, Mißständen abzuhelfen, ich glaube, das ist der richtige Weg, so wird sich im englischen Volk ein Gefühl der Zusammengehörigkeit entwickeln. Mein Vater mag Fehler gemacht haben, aber in vielem wird er für mich immer ein Vorbild sein.«

»Ihr habt recht, allerdings...« Lord William zögerte etwas und überlegte, ob er das heikle Thema ansprechen sollte, aber er betrachtete es als moralische Pflicht seiner toten Nichte gegenüber, deren Tochter vor den Gefahren zu warnen, die mit dem Leben am Hof verknüpft waren. »Meine liebe Elisabeth«, begann er vorsichtig, »wenn Ihr Königin werden wollt, müßt Ihr in religiösen Angelegenheiten Euer Verhalten ändern. Ich habe Euch heute beim Hochamt vermißt! Warum seid Ihr nicht gekommen?«

»Ich bin Protestantin, und bis jetzt hat die Königin mein Verhalten toleriert, ich hoffe, daß sie meine Religion auch in Zukunft respektiert, schließlich hat man sie während der letzten Jahre auch in Ruhe gelassen.«

»Man hat sie in Ruhe gelassen, weil man Schwierigkeiten mit Karl V. vermeiden wollte, der Kaiser des Heiligen Römischen Reiches hat die Königin stets geschützt, Euch schützt kein mächtiger Fürst, Ihr seid der Königin ausgeliefert, Eure Situation wird außerdem durch den Einfluß von Gardiner und Renard erschwert, im

Augenblick schenkt die Königin Renard ihr volles Vertrauen, diese beiden Männer, der Kanzler und der kaiserliche Gesandte, sind Eure Erzfeinde.«

»Ich weiß, Onkel William, Renard würde mich am liebsten im Tower hinter Schloß und Riegel sehen, aber auch ich bin nicht ganz ohne Schutz: Hinter mir steht das Volk, die Protestanten, die »Ketzer« im Staatsrat, Ihr habt vor einigen Tagen selbst gesagt, daß diese Gruppe meine Interessen vertritt. Wenn ich jetzt die Messe besuche, werden alle annehmen, daß ich heuchele, was ja auch stimmt, also bleibe ich lieber fern.«

»Elisabeth, es ist völlig unwichtig, ob Renard Euch für eine Heuchlerin hält oder nicht, wichtig und ausschlaggebend ist, daß Ihr Euch äußerlich unterwerft, dann hat man keinen Grund mehr, etwas gegen Euch zu unternehmen. Ich möchte nicht wissen, wie viele Heuchler heute beim Hochamt waren; außerdem solltet Ihr die öffentliche Meinung und die Möglichkeiten des Staatsrates nicht überschätzen, was die Religion betrifft, scheint mir die Königin fest entschlossen, sich über alles hinwegzusetzen.«

»Onkel William, ich weiß, daß es klüger und diplomatischer wäre, den katholischen Firlefanz mitzumachen, aber ich fürchte, daß ich meine Popularität einbüße und die Protestanten vor den Kopf stoße, wenn ich die Messe besuche.«

»Das Volk liebt Euch nicht wegen Eures Glaubens, sondern weil Ihr König Heinrichs Tochter seid, und die Protestanten wissen, daß Ihr heucheln müßt, um als Thronfolgerin zu überleben, als Thronfolgerin wohlgemerkt, auf Euch ruht die Hoffnung nicht nur der Protestanten, sondern auch der Antipapisten, die Mehrheit des englischen Volkes lehnt die Erneuerung der päpstlichen Suprematie ab. Ihr verkörpert eine bessere Zukunft für England.«

Eine Weile ritten sie schweigend nebeneinander her.

Elisabeths Gedanken wanderten zu Cecil, und sie überlegte, was er geraten hätte, wahrscheinlich hätte er ihr empfohlen, sich im eigenen Interesse zu unterwerfen.

Sie vermißte ihn oft inmitten der Hofleute, während der letzten Jahre war er für sie zu einem väterlichen Ratgeber geworden, sie wußte, daß sie sich auf ihn verlassen konnte, daß er Entscheidungen genau abwog, daß er sie unterstützte, wenn es notwendig war.

Jetzt züchtete er in Wimbledon Blumen, aber das war die beste Lösung in der gegenwärtigen politischen Situation. Ob sie ihm schreiben, ihn um Rat fragen sollte, nein, das war zu gefährlich für sie beide. Gardiner haßt Cecil bestimmt wie die Pest, nicht nur wegen der Religion, sondern weil Cecil ein hervorragender Diplomat ist.

Von Cecil wanderten ihre Gedanken zu Robert Dudley. Er fehlte ihr sehr, besonders bei Bällen und anderen höfischen Vergnügungen, aber es schien ihr nicht angebracht, jetzt schon bei Maria seine Entlassung aus dem Tower anzusprechen, zumal die Stimmung zwischen ihr und der Königin leicht gespannt war; Maria behandelte sie mit kühler Freundlichkeit, die warme Herzlichkeit der ersten Tage nach dem Sieg über den Herzog war verflogen, abgesehen davon durfte niemand auch nur ahnen, daß sie, die Thronfolgerin, einen Sohn des Verräters Northumberland liebte.

Warum, dachte sie verärgert, warum muß ich ständig wegen der wechselnden politischen Lage meine Gefühle verbergen, so war es bei Thomas, so ist es jetzt bei Robin, es reicht mir allmählich. Statt mit Robert Dudley ein vernünftiges Gespräch über dies oder jenes zu führen, mußte sie sich das dumme, hochtrabende Geschwätz dieses Hohlkopfes Courtenay anhören. Er hat zwar viel gelesen, aber nichts verarbeitet, dachte sie, da hilft auch die edle Herkunft nichts. Er ist zwar einer der letzten Plantagenets, aber das ist auch alles.

»Ich weiß nicht, was ich machen soll, Onkel William.«

»Ihr sollt die Messe besuchen und bei der Wandlung niederknien.«

Da zügelte Elisabeth ihr Pferd, schluckte und konnte plötzlich die Tränen nicht mehr zurückhalten. Lord William betrachtete fassungslos seine weinende Großnichte und suchte nach tröstlichen Worten.

»Elisabeth, Kind, mein Gott, der Besuch der Messe ist doch kein Grund zu weinen.«

Er zog ein weißes Seidentuch hervor und reichte es ihr.

Sie trocknete die Tränen und vermied es, Lord William anzusehen, weil es ihr auf einmal peinlich war, daß sie sich nicht besser beherrscht hatte.

»Ich weine nicht wegen der Messe, Onkel William, sondern weil ich nicht so leben kann, wie ich will; ständig muß man aufpassen, was man sagt, den ganzen Tag über wird man beobachtet, ich muß zu Leuten liebenswürdig sein, die mir zuwider sind, die Menschen, die ich schätze und achte, muß ich aus politischen Gründen verleugnen, und dies alles ekelt mich an, es reicht mir!«

»So ist nun mal das Hofleben, man muß sich arrangieren und die richtigen Leute anlächeln.«

»Ich weiß, ich werde mich natürlich arrangieren, auch wenn es mir schwerfällt. Reden wir von etwas anderem. Ihr sagtet vorhin, man würde etwas gegen mich unternehmen, falls ich mich nicht unterwerfe, dachtet Ihr dabei etwa an einen Ausschluß von der Thronfolge?«

»Nein, das halte ich für unwahrscheinlich, aber Ihr habt sicherlich gehört, daß Gardiner verzweifelt nach einem katholischen Fürsten Ausschau hält, der bereit ist, Euch zu ehelichen.«

»Ich weiß.«

Sie war fest entschlossen, in diesem Punkt nicht nachzugeben, hoffentlich kam niemand auf die Idee, sie mit dem Schwachkopf Courtenay zu vermählen, der war zwar Gott sei Dank als Gatte für Maria im Gespräch, aber man konnte nie wissen...

Plötzlich zügelte sie erschrocken das Pferd und brachte es zum Stehen, ihr war etwas eingefallen, woran sie bis jetzt noch nicht gedacht hatte. Die Verheiratung der Königin war ein Thema, das den Hofklatsch seit Anfang August beschäftigte; Elisabeth hatte bis jetzt diesen Gesprächen keine große Aufmerksamkeit geschenkt, zumal bekannt war, daß Maria es ablehnte, sich zu verehelichen.

Maria will zwar nicht heiraten, überlegte Elisabeth, aber vielleicht gelingt es Gardiner und Renard, sie zur Ehe zu überreden, sie heiratet, wird schwanger und... bekommt ein Kind!

Nein, dachte Elisabeth entsetzt, nur das nicht, nur kein Kind, das sich sozusagen fünf Minuten vor zwölf zwischen den Thron und mich schiebt, das fehlt gerade noch, immerhin ist es möglich, daß dieses Kind die ersten Monate nicht überlebt...

Seit Eduards Krankheit hatte sie sich darauf eingestellt, eines Tages Königin von England zu werden, wahrscheinlich war es verkehrt, solche Pläne zu hegen, vielleicht war es nur ein Traum gewesen, aus dem es ein böses Erwachen gab, wer wußte, welche schlimmen Überraschungen die Zukunft für sie bereithielt?

»Was ist los, Elisabeth? Warum reiten wir nicht weiter?«

Sie zuckte zusammen. »Laßt uns galoppieren, Onkel William«, sie gab ihrem Pferd die Sporen, und während sie in die Abenddämmerung hineinritten, schickte Elisabeth ein Stoßgebet zum Himmel: »Lieber Gott, laß Maria kein Kind bekommen, bitte, nur kein Kind...«

Am 22. August 1553 wurde der Herzog von Northumberland hingerichtet. Kurz vor seinem Tod erklärte der Herzog, daß er stets ein Katholik gewesen sei, ein Bekenntnis, das ihm nichts mehr half. Am Abend des Hinrichtungstages erzählte Arundel im kleinen Kreis, daß der Herzog in der Nacht vor der Hinrichtung ihm einen Brief geschrieben und ihn gebeten habe, sich bei der Königin für ihn einzusetzen. Er zitierte einige Sätze des Briefes, was allgemeine Heiterkeit auslöste:

Lieber Gott, ist mein Verbrechen so groß, daß es durch nichts anderes als durch mein Blut gesühnt werden kann? Es gibt ein altes, wahres Sprichwort, daß ein lebender Hund mehr wert ist, als ein toter Löwe. Ach, möge es Ihrer Majestät gefallen, mir das Leben, und wäre es das Leben eines Hundes, zu schenken...

Nachdem man des Herzogs Brief ausgiebig erörtert hatte, sprach man über die Zukunft: Wen wird die Königin heiraten? Wie lange wird Lady Elisabeth noch Widerstand leisten und nicht zur Messe gehen? Wie lange wird die Königin dies tolerieren? Bereiteten die Protestanten wirklich einen Aufstand vor? Wird England wieder unter die Oberhoheit des Papstes kommen? Dazu bedurfte es eines Parlamentsbeschlusses. Hoffentlich war eine erneute Oberhoheit des Papstes nicht mit der Wiedererrichtung der Klöster und der Rückgabe des Kirchenbesitzes verbunden!

»Das würde zu einem wirtschaftlichen Zusammenbruch und einem Aufstand des Landadels führen«, sagte Arundel.

»Die Königin wird über Leichen gehen, um die päpstliche Suprematie wiederherzustellen und Klöster neu zu gründen«, erwiderte Paget, der im Staatsrat stets für die Interessen Elisabeths eintrat.

Man sah einander verlegen an, und jeder spürte, daß England unter der Herrschaft Marias I. auf dunkle Jahre zusteuerte.

Während der letzten Augusttage schwankte Elisabeth, ob sie den Rat Lord Williams befolgen oder ob sie die Reaktion der Königin abwarten sollte. Schließlich entschied sie sich für die letzte Lösung.

Am 1. September erhielt sie einen Brief der Schwester, worin Maria sie eindringlich aufforderte, endlich von ihrem Irrglauben abzulassen und Katholikin zu werden.

Eine Aufforderung war zwar kein Befehl, aber sie konnte den Brief nicht einfach ignorieren. Schließlich bat Elisabeth die Schwester um eine Privataudienz, in der Hoffnung, daß sie während eines Gesprächs unter vier Augen die Königin vielleicht zu einem religiösen Kompromiß überreden konnte.

Maria war wütend über dieses Ansinnen und ließ die Schwester zunächst zwei Tage warten. Als Elisabeth am 4. September das Audienzzimmer der Königin betrat, erschrak sie. Hinter der Monarchin standen Gardiner und Renard und musterten die Thronfolgerin mit bösen Blicken. Sollten ihre Feinde etwa bei dem Gespräch anwesend sein? Während sie in den zeremoniellen Hofknicks versank, entfernten Gardiner und Renard sich lautlos.

Elisabeth atmete erleichtert auf, als sie mit der Schwester allein war, wahrscheinlich sollte sie nur eingeschüchtert werden, aber die kurze Anwesenheit des Kanzlers und des kaiserlichen Gesandten hatten ihr gezeigt, daß sie tatsächlich schutzlos und der Gnade oder Ungnade der Königin ausgeliefert war.

Maria musterte die großgewachsene, schlanke Gestalt der Halbschwester, und der Anblick des jungen, faltenlosen Gesichts, der zarte, blasse Teint erinnerten sie wieder einmal an ihr eigenes Alter. Der Bastard der Boleyn wirkte stets imposant und elegant, und in dem weißen Seidenkleid sah sie außerdem mädchenhaft unschuldig aus.

Die Robe war – wie stets bei Elisabeth – nach der neuesten Mode geschneidert, mit weiten Ärmeln, einer engen, tief herabgezogenen Korsage und einem weiten, ausladenden Rock, der auf einem Fischbeingestell ruhte. Lange Perlenohrringe, eine zweireihige Perlenkette und ein Rubinring waren der einzige Schmuck.

Elisabeth blickte die Schwester bescheiden und demütig an, sie war in jenem Augenblick nicht Thronfolgerin, sondern die gehorsame Untertanin der Königin, und dies brachte Maria in Rage, weil sie spürte, daß sich hinter dieser Haltung Berechnung verbarg, diplomatisches Geschick, und auf einmal kam sie sich unbedeutend vor.

Die Halbschwester wußte, wie man die Menschen behandeln mußte, nicht umsonst gingen die Männer ihr auf den Leim wie die Fliegen, scharwenzelten um sie herum, hofierten sie, wer hatte sie – die Königin – je hofiert?

In wenigen Tagen feierte Elisabeth ihren zwanzigsten Geburtstag, zwanzig Jahre, überlegte Maria, das Leben liegt noch vor ihr, sie wird heiraten, Kinder bekommen, all das, was sie sich als junges Mädchen gewünscht und was das Schicksal ihr versagt hatte...

In diesem Augenblick wurde Maria das Nachfolgeproblem in seiner ganzen Tragweite bewußt. Wenn sie ohne Nachkommen starb, wurde Elisabeth Königin, England wieder protestantisch, und dieser Gefahr mußte vorgebeugt werden. Es gab nur eine Möglichkeit: Sie, die Königin, mußte ihre Jungfräulichkeit opfern, heiraten und Kinder gebären, so konnte sie England vor dem Protestantismus retten, Gott verlangte ein großes Opfer von ihr, aber es ging wohl nicht anders. Vielleicht... der Kaiser war Witwer... Sie hätte diesen Gedanken gerne weitergesponnen, aber Elisabeth stand vor ihr und wartete, daß sie die Audienz eröffnete. Sie beschloß, das Gespräch rasch zu beenden, damit sie sich mit ihren Heiratsplänen beschäftigen konnte.

»Was wollt Ihr?«

Elisabeth zuckte zusammen. Der abweisende Ton und der plötzliche Wechsel vom familiären »du« zum unpersönlichen »Ihr« verhießen nichts Gutes.

»Ich bat um eine Unterredung, weil ich Euer Majestät erklären will, warum ich die Messe nicht besuche. Ich bitte Euer Majestät um Verzeihung, aber ich bin anders erzogen worden als Euer Majestät, ich wurde nie im katholischen Glauben unterrichtet.«

Maria musterte die Schwester mit kalten Augen und erwiderte:

»Es gibt etliche Hofleute, die nicht im alten Glauben unterrichtet wurden und die trotzdem die Messe besuchen.«

»Verzeiht, Majestät, aber ich befürchte, daß ich mich während des Gottesdienstes falsch verhalte, weil ich die Regeln nicht kenne, ich möchte auf keinen Fall ein Sakrileg begehen.«

»Ein Sakrileg«, erwiderte Maria zögernd, sie fühlte sich leicht verunsichert, weil sie nicht einschätzen konnte, ob Elisabeth aufrichtig war. »Für die Heilige Jungfrau Maria ist nur wichtig, ob Ihr im Herzen den richtigen Glauben tragt, nicht, ob Ihr das ›Ave Maria‹ fehlerfrei beten könnt.«

Ich komme so nicht weiter, dachte Elisabeth, wir drehen uns im Kreis, vielleicht erreiche ich mehr, wenn ich etwas Entgegenkommen zeige.

»Ich bitte Euer Majestät um einige Bücher, wenn ich etwas über den katholischen Glauben gelesen habe, werde ich besser beurteilen können, ob mein Gewissen es erlaubt, den Glauben Eurer Majestät anzunehmen.«

»Bücher!« rief Maria spöttisch. »Ihr beschäftigt Euch nur mit Büchern, gut, Ihr sollt sie bekommen, aber darüber hinaus werde ich dafür sorgen, daß Ihr von einem guten Lehrer unterrichtet werdet. Euer Seelenheil ist meine größte Sorge und bereitet mir schlaflose Nächte. Ab morgen wird Dr. Boum Euch – bis zum Ende des Monats – jeden Vormittag drei Stunden unterweisen, und am 8. September, das ist der Tag von Mariä Geburt, werdet Ihr zum ersten Mal die Messe besuchen, versprecht Ihr mir das?«

»Ja, Majestät«, antwortete Elisabeth resigniert.

»Gut, geht jetzt, ich habe noch zu arbeiten.«

Im Vorzimmer atmete Elisabeth tief durch, Gott sei Dank, die Audienz war überstanden, allerdings, erreicht hatte sie nichts, im Gegenteil, Unterricht! Dr. Boum würde bestimmt erst in einigen Tagen aus London eintreffen, so hatte sie noch ein paar Tage Galgenfrist.

Zu Elisabeths und Kates Überraschung erschien Dr. Boum bereits am nächsten Vormittag.

Am Abend vorher hatte er einen Befehl der Königin erhalten, er solle sich unverzüglich nach Richmond begeben, um Lady Elisabeth vom Irrglauben zu befreien. Dr. Boum war überzeugter Katholik, aber außerdem Gelehrter, kein religiöser Fanatiker, sein Unterricht war sachlich, was Elisabeth als angenehm empfand.

Beim Abschied überreichte er seiner Schülerin einen Rosenkranz mit Perlen aus purem Gold und einem Kreuz aus Rubinen.

»Ein Geschenk Ihrer Majestät für Euer Gnaden.«

Als er gegangen war, betrachtete Elisabeth eine Weile den Kranz und legte ihn schließlich in eine Schublade. »Kannst du dir vorstellen, Kate, daß es Leute gibt, die tatsächlich die Buße, die der Priester nach der Beichte auferlegt, erfüllen? Glaubst du, daß sie wirklich einen schmerzhaften Rosenkranz beten? Ach, da fällt mir ein, die Beichte! Irgendwann muß ich diese Prozedur über mich ergehen lassen. Hast du eine Idee, was ich beichten könnte?«

Kate überlegte.

»Erzählt, daß Ihr in Thomas Seymour verliebt wart, so etwas hören die Priester immer gerne.«

»Verliebt, das ist zu allgemein, die Herren sind doch neugierig auf pikante Details, und damit kann ich nicht aufwarten«, in Gedanken fügte sie hinzu: leider.

Eines allerdings konnte sie beichten, nämlich daß sie hin und wieder wünschte, Amy Dudley möge bald sterben! Dieser Wunsch war eine Sünde, und was für eine! Wahrscheinlich legte der Priester ihr dann eine besonders schwere Buße auf: einige schmerzhafte Rosenkränze! Zeitverschwendung, dachte Elisabeth, ich werde kein einziges Ave Maria beten, schließlich kann niemand kontrollieren, ob ich büße oder nicht.

»Was mag die Königin beichten?« fragte Kate. »Bei ihrem frommen Lebenswandel begeht sie bestimmt keine Sünde.«

Elisabeth lachte. »Wer weiß, vielleicht flüstert sie dem Priester errötend ihre geheimen unkeuschen Wünsche ins Ohr.«

Nun lachte auch Kate, und es dauerte eine Weile, bis sie sich über die beichtende Königin beruhigt hatten.

Unterdessen saß Maria in ihrem Arbeitszimmer und las einen Brief von Reginald Pole. Pole war, ebenso wie der junge Courtenay, königlicher Abstammung: Sein Großvater war ein jüngerer Bruder Eduards IV. Da Pole bei der Scheidungsaffäre Heinrichs VIII. auf der Seite Königin Katharinas stand, hatte er Anfang der dreißiger Jahre England verlassen müssen, war nach Rom gegangen und lebte seitdem unter dem Schutz des Papstes.

Als Maria den Brief gelesen hatte, legte sie ihn nachdenklich zur Seite. Er drängt auf die Rückgabe des Kirchenbesitzes, überlegte sie, er schlägt eine unverzügliche Wiedervereinigung mit Rom vor, wir haben die gleichen Wünsche und Ziele…

Ihre Gedanken wanderten in die Vergangenheit, und auf einmal sah sie deutlich das blasse, ernste Gesicht des angehenden jungen Priesters vor sich. Vor vielen Jahren hatten ihre Mütter sie miteinander verheiraten wollen, aber Reginald fühlte sich zum Priester berufen, im Jahr 1530 hatte sie ihn zum letzten Mal gesehen, er war damals dreißig, und sie, die Vierzehnjährige, hatte ihn schwärmerisch verehrt…

Maria rechnete nach, daß Pole inzwischen dreiundfünfzig war, ein gereifter Mann, dessen Persönlichkeit besser zu ihr passen würde als Courtenay, sie wußte, daß er die Weihen noch nicht empfangen hatte, er konnte sich also verheiraten.

Kurz entschlossen griff sie zu Feder und Papier und bat ihn eindringlich, nach England zurückzukehren. Dann saß sie noch lange Zeit und träumte vor sich hin.

Am späten Nachmittag wurde Renard gemeldet und überreichte der Königin einen Brief seines kaiserlichen Herrn. Es war ein langes Schreiben, und Maria hatte einige Mühe, die Handschrift Karls V. zu entziffern, so merkte sie nicht, daß der Gesandte aufmerksam ihr Mienenspiel beobachtete. Er kannte den Inhalt des Briefes, und er wußte, was der Kaiser von seinem Gesandten erwartete, wenn er, Renard, bei dieser delikaten Aufgabe versagte, war seine diplomatische Laufbahn beendet.

Er seufzte unhörbar, die Heiratspolitik des Hauses Habsburg war ziemlich anstrengend. Wie gut hatte es doch sein Kollege Noailles, der Franzose scharwenzelte um Lady Elisabeth und Courtenay herum, spann irgendwelche Intrigen, bemerkte bei jeder passenden und unpassenden Gelegenheit, was für ein schönes Paar Elisabeth und Courtenay doch seien, und vor allem ließ Noailles durchblicken, daß es für Frankreich nach dem Tod der englischen Königin nur eine Thronfolgerin gäbe, Maria Stuart, die Verlobte des Dauphin und Königin von Schottland, die Enkelin der – wohlgemerkt – älteren Schwester Heinrichs VIII.

In diesem Augenblick sah die Königin von dem Brief auf, und Renard beobachtete zufrieden, daß sich in ihren Augen Überraschung spiegelte; es ist gut, wenn sie überrascht ist, überlegte er, das erleichtert mir die Aufgabe, ich kann das kaiserliche Schäfchen besser ins Trockene bringen, ich werde meinen »Helfer«, diesen gutaussehenden jungen Mann, zu ihr schicken, der hat in Spanien gelebt und wird sie mit seinem Charme und seiner Wortgewandtheit überzeugen, wenn er anfängt zu reden, hört er nicht mehr auf…

»Der Kaiser«, begann Maria zögernd, »rät mir zu einer baldigen Eheschließung, damit eine katholische Nachfolge gesichert ist. Er schreibt, er selbst sei zu alt und zu gebrechlich, um noch einmal zu heiraten, wenn er gesünder wäre, würde er sofort um meine Hand anhalten, indes wird seine Gicht immer schlimmer, deshalb schlägt er vor, daß ich seinen Sohn, Prinz Philipp, den Regenten Spaniens, heirate. Er glaubt, daß die Verbindung mit einem ausländischen Fürsten meine Stellung in Europa mehr festigt als die Ehe mit einem englischen Aristokraten.«

Es entstand eine Pause, und Renard überlegte fieberhaft, wie er jetzt reagieren sollte.

»Mr. Renard, Prinz Philipp ist erst siebenundzwanzig Jahre alt, nicht wahr?«

»Ja, Majestät, aber die frühe Eheschließung – Seine Hoheit war sechzehn Jahre, als er heiratete – und die Witwerschaft haben entscheidend zur Reife des Prinzen beigetragen.«

»Das mag sein, aber ich bin zehn Jahre älter als er, wird er eine ältere Frau heiraten wollen, zumal seine erste Gattin eine Schönheit gewesen sein soll.«

»Prinzessin Maria von Portugal war ein junges Mädchen von sechzehn Jahren, als Seine Hoheit sie heiratete, überdies ist Prinz Philipp ein gehorsamer Sohn und wird sich den Wünschen des Kaisers fügen.«

»Daran zweifele ich nicht, aber…«, sie zögerte etwas, »wird er mich je lieben?«

Du meine Güte, dachte Renard, wie weltfremd sie ist, bei einer dynastischen Verbindung spielt doch die Liebe keine Rolle, hat sie das noch nicht begriffen? Diese Einstellung hängt wahrscheinlich mit dem schlechten Beispiel ihres Vaters zusammen, der alle staatspolitischen Erwägungen der Liebe, oder besser, seinem sinnlichen Verlangen untergeordnet hat. Er stutzte, weil ihm etwas eingefallen war. Die emotionale Seite der Ehe, Liebe, Verliebtheit, wie immer man es nennen mochte, schien für Maria Tudor wichtig zu sein. Sollte sie etwas von der väterlichen Sinnlichkeit geerbt haben, was unter ihrer Frömmigkeit bis jetzt geschlummert hatte? Vielleicht konnte man sie von diesem Punkt aus bezüglich Philipps beeinflussen. Er lächelte die Königin an.

»Majestät, Liebe muß wachsen. Euer Majestät und Prinz Philipp verbindet ein starkes geistiges Band: die katholische Religion. Seine Hoheit verfolgt in Spanien das gleiche Ziel wie Euer Majestät in England: die Ausrottung und Vernichtung der Ketzer. Ich bin fest davon überzeugt, daß der Prinz Euch allein aus diesem Grund lieben wird.«

Innerlich fragte Renard sich manchmal, ob Philipp überhaupt fähig war, einen Menschen aufrichtig zu lieben.

»Es wäre so schön, wenn er mich lieben würde«, erwiderte Maria nach einer Weile, und Renard bemerkte mit Genugtuung, daß sie leicht errötete.

Es lief besser, als er gedacht hatte.

»Mr. Renard, ich habe gehört, der Prinz sei düster.«

»Nein, Majestät«, erwiderte der Gesandte hastig, »der Ausdruck ›düster‹ ist völlig unangebracht, um nicht zu sagen falsch. Seine Hoheit ist ernst veranlagt, zuverlässig, weder flatterhaft noch leichtsinnig, und – wie ich bereits erwähnte – weit über sein Alter hinaus gereift. Er ist auch nicht stolz und hochfahrend, wie oft behauptet wird, allerdings ist er sich seiner Abstammung und Stellung bewußt.«

Was kann ich noch zu seinen Gunsten sagen, überlegte Renard. »Er liebt seinen achtjährigen Sohn Don Carlos über alles«, im Augenblick, dachte Renard, muß sie noch nicht wissen, daß Don Carlos sich geistig nicht so entwickelte, wie man es erwartet, die unehelichen Kinder des Prinzen aus der Verbindung mit Donna Isabella de Osorio müssen zunächst wohl auch verheimlicht werden.

Maria dachte angestrengt nach, und Renard bemerkte, daß ihre Augen allmählich verträumt in die Ferne blickten.

»Ich kann ihm natürlich keine Rechte als König einräumen«, sagte sie nach einer Weile.

»Das denke ich auch«, erwiderte der Gesandte.

»England darf auch nicht mit Spaniern überflutet werden.«

»Ich bin ganz Eurer Meinung, Majestät«, und Renard dachte mit Unbehagen daran, wie unbeliebt Philipp in den Niederlanden war. Er mochte das Volk der Niederländer nicht, so etwas durfte in England nicht passieren, er mußte sich so verhalten, daß die Engländer ihn wenigstens akzeptierten, lieben würde dieses Volk ihn nie, davon war Renard bereits jetzt fest überzeugt, die Engländer liebten – leider Gottes – den Bastard der Boleyn. Eines Tages – auch davon war Renard überzeugt – würde es ihm gelingen, die Halbschwester der Königin zu Fall zu bringen. Zunächst jedoch mußte der Kaiser seinem Sohn Anweisungen geben, wie die Engländer zu behandeln waren, der innere Friede mußte unbedingt erhalten bleiben.

»Meine Mutter war Spanierin«, sagte Maria, »als Kind war ich mit dem Kaiser verlobt..., Mr. Renard, könnt Ihr mir ein Bild des Prinzen besorgen, ich möchte ihn so gerne einmal sehen.«

Der Gesandte überlegte.

»Tizian hat den Prinzen vor drei Jahren gemalt, das Bild ist bei der Tante Seiner Hoheit, Königin Maria von Ungarn, die zur Zeit Regentin der Niederlande ist, ich werde sie bitten, Eurer Majestät das Gemälde zu schicken.«

Als Renard gegangen war, las die Königin den Brief des Kaisers zum zweiten Mal, und zum zweiten Mal an diesem Tag begann Maria Tudor vor sich hin zu träumen.

Der 7. September war ein warmer, sonniger Spätsommertag. Als Elisabeth am Morgen erwachte, blieb sie, entgegen ihrer Gewohnheit, noch eine Weile liegen, um mit sich und ihren Gedanken noch einige Augenblicke allein zu sein, bevor der Geburtstagstrubel begann.

Es war das erste Mal seit zehn Jahren, daß ihr Geburtstag mit großem Aufwand gefeiert wurde. Die Königin hatte – froh darüber, daß Elisabeth bereit war, den katholischen Glauben anzunehmen – angeordnet, daß am Abend ein Bankett und ein Ball stattfinden sollten.

Elisabeth erinnerte sich an ihren zehnten Geburtstag in Hampton Court, an den morgendlichen Ausflug zu den Küchen und an die Begegnung mit dem sonderbaren Pagen, der behauptete, ein Enkel Richards III. zu sein, später, während des »Schauduells« beim Bankett, hatte er Robin beinahe zum Krüppel geschlagen, woraufhin er den Hof verlassen mußte, sie hatte ihn nie mehr gesehen und nie mehr etwas von ihm gehört. Was mochte aus ihm geworden sein?

Sie dachte an die Menschen, die ihr nahegestanden oder ihre Feinde gewesen und die inzwischen längst tot waren: ihr Vater, der Lehrer Grindal, die Stiefmutter und Freundin Katharina Parr, ihre erste Liebe, Thomas Seymour, ihr Feind, der Lordprotektor, Eduard, der kleine Bruder, ihr Feind, der Herzog von Northumberland…

Das Bankett wird nicht so üppig sein wie in Hampton Court, dachte sie, schließlich muß gespart werden, und da Maria auf ihre prunkvollen Roben nicht verzichten will, werden an der Tafel schon seit Wochen nur wenige und einfache Speisen aufgetragen. Die üppigen Zeiten unseres Vaters sind wahrscheinlich für immer vorbei. Selbst wenn es dem Marquis von Winchester gelingt, die Finanzen zu sanieren, wird der König von England auch in Zukunft sparen müssen, weil die Teuerungen immer weitergehen, und der König ist – wie alle Grundbesitzer – ein Bezieher fester Einkommen, weil die Pacht nicht beliebig erhöht werden kann. Das Einkommen stagniert also, und die Preise steigen.

Einzig die Kaufleute profitieren von der Preissteigerung und werden immer wohlhabender. Man müßte überseeische Besitzungen haben wie Spanien und Portugal, dann könnte man den Handel weiter ausbauen, und England würde reich werden...

Solche Probleme scheinen Maria nicht zu interessieren, die ist nur mit ihren Rosenkränzen beschäftigt; sie dachte an die Messe, die sie am nächsten Tag besuchen sollte, ob sie sich nicht doch davor drückte, Magenbeschwerden und Leibschmerzen vortäuschte? Sie überlegte hin und her, konnte sich nicht entscheiden und klingelte schließlich nach ihren Kammerfrauen.

»Welches Kleid soll ich für heute abend richten, Euer Gnaden?« fragte Lucy, während sie ihre Herrin frisierte.

Elisabeth überlegte. »Ich könnte die Tudorfarben tragen, Grün und Weiß. Ja, richte das lindgrüne Seidenkleid mit dem weißen Spitzenbesatz, lege das weiße golddurchwirkte Haarnetz zurecht, meine Perlen und den Smaragdschmuck...«, sie schwieg plötzlich, weil sie Renards Stimme hörte, er sprach spanisch, und verwundert trat sie zum Fenster.

Sie sah ihn – begleitet von einem jungen Mann – auf und ab gehen, und obwohl der Gesandte mit gedämpfter Stimme sprach, verstand sie, was er sagte: »Ihr könnt doch spannend erzählen, es dürfte Euch nicht schwerfallen, den Prinzen Philipp von Spanien in goldenen Farben zu schildern.«

Der junge Mann lachte kurz auf, und für den Bruchteil von Sekunden kam er Elisabeth bekannt vor, der Gang, die Haltung, er erinnerte sie an jemand, aber an wen? Sie schätzte ihn auf Mitte Zwanzig und fand, daß er gut aussah, groß, kräftig gebaut, die dichten, dunklen Haare und der kurzgeschorene Bart unterstrichen seine Männlichkeit. Er trug ein schwarzes Wams, schwarze Beinkleider und einen feuerroten Mantel, der Elisabeth an die spanische Inquisition erinnerte.

Sie vermutete, daß er zur kaiserlichen Gesandtschaft gehörte, und horchte neugierig, was er Renard in perfektem Spanisch antwortete: »Donna Isabella de Osorio liebte meine Geschichten«, er lachte erneut, »je mehr Intrigen, je mehr Tote und vor allem Erotik, desto besser, bei diesen Gelegenheiten – wenn ich ihr und ihren Damen Geschichten erzählte – habe ich auch den Prinzen öfter erlebt, seid unbesorgt, ich werde Euren Auftrag zu Eurer Zufriedenheit ausführen.«

»Gut, heute abend begleitet Ihr mich zu dem Ball, den die Königin anläßlich des Geburtstages von Lady Elisabeth gibt, bei dieser Gelegenheit stelle ich Euch Ihrer Majestät vor.«

Der Fremde blieb erstaunt stehen. »Lady Elisabeth hat heute Geburtstag? Ja, natürlich, ich entsinne mich…, vor zehn Jahren gab der König anläßlich ihres Geburtstages einen Ball in Hampton Court.«

»Euer Gnaden«, rief Lucy, »die Geschenke des französischen Gesandten sind eingetroffen.«

Auf dem Weg zum Vorzimmer dachte Elisabeth darüber nach, wieso der Fremde von dem Ball in Hampton Court wußte, und erst in diesem Augenblick wurde ihr bewußt, daß er die letzten Sätze in akzentfreiem Englisch gesprochen hatte.

War er Spanier oder Engländer?

»Noailles hat sich selbst übertroffen«, sagte Kate, die im Vorzimmer die Diener beim Auspacken beaufsichtigte, »Seide aus Lyon, Rotwein aus Burgund, Duftwässer, Gobelins, ein Geschenk ist dabei, das wird Euer Gnaden besonders gefallen«, und sie überreichte Elisabeth eine Prachtausgabe der Lyrik des berühmten französischen Dichters Ronsard.

Elisabeth nahm das Buch, betrachtete es fasziniert, strich mit ihren schmalen Händen behutsam über das weiche rehfarbene Leder, bewunderte die mit Seide genähten Bünde, das dicke gelbe Papier, die schwarzen Buchstaben, sie schnupperte an der Druckerschwärze und berührte, nachdem sie es wieder geschlossen hatte, die fein ziselierte goldene Schließe, die mit rundgeschliffenen Rubinen besetzt war.

»Weißt du, Kate, der Inhalt eines Buches ist natürlich das Wichtigste, ich liebe Ronsards Spiel mit dem Wort über alles, eine schöne Formulierung erinnert mich immer an das geschickte Emporwerfen eines Falken, aber die äußere Ausstattung eines Buches muß mit dem Inhalt harmonieren, das Handwerk des Buchbinders erfordert Phantasie und Geduld, also Eigenschaften, die auch für den Verfasser von Epen und Versen gelten.«

Sie blätterte erneut in dem Buch und überlegte, warum Noailles sie mit kostbaren Geschenken überschüttete, sie hofierte und umschmeichelte, welches Interesse hatte der Vertreter Frankreichs an der protestantischen Thronfolgerin Englands? Er verfolgt einen Plan, überlegte sie, aber welchen, sie mußte herausfinden, was er im Schilde führte.

In diesem Augenblick wurde ein Bote gemeldet, der Elisabeth einen Zinnteller überreichte, auf dem eine stattliche Anzahl weißer und roter Rosen lagen.

»Mein Herr schickt Euch die letzten Rosen aus seinem Garten, Euer Gnaden.«

»Vielen Dank«, sagte Elisabeth erstaunt, »Rosen im September, wie ungewöhnlich.«

»Mein Herr hat eine spezielle Anbaumethode entwickelt.«

»Wer ist Euer Herr?«

Der Bote zögerte: »Das darf ich nicht sagen, Euer Gnaden.«

Elisabeth fing an, etwas zu ahnen.

»Wo wohnt Euer Herr?«

»In Wimbledon, Euer Gnaden.«

Aha, sie hatte richtig vermutet, die Blumen waren ein Geschenk von William Cecil.

Die weiße Rose des Hauses York, die rote Rose des Hauses Lancaster, dachte sie, wie aufmerksam von ihm, ihr zum Geburtstag die Blume der Dynastie Tudor zu schenken. Die Rosen waren noch nicht voll erblüht und würden hoffentlich noch lange nicht welken. Verglichen mit den prachtvollen Geschenken des französischen Gesandten wirkten Cecils schlichte Blumen wohltuend aufrichtig.

»Wie geht es Eurem Herrn, was macht er, ist er gesund?«

»Er erfreut sich der besten Gesundheit, Euer Gnaden, er studiert juristische Fachbücher, züchtet Blumen und wartet ab.«

Elisabeth mußte unwillkürlich lächeln, natürlich, abwarten!

»Sagt Eurem Herrn, daß ich ihm herzlich danke, sagt ihm, seine Rosen waren für mich das kostbarste Geschenk an diesem Tag, Kate, bringe den jungen Mann zu Parry, er soll ihm einen Beutel Gold für seinen Botendienst geben.«

»Wieder ein Beutel Gold«, brummte Parry, als der Bote gegangen war, »Gold für ein paar läppische Rosen, sonst wird jeder Penny dreimal umgedreht!«

»Die Rosen sind nicht läppisch«, erwiderte Kate streng, »die Rosen kommen aus Wimbledon, aber das behaltet für Euch!«

Parry machte große Augen: »Aus Wimbledon! Dann sind die Blumen natürlich einen Beutel Gold wert!«

Inzwischen war Elisabeth damit beschäftigt, die Rosen in einer Vase aus venezianischem Glas zu arrangieren. Sie zählte zehn weiße und zehn rote Knospen, eine für jedes Lebensjahr. Unter den drei letzten Blumen lag ein Billett. Sie entfaltete es und las:

Herzliche Glückwünsche zum Geburtstag, Harmonie und Frieden für das neue Lebensjahr. Euer Gnaden werden doch sicherlich die Messe am 8. September besuchen? W.C.

Die Messe..., Cecil riet ihr also, nachzugeben und sich zu unterwerfen.

Unterdessen spazierten Renard und sein Begleiter durch den Park.

»Ich möchte Euch noch etwas zum politischen Hintergrund dieses Heiratsprojekts sagen, Mr. Braleigh«, begann Renard, »Ihr werdet dann besser verstehen, weshalb es so wichtig ist, daß Ihr die Königin für den Prinzen entflammt. Was ich Euch jetzt mitteile, ist natürlich streng vertraulich.«

»Selbstverständlich.«

»Der Kaiser ist des Regierens müde und erwägt schon seit einiger Zeit, in wenigen Jahren abzudanken und sich in ein Kloster zurückzuziehen. Da sein Sohn noch zu jung und unerfahren ist, um ein so großes Reich allein zu regieren, möchte der Kaiser das Reich zwischen seinem Sohn Philipp und seinem Bruder Ferdinand aufteilen. Philipp soll Spanien und die Niederlande erhalten, Ferdinand die habsburgischen Erblande und die römisch-deutsche Kaiserwürde. Der Kaiser wünscht natürlich, daß nach Ferdinands Tod nicht dessen Sohn Maximilian, sondern Philipp Kaiser des Heiligen Römischen Reiches wird; da er befürchtet, daß die Kurfürsten Maximilian vorziehen, Philipp aber nicht schlechtergestellt sein soll als sein

Vetter, hofft er, durch eine Heirat seines Sohnes mit der Königin, England langfristig dem Habsburgerreich eingliedern zu können. Abgesehen davon, daß England unter den Nachkommen von Philipp und Maria ein katholisches Land bleiben wird, soll natürlich durch diese Heirat auch Frankreichs Gelüsten nach der englischen Krone ein Riegel vorgeschoben werden. Die Kinder von Maria Tudor verhindern eine Thronbesteigung der schottischen Königin Maria Stuart, was ja auch immer ein Wunsch Heinrichs VIII. war, keine Stuarts auf Englands Thron! Übrigens, habt Ihr schon etwas über Noailles' Pläne herausgefunden? Er umschwärmt Lady Elisabeth, als ob sie Königin von England wäre, und sie kokettiert mit ihm, vielleicht spielt sie ihm auch nur etwas vor, bei ihr weiß man nie, woran man mit ihr ist.«

»Das Ziel der französischen Politik ist klar: Maria Stuart soll eines Tages Königin von England werden. Der Weg, den man geht, um dieses Ziel zu erreichen, kommt mir allerdings kurvig und unübersichtlich vor. Noailles, soviel habe ich herausgefunden, strebt eine Verheiratung Lady Elisabeths mit Courtenay an.«

Renard lachte. »Da kennt er Lady Elisabeth aber schlecht, die würde einen Schwachkopf wie Courtenay nie heiraten, aber angenommen, sie heiraten doch, wie soll es weitergehen?«

»Frankreich hofft, daß, falls dieses Paar nach dem Tod von Königin Maria den Thron besteigt, sie sich nicht wird halten können, weil Courtenay sich schon jetzt durch seinen Lebenswandel unbeliebt gemacht hat, man rechnet mit einer Adelsrevolte, und dann wäre der Weg für Maria Stuart frei.«

»Das klingt ziemlich verworren, aber lassen wir Noailles sein Vergnügen, für uns ist wichtig, daß Gardiner sich nicht durchsetzt und Courtenay Maria ehelicht. Das ist unser größtes Problem. Gardiner, einige Ratsmitglieder, Parlament und Volk wünschen und erwarten, daß die Königin einen englischen Aristokraten heiratet, weil man befürchtet, daß England bei einer Verbindung mit einem ausländischen Fürsten von einem anderen Land abhängig wird. Wir müssen damit rechnen, daß die Königin, aus irgendeiner Stimmung heraus, den Wünschen Gardiners nachgibt; es gibt im Augenblick nur eine Möglichkeit, dies zu verhindern: Die Königin muß sich in den Prinzen Philipp verlieben, das, mein Freund, ist Eure Aufgabe bei diesem Spiel. Ihr müßt ihr Interesse für den Mann wecken, mit dem Ergebnis, daß sie – ohne ihn persönlich zu kennen – nur ihn und keinen anderen heiraten will. Sie muß emotional verblendet werden, nur so kann verhindert werden, daß sie den Wünschen ihres Volkes nachgibt. Mit Eurem Charme werdet Ihr sie schon um den Finger wickeln. Kümmert Euch nicht um die Politik, die außenpolitischen Vorteile dieser Heirat werde ich ihr schon schmackhaft machen.«

Braleigh lächelte geschmeichelt. »Ich werde mir einige Anekdoten ausdenken, die den Prinzen zum edlen Helden hochstilisieren, was das Gemälde von Tizian betrifft, so darf die Königin es nicht zu früh sehen, da muß der richtige Zeitpunkt abgepaßt werden.«

Renard lachte leise. »Ihr habt recht; ich werde übrigens dafür sorgen, daß Ihr heute abend mit Lady Elisabeth tanzt. Eurem Charme kann ja keine Frau widerstehen, plaudert mit der Thronfolgerin, vielleicht erfahrt Ihr Dinge, die man gegen sie verwenden kann, sie ist für England eine politische Gefahr.«

Braleigh lächelte süffisant. »Ich werde Lady Elisabeth mit dem größten Vergnügen zum Tanz führen«, vor zehn Jahren, dachte er, mußte ich Robert Dudley das Feld überlassen, na, dessen Glanzzeit ist vorbei, hoffentlich bleibt er für den Rest seines Lebens im Tower.

Elisabeth hatte sich auf den Ball gefreut, aber als Courtenay nach dem Bankett den Tanz mit ihr eröffnete, wurde sie wieder einmal schmerzlich daran erinnert, daß Robert Dudley immer noch im Tower inhaftiert war und wahrscheinlich noch einige Zeit dort bleiben würde.

»Ein wundervolles Fest«, sagte Courtenay.

»Ja«, sie zwang sich zu einem unverbindlichen Lächeln.

»Ihr stellt Euch nicht vor, wie ich die Freiheit genieße, ich weiß nicht mehr, wie ich die Jahre im Tower überlebt habe, tagaus, tagein sah ich nur graues Gemäuer, Wachen, Raben, es war schrecklich.«

»Ja, das glaube ich Euch«, armer Robin, dachte sie.

In diesem Augenblick sah sie, daß Renard und sein junger Begleiter den Ballsaal betraten und auf die Königin zusteuerten. Sie beobachtete, daß der Gesandte den jungen Mann vorstellte, daß Maria lächelte und sich eine Weile mit ihm unterhielt.

Kein Wunder, dachte Elisabeth, alles, was mit Spanien zusammenhängt, übt auf Maria eine besondere Faszination aus, und sie überlegte erneut, wieso der Fremde ihr bekannt vorkam.

Inzwischen war der Tanz zu Ende, und Courtenay begleitete sie – über Nichtigkeiten plaudernd – zu ihrem Platz. Sie antwortete ihm mechanisch, ließ dabei die Hofgesellschaft auf sich wirken und fand, daß es lauter und fröhlicher zuging als zu Lebzeiten ihres Bruders, alle waren prachtvoll gekleidet, auch die Protestanten.

Da kam einer von Marias Pagen auf sie zu, verbeugte sich und sagte:

»Euer Gnaden, Ihre Majestät wünscht, daß Ihr bis zum Ende des Balles nur noch mit Mr. Braleigh tanzt.«

»Mit Mr. Braleigh?« fragte Elisabeth verwundert.

Im gleichen Augenblick sah sie ihn federnden Schrittes auf sich zukommen, und während sie versuchte, sich zu fassen, verbeugte er sich schwungvoll und lächelte sie triumphierend an, wobei seine dunklen Augen so frech blitzten wie damals in Hampton Court.

Im ersten Augenblick war Elisabeth angenehm berührt von seinem männlichen Auftreten, verglichen mit ihm wirkte Courtenay wie ein dummer Junge, aber dann erinnerte sie sich an den gefährlichen Fechtstoß Coup de Jarnac, den er gegen Robert Dudley geführt hatte, und spürte deutlich, daß sie vor Braleigh auf der Hut sein mußte.

Er begleitete Renard, das war kein gutes Zeichen, wahrscheinlich wollte man ihr Fallen stellen.

Während ihr dies durch den Kopf ging, gratulierte er ihr zum Geburtstag, machte ihr gedrechselte Komplimente über ihr Aussehen und erwähnte zuletzt, wie glücklich er sei, daß die Königin ihm erlaubt habe, den ganzen Abend mit Lady Elisabeth zu tanzen.

»Wie reizend von der Königin«, erwiderte Elisabeth und erhob sich, »kommt, Ihr seid hoffentlich ein guter Tänzer«, und während sie ihn kokett anlächelte, überstürzten sich ihre Gedanken: Sie mußte die Unterhaltung so steuern, daß er möglichst viel und sie möglichst wenig redete.

Er ist eitel, überlegte sie und nimmt sich wichtig, ich werde ihn über sein bisheriges Leben erzählen lassen.

»Vor genau zehn Jahren, wir waren damals noch Kinder, haben wir uns kennengelernt und sofort wieder aus den Augen verloren. Wie ist es Euch inzwischen ergangen, Ihr habt sicher allerhand erlebt.«

Braleigh lächelte geschmeichelt.

»Gewiß, Euer Gnaden, vor allem bin ich viel gereist«, und dann erzählte er Elisabeth von seiner Kavaliersreise durch Mitteleuropa, zusammen mit seinem Vater, und von seinem zweijährigen Aufenthalt in Spanien, wobei er vorsichtshalber Donna Isabella de Osorio und den Prinzen Philipp nicht erwähnte. »Während der Rückreise nach England lernte ich Mr. Renard kennen, und nachdem wir einen Abend miteinander verplaudert hatten, fragte er mich, ob ich nicht Lust hätte, in seine Dienste zu treten, er brauche hin und wieder einen zuverlässigen Mann für diplomatische Sonderaufträge.«

Aha, dachte Elisabeth, er ist also ein Spion Renards. Das Gespräch verebbte für eine Weile, und Elisabeth überlegte, wie sie etwas über den kaiserlichen Gesandten aus ihm herauslocken konnte.

Da sagte Braleigh: »Ich hoffe, daß der Graf von Devon, Euer künftiger Gemahl, es mir nicht verübelt, daß ich mit Euch tanze.«

»Wie kommt Ihr darauf, daß ich Eduard Courtenay heiraten werde?«

»Das ist ein offenes Geheimnis am Hof.«

Elisabeth lachte. »Es gibt hier viele offene Geheimnisse, und sie wechseln ständig.«

»Natürlich, sonst wäre das Hofleben zu langweilig, im übrigen gönne ich dem Grafen die Hand Euer Gnaden von ganzem Herzen. Er hat eine schlimme Zeit hinter sich, fünfzehn Jahre unschuldig hinter den Mauern des Tower.«

»Er ist nicht der einzige, der unschuldig eingekerkert war, bei vielen hingen Schuld oder Unschuld von der jeweiligen Regierung ab, nur wenige Gefangene waren wirklich schuldig, zum Beispiel der Herzog von Northumberland.«

»Da habt Ihr recht. Wann, glaubt Ihr, werden die Söhne des Herzogs hingerichtet?«

»Wißt Ihr das nicht? Guildford, Ambrose und Robert wurden von der Königin begnadigt, allerdings ist es noch ungewiß, wann sie entlassen werden.«

»Wie bitte? Ist das Euer Ernst? Die Söhne eines Hochverräters müssen hingerichtet werden wie der Vater.«

»Guildford, Ambrose und Robert sind unschuldig am Verrat des Herzogs.«

»Euer Gnaden, John Dudleys Söhne sind eine Gefahr für den Staat, besonders Robert!«

Elisabeth sah Braleigh erstaunt an, bemerkte den Haß in seinen Augen und fragte sich, warum er sich so echauffierte.

»Wieso ist Robert Dudley eine Gefahr für den Staat?«

»Er ist eitel, arrogant, eingebildet, prahlerisch, unfähig, er handelt verantwortungslos, denkt an seine Ehe! Ein Gentleman kümmert sich um seine Frau und vernachlässigt sie nicht!«

»Ihr beurteilt ihn zu negativ, und sein Privatleben geht keinen Menschen etwas an.«

Er scheint Robin aus irgendeinem Grund zu hassen, überlegte Elisabeth, hoffentlich beeinflußt er Maria nicht gegen ihn, sie spürte, daß eine unerklärliche Angst sie überkam, und wünschte Braleigh weit weg vom Hof.

Sie hat noch immer eine Schwäche für Robert Dudley, dachte Braleigh, abwarten, eines Tages werde ich ihn erledigen!

Als Elisabeth am nächsten Morgen erwachte, fiel ihr ein, daß an jenem 8. September Mariä Geburt gefeiert wurde und sie der Schwester versprochen hatte, die Messe zu besuchen. Sie sah eine Weile ratlos hinauf zu dem Betthimmel und überlegte, ob sie nicht Magenschmerzen vortäuschen und dem Gottesdienst fernbleiben solle.

Sie dachte an Cecils Billett und seinen Rat, sich zu unterwerfen, sie dachte auch daran, daß sie bei der Krönung als Thronerbin auftreten wollte, und beschloß, Cecils Rat zu befolgen.

Maria war so erfreut und auch erleichtert über die Anwesenheit der Schwester beim Gottesdienst, daß sie ihr noch am gleichen Tag eine schwere goldene Kette mit einem Rubinkreuz, Broschen und Ringe überreichen ließ.

»Sie behandelt mich wie ein Kind, dem man Spielzeug schenkt, weil es artig war«, sagte Elisabeth verärgert zu Kate.

Während der Messe hatte sie im stillen überlegt, ob sie sich nicht, einige Wochen nach der Krönung, wenn sie ihre Stellung als Thronfolgerin gefestigt hatte, unter einem Vorwand nach Hatfield zurückziehen sollte.

Am Abend jenes Tages empfing Maria Gerard Braleigh und bat ihn, ihr etwas über den Prinzen Philipp zu erzählen. Renard hatte mit Braleigh abgesprochen, daß bei der ersten Audienz Philipp als Vorkämpfer des katholischen Glaubens dargestellt werden sollte, und so schilderte der junge Mann ausführlich, daß der Prinz jede Messe besuche, regelmäßig beichte, daß er täglich mehrere Stunden kniend bete, daß er nur schwarze Kleider trage und keine Gnade kenne bei der Verfolgung von Ketzern.

War es die Neugier der Königin, war es Braleighs anschauliche Schilderung, von jenem Abend an mußte er täglich bei ihr erscheinen und ihre Fragen über Philipp beantworten, mit dem Ergebnis, daß sie, als der September zu Ende ging, geradezu darauf brannte, endlich das von Renard angekündigte Gemälde zu sehen.

So kam der 1. Oktober, der Tag, an dem Maria Tudor gekrönt werden sollte.

Am Nachmittag des 30. September begaben Maria und der Hof sich vom Tower nach Whitehall, wo sie die Nacht verbringen wollten.

Maria saß – in blauen Samt gekleidet, ein Diadem auf dem Kopf – in einer offenen Sänfte, litt unter Kopfschmerzen und empfand den Königszug durch die Straßen der Hauptstadt als Strapaze, weil sie oft anhalten mußte, um Ansprachen zu hören oder um Vorführungen zu sehen, die sie erheitern sollten. Die Straßen waren mit Fahnen und Girlanden geschmückt, und das Volk jubelte seiner

Königin zu, obwohl beunruhigende Gerüchte umliefen, daß die Monarchin einen Ausländer ehelichen wolle und daß das Parlament in Kürze die religiöse Frage regeln werde, was nur bedeuten konnte, daß der Katholizismus wieder Staatsreligon wurde; dies alles geriet an jenem Nachmittag vorübergehend in Vergessenheit, für das Volk war Maria Tudor die legitime Königin, die eine schwere Jugend gehabt hatte.

Maria ihrerseits beachtete weder die jubelnden Menschen noch die Fahnen und Girlanden, sie sah nur die Ruinen der ausgeraubten Klöster und Kirchen, die hin und wieder sichtbar wurden, wenn ein Windstoß die Verkleidungen hob, hinter denen man die Ruinen notdürftig versteckt hatte.

Jedesmal, wenn Maria von ihrer Sänfte aus eines der zerfallenen Gemäuer sah, verspürte sie einen Stich und schwor einen heiligen Eid, diese Gebäude alle wiederaufzubauen, mochte es kosten, was es wollte.

Anna von Kleve und Elisabeth saßen in dem Wagen hinter der königlichen Sänfte. Elisabeth trug ein silbernes Kleid mit weiten Ärmeln und verfolgte mit brennenden Augen, was um sie herum geschah. Zum ersten Mal in ihrem Leben nahm sie am Königszug vom Tower nach London teil, dieser Zug gehörte zu den Krönungsfeierlichkeiten, und sie war sehr gespannt auf die Zeremonie in Westminster.

Am nächsten Tag begab man sich gegen elf Uhr vormittags in die Westminster Abbey. Elisabeth hatte, dank ihres Ranges, einen Platz, von wo aus sie alles gut beobachten konnte. Sie betrachtete Maria und wunderte sich, wie grämlich und mißmutig die Schwester wirkte.

Die Krönung, überlegte Elisabeth, ist doch der schönste Tag im Leben eines Königs, er steht am Beginn seiner Regierungszeit, er kann die bisherige Innen- und Außenpolitik fortführen oder neu gestalten, er hat noch keine Fehler begangen, am Krönungstag muß ein Herrscher seinem Volk und den ausländischen Gesandten gegenüber majestätisch und selbstbewußt auftreten, je selbstbewußter und prachtvoller um so besser, das Ausland muß wissen, mit wem es zu rechnen hat, aber von Selbstbewußtsein ist bei Maria nichts zu merken, sie wirkt wie ein Opferlamm, das geschlachtet werden soll, wie unbeholfen sie steht und sich bewegt ohne eine Spur königlicher Würde...

Inzwischen war Maria gesalbt worden und zog sich nun – begleitet von ihren Damen – zurück und erschien nach einiger Zeit wieder in weißem Taft und dem Purpurmantel. Elisabeths Herz begann zu klopfen, endlich war es soweit, und sie beugte sich vor, damit ihr nichts entging...

Soeben legte man Maria die Sandalen und die Sporen an, legte ihr das juwelenbesetzte Wehrgehenk um die Schulter, jetzt setzte man ihr nacheinander die drei Kronen aufs Haupt, dann streifte man ihr den Ring an den Ringfinger, überreichte ihr den Reichsapfel, das Zepter, und dann geleitete man sie zum Thronsessel Eduards I., jenem Sessel, der eigens für ihn angefertigt worden war, um den berühmten Stein von Scone einzuschließen, der 1297 von den Schotten erbeutet und in die Abtei gebracht worden war.

Auf diesem Stuhl, dachte Elisabeth, haben seit Eduard II. alle englischen Könige nach der Krönung das erste Tedeum gehört, eines Tages... Und in ihrer Phantasie sah sie sich auf diesem goldenen Stuhl sitzen, als gesalbte und gekrönte Königin von England.

Nun kamen die zehn Bischöfe, angeführt von Gardiner, beugten nacheinander das Knie vor Maria und küßten sie auf die Wange, während die Abtei von der Eidesformel erfüllt war:

»Ich will aufrichtig und wahr sein und Euch, unserer allmächtigen Herrin und Königin, wahr und getreu dienen, sowie auch Euren Nachfolgern, den Königen und Königinnen von England und Irland, und ich gelobe, die Besitztümer, die mir namens der Kirche unterstehen, in Eurem Dienste getreulich zu verwalten...«

Dann kamen die Lords, angeführt vom alten Herzog von Norfolk, und beugten ebenfalls das Knie und gelobten der Königin in die Hand: »Wodurch ich Euer Lehensmann bin, mit Leib und Seele und allen irdischen Gütern und gelobe, Euch, unter Einsatz meines Lebens, gegen alle Völker der Erde zu schützen; so wahr mir Gott helfe!«

Zuletzt stieg ein Ruf wie aus einem Mund in das Kirchengewölbe empor: »God save Queen Mary!«

Als das Tedeum begann, war es mit Elisabeths Beherrschung vorbei; die Krönungszeremonie hatte sie innerlich so aufgewühlt, daß sie anfing zu weinen, nach einer Weile wischte sie vorsichtig und verstohlen die Tränen ab, hoffentlich hatte niemand ihre seelische Erregung bemerkt, bei der eigenen Krönung mußte sie sich besser zusammennehmen.

Einige Tage später trat das erste Parlament dieser Regierung zusammen, um die religiöse Frage gesetzlich neu zu regeln, und bei dieser Gelegenheit merkte Maria zum ersten Mal, daß das Parlament und besonders das Unterhaus seit dem Tod Heinrichs VIII. selbstbewußter geworden war. Die Beschlüsse dieses Parlaments berücksichtigten das Wohl des Landes, nicht die Wünsche der Königin. Die unter Eduard VI. erlassene Uniformitätsakte wurde zwar aufgehoben, das bedeutete die Wiederherstellung der religiösen Situation während der letzten Regierungsjahre Heinrichs VIII., aber die unter Somerset aufgehobenen Anti-Ketzer-Gesetze wurden nicht wieder eingeführt, so fehlten die gesetzlichen Mittel, um die wiedereingeführte katholische Religion durchzusetzen. Eine Rückgabe der Kirchenländereien und eine Wiederherstellung der Klöster wurde abgelehnt.

Auch in der Nachfolgefrage blieb das Parlament unnachgiebig. Die Ehe zwischen Heinrich VIII. und Katharina von Aragon wurde zwar für gültig erklärt, wodurch man Marias legitime Geburt anerkannte, Elisabeth war nach wie vor illegitim, aber das Parlament sah keinen Grund und war nicht bereit, sie von der Thronfolge auszuschließen.

Dies alles war unerfreulich, aber am meisten ärgerte sich Maria über die Einmischung des Parlaments bei der Heiratsfrage. Als die Gerüchte über eine Verbindung mit Spanien sich verdichteten, erschien eine Abordnung des Unterhauses bei der Königin, protestierte gegen eine Verbindung mit dem Prinzen Philipp, weil England dadurch zur Kolonie Spaniens würde, und empfahl die Heirat mit einem englischen Aristokraten.

Maria erwiderte: »Ich dränge auf keine Heirat, und wenn ich einen Gatten nehme, so entspricht dies absolut nicht meinem Willen. Bisher habe ich als Jungfrau gelebt und könnte dies auch, wenn es Gott gefiele, weiter tun. Ich gelobe Euch mit meinem Königsworte, daß, falls diese Heirat dem hohen Parlament, Adel und Bürgerlichen nicht zum Wohle des ganzen Reiches notwendig erscheinen sollte, ich von dieser als auch von jeder anderen Verbindung für den Rest meines Lebens absehen werde.«

Innerlich war sie inzwischen fest entschlossen, Philipp zu heiraten, obwohl nicht nur die Bevölkerung und das Unterhaus, sondern auch Gardiner und der Staatsrat dagegen waren, sogar Noailles äußerte vorsichtige Bedenken, wobei er natürlich in einer Verbindung zwischen England und Spanien eine ernsthafte Bedrohung Frankreichs sah.

Inzwischen war der Hof nach Hampton Court übersiedelt, und hier erschien an einem trüben, naßkalten Oktobernachmittag Renard und überbrachte Tizians lebensgroßes Gemälde des Prinzen Philipp.

Seine Tante, die Statthalterin der Niederlande, schrieb in dem Begleitbrief, daß das Bild vor drei Jahren gemalt worden war, daß man es aus einer gewissen Entfernung betrachten müsse, wie alle Bilder dieses Meisters, und daß sie die Königin bitte, ihr das Gemälde zurückzuschicken, sobald der Prinz in England eingetroffen sei.

Inzwischen hatten die Diener in der Großen Halle das Werk Tizians an die Wand gelehnt und zwei hohe Kerzenkandelaber danebengestellt, weil es inzwischen dämmerig geworden war.

Als Renard langsam und feierlich den Samtvorhang, der das Bild schützen sollte, zur Seite zog, bekam Maria plötzlich Herzklopfen, und ihre Hände, die einen Rosenkranz aus echten Perlen umklammerten, begannen zu zittern. Sie richtete sich in ihrem Lehnstuhl auf, starrte das Gemälde an, und Renard, der sie aufmerksam beobachtete, atmete erleichtert auf, als er sah, daß sie nach einer Weile verträumt vor sich hinlächelte.

Der junge Mann gefiel ihr gut. Sein Gesicht wirkte ernst und nachdenklich. Renard dachte im stillen, daß eine gewisse menschliche Wärme fehlte und daß dieser Kopf mit schweren Gedanken belastet war.

Marias Augen wanderten von dem braunen Haar zu den zusammengezogenen Brauen und der Habsburgerlippe, sie betrachtete die schwere Brokatkleidung, die seidenen Strümpfe, die Samtschuhe, ihr künftiger Gatte war offensichtlich gut gewachsen.

»Philipp«, sagte sie halblaut, »mein Philipp.«

Renard versuchte sich zu beherrschen und nicht laut loszulachen, er fand die Situation komisch und gleichzeitig abstoßend. Da saß eine verblühte, altjüngferliche Frau und betrachtete mit verliebten Augen das Bild eines jungen Mannes. Mein Philipp, dachte Renard, sie hat sich tatsächlich in das Bild verliebt, der Kaiser wird mit mir zufrieden sein.

»Was meint Ihr, Mr. Renard, wird der Prinz gerne in England leben?«

»Selbstverständlich, Majestät«, log der Gesandte, der genau wußte, wie sehr Philipp die Sonne Spaniens, die üppige Vegetation, die schattigen Innenhöfe mit den Springbrunnen, den süßen Wein und die exotischen Früchte des Südens liebte. In England, dachte Renard, erwarten ihn gewürztes Bier, Kaminfeuer und eine alternde liebessüchtige Frau. Maria stand auf und trat vor das Gemälde.

»Ich werde Philipp heiraten, ihn und keinen andern, und niemand wird mich daran hindern können. Mr. Renard, Ihr wißt nicht, welch großes Opfer diese Ehe für mich bedeutet, aber ich muß unkeusch werden, damit England unter der Herrschaft meiner Kinder und Kindeskinder katholisch bleibt. Sorgt dafür, daß der Ehevertrag so rasch wie möglich geregelt wird, ich möchte, daß mein Philipp bald nach England kommt.«

Als Renard gegangen war, betrachtete Maria noch eine Weile andächtig Tizians Gemälde, dann setzte sie sich wieder in ihren Stuhl und begann, einen schmerzhaften Rosenkranz zu beten, in der Hoffnung, daß die Opferung ihrer Keuschheit ihr dann leichter fallen würde.

Sie schlug das Kreuz und murmelte: »Im Namen des Vaters und des Sohnes und des Heiligen Geistes. Amen. Ich glaube an Gott, den Vater, den Allmächtigen, den Schöpfer des Himmels und der Erde, und an Jesus Christus, seinen eingeborenen Sohn, unsern Herrn, empfangen durch den Heiligen Geist, geboren von der Jungfrau

Maria ... Ehre sei dem Vater und dem Sohn und dem Heiligen Geist, wie im Anfang, so auch jetzt und alle Zeit und in Ewigkeit. Amen.«

Während der folgenden Tage verbrachte Maria jeden Nachmittag vor dem Bild des künftigen Gatten, malte sich ihre erste Begegnung aus, verdrängte schamhaft den Gedanken an die Brautnacht und überlegte, welche spanischen Vornamen ihre Kinder tragen sollten.

Zunächst amüsierten sich die Hofleute über ihre verliebte Königin und spöttelten über ihre »Liebestollheit«, aber als sie merkten, daß Maria tatsächlich den katholischen Philipp heiraten wollte, verwandelte sich der Spott in Angst und Entsetzen; eine Tudor wollte England zu einer spanischen Provinz erniedrigen, die Engländer sollten der blutigen Inquisition ausgeliefert werden, die Juden, Moslems und Protestanten zu Tausenden folterte und verbrannte!

Gardiner und der Rat beschworen Maria, einen englischen Aristokraten zu heiraten, aber alle staatspolitischen Erwägungen verhallten ungehört. Ende Oktober traf Graf Egmont an der Spitze einer glänzenden Gesandtschaft ein und überbrachte die offizielle Werbung Karls V., die Maria mit einem strahlenden Lächeln annahm.

Die Ehebedingungen lauteten auf dem Papier für England recht günstig: Prinz Philipp würde alle englischen Bräuche einhalten. Kein Spanier durfte ein öffentliches Amt bekleiden. Das erste Kind aus dieser Ehe sollte außer der englischen Krone die burgundischen Provinzen und die Niederlande erhalten. Falls Philipps Sohn, Don Carlos, frühzeitig starb, so erbte Marias Kind auch Spanien, Sizilien und Mailand. Philipp versprach, England nicht in einen Krieg mit Frankreich zu verwickeln. Philipp würde den Titel König von England tragen, und Maria sollte sämtliche Titel Philipps erhalten.

Als die Verlobung offiziell bekanntgegeben wurde, ging ein Aufschrei der Empörung durch das Land, und die Spanier, die zu Egmonts Gefolge gehörten, begegneten in den Straßen der Hauptstadt einer ablehnenden Bevölkerung, die die Fremden feindselig musterte.

Der Haß auf Spanien ging einher mit einer wachsenden Begeisterung für Elisabeth, und bald schwirrten Gerüchte umher, daß ein Aufstand vorbereitet werde, mit dem Ziel, Maria zu stürzen und Elisabeth zur Königin auszurufen. Renard war entsetzt über diese Entwicklung und begann bei der Königin erneut gegen Elisabeth zu arbeiten.

»Sie ist eine Heuchlerin, Majestät, ihr Herz hängt bestimmt noch am Protestantismus.«

»Vielleicht habt Ihr recht, aber wir können es nicht beweisen, und bis jetzt hat sie sich korrekt verhalten und regelmäßig die Messe besucht.«

Einige Tage später stichelte Renard erneut: »Lady Elisabeth ist eine Gefahr für den Staat, die Verschwörer gegen Eure Majestät – sofern die Gerüchte stimmen – stehen bestimmt mit Lady Elisabeth in Verbindung, befolgt meinen Rat, schafft sie in den Tower, ehe es zu spät ist.«

»Mr. Renard, abgesehen davon, daß es mir widerstrebt, meine Schwester im Tower einzukerkern, haben wir keinerlei Beweise, daß sie an Verschwörungen beteiligt ist. Ich traue ihr auch nicht über den Weg, aber wir haben nichts in der Hand, was ein Vorgehen gegen sie rechtfertigt.«

Zu den fanatischen Gegnern der spanischen Heirat gehörte auch der Lordkanzler Gardiner. Er beschwor Maria, Eduard Courtenay zu heiraten, argumentierte, daß, falls sie ihn nicht ehelichte, Elisabeth dies tun würde – und falls Maria kinderlos starb, würden die Kinder des Bastards der Boleyn über England herrschen.

»Lady Elisabeth ist zweifellos im Tower am besten aufgehoben, wenn Euer Majestät dies widerstrebt, muß man sie durch eine Heirat ins Ausland abschieben, es gibt genügend unbedeutende deutsche oder italienische Fürsten, die bereit sind, einen Bastard Heinrichs VIII. zu ehelichen.«

Maria erwiderte nichts, aber die Worte von Renard und Gardiner begannen langsam, aber sicher wie ein schleichendes Gift zu wirken, wobei das Wort »Bastard«, die Tatsache, daß das Unterhaus

Elisabeth trotz der illegitimen Geburt nicht von der Thronfolge ausschloß, und nicht zuletzt das Leben in Hampton Court dazu beitrugen, daß die alten Haßgefühle gegenüber der Schwester wieder erwachten.

Jedesmal, wenn sie durch den Torweg ging, der den äußeren Hof mit dem Uhrenhof verband, und den Falken sah, Anna Boleyns Abzeichen, und die ineinander verschlungenen Initialen H und A, erinnerte sie sich an eine Begebenheit, die immer mal wieder erzählt wurde.

An einem Februarmorgen des Jahres 1533 sei Anna Boleyn aus ihrem Zimmer gekommen und habe dem Dichter Wyatt, der sie verehrte und ihr mit Versen huldigte und der gerade mit einigen anderen Höflingen in der Galerie auf und ab ging, zugerufen: »Ich verspüre seit drei Tagen einen so heftigen Appetit auf Äpfel wie nie zuvor, und wißt Ihr, was der König zu mir gesagt hat? Dies sei ein sicheres Anzeichen dafür, daß ich ein Kind bekomme, aber ich glaube es nicht.«

Diese Lügnerin, dachte Maria empört, sie hat damals bereits gewußt, daß sie schwanger ist, schließlich wurde Elisabeth im September geboren.

Die Erinnerung an die folgenden schweren Jahre brachten Maria allmählich innerlich so gegen die Schwester auf, daß sie beschloß, sie wenigstens zu demütigen, ja, dachte sie, spitzfindige Demütigungen sind für den Bastard der Boleyn genau das Richtige.

Als Elisabeth sich am 17. November zur Tafel begab, mußte sie zu ihrer Bestürzung der Gräfin Lennox den Vortritt lassen und ihren bevorzugten Platz bei Tisch mußte sie der Herzogin von Suffolk abtreten. Sie ließ sich nichts anmerken, lächelte und plauderte wie immer und überlegte, was es zu bedeuten habe und wie sie sich verhalten solle.

Hinter der rangmäßigen Abstufung – die sie im übrigen nicht weiter störte, sie war und blieb König Heinrichs Tochter – verbarg sich etwas anderes, wollte man sie provozieren, sie zu unvorsichtigen Äußerungen verleiten?

Während der folgenden Tage beobachtete sie, daß die Damen sich von ihr zurückzogen, als ob sie eine ansteckende Krankheit hätte, und von den jungen Kavalieren, die immer noch zu ihr hielten, erfuhr sie, daß die Damen es nicht wagten, ohne Erlaubnis der Königin mit ihr zu sprechen oder sie zu besuchen. Elisabeth erschrak. Angesichts der Gerüchte über eine Verschwörung war es gefährlich, am Hof isoliert zu werden, wahrscheinlich beeinflußten Gardiner und Renard die Königin permanent gegen sie.

Es gab im Moment nur einen Ausweg für Sie: sie mußte sich aus dieser politisch diffusen Atmosphäre zurückziehen, und so bat sie die Königin, ihr zu erlauben, sich nach Schloß Ashridge zu begeben. Maria zögerte, schließlich konnte man Elisabeth am Hof besser beaufsichtigen, andererseits, wenn sie von Ashridge aus konspirierte und ihre Kontakte zu den Verrätern entdeckt wurden, konnte man sie aus dem Weg schaffen, zunächst war Elisabeths Abreise im Augenblick die eleganteste Lösung aus dieser verfahrenen Situation, und so erteilte Maria der Schwester die Erlaubnis, sich aufs Land zurückzuziehen.

Da Elisabeth Hampton Court am 6. Dezember bei Tagesanbruch verlassen wollte, empfing Maria die Schwester am Abend vorher zur Abschiedsaudienz.

Die Königin war an diesem Tag erkältet und sah besonders ältlich und unvorteilhaft aus.

Als Elisabeth den vorgeschriebenen Hofknicks ausgeführt hatte und die Schwester nun in einen dicken Pelz gehüllt zusammengekauert in dem hohen Lehnstuhl sitzen sah, empfand sie plötzlich Mitleid und sah in der Königin nur noch die alternde, einsame Frau, die sich ebenso wie andere Menschen nach Wärme und Zuneigung sehnte, und die sich von allen möglichen Leuten beeinflussen ließ, anstatt kühl und mit Verstand abzuwägen. Man weiß bei ihr immer, woran man ist, überlegte Elisabeth, dagegen ist nichts einzuwenden, aber bei einem Herrscher ist es besser, wenn die Umgebung über seine Pläne und Gedanken im unklaren ist.

»Ich habe ein paar Abschiedsgeschenke für Euch vorbereitet«, sagte Maria und überreichte der Schwester eine Haube aus Zobelfell und eine zweireihige Perlenkette.

Elisabeth sah verlegen zu Boden, wie aufmerksam von der Schwester, an ihre Vorliebe für Perlen zu denken. Warum hatten sie sich während der letzten Wochen entzweit? Warum konnte Maria nicht friedlich regieren und sie – als Thronfolgerin – nach und nach in die Regierungsgeschäfte einführen?

»Majestät, ich danke Euch«, und einer plötzlichen Eingebung folgend, brachte sie die Dinge zur Sprache, die sie belasteten: »Majestät, warum vertraut Ihr mir nicht mehr? Ich bitte Euch, schenkt dem Gerede über mich kein Gehör, denkt nichts Schlechtes über mich, ich bin die Untertanin, die Euch am meisten liebt, wenn man Lügen über mich verbreitet, so hört mich erst an, ehe Ihr eine Entscheidung trefft.«

Da zog Maria einen Ring vom Finger und gab ihn Elisabeth.

»Ihr habt recht, schließlich sind wir Schwestern, wenn mein Vertrauen in Euch erschüttert wird, soll dieser Ring Euch daran erinnern, und auch mich, daß ich an Eure Loyalität und Treue glaube.«

»Nun«, fragte Kate, als Elisabeth in ihre Gemächer zurückgekehrt war, »was hat die Königin gesagt?«

Elisabeth betrachtete eine Weile nachdenklich Marias Ring. »Wir haben uns wie Schwestern voneinander verabschiedet, Gott gebe, daß wir Schwestern bleiben.«

XII

Am Nachmittag des 18. Januar 1554 saßen Elisabeth und Kate in der Großen Halle von Schloß Ashridge, spielten Karten und unterhielten sich über die Heirat der Königin und den Ehevertrag, der am 14. Januar unterzeichnet worden war. Prinz Philipp persönlich war nicht erschienen, sondern Graf Egmont als Beauftragter des Kaisers.

»Parry«, sagte Kate und begann die Karten erneut zu mischen und zu verteilen, »Parry erzählte mir gestern vom Haß der Bevölkerung auf die Spanier. Als sie am 27. Dezember letzten Jahres in London einzogen, bewarf man sie mit Schneebällen, bedrohte sie mit Stöcken, beschimpfte und verhöhnte sie, und inzwischen ist die Lage so gespannt, daß viele von Egmonts Gefolge sich nicht mehr allein auf die Straße wagen. Die Wut auf die Spanier ist zwar verständlich, aber ich finde, man übertreibt, es hat sich doch inzwischen herumgesprochen, daß der Ehevertrag für England sehr günstig ausgefallen ist und unsere Interessen darin gewahrt bleiben.«

Elisabeth lachte. »Der Charme des jungen Grafen Egmont hat Gardiner und den Rat nicht weiter beeindruckt, der Lordkanzler war zu keinem Zugeständnis hinsichtlich der Thronfolge bereit, falls Maria kinderlos stirbt, können weder Philipps Sohn Don Carlos noch dessen Nachkommen einen Anspruch auf die englische Krone erheben, es sei denn, die Thronfolge fällt ihnen durch ein englisches Gesetz zu, Philipp besitzt auch keine Exekutivmacht aus eigenem Recht, er erhält den Königstitel und übt seine souveräne Macht gemeinsam mit Maria aus, er muß alles tun, damit der Friede zwischen Frankreich und England gewahrt bleibt, allerdings…, ihre heitere Miene wurde plötzlich ernst und nachdenklich, »dieser Ehevertrag ist doch nur ein wertloses Stück Papier, wenn Philipp in England ist, wird er Maria in seinem Sinn beeinflussen, das heißt zum Wohle Spaniens, und sie, in ihrer Verliebtheit, wird seine Wünsche erfüllen, im Schlafzimmer und in der Politik, vor allem in der Politik.

Ich verstehe es bis heute nicht und werde es nie verstehen, daß eine Königin die Wünsche ihres Volkes ignoriert und die politisch wichtige Frage der Heirat nicht vom Verstand, sondern vom Gefühl her entscheidet. Ein Monarch muß bei der Wahl des Ehepartners zuerst an das Wohl des Landes denken, meine Schwester hingegen ordnet das Wohl der Engländer ihren verliebten Gefühlen unter.«

»Euer seliger Vater«, begann Kate vorsichtig...

»Ich weiß«, unterbrach Elisabeth, »mein Vater hat auch aus Liebe geheiratet, aber es waren englische Aristokratinnen, und bei der Vermählung mit Anna von Kleve wollte mein Vater sich mit einem protestantischen Fürsten verbünden, mein Vater hätte nie riskiert, daß sein Volk durch eine ausländische Heirat des Königs unter die Oberhoheit eines fremden Landes gerät.

Ich fürchte, daß es für Maria ein böses Erwachen gibt, wenn Philipp endlich eintrifft und sie merkt, daß ihre Zuneigung nicht erwidert wird, ich kann mir kaum vorstellen, daß ein Mann sich in eine Frau verliebt, die ihm aufgezwungen wurde und die zehn Jahre älter ist als er.«

»Denkt an Diane de Poitiers, sie ist zwanzig Jahre älter als Heinrich II.«

»Diane de Poitiers ist die Geliebte des französischen Königs, nicht die legitime Gemahlin, und wenn es einer Geliebten gelingt, jahrelang einen Mann an sich zu fesseln, obwohl sie zwanzig Jahre älter ist, dann hat sie ihm wahrscheinlich auf geistigem Gebiet allerhand zu bieten, im Gegensatz zu meiner Schwester; es fängt schon bei den Sprachen an: Latein und Französisch beherrscht sie halbwegs, ihre Kenntnisse in Griechisch und Italienisch sind gering, und sie hat nie richtig Spanisch gelernt, obwohl ihre Mutter Spanierin war. Wahrscheinlich wollte Katharina von Aragon ihre Tochter zu einer englischen Prinzessin erziehen, was ja auch den Wünschen unseres Vaters entsprach. Maria liest selten, interessiert sich weder für Philosophie noch für Dichtung, mit ihrer Frömmigkeit allein wird sie Philipp auf Dauer kaum fesseln können, und um ihn bei Laune zu halten, wird sie sich ihm wahrscheinlich in allen wichtigen politischen Fragen unterwerfen.«

»Gütiger Himmel, Euer Gnaden, müssen wir etwa befürchten, daß in England die Inquisition eingeführt wird?«

Elisabeth überlegte.

»Das halte ich im Augenblick für unwahrscheinlich, dazu bedarf es eines Parlamentsbeschlusses, der die Anti-Ketzer-Gesetze wieder einführt, und im Unterhaus sitzen zur Zeit zu viele Protestanten, die würden nie einen solchen Beschluß fassen. Ich denke jetzt auch weniger an die Religion, sondern an andere politische Fragen, bei denen Philipps Einfluß sich negativ für England auswirken könnte, zum Beispiel bei der Außenpolitik, das mächtige Spanien hat zwangsläufig andere außenpolitische Interessen als unser Inselreich. Wir müssen abwarten, wie sich alles entwickelt, abwarten, Karten spielen, Blumen züchten...«

Bei Elisabeths letzten Worten mußte Kate unwillkürlich lächeln.

»Ihr seid mit Euren Gedanken wohl oft in Wimbledon?«

»Ja, in meiner gegenwärtigen Situation könnte ich seinen Rat gut gebrauchen.«

»Die Zeiten ändern sich auch wieder, Euer Gnaden, vielleicht rascher, als ihr denkt. Vor einem Jahr hat Euer Bruder noch gelebt, und niemand dachte daran, daß es so schnell mit ihm zu Ende gehen würde; es ist jetzt auf den Tag genau ein Jahr her, daß Ihr nach Whitehall geritten seid, um ihn zu besuchen und man Euch zurückschickte.«

»Ein Jahr«, sagte Elisabeth nachdenklich, »es ist auf den Tag genau fünf Jahre her, daß wir von Thomas Seymours Verhaftung hörten...«

»Ihr habt das Spiel verloren, Euer Gnaden«, unterbrach Kate und legte ihre Karten auf den Tisch.

»Das macht nichts, man muß auch mal ein Spiel verlieren.«

Während Kate die Karten erneut mischte und verteilte, erschien ein Diener mit einem Brief.

»Euer Gnaden, der Bote von Sir Thomas Wyatt wartet draußen auf Antwort.«

Elisabeth erschrak, faßte sich aber sofort und erwiderte in einem Tonfall, der keinen Widerspruch duldete: »Eine Antwort erübrigt sich. Gebt den Brief zurück, und sagt dem Mann, er soll sich hier nicht mehr blicken lassen, ich will in Zukunft nicht mehr mit irgendwelchen Botschaften oder Nachrichten belästigt werden.«

»Sehr wohl, Euer Gnaden.«

Als der Diener gegangen war, spielten die Frauen eine Weile schweigend weiter, plötzlich legte Elisabeth die Karten hin und sagte leise: »Ich habe Angst, Kate, ich habe furchtbare Angst, diese spanische Heirat bedroht mein Leben. Seit Wochen schwirren Gerüchte umher über Verschwörungen und geplante Aufstände, um die Heirat der Königin zu verhindern, um sie zu entmachten und mich als Königin auszurufen, mein Name verschmilzt allmählich zu einer Einheit mit den Gegnern der Königin, und dabei liegt mir nichts ferner, als Maria zu entmachten, sie ist die rechtmäßige Königin, und sie bleibt in meinen Augen die rechtmäßige Königin, auch wenn sie politische Fehler macht, und die Verbindung mit Philipp ist ein schwerer politischer Fehler, aber sie hat so entschieden, und wir können nichts daran ändern.

Ich möchte nicht durch eine Revolte auf den Thron kommen, das wäre im Hinblick auf das Ausland eine zusätzliche Belastung zu meiner angeblich »illegitimen »Geburt, vor allem aber möchte ich leben, überleben, ich möchte als Thronfolgerin überleben, und Wyatt und seine Anhänger begreifen anscheinend nicht, wie gefährlich es für alle Beteiligten ist, wenn sie versuchen, mit mir Kontakt aufzunehmen, sie gefährden nicht nur sich selbst und mich, sie gefährden die Zukunft Englands.«

»Ihr solltet Euch keine unnötigen Sorgen machen, Euer Gnaden, Ihr seid doch so vorsichtig, habt Ihr Euch nicht vor ein paar Tagen geweigert, Sir Croftes und Sir Throgmorton zu empfangen? Wenn Ihr Euch weiterhin von den Rebellen distanziert, wird man Euch nicht beschuldigen können, sie unterstützt zu haben.«

»Das ist theoretisch richtig, aber ich habe Feinde am Hof, Gardiner, Renard, diese beiden werden jeden Strohhalm aufgreifen, um zu beweisen, daß ich mit den Rebellen zusammenarbeite. Ich kann zwar Briefe unbeantwortet an ihre Absender zurückschicken, aber ich weiß nicht, ob mich jeder Brief erreicht, ob nicht inzwischen Nachrichten an mich abgefangen wurden, und allein dies wird meinen Feinden genügen, um mich zu beschuldigen, ich stünde mit den Rebellen in Verbindung; von dieser Anklage bis zum Hochverrat ist es nur ein kleiner Schritt.«

»Euer Gnaden, noch ist der mysteriöse Aufstand nicht ausgebrochen, ob es überhaupt soweit kommt, wissen wir nicht, Ihr sorgt Euch zuviel.«

»Kate, ich rechne damit, sonst würde man nicht ständig versuchen, mit mir Kontakt aufzunehmen. Wenn ein Aufstand gegen die Regierung erfolgreich sein soll, muß er bis ins kleinste Detail durchdacht und durchorganisiert sein, und angesichts der Gerüchte, die seit Wochen Bevölkerung und Regierung verunsichern, bezweifele ich, daß die Verschwörung strategisch gut durchdacht ist, einer Revolte dürfen keine Gerüchte vorauseilen, der Schlag muß die Regierung unvorbereitet treffen. Angenommen, die protestantischen Grafschaften erheben sich, werden besiegt, die Anführer werden eingekerkert und verhört, in einem solchen Fall kann ich in größte Schwierigkeiten kommen, wie vor fünf Jahren bei der Seymouraffäre.

Wenn die Anführer nichts gegen mich aussagen können, werden sie durch Folterungen dazu gezwungen, unter der Folter sagt jeder alles aus, diese Angst habe ich vor fünf Jahren durchlebt, und diese Angst durchlebe ich jetzt erneut. Meine gegenwärtige Situation ist viel prekärer als damals. Vor fünf Jahren war mein Bruder König, und er war mir wohlgesonnen, ich glaube nicht, daß er – in meinem Fall – auf den Herzog von Somerset gehört hätte, jetzt ist meine Schwester Königin; abgesehen davon, daß ich ihr seit meiner Geburt ein Dorn im Auge bin, ist sie Renard geradezu hörig, und der kaiserliche Gesandte ist mein Feind, er denkt nur an die Interessen seines Kaisers, und ich bin natürlich im Wege. Gardiner haßt mich ebenfalls, aber er denkt auch an die Interessen Englands, und meine Schwester schwankt zwischen ihren Gefühlen. Einerseits bin ich ihre Blutsverwandte, andererseits illegitim, jetzt kommt noch ihre Verliebtheit in Philipp dazu, kurz, sie befindet sich in einem emotionalen Chaos, was sie rational nicht bewältigen kann, und darin sehe ich die Gefahr für mich.«

»Ihr seht alles zu düster, Euer Gnaden, in der ländlichen Einsamkeit denkt Ihr zuviel über alles nach.«

»Man kann nicht genug nachdenken, Kate.«

In der Halle war es inzwischen so dämmerig geworden, daß die Diener anfingen, die Fackeln an den Steinwänden zu entzünden.

Elisabeth ließ sich ihren Pelzmantel bringen und ging über den schneebedeckten Hof hinüber zu den Stallungen, um nach ihrem Leibpferd zu sehen, das schon seit einigen Tagen nicht richtig fressen wollte. Die weiße Stute betrachtete ihre Herrin mit traurigen Augen, während der Stallmeister Robert eigenhändig den Trog mit Hafer füllte. Elisabeth streichelte die Stute, redete ihr gut zu, aber es half nichts.

»Warum frißt sie nicht, Robert?«

»Sie ist vielleicht traurig.«

»Traurig?«

»Euer Gnaden, Tiere sind manchmal klüger, als wir denken, vielleicht spürt Euer Pferd, daß ein Unglück passieren wird.«

»Hole morgen die Kräuterfrau, sie weiß, wie man Tiere behandeln muß, gute Nacht, Robert.«

»Gute Nacht, Euer Gnaden.«

Elisabeth ging nachdenklich zu einem Nebenausgang der Stallgebäude und grübelte über Roberts Worte nach. Ein Unglück, dachte sie, wenn doch der Winter vorbei wäre, die Fastenzeit beginnt in diesem Jahr früh, Aschermittwoch ist schon am 7. Februar, Ostern ist also Ende März.

Sie trat ins Freie, sog die kalte Luft ein und wollte eben zum Schloß zurückgehen, als sie ein Liebespaar bemerkte, das sich neben den Stallgebäuden selbstvergessen umarmte und küßte.

In dem Augenblick, als sie weitergehen wollte, sah das Mädchen auf, blickte Elisabeth erschrocken an, raffte die Röcke und rannte zurück zum Schloß. Elisabeth stutzte und überlegte einige Sekunden, ob sie träumte. Nein, sie träumte nicht, das Mädchen war ihre Zofe Lucy!

Sieh an, dachte Elisabeth belustigt, sie tändelt, warum nicht, sie ist so alt wie ich.

Bei der Dienerschaft war sie großzügig, wenn es um die sittliche Moral ging. Wurde eine ledige Magd, die bei ihr beschäftigt war, schwanger, so sorgte sie dafür, daß der Vater des Kindes, sofern man ihn ausfindig machen konnte, das Mädchen heiratete, und das Paar wurde auch angemessen versorgt.

Bei den jungen adeligen Damen ihres Haushaltes hingegen legte sie strengere Maßstäbe an. Sie legte Wert auf den guten Ruf ihrer Damen und wollte als künftige Königin einen Hof um sich versammeln, der moralisch ein höheres Ansehen genoß als der Hof ihres Vaters. Bis jetzt hatten die jungen Damen sich diszipliniert verhalten und keinen Fehltritt begangen, oder er war ohne Folgen geblieben. Erst in diesem Augenblick erkannte Elisabeth im Schein der Fackel, die an der Wand befestigt war, den jungen Mann: Es war Philip, Robert Dudleys Diener, den sie im Frühjahr und Sommer 1551 etliche Male gesehen hatte; damals war ihr nicht entgangen, daß er Robert treu ergeben war.

Sie trat auf ihn zu.

»Philip, welche Überraschung.«

Der junge Mann sah beschämt zu Boden und drehte verlegen seine Mütze in den Händen.

»Euer Gnaden«, stammelte er, »ich bitte Euer Gnaden um Vergebung, aber ich… ich liebe Lucy.«

Elisabeth mußte unwillkürlich lächeln. »Das ist völlig in Ordnung, sie ist ein anständiges Mädchen, wann soll denn die Hochzeit sein?«

»Die Hochzeit?« Und er errötete bis unter die Haarwurzeln. »So weit sind wir noch nicht, ich meine, ich will Lucy natürlich heiraten, aber in Ehren, ich meine…«

»Gut, wenn es soweit ist, werde ich euch eine schöne Feier richten.«

Während des Gesprächs hatte sie blitzschnell überlegt, daß sich durch Philips Verbindung zu Lucy eine Gelegenheit bot, den Kontakt zu Robert Dudley aufzunehmen, allerdings war größte Vorsicht geboten, kein geschriebenes Wort von ihr durfte zu ihm gelangen, trotzdem sollte er wissen, daß sie in Gedanken bei ihm war, und so begann sie, Philip vorsichtig ein bißchen auszufragen.

»Wie geht es Lady Dudley?«

»Ich habe gehört, daß sie seit einiger Zeit kränkelt.«

Elisabeth erschrak. Sollte sich ihr Wunsch erfüllen, daß Amy bald starb? Gleichzeitig empfand sie eine gewisse Genugtuung bei dem Gedanken an die kranke Amy.

»Die Ärmste«, und sie versuchte, ihre Stimme möglichst teilnahmsvoll klingen zu lassen, »was hat sie denn für eine Krankheit?«

»Das konnten die Ärzte bisher noch nicht feststellen, es scheint, daß sie sich sehr um das Schicksal meines Herrn grämt, Ihr wißt sicherlich, daß er noch im Tower ist?«

»Ja, wie geht es ihm? Dürft Ihr ihn besuchen? Habt Ihr Kontakt zu ihm?«

»Besuche sind natürlich nicht erlaubt, aber der Wärter, der ihn betreut, ist ein verständnisvoller, zuverlässiger Mann, jedes Mal, wenn ich meinem Herrn eine Pastete oder Zuckerwerk bringe, bekommt der Wärter ein Goldstück, das wirkt! Er hat die Speisen noch nie untersucht! So hat mein Herr erfahren, was sich im Land ereignet, auf diesem Weg hat er auch hin und wieder Lektüre erhalten.«

Elisabeth überlegte, sollte sie Robin durch ein Buch ein Zeichen geben, durch Pasteten, Zuckerwerk? ....Zuckerwerk, das war am unverfänglichsten.

»Ihr trefft Euch doch regelmäßig mit Lucy?«

»Ja, jeden Abend für eine Stunde.«

»Hört gut zu: Morgen wird Lucy Euch einen Beutel Gold mitbringen, wenn Ihr Eurem Herrn in Zukunft etwas bringt, nehmt Ihr das Goldstück aus diesem Beutel, Ihr werdet Eure Ersparnisse noch benötigen, wenn Ihr eine Familie gründet. Außerdem wird Lucy Euch ein Päckchen geben, das für Euren Herrn bestimmt ist; es enthält eine Miniaturnachbildung von Schloß Nonsuch aus Marzipan, wenn Euer Herr es sieht, wird er wissen, wer es schickt.«

»Natürlich, Euer Gnaden, nur am Hof wird so kunstvolles Zuckerwerk angefertigt, Ihr könnt Euch auf mich verlassen.«

Während Elisabeth zum Schloß zurückging, überlegte sie, ob Robert Dudley sich an das Marzipanschloß damals in Hampton Court erinnerte und wann und wo sie ihn wiedersehen würde.

Zur selben Stunde saßen Maria, Gardiner und Renard in Whitehall zusammen und hörten sich an, was Gerard Braleigh über die Verschwörungen im Lande in Erfahrung gebracht hatte. Der phantasiebegabte junge Mann war während der letzten Wochen einer der wichtigsten Mitarbeiter Renards geworden, weil er es verstand, die unsauberen Aufträge des Gesandten sauber zu erledigen. Außerdem genoß er die Gunst der Königin, weil er so anschaulich und lebendig über ihren Philipp erzählen konnte, die meisten Geschichten waren erfunden, aber das wußte Maria nicht.

In jenen Wochen war Gerard Braleigh mit sich und der Welt zufrieden und sah am Horizont, dank Renards Einfluß, eine glänzende diplomatische Laufbahn heraufdämmern.

»Majestät, Eure Gegner zerfallen in zwei Gruppen: Die sogenannte Devonshire-Verschwörung ist ohne Führer, obwohl einige Adlige die Rebellen an einem noch zu bestimmenden Tag befehligen sollen. Zu den Adligen gehören: in Devon Sir Peter Carew oder der Graf von Devon, Eduard Courtenay; in Leicestershire der Herzog von Suffolk, der Vater von Lady Jane, in Wales Sir James Croftes. Diese Gruppe verfolgt das Ziel, Eure Majestät zu entthronen, Lady Elisabeth zur Königin auszurufen und sie mit Eduard Courtenay zu vermählen.«

»Ist Courtenay direkt in die Verschwörung verwickelt?« fragte Renard.

»Nein, jedenfalls habe ich keine konkreten Hinweise erhalten.«

»Der Graf von Devon hält sich zur Zeit am Hof auf, Mr. Renard«, bemerkte Gardiner spitz.

»Das eine schließt das andere nicht aus«, konterte Renard.

»Was ist mit der anderen Gruppe, Mr. Braleigh?« fragte Maria sichtlich ungeduldig.

»Die andere Gruppe ist in Kent beheimatet und wird von Sir Thomas Wyatt angeführt.«

»Der Sohn des Dichters?«

»Ja, Majestät. Der Sohn scheint etwas von der dichterischen Phantasie des Vaters geerbt zu haben, er ist ein weltfremder Idealist. Er glaubt, die Vermählung Eurer Majestät mit dem Prinzen Philipp bedeute den Tod von Lady Elisabeth und Englands Untergang als selbständiges Reich. Sein Ziel ist die Verhinderung der Heirat Eurer Majestät mit dem Prinzen, er ist bereit, Eure Herrschaft zu akzeptieren, wenn Euer Majestät bereit sind, auf Prinz Philipp zu verzichten. Die einzelnen Gruppen stehen natürlich miteinander in Verbindung und wollen sich am Palmsonntag gemeinsam erheben.«

»Wir haben also genügend Zeit, um Gegenmaßnahmen vorzubereiten«.

»Das bezweifle ich, Majestät, ich besitze zuverlässige Informationen, daß die Franzosen an der Küste Truppen zusammenziehen, um die Aufständischen zu unterstützen, dadurch kann der Aufstand auch früher losbrechen, schließlich verfolgt Heinrich II. ein konkretes politisches Ziel, er hofft, daß durch den Aufstand Lady Elisabeth Königin von England wird.«

»Warum unterstützt der katholische König von Frankreich eine Protestantin?« fragte Maria verwundert.

»Majestät«, mischte sich Renard ein, »Frankreich fühlt sich natürlich durch eine englisch-spanische Allianz bedroht, Lady Elisabeth ist also zunächst das kleinere Übel. Das langfristige Ziel Frankreichs ist die Eroberung der englischen Krone durch Maria Stuart, irgendwann wird Frankreich sich auf den Stammbaum der Dauphine berufen, Erbansprüche anmelden und diese damit begründen, daß Lady Elisabeth - oder besser - Königin Elisabeth nur ein Bastard ist.«

»Das klingt plausibel«, erwiderte Maria, »ist aber eine Zukunftsvision, wir sollten uns auf die Gegenwart konzentrieren. Frankreich unterstützt also die Rebellen, damit meine Schwester Königin wird. Habt Ihr einen Anhaltspunkt, Mr. Braleigh, daß Lady Elisabeth von der Verschwörung etwas weiß?«

Ehe Braleigh antworten konnte, zog Renard zwei Briefe aus seiner Mappe und überreichte sie der Königin mit einem zynischen Lächeln.

»Majestät, meine Leute haben diese Briefe Sir Wyatts an Lady Elisabeth abgefangen; Sir Wyatt informiert Lady Elisabeth über den geplanten Aufstand und bittet sie, sich für die Ausrufung zur Königin bereit zu halten, falls Euer Majestät nicht bereit sind, auf die Heirat mit dem Prinzen Philipp zu verzichten. Diese Briefe sind der Beweis, daß Lady Elisabeth mit Wyatt in Verbindung steht und ihn gegen Euer Majestät unterstützt, das ist Hochverrat, und Hochverrat wird mit dem Tod bestraft!«

Nach diesen bedeutsamen Worten herrschte einige Sekunden Grabesstille im Raum.

Schließlich sagte Maria: »Die Briefe wurden abgefangen, meine Schwester hat sie also nicht gelesen und weiß vielleicht nichts von der Verschwörung.«

Gardiner, der inzwischen versucht hatte, die Gesamtsituation einzuschätzen, war der gleichen Meinung wie die Königin, was Renard erstaunte, wollte nicht auch er Lady Elisabeth ›beseitigen‹?

»Ob Lady Elisabeth mit den Rebellen in Verbindung steht, muß genau überprüft werden«, erläuterte Gardiner, »erst danach können wir über ihr weiteres Schicksal entscheiden, Verheiratung ins Ausland, lebenslängliche Haft im Tower oder Hinrichtung. Mr. Renard, ich möchte Euch auf eine winzige juristische Kleinigkeit aufmerksam machen, die indes nicht unwichtig ist. Ihre Majestät hat, kurz nach der Thronbesteigung, das Hochverratsgesetz Heinrichs VIII. etwas gemildert, danach kann untätige Beihilfe nicht mehr mit dem Tod bestraft werden wie früher.«

»Ich verstehe«, erwiderte Renard, »abgefangene Briefe sind für Euch gleichbedeutend mit untätiger Beihilfe«, und er überlegte, daß er sich etwas einfallen lassen mußte, um Elisabeth zu erledigen.

Gardiner ignorierte Renards Antwort. Niemand, auch nicht die Königin, durfte wissen, daß er seinen Schützling Eduard Courtenay unbedingt retten wollte, einmal, weil er eine emotionale Schwäche für den jungen Mann empfand, zum andern, weil Courtenay eine brauchbare politische Schachfigur war, die man hin und her schieben konnte. Außerdem rechnete er damit, daß Elisabeth sich so schlau verhielt, daß man ihr keine Verbindung zu den Verschwörern nachweisen konnte, also mußte man auf eine andere Gelegenheit warten, um sie zu beseitigen, es sei denn, Renard ließ sich bei der Wyatt-Affäre noch etwas einfallen.

»Die Verheiratung meiner Schwester ins Ausland wäre die eleganteste Lösung, ich schaudere beim Gedanken an den Tower oder gar Hinrichtung…, ich werde ihr in den nächsten Tagen schreiben und sie auffordern, in diesen unruhigen Zeiten an den Hof zu kommen, hier kann man sie besser beaufsichtigen.«

Bei den letzten Worten der Königin verzog Renard keine Miene, aber in seinem Kopf begann es fieberhaft zu arbeiten: Die Königin schreibt ihr, überlegte er…, ja, so kann man die Thronfolgerin erledigen, von wegen untätige Beihilfe… Und ein triumphierendes Lächeln umspielte seine Lippen.

»Wie sollen wir uns verhalten?« fragte Maria. »Warten wir bis Palmsonntag, verhaften wir Wyatt und die anderen Herren vorher?«

»Man müßte die Angelegenheit im Staatsrat erörtern«, schlug Gardiner vor.

»Nein«, widersprach Renard, »jetzt ist rasches Handeln erforderlich, im Interesse Englands muß die innenpolitische Lage so schnell wie möglich stabilisiert werden. Wir sollten die Rebellen wissen lassen, daß die Regierung über ihre Pläne informiert ist, das zwingt die Verschwörer zu sofortigem Handeln, wahrscheinlich erheben sie sich früher als geplant, wahrscheinlich sind sie dann noch nicht fertig mit den militärischen Vorbereitungen, so daß es nicht schwierig ist, sie zu besiegen. Majestät, entsendet sofort Truppen in die rebellischen Grafschaften, überlaßt es mir, den Verschwörern mitzuteilen, daß ihre Pläne bekannt sind.«

»Euer Vorschlag klingt vernünftig«, erwiderte Maria, »ich werde morgen Lordadmiral Howard befehlen, alle notwendigen militärischen Vorkehrungen zu treffen«, und zu Gardiner und Braleigh: »Meine Herren, ich danke euch, Mr. Renard, leistet mir noch einen Augenblick Gesellschaft.«

Als Maria mit dem Gesandten allein war, ließ sie süßen spanischen Rotwein servieren, und Renard, der diese Zeremonie schon öfter erlebt hatte, wußte, daß ihm zum Ausklang des Tages noch ein Gespräch über Philipp bevorstand, und innerlich seufzte er gottergeben.

Er war die Unterhaltungen über den Prinzen allmählich leid, weil sie stets um die gleiche Frage kreisten: Warum ist mein Philipp noch nicht gekommen? Wann endlich kommt mein Philipp?

Bis jetzt hatte Renard immer nur vorsichtig angedeutet, daß der Kaiser seinen Sohn erst nach England reisen lasse, wenn die innenpolitische Lage sich stabilisiert habe, an jenem Januarabend beschloß der Gesandte, die kaiserlichen Überlegungen noch einmal mit schonungsloser Offenheit vorzutragen und die Königin über Äußerungen der Bevölkerung zu informieren, die er bisher taktvoll verschwiegen hatte, Äußerungen, die Maria gegen Elisabeth aufhetzten, ihre Seele vergifteten, jedes schwesterliche Gefühl, sofern es überhaupt vorhanden war, abtöteten. Dies war ein wichtiger Mosaikstein in seinem Plan, der allmählich Gestalt bekam.

Maria nippte an ihrem Wein, seufzte, nippte noch einmal, und Renard hatte den Eindruck, daß sie nur mühsam die Tränen unterdrückte.

»Mr. Renard, warum kommt mein Philipp nicht? Die Räume, die er in meinen Schlössern bewohnen soll, sind inzwischen alle renoviert und neu eingerichtet, ich möchte ihn doch so gerne endlich persönlich kennenlernen.«

»Majestät, ich habe den Grund schon öfter angedeutet: Prinz Philipp ist der einzige legitime Sohn des Kaisers, und der Kaiser möchte natürlich nicht das Leben seines Sohnes gefährden und ihn in ein Land schicken, wo der Prinz verhaßt und der innere Friede nicht gewährleistet ist. Der Kaiser hat mir vor ein paar Tagen geschrieben, daß sein Sohn Spanien erst verlassen wird, wenn in England Ruhe und Ordnung herrschen. Allein aus diesem Grund müssen Euer Majestät mit den Rebellen rasch fertig werden, und vor allem muß die Wurzel allen Übels ausgerottet werden.«

»Wie meint Ihr das?«

»Die Wurzel allen Übels ist Lady Elisabeth. Wenn der Prinz englischen Boden betritt, muß sie entweder im Ausland sein oder hinter Schloß und Riegel. Wenn die Gegner Eurer Majestät ihre Symbolfigur verloren haben, lösen sich die gegenwärtigen Probleme von selbst. Eure Majestät müssen sich in den nächsten Wochen zwischen Lady Elisabeth und Prinz Philipp entscheiden.«

Renard schwieg und beobachtete Maria, die bei seinen Worten immer blasser geworden war, und nun anfing, leise vor sich hin zu weinen. Als sie sich beruhigt hatte, sah sie Renard flehend an und sagte mit einem Unterton von Verzweiflung: »Mr. Renard, nicht wahr, Ihr glaubt doch auch, daß mein Philipp, wenn er in London einzieht und die Bevölkerung ihn persönlich sieht, daß sie ihn dann lieben werden? Bitte, überzeugt meinen Vetter, schreibt ihm dies!«

So, dachte Renard, jetzt werde ich ihr sagen, was das Volk redet, bisher habe ich aus Taktgefühl geschwiegen, aber jetzt soll sie die Wahrheit wissen, vielleicht kann sie sich dann rascher entscheiden.

»Majestät, der Kaiser ist bestens informiert über die Stimmung im Lande, er weiß auch, was die Londoner reden, hoch und niedrig, reich und arm, die Londoner sagen, der Prinz fürchte sich vor einem Mädchen, vor Lady Elisabeth, sie sagen auch, wenn der Prinz Lady Elisabeth sieht, ist er so bezaubert von ihr, daß er den Ehevertrag mit Euer Majestät löst und Lady Elisabeth heiratet.«

»Was sagt Ihr?« rief Maria empört. »Nein, nein, er darf Elisabeth nicht begegnen, sie wird mein Leben nicht noch mehr zerstören, das schwöre ich! Allerdings, der Tower, ich weiß nicht...«

»Verheiratet sie mit dem Herzog Philibert von Savoyen, Majestät.«

Maria überlegte und erwiderte zögernd: »Ich weiß nicht, ob dies eine gute Lösung wäre. Der Herzog hofft, daß er seine Besitzungen von Frankreich zurückgewinnt, und muß deshalb darauf achten, daß seine Erben streng legitim sind. Wenn er Elisabeth heiratet, muß das Problem ihrer illegitimen Geburt geklärt werden. Bei der gegenwärtigen Stimmung ist das Parlament bestimmt bereit, sie für legitim zu erklären, das festigt ihren Thronanspruch und könnte vielleicht – trotz des Ehevertrages – für meine und Philipps Kinder problematisch werden.«

»Das Testament Heinrichs VIII. hat nach wie vor Gültigkeit.«

»Ja, und wie war die Praxis? Denkt an Northumberland. Ach, es ist alles so problematisch. Wenn ich weiß, ob Elisabeth in die Verschwörung verstrickt war, werde ich über ihr Schicksal entscheiden.«

Sie trank einen Schluck Wein, schwieg eine Weile, und unterdessen verdichtete sich bei Renard ein Plan, wie er Elisabeth beseitigen konnte. Die entschlußlose Königin mußte zu einer Entscheidung gegen die Schwester gezwungen werden.

»Mr. Renard«, er seufzte unhörbar, wie lange sollte diese langweilige Audienz noch dauern?

»Ich verstehe die Sorge meines Vetters um seinen Sohn, aber mein Philipp hätte mir doch einmal schreiben können, ich habe noch keine Zeile von ihm erhalten, warum?«

Warum, dachte Renard, wie kann man nur so weltfremd sein! Philipp hat keinerlei Interesse an dieser Heirat und ist wahrscheinlich froh, daß er noch in Spanien bei Donna Isabella bleiben kann, obwohl, sehr höflich benimmt er sich nicht, er hätte ein paar nichtssagende Zeilen schreiben können.

»Majestät, Ihr dürft es Seiner Hoheit nicht verübeln, Seine Hoheit hat keine Zeit, die Regierungsgeschäfte, die religiösen Pflichten, Seine Hoheit ist zu beschäftigt…«

»Beschäftigt«, unterbrach Maria, »womit? Wahrscheinlich mit Donna Isabella de Osorio!«

»Majestät, nein…«

»Ihr müßt nichts beschönigen, Mr. Renard, ich weiß längst, daß es in Spanien eine andere Frau gibt«, sie schlug die Hände vors Gesicht und begann laut zu weinen.

Renard sah verlegen zu Boden und wußte zum ersten Mal nicht, was er sagen sollte, tröstliche Worte waren jetzt unangebracht. Die Situation war peinlich und mitleiderregend zugleich, warum zum Teufel beherrschte sie sich nicht besser?

Da sah Maria auf und sagte mit müder Stimme: »Donna Isabella, nun ja, ich liebe meinen Philipp trotzdem, und ich werde ihn immer lieben. Es ist spät geworden, gute Nacht, Mr. Renard.«

Im Vorzimmer wurde der Gesandte wie stets von Gerard Braleigh erwartet, der sich inzwischen um eine Sänfte gekümmert hatte. Auf dem Heimweg erzählte Renard von dem Gespräch mit der Königin.

»Die Unterhaltungen mit der Königin werden immer langweiliger, ihre Gedanken kreisen nur noch um ›ihren Philipp‹, zwischendurch weint sie…, wie können Schwestern nur so verschieden sein? Die Königin ist berechenbar, aber langweilig, Lady Elisabeth ist geistreich und unberechenbar, eine Heuchlerin par excellence, aber man kann ihr nicht beweisen, daß sie heuchelt. Als sie im Dezember den Hof verließ und sich nach Ashridge begab, hat sie von unterwegs einen Boten geschickt und um Chorröcke, Meßgewänder, Meßkelche und andere Gegenstände für die Kapelle gebeten, aber die Königin hat dies nicht weiter beeindruckt, sie hat sogar behauptet, Elisabeth sei gar nicht ihre Stiefschwester, sie sehe nämlich Mark Smeaton ähnlich, einem Musikus vom Hof Heinrichs VIII. Dummes Gerede, Elisabeth ist natürlich die Tochter Heinrichs VIII., er selbst hat nie daran gezweifelt.«

Braleigh lächelte. »Sie spielt manchmal mit ihrer Umgebung, ich finde diese Menschen sympathisch und interessant, ich selbst spiele ja auch gerne.«

»Ich weiß, Eure Schulden sind beträchtlich, wie wollt Ihr sie begleichen?«

»Irgendwann werde ich wieder Geld haben«, erwiderte Braleigh gleichmütig, ich muß aufpassen, dachte er, ich werde natürlich auch bespitzelt, Spielschulden sind noch harmlos, aber in der Politik darf ich kein Doppelspiel treiben.

»Ich habe zwei interessante Aufträge für Euch, Mr. Braleigh, wenn Ihr sie zu meiner Zufriedenheit erledigt, werdet Ihr fürstlich belohnt und könnt Eure Schulden begleichen; kommt morgen Vormittag gegen neun Uhr zu mir.«

Als Gerard Braleigh am nächsten Tag zur festgesetzten Stunde Renards Arbeitszimmer betrat, erblickte er auf dem Schreibtisch drei große Lederbeutel, die bis zum Rand mit Goldstücken gefüllt waren.

Er versuchte, sich nichts anmerken zu lassen, aber Renard entgingen die begehrlichen Augen des jungen Mannes nicht, und er lächelte still in sich hinein.

»Nun, Mr. Braleigh«, und er übergab ihm einen der Beutel, »mit diesem Geld könnt Ihr Eure Ausgaben bestreiten, die mit den Aufträgen verbunden sind, neue Kleider, Bestechungsgelder und so weiter. Das restliche Geld erhaltet Ihr, wenn ich mit Eurer Arbeit zufrieden bin.«

Renard legte die Beutel in eine Truhe, verschloß sie und nahm den Schlüssel an sich.

»Der erste Auftrag ist nicht schwierig, erfordert aber Schnelligkeit, der zweite Auftrag ist diffiziler und kann nur mit Phantasie bewältigt werden, aber an Phantasie mangelt es Euch ja nicht.«

Renard schwieg und sammelte noch einmal seine Gedanken. »Zunächst zum ersten Auftrag: Ihr reitet ab morgen durch die aufständischen Provinzen und informiert die militärischen Führer, daß die Regierung über ihre Pläne Bescheid weiß, daß Truppen zusammengezogen werden, um den Aufstand niederzuschlagen, und daß eine sofortige Entscheidung getroffen werden muß. Da Sir Wyatt in Kent scheinbar am besten vorbereitet ist, sucht ihr ihn zuletzt auf, es ist nicht notwendig, daß er noch Zeit für weitere Vorbereitungen hat. Da Frankreich die Rebellen unterstützt, solltet Ihr Euch als Franzose ausgeben, das wirkt glaubhafter.«

»Ich könnte als Kaufmann auftreten, der mit Seide oder Wein handelt, ich beliefere den französischen Gesandten, er hat mir anvertraut, daß die Regierung Gegenmaßnahmen plant und mich gebeten, die Aufständischen zu warnen.«

»Vortrefflich, aber nun zum zweiten Auftrag. Ihr habt gehört, was Gardiner über die untätige Beihilfe gesagt hat. Gardiner sorgt sich – aus irgendwelchen Gründen – um seinen Schützling Courtenay. Er wird alles versuchen, um zu beweisen, daß der Graf von Devon nicht in diese Verschwörung verwickelt war, was vielleicht stimmt – der junge Courtenay ist viel zu unpolitisch –, aber er ist verdächtig, der Lordkanzler wird versuchen, mit untätiger Beihilfe zu argumentieren, um ihn vor dem Schwert des Henkers zu retten. Die Unterdrückung der gegen den Grafen von Devon gerichteten Aussagen, gleich ob sie begründet sind oder nicht, bedeutet die gleichzeitige Unterdrückung der Verdächtigungen gegen Elisabeth. Hier liegt unser Problem. Im Interesse der Königin, im Interesse des Hauses Habsburg muß Elisabeth von der Bildfläche verschwinden. Eine Verheiratung ins Ausland ist in den nächsten Monaten nicht realisierbar, zumal die Königin meinen Vorschlag, nämlich Herzog Philibert von Savoyen, aus bestimmten Gründen abgelehnt hat.

Es bleibt nur eine Möglichkeit, Elisabeth loszuwerden: Wir müssen sie schuldhaft in die Verschwörung verstricken, das bedeutet wahrscheinlich kein Todesurteil, weil sie im Parlament ihre Anhänger hat, weil man auf die Volksstimmung Rücksicht nehmen muß, außerdem halte ich es für unwahrscheinlich, daß die Königin das Todesurteil der eigenen Schwester unterschreibt, bei einer solchen Entscheidung neigt sie meist zur Milde, aber wenn man ihr eine Verbindung zu den Rebellen nachweisen kann, bedeutet dies wahrscheinlich lebenslängliche Haft im Tower, und dies würde dem Kaiser genügen.

Ich vermute, daß Elisabeth sich bei der Wyatt-Verschwörung so klug verhält, daß man sie keiner Schuld überführen kann, also müssen wir einen Kontakt zwischen ihr und den Franzosen herstellen, die die Rebellen unterstützen, in diese Schlinge wird sie sich unrettbar verwickeln.«

»Aha«, sagte Braleigh, den die Sache anfing zu interessieren. »Ihr habt gehört«, fuhr Renard fort, »daß die Königin ihrer Schwester schreiben und sie nach Whitehall beordern will. Elisabeth muß diesen Brief irgendwie beantworten. Ich weiß zufällig, in welchem Fach des Schreibtisches die Königin ihre private Korrespondenz aufbewahrt; ich habe eine Skizze gefertigt«, er nahm ein Stück Papier und gab es Braleigh, »seht Ihr, dies ist das Fach, prägt Euch alles gut ein, und vernichtet die Skizze. Eure Aufgabe ist es nun, aufzupassen, wann die Königin einen Brief von Elisabeth erhält, beschafft Euch den Brief, fertigt eine Kopie, und schmuggelt sie in die Tasche von Noailles' Kurier. Ich werde Gardiner davon überzeugen, daß es in der gegenwärtigen Situation notwendig ist, den Kurier des französischen Gesandten zu überwachen und seine Briefe zu kontrollieren. Bei einer solchen Kontrolle findet man die Kopie von Elisabeths Brief, das ist der Beweis, daß sie den König von Frankreich über ihre Korrespondenz auf dem laufenden hält, und diese Tatsache macht sie verdächtig, sogar äußerst verdächtig. Werdet Ihr Euch des Briefes bemächtigen können?«

»Das ist kein Problem, es gibt bestimmt Kammerjungfern, die man bestechen oder verführen kann, aber ist eine Kopie in fremder Handschrift ein glaubwürdiger Beweis? Wäre die Kopie von Lady Elisabeth eigenhändig geschrieben, sähe die Sache besser aus.«

»Gewiß, die Briefkopie ist etwas fragwürdig als Beweis, aber es gibt viele Leute in Elisabeths Haushalt, die lesen und schreiben können, warum sollte sie nicht jemand damit beauftragt haben? Wir müssen es eben versuchen.«

Am 25. Januar brachen die Aufstände los: in Devon unter Führung von Sir Peter Carew, in Leicestershire unter Führung des Herzogs von Suffolk, in Wales unter Führung von Sir James Croftes, in Kent unter Führung von Sir Thomas Wyatt.

Am 26. Januar schrieb Maria an Elisabeth und forderte sie auf, an den Hof zu kommen, dort sei für ihre Sicherheit besser gesorgt als auf dem Land.

»Ich bleibe in Ashridge«, sagte Elisabeth zu Kate, »ich begebe mich doch nicht in die Höhle des Löwen.«

»Ihr solltet der Aufforderung der Königin Folge leisten, Euer Gnaden, am Hof wird man Euch natürlich bespitzeln, aber wenn Ihr Euch korrekt verhaltet, wird man Euch nicht vorwerfen können, mit den Rebellen in Verbindung zu stehen, bleibt Ihr hier, geratet Ihr viel eher in Verdacht, mit den Verschwörern zusammenzuarbeiten.«

Elisabeth überlegte: Kate hatte nicht unrecht, aber sie wollte ihre Ruhe haben, zumal sie sich schon seit ein paar Tagen nicht wohl fühlte, sie hatte den Eindruck, ihr Körper schwoll an, kam sich vor wie mit Wasser gefüllt.

Elisabeth schrieb der Schwester, sie sei zu krank, um reisen zu können, ging dann auf den Ehekontrakt mit dem Prinzen Philipp ein, bezeichnete ihn als Sache von großer Wichtigkeit und verglich ihn mit einem Haus, das auf festen Grund und nicht auf Sand gebaut sei.

Dann ließ sie Ashridge befestigen, so gut es ging, und wartete ab.

Die Aufstände brachen überall innerhalb weniger Tage zusammen, nur Sir Thomas Wyatt marschierte unbeirrt an der Spitze von siebentausend Mann nach London.

Während der ersten Februartage lebte Elisabeth in Ashridge wie auf einer einsamen Insel. Von Lucy erfuhr sie, daß Philip, mit dem diese inzwischen verlobt war, in diesen politisch unruhigen Zeiten in der Nähe seines Herrn bleiben wollte, Philip würde also keine Nachrichten überbringen, und Parry, der sich einmal bis London gewagt hatte, berichtete, daß zur Zeit niemand in die Hauptstadt hinein gelangen könne, man habe alle

Brücken längs der Themse abgebrochen, London sei eine von Wasser umspülte Festung.

Elisabeth schlußfolgerte, daß die Regierung Wyatts Marsch auf die Hauptstadt mit gemischten Gefühlen beobachtete, und wartete, zwischen Furcht und Hoffnung schwankend, die weitere Entwicklung ab.

Am 7. Februar, kurz vor Mitternacht, wurde Elisabeth von Kate und Lucy aus dem ersten Schlaf geweckt.

»Ich bitte um Vergebung, Euer Gnaden«, sagte Lucy, »vorhin kehrte Philip aus London zurück, er bringt schlechte Nachrichten mit.«

Elisabeth setzte sich auf und versuchte zu begreifen, was vorging. »Schlechte Nachrichten? Wyatt ist also gescheitert! Kate, gib mir den Umhang. Lucy, hole Philip, er soll berichten, was geschehen ist.«

Wenig später erschien ein völlig erschöpfter Philip, der sich kaum auf den Beinen halten konnte.

»Seid Ihr etwa von London bis Ashridge durchgeritten?«

»Ja, Euer Gnaden.«

»Setzt Euch, und du, Lucy, bringst Wein für uns alle. Wyatt ist gescheitert, das habe ich immer befürchtet, er war zu schlecht vorbereitet, er hätte noch warten sollen.«

»Ich bitte um Vergebung, wenn ich widerspreche, Euer Gnaden, aber bei Wyatts Niederlage haben auch unglückliche Zufälle eine Rolle gespielt, Zufälle, die Sieg oder Niederlage bescheren. In London hatte er viele Anhänger, während der vergangenen Wochen hörte man dort oft die Geschichte vom ›Geist in der Wand‹. Jedesmal, wenn jemand rief: ›Gott schütze Königin Maria!‹ blieb die Wand still. Aber auf den Ruf: ›Gott schütze Lady Elisabeth!‹ antwortete die Wand: ›So sei es.‹ Wenn man die Wand fragte: ›Was ist die Messe?‹ antwortete sie: ›Götzendienst.‹«

In diesem Augenblick kehrte Lucy mit dem Wein zurück. Elisabeth hob ihren Becher.

»Auf das Wohl Englands! Erzählt weiter.«

Als die Regierung von Wyatts Anmarsch hörte, traf sie Vorbereitungen für die Verteidigung und befahl, alle Brücken über die Themse im Umkreis von London zu zerstören, auf Wyatts Kopf wurde ein Preis ausgesetzt, nördlich Londons, vom offenen Lande, stießen die Lords mit ihren Bewaffneten zur Königin, abgesehen von Renard flohen die kaiserlichen Gesandten, als Kaufleute verkleidet flußabwärts zu den flämischen Schiffen. Die Königin ritt am 1. Februar von Whitehall nach Guildhall. Ich habe sie unterwegs gesehen, sie schien keinerlei Furcht zu empfinden, im Gegenteil, sie war prächtig anzusehen mit Krone und Zepter und dem Gefolge ihrer prunkvoll gekleideten Damen.

In Guildhall hielt sie eine Ansprache an den Bürgermeister und das Volk und appellierte an die Treue der Untertanen. Ich glaube, diese Ansprache werde ich nie vergessen, so hat sie mich beeindruckt. Soweit ich mich entsinnen kann, sagte die Königin: ›Was ich euch sage, will ich mit meinem Königsworte bekräftigen. Ich weiß nicht, wie groß die Liebe einer Mutter zu ihren Kindern ist, denn ich habe noch keine Kinder gehabt. Aber ich fühle, daß ein Herrscher seine Untertanen ebenso lieben kann, und versichere euch, daß ich als eure Königin jedenfalls so empfinde. Deshalb kann ich nicht umhin zu glauben, daß auch ihr, eurerseits, mich liebet. Und wenn wir so verharren, gestärkt durch unsere Einigkeit, wird es uns sicherlich gelingen, die Rebellen zu schlagen. Und nun, getreue Untertanen, faßt euch ein Herz und stehet, Männern gleich, zu eurer gesetzlichen Herrscherin, im Kampfe gegen die Rebellen! Fürchtet sie nicht – ich versichere euch, auch ich fürchte sie nicht!‹

Die Wirkung der Rede war großartig: Ganz London stand plötzlich auf ihrer Seite, man jubelte ihr zu, und überall ertönte der Ruf: ›Long live Queen Mary!‹

Hier schwieg Philip zunächst, trank etwas Wein, Elisabeth dachte über die Ansprache der Schwester nach. Ich an ihrer Stelle hätte ähnliche Worte gebraucht und versucht, eine emotionale Verbindung zwischen König und Volk herzustellen, aber meint Maria es aufrichtig, geht es ihr bei Wyatt um das Wohl des englischen Volkes oder um ihre eigenen religiösen und persönlichen Interessen? Ist das Volk durch Reden so leicht beeinflußbar? Für kurze Zeit vielleicht, aber nicht auf Dauer, ein Monarch wird unglaubwürdig, wenn Reden und Taten nicht übereinstimmen, die Volksnähe eines Monarchen muß glaubwürdig sein, und genau das ist bei Maria nicht der Fall. Sie ist bereit, für einen Auftritt in der Guildhall von ihrem Thron herabzusteigen, aber sie hat kein Gespür für die wirklichen Belange des Volkes. Mein Vater hatte dies Gespür, und ich? Ja, ich habe auch eine innere Verbindung zum englischen Volk, aber wer weiß, ob ich jemals Königin werde.

»Am 3. Februar«, fuhr Philip fort, »erreichte Wyatt den Vorort Southwork, fand sämtliche Brücken zerstört und wartete zunächst ab, er hoffte wohl, daß die Londoner zu ihm überlaufen würden, was nicht geschah. Schließlich marschierte er weiter am Südufer der Themse entlang bis Kingston, reparierte die Brücke dort notdürftig und überschritt die Themse in der Nacht vom 6. auf den 7. Februar. Wahrscheinlich wäre ihm die Hauptstadt wie eine reife Frucht in den Schoß gefallen, der Kundschafterdienst der Königin läßt nämlich zu wünschen übrig, aber es gibt überall Verräter. Einer von seinen Leuten hat sich wohl bis Whitehall durchgeschlagen und die Palastwache informiert, daß Wyatt die Themse überschritten habe.

Ich erwachte um vier Uhr morgens, als die Trommeln zu den Waffen riefen, und schloß mich an. Bei Sonnenaufgang glich London einem Heerlager, und Soldaten und Geschütze waren bereit, Schloß Whitehall und den St.James-Palast zu verteidigen. Die Königin hat angeblich zu dieser Stunde in ihrer Kapelle gebetet. Gegen neun Uhr marschierte Wyatt in die Stadt ein, es kam zu Kämpfen, angeblich hat Courtenay vor den Angreifern Reißaus genommen; ich kann nicht beurteilen, ob Wyatt militärische Fehler bei den Kämpfen um Charing Cross, Ludgate und Temple Bar gemacht hat, jedenfalls warf er um die Mittagsstunde sein zerbrochenes Schwert fort und ergab sich. Vielleicht hätte er ohne den Verräter in den eigenen Reihen gesiegt, wer weiß. Er wurde in den Tower gebracht, ebenso wie Courtenay und der Herzog von Suffolk, der sich bei einem Diener versteckt hatte, von diesem aber verraten wurde.«

Philip schwieg, und lange Zeit sprach niemand ein Wort, Elisabeth aber fragte sich wieder und wieder: Welche Folgen wird dies für mich haben, was wird Wyatt aussagen, wird er mich belasten, vielleicht wäre es besser gewesen, wenn ich mich im Januar nach Whitehall begeben hätte, aber dazu ist es jetzt zu spät.

»Habt Ihr etwas gehört, ob die Königin mit Milde oder mit Härte reagieren wird, letzten Sommer hat sie Milde walten lassen.«

»Die Meinungen im Volk gehen auseinander, ich weiß nur, daß nach Wyatts Niederlage der Staatsrat zusammengetreten ist.«

»Eduard Courtenay im Tower«, sagte Elisabeth leise, »das ist ein schlechtes Zeichen, er ist bestimmt unschuldig.«

Zur selben Stunde informierte Gerard Braleigh den kaiserlichen Gesandten über den erfolgreich durchgeführten Auftrag. »Die Abschrift des Briefes von Lady Elisabeth befindet sich im Gepäck des französischen Kuriers, dieser wird morgen – oder besser heute – London bei Sonnenaufgang verlassen.«

»Hervorragend, der Monsieur wird nicht weit kommen, wenn die Königin die Kopie sieht, wird sie hoffentlich endlich hart durchgreifen, vor allem bei Elisabeth; der Sieg über Wyatt hat Ihre Majestät schon wieder milde gestimmt, aber jetzt sollt Ihr endlich Euer wohlverdientes Gold bekommen.«

Am Abend jenes 8. Februar saß Renard bei der Königin und versuchte sie davon zu überzeugen, daß nun der Zeitpunkt gekommen sei, um Vergeltung zu üben und sich der Feinde zu entledigen.

»Hat der Herzog von Suffolk Euch gedankt, daß Ihr ihn im letzten Sommer milde behandelt habt? Nein! Er organisierte einen Aufstand gegen Euer Majestät! Lady Jane und ihr Gatte sind zwar unschuldig, aber sie werden ein Herd der Unruhe bleiben, solange sie leben! Courtenays Rolle ist undurchsichtig, sein Name wird immer zusammen mit Lady Elisabeth genannt, vielleicht hofft er, eines Tages die Thronfolgerin heiraten zu können, oder genauer, Noailles flüstert ihm diese Hoffnung ein, auf jeden Fall ist er eine politische Schachfigur, die allein durch ihre Existenz Unruhe im In- und Ausland stiftet, und Lady Elisabeth? Euer Majestät, ich beschwöre Euch, erinnert Euch an Wyatts abgefangene Nachrichten, bedenkt, daß Lady Elisabeth sich geweigert hat, nach Whitehall zu kommen, ist dies nicht verdächtig? Ich schließe daraus, daß sie mit den Rebellen zusammengearbeitet hat, und ich wiederhole es noch einmal, Majestät:

Seine Hoheit, Prinz Philipp, wird erst nach England kommen, wenn hier Ruhe und Ordnung herrschen.«

Maria sah bedrückt vor sich hin. »Mein Philipp«, sagte sie leise, was sollte er von ihr denken, wenn sie mit den innenpolitischen

Unruhen nicht fertig wurde? Renard hatte recht, die Stunde der Vergeltung war gekommen!

»Mr. Renard, Ihr habt mich überzeugt: Suffolk wird hingerichtet, ebenso Jane und Guildford Dudley, Wyatt, seine Anhänger, die Grafschaft Kent soll den Aufstand mit Blut bezahlen!«

»Majestät, Ihr habt den Grafen von Devon vergessen und Lady Elisabeth.«

Renards Stimme klang samtweich.

Maria sah den Gesandten unsicher an.

»Bis jetzt liegt nur ein Verdacht vor, der allerdings nicht unbegründet ist...«

In diesem Augenblick wurde Gardiner gemeldet und betrat sichtlich erregt das Arbeitszimmer der Königin.

»Majestät, Wyatt hat unter der Folter gestanden, daß er Kontakt zu Lady Elisabeth gehabt hat, damit nicht genug, erhielt ich vorhin diese beiden Briefe, man fand sie in der Tasche von Noailles' Kurier. Der Brief des Gesandten an Heinrich II. beweist eindeutig, daß Frankreich gegen uns arbeitet, der andere Brief ist die Kopie jenes Schreibens, den Lady Elisabeth neulich Eurer Majestät geschickt hat«, und er übergab der Königin die Dokumente.

Maria las zunächst Noailles' Brief, der Gesandte schrieb, daß die Verschwörer zwei Monate früher als vorgesehen mit der Revolte begonnen hätten, weil Courtenay das Komplott vorzeitig verraten habe...

»Lady Elisabeth hat sich fünfzig Meilen entfernt in eines ihrer Häuser zurückgezogen, wo sie angeblich bereits ihre Anhänger um sich versammelt hat und viele Briefe von der Königin erhält, die ihr mißtraut. Ich besitze die Abschrift eines Briefes von Elisabeth an die Königin, den ich ins Französische übersetzen ließ und diesem Schreiben beilege.«

Maria nahm die übersetzte Briefkopie, las sie, legte sie zur Seite und betrachtete dann die englische Kopie.

»Es ist nicht die Handschrift meiner Schwester«, sagte sie.

»Das ist unwichtig«, mischte sich Renard ein, »Wyatts Aussage und diese Briefe sind der Beweis dafür, daß Lady Elisabeth mit den Rebellen zusammengearbeitet hat.«

Der Lordkanzler musterte Renard mit kalten Augen. Er mochte ihn nicht, weil er sich von ihm in den Hintergrund gedrängt fühlte.

»Mr. Renard, wir besitzen keine Beweise, sondern nur Indizien, Beweise müssen noch erbracht werden.«

Maria stand auf. »Ich muß darüber nachdenken. Gute Nacht, meine Herren.«

Am Abend des 9. Februar saß Kate in Elisabeths Schlafzimmer, nähte Perlen auf einen seidenen Gürtel und sah hin und wieder besorgt hinüber zu Elisabeth, die erschreckend blaß im Bett saß und Ronsards Gedichte las.

»Ist Euch immer noch übel, Euer Gnaden?«

»Es geht, heute morgen dachte ich, man hat vielleicht die Speisen vergiftet, aber die Leute in meinem Haushalt sind alle vertrauenswürdig, nicht wahr?«

»Gewiß.«

»Die Schwellungen an meinem Körper sind zur Zeit unangenehmer als die Übelkeit.«

»Vielleicht ist die ungewisse innenpolitische Situation die Ursache Eurer Krankheit.«

»Vielleicht«, und Elisabeth versuchte, sich wieder auf Ronsard zu konzentrieren, konnte aber nicht verhindern, daß ihre Gedanken erneut anfingen, um Wyatt zu kreisen. Hatte man ihn schon verhört, gefoltert, hatte er gegen sie ausgesagt? Man konnte ihr nicht den geringsten Kontakt zu Wyatt nachweisen, sie hatte seine Leute nicht empfangen und ihm weder mündlich noch schriftlich geantwortet, aber würde sie dies retten? Retten wovor?

Es ist eine ähnliche Situation wie vor fünf Jahren, überlegte sie, nur heute ist meine Lage schwieriger als damals. Vor fünf Jahren regierte mein Bruder, der mir wohlgesonnen war, während Marias Haltung mir gegenüber schwankt, je nachdem, woher der Wind weht, einerseits mag sie mich, andererseits bin ich ihr ein Dorn im Auge, außerdem war Northumberlands Einfluß auf meinen Bruder nicht so stark wie der Renards auf Maria. Eduard lebte im Bewußtsein, daß er der König war, und brachte dies auf seine kindliche Art zum Ausdruck, aber er war der Herrscher, und dieses Bewußtsein hat Maria nicht, ausgenommen vielleicht bei gewissen öffentlichen

Auftritten wie im Januar in der Guildhall. Maria ist nur hin und wieder Königin und ansonsten ein privater Mensch, der die Unterhaltung mit dem kaiserlichen Gesandten den Diskussionen im Staatsrat vorzieht.

Vielleicht bin ich auch nervlich überreizt und denke zuviel über alles nach, und sie vertiefte sich wieder in den Ronsard.

Kate war inzwischen mit ihrer Näharbeit fertig, sah müßig in das Kaminfeuer und trank hin und wieder einen Schluck von dem gewürzten heißen Punsch. Sie liebte diese stillen, friedlichen Winterabende, wenn draußen klirrende Kälte herrschte und man drinnen vor dem Kamin saß, Geschichten erzählte oder auch nur vor sich hin träumte, und sie begann sich an einen anderen Winterabend zu erinnern, im Januar 1549, ein friedlicher Abend in Hatfield, der plötzlich durch die Soldaten des Königs gestört worden war…

So verging einige Zeit, hin und wieder knackte ein Holzscheit im Kamin, irgendwann kam eine Magd, schürte das Feuer, und Kate wurde von dem Punsch allmählich schläfrig. Als es zehn Uhr schlug, zuckte sie zusammen, stand auf und wollte Elisabeth daran erinnern, daß es Zeit war, die Kerzen zu löschen, plötzlich stutzte sie, auch Elisabeth sah von ihrem Buch auf und horchte.

Irgend jemand schlug laut an das Hoftor, rief etwas, und es dauerte nicht lange, so hörte man im Hof Pferdegetrappel und Waffengeklirr.

Elisabeth schloß das Buch und legte es zitternd zur Seite, Kate huschte zum Fenster, öffnete den Vorhang einen winzigen Spalt und schloß ihn sofort wieder. »Bewaffnete«, flüsterte sie. Fast im gleichen Augenblick hörten sie einige dumpfe Schläge an die Eingangstür und den Befehl: »Aufmachen, im Namen der Königin!«

»Gott«, stöhnte Elisabeth, »im Namen der Königin, es ist soweit«, aber fast gleichzeitig beschloß sie, alles, was jetzt auf sie zukam – und das war bestimmt nicht wenig –, mit Fassung und Würde zu ertragen und vor allem keine moralische Schwäche zu zeigen, hinsichtlich Wyatts gab es nichts zu gestehen, sie mußte sich nur klug verhalten.

Inzwischen hatte Kate sich halbwegs gefaßt, und entschlossen, die unerwünschten Gäste am Betreten der oberen Gemächer zu hindern, ging sie hinaus auf die Galerie, von wo aus man in die

Große Halle hinuntersehen konnte. Dort wimmelte es inzwischen von Soldaten, und Kate versuchte vergeblich, einen Anführer zu erkennen.

Plötzlich lösten sich drei Männer aus der Gruppe, gingen auf die Treppe zu, die nach oben führte, und Kate atmete erleichtert auf, als sie Lordadmiral William Howard erkannte und die Staatsräte Sir Edward Hastings und Sir Thomas Cornwallis; sie wußte, daß alle drei, vor allem der Lordadmiral, ihrer Herrin wohlgesonnen waren, und beruhigte sich mit dem Gedanken, daß der unerwartete Besuch vielleicht völlig harmlos war. Sie ging zur Treppe, um die Lords mit der gebührenden Höflichkeit zu empfangen.

Lord William kam als erster herauf, die beiden andern folgten ihm. Als er Kate sah, stutzte er und blieb auf der Mitte der Treppe unschlüssig stehen.

»Willkommen in Ashridge, Mylord«, und Kate versuchte, so hoheitsvoll wie möglich zu wirken, »was führt Euch zu dieser späten Stunde zu uns?«

»Ich komme im Auftrag der Königin, Mrs. Ashley, ich muß Lady Elisabeth persönlich einen Brief Ihrer Majestät übergeben.«

»Hat das nicht bis morgen Zeit? Lady Elisabeth ist krank und kann heute niemand empfangen, und Herren schon gar nicht.«

Statt einer Antwort ging Lord William die letzten Stufen empor, bis er dicht vor Kate stand. »Mrs. Ashley, Ihr solltet den Befehlen der Königin nicht trotzen, Ihre Majestät ist nämlich zur Zeit nicht gut gelaunt.«

Kate erschrak, die Herren überbrachten anscheinend doch schlechte Nachrichten, aber sie beschloß, zunächst hartnäckig zu bleiben. »Mylord, Lady Elisabeth ist krank, Ihr könnt sie jetzt nicht besuchen.«

»Mrs. Ashley«, donnerte Lord William, und Kate trat unwillkürlich einen Schritt zurück, »ich fordere Euch zum letzten Mal auf, den Weg freizugeben, oder soll ich meinen Leuten befehlen, heraufzukommen?«

Der Anblick der waffenklirrenden Männer wirkte auf Kate.

»Ihr könnt mit Lady Elisabeth sprechen, Mylord, aber Eure Begleiter werden das Schlafzimmer Ihrer Gnaden nicht betreten.«

Lord William gab Hastings und Cornwallis ein Zeichen, woraufhin beide hinunter in die Halle gingen.

»Ihr werdet nur in meiner Gegenwart mit Lady Elisabeth sprechen, Mylord.«

»Selbstverständlich, Mrs. Ashley.«

Lord William, der äußerst ungern nach Ashridge geritten war, verspürte keine Lust, die Angelegenheit unnötig zu komplizieren.

Vor der Tür zu Elisabeths Schlafzimmer bat Kate den Lord zu warten, klopfte und huschte ins Zimmer.

»Euer Gnaden, Lord William …«

»Ich weiß, ich habe alles gehört, laß ihn herein.«

Sie zog den weißen Umhang fester um sich und versuchte, ruhig zu wirken, obwohl ihr Herz raste und ihre Hände zitterten.

Als Lord William das Zimmer betrat und Elisabeth erblickte, wurde ihm zweierlei klar: Sie war wirklich krank und simulierte nicht, wie einige Höflinge behaupteten, und außerdem spürte er ihre Angst; es war die Angst eines unschuldigen Menschen, der sich hilflos fühlte. Sie ist genauso unschuldig und hilflos wie seinerzeit ihre Mutter, dachte er, und wird – ebenso wie Anna Boleyn – skrupellosen Leuten ausgeliefert.

Anna war klug, sie hätte nie gewagt, den König zu betrügen, aber Cromwell wollte sie vernichten; Elisabeth ist zu klug, um sich an einer Verschwörung gegen die Königin zu beteiligen, soll sie etwa ein Opfer dieses schleimigen Renard werden, der nur an die Interessen des Hauses Habsburg denkt? Was zum Teufel geht uns das Haus Habsburg an? England ist eine Insel, unsere Grenze ist das Meer, wir sind fast unangreifbar, wir müssen keine Bündnispolitik treiben, die uns in Abhängigkeiten bringt. Soll eine Tudor, die zudem eine halbe Howard ist, diesen Interessen geopfert werden? Die Howards haben der Krone Englands genug Blut entrichtet, und während dieser Gedanken wuchsen sein Ärger über die unfähige Königin und sein Mitleid mit Elisabeth, und er beschloß, die Thronfolgerin zu unterstützen. Gewiß, er konnte ihr im Augenblick nicht wirklich helfen, aber er konnte versuchen, die Reise nach Whitehall so angenehm wie möglich zu gestalten, und vor allem konnte er sie verzögern, vielleicht legte sich der königliche Ärger bis zur Ankunft Elisabeths.

»Guten Abend, Elisabeth, ich bitte, die Störung zu dieser späten Stunde zu entschuldigen.«

»Willkommen, Onkel William, seid Ihr und Eure Leute angemessen untergebracht?«

»Das ist im Augenblick unwichtig. Ich komme im Auftrag Ihrer Majestät«, und er überreichte Elisabeth einen Brief.

Sie nahm ihn, und während die Angst ihr fast die Kehle zuschnürte, versuchte sie, die Situation zu überspielen. »Kate, sage Parry, man soll sich um Lord Howards Leute kümmern.«

Dann öffnete sie den Brief, las ihn, legte ihn auf die Bettdecke, glättete ihn und überlegte, wie sie reagieren sollte. Ihre Angst war in dem Moment gewichen, als sie den Brief las und ahnte, was sie erwartete, jetzt mußte sie besonnen und vor allem berechnend handeln. Es war zwecklos, Widerstand zu leisten, aber vielleicht konnte sie durch ein Gespräch mit dem Onkel etwas über die Stimmung und Laune der Königin erfahren, die farblosen höflichen Floskeln des Briefes verrieten nicht, was Maria dachte und fühlte.

»Die Königin befiehlt mir, nach Whitehall zu kommen, Onkel William, ich habe Ihr bereits neulich geschrieben, daß ich krank bin und nicht reisen kann.«

»Elisabeth«, erwiderte Lord William freundlich, aber bestimmt, »ich glaube dir, daß du krank bist, aber ich habe den Auftrag, dich nach London zu bringen. Es ist jetzt nicht die Zeit, um mit der Königin zu spaßen, überdies meint sie es gut mit dir: Dr. Owen und Dr. Wendy, ihre Leibärzte, begleiten mich, sie sollen dich betreuen und heilen, die Königin hat auch ihre Sänfte mitgeschickt, damit du bequem reisen kannst.«

Die Ärzte, dachte Elisabeth, die Sänfte, das sind Gesten, die nicht viel aussagen, aber: ...es ist jetzt nicht die Zeit, um mit der Königin zu spaßen...

»Gut, Onkel William, ich beuge mich natürlich dem Willen der Königin, und was meine Krankheit betrifft, nun, ich werde die Reise schon überleben.«

Nach diesen Worten sank sie erschöpft in die Kissen und schloß die Augen.

Sie kannte ihren Großonkel und wußte, daß sein Soldatenherz vor Mitleid schmolz, wenn er eine schwache Frau sah. Abgesehen davon würde sie in den kommenden Wochen wahrscheinlich hin und wieder die Rolle der schwachen Frau spielen müssen, an diesem Abend konnte sie die Rolle ein bißchen üben.

»Elisabeth, Kind«, erwiderte Lord William hilflos, »ich will dir keine unnötigen Strapazen zumuten, morgen früh werden die Ärzte dich untersuchen und entscheiden, ob du reisefähig bist oder dich noch etwas schonen mußt. Wenn du reisefähig bist, werden wir in ganz kleinen Etappen reisen, das verspreche ich dir, wir werden so langsam reisen, wie ich es riskieren kann, ohne meinen Kopf zu verlieren.«

Sie öffnete die Augen und lächelte ihn an. »Ich danke dir, Onkel William, gute Nacht.«

»Gute Nacht, Elisabeth, und gute Besserung.«

Sie schloß die Augen erneut, er aber, der rauhbeinige Soldat, ging vorsichtig auf Zehenspitzen zur Tür, er wollte möglichst wenig Lärm machen. Draußen atmete er erleichtert auf, Gott sei Dank, dieses Gespräch war überstanden.

Als er in die Große Halle hinunterging, war er fest entschlossen, so langsam wie möglich zu reisen, vielleicht verebbte der Zorn der Königin inzwischen.

In der Halle hatte man unterdessen Tische und Bänke aufgebaut, einige Diener servierten die übriggebliebene Pottage vom Abendessen, die man rasch erhitzt und mit Wasser und Bier ›verlängert‹ hatte. Einige Küchenmägde brachten Holzteller, auf denen dicke Brotscheiben und kaltes Fleisch lagen, die Soldaten ließen sich das Bier schmecken, lachten, erzählten derbe Witze, und Lord William fand, daß es etwas zu laut und lustig zuging.

»Ruhe«, donnerte er in die ausgelassene Stimmung hinein, »Lady Elisabeth ist krank.«

Sekunden später war es ruhig, und die Soldaten unterhielten sich nur noch flüsternd. Der Lordadmiral nahm einen Krug Bier und setzte sich in den Lehnstuhl vor dem Kaminfeuer. Er starrte in die Flammen und überlegte, was seiner Großnichte während der kommenden Wochen wohl bevorstehen würde: wahrscheinlich Verhöre, etwa gar ein Tribunal wie seinerzeit... In den Flammen sah er auf einmal das schmale Gesicht seiner Nichte Anna und erinnerte sich, was sie – so wurde erzählt – zum Kommandanten des Tower gesagt hatte, als sie am Verrätertor aus der Barke stieg: »Gehe ich ins Gefängnis?«

»Nein, Madam; Ihr gehet in die Gemächer, die Ihr bei Eurer Krönung innehattet.« Worauf sie meinte, dies wäre zu gut für sie. Später seufzte sie: »Jesus! Sei mir gnädig!« Dann sank sie in die Knie und weinte bitterlich. Gleich darauf begann sie laut zu lachen. Dies wiederholte sich einige Male... Dann sprach sie: »Soll ich ohne Beichte sterben? Worauf er entgegnete: »Auch der geringste Untertan des Königs findet Recht und Gerechtigkeit.« Da begann sie von neuem zu lachen... Nein, dachte Lord William, das darf sich nicht wiederholen, wann wird man in England endlich mit den Hinrichtungen aufhören?

Inzwischen schilderte Elisabeth Kate das Gespräch mit Lord William.

»Wir werden alles überstehen, Euer Gnaden, der Lordadmiral meint es gut mit Euch, und andere auch.«

»Das wird mir nicht viel helfen. Kate, bitte bleibe bei mir, bis ich eingeschlafen bin.«

Am nächsten Morgen untersuchten die Ärzte Elisabeth, kamen zu dem Ergebnis, daß sie zwar krank, aber dennoch reisefähig sei. Sie empfahlen einen Tag Schonung und eine Reise in kleinen Etappen. Am Vormittag des 11. Februar verließ Elisabeth mit ihrem Gefolge Ashridge. Die Sänfte der Königin war geräumig, gut gepolstert, und Kate hatte vorsorglich etliche Pelze über Elisabeth gebreitet, aber trotz des Komforts empfand sie die Reise als unerträgliche körperliche Strapaze. Lord William ritt links neben der Sänfte und betrachtete hin und wieder besorgt seine Großnichte. Er hätte sich ganz gerne mit ihr unterhalten, allein schon, um sie von ihren trüben Gedanken abzulenken, aber Elisabeth hielt die Augen entweder geschlossen oder blickte so ernst und abweisend, daß er nicht wagte, sie anzusprechen.

Am letzten Tag in Ashridge hatte sie beschlossen, sich während der Reise auf die Verhöre vorzubereiten, aber an diesem ersten Reisetag fühlte sie sich körperlich so erschöpft und seelisch so ausgelaugt, daß sie keinen klaren Gedanken zu fassen vermochte. Irgendwann kamen sie durch einen Marktflecken, und als die Einwohner ihre Prinzessin in der königlichen Sänfte erblickten, als sie die Soldaten sahen, da spürten sie instinktiv, daß König Heinrichs Tochter eine schwere Reise machte, eine Reise in eine ungewisse Zukunft, und alle, die sie sahen, riefen: »Gott schütze Euer Gnaden!«

Als die Ortschaft hinter ihnen lag, schloß Elisabeth die Vorhänge der Sänfte und verfiel in einen apathischen Dämmerzustand. Sie wollte nichts sehen, nicht gesehen werden, sie wollte nichts hören, sie wollte nur Ruhe. Nach der Ankunft im Schloß eines Adeligen zog Elisabeth sich sofort in ihr Schlafzimmer zurück und erschien nur zur Abendmahlzeit, die sie allein mit Lord William und Kate einnahm.

Am Nachmittag des vierten Tages erreichten sie Highgate vor den Toren Londons und wohnten im Hause eines Mr. Cholmondeley. »Na«, sagte Lord William beim Abendessen, »jetzt haben wir es bald geschafft«, und zu Elisabeth: »Morgen um diese Zeit speist du in Schloß Whitehall.«

Da hob Elisabeth den Kopf und sah Lord William nachdenklich an.

»Schloß Whitehall«, wiederholte sie halblaut, »die Residenz der Könige in Englands Hauptstadt.«

Lord William, der gerade einen Fisch entgrätete, hielt verwundert inne. Täuschte er sich, oder begann Elisabeth aus der Lethargie der letzten Tage zu erwachen? An ihrem Gesichtsausdruck erkannte er, daß sie angestrengt nachdachte.

Nach dem Essen zog Elisabeth sich auf ihr Zimmer zurück, setzte sich in den Erker, sah hinaus in den verschneiten Garten, dachte über ihre Lage nach und vor allem, wie sie am nächsten Tag in der Hauptstadt und in Whitehall auftreten sollte. Ihre Lage war ernst, aber nicht so, daß sie verzweifeln mußte. Sie wurde wie eine Gefangene bewacht, aber das änderte nichts an ihrem Rang und an der Tatsache, daß sie die Thronfolgerin war!

Dies mußten Gardiner, der Rat, das Parlament, die Richter, ja, auch die Königin, mußten dies bei ihren Entscheidungen berücksichtigen. Abgesehen von der Königin waren alle Engländer, die ihre Insel liebten und sie vor Fremdherrschaft bewahren wollten. Wenn man die Thronfolgerin beseitigte, bestand die Gefahr, daß nach Marias Tod – Kinder würde sie bestimmt nicht mehr bekommen – Frankreich und Schottland England vereinnahmten, und das wollte niemand, auch nicht ihr Feind Gardiner. Ihre Stellung als Thronfolgerin war ein Schutz für sie, und selbst wenn Wyatt behauptete, daß er mit ihr in Verbindung gestanden habe, so mußte dies erst bewiesen werden, ehe man sie verurteilen konnte, und dieser Beweis würde nicht erbracht werden, nie! Die juristische Grundlage für eine Verurteilung fehlte also, es blieb die Möglichkeit eines parlamentarischen Strafbeschlusses ohne Verhandlung, wie seinerzeit bei Thomas Seymour, aber in ihrem Fall, davon war sie überzeugt, würde das Parlament nie dergleichen beschließen.

Sie stand auf und begann im Zimmer auf und ab zu gehen. Zweierlei war wichtig für die kommenden Wochen: Sie mußte versuchen, sofort nach der Ankunft in Whitehall, mit Maria unter vier Augen zu reden und die Schwester zu überzeugen, daß sie nichts von der Verschwörung gewußt hatte, dieses Gespräch war notwendig, bevor die Verhöre begannen, und sie mußte die kommenden Wochen als Thronfolgerin überleben, als Thronfolgerin! Ab morgen würde sie dem Volk und der Regierung gegenübertreten, und ihren Einzug in die Hauptstadt mußte sie entsprechend gestalten.

Lord William traute seinen Augen nicht, als Elisabeth am nächsten Morgen die Große Halle betrat. Sie war von Kopf bis Fuß in Weiß gekleidet, die sorgfältig frisierten rotblonden Haare wurden von einem weißen Haarnetz bedeckt, und ihre Haltung verriet, daß sie sich nicht wie eine Gefangene fühlte, die sich vor der Königin verantworten mußte. Keine Spur von Demut oder Unterwürfigkeit, dachte er erstaunt, im Gegenteil!

»Guten Morgen, Onkel William, ist die Sänfte bereit?«

»Ja.« Mehr fiel ihm nicht ein.

Was für ein hochmütiger Ton, dachte er verärgert, was bildet sie sich ein, wer sie ist? Sie stand natürlich im Rang über ihm, hatte dies aber bisher nie zum Ausdruck gebracht. Der Teufel verstehe die Weiber, dachte er, als er sie in die Sänfte steigen sah.

An jenem 15. Februar war es bitter kalt, aber Elisabeth zog – ohne an ihre Gesundheit zu denken – die Vorhänge an beiden Seiten der Sänfte zurück, damit das Volk sie sehen konnte, wenn sie den Highgate Hügel hinuntergetragen wurde; von der Höhe aus konnte man die alte St. Pauls-Kirche und den Tower sehen, und Lord William beobachtete, daß das Gesicht der Thronfolgerin sich beim Anblick des Tower verhärtete, noch trotziger und hochmütiger wirkte, und auf einmal wurde ihm bewußt, daß sie sich während der Reise von Ashridge nach London irgendwie verändert hatte, aber, überlegte er, während sie in London einritten, vielleicht hat sie sich auch gar nicht verändert, sondern etwas, was längst in ihr vorhanden war, hat sich jetzt erstmals offenbart, das, was das Leben eines Menschen ausmacht, schläft eine gewisse Zeit in ihm und erwacht, wenn die richtige Stunde gekommen ist... Bei Elisabeth ist es die Fähigkeit, zu herrschen, zu regieren..., er zuckte zusammen, als er die Rufe des Volkes vernahm: »Gott schütze Euer Gnaden!«

Inzwischen hatten sie Smithfield passiert und näherten sich Whitehall.

Bald nach ihrer Ankunft im königlichen Schloß wurde Elisabeth bewußt, daß sie sich zwar als Thronfolgerin fühlen und auch so auftreten konnte, daß aber die Königin diese Tatsache ignorierte.

Sie wurde an der Flußseite in einem entlegenen Teil des Palastes am Ende eines Ganges untergebracht, jeder, der zu ihr wollte, mußte die Wache passieren. Damit nicht genug, beließ man ihr nur zwei Herren, sechs Frauen und vier Diener ihres Gefolges, die anderen Mitglieder ihres Haushaltes mußten in der Stadt wohnen, auch Parry, immerhin blieben Kate und Lucy bei ihr.

»Onkel William«, sagte Elisabeth, nachdem sie sich in den Räumen umgesehen hatte, »die Nähe zum Fluß ist für meine Gesundheit nicht gut, sagt der Königin, ich will in einem anderen Teil des Schlosses wohnen, außerdem will ich von ihr empfangen werden und sie unter vier Augen sprechen.«

Der Lordadmiral versprach zu tun, was in seiner Macht stand. Am Nachmittag kehrte er mit unerfreulichen Nachrichten zurück: Ihre Majestät wolle die Schwester nicht sehen, und die Räume seien gut genug.

»Ich werde es überleben«, erwiderte Elisabeth halb stolz, halb trotzig, »Ihr habt getan, was Ihr tun konntet, Onkel William, vielen Dank.«

Die Selbstsicherheit gegenüber dem Lordadmiral war in jenem Augenblick nur gespielt, die Verweigerung der Audienz hatte sie verunsichert, aber, so beruhigte sie sich, vielleicht wollte Maria sie nur wieder zappeln lassen, wie im September des Vorjahres.

Im Laufe des folgenden Tages merkte sie, daß sie in strenger Einzelhaft gehalten wurde. Sie durfte zwar lesen, aber als sie um Papier und Tinte bat, weil sie sich mit Übersetzungen die Zeit vertreiben wollte, wurde dieser Wunsch rundweg abgelehnt. Sie durfte ihre Räume nicht verlassen, keine Besucher empfangen, ihre Diener und Frauen durften nur zu ihr, wenn es notwendig war, und anscheinend hatte man ihren Leuten auch befohlen, möglichst wenig mit ihr zu reden.

Die Magd schwieg ängstlich, wenn sie das Feuer im Kamin entfachte, und vermied es, ihre Herrin anzusehen, der Diener servierte stumm die Speisen, fragte immerhin zwischendurch: »Noch etwas Wein, Euer Gnaden?« – »Möchten Euer Gnaden wirklich nichts mehr essen?«

Sie ließ die meisten Gerichte unberührt zurückgehen, zum einen, weil sie keinen Appetit hatte, zum andern, weil sie sich vor Gift fürchtete, obwohl einer ihrer Herren jede Speise vorkostete. Nur Kate und Lucy wagten es beim An- und Auskleiden, ein paar Worte mit ihr zu wechseln.

So verging ein Tag nach dem andern in gleichmäßiger Eintönigkeit.

Elisabeth versuchte sich auf ihre Bücher zu konzentrieren, aber sie stand auch oft am Fenster, sah hinunter zur Themse, beobachtete, wie das Wasser stieg und fiel, und überlegte, was man mit ihr vorhatte. Die Isolierung sollte sie wahrscheinlich zermürben, nun, das würde ihren Feinden nicht gelingen, aber sie bemerkte, daß ihre Unruhe und Nervosität täglich größer wurden. Bei jeder Wachablösung schrak sie zusammen und dachte, jetzt ist es soweit, jetzt holen sie mich zum Verhör, aber nichts geschah. So verging etwas mehr als eine Woche.

Am Morgen des 24. Februar beugte Lucy sich beim Frisieren ihrer Herrin tiefer als sonst über Elisabeths Haare und flüsterte: »Gestern morgen wurde der Herzog von Suffolk auf Tower Hill hingerichtet. Seine Tochter und sein Schwiegersohn wurden bereits vor einigen Tagen enthauptet.«

Elisabeth unterdrückte nur mit Mühe einen Aufschrei. Jane und Guildford, dachte sie entsetzt, Jane und Guildford, deren Unschuld allgemein bekannt war! Warum mußten die gelehrte, unpolitische Jane und der oberflächliche, unpolitische Guildford sterben? Wegen des Herzogs von Suffolk, der zum Verräter geworden war? Befürchtete man weitere Unruhen gegen die Regierung, solange sie lebten? Was auch immer die Gründe sind, überlegte Elisabeth, Maria hat das Todesurteil zweier unschuldiger Menschen unterschrieben, und sie merkte, daß eine panische Angst sich ihrer bemächtigte, und fragte sich entsetzt, welcher Handlungen die Schwester noch fähig war. Neigte sie von Natur aus zur Grausamkeit, war es Renards Einfluß? Auf jeden Fall war ihre eigene Situation schwieriger, als sie bisher angenommen hatte.

Inzwischen war Lucy fertig und legte Kamm und Bürste weg.

»Kann ich noch etwas für Euch tun, Euer Gnaden?«

»Ja«, Elisabeth zögerte etwas, »die Nachricht… dein Verlobter?«

Lucy nickte nur.

Wie schafft es Philip, ihr Nachrichten zuzuspielen, überlegte Elisabeth.

»Lucy, was ist mit Guildfords Brüdern?«

»Sie leben.«

Sie leben, Robin lebt, aber wie lange noch?

Sie wußte, daß er das Marzipanschloß erhalten und sich offensichtlich gefreut hatte, abgesehen von seinem Dank hatte er ihr mitteilen lassen, daß er das Schloß nicht verzehren sondern aufbewahren würde, um es zu betrachten und sich dabei an Hampton Court zu erinnern...

Auch die folgenden Tage verliefen eintönig, gleichmäßig, und es gab Augenblicke, in denen Elisabeth sich fragte, ob man sie vielleicht vergessen hatte.

Unterdessen versuchten der Rat und die Richter herauszufinden, ob Elisabeth und Courtenay mit Wyatt in Verbindung gestanden hatten.

Das Ergebnis war mehr als dürftig, weil keine Spur eines Beweises erbracht werden konnte. Man unterzog Wyatt und seine Anhänger endlosen Verhören, wobei man auf die Folter verzichtete, in der Hoffnung, dadurch vielleicht eher die Wahrheit zu erfahren, aber alle Verhöre blieben ohne Ergebnis, Wyatt behauptete zwar, Kontakt zu Elisabeth gehabt zu haben, aber seine Aussagen waren zu allgemein und nichtssagend, und man fand – trotz aller Anstrengungen – keinerlei belastendes Material gegen die Thronfolgerin.

Renard bedrängte die Königin, sie solle endlich Elisabeth verhören lassen, schließlich habe sie zwei Wochen Zeit gehabt, um über alles nachzudenken, und die Einzelhaft habe sie inzwischen vielleicht so zermürbt, daß sie bereit sei, ein Schuldgeständnis abzulegen.

Maria gab schließlich nach, und so erschien Anfang März der Lordkanzler Gardiner – an der Spitze einer Kommission – bei Elisabeth. Er war überrascht, wie ruhig und gefaßt sie wirkte, und beschloß, eine halbwegs freundliche Gesprächsatmosphäre zu schaffen, in der Hoffnung, daß sie dann aus sich herausging und aussagte.

Er fragte zunächst teilnahmsvoll nach der Gesundheit Ihrer Gnaden, er habe gehört, sie sei krank gewesen.

»Danke, Mylord, ich will mich nicht beklagen, es geht mir etwas besser, obwohl die Nähe zum Fluß für meine Gesundheit nicht günstig ist.«

»Ihr habt recht, Euer Gnaden«, und er sah sich prüfend in dem hohen, karg möblierten Raum um, dessen Steinwände mit einigen verblichenen Gobelins geschmückt waren, auf dem Steinfußboden lagen ein paar Felle, und richtig warm war es nur in der Nähe des Kamins, wo Elisabeth saß.

»Die Unterbringung läßt tatsächlich zu wünschen übrig«, sagte der Lordkanzler und begann auf und ab zu gehen, um sich aufzuwärmen, »Euer Gnaden waren jedoch die längste Zeit hier und werden in Kürze bequemer wohnen, vorausgesetzt, Euer Gnaden ist bereit, mir einiges zu erzählen. Ihr habt gewiß viel über Sir Wyatt zu berichten«, und er lächelte Elisabeth aufmunternd an.

»Ich habe nichts zu erzählen, Mylord.«

Gardiner kniff verärgert die Lippen zusammen.

»Euer Gnaden«, und seine Stimme wurde etwas schärfer, »warum leugnet Ihr? Wir wissen genau, daß Ihr Kontakt zu Sir Wyatt hattet, es wurden zwei Nachrichten an Euch abgefangen, man fand im Gepäck von Noailles' Kurier eine Kopie des Briefes, den ihr am...« er überlegte, »am 27. oder 28. Januar, das genaue Datum weiß ich nicht mehr, an Ihre Majestät geschrieben habt.«

Elisabeth sah den Lordkanzler erstaunt an.

»Abgefangene Nachrichten, eine Briefkopie? Das höre ich zum ersten Mal, davon weiß ich nichts. Wie kann eine Kopie meines Briefes an die Königin zum französischen Gesandten kommen?«

Gardiner überging die Frage.

»Die Briefkopie beweist, daß Ihr nicht nur zu Wyatt, sondern auch zum König von Frankreich Kontakt hattet, der, das wissen wir, Wyatt und seine Freunde unterstützt hat.«

»Ich hatte weder zu Wyatt noch zum König von Frankreich Kontakt.«

Die letzten Worte sprach sie so energisch und bestimmt, daß Gardiner unwillkürlich zusammenzuckte. Er ging eine Weile auf und ab, überlegte, daß er so nicht weiterkam und beschloß, ihr eine Falle zu stellen.

»Euer Gnaden«, sein Ton wurde wieder freundlicher, »laßt uns doch wie zwei vernünftige Menschen reden. Sir Wyatt hat ein Geständnis abgelegt, es ist zwecklos, wenn Ihr weiterhin Eure Unschuld beteuert, gesteht Eure Schuld, und bittet Ihre Majestät um Verzeihung, Ihre Majestät wird Euch bestimmt verzeihen.«

»Was hat Sir Wyatt denn gestanden?«

»Das erfahrt Ihr später«, erwiderte Gardiner hastig.

Aha, dachte Elisabeth, die Situation kommt mir sehr bekannt vor, Tyrwhitt hat seinerzeit auch versucht, mich mit diesem Trick hereinzulegen.

Sie stand auf und ging einen Schritt auf Gardiner und seine Begleiter zu.

»Mylords, wenn ich mich der Königin unterwerfe, so ist das ein Schuldbekenntnis. Ich bin aber nicht schuldig, ich hatte keinerlei Kontakt zu den Verschwörern, es gibt nichts, was Ihre Majestät mir verzeihen müßte.«

Die Lords sahen sich verlegen und hilflos an, Gardiner indes musterte Elisabeth mit kalten Augen von oben bis unten.

»Wie Ihr wollt, Euer Gnaden, Ihr werdet noch von uns hören.«

Er drehte sich um und stürmte aus dem Zimmer, fest entschlossen, im Rat für Courtenays Unschuld zu plädieren, sollte Renard sehen, wie er mit Elisabeth fertig wurde, eines Tages würde man sie beseitigen müssen, davon war er mehr denn je überzeugt.

Als die Herren gegangen waren, setzte Elisabeth sich wieder neben den Kamin. Dieses Gespräch oder besser Verhör war also der Auftakt gewesen. Welche Schikanen würden sie sich jetzt ausdenken? Zwei abgefangene Nachrichten, das klang plausibel, das hatte sie von Anfang an befürchtet, aber die Briefkopie? Möglicherweise existierte sie, man suchte ja krampfhaft nach irgendwelchen Schuldbeweisen; wenn es diese Kopie gab, so war es eine geschickte Intrige, hinter der wahrscheinlich Renard steckte, er allein ging bei der Königin ziemlich ungeniert ein und aus...

Elisabeth stand auf, ging zum Fenster und beobachtete nachdenklich das langsame Steigen der Flut.

Diese Situation, überlegte sie, entwickelt sich allmählich zu einem Zweikampf zwischen mir und Renard, Tudor gegen Habsburg, England gegen Spanien…

Während der folgenden Tage versuchte man erneut Beweise für Elisabeths Schuld zu finden, ohne Erfolg. Renard plädierte bei Maria für den Tower, vielleicht würde Elisabeth hinter den düsteren Mauern so eingeschüchtert, daß sie endlich ein Geständnis ablegte, aber Maria konnte sich nicht dazu entschließen, die Schwester – ohne greifbare Beweise – in das Staatsgefängnis bringen zu lassen.

Auch im Staatsrat herrschte Uneinigkeit darüber, was mit Elisabeth geschehen solle. Die Meinungen reichten von Freiheit, Verheiratung ins Ausland, Verbannung auf irgendein Schloß bis zur Inhaftierung im Tower, und allmählich kristallisierte sich eine Gruppe heraus, die eifrig für Elisabeth eintrat: Lord William Howard, der alte Lord Sussex, Paget und der Graf von Arundel gehörten dazu, andere, wie der Marquis von Winchester, waren wohlwollend neutral, Gardiner und seine Anhänger sprachen sich natürlich gegen sie aus.

In diesem Chaos tauchte auf einmal Graf Egmont mit dem unterzeichneten Heiratsvertrag auf und einer Vollmacht Philipps, daß die Ehe nun *per procurationem* und *per verba de praesenti* (durch einen Stellvertreter und mittels des in der Gegenwart gesprochenen Wortes) vollzogen werden solle. Maria war enttäuscht, daß wieder nur Graf Egmont erschien und nicht ihr Philipp persönlich, noch enttäuschter war sie darüber, daß Philipp ihr wieder keinen Brief geschrieben hatte, und daß der prachtvolle Ring, den Egmont ihr überreichte, ein Geschenk des Kaisers und nicht des Gatten war.

Am 6. März wurde Maria *per procurationem* getraut, anschließend fand ein prunkvolles Festbankett statt, und zuletzt wurde die Ehe »vollzogen«: Vor den Augen der hohen Hofbeamten legte Egmont sich – bekleidet mit seinen Prunkgewändern – neben Maria in das Brautbett, und nach wenigen Minuten erklärten die Zeugen die Ehe für vollzogen; Egmont stand auf, erleichtert, daß diese lästige Prozedur vorüber war, und verließ mit den Hofleuten das königliche Schlafzimmer. Maria verbrachte eine einsame Brautnacht, sehnte sich nach ihrem Philipp und weinte sich schließlich in den Schlaf.

Am nächsten Tag erschien Renard bei der Königin. Er beglückwünschte sie wortreich noch einmal zu der Eheschließung. Maria erwiderte, sie sei stolz und glücklich über die Verbindung mit Philipp und sie wünsche sehnlichst, daß er nun bald Spanien verlasse und nach England komme.

»Selbstverständlich, Majestät, allerdings…«, und Renard zog einen Brief aus seiner Dokumentenmappe, entfaltete ihn umständlich und hatte offensichtlich einige Mühe, ihn zu entziffern.

»Ich bitte um Vergebung, Majestät, aber die Handschrift des Kaisers…«

»Ja, ich weiß«, und sie beobachtete den Gesandten mit gemischten Gefühlen. Schon wieder ein Brief von Karl V., ein paar Zeilen von ihrem Philipp wären ihr lieber gewesen.

»Der Kaiser schreibt«, und Renard faltete den Brief wieder umständlich zusammen, »daß sein Sohn erst nach England reisen kann, wenn hier Ruhe und Ordnung herrschen.«

»Das verstehe ich nicht«, erwiderte Maria halb gekränkt, halb vorwurfsvoll, »in meinem Land herrscht inzwischen wieder Frieden, die Rebellen sind besiegt, Wyatt und seine Freunde sind im Tower, werden verhört, der Urteilsspruch ist nur noch eine Frage der Zeit, der Herzog von Suffolk, Lady Jane und Lord Guildford wurden inzwischen hingerichtet, was erwartet mein Vetter noch?«

»Der Kaiser wünscht, daß Lady Elisabeth in sicherem Gewahrsam ist, wenn sein Sohn englischen Boden betritt. Die persönliche Sicherheit des Prinzen muß gewährleistet sein, kurz, sein Leben darf nicht durch Anschläge aus dem Hinterhalt oder Gift gefährdet werden.«

»Mr. Renard, Elisabeth lebt seit drei Wochen als Gefangene in meinem Schloß, sie wird Tag und Nacht bewacht, hat keinen Kontakt zur Außenwelt, habt Ihr das meinem Vetter nicht mitgeteilt?«

»Selbstverständlich, Majestät, aber Whitehall ist riesig, hier gibt es geheime Nebentüren, versteckte Treppen, unterirdische Gänge, außerdem ist die Themse ein ausgezeichneter Fluchtweg, die Gefahr, daß Lady Elisabeth von ihren Anhängern befreit wird, ist hier größer als... im Tower. Ich weiß, daß es Eurer Majestät widerstrebt, Lady Elisabeth in den Tower zu schicken, ich kann Euer Majestät eine andere Lösung vorschlagen, die denselben Zweck erfüllt und weniger Aufsehen erregen wird. Fragt die Mitglieder des Staatsrates, ob einer von ihnen bereit ist, Lady Elisabeth bei sich aufzunehmen und sie zu bewachen. In einem überschaubaren Privathaushalt dürfte dies nicht weiter schwierig sein, man könnte ihr sogar mehr Freiheiten einräumen als hier, zum Beispiel Spaziergänge im Garten, natürlich unter strenger Bewachung. Nach den Hochzeitsfeierlichkeiten kann man eine endgültige Entscheidung treffen.«

Maria überlegte. Die Idee gefiel ihr, und sie war überzeugt, daß es unter Elisabeths Anhängern im Rat mindestens einen Lord gab, der bereit war, die Thronfolgerin aufzunehmen. Während der folgenden Tage fragte die Königin nacheinander jeden Staatsrat, ob er bereit sei, die Oberaufsicht über Lady Elisabeth zu übernehmen. Niemand wollte die Last dieser Verantwortung auf sich nehmen, auch nicht die Anhänger Elisabeths, wie Lord William oder der alte Lord Sussex.

Enttäuscht und ratlos bestellte Maria am Nachmittag des 13. März Renard zu sich.

»Ich verstehe überhaupt nichts mehr«, klagte sie, »stellt Euch vor, sogar die Parteigänger meiner Schwester haben eine Überwachung abgelehnt, mit der Begründung, das Risiko sei zu groß.«

»Ich kann die Herren verstehen, Majestät, ihre Einstellung beweist, daß Lady Elisabeth tatsächlich eine große Gefahr für den Staat ist, im Tower ist sie wahrscheinlich am besten aufgehoben.«

Er schwieg und beobachtete die Königin, die vergrämt mit ihrem Rosenkranz spielte.

»Majestät, soviel ich weiß, hat Sir Wyatt immer noch kein volles Geständnis abgelegt. Er wurde doch kurz nach der Ankunft im Tower peinlich befragt, vielleicht sollte man dies wiederholen.«

»Er wurde nicht peinlich befragt, von Gardiner hörte ich vor ein paar Tagen, daß man ihm die Folterinstrumente nur gezeigt hat, daraufhin hat er sofort gestanden, daß er zu meiner Schwester Kontakt hatte.«

»Aha, interessant. Majestät, wir kommen in dieser Angelegenheit nicht weiter, solange wir von Wyatt kein volles Geständnis haben, Lady Elisabeths Rolle bei der Verschwörung wird erst durch Wyatts Geständnis klar, lasset ihn unter der Folter verhören, ich versichere Euch, er wird aussagen.«

Renards Vermutung war richtig.

Am folgenden Tag wurde Wyatt mit glühenden Eisen und dem Streckapparat gefoltert und gestand schließlich, daß er zu Elisabeth in Verbindung gestanden und daß sie und Courtenay am Komplott gegen die Königin beteiligt gewesen waren.

Am Morgen des 15. März unterschrieb Wyatt sein Geständnis und wurde noch am gleichen Tag zum Tod durch das Schwert verurteilt.

An jenem Freitag debattierte der Staatsrat stundenlang, was nun mit Elisabeth geschehen solle. Wyatts unter der Folter abgelegtes Geständnis erschien vielen fragwürdig, aber er hatte gestanden, wenn sie wirklich an der Verschwörung beteiligt war, mußte sie in den Tower. Diese Meinung vertraten Gardiner und seine Anhänger. Elisabeths Parteigänger waren natürlich gegen den Tower und argumentierten, daß man bis jetzt keinen Beweis für ihre Beteiligung an der Verschwörung habe finden können.

Tower ja, Tower nein, sie muß in den Tower, sie muß nicht in den Tower, zuletzt redeten alle durcheinander, und gegen Abend einigte man sich schließlich auf einen Kompromiß: Der Rat empfahl, Elisabeth in den Tower zu bringen, überließ aber der Königin die letzte Entscheidung.

Gardiner und einige Lords sollten der Monarchin den Beschluß überbringen und sie gleichzeitig bitten, rasch zu entscheiden, mit Rücksicht auf die Wirkung im Ausland.

Am Abend jenes Tages ging Maria ruhelos in ihren privaten Räumen auf und ab und dachte über die Empfehlung des Staatsrates nach.

Die Lords, überlegte sie, machen es sich bequem, sie schieben mir die Entscheidung zu, was mit Elisabeth geschehen soll.

Schließlich setzte sie sich verärgert in ihren Stuhl neben dem Kamin und las noch einmal in Ruhe Wyatts Geständnis.

›...Lady Elisabeth war am Komplott beteiligt...‹ Maria sah auf: Die Schwester wollte also ihr, der rechtmäßigen Königin, die Krone rauben! ›...Lady Elisabeth hat mir geschrieben, daß sie besser regieren wird als die Königin...‹ Maria sah erneut auf: Was zum Teufel bildete sich der Bastard ein! Glaubte sie etwa, sie sei klüger, weil Ascham sie unterrichtet hatte? Glaubte sie etwa, ihre, zugegeben hervorragenden, Sprachkenntnisse reichten aus, um einen Staat zu regieren? Allerdings, überlegte Maria, sie kann sich mit den ausländischen Gesandten ohne Dolmetscher unterhalten... ›...Lady Elisabeth schrieb mir, daß die Verbindung Eurer Majestät mit dem Prinzen Philipp ein schwerer politischer Fehler ist, weil diese Verbindung England zum Vasallen Spaniens degradiert...‹ Maria sah erneut auf: Das war doch die Höhe! Die Heirat mit Philipp war ihre private Angelegenheit, die niemanden etwas anging, am allerwenigsten Elisabeth. Vasall Spaniens! Diese Behauptung war geradezu lächerlich, es gab doch einen Ehevertrag, worin die Erbfolge genau geregelt war...

Sie legte die Papiere zur Seite, starrte in das Kaminfeuer und dachte daran, daß einzig Elisabeth schuld daran war, daß Philipp seine Abreise nach England hinausschob. Sie, die Königin, mußte auf privates Glück verzichten, weil Elisabeth lebte, und wieder spürte sie jenen alten Groll, den sie seit nunmehr zwanzig Jahren gegen die Schwester empfand, es war ein Groll, der manchmal in den Hintergrund trat, der aber stets schwelte und nie erlöschen würde.

Nein, dachte Maria, so geht es nicht weiter, ich möchte endlich die Ehe mit meinem Philipp vollziehen, ich kann nicht länger warten, ich muß einen Thronfolger zur Welt bringen, und kurz entschlossen befahl sie den Marquis von Winchester und den alten Lord Sussex zu sich.

Während sie auf die Lords wartete, dachte sie noch einmal über alles nach, und je mehr sie nachdachte, desto größer wurde ihre Wut auf Elisabeth, ja sie steigerte sich geradezu hinein, und als Winchester und Sussex, etwas erstaunt, daß sie zu dieser späten Stunde in den Palast befohlen wurden, das Zimmer betraten, fanden sie eine Königin vor, die erregt hin und her lief und deren Augen böse funkelten.

»Schafft den Bastard in den Tower!« schrie sie, während die Herren noch mit der zeremoniellen Verbeugung beschäftigt waren.

Sussex erbleichte: »Majestät, wollt Ihr Lady Elisabeth wirklich...«

»Ja, fragt nicht soviel, in den Tower, unter die Folter, damit sie endlich ihre Schuld gesteht, dann kann man sie verurteilen und hinrichten!«

Maria blieb stehen und rang nach Luft. »Sie soll die Sünden ihrer Mutter büßen, sie ist genauso schlecht und lasterhaft wie die Hure Anna Boleyn!«

Winchester starrte die Königin entgeistert an, hatte sie den Verstand verloren? Sussex fiel vor Maria auf die Knie. »Majestät, ich flehe Euch an, versündigt Euch nicht! Lady Elisabeth ist unschuldig, glaubt mir!«

Maria betrachtete den alten, weißhaarigen Mann, der schon ihrem Vater treu gedient hatte, und allmählich dämmerte ihr, daß sie sich in einer Art hatte gehenlassen, die einer Königin nicht würdig war.

»Steht auf, Mylord.«

Inzwischen hatte Winchester sich gefaßt. »Majestät«, begann er vorsichtig, »wir gehorchen natürlich den Befehlen Eurer Majestät, eines aber muß man bedenken: Wenn Lady Elisabeth gefoltert und hingerichtet wird, kommt es zu neuen Aufständen, ich behaupte sogar, daß das Leben Eurer Majestät dann bedroht ist, und das Leben Eures Gemahls. Überdies wurden Personen von königlicher Abstammung noch nie gefoltert.«

Maria sah von Winchester zu Sussex und von Sussex zu Winchester.

»Ihr habt recht, Mylords, aber sie muß in den Tower! Morgen früh bringt Ihr sie auf dem Wasserweg zum Verrätertor, das ist unauffällig, der Weg durch die Stadt würde zuviel Aufsehen erregen.«

»Morgen früh?« fragte Sussex. »Bis dahin ist die königliche Wohnung im Tower noch nicht gerichtet.«

»Sie wird nicht in den Gemächern des Königs wohnen, sondern im Glockenturm, der ist gut genug, und, das möchte ich noch einmal betonen: strengste Einzelhaft! Sie darf kein Buch lesen, auch nicht das Neue Testament, sie darf keine Briefe schreiben oder empfangen, sie muß jeden Sonntag und an allen Feiertagen die Messe hören, vier kleine Zimmer im Tower genügen für meine Schwester, ihre Mahlzeiten müssen von den wachhabenden Soldaten untersucht werden, ob sich nicht geheime Nachrichten darin befinden.«

»Wie lange soll Lady Elisabeth im Tower bleiben, Majestät?«

»Bis zum Abschluß der Ermittlungen, das kann noch Monate dauern.«

Der 16. März war ein naßkalter, trüber, wolkenverhangener Tag. Nach dem Frühstück ging Elisabeth zum Fenster, sah hinunter zur Themse, beobachtete das allmähliche Steigen des Wassers und überdachte zum soundsovielten Mal ihre Lage.

Vorhin, beim Ankleiden, hatte Lucy ihr zugeflüstert, daß Wyatt am Tag vorher zum Tode verurteilt worden sei, und Elisabeth überlegte, welche Konsequenzen sich daraus für sie ergaben. Vielleicht war sie die längste Zeit hier gewesen, vielleicht durfte sie jetzt auf einen ihrer Landsitze zurückkehren, vier Wochen lang lebte sie nun schon in diesem hohen, kahlen, unwirtlichen Zimmer. Ob Cecil wußte, daß man sie wie eine Gefangene behandelte? Angenommen, er wußte es, helfen konnte er ihr jetzt auch nicht. Robert Dudley wußte wahrscheinlich durch Philip, wie es um sie stand, er war immer noch im Tower, man hatte ihn nicht hingerichtet, ob er irgendwann entlassen wurde?

Sie war so in Gedanken, daß sie die Schritte nicht hörte, die sich der Tür näherten; erst als der Türsteher den Marquis von Winchester und Lord Sussex meldete, drehte sie sich um. Im gleichen Augenblick betraten die Herren den Raum, verbeugten sich, und Elisabeth erinnerte sich für den Bruchteil von Sekunden an jenen Julinachmittag in Hatfield, als sie unter ihrer Eiche gesessen und angstvoll überlegt hatte, ob der Herzog oder Maria siegen würde, dann waren plötzlich Winchester und Sussex aufgetaucht, und in der ersten Aufregung hatte sie geglaubt, man werde sie verhaften und zum Tower bringen, statt dessen hörte sie, daß Maria den Thron zurückerobert hatte und gemeinsam mit der Schwester in London einziehen wolle…

Seit jenem Sommernachmittag waren acht Monate vergangen, und jetzt standen Winchester und Sussex wieder vor ihr.

Nun, dachte Elisabeth, sie haben mir damals gute Nachrichten gebracht, sie werden auch jetzt gute Nachrichten haben, vielleicht darf ich Whitehall verlassen…

Sie lächelte die Herren liebenswürdig an.

»Guten Morgen, Mylords, was verschafft mir die Ehre Eures Besuchs?«

Sussex sah verlegen zu Boden, Winchester hüstelte und antwortete hastig: »Wir kommen im Auftrag Ihrer Majestät. Ihre Majestät wünscht – und der Staatsrat hat es empfohlen –, daß wir Euer Gnaden sofort in den Tower bringen.«

Elisabeth glaubte nicht richtig zu hören.

In den Tower? Warum, weshalb? Ihre Gedanken begannen sich verzweifelt zu überstürzen.

Wyatt war zum Tod verurteilt, hatte er etwas ausgesagt, was zwar nicht stimmte, ihr aber schadete? War es wirklich ein Befehl der Schwester, oder befolgte sie einen Rat Gardiners oder Renards? Warum hatten ihre Anhänger im Rat für den Tower plädiert? Der Tower, das war gleichbedeutend mit dem Tod, sie war unschuldig wie ihre Mutter, sie wollte nicht deren Schicksal erleiden, sie mußte um ihr Leben kämpfen, sie wollte noch nicht sterben, sie wollte leben, weil sie jung war und… weil sie Königin von England werden wollte! Königin von England…, es war ein Traum, der in immer weitere Ferne rückte, aber vielleicht…, Königin von England war in den letzten Jahren ihr Lebensziel geworden, ihr Vater hatte in seinem Testament sie zur Nachfolgerin Marias bestimmt, falls diese kinderlos starb, und sie wird kinderlos sterben, dachte Elisabeth, ich muß sie überleben…

Allmählich kam sie wieder zu sich und versuchte, klar zu denken, vor allem durfte sie jetzt nicht die Nerven verlieren oder ohnmächtig werden.

»Warum soll ich in den Tower gebracht werden, Mylords?«

»Befehl Ihrer Majestät«, erwiderte Winchester achselzuckend.

Einige Sekunden lang sprach niemand ein Wort, und Elisabeth überlegte fieberhaft, wie sie Zeit gewinnen konnte.

»Habt Ihr einen schriftlichen Befehl, Mylords?«

»Nein, Euer Gnaden.«

»Bevor ich Euch folge, möchte ich mit der Königin sprechen.«

»Ihre Majestät weigert sich seit Eurer Ankunft in Whitehall, Euch zu empfangen«, sagte Sussex.

Innerlich empfand er tiefes Mitleid mit der jungen Frau, die, seiner Meinung nach, als Spielball der Politik mißbraucht wurde.

»Laßt mich wenigstens einen Brief an die Königin schreiben.«

»Das geht nicht, Euer Gnaden«, erwiderte Winchester, »Ihr sollt mit dem Boot zum Tower gebracht werden, die Flut steigt, und bis Ihr den Brief geschrieben habt, ist sie so hoch, daß man Euch heute nicht mehr ohne Lebensgefahr über die Themse rudern kann.«

»Mylords, bitte, nur wenige Zeilen, meine Feder wird über das Papier fliegen.«

Winchester preßte die Lippen aufeinander und sah zu Boden, er konnte plötzlich den Anblick der flehenden Augen und der schlanken, wie zum Gebet erhobenen Hände nicht mehr ertragen. Er empfand ebenfalls Mitleid, aber Gefühle waren jetzt nicht angebracht, die Sache mußte rasch beendet werden. Lord Sussex betrachtete das schmale Gesicht, das ihn an Anna Boleyn erinnerte, und plötzlich sah er ein lachendes Kindergesicht vor sich, umrahmt von rotblonden Löckchen, die unter einer spitzenbesetzten Haube hervorquollen…, das war, überlegte er, am 9. Januar 1536, ein Sonntag, der König gab ein Fest anläßlich des Todes seiner ersten Gemahlin, und nach dem Bankett nahm er seine Tochter Elisabeth auf den Arm und zeigte sie voller Vaterstolz den Hofleuten…, Anna Boleyn stand neben ihm und lächelte glücklich, weil sie zum zweiten Mal schwanger war und auf einen Sohn hoffte, dieser ersehnte Sohn wurde Ende Januar geboren, aber er war tot…

»Bitte, Mylords, nur wenige Zeilen.«

Sussex zuckte zusammen, das Kindergesicht verschwand. »Die Bitte sei Euch gewährt«, sagte er und befahl dem Türsteher, Papier, Tinte, Federn und Streusand zu besorgen.

Winchester starrte den alten Mann entgeistert an. Diese Verzögerung konnte sie beide den Kopf kosten!

»Ich danke Euch, Mylords, das werde ich nie vergessen«, sagte Elisabeth leise.

Während man auf Papier und Tinte wartete, sah sie verstohlen hinunter zum Fluß und atmete erleichtert auf, die Flut stieg und stieg, wenn sie einen längeren Brief schrieb, würde das Wasser so hoch sein, daß man nicht mehr unter der Brücke zum Tower durchfahren konnte. Dadurch hatte sie einen Tag Zeit gewonnen, kostbare Zeit, Zeit genug, daß Maria den Brief lesen und noch einmal ihre Entscheidung überdenken konnte.

Inzwischen war der Türsteher zurückgekehrt, und Elisabeth setzte sich an den Tisch, tauchte die Feder in die Tinte, überlegte kurz und begann zu schreiben. Die Lords verzogen sich diskret in das Vorzimmer.

»Warum, zum Teufel, habt Ihr erlaubt, daß sie der Königin schreibt? Diese Verzögerung kann uns den Kopf kosten!«

»Ach, ich sah sie plötzlich als Kind vor mir, und außerdem«, Lord Sussex strich bedächtig über seinen Bart, »es ist fast fünfundvierzig Jahre her, daß ich König Heinrich den Treueeid geschworen habe, und dieser Eid verpflichtet mich auch gegenüber seinen Nachfolgern.«

»König Heinrichs Nachfolgerin heißt Königin Maria, nicht Königin Elisabeth«, brummte Winchester.

»Ja, und sie sind Schwestern! Glaubt Ihr etwa, es ist den Interessen Englands förderlich, wenn sie sich bekämpfen?«

Winchester erwiderte nichts, trat zum Fenster und sah hinunter auf die Themse, deren Wasser unaufhaltsam stieg.

Senile Gefühlsduselei, dachte er, andererseits, ganz unrecht hatte der alte Sussex nicht, hätte ich den Mut gehabt, Lady Elisabeth in meinen Haushalt aufzunehmen, wäre mir diese Situation erspart geblieben.

Er seufzte und begann auf und ab zu gehen.

Nach einer Weile trat er wieder ans Fenster. Verdammt, wie lange schrieb sie denn noch? Die Feder fliegt über das Papier! Lächerlich, sie waren darauf hereingefallen! Plötzlich stutzte er, sah den Wasserstand und eilte zu Sussex, der sich vor dem Kaminfeuer wärmte.

»So, da haben wir die Bescherung! Die Flut ist zu hoch, auf dem Wasserweg kann sie heute nicht mehr zum Tower gebracht werden, was machen wir jetzt?«

»Seid unbesorgt, ich nehme die Verantwortung für die Verzögerung auf mich.«

In diesem Augenblick erschien Lucy und meldete, Ihre Gnaden sei fertig mit dem Brief.

Sussex folgte der Zofe, während Winchester im Vorraum blieb.

Als Sussex das Zimmer betrat, war Elisabeth damit beschäftigt, das Geschriebene noch einmal zu überlesen, und da die Seite nur halb beschrieben war, griff sie erneut zur Feder und zog einige Schrägstriche über das Papier. Darunter schrieb sie: »Ich flehe untertänigst nur um ein Wort der Erwiderung von Euch selbst.«

Wenn der Brief jetzt in die falschen Hände gerät, dachte sie – und damit mußte man immer rechnen –, ist es unmöglich, belastende Aussagen hinzuzufügen.

Sie faltete das Schreiben und übergab es Sussex mit den Worten: »Ich bitte Euch, Mylord, überreicht diese Zeilen der Königin persönlich, nur ihr, und...«, sie streifte den Ring ab, den die Schwester ihr beim Abschied im Dezember geschenkt hatte und legte ihn in des Lords Hand, »gebt der Königin auch diesen Ring, wenn sie ihn sieht, wird sie sich bestimmt erinnern, warum sie ihn mir schenkte.«

»Ihr könnt Euch auf mich verlassen, Euer Gnaden, ich werde Brief und Ring Ihrer Majestät persönlich übergeben, ich werde auf die Antwort Ihrer Majestät warten, auch wenn es Tage dauern sollte, und ich persönlich werde Euch die Antwort der Königin überbringen.«

Als er gegangen war, sank Elisabeth in den Stuhl neben dem Kamin und schloß für einen Moment die Augen. Sie hatte alles getan, um ihr Leben zu retten, jetzt konnte sie nur noch warten...

Maria sah erstaunt von ihrem Gebetbuch auf, als Sussex gemeldet wurde.

»Wie ist es möglich, daß Ihr meine Schwester schon zum Tower gebracht habt?«

»Majestät, ich... Lady Elisabeth ist noch in Whitehall.«

Maria starrte Sussex einige Sekunden fassungslos an. Schließlich klappte sie das Buch zu und stand auf.

»Was sagt Ihr, Mylord? Sie ist nicht im Tower?!«

»Majestät, ich bitte um Vergebung, Majestät, aber Lady Elisabeth bat darum, Euch schreiben zu dürfen, ich konnte ihr die Bitte nicht abschlagen, es ist einzig meine Schuld, wenn sie noch im Schloß weilt. Sie bat mich auch, Euer Majestät diesen Ring zu überbringen«, und er übergab der Königin den Brief und das Schmuckstück.

Maria warf das Schreiben achtlos auf den Tisch und betrachtete eine Weile den Ring, wobei ihr Gesicht sich zusehends verfinsterte.

»Bastard«, schrie sie plötzlich, schleuderte den Ring in eine Zimmerecke und trat mit wutverzerrtem Gesicht vor den erschrockenen Sussex.

»Seid Ihr von Sinnen, Mylord? Ihr mißachtet einfach meine Befehle! Ihr hättet nie gewagt, meinen Vater so zu behandeln! Wenn er befahl, habt Ihr seine Befehle ausgeführt, Ihr und die anderen Hofleute. Ach, wenn mein Vater doch nur für eine einzige Stunde zum Leben erwachen könnte! Er würde Euch lehren, einen Befehl des Königs zu mißachten! Begebt Euch in das Vorzimmer, und wartet dort auf meine Weisungen.«

Allein geblieben, ging sie erregt auf und ab.

Es war weniger der Ungehorsam des alten Lords, der sie in Rage brachte, sondern die Tatsache, daß sie sich erneut mit dem ›Problem Elisabeth‹ auseinandersetzen mußte. Sollte sie den Brief überhaupt lesen? Aber, vielleicht... vielleicht hatte die Schwester ein Geständnis abgelegt?

Nach einer Weile öffnete sie das Schreiben, las und sah ratlos zu Boden.

Elisabeth hatte natürlich kein Geständnis abgelegt, wie albern von ihr, dies zu vermuten, statt dessen kämpfte der Bastard wortreich, in geschliffenen, kunstvollen Formulierungen um sein Leben.

Die Sprache, die Argumente, das war typisch für Elisabeth, auch der demütige Ton, vielleicht war er echt, wahrscheinlich war er geheuchelt, Maria ärgerte sich maßlos über den Ton, weil sie zwischen den Zeilen den geistigen Hochmut der Schwester spürte, weil diese geschliffene Sprache ihr erneut zum Bewußtsein brachte, daß Elisabeth ihr geistig überlegen war, und dies würde sich nie ändern, auch wenn die Schwester im Tower war oder in Lumpen gekleidet ging!

Elisabeth bittet um ein persönliches Gespräch, dachte Maria, abgesehen davon, daß ich nicht die geringste Lust verspüre, sie zu sehen, wäre ein solches Gespräch sinnlos. Sie muß von der Bildfläche verschwinden, damit mein Philipp endlich kommt...

Sie ging langsam in die Zimmerecke, wo der Ring lag, hob ihn auf und betrachtete ihn erneut. Es war äußerst raffiniert, ihr den Ring zu übersenden und sie auf diese Weise diskret an das Versprechen zu erinnern, das sie der Schwester beim Abschied im Dezember gegeben hatte. Ich lasse mich moralisch nicht unter Druck setzen, dachte Maria verärgert, legte den Ring auf den Tisch, setzte sich neben den Kamin und nahm ihr Gebetbuch wieder zur Hand.

Sie versuchte, sich innerlich zu sammeln, konnte aber nicht verhindern, daß ihre Gedanken sich mit dem Brief beschäftigten, und so las sie ihn erneut.

...und vor noch nicht langer Zeit hörte ich Mylord of Somerset sagen, wenn sein Bruder hätte mit ihm reden dürfen, so würde er niemals den Tod erlitten haben...

Maria legte den Brief zur Seite. Ein raffinierter Schachzug, diese Anspielung auf die Seymour-Brüder: Damals hatte man Eduard und Thomas gegeneinander ausgespielt – und heute? Maria und Elisabeth?

Wie hatte es nur so weit kommen können?

So saß die Königin eine Weile und grübelte vor sich hin, schließlich las sie den Brief zum dritten Mal.

16. März 1554.

Wenn der alte Spruch jemals gegolten hat, daß ein Königswort mehr gilt als eines anderen Menschen Eid, so flehe ich Euer Majestät untertänigst an, ihn jetzt mir gegenüber zu bewahrheiten und Eures letzten Versprechens und meiner letzten Bitte zu gedenken, daß ich nicht verurteilt werden solle, ohne mich verantworten zu können und ohne rechtsgültigen Beweis, was jetzt anscheinend geschehen soll; denn ohne erwiesenen Grund erhalte ich jetzt vom Staatsrat in Eurem Namen den Befehl, mich in den Tower zu begeben, einen Ort, der einem falschen Verräter mehr zukommt als einer treuen Untertanin, als welche ich, obwohl ich dessen nicht bedarf, im Angesicht des ganzen Reiches erwiesen bin. Ich bete zu Gott, daß ich den schimpflichsten Tod erleiden möge, den je einer starb, wenn ich jemals so etwas im Sinne gehabt habe; und bis zu dieser Stunde bezeuge ich vor Gott (der darüber richten soll, ob ich die Wahrheit sage, was auch Bosheit gegen mich ersinnen mag), daß ich niemals etwas begangen, angeraten oder gebilligt habe, das irgendwie Eurer Person nachteilig oder dem Staate auch nur im geringsten gefährlich sein könnte. Und deshalb flehe ich Euer Majestät untertänigst an, daß ich mich vor Euch selbst verantworten darf und nicht nur auf Eure Räte angewiesen bin, ja, und noch bevor ich in den Tower gehe, wenn es möglich ist, wenn nicht, bevor ich fernerhin verurteilt werde. Ich vertraue jedoch zuversichtlich darauf, daß Eure Hoheit es mir gewähren wird, noch bevor ich gehe, damit ich nicht so schändlich verschrieen werde, wie es sonst der Fall sein wird; ja, und ohne Grund. Möge das Gewissen Eure Hoheit bewegen, meine Kühnheit zu verzeihen, zu der mich Unschuld ermutigt, zugleich mit der Hoffnung auf Eure natürliche Freundlichkeit, die gewiß nicht zulassen wird, daß ich schuldlos verstoßen werde, und ich bitte Gott nur um das eine, daß Ihr die Wahrheit erfahrt, aber ich denke und glaube, daß Ihr sie niemals durch bloßen Bericht erfahren könnt, sondern nur, wenn Ihr sie selbst hört. Ich habe schon von so manchem gehört in meinem Leben, der ins Verderben stürzte, nur weil er nicht vor seinen Fürsten gelassen wurde; und vor noch nicht langer Zeit hörte ich Mylord of Somerset sagen, wenn sein Bruder hätte mit ihm reden dürfen, so würde er niemals den Tod erlitten haben; aber man habe ihm dermaßen mit Einflüsterungen zugesetzt, daß er schließlich geglaubt habe, er sei seines Lebens nicht mehr sicher, solange der Admiral lebte, und das habe ihn bewogen, seinem Tode zuzustimmen.

Obwohl diese Personen nicht mit Eurer Majestät verglichen werden können, bete ich doch zu Gott, daß solche böse Einflüsterungen nicht eine Schwester gegen die andere überreden mögen, und nur auf Grund falscher Berichte, und weil die Wahrheit nicht bekannt ist. Deshalb flehe ich nochmals untertänigst, in Demut des Herzens knieend, da es mir nicht vergönnt ist, meine leiblichen Knie zu beugen, daß ich mit Eurer Hoheit sprechen darf, eine Bitte, die ich nicht wagen würde, wenn ich mich nicht schuldlos und ehrlich wüßte. Und was den Verräter Wyatt betrifft, so mag er mir vielleicht einen Brief geschrieben haben, aber ich habe bei meiner Ehre niemals einen von ihm erhalten. Und was die Abschrift von dem Brief an den französischen König betrifft, so bete ich zu Gott, mich in Ewigkeit zu verdammen, wenn ich ihm je ein Wort, eine Botschaft, ein Zeichen oder einen Brief auf irgendeine Art habe zukommen lassen, und für die Wahrheit dessen will ich einstehen bis zu meinem Tod.

Eurer Hoheit getreueste Untertanin, wie von Anbeginn, so bis an mein Ende,

Elisabeth.

Die Schrägstriche sind raffiniert, überlegte Maria, so verhindert sie, daß ihre Schrift nachgeahmt und belastende Aussagen hinzugefügt werden. Unter den Strichen war eine freie Zeile, und dort stand:

»Ich flehe untertänigst nur um ein Wort der Erwiderung von Euch selbst.«

Es wäre fair, sie anzuhören, überlegte Maria, ein Gespräch unter vier Augen hat nichts mit meiner endgültigen Entscheidung zu tun. Sie grübelte noch eine Weile und verschob die Entscheidung auf den nächsten Tag. Dann fiel ihr Sussex ein, er wartete immer noch im Vorzimmer, er konnte noch länger warten, das war eine angemessene Strafe für seinen Ungehorsam, und sie befahl eine der Hofdamen zu sich, um mit ihr Karten zu spielen.

Die Hofdame gab sich redlich Mühe, ihre Königin gewinnen zu lassen, aber Maria spielte so unkonzentriert, daß sie eine Partie nach der anderen verlor und nach der siebten Runde schließlich aufgab.

»Genug, ich habe heute kein Glück beim Spiel.«

»Nun ja, dafür haben Euer Majestät Glück in der Liebe«, schmeichelte die Hofdame.

Maria zuckte zusammen, wollte man sie verhöhnen? Glück in der Liebe! Dieses Glück könnte sie längst genießen, wenn Elisabeth es nicht verhindern würde, die Schwester war schuld daran, daß die Ehe mit Philipp bis jetzt nur ein Fetzen Papier war, und der Kummer über die Abwesenheit des Gatten kam wie eine Sturzwelle über die Königin.

»Ruft Lord Sussex!« befahl sie der Hofdame.

Als Sussex, sichtlich nervös, vor Maria stand, musterte sie ihn spöttisch von oben bis unten.

»Nun, Mylord, Ihr habt meiner Schwester bestimmt versprochen, Ihr meine Antwort zu überbringen?«

»Ja, Majestät.«

»Es gibt keine Antwort, Mylord! Ich verbiete Euch, meine Schwester am heutigen Tag noch einmal zu besuchen, und wehe Euch, ihr mißachtet meine Befehle, dann werdet Ihr ebenfalls im Tower inhaftiert! Lady Elisabeth wird mit der nächsten Flut zum Tower gebracht!«

»Das wäre um Mitternacht, Majestät.«

»Nein, morgen früh mit der ersten Flut. Leuten wie Euch kann man Elisabeth nicht um Mitternacht anvertrauen, Ihr wäret imstande, meiner Schwester zur Flucht zu verhelfen.«

»Majestät…«

»Schweigt! Sorgt dafür, daß Lady Elisabeth während der Nacht strengstens bewacht wird, keine ihrer Kammerfrauen darf heute zu ihr. Geht jetzt!«

Sussex verbeugte sich und verließ schweigend das Zimmer, fest entschlossen, Elisabeth während der Fahrt zum Tower wenigstens Mut zuzusprechen, falls dies notwendig sein sollte. Er überlegte auch, ob er sie heimlich über die Entscheidung der Königin informieren und ihr mitteilen sollte, daß er sie nicht mehr besuchen würde?

Er entschied, daß es zu gefährlich sei, weil die Königin jetzt unberechenbar war, und begab sich zu Winchester, um ihm die königlichen Befehle mitzuteilen.

Während Maria den Brief las und überlegte, wie sie entscheiden sollte, stand Elisabeth am Fenster, sah abwechselnd hinauf zum grau verhangenen Himmel und hinunter zum Fluß und überlegte, wie lange es wohl dauern würde, bis Sussex zurückkehrte. Sie vermutete, daß Maria ihre Entscheidung reiflich überdachte, wahrscheinlich kam Sussex erst im Laufe des Nachmittags zurück. Ob die Schwester sie noch heute empfing? Vielleicht. Ob sie überhaupt mit ihr reden konnte? Während der vergangenen Wochen hatte Maria sie zwar wie Luft behandelt, aber auf den Brief mußte sie irgendwie reagieren. Vielleicht berief Maria den Staatsrat ein und entschied gemeinsam mit den Lords, vielleicht zeigte sie den Brief Renard, das wäre natürlich fatal. Hoffentlich erinnerte der Ring die Schwester an ihr Versprechen.

So stand sie am Fenster, überlegte, und je mehr die Zeit voranschritt, desto unruhiger und nervöser wurde sie. Schließlich setzte sie sich neben den Kamin und versuchte, sich auf Platons »Staat« zu konzentrieren, aber der Inhalt der Sätze rauschte an ihr vorbei, und nach einer Weile klappte sie das Buch zu und ging im Zimmer auf und ab, um ihre Unruhe zu beschwichtigen.

Wo bleibt Sussex, dachte sie, warum kommt er nicht, er müßte längst hier sein…

In dem Augenblick, als sie glaubte, die innere Spannung nicht länger ertragen zu können, wurde das Mittagessen gebracht, und sie schalt sich eine Närrin, daß sie geglaubt hatte, Sussex kehre bereits gegen Mittag zurück. Sie quälte sich einige Bissen hinunter und stand dann wieder am Fenster, jetzt konnte es nicht mehr lange dauern, bis Sussex zurückkehrte und ihr mitteilte, daß…

Die englischen Könige hatten ihre Untertanen stets angehört, auch sie war eine Untertanin der Königin, Maria mußte sie anhören.

Dieser Gedanke beruhigte sie etwas, und sie konzentrierte sich erneut auf Platon. Die Lektüre fesselte sie so, daß sie nicht merkte, wie die Stunden vergingen. Sie sah erst auf, als es dämmerig wurde und sie die Buchstaben nicht mehr erkennen konnte. Sussex war immer noch nicht zurück, war dies ein gutes oder ein schlechtes Zeichen?

Sie legte das Buch zur Seite und trat beunruhigt zum Fenster. Fiel Maria die Entscheidung so schwer? Vielleicht kam Sussex erst am folgenden Tag? Hatte die Schwester eine Entscheidung getroffen und ihm verboten, ihr diese mitzuteilen? War er etwa - ein entsetzlicher Gedanke - verhaftet worden, weil er einen königlichen Befehl ignoriert hatte?

Die Gedanken überstürzten sich in ihrem Kopf, und sie hatte nur noch den Wunsch, aus dieser Ungewißheit erlöst zu werden. Sie preßte die Stirn an die kühle Fensterscheibe und starrte verzweifelt hinunter in das dunkle Wasser. Plötzlich schrak sie zusammen und sah auf - hatte sie nicht Schritte gehört? Ach, es war nur die Wachablösung. Sie sah wieder hinauf zum Himmel, der nicht sternenklar war wie an den Abenden zuvor, sondern bedeckt und wolkenverhangen, am nächsten Tag würde es wahrscheinlich regnen. Sie schrak erneut zusammen, als die Tür leise geöffnet wurde, aber es war nur die junge Magd, die einen Kerzenleuchter brachte und das Kaminfeuer noch einmal entfachte.

»Wie spät ist es?« fragte Elisabeth.

»Ich weiß es nicht, Euer Gnaden«, und schon war sie hinausgehuscht.

Elisabeth setzte sich wieder neben den Kamin, sah sich in dem hohen, schmucklosen Zimmer um und fühlte sich so allein wie noch nie in ihrem Leben.

Wenn jetzt jemand da wäre, mit dem sie reden könnte, der zuhörte...

Während der Seymour-Affäre war wenigstens Ascham bei ihr gewesen und die unliebsamen Tyrwhitts, die zumindest dafür sorgten, daß sie nicht ständig grübelte, aber hier...

Kurze Zeit später wurde das Abendessen gebracht. Der Diener servierte eine warme Fischpastete, und als Elisabeth sie zerteilte und den Duft aus Teig und Fisch einatmete, erinnerte sie sich an ein längst vergangenes Abendessen in Chelsea, im November 1547, an jenem Abend hatte sie angefangen, sich in Thomas Seymour zu verlieben, und ihn überredet, auf der Themse bis zum Verrätertor zu fahren, Jane hatte damals geweint, weil sie sich vor dem Tower fürchtete, nun war sie tot ..., hingerichtet im Tower, ebenso wie Thomas ...

Elisabeth schob die Pastete zur Seite und befahl dem Diener, die Speisen abzutragen.

Dann saß sie regungslos neben dem Kamin, beobachtete das herunterbrennende Holz, und je kleiner das Feuer wurde, desto mehr sank ihre Hoffnung, daß Sussex noch kommen würde.

Wollte die Schwester sie nicht anhören?

Diese Frage verdichtete sich allmählich zur Gewißheit, und sie spürte, daß die Angst vom Vormittag sie erneut überkam, nur, am Morgen hatte sie handeln können, jetzt war sie hilflos ihren Ängsten preisgegeben.

Das Feuer erlosch, und sie begann zu frösteln. Wo blieb Lucy, um ihr beim Entkleiden zu helfen und die Haare zu bürsten? Warum kam Kate nicht? Als sie Schritte hörte, richtete sie sich in ihrem Stuhl auf, ach, wieder nur die Wachablösung..., und sie sank enttäuscht in sich zusammen.

Sussex kommt nicht mehr, dachte sie und beobachtete, wie die Kerzen langsam herunterbrannten und erloschen.

Sie stand auf, tastete sich in der Dunkelheit zum Bett, zog Kleider und Schuhe aus und kroch frierend unter die Decke. Morgen, dessen war sie gewiß, morgen würde man sie zum Tower bringen, war diese Nacht ihre letzte Nacht? Ob ein Gebet ihr jetzt half? Nein, das einzige worum sie Gott bitten konnte, war Tapferkeit. War ihre Mutter tapfer gewesen, als man sie zum Tower brachte? Ihre Mutter hatte die alte Residenz der englischen Könige zweimal betreten: vor ihrer Krönung und vor ihrem Tod. Einst hatte sie davon geträumt, als Königin in den Tower einzuziehen – und nun?

Mußte sie wirklich jetzt schon sterben?

Irgendwann im Laufe der Nacht erlöste der Schlaf sie von der Angst und den quälenden Gedanken.

Als sie erwachte, war das Zimmer schwach von der Morgendämmerung erhellt. Palmsonntag, dachte sie und versuchte, ihre Lage rational einzuschätzen.

Man würde sie also in den Tower bringen, aber das bedeutete nicht, daß sie sofort hingerichtet wurde. Es gab viele Gefangene, die Wochen, Monate, Jahre im Tower verbracht und ihn lebend wieder verlassen hatten: der alte Herzog von Norfolk, Gardiner, Eduard Courtenay – allerdings war er inzwischen wieder inhaftiert –, die Dudley-Brüder lebten immer noch, Cranmer war auch schon seit September 1553 im Tower und lebte noch …

Wahrscheinlich würde man sie wochenlang verhören, und das mußte durchgestanden werden, jetzt, im hellen Tageslicht, hielt sie es für unwahrscheinlich, daß man sie zum Tod verurteilen würde. Maria war bei der Bevölkerung unbeliebt, wenn sie das Todesurteil der eigenen Schwester unterzeichnete, haßte man sie noch mehr, Parlament und Regierung mußten die öffentliche Meinung bei ihrer Entscheidung berücksichtigen.

Lieber Gott, laß mich tapfer sein!

Vor allem mußte sie die Situation mit Würde meistern. Sie mußte Gardiner und Renard, dem Rat, dem Parlament und auch Maria zeigen, aus welchem Holz sie geschnitzt war! Haltung, das war sie ihren Eltern und Großeltern schuldig. Sie stand auf und trat zum Fenster. Über der Themse lagerte Nebel, und nun begannen überall in London die Kirchenglocken zu läuten.

Die junge Magd huschte ins Zimmer, entfachte das Kaminfeuer, stellte eine Zinnschüssel mit Wasser auf den Tisch, legte Seife und ein Tuch daneben und huschte wieder hinaus. Zu Elisabeths Verwunderung kam etwas später nicht Lucy, sondern Kate. Elisabeth sah ihre Erzieherin prüfend an, sie hatte offensichtlich geweint.

»Kate, es gibt keinen Grund für Tränen.«

»Ich weiß, Euer Gnaden«, und Kate begann erneut zu weinen.

»Wo ist Lucy?«

»Ich weiß es nicht, Euer Gnaden.«

Sie begann Elisabeth zu frisieren und half ihr beim Ankleiden, dann brachte die Magd das Frühstück, und Elisabeth – obwohl völlig appetitlos – löffelte tapfer den Gerstenbrei, um sich und Kate zu beweisen, daß sie innerlich ganz ruhig war. Nach dem Frühstück setzte sie sich neben den Kamin, las Platon und ärgerte sich, als sie merkte, daß ihre Finger leicht zitterten, und da war auch wieder die quälende Spannung vom Vortag, jenes Horchen, ob sich nicht Schritte näherten. Kate ging leise umher, räumte auf, obwohl es nichts aufzuräumen gab, Elisabeth starrte auf die Buchstaben…, lieber Gott, laß mich tapfer sein!

Sie hörte Schritte und merkte, wie ihre Beine anfingen zu zittern, im nächsten Augenblick kam der Türsteher und meldete Lord Sussex und den Marquis von Winchester. Elisabeth sah von ihrem Buch auf.

»Guten Morgen, Mylords.«

»Guten Morgen, Euer Gnaden«, sagte Sussex.

Es entstand eine kurze Pause, und Elisabeth hörte nun auch das Waffengeklirr im Vorzimmer.

»Euer Gnaden«, begann Winchester, »wir bitten Euer Gnaden, uns zu folgen. Die Barke, die Euch zum Tower bringen wird, ist bereit.«

Elisabeth schloß das Buch, legte es auf den Tisch, stand auf und ließ sich von Kate den Mantel umlegen, wobei sie darauf achtete, so ruhig wie möglich zu wirken.

»Mylords, ich bin bereit«, und zu Kate: »Lebe wohl, sorge dich nicht.«

»Gott schütze Euer Gnaden.«

Elisabeth ging hinaus, erschrak, als sie im Vorzimmer die Soldaten sah, und ging dann zwischen Sussex und Winchester über unzählige Gänge und Treppen bis zu einer kleinen, versteckten Tür, die in den Garten führte. Am Bootssteg standen drei Dienerinnen der Königin, ihr eigener Türsteher, die junge Magd und Lucy. Die Barke war mit einem Zeltdach überdeckt, das etwas Schutz vor dem Nieselregen bot, aber es fehlte das königliche Wappen, und Elisabeth schloß daraus, daß man sie so unauffällig wie möglich zum Tower bringen wollte.

Als das Boot ablegte, sah sie noch einmal zurück zum Schloß, dort, an jenem Fenster hatten im März 1551 Eduard und Robin gestanden, sie erinnerte sich flüchtig an den Spaziergang mit Cecil, sie hatten sich über die Zukunft Englands unterhalten…

Elisabeth wandte den Blick ab und sah nach vorn, ihre Zukunft war – zumindest vorübergehend – der Tower. Sie fröstelte und zog den Mantel enger um sich, der Nebel begann sich allmählich aufzulösen, dafür wurde der Nieselregen dichter, die Kirchenglocken läuteten, noch immer, schon wieder? Die Einwohner Londons hörten jetzt die Messe.

Sussex schwieg, nickte ihr aber aufmunternd zu, Winchester trieb die Bootsleute an, sie sollten sich beeilen. Elisabeth betrachtete skeptisch den Stand des Wassers: Es ist noch nicht hoch genug, und sie dachte mit Unbehagen an die Strudel, die ein Boot kentern ließen, vielleicht war es Gottes Wille, daß sie in der Themse ertrank. Als sie sich der Brücke näherten, wurde Elisabeth von panischer Angst erfaßt: Dort oben sah sie zum ersten Mal die aufgespießten Köpfe von Wyatts Anhängern. Sie schloß die Augen, spürte den Leichengeruch und kämpfte gegen eine aufsteigende Übelkeit an.

Als sie sich gefaßt hatte und die Augen wieder öffnete, war die Barke am Brückenpfeiler angekommen. Winchester trieb die Bootsleute zur Eile an, mit dem Ergebnis, daß die Barke in einen Stromwirbel geriet und anfing, sich um einen der Pfeiler zu drehen. Lucy und die Magd schrieen auf, die Dienerinnen der Königin klammerten sich ängstlich aneinander, und Elisabeth versuchte in dem schaukelnden Boot das Gleichgewicht zu halten. Die Ruderer legten sich in die Riemen, und es gelang ihnen, die Barke unter der Brücke hindurchzusteuern.

Inzwischen hatten sich am Ufer einige Zuschauer versammelt, die in den Häusern am Fluß wohnten und nun neugierig beobachteten, wie die Barke durch das seichte Wasser gerudert wurde.

Niemand der Zuschauer wußte, wer in dem Boot saß, bis auf einen älteren Herrn, der, begleitet von einem jungen Diener, mit besorgter Aufmerksamkeit die Ereignisse auf dem Fluß verfolgte und hin und wieder nervös über seinen Bart strich.

Als die Barke in Sicherheit war, blitzten die ernsten, freundlichen Augen des älteren Herrn kurz auf, und er stieß einen Seufzer der Erleichterung aus.

Dann wandte er sich zu seinem jungen Begleiter: »Komm, Tom. Ich erkläre dir noch den Weg zum Tower, und dann reiten wir nach Hause.«

»Zum Tower?«

»Ja, ich habe einen Auftrag für dich, Tom, wir können Lady Elisabeth nicht unmittelbar helfen, aber in ihrer jetzigen Situation ist moralische Unterstützung genauso wichtig.«

»Wie lange wird Lady Elisabeth im Tower bleiben müssen?«

»Ich vermute, einige Monate, bis Prinz Philipp in England Fuß gefaßt hat, vorausgesetzt, man findet kein belastendes Material im Zusammenhang mit der Wyatt-Verschwörung, aber bei dieser vorsichtigen Prinzessin dürfte dies kaum möglich sein.«

Sie waren inzwischen bei den Pferden angekommen, saßen auf und ritten eine kurze Strecke stadteinwärts, wobei Tom seinen Herrn hin und wieder mit einem bewundernden Seitenblick streifte und sich fragte, wie er herausbekommen hatte, daß die Thronfolgerin zum Tower gebracht wurde. Er muß noch gute Verbindungen zum Hof haben, überlegte Tom, mit Geld allein bekommt man solche Nachrichten nicht. Am Donnerstag, es war schon spät, hatte sein Herr noch Besuch bekommen, und am Freitag waren sie bei Tagesanbruch nach London zu ihrem Stadthaus geritten, und dort...

Tom streifte seinen Herrn mit einem belustigten Seitenblick.

»Der Bart steht Euch gut, Sir Cecil, Ihr solltet Euch wirklich einen wachsen lassen.«

»Rede keinen Unsinn, Tom, als ich mich vorgestern im Spiegel sah, kam ich mir wie mein eigener Großvater vor, und dabei stehe ich erst im vierunddreißigsten Jahr.«

Er befühlte den Bart vorsichtig, ob er auch noch am Kinn haftete, und sagte dann: »Höre gut zu, Tom. Du mußt von hier aus immer in östlicher Richtung gehen, dann kannst du den Tower nicht verfehlen. Morgen, bei Tagesanbruch, wirst du den großen Karren mit Gemüse beladen, zum Tower fahren, dich beim Kommandanten als Händler ausgeben und ihm anbieten, daß er das Gemüse jeden Tag frisch und zu einem Vorzugspreis kaufen kann. Ist er damit einverstanden, und ich rechne damit, weil er sparsam wirtschaften muß, dann belieferst du bis Gründonnerstag den Tower mit unserem Gemüse.

Am Gründonnerstag fragst du den Kommandanten, ob du am Samstag die Gefangenen besuchen darfst – natürlich in Begleitung eines Wachsoldaten –, damit sie sich zum Osterfest kostenlos einen

Apfel oder ein paar Blumen aussuchen. Man wird den Karren natürlich untersuchen, ob nicht geheime Nachrichten versteckt sind, und man wird natürlich nichts finden, aber Lady Elisabeth erkennt dich bestimmt wieder.«

»Das ist alles gut überlegt, Sir Cecil, aber was machen wir, wenn der Kommandant mich morgen wegschickt?«

»Tom, merke dir eines, man muß immer an den Erfolg glauben! Wenn mein Plan wider Erwarten mißlingt, müssen wir uns etwas anderes einfallen lassen, dann muß unser Küchenjunge dem Kommandanten seine Dienste anbieten, im Tower gibt es bestimmt genug Arbeit.«

Während Cecil und Tom nach Wimbledon zurückritten, kam die Barke beim Tower an. Der Nebel hatte sich inzwischen völlig aufgelöst, und der Nieselregen hatte sich in einen starken Landregen verwandelt, der den ganzen Tag dauern würde.

In der Mitte des Flusses wendeten die Ruderer die Barke nach links und steuerten rasch auf das geöffnete Verrätertor zu. Als Elisabeth aussteigen wollte, sah sie einen Streifen Morast zwischen dem Boot und der Steintreppe, die hinauf zum Tower führte.

»Meine Schuhe werden schmutzig werden, wenn ich in den Morast steige.«

Sie empfand es als Zumutung, daß sie, die Thronfolgerin, nicht wenigstens trockenen Fußes ihr Gefängnis betreten konnte.

»Ihr müßt aussteigen, Euer Gnaden«, erwiderte Winchester hilflos und reichte ihr den Arm, was sie geflissentlich übersah, statt dessen versuchte sie, vom Boot aus mit einem Schwung auf die unterste Treppenstufe zu kommen, was auch gelang. Auf halber Höhe standen Sir John Gage, der wachhabende Offizier und einige Soldaten.

»Mein Gott«, sagte Elisabeth und hoffte, daß man ihr die Angst nicht anmerkte, »ich hätte nie gedacht, daß ich einmal als Gefangene hierher kommen würde. Ich bitte euch alle, ihr guten Freunde und Gesellen, seid meine Zeugen, daß ich nicht als Verräterin, sondern als eine Frau hierher komme, die Ihrer Majestät so treu wie nur eine ergeben ist, wofür ich gern den Tod erleiden will.«

Sie ging ein paar Schritte hinauf, blieb stehen und fragte: »Sind alle diese Bewaffneten meinetwegen hier?«

»Nein, Euer Gnaden«, antwortete Gage, »so wird jeder Gefangene empfangen.«

»Nein, ich weiß es wohl. Die Soldaten wären jedoch nicht nötig gewesen, da ich ja leider nur ein schwaches Weib bin.«

Sie ging weiter und dachte daran, daß ihre Mutter dieselbe Treppe hinaufgestiegen war. Sie blieb erneut stehen, weil ihr schwindelte.

Wie aus weiter Ferne hörte sie die Stimme von Sussex: »Kommt, Euer Gnaden, nur noch wenige Schritte«, und sie spürte, daß er ihr vorsichtig seinen Mantel umhängte, damit sie vor dem Regen geschützt war.

Da nahm sie sich zusammen, sie wollte tapfer sein, niemand durfte merken, daß sie Angst hatte, und erhobenen Hauptes schritt sie die letzten Stufen empor.

Als Elisabeth oben angekommen war, hörte sie, wie das Verrätertor geschlossen wurde, und es war ihr, als schlösse sich das Gitter um ihren Körper, und wieder dachte sie an ihre Mutter.

XIII

Der Beauchamp-Turm innerhalb des Tower gehörte zu jenen mehrstöckigen geräumigen Gebäuden der Festung, die adligen Gefangenen vorbehalten waren. In diesen Turm hatte man im Sommer 1553 John Dudley und seine Söhne gebracht. Nach der Hinrichtung des Herzogs wurden die Brüder John und Henry, Ambrose und Robert getrennt untergebracht, Robert blieb im Beauchamp-Turm, während man Ambrose im ersten Stock des Pfeilturms einquartierte.

Am Morgen des 18. März 1554 wurde Robert vom Krächzen eines Raben geweckt, mit dem er sich im Laufe der Monate angefreundet hatte und den er Eduard nannte, in Erinnerung an den verstorbenen jungen König. Er stand auf, streckte sich, öffnete das Fenster, wo der Vogel zu sitzen pflegte, und strich ihm über das Gefieder.

»Guten Morgen, Eduard, du wartest wohl auf dein Frühstück?«

Robert fütterte den Raben jeden Tag mit Brot, eine Verschwendung, die er sich dank der Speisen, die sein Diener brachte, leisten konnte.

»Was sagst du zum Wetter, Eduard? Nach dem verregneten Sonntag ein Montag mit blauem, wolkenlosem Himmel und Sonne, jetzt haben wir den Winter überstanden.«

Der Rabe krächzte erneut, und Robert ging hinunter in das Erdgeschoß, wo der Wärter inzwischen eine Zinnschüssel und einen Zinnkrug mit heißem Wasser hingestellt hatte. Während der Toilette pfiff Robert leise vor sich hin. Er war an diesem Morgen gut gelaunt, weil die Sonne schien, weil die Fastenzeit nur noch wenige Tage dauerte und weil er lebte und hoffte, irgendwann wieder ein freier Mann zu sein, obgleich er keine verlockenden Perspektiven für sein künftiges Leben sah.

Im Tower hatte er die Angst vor dem Tod erfahren und gelernt, sich über Dinge zu freuen, die einst selbstverständlich für ihn gewesen waren. Im Hause seines Vaters konnte er befehlen, ihm ein Bad zu richten, wann immer er wollte, er konnte sich täglich rasieren und die Wäsche wechseln, bei Tisch gab es stets mehrere Gänge mit verschiedenen Speisen, und plötzlich – von einem Tag auf den andern – hatte dieses luxuriöse Leben aufgehört, und er lernte Mangel und Unbequemlichkeiten kennen. Inzwischen hatte er sich arrangiert, auch dank des Geldes, über das er auch im Gefängnis verfügte. Wollte er ein Bad nehmen, so mußte er dem Wärter drei Goldstücke für diese Gefälligkeit geben, ließ er sich den Bart stutzen, kassierte der Wärter zwei Goldstücke, brachte Philip frische Wäsche, Fleisch, Wein oder ein Buch, war natürlich auch ein Goldstück fällig, und wenn Robert über den Wärter Philip etwas mitteilte, mußte er ebenfalls bezahlen. Die Wärter im Tower haben einen lukrativen Nebenverdienst, überlegte Robert, am Freitag und Samstag hatte er für seine Bequemlichkeiten zehn Goldstücke gezahlt, und wieder einmal meldete sich das schlechte Gewissen wegen dieser Ausgaben.

Das Gold, mit dem er die Annehmlichkeiten erkaufte, gehörte nicht ihm, sondern Amy. Die Gattin, die er so lieblos behandelte, schickte ihm regelmäßig Geld, das sie aus ihren Ländereien erwirtschaftet hatte, auch Ambrose wurde von ihr unterstützt. Robert war fest entschlossen, alles zurückzuzahlen, sobald er ein freier Mann war, gleichzeitig wußte er, daß die Gattin keine Rückzahlung erwartete, sondern Liebe und Zuneigung, gerade das konnte er ihr nicht geben, und in stillen Stunden grübelte er darüber nach, wie es mit seiner Ehe weitergehen sollte.

Er wußte von Philip, daß Amy kränkelte..., vielleicht starb sie, das wäre die einfachste Lösung. Er ging in dem Turmzimmer hin und her, dachte über Amy nach, wartete auf das Frühstück und blieb schließlich vor der Wand stehen, wo er seinen Namen eingeritzt hatte; er war nicht der einzige, der auf diese Art seine Gefangenschaft im Tower für die Nachwelt dokumentiert hatte, in diesem Zimmer waren überall Namen eingeritzt.

Er dachte an den Grafen Beauchamp, den Richard II. von 1397-99 hier gefangengehalten hatte. Ob man sich in hundert Jahren noch an den Namen Dudley erinnerte? Sein Vater und sein Bruder Guildford würden als prominente Gefangene in die Chronik des Tower eingehen, er, Robert Dudley, wahrscheinlich nicht.

Er ging zu dem breiten Eichentisch und betrachtete verträumt Schloß Nonsuch. Er stand mehrmals am Tag vor dem Marzipanschloß, erinnerte sich an die Vergangenheit und an die einzelnen Begegnungen mit Elisabeth.

Die Beschäftigung mit der Vergangenheit war ein angenehmer Zeitvertreib angesichts der tristen, eintönigen Gegenwart und der Zukunft, an die er nur ungern dachte, falls er entlassen werden sollte.

Ein einträgliches Hofamt gab es für den Sohn des Hochverräters John Dudley, Lord Lisle, Graf von Warwick, Herzog von Northumberland, bestimmt nicht, er würde also auf seinen Gütern das Leben eines Landedelmannes führen, wahrscheinlich neben Amy, nicht mit ihr, er würde jagen, lesen, Gäste empfangen, sich vielleicht eine Geliebte halten, da Elisabeth Tudor nach wie vor unerreichbar für ihn war. Vielleicht sollte er eine Kavaliersreise durch Europa machen, wie seinerzeit Gerard Braleigh. Seit jener Begegnung in dem Pub, im Januar 1549, hatte er nichts mehr von ihm gehört, was mochte aus ihm geworden sein?

Wie anders sähe meine Zukunft aus, überlegte Robert, wenn Elisabeth Königin von England würde, dann könnte ich ein Hofamt erhalten oder die diplomatische Laufbahn einschlagen, aber im Augenblick sieht es für Elisabeth nicht gut aus. Die Königin heiratet, bekommt Kinder - das ist durchaus möglich, Katharina von Aragon ist als Mittdreißigerin noch schwanger geworden -, abgesehen davon, wer weiß, welche Folgen die Wyatt-Affäre für Elisabeth noch hat; jetzt lebt sie schon vier Wochen als Gefangene in Whitehall.

Dank Philips Nachrichten, die, in der Wäsche verborgen, eingeschmuggelt wurden, wußte Robert, was jenseits des Tower passierte, er wußte auch, daß Philip sich mit Lucy verlobt hatte.

In diesem Augenblick kamen der Wärter und sein halbwüchsiger Sohn, der ein ziemlich dickes Paket schleppte.

»Guten Morgen, Euer Gnaden«, und der Wärter stellte Brot, Gerstenbrei und einen Krug gewürztes Bier auf den Tisch.

»Guten Morgen, Martin, schickt Philip schon wieder frische Wäsche? Er hat doch erst am Freitag welche gebracht.«

»Soviel ich weiß, Euer Gnaden, sind in dem Paket seidene Hemden und Wämser aus Samt, Euer Diener meinte, Ihr müßtet angemessen gekleidet sein, wenn Ihr am Karfreitag und an Ostern die Messe hört.«

Robert lachte: »Mein Gott, so ranghohe Gefangene sind doch nicht im Tower, daß man sich wie am Hof kleiden muß.«

»Euer Diener meint es gut mit Euch. Er wollte auch wissen, welche Fleischsorten er Euch an Ostern bringen soll: Lamm, Schwein, Kalb, Rind, Geflügel?«

»Eine Lammkeule, eine Kalbshaxe, einen Schweinskopf und etliche gebratene Tauben, ich bin ausgehungert nach Fleisch.«

Der Wärter nickte und sagte zu dem Jungen: »Merk' dir alles, Jack. Übrigens«, Martin lachte, »Euer Diener war gestern abend ziemlich durcheinander, weil seine Braut weder am Samstag noch am Sonntag zum Stelldichein gekommen ist, ja, ja, die Weiber...«

»Der arme Philip«, erwiderte Robert und versuchte gleichmütig zu wirken, obwohl er plötzlich Herzklopfen bekam.

»Martin, sagt meinem Diener, er soll sich keine Sorgen machen, vielleicht wurde seine Braut am Kommen gehindert.«

Als der Wärter gegangen war, zerbröselte Robert nachdenklich das Brot, fütterte den Raben, aß schließlich den Gerstenbrei und dachte über Lucy nach.

Sie ist nicht zum Rendezvous gekommen, überlegte er, dies bedeutet, daß Elisabeth und ihr Gefolge Whitehall verlassen haben. Vielleicht hat man ihr erlaubt, nach Hatfield oder Ashridge zurückzukehren. Es ist allerdings auch möglich, daß sie immer noch eine Gefangene der Königin ist und man sie in ein anderes Schloß gebracht hat: Richmond, Hampton Court, Greenwich oder auch in das abgelegene Schloß Fotheringhay. Vielleicht hat die Königin ihre Schwester für immer vom Hof verbannt. Ob er Elisabeth in diesem Leben noch einmal sah?

Nach dem Frühstück versuchte er eine Mathematikaufgabe zu lösen, schließlich mußte er sich mit etwas beschäftigen, aber während er über x und y nachdachte, kehrten seine Gedanken immer wieder zu Elisabeth zurück.

Gegen zwölf Uhr mittags brachte der Wärter einen Napf Suppe.

»So, Euer Gnaden, diese preiswerte fleischlose Pottage werdet Ihr und alle übrigen Gefangenen ab heute zweimal täglich bis zum Ende der Fastenzeit essen, und danach mindestens zweimal wöchentlich, Befehl des Kommandanten.«

Robert betrachtete mißmutig den Napf, er mochte Gemüsesuppen nicht.

»Meine Frau«, fuhr der Wärter fort, »hat natürlich Unmengen von diesem Grünzeug gekauft, weil es preiswerter ist als bei anderen Händlern. Heute vormittag erschien ein junger Gärtner aus der Umgebung Londons im Tower und bot dem Kommandanten an, die Festung täglich mit frischem Gemüse zu beliefern und zwar zu einem Sonderpreis, weil er sich eine Existenz aufbauen will, unser sparsamer Kommandant hat natürlich nicht nein gesagt, und was ich auf dem Karren gesehen habe, wirkte frisch und appetitlich: Zwiebeln, Lauch, Kohl, Kraut, Rüben, viele Kräuter… Na, jetzt kommt noch eine Neuigkeit! Wir, ungefähr ein Dutzend Leute, stehen also um den Karren herum und bestaunen das Gemüse, da fragt einer der Soldaten, ob alle Gefangenen diese Suppe essen müssen. ›Selbstverständlich‹, erwidert der Kommandant. – ›Auch Lady Elisabeth?‹ fragt der Soldat. – ›Ja, auch Lady Elisabeth‹, und dann erzählt der Kommandant, daß Lady Elisabeth gestern vormittag in den Tower gebracht worden ist, daß sie nicht in den königlichen Gemächern, sondern im Glockenturm wohnt, und daß man nicht weiß, wie lange sie würde hierbleiben müssen. Wir sehen uns schweigend an, und dann fragt einer den Kommandanten, warum Lady Elisabeth im Tower ist, der Kommandant zuckt die Schultern und sagt, es hinge mit Wyatt und den Aufständen zusammen. Das sind Neuigkeiten, nicht wahr?«

»Allerdings«, erwiderte Robert und versuchte seine Aufregung zu verbergen, »habt Ihr Euch auch nicht verhört?«

»Der Kommandant hat es selbst erzählt, weil es doch jetzt sowieso schon ganz London wüßte«, und der Wärter verließ mit beleidigter Miene das Zimmer.

Robert ging in den obersten Stock und zu dem Fenster, das zum Mauergang auf der Westseite lag. Wenn man diesen Weg links hochgeht, überlegte er, kommt man zum Glockenturm. Er betrachtete das schmale, vergitterte Fenster und ging nach einer Weile seufzend wieder hinunter. Seine Gefangenschaft war ihm noch nie so unerträglich vorgekommen wie während dieser Minuten im oberen Stock des Beauchamp-Turms. Er löffelte widerwillig die inzwischen erkaltete Suppe und verwünschte dabei den Gärtner, der dieses Grünzeug anbaute. Als er fertig war, ging er hinunter, um vor der Tür einen Augenblick frische Luft und Sonne zu genießen. Nach seines Vaters Tod hatte man ihm das Verlassen des Turms erlaubt, schließlich konnte niemand am hellen Tag aus dem Tower fliehen, und bei Anbruch der Dunkelheit wurde er eingeschlossen. Er durfte auch – begleitet von zwei Wachsoldaten – innerhalb der Festung spazierengehen, aber Robert hatte bisher nur selten diese Erlaubnis genutzt, weil ihn die Begleitung der Soldaten störte.

Er setzte sich auf die Steinstufen vor der Tür, blinzelte in die Sonne und beobachtete die Wärter und Soldaten, die vor dem »Weißen Turm« herumstanden, redeten und lachten.

Wie kann man in der Nähe des Richtplatzes so guter Laune sein, überlegte Robert, aber wahrscheinlich gewöhnt man sich im Laufe der Jahre an diese Umgebung und denkt nicht mehr darüber nach, daß hier Menschen gefangengehalten und hingerichtet werden, weil der König es aus irgendwelchen politischen Gründen so will, ich habe mich inzwischen ja auch an den Anblick des Richtplatzes gewöhnt. Allerdings, als Jane zum Henker geführt wurde, da habe ich mich in die obere Turmetage verkrochen und mir die Ohren zugehalten, um nichts zu hören. Martin erzählte später, daß Jane sehr gefaßt ihren letzten Gang angetreten hat. Sie starb an einem grauen, nebligen Morgen, sie trug ein schwarzes Kleid und einen weißen Schleier, sie hatte gesehen, wie man Guildford zur Hinrichtung führte, und begegnete an ihrem Todestag dem Karren mit seiner Leiche, aber sie bewahrte Haltung und sprach am Schafott die üblichen demütigen Worte. Jane und Guildford…, mein Gott, sie werden doch nicht auch Elisabeth…

Er stand auf und ging bis zu dem Anger, an dessen Südseite das Haus der Königinnen lag. Dort haben Elisabeths Mutter und Katharina Howard die letzten Tage ihres Lebens verbracht, dort hat Jane neun Tage als Königin gelebt, überlegte er, und seine Augen wanderten weiter nach oben zum Glockenturm. Vom Anger aus sah er nur die Spitze des Turms, aber er erinnerte sich, daß ihm während seiner Spaziergänge die merkwürdige Bauweise aufgefallen war: Die untere Hälfte des Turmes war mehreckig gebaut, das obere Stockwerk rund, ganz oben hing die Glocke. Elisabeth wohnt oben, dachte er, und muß jeden Abend den Glockenlärm ertragen, es ist eine Zumutung, wie sehr muß die Königin ihre Halbschwester hassen, daß sie ihr die königlichen Gemächer verweigert! Es ist Schikane, weiter nichts.

Sie kann die Schwester demütigen und schikanieren, aber sie wird es nicht wagen, ein Todesurteil zu unterzeichnen, sie muß auf die Stimmung im Volk Rücksicht nehmen, die Bevölkerung ist empört genug wegen der Einführung der Messe, und vor allem wegen Philip…

Je länger er über die politische Lage nachdachte, desto mehr gewann er die Überzeugung, daß Elisabeth vielleicht lange im Tower bleiben mußte, vielleicht während Marias Regierungszeit nicht mehr bei Hof erscheinen durfte, aber sie würde leben, und vielleicht, eines Tages…

Er dachte den Gedanken nicht zu Ende, weil er sich keinen Illusionen hingeben wollte. Er überlegte, ob er versuchen sollte, mit ihr Kontakt aufzunehmen und entschied sich dagegen, weil es zu gefährlich für sie beide war, abgesehen davon würde es auffallen. Eine schriftliche Nachricht war unmöglich, weil er um Papier und Tinte bitten mußte, und das bedeutete endlose Fragen, warum und weshalb.

Eine mündliche Nachricht über Philip und Lucy war vielleicht möglich, mußte aber verschlüsselt sein, eine solche Nachricht verstand Elisabeth vielleicht nicht, bei einer unverschlüsselten Nachricht mußte er den Wärter ins Vertrauen ziehen, das war natürlich wieder zu gefährlich.

Ich muß mich eben damit abfinden, dachte er, daß wir räumlich nahe zusammen leben und doch für immer getrennt bleiben. Wann habe ich sie zuletzt gesehen? Das war im Sommer 1551, damals verließ sie den Hof…, der Ausritt am letzten Tag… Eduards Ohnmacht…, unser Gespräch, während wir auf Hilfe warteten… Er seufzte und ging zurück zu seinem Turm, dabei fiel sein Blick auf die Kapelle St. Peter ad Vincula, wo die Messe gelesen wurde, und er blieb stehen.

Die Messe, überlegte er, alle Gefangenen werden an den Sonn- und Feiertagen in die Kapelle geführt, um die Messe zu hören, alle, auch Elisabeth! Er würde sie also doch sehen, am Karfreitag, am Ostersonntag, am Ostermontag, am Himmelfahrtstag, an Pfingsten, an Fronleichnam und an jedem Sonntag…

Er atmete glücklich auf, dann erinnerte er sich an die Kleider, die Philip gebracht hatte, eilte nach oben und öffnete das Paket.

Es enthielt ein halbes Dutzend weiße, seidene Hemden, ein weinrotes, weißes und königsblaues Wams aus Samt, weiße Beinkleider aus Tuch, ein mit drei Reiherfedern verziertes schwarzes Samtbarett, einen kurzen Umhang aus schwarzem Samt und eine schwere, goldene Halskette.

Robert betrachtete die prachtvollen Kleider, überlegte, welches Wams er an welchem Ostertag tragen sollte, und entschied sich für Weinrot am Karfreitag, Weiß am Ostersonntag und Königsblau am Ostermontag. Als er die Feiertagskleidung vorsichtig in die Truhe legte, hatte er zum ersten Mal nach der Niederlage seines Vaters das Gefühl, daß es für ihn vielleicht doch noch eine andere Perspektive gab, als das langweilige Leben eines Landedelmannes.

Er pfiff leise vor sich hin, ging noch einmal in den obersten Stock, sah durch das Gitterfenster hinaus auf den Mauerweg und vertiefte sich für den Rest des Nachmittags in Ovids »Ars amatoria«, dieses Buch hatte Philip einige Tage zuvor eingeschmuggelt.

Dextera praecipue capit indulgentia mentes;
asperitas odium saevaque bella movet.
…flectitur obsequio curvatus ab arbore ramus;
frangis, si vires experiare tuas.
…quid fuit asperius Nonacrina Atalanta?
subcubuit meritis trux tamen illa viri.

Zur selben Zeit ging Elisabeth in ihrem Turmzimmer ungeduldig auf und ab und wartete auf den Wachsoldaten, den sie zu Sir John Bridges, dem Kommandanten, geschickt hatte, damit er eine Bibel für sie besorge.

Sie hatte ihn schon am Vormittag um Bücher gebeten, dieser Wunsch war abgelehnt worden, Befehl der Königin!

Befehl der Königin, dachte Elisabeth verärgert, das sind nicht Befehle, sondern Schikanen! Die Bibel wird als Lektüre bestimmt erlaubt sein, und sie trat an das Fenster, von wo aus sie den Mauergang sehen konnte. In diesem Augenblick wünschte sie nichts sehnlicher, als dort in der Sonne spazierenzugehen bis zu jenem wuchtigen Turm am Ende des Ganges, aber sie durfte ihr Zimmer nicht verlassen, auch dies war ein Befehl der Königin! Bis jetzt, überlegte Elisabeth, waren alle sehr ehrerbietig und freundlich zu ihr, auch der Kommandant, man bemitleidet mich, man beugt das Knie, aber keiner wagt, einen Befehl der Königin zu umgehen, bis auf Sussex, der alte Mann hatte am Tag vorher großen Mut gezeigt. Was hatte er gesagt, während er ihr die vier kleinen Räume zeigte, die ihr zur Verfügung standen: »Euer Gnaden, viele Mitglieder des Staatsrates haben Mitleid mit Euch, glaubt mir, ich wünschte, diesen Tag nicht erlebt zu haben! Ich werde anordnen, daß Eure Tür unverschlossen bleibt, Ihr seid die Tochter eines Königs und die Schwester Ihrer Königlichen Majestät.«

Keine Bücher, von Papier und Tinte ganz zu schweigen, keine körperliche Bewegung in frischer Luft, nun, daran hatte sie sich in Whitehall schon gewöhnt. Die Tatsache, daß jede Mahlzeit von einem anderen Soldaten gebracht wurde, war unangenehm, aber am schlimmsten war der fehlende Kontakt zu anderen Menschen. In Whitehall waren ihre Diener auch nur bei ihr erschienen, wenn es nötig war, aber sie hatte wenigstens mit Lucy reden können und dies und jenes erfahren. Hier, im Tower, war eine Dienerin der Königin anwesend, während Lucy ihr beim Ankleiden behilflich war, und paßte auf wie ein Luchs, daß kein Wort zwischen ihr und Lucy gewechselt wurde. Kleinliche Schikanen, dachte Elisabeth, aber sie werden mich nicht zermürben, nicht mit solchen Methoden!

In diesem Augenblick kehrte der Wachsoldat zurück und teilte ihr mit, daß es Sir Bridges sehr leid tue, aber auf Befehl Ihrer Majestät dürfe sie auch die Bibel nicht lesen.

»So? Nun, man muß sich damit abfinden, vielen Dank für Eure Mühe.«

Als der Soldat gegangen war, setzte sie sich in den Lehnstuhl und sah sich im Zimmer um: Steinwände, Holzfußboden, keine Gobelins und Teppiche, keine Vorhänge am Himmelbett, das Kaminfeuer flackerte vor sich hin und spendete keine Wärme, eine ärmliche Unterkunft für König Heinrichs Tochter... Sie dachte daran, daß neben dem Glockenturm die königliche Wohnung lag, wo Anna Boleyn die letzten Wochen ihres Lebens verbracht hatte... Mein Vater, überlegte Elisabeth, hat meine Mutter bis zuletzt als Königin behandelt und ihren Rang entsprechend gewürdigt, und wie behandelt Maria mich, die Thronfolgerin? Plötzlich stieg Wut in ihr hoch, sie rannte zur Tür und rief den Wachsoldaten herbei.

»Begebt Euch zum Kommandanten, ich möchte ihn sofort sprechen.«

Es dauerte nicht lange, da erschien Sir Bridges, sichtlich nervös und verlegen.

»Euer Gnaden, es tut mir leid wegen der Bibel, aber Ihre Majestät...«

»Es ist gut«, unterbrach Elisabeth, »ich habe Euch nicht wegen der verbotenen Lektüre rufen lassen. Warum bin ich hier untergebracht und nicht im Königinnenhaus?«

»Das weiß ich nicht, Euer Gnaden, es ist ein Befehl Ihrer Majestät.«

»Meine Mutter«, sagte Elisabeth betont langsam, »hat während ihrer Gefangenschaft im Tower die königlichen Gemächer bewohnt.«

»Eure Mutter war Königin von England, Euer Gnaden.«

»Ja, und ich bin ihre Tochter und als Thronfolgerin die künftige Königin von England. Ihr werdet noch heute einen Boten nach Whitehall schicken und der Königin mitteilen, daß ich wünsche, meinem Rang gemäß untergebracht zu werden, also in den königlichen Räumen! Der Bote soll auf die Antwort der Königin warten.«

Als der Kommandant gegangen war, nahm Elisabeth wieder ihre Wanderung von einer Zimmerecke zur anderen auf. Sie fühlte sich etwas besser, weil sie sich abreagiert hatte. Maria würde ihren Wunsch nicht erfüllen, aber sie sollte wissen, daß sie, die Thronfolgerin, nicht bereit war, alles widerspruchslos hinzunehmen.

In den königlichen Räumen gab es gewiß Gobelins, Teppiche, Frisiertisch und Spiegel, in einer solchen Umgebung schlief man auch gut, und sie erinnerte sich mit Unbehagen an die vergangene Nacht, ihre erste Nacht im Tower. Sie hatte krampfhaft versucht, wach zu bleiben, aus Angst, daß man sie im Schlaf ermorden könnte, es wäre nicht das erste Mal, daß Personen königlichen Geblüts spurlos in dieser Festung verschwanden. An der Südseite, neben dem Königinnenhaus, lag jener verruchte Turm, der Blutturm, wo siebzig Jahre zuvor die beiden halbwüchsigen Prinzen des Hauses York, der junge König Eduard V. und sein Bruder Richard, die Brüder ihrer Großmutter Elisabeth, ermordet worden waren, auf Befehl ihres Onkels Richard, des Herzogs von Gloucester. Elisabeth blieb nachdenklich stehen.

Letztlich, überlegte sie, hat dieser Mord den Tudors zur Macht verholfen. Gloucester hat etwas über ein Jahr als Richard III. in England regiert und wurde dann im August 1485 bei Bosworth von meinem Großvater besiegt. Angenommen, man tötet mich und Maria stirbt kinderlos, wer kann dann Ansprüche auf die Krone Englands erheben? Nur Maria Stuart, weil sie eine Urenkelin Heinrichs VII. ist, sie würde Königin von England, und dadurch würde England ein Vasall Frankreichs und Schottlands. England, ein Vasall, das wünscht kein Engländer, auch nicht Gardiner, das kann auch nicht im Interesse der Habsburger liegen, Karl V. hat stets Frankreich bekämpft. Meine Angst während der letzten Nacht war überflüssig, aber hinter diesen Mauern kommt man auf solche Gedanken und rechnet mit Verrat und Meuchelmord.

In welchen Türmen lebten Wyatt, Courtenay, die Dudleys? Ob Robin wußte, daß sie hier war? Was hatte Bridges gesagt? Alle Gefangenen werden an Sonn- und Feiertagen in die Kapelle geführt, um die Messe zu hören, alle! Am Karfreitag würde sie Robin sehen, ein Blickkontakt war bestimmt möglich, und dies hob ihre Stimmung. Es gab auch erfreuliche Dinge, über die man in der Einsamkeit nachdenken konnte.

Als das Abendessen gebracht wurde, erschien der Kommandant und teilte kleinlaut mit, daß Ihre Majestät es abgelehnt habe, Ihre Gnaden in den königlichen Gemächern unterzubringen.

»Euer Gnaden, ich habe Ihrer Majestät sogar vorgeschlagen, Euch, wenn nicht im Königinnenhaus, wenigstens in einem geräumigen Turm unterzubringen, zum Beispiel im Beauchamps-Turm, Mr. Dudley hätte dann umziehen müssen, aber das ist kein Problem. Ihre Majestät hat auch diesen Kompromiß abgelehnt.«

»Mr. Dudley?«

»Ja, Euer Gnaden, Robert Dudley, ein Sohn des Herzogs von Northumberland.«

»Ja, ich entsinne mich, die Söhne des Herzogs wurden im letzten Sommer auch in den Tower gebracht. Ich danke Euch, ich habe diese Antwort Ihrer Majestät erwartet. Wo ist der Beauchamp-Turm?«

»Am Ende des Mauerweges, der bei Eurem Turm beginnt.«

Er verabschiedete sich, und Elisabeth begann die Gemüsesuppe zu löffeln; mittags und abends Pottage, dachte sie, etwas anderes gibt es hier wohl nicht, aber Bridges muß wahrscheinlich sparsam wirtschaften, und das Gemüse schmeckt erstaunlich frisch, das hätte ich im Tower nicht erwartet, der Gärtner versteht sein Handwerk. Als die Glocke geläutet wurde, schrak sie zusammen, die beiden ersten Tage im Tower waren vorbei, wie lange noch würde sie das dumpfe Glockengeläute hören müssen?

Die folgenden drei Tage verbrachte sie in Unruhe, weil sie damit rechnete, daß Gardiner auftauchte, um sie zu vernehmen. Sie wußte, daß sie ihm geistig gewachsen war, aber sein Anblick war ihr verhaßt, und sie hatte Angst, daß sie die Fallen, die er ihr gewiß stellte, nicht rechtzeitig erkannte.

Als sie sich am Donnerstag zur Ruhe begab, atmete sie erleichtert auf, vor Ostern würde man sie bestimmt nicht mehr verhören.

Während Elisabeth auf Gardiner wartete, zählte Robert Dudley die Stunden bis Karfreitag.

An jenem 22. März erhob er sich – gegen seine Gewohnheit – schon bei Tagesanbruch, um sich in aller Ruhe und mit der größten Sorgfalt für die Messe anzukleiden.

Nach dem Frühstück ging er auf und ab, zupfte immer wieder die Spitzenmanschetten des Hemdes zurecht, bekämpfte erfolglos seine Nervosität, und endlich war es soweit, er ging – begleitet vom Wärter – die wenigen Schritte hinüber zur Kapelle.

Als er den halbdunklen Raum betrat, sah er sofort, daß Elisabeth nicht anwesend war. Sie wird noch kommen, dachte er, schließlich ist der Weg vom Glockenturm zur Kapelle länger, aber eine Minute nach der anderen verstrich, Elisabeth kam nicht, und als die Messe begann, fragte sich Robert enttäuscht und verzweifelt, ob man ihr verbot, am Gottesdienst teilzunehmen.

Während die liturgischen Gesänge an seinem Ohr vorbeirauschten, saß Elisabeth in ihrem Zimmer und versuchte sich auf das Verhör vorzubereiten, das entweder noch am Vormittag oder im Laufe des Nachmittags auf sie zukam. Am Morgen des Karfreitag war der Kommandant erschienen und hatte ihr mitgeteilt, daß der Lordkanzler und einige Staatsräte am Vormittag kämen, es gebe einiges zu regeln bezüglich der Verwaltung des Tower, und bei dieser Gelegenheit sollten Ihre Gnaden verhört werden. Die Herren würden über Mittag bleiben, und der Lordkanzler habe befohlen, daß sie die Messe nicht besuchen solle.

Der Karfreitag, dachte Elisabeth empört, ist ein hoher Feiertag der Protestanten, das weiß Gardiner, ausgerechnet an diesem Tag muß er mich verhören, es ist eine Unverschämtheit, die gleichzeitig beweist, daß er mein Bekenntnis zum katholischen Glauben nicht ernst nimmt.

Der Vormittag verging; gegen Mittag brachte ein Soldat die übliche Pottage, und Elisabeth überlegte, daß der Lordkanzler wahrscheinlich erst im Laufe des Nachmittags kommen würde.

Der Nachmittag war schon fortgeschritten, als Gardiner, begleitet von Arundel und acht weiteren Staatsräten, bei Elisabeth erschien. Sie empfing die Herren mit undurchdringlichem Gesicht und blieb auch ernst, als Gardiner sie freundlich anlächelte.

»Nun, Euer Gnaden«, begann er, »wir kommen erst heute, da wir Euer Gnaden Gelegenheit geben wollten, sich an die Umgebung zu gewöhnen und mit sich ins reine zu kommen. Vor einer Woche hat Sir Wyatt sein Geständnis unterzeichnet, wurde zum Tode verurteilt, und am 11. April wird er hingerichtet. Dieses Geständnis ist der Beweis, daß Euer Gnaden und der Graf von Devon Sir Wyatt und seine Anhänger unterstützt haben. Seid Ihr jetzt bereit, Euer Gnaden, ein Geständnis abzulegen?«

»Nein, Mylord, ich habe nichts zu gestehen. Sir Wyatt hat nicht die Wahrheit gesagt.«

Es entstand eine Pause, und dann erwiderte Gardiner betont langsam und feierlich:

»Euer Gnaden, als Sir Wyatt das Geständnis ablegte, wußte er, daß sein Leben verwirkt war und er keine Gnade von Ihrer Majestät erhoffen durfte. Im Angesicht des Todes sagt ein Mensch die Wahrheit.«

Er schwieg einen Augenblick und fuhr dann mit sanfter Stimme fort:

»Euer Gnaden, wenn Ihr bereit seid, heute ein Geständnis abzulegen und Ihre Majestät um Verzeihung zu bitten – und die Königin wird Euch verzeihen, dessen bin ich sicher –, dann könnt Ihr bereits morgen den Tower verlassen und Euch nach Ashridge oder Hatfield zurückziehen.«

So, dachte er, wenn dieser Köder nicht hilft, weiß ich auch nicht, was wir noch unternehmen können, und gespannt beobachtete er Elisabeths Mienenspiel.

Ostern in Hatfield, überlegte sie, es wäre zu schön…, man könnte morgens ausreiten, anschließend die Messe hören, mittags ein Festmahl in der Halle, nachmittags könnte man lesen oder musizieren, am frühen Abend noch einmal ausreiten…, Ostern in Hatfield mit Kate und Parry…, aber ich muß aufpassen, das Angebot, so verlockend es klingt, ist bestimmt eine Falle, wenn ich jetzt, nur um aus dem Tower herauszukommen, etwas gestehe, wer weiß, welches Schicksal mich dann erwartet…

Ich muß durchhalten, noch lebt Wyatt, vielleicht widerruft er sein Geständnis, wenn sie keine Beweise finden, müssen sie mich irgendwann entlassen... Sie sah auf und bemerkte gerade noch Gardiners lauernden Blick, bevor sein Gesicht wieder zur Maske erstarrte.

Sie erhob sich, ging einen Schritt auf den Lordkanzler zu, ließ ihre Augen von ihm zu den Räten wandern und sagte mit fester Stimme, die keinen Widerspruch duldete:

»Mylords, ich hatte nie Kontakt zu Sir Wyatt oder einem seiner Anhänger, ich war an dieser Verschwörung nicht beteiligt, glaubt mir, ich würde nie etwas tun, was gegen Ihre Majestät gerichtet ist, meine Schwester ist für mich die legitime Herrscherin über England! Ich bin unschuldig, glaubt mir!«

Die Räte sahen verlegen zu Boden, Gardiner aber lächelte süffisant und erwiderte:

»Euer Gnaden wollen doch Königin von England werden, ist es nicht im Interesse Euer Gnaden, wenn die Königin gestürzt wird?«

»Ihr irrt Euch, Mylord, das ist nicht in meinem Interesse, ich bin die treueste Untertanin Ihrer Majestät.«

Da trat der Graf von Arundel vor und rief: »Mylords, seht Ihr nicht, daß Lady Elisabeth unschuldig ist, ich bin davon überzeugt, daß sie die Wahrheit sagt«, und zu Elisabeth: »Euer Gnaden, ich bitte um Vergebung, daß man Euch mit diesen Verhören belästigt...«

»Schweigt, Mylord«, zischte Gardiner und zu Elisabeth: »Nun gut, wie Ihr wollt, Euer Gnaden, bedenkt aber, daß Euer Starrsinn, Eure Uneinsichtigkeit üble Folgen für Euch haben wird, nach Ostern sehen wir uns wieder!«

Er eilte hinaus, ohne die Anwesenden eines Blickes zu würdigen. Die Räte verbeugten sich schweigend vor Elisabeth und verließen nacheinander das Zimmer, Arundel war der letzte.

An der Tür drehte er sich noch einmal um und sagte:

»Ich wünsche Euer Gnaden trotz dieser unbehaglichen Umgebung ein frohes Osterfest.«

»Danke, Mylord, das wünsche ich Euch auch, und vielen Dank, daß ihr mich verteidigt habt.«

»Ich bin von Eurer Unschuld überzeugt, und es wird mir auch gelingen, die anderen zu überzeugen.«

Als er gegangen war, trat Elisabeth an das Fenster, von wo aus man zur Südseite der Festung sehen konnte, und dachte über Arundel nach: Er war einer der ersten Lords gewesen, die Maria als Königin anerkannten, mehr noch, er hatte Maria rechtzeitig gewarnt!

Arundel war einer der treuesten Diener der Königin, und dennoch verteidigte er jetzt die Thronfolgerin, obwohl er damit rechnen mußte, dadurch die Gunst der Königin zu verlieren, er stellte sich gegen Gardiner und Maria und wollte den Rat von ihrer Unschuld überzeugen! Arundel meinte es wahrscheinlich aufrichtig, aber wenn sie sich als Thronfolgerin behauptete, bestand dann nicht die Gefahr, daß sich alle um die Thronfolgerin scharten und die Königin in Vergessenheit geriet?

Dies war im Moment kein Problem. Aber wenn ich eines Tages Königin bin, muß ich dieses Problem lösen, mein Gott, noch bin ich im Tower, aber ich fühle, habe die Hoffnung, daß ... eines Tages ..., ich will Königin werden, und ich werde irgendwann England regieren.

Vielleicht bildet sich im Rat während der kommenden Wochen eine starke Partei, die mich verteidigt und sich für meine Interessen einsetzt. Zum ersten Mal seit Wochen fühlte sie sich zuversichtlicher.

Übermorgen würde sie Robin sehen, und sie überlegte, was sie anziehen sollte.

Während der vergangenen Tage hatte eine Dienerin der Königin Wäsche und einen Teil ihrer Kleider zum Tower gebracht. Ich muß am Sonntag in der Kapelle elegant aussehen, dachte sie, nicht nur wegen Robin, sondern weil der Kommandant und die königlichen Dienerinnen anwesend sind, sie sollen merken, daß ich meine äußere Erscheinung nicht vernachlässige.

Am Samstag holte Elisabeth ein Kleid nach dem andern aus der Truhe, breitete sie auf dem Bett aus und überlegte, welche Robe ihr am besten stand, welche festlich, aber nicht zu prunkvoll wirkte; schließlich legte sie das weinrote Kleid wieder zurück in die Truhe, die Farbe stand ihr nicht und erinnerte irgendwie an Blut.

Die Kombination Schwarz-Weiß sah zwar elegant aus, aber Jane hatte bei ihrer Hinrichtung ein schwarzes Kleid und einen weißen Schleier getragen, und es war nicht nötig, daß während der Messe die Erinnerung an Jane wachgerufen wurde, so legte sie auch das schwarze, mit weißen Spitzen besetzte Kleid wieder in die Truhe.

In diesem Augenblick klopfte es an der Tür, und der Wachsoldat betrat das Zimmer.

»Ihr bekommt Besuch, Euer Gnaden, mit Erlaubnis des Kommandanten«, und er ließ den jungen Mann eintreten.

Elisabeth sah erstaunt auf, und im nächsten Augenblick setzte ihr Herzschlag einen Moment aus, der junge Mann, den sie erblickte, war – Cecils Gärtnergehilfe! Wie kam er in den Tower? Sie versuchte sich zu fassen und musterte den Besucher mit gleichgültigen Augen von oben bis unten, der Wachsoldat durfte nicht merken, daß sie den jungen Mann kannte. Tom verbeugte sich, wobei sein Herz rasend klopfte, hoffentlich merkte der Soldat nicht, daß er Lady Elisabeth kannte. Sie ist im Glockenturm untergebracht, überlegte er, das mußte er sich merken.

»Euer Gnaden«, begann er, »seit einigen Tagen beliefert mein Herr den Tower mit Gemüse. Morgen ist Ostern, und mein Herr möchte jedem Gefangenen zum Fest eine Frucht oder ein paar Blumen schenken«, und er winkte die beiden Wärter herein, die einen riesigen Korb schleppten, der mit Äpfeln und kleinen Sträußen aus Frühlingsblumen gefüllt war, auf den Früchten stand ein längliches Kästchen aus Ebenholz. Elisabeth betrachtete den Korb und versuchte zu begreifen, daß Cecil den Tower mit Kohl, Zwiebeln und Lauch belieferte. Sie lächelte Tom an.

»Sagt Eurem Herrn, daß sein Gemüse wunderbar frisch und aromatisch schmeckt.«

Tom verbeugte sich. »Vielen Dank, Euer Gnaden, bitte, sucht Euch etwas aus: einen Apfel, ein paar Blumen, ich kann Euch sogar getrocknete Blumen anbieten«, und er öffnete das Ebenholzkästchen und überreichte Elisabeth eine weiße und eine rote Rose.

»Nehmt diese Rosen, Euer Gnaden, die Rose ist die Blume des Hauses Tudor.«

»Vielen Dank«, die Blume des Hauses Tudor…, dachte sie. »Sagt Eurem Herrn, daß ich sein Geschenk zu würdigen weiß, ich freue mich darüber, daß er an die Gefangenen im Tower denkt, ich danke ihm ganz herzlich für die Rosen und wünsche ihm und Euch frohe Ostern.«

Als die Männer gegangen waren, sank Elisabeth fassungslos auf einen Stuhl.

Cecil hatte Ideen!!! Der Mann war unbezahlbar, schmuggelte einfach seinen Gärtnergehilfen in den Tower und signalisierte ihr über die Rosen, daß er mit seinen Gedanken bei ihr war, daß er an die Zukunft der Dynastie Tudor – also an ihre Zukunft – glaubte, auch wenn er im Augenblick nicht wirklich helfen konnte.

An der Tafel des sparsamen Sir Bridges war am Karfreitag wahrscheinlich auch Pottage serviert worden, wenn Gardiner wüßte, dachte sie belustigt, daß er protestantisches Gemüse gegessen hat...

Sie stand auf, wickelte die Rosen in ein seidenes Tuch und verwahrte sie in der Tischschublade.

Arundel hatte sie verteidigt, Cecil schenkte ihr Rosen, morgen würde sie Robin sehen, vielleicht gab es doch eine Zukunft für sie.

Sie trat zum Bett, betrachtete die Kleider und beschloß, am Ostersonntag die Tudorfarben Grün und Weiß zu tragen, also das weiße Seidenkleid, dazu den kurzen lindgrünen Samtumhang, ihre Perlen, Lucy mußte ihr außerdem Perlenschnüre in die Haare flechten, und am Ostermontag würde sie das königsblaue Samtkleid anziehen.

Am Ostersonntag schien die Sonne, und es war etwas wärmer geworden.

Während Lucy mit Elisabeths Frisur beschäftigt war, begann die Glocke der Kapelle zu läuten.

»Beeil dich, Lucy, ich möchte nicht zu spät zur Messe kommen.«

»Sie muß sich nicht beeilen, Euer Gnaden«, sagte die königliche Dienerin, die mit Argusaugen alles beobachtete, »Euer Gnaden werden nämlich erst zur Kapelle geführt, wenn alle versammelt sind, Euer Gnaden sind schließlich die ranghöchste Dame im Tower.«

»Wollt Ihr damit sagen, daß es während der Messe eine bestimmte Platzordnung gibt?« fragte Elisabeth vorsichtig, vielleicht erfuhr sie so, wo Robin während des Gottesdienstes stand.

»Es gibt eine Platzordnung«, erwiderte die Dienerin, »ganz hinten stehen die Gefangenen nichtadliger Herkunft, die in den Verliesen unter dem ›Weißen Turm‹ untergebracht sind, dann kommt die Dienerschaft der Gefangenen von Stand, die Wärter und ihre Familien, und ganz vorne, in der Nähe des Altars, stehen die Adligen und der Kommandant.«

Inzwischen war Lucy fertig, und die beiden Frauen eilten zur Kapelle, während Elisabeth herzklopfend auf den Wachsoldaten wartete, der sie begleiten sollte.

Die Adligen stehen vorne, überlegte sie, wo mochte Robins Platz sein, in der Mitte der Reihe, an der Seite? Die Dienerinnen der Königin verfolgten wahrscheinlich jede ihrer Bewegungen mit mißtrauischen Augen; ein Rendezvous in der Kapelle des Tower, dachte sie, es gibt angenehmere Orte, wie viele Tote liegen hier: meine Mutter, Katharina Howard, Jane Grey, Sir Thomas More…

Als Elisabeth in Begleitung des Wachsoldaten die Kapelle betrat, sah sie sofort, daß Robert in der ersten Reihe ganz rechts stand, und so ging sie den Gang entlang und stellte sich neben ihn.

Wenig später kam der Priester, begleitet von den Meßknaben, und während sie feierlich zum Altar schritten, streifte Elisabeth Robert mit einem vorsichtigen Seitenblick und stellte fest, daß er wie sie in Weiß gekleidet war, dann spähte sie die Reihe entlang, sah Ambrose, Eduard Courtenay, Cranmer, Wyatt, den Kommandanten und seine Gattin.

Robert blickte starr geradeaus und schien sie nicht zu bemerken, mein Gott, dachte Elisabeth, so weit ist es gekommen, daß wir uns wie Fremde begegnen müssen, wie lange wird Robin noch im Tower bleiben? Wenn ich Königin bin und er dann immer noch hier sein sollte, werde ich ihn sofort aus der Haft entlassen, und sie malte sich aus, wie ein Kurier dem Kommandanten den Befehl überbrachte und Robert in Whitehall eintraf. Wo sollte sie ihn empfangen? Im Thronsaal, im Arbeitszimmer? In Hampton Court, in der Großen Halle? Sie streifte ihn mit einem verstohlenen Seitenblick und fühlte sich in diesem Moment glücklich, vielleicht war ein Blickkontakt möglich, wenn sie nach der Kommunion vom Altar zurückkam...

Robert hatte sich an jenem Morgen frühzeitig zur Kapelle begeben, weil er es in seinem Turmzimmer nicht mehr aushielt vor Nervosität und innerer Spannung. Als die Kapelle sich allmählich füllte und Elisabeth wieder nicht erschien, war er davon überzeugt, daß man ihr den Besuch der Messe nicht erlaubte, um sie zu schikanieren, schließlich war der Besuch der Messe die einzige Abwechslung im eintönigen Leben der Gefangenen. Während er trübsinnig zum Altar blickte, hörte das Glockengeläute auf, und Robert bemerkte erstaunt, daß eine Minute nach der anderen verstrich und kein Priester erschien. Normalerweise betraten er und die Meßknaben fast gleichzeitig mit dem letzten Glockenton die Kapelle.

»Wo bleibt der Priester?« flüsterte Ambrose seinem Bruder zu, aber noch ehe Robert antworten konnte, merkte er, daß sich jemand neben ihn stellte, und als er flüchtig zur Seite sah, traute er seinen Augen kaum: Elisabeth!

Sie war also doch noch gekommen. Er bekam Herzklopfen, spürte, daß ihm der Schweiß auf die Stirn trat, wandte hastig die Augen ab und sah geradeaus zum Altar, hoffentlich hatte niemand sein heftiges Erzittern bemerkt. Ob sie sich absichtlich neben ihn gestellt hatte? Vielleicht war ein Blickkontakt möglich, wenn er nach der Kommunion vom Altar zurückkam...

Endlich war es soweit. Elisabeth trat vor den Priester, empfing die Hostie, und als sie zurückging, sah sie Robert nur kurz an, aber immerhin lange genug, um die Zuneigung und Verehrung zu bemerken, die sich in seinen Augen spiegelte.

Nun trat Robert zum Altar, und als er zurückkam, wiederholte sich das Spiel, mit dem Unterschied, daß Robert in Elisabeths Augen nur liebenswürdige Freundlichkeit entdecken konnte, er spürte eine leichte Enttäuschung und schalt sich gleichzeitig einen

Narren, er konnte nicht erwarten, daß die Thronfolgerin den Sohn eines Hochverräters verliebt ansah, zumal die Dienerinnen der Königin im Hintergrund lauerten.

Nachdem die adeligen Gefangenen die Kommunion empfangen hatten, gingen die übrigen Kirchenbesucher zu dem Priester, und als nun bei diesem Kommen und Gehen eine gewisse Unruhe entstand, nutzte Elisabeth die Gelegenheit und flüsterte: »Frohe Ostern, Robin.«

Er zuckte zusammen, weil er damit nicht gerechnet hatte, und flüsterte zurück: »Frohe Ostern, Euer Gnaden.«

Um die Mittagszeit brachten der Wärter Martin und sein Sohn zwei große Zinnplatten mit dem Fleisch, das Philip besorgt hatte, in den Beauchamp-Turm. »Mein Gott, wer soll das alles essen?« fragte Robert.

»Ihr wolltet doch viel Fleisch«, erwiderte Martin.

Unterdessen kam seine kleine Tochter mit dem Mittagessen für die Gefangenen: eine dicke Scheibe Brot mit gebratenem Ochsenfleisch, ein Napf Apfelgrütze und gewürztes Bier.

Robert betrachtete das Ochsenfleisch, verglich es mit den Köstlichkeiten auf den Zinnplatten, dachte daran, daß Elisabeth mit der Towerküche vorlieb nehmen mußte, und sagte kurz entschlossen zu dem Wärter: »Bringe die Lammkeule, den Schweinskopf und die Hälfte der Tauben zu Lady Elisabeth, der Rest ist für dich, du hast eine Familie zu ernähren.«

»Euer Gnaden«, und Martin hob abwehrend die Hände, »das kann ich nicht annehmen, aber ich danke Euch, Ihr seid sehr großzügig.«

»Nimm das Fleisch, und denke nicht weiter darüber nach.«

Martin zögerte noch etwas, aber der Duft der knusprigen Kalbshaxe und die hungrigen Augen seiner Kinder erleichterten ihm die Entscheidung.

»Vielen Dank, Euer Gnaden, und …«, er zögerte etwas, »in Zukunft müßt Ihr mir für die eine oder andere Gefälligkeit kein Gold geben.«

»Schon gut, Martin, darüber reden wir noch.«

Während Robert gutgelaunt sein einfaches Mahl verzehrte, gingen ihm Elisabeths Worte durch den Kopf: ›Frohe Ostern, Robin‹

Später ging er zu Eduard, fütterte ihn mit den letzten Brotbrocken und schilderte dem Raben den Verlauf der Messe.

Elisabeth hatte ihre Mahlzeit gerade beendet und überlegte, wie sie den Nachmittag verbringen sollte, oder genauer, worüber sie am Nachmittag nachdenken sollte, schließlich war dies hier ihre einzige Beschäftigung, und während sie noch überlegte, kam der Wachsoldat mit einer Zinnplatte, auf der sich Fleischstücke häuften. Elisabeth sah den Soldaten fragend an.

»Mein Mittagessen ist bereits serviert worden.«

»Die Platte hat soeben der Sohn des Wärters vom Beauchamp-Turm für Euer Gnaden gebracht, guten Appetit«, und er stellte die Platte auf den Tisch.

»Vom Beauchamp-Turm?« Also von Robin, dachte sie.

»Ist der Junge noch hier?«

»Nein, Euer Gnaden.«

»Wenn Ihr ihn oder den Wärter seht, sagt ihm, ich danke herzlich für die Gabe.«

Wer weiß, überlegte sie, ob sich morgen eine Gelegenheit ergibt, mit Robin ein paar Worte zu wechseln.

»Soll ich das Fleisch für Euer Gnaden verwahren?«

»Danke, das ist nicht nötig, mir genügen die Mahlzeiten, die ich hier bekomme, gebt Lucy die Hälfte von dem Fleisch, und nehmt den Rest für Euch.«

»Euer Gnaden, das ist unmöglich, ich bin nur ein einfacher Wachsoldat.«

»Was heißt ›nur‹? Ihr seid ein Soldat, der seine Pflicht tut, das allein ist wichtig. Nehmt das Fleisch, und teilt es redlich mit Lucy.«

»Sehr wohl, Euer Gnaden, vielen Dank, Euer Gnaden.«

Als er mit der Platte in das Untergeschoß hinabstieg, beschloß er, seiner Gefangenen jede Gefälligkeit zu erweisen, um die sie ihn bitten würde. Er wußte nicht, daß bei Elisabeth dieser Gedanke auch eine Rolle gespielt hatte.

Elisabeth stand an dem Fenster, von wo aus sie den Mauergang sehen konnte, dachte über Robert Dudley nach und über die Gefühle, die sie schon seit Jahren füreinander empfanden.

Er ist verliebt, überlegte sie, es sieht so aus, als ob wir echte Zuneigung füreinander empfänden. So weit, so gut, aber wie soll es weitergehen? Wir müssen uns damit abfinden, daß unsere Beziehung platonisch bleibt, weil es eine Amy gibt.

Beim Gedanken an Roberts Frau verspürte Elisabeth wieder die bohrende Eifersucht, Robert und Amy lebten getrennt, aber sie waren verheiratet, wie Cecil seinerzeit ganz richtig festgestellt hatte.

Falls Maria Robert aus dem Tower entließ, würde er sich wahrscheinlich auf seine Güter zurückziehen müssen, zu Amy! Das konnte man leider nicht verhindern, aber wenn ich eines Tages Königin bin, dann…

Der Gedanke, daß sie sich als Monarchin ihre Günstlinge aussuchen konnte, verschaffte ihr eine gewisse Genugtuung. Dann fiel ihr ein, daß Amy kränkelte… Vielleicht starb sie, dann wäre Robert frei und…

Als Frau würde ich ihn sofort heiraten, aber als Königin? Robin ist ein englischer Aristokrat und würde nicht das Mißfallen erregen wie der Habsburger Philipp, er konnte bestimmt repräsentieren, aber seine Herkunft! Sein Vater war ein Verräter, war das in den Augen der Öffentlichkeit nicht ein Makel, der auf sie abfärbte? Sie wollte auf keinen Fall durch eine Heirat ihre Popularität einbüßen. Wie würde Robin sich als Prinzgemahl entwickeln?

Am Ostermontag verlief die Messe ähnlich wie am Tag zuvor. Robert und Elisabeth tauschten einen Blick, als sie von der Kommunion zurückkamen, und während die übrigen Kirchenbesucher zum Altar gingen, sagte Elisabeth leise: »Vielen Dank für das Fleisch.«

»Wo wart ihr am Karfreitag?« fragte Robert.

»Ich wurde verhört, morgen geht es weiter.«

»Ich werde an Euch denken.«

Am Nachmittag bereitete Elisabeth sich auf das Verhör vor und versuchte, sich in Gardiners Gedankenwelt zu versetzen. Was würde ich fragen, überlegte sie, wenn ich der Ankläger wäre?

Bis jetzt wurde keine schriftliche Nachricht an Wyatt gefunden, ich würde also versuchen, Fangfragen zu stellen, die darauf abzielen, daß die Angeklagte zugibt, Wyatt eine mündliche Nachricht übermittelt zu haben. Außerdem würde ich mit Freilassung locken, wenn das nicht hilft, würde ich drohen, etwa so: »Euer Gnaden bleiben solange im Tower, bis Ihr ein Geständnis ablegt« – oder: »Wenn Euer Gnaden sich weigern, ein Geständnis abzulegen, werde ich dafür sorgen, daß man Euch von der Thronfolge ausschließt.«

Das ist natürlich eine leere Drohung, weil das Parlament nie das Thronfolgegesetz ändern würde. Weder Versprechungen noch Drohungen werden mich beeindrucken. Ich muß durchhalten, sie werden keine Beweise finden, und vielleicht – noch lebt Wyatt –, vielleicht widerruft er sein Geständnis, es ist bestimmt unter der Folter erpreßt worden...

Gardiner erschien am Nachmittag des darauffolgenden Tages, diesmal jedoch nur in Begleitung seines Sekretärs. Elisabeth hatte richtig vermutet: Der Lordkanzler versprach Freiheit, drohte mit lebenslanger Haft im Tower und verließ schließlich bei Anbruch der Dämmerung, wutentbrannt über seinen Mißerfolg, den Glockenturm.

Von da an verhörte er Elisabeth einen über den andern Tag, manchmal vormittags, manchmal nachmittags, hin und wieder auch von morgens bis abends. Obwohl Gardiner stets die gleichen Fragen stellte, war Elisabeth nach jedem Verhör restlos erschöpft, weil sie Fangfragen befürchtete und Angst hatte, irgendwann aus Unachtsamkeit eine Antwort zu geben, die man gegen sie verwenden konnte. Sie lag nachts lange wach, und wenn sie endlich eingeschlafen war, träumte sie schlecht: Einmal führte man sie in die Folterkammer, zeigte ihr die Instrumente, band ihre Hände auf dem Rücken zusammen, setzte sie auf einen Stuhl, nahm ihre nackten Füße, rückte das Feuerbecken näher..., da erwachte sie schweißgebadet.

In einer anderen Nacht wurde sie auf dem Scheiterhaufen an den Brandpfahl gebunden, als die Flammen loderten und Rauch zu ihr aufstieg, erwachte sie mit einem Angstschrei, der bis zu den königlichen Dienerinnen drang, die herbeistürzten, um zu sehen, was passiert war. Einmal träumte sie, daß man sie über den Toweranger zum Richtplatz führte, sie stand vor dem Henker, legte ihren Kopf auf den Richtblock, er hob das Schwert..., im nächsten Moment erwachte sie, am ganzen Körper zitternd, und es dauerte einige Sekunden, bis sie begriff, daß sie in ihrem Bett im Glockenturm lag.

Die Messe am Sonntag war die einzige Stunde, in der sie innerlich zur Ruhe kam und Kraft schöpfte, wenn sie neben Robert stand, fühlte sie sich geborgen und war überzeugt, daß alles gut enden und sie als Thronfolgerin überleben würde.

Inzwischen war der April gekommen und mit ihm naßkaltes Regenwetter. Am 10. des Monats goß es den ganzen Tag in Strömen. An jenem Mittwoch verhörte Gardiner Elisabeth nicht nur tagsüber, sondern auch abends, und als er endlich gegangen war, fiel sie todmüde in ihr Bett, schlief aber erstaunlich gut und träumte zum ersten Mal seit Wochen etwas Angenehmes: Sie befand sich auf einem großen Segelschiff mitten im Atlantischen Ozean, Cecil stand neben ihr an der Reling und erklärte ihr, daß sie auf nordwestlichem Kurs waren, weil es dort bestimmt noch Land gäbe, das man besiedeln könne, ein neues Territorium für England, dieses Land könne man Neu-England nennen.

Als Elisabeth erwachte, hatte der Regen aufgehört, und vom Bett aus sah sie ein Stück wolkenlosen blauen Himmels. Donnerstag, 11. April, dachte sie, heute würde Gardiner sie wahrscheinlich in

Ruhe lassen…, dann fiel ihr ein, daß Wyatt an diesem Morgen hingerichtet wurde, und sie setzte sich erschrocken auf.

Er hatte nicht widerrufen, und sie überlegte, ob dies für sie von Nachteil war, auch wenn man keine Beweise fand. Sie verbrachte einen unruhigen Vormittag, überdachte noch einmal die juristische Situation und kam zu dem Ergebnis, daß, ähnlich wie seinerzeit bei Thomas Seymour, die politischen Interessen für oder gegen sie entscheiden würden. Ob es Arundel inzwischen gelungen war, die Mehrheit des Rates von ihrer Unschuld zu überzeugen? Je zerstrittener der Rat, um so besser für mich dachte sie. Als der Wachsoldat das Mittagessen brachte, sagte er leise: »Sir Wyatt ist tot, er…«

In diesem Augenblick erschien eine Dienerin der Königin, der Soldat verstummte und verließ das Zimmer.

»Ich wollte Euch nur sagen, Euer Gnaden, Sir Wyatt wurde heute morgen hingerichtet.«

Elisabeth erwiderte nichts und beschäftigte sich mit der Fleischpastete.

»Sir Wyatts Hinrichtung scheint Euer Gnaden nicht weiter zu beeindrucken«, sagte die Dienerin mit einem lauernden Unterton.

»Der Lordkanzler hat mir schon vor einiger Zeit gesagt, daß heute das Todesurteil vollstreckt wird«, erwiderte Elisabeth herablassend und ohne die Dienerin eines Blickes zu würdigen.

Diese stand noch einen Augenblick unschlüssig herum und verzog sich dann verärgert in den Nebenraum. »Was für ein arrogantes, hochmütiges Geschöpf«, sagte sie zu den beiden anderen Kammerfrauen, »auch der Tower hat ihren Stolz nicht brechen können.«

Elisabeth ging unterdessen, wie gewöhnlich nach den Mahlzeiten, im Zimmer auf und ab, fühlte sich von einer merkwürdigen Unruhe ergriffen und fragte sich, warum man ihr unbedingt Wyatts Tod mitteilen wollte. Die Dienerin wollte wahrscheinlich ihre Reaktion beobachten, aber der Wachsoldat?

Er wollte mir noch etwas sagen, was mit Wyatts Hinrichtung zusammenhing…, vielleicht erfahre ich von Gardiner etwas, morgen wird er mich bestimmt wieder verhören.

Zu Elisabeths Verwunderung erschien Gardiner weder am Freitag noch am Samstag, und sie grübelte erneut, ob es mit Wyatt zusammenhing, kam aber zu keinem Ergebnis. Während der Messe am Sonntag versuchte sie, ihre Unruhe vor Robert zu verbergen, aber er spürte, daß sie grübelte, und fragte schließlich, was sie so beunruhige.

»Ich weiß es nicht, Robin.«

Als Gardiner auch am Montag nicht erschien, geriet Elisabeth in Panik. Es schien ihr unwahrscheinlich, daß er aufgegeben und den Rückzug angetreten hatte, wahrscheinlich diskutierte man im Rat, was nun mit ihr geschehen sollte, Wyatt war tot, aber es gab sein Geständnis, das sie belastete...

Würde man sie vor Gericht stellen? Vielleicht versuchte man, sie heimlich zu töten, zu vergiften!

Am Abend war sie davon überzeugt, daß ihr Essen vergiftet war, gewiß, eine der königlichen Dienerinnen kostete vor, aber das spielte keine Rolle, nach dem Vorkosten konnte man die Speisen, und vor allem das Bier, immer noch vergiften. Als der Wachsoldat das Abendessen brachte, wies sie die Pottage zurück, mit der Begründung, sie habe keinen Appetit wegen starker Magenschmerzen.

»Euer Gnaden, nehmt wenigstens das Brot, das werdet Ihr bestimmt vertragen.«

Sie überlegte, daß man Brot nach dem Vorkosten kaum vergiften konnte, nahm es und bat den Soldaten, ihr einen Becher mit frischem Wasser zu bringen. Wasser und Brot, soweit sind wir also, dachte sie, das ist natürlich keine Lösung, nach zwei oder drei Tagen wird es auffallen, daß ich nichts mehr esse, wenn ich die Nahrungsverweigerung mit Unwohlsein begründe, kommen Ärzte, untersuchen mich, stellen fest, daß ich gesund bin, ich muß eine andere Lösung finden...

Nachts versuchte sie, wach zu bleiben, weil sie erneut Angst hatte, im Schlaf ermordet zu werden, am nächsten Morgen begnügte sie sich erneut mit Wasser und Brot, überlegte, wie es weitergehen sollte.

In diesem Augenblick hörte sie Schritte, es war der Kommandant, wurde sie jetzt abgeholt und vor ein Tribunal gebracht?

Sie setzte sich in ihrem Stuhl etwas auf und faltete die Hände, um ihr Zittern zu verbergen. Sie hörte nicht, daß der Kommandant gemeldet wurde, er stand auf einmal vor ihr und verbeugte sich ehrerbietig.

»Euer Gnaden, Ihre Majestät hat erlaubt, daß Ihr ab heute, so oft Ihr wollt, auf dem Mauergang spazierengehen dürft, natürlich in Begleitung des Wachsoldaten.«

Elisabeth glaubte nicht richtig zu hören, wieso gewährte man ihr auf einmal Freiheiten?

»Ich darf das Zimmer verlassen?!«

»Ja, freut Ihr Euch nicht, Euer Gnaden?«

Er war erstaunt über ihre zurückhaltende Reaktion.

»Ich freue mich natürlich, aber ich verstehe nicht, warum man mir diese Freiheit gewährt.«

Sir Bridges zögerte etwas und erwiderte: »Ich darf es Euch zwar nicht sagen, aber ich tue es trotzdem, schließlich hat sich die Neuigkeit inzwischen in ganz London herumgesprochen. Als Sir Wyatt vor dem Henker stand, widerrief er sein Geständnis, sagte, es sei unter der Folter erpreßt worden, Euer Gnaden und der Graf von Devon hätten keinen Kontakt zu den Verschwörern gehabt. Euer Gnaden und der Graf seien unschuldig. Ich war bei der Hinrichtung anwesend, benachrichtigte sofort Ihre Majestät und den Rat über den Widerruf und verbot allen, die Wyatts letzte Worte gehört hatten, darüber zu reden, vor allem gebot ich absolutes Schweigen Euch gegenüber, schließlich ist es eine heikle politische Angelegenheit. Irgendwo im Tower muß es undichte Stellen geben, Ihr habt nichts erfahren, aber bereits am Freitag sprach ganz London nur noch von Wyatts Widerruf, und die Bevölkerung hofft, daß Ihr in den nächsten Tagen entlassen werdet. Im Rat muß die Botschaft wie ein Blitz eingeschlagen haben, seit Donnerstag beraten die Herren ununterbrochen und können sich anscheinend über die Freilassung Euer Gnaden nicht einigen. Heute morgen erhielt ich die Nachricht, daß man Euch erlaubt, auf dem Mauergang spazierenzugehen, allerdings bleibt Ihr vorerst im Tower, und man sucht weiterhin nach schriftlichen Beweisen für Eure Schuld. Der Lordkanzler ist in diesem Punkt hartnäckig, und Ihre Majestät kann sich aus irgendwelchen Gründen nicht entscheiden.«

Wahrscheinlich beeinflußt Renard Maria, überlegte Elisabeth, zu dem Kommandanten aber sagte sie: »Ich danke Euch sehr für Eure Offenheit, ich werde Euer Vertrauen nicht mißbrauchen.«

»Noch etwas, Euer Gnaden, auch das dürfte ich nicht sagen: Ihr werdet nicht mehr verhört werden.«

Als Sir Bridges gegangen war, versuchte sie die Neuigkeiten zu verarbeiten. Was hatte Gardiner behauptet? Im Angesicht des Todes sagt ein Mensch die Wahrheit! Auf Wyatt traf dies zu. Sein Widerruf war wahrscheinlich ihre Rettung. Sollten die Räte sich doch die Köpfe heiß reden, jetzt, nach dem Widerruf, und ohne schriftliche Beweise, mußte man sie irgendwann entlassen; wenn die Parteien im Rat sich nicht einigen konnten, würde der Druck der öffentlichen Meinung dafür sorgen, daß sie entlassen wurde, abgesehen davon mußte dem Prinzgemahl Philipp ein friedliches Land präsentiert werden...

Ab jetzt konnte sie aufatmen: Sie hatte als Thronfolgerin überlebt, jetzt würde die Zeit für sie arbeiten, sie konnte ihrer Zukunft gelassen entgegensehen. Sie verließ das Zimmer und bat den Soldaten, sie während ihres ersten Spazierganges zu begleiten.

Er führte sie bis zum Treppenabsatz und dann links einen kurzen Gang entlang zu einer niedrigen Tür, die er mit einem Schlüssel, den er stets bei sich trug, öffnete.

»Ich werde öfter am Tag hier spazierengehen, vielleicht kann die Tür unverschlossen bleiben.«

»Selbstverständlich, Euer Gnaden.«

Beim Hinaustreten mußte sie sich bücken, dann ging sie die wenigen Stufen hinunter, blieb stehen, atmete tief durch und sah sich um. Links von ihr – auf der Westseite – lagen die Kasematten, die Wohnungen für die Soldaten und die Wärter, dann kam ein Graben, und jenseits der äußeren Mauer lag London...

Sie sah nach rechts und erblickte den Weißen Turm, schließlich drehte sie sich zur Südseite um: Dort lag das Königinhaus, der Blutturm, dann kam die Wassergasse, hier war sie vom Verrätertor zum Glockenturm gegangen, hinter dem Verrätertor floß die Themse...

Der Soldat saß auf einer Treppenstufe und blickte ostentativ und ohne sich um seine Gefangene zu kümmern, zur Stadt. Elisabeth atmete auf, er war wenigstens diskret, so konnte sie es wagen, sich hin und wieder mit Robert beim Beauchamp-Turm zu treffen.

Sie wußte inzwischen, daß er den Turm allein bewohnte, vielleicht war er jetzt zufällig im Obergeschoß, und sie begann langsam und mit etwas Herzklopfen den Mauerweg entlangzugehen.

Robert hatte am Montag abend von seinem Wärter erfahren, daß Wyatt kurz vor seinem Tod Lady Elisabeth und Eduard Courtenay für unschuldig erklärt hatte.

»Wyatts Widerruf soll vorerst geheim bleiben«, sagte Martin, »aber alle reden darüber. Wahrscheinlich wird Lady Elisabeth den Tower in den nächsten Tagen verlassen.«

»Es ist ihr zu wünschen«, erwiderte Robert, sein Herz zog sich schmerzhaft zusammen. In den nächsten Tagen..., vielleicht hatte er sie am Sonntag für lange Zeit, für immer, zum letzten Mal gesehen.

Es war natürlich egoistisch zu wünschen, daß sie noch ein paar Wochen im Tower blieb, aber ihre Gegenwart war für ihn seit Monaten der erste Lichtblick gewesen. Er verbrachte einen trübsinnigen Abend, lag nachts lange wach, und als er gegen Morgen endlich einschlief, hatte er einen merkwürdigen, unangenehmen Traum: Er war allein mit Elisabeth in der Großen Halle in Hampton Court. Sie sah ihn prüfend an und sagte: ›Vorhin habe ich die Nachricht erhalten, daß Eure Gattin tot ist, angeblich wurde sie ermordet.‹ – ›Ermordet? Wer ist der Mörder?‹ – ›Mr. Braleigh behauptet, daß Ihr Amy ermordet habt.‹ – ›Ich?! Niemals!‹ – ›Ich glaube Euch, trotzdem ist es besser, wenn Ihr den Hof für einige Zeit verlaßt.‹ – Sie drehte sich um und eilte hinaus...

Im nächsten Augenblick erwachte Robert; als er die vertraute Umgebung sah, atmete er auf, er hatte Gott sei Dank nur geträumt, Amy lebte und Elisabeth..., wahrscheinlich ritt sie schon nach Hatfield.

Nach dem Frühstück saß er lange Zeit vor dem Marzipanschloß Nonsuch und erinnerte sich an die vergangenen Sonntage. Irgendwann fiel ihm ein, daß er dem Raben Eduard seinen Kummer anvertrauen könnte, aber als er sich umsah, war der Vogel verschwunden, und Robert vermutete, daß er in den oberen Stock geflogen war.

Er ging hinauf und fand Eduard in Gesellschaft eines anderen Raben, wahrscheinlich ein Weibchen, dachte Robert. Die Vögel hockten einträchtig nebeneinander und sahen hinaus auf den Mauergang. Sieh an, dachte Robert belustigt, er hat jetzt einen interessanteren Gesprächspartner, im gleichen Augenblick krächzten beide, flogen zu der Mauerbrüstung, ließen sich darauf nieder und sahen neugierig zum Glockenturm.

Robert trat verwundert an das Gitterfenster und ärgerte sich, daß er nicht den Kopf zwischen den Stäben durchzwängen konnte, um zu sehen, was es gab. Er wollte eben umkehren, als er leichte Schritte hörte, und einige Sekunden später tauchte Elisabeth vor dem Gitterfenster auf. Im ersten Augenblick glaubte Robert einen Geist zu sehen, aber als sie ihn ansprach, begriff er, daß es keine Einbildung war.

»Robin, welch' ein Zufall, daß ich Euch jetzt hier sehe.«

Sie lächelte ihn glücklich an, und er fragte sich, ob dies Lächeln ihm galt oder ob sie wußte, daß sie das Gefängnis bald verlassen würde, und darüber glücklich war.

»Euer Gnaden«, stammelte er, »ich dachte, Ihr hättet den Tower längst verlassen, Wyatt hat ja widerrufen, aber..., ich... ich bitte um Vergebung, ich bin so froh, daß Ihr noch hier seid, obwohl..., für Euch ist es natürlich nicht angenehm, immer noch hinter diesen Mauern zu weilen.«

Er spürte, daß er errötete, und schwieg verlegen.

»Ihr habt recht«, erwiderte Elisabeth lächelnd, »das Leben hinter diesen Mauern ist nicht angenehm, aber ich werde es überstehen, zumal ich jetzt täglich zu Eurem Turm spazieren darf, ich werde zwar bewacht, aber«, und sie sah hoch zum Glockenturm, wo der Soldat immer noch ostentativ gen London blickte, »mein Wächter ist taktvoll und stört mich nicht, also, vorhin erschien Sir Bridges...«, und sie schilderte ihm das Gespräch.

Als sie fertig war, schwiegen beide eine Weile, schließlich fragte Robert vorsichtig:

»Wie lange wird man Euch hier noch einsperren?«

»Ich weiß es nicht, vielleicht ein paar Wochen, vielleicht noch einige Monate, das hängt von der politischen Entwicklung ab, meine Haft ist nach Wyatts Widerruf juristisch nicht mehr gerechtfertigt, und was die Politik betrifft, so wird die Zeit für mich arbeiten. Eines Tages werde ich den Tower verlassen, und wenn ich in Freiheit bin, und die Königin mir wieder gnädig gesonnen ist, dann, das verspreche ich Euch, Robin, dann werde ich alles, was in meiner Macht steht, versuchen, daß auch Ihr bald entlassen werdet.«

»Ich danke Euch, Euer Gnaden, aber welche Zukunft erwartet mich, ich werde auf dem Land leben, fern vom Hof, das ist nicht weiter schlimm, aber ich muß an der Seite einer Frau leben, die ich nicht liebe, ich darf so etwas nicht sagen, aber es ist nun einmal so.«

Er wird mit Amy zusammenleben, dachte Elisabeth und spürte, daß sie eifersüchtig war wie noch nie zuvor; sie werden als Ehepaar zusammenleben, das ertrage ich nicht, nein, er darf nicht zu ihr zurückkehren, er muß am Hof bleiben...

»Robin, Eure Zukunft ist nicht ein Leben auf dem Land, sondern ein Leben am Hof. Vielleicht läßt es sich zu Lebzeiten meiner Schwester arrangieren, wenn nicht..., eines Tages werde ich Königin von England sein, und dann, dann werdet Ihr für immer am Hof leben, ich werde Euch zum..., zum..., ach, das weiß ich noch nicht, aber ihr werdet ein repräsentatives Hofamt erhalten, Ihr werdet weit entfernt von Amy leben, das verspreche ich Euch, bis dahin müssen wir uns gedulden.«

»Natürlich, Euer Gnaden, ich werde Euer treuester und loyalster Untertan sein.«

Bis dahin müssen wir uns gedulden, überlegte er, wie war das gemeint? Wollte sie, daß er ihr Liebhaber wurde? Nein, dachte er, an so etwas darf ich nicht denken, für uns wird es nie eine Erfüllung geben, aber ist das so wichtig? Ich werde am Hof, in ihrer Nähe leben, vielleicht werde ich ihr wichtigster Ratgeber...

»Ich muß jetzt gehen«, sagte Elisabeth, »es fällt vielleicht auf, wenn ich zu lange beim Beauchamp-Turm verweile, mein Bewacher kümmert sich zwar nicht darum, aber wer weiß, wie viele verborgene Augen es hier gibt. Ich schlage vor, daß wir uns nach jeder

Mahlzeit kurz hier treffen und plaudern, das ist eine günstige Zeit, nach dem Frühstück beginnen alle ihre Arbeit, nach dem Mittagessen ruht man, nach dem Abendessen läßt man den Tag ausklingen.«

Sie ging zurück, und er stand an dem vergitterten Fenster, dachte über das Gespräch nach und bekam Herzklopfen, wenn er an seine Zukunft dachte, es gab also Perspektiven für ihn, und was für Perspektiven!

Sie wirkt so sicher, dachte er, sie ist überzeugt davon, daß sie eines Tages den Thron besteigen wird, diese Einstellung ist wahrscheinlich richtig, man muß davon überzeugt sein, daß man ein Ziel erreicht, auch wenn die äußeren Umstände dagegen sprechen.

Als Elisabeth nach dem Mittagessen zum Beauchamp-Turm ging, sah sie kurz zurück zu dem Wachsoldaten und stellte erstaunt fest, daß er verschwunden war, um so besser, dachte sie.

»Wir sind ungestört«, sagte sie zu Robert, »tut mir einen Gefallen und sorgt dafür, daß Philip und Lucy erst heiraten, wenn ich in Freiheit bin, ich möchte ihnen eine schöne Hochzeit ausrichten, sie haben uns während unserer Gefangenschaft so treu gedient.«

»Selbstverständlich, Euer Gnaden, übrigens, die beiden haben eine Möglichkeit gefunden, sich auch hier im Tower zu sehen, ohne daß es auffällt. Als Philip letzte Woche Wäsche brachte, sah er, daß Lucy bei dem Karren des Gemüsehändlers stand und sich mit dem jungen Mann unterhielt. Lucy winkte ihn herbei, stellte ihn als ihren Verlobten vor, und dann hörte Philip erstaunt, daß sie dem Händler von Euer Gnaden erzählte, wie es Euch gesundheitlich geht, wie Eure Stimmung ist, wie oft und wie lange Gardiner Euch verhört, er hat keine Erklärung dafür, daß Lucy einem Fremden gegenüber so offenherzig über Euer Gnaden berichtet, und bisher hatte er noch keine Gelegenheit, sie nach dem Grund für ihr merkwürdiges Verhalten zu fragen.«

Elisabeth lachte. »Lucy hat den Händler seinerzeit an meinem Geburtstag in Schloß Richmond gesehen, er ist Cecils Gärtnergehilfe. Cecil hat ihn hier eingeschleust, um mich moralisch zu unterstützen.«

»Cecils Gärtnergehilfe? Cecil liefert also das Grünzeug, jetzt weiß ich auch, warum mir die Pottage nicht schmeckt.«

Er spürte wieder jene Eifersucht wie damals, im Sommer 1551, als er beobachtet hatte, daß Elisabeth sich häufig mit dem damaligen Staatssekretär unterhielt.

»Moralische Unterstützung, er macht sich wichtig.«

Elisabeth sah Robert erstaunt an. »Was habt Ihr gegen William Cecil? Er hat meinem Bruder stets treu gedient, es spricht für ihn, daß er die Rebellen nicht unterstützt hat, das beweist seine Loyalität auch gegenüber meiner Schwester. Obwohl er bestimmt weder die Einführung der Messe noch die Verbindung mit Philipp billigt, außerdem halte ich ihn für den tüchtigsten und fähigsten Staatssekretär, den es in England je gab.«

»Das bezweifle ich nicht, Euer Gnaden, ich habe nichts gegen ihn, aber er wirkt auf mich undurchsichtig, wenn ich ihm früher begegnet bin, fühlte ich mich immer so... so durchschaut. Er blickte einen immer so... so durchdringend an, außerdem ist er stets ernst, ich habe ihn noch nie lachen sehen, ihm fehlt die Lebensfreude.«

»Ihr irrt Euch, er kann durchaus heiter sein, aber seinerzeit trug er viel Verantwortung, er führte die Regierungsgeschäfte, da ist man nur selten zum Scherzen aufgelegt, Eure Meinung über Cecil entbehrt jeder rationalen Grundlage, Ihr beurteilt ihn zu emotional.«

»Gegen Gefühle ist man machtlos.«

»Man kann versuchen, sie zu beherrschen.«

Nach diesem Disput schwiegen beide eine Weile.

Elisabeth betrachtete Roberts mißmutiges Gesicht und amüsierte sich im stillen darüber, daß er auf Cecil offensichtlich eifersüchtig war. Wenn ich Königin bin, überlegte sie, wird natürlich Cecil mein engster Mitarbeiter sein, das kann zu Spannungen zwischen ihm und Robin führen, aber das macht nichts, beide sind von meinem Wohlwollen abhängig, und Rivalen kann man gegeneinander ausspielen..., im übrigen ist Robins Eifersucht albern, Cecil soll mich weder unterhalten noch hofieren oder bewundern, er soll mich unterstützen und beraten.

Wenn sie Königin ist, überlegte Robert verärgert, werde ich mit Cecil rechnen müssen, sie ist ja geradezu vernarrt in ihn, aber ich werde Cecil das Wasser schon abgraben, während er Berichte für Ihre Majestät schreibt, werde ich Ihre Majestät bei Ausritten begleiten, abgesehen davon regiert zur Zeit Maria, wenn wir Pech haben, lebt sie noch viele Jahre, vielleicht sitze ich dann immer noch im Tower…

Seine Gedanken kehrten in die Gegenwart zurück.

»Euer Gnaden, habt Ihr genügend Lektüre? Philip kann die Bücher besorgen, die Ihr wünscht.«

»Genügend Lektüre? Kein einziges Buch. Man erlaubt mir noch nicht einmal das Lesen der Bibel.«

»Gütiger Himmel, wie habt Ihr denn während der letzten vier Wochen die Zeit verbracht?«

»Ich habe nachgedacht.«

»Was wollt Ihr lesen? Horaz, Vergil, Cicero, Sallust, Sophokles…«

»Nein, Robin, keine antiken Dichter, die kenne ich inzwischen zur Genüge, ich möchte einmal einen englischen Dichter lesen, Chaucer, seine ›Canterbury Tales‹, und ›Utopia‹ von Thomas More; er hat auch den Glockenturm kennengelernt, allerdings die unteren Räume. Sagt Philip, er soll aufschreiben, wieviel Pfund er für mich ausgibt, ich werde ihm alles bis auf den letzten Penny zurückzahlen, sobald ich in Freiheit bin.«

»Gewiß«, versicherte Robert, im stillen war er fest entschlossen, Amys Geld jetzt für Elisabeth auszugeben. »Ihr müßt sicherlich allerhand entbehren, soll Philip noch etwas besorgen, Kleider vielleicht oder Wein, Fleisch, Süßspeisen?«

»Danke, für Kleider ist gesorgt, das Essen hier genügt mir, was mir fehlt, ist ein Duftwasser und gute Seife. So, und jetzt muß ich gehen, wir dürfen nicht auffallen.«

»Wartet, wollt Ihr einstweilen eines von meinen Büchern lesen? Ich kann Euch anbieten: Homers Ilias und Odyssee, Sallust, Livius, Cäsars Gallischen Krieg.«

»Für Kriege habe ich nicht viel übrig, gebt mir die Odyssee, Odysseus kämpft nicht mit dem Schwert, sondern mit dem Kopf, das gefällt mir.«

Sie verbarg das Buch unter ihrem Umhang und eilte zurück zum Glockenturm. Unterwegs überlegte sie, wo sie die Bücher verstecken konnte. Bisher hatten die Dienerinnen der Königin das Zimmer nur betreten, wenn Lucy ihr beim Ankleiden half, aber jetzt, wo sie spazierengehen durfte, schnüffelten sie vielleicht heimlich in ihren Sachen herum. Es war wohl am besten, wenn sie die Bücher zwischen den Kleidern versteckte, die Truhe abschloß und den Schlüssel bei sich trug, und wenn man sie fragte, warum die Truhe verschlossen war, mußte sie sich eine Ausrede einfallen lassen.

Als sie den Turm betrat, stand der Soldat auf dem Treppenabsatz, bereit, jeden, der zum Mauergang wollte, abzuwehren.

»Ihr seid mir ein guter Wächter«, sagte sie scherzend, »solltet Ihr mich nicht bei meinem Spaziergang begleiten?«

Der Soldat lachte. »Euer Gnaden, ich kenne unseren Kommandanten und weiß, daß er die Vorschriften großzügig auslegt. Er hat mir befohlen, Euch allein spazieren zu lassen, recht hat er, schließlich ist es unmöglich, aus dem Tower zu entfliehen, es ist nur ein Fluchtversuch bekannt, und der ist gescheitert: 1244 versuchte der walisische Prinz Gruffydd ap Llewelyn, ein Gefangener Heinrichs III., zu entkommen, doch sein zusammengeknotetes Seil aus Betttüchern hielt nicht, und er stürzte zu Tode. Es ist sinnvoller, daß ich hier stehe und aufpasse, daß nicht die Dienerinnen Ihrer Majestät den Mauergang beobachten. Es geht niemanden etwas an, daß Ihr mit Mr. Dudley plaudert, das ist Eure Angelegenheit.«

»Ich danke Euch, wie ist Euer Name?«

»William Hathaway, Euer Gnaden, ich stamme aus Stratford upon Avon. Mein Bruder besitzt dort einen großen Bauernhof.«

Den Namen muß ich mir merken, überlegte Elisabeth, vielleicht kann ich irgendwann einmal etwas für ihn tun.

Nach dem Abendessen ging sie zum dritten Mal an diesem Tag zum Beauchamp-Turm.

An jenem Abend erzählten sich Robert Dudley und Elisabeth Tudor, was sie seit ihrem Abschied im Sommer 1551 alles erlebt hatten.

Am nächsten Tag um die Mittagszeit erschien Martins kleine Tochter im Glockenturm und überreichte Elisabeth einen Strauß Frühlingsblumen.

»Der Beauchamp-Turm schickt die Blumen«, flüsterte die Kleine und schielte ängstlich zu William Hathaway, der amüsiert lächelte.

»Wie reizend«, sagte Elisabeth, »wo hast du die Blumen denn gekauft?«

»Bei dem Händler, der jeden Tag Gemüse liefert, er hat jetzt auch frische Blumen, und als ich ihm sagte, daß sie für Euer Gnaden sind, hat er die schönsten ausgesucht.«

Von jenem Tag an erhielt Elisabeth regelmäßig Blumen vom Beauchamp-Turm, und sie genoß die Bewunderung und Zuneigung, die Robert damit zum Ausdruck brachte.

Während das Verhältnis zwischen Elisabeth und Robert sich vertiefte und jeder sich über die Gegenwart des andern freute, herrschte im Staatsrat die größte Uneinigkeit, was mit der Thronfolgerin geschehen solle.

Bereits Anfang April hatte sich eine Partei gegen den Lordkanzler gebildet, zu der Howard, Arundel, Sussex, Pembroke und Paget zählten. Nach Wyatts Widerruf erörterte man erneut eine Verheiratung mit dem Prinzen von Savoyen und überlegte, daß, falls Maria kinderlos blieb, Elisabeths Erbrechte auf den Gatten übertragen werden könnten.

Man erwog, sie nach Pontefract-Castle zu schicken oder an den Hof von Philipps Tante, die in den Niederlanden regierte, man dachte auch über eine Verheiratung mit dem Bruder des Königs von Portugal nach.

Renard, der mit Argusaugen die Vorgänge im Rat verfolgte, schrieb am 22. April an den Kaiser: ›Seit meinen letzten Berichten haben sich die Eifersüchteleien, die Uneinigkeit der Parteien und das Unbehagen der Ratsherren derart verschärft, daß manche Ratsmitglieder, aus Haß gegen die anderen, den Sitzungen fernbleiben. Was dem einen recht ist, mißfällt dem anderen; was der eine rät, verwirft der andere; der rät, Courtenay zu retten, jener, Elisabeth …

Was Elisabeth selbst betrifft, so können die Richter keinen Grund zur Verurteilung finden…

Der April neigte sich dem Ende zu.

Am letzten Samstag im Monat ging Elisabeth nach dem Abendessen wie gewöhnlich zum Beauchamp-Turm. Unter ihrem Umhang verbarg sie Chaucers Erzählungen, weil sie Robert etwas vorlesen und sich dann mit ihm darüber unterhalten wollte; dies war seit einigen Tagen ein neuer Zeitvertreib, weil sie sich inzwischen alles über ihr bisheriges Leben erzählt hatten.

»Ich hoffe«, sagte Elisabeth, während sie das Buch aufschlug und darin blätterte, »daß Ihr für heute eine interessantere Lektüre ausgesucht habt und nicht wieder Livius lest wie gestern abend.«

»Seid unbesorgt, Euer Gnaden«, und während Elisabeth vorlas, überlegte Robert fieberhaft, ob er es wagen sollte, einige Abschnitte aus Ovids »Ars amatoria« vorzutragen, natürlich harmlose, unverfängliche Verse… Warum nicht? Im frühen Mittelalter hatte es Minnesänger gegeben.

Nach einer Weile klappte Elisabeth das Buch zu. »Jetzt seid Ihr an der Reihe, ich bin gespannt, was Ihr ausgesucht habt.«

Robert eilte nach unten, nahm den Ovid, zögerte noch einige Sekunden und ging dann zurück in das Obergeschoß. »Ich werde Euch etwas von Ovid vorlesen:

Prima tuae menti veniat fuducia, cunctas posse capi: capies,
tu modo tende plagas. vere prius volucres taceant, aestate
cicadae, Maenalius lepori det sua terga canis, femina quam
iuveni blande temptata repugnet; haec quoque, quam poteris
credere nolle, volet.«

›Zuerst durchdringe dich die Zuversicht, daß alle erobert werden können. Du wirst sie fangen, spanne nur die Netze aus! Eher können im Frühjahr die Vögel schweigen, im Sommer die Zikaden, eher kann der arkadische Jagdhund vor dem Hasen fliehen als eine Frau einem jungen Manne widerstehen, wenn er sie schmeichelnd in Versuchung führt; auch eine, von der man glauben könnte, sie wolle nicht, wird wollen.‹

Elisabeth beobachtete Robert und dachte, daß alles viel einfacher wäre ohne Amy und ohne die Krone Englands, dann könnten sie eine gemeinsame Zukunft planen, aber so, wie die Dinge lagen, war es unvernünftig, sich Gefühlen hinzugeben und eine Zuneigung wachsen zu lassen, der keine Zukunft beschieden war, und sie mußten an die Zukunft denken, vor allem sie...

Während der vergangenen Wochen hatten sie zu sehr in der Vergangenheit und Gegenwart gelebt.

»Robin, lest einen anderen Dichter, ich kenne die Ars amatoria.«

»Verzeihung, Euer Gnaden, das wußte ich nicht«, und errötend legte er das Buch zur Seite.

»Robin«, begann sie zögernd, »ich liebe diese Dichtung Ovids und habe sie so oft gelesen, daß ich sie auswendig vortragen könnte. Unsere Beziehung indes... Die Verhältnisse sind nun einmal so, wir sollten nicht an die Ars amatoria denken. Ihr versteht, was ich meine?«

»Gewiß, Euer Gnaden.«

Er fühlte sich beschämt und ärgerte sich über seine Kühnheit.

»Seid Ihr mir böse, Euer Gnaden?«

»Nein, aber wir müssen vernünftig sein und uns beherrschen, und wir werden Freunde bleiben.«

»Ja, Euer Gnaden.«

»Gute Nacht, Robin, wir sehen uns morgen bei der Messe.«

»Gute Nacht, Euer Gnaden.«

Bei der Messe, dachte er enttäuscht, sie wird nach dem Frühstück also nicht kommen..., wir werden Freunde bleiben..., sie hat ja recht, und die gemeinsame Zeit im Tower wird uns niemand nehmen können, sie verbindet uns, was die Zukunft auch bringen mag. Auf dem Rückweg beschloß Elisabeth, erst am Donnerstag wieder zum Beauchamp-Turm zu gehen, sie mußte Distanz zwischen sich und Robert schaffen, vor allem eine innere Distanz, er muß begreifen, dachte sie, daß ich in unserer Beziehung die Gangart bestimme.

Als sie sich zur Ruhe begab, überlegte sie, am nächsten Morgen bereits kurz nach Sonnenaufgang zum Mauergang zu gehen, um in der frischen, kühlen Luft in aller Ruhe über etwas nachzudenken, was sie schon lange beschäftigte und wozu ihr während der vergangenen Wochen und Monate die innere Ruhe gefehlt hatte.

An jenem Abend saßen der Kommandant und seine Gattin in ihrem Wohnraum friedlich vor dem Kaminfeuer, spielten Karten und unterhielten sich über ihre Gefangenen. »Ich bin gespannt«, sagte Sir Bridges, während er die Karten mischte, »was sie mit Cranmer machen, der alte Mann tut mir immer leid, wenn ich ihn sehe.«

»Wahrscheinlich wird er bis an sein Lebensende im Tower bleiben, es sei denn, er überlebt die Königin, ihre Nachfolgerin wird ihm bestimmt die Freiheit zurückgeben; wie lange wird Lady Elisabeth wohl noch hier bleiben müssen?«

»Einige Wochen vielleicht oder auch einige Monate, neulich hörte ich, sie solle im Tower bleiben, bis die Hochzeitsfeierlichkeiten vorüber sind, abgesehen davon ermittelt man immer noch.«

»Man sucht und findet nichts, unter uns, es ist ein Skandal, daß sie jetzt – nach Wyatts Widerruf – immer noch hier ist, das ist die Meinung der Öffentlichkeit.«

In diesem Augenblick kam der Diener und überreichte dem Kommandanten einen Brief mit dem königlichen Siegel.

Der Kommandant las das Schreiben, erbleichte, sprang auf und ging erregt hin und her.

»Großer Gott«, stöhnte er, »das ist doch nicht möglich, das... das verstehe ich nicht.«

»Was ist passiert?«

»Nichts.« Er ging zum Tisch, las den Brief im Kerzenlicht ein zweites Mal und legte ihn kopfschüttelnd zur Seite.

»Irgend etwas stimmt nicht«, murmelte er.

»So sage endlich, was es gibt«, rief seine Frau ungeduldig.

Er antwortete nicht, las den Brief ein drittes Mal, stutzte, faltete ihn sorgfältig zusammen und sagte zu dem Diener: »Sorgt dafür, daß mein Pferd morgen bei Tagesanbruch gesattelt bereit steht«, und zu seiner Frau: »Ich muß nach Whitehall und die Königin sprechen.«

»Du willst morgen der Messe fernbleiben?«

»Der Brief ist wichtiger, es geht um Lady Elisabeth, stelle jetzt bitte keine weiteren Fragen.«

Während Sir Bridges am nächsten Morgen kurz nach Sonnenaufgang nach Whitehall ritt, stand Elisabeth auf dem Mauergang und betrachtete nachdenklich den Weißen Turm, das älteste Bauwerk in der Festung. Wilhelm der Eroberer hat diesen Turm um 1078 erbauen lassen, vollendet wurde er erst 1097, zehn Jahre nach dem Tod des Eroberers. Der Ausbau der Festung dauerte noch zweihundert Jahre, bis etwa 1300, damals regierte Eduard I. Der Tower ist Arsenal, Schatzkammer, Münze, Staatsgefängnis für die Feinde des Königs, und er war, bis zur Herrschaft meines Vaters, auch der Wohnsitz des Königs.

Diese Festung ist untrennbar mit der Geschichte Englands und ihren Königen verbunden, aber es ist Geschichte, Vergangenheit, die Zukunft…, und sie drehte sich um und sah zur Südseite, Englands Zukunft liegt hinter jenen Mauern, dort fließt die Themse, von der Themse aus kann man das offene Meer erreichen, Englands Zukunft ist das Meer. Mein Vater hat eine Flotte gebaut, die jetzt irgendwo vermodert; wenn ich Königin bin, werde ich den Schiffbau fördern, ein Inselreich wie England benötigt eine Flotte, nicht, um Krieg zu führen, sondern um neue Handelswege zu erschließen. Das Meer ist unsere natürliche Grenze, wir müssen keine Invasion fürchten, kein fremdes Land wird uns überfallen, wir können uns in Ruhe dem Handel widmen, der Handel bringt dem Land Wohlstand. Englands Könige werden sich künftig auf die Kaufleute stützen, nicht mehr auf den Schwertadel. Die Voraussetzung für unseren Wohlstand ist der Friede mit den Nachbarn, ich muß verhindern, daß wir in Kriege verwickelt werden, wie erreiche ich dies? Man muß undurchsichtig und diplomatisch mit allen verhandeln, für diese Verhandlungen ist Cecil der richtige Mann.

Der innere Friede, das heißt, der religiöse Friede, ist problematischer. Die Glaubensfrage muß mit einem Kompromiß gelöst werden, mit dem alle religiösen Gruppen leben können. Hier ist die Mitwirkung des Parlaments notwendig, und die Zusammenarbeit mit den Abgeordneten wird nicht einfach werden. Unter Eduards Regierung sind die Parlamentarier selbstbewußter geworden, weil ein starker Herrscher fehlte, der beste Beweis für das neue Selbstverständnis des Unterhauses ist die Opposition gegen Marias Ehe mit Philipp, also: Diplomatie beim Umgang mit dem Parlament!

Mit welchen Problemen muß ich noch rechnen?

Werde ich von den katholischen Großmächten als Königin von England anerkannt, für den Papst bin ich immer noch ein Bastard, Frankreich wird Ansprüche für Maria Stuart geltend machen, andererseits, die Tatsache, daß ich Königin bin, kann man nicht einfach ignorieren, und Gott sei Dank ist England für die Großmächte immer noch ein unbedeutendes Land. Das schwierigste Problem ist meine Verheiratung, weil ich selbst noch nicht genau weiß, was ich möchte. Parlament und Rat werden mich bestimmt zur Ehe drängen, genauso, wie sie Maria bedrängt haben.

Die Thronfolge muß gesichert werden, aber die Verbindung mit einer katholischen Großmacht wird von Parlament und Volk abgelehnt. Die Verbindung mit einem unbedeutenden protestantischen Fürsten bringt England außenpolitisch keine Vorteile, so bleibt nur die Verbindung mit einem englischen Aristokraten, da könnte man sogar aus Zuneigung heiraten, aber die Ehe mit einem englischen Adligen kann zu innenpolitischen Konflikten führen, zum Aufleben alter Fehden.

Wird ein ausländischer oder englischer Prinzgemahl nicht auch versuchen, mich in den Hintergrund zu drängen? Ein Gatte beeinträchtigt bestimmt meine Stellung als Königin, das darf nicht sein, es ist wohl am besten, wenn ich nicht heirate, und die Thronfolge?

Förderung des Handels überlegte sie, damit England reich und wohlhabend wird, Vermeidung von Kriegen durch diplomatische Verhandlungen, Religionsfriede, geschickter Umgang mit dem Parlament, Verzögerung der Heiratsfrage..., im Hintergrund ein repräsentativer, prunkvoller Hof, der nicht viel kosten darf, weil ich nicht über die finanziellen Mittel verfüge wie mein Vater.

Wie erreiche ich, daß ein Hof, an dem sparsam gewirtschaftet wird, für die Adligen ein Anziehungspunkt bleibt?

Man müßte den Begriff der Ehre betonen und hervorheben, daß es eine besondere Ehre ist, der Königin zu dienen und am Hof in ihrer Nähe zu leben... Die Adligen, die ein Hofamt bekleiden, haben Anspruch auf kostenlose Unterbringung und Verpflegung, folglich kann die Königin, wenn sie über Land reist, erwarten, daß sie und ihr Gefolge in den Schlössern der Adligen als Gäste aufgenommen und unterhalten werden.

Wenn Bälle, Bankette, Jagden, Maskenspiele und sonstige Belustigungen während des Sommers von den Adligen bezahlt werden, so entlastet dies die Staatskasse, und der Repräsentation wird Genüge getan.

Wie kann man vor den ausländischen Gesandten angemessen repräsentieren, wenn man sparen muß?

Bälle und Bankette müssen stattfinden, aber da sie nicht so zahlreich und aufwendig sind wie zu Zeiten meines Vaters, muß noch etwas anderes geboten werden, vielleicht... Hat nicht Sir Thomas Wyatt, der Vater des glücklosen Rebellen, für meine Mutter gedichtet und seine Verse bei Hof vorgetragen?

Man könnte das Hofleben bereichern durch die Förderung der Dichtkunst... Sir Wyatt war ein Dichter, ebenso der Graf von Surrey, unter den Adligen gibt es bestimmt manches Talent, man muß nur die Augen offenhalten... ich könnte an meinem Hof Dichterlesungen veranstalten..., ja, das ist die Lösung: Kunst und Kultur, die englische Dichtkunst, werden an meinem Hof gefördert, sie werden das Hofleben prägen und die ausländischen Gesandten beeindrucken, in ihren Berichten werden sie den Hof der englischen Königin als Musenhof rühmen...

Sie sah noch einmal hinüber zum »Weißen Turm« und fragte sich, wie lange sie wohl noch im Tower bleiben mußte.

Maria trank gerade genüßlich ihre Schokolade, ein Luxus, den sie sich nur an Sonn- und Feiertagen gönnte, als der Kommandant des Tower gemeldet wurde.

»So früh, und auch noch am Sonntag?! Ich kann ihn erst nach der Messe empfangen.«

»Majestät«, erwiderte die Hofdame zögernd, »er sagt, es sei eine staatspolitische Angelegenheit, es handele sich um Lady Elisabeth.«

Marias Gesicht verfinsterte sich, sogar ihr geheiligtes Schokoladenfrühstück wurde von der Schwester gestört.

»Er soll hereinkommen.«

Als der Kommandant den Raum betrat, stellte sie abrupt die Tasse auf den Tisch und blickte ihn unwirsch an.

»Was gibt es, faßt Euch kurz, ich habe wenig Zeit. Ist Lady Elisabeth geflohen?«

»Nein, Majestät«, und mit einer tiefen Verbeugung überreichte er der Königin den Brief.

»Majestät, ich erhielt dieses Schreiben gestern abend. Es ist der Befehl, Lady Elisabeth am heutigen Sonntag, kurz nach Sonnenaufgang, hinzurichten. Da die Unterschrift Eurer Majestät fehlt, traute ich der Sache nicht und bin deshalb hierhergekommen.«

»Wie bitte?« rief Maria entsetzt. »Was sagt Ihr? Ein Hinrichtungsbefehl!«

Ihr Gesicht wurde aschfahl, und ihre Hände zitterten, als sie nun den Brief entfaltete und las. Als sie fertig war, legte sie das Schreiben auf den Tisch und sah den Kommandanten hilflos an.

»Ihr habt recht, meine Unterschrift fehlt. Ich verstehe es nicht. Solange Lady Elisabeth im Tower ist, war nie die Rede davon, sie zum Tod zu verurteilen, das hätte nur neue Unruhen heraufbeschworen…«, sie zögerte etwas und fuhr dann fort: »Selbst wenn man Beweise für ihre Schuld gefunden hätte, selbst wenn man sie daraufhin zum Tod verurteilt hätte…, ich glaube nicht, daß ich die Kraft gehabt hätte, das Todesurteil meiner Schwester zu unterzeichnen.«

Eine Weile herrschte Schweigen im Raum, dann sagte Maria halb gnädig, halb vorwurfsvoll: »Ihr habt heute umsichtig gehandelt, so verzeihe ich Euch Eure Nachlässigkeit bei der Bewachung meiner Schwester.«

»Wie soll ich das verstehen, Majestät?«

»Nun, ich habe meine Leute im Tower und weiß genau, daß meine Schwester immer ohne Wachsoldat den Mauergang entlang spazierte, durch meine Dienerinnen habe ich erfahren, daß irgendwie Bücher bei ihr eingeschmuggelt wurden. Dies alles ist nur möglich bei einem Kommandanten, der die Vorschriften großzügig auslegt. Ich war mit den Vorbereitungen für meine Hochzeit so beschäftigt, daß ich keine Zeit fand, um Euch zu rügen.«

»Majestät, eine Flucht aus dem Tower ist unmöglich.«

»Ich weiß, aber Vorschrift ist Vorschrift, ich entlasse Euch zum 1. Mai aus meinen Diensten. Ihr habt der Krone lange treu gedient, genießt noch ein paar ruhige Jahre, und finanziell werde ich für Euch sorgen. Geht jetzt.«

An diesem Sonntag rauschte die Messe an Maria vorbei, immer wieder kehrten ihre Gedanken zu dem Hinrichtungsbefehl zurück, und sie überlegte, wer ihn ausgestellt hatte, vielleicht Gardiner?

Nach dem Gottesdienst überlegte sie, mit welchem der Räte sie über diese mysteriöse Angelegenheit sprechen konnte, und befahl schließlich Lord Sussex zu sich, zu ihm hatte sie das meiste Vertrauen.

Sussex las den Brief und sah Maria fassungslos an.

»Ich hätte nie gedacht, daß er so weit gehen würde«, sagte er mehr zu sich selbst als zur Königin.

»Wen meint Ihr mit ›er‹ ?«

Sussex zögerte etwas. »Nun«, erwiderte er vorsichtig, »ich bin davon überzeugt, daß dies das Werk von Gardiner ist.«

»Ich teile Eure Meinung, und ich bin empört, wie der Lordkanzler mich hintergangen hat, aber wieso seid Ihr davon überzeugt, daß er den Brief verfaßt hat?«

»Bei der letzten Ratssitzung am Freitag waren alle davon überzeugt, daß Lady Elisabeth unschuldig ist, daß weitere Untersuchungen überflüssig sind und daß man nun endlich eine Entscheidung fällen müsse. Man diskutierte wieder stundenlang, ohne zu einem Ergebnis zu kommen, der einzige, der während der Debatte schwieg, war Gardiner. Er hat wohl gemerkt, daß er gegen Lady Elisabeth nichts mehr vorbringen konnte, und so hat er eben seinen letzten Trumpf ausgespielt, wobei er mit dem blinden soldatischen Gehorsam des Kommandanten rechnete, und in diesem Punkt hat er sich verrechnet.«

»Er verfolgt meine Schwester mit einem Haß, den ich nicht nachvollziehen kann, gewiß, sie kann aufreizend wirken, wie oft hat sie mich mit ihrer gespielten Unterwürfigkeit zur Weißglut gebracht, manchmal habe ich den Eindruck, daß sie sich uns allen überlegen fühlt.«

Sussex lächelte.

»Genau das ist der Punkt, über den Gardiner sich wahrscheinlich während der letzten Wochen maßlos ärgerte. Während der Verhöre zeigte sie sich als ebenbürtige, wenn nicht sogar überlegene Gegnerin; ich weiß nicht, wie oft er sie verhört hat, aber jedesmal war es für ihn ein Mißerfolg. Das hat seiner Eitelkeit und seinem Selbstbewußtsein einen schweren Stoß versetzt, aber was auch immer seine Motive für diesen Hinrichtungsbefehl gewesen sein mögen, Euer Majestät müssen allmählich eine Entscheidung über das weitere Schicksal von Lady Elisabeth treffen.«

»Mein Gott, ich darf nicht daran denken, daß ein anderer Kommandant den Befehl womöglich ausgeführt hätte.«

»Majestät, jedem Kommandanten wäre aufgefallen, daß die Unterschrift Eurer Majestät fehlte, dieser Befehl wäre nie vollstreckt worden.«

»Vielleicht habt Ihr recht, und Elisabeth? Ich weiß nicht, wie ich mich entscheiden soll. Jetzt, nach Wyatts Widerruf, kann sie natürlich nicht länger im Tower bleiben, zumal nach Meinung Renards dies auch auf den Prinzen Philipp keinen guten Eindruck machen würde, von der Stimmung in der Bevölkerung ganz abgesehen. Renard meint, man solle sie nach Brüssel schicken, an den Hof von Philipps Tante. Was haltet Ihr von dem Vorschlag?«

»Mit Verlaub, Majestät, nichts! Wenn Lady Elisabeth England jetzt verläßt, kommt es zu neuen Unruhen, sie muß im Lande bleiben. Warum laßt Ihr sie nicht am Hof leben, man könnte ihr eine Ehrenwache geben.«

»Am Hof? Nein, das ist unmöglich, ich kann meinem Philipp den Anblick meiner Schwester nicht zumuten, ihre Gegenwart würde nur die Hochzeitsfeierlichkeiten stören, sie muß entfernt vom Hof leben.«

»Wie wäre es mit Ashridge oder Hatfield?«

»Nein, das ist zu nahe bei London, es ist außerdem schwierig, sie auf ihren Landsitzen zu überwachen.«

»Ihr könntet sie nach einem abgelegenen Schloß schicken, zum Beispiel Fotheringhay.«

»Mylord, denkt an die Kosten, die dadurch entstehen! Wie viele hundert Soldaten müßten dort als Wache stationiert werden, und die zahlreiche Dienerschaft, die in einem großen Schloß benötigt wird! Nein, die Staatskasse darf jetzt nicht mit unnötigen Ausgaben belastet werden, ich benötige jeden Penny für meine Hochzeit. Das neue Domizil meiner Schwester darf keine Kosten verursachen, irgend etwas wird mir schon einfallen. Schloß Fotheringhay wäre übrigens der geeignete Aufenthaltsort für den Grafen von Devon, er kann jetzt ebensowenig wie Elisabeth noch länger im Tower bleiben, aber am Hofe kann er auch nicht leben. Fotheringhay wäre der richtige Verbannungsort für Eduard Courtenay, und er muß nicht so streng bewacht werden wie Elisabeth; übrigens, ich muß auch noch einen zuverlässigen Bewacher für sie auswählen.«

Maria sah eine Weile nachdenklich vor sich hin und sagte dann: »Was haltet ihr von Sir Henry Bedingfield, Mylord? Er war einer der ersten, die letzten Sommer mit ihren Leuten zu mir kamen, er ist bestimmt loyal, außerdem... Er war der Wächter meiner Mutter während ihrer letzten Lebensjahre..., er ist ein treuer Landedelmann aus Norfolk...«

»Majestät, Sir Henry ist bestimmt treu und loyal, aber ich bezweifle, ob er der richtige Mann ist, um Lady Elisabeth zu bewachen, auf mich wirkt er immer so... so kleinlich, ich fürchte, er wird am Buchstaben von Eurer Majestät Vorschriften kleben. Mit Verlaub, er besitzt nicht das Format, frei nach Ermessen zu entscheiden, und das führt bestimmt zu Konflikten mit Lady Elisabeth.«

Maria seufzte. »Eure Bedenken, Mylord, komplizieren die Angelegenheit unnötig, aber ich werde noch einmal darüber nachdenken, zunächst wird Bedingfield neuer Kommandant des Towers, er kann sein Amt am 1. Mai antreten.«

Noch am gleichen Tag wurde auf Befehl der Königin das Bild der Thronfolgerin Elisabeth wieder in Whitehall aufgehängt.

Elisabeth wunderte sich an jenem Sonntag, daß Sir Bridges nicht an der Messe teilnahm, aber sie dachte nicht weiter darüber nach und überlegte, ob sie nicht doch ihrem Gefühl folgen und am Nachmittag Robert besuchen sollte, und entschied endlich, daß sie nur durch Fernbleiben jene innere Distanz erreichen konnte, die sie für notwendig hielt. Am Nachmittag las sie Mores »Utopia«, aber während der Lektüre wanderten ihre Gedanken immer wieder zum Beauchamp-Turm. Robert seinerseits verbrachte den ganzen Nachmittag vor dem vergitterten Fenster im Oberstock und wartete auf Elisabeth. Nach dem Abendessen ging er noch einmal hinauf, wartete erneut bis zum Anbruch der Dunkelheit und begab sich schließlich enttäuscht zur Ruhe.

Auch während der beiden folgenden Tage wartete er umsonst und schalt sich einen Narren, daß er Ovid vorgelesen hatte. Als Elisabeth auch am Mittwoch nicht erschien, beschloß er, ihr zu schreiben, und bat Martin am Nachmittag um Papier und Tinte.

»Papier und Tinte, Euer Gnaden? Das kann ich Euch nicht einfach besorgen, Schreibzeug verwaltet der Kommandant, der alte Kommandant freilich, der wäre großzügig gewesen, aber ich glaube, sein Nachfolger, Sir Bedingfield, der gestern abend hier eintraf, nimmt es sehr genau mit den Vorschriften: Die Küche hat inzwischen Anweisungen, wieviel Löffel Gerstenbrei jeder Gefangene zum Frühstück bekommt und wie dick das Brot geschnitten sein darf.«

Ein neuer, spitzklickeriger Kommandant, das hat uns noch gefehlt, dachte Robert.

Zur selben Zeit machte Sir Henry Bedingfield seinen Antrittsbesuch bei Elisabeth.

Sie empfing ihn liebenswürdig reserviert und ließ ihn zunächst auf sich wirken: ein bärbeißiger Soldat, dachte sie, in Ehren ergraut, ohne den Schliff und die Umgangsformen des Höflings, aber vielleicht aufrichtiger als die Hofleute, er macht so einen treuherzigen, biederen Eindruck, wie alt mag er sein? Anfang Fünfzig vielleicht, er gehört zum Staatsrat, stammt aus Norfolk…

»Es ist eine große Ehre für mich«, sagte Sir Henry, »daß Ihre Majestät mich zum Kommandanten des Tower ernannt hat; ich werde das Vertrauen Ihrer Majestät nicht enttäuschen und mich peinlich genau an die Vorschriften halten.«

»Wie meint Ihr das, peinlich genau?«

»Ich werde den Wortlaut der Vorschriften beachten und über den Inhalt nicht nachdenken, das ist nicht meine Aufgabe.«

»Ich verstehe«, erwiderte Elisabeth mit spöttischem Unterton, »wenn man Euch befiehlt, die Gefangenen verhungern zu lassen, so laßt Ihr sie verhungern.«

»Euer Gnaden übertreiben, so war es nicht gemeint, Eure Spaziergänge auf dem Mauergang sind ein besseres Beispiel: Es gibt den Befehl, daß ein Soldat Euch begleiten soll, der Befehl ist eindeutig, und ich werde ihn befolgen, ab heute wird Mr. Hathaway zehn Schritte hinter Euch gehen.«

Gott sei Dank Hathaway und nicht eine Dienerin der Königin, dachte Elisabeth.

»Man erlaubt Euch jetzt auch«, fuhr Bedingfield fort, »in meinem Garten spazierenzugehen, natürlich nur in Begleitung eines Soldaten. Außerdem werde ich dafür sorgen, daß sich in Zukunft keine dubiosen Gestalten in der Festung herumtreiben, der Gemüsehändler zum Beispiel war heute zum letzten Mal hier, bei solchen Leuten besteht immer die Gefahr, daß sie unerlaubte Dinge einschmuggeln; Zucht und Ordnung, das ist meine Devise.«

»Ich sehe, Ihr versteht Euer Handwerk«, erwiderte Elisabeth lächelnd.

Bedingfield sah verärgert zu Boden; schon wieder dieser spöttische Unterton, dachte er, sie macht sich über mich lustig.

Er verabschiedete sich hastig und beschloß, den Glockenturm vorerst nicht mehr zu betreten.

Nach dem Abendessen bat Elisabeth den Soldaten, sie auf dem Mauergang zu begleiten. Sie hatte Robert drei Tage lang ihre Gegenwart entzogen, das genügte, und außerdem hoffte sie, von ihm noch etwas über den neuen Kommandanten zu erfahren.

Unterwegs fiel ihr ein, daß Robert es vielleicht inzwischen aufgegeben hatte, auf sie zu warten... Aber nein, er stand am Gitterfenster und lächelte erleichtert, als sie auftauchte.

»Gott sei Dank, Euer Gnaden, ich fürchtete schon, Ihr würdet mich nie mehr besuchen.«

»Das…«, begann Elisabeth, zögerte etwas und erwiderte: »Was seid Ihr für ein Dummkopf.« Sie hatte sagen wollen: ›Das hätte ich nicht fertiggebracht‹, aber sie scheute sich, so offen auszusprechen, was sie empfand.

»Wißt Ihr schon, daß wir einen neuen Kommandanten haben?«

»Ja«, erwiderte Robert verdrossen, »der werte Sir Henry Bedingfield hat dafür gesorgt, daß Philip nicht mehr in die Festung darf. In Zukunft muß Martins Frau ihn außerhalb treffen, um Wäsche und Geld in Empfang zu nehmen.«

»Er scheint fest entschlossen zu sein, die Vorschriften möglichst eng auszulegen, nicht um uns zu schikanieren, sondern weil er glaubt, nur so erfülle er seine Pflicht.«

»Wahrscheinlich hat er auch Angst, Angst vor dem Rat und der Königin, und ängstliche Menschen besitzen oft kein Rückgrat.«

»Wir werden es überleben, irgendwie reizt der gute Sir Henry mich, mit ihm Schabernack zu treiben.«

Die nächsten Tage verliefen ruhig und ereignislos. Elisabeth ging jeden Tag im Garten des Kommandanten spazieren und fragte sich, wann man ihr endlich die Freiheit zurückgab.

Am Freitag vor Trinitatis ging sie wie gewöhnlich nach dem Abendessen zum Beauchamp-Turm und wurde von einem aufgeregten Robert empfangen.

»Euer Gnaden, Martin erzählte mir vorhin, daß Bedingfield die längste Zeit Kommandant im Tower war, er wird uns bald verlassen.«

»Sieh an, so hat er sich anscheinend doch nicht bewährt; die Kommandanten kommen und gehen, die Gefangenen bleiben; jetzt bin ich schon zwei Monate hier, ach, ich würde so gerne einmal wieder ausreiten oder im Park von Hatfield spazierengehen.«

»Vielleicht werdet Ihr bald entlassen, Euer Gnaden.«

»Es sieht nicht danach aus, also werde ich mir die Zeit weiterhin mit Lektüre vertreiben, mit englischen Dichtern. Sagt Philip, er soll mir die Gedichte von Sir Thomas Wyatt und von Henry Howard, dem Grafen von Surrey, besorgen.«

Robert sah Elisabeth erstaunt an. »Ich wußte gar nicht, daß Surrey Gedichte geschrieben hat.«

»Ja, es gibt einige Talente unter den Adligen. Hättet Ihr nicht auch Lust, Verse zu schmieden?«

»Nein, dafür tauge ich nicht; ich kann mich nicht so… so intensiv in etwas hineinversetzen. Surrey? Ist er nicht mit dem Grafen von Oxford verwandt?«

»Ich glaube, er ist ein Schwager des sechzehnten Oxford; ein ansehnlicher Stammbaum, irgendwie sind die de Veres auch noch mit dem Haus Lancaster verwandt.«

»Jede Familie stirbt einmal aus, irgendwann wird auch der Name de Vere untergehen.«

»Es sieht nicht danach aus, der Graf hat einen vierjährigen Sohn, und der kleine Eduard de Vere wird eines Tages der siebzehnte Graf von Oxford sein.«

Der siebzehnte Graf, dachte Robert, und empfand Eifersucht auf dieses alte Geschlecht. Die Dudleys waren am Aussterben.

»Der Stammbaum allein besagt nichts über die Kraft einer Familie, Euer Gnaden, ab einer bestimmten Generation setzt der Verfall ein, und aus ehemals tapferen Rittern werden Spieler, die das Vermögen verjubeln.«

»Das kann sein, aber es ist auch möglich, daß die tapferen Ritter das Schwert zur Seite legen und zur Feder greifen, mit anderen Worten, sie fangen an, sich mit geistigen Dingen zu beschäftigen, mit grundsätzlichen Problemen unseres Lebens, aber es ist spät geworden, ich muß jetzt gehen. Gute Nacht, Robin, denkt an die Bücher.«

»Gute Nacht, Euer Gnaden.«

Als Elisabeth am nächsten Morgen nach dem Frühstück zum Beauchamp-Turm gehen wollte, wurde Bedingfield gemeldet.

»Guten Morgen, Euer Gnaden, seid Ihr bereit?«

»Bereit? Wie soll ich das verstehen?«

»Ihr sollt den Tower verlassen, jetzt, sofort.«

»Ich…«

Sie merkte, daß ihre Knie anfingen zu zittern, und mußte sich setzen.

»Ich bin frei«, sagte sie leise.

»Nun ja«, sagte Bedingfield zögernd, »es ist eine eingeschränkte Freiheit. Ich soll Euer Gnaden nach Oxfordshire begleiten, dort werden Euer Gnaden unter meiner Aufsicht in Schloß Woodstock leben.«

Elisabeth sah überrascht auf und musterte Bedingfield von oben bis unten. Unter seiner Aufsicht, überlegte sie, nun, sie würde schon mit ihm fertig werden, auf jeden Fall war Woodstock besser als der Tower, und irgendwann würde man ihr die volle Freiheit zugestehen. Sie hätte sich gerne von Robert verabschiedet, aber… das war jetzt nicht möglich.

Sie stand auf und trat zu Bedingfield.

»Ich bin bereit, Mylord.«

Sie verließ das Zimmer und den Glockenturm, ohne sich noch einmal umzusehen, und eilte die Wassergasse entlang bis zur Treppe, die zum Verrätertor hinunterführte.

»Wir werden auf der Themse bis Richmond fahren und dort übernachten, Euer Gnaden«, sagte Bedingfield.

Elisabeth erwiderte nichts. Sie stand oben an der Treppe und betrachtete das weitgeöffnete Tor.

Zwei Monate, dachte sie, aber ich habe überlebt, ich habe als Thronfolgerin überlebt. Ich werde nie mehr hierher kommen, nie mehr…, und sie ging langsam die Treppe hinunter, bestieg die Barke und war einige Sekunden später auf der Themse.

Als das Boot wendete, hörte sie, wie hinter ihr das Verrätertor geschlossen wurde, und in diesem Augenblick fiel ihr ein, daß sie doch noch einmal in den Tower zurückkehren würde: am Tag vor ihrer Krönung zur Königin von England…

Robert hatte den ganzen Vormittag auf Elisabeth gewartet, und als er gegen Mittag enttäuscht hinunterging, fragte er sich, ob er am

Abend vorher eine falsche Bemerkung gemacht hatte, und beiläufig dachte er, daß sie vielleicht launisch sein könnte.

Wenig später brachte Martin das Mittagessen.

»Es gibt Neuigkeiten, Euer Gnaden, Lady Elisabeth hat heute vormittag in Begleitung von Sir Bedingfield den Tower verlassen.«

Robert starrte den Wärter einige Sekunden sprachlos an.

»Sie hat…? Wie schön für sie, sie reitet jetzt bestimmt nach Ashridge oder Hatfield.«

»Das glaube ich nicht, Euer Gnaden, sie ist die Themse hinuntergefahren.«

Allein geblieben, sah Robert eine Weile trübsinnig vor sich hin, dann verließ er sein Gefängnis und setzte sich draußen auf die Treppe.

Er sah hinüber zum »Weißen Turm«, rechnete nach, daß er jetzt fast zehn Monate in der Festung lebte, und fragte sich verzweifelt, wie lange er noch hier bleiben mußte, wie lange noch… Heute ist Samstag, der 18. Mai 1554…

XIV

An einem warmen, sonnigen Nachmittag Ende Juni 1554 war ein alter Mann damit beschäftigt, in dem verwilderten Garten von Schloß Woodstock Unkraut zu jäten. Einst war er Reitknecht bei der Königinwitwe Katharina gewesen, und als Elisabeth Chelsea verlassen mußte, hatte er seine junge Herrin nach Hatfield begleitet und dort einen beschaulichen Lebensabend genossen. Zu seiner Überraschung war er Ende Mai zusammen mit sechs anderen Dienern und Kammerfrauen nach Woodstock befohlen worden, um die notwendigen Dienste bei Elisabeth zu versehen. Bedingfield beschäftigte den alten Wickham hauptsächlich mit Gartenarbeiten und kleinen Reparaturen in Elisabeths Räumen, im übrigen hielt er ihn für beschränkt, was nun ganz und gar nicht zutraf.

Der alte Mann beobachtete mit wachen Augen alles, was um ihn herum geschah, und hatte dabei seine eigenen Gedanken. Als er mit Jäten fertig war, ging er zu den Rosenbüschen und begann vorsichtig die Erde aufzuhacken, wobei er hin und wieder verstohlen zum Eingang des Torhüterhauses sah und darauf wartete, daß seine Prinzessin, begleitet von ihrem Edelfräulein, herauskam, um im Garten spazierenzugehen. Er war Elisabeth treu ergeben und verehrte sie abgöttisch, weil sie immer, wenn sie ihn sah, zu ihm trat und ein paar Worte mit ihm wechselte, so war es in Chelsea und Hatfield gewesen, und so war es auch in Woodstock.

Während er sich mit den Rosen beschäftigte, überlegte er, wie er seiner Prinzessin möglichst unauffällig jenes Briefchen zuspielen konnte, das der Türhüter John ihm am Abend vorher anvertraut hatte. John hatte ihm zugeflüstert, er habe keine Gelegenheit gehabt, Lady Elisabeth den Brief tagsüber zu geben, weil dauernd die Dienerin der Königin um sie herumgestrichen sei, vielleicht fände Wickham eine Gelegenheit, wenn die Prinzessin im Garten spazierenging...

Er schnitt einige Rosen ab, um zwischen ihnen das Briefchen zu verstecken. Irgendwie war die Situation der kleinen Hausgemeinschaft grotesk, um nicht zu sagen skurril, und das Leben in Woodstock war für seine Prinzessin mit großen Unbequemlichkeiten verbunden, die weiß Gott nicht ihrem Rang entsprachen.

Wenn König Heinrich wüßte, dachte der Alte, daß seine Tochter in den vier Zimmern des Torhüterhauses wohnt statt im Schloß..., aber es gibt keine bessere Möglichkeit der Unterbringung, das Schloß ist verwahrlost, baufällig und nicht mehr bewohnbar, überall fehlen die Fensterscheiben, nur drei Türen sind abschließbar, das Dach ist halb kaputt, so hat man das Torhaus für die Prinzessin hergerichtet. Bedingfield und seine Leute haben sich notdürftig in den Stallungen einquartiert, die Soldaten, die Schloß und Park Tag und Nacht bewachen, schlafen in Zelten, die man inzwischen herbeigeschafft hat, und ein Teil der Dienerschaft wohnt im Ort, im Gasthof zum »Ochsen«.

Der Alte lachte leise auf, dieser Gasthof war Bedingfield ein Dorn im Auge, weil Parry sich dort einquartiert hatte, mit der Begründung, er sei Lady Elisabeths Schatzmeister, und da seine Herrin für ihren Unterhalt in Woodstock selbst aufkommen müsse, könne er seine Verpflichtungen nur erfüllen, wenn er in ihrer Nähe lebe. Der Rat und die Königin haben dies akzeptiert, die Ashleys freilich müssen weiterhin getrennt von der Prinzessin in Hatfield leben, na, wenigstens hat Lady Elisabeth jetzt ihre eigenen Leute um sich, bis auf die eine Dienerin der Königin. Bedingfield hat panische Angst davor, daß im »Ochsen« Verschwörungen angezettelt werden, was natürlich nicht der Fall ist, aber der schlaue Parry verwandelt den Gasthof allmählich in ein Hauptquartier von Lady Elisabeths Anhängern. Jedenfalls ist dort ein ständiges Kommen und Gehen von verschiedenen Leuten, und so erfährt Parry, was draußen in der Welt passiert, und spielt diese Neuigkeiten der Prinzessin zu. Bedingfield muß sich also mit Parry abfinden, damit nicht genug, wird er mit seiner Gefangenen nicht fertig und hat längst gemerkt, daß alle seine Kämpfe mit der Prinzessin genüßlich verfolgt werden und sich alle freuen, wenn er eine Niederlage hinnehmen muß. Die

Prinzessin darf nicht lesen und hat trotzdem erreicht, daß der Rat die Bücher, die irgend jemand schickte, tolerierte, allerdings hat Sir Henry jedes Buch überprüft, ob nicht geheime Nachrichten darin verborgen waren. Die Prinzessin darf keine Briefe schreiben und hat durchgesetzt, daß sie der Königin einen Brief schicken durfte. Die Prinzessin darf nur in Bedingfields Gegenwart mit anderen Leuten reden, aber wenn Lucy ihr beim Ankleiden behilflich ist, ist Sir Henry natürlich nicht dabei, so entgeht ihm, was die beiden reden, und Lucy ist wahrscheinlich bestens informiert, weil sie hin und wieder in den Ort geht, um dies und jenes zu besorgen und bei Parry die Abrechnungen zu holen...

Für Kurzweil ist hier gesorgt, und doch wünschte ich, wir würden bald nach Hatfield zurückkehren.

In diesem Augenblick kam Bedingfield aus dem Pferdestall, den er sich als Arbeitszimmer eingerichtet hatte, und ging schwerfällig hinüber zum Torhaus. Vor dem Eingang blieb er stehen und betrachtete besorgt das Dach und die Fenster.

Warum starrt er das Haus an und geht nicht hinein, dachte Wickham verwundert, hat er Angst vor dem Zorn der hohen Dame? Vor der Dienerschaft nannte Bedingfield seine Gefangene nur die »hohe Dame«.

In jenem Moment dachte Bedingfield nicht an Elisabeth, sondern daran, daß mit jeder Woche der Winter unerbittlich näher rückte, und daß das Torhaus von Grund auf renoviert werden mußte, wollte man darin überwintern. Die Dachschindeln mußten ausgebessert, die Fensterrahmen erneuert werden..., er wußte selbst nicht genau, wieso er davon überzeugt war, daß sie auch den Winter hier verbringen würden, sein Gefühl sagte es ihm, weil..., er dachte an den Brief der Königin, den er vor einigen Tagen erhalten und seiner Gefangenen vorgelesen hatte.

In diesem Schreiben befahl die Königin ihrer Schwester, künftig keine derart heuchlerischen Briefe mehr zu schreiben und Gott zu bitten, ihr zu vergeben. Die Königin grollt ihrer Schwester immer noch, schlußfolgerte er, wer weiß, wie viele Monate wir noch hier bleiben müssen. Bereits im Mai, kurz nach der Ankunft in Woodstock, hatte er nach London geschrieben und gebeten, ihm das notwendige Baumaterial zu schicken, bis jetzt waren weder eine Antwort noch Holz oder Schindeln eingetroffen, und es kam auch kein Geld, um die Soldaten zu entlohnen, so daß Bedingfield die Summe aus eigener Tasche vorstreckte.

Wahrscheinlich, dachte er mißmutig, beschäftigen sie sich in London nur mit dieser gottverdammten Hochzeit, und wir in Oxfordshire geraten darüber in Vergessenheit.

Er seufzte, dann fiel ihm ein, daß er gekommen war, um der hohen Dame eine weitere unerfreuliche Nachricht zu überbringen, und ging langsam die Treppe nach oben.

Als das Edelfräulein Jane Sir Henry meldete, sah Elisabeth erwartungsvoll von ihrem Buch auf, aber Bedingfields Gesicht verhieß nichts Gutes, und als er sich nun devot verbeugte, stieg Wut in ihr hoch, und sie verspürte keine Lust, sich zu beherrschen.

»Laß uns allein«, sagte sie zu Jane, und zu Bedingfield: »Nun, wann werden die Ärzte eintreffen?«

»Die Ärzte«, stammelte er und sah verlegen zu Boden.

»Euer Gnaden, Eure Anfrage, ob die Leibärzte Ihrer Majestät Euch behandeln können, wurde abgelehnt. Ihre Majestät benötigt die Ärzte selbst, man empfiehlt Euch einen tüchtigen Arzt in Oxford, der ebenso gute Dienste leistet wie die Ärzte Ihrer Majestät.«

»Wie bitte?« Elisabeth legte das Buch zur Seite, stand auf und trat zu Bedingfield, der vor ihren zornsprühenden Augen unwillkürlich einen Schritt zurückwich.

»Ich habe nicht im Sinn«, schrie sie, »einem Fremden den Zustand meines Körpers zu zeigen, und werde alles Gott anheimstellen. Ihr, Mylord, seid schuld, wenn ich dahinsieche, wahrscheinlich habt Ihr meine Bitte nicht nachdrücklich genug vertreten! Mein Gott, seid Ihr blind? Seht Ihr nicht, daß ich krank bin, habt Ihr nicht bemerkt, daß mein Gesicht und mein Körper während der vergangenen Wochen angeschwollen sind?«

»Gewiß, Euer Gnaden, aber…«

»Kein Aber, gebt mir Papier und Tinte, ich will der Königin persönlich in dieser Angelegenheit schreiben!«

»Euer Gnaden, ich weiß nicht, ob dies ratsam ist, denkt an den Brief Ihrer Majestät, den ich Euch vor einigen Tagen vorlas.«

Der Brief, dachte Elisabeth, er hat recht, trotzdem…

»Gebt mir Schreibzeug, ich will an den Rat schreiben und meinen Gesundheitszustand schildern.«

»Euer Gnaden, das ist unmöglich, Ihr dürft keine Briefe schreiben!«

»Nun, so schreibt in meinem Namen an den Staatsrat.«

»Euer Gnaden, dazu bin ich nicht befugt.«

»Was sagt Ihr? Nicht befugt?! Redet kein dummes Zeug! Bei Gott, hier in Woodstock ist es schlimmer als im Tower, dort können die Gefangenen dem Gouverneur ihr Herz ausschütten, aber ich, ich bin schlimmer dran als der gemeinste Verbrecher in New Gate!«

»Euer Gnaden, ich würde Euch gerne helfen, aber...«

»Schweigt, kein Aber..., ich befehle Euch, sofort und ohne Verzug an den Staatsrat zu schreiben und ihm meine Wünsche mitzuteilen: Ich bin krank und verlange, von Dr. Owen oder Dr. Wendy untersucht zu werden. Ich verlange außerdem, künftig direkt an den Staatsrat schreiben zu dürfen.«

Sie schwieg und gewann allmählich ihre Fassung wieder.

»Jawohl, Euer Gnaden.«

Sie betrachtete ihn, und jetzt, nachdem sie sich abreagiert hatte, kam sie in Versuchung, ihn wie so oft ein wenig zu verspotten.

»Vergeßt nicht, Mylord, dem Staatsrat mitzuteilen, daß ich mich wie der gemeinste Verbrecher in New Gate behandelt fühle, Ihr berichtet wahrscheinlich den Herren alles, was ich sage.«

Bedingfield errötete.

»Euer Gnaden, ich tue nur meine Pflicht. Ihr dürft nicht glauben, daß es eine Freude für mich ist, Euch zu bewachen, ich sähe Euch lieber am Hof in der Nähe Ihrer Majestät, ich will Euch nicht schikanieren, aber ich habe meine Vorschriften.«

Elisabeth betrachtete ihn eine Weile nachdenklich und erwiderte: »Mylord, ich halte Euch für einen loyalen Diener der Krone, und ich verstehe, daß Ihr Euch an Vorschriften halten müßt, aber es gibt bei jeder Anweisung einen Ermessensspielraum. Geht nun und sorgt dafür, daß der Brief noch heute nach London befördert wird.«

»Sehr wohl, Euer Gnaden.«

Auf dem Weg zum Pferdestall dachte er darüber nach, was sie wohl mit Ermessensspielraum gemeint haben könnte, und bevor er den Brief schrieb, holte er die Anweisungen der Königin hervor und studierte sie noch einmal sorgfältig.

»Item: Dem besagten Sir Henry Bedingfield obliegt die Sorge für die Sicherheit der Person unserer genannten Schwester. Wir vertrauen auf ihn, daß er sie so behandeln wird, wie es unserer Ehre und ihrem Stande zukommt. Item: Er soll unserer Schwester zu gegebenen Zeiten gestatten, in den Gärten unseres Besitzes zu lustwandeln – dies aber nur in seiner Gegenwart. Item: Er möge größte Vorsicht walten lassen und meiner Schwester nicht gestatten, irgendwelche in seiner Abwesenheit gehaltene Unterredungen mit verdächtigen Personen zu führen. Ebensowenig darf sie Briefe, Botschaften und dergleichen verschicken oder von irgendwelchen Personen erhalten.«

Im Garten, überlegte er, wird sie nur von ihrem Fräulein begleitet, weil ich einfach keine Zeit für Spaziergänge habe, im übrigen, eine lückenlose Überwachung ist unmöglich, wer weiß, wie lange dieses gemeinsame Martyrium noch dauert, wir müssen einen Kompromiß finden.

Während Bedingfield an den Staatsrat schrieb, richtete Lucy die Frisur ihrer Herrin für den Nachmittagsspaziergang und hörte sich zum soundsovielten Mal die Klagen über Sir Henry an.

»Er ist gewiß ein anständiger Mensch, aber dieser blinde Gehorsam gegenüber der Regierung macht mich wahnsinnig. Ein guter Diener der Krone darf nicht blind gehorchen, sondern muß mitdenken, zumindest wenn er einen verantwortungsvollen Posten bekleidet, aber genug davon, ich werde mich mit Sir Henry arrangieren müssen. Hast du im »Ochsen« Neuigkeiten gehört? Wird Philip dich im Laufe des Sommers besuchen, du sprachst neulich darüber.«

»Leider nein, Euer Gnaden, er ist unterwegs nach Spanien. Mr. Dudley scheint am Beginn einer glänzenden Laufbahn zu stehen: Stellt Euch vor, die Königin hat ihn beauftragt, ihre Briefe an Seine Hoheit den Prinzen zu befördern, und Philip muß seinen Herrn natürlich begleiten.«

»Robert Dudley im Dienst der Königin«, rief Elisabeth überrascht, »wer hätte das gedacht, er und seine Brüder wurden doch erst kürzlich aus dem Tower entlassen! Ich freue mich für ihn, es ist ihm zu gönnen«, und außerdem, dachte sie, kehrt er vorerst nicht zu Amy zurück. »Nun, Lucy, irgendwann wirst du deinen Verlobten wiedertreffen, und dann wird er dir erzählen, was er in Spanien alles gesehen hat: das Hochland von Kastilien, Madrid, Toledo, Valladolid.«

»Er lernt höchstens die Pilgerstraße nach Santiago di Compostela kennen, die Flotte Seiner Hoheit ankert nämlich vor La Coruña und wartet auf günstige Winde, um sich nach England einzuschiffen.«

»Philipp kommt also doch«, sagte Elisabeth mehr zu sich selbst als zu Lucy, »Maria wird tatsächlich heiraten«, sie fühlte sich auf einmal unbehaglich, stand auf und rief nach Jane.

»Welche Haube wollt Ihr tragen, Euer Gnaden?«

»Keine, meinen Haaren wird die frische Luft guttun.«

Der alte Wickham strahlte, als Elisabeth endlich auftauchte.

»Mein Kompliment, Wickham, Ihr habt eine Wildnis in einen Garten verwandelt.«

»Man tut, was man kann, Euer Gnaden, seht die Rosen, sie duften wunderbar, ich habe ein paar für Euch abgeschnitten«, und während er die Blumen umständlich zusammenband, bemerkte Elisabeth, daß er ein Stück weißes Papier dazwischenschob, und sie vermutete, daß es wieder ein Brief von Parry war. Sie sah sich vorsichtig nach Jane um, aber die hielt sich wie stets in gebührender Entfernung.

»Vielen Dank, Wickham, Ihr habt recht, sie duften wunderbar«, und während sie sich über den Strauß beugte, nahm sie rasch das Briefchen an sich und verbarg es in ihrem Ausschnitt, dann rief sie Jane, befahl ihr, die Blumen zu tragen, unterhielt sich noch ein bißchen mit Wickham und setzte endlich ihren Spaziergang fort.

Sie überlegte, ob sie früher als sonst zurückkehren sollte, aber das fiel vielleicht der königlichen Dienerin auf und erregte ihr

Mißtrauen, ja, wenn man ihr erlauben würde, in dem weitläufigen Park spazierenzugehen, dort wäre sie ungestört und könnte den Brief lesen, und sie beschloß, demnächst durchzusetzen, daß sie sich im Park bewegen durfte.

Bei ihrer Rückkehr bat sie Lucy, die Dienerin der Königin abzulenken, ging in eine Zimmerecke und las Parrys Brief, wobei sie ständig horchte, ob sich nicht Schritte näherten.

Parry schrieb:

Euer Gnaden, der Hof lebt im Hochzeitsfieber: Die Königin erteilt von Richmond aus täglich neue Befehle zur Ausschmückung Londons, das Kreuz in Cheapside zum Beispiel ist inzwischen frisch vergoldet worden, die Leichen von Wyatts Anhängern hat man endlich von der London Bridge entfernt. Die Vorbereitungen für den feierlichen Empfang des Prinzen in Southampton – dort soll er an Land gehen – beanspruchen den Staatsrat Tag und Nacht! Die Königin ist wild entschlossen, ihrem Gatten entgegenzureisen, folglich muß der Hof in den nächsten Tagen nach Schloß Farnham übersiedeln – es liegt nur wenige Meilen von Winchester entfernt –, die Königin möchte nämlich unbedingt von Gardiner in der Kathedrale von Winchester getraut werden. Anschließend wird das junge Paar sich nach London begeben und feierlich in der Hauptstadt einziehen, die Einzelheiten des Einzugs werden natürlich ebenfalls Tag und Nacht erörtert! Die Regierungsgeschäfte ruhen, sogar die Diskussion um Noailles ist im Sande verlaufen: Seine Tätigkeit während Wyatts Aufstand hätte beinahe zu seiner Abberufung geführt. Gardiner behauptete nämlich, daß er das Recht auf Unantastbarkeit, das man den ausländischen Gesandten zubilligt, verwirkt habe, und daß er festgenommen werden müsse. Der Rat war dagegen, weil man einen Konflikt mit Frankreich vermeiden möchte. So kann Noailles weiter intrigieren. Die Bevölkerung ist mit anderen Problemen beschäftigt: Aus Babylon kam die Nachricht, der Antichrist sei in Gestalt eines Knaben geboren worden, der im Alter von acht Tagen bereits sprechen konnte, auch beobachtete man manches merwürdige Naturereignis und sieht darin ein böses Vorzeichen für die spanische Heirat!

John Dee und andere Astrologen wurden kürzlich verhaftet, weil sie es wagten, zusammen mit dem Horoskop der Königin und des Prinzen auch das Horoskop Euer Gnaden zu erstellen! Den Ashleys geht es gut, Kate vermißt Euch sehr, Eure Pächter zahlen pünktlich ...

Elisabeth faltete den Brief zusammen, trat zum Fenster und sah hinüber zu der verfallenen Fassade des Schlosses. Bis zu diesem Augenblick hatte sie ihre Verbannung – trotz der Streitereien mit Bedingfield – gleichmütig und gelassen hingenommen, weil sie in der Zuversicht lebte, eine Zukunft vor sich zu haben, eine Zukunft als Königin von England; diese Zuversicht war durch Parrys Brief empfindlich erschüttert worden. Meine Schwester heiratet in Winchester, dachte sie, nun, warum nicht, Winchester ist Englands ältester Königssitz, einst wurden dort die Könige gekrönt... Maria reist Philipp entgegen, wie seinerzeit unser Vater Anna von Kleve entgegenreiste; unser Vater war von Annas äußerer Erscheinung enttäuscht, charakterlich ist sie integer, aber das erkannte er wohl damals nicht – und nun? Jetzt scheint das Spiel sich zu wiederholen, allerdings in anderer Weise: Maria wird von Philipp enttäuscht sein, nicht wegen des äußeren Bildes, er sieht wahrscheinlich ganz gut aus, beherrscht die höfischen Spielregeln, aber irgendwann wird sie erkennen, daß er sie nicht liebt, daß diese Ehe für ihn eine lästige politische Pflichterfüllung ist, warum sonst zögert er seine Ankunft hinaus? Die Flotte ankert vor Coruña, und Robin muß dem Habsburger die Liebesbriefe meiner Schwester überbringen, grotesk!

Philipp wird also kommen und..., lieber Gott, laß Maria nicht doch noch schwanger werden, daran habe ich während der letzten Wochen gar nicht mehr gedacht, sie darf kein Kind bekommen, einzig die Hoffnung, daß ich eines Tages mein Erbe antreten kann, hat den Tower und jetzt Woodstock erträglich gemacht, aber ein Kind...

Sie preßte die Stirn an die Fensterscheibe und begann zu weinen.

Es dauerte eine Weile, bis sie sich beruhigt hatte, und während sie die Tränen trocknete, hoffte sie, daß Philipp so schockiert von ihrer Schwester sein würde, daß er nicht fähig war, die Ehe zu vollziehen, wie seinerzeit König Heinrich bei Anna von Kleve, jedenfalls erzählte man es so.

Sie ziehen gemeinsam in London ein, überlegte sie, aber was heißt das schon? Das Volk wird ihnen bestimmt nicht so zujubeln wie mir während der Reise von London nach Woodstock, es war keine Reise, es war ein Triumphzug. Und während sie sich an einzelne Begebenheiten erinnerte, faßte sie wieder Mut. Als ihre Barke am Stahlhof vorbeigefahren war, glaubten die hanseatischen Kaufleute, man habe sie freigelassen, und feuerten einen wahrhaft königlichen Salut ab... In Buckinghamshire liefen die Etonschüler heraus, um sie zu sehen... In Aston läuteten einige Männer ihr zuliebe die Kirchenglocke, wofür sie ins Gefängnis kamen... In allen Dörfern und Weilern eilten die Leute zu ihrer Sänfte, um sie zu begrüßen, überall hörte sie den Ruf: »Gott schütze Euer Gnaden!«

Die Frauen überschütteten sie mit Blumen und Gebäck, so daß sie, weil in der Sänfte kein Platz mehr war, schließlich bitten mußte, damit aufzuhören...

Sie nahm erneut Parrys Brief und las ihn zu Ende, Parry schilderte kurz ihre wirtschaftliche Situation, am Schluß stand:

Ich vergaß zu erwähnen, daß eine zahlreiche englische Delegation den Prinzen in Southampton empfangen soll, Adel, Parlamentarier, Bischöfe, der gesamte Staatsrat, kurz, alle, die Rang und Namen haben oder hatten! Auch William Cecil gehört zu dieser Delegation, wobei ich nicht weiß, ob er wieder ein Hofamt hat oder nur die Abordnung verstärken soll...

Cecil, dachte sie, Cecil würde Philipp sehen und ihn bestimmt genau beobachten, Cecil wußte wahrscheinlich auch, daß sie in Woodstock war, ob es ihm gelang, ihr eine Nachricht zuzuspielen?

Einige Tage später tauchte Dr. Wendy in Woodstock auf, überreichte dem erstaunten Bedingfield einen Brief des Staatsrates und erklärte, er sei gekommen, um Ihre Gnaden zu untersuchen und ärztliche Hilfe zu leisten. Er diagnostizierte »wässerige Säfte«, erklärte, Ihre Gnaden müsse »purgiert« werden, empfahl aber, bis zum Herbst damit zu warten, der Sommer sei keine günstige Jahreszeit; schließlich gab er den Rat, die Ernährung umzustellen, wenig Fleisch, viel Fisch und statt des Bieres Wein mit Wasser verdünnt.

In dem Brief stand, daß es Ihrer Gnaden nunmehr erlaubt sei, sich persönlich an den Staatsrat zu wenden, und Bedingfield nahm an, daß Elisabeth diese Möglichkeit sofort nutzen würde, aber es verging eine Woche, ehe sie um Papier und Tinte bat.

Schließlich erklärte sie, sie ließe ihre Briefe an den Staatsrat immer von einem Sekretär schreiben, und so übernahm Bedingfield diese Rolle.

»Mylord«, sagte sie, »formuliert folgende Wünsche:

Der Rat soll zwischen mir und der Königin vermitteln, daß ich endlich in Freiheit komme, es ist mein sehnlichster Wunsch, daß die Ashleys wieder in meinem Haushalt leben, und ich möchte auch im Park spazierengehen, nicht nur im Garten.«

»Euer Gnaden sollten nicht vergessen, den Rat noch einmal an Holz und Schindeln zu erinnern, damit Eure Wohnung noch vor dem Winter renoviert werden kann.«

Elisabeth sah Bedingfield entgeistert an. »Meint Ihr, wir werden hier überwintern müssen?«

»Vielleicht, wir sollten uns darauf einstellen, und was Eure Spaziergänge im Park betrifft…«, er zögerte etwas und fuhr dann fort:

»Wenn Ihr damit einverstanden seid, daß zwei Soldaten Euch begleiten, könnt Ihr auch in den Park gehen.«

»Ich danke Euch, Mylord.«

Er hat anscheinend nachgedacht, überlegte sie, ab jetzt werden wir wahrscheinlich besser miteinander auskommen.

Zur selben Zeit überbrachte ein Bote der Königin die freudige Nachricht, daß die Flotte des Prinzen Philipp sich in Coruña eingeschifft habe und daß bei ruhigem Seegang seine Hoheit wahrscheinlich Mitte Juli in Southampton an Land gehen würde.

»Er kommt«, sagte Maria leise, dann ging sie in ihre Privatkapelle und betete einen glorreichen Rosenkranz:

»Im Namen des Vaters... - Ich glaube an Gott... - Ehre sei dem Vater... - Vater unser... - Gegrüßet seiest du, Maria...

Jesus, der von den Toten auferstanden ist - Jesus, der in den Himmel aufgefahren ist - Jesus, der uns den Heiligen Geist gesandt hat - Jesus, der dich, o Jungfrau, in den Himmel aufgenommen hat - Jesus, der dich, o Jungfrau, im Himmel gekrönt hat...

Am 22. Juli 1554, einem Montag, regnete es in Südengland seit den frühen Morgenstunden in Strömen, und die sommerliche Wärme war seit drei Tagen herbstlicher Kühle gewichen.

Am späten Vormittag saß Prinz Philipp in Southampton vor einem Kaminfeuer, horchte auf den Wind, der um das Haus pfiff, sehnte sich nach dem sonnigen Valladolid und Donna Isabella und verwünschte zum soundsovielten Male den Entschluß des kaiserlichen Vaters, ihn mit der ältlichen, jungfräulichen Königin von England zu vermählen.

Außenpolitisch, im Hinblick auf Frankreich, war diese Verbindung natürlich sinnvoll, aber seit er am Freitag an Land gegangen war, wußte er, daß durch diese Ehe Schwierigkeiten auf das Haus Habsburg zukamen, die sein Vater unterschätzt hatte.

Der siebenundzwanzigjährige Philipp war für sein Alter sehr bedächtig, überlegte reiflich jeden Entschluß, und wer ihm zum ersten Mal begegnete, empfand ihn als düster, versonnen, in sich gekehrt, er schien ein Mensch zu sein, dessen Gedanken sich nur mit dem Jenseits, mit dem Leben nach dem Tod beschäftigten, aber dieser Eindruck täuschte; Philipp war zwar ein ruhiger Mensch, aber er beobachtete seine Umgebung sehr genau, merkte sich alles, und jeder, der irgendwann seinen Stolz verletzt hatte, konnte sicher sein, daß Philipp sich eines Tages rächen würde.

Er kannte die Niederländer, die Deutschen, die Spanier und nun, seit wenigen Tagen die Engländer, und was er auf dieser Insel erlebt und gesehen hatte, gefiel ihm überhaupt nicht.

Abgesehen von dem kalten Regen, der irgendwann aufhören würde, abgesehen von dem schweren Essen und dem entsetzlichen Bier – nach dem ersten Schluck war ihm beinahe übel geworden –, abgesehen von der Sprache, die er nicht verstand und als unmelodisch empfand, ein Kauderwelsch, das er würde lernen müssen, obwohl ihm fremde Sprachen nicht lagen, abgesehen von diesen Äußerlichkeiten, mit denen man sich arrangieren konnte, waren es vor allem die Engländer selbst, die ihn abstießen.

Die Freude der Männer an Spielen und Wettbewerben empfand er als kindisch, er war besinnliche Stunden und religiöse Betrachtungen am Lesepult gewohnt; die mit Gold und Silber bestickte Kleidung des Inselvolkes war für ihn Protzerei, freilich, während der Empfangsfeierlichkeiten hatte er sich auch mit »Tand« behängt, obwohl er am liebsten seine einfachen schwarzen Samtgewänder getragen hätte; am meisten aber verabscheute er das zwanglose Benehmen der Engländer und war fest entschlossen, am englischen Hof die spanische Etikette einzuführen.

Sein Vater hatte ihm geraten, sich in England versöhnlicher zu verhalten als in den Niederlanden, und sich den Sitten und Gebräuchen anzupassen, aber, dachte Philipp, alles hat seine Grenzen.

Die Ungezwungenheit des Inselvolkes entsprach nicht seinem Wesen, aber dieses Volk besaß noch einen Charakterzug, der ihn sehr nachdenklich stimmte und der sich bei einem unbedeutenden Vorfall offenbart hatte, noch bevor er an Land gegangen war. Die Königin hatte ihm ihre Flotte unter dem Befehl des Lordadmirals Howard zur Begrüßung geschickt, und es hätte sich geziemt, daß die Engländer vor den Spaniern die Flagge senkten, statt dessen…

Philipp sprang auf, ging erregt im Zimmer auf und ab, trat schließlich zum Fenster und sah nachdenklich hinaus in den Regen…

Als die Engländer die bunten Galionsfiguren der spanischen Flotte sichteten, begrüßten sie die Fremden mit einem donnernden Kanonensalut, die Spanier mußten zum Dank die Standarte senken, und erst danach holte der englische Admiral die Standarte zum Gruß herunter.

Unter Philipps Gefolge erhob sich zorniges Gemurmel, aber er gebot ihnen mit einer Handbewegung Schweigen, jetzt war es nicht angebracht, Spannungen aufkommen zu lassen, aber auch er kochte innerlich vor Wut: Das reiche Spanien hatte vor dem armen England die Standarte senken müssen!

Aber, dachte Philipp mit Genugtuung und ging wieder zurück zum Kaminfeuer, diese Schmach wird England mir eines Tages büßen, und wenn Jahre darüber vergehen, eines Tages werde ich die Engländer bezwingen...

Er setzte sich in den Lehnstuhl und dachte erneut über diesen ärgerlichen Vorfall nach. Die Flaggenaffäre zeigte deutlich, daß er es mit einem stolzen, selbstbewußten Volk zu tun hatte, vor allem selbstbewußt. Es würde nicht einfach werden, England wieder unter die Oberhoheit des Papstes zu bringen, mit allen sich daraus ergebenden Konsequenzen, die Rückerstattung der Kirchengüter, vor allem der Ländereien, Wiedererrichtung der Orden, Aufbau der zerstörten Kirchen und Klöster.

Das Parlament würde natürlich opponieren, bis jetzt hatten die Abgeordneten auch seine Krönung zum König von England abgelehnt, das Parlament war ein Machtfaktor, den er nicht unterschätzen durfte.

Adel und Volk hassen mich, dachte Philipp, zumindest lehnen sie mich als Gemahl der Königin ab, über diese Tatsache hat Renard mich offen informiert, im Augenblick besitze ich nur einen Trumpf, den ich ausspielen kann, die Liebe oder Verliebtheit der Königin!

Renard behauptet, daß sie von einer späten Leidenschaft zu mir beherrscht werde und bereit sei, diesem Gefühl alles unterzuordnen, diese Leidenschaft muß ich richtig nutzen!

Diese Hochzeit ist keine Hochzeit, sondern ein Kreuzzug für die katholische Kirche, ich bin ein Märtyrer, der über diese Ehe England von der Ketzerei befreien soll...

Er trat wieder zum Fenster und sah verzweifelt hinaus in den Regen, das schlechte Wetter hatte am Samstag angefangen, und um sich die Zeit zu vertreiben, erinnerte er sich noch einmal an die Empfangsfeierlichkeiten, bei denen die Engländer, das mußte man ihnen lassen, weder Kosten noch Mühe gescheut hatten.

Am Freitag nachmittag war sein Schiff, die »Espiritu Santo«, unter einem wolkenverhangenen Himmel in den Hafen von Southampton eingelaufen. Er war an jenem Tag an Bord geblieben und hatte die englischen Adeligen empfangen, während Graf Egmont nach Schloß Farnham geritten war, um der Königin die Ankunft mitzuteilen.

Am Samstag war er bei strömendem Regen an Land gegangen – die spanischen Besatzungen mußten an Bord bleiben – und hatte sich, nach einem Gebet in der Kirche, in das Haus begeben, das zu seinem Empfang bereitstand. Unterwegs war er von dem neugierigen Volk schweigend und kritisch gemustert worden. Am Abend war er feierlich in die Ritterschaft des Hosenbandordens aufgenommen worden, anschließend gab es ein viel zu üppiges Bankett, er hatte den Engländern mit ihrem Bier, wie hieß es noch…? Ale, ja, er hatte ihnen mit Ale zugeprostet, dabei an die väterlichen Ermahnungen gedacht und war ihnen so liebenswürdig begegnet wie er nur konnte; während des Banketts hatte er eine lateinische Ansprache gehalten und betont, er sei gekommen, um als Engländer, nicht als Fremdling unter ihnen zu leben… Im Laufe des Abends hatte Egmont ihm zugeflüstert, daß die Adligen von ihm angenehm enttäuscht seien…, irgendwann war das Fest zu Ende.

Am Sonntag regnete es immer noch.

Während des Vormittags waren etliche Boten der Königin eingetroffen und hatten Geschenke überbracht: prunkvolle Kleider mit Samtschabracken, aufgezäumte Pferde, gegen Mittag war der Lordkanzler persönlich erschienen, hatte ihm einen Ring der Königin, die inzwischen in Winchester eingetroffen war, überreicht und ihn seiner Ergebenheit versichert.

Kurz nach Gardiner war Gerard Braleigh, den er noch von der Villa Osorio her kannte, mit einem Brief Marias eingetroffen, worin sie ihn beschwor, sich nicht diesem schlechten Wetter auszusetzen…

Er hatte ein paar Zeilen des Dankes geschrieben und Braleigh mit Schmuck für die Königin und ihre Damen nach Winchester zurückgeschickt.

Am Spätnachmittag hörte der Regen auf, und als die ersten Sonnenstrahlen sich durch die Wolkendecke wagten, traf Robert Dudley ein und überbrachte einen Brief der Königin, worin sie für den Schmuck dankte und Philipp ihrer Liebe versicherte…

Er las den Brief, sah prüfend zum Himmel, bat Dudley um etwas Geduld und schrieb einen weiteren Brief an die Königin und versprach, am nächsten Tag nach Winchester zu reiten.

Am Montag war es noch kälter und windiger und der Regen noch stärker und heftiger als an den vorhergehenden Tagen. Philipps Gepäck war bereits am frühen Morgen nach Winchester gebracht worden, während er noch in Southampton blieb und hoffte, daß das Wetter sich besserte und er die sieben Meilen trocken zurücklegen konnte.

Als es zwei Uhr schlug und immer noch regnete, hüllte Philipp sich seufzend in einen roten Mantel und befahl den Aufbruch. Bereits nach wenigen Minuten waren er, seine Granden und die englische Leibgarde völlig durchnäßt.

Beim Kloster des heiligen Kreuzes hielt man, damit Philipp trockene Kleider anlegen konnte, dann ging es weiter nach Winchester, wo sie am Tor vom Rat der Stadt und dem Bürgermeister empfangen wurden, die – zur Feier des Tages – ihre Sonntagskleider aus Samt und Seide trugen, die nun wie nasse Lumpen an ihnen herunterhingen.

Man geleitete den Prinzen zur Kathedrale, wo Gardiner und einige Bischöfe ihn erwarteten, um das Tedeum zu zelebrieren, und als auch dies überstanden war, brachte man Philipp zu seiner Unterkunft, dem Haus des Dechanten, wo er vor der Hochzeit wohnen sollte; unterwegs kamen sie am bischöflichen Palast vorbei, und Gardiner machte Philipp auf die erleuchteten Fenster aufmerksam und erklärte ihm, daß Ihre Majestät in diesen Gemächern wohne.

An Philipp rauschte alles vorbei, er zitterte vor Kälte, nieste, verfluchte das englische Klima und sehnte sich nur nach einem warmen Zimmer, einem heißen Bad, trockenen Kleidern, einer guten Mahlzeit und einem Pokal Rotwein.

Während Philipp das Tedeum hörte, war ein Bote zum bischöflichen Palast geeilt und hatte die Königin von der Ankunft des Prinzen benachrichtigt.

An jenem Spätnachmittag war Renard bei Maria, man unterhielt sich über die Hochzeit, und die Königin zeigte dem Gesandten voller Stolz und Genugtuung den einfachen, schmalen Goldreif, den sie als Ehering tragen wollte.

»Er ist so schlicht«, sagte Renard erstaunt, wußte er doch, daß die Königin Juwelen über alles liebte.

»Ich finde, ein schlichter Ring paßt besser zu mir als ein mit Edelsteinen besetzter Reif, im übrigen ist das eine unwichtige Äußerlichkeit, wichtig ist, daß meine Ehe glücklich wird. Ach, Mr. Renard, der 25. Juli 1554 wird der schönste Tag meines Lebens sein, das heißt...

Sie schwieg und sah nachdenklich vor sich hin...

»Nein, der 25. Juli ist der zweitschönste Tag meines Lebens, der schönste Tag ist der, an dem ich unseren Sohn, den Thronfolger, zur Welt bringe. Wer weiß, Mr. Renard, vielleicht feiern wir in einem Jahr um diese Zeit wieder ein Fest, eine Taufe ...«

»Ich bete zu Gott, daß er Euer Majestät einen Sohn schenkt«, erwiderte der Gesandte, und während Maria zum soundsovielten Male die Einzelheiten des feierlichen Einzugs in die Hauptstadt schilderte, begann es in Renards Kopf fieberhaft zu arbeiten, die Erwähnung des Thronfolgers hatte ihn an ein Problem erinnert, das während der letzten Monate etwas in den Hintergrund getreten war...

Die Königin ist achtunddreißig Jahre alt, überlegte er, man muß damit rechnen, daß sie eine Geburt nicht überlebt, daß das Kind tot zur Welt kommt oder frühzeitig stirbt, wie die Geschwister der Königin, wenn diese Ehe kinderlos bleibt, wird Frankreich Thronansprüche erheben... Wie kann man verhindern, daß Frankreich in den Besitz Englands kommt?

Für dieses Problem gibt es nur eine Lösung: Elisabeth!

Die Königin weigert sich, die Schwester als Thronfolgerin anzuerkennen, folglich muß man dafür sorgen, daß sie die Thronrechte behält, sie muß auch wieder am Hof leben, und vor allem muß sie nutzbringend verheiratet werden, entweder mit einem Habsburger, der Kaiser hat schließlich etliche Neffen, oder mit einem Verwandten des Hauses Habsburg, mit Philibert von Savoyen zum Beispiel…

Wenn Philipp sich in England und am Hof eingelebt hat, muß ich mit ihm darüber sprechen…, er muß sich bei der Königin für Elisabeth einsetzen, sie ist zwar innerlich bestimmt Protestantin, wer weiß, was unter ihrer Regierung aus dem katholischen England wird, aber diese religiöse Frage ist letztlich zweitrangig. Eine protestantische Elisabeth ist, verglichen mit einer katholischen Maria Stuart, für das Haus Habsburg das kleinere Übel, Maria Stuart darf nie Königin von England werden!

Gütiger Himmel, das wäre der Untergang des Hauses Habsburg, der Kaiser ist fester als je zuvor entschlossen, sein Reich aufzuteilen… die Konsequenzen kann man im Augenblick nur ahnen…

»Hoffentlich«, sagte Maria, »hoffentlich gibt es keine Unruhen, wenn wir in London einziehen, manchmal überkommt mich ein ungutes Gefühl, und ich habe Angst, daß man auf Philipp ein Attentat verüben könnte.«

Renard lächelte. »Das spanische Gold wird die Gemüter beruhigen, Majestät, und wenn Ihr sicher sein wollt, daß es nicht zu Unruhen kommt, müßt Ihr Lady Elisabeth nach London holen, laßt sie hinter Euch und Seiner Hoheit reiten…

»Mr. Renard«, rief Maria, und ihre Stimme bebte vor Empörung, »seid Ihr von Sinnen! Elisabeth bleibt in Woodstock, sie würde nur stören.«

»Seine Hoheit würde Lady Elisabeth wahrscheinlich gerne kennenlernen, schließlich muß sie angemessen verheiratet werden.«

»Mein Philipp wird den Bastard der Boleyn noch früh genug kennenlernen, aber nicht während unserer Hochzeit. Ich bin erstaunt über Eure Sinnesänderung, vor einigen Monaten spracht Ihr beständig vom Tower, und jetzt wünscht Ihr Elisabeths Rückkehr an den Hof.«

»Majestät, sie ist eine Königstochter und politisch nicht ganz unwichtig…«

In diesem Augenblick meldete ein Diener, daß Seine Hoheit Prinz Philipp in Winchester eingetroffen sei.

»Mein Gott«, rief Maria, »er ist durch den Regen hierher geritten, das ist ein Beweis seiner Zuneigung, er ist da, fast kann ich es nicht glauben, ich muß ihn unbedingt noch heute abend sehen!«

Renard erstarrte, wie rücksichtslos, dachte er, Philipp ist bestimmt müde, außerdem ist es unschicklich. Er kannte den Sohn des Kaisers und wußte, daß er den Wunsch der Königin als lästig und aufdringlich empfinden würde.

»Majestät«, begann er vorsichtig, »Seine Hoheit wird von dem Ritt erschöpft sein und der Ruhe bedürfen.«

»Selbstverständlich, Mr. Renard, mein Philipp soll sich erholen, aufwärmen, in Ruhe essen, und danach werde ich ihn in Gegenwart meines Hofstaates empfangen, Mr. Dudley soll meinen Philipp kurz nach zehn Uhr zu mir bitten.«

»Nach zehn Uhr?!« rief Renard entgeistert, »so spät?! Ich weiß nicht, Majestät, ob…«

»Mr. Renard, stellt Euch nicht so an, erstens empfange ich den Prinzen nicht allein, sondern in Gegenwart des Hofes, zweitens wird er mich bestimmt auch kennenlernen wollen, und drittens: Ich warte seit Monaten auf ihn, ich kann und will nicht länger warten!«

Renard seufzte unhörbar und gab sich geschlagen.

Als Robert Dudley kurz vor zehn Uhr in die Große Halle des bischöflichen Palastes hinuntereilte, lief ihm Gerard Braleigh über den Weg.

»Hallo, Robert, wohin so eilig?«

»Ich gehe zu Seiner Hoheit, Prinz Philipp. Ihre Majestät will ihn in ihren privaten Räumen empfangen.«

Gerard lächelte spöttisch.

»Welch ehrenvolle Aufgabe. Ich sah dich neulich schon am Hof, was treibst du hier?«

»Ich habe die Briefe, die Ihre Majestät und Seine Hoheit einander schrieben, befördert.«

Gerard lachte. »Sieh an, Robert Dudley ist der Liebesbote Ihrer Majestät, nun, so hast du wenigstens etwas von der Welt gesehen.«

Robert ärgerte sich über den herablassenden Ton, ließ sich aber nichts anmerken.

»Was treibst du denn am Hof?«

»Offiziell bin ich ein Mitarbeiter Renards, aber während der letzten Monate wurde ich allmählich ein Ratgeber Ihrer Majestät, bevor die Königin eine Entscheidung trifft, fragt sie mich stets um meine Meinung.«

In Wirklichkeit war es so, daß Maria den jungen Braleigh zwar öfter zu sich bat, aber nicht, um politische Fragen mit ihm zu erörtern, sondern um sich von ihm unterhalten zu lassen.

Angeber, dachte Robert, der kein Wort seines ehemaligen Kameraden glaubte.

»Ich würde gerne noch länger mit dir plaudern«, sagte Gerard, »aber ich habe gesellschaftliche Verpflichtungen, ich muß in die Galerie, zum Empfang Seiner Hoheit.«

Er eilte nach oben, wobei er innerlich triumphierte: Er hatte Robert Dudley überflügelt, Robert, der Sohn eines Lords, eines Grafen und eines Herzogs, Robert, dessen Vater einst der mächtigste Mann in England war, versah nun unwichtige Botendienste, durfte nicht am Empfang des Gemahls der Königin teilnehmen, während er... Eine glänzende Laufbahn lag vor ihm!

Wie wichtig er sich nimmt, dachte Robert, während er die Treppe hinunterging, aber abwarten, das Schicksal der Hofleute steht und fällt mit dem regierenden König, mein Großvater ist das beste Beispiel dafür, ebenso mein Vater – und ich...?!

Eines Tages wird Elisabeth Königin von England sein, und dann..., dann beginnt meine Laufbahn am Hof!

Nachdem Philipp sich umgezogen und zu Abend gegessen hatte, saß er schläfrig vor dem Kaminfeuer und hörte zu, wie Gomez, de Feria und Egmont sich über die englischen Damen unterhielten.

»Ich habe noch an keinem Hof so schlechtgekleidete Frauen erlebt wie hier«, sagte Egmont, »die Reifröcke sind aus gemustertem Stoff, kein Seidenputz verziert sie, die Schuhe sind meistens aus Ziegenleder, und dazu tragen die Damen schwarze Strümpfe!«

Gomez lächelte süffisant. »Woher kennt Ihr die Farbe der Strümpfe? Habt Ihr den Damen unter die Röcke geschaut?«

»Das ist nicht nötig, die Röcke sind nicht lang genug, und beim Reiten zeigen die Damen manchmal ihre Beine bis zum Knie. Tanzen können sie übrigens auch nicht, sie stampfen und springen nur, und häßlich sind sie auch.«

»Ihr übertreibt«, widersprach de Feria, »ich finde, einige sehen recht apart aus mit ihrer hellen Haut und den blonden Haaren.«

Die Herren können gut reden, dachte Philipp, keiner von ihnen muß eine Engländerin heiraten, ich hingegen...

Als es zehn Uhr schlug und Philipp aufstand, um sich in sein Schlafzimmer zurückzuziehen, erschien Robert Dudley mit der Botschaft, Ihre Majestät freue sich, Seine Hoheit jetzt, nachdem er sich hoffentlich ausgeruht habe, privat zu empfangen. Philipp verzog keine Miene, obwohl er innerlich entsetzt war. Was für ein Ansinnen, konnte sie nicht bis morgen warten, wahrscheinlich hatte sie etwas von der Sinnlichkeit ihres Vaters geerbt, und er spürte, wie Ekel und Widerwillen in ihm hochstiegen, er war der legitime Gemahl und nicht irgendein Liebhaber, den man in der Dunkelheit empfing, sie war eine Königin, wußte sie nicht, was sich ziemte, konnte sie sich nicht beherrschen?

Es war eine politische Ehe, Gefühle waren bei einer solchen Verbindung zweitrangig, wußte sie das nicht!

Er dankte Robert für die Einladung, bat ihn, zu warten, damit er sich umziehen könne, und befahl Egmont, ihm zu folgen. Beim Hinausgehen sah er, daß Gomez süffisant lächelte, während de Feria keine Miene verzog, und er beschloß, de Feria irgendwann zum Gesandten zu ernennen.

Während Philipp das Hausgewand ablegte und ein weißes seidenes Wams und weiße goldbestickte Beinkleider anzog, seufzte er etliche Male, und als Egmont ihm den mit Juwelen verzierten Degen umgürtete, sagte er verdrossen: »Diese Begegnung hätte auch bis morgen Zeit gehabt, ich bin todmüde.«

»Soviel ich weiß, Hoheit, schläft Ihre Majestät schlecht, es kommt häufig vor, daß sie nachts eine Hofdame zu sich befiehlt, um mit ihr zu plaudern oder Karten zu spielen, aber das wird sich ja in wenigen Tagen ändern.«

»Schweigt«, fuhr Phlipp den Grafen an, es war nicht die zweideutige Bemerkung, über die er sich ärgerte, aber er wollte nicht ständig an die ehelichen Pflichten erinnert werden, die unaufhaltsam auf ihn zukamen.

Als er, begleitet von Gomez, de Feria, Egmont und einigen anderen Granden, Robert durch den regennassen Garten folgte, dachte er flüchtig daran, wieviel Selbstdisziplin man ihm bei seiner ersten Ehe abverlangt hatte: Er durfte Maria von Portugal erst am Hochzeitstag sehen, und anschließend mußte er noch wochenlang um ihre Hingabe werben, Maria Tudor hingegen konnte anscheinend ihre verliebten Gefühle nicht kontrollieren.

Am Ende des Gartens öffnete Robert eine schmale Pforte und führte die Herren zu einer Wendeltreppe.

»Hoheit, Mylords, hier geht es zu den privaten Räumen Ihrer Majestät.«

Philipp zögerte einen Moment am Fuß der Treppe und spürte erneut jenen Widerwillen gegen die Sinnlichkeit der Königin und ihr merkwürdiges Benehmen, ihn zu später Stunde wie einen Liebhaber zu einem heimlichen Rendezvous zu sich zu bitten.

Oben angekommen, öffnete sich eine Tür, und er erblickte eine lange Galerie. Im Licht der Fackeln erkannte er Wandteppiche, zwei Kaminfeuer, an der rechten Längsseite standen einige englische Damen und Herren, er erkannte Renard, Gerard Braleigh, Gardiner, Lordadmiral Howard, den Grafen Arundel. Am Kopfende der Galerie war ein Thron aufgebaut, ein flaches Podest mit zwei Stühlen, dort stand eine kleine, magere Frau, die ihm nun entgegeneilte.

Die Königin, dachte er und blieb unschlüssig stehen, eine Königin läuft nicht, ging es ihm durch den Kopf, eine Königin muß sich gemessen bewegen.

Maria trug ein schwarzes Samtkleid, das bis zum Hals geschlossen war, und eine schwarze, golddurchwirkte Samthaube.

Philipp erschrak, als sie nur noch wenige Meter von ihm entfernt war, er hatte keine jugendfrische Frau erwartet, aber sie sah noch verblühter und ungefälliger aus, als er sie sich vorgestellt hatte. Auf dem Porträt, das Renard ihm geschickt, hatte sie jünger gewirkt, man kann sich auf Bilder nicht verlassen, dachte er und betrachtete mit stummer Verzweiflung die fahlblonden Haare, die unter der Haube hervorlugten, die gelblich-graue, verwelkte Haut, die Fältchen um die Augenpartie, Augenbrauen hatte sie überhaupt nicht, die Lippen waren schmal und verkniffen...

Nun stand sie vor ihm, lächelte ihn an, wobei sie leicht errötete, und reichte ihm die Hand; Philipp fand, daß die Röte sie etwas verjüngte, er dachte daran, daß sie in ihn verliebt war, daß dies eine rein politische Heirat im Interesse des Hauses Habsburg war, und nahm sich zusammen, versuchte, sich nichts von seinem Widerwillen anmerken zu lassen. Er nahm ihre Hand, lächelte ebenfalls, verbeugte sich galant und küßte sie flüchtig auf den Mund.

»Willkommen in England«, sagte sie, und er hörte erstaunt, daß sie Französisch sprach; beherrschte sie die spanische Sprache nicht?

Während sie ihn zum Thron führte, streifte sie ihn hin und wieder mit einem verliebten Seitenblick, der lebende Philipp gefiel ihr noch besser als Tizians Bild. Er war groß, gut gewachsen, hielt sich kerzengerade, Haare und Bart waren dunkelblond, am besten gefielen ihr die ernsten, grauen Augen und das ovale Gesicht mit der hohen Stirn. Dieser gutaussehende Mann war ihr Gatte, würde sie, die ältere, äußerlich unscheinbare Frau ihn halten können?

Ja, dachte sie, wenn ich ein Kind zur Welt bringe, kann ich ihn halten, sein Kind wird England beherrschen, aber kann ich noch Kinder bekommen? Sie spürte, daß eine leise Angst in ihr aufstieg, und versuchte, die Angst durch ein Gespräch mit ihm zu verdrängen.

Als sie auf den Stühlen saßen, fragte sie ihn, wieder in französischer Sprache, ob er sich von dem anstrengenden Ritt erholt habe und ob ihm seine Unterkunft gefalle.

Er antwortete auf spanisch, woraufhin sie verlegen ihre beringten Hände betrachtete und auf französisch erwiderte, sie habe seit zwanzig Jahren kein Spanisch mehr gesprochen, aber sie verstünde die Sprache sehr gut.

Er erwiderte auf spanisch, er verstünde zwar Französisch, habe aber Schwierigkeiten beim Sprechen, und so unterhielten sie sich auf Französisch und Spanisch über das Wetter, seine Überfahrt, er erzählte, daß die Gesundheit seines Vaters nicht die beste sei, sie teilte ihm mit, daß sie den Hochzeitstag ihm zuliebe auf den 25. Juli gelegt habe, auf den Jakobstag, weil der heilige Jakob Spaniens Schutzpatron sei.

So unterhielt man sich eine Weile, dann stellte Philipp seine Granden vor und lernte die englischen Hofdamen kennen.

Er küßte sie - gemäß der englischen Sitte - auf den Mund, vergaß sofort ihre Namen und fand sie alle genauso reizlos wie ihre Königin.

Nachdem Philipp sich noch eine Weile mit den englischen Damen und Herren unterhalten hatte, fand er, es sei Zeit sich zur Ruhe zu begeben.

»Majestät«, sagte er zu Maria, »es war für mich eine Ehre und ein Vergnügen, Euch noch heute kennenzulernen, erlaubt, daß ich mich jetzt zurückziehe.«

»Wollt Ihr wirklich schon gehen?«.

Ihre enttäuschte Stimme verunsicherte ihn einen Moment, und er überlegte, was er antworten sollte.

»Bitte, leistet mir noch etwas Gesellschaft, es ist doch noch nicht so spät, und…«, sie zögerte etwas, »ich habe so lange auf Euch gewartet.«

Sie sah ihn erwartungsvoll und ein wenig hilflos an, er dachte daran, daß sie es nicht leicht gehabt hatte in ihrem bisherigen Leben, und empfand Mitleid mit der Frau, die um seine Gegenwart bettelte.

So nahm er erneut neben ihr Platz, und während sie ihm allerhand erzählte, fielen ihm fast die Augen zu.

Irgendwann hörte er sie sagen: »Ihr seid müde. Ich danke Euch, daß Ihr solange geblieben seid, gute Nacht.«

Philipp stand auf, und einer plötzlichen Eingebung folgend, fragte er nach den englischen Wörtern für »gute Nacht«.

Maria lächelte. »Good night.«

»Good night«, wiederholte er, »good night.«

Sie begleitete ihn bis zur Tür, nahm noch einmal seine Hand und sagte in gebrochenem Spanisch: »Ich weiß, daß ich alt und äußerlich nicht sehr reizvoll bin. Ich danke Euch, daß Ihr mich so nett begrüßt habt.«

Philipp sah verlegen zu Boden, fühlte sich beschämt, und da er zum zweiten Mal an diesem Abend nicht wußte, was er antworten sollte, verbeugte er sich schweigend und ging hinaus.

Während des Rückweges durch den Garten fiel ihm ein, daß er für die Königin von England an diesem Tag verschiedene Gefühle empfunden hatte: Ärger, Mitleid, zuletzt sogar etwas Beschämung, nur eines hatte er nicht empfunden: Sympathie, von Liebe und Zuneigung ganz zu schweigen, diese Frau war ihm gleichgültig, und leise sagte er zu Egmont, der neben ihm ging: »Es wird viel göttlicher Beistand nötig sein, um diesen bitteren Kelch zu leeren.«

»Ihre Majestät ist sehr in Euch verliebt, Hoheit.«

Philipp seufzte. »Beherrscht die Königin die lateinische Sprache? Wenn sie fließend Latein spricht, wäre es einfacher, sich mit ihr zu unterhalten.«

»Sie hat gewiß Latein gelernt, Hoheit, aber ich glaube nicht, daß ihre Kenntnisse für eine Unterhaltung reichen, sie ist kein Sprachgenie wie ihre Schwester. Lady Elisabeth spricht Latein, Griechisch, Italienisch, Französisch und Spanisch.«

»Lady Elisabeth? Die Tochter von Anna Boleyn beherrscht diese Sprachen?! Warum war sie heute abend nicht anwesend?«

»Die Königin hat ihre Schwester nach Woodstock verbannt, sie wird auch nicht an den Hochzeitsfeierlichkeiten teilnehmen.«

»Verbannt? Warum? Sie hatte mit der Wyatt-Verschwörung doch nichts zu tun.«

»Das ist richtig, aber zwischen Geschwistern gibt es eben manchmal Spannungen, Hoheit.«

»Wie meint Ihr das ?«

»Nun, Lady Elisabeth ist… sie ist ganz anders als die Königin.«

Philipp blieb stehen.

»So? Sie ist anders als die Königin! Egmont, Ihr habt mich auf Lady Elisabeth neugierig gemacht.«

Am 25. Juli wurden Maria und Philipp von Gardiner in der Kathedrale getraut, einige Tage später reisten sie weiter nach London, um den Hochzeitsfeierlichkeiten beizuwohnen, welche die Stadt, die Gilden und Kaufmannschaften arrangiert hatten. Der plötzliche

Tod des alten Herzogs von Norfolk beendete abrupt die Festspiele, und das jungvermählte Paar begab sich nach Hampton Court, um dort die Flitterwochen zu verbringen. Elisabeth erfuhr dies und andere Einzelheiten aus Parrys Briefen:

Der Einzug in London verlief ohne Zwischenfall, die Stimmung im Volk schlug sogar für kurze Zeit zugunsten Philipps um. Der Grund ist wahrscheinlich die spanische Hochzeitsgabe: 97 Kisten, bis zum Rand mit Gold und Silber gefüllt, und zwei große Wagen voller Goldbarren wurden zum königlichen Schatzhaus gebracht, damit nicht genug, hat Kaiser Karl V. seinem Sohn zur Hochzeit ein Königreich geschenkt, nämlich Neapel und Sizilien!
Kein Wunder, daß das Volk dem Paar zugejubelt hat, die Königin gebietet über einen Machtbereich, von dem man nur träumen kann! Maria und Philipp sind jetzt: König und Königin von England, Frankreich, Irland, Neapel und Sizilien, Erzherzog und Erzherzogin von Österreich, Herzog und Herzogin von Mailand, Burgund, Brabant, Graf und Gräfin von Habsburg, Flandern und Tirol.

Ende September schrieb Parry:
König Philipp ist inzwischen gänzlich unbeliebt, der Adel verübelt ihm, daß man täglich viele Stunden mit ihm und der Königin in der Schloßkapelle verbringen muß, und außerdem ist man empört über die Einführung der spanischen Etikette in Hampton Court. Das Volk murrt, daß die Tür zur Großen Halle in Hampton Court verschlossen ist, und klagt, daß jetzt nur ausgewählte Bittsteller im Audienzsaal erscheinen dürfen, während früher jeder Engländer freien Zutritt zum König hatte und ihm seine Sorgen unterbreiten konnte.
Man hat den Eindruck, daß Philipp nicht gerne in unserem Land lebt, daß ihm vieles nicht gefällt, hin und wieder sagte er, hier sei alles so ›ungeschützt‹, und dann erzählt er begeistert von den spanischen Innenhöfen und den Parkanlagen hinter hohen Mauern; er sollte sich damit abfinden,

daß die englischen Schlösser den freien Blick in die Landschaft haben, daß unsere Gärten in Wälder und Wiesen übergehen, wo man halt auch Leuten aus dem Volk begegnet! Er scheint nur Gefallen an der Jagd zu haben, er soll ein ausgezeichneter Jäger und Reiter sein.

Elisabeth legte den Brief zur Seite und begann zu rechnen: Maria war jetzt zwei Monate verheiratet, falls sie inzwischen schwanger war, würde Parry dies wahrscheinlich im Laufe des Oktober erfahren und ihr mitteilen.

Von jenem Tag an öffnete sie jedes Billett aus dem »Ochsen« mit klopfendem Herzen, aber der Oktober verging, und es wurde Mitte November, ohne daß Parry etwas von einer Schwangerschaft schrieb.

Elisabeth begann aufzuatmen, sie wußte, daß Parry alles versuchte und hohe Bestechungsgelder zahlte, um an diese wichtige Nachricht zu kommen, sie wußte auch, daß ihre Schwester dieses »Geheimnis« sofort öffentlich verkünden würde.

Es soll nicht sein, dachte Elisabeth mit Genugtuung, Marias Gebete helfen anscheinend auch nicht, und je weniger es Philipp hier gefällt, um so besser, vielleicht kehrt er bald nach Spanien zurück.

Dank des spanischen Goldes hatte Bedingfield inzwischen Geld erhalten, um seine Soldaten zu entlohnen, ebenso Schindeln und allerhand Baumaterial, so daß man im Spätsommer mit der Renovierung des Torhauses beginnen konnte. Anfang November war alles fertig, und Elisabeth, inzwischen wieder völlig gesund, freute sich auf die langen Winterabende, die sie vor dem Kamin mit ihren Büchern verbringen würde.

Sie vermißte Kate und Parry, war aber davon überzeugt, daß es ihr erster und letzter Winter in Woodstock war, vielleicht konnte Robin bei Philipp etwas für sie tun, der König war – laut Parrys Briefen – sehr angetan von dem jungen Mann und hatte ihn und Ambrose seinem Gefolge zugeteilt. Elisabeth war erleichtert, daß Robert nach wie vor getrennt von seiner Gattin lebte.

Anfang November begann eine Schlechtwetterperiode mit Regen und Sturm, die bis Mitte des Monats dauerte. Der 17. November war grau und trüb, aber es regnete wenigstens nicht, und so ließ Elisabeth am frühen Nachmittag die beiden Soldaten holen, die sie gewöhnlich auf ihren Spaziergängen im Park begleiteten.

Als sie das Haus verließ, kam Sir Bedingfield ihr mit einem Brief entgegen. Er sah besorgt aus, und Elisabeth spürte instinktiv, daß der Brief unangenehme Nachrichten enthielt.

»Habt Ihr einen Augenblick Zeit, Euer Gnaden?«

»Gewiß.«

»Euer Onkel, Lordadmiral Howard, hat mir geschrieben, die innenpolitische Lage scheint sich zuzuspitzen. Der König fordert – natürlich mit Unterstützung der Königin – seit Wochen nachdrücklich die Rückgabe der kirchlichen Ländereien und die Wiedererrichtung der Klöster.«

»Das weiß ich, Mylord, und das Parlament lehnt seit Wochen diese unsinnige Forderung ab, eine Rückgabe der Ländereien würde zu Aufständen führen und England wirtschaftlich ruinieren, aber Ihr spracht von einer Zuspitzung der Lage, muß man befürchten, daß das Parlament den Wünschen des Königs doch nachgibt?«

»Nein, aber…«, er zögerte etwas, »es wird wohl einen Kompromiß geben.«

»Wie meint Ihr das?«

»Reginald Pole ist vor einigen Tagen als päpstlicher Legat nach England zurückgekehrt, in seinem Reisegepäck befindet sich die päpstliche Erlaubnis, dem Land die Absolution zu erteilen, wenn die Regierung die kirchliche Oberhoheit des Papstes anerkennt. Pole ist bereit, auf die Rückgabe der Ländereien zu verzichten, wenn England sich Rom unterwirft und wenn das Parlament die Ketzergesetze Eures Vaters erneut in Kraft setzt.«

»Die Ketzergesetze! Mein Gott, Ketzer wurden unter der Herrschaft meines Vaters mit dem Feuertod bestraft! Glaubt Ihr wirklich, daß das Parlament diese Gesetze wieder einführt?«

»Man debattiert darüber, Lord Howard meint, sie werden wieder eingeführt.«

»Ich darf nicht daran denken«, sagte Elisabeth leise, mehr zu sich selbst als zu Bedingfield, »meine Schwester ist eine fanatische Katholikin…«

»Ja, genau dieser Punkt scheint Lord Howard problematisch, aber lest selbst, was er schreibt«, und er gab ihr den Brief.

Elisabeth überflog die Zeilen, und bei den letzten Sätzen erschrak sie:

…die Königin weiß, daß die Rückkehr unter die Oberhoheit des Papstes vielen Engländern nicht gefällt, deshalb will sie – nach Erteilung der Absolution – dem Volk offiziell verkünden lassen, daß sie guter Hoffnung ist. Die Ärzte haben errechnet, daß das Kind Ende Mai nächsten Jahres zur Welt kommen wird…

Ein Kind, dachte Elisabeth, vielleicht sogar ein Sohn…, das kann nicht sein, das ist unmöglich…

Die Buchstaben begannen vor ihren Augen zu tanzen, und sie umklammerte krampfhaft das Stück Papier, Beherrschung, dachte sie, Bedingfield darf nicht merken, wie mir zumute ist, Beherrschung…

Wie aus weiter Ferne hörte sie seine Stimme: »Euer Gnaden, ist Euch nicht gut, Ihr seid plötzlich ganz blaß geworden.«

Da nahm sie sich zusammen und gab ihm den Brief zurück. »Ich fühle mich gut, Mylord, wir müssen die weitere politische Entwicklung abwarten.«

In diesem Augenblick erschien Jane mit den beiden Soldaten. Bedingfield kehrte in seinen Pferdestall zurück, und Elisabeth betrachtete unschlüssig ihr Edelfräulein und die Soldaten. In diesem Augenblick hatte sie nur einen Wunsch: Sie wollte allein sein, um sich von dem Schock über Marias Schwangerschaft zu erholen, um damit fertig zu werden.

Sie schickte die Soldaten fort, verbat sich Janes Begleitung und ging in den Garten zu jener Bank, wo sie im Sommer manchmal gesessen und die Sonne genossen hatte.

Ein Kind, dachte sie, ein Kind…, Maria bekommt ein Kind, das… das kann nicht sein…, das darf nicht sein…, das ist unmöglich, England darf nicht von Spanien beherrscht werden…

»Dieses Kind raubt mir die Krone…!«

Sie barg ihr Gesicht in den Händen und begann laut und hemmungslos zu weinen, in diesem Moment war es ihr gleichgültig, ob sie beobachtet wurde.

Sie weinte und weinte, und allmählich mischte sich Zorn in ihre Verzweiflung, und dieser Zorn ließ die Tränen allmählich versiegen. Hatte sie Somerset, Northumberland und den Tower überlebt, um den Rest ihres Lebens im Schatten der Krone zu verbringen? Ihr Vater hatte sie gezeugt, damit sie, sie allein, die Krone Englands erben sollte, er war enttäuscht gewesen, weil sie ein Mädchen war, nun gut, aber er hatte sie zur Prinzessin von Wales ernannt, später hatte sie die gleiche Erziehung genossen wie ihr Bruder, der Thronfolger...

»Nein«, rief sie und sprang auf, »ich bin die rechtmäßige Erbin, ich will Königin von England werden! Und dieses Kind, ich hasse es, wenn ich es in die Finger bekomme, bringe ich es um, ich werde es erwürgen, ersticken, ertränken, ich dinge Leute, die es vergiften...«

Sie schrak zusammen und sah sich um, hatte man sie gehört? Nein, dachte sie und sank auf die Bank, ich kann das Kind nicht umbringen lassen, der Verdacht würde sofort auf mich fallen..., lieber Gott, ich weiß, daß mein Wunsch Sünde ist, aber, bitte, laß Marias Kind tot zur Welt kommen, laß es kurz nach der Geburt sterben, laß Maria eine Fehlgeburt haben, und vor allem, laß sie nicht noch einmal schwanger werden, bitte...

Sie begann erneut zu weinen.

Sie merkte nicht, daß der Himmel allmählich aufklarte, sie hörte auch nicht die zögernden Schritte, die sich der Bank näherten, erst als man sie ansprach, fuhr sie zusammen und sah erschrocken auf. Vor ihr stand der alte Wickham mit einem bunten Asternstrauß.

»Euer Gnaden«, stammelte er und betrachtete hilflos ihr verweintes Gesicht, »ist etwas passiert?«

Elisabeth holte ihr Tuch hervor und trocknete die Tränen. »Ja, Wickham, es ist etwas passiert: Die Königin erwartet ein Kind, Ihr könnt Euch denken, was das für mich bedeutet.«

»Ja, Euer Gnaden«, erwiderte er, »ich würde Euch gerne helfen, aber...«, er seufzte und suchte nach ein paar tröstlichen Worten, und als ihm nichts einfiel, überreichte er Elisabeth den Blumenstrauß.

»Es sind die letzten Astern, Euer Gnaden.«

»Vielen Dank, Wickham, die letzten Astern... im nächsten Frühjahr gibt es wieder Blumen, und im Frühjahr kommt das Kind zur Welt.«

»Im Frühjahr«, wiederholte der Alte langsam, »na ja, bis dahin ist noch viel Zeit, ja, ja, mit den Schwangerschaften, das ist so eine Sache..., woher weiß die Königin denn, daß sie schwanger ist?«

Bei den letzten Worten umspielte ein spöttisches Lächeln seinen Mund.

Elisabeth sah ihn erstaunt an.

»Was für eine Frage, Wickham! Jede Frau weiß doch nach einer gewissen Zeit, ob sie schwanger ist oder nicht.«

»Natürlich, Euer Gnaden, aber man kann sich irren, man kann sich etwas einbilden...«

»Nein, das ist ausgeschlossen, schließlich haben die Ärzte die Schwangerschaft bestätigt und festgestellt, wann mit der Niederkunft zu rechnen ist.«

»Ach so, die Ärzte..., das ist natürlich etwas anderes..., Euer Gnaden, wartet in Ruhe ab, vertraut auf Gott, es kann nicht Gottes Wille sein, daß England von einem Habsburger regiert wird. Wartet ab, das Kind kann tot zur Welt kommen, es kann kurz nach der Geburt sterben, die Königin überlebt die Geburt vielleicht nicht oder bekommt keine Kinder mehr.«

Elisabeth stand auf.

»Ihr habt wahrscheinlich recht, ich kann nur auf Gott vertrauen und abwarten.«

Schweigend gingen sie zurück.

Als sie den Garten verließen, begegnete ihnen eine Kuhmagd. Sie trug zwei schwere Eimer an einem auf den Schultern liegenden Joch und sang ein Lied; nun trat einer der Stallburschen auf sie zu, und sie gingen gemeinsam weiter.

Elisabeth beobachtete das Paar, und als sie verschwunden waren, sagte sie: »Ihr Los ist ein besseres als das meine, wer würde es sich auch wünschen, heute eine Prinzessin zu sein?«

Einige Tage später begaben sich Philipp und Maria von Hampton Court nach London, um an der feierlichen Zeremonie teilzunehmen, die England wieder unter die Oberhoheit des Papstes brachte. Am 30. November 1554 war es soweit: Während die Herolde nach allen Himmelsrichtungen ritten, um zu verkünden, daß die Königin ein Kind erwarte, erteilte Reginald Pole dem Parlament Absolution und Segen, anschließend begab man sich zu einem Tedeum in die Westminster Abbey.

Maria weinte vor Rührung, während Philipps Augen triumphierend aufleuchteten: Ein Ziel hatte er erreicht, England war wieder unter päpstlicher Oberhoheit!

Das andere Ziel, der Thronerbe, der England unter die spanische Oberhoheit bringen sollte, dieses Ziel..., Philipps Augen verdunkelten sich, und er streifte die Königin mit einem fragenden Seitenblick. Er begann erneut zu rechnen, aber auch jetzt brachte seine Rechnung ihn nicht weiter, vielleicht, überlegte er, gibt es medizinische Wunder, vielleicht ist es eine göttliche Fügung... Bis jetzt hatte er es vermieden, mit seiner Frau über das heikle Thema ihrer Schwangerschaft zu sprechen, aber in den nächsten Tagen würden England und Europa erfahren, daß im nächsten Frühling... Er seufzte und beschloß, am Abend mit Maria über ihren Zustand zu sprechen.

Nach dem Tedeum und einem Festbankett zog Philipp sich in sein Arbeitszimmer zurück und schrieb einen längeren Brief an den kaiserlichen Vater, worin er ausführlich über die Verhandlungen Poles mit dem Parlament berichtete, zuletzt schrieb er: »Die Versöhnung Englands mit Rom ist der größte Sieg unserer Zeit.«

Er überlas den Brief noch einmal, zögerte etwas, tauchte schließlich die Feder erneut in die Tinte und teilte dem Vater in wenigen Worten mit, daß die Königin ein Kind erwarte.

Maria saß an jenem Abend in ihrem Wohnraum und nähte ein Kinderhemd aus weißer Seide. Beim Eintritt des Gatten legte sie ihre Arbeit zur Seite und lächelte ihn glücklich an.

»Der heutige Tag ist einer der schönsten Tage in meinem Leben, wir haben England vor den Ketzern gerettet, bald wird das Land völlig von ihnen gesäubert sein.«

Philipp sah seine Frau überrascht an.

»Maria, England ist nicht Spanien.«

Er nahm das Hemdchen und betrachtete es eine Weile nachdenklich. »Seide? Wäre Leinen nicht gesünder?«

»Nein! Seide ist gerade gut genug für unser Kind, ich werde alles aus Seide nähen lassen! Was meinst du, wie viele Dutzend Windeln genäht werden müssen?«

»Ich weiß es nicht, frage deine alte Amme Mrs. Strelley. Es wäre mir übrigens angenehm, wenn wir morgen nach Hampton Court zurückkehren würden. Ich residiere nicht gerne in Whitehall, das aufsässige Stadtvolk stört mich.«

»Selbstverständlich reisen wir morgen ab, wenn du es wünschst, was das Stadtvolk betrifft, so warte ab. Wenn die Engländer hören, daß ich guter Hoffnung bin, wird ihre Feindseligkeit sich in Anhänglichkeit verwandeln.«

Philipp sah seine Gattin zweifelnd an, erwiderte aber nichts, ging langsam auf und ab und überlegte, wie er jenes peinliche Gespräch beginnen sollte. Schließlich blieb er vor Maria stehen und sagte zögernd:

»Ich finde, es war verfrüht, heute schon die Herolde auszuschicken und überall deine Schwangerschaft verkünden zu lassen.«

»Verfrüht? Ich bitte dich, wir haben Ende November, in sechs Monaten kommt das Kind zur Welt!«

»Aus politischen Gründen ist es manchmal besser, ein Geheimnis über einen längeren Zeitraum für sich zu behalten«, erwiderte er ausweichend.

Maria stand auf und trat zu ihrem Gatten.

»Philipp, was ist geschehen? Du wirkst in letzter Zeit so bedrückt, manchmal habe ich den Eindruck, daß du dich über unser Kind nicht freust.«

»Der Eindruck trügt, ich freue mich natürlich, daß die Thronfolge gesichert ist, aber…«, er zögerte etwas, »ich habe Angst vor den kommenden Monaten, eine Schwangerschaft ist eine schwierige Angelegenheit, besonders wenn…«

»Ich habe keine Angst«, unterbrach ihn Maria, »Gott hat meine Gebete erhört, er wird mir auch während der kommenden Monate beistehen.«

»Der göttliche Beistand wird nicht reichen, ich befürchte, daß auch menschlicher Beistand vonnöten ist, um mit der Situation fertig zu werden, du wirst dich vielleicht gerne einmal mit einer Frau aussprechen wollen, vielleicht…, du hast eine Schwester, vielleicht sollte man Lady Elisabeth an den Hof holen, sie muß sowieso bald verheiratet werden.«

»Elisabeth?! Nein! Sie bleibt vorerst in Woodstock, abgesehen davon ist sie – was Schwangerschaften betrifft – unerfahren und dumm, meine alte Amme ist eine erfahrene Frau und Geburtshelferin, mit ihr werde ich mich zu gegebener Zeit über alles unterhalten.«

»Gut, ich will mich nicht weiter einmischen, aber Elisabeth kann nicht ewig in Woodstock bleiben.«

Maria überhörte die letzten Worte, schmiegte sich an den Gatten, der es widerwillig duldete, und sagte: »Wollen wir nicht zum Abschluß dieses bedeutsamen Tages einen freudenreichen Rosenkranz für unser Kind beten?«

Da löste Philipp sich abrupt aus der Umarmung und erwiderte: »Verzeih, Maria, ich möchte jetzt keinen Rosenkranz beten, ich bin müde, entschuldige mich bitte«, und ohne sich weiter um die Gattin zu kümmern, verließ er das Zimmer.

Maria sah ihm verwundert nach und überlegte, was sie wohl falsch machte, daß er manchmal so abweisend zu ihr war, gewiß, vor den Augen des Hofes behandelte er sie rücksichtsvoll, höflich, manchmal sogar liebevoll, aber unter vier Augen… Während der wenigen gemeinsamen Nächte hatte sie ›vorher‹ und ›danach‹ immer ein Gebet gesprochen und Gott um Verzeihung ihrer »Sünde« gebeten, ob ihn das störte…, aber das zweite Gebet hatte er nie gehört, weil er bereits schlief… Sie seufzte, ging in ihren Andachtsraum und betete einen freudenreichen Rosenkranz.

Im Dezember wurde es kalt, und zwei Wochen vor Weihnachten fiel der erste Schnee. Das Torhaus in Woodstock war zwar renoviert worden, aber ohne die nötige Sorgfalt, Elisabeth fror erbärmlich wegen der undichten Stellen an Schornstein und Dach, und obwohl die kleinen Räume leicht beheizbar waren, mangelte es oft an Brennholz, und an manchen Tagen brannte kein Kaminfeuer.

Elisabeth schrieb an Maria, schilderte die Zustände in Woodstock und bat, auf einen ihrer Landsitze übersiedeln zu dürfen. Die Königin antwortete durch den Rat, daß sie es sich überlegen wolle.

Elisabeth warf den Brief ärgerlich zur Seite, wickelte sich fester in ihren Umhang und rückte noch näher an das Kaminfeuer, das an jenem Tag brannte. Sie sah in die Flammen und erinnerte sich an die Vorweihnachtszeit der vergangenen Jahre, sie hatte diese Wochen im Dezember stets geliebt, weil überall eine festliche Stimmung herrschte, alle waren fröhlicher als sonst, wahrscheinlich wegen der kulinarischen Genüsse, die zum Weihnachtsfest gehörten, dachte Elisabeth. In Hatfield wurde geschlachtet, und in der Großen Halle duftete es in der Vorweihnachtszeit immer nach Backwerk, die Mägde fegten und putzten, Kate kümmerte sich um die Almosen für die Armen, und Parry…, Elisabeth mußte unwillkürlich lächeln, Parry rechnete ihr jeden Tag vor, daß dieses Weihnachtsfest sie noch an den Bettelstab bringen würde…

Die Erinnerung an Parry brachte Elisabeth wieder in die Gegenwart zurück, die Nachrichten, die regelmäßig aus dem »Ochsen« eintrafen, waren im großen und ganzen erfreulich: Die Unruhe in der Bevölkerung wuchs, wo immer sich Spanier zeigten, wurden die Schwerter gezogen, die Priester waren ihres Lebens nicht sicher, das Königspaar wurde immer unbeliebter, und man sprach offen über die Thronfolge, falls Maria im Wochenbett starb und das Kind nicht überlebte: Wem würde die Krone Englands zufallen, Maria Stuart oder Elisabeth?

Sie trat zum Fenster und sah hinunter auf den verschneiten Hof. Sie hatte sich noch nie so deprimiert gefühlt wie während der vergangenen Wochen. Maria und das Kind konnten sterben, aber sie konnte auch überleben. Morgen ist Weihnachten, dachte sie, bald beginnt das Jahr 1555…

Sie sah Lucy über den Hof kommen und erinnerte sich, daß sie am Morgen zum »Ochsen« gegangen war.

»Nun?« fragte sie, als die Zofe das Zimmer betrat.

»Philibert von Savoyen ist Anfang Dezember in London angekommen, der König möchte Euer Gnaden mit ihm verheiraten, aber Mr. Renard ist dagegen.«

»Renard? Renard ist anderer Meinung als Philipp? Merkwürdig. Hast du dich auch nicht verhört?«

»Nein, Euer Gnaden.«

»Sollen sie sich streiten, ich lasse mich nicht ins Ausland abschieben!«

»Was wollt Ihr morgen zu dem Fest anziehen, Euer Gnaden?«

»Das ist mir gleich, am liebsten würde ich nicht hingehen.«

»Die Soldaten freuen sich, wenn Ihr kommt, und Sir Bedingfield hat sich solche Mühe gegeben, ich weiß nicht, wie viele Schweine, Kälber und Hühner er hat schlachten lassen, sogar Wildbret hat er besorgt und Rotwein aus Burgund. Tragt die Tudorfarben, Euer Gnaden, das grüne Samtkleid mit dem weißen Pelzbesatz, die Tudorfarben werden Euch aufheitern.«

»Vielleicht hast du recht, Lucy, das Fest ist bestimmt eine nette Abwechslung.«

Weihnachten und die letzten Dezembertage kamen und gingen, es wurde noch kälter.

Elisabeth fühlte sich allein, abgeschnitten von der Außenwelt und dachte mit Schrecken daran, daß der Winter erst begonnen hatte.

Sie wartete auf irgend etwas und wußte nicht, worauf, sie fragte sich auch, warum Cecil, seit sie in Woodstock lebte, nichts von sich hatte hören lassen, er mußte natürlich vorsichtig sein. Vielleicht beobachtete er auch die politische Entwicklung, um sich eine Meinung zu bilden, und würde erst dann Kontakt zu ihr aufnehmen…

Am Morgen des 31. Dezember begann ein heftiges Schneetreiben, das erst am Spätnachmittag allmählich aufhörte.

Bei Anbruch der Dämmerung beurlaubte Elisabeth den Türsteher John bis zum nächsten Vormittag.

»Es wird heute noch mehr schneien, und Ihr sollt trockenen Fußes in den »Ochsen« kommen. Leistet Parry Gesellschaft, überdies ist es heute, am letzten Abend des Jahres, dort bestimmt lustiger und unterhaltender als hier.«

Als John die Gaststube betrat, waren nur wenige Gäste anwesend, die sich halblaut unterhielten und Karten spielten.

Der Wirt schleppte Bierkrüge, und von der Küche her duftete es aromatisch nach Fleisch und Pasteten.

Parry saß an einem Tisch, von dem aus er den ganzen Raum überblicken konnte, und beschäftigte sich mit seinen Rechnungsbüchern.

Als er John sah, schob er die Papiere zur Seite und rief dem Wirt zu, er solle zwei Krüge Bier bringen.

»Ihr kommt heute früh!«

»Lady Elisabeth meint, es gibt noch mehr Schnee.«

Der Wirt brachte das Bier, und John erzählte von den Vorbereitungen für das Fest, das Bedingfield am Neujahrstag geben wollte. So verging ungefähr eine Stunde.

Als der Wirt zum zweiten Mal Bier brachte, öffnete sich die Tür zur Gaststube, und eine alte Frau, in etliche durchnäßte Tücher eingewickelt, betrat den Raum.

John und Parry achteten zunächst nicht weiter auf sie, erst als die Frau den Wirt um ein Nachtlager bat, wurden sie aufmerksam.

»Könnt ihr überhaupt zahlen?« brummte der Wirt unwirsch und musterte die Alte mit einem abfälligen Blick.

»Natürlich kann ich zahlen«, rief sie, holte einen Lederbeutel hervor und legte ihn auf den Tisch. »Hier, meine Ersparnisse.«

Parry und John starrten die Frau verwundert an, und dann sagte Parry: »Ist das nicht Mrs. Strelley, die Amme der Königin?«

»Sie ist es«, bestätigte John.

Während der Sommerwochen in Richmond, als zwischen Maria und Elisabeth noch Einigkeit geherrscht hatte, waren sie der Amme hin und wieder begegnet und hatten ein paar Worte mit ihr gewechselt.

Parry stand auf und ging zu der alten Frau.

»Mrs. Strelley, welche Überraschung, willkommen in Woodstock!«

Mrs. Strelley sah ihn erstaunt an, und es dauerte einige Sekunden, bis sie sich erinnerte.

»Mr. Parry! Wie geht es Lady Elisabeth?«

»Davon später«, und zum Wirt, der nicht recht wußte, was er von der Begrüßung halten sollte, »gebt der Frau ein Nachtlager und eine anständige Mahlzeit, und bringt den besten Wein, den Ihr im Keller habt, ich zahle alles«, und zu Mrs. Strelley: »Kommt, leistet uns Gesellschaft, Ihr werdet allerhand zu erzählen haben«, bei den letzten Worten blitzten seine Augen listig auf, was der Alten nicht entging.

»Ja, Mr. Parry, ich kann Euch allerhand erzählen.«

Sie entledigte sich der Tücher und setzte sich zu den beiden Männern.

»Wie kommt es«, fragte Parry, »daß Ihr heute in Woodstock seid und nicht in Hampton Court?«

Sie lachte kurz und bitter auf. »Das ist der Undank einer Königin. Vor ein paar Tagen ließ sie mich verhaften, die Soldaten brachten mich irgendwohin und überließen mich in der freien Natur meinem Schicksal. Gott sei Dank war ich in der Grafschaft Oxfordshire, und da ich in Oxford Verwandte habe, beschloß ich, mich dorthin durchzuschlagen. Als es anfing zu schneien, verirrte ich mich und kam endlich hierher.«

In diesem Augenblick brachte der Wirt den Wein, und nachdem er eingeschenkt hatte, hob Parry seinen Becher: »Auf Euer Wohl, Mrs. Strelley, und auf unser Wiedersehen.«

»Nein, Mr. Parry«, erwiderte sie, »auf das Wohl von Lady Elisabeth, unserer künftigen Königin, sie wird einmal in England regieren, nicht das eingebildete Kind der jetzigen Königin.«

»Das eingebildete Kind?« fragte Parry, er verstand überhaupt nichts mehr.

»Die Sache verhält sich so«, erklärte die alte Amme geheimnisvoll, »Ihre Majestät ist nicht schwanger, sie bildet es sich ein, solche eingebildeten Schwangerschaften gibt es, die Anzeichen sind vorhanden, aber die Figur verändert sich nicht. Vor ein paar Tagen sprach die Königin zu mir von dem Kind, und da habe ich es nicht mehr ausgehalten und ihr auf den Kopf zugesagt, was ich schon lange weiß, daß sie nicht schwanger ist, daraufhin hat sie mich verhaften lassen. Sie macht sich etwas vor, und die Ärzte dürfen sie nicht untersuchen. Wie das weitergehen soll, weiß Gott allein. Die Hofleute glauben noch an die Schwangerschaft, der einzige, der sicher Bescheid weiß, ist der König, er muß es wissen, das liegt in der Natur der Dinge.«

Parry und John sahen einander erstaunt an, sie konnten nicht glauben, was sie soeben gehört hatten. »Ich bezweifle nicht, daß es eingebildete Schwangerschaften gibt«, sagte Parry nach einer Weile, »aber wieso seid Ihr dessen so sicher?«

Mrs. Strelley lachte. »Mein Gott, ich war die einzige Person, der die Königin von klein auf alles anvertraut hat, jede Freude, jeden Kummer, und...«, die Amme sah sich vorsichtig im Gastraum um und sagte leise: »Die Königin hat mir auch von ihrem Eheleben erzählt. Am 25. Juli war die Hochzeit, der König hat sieben Nächte mit ihr verbracht, also bis Anfang August, seitdem hat er sie nicht mehr besucht, jeden Morgen hat sie sich bei mir ausgeweint, na ja, die Anzeichen für eine Schwangerschaft traten Anfang September auf, sie hat also vier Wochen lang ihre Nächte allein verbracht, abgesehen davon hat sie inzwischen die Grenze des gebärfähigen Alters erreicht, ich weiß Bescheid über ihren Gesundheitszustand. Sie ist eine unglückliche Frau, und sie wird noch unglücklicher werden.«

»Na, John«, sagte Parry augenzwinkernd, »das sind Neuigkeiten zum Jahreswechsel, nicht wahr?«

Der 1. Januar 1555 war ein kalter, sonniger Wintertag.

Als John am Vormittag zurückkehrte, war Lucy noch mit Elisabeths Frisur beschäftigt, und bei seinem heftigen Eintreten spürten die beiden Frauen sofort, daß etwas passiert war.

»Ein gutes neues Jahr, John, ich hoffe, Ihr habt einen angenehmen Abend verlebt.«

»Gewiß, Euer Gnaden, ein gutes neues Jahr, Euer Gnaden, ich bringe Euer Gnaden unglaubliche Nachrichten.«

Er begann zu erzählen, und Elisabeth wußte nicht, ob sie träumte oder wach war.

»Die Königin ist nicht schwanger?!«

Sie stand auf und trat vor John. »Die Königin… ist das wahr?«

»Ja, Euer Gnaden.«

Als er gegangen war, sagte Elisabeth: »Ich glaube, ich träume, Lucy.«

»Nein, Euer Gnaden, Ihr träumt nicht, jetzt kann alles nur besser werden.«

Elisabeth trat zum Fenster und sah hinunter auf den Schnee, der in der Sonne glitzerte. Sie fühlte sich erleichtert und hatte gleichzeitig das Gefühl, daß es einige Tage dauern würde, bis sie die Neuigkeit verarbeitet hatte. Philipp weiß Bescheid, überlegte sie, er wird zum Handeln gezwungen. Ich muß in den nächsten Tagen die verschiedenen außenpolitischen Konstellationen durchdenken, diese Scheinschwangerschaft bedeutet auf jeden Fall, daß ich in den politischen Überlegungen der Herren wieder eine Rolle spielen werde…

Sie holte ihren Schmuckkasten herbei, nahm einen Diamantring und ritzte in die Fensterscheibe:

Von vielen verdächtigt ward ich,
Doch kein Beweis fand sich,
Sprach Elisabeth, die hier gefangen saß.

XV

Am 4. Februar 1555 wurde der protestantische Prediger John Rogers in Smithfield verbrannt. Einige Tage später strömten die Einwohner der Stadt Gloucester gegen Mittag zum Marktplatz, wo ihr Bischof Hooper den Feuertod erleiden sollte.

Es war nicht die Neugier, die die Menschen zur Hinrichtungsstätte trieb, sondern Mitleid, Verzweiflung und vor allem Empörung über die Durchführung der Ketzergesetze, die das Parlament im Spätherbst des Jahres 1554 wieder in Kraft gesetzt hatte. Ein Trupp Soldaten schirmte den Scheiterhaufen vor den heranrückenden Volksmassen ab, aber auch unter den Bewaffneten gab es viele, die innerlich empört waren über die Hinrichtung des Bischofs, dessen einziges Verbrechen darin bestand, eine Lehre zu vertreten, die unter der Regierung Eduards VI. die offizielle Doktrin der englischen Kirche gewesen war.

Gerard Braleigh stand an der Türe des Wirtshauses, beobachtete nachdenklich das Treiben auf dem Marktplatz und dachte über Renards Auftrag nach, der ihm trotz der fürstlichen Bezahlung wenig behagte. Renard wollte dem Kaiser wahrheitsgetreu über die Inquisition in England berichten und hatte seinen Mitarbeiter beauftragt, bei jeder Ketzerverbrennung anwesend zu sein und die Reaktion des Volkes zu beobachten. Während seiner »Kavaliersreise« durch Europa war Braleigh etliche Male Zuschauer bei Hinrichtungen gewesen, und der Feuertod war ihm besonders qualvoll erschienen, obwohl er wußte, daß die Verurteilten entweder rasch durch den Rauch erstickten oder in Ohnmacht fielen, wenn die

Flammen sich an ihrem Körper hochfraßen. Er erinnerte sich an die Reaktion der Bevölkerung, als Rogers zur Hinrichtung geführt wurde: Man hatte die Glocken geläutet, ihm mit Gesang gehuldigt, die Frauen hatten weinend am Wegrand gekniet und laut zu Gott gebetet, er möge Rogers die Kraft schenken, um die Schmerzen zu ertragen und nicht zu widerrufen, einige hatten sogar Asche und Knochen eingesammelt, um sie aufzubewahren.

Der Bischof war inzwischen zum Scheiterhaufen geführt worden, und während er an den Brandpfahl gebunden wurde, verließ Braleigh seufzend seinen Platz und mischte sich unter das Volk.

Er hörte, wie ein Mann zu seinem Nachbar sagte: »Er ist der zweite Protestant, der verbrannt wird, ich fürchte, es werden noch viele folgen.« – »Ihr habt recht, und bei Gott, ich bin fest entschlossen, die Qualen der Märtyrer zu lindern, wir müssen ihnen helfen, wir sollten die Henker erschlagen oder vertreiben, wir könnten Pulversäckchen im Scheiterhaufen verstecken, damit die Unglücklichen rasch zerrissen werden.«

Er hat recht, dachte Braleigh und wunderte sich, daß er plötzlich innerlich auf seiten der Verurteilten stand, obwohl religiöse Fragen ihn nicht interessierten.

Unterdessen hatten der Henker und seine Gehilfen angefangen, das Feuer zu entfachen, wobei sie bestürzt feststellten, daß das Holz feucht war und nur langsam brennen würde, was für den Bischof einen schrecklichen, qualvollen Tod bedeutete. Auf dem Platz herrschte Totenstille, und alle beobachteten entsetzt die in der Feuchtigkeit schwelenden Flammen, die sich langsam dem Körper des Bischofs näherten. Einige Frauen weinten, andere sprachen leise ein Gebet, Braleigh überlegte, ob er diesem Todeskampf noch länger zusehen sollte, und schrak zusammen, als vom Brandpfahl her ein Schrei die Stille durchschnitt. Im Volk entstand Unruhe, und plötzlich rief eine der Frauen: »Die Königin ist schuld an den Qualen unseres Bischofs, Gott strafe die blutige Maria!«

Die Soldaten sahen einander verunsichert an und wußten nicht, wie sie auf diese Majestätsbeleidigung reagieren sollten, im gleichen Augenblick kam Bewegung in das Volk, und fast einstimmig schrien die Einwohner Gloucesters: »Die blutige Maria! Die blutige Maria!«

Der Kommandant zögerte einige Sekunden, dann gab er den Soldaten ein Zeichen, und sie bewegten sich langsam auf das Volk zu, die Menge wich entsetzt zurück und zerstreute sich in alle Himmelsrichtungen, wobei der Ruf: »Die blutige Maria« noch eine Weile zu hören war. Braleigh spürte, wie ihm allmählich übel wurde beim Geruch des brennenden Fleisches, er taumelte zurück in die Gaststube, sank auf eine Bank und bestellte beim Wirt einen Becher Rotwein, den er in einem Zug leerte.

Er ließ sich einen zweiten Becher bringen und begann nachzudenken. Das Volk, überlegte er, wird die Scheiterhaufen bekämpfen, aber dieser Widerstand wird die Ketzergesetze nicht beseitigen, und für die Engländer ist ein gesalbter König unantastbar... Bis jetzt hatte er Marias religiösen Fanatismus als kurios und skurril empfunden, aber während der beiden Hinrichtungen war ihm auf schreckliche Weise bewußt geworden, wessen die Königin fähig war, und er fragte sich zum ersten Mal, warum die Protestanten sterben mußten. Dann erinnerte er sich, was Renard beim Abschied zu ihm gesagt hatte: Die Königin hoffe, durch das Blut der Ketzer Gott gnädig zu stimmen, um den erhofften Thronfolger gesund zur Welt zu bringen.

Gütiger Himmel, dachte Braleigh, diese Überlegungen sind nicht christlich, sondern heidnisch, archaisch...

Während der Wirt einen weiteren Becher Wein brachte, betraten einige Soldaten den Gastraum und unterhielten sich halblaut über den toten Bischof. »Wie langsam er verbrannt ist, es hat fast eine Stunde gedauert, entsetzlich.« – »Habt Ihr bemerkt, daß er sich noch bewegt hat, als seine Beine schon verbrannt waren?«

Bei den letzten Worten überlief es Braleigh eiskalt. An jenem Nachmittag trank er einen Becher Rotwein nach dem anderen, bis der Raum sich vor ihm drehte und er langsam von der Bank auf den Boden sank. »Blutige Maria«, lallte er, während der Wirt ihn nach oben brachte, »blutige Maria...«

Renard war nicht weiter verwundert, als Gerard Braleigh ihm die Empörung der Einwohner Gloucesters schilderte. »Das habe ich befürchtet, ach Gott, der König und ich haben alles versucht, Ihre Majestät davon abzubringen, die Häresie-Gesetze anzuwenden, aber die Königin wird völlig von ihrem religiösen Fanatismus beherrscht; Unruhen im Volk können wir jetzt nicht gebrauchen, ich werde noch einmal mit dem König reden, er ist der einzige, der bei Ihrer Majestät etwas erreichen kann.«

Philipp hörte den Gesandten sichtlich gelangweilt an und erwiderte, er halte es für zwecklos, mit der Königin über die Ketzer-Gesetze zu reden. »England interessiert mich nicht mehr, Mr. Renard, ich habe vor einigen Wochen beschlossen, Anfang März nach Spanien abzureisen.«

Renard starrte Philipp entgeistert an, und es dauerte einige Sekunden, bis er sich gefaßt hatte.

»Majestät, das… das ist unmöglich, Ihr könnt doch nicht jetzt das Land und die Königin verlassen!«

»Warum nicht? Was hält mich hier noch? Das Volk haßt mich, das Parlament ist mir feindlich gesonnen und nicht bereit, meiner Krönung zum König zuzustimmen, ich beherrsche dieses Land nur mittelbar durch meine Frau, die ihre unumschränkten Rechte beibehalten hat. Nein, ich werde abreisen!«

Er stand auf, ging zu einem der Fenster und starrte hinunter in den schneebedeckten Hof.

»Die Kälte«, murmelte er, »die Kaminfeuer…«

»Majestät«, begann Renard vorsichtig, »ich verstehe, daß es Euch hier nicht gefällt, bedenkt indes, daß Ihre Majestät guter Hoffnung ist, auf die ausländischen Gesandten macht es keinen guten Eindruck, wenn Ihr vor der Niederkunft abreist.«

»Na und? Was gehen mich die ausländischen Gesandten an?!«

Gütiger Himmel, dachte Renard entsetzt, er scheint tatsächlich fest entschlossen zu sein, sich einzuschiffen, und der Gesandte überlegte, ob er seinen wichtigsten Trumpf, Lady Elisabeth, ins

Spiel bringen sollte, bis jetzt hatte er seine Überlegungen hinsichtlich der Thronfolgerin für sich behalten.

»Majestät, Gott möge es verhüten, aber bedenkt, daß die Königin im Wochenbett sterben kann, das Kind überlebt vielleicht die ersten Wochen nicht, in diesem Fall wird Lady Elisabeth Königin von England! Ihre Majestät erkennt zwar die Schwester nicht als Nachfolgerin an und möchte sie von der Thronfolge ausschließen, aber bis jetzt hat das Parlament eine Änderung des Thronfolgegesetzes verweigert, und dies wird auch in Zukunft der Fall sein.«

Wir müssen befürchten, daß unter einer Königin Elisabeth England wieder protestantisch wird, und um dies zu verhindern, gibt es nur eine Möglichkeit: eine eheliche Verbindung zwischen Eurer Majestät und Lady Elisabeth, falls die Königin und das Kind sterben! Allein aus diesem Grund ist es wichtig, daß Euer Majestät in England bleiben, überdies wird dadurch verhindert, daß England von Maria Stuart regiert wird oder, besser: von den Valois.«

Hier schwieg Renard und wartete Philipps Reaktion ab.

Der König stand noch eine Weile am Fenster, und Renard spürte fast körperlich, daß der Habsburger fieberhaft nachdachte. Endlich verließ Philipp seinen Platz und ging im Zimmer auf und ab.

»Ihr wollt mich also mit Lady Elisabeth verheiraten, aus diesem Grund wart Ihr gegen eine Ehe mit Philibert von Savoyen, Eure Idee ist nicht schlecht...« Er schwieg, überlegte, ob er Renard anvertrauen sollte, daß die Königin sich ihre Schwangerschaft nur einbildete, sein spanischer Leibarzt hatte ihm dies versichert und behauptet, daß die Königin wahrscheinlich keine Kinder mehr bekommen könne...

Philipp dachte nach und beschloß, den Gesandten nicht ins Vertrauen zu ziehen.

»Mr. Renard, Ihr vergeßt, daß Ihre Majestät das Wochenbett überleben und noch etliche Jahre regieren kann; allerdings ist die Thronfolgefrage problematisch; angenommen, meine Ehe bleibt kinderlos, dann ist Lady Elisabeth, verglichen mit Maria Stuart, tatsächlich das kleinere Übel für das Haus Habsburg, ein übermächtiges Frankreich ist nicht tragbar für uns und Europa... Man müßte Elisabeth irgendwann mit einem Angehörigen oder einem

Verbündeten des Hauses Habsburg verheiraten…, ist sie eigentlich hübsch?«

Renard lächelte. »Die Beantwortung dieser Frage überlasse ich Eurer Majestät. Sorgt dafür, daß die Prinzessin an den Hof zurückkehrt, in Hampton Court kann man sie auf jeden Fall besser überwachen.«

»Die Königin sträubt sich gegen die Rückkehr ihrer Schwester.«

»Majestät, ich beschwöre Euch, Lady Elisabeths Anwesenheit am Hof ist eine politische Notwendigkeit geworden, allein, um das aufrührerische Volk im Zaum zu halten! Ihr habt den größten Einfluß auf die Königin, macht diesen Einfluß geltend, vergeßt nicht, Ihre Majestät liebt Euch wie am ersten Tag…«

»Eine politische Notwendigkeit«, sagte Philipp mehr zu sich selbst als zu Renard, »ich muß einen günstigen Augenblick abwarten.«

Er verspürte wenig Lust, mit Maria über das heikle Thema ›Elisabeth‹ zu sprechen, aber er wußte, daß Renard recht hatte: Während der vergangenen Monate war Elisabeth Tudor politisch wichtig geworden, wichtig, um die Interessen der Habsburger gegenüber den Familien Stuart-Valois zu sichern. Obwohl Philipp wußte, daß es wichtig war, Elisabeth zu unterstützen, verschob er das Gespräch mit der Gattin von einem Tag zum andern, einfach, weil er Marias Klagen über die Hure Boleyn und ihren Bastard leid war. So wurde es Mitte Februar.

An einem Sonntag abend sah Maria von ihrer Näharbeit auf und sagte lächelnd: »Heute, während der Messe, habe ich zum ersten Mal die Bewegungen unseres Kindes gespürt.«

Philipp sah irritiert von seiner Lektüre auf. »Bist du sicher?«

»Ja, es war während der Wandlung.«

»Aha, während der Wandlung…«, mein Gott, dachte er, kann eine eingebildete Schwangerschaft so weit gehen, oder… ist sie vieleicht doch… Nein, das ist unmöglich, im sechsten Monat müßte sie viel dicker sein, sie ist so mager wie am Hochzeitstag, das kann man sogar unter den weiten Gewändern, die sie neuerdings trägt, erkennen. Er wußte nicht recht, wie er auf diese Neuigkeit reagieren sollte, und um irgend etwas zu sagen, fragte er: »Hattest du Schmerzen, als das Kind sich bewegte?«

»Nein, und diese Schmerzen hätte ich mit Freuden ertragen.«

Philipp schien es, als ob ihre Gesichtszüge bei den letzten Worten weicher wurden, und beschloß, die mütterliche Stimmung der Gattin zu nutzen, um über Elisabeth zu sprechen.

»Deine Niederkunft rückt jeden Tag näher«, begann er zögernd, »was hältst du davon, wenn deine Schwester an den Hof zurückkehrt, um in der schweren Stunde der Geburt bei dir zu sein?«

»Elisabeth? Wozu gibt es Ärzte und Hebammen?«

»Natürlich, aber ich glaube, daß die Anwesenheit einer Blutsverwandten vielleicht hilft, Ängste zu überwinden, die vor einer Geburt auftreten können.«

Maria runzelte die Stirn und legte ihre Näharbeit zur Seite. »Ich verstehe dich nicht, Elisabeths Anwesenheit während meines Wochenbettes ist überflüssig, sie bleibt vorerst in Woodstock.«

»Ihre Anwesenheit am Hof würde vielleicht das Volk beruhigen, die Verbrennungen der Ketzer sind unpopulär und machen uns immer unbeliebter.«

»Das Volk!« rief Maria empört. »Was geht uns das Volk an!« Sie nahm das seidene Häubchen und begann erneut zu nähen.

Philipp schwieg, beobachtete sie mißmutig und suchte nach neuen Argumenten für Elisabeths Rückkehr.

»Maria«, er bemühte sich, ruhig zu bleiben, weil er merkte, daß Groll, um nicht zu sagen Haß gegen die Gattin in ihm aufstieg, »Maria, solange deine Schwester in England weilt, müssen wir mit Aufständen und Unruhen rechnen, die Anwendung der Ketzergesetze wird die religiösen Probleme dieses Landes nie lösen, die sechsjährige Herrschaft deines Bruders hat tiefgehende Spuren hinterlassen, die nicht von heute auf morgen beseitigt werden können, und Gewalt, damit meine ich die Scheiterhaufen, ist in diesem Land die schlechteste Methode. Deine Schwester symbolisiert für die meisten Engländer den Protestantismus, aus diesem Grund halte ich es für sinnvoll, sie in absehbarer Zeit zu verheiraten, entweder mit einem meiner Vettern oder mit einem Fürsten, der mit den Habsburgern verwandt oder verbündet ist. Die Taufe deines Kindes wäre eine Gelegenheit, die Heiratskandidaten einzuladen, sie mit Elisabeth bekannt zu machen und erste Gespräche über eine eheliche Verbindung zu führen.«

Maria legte ihre Näharbeit erneut zur Seite. »Glaubst du wirklich, daß ein Habsburger den Bastard der Boleyn heiraten will?«

»Was heißt Bastard?! Sie ist die gesetzmäßige Thronfolgerin, und das Parlament kann sie ohne weiteres für legitim erklären.«

»Für mich ist und bleibt sie ein Bastard, der Heilige Vater teilt meine Meinung, und ich werde sie nie als Thronfolgerin anerkennen, nie!«

Bei den letzten Worten spürte Philipp, daß kalte Wut in ihm hochstieg über diese Frau, deren Entscheidungen nur vom Gefühl bestimmt wurden, die unfähig war, rational zu denken, der das Wohl des Landes, das sie regierte, anscheinend gleichgültig war. Er stand auf und ging im Zimmer umher, um seinen Ärger zu bezwingen.

Schließlich trat er vor Maria und sagte ernst und sehr bestimmt: »Wir müssen damit rechnen, daß… daß dein Kind stirbt, daß wir keine Nachkommen haben, dann wird Elisabeth Königin von England, und ihre Thronbesteigung wird England davor bewahren, ein Vasall Frankreichs zu werden. Maria Stuart, die künftige Königin von Frankreich, darf niemals Königin von England werden!«

»Ich verstehe dich nicht. Maria Stuart ist katholisch, unter ihrer Herrschaft würde England katholisch bleiben, unter Elisabeth werden natürlich die protestantischen Ketzer siegen!«

In diesem Augenblick war es mit Philipps Beherrschung vorbei.

»Na und! Eine protestantische Elisabeth ist für das Haus Habsburg das kleinere Übel! Maria Stuart als Königin von Schottland, Frankreich und England, das ist die Vorherrschaft der Valois in Europa und muß verhindert werden, zumal die Pläne meines Vaters…, ach Gott, mein Onkel Ferdinand, er ist kein Herrscher wie mein Vater….«

»Die Pläne deines Vaters? Wie meinst du das?«

Sie wurde von einer merkwürdigen Unruhe ergriffen, stand auf und trat zu dem Gatten.

»Die Pläne meines Vaters… Ach, es ist nicht so wichtig. Siehst du nicht ein, daß Maria Stuart im Interesse der Habsburger niemals Königin von England werden darf?«

»Nein«, schrie Maria, die plötzlich ahnte, um was es ging, »nein, ich will kein Spielball der habsburgischen Interessen sein!«

»So?« Philipp lächelte spöttisch.

Mein Gott, wie dumm sie ist, dachte er, sie hat noch gar nicht begriffen, daß sie längst zum Spielball geworden ist.

»Es interessiert mich überhaupt nicht«, rief Maria, »welches Land die Vorherrschaft in Europa ausübt, ich will, daß England ein katholisches Land unter päpstlicher Oberhoheit bleibt, der Bastard der Boleyn darf nie Königin von England werden, sie wird weiterhin in Woodstock leben, das ist mein letztes Wort!«

Philipp musterte seine Frau mit kalten, verächtlichen Augen und erwiderte ruhig, aber mit einem gefährlichen Unterton in der Stimme:

»Maria, ich wünsche, daß Elisabeth an den Hof zurückkehrt, ihre Anwesenheit ist außen- und innenpolitisch wichtig, und es interessiert mich überhaupt nicht, ob es dir recht ist oder nicht, ob du die politische Notwendigkeit begreifst oder nicht begreifst. Du kannst jetzt wählen: Entweder ist deine Schwester bis zum 30. April in Hampton Court, oder ich verlasse England! Das ist mein letztes Wort in dieser Angelegenheit.«

Er wandte sich brüsk ab, ging zur Tür, dabei streiften seine Augen gleichgültig über die Wandteppiche, und plötzlich zuckte er zusammen, täuschte er sich, oder hatte sich hinter den Gobelins etwas bewegt? Ein Lauscher hinter der Wand, dachte er, als er durch das Vorzimmer ging, es ist mir gleichgültig, hier wimmelt es sowieso von Lauschern und Spionen, die Welt soll erfahren, daß ich Elisabeth unterstütze, vor allem Frankreich soll es wissen…

Maria war erschrocken über Philipps letzte Worte und beobachtete entsetzt, wie er zur Tür ging.

»Er will mich verlassen«, flüsterte sie, »er will mich verlassen, nein, Philipp, nein, du darfst mich nicht verlassen…«

Sie sank auf einen Stuhl und begann zu weinen.

Ich muß ihn halten, dachte sie, aber in ihrem Inneren wußte sie, daß er nach Spanien zurückkehren würde.

Ungefähr einen Monat später verließ Elisabeth gegen Mittag das Torhaus, um an diesem für die Jahreszeit ungewöhnlich warmen Tag ihre Lektüre im Garten fortzusetzen. Als sie über den Hof ging begegnete sie dem Arzt aus Oxford, der alle zwei Tage kam, um nach Bedingfield zu sehen, der schon seit über einer Woche an einer fiebrigen Erkältung litt.

»Ich wünsche Sir Henry gute Besserung«, rief Elisabeth dem Arzt zu, »wann kann ich ihn besuchen?«

»In etwa drei bis vier Tagen, Euer Gnaden, dann ist die Ansteckungsgefahr vorüber.«

Elisabeth eilte zu ihrer Bank, sank aufatmend nieder und sah sich um. Auf dem Weg und den Beeten lagen noch einige Schneereste, aber die Weidenkätzchen und die Schneeglöckchen blühten, und die Erde verströmte jenen herb-frischen Duft, der das Ende des Winters ankündigte. Frühling in Woodstock, dachte Elisabeth und versuchte, sich auf Platon zu konzentrieren, aber ihre Gedanken schweiften immer wieder ab, und so legte sie das Buch resigniert zur Seite und begann nachzudenken.

Heute ist der 17. März, überlegte sie, es ist auf den Tag genau ein Jahr her, daß man mich in den Tower brachte... In Woodstock lebe ich jetzt seit fast zehn Monaten, wie lange werde ich hier noch bleiben müssen? Das ›eingebildete Kind‹ soll Anfang Juni zur Welt kommen, spätestens Ende Juni werden alle wissen, daß es nie eine Schwangerschaft gab, und dann wird man sich hoffentlich daran erinnern, daß irgendwo in England eine Thronfolgerin lebt... Maria kann mich nicht länger ignorieren, sonst besteht die Gefahr, daß es zu neuen Aufständen kommt, sie kann es sich nicht leisten, das Volk noch weiter zu reizen, die Empörung über die Scheiterhaufen wächst von Tag zu Tag, und sie erinnerte sich an Parrys Briefe:

...wenn die Königin es wagt, sich in der Öffentlichkeit zu zeigen, ruft das Volk ihr zu: »Blutige Maria!« ...In Smithfield brennen die Scheiterhaufen jeden Tag. Oft werden mehrere Menschen zusammengeschnürt und gleichzeitig verbrannt... Die Katholiken im Parlament, die der Wiedereinführung der Ketzergesetze zugestimmt haben, sind entsetzt über die Folgen, auch die ausländischen Gesandten - sogar Renard und de Noailles - verurteilen den Fanatismus der Königin,

niemand versteht, daß eine Frau, eine ›werdende Mutter so unmenschlich und bestialisch handeln kann... Das Volk respektiert zwar die ›gesalbte Königin‹, die nur Gott verantwortlich ist, aber das Volk versucht, sich selbst zu helfen: Die Henker werden vertrieben oder erschlagen, Frauen und Kinder verstecken Pulversäckchen in den Scheiterhaufen oder werfen sie hinein, damit die Verurteilten schnell sterben...

Mein Gott, wie soll es weitergehen, jeden Tag werden in England Menschen verbrannt, nur weil sie auf andere Art an Gott glauben als die regierende Königin, und sie entsann sich an ein Gedicht, das Parry kürzlich geschickt hatte; der Verfasser war ein protestantischer Prediger namens Thomas Bryce...

Als der ehrenwerte Watts unter stetem Wehklagen
In den Flammen verschied;
Als Simson, Hawkes und John Ardite
Den Zorn des Tyrannen zu spüren bekamen;
Als Chamberlain hingerichtet wurde,
Da sehnten wir uns nach unserer Elisabeth.
Als die seligen Butter und Osmande
Durch die Gewalt des Feuers zu Tode kamen;
Als Shitterdon, Sir Frank und Bland
Und Humphrey Middleton aus Kent
Und Minge in Maidstone den Tod fanden,
Da sehnten wir uns nach unserer Elisabeth.

Nach Marias Tod, überlegte Elisabeth, wird die religiöse Frage am schwierigsten zu lösen sein, die Protestanten hoffen natürlich, daß ihr Glaube zur Staatsreligion wird, andererseits darf es wegen der Religion nicht zu Konflikten mit den katholischen Großmächten kommen, eine schöne Erbschaft, die Maria mir hinterläßt, nun, wenn es soweit ist, wird Cecil mich hoffentlich unterstützen...

In diesem Augenblick bemerkte sie Wickham, der – begleitet von einem Soldaten – ihr entgegenkam. Elisabeth musterte den bräunlichen Teint und die dunklen Haare des Soldaten, vermutete, daß er spanischer Abkunft war, überlegte, ob er im Auftrag Philipps kam, vielleicht sollte sie schon am nächsten Tag an den Hof zurückkehren..., merkwürdig, dachte sie, der Gang und die Bewegungen des Bewaffneten kommen mir bekannt vor, er erinnert mich an... an... an wen?

Nun standen die Männer vor ihr, verbeugten sich, und Wickham sagte:

»Ich bitte Euer Gnaden um Vergebung wegen der Störung, aber ich sah Euch in den Garten gehen...«

Elisabeth hörte nicht, was Wickham sagte, sondern betrachtete neugierig die dunklen Augen des Spaniers, die sie spitzbübisch anlächelten.

Träumte sie, oder waren es die Augen von Cecils Gärtnergehilfen Tom...

»Euer Gnaden«, sagte der Soldat, und beim Klang der Stimme zuckte Elisabeth zusammen und bekam Herzklopfen, Toms Stimme, mein Gott, Cecil schickte einen Boten...

»Ich bin ein Verwandter Eures ehemaligen Pagen Fernando, der vor einigen Jahren in der Themse ertrank; ich wollte Euch fragen, ob Ihr Einzelheiten über den Unfall wißt.«

»Wickham«, sagte Elisabeth, die sich allmählich gefaßt hatte, »laßt uns allein«, und als der Alte außer Hörweite war, lächelte sie den Soldaten an: »Es tut mir leid, aber ich weiß keine Einzelheiten.«

Tom lachte und nahm die Perücke vom Kopf. »Hoffentlich muß ich mich nicht noch einmal verkleiden, wenn ich mit Euch sprechen will – ich heiße übrigens Tom Gardener.«

Elisabeth sah sich vorsichtig um und stand auf. »Folgt mir, im hinteren Teil des Gartens sind wir sicher vor versteckten Augen und Ohren.«

Sie führte ihn durch ein Labyrinth von Wegen und Hecken zur Gartenmauer, öffnete eine schmale Tür und ging bis zu einem halbverfallenen Gartenhaus.

»Hier sind wir ungestört, und drinnen gibt es sogar Stühle.«

»So unwirtlich hatte ich mir Woodstock nicht vorgestellt, das ist ja die reinste Wildnis«, sagte Tom und betrachtete mißbilligend die zerbrochenen Fensterscheiben und die Spinnweben.

»Wie seid Ihr auf das Schloßgelände gekommen, Bedingfield kennt doch jeden Soldaten, der mich bewacht.«

»Gewiß, Euer Gnaden, aber jetzt ist er krank, und das war meine Chance. Ich bin schon seit ein paar Tagen in dieser Gegend, aber Ihr werdet so exzellent abgeschirmt, daß ich keine Möglichkeit sah, Euch persönlich zu sprechen, ein Brief schien mir zu riskant. Als ich gestern von Bedingfields Krankheit hörte, besorgte ich mir entsprechende Kleidung, und als es dunkel war, mischte ich mich unauffällig unter die Soldaten, die wissen nicht genau, wer zu ihnen gehört, die Bewaffneten werden nämlich häufig ausgewechselt. Man befürchtet wohl, daß der eine oder andere nach einer gewissen Zeit Euer Fluchthelfer werden könnte.«

Er lachte kurz auf, und bei den nächsten Worten schwang ein spöttischer, fast verächtlicher Unterton mit: »Mein Gott, wie dumm ist die Regierung, oder besser der Herr Lordkanzler Gardiner, er unterschätzt Euer Gnaden immer noch, Ihr würdet niemals versuchen zu fliehen.

Wahrscheinlich habt Ihr schon seit einiger Zeit auf ein Lebenszeichen von Sir Cecil gewartet, aber das Risiko schien ihm zu groß, die Königin erkennt Euch immer noch nicht als Thronfolgerin an, vor allem aber wollte er die politische Entwicklung beobachten, um Eure Situation besser einschätzen zu können.«

»Aha, und zu welchem Ergebnis ist er gekommen?«

»Ich habe eine erfreuliche Nachricht für Euer Gnaden: Ihr habt die längste Zeit in dieser Wildnis gelebt und werdet im Laufe des April an den Hof zurückkehren, König Philipp wünscht Eure Anwesenheit, und die Königin wird sich fügen, ob sie will oder nicht, ihre Verliebtheit in den Gatten wird endlich einmal positive Folgen haben.«

»Philipp wünscht meine Anwesenheit am Hof! Wie interessant.«

Bei diesen Worten blitzten Elisabeths Augen triumphierend auf, was Tom teils belustigt, teils erstaunt beobachtete.

»Der König unterstützt Euer Gnaden aus politischen Gründen«, und er schilderte das Gespräch zwischen dem Königspaar, das er belauscht hatte.

»Im Hinblick auf Frankreich wird Philipp dafür sorgen, daß Ihr die Thronfolgerin bleibt.«

Elisabeth streifte Tom mit einem verwunderten Seitenblick. Er ist schon ein paar Tage in der Gegend, überlegte sie, er spioniert für Cecil am Hof, er scheint eine Vertrauensstellung zu haben…

»Ihr seid zur Zeit sehr mit der Politik beschäftigt, Mr. Gardener, müßt Ihr Euch nicht um die Bestellung der Gärten in Wimbledon kümmern?«

»Dafür gibt es genügend andere Leute, Euer Gnaden, was mich betrifft…«, er zögerte etwas, »…ich will nicht prahlen, Euer Gnaden, aber ich genieße das Vetrauen von Sir Cecil, ich habe ihn damals auch nach Southampton begleitet, zum Empfang des Königs, und, das schwöre ich, Euer Gnaden, ich werde das Vertrauen meines Herrn nie mißbrauchen. Ich bin Sir Cecil zu großem Dank verpflichtet.

Mein Vater war ein Jugendfreund von ihm. Als meine Eltern vor acht Jahren, damals war ich gerade zwölf, kurz hintereinander starben und die Verwandten sich nicht um mich kümmerten, übernahm Sir Cecil die Vormundschaft, brachte mich auf das Landgut nach Wimbledon, trug Sorge, daß ich gut unterrichtet wurde, und als er vor zwei Jahren nach Wimbledon übersiedelte, wurde ich sein Privatsekretär. Es entwickelte sich bald ein Vertrauensverhältnis, so daß er mir stets heikle Aufgaben anvertraute, und was die Gärtnerei betrifft, nun, das ist eine gemeinsame Liebhaberei.«

»Interessant«, Elisabeth betrachtete prüfend das Gesicht des jungen Mannes und kam zu dem Schluß, daß er wohl die Wahrheit sagte, warum sollte er sie auch anlügen?

»Während der vergangenen Wochen«, erwiderte sie, nachdem sie eine Weile geschwiegen hatte, »habe ich oft über die außenpolitischen Interessen der Habsburger nachgedacht, für Philipp bin ich natürlich, vorausgesetzt, seine Ehe bleibt kinderlos, ein kleineres Übel als Maria Stuart, die protestantische Königin eines Inselkönigreiches ist für das Haus Habsburg keine Gefahr, die Königin von Schottland und Frankreich hingegen…«

»Euch droht im Augenblick nur eine Gefahr, nämlich Abschiebung durch Verheiratung ins Ausland, vorausgesetzt, die Königin bringt ein lebensfähiges Kind zur Welt.«

»Nein!« rief Elisabeth. »Ich lasse mich nicht gegen meinen Willen verheiraten, abgesehen davon wird Philipp in seinem eigenen Interesse dafür sorgen, daß ich in England bleibe.«

Tom sah sie erstaunt an.

»Wie meint Ihr das? Bedenkt, daß Philipps Interesse an Euch von der glücklichen oder unglücklichen Niederkunft der Königin abhängt.«

»Mein Gefühl sagt mir, daß ich in England bleiben werde«, erwiderte Elisabeth und überlegte, ob sie Tom in das Geheimnis der eingebildeten Schwangerschaft einweihen sollte. Was spricht dagegen? Nichts, er ist verschwiegen, und wenn Cecil ihm vertraut, kann ich es auch, aber bevor ich ihn einweihe, werde ich ihn noch ein bißchen über die Stimmung am Hof ausfragen.

»Ihr habt recht, die Niederkunft meiner Schwester ist der unbekannte Faktor, der Tag X rückt immer näher. Wie ist denn die Stimmung in Hampton Court, wahrscheinlich herrschen Freude und Zuversicht?«

Tom lächelte. »Wie man es nimmt. Ich ›lausche‹ regelmäßig, und allmählich gewinne ich den Eindruck, daß die Stimmung ambivalent ist. Offiziell beschäftigt sich der Hof Tag und Nacht mit den Vorbereitungen für die Niederkunft. Ein Heer von Frauen näht unzählige Windeln, Häubchen, Hemdchen, Jäckchen. Täglich treffen Geschenke der Gilden, des Adels und der Seeleute ein, Purpurdecken, Spitzengewänder, die Stadt London soll eine goldene Wiege geschenkt haben, Herolde reiten über Land, um Frauen zu finden, die im gleichen Alter wie die Königin sind und ein Kind bekommen haben. Hin und wieder erscheint eine solche Frau am Hof, zeigt ihr Kind, wird von der Königin huldvoll empfangen und reich beschenkt.«

Elisabeth lachte. »Du meine Güte, das sieht so aus, als ob die Königin an ihrer Schwangerschaft zweifelt und in diesen Frauen den Beweis sieht, daß sie noch gebärfähig ist.«

»Die Königin zweifelt nicht an ihrer Schwangerschaft, aber…«, Tom zögerte etwas…, »es gibt Gerüchte in Hampton Court, daß die Königin kein Kind erwartet, die Hofdamen tuscheln, daß die Königin sich alles einbilde.«

Tom schwieg und sah nachdenklich vor sich hin.

Elisabeth beobachtete ihn eine Weile und fragte dann vorsichtig: »Was haltet Ihr von diesen Gerüchten?«

Tom stand auf, ging hin und her und blieb schließlich vor Elisabeth stehen. »In jedem Gerücht steckt ein Körnchen Wahrheit, Euer Gnaden; das Geschwätz der Hofdamen nehme ich nicht ernst, was mich nachdenklich stimmt, ist das Verhalten des Königs, er wirkt völlig desinteressiert und teilnahmslos, ist überall, nur nicht bei der Königin, kurz, er benimmt sich nicht wie ein werdender Vater; man ist darüber verwundert und erklärt sich dieses Verhalten mit seiner Temperamentlosigkeit, ich allerdings gewinne allmählich den Eindruck, daß die Schwangerschaft ihm gleichgültig ist, und ich frage mich, warum? Ich kann sein Verhalten nicht einordnen, weil seine Nachkommen aus dieser Ehe den Habsburgern die Herrschaft über England sichern.«

»Mr. Gardener, es gibt eine einfache Erklärung für Philipps Gleichgültigkeit: Er weiß, daß meine Schwester sich die Schwangerschaft nur einbildet.«

»Wie bitte?« Tom glaubte nicht richtig zu hören.

»Am letzten Tag des Jahres 1554«, begann Elisabeth und schilderte Mrs. Strelleys Auftritt im »Ochsen«. Als sie fertig war, sprachen beide lange Zeit kein Wort, schließlich begann Tom wieder auf und ab zu gehen.

»Ich verstehe nicht, daß die Königin sich selbst etwas vorspielt, aber das ist ihr Problem und im Augenblick unwichtig, viel interessanter ist die Frage, ob sie überhaupt noch Kinder bekommen kann. Wie alt ist die Königin jetzt, Euer Gnaden?«

Elisabeth rechnete nach: »Sie wurde im Februar neununddreißig Jahre.«

»Neununddreißig Jahre..., als Katharina von Aragon so alt war, wußte König Heinrich definitiv, daß seine Gemahlin keine Kinder mehr bekommen würde, das war im Jahr 1525.«

»Ein Jahr später«, sagte Elisabeth leise, »kehrte meine Mutter an den Hof zurück..., nun ja..., während der vergangenen Wochen habe ich mich oft gefragt, wie Philipp sich verhalten wird, wenn der Juni verstreicht und kein Kind zur Welt kommt..., Ihr habt ihn bei seiner Ankunft in England erlebt, wie schätzt Ihr ihn ein?«

Tom überlegte. »Ich habe ihn nur wenige Tage gesehen, und eine Hochzeit ist eine außergewöhnliche Situation…, mein Eindruck von ihm ist… nicht negativ. Er wirkt ruhig und bedächtig, trifft wahrscheinlich keine übereilten Entschlüsse, ich halte ihn für einen Menschen, der seine Gefühle dem Verstand unterordnet und nüchtern kalkuliert, darüber hinaus empfand ich ihn als verschlossen, man wird wahrscheinlich nie wissen, was er denkt, was in ihm vorgeht, insgesamt halte ich ihn für einen Realisten, und mit Realisten kann man leben. Er wird damit rechnen, daß seine Ehe kinderlos bleibt, und ich vermute, daß er England verlassen wird. Seine Drohung, er werde abreisen, waren keine leeren Worte.«

Elisabeth sah Tom zweifelnd an.

»Ich glaube nicht, daß er abreisen wird. Denkt an die Wirkung im Ausland! Eine Abreise würde bedeuten, daß er England aufgibt, wenn er sich einschifft, gesteht er seine… seine Niederlage ein.«

»Man kann eine Niederlage verschleiern und unter einem plausiblen Vorwand abreisen, und dieser Vorwand zeichnet sich langsam, aber sicher ab. Was ich Euch jetzt sage, ist die Meinung von Sir Cecil. Seit einigen Jahren taucht immer wieder das Gerücht auf, der Kaiser werde abdanken und sein Reich aufteilen, dieses Gerücht verstummt, taucht wieder auf, und in der letzten Zeit hat es sich verdichtet.«

Elisabeth lachte. »Ein Familientreffen der Habsburger, um den Kuchen zu verteilen ist natürlich ein plausibler Grund, um England zu verlassen, aber ich kann mir nicht vorstellen, daß Karl V. sein Reich zersplittert und dadurch schwächt.«

»Eine Aufteilung ist keine Zersplitterung, Euer Gnaden, und Philipp wird dabei bestimmt nicht zu kurz kommen.«

»Hoffentlich, wir werden einen mächtigen Verbündeten bitter nötig haben, wenn wir uns gegenüber den Valois behaupten wollen, allerdings…, der katholische Philipp als Verbündeter und die religiösen Probleme, die … – dann gelöst werden müssen…

Aber wir reden und reden, kommt, ich muß gehen, Lucy sucht mich wahrscheinlich schon.«

Auf dem Rückweg sagte Tom: »Philipp wird an einem Gespräch mit Euch interessiert sein, vergeßt nicht, auch König Philipp ist nur ein Mann, sagt Sir Cecil immer.«

Bei dem Gartenpförtchen trennten sie sich. Tom wollte noch am gleichen Tag nach Wimbledon zurückreiten, und man vereinbarte, in Kontakt zu bleiben.

Kurz vor dem Torhaus trat Wickham auf Elisabeth zu und überreichte ihr Schneeglöckchen und Krokusse. »Die ersten Frühlingsblumen, Euer Gnaden.«

»Danke, Wickham, Ihr werdet bald nach Hatfield zurückkehren können, aber das behaltet vorläufig für Euch.«

Am 1. Mai wurde Elisabeth von Stimmengewirr geweckt, das vom Hof heraufdrang. Sie zog die Bettvorhänge auseinander und blinzelte verwundert in den hohen Raum, der verschwenderisch mit Gobelins und Teppichen ausgestattet war, und dann fiel ihr ein, daß sie am Abend vorher in Hampton Court eingetroffen war. Sie sah sich um, befühlte die seidenen Decken und Kissen, nein, es war kein Traum, sie war königlich untergebracht. Allmählich unterschied sie einzelne Wort- und Satzfetzen: »Drecksvolk« – »Lumpenpack« – »Dieses Bettelvolk ist eine Zumutung« – »Pfui Teufel, an den Füßen der alten Vettel klebt noch Kuhmist.« Was um alles in der Welt ging im Hof vor? Sie trat zum Fenster, sah hinunter und traute ihren Augen nicht: Auf einer Bank saßen dort ungefähr ein Dutzend alter Männer und Frauen, deren zerlumpte Kleidung verriet, daß sie Bettler waren, vor ihnen knieten einige königliche Diener und säuberten die dreckverkrusteten Füße der alten Leute. Das sind ja ganz neue Sitten in Hampton Court, dachte Elisabeth belustigt und schickte Lucy hinunter, um den Grund für die Waschzeremonie in Erfahrung zu bringen. Dann ging sie langsam durch die Räume, die sie bewohnen durfte – Ankleideraum, Bad, Wohnraum, Arbeitszimmer, ein Vorraum, und sie versuchte, ihre Lage in Hampton Court einzuschätzen.

Eine Woche zuvor war Bedingfield ziemlich aufgeregt im Torhaus erschienen, hatte ihr mitgeteilt, daß man spätestens am übernächsten Tag nach Hampton Court aufbrechen werde, und ihr den Brief der Königin gezeigt, der soeben überbracht worden war. Sie konnte sich noch an einzelne Sätze und Redewendungen erinnern:

… und nachdem Wir Uns entschlossen haben, die nunmehr reumütige Lady Elisabeth in Unserer Nähe zu haben, bitten und befehlen Wir Euch, ihr mitzuteilen, daß es Unser Wunsch ist, daß sie sich in Eurer Gesellschaft so schnell wie möglich nach Hampton Court begeben möge, und dies in der kürzesten Frist, die Ihr benötigt, um alles zu ordnen …

Als sie Woodstock drei Tage später verließ, fegte ein Frühlingssturm über das Land, ihre Haube war zweimal fortgeflogen, und ein Reitknecht war neben ihrem Pferd gegangen, um ihren Rock festzuhalten. In allen Ortschaften hatte man sie jubelnd begrüßt, und nach vier Tagen waren sie, am Abend des 30. April, in Hampton Court eingetroffen; Lord William Howard hatte sie begrüßt und zu ihrer Wohnung geführt, die nicht weit von Philipps Räumen entfernt lag.

Lord William wußte nicht, wann die Königin sie empfangen würde, vorerst unterstand sie der Aufsicht der Herzogin von Alba, durfte ihre Räume nicht verlassen, keinen Besuch empfangen, und Bedingfields Soldaten bewachten den Eingang zu ihrem Appartement; ihre einzige Gesellschaft waren drei Hofdamen und Lucy, weder Kate noch Parry durften zu ihr. Eduard Courtenay hatte am Tag vor ihrer Ankunft England freiwillig verlassen und war auf dem Weg nach Italien. Geduld, dachte Elisabeth, abwarten, im Augenblick lebe ich zwar noch wie eine Gefangene, aber es ist wenigstens ein goldener Käfig, so luxuriös habe ich nicht mehr gewohnt, seit ich Ashridge verließ.

Wann habe ich Maria zum letzten Mal gesehen? Anfang Dezember 1553, vor fast eineinhalb Jahren, damals gab sie mir den Ring …, Geduld, irgendwann werde ich auch wieder am Hofleben teilnehmen, dafür wird Philipp schon sorgen …

Als sie in das Schlafzimmer zurückkehrte, stand Lucy am Fenster und sah belustigt hinunter in den Hof. »Euer Gnaden, seht, jetzt werden die Füße der Bettler in Milch gebadet und anschließend mit einem Duftwasser übergossen.«

»Will meine Schwester sich beim Volk beliebt machen?«

»Ja und nein. Die Diener erzählten mir, daß diese Prozedur eine Vorreinigung ist, weil die Königin den Bettlern anschließend noch einmal die Füße wäscht, um so die Gnade Gottes für die Niederkunft zu erflehen. Die Königin geht auch seit einigen Wochen jeden Tag in die Hütten der Armen und verteilt Almosen.«

»Gütiger Himmel, man kann die göttliche Gnade doch nicht erzwingen.«

Elisabeth betrachtete die Bettler, die schimpfenden Diener, überlegte, daß sie niemals Bettlern die Füße waschen würde und trotzdem beim Volk beliebt war, während ihre Schwester verflucht wurde…

In diesem Augenblick bemerkte sie, daß Tom den Hof betrat und die Fußwäsche interessiert beobachtete. Cecil scheint einen ständigen ›Lauscher‹ hier zu beschäftigen, dachte sie, er wird seine Gründe haben…

Zur selben Stunde versuchte Philipp Maria zu überreden, Elisabeth zu empfangen, er konnte seine Neugier auf die Schwägerin nicht mehr bezähmen.

»Warum soll ich den ersten Schritt tun?« erwiderte Maria vergrämt. Philipps Interesse an Elisabeth schien ihr verdächtig, und sie empfand wieder einmal Eifersucht. »Meine Schwester ist diejenige, die um Gnade und Vergebung bitten muß! Ich werde sie vorerst nicht empfangen. Gardiner soll sie noch einmal verhören, vielleicht ist sie jetzt bereit, ihre Schuld einzugestehen.«

»Man hat ihr seinerzeit keine Beteiligung an der Wyatt-Verschwörung nachweisen können.«

»Na und? Ich glaube nicht an ihre Unschuld.«

»Elisabeth ist die Thronfolgerin, und ich möchte sie endlich kennenlernen.«

Maria preßte verärgert die Lippen aufeinander, sie merkte, wie die Eifersucht sie immer mehr beherrschte, aber da sie wußte, daß sie die Schwester nicht ständig vor Philipp verbergen konnte, beschloß sie, in diesem Punkt nachzugeben.

»Ich kann dir nicht verbieten sie zu sehen, so besuche sie in Gottes Namen.«

Am Morgen des dritten Tages nach ihrer Ankunft ließ Philipp bei Elisabeth anfragen, ob es ihr recht sei, wenn er sie um vier Uhr nachmittags kurz besuche. Elisabeth antwortete, sie würde ihn gerne in ihren Räumen empfangen, und begann fieberhaft, nach einem passenden Kleid zu suchen.

»Ich möchte schlicht und bescheiden auf ihn wirken«, sagte sie zu Lucy, »der erste Eindruck ist immer besonders wichtig. Maria hat mich bis jetzt noch nicht empfangen, er hingegen will mich sehen, was meinst du dazu?«

»Er ist als Mann und als König neugierig auf Euer Gnaden.«

Als König, überlegte Elisabeth, nun, er weiß, daß Maria kein Kind bekommen wird, daß sie vielleicht längst das gebärfähige Alter überschritten hat, das bedeutet, daß er in mir Englands künftige Monarchin sieht, er wird wahrscheinlich versuchen, während unserer Unterhaltung etwas über meine politischen Ziele zu erfahren, über meine religiöse Einstellung..., ich muß aufpassen und das Gespräch so steuern, daß er nicht weiß, woran er mit mir ist, ich muß mich mit ihm über unverfängliche Themen unterhalten, Politik und Religion sind tabu!

»Euer Gnaden«, unterbrach Lucy ihre Gedanken, »was haltet Ihr von dem dunkelblauen Samtkleid, es ist schlicht, ohne Spitzen, ohne Goldborten, und Samt schmeichelt immer.«

Elisabeth überlegte, suchte weiter, probierte nacheinander ein Dutzend Kleider an und entschied sich gegen Mittag für die dunkelblaue Samtrobe.

Um drei Uhr saß sie fertig angekleidet vor dem Frisiertisch, betrachtete sich kritisch im Spiegel und stellte zufrieden fest, daß ihr Gesicht nichts von ihrer inneren Erregung verriet, und daß der blaue Samt und das Lippenrouge ihre weiße Haut vorteilhaft zur Geltung brachten.

»Soll ich Perlenschnüre in die Haare flechten?« fragte Lucy, während sie die Frisur richtete.

»Nein, die Kette und der Saphirring genügen als Schmuck, bürste die Haare weit zurück, damit meine Stirn zur Geltung kommt.«

Gegen halb vier war Lucy fertig und betrachtete zufrieden ihr Werk. »Ihr werdet dem König bestimmt gefallen, Euer Gnaden, schließlich ist er auch nur ein Mann.«

Elisabeth erwiderte nichts und ging hinüber in ihr Arbeitszimmer, um sich mit Übersetzungen abzulenken und zu beruhigen.

Pünktlich um vier Uhr wurde Philipp gemeldet.

Er beugte sich galant über ihre Hand, während Elisabeth herzklopfend in ihren Hofknicks versank. Als sie sich erhob und Philipp ansah, stutzte sie: Seine etwas hervorstehenden Augen starrten sie bewundernd an, und Elisabeth mußte sich beherrschen, um nicht laut zu lachen, mein Anblick, dachte sie belustigt, hat dem Habsburger die Sprache verschlagen, Lucy hat recht: er ist eben auch nur ein Mann!

Philipp seinerseits fühlte sich beim Anblick der jungen Dame verunsichert, ihre Schlichtheit beeindruckte ihn, und er fand, daß Elisabeth die erste Engländerin war, die einem Mann gefallen konnte.

Nun lächelte sie ihn an, was ihn vollends verwirrte, er spürte, daß er errötete, und senkte verlegen die Augen, dabei fielen ihm zum ersten Mal die langen, schmalen Hände auf, und er erinnerte sich an Egmonts Worte: »Nun, Lady Elisabeth ist… sie ist ganz anders als die Königin.«

Elisabeth hatte sich inzwischen gefaßt, spürte, daß sie die Situation beherrschte, ließ Philipp eine Weile auf sich wirken, fand, daß er ein gutaussehender Mann war, aber, überlegte sie, verglichen mit Thomas oder Robin wirkt er steif, hölzern, ihm fehlt die männliche Vitalität, und die schwarzen Kleider unterstreichen seinen Ernst, kann er überhaupt lachen oder auch nur lächeln?

»Euer Besuch, Majestät, ist eine große Ehre für mich«, begann Elisabeth auf französisch.

»Nun ja«, erwiderte Philipp ebenfalls auf Französisch, »ich lebe jetzt seit fast einem Jahr in England, da wird es Zeit, daß wir uns kennenlernen.«

In diesem Augenblick bemerkte er die aufgeschlagenen Bücher und das beschriebene Papier auf dem Tisch, und war froh, einen Anhaltspunkt gefunden zu haben, um die Unterhaltung fortzusetzen.

»Ich sehe, Ihr habt gelesen und geschrieben, hoffentlich störe ich Euch nicht bei einer wichtigen Arbeit.«

»Ich habe nicht gearbeitet, es war mehr ein Zeitvertreib, ich habe einige Verse der Ilias vom Griechischen ins Lateinische übersetzt, um die Sprachen nicht zu verlernen.«

»Ihr habt..? Ihr sprecht Latein? Dann könnten wir uns doch auf Lateinisch unterhalten, ich beherrsche Französisch nicht sehr gut.«

»Ich unterhalte mich mit Eurer Majestät sehr gerne lateinisch.«

Sie führte Philipp zu den gepolsterten Stühlen vor dem Kamin, ließ Burgunder bringen und wartete gespannt auf die Entwicklung der Unterhaltung.

Philipp erkundigte sich, ob sie mit der Unterbringung in Hampton Court zufrieden sei, erwähnte, daß er sich in diesem Schloß am liebsten aufhalte, weil es so geräumig sei.

Elisabeth erwiderte, es mangele ihr an nichts, sie könne verstehen, daß Philipp das Schloß gefalle, und dann schilderte sie ihre ersten Eindrücke von Hampton Court im September 1543.

Philipp hörte aufmerksam zu und sah dabei Elisabeth an.

»Ich war überwältigt von der Pracht, schließlich lebten wir in Hatfield recht bescheiden, aber ich habe mich dort immer heimischer gefühlt als in den großen Schlössern, und ich bin immer gerne nach Hatfield zurückgekehrt. Das Leben auf dem Land gefällt mir, es ist so beschaulich, man liest und musiziert, man reitet aus, besucht die Bauern und verwaltet die Ländereien, ach, ich würde so gerne wieder auf einem meiner Landsitze leben.«

Sie schwieg, sah verträumt vor sich hin und wartete gleichzeitig gespannt und hellwach auf Philipps Reaktion.

Der Habsburger beobachtete sie, dachte eine Weile nach und beschloß, die heikle Frage anzusprechen.

»Eure Vorliebe für das beschauliche Landleben kann ich verstehen, aber eine Rückkehr nach Hatfield ist wahrscheinlich in absehbarer Zeit nicht möglich. Als Thronfolgerin müßt Ihr am Hof leben.«

Vorsicht, dachte Elisabeth, jetzt will er mich aushorchen, ob ich mir Hoffnungen auf die Krone mache.

»Majestät«, und sie versuchte ihre Stimme bescheiden klingen zu lassen, »ich bin nicht mehr lange Thronfolgerin, in wenigen Wochen wird die Königin einen Erben zur Welt bringen, ach Gott, wie unaufmerksam von mir, ich vergaß, Euch nach dem Befinden meiner Schwester zu fragen, geht es ihr gut? Ich bete jeden Abend, daß sie ein gesundes Kind bekommt und das Wochenbett überlebt.«

»Die Königin«, erwiderte Philipp zögernd, »fühlt sich wohl, aber man muß natürlich mit Komplikationen bei der Geburt rechnen, ich mache mir Sorgen um sie, wir können nur hoffen und beten. Ich bin sehr froh, daß Ihr wieder am Hof lebt, Ihr werdet der Königin beistehen und sie trösten, wenn ich…, wenn ich abgereist bin.«

Elisabeth horchte auf.

»Ihr wollt England verlassen?«

»Ja und nein. Ich muß nach Brüssel reisen, mein Vater kränkelt schon seit einiger Zeit, er will auch gewisse Dinge mit mir besprechen, in jedem Brief bittet er mich zu kommen, nach der Niederkunft werde ich die Abreise nicht länger aufschieben können, ich sage es Euch im Vertrauen, die Königin weiß noch nichts davon.«

»Euer Vertrauen ehrt mich, und ich werde Maria selbstverständlich zur Seite stehen, wir sind schließlich Schwestern.«

Beim Abschied versprach Philipp dafür zu sorgen, daß Elisabeth sich im Schloß frei bewegen und am Hofleben teilnehmen könne. Als er gegangen war, atmete sie erleichtert auf, die erste Begegnung mit dem Schwager war einfacher verlaufen, als sie gedacht hatte.

Ich gefalle ihm als Frau, überlegte sie, das ist wichtig, mein Gott, wie er mich angestarrt hat, aber, und das ist noch wichtiger, er unterstützt meine Thronansprüche, und wenn er mir etwas anvertraut, was Maria noch nicht weiß, will er mich natürlich für sich einnehmen. Ich werde ihn kritisch beobachten, auf jeden Fall habe ich jetzt einen mächtigen Verbündeten am Hof, und das bedeutet Sicherheit, Renard wird sich ruhig verhalten, Gardiner ist praktisch machtlos, und Maria muß Rücksicht auf die öffentliche Meinung nehmen.

Auch Philipp dachte noch einmal über die Begegnung mit der Schwägerin nach und bedauerte, daß sein Vater ihn nicht mit Elisabeth vermählt hatte, aber was nicht ist, überlegte er, kann noch werden.

Falls Elisabeth nach Marias Tod noch nicht verheiratet ist, werde ich sie um ihre Hand bitten, sie wird meinen Antrag bestimmt annehmen, schließlich kann ich ihr allerhand bieten: Meine Familie gehört zu den ältesten Dynastien Europas, ich bin der Erbe eines großen Reiches und besitze die Goldschätze Westindiens, sie müßte verrückt sein, wenn sie mich nicht heiratet, andererseits…, Maria kann noch viele Jahre leben…, heilige Jungfrau, erlöse mich bald aus dieser entsetzlichen Ehe… Maria kann noch lange leben, ich muß mir Elisabeth als Verbündete sichern und sie mit dem Savoyer oder einem Habsburger verheiraten, sie darf auf keinen Fall einen englischen Aristokraten ehelichen…

In diesem Augenblick wurde Renard gemeldet.

Aha, dachte Philipp belustigt, er kann seine Neugier nicht bezähmen.

Der Gesandte fragte nach der Gesundheit der Königin, schilderte die Unruhe im Volk wegen der Durchführung der Ketzergesetze und kam endlich zur Sache.

»Euer Majestät haben Lady Elisabeth heute zum ersten Mal erlebt, wie ist Euer Eindruck?«

»Ich bin überwältigt, Mr. Renard, sie ist keine schöne Frau und für meinen Geschmack zu mager, trotzdem ist sie anziehend, sie besitzt eine merkwürdige Ausstrahlung, sie kann einen Mann fesseln, sie… sie ist herb und trotzdem weiblich…, ich weiß nicht, ob Ihr versteht, was ich meine.«

»Ich verstehe Euer Majestät sehr gut, aber abgesehen davon, daß sie Euch als Frau beeindruckt hat, was haltet Ihr von der Thronfolgerin, wie schätzt Ihr sie politisch ein?«

»Politisch?« Philipp überlegte. »Ich bin davon überzeugt, daß sie nicht in die Wyatt-Verschwörung verwickelt war, ich halte sie für eine unpolitische Frau, sie ist gebildet, belesen, liebt das Landleben und hat anscheinend über ihren Rang als Thronfolgerin noch nicht nachgedacht, sie glaubt nicht daran, daß sie eines Tages Königin werden könnte, und rechnet damit, daß Maria einen Erben zur Welt bringt. Ich schätze, daß wir mit ihr fertig werden, falls Maria und das Kind sterben und Elisabeth Königin wird.«

»Euer Majestät, man sagt, der erste Eindruck ist richtig, aber man kann sich natürlich auch täuschen. Ihr solltet Lady Elisabeth nicht unterschätzen, ich halte sie nach wie vor für falsch und verlogen, sie kann sich meisterhaft verstellen und hat Eurer Majestät heute wahrscheinlich eine hübsche Komödie vorgespielt.«

Philipp preßte verärgert die Lippen aufeinander, wollte Renard andeuten, daß eine junge Frau ihn, den Sohn Kaiser Karls V., zum Narren gehalten hatte?

»Mr. Renard«, und er streifte den Gesandten mit einem hochmütigen Blick, »angenommen, Ihr habt recht und Lady Elisabeth ist eine Komödiantin, dann ist dies ein Beweis für ihre politische Klugheit. Falls sie hofft, eines Tages Königin zu werden, wird sie wissen, daß sie einen starken Verbündeten braucht. Mit einer – in Gottes Namen protestantischen Königin – die politische Klugheit besitzt und rationale Entscheidungen trifft, werden wir leben können.«

Hierauf wußte Renard nichts zu antworten, innerlich aber war er derselben Meinung wie Philipp.

Am nächsten Tag erschien Gardiner bei Elisabeth, forderte sie erneut auf, endlich ihre Schuld zu gestehen, und drohte, sie werde so lange in ihren Räumen gefangen gehalten, bis sie sich eines Besseren besinne.

»Mylord«, erwiderte Elisabeth, und der spöttische Ton ihrer Stimme brachte Gardiner vollends zur Raserei, »Mylord, ich ziehe es vor, mein Leben um der Wahrheit willen im Gefängnis zu verbringen, als frei zu sein und den Verdacht der Königin zu erregen.«

Gardiner stürmte hinaus und berichtete seiner Monarchin wutentbrannt von seinem erneuten Mißerfolg.

»Es ist gut, Mylord«, erwiderte Maria müde, »laßt mich allein.«

Als der Lordkanzler gegangen war, legte sie die Näharbeit zur Seite und begann zu weinen. Sie fühlte sich schon seit Wochen einsam und allein. Philipp erschien nur zu den Mahlzeiten, und sie spürte, daß er ihre Gesellschaft mied; sie bemerkte die Blicke der Hofdamen, die spöttisch ihre Figur musterten; sie wußte, daß sie Elisabeth nicht länger ignorieren konnte, und ahnte, obwohl sie diese Ahnung krampfhaft unterdrückte, sie ahnte, daß Elisabeth Englands nächste Königin sein würde…

Nach einer Weile trocknete sie die Tränen und begann das Häubchen mit Spitzen zu verzieren. Bald werde ich ein Kind haben, dachte sie, dann bin ich nicht mehr allein, dieses Kind wird mir gehören, mir allein…

Ungefähr zwei Wochen später erschien Bedingfield spätabends bei Elisabeth und teilte ihr aufgeregt mit, daß Mrs. Clarence, die Intendantin der königlichen Garderobe, im Vorzimmer warte, um Ihre Gnaden zu Ihrer Majestät zu bringen.

Elisabeths Herzschlag stockte für Sekunden, Maria wollte sie sehen und sich wahrscheinlich mit ihr versöhnen. Sie wunderte sich nicht über die späte Stunde – es war nach zehn Uhr –, wußte sie doch, daß Maria schlecht schlief, und nachdem Bedingfield ihr einen Mantel umgelegt hatte, folgte sie ihm und Mrs. Clarence herzklopfend durch kalte, nur vom Fackelschein erhellte Gänge und Galerien. Sie gingen durch den Garten und durch eine Tür, wo der Schein einer fast ausgebrannten Glühpfanne den Harnisch des Wachpostens an der Treppe beleuchtete.

Zu Lebzeiten meines Vaters, ging es Elisabeth durch den Kopf, standen sämtliche Türen offen, und die Diener schliefen in allen Winkeln…

Bedingfield flüsterte das Losungswort, der Schaft einer Hellebarde stieß auf den Boden, und sie eilten weiter, an der Kapelle vorüber, durch die Südgalerie bis zum Schlafzimmer der Königin, wo eine Kammerfrau die Tür öffnete. Bedingfield und Mrs. Clarence blieben im Vorraum, Elisabeth aber betrat, vor Aufregung zitternd, den Raum, der nur von wenigen Kerzen erhellt war.

Maria saß zusammengekauert in einem Lehnstuhl vor dem Kamin, faltete die Hände über dem Leib und musterte die Schwester, die sich ihr langsam näherte, mit kritischen, fast abweisenden Augen. Als Elisabeth vor der Königin in die Knie sank, hatte sie sich soweit gefaßt, um zu bemerken, wie alt und verwelkt Maria geworden war, und in diesem Augenblick empfand sie Mitleid mit ihr.

»Ich hoffe und wünsche, daß Euer Majestät sich stets guter Gesundheit erfreuen mögen, und ich bitte Euch, an meine Zuneigung zu glauben, ich war und bin die aufrichtigste Untertanin Eurer Majestät.«

»Du willst also dein Unrecht nicht eingestehen und darauf beharren, daß du die Wahrheit gesprochen hast«, erwiderte Maria gereizt.

»Ich bete zu Gott, daß es so ist. Wenn es nicht so ist, verlange ich aus den Händen Eurer Majestät weder Gnade noch Verzeihung.«

»So bleibst du also hartnäckig bei deiner Behauptung, vermutlich willst du damit sagen, du seist zu Unrecht bestraft worden«, fauchte Maria ärgerlich.

»Das würde ich mich nicht unterstehen zu Eurer Majestät zu sagen«, erwiderte Elisabeth so demütig sie konnte, und diese Unterwürfigkeit schürte Marias Wut noch mehr, weil sie – zu Recht – vermutete, daß Elisabeth sich in diesem Augenblick verstellte.

»Dann wirst du es vielleicht zu anderen sagen«, schrie sie die Schwester an.

»O nein, Eure Majestät, das werde ich nicht tun. Ich habe meine Bürde getragen und muß sie weiter tragen. Ich bitte Eure Majestät inständig, mich stets als treue Untertanin zu betrachten, nicht nur von Anfang an bis heute, sondern für immer, solange ich lebe.«

»Nun gut, wollen wir es hoffen«, brummte Maria, aber in ihrer Stimme schwang ein versöhnlicher Unterton mit, der Elisabeth aufhorchen ließ.

Sie sahen sich an, und dann reichte Maria der Schwester die Hand.

Elisabeth atmete auf, die Königin hatte ihr vergeben, jetzt war sie endgültig in Sicherheit.

»Ab morgen«, sagte Maria, »kannst du im Schloß und im Park umhergehen, wie es dir beliebt, meine Reitpferde stehen dir natürlich auch zur Verfügung.«

»Ich danke Eurer Majestät. Wie geht es Euch gesundheitlich?«

»Ich fühle mich recht wohl, abgesehen davon, daß ich schlecht schlafe. Die offiziellen Vorbereitungen für die Geburt sind jetzt Gott sei Dank abgeschlossen, du stellst dir nicht vor, an was man alles denken muß: Die Damen des Hochadels, die das Recht haben, der Geburt beizuwohnen, müssen eingeladen werden, die Boten, die die ausländischen Höfe benachrichtigen, müssen Tag und Nacht bereitstehen, ebenso die Kanoniere für den Salut, wenn das Kind geboren ist, am schlimmsten sind die Maler! Sie streiten sich um das Vorrecht, wer als erster mein Kind porträtieren darf! Ich bin noch unentschlossen, welchen Namen mein Sohn tragen soll, Philipp, nach seinem Vater, oder Karl, nach seinem Großvater, für welchen Namen würdest du dich entscheiden?«

Für Heinrich, dachte Elisabeth, so hießen unser Vater und Großvater, zu Maria aber sagte sie: »Ich würde das Kind Karl Philipp nennen oder Philipp Karl.«

Mein Gott, überlegte Elisabeth, wie lange müssen wir diese Komödie, oder besser Tragik-Komödie, um das Kind noch ertragen?

»Ich werde meinen Sohn Karl Philipp nennen, Karl Philipp I. von England. In ungefähr drei Wochen habe ich es überstanden, dann ist alles vorbei.«

Sie lächelte die Schwester an und strich behutsam über ihren Bauch.

In diesem Augenblick hatte Elisabeth das Gefühl, daß sie dieses Schauspiel nicht länger ertragen konnte, und stand auf.

»Majestät, es ist spät, Ihr bedürft der Ruhe und Schonung, erlaubt, daß ich mich zurückziehe.«

»Ja, du hast recht, ich muß mich schonen. Komm, gib mir deine Hand.«

Sie streifte einen der Ringe ab und gab ihn Elisabeth.

»Hier, nimm diesen Ring zurück. Lord Sussex brachte ihn mir…, ab heute soll dieser Schmuck ein aufrichtiges Unterpfand für mein Königswort sein.«

Elisabeth betrachtete den Ring, es war derselbe, den die Schwester ihr beim Abschied im Dezember 1553 geschenkt hatte.

Bereits am nächsten Tag wurden Bedingfield und seine Soldaten entlassen, Elisabeth genoß ihre Freiheit und vor allem die Bewunderung und den Respekt, den man ihrer Person und ihrem Rang gegenüber zum Ausdruck brachte.

Lord William Howard und der Graf von Arundel begleiteten sie bei Ausritten, König Philipp besuchte sie, um sich mit ihr über Literatur und Philosophie zu unterhalten, sogar Renard lächelte, wenn er ihr begegnete, und Gardiner benahm sich respektvoll. Zwei Gesichter allerdings vermißte sie: William Cecil und Robert Dudley.

Cecil, nun ja, er lebte zurückgezogen in Wimbledon und wartete auf seine Stunde, so wie sie auf ihre Stunde wartete, Robert Dudley hingegen war ständig unterwegs zwischen London und Brüssel, weil er die Korrespondenz zwischen Philipp und dem Kaiser beförderte.

Wenn Elisabeth Maria besuchte, sah sie hin und wieder Gerard Braleigh, der bei der Königin offensichtlich in hoher Gunst stand, sie lobte ihn stets als glänzenden Unterhalter.

Elisabeth äußerte sich nicht weiter dazu, und wenn Braleigh bei der Königin saß und etwas erzählte, beugte Elisabeth sich stumm über ihre Näharbeit und vermied es, ihn anzusehen. Sie mochte ihn nicht und mißtraute ihm, und obwohl sie Robert Dudley vermißte, war sie froh, daß er nur selten am Hof war, wer weiß, dachte sie, welche Intrigen dieser Braleigh sonst gegen Robin anzetteln würde.

Als Elisabeth an einem Nachmittag Ende Mai die Schwester besuchte, war wieder einmal Gerard Braleigh anwesend, und Elisabeth horchte auf, weil er von seiner Jugend erzählte.

Sie nahm ihre Näharbeit und hörte zu, ohne eine Miene zu verziehen. Angeber, dachte sie, so viele Diener wie er aufzählt, hat ein Landadliger nicht, und Bankette mit hundert Gängen gab es damals nur am Hof meines Vaters, Maria scheint diesen Unsinn zu glauben!

Endlich schwieg Braleigh, Maria sah versonnen vor sich hin und sagte seufzend: »Was für eine schöne Kindheit Ihr hattet, genau wie ich, bis meine Mutter..., nun ja, ... Ihr seid also zusammen mit Robert Dudley aufgewachsen, das wußte ich noch nicht, wie interessant, wenn man als Kinder zusammen spielt, sich dann aus den Augen verliert und sich nach Jahren am Hof wieder trifft. Mein

Philipp ist übrigens sehr zufrieden mit Robert, weil er bereit ist, bei jedem Wetter nach Brüssel zu reiten. Na, es ist ganz gut, daß er viel unterwegs ist, für meinen Geschmack macht er den Damen, wenn er hier ist, zu viel den Hof. Ich weiß nicht, wie viele meiner Edelfräulein sich inzwischen in ihn verliebt haben, was ja auch kein Wunder ist, bei einem so gutaussehenden, liebenswürdigen jungen Mann.«

Elisabeth merkte, daß sie bei Marias Worten einen feinen Stich spürte, er macht den Damen den Hof, dachte sie und versuchte, ihre Eifersucht zu unterdrücken. Ich habe keinen Grund, eifersüchtig zu sein, sagte sie zu sich selbst, ich nicht, Robin liebt mich…, und sie beugte sich tiefer über ihre Näharbeit… Er liebt mich, nur mich…

In diesem Augenblick sagte Braleigh: »Majestät, ich wüßte ein Mittel, wie man den Herzensbrecher zähmen könnte: Gebt Lady Dudley ein Amt, holt sie an den Hof, vielleicht wird diese Ehe glücklicher, wenn das Paar zusammenlebt.«

Elisabeth erschrak. Nein, dachte sie, nur das nicht, Amy soll bleiben, wo sie ist, und sie atmete erleichtert auf, als Maria erwiderte:

»Ach, Mr. Braleigh, ich habe Robert schon etliche Male angeboten, seine Frau zur Hofdame zu ernennen, damit sie bei ihrem Mann leben kann, er erwiderte stets, sie sei unabkömmlich wegen der Ländereien. Ich habe mich über diese Antwort gewundert, schließlich gibt es tüchtige Verwalter, aber wenn die Ehe nicht glücklich ist…«

»Robert«, erklärte Braleigh, »wurde seinerzeit gegen seinen Willen verheiratet, und ich entsinne mich noch, daß er als Kind einmal sagte: ›Wenn man mich zwingt, eine Frau zu heiraten, die ich nicht liebe, werde ich sie eines Tages umbringen.‹«

In diesem Moment sah Elisabeth von ihrer Näharbeit auf und sagte freundlich, aber sehr bestimmt:

»Mr. Braleigh, Robert Dudley mag leichtsinnig sein, aber er ist kein Gewaltmensch, er würde nie einen Menschen ermorden. Ich glaube nicht, daß er als Kind so etwas gesagt hat, Ihr phantasiert, Mr. Braleigh, im übrigen geht die Ehe der Dudleys niemanden etwas an.«

»Ach Gott«, versuchte Maria einzulenken, »Kinder reden so viel und wissen manchmal gar nicht, was sie reden. Vielleicht hat Robert so etwas gesagt und es nicht so gemeint.«

»Ich bin derselben Meinung wie Eure Majestät«, erwiderte Braleigh, und dann verabschiedete er sich unter einem Vorwand. Als er sich vor Elisabeth verbeugte, blitzten seine Augen spöttisch auf, was sie geflissentlich übersah.

»Ein reizender Mann«, sagte Maria, »du stellst dir nicht vor, was für amüsante, spannende Geschichten er erzählt.«

»Das kann ich mir sehr gut vorstellen, Majestät«, erwiderte Elisabeth spitz, »Lügenmärchen erzählen war schon immer seine Stärke.«

»Lügenmärchen? Wie meinst du das?«

»Nun, am Morgen meines zehnten Geburtstages...«, und Elisabeth schilderte ihre erste Begegnung mit Gerard Braleigh in den Küchen, ihre Unterhaltung mit der Stiefmutter und den Verlauf des Banketts.

»Merkwürdig«, erwiderte Maria, »ich erinnere mich an das Bankett, aber nicht an den Coup de Jarnac. Ich kann mir nicht vorstellen, daß Mr. Braleigh den Stoß absichtlich geführt hat, wie Thomas Seymour behauptet, der Lordadmiral hat immer viel geredet.«

»Das sind alles alte Geschichten, Majestät, ich persönlich traue Mr. Braleigh nicht, ich halte ihn für unaufrichtig, er hat Robert Dudley schon damals gehaßt und haßt ihn immer noch«, und um das Thema zu wechseln, zeigte sie der Schwester das Häubchen. »Welche Verzierung wünscht Ihr, Spitzen oder Perlen?«

»Perlen, natürlich, das Taufkleid wird auch mit Perlen besetzt.«

An einem Spätnachmittag gegen Ende der ersten Juniwoche glaubte Maria Wehen zu spüren, legte sich zu Bett und benachrichtigte die Ärzte, Philipp und Elisabeth, daß ihre Stunde gekommen sei.

»Gott sei Dank«, sagte Elisabeth zu Lucy, »jetzt ist das Schauspiel bald zu Ende, wie lange kann eine Geburt dauern? Drei Stunden, sieben Stunden, zwölf Stunden?«

»Ach Gott, Euer Gnaden, es soll Frauen geben, da dauert es einen ganzen Tag.«

Ein ganzer Tag, dachte Elisabeth entsetzt – wenn nach einigen Stunden kein Kind kommt, muß irgend etwas geschehen. Im Vorzimmer wurde sie von einem ratlosen Philipp erwartet.

»Lady Elisabeth, ich habe eine Bitte. Die Hebamme ist bei der Königin und will sie natürlich untersuchen und abtasten, um ihre Maßnahmen treffen zu können, die Königin indes lehnt eine Untersuchung ab, meine Bitten haben nichts gefruchtet, vielleicht könnt Ihr sie überreden, sich untersuchen zu lassen.«

»Ich werde tun, was ich kann, Majestät«, sagte Elisabeth liebenswürdig und amüsierte sich im stillen, daß der Schwager erleichtert aufatmete.

»Benachrichtigt mich, wenn es Neuigkeiten gibt«, und fast fluchtartig verließ er den Vorraum.

Als Elisabeth das Schlafzimmer betrat, erteilte die Hebamme einigen Kammerfrauen ihre Anweisungen, die beiden Ärzte standen in einer Zimmerecke, unterhielten sich leise und wirkten auf Elisabeth genauso ratlos wie Philipp.

Sie setzte sich neben das Bett und betrachtete Maria, die ängstlich zum Baldachin hinaufsah.

»Habt Ihr starke Schmerzen?«

»Es geht. Du bleibst bei mir, bis alles vorüber ist, nicht wahr?«

Sie nahm Elisabeths rechte Hand und hielt sie fest umklammert, wobei sie hin und wieder leise stöhnte.

»Macht Euch keine Sorgen, ich bleibe selbstverständlich bei Euch. Vielleicht sollte die Hebamme Euch untersuchen…«

»Nein!« schrie Maria so laut, daß alle zusammenfuhren. »Nein, niemand darf mich berühren, schicke die Hebamme, diese Hexe, schicke sie fort!«

Es ist zwecklos, dachte Elisabeth und gab der Frau ein Zeichen, woraufhin diese hinauseilte.

Ob Maria die Wahrheit ahnt, überlegte Elisabeth, wie soll es jetzt weitergehen? Sie schwankte zwischen Mitleid und Triumph darüber, daß kein Kind kommen würde, und dachte gleichzeitig unbehaglich an Marias Reaktion, hoffentlich unterstellt sie mir nicht, daß ich sie verhext habe, zuzutrauen wäre es ihr!

Inzwischen war es im Vorzimmer unruhig geworden, man hörte halblaute Frauenstimmen, und einige lachten und kicherten. Aha, die hohen Damen versammeln sich, dachte Elisabeth und sah sich im Zimmer um, es war auf einmal so still geworden: Die Kammerfrauen hatten den Raum verlassen, Dr. Owen und Dr. Wendy saßen in hohen Lehnstühlen und dösten vor sich hin. Eine Stunde nach der anderen verging, es wurde dämmerig, die Nacht brach, an und Elisabeth verlor allmählich das Zeitgefühl, erst als das morgendliche Zwielicht den Raum allmählich erhellte und sie das Zwischern der Vögel hörte, wußte sie, daß ein neuer Tag angebrochen war.

Sie fühlte sich todmüde und hätte sich am liebsten zurückgezogen, aber sie hatte der Schwester versprochen, bei ihr zu bleiben. Sie schickte Philipp eine Nachricht, daß das Kind noch nicht geboren sei, und wartete weiter.

Irgendwann erwachten die Ärzte und Maria, irgendwann brachte eine Kammerfrau heiße Schokolade und Gebäck. Die Stunden schlichen vorwärts, und gegen Mittag konnte Elisabeth nicht länger gegen die Müdigkeit ankämpfen und schlief ein.

Sie hörte nicht, daß eine Hofdame den Raum betrat und Dr. Owen einen Brief überreichte. Der Arzt las und gab das Schreiben seinem Kollegen. »Hier, Befehl Seiner Majestät«, dann trat er zu Elisabeth. »Euer Gnaden.«

Sie schrak zusammen und sah ihn erstaunt an.

»Euer Gnaden, Seine Majestät wünscht, daß Ihr Euch jetzt ausruht und erst am Spätnachmittag wieder zu Ihrer Majestät kommt.«

Elisabeth war zu müde, um über Philipps Anordnung weiter nachzudenken, sie erhob sich mechanisch und ging hinaus.

Die Hofdamen hatten auf Philipps Befehl hin inzwischen den Vorraum verlassen, aber auch das fiel Elisabeth nicht auf, sie hatte nur einen Wunsch: schlafen.

Als sie am späten Nachmittag den Vorraum des königlichen Schlafzimmers betrat, wurde sie von Dr. Owen erwartet.

»Euer Gnaden«, er hüstelte verlegen, »ich hoffe, daß Euer Gnaden gut geruht haben.«

»Ja«, erwiderte Elisabeth und betrachtete ihn forschend, es ist etwas passiert, dachte sie und wartete ab, daß er zur Sache kam.

»Ich möchte Euer Gnaden um eine Gefälligkeit bitten…«, er zögerte und sah verlegen zu Boden, weil er Elisabeths Blick nicht ertragen konnte.

»Ich höre, Dr. Owen.«

Da nahm er sich zusammen und sah sie an. »Euer Gnaden, Seine Majestät befahl uns, den Ärzten, die Königin endlich zu untersuchen. Ihre Majestät lehnte zunächst ab, fügte sich aber schließlich dem Befehl des Königs. Die medizinische Untersuchung ergab eindeutig, daß Ihre Majestät nicht schwanger ist, nie schwanger war. Wir haben das Ergebnis dem König mitgeteilt, Ihrer Majestät noch nicht. Da unsere Diagnose für Ihre Majestät natürlich ein Schock ist, muß man es schonend mitteilen. Wir dachten, daß Euer Gnaden, als Schwester der Königin vielleicht…«

»Wie bitte?« unterbrach Elisabeth den Arzt. »Ich, ausgerechnet ich soll der Königin sagen, daß sie nicht schwanger ist! Nein, niemals, das ist nicht meine Aufgabe, sondern die Eurige. Meine schwesterliche Pflicht besteht einzig darin, die Königin jetzt zu trösten«, und ohne Dr. Owen eines weiteren Blickes zu würdigen, betrat sie das Schlafzimmer.

Der Arzt folgte ihr mit gemischten Gefühlen.

Philipp stand am unteren Ende des Bettes, und als Elisabeth seine Augen sah, erschrak sie vor der Kälte und Unnahbarkeit, die sie ausstrahlten. Maria lag wie ein Häufchen Unglück im Bett und sah ängstlich zu Philipp, während Dr. Wendy sich im Hintergrund mit irgendwelchen medizinischen Instrumenten beschäftigte.

Elisabeth nahm vorsichtig Marias Hand, und in diesem Augenblick wurde ihr, mehr als je zuvor, bewußt, zu was für einer Tragik dynastische Eheschließungen führen konnten. Philipp, dachte sie, ist natürlich enttäuscht, daß Maria keinen Erben zur Welt bringt, und strömt eine Kälte aus, die das Blut gefrieren läßt. Mein Vater, dachte sie, war enttäuscht, als ich geboren wurde, aber er hat anders reagiert, weil er aus Liebe geheiratet hat, angeblich hat er meine Mutter nach meiner Geburt umarmt und gesagt: ›Eher würde ich von Tür zu Tür betteln gehen, als daß ich Euch im Stiche ließ.‹

Ich werde nie eine dynastische Verbindung eingehen, dachte Elisabeth, nie, wenn ich heirate, dann aus Liebe, bei einer dynastischen Verbindung wird der Frau die Verantwortung für den männlichen Erben aufgebürdet, und wehe, wenn sie versagt und keinen Sohn zur Welt bringt…

»Majestät«, begann Dr. Owen zögernd, »ich möchte Euch nunmehr das Ergebnis unserer Untersuchung mitteilen: Wir haben leider feststellen müssen, daß Euer Majestät nicht schwanger sind.«

Einige Sekunden lang war es im Raum totenstill, dann setzte Maria sich langsam auf und sah den Arzt ungläubig an. »Was sagt Ihr? Ich bin nicht schwanger! Ihr lügt!« schrie sie. »Hinaus mit Euch, Ihr seid aus meinen Diensten entlassen!«

»Majestät«, bat Elisabeth, »beruhigt Euch, die Ärzte werden Euch bestimmt alles erklären.«

»Nein, ich will nichts hören!«

»Maria«, sagte Philipp, und seine Stimme klang so scharf, daß alle zusammenzuckten, »Dr. Owen sagt die Wahrheit, du bist nicht schwanger.«

»Philipp, du… du glaubst, was der Arzt sagt?«

»Ja, er hat recht, und du, du hast mich zum Gespött von ganz Europa gemacht«, und zu Dr. Wendy: »Folgt mir!«

Er drehte sich abrupt um und verließ den Raum, Maria aber sank laut weinend in die Kissen zurück. »Philipp, mein Philipp!«

Elisabeth versuchte die Schwester zu beruhigen, fühlte sich hilflos und bat Dr. Owen schließlich, der Königin ein leichtes Schlafmittel zu geben.

Als Maria eingeschlafen war, ging Elisabeth hinaus.

Im Vorzimmer ging Philipp mit düsterer Miene auf und ab. Als er die Schwägerin sah, blieb er stehen. »Nun?«

»Sie schläft, ach Gott, wenn sie erwacht, muß sie sich erneut mit dieser Tragödie auseinandersetzen.«

»Tragödie«, wiederholte Philipp und trat zu Elisabeth, »es ist eine Tragödie, daß mein Vater mich mit einer unfruchtbaren Frau verheiratet hat! Wißt Ihr, was Dr. Wendy vorhin zu mir sagte? Die Königin wird keine Kinder mehr bekommen können!«

»Keine Kinder mehr?« Und Elisabeth spürte, wie sie von einem berauschenden Triumphgefühl erfaßt wurde, und versuchte mühsam, sich so zu beherrschen, daß man ihr nichts anmerkte.

»Auch Ärzte können sich irren, Majestät, Ihr solltet die Hoffnung nicht aufgeben.«

Philipp sah Elisabeth halb überrascht, halb mißtrauisch an, täuschte er sich, oder hatte in ihrer Stimme bei den letzten Worten ein spöttischer Unterton mitgeschwungen?

Er lächelte Elisabeth an, und dabei blitzte in seinen Augen etwas auf, das sie plötzlich an Thomas Seymour erinnerte..., damals, im Frühjahr 1547, als er die Königinwitwe in Chelsea besuchte, damals hatte Thomas sie genauso begehrlich angesehen...

Aha, dachte sie, das könnte dir so passen, Philipp, du spekulierst wahrscheinlich darauf, daß du nach Marias Tod mich heiraten kannst und dir so die Herrschaft über England sicherst, aber diese Rechnung wird nicht aufgehen, ich werde dich nie heiraten, nie!

»Entschuldigt mich, Majestät, aber ich muß mich um die Königin kümmern, es ist wichtig, daß sie rasch wieder gesund wird. Wir sollten die Heilige Jungfrau bitten, daß Ihre Majestät noch einige Jahre lebt.«

Sie nickte ihm hoheitsvoll zu und ging zurück ins Schlafzimmer. Philipp sah ihr nach und hatte das unbestimmte Gefühl, daß Renard recht haben könnte mit seiner Meinung über Elisabeth.

Sie spricht liebenswürdige Worte, überlegte er, aber was denkt sie dabei? Wenn sie eines Tages Königin ist, muß ich einen tüchtigen Gesandten nach London schicken, einen fähigen Mann, der ihr gewachsen ist...

Während der folgenden Tage wurden die vergoldete Wiege, das edelsteinverzierte Taufbecken, die seidenen Häubchen und Hemdchen weggeräumt, ebenso die Briefe für die ausländischen Fürsten. Die Hofleute empfanden die Situation teils als peinlich, teils lächerlich, Maria weinte, im Volk wurden Schmähschriften gegen sie verfaßt, Philipp ließ alles für seine Abreise vorbereiten, und Elisabeth war vollauf damit beschäftigt, die Königin zu trösten und ihr Mut zuzusprechen. In Marias Gegenwart war sie die besorgte Schwester, die hoffte, daß doch noch irgendwann der Erbe geboren würde, wenn sie aber durch die Säle und Galerien des Palastes ging und sich distanziert-leutselig mit den Hofleuten unterhielt, in diesen Augenblicken fühlte sie sich schon ganz als Königin.

Ende Juni teilte Philipp der Gattin schonend mit, daß er England verlassen müsse, sein Vater dränge ihn schon seit längerem, nach Brüssel zu kommen, um gewisse politische Angelegenheiten zu besprechen, er werde nur einige Wochen wegbleiben und dann nach England zurückkehren. Diese Absicht hatte Philipp keinesfalls, aber er hoffte, daß es die Gattin beruhigen würde.

Maria weinte, flehte ihn an, sie nicht zu verlassen, es half nichts, sie mußte nachgeben.

Mitte Juli verließ der Hof Hampton Court und reiste – mit Rücksicht auf die Gesundheit der Königin – in kleinen Tagesetappen nach Greenwich, von dort aus wollte Philipp auf dem Wasserweg nach Dover weiterreisen, allein. In den Ortschaften, durch die der Reisezug kam, drängte sich das Volk, um Philipp zu sehen, man konnte es nicht glauben, daß der verhaßte Spanier das Land verließ, vor allem aber wollte man Lady Elisabeth sehen, und als sich herumsprach, daß die Thronfolgerin auf Befehl der Königin per Schiff nach Greenwich reiste, erhob sich unzufriedenes Gemurmel, und hier und da hörte man den Ruf: »Blutige Maria!«

Ende August konnte Philipp sich endlich einschiffen. Maria und Elisabeth standen nebeneinander an einem Fenster in Greenwich und beobachteten, wie die Barke kleiner und kleiner wurde, bis sie nicht mehr zu sehen war.

»Er hat ein Jahr und einen Monat in England gelebt, ach, er hat mich verlassen, weil ich keinen Sohn bekommen habe«, und Maria begann erneut zu weinen.

»Er hat Euch nicht verlassen, er wird in wenigen Wochen zurückkehren«, versuchte Elisabeth die Schwester zu trösten, innerlich aber hoffte sie und war davon überzeugt, daß Philipp nie mehr englischen Boden betreten würde, es sei denn aus irgendwelchen politischen Gründen, er wird nur dann zurückkehren, überlegte sie, wenn er sich davon Vorteile erhofft. Maria trocknete die Tränen, ging hinüber in ihren Andachtsraum und begann einen schmerzhaften Rosenkranz zu beten.

In jenem Sommer 1555 regnete es viel, das Korn reifte nicht, und die Bevölkerung befürchtete Teuerung und Hungersnot. Die Scheiterhaufen brannten jeden Tag, und die Königin wurde immer verhaßter. Nach Philipps Abreise wäre Elisabeth am liebsten sofort nach Hatfield zurückgekehrt, aber sie hielt es für klüger, noch eine Weile bei der Königin zu bleiben. Diese lebte wie eine Nonne, und ihr Tagesablauf richtete sich nach klösterlichen Regeln, in der Nacht und vor Sonnenaufgang betete sie in der Kapelle, sie fastete, ließ sich geißeln, und wenn die Ärzte sie baten, sich zu schonen und auf ihre Gesundheit zu achten, erwiderte sie, Gott müsse gnädig gestimmt werden, damit sie – nach Philipps Rückkehr – endlich einen Erben zur Welt bringe.

Dr. Owen und Dr. Wendy sahen sich an und schwiegen. Philipp hatte befohlen, der Königin vorerst nicht zu sagen, daß sie nach menschlichem Ermessen keine Kinder mehr bekommen würde. Mitte Oktober bat Elisabeth, nach Hatfield reisen zu dürfen, wobei sie vorgab, die schlechte Ernte erfordere es, daß sie sich persönlich um ihre Ländereien und Pächter kümmere.

Ihre Stellung am Hof war inzwischen so gefestigt, daß Maria sie ziehen lassen mußte.

Am frühen Abend des 20. Oktober traf Elisabeth in Hatfield ein. Sie hatte absichtlich weder Kate noch Parry von ihrer Ankunft benachrichtigt, weil sie nach fast zweijähriger Abwesenheit das alltägliche Hatfield erleben wollte, nicht das festliche mit Girlanden und einem aufwendigen Bankett.

Als sie die Große Halle betrat, schlug ihr der vertraute Duft der Pottage entgegen, und einige Diener waren damit beschäftigt, die Tafel für die Abendmahlzeit aufzubauen. Sie erinnerte sich flüchtig an jenen Septemberabend im Jahre 1543, der letzte Abend in Hatfield, bevor sie nach Hampton Court aufbrach, dieser Abend lag zwölf Jahre zurück, sie war jetzt zweiundzwanzig.

Eben kam Parry die Treppe herunter, als er Elisabeth erblickte, blieb er stehen, und es dauerte einige Sekunden, bis er begriff, daß er keinen Geist sah, sondern Lady Elisabeth persönlich.

»Euer Gnaden«, und er eilte auf sie zu, soweit seine Leibesfülle es erlaubte.

»Parry, wo ist Kate?«

»Willkommen in Hatfield, Euer Gnaden«, und zu einem Diener »los, hole Mr. und Mrs. Ashley«, und zu Elisabeth: »Warum habt Ihr keinen Boten geschickt, dann hätte ich einen festlichen Empfang vorbereiten können.«

»Ach, Parry, das ist unwichtig, ich bin endlich wieder in Hatfield, wir können noch so viele Feste feiern...«

In diesem Augenblick betraten die Ashleys die Halle, und Elisabeth eilte auf Kate zu und schloß sie in die Arme, während John Ashley sich im Hintergrund hielt.

»Euer Gnaden«, und Kate begann zu weinen, »ich hatte die Hoffnung aufgegeben, Euch noch einmal hier zu sehen, wir wußten von Eurer Rückkehr an den Hof, aber daß die Königin Euch erlaubt, auf Euren Landsitzen zu leben...«

»Sie hat keine Wahl, sie kann mir nicht mehr befehlen, wo ich mich aufhalten soll... Kate, jetzt bleibe ich in Hatfield, bis... bis sich alles ändert, und dann... Dann kehren wir gemeinsam nach London zurück, weil...«

Elisabeth sah vorsichtig zu Parry und John Ashley, aber die beiden unterhielten sich über das Fest, das anläßlich Elisabeths Rückkehr stattfinden sollte. »Kate«, sagte sie leise, »die Ärzte glauben, daß Maria keine Kinder mehr bekommen kann.«

»Keine Kinder?! Nun ja, die Ärzte müssen es wissen«, und bei diesen Worten blitzte unverhohlene Schadenfreude in Kates Augen auf, die Elisabeth ignorierte.

»Nach dem Abendessen, Kate, setzen wir uns wie früher vor den Kamin, und dann mußt du mir erzählen, wie es euch inzwischen ergangen ist, aber jetzt...« Elisabeth verließ die Halle, lief durch den Park bis zu ihrer Eiche, und wie einst als Kind ließ sie sich aufatmend an den Stamm fallen und sah sich um: Hier hatte sich nichts verändert... Sie dachte an jenen sonnigen Spätnachmittag im September 1543, damals hatte sie auch an der Eiche gelehnt und sich das Leben am Hof ausgemalt, ein glanzvolles Leben, inzwischen wußte sie, welche Gefahren ein königlicher Hof barg, weil alle von der Gnade und Ungnade des Monarchen abhingen … Es ist kein verlockendes Leben, dachte sie, es sei denn, man selbst ist der Herrscher… Wie lange werde ich noch warten müssen…, wie viele Jahre noch bis zu dem Tag, an dem …

Anfang März 1557 versammelte sich Elisabeths Gefolge im Hof von Schloß Hatfield, um ihre Herrin nach Greenwich zu begleiten.

Die Sonne war gerade aufgegangen, und die Damen froren in der kalten Märzluft. Man unterhielt sich darüber, wann König Philipp eintreffen würde, über die Feste, die ihm zu Ehren stattfinden würden, und die Damen tuschelten, ob die Königin jetzt den Erben empfangen würde.

Als Elisabeth in Begleitung Parrys erschien, verstummten die Gespräche, und ein ehrfurchtsvolles Schweigen erfüllte den Schloßhof, für die Anwesenden war Elisabeth Englands künftige Königin.

»Wie lange werdet Ihr in Greenwich bleiben, Euer Gnaden?« fragte Parry.

»Das weiß ich noch nicht, ich muß mindestens bis zur Abreise des Königs am Hof sein, und die Abreise hängt von einigen Parlamentsbeschlüssen ab.«

»Von Parlamentsbeschlüssen, Euer Gnaden?«

Elisabeth überhörte Parrys Frage und erwiderte: »Nach der Abreise des Königs werde ich meine Schwester trösten müssen, aber ich hoffe, daß ich meinen vierundzwanzigsten Geburtstag in Hatfield feiern werde.«

»Gütiger Himmel«, stöhnte Parry, »Euer Gnaden werden also erst im Herbst zurückkehren.«

»Vielleicht ja, vielleicht nein, aber versucht sparsam zu wirtschaften!«

Nach diesen Worten gab sie ihrem Pferd die Sporen und galoppierte davon. Erst als sie und das Tier leicht erschöpft waren von dem schnellen Ritt, wechselte sie die Gangart, und während sie im Leichttrab durch die Landschaft ritt, dachte sie über Philipp und seine Abreise im Sommer 1555 nach.

Philipp, überlegte sie, ist seit der Abdankung seines Vaters der mächtigste Herrscher in Europa..., am 25. September 1555 unterzeichnete Kaiser Karl den Religionsfrieden von Augsburg, seit diesem Datum gilt der Grundsatz: *cuius regio, eius religio*. Die deutschen Fürsten haben seit 1555 das Recht, ihre Religion frei zu wählen, die Untertanen müssen sich dem Bekenntnis des Landesherrn unterwerfen oder auswandern..., ungefähr einen Monat später übergab der Kaiser seinem Sohn die Herrschaft über die Niederlande, wenn man den Gerüchten glauben darf, war die Abdankungsszene in Brüssel menschlich erschütternd: Der gichtkranke Kaiser, die linke Hand auf Philipps Arm gestützt, in der rechten Hand einen Stock, geht langsam durch den langen Saal zum Thron, und von dort verkündet er, daß er seinem Bruder Ferdinand die Kaiserwürde des Heiligen Römischen Reiches Deutscher Nation übergibt und seinem Sohn Philipp die Herrschaft über die Niederlande, Neapel und Mailand...

Nach der kaiserlichen Ansprache sinkt Philipp in die Knie und weint..., Philipp weint... unvorstellbar... Der Kaiser reist nach Spanien ab und lebt seitdem im Kloster San Yuste.

Kein Mensch wird je erfahren, was Karl V. zur Abdankung bewogen hat, vielleicht der Augsburger Religionsfriede, der letztlich das Scheitern der kaiserlichen Religionspolitik symbolisiert, allerdings von Abdankung war während der letzten Jahre hin und wieder die Rede, vielleicht hat seine Politik gegenüber Frankreich ihn zur Abdankung bewogen. Er hat zwar Franz I. in vielen Schlachten besiegt, aber politisch hat er Frankreich nicht in die Knie gezwungen... Frankreich ist nach wie vor eine europäische Großmacht und wird es wahrscheinlich auch bleiben...

Zu Beginn des Jahres 1556 erhielt Philipp die spanische Krone! Philipp II. von Spanien, dank des überseeischen Goldes ist er der mächtigste Herrscher in Europa geworden, mächtiger noch als sein Onkel Ferdinand, der deutsche Kaiser! Philipp trägt jetzt das »Goldene Vlies«, das Hofzeremoniell soll noch steifer geworden sein, der hohe Klerus ist ständig um den König... Irgendwann kam eine Gesandtschaft, um Maria als Königin von Spanien zu huldigen, daraufhin wurde die Stimmung im Volk immer gereizter, und auf Philipps Befehl mußten nach und nach alle Spanier England verlassen.

Philipp kehrt jetzt, nach anderthalb Jahren, zurück, um... ja, warum kehrt er zurück?

Er hat bestimmt keine Sehnsucht nach Maria, obwohl sie davon überzeugt ist, daß er aus Liebe zurückkommt! Ihr letzter Brief, worin sie mich aufforderte, nach Greenwich zu kommen, war ein einziger Jubelruf! Maria ist nicht der Grund für die Rückkehr, aber vielleicht...

Philipps Krieg gegen Frankreich, den er seit Ende 1556 führt... Cecil schrieb im letzten Brief, daß Philipp England in seinen Krieg mit Frankreich verwickeln will! Sie wechselte mit Cecil chiffrierte Briefe, die Tom beförderte. Cecil ist der Meinung, daß ein Krieg gegen Frankreich uns wirtschaftlich ruinieren wird, abgesehen davon, daß es ein Bruch des Ehevertrages ist..., aber wie kann man eine Kriegserklärung an Frankreich verhindern? Wir sind mit Spanien verbündet, und auch Cecil hält im Augenblick Spanien für den einzig möglichen Verbündeten für ein schwaches Land wie England. Er vermutet, daß der Kaiser von San Yuste aus dem Sohn Ratschläge gibt und dessen Politik vorsichtig lenkt, und solange der Kaiser lebt, müssen wir nichts befürchten, so ähnlich hat Cecil es formuliert...

Nun ja, ob die Abdankung und Aufteilung des Reiches für England positiv sind oder nicht, wird man erst in einigen Jahren beurteilen können. Innenpolitisch gab es während der vergangenen anderthalb Jahre nur ein erfreuliches Ereignis: Gardiners Tod im November 1555, neuer Lordkanzler ist jetzt Nicholas Heath, der Erzbischof von York, konservativ, aber erträglicher als Gardiner, abgesehen von Gardiners Tod hat die innenpolitische Lage sich dramatisch zugespitzt. In meinem Land tobt ein Religionskrieg, anders kann man die ständigen Ketzerverbrennungen nicht bezeichnen, im März 1556 wurde auch Cranmer an den Brandpfahl gebunden! Maria wird täglich verhaßter, wenn sie sich in der Öffentlichkeit zeigt, schreit das Volk ihr entgegen: »Blutige Maria!«, aber ihr religiöser Fanatismus scheint sich durch die Volkswut noch mehr zu verhärten... Die Hoffnungen der Protestanten ruhen auf mir, der Prediger Thomas Bryce schreibt nach jeder Verbrennung die Namen der Toten in einem Gedicht nieder, und sie erinnerte sich noch einmal an die einzelnen Strophen:

Als der standhafte Cranmer sein Leben verlor
Und seine Hand ins Feuer hielt;
Als Tränen um ihn in Strömen flossen
Und doch ihr gerechter Wunsch sich nicht erfüllte;
Als er durch päpstliche Gewalt zu Tode kam,
Da sehnten wir uns nach unserer Elisabeth.

Als Margaret Eliot, ein junges Mädchen,
Nach ihrer Verurteilung im Gefängnis starb;
Als der lahme Lamarock das Feuer spürte
Und der blinde Aprice mit ihm verurteilt wurde;
Als diese beiden unschuldigen Männer hingerichtet wurden,
Da sehnten wir uns nach unserer Elisabeth.

Als in Ashford zwei voller Grausamkeit
Für Christi Sache verbrannt wurden;
Als nicht lange danach zwei in Wye
Um Christi willen leiden mußten;
Als schlaue Wölfe jene hinrichteten,
Da sehnten wir uns nach unserer Elisabeth.

Die Gedichte haben mich nicht in Gefahr gebracht, überlegte sie, wohl aber die Unbesonnenheit meiner Anhänger, und sie erinnerte sich noch einmal an die sogenannte Dudley-Verschwörung, die ähnlich der Wyatt-Verschwörung das Ziel verfolgt hatte, mittels eines Aufstandes Maria und Philipp zu entthronen und sie und Courtenay zum neuen Herrscherpaar zu proklamieren. Heinrich Dudley, ein entfernter Verwandter des Herzogs von Northumberland, hatte bereits im Sommer 1555 mit den Vorbereitungen begonnen, im Frühsommer 1556 hatte man das Komplott entdeckt und niedergeschlagen.

Sie triumphierte innerlich bei dem Gedanken, daß ihre Stellung inzwischen so gefestigt war, daß Maria es nicht wagen konnte, sie erneut zu verhaften; die Schwester hatte sie lediglich höflich gebeten, an den Hof zurückzukehren, was sie ebenso höflich abgelehnt hatte; ihre Weigerung war von der Königin akzeptiert worden, aber sie ließ Kate und einige andere Mitglieder von Elisabeths Haushalt verhaften; Kate wurde zwar nach drei Monaten wieder freigelassen, durfte aber nicht nach Hatfield zurückkehren und keinen Kontakt zu Elisabeth unterhalten, damit nicht genug, bekam Hatfield einen neuen ›Aufseher‹: Sir Thomas Pope.

Sir Thomas Pope... Sie erinnerte sich gern an die geruhsamen Wochen unter der ›Aufsicht‹ des gelehrten Herrn. Pope hatte in Oxford das Trinity College gegründet, interessierte sich für die Wissenschaft und empfand es als Zumutung, die Thronfolgerin zu beaufsichtigen. Sie hatte die Abende zusammen mit Pope über ihren geliebten Büchern verbracht und die Werke des Straßburger Protestanten Sturmius studiert, ferner Cicero, Tertullian und die griechische Bibel.

Im Laufe des Sommers 1556 waren sie und Courtenay von einem gewissen Cleobury, der schon mehrfach wegen Einbruchs verurteilt worden war, in einigen Dörfern zur Königin und zum König ausgerufen worden, auch dieser Putsch schlug fehl, und am 2. August hatte sie Maria einen Brief geschrieben und sich von den Aufständen distanziert:

Wenn ich in meinem Sinn, erlauchteste Königin, die Liebe der alten Heiden zu ihren Fürsten bedenke und die Ehrfurcht der Römer vor ihrem Senat, und dagegen die rebellischen Herzen und die teuflischen Absichten derer halte, die, dem Namen nach Christen, den Taten nach Juden, sich gegen ihren gesalbten König erheben..., quält es mich um so mehr, daß der Satan solchen Haß gegen mich hegt, daß er mich in seine boshaften Machenschaften hineinzieht, und ich wünschte, dieser mein und aller Christen Feind hätte sich etwas anderes ausgedacht, um mich zu kränken...«

Gegen Ende des Jahres 1556 wurde sie erneut mit der leidigen Heiratsfrage konfrontiert. Eduard Courtenay, der Gatte, den das englische Volk wünschte, war im September 1556 in Padua verstorben, aber es gab noch andere Kandidaten. Im Spätherbst 1556 war sie nach London geritten, um geruhsame Weihnachtstage in ihrem Stadtschloß Somerset House zu verbringen. Ende November hatte Maria sie zu sich befohlen und versucht, sie zu einer Heirat mit Philibert von Savoyen zu überreden, wobei sie andeutete, daß dies ein Wunsch Philipps sei, es gäbe auch noch andere Kandidaten,

Philipps eigener Sohn, Don Carlos, zum Beispiel, er zähle zwar erst knapp zwölf Jahre, aber dies sei schließlich kein Hinderungsgrund für einen Ehevertrag, auch Erzherzog Ferdinand, der in Prag residiere, käme in Frage, aber Philipp ziehe den Herzog von Savoyen allen anderen vor...

»Warum ausgerechnet Savoyen?« hatte sie gefragt, und Maria war ihr die Antwort schuldig geblieben, sie wisse es nicht, und Elisabeth hatte gespürt, daß die Schwester die Wahrheit sagte.

Ihre Weigerung, Philibert zu heiraten, hatte zu einem heftigen Wortwechsel mit der Königin geführt, sie war nach Hatfield zurückgekehrt, und Maria mußte es akzeptieren...

Sie hat noch mehr akzeptieren müssen, dachte Elisabeth belustigt: In diesem Krieg, den Philipp gegen Frankreich führt, unterstützt Papst Paul IV. die Franzosen, und warum, weil er die Spanier aus Italien vertreiben möchte! Er hat den katholischen Philipp exkommuniziert und einen neuen päpstlichen Legaten für England ernannt, daraufhin hat Philipp jedem, der die päpstliche Bulle in seinen Ländern veröffentlicht, die Todesstrafe angedroht, Maria verweigert dem neuen päpstlichen Legaten die Einreise nach England, und Pole jammert, daß von diesem Krieg bisher nur die Ketzer profitiert hätten... Dieses religiöse Chaos könnte amüsant sein, wenn nicht die Gefahr bestünde, daß wir in diesen nutzlosen Krieg einbezogen werden...

Ob Philipp neue Heiratskandidaten im Reisegepäck mitbringt? Man muß abwarten. Ob ich Robin jetzt endlich sehe? Lucy und ihr Philip haben im Spätsommer letzten Jahres endlich Zeit gehabt, um zu heiraten, allerdings haben sie nur Flittertage erlebt, keine Flitterwochen, weil Philip Robin wieder auf seinen Botenritten begleiten mußte... Robin konnte leider bei der Hochzeit nicht anwesend sein, weil er ständig Briefe zwischen Maria und Philipp befördern mußte, wann habe ich ihn zuletzt gesehen? An jenem Freitagabend im Mai 1554, im Tower, wir haben uns über englische Dichter unterhalten und über die Grafen von Oxford, am nächsten Tag brachte man mich nach Woodstock...

Ich muß aufpassen, überlegte sie, daß man mich nicht durch eine Heirat ins Ausland abschiebt, das ist das eine Problem, und das andere? Im Frühsommer 1555 war Maria nach Meinung der Ärzte nicht mehr gebärfähig, aber vielleicht... ist diese Diagnose doch nicht richtig...

Philipp kehrt zurück, und er wird bestimmt das Schlafzimmer als Waffe benutzen, um seine politischen Ziele bei Maria durchzusetzen...

Es dunkelte bereits, als sie in Greenwich eintrafen.

Kaum hatte Elisabeth ihre Wohnung bezogen, als eine Hofdame die Bitte oder Aufforderung der Königin überbrachte, Ihre Gnaden möchten den Abend bei Ihrer Majestät verbringen.

Maria empfing die Schwester mit strahlenden Augen und geröteten Wangen und hörte nicht auf, während des Abendessens von ihrem Philipp zu schwärmen.

»Seine Rückkehr ist der Beweis, daß er mich liebt.«

Elisabeth erwiderte nichts und dachte an den Krieg mit Frankreich.

»Du stellst dir nicht vor, wie glücklich ich bin, und vielleicht... vielleicht hat Gott meine Gebete erhört, und ich empfange jetzt ein Kind!«

Gütiger Himmel, nein, dachte Elisabeth entsetzt, ich muß mir Gewißheit verschaffen.

Am nächsten Morgen weihte sie Lucy ein, und die Zofe versprach, die Kammerfrauen der Königin ein bißchen auszuhorchen. Bereits einige Tage später konnte Lucy ihrer Herrin mitteilen, daß die Königin seit September 1554 keine monatlichen Beschwerden mehr gehabt hatte.

Elisabeth atmete auf, ein Kind würde nicht mehr zwischen sie und den Thron treten, jetzt mußte sie nur aufpassen, daß man sie nicht mit einem Verwandten oder Verbündeten Philipps verheiratete, um England dadurch langfristig an Spanien zu binden.

Mitte März überbrachte ein Kurier die Nachricht, daß Philipp sich nach England eingeschifft habe.

Maria weinte und betete einen glorreichen Rosenkranz, während der Staatsrat Tag und Nacht über die Kriegsfrage diskutierte. Im Staatsrat wußte man, daß Philipp kam, um die Kriegserklärung gegen Frankreich zu fordern, man war sich einig, daß dieser Krieg England keinerlei Vorteil verschaffte, falls Philipp siegte, würde er den Ruhm für sich allein beanspruchen, falls er verlor, würde man England die Schuld zuweisen. Sogar Reginald Pole war gegen einen Krieg mit Frankreich, weil dieser Krieg gleichbedeutend war mit einem Krieg gegen den Papst.

Am Nachmittag des 18. März traf Philipp in Greenwich ein. Maria hatte keinen prachtvollen höfischen Empfang vorbereitet, weil sie sich danach sehnte, so bald als möglich mit dem Gatten allein zu sein, so durften nur Elisabeth und einige Hofdamen bei der Begrüßung zugegen sein.

Die Schwestern standen einträchtig an einem Fenster des Audienzzimmers und beobachteten Philipps Einzug.

»Er trägt noch immer Schwarz«, flüsterte Maria der Schwester zu, »sieht er nicht elegant aus in dem schwarzen Samt?«

»Ja, sehr elegant«, und Elisabeths Augen suchten Robert Dudley, und als sie ihn unmittelbar hinter dem König entdeckte, bekam sie Herzklopfen und überlegte, wie sie es arrangieren konnte, ihn unauffällig unter vier Augen zu sehen.

Er wirkt männlicher als seinerzeit im Tower, dachte sie, nicht mehr so jungenhaft…, ich bin immer noch in ihn verliebt, hoffentlich merkt niemand, was in mir vorgeht, und sie versuchte, ernst und unbeteiligt zu wirken.

Inzwischen hatten Marias Augen noch eine andere Person neben ihrem Philipp erspäht, eine attraktive, prunkvoll gekleidete Dame, deren Alter kaum zu schätzen war, sie mochte dreißig sein oder auch vierzig, diese Dame sah sich hochmütig und herablassend im Schloßhof um, und als Philipp nun das Wort an sie richtete, lächelte sie ihn verführerisch an, Maria stockte der Atem, und sie merkte, daß sie eifersüchtig wurde, sie wußte nicht, warum, aber sie spürte, daß die beiden in einem sehr vertrauten Verhältnis zueinander standen…

Philipp erwiderte das Lächeln der Dame…

Mein Gott, dachte Maria, so zärtlich hat er mich nie angesehen, ist sie etwa seine Geliebte?!

Sie wußte, daß er sie während seiner Abwesenheit mit niederländischen Damen betrogen hatte, aber schließlich war der Himmel hoch und Brüssel weit weg, aber jetzt war er in England, an ihrem Hof...

»Elisabeth«, sagte sie mit gepreßter Stimme, »sieh dir die Dame neben Philipp an, kennst du sie?«

Elisabeth zuckte zusammen und ihre Augen wanderten von Robert Dudley zu jener Dame.

»Nein, Majestät, ich kenne sie nicht, aber...«, sie stutzte, als sie den Blick sah, den die beiden nun tauschten, und vermutete, daß sie ein Verhältnis hatten oder kurz davor standen.

»Was meinst du mit ›aber‹?« fragte Maria.

»Diese Dame ist königlich gekleidet, ich sehe nur Goldstickerei und Goldbrokat, sogar die Satteldecke ist aus Goldbrokat, und die Fransen sehen aus wie vergoldet.«

»Protzerei«, erwiderte Maria verächtlich und zog sich ins Zimmer zurück, Elisabeth warf noch einen Blick auf Robert Dudley und folgte der Schwester. Wenig später wurde Philipp gemeldet, und nach einigen formellen Begrüßungsworten zog Maria sich mit dem Gatten in ihre privaten Gemächer zurück. Dort umarmte sie ihn stürmisch und preßte sich an ihn, was er widerwillig duldete, aber, sagte er sich, ich muß sie bei Laune halten.

»Ich habe so auf dich gewartet«, flüsterte sie, »wir werden jetzt einige Tage ganz für uns allein haben, nicht wahr?«

»Gewiß, meine Liebe«, und er versuchte seine Stimme zärtlich klingen zu lassen. Es muß sein, dachte er verzweifelt, das gottverdammte Bett ist die einzige Möglichkeit, sie nachgiebig zu stimmen, was den Krieg gegen Frankreich betrifft...

»Ich wünsche mir so sehr ein Kind, Philipp.«

»Ich auch, meine Liebe«, und er überlegte, wie man Elisabeth dazu bringen konnte, Philibert von Savoyen zu heiraten, die Kinder aus dieser Ehe würden England für immer mit Spanien verbinden...

»Philipp«, begann Maria zögernd, aber sie konnte die Ungewißheit nicht länger ertragen, »wer ist die Dame, die neben dir in den Schloßhof ritt?«

Philipp stutzte einen Moment, überlegte, ob seine Frau etwas wußte, und begann schließlich zu lachen. »Mein Gott, du bist doch nicht etwa eifersüchtig? Die Dame ist meine Cousine Christine, Herzogin von Lothringen, ihre Mutter ist die jüngste Schwester meines Vaters und wurde seinerzeit mit dem König von Dänemark vermählt.«

»Christine von Dänemark?« fragte Maria erstaunt. »Mein Vater wollte sie einst – nach Jane Seymours Tod – heiraten, aber sie lehnte seinen Antrag ab, dann hat er Anna von Kleve geheiratet.«

»Ja, es ist eben diese Christine, sie hat später den Herzog von Lothringen geehelicht und ist nun Witwe.«

»Aha, Witwe, soviel ich weiß, war der Herzog nicht sehr wohlhabend, aber sie tritt auf wie eine Königin! Soll sie in Greenwich wohnen?«

»Nein, ich habe sie in London untergebracht wegen ihres zahlreichen Gefolges.«

Ein zahlreiches Gefolge, dachte Maria vergrämt, wahrscheinlich bezahlt Philipp den ganzen Aufwand, am liebsten hätte sie jetzt geweint, aber sie nahm sich zusammen, sie war immerhin die legitime Gattin des Königs, und sie allein bestimmte, ob sie seine Geliebte empfing oder nicht, und dieses Weibsbild würde sie nicht empfangen!

»Warum ist die Herzogin überhaupt nach England gekommen?«

»Warum? Ich möchte jetzt endlich die Heirat zwischen deiner Schwester und dem Herzog von Savoyen arrangieren, und die Herzogin soll Elisabeth zu ihrem Bräutigam begleiten.«

»Aha, das ist natürlich ein triftiger Grund.«

Während dieses Gesprächs war in Maria erneut die Eifersucht erwacht, und sie beschloß, falls Elisabeth sich weigerte, den Savoyer zu heiraten – und sie rechnete damit, weil die Schwester aus irgendwelchen unerfindlichen Gründen die Ehe scheute –, im Fall von Elisabeths Weigerung würde sie die Schwester unterstützen, hoffentlich, dachte Maria, reist das lothringische Weib dann ab!

»Elisabeths Heirat«, sagte Philipp, »ist natürlich wichtig, aber es gibt noch wichtigere Dinge. Maria, du mußt mich finanziell unterstützen.«

»Ich werde dir natürlich helfen, aber wieso bist du in finanziellen Schwierigkeiten?«

»Nun«, er zögerte, »ich bin fast bankrott, ich habe meine Staatseinnahmen auf drei Jahre im voraus festgelegt, und Anleihen kosten im Augenblick bis zu 54 % Zinsen. Kurz: Ich brauche deine finanzielle Unterstützung in meinem Krieg gegen Frankreich.«

»Wieviel Geld brauchst du?«

»Ich benötige alles, was zur Kriegführung gehört: Geld, Soldaten, Munition…«

»Philipp, England ist arm, es würde unsere Kräfte übersteigen, außerdem, du kennst unseren Ehevertrag, du hast dich darin verpflichtet, uns nicht in einen Krieg zu verwickeln.«

»Ich weiß, meine Liebe, die Frage muß nicht heute oder morgen entschieden werden, überdenke alles in Ruhe, frage den Lordkanzler um seine Meinung, aber… du wirst dich entscheiden müssen zwischen mir und diesem Land.«

»Philipp, was verlangst du von mir? Ich kann diese Entscheidung nicht treffen…«

»Es muß nicht heute und morgen sein, nun komm, laß uns den Abend genießen…«

Er nahm sie in die Arme, küßte sie, und Maria vergaß England.

Elisabeth atmete innerlich auf, als Maria und Philipp sich zurückzogen, wahrscheinlich würde sie beide erst am nächsten Tag wiedersehen, sie hatte also genug Zeit, um unauffällig nach Robert Dudley Ausschau zu halten, vielleicht war er bei den Pferden…

Sie eilte in ihre Wohnung, zog das rostrote Reitkleid an, dessen warme Farbe vorzüglich mit ihren rotblonden Haaren harmonierte, und befahl zwei Edelfräulein, sie beim Ausritt zu begleiten.

Sie spürte, daß sie nervös wurde, und schalt sich eine Närrin, es gibt keinen Grund, nervös zu sein, dachte sie, und während sie langsam durch die Gänge und Galerien zu der Treppe ging, die in die Große Halle hinunterführte, beobachtete sie verstohlen, ob sich nicht irgendwo eine Tür öffnete und Robert heraustrat. Ihre Hoffnung erfüllte sich nicht, und als sie den Stall betrat, war er ebenfalls nicht anwesend.

Enttäuscht und unentschlossen ritt sie auf ihrer weißen Stute durch den Toreingang. Sie erinnerte sich dabei flüchtig an ihren letzten Aufenthalt in Greenwich, im Sommer 1551, an den Ausritt mit Eduard und den beiden Dudleys, an Eduards Sturz vom Pferd, an seine Ohnmacht... Damals war sie zum ersten Mal wenige Augenblicke mit Robert allein gewesen..., plötzlich spürte sie das Bedürfnis, noch einmal dorthin zu reiten.

Während Elisabeth sich umzog und zu den Ställen ging, stand Robert am Fenster seines kleinen Zimmers und betrachtete nachdenklich die gegenüberliegende Schloßfassade. Als sein Vater noch ein mächtiger Mann war, hatte er, der Sohn, dort drüben in jenem Flügel eine geräumige Wohnung gehabt, jetzt war Gerard Braleigh dort untergebracht..., in diesen Räumen hatte er das Billett geschrieben und Elisabeth gewarnt... In welchem Teil des Schlosses wohnte sie jetzt?

Der König hatte ihn bis zum andern Morgen beurlaubt, er konnte also in aller Ruhe nach Elisabeth suchen ...

Als er in das Zimmer zurückgehen wollte, sah er sie mit zwei Damen über den Hof zu den Ställen gehen. Robert erstarrte für einige Sekunden, dann rief er Philip, rannte hinunter in die Große Halle und ging gemächlich zu den Ställen, weil er nicht auffallen wollte. Wenig später ritt er, begleitet von Philip, ebenfalls durch den Toreingang hinaus.

Im Schloßhof war an jenem Nachmittag ein Kommen und Gehen von Dienern und Knechten, Kammermädchen und Soldaten standen herum, unterhielten sich und lachten, einige spielten Karten, andere würfelten, und in dem Trubel fiel es niemandem auf, daß erst Elisabeth und dann der junge Dudley hinaus in den Park ritten, nur ein Mann bemerkte es, und er hatte seine eigenen Gedanken, als er die beiden sah. Gerard Braleigh war den ganzen Tag in seinen Räumen geblieben und hatte über seine Zukunft nachgedacht, deren Perspektive inzwischen bescheiden geworden war.

Von Renard wußte er, daß König Philipp Elisabeths Erbansprüche unterstützte, und am Morgen von Philipps Ankunft hatte sein Spion ihn endlich zuverlässig darüber informiert, daß die Königin keine Kinder mehr bekommen könne.

Die eingebildete Schwangerschaft hatte Braleigh schon nachdenklich gestimmt, aber er hatte insgeheim gehofft, daß Maria nach Philipps Rückkehr vielleicht doch noch ein Kind empfangen würde, statt dessen…

»Wenn sie kinderlos stirbt«, sagte er halblaut zu sich selbst und begann im Zimmer auf und ab zu gehen, »wird Elisabeth Königin, und das ist das Ende meiner höfischen Laufbahn, jeder König hat seine eigenen Favoriten. Die Zeiten Heinrichs VIII. sind vorbei, aber ich werde wahrscheinlich abgeschoben, muß mich aufs Land zurückziehen, während Robert Dudley… Es ist der Lauf der Welt, dennoch, daß ausgerechnet ein Dudley…, es ist unvorstellbar… Ein Dudley stand bei Heinrich VII. in Gunst, John Dudley bei Heinrich VIII. und Eduard VI., und Robert… Robert ist wahrscheinlich der Favorit der künftigen Königin! Maria kann noch viele Jahre leben, nein, es ist besser, wenn ich mir nichts vormache, die Gesundheit der Königin ist labil…«

Er seufzte, trat zum Fenster und beobachtete das Treiben im Hof. Nach einer Weile sah er Elisabeth und ihre Damen zu den Ställen gehen und wegreiten. Aha, dachte er, Ihre Gnaden reitet aus, keine schlechte Idee bei dem Frühlingswetter, er wollte eben seinen Diener rufen, als ihm einfiel, daß die Königin ihn vielleicht zu sich befahl, sie hatte sich zwar mit dem Gatten zurückgezogen, aber man konnte nie wissen… Andererseits würde ein Ausritt ihn vielleicht von seinen trüben Gedanken ablenken, und während er noch überlegte, sah er plötzlich Robert und Philip zu den Ställen gehen und ebenfalls wegreiten.

Gerard stutzte, es sah fast so aus, als ob Robert Elisabeth folgen würde, das ist doch kein Zufall, dachte er, das sieht nach einem heimlichen Rendezvous aus, und der Neid fraß sich in ihm hoch und begann ihn völlig zu beherrschen. Ich werde die Königin darüber informieren, daß die Thronfolgerin ein Stelldichein mit dem Sohn des Verräters Northumberland hat, dachte er, nein, ich werde der Königin nichts sagen, weil ich keine Beweise habe, vielleicht ist der Ausritt Zufall… Nein, es ist kein Zufall, mein Instinkt sagt mir, daß die beiden sich lieben. Elisabeth verhält sich – nach Renards Meinung – immer vorsichtig, und Renard kennt sie besser als ich, aber, ob Zufall oder nicht, Robert Dudley wird aufsteigen, wenn

Elisabeth eines Tages Königin ist, während ich…, nein, Robert, diesen Aufstieg werde ich dir versalzen, das schwöre ich, irgendwann kommt der Augenblick, wo ich dich erledigen kann, mag sein, daß es noch Jahre dauert, ich muß geduldig abwarten, aber ich werde dafür sorgen, daß die Königin sich von dir abwendet…

Als Robert und Philip das Torhaus passiert hatten, war Elisabeth nur noch als winziger Punkt am Horizont zu erkennen, und Robert blieb einen Augenblick stehen und überlegte, welchen Weg er einschlagen sollte. Philip, der seinen Herrn beobachtete und überdies von Lucy inzwischen erfahren hatte, daß Elisabeth und Robert sich im Tower heimlich gesehen hatten – Philip ahnte, was in seinem Herrn vorging, und sagte nach einer Weile:

»Euer Gnaden, wenn Ihr Lady Elisabeth zufällig begegnen wollt, müssen wir uns jetzt links halten und einen Bogen schlagen, weiter vorn im Park gibt es eine Stelle, von wo aus wir auf die Damen zureiten können.«

»Alter Fuchs«, erwiderte Robert lachend, »dir entgeht anscheinend nichts, los«, und er gab seinem Pferd die Sporen.

Unterdessen ließ Elisabeth ihre Stute gemächlich traben, dachte über ihre Zuneigung für Robert nach, eine Zuneigung, die sich während der vergangenen Jahre vertieft hatte, trotz der räumlichen Trennung, und sie überlegte beklommen, was er wohl für sie empfand, vielleicht hatte er auf seinen vielen Reisen eine Frau kennengelernt, die ihm mehr bedeutete, o Gott, hoffentlich nicht, und zum ersten Mal wurde ihr bewußt, daß Robert Dudley, trotz seiner Schwächen – aber, überlegte sie, Leichtfertigkeit und Leichtsinn gehören nun einmal zu seiner Person, diese Schwächen, die ich nicht besitze, sind irgendwie anziehend. Ihr wurde bewußt, daß er die emotionale Bezugsperson war, die sie brauchte, Kate würde nicht ewig leben. Und Cecil? Cecil ist ein Freund, überlegte sie, ein Ratgeber, aber er ist zu ernst, zu verschlossen, zu rational, wir sind einander zu ähnlich, emotional kann sich nur Vertrauen entwickeln, was bei Cecil genügt, abgesehen davon ist er glücklich verheiratet… Gott sei Dank ist er glücklich verheiratet… Als künftige Königin muß ich einen Staat regieren, ich darf mich von Emotionen nicht ablenken und irritieren lassen...

»Euer Gnaden«, rief eine der Hofdamen, »seht, dort vorne kommen zwei Reiter!«

Elisabeth schrak zusammen, sah auf, blieb stehen und glaubte im ersten Moment einen Geist zu sehen, aber nein, sie täuschte sich nicht, es waren Robin und sein Diener, die auf sie zuritten.

Ihr Herz klopfte so stark, daß sie glaubte, jeder würde es hören, hoffentlich gelang es ihr, sich souverän und beherrscht zu geben, wieviel einfacher wäre es, dachte sie, wenn dieses Wiedersehen nach fast drei Jahren in einem offiziellen Rahmen, während eines Balles oder Empfanges, stattfinden würde.

Inzwischen waren die Reiter herangekommen, verbeugten sich respektvoll vor der Thronfolgerin, und als Robert endlich wagte, Elisabeth anzusehen, spürte er, daß er errötete. Er fand, daß sie sich verändert hatte, ihr Gesicht war herber geworden, und die Augen blickten ihn noch reservierter und hoheitsvoller an als früher.

»Guten Tag, Euer Gnaden«, er fühlte sich hilflos, weil ihm zum ersten Mal richtig bewußt wurde, daß er vor Englands künftiger Königin stand. Wie verhält man sich gegenüber einer Königin? Hoffentlich fertigte sie ihn nicht ab, sie kam ihm noch unberechenbarer vor als früher, sie kann liebenswürdig sein, überlegte er, aber bestimmt auch biestig, ich möchte bei ihr nicht in Ungnade fallen...

Dies alles ging Robert durch den Kopf, während er auf ihre Reaktion wartete.

Nun lächelte sie ihn liebenswürdig an, und er atmete erleichtert auf.

»Mr. Dudley, welche Überraschung, Euch so plötzlich zu sehen, kommt, begleitet mich«, und zu Philip: »Leistet meinen Damen Gesellschaft.«

Man ritt weiter, Philip erzählte den Edelfräulein einige Reiseerlebnisse und achtete darauf, daß der Abstand zu seinem Herrn und der Thronfolgerin so groß war, daß niemand hörte, worüber die beiden sich unterhielten.

»Ich möchte zu der Stelle reiten, wo mein seliger Bruder seinerzeit vom Pferd stürzte, Ihr entsinnt Euch sicherlich an jenen Nachmittag?«

»Selbstverständlich, Euer Gnaden, ich werde diese Stunde nie vergessen.«

Das eigentümliche Timbre seiner Stimme ließ Elisabeth aufhorchen, bei den letzten Worten war Roberts Tonfall leiser geworden, fast schon intim.

Sie betrachtete ihn verstohlen von der Seite und bemerkte eine gewisse Verträumtheit in seinem Gesicht. Aha, dachte sie und atmete nun ihrerseits erleichtert auf, beschloß aber, ihn über ihre eigenen Gefühle noch im unklaren zu lassen, im Gegenteil, es war jetzt, bei ihrer gefestigten Stellung am Hof, unumgänglich, ihn diskret an den Rangunterschied zu erinnern.

»Ich werde diesen Nachmittag auch nicht vergessen«, erwiderte sie, »mein armer Bruder, jetzt ist er fast vier Jahre tot, und mein Vater schon über zehn Jahre.«

Eine Weile ritten sie schweigend nebeneinander, dann fragte Elisabeth: »Wie lange wird König Philipp wohl in England bleiben?«

»Wie lange? Nun, ich denke, bis er erreicht hat, was er will, Euer Gnaden.«

»Ihr denkt dabei wahrscheinlich an den Krieg gegen Frankreich.«

»Ja, Euer Gnaden, und ich glaube, Englands Kriegserklärung wird sich nicht vermeiden lassen, Ihre Majestät wird, was Frankreich betrifft, wahrscheinlich nachgeben, was Eure Verheiratung mit dem Herzog von Savoyen betrifft, so wird Ihre Majestät aus bestimmten Gründen dagegen sein.«

»Was sagt Ihr? Meine Verheiratung? Schon wieder der Savoyer, niemals! Ich verstehe nicht, warum mein Schwager, wenn er mich unbedingt an das Haus Habsburg binden will, mich nicht mit einem seiner Vettern verheiratet.«

Robert lachte. »Ihr habt sicherlich unseren Einzug miterlebt und die Dame gesehen, die neben dem König ritt?«

»Ja, ich entsinne mich. Wer ist sie?«

»Sie ist die Herzogin Christine von Lothringen, die Tochter des Königs von Dänemark, und sie soll Euer Gnaden nach Brüssel, zum Herzog von Savoyen begleiten.«

»Christine von Dänemark, jetzt entsinne ich mich, sie hat seinerzeit den Heiratsantrag meines Vaters abgelehnt, ich vermute, daß mein Schwager sich für die Dame interessiert.«

»Ja, und der Herzog von Savoyen ebenfalls.«

»Aha, ich verstehe, Philipp möchte einen Nebenbuhler ausschalten. Hat er ein Verhältnis mit ihr?«

»Ich weiß es nicht, Euer Gnaden, man kann nur Vermutungen anstellen.«

»Meine Schwester ist wahrscheinlich ahnungslos, aber eines Tages wird sie erfahren, welche Rolle Christine im Leben ihres Philipp spielt... Ihr habt recht, in ihrem Haß auf Christine wird sie mich wahrscheinlich unterstützen, wenn ich diese Verbindung ablehne.«

»Der Herzog soll übrigens ein recht gut aussehender Mann sein...«

»Ich weiß, meine Schwester hat vor einigen Monaten ein Loblied auf ihn gesungen, er sei schön, kühn und ein echter Ritter, einmal sei er dreißig Tage lang zum Essen, Trinken, Schlafen und Kämpfen in seiner Rüstung geblieben! Ich lehne eine solche Verbindung ab, man sieht ja, welches Unglück die Ehe mit einem ausländischen Fürsten über ein Land bringen kann.«

»Jede erzwungene Heirat kann Menschen ins Unglück stürzen, Euer Gnaden.«

Elisabeth schwieg und überlegte, ob dies der richtige Zeitpunkt war, um mit Robert über seine Ehe zu sprechen, die Bemerkungen, die Gerard Braleigh seinerzeit bei Maria über Robert gemacht hatte, beunruhigten sie. Ich muß ihn vor diesem Braleigh warnen...

Nachdem sie eine Weile schweigend nebeneinander geritten waren, fragte sie beiläufig: »Wie geht es Eurer Gattin gesundheitlich?«

»Ach, sie kränkelt ständig, die Ärzte sind ratlos.«

»Vielleicht leidet sie unter der Trennung von Euch.«

»Vielleicht.«

Da zügelte Elisabeth ihr Pferd und sah Robert eindringlich an. »Robin«, er zuckte zusammen und sah verwirrt zu Boden, »Robin, ich habe kein Recht, mich in Euer Privatleben zu mischen, aber ich habe erfahren, daß meine Schwester Euch etliche Male angeboten hat, Eure Gattin zur Hofdame zu ernennen, damit sie hier am Hof, bei Euch in ehelicher Gemeinschaft leben kann, Ihr habt das Angebot meiner Schwester stets abgelehnt.«

»Meine Frau muß sich um unsere Ländereien kümmern«, erwiderte er ausweichend.

»Die Ländereien, mein Gott, Ihr könntet sie einem Verwalter anvertrauen. Robin, Ihr habt Feinde am Hof, und ich möchte Euch jetzt einen aufrichtigen, gutgemeinten Rat geben: Nehmt das Angebot der Königin an, holt Eure Gattin an den Hof, und lebt zumindest vor den Augen der Öffentlichkeit mit ihr zusammen, es ist in Eurem eigenen Interesse.«

Robert sah Elisabeth erstaunt an, warum wollte sie plötzlich, daß Amy am Hof lebte? Ihre Augen blickten ihn ernst an und verrieten nichts von ihren Beweggründen, aber ihre Stimme hatte aufrichtig geklungen, er fühlte sich verunsichert, und da ihm nichts anderes einfiel, erwiderte er: »Ich danke Euer Gnaden für den Rat, ich werde alles überdenken.«

Sie ritten schweigend weiter bis zu der Stelle, wo Eduard damals vom Pferd gestürzt war. Dort standen sie eine Weile schweigend wie vor einem Grab.

»Mein armer Bruder... Laßt uns zurückreiten.«

Als sie im Schloßhof ankamen, sagte Elisabeth: »Wir werden uns jetzt wahrscheinlich öfter sehen, Ihr müßt mir noch von Euren letzten Tagen im Tower erzählen und von Euren Reiseerlebnissen.«

»Mit Vergnügen, Euer Gnaden.«

Es dämmerte bereits, als Elisabeth ihre Wohnung betrat, und während eine Dienerin die Kerzen anzündete, trat sie zum Fenster und sah hinüber zum andern Schloßflügel, wo Maria wohnte. Das Schlafzimmer der Königin war erleuchtet und erinnerte sie daran, daß die Schwester jetzt die eheliche Zweisamkeit genoß... Ihre Augen füllten sich mit Tränen, und sie begann zu weinen, gewiß, Philipp liebte Maria nicht, aber die Schwester genoß das Glück zu zweit, und sie fragte sich, ob sie jemals so glücklich sein würde wie Maria an jenem Märzabend. Ich könnte mit Robin sofort ein Verhältnis beginnen, dachte sie, er liebt mich und wäre unbesonnen genug..., und wenn ich nur meinem Gefühl folgen würde, dann..., warum zum Teufel folge ich immer meinem Verstand? Meine

Stellung als Thronfolgerin ist jetzt gesichert, aber ich muß moralisch-sittlich unangreifbar sein, ich kann mir keine Liaison erlauben, man würde darüber reden, auch wenn sie ohne Folgen bleibt, so muß ich auf Robin verzichten. Wenn ich Königin bin, dann kann ich es mir erlauben, aus meiner Zuneigung keinen Hehl zu machen, die Günstlinge einer Königin sind unantastbar…, wenn ich Königin bin, will ich endlich auch als Frau glücklich sein.

Während Elisabeth über ihre Zukunft nachsann, rannte Robert beschwingt die Treppe in der Großen Halle hinauf. Robin, dachte er, sie hat mich Robin genannt… In seinem Zimmer angekommen, ging er unruhig auf und ab, durchlebte noch einmal die Begegnung mit Elisabeth und dachte über ihren Rat bezüglich Amys nach.

Ich habe also Feinde am Hof, überlegte er, mein Gott, jeder Höfling hat Feinde, und der meinige ist wahrscheinlich Gerard Braleigh; was habe ich von ihm zu befürchten? Nichts! Das Königspaar mag mich, überdies werde ich auch künftig als Kurier unterwegs sein und nur wenige Tage am Hof verbringen; nach Maria wird Elisabeth Königin, dann habe ich erst recht nichts zu befürchten, Elisabeths Rat ist gut gemeint, aber überflüssig. Amy bleibt, wo sie ist, sie wird nicht an den Hof kommen! Er vertiefte sich in die »Ars amatoria«, träumte von Elisabeth und malte sich aus, welche Stellung an ihrem Hof er bekleiden würde, aber während des ganzen Abends konnte er ein ungutes Gefühl nicht unterdrücken, überlegte zwischendurch, ob er Amy nicht doch an den Hof holen sollte, und entschied sich zuletzt endgültig dagegen.

»Amy bleibt, wo sie ist«, sagte er halblaut zu sich selbst.

Maria und Philipp blieben drei Tage lang in den privaten Gemächern der Königin. Philipp versuchte, ein aufmerksamer, liebevoller Gatte zu sein, und vermied es, über das heikle Thema »Krieg gegen Frankreich« zu sprechen.

Maria genoß zwar die Tage mit ›ihrem Philipp‹, aber sie wußte, daß sie bezüglich Frankreichs eine Entscheidung treffen mußte, und war völlig ratlos. Sie überlegte, mit wem sie über die Kriegserklärung sprechen könnte, schwankte zwischen dem Lordkanzler und Reginald Pole und entschied sich schließlich spontan für Elisabeth, weil sie ganz richtig vermutete, daß eine Tudor das meiste Interesse am Wohl Englands hatte.

»Ich weiß nicht, wie ich mich entscheiden soll«, und sie schilderte der Schwester das Gespräch mit Philipp am Tag seiner Ankunft.

Elisabeth war innerlich entsetzt, als sie vom Ansinnen des Schwagers hörte, er wagte es tatsächlich, England in einen Krieg zu verwickeln!

»Laßt mich einen Augenblick nachdenken, Majestät, abgesehen davon, daß der Wunsch des Königs gegen den Ehevertrag verstößt, abgesehen von meiner persönlichen Abneigung gegen jeden Krieg, wenn wir gegen Frankreich kämpfen, treiben wir England an den Rand des Ruins. Während der letzten Jahre haben wir einen Niedergang von Handel, Gewerbe und Landwirtschaft hinnehmen müssen, das englische Geld hat auf dem Kontinent nur noch geringen Wert, wie sollen wir die Truppen ausrüsten und besolden, und es werden viele Soldaten nötig sein, denn wenn wir Frankreich den Krieg erklären, werden französische Söldner an der schottischen Grenze auftauchen, wir werden an zwei Fronten kämpfen müssen. Ein Zweifrontenkrieg ist für ein reiches Land kaum zu bewältigen, wieviel weniger für ein armes, schwaches Land wie England! Unsere Insellage war bisher der beste Schutz vor feindlichen Angriffen, warum sollen wir angreifen?«

»Philipp hat kein Geld, um den Krieg weiter zu finanzieren, er braucht unsere Unterstützung.«

Elisabeth wollte auffahren, beherrschte sich aber im letzten Moment und erwiderte sarkastisch: »Wer kein Geld hat, sollte keine Kriege führen, aber wozu gibt es die Herren Fugger in Augsburg? Philipp kann bei ihnen Geld leihen.«

»Wir sind mit Philipp verbündet«, erwiderte Maria zaghaft, »wir können doch einen mächtigen Verbündeten nicht verärgern, wir sind auf das Bündnis mit Spanien angewiesen.«

»Gewiß, Majestät, aber der König ist auch auf das Bündnis mit England angewiesen, als Herrscher über die Niederlande ist der ungestörte Handel mit England äußerst wichtig für ihn«, und außerdem, dachte sie im stillen, muß er wegen Maria Stuart mit uns verbündet bleiben.

»Begreifst du denn nicht..., ich bin mit ihm verheiratet, ich will ihn nicht verlieren, wenn ich ihn nicht gegen Frankreich unterstütze, wird er mich verlassen, das überlebe ich nicht, ich liebe ihn doch so sehr«, und sie begann zu weinen.

Elisabeth starrte die Schwester einige Sekunden lang entgeistert an, dann stand sie auf und sagte langsam: »Ach so, natürlich, ich verstehe, Euer Majestät, erlaubt, daß ich mich zurückziehe.«

Maria nickte nur und weinte weiter.

In ihren Räumen angekommen, sank Elisabeth auf einen Stuhl und versuchte sich zu fassen. Mein Gott, ist es die Möglichkeit..., sie stand auf und ging erregt hin und her. Die Königin von England ist bereit, das ihr anvertraute Land in einen sinnlosen Krieg zu verwickeln und die jungen Männer dieses Landes zu opfern, weil sie einen Mann halten will..., einen Mann, der sie nicht einmal liebt! Ihre persönlichen Wünsche sind ihr wichtiger als das Wohl des Staates und des Volkes, für das sie, sie allein, die Verantwortung trägt!

»Mein Gott«, sagte Elisabeth leise, »ich schwöre, ich werde meine persönlichen Gefühle stets dem Wohl des Volkes unterordnen, ich werde England nie einem Mann opfern, wer er auch sei, und wenn ich ihn noch so liebe, zuerst kommt England...

Philipp wartete bis zum Ende des Monats, ehe er bei Maria erneut Elisabeths Verheiratung und die Kriegsfrage ansprach. Es war am Abend des 31. März, sie saßen vor dem Kamin, spielten Karten, und irgendwann fragte Philipp beiläufig: »Wann wirst du die Herzogin von Lothringen empfangen, schließlich muß Elisabeth sie kennenlernen, bevor sie die weite Reise antritt, hast du mit deiner Schwester noch einmal über die Heirat gesprochen?«

»Nein, es erscheint mir sinnlos, Elisabeth will aus irgendwelchen Gründen nicht heiraten und den Herzog von Savoyen schon überhaupt nicht, in diesem Fall kann ich ihre Weigerung sogar verstehen. Ein verarmter Herzog ist keine Partie für eine Tudor, du müßtest ihr schon einen deiner Vettern offerieren, und was die Herzogin betrifft, so werde ich sie nicht empfangen.«

Philipp war während der letzten Tage öfter unter irgendeinem Vorwand nach London geritten, und man hatte Maria inzwischen zugetragen, daß die Herzogin seine Geliebte war.

Philipp spielte verärgert und unkonzentriert weiter, er merkte, daß er in der Heiratsfrage nicht weiterkam, und überlegte, ob es ratsam war, an diesem Abend über den Krieg gegen Frankreich zu sprechen.

Da legte Maria die Karten auf den Tisch und sagte triumphierend: »Du hast verloren, endlich habe ich auch mal ein Spiel gewonnen.«

Philipp lächelte. »Ich gönne es dir, aber das nächste Spiel gewinne ich, übrigens...«, und er begann die Karten erneut zu mischen, »hast du inzwischen darüber nachgedacht, mit wieviel Geld und Truppen du mich gegen Frankreich unterstützen kannst?«

Maria, die inzwischen ihre Karten zusammengesteckt hatte, legte sie erschrocken nieder und sah Philipp hilflos an.

»Ich habe ständig darüber nachgedacht, aber ein Krieg verstößt gegen unseren Ehevertrag, ich weiß nicht, wie ich vor dem Parlament die Notwendigkeit eines Krieges begründen soll, und außerdem..., ein Krieg würde mich beim Volk noch verhaßter machen.«

Sie begann zu weinen.

»Seit wann nimmst du Rücksicht auf das Volk?« fragte er spöttisch. »Deine eheliche Pflicht ist es, auf mich Rücksicht zu nehmen.«

»Philipp, bitte, ich habe Angst, wie soll es weitergehen, wenn wir diesen Krieg verlieren?«

»Mein Vater hat Franz I. besiegt, und ich werde Heinrich II. besiegen, wir verlieren den Krieg nicht, du wirst es erleben, daß der Valois und sein florentinisches Krämerweib uns um Gnade anflehen, und in diesem Friedensvertrag, den ich diktieren werde, in diesem Vertrag ist eine Klausel enthalten, die Maria Stuarts Ansprüche auf die englische Krone für immer beseitigt.«

»Ich kann vor dem Parlament keine Gelder für einen Krieg fordern, verstehst du das nicht?«

Philipp stand auf. »Nun gut, wenn du mich nicht unterstützen willst, werde ich abreisen, meine Anwesenheit auf dem Kriegsschauplatz ist wichtiger als hier.«

Er ging zur Tür und hatte sie fast erreicht, als Maria aufsprang und hinter ihm herlief. »Philipp, verlaß mich nicht!«

Er blieb stehen, drehte sich um und erwiderte langsam: »Du verweigerst mir, deinem Mann, die Hilfe, England ist dir wichtiger als ich...«

»Nein, das ist nicht wahr, du bist mir wichtiger als alles andere, verlaß mich nicht, bitte, morgen, das verspreche ich dir, morgen trete ich vor das Parlament und fordere alles, was du willst.«

»Gut«, und ein triumphierendes Lächeln umspielte seine Lippen, »ich wußte, daß du vernünftig bist.«

Er verbrachte die Nacht mit ihr, weil er sicher sein wollte, daß sie ihr Versprechen auch hielt.

Am Morgen des 1. April betete Maria einen freudenreichen Rosenkranz, weil sie hoffte, daß sie in jener Nacht den Erben empfangen hatte, dann trat sie vor das Parlament und forderte die Kriegserklärung an Frankreich.

Die Parlamentarier waren entsetzt, debattierten bis Ende April über die königliche Forderung, und Philipps Hoffnung auf englische Unterstützung sank von Tag zu Tag, aber der Zufall kam ihm zu Hilfe.

Ende April erfuhr man, daß ein im französischen Exil lebender Engländer mit französischer Unterstützung Scarborough angegriffen hatte, und dieser Überfall bewog die Parlamentarier, Frankreich den Krieg zu erklären.

Bei der Bevölkerung war der Krieg unpopulär, aber es half nichts, zehntausend Soldaten mußten zur Front marschieren. Philipp hatte Maria zum Krieg gegen Frankreich überreden können, bezüglich Elisabeths Verheiratung hatte er jedoch keinen

Erfolg, und so verließ die Herzogin von Lothringen England während der ersten Maitage.

Am 5. Juli schiffte Philipp sich in Greenwich ein, er wurde von jungen englischen Adligen begleitet, die der Kriegsruhm lockte, auch Ambrose und Robert Dudley wollten sich auf dem Schlachtfeld auszeichnen.

Maria und Elisabeth standen zum zweiten Mal an einem Fenster in Greenwich und beobachteten, wie die Barke sich immer weiter entfernte, bis sie nicht mehr zu sehen war.

Elisabeth betete im stillen, daß Robert den Krieg überlebte, Maria begab sich in ihren Andachtsraum und betete laut weinend einen schmerzhaften Rosenkranz.

Der 10. November 1558 war ein trüber nebliger Herbsttag. Um die Mittagszeit traf Philipps Sonderbeauftragter, der Graf de Feria, in Hatfield ein, wo Elisabeth ihn seit Stunden ungeduldig und gespannt erwartete. Am Vorabend hatte ein Kurier den Besuch des Grafen angekündigt, und obwohl sie den Grund seines Besuches ahnte, fühlte sie sich nervös und und unruhig.

Nun also stand de Feria vor ihr in der Großen Halle, räusperte sich und sagte dann langsam und feierlich: »Euer Gnaden, Ihre Majestät hat Euch am 6. November zu ihrer Nachfolgerin bestimmt, der Staatsrat hat diese Entscheidung am 9. November bestätigt, nachdem ich König Philipps Zustimmung bekanntgegeben hatte.

Ihre Majestät wünscht, daß England unter Eurer Herrschaft ein katholisches Land bleibt und daß Ihr die Schulden der Königin bezahlt. Seid Ihr mit diesen Bedingungen einverstanden?«

»Ja.«

»Gut.« Der Gesandte entrollte ein Schriftstück und überreichte es Elisabeth zur Unterschrift. Sie las das Dokument, ohne eine Miene zu verziehen, dann ging sie zu dem rechteckigen Eichentisch, der seit kurzem in der Halle stand, und unterschrieb, wobei sie innerlich fest entschlossen war, in der Religionspolitik den Weg zu gehen, den sie für richtig hielt, die Schulden der Schwester, nun gut, die würde sie bezahlen müssen.

»Wie geht es Ihrer Majestät gesundheitlich?« Und sie gab de Feria das Dokument zurück.

»Es geht Ihrer Majestät nicht besonders gut, es geht der Königin sehr schlecht. Ihr wißt sicherlich, daß sie an Wassersucht leidet, aber während der letzten Wochen ist eine innere Krankheit hinzugekommen…, die Ärzte sind hilflos und wissen nicht, wie lange Ihre Majestät noch leiden muß, Tage, Wochen, Monate?«

»Hat Ihre Majestät Schmerzen?«

Elisabeth war von den Ärzten längst darüber informiert worden, daß ihre Schwester seit Anfang Oktober an einer rätselhaften Unterleibskrankheit litt.

»Ja, Euer Gnaden, Ihre Majestät…«, de Feria zögerte etwas, »Ihre Majestät schreit manchmal vor Schmerzen.«

»Ich leide mit ihr«, und Elisabeth senkte verlegen die Augen, in Wirklichkeit interessierte Marias Krankheit sie nicht weiter, aber es war natürlich unchristlich, so zu denken, Maria litt, nun gut, wie viele Menschen hatten unter ihr gelitten…

»Wir alle leiden mit Ihrer Majestät«, erwiderte de Feria salbungsvoll, dann sprach er von Philipp und versicherte Elisabeth, daß der König von Spanien brüderliche Zuneigung für sie empfinde.

Elisabeth erwiderte, sie sei dankbar, daß Philipp während der Zeit ihrer Gefangenschaft sich für sie eingesetzt habe, und sie werde als Königin das Bündnis mit ihm aufrechterhalten.

De Feria lächelte. »Ich habe keine andere Antwort erwartet, Euer Gnaden, Ihr wißt natürlich, daß Ihr die Krone Englands einzig der Vermittlung des Königs von Spanien zu verdanken habt, er – und natürlich auch der Staatsrat – hat Druck auf Ihre Majestät ausgeübt.«

Elisabeth erstarrte; was maßte dieser Spanier sich an, wie herablassend er mit ihr, einer Tudor, redete. Sie straffte sich und erwiderte liebenswürdig, aber so bestimmt, daß de Feria ein ungutes Gefühl beschlich: »Mylord, die Krone Englands verdanke ich weder dem König von Spanien noch dem Adel, einzig meine Geburt und das englische Volk haben mich auf diesen Platz gestellt.«

Der Graf sah Elisabeth verwundert an und verabschiedete sich unter einem Vorwand. Merkwürdig, dachte er, als er sein Pferd bestieg, sie hängt sehr an ihrem Volk und ist überzeugt, daß es auf ihrer Seite steht. Während des Rückweges dachte er noch einmal über die Begegnung mit Elisabeth nach und kam zu dem Schluß, daß sie eine eitle Frau war, aber auch sehr schlau. Sie scheint ihren Vater und seine Politik zu bewundern, überlegte, man muß abwarten, wie sie sich als Königin entwickelt, wir sollten sie nicht unterschätzen...

Unterdessen ging Elisabeth hinauf in ihr Arbeitszimmer und setzte sich nachdenklich an den Schreibtisch. Maria schreit vor Schmerzen, dachte sie, ist das die göttliche Strafe für ihren Verrat an England? Nach Philipps Abreise im Juli 1557 war ihre Beziehung zu der Schwester recht harmonisch gewesen, sie waren zusammen in einer Barke nach Richmond gefahren, wo Maria ein Fest gegeben hatte, weil sie sich einbildete, guter Hoffnung zu sein, im Spätsommer war Maria nach Hatfield gekommen, und man hatte einträchtig einer Bärenhatz im Schloßhof beigewohnt; Im Februar 1558, erinnerte sich Elisabeth, ritt ich erneut nach London, weil de Feria eingetroffen war, er umschmeichelte mich – wahrscheinlich im Auftrag Philipps – mit Liebenswürdigkeiten, in jenem Spätwinter hatte sie Maria zum letzten Mal gesehen, sie würde sie wahrscheinlich nie mehr sehen...

Sie erinnerte sich noch einmal schmerzlich an die politisch-militärische Entwicklung nach Philipps Abreise: Es gab nur ein erfreuliches Ereignis, nämlich Robert Dudleys militärische Bewährung, nach dem Sieg über die Franzosen bei St. Quentin, im Herbst 1557, war er Feldzeugmeister geworden, und Maria hatte ihn erneut ihn den Rang des Sohnes eines Herzogs erhoben, ansonsten war dieser Krieg deprimierend verlaufen; am 7. Januar 1558 eroberten die Franzosen Calais, ausgerechnet Calais, die Bastion, für die ihr Vater ein Vermögen ausgegeben hatte. Calais, das Symbol englischer Macht in Frankreich seit 1347, nach Eduards III. Sieg bei Crecy war Calais der Stapelplatz für englische Waren gewesen, durch diesen Verlust war das Inselkönigreich auf eine Größe wie zu König Haralds Zeiten zusammengeschrumpft! Nach dem Verlust von Calais war das Ansehen der Königin auf den tiefsten Punkt gesunken, gewiß, Philipp hatte Truppen geschickt, und im Juli 1558 errangen die Spanier einen beachtlichen Sieg bei Gravelines, aber statt ihn zu nutzen oder sich zu bemühen, Calais zurückzuerobern, schlossen sie mit Frankreich einen Waffenstillstand bis Weihnachten, und in Cateau-Cambrésis verhandelte man nun über den Frieden... Am 21. September 1558 war Karl V. in San Yuste gestorben, Philipp mußte nun seine Entscheidungen ohne den väterlichen Rat treffen, ein Umstand, den Cecil, mit dem sie regelmäßig korrespondierte, für bedenklich hielt, schließlich war der verstorbene Kaiser ein besonnener, vorsichtiger Mann gewesen...

Bis jetzt war 1558 kein gutes Jahr, dachte Elisabeth, im Sommer wurde das Land von allerhand Unheil und Katastrophen heimgesucht, im Juli erdröhnte bei Nottingham ein Donnerschlag, der so heftig war, daß die Häuser und Kirchen zweier kleiner Städte einstürzten, heftige Überschwemmungen und Hagel zerstörten einen Großteil der Ernte, am schlimmsten aber wütete das ansteckende Fieber, viele Priester und – Bischöfe! wurden hinweggerafft... Was war noch passiert? Richtig, am 24. April 58 hat Maria Stuart den Dauphin Franz geheiratet... Jeden Tag trafen neue Berichte über die Traumhochzeit ein: Maria Stuart, die fünfzehnjährige Braut, ritt – in weißen Brokat gekleidet – auf einem weißen Zelter über einen Blumenteppich nach Notre-Dame, um ihrem Gatten, dem schmächtigen, kränklichen vierzehnjährigen Franz von Valois, das Jawort zu geben. Das Volk hatte ihr zugejubelt, nach der Hochzeit hatte es tagelang üppige Bankette, Turniere, Maskeraden, allegorische Vorführungen, Bälle und Feuerwerke gegeben...

Heinrich II. wird nach dem Tod meiner Schwester die englische Krone für seine Schwiegertochter beanspruchen, überlegte Elisabeth, solange Maria Stuart Dauphine und irgendwann Königin von Frankreich ist, wird die französisch-schottische Allianz für England ein Problem sein und mich in der Außenpolitik an Philipp von Spanien binden, ob ich will oder nicht... Maria Stuarts Tod würde dieses Problem lösen..., vielleicht stirbt sie in einem Kindbett..., sie wird im nächsten Jahr bestimmt ihr erstes Kind bekommen... Solange sie lebt, ist sie ein Problem für England...

Ob ich ohne innere Schwierigkeiten meine Regierung beginnen kann, wer weiß, vielleicht erheben sich die Katholiken gegen mich?

Ich sollte Vorsorge treffen... Sie nahm Papier und Feder, überlegte, auf welchen Angehörigen des Adels sie sich verlassen konnte, und schrieb schließlich an Sir John Thynne, der mit Parry in Kontakt stand und sich für eine starke Anhängerschaft in Wiltshire verbürgte, und an einige Hauptleute der Garnison Berwick, die bereit waren, mit ihren Truppen bis Hertfordshire zu marschieren, um König Heinrichs Tochter »den Stand, den Titel und die Würde einer Königin« zu sichern.

Das trübe, graue Herbstwetter dauerte noch eine Woche, erst am 17. November begann sich der Nebel zu lichten, und am späten Vormittag kam die Sonne durch. Elisabeth verbrachte die Morgenstunden in der Halle über ihren Rechnungsbüchern, und nachdem sie Einnahmen und Ausgaben überprüft hatte, ging sie mit zwei jungen Edelfräulein im Park spazieren.

Elisabeth genoß die kalte, klare Luft und schritt zügig voran, um warm zu werden. Sie ging zu ihrer Eiche, blieb stehen und überlegte, welchen Weg sie einschlagen sollte? Geradeaus oder rechts und dann im Bogen zurück zum Schloß?

»Euer Gnaden«, sagte eine der Damen, »seht, dort links kommt ein Reiter.«

Elisabeth zuckte zusammen und verspürte ein flaues Gefühl in der Magengegend, sollte es der Kurier sein, der ihr die Nachricht von Marias Tod brachte? Seit de Ferias Besuch rechnete sie täglich damit.

Sie sah nach links, nein, es war kein königlicher Kurier, Maria lebte also noch, es war..., sie traute ihren Augen kaum, als sie den Reiter beim Näherkommen erkannte. Es war Cecil.

»Cecil«, sagte sie leise, »William Cecil, warum besucht er mich so unverhofft in Hatfield?«

Die Edelfräulein sahen ihre Herrin erstaunt an, der Name Cecil sagte ihnen nichts. Inzwischen hatte Cecil die Gruppe erreicht, stieg ab, trat zu Elisabeth und beugte das Knie.

»Majestät...«

›Majestät‹, dachte sie – Majestät?

Und sie begriff.

Majestät..., wie oft hatte sie sich diesen Moment vorgestellt, jenen Augenblick, wo man ihr die Nachricht vom Tod ihrer Schwester überbrachte, in ihrer Phantasie hatte sie den Kurier stets würdevoll im Schloß, in der Großen Halle, empfangen..., jetzt stand sie hier in der Novemberkälte bei ihrer Eiche...

»Steht auf, Sir Cecil, meine Schwester ist also..?«

»Ja, Majestät, Königin Maria starb heute morgen kurz nach sieben Uhr, sie soll friedlich entschlafen sein. Nachdem Tom mir die Nachricht überbracht hatte, bin ich sofort losgeritten, der Staatsrat wird Euer Majestät in Kürze offiziell benachrichtigen.«

Elisabeth lächelte.

»Mit anderen Worten, Ihr wolltet der erste sein, um mich als Königin zu begrüßen?«

»Ja, Majestät«.

Sie sahen einander eine Weile schweigend an, dann sagte Elisabeth:

»Wenn ich mich recht entsinne, Sir Cecil, haben wir uns vor über sieben Jahren, im Sommer 1551, zum letzten Mal gesehen, ich darf gar nicht daran denken, was inzwischen aus England geworden ist.«

»Ja, Majestät, während der vergangenen Jahre dachte ich manchmal, daß es seinerzeit besser gewesen wäre, Lady Jane zu unterstützen, freilich, dann wäret Ihr heute wahrscheinlich nicht Königin.«

»William Cecil, Ihr habt damals richtig gehandelt, als Ihr zusammen mit dem Rat meine Schwester zur Königin proklamiert habt. Sie, und nur sie, war die legitime Königin.«

Cecil schwieg und ließ Elisabeths Erscheinung in dem schwarzen, goldbestickten Samtmantel eine Weile auf sich wirken. Sie ist jetzt fünfundzwanzig Jahre, überlegte er, und Königin... Ihr Gesicht ist noch schmaler geworden, noch ernster und verschlossener, das heißt, nein, ernst und verschlossen war ihr Gesicht auch schon damals in Chelsea, als ich sie zum ersten Mal sah, aber damals war sie noch ein junges Mädchen, sie wirkte weicher, diese mädchenhafte Weichheit ist völlig verschwunden. Ihr Gesicht ist nach wie vor apart, aber herb, erwachsen, fast ein bißchen abweisend, auch wenn sie freundlich lächelt, weisen ihre Augen jeden in seine Schranken, man wird nie wissen, was wirklich in ihr vorgeht.

Elisabeth ihrerseits rechnete nach, daß Cecil inzwischen achtunddreißig Jahre sein mußte, und fand, daß er gealtert war, vielleicht, überlegte sie, hängt es mit dem Bart zusammen, den er sich wachsen läßt, er wirkt so gesetzt, so gravitätisch...

Die beiden Edelfräulein hatten erstaunt die Szene verfolgt und riefen nun in die Stille hinein: »Gott schütze die Königin!«

Elisabeth zuckte zusammen..., die Königin! Es war noch so ungewohnt.

»Kommt, Sir Cecil, begleitet mich ins Schloß, es gibt jetzt allerhand zu besprechen.«

In der Großen Halle blieb Cecil einen Augenblick stehen und sah sich um. »Das also ist Hatfield...«

»Nachher zeige ich Euch das Schloß, aber jetzt müssen wir überlegen, wer zur Regierung gehören soll«, und zu einem der Diener: »Bringe uns den besten Rotwein, den ich habe.«

Sie setzten sich an den Tisch, und Cecil holte einige Papiere aus der Satteltasche. »Der Kanzler wird dem Parlament noch heute die Nachricht überbringen, die Proklamation wird noch heute in Cheapside verlesen werden. Ich habe Euer Majestät die für den Kontinent bestimmten Briefe entworfen und einige Reden skizziert, und dies ist die Proklamation Eurer Majestät.«

Elisabeth nahm das Papier, las, und während sie las, bekam sie Herzklopfen. »Elisabeth, von Gottes Gnaden Königin von England, Frankreich und Irland, Hort des Glaubens... Es hat Gott, dem Allmächtigen, gefallen, Unsere geliebte Schwester Maria... vom irdischen Dasein abzuberufen und Uns auszuersehen...« Sie legte das Dokument zur Seite.

»Gut, und jetzt die Regierung, Heath als Lordkanzler ist untragbar, er ist ein überzeugter Katholik und außerdem zu alt... Robert Dudley muß auch ein Amt bekommen, vielleicht Oberstallmeister, notiert den Namen.«

Sie war so damit beschäftigt, zu überlegen, wer zur Regierung gehören sollte, wer gehen mußte, daß sie nicht bemerkte, daß Cecil lächelte, als er den Namen des jungen Dudley notierte.

Na, dachte er, hat sie etwa immer noch eine Schwäche für ihn, das mußte er im Auge behalten.

Elisabeth nahm ein neues Blatt Papier. »Und nun zum Lordkanzler, der Titel gefällt mir nicht, unter der katholischen Regierung meines Vaters und meiner Schwester gab es Lordkanzler, mein protestantischer Bruder hingegen hatte einen Staatssekretär, ...mein wichtigster Ratgeber wird den Titel ›Staatssekretär‹ tragen«, und während der Diener den Wein servierte, schrieb sie langsam und feierlich:

Erster Staatssekretär: William Cecil.

Cecil konnte lesen, was sie schrieb, und schob etwas verlegen die Papiere hin und her. »Majestät, ich weiß nicht, ob ich dieses Vertrauen verdiene.«

»Sir Cecil, gebt zu, daß Ihr im stillen damit gerechnet habt.«

»Ja, Majestät«, erwiderte er zögernd.

Elisabeth hob den Becher. »Auf unsere Zusammenarbeit, Sir Cecil, ich habe zu Euch das Vertrauen, daß Ihr Euch durch keinerlei Gabe bestechen laßt, daß Ihr dem Staat treu dient, und mir, ohne Rücksicht auf meine Wünsche, den Rat gebt, den Ihr als den besten erkannt habt.«

»Ich werde Euer loyalster Diener sein, Majestät.«

Die Nachricht von Marias Tod verbreitete sich wie ein Lauffeuer durch London und löste bei allen Erleichterung und Jubel aus. Reginald Pole starb zwölf Stunden nach Maria, und nun kannte die Begeisterung des Volkes keine Grenzen mehr, man ließ die neue Königin hochleben, auf den Straßen wurde getanzt und in den Pubs getrunken und gesungen.

Der Prediger Thomas Bryce stand am Fenster seines Arbeitszimmers und betrachtete amüsiert das Treiben auf der Straße.

Irgend jemand rief: »Ein neues Zeitalter ist angebrochen!«

Ein neues Zeitalter, dachte der Prediger, dann ging er zu seinem Schreibtisch und schrieb die letzte Strophe des Märtyrer-Gedichts:

Als sie ganz zuletzt, wie zum Abschied,
In Canterbury diejenigen verbrannten,
Die stets Christus treu blieben
Und deshalb in glühenden Flammen sterben mußten,
Da endlich, sechs Tage nach ihrer Hinrichtung,
Schickte uns Gott unsere Elisabeth.

ZWEITES BUCH

Die junge Königin

1559–1561

»Und sintemalen es euer Ersuchen ist, daß ich fortfahren möge, eure gute Frau und Königin zu sein, so seid versichert, daß ich so gut zu euch sein werde, wie es jemals eine Königin zu ihrem Volk war. An Willen kann es mir nicht fehlen, und ich glaube fest, daß es mir auch an Macht nicht fehlt. Und überzeugt euch, daß ich um euer aller Sicherheit und Zufriedenheit willen nicht zögern werde, wenn es not tut, mein Blut zu geben.«

XVI

An einem Vormittag Anfang April 1559 saß Thomas Parry in seinem Arbeitszimmer in Schloß Whitehall und überprüfte mit wichtiger Miene die Ausgaben des königlichen Haushalts im Monat März. Das Zimmer lag zu ebener Erde, und durch das geöffnete Fenster hörte er die Stimmen der Küchenjungen, die an diesem sonnigen Frühlingstag im Hof Hühner und anderes Federvieh rupften und dabei laut und unmelodisch Volkslieder sangen.

Parry sah hin und wieder irritiert von seinen Papieren auf, schließlich erhob er sich ächzend – dank der üppigen königlichen Hoftafel war er während des Winters noch beleibter geworden –, ging zum Fenster, stemmte die Fäuste in die Hüften und sah grimmig hinüber zu den Jungen, die seine imposante Erscheinung nicht weiter beachteten und ein neues Lied anstimmten.

»Ruhe! Schweigt!« brüllte er, woraufhin der Gesang verstummte.

Die Jungen standen auf, verneigten sich eingeschüchtert vor Parry und riefen kleinlaut: »Verzeihung, Sir!«

Sir! Das war Musik in Parrys Ohren.

»Verschwindet! Ihr könnt in der Küche weiterarbeiten, und denkt daran: In diesem Monat werden weder Truthähne noch Schwäne gerupft, das ist zu teuer, wir müssen sparen!«

»Jawohl, Sir!«

Sir…, er überlegte, was er noch befehlen konnte, und dann fiel ihm ein, daß der heutige Tag, der 5. April, ein Mittwoch und ein Fastentag war.

Er winkte einen der Jungen herbei. »Was werdet ihr heute essen?«

»Getrockneten Stockfisch und geräucherte Heringe, Sir.«

Parry nickte zufrieden. »Gut, und nun ab mit euch in die Küche.«

Sir…, er selbst würde natürlich später an der Hoftafel delikate Fleischstücke und Pasteten schmausen, die Königin ignorierte die Fastentage und ließ zweimal täglich ein mehrgängiges Menü mit zahlreichen Fleischgerichten servieren.

Er vertiefte sich erneut in die Rechnungen.

Im November 1558 war Parry zum Ritter geschlagen worden, durfte sich »Sir« nennen, und Elisabeth hatte ihn außerdem zum *Master of the Wards* ernannt und ihm – nach dem plötzlichen Tod ihres Hofschatzmeisters Sir Cheney – dessen Amt übertragen und ihn in den Staatsrat berufen.

Parry fühlte sich außerordentlich geschmeichelt und versuchte, so sparsam wie möglich zu wirtschaften, was nicht immer einfach war wegen gewisser höfischer Gepflogenheiten. Als er an jenem Vormittag die Ausgaben für Nahrungsmittel überprüfte, brummte er mehrmals etwas von Verschwendung, nahm zuletzt die Ausgabenlisten der vergangenen Monate und rechnete aus, was die annähernd 1500 Menschen, die am Hof lebten und arbeiteten, seit Anfang Dezember 1558 vertilgt hatten, wobei er das Krönungsbankett nicht mitrechnete. Ihm schwindelte, wenn er daran dachte, daß an jenem 15. Januar 1559 ungefähr achthundert Gäste zehn Stunden lang getafelt hatten…

Ich muß berücksichtigen, überlegte er, daß an Weihnachten und Ostern üppiger als sonst gespeist wurde, also…

Er fing an zu addieren, und als er fertig war, legte er die Feder entsetzt zur Seite.

Fünfhundert Ochsen, dreitausend Schafe, fünftausend Lämmer, eintausend Kälber, dreihundert junge Stiere, zwanzig Wildschweine, einhundertfünfzig Schweine, zweihundertfünfzig Speckseiten, fünfzehntausend Hühner, sechsunddreißig Truthähne, vierundzwanzig Schwäne, zwanzigtausend Pfund Butter…, hinzu kamen das Wild, das während der zahlreichen Jagden erlegt wurde, das Wildgeflügel und die Vögel: Reiher, Trappen, Bekassinen, Kiebitze, Schnepfen, Wachteln, Lerchen… Er überlegte, daß die Verpflegung des Hofes billiger wäre, wenn mehr Seefisch gegessen würde, schließlich hatte die Regierung den Mittwoch als zweiten Fastentag eingeführt, um die englischen Fischer zu unterstützen. Aber die hohen Herren mögen keinen Seefisch, weil er angeblich nicht frisch ist, und geräucherter oder getrockneter Fisch ist natürlich nicht fein genug für die verwöhnten Gaumen.

Die Königin läßt hin und wieder ihre Lieblingsfische Stör und Salm servieren, also Süßwasserfische, was der englischen Seefischerei auch nicht hilft, im übrigen spart sie beim Frühstück und hofft, dadurch die Kosten der Hoftafel auszubalancieren. Anstatt Gebäck und teurer Schokolade gibt es wie in Hatfield geräucherte Heringe und gewürztes Bier, und Ihre Majestät speist nach wie vor diesen Pamp aus Brot, Hafer und Zucker, den sie schon damals in Chelsea immer aß.

Die Verschwendung, überlegte Parry, ist nicht die Menge der verbrauchten Lebensmittel, sondern die halbleere Hoftafel, weil die hohen Damen und Herren es vorziehen, auf ihren Zimmern die Mahlzeiten einzunehmen, die ihr privater Koch ihnen zubereitet hat. Warum, zum Teufel, speisen sie nicht in der Großen Halle wie ich, Cecil, Arundel, die Dudleys, die Ashleys? Die Reste der Tafel werden teils von den Bedienten verzehrt, teils den Bettlern gegeben, die überall herumlungern. Viele Speisen werden wahrscheinlich auch weggeworfen, die Privatköche der Höflinge verbrauchen zusätzlich Holz, Lebensmittel, Gewürze, alles auf Rechnung des Hofes! Kurz vor Weihnachten hatte er Elisabeth auf diesen Mißstand aufmerksam gemacht, und sie hatte die Privatköche sofort auf die Landsitze der Höflinge zurückgeschickt, mit wenig Erfolg.

Ende Januar, als die Krönungsfeierlichkeiten vorbei waren, tauchten nach und nach die Köche wieder auf, und der Schlendrian begann von neuem.

Parry seufzte, wahrscheinlich konnte man gewisse Mißstände nicht beseitigen, sondern mußte sich mit ihnen abfinden, er mußte sich abgewöhnen, die Maßstäbe von Hatfield anzulegen, die Landsitze der Thronfolgerin Elisabeth waren große Privathaushalte gewesen, der Hof der Königin Elisabeth hingegen war ein Staat im Staat, und Ihre Majestät war der Mittelpunkt, um den sich alles drehte. Die Dienerschaft, dachte Parry, erfüllt die täglichen Pflichten, die Höflinge warten auf das Erscheinen der Königin, erst dann werden sie aktiv, und jeder versucht, die Aufmerksamkeit Ihrer Majestät auf sich zu lenken…

Als er die letzte Rechnung sah, stutzte er, schleuderte sie empört auf die Binsen, die den Fußboden bedeckten, erhob sich, ging erregt auf und ab und verwünschte lautstark Robert Dudley: »Himmeldonnerwetter, der Teufel soll den Sohn des Verräters Northumberland holen! Fünfzig neue Pferde hat der Kerl gekauft und natürlich die edelste und teuerste irische Rasse! Verdammt, besitzt der königliche Marstall nicht genug Pferde? Zur Zeit müssen in Whitehall zweihundertdreiundsiebzig Rösser verköstigt und gepflegt werden, die Gestüte in Marlborough und anderen Orten muß man auch berücksichtigen. Wieviel Bedienstete werden zur Zeit im Marstall von Whitehall beschäftigt? Ungefähr einhundertachtzig…, Stallknechte, Kutscher, Sänftenträger, Lakaien, Sattler, Gebißmacher, Hufschmiede, ein Aufseher über das Futter, Reitknechte…, und jetzt fünfzig neue Pferde!«

Der Herr Oberstallmeister will sich wichtig machen, überlegte er, aber…, er trat zum Fenster und sah nachdenklich hinaus… Warum billigt die Königin diese überflüssige Ausgabe? Sie ist in ihren Oberstallmeister verliebt, meine Beobachtung am Ostersonntag war richtig… Sie begab sich wie üblich in feierlichem Aufzug in die Kapelle, im Audienzzimmer drängten sich die hohen Würdenträger, stellten sich nach der vorgeschriebenen Rangordnung auf, ihnen folgten die Ritter des Hosenbandordens, der Lordsiegelbewahrer mit dem großen Staatssiegel von England im rotseidenen Etui und dann: Ihre Majestät, gefolgt von ihren Hofdamen, Zepter und Reichsschwert wurden der Königin vorangetragen. Auf dem Weg zur Kapelle blieb sie hin und wieder stehen, um sich mit einem Gesandten zu unterhalten… Jeder beugte das Knie, wenn sie vorüberging, und die Worte »Lang lebe Königin Elisabeth!« begleiteten sie bis zum Eingang der Kapelle.

Dort drehte sie sich noch einmal um und sagte: »Ich danke euch allen, meine lieben Leute!«

So weit, so gut.

Nach dem Gottesdienst blieb sie bei Robert Dudley stehen, lobte seine Leistungen als Oberstallmeister, und während sie sprach, lächelte sie ihn so merkwürdig an, es war kein höfisch-liebenswürdiges Lächeln, es war vertrauter, persönlicher…

Während der folgenden Tage beobachtete der Hof, daß Lord Dudley die besondere Gunst der Königin genoß, sie empfing ihn und seinen Clan jeden Abend in ihren privaten Räumen, während der Bälle tanzte sie nur mit ihm ...

Seit Ostern, dachte Parry, beschäftigt sich der Hofklatsch nur mit dem Verhältnis der Königin zu ihrem Oberstallmeister..., man schließt sogar Wetten ab, wann er ihr Liebhaber wird, und bei diesem Gedanken beschlich Parry ein ungutes Gefühl...

Hoffentlich, dachte er, behält die Königin einen klaren Kopf, Dudley ist verheiratet, seine Ehe mag schlecht sein, aber er ist verheiratet..., und man erwartet, daß die Königin heiratet, um die Thronfolge zu sichern!

Die Heirat der Königin ist das andere Thema, das den Hof, Parlament, Staatsrat, Volk und die europäischen Fürsten beschäftigt. Auch er, Parry, hatte schon darüber nachgedacht, wer von den ausländischen Fürsten Gatte der Königin werden könnte, aber vielleicht war es besser, wenn sie einen englischen Aristokraten heiratete. Er hatte über die Vor- und Nachteile jeder Lösung nachgedacht und war stets zu dem Schluß gekommen, daß es keinen Kandidaten gab, der eine befriedigende Lösung für die Königin, das Volk und die Regierung war.

Die Bemerkungen der Königin zum Thema Heirat sind verwirrend, sie sind genauso verwirrend wie ihre Haltung in der religiösen Frage..., muß sie wegen der Erbfolge überhaupt heiraten? Es gibt doch präsumptive Erben...

Ein aromatischer Fleischduft, der von der Küche herüberzog, unterbrach seine Gedanken, und er sog genüßlich den Duft von Lammfleisch und Spanferkel ein, es gab bestimmt auch gebratenes Kaninchen, Hühnchen und Schinken, Kalbsbraten, gebratenes Rindfleisch, gewürztes Rindfleisch, vielleicht Wildbrettorte, einen »Yorkshire Pudding«, Pfauenhenne, es gab hoffentlich süße Eierkuchen, die auf der Zunge zergingen, Marzipankonfekt, dazu ein samtiger Rotwein aus Frankreich, süße Weine aus Spanien oder Portugal, vielleicht auch ein kräftiger Rheinwein aus Deutschland...

Er ging zum Schrank, wo er eine Flasche mit schottischem Whisky aufbewahrte, trank einen kräftigen Schluck, ging wieder zum Fenster, hob die Rechnung auf und überlegte, ob er die Königin diskret darauf hinweisen sollte, daß neue Pferde überflüssig waren, am späten Vormittag war sie gewöhnlich in ihrem Arbeitszimmer…

In diesem Augenblick gingen einige Diener mit den Nachtgeschirren ihrer Herrschaft über den Hof zu einer Ecke neben dem Küchengebäude und schütteten den Inhalt ungeniert auf die Erde.

»Pfui Teufel«, murmelte Parry, wandte sich angeekelt ab und holte erneut die Whiskyflasche herbei.

Obwohl er das Hofleben genoß, gab es Gepflogenheiten, mit denen er sich nicht abfinden konnte, und dann sehnte er sich nach Hatfield zurück, dort war es peinlich sauber gewesen. Whitehall hingegen barst vor Schmutz, nachdem es einige Monate bewohnt worden war, eine Schicht Binsen oder Stroh kam auf die andere, um den Schmutz abzudecken, hin und wieder wurde ausgemistet, aber weder gefegt noch gewischt.

Die Prunkräume und die Gemächer der Königin waren natürlich peinlich sauber, aber ansonsten war es erbärmlich, es gab keine sanitären Anlagen, in den meisten Räumen stank es, und die Hölzer, die verbrannt wurden, verbesserten die Luft nicht wesentlich. Auch an die beengten Wohnverhältnisse konnte Parry sich nur schwer gewöhnen, und dabei war er – verglichen mit anderen Höflingen – luxuriös untergebracht, das Zimmer war klein, aber er durfte allein darin wohnen und hatte ein eigenes Bett…

Na ja, dachte er, und trank einen letzten Schluck Whisky, Ende des Monats übersiedeln wir nach Greenwich, dort ist alles sauber und frisch, und wenn wir im Herbst nach Whitehall zurückkehren, ist es hier auch wieder reinlich, und die Zimmer sind alle renoviert.

Er nahm die Rechnung und schritt würdevoll durch die Große Halle, die Treppe hinauf in den ersten Stock und weiter durch eine lange Galerie, an deren Ende die Räume der Königin lagen.

Tagsüber glich die Galerie einem Taubenschlag, Boten kamen und gingen, Diener eilten hin und her, überall standen Bittsteller herum, um der Königin ein Gesuch zu überreichen, dazwischen tummelte sich neugieriges Volk, das die Königin einfach nur sehen wollte, unter ihnen waren auch ausländische Besucher, und Parry fragte sich im stillen, wie viele Spione sich hinter den Franzosen, Italienern, Spaniern und Deutschen befanden, die hier herumlungerten. Er atmete erleichtert auf, als er das große Audienzzimmer betrat, dort war es ruhiger, und das Publikum entsprach mehr Parrys Geschmack. Diesen Raum, dachte er, dürfen Gott sei Dank nur die betreten,denen die Königin eine Audienz gewährt hat.

Einige junge Kavaliere standen müßig herum und unterhielten sich mit wichtigen Mienen über Belanglosigkeiten, abgesehen von diesen Adeligen, die sich vom Hof magnetisch angezogen fühlten und gerne alle Unannehmlichkeiten des höfischen Lebens in Kauf nahmen, weil sie in der Nähe der Königin sein wollten, waren an jenem Vormittag nur der Graf von Arundel und der spanische Gesandte de Feria anwesend.

Die beiden Herren standen in einer Fensternische, und Parry hörte, daß de Feria Ende April oder Anfang Mai nach Brüssel abreisen wollte, daß seine Frau England ungern verlasse – zum Erstaunen des Hofes hatte der Spanier Lady Jane Dormer, eine Hofdame der verstorbenen Königin Maria, geheiratet –, sein Nachfolger de Quadra, der Bischof von Aquila, werde sich in den nächsten Tagen einschiffen.

Man grüßte einander, und dann kam der Augenblick, den Parry stets von neuem genoß und der ihn für Schmutz und beengte Räumlichkeiten entschädigte: Hinter der Tür, vor der er jetzt stand, befanden sich die privaten Räume der Königin: ein großes Zimmer, wo sie arbeitete, hin und wieder einen ausländischen Gesandten empfing, dies war eine besondere Gunst, hier verbrachte sie die Abende im Kreis ihrer Hofdamen, hier durften sich die wenigen auserwählten Hofleute aufhalten, denen der Zutritt gestattet war, und der hohe Adel. Parry war stolz, daß er zu den Auserwählten gehörte, schließlich war er nur ein Ritter, und als der Türsteher ihn nun meldete, dachte er mit Genugtuung daran, daß niemand, auch nicht der Oberhofmeister Graf von Arundel, ihn daran hindern konnte, die Schwelle zu den Privaträumen der Königin zu überschreiten.Wer genießt noch dieses Privileg…, überlegte er, Cecil, der Dudley-Clan, Arundel und die übrigen hohen Hofbeamten, die Ashleys, die Verwandtschaft der Königin, also die Boleyns, ihr Cousin, der Herzog von Norfolk, und seine Sippschaft, die Howards, die Hofdamen und die Ehrenjungfrauen der Königin.

Parry kannte bis jetzt nur das große Arbeits- und Aufenthaltszimmer, aber er wußte, daß daneben noch einige kleinere Räume lagen, die Elisabeth zum Speisen und Ruhen benutzte, und schließlich gab es noch die Zimmer, zu denen nur die Kammerfrauen – unter Lucys Oberaufsicht – Zutritt hatten: das Schlafzimmer und der angrenzende Bereich, Bad, Ankleidezimmer, Garderobe.

Dort, dachte Parry, ist die Königin ganz allein, ohne die neugierigen Augen der Hofleute, wie lange wird sie dort noch allein leben…, ob der Herr Oberstallmeister eines Tages das Allerheiligste betreten darf?

»Ihre Majestät läßt bitten.«

Parry schrak zusammen und näherte sich herzklopfend, dreimal das Knie beugend, der Königin von England. Hoffentlich ist sie gut gelaunt, dachte er…

Als er aufblickte, wußte er, daß sie gut gelaunt war, sie lächelte ihn liebenswürdig an, und er sah erleichtert, daß es nicht ihr höfisches Lächeln war, es wirkte auf ihn vertrauter, persönlicher, und für Sekunden fühlte er sich zehn, nein zwölf Jahre zurückversetzt, der Frühling des Jahres 1547 in Chelsea…, Thomas Seymour…, die Königinwitwe Katharina…, und während ihn diese Erinnerungen flüchtig streiften, wurde ihm erneut bewußt, wie stark Elisabeth sich äußerlich verändert hatte; sie war noch genauso schlank wie damals, aber die prunkvollen Kleider, die sie seit der Thronbesteigung trug, verunsicherten und verwirrten ihn stets von neuem; ihre Roben symbolisierten, daß sie der Mittelpunkt des Hofes war, dies fiel ihm besonders auf, wenn er sie im Kreis ihrer Damen sah: Die Hofdamen waren in schwarzen Samt gekleidet, die jungen Ehrenfräulein in Weiß, Ihre Majestät hingegen schwelgte in farbigen Seiden- und Atlasstoffen aus Italien, in Gold- und Silberbrokat, in Schleiergeweben… An jenem Vormittag trug sie ein Kleid aus blauer Atlasseide, das nach der neuen französischen Mode geschneidert war: Ein langes, tief dekolltiertes Mieder lief harmonisch in einen Reifrock aus, das Dekolleté? war mit einer hohen Halskrause aus weißen Spitzen besetzt, das Kleid hatte geschlitzte, mit weißem Taft gefütterte Ärmel und einen Gürtel, von dem weißseidene Armschleifen bis auf den Boden herabhingen, die Robe war mit unzähligen Perlen bestickt, ebenso das Innenfutter des Spitzenkragens, dazu trug Elisabeth eine Kette aus Saphiren und Perlen, in ihren rötlich-blonden Haaren schimmerte ein Perlendiadem, und die langen Locken vor und hinter den Ohren, die fast bis zur Schulter reichten, waren ebenfalls mit Perlen geschmückt. Parry starrte seine Herrin bewundernd an, und als seine Augen nun die langen schmalen Hände streiften und er am rechten Ringfinger den Krönungsring sah, fiel ihm ein, daß die Königin bei jeder passenden Gelegenheit erwähnte, daß dieser Ring ihre Vermählung mit dem englischen Volk symbolisiere.

Elisabeth ihrerseits amüsierte sich im stillen über Parrys bewundernde Blicke und schlußfolgerte, daß er sich immer noch nicht an ihre prachtvollen Kleider gewöhnt hatte, aber, dachte sie, er ist nicht der einzige in Whitehall, viele Hofleute staunen, daß eine protestantische Königin den Luxus liebt und äußeren Glanz, sogar Cecil begreift nicht, daß ich die Meßgewänder der Geistlichen gern sehe, daß Kerzen und schwere Silberkandelaber für mich beim Gottesdienst unentbehrlich sind, sie lenken nicht von der Predigt ab, sondern erhöhen und vertiefen die Andacht… die strenggläubigen Protestanten verstehen nicht, daß ihre Schlichtheit, um nicht zu sagen Askese, mir zuwider ist…, solange mein Bruder regierte, habe ich mich notgedrungen angepaßt und die einfache Prinzessin gespielt, unter Marias Herrschaft wollte ich durch betonte Schlichtheit ergeben und demütig wirken, schließlich war ich einige Zeit in Lebensgefahr, aber jetzt ist endgültig Schluß damit, jetzt bin ich die Königin, und muß, was Kleider und Schmuck betrifft, auf niemanden mehr Rücksicht nehmen…

»Nun, Parry, habt Ihr wieder Geldsorgen?«

»Ja, Majestät, vorhin überprüfte ich die Ausgaben des vergangenen Monats, gewiß, man feierte das Osterfest, es wurde mehr geschlachtet, Euer Majestät hat den alten armen Frauen ein Almosen gespendet…«

Elisabeth hatte die Tradition der täglichen Almosen beibehalten: An jedem Tag des Jahres erhielten dreizehn Arme am Tor des Palastes je fünf Pennies ausgehändigt, in der Karwoche aber erreichte das Almosengeben seinen Höhepunkt. Am Gründonnerstag gab die Königin so vielen alten Frauen, wie sie selbst Jahre zählte, eine Börse mit ebenso vielen Pennies, außerdem bekam jede noch zwanzig Shilling als Ersatz für das Kleid, das die Königin trug, schließlich folgte die traditionelle Fußwaschung der alten Frauen durch die Königin, wobei die Füße der Frauen zweimal vorgereinigt wurden, ehe Elisabeth mit der Zeremonie begann: nach der Schriftlesung wusch sie, unterstützt von ihren Hofherren, die Füße, trocknete sie ab, bekreuzigte und küßte sie, anschließend gab sie jeder Frau vier Ellen schwarzes Tuch, ein paar Schuhe und eine Holzplatte mit Fastenkost – ein halber Salm, eine halbe Quappe, sechs rote Heringe, zwei kleine Brotlaibe und eine Kanne Rotwein.

Parry dachte an die Spenden und überlegte, wie er von Ostern auf die Pferde kommen sollte, da unterbrach Elisabeth seine Gedanken:

»Die königliche Geldspende an Ostern ist eine alte Tradition, kommt zur Sache, worum geht es?«

Der Ton der Königin war merklich kühler geworden, aber Parry versuchte, sich nicht irritieren zu lassen, und erwiderte: »Majestät, bei den Rechnungen fand ich dies«, und er gab ihr das Blatt Papier, »meiner Meinung nach ist der Ankauf von neuen Reitpferden überflüssig.«

Elisabeth legte die Rechnung achtlos zur Seite und lächelte Parry erneut an.

»Es ist keine überflüssige Ausgabe, sondern eine Sparmaßnahme.«

»Das verstehe ich nicht, Majestät.«

»Das Ansehen eines Monarchen im In- und Ausland, Parry, ist untrennbar verknüpft mit höfischer Repräsentation. Je glanzvoller repräsentiert wird, je mehr Abwechslung man den ausländischen Gästen bietet, desto mehr respektiert man den Herrscher. Man kann natürlich ein rauschendes Fest nach dem andern geben, mit üppigen Banketten und aufwendigen Maskeraden; das ist eine Unterhaltung der Gäste für wenige Stunden, die Unsummen kostet. Nun zu den Pferden: Bedenkt, wie viele Jagden und Turniere man mit ihnen veranstalten kann! Ein Jagdausflug ist für ausländische Gäste immer eine angenehme Unterhaltung, einfach, weil der äußere Rahmen zwangloser ist, man kann die Jagd mit Überraschungen bereichern, hier bietet sich oft die Gelegenheit, einen

Gesandten en passant ein bißchen auszufragen, man kann die Menschen meistens besser einschätzen, wenn die höfische Maske wegfällt, vor allem aber ist ein Jagdausflug billiger als ein Fest: Man kleidet sich einfacher, man speist nicht so üppig wie an der Hoftafel, und am Abend sind die Gäste so erschöpft, daß ein Konzert der Hofkapelle als Unterhaltung genügt.«

»Gewiß, Majestät, aber es sind ja nicht nur die Anschaffungskosten, die Pferde müssen gepflegt und verköstigt werden, hin und wieder benötigt man einen Tierarzt, je größer der Marstall, desto mehr Stallknechte müssen beschäftigt werden…«

»Sorgt Euch nicht wegen der Kosten, Lord Rob…, ich meine Lord Dudley wirtschaftet sehr sparsam und umsichtig, überdies bekommen die Londoner Handwerker Arbeit durch eine Vergrößerung des Marstalls, sie verdienen sozusagen am Hof, weil Sättel, Zaumzeug, Schabracken angefertigt werden müssen, je mehr Geld ein Handwerker verdient, desto mehr kann er kaufen, was unserem Handel zugute kommt. Noch bin ich gezwungen, mit wenig Mitteln ein glanzvolles Hofleben zu arrangieren, und mit etwas Phantasie ist es gar nicht so schwierig. Warum ähnelt mein sonntäglicher Gang zur Kapelle einer Prozession? Weil ich die Zuschauer beeindrucken will. Warum lege ich Wert auf erstklassige Instrumentalisten? Weil ich das kulturelle Leben an meinem Hof weiterentwickeln möchte. Warum wähle ich die jungen Adligen, die ein Hofamt anstreben, sorgfältig aus? Weil ich nur junge Kavaliere um mich haben möchte, die dem Idealbild des Höflings entsprechen, wie es Castiglione in seinem Buch »Il Cortegiano« beschrieben hat: Herkunft und Tapferkeit genügen nicht mehr für einen Adligen, wenn er am Hof aufsteigen will, er muß gebildet sein, Tanz und Musik muß er ebenso beherrschen wie die alten Sprachen und die Philosophie, kurz, er muß das aktive und das kontemplative Leben in sich vereinen. Warum achte ich bei meinen jungen Ehrendamen darauf, daß sie Anstand und Sitte wahren? Weil ich Wert darauf lege, daß mein Hof einen untadeligen Ruf hat. Ihr seht, man kann mit wenig Geld dem Hofleben ein Profil verleihen, das es von allen anderen europäischen Höfen unterscheidet, ich möchte, daß man mit Hochachtung vom englischen Hof spricht! Vielleicht kann ich eines Tages finanziell aus dem vollen schöpfen wie mein Vater, unsere wirtschaftliche Lage hat sich während der letzten Monate erheblich verbessert: Die Ausgaben der Krone konnten von 267 000 Pfund auf 108 000 Pfund gesenkt werden, Sir Gresham hat dafür gesorgt, daß wir in Antwerpen wieder Kredite bekommen, seht…«, sie wies auf einige Papiere, »heute morgen erhielt ich zwei Abhandlungen, die sich mit der Weiterentwicklung unseres Bergbaues befassen und mit der Verwertung unseres Zinkerzes…«

Zinkerz, überlegte sie, ist die Basis für die Herstellung von Waffen, und Waffen kann man exportieren…

»Meine größte Hoffnung ist die Münzreform, vielleicht können wir dadurch die Teuerung beenden.«

»Majestät, die Münzreform war notwendig und wird die Preissteigerung wahrscheinlich verlangsamen, aber, mit Verlaub, ich befürchte, daß wir langfristig mit der Inflation werden leben müssen.«

Elisabeth sah Parry überrascht an: »Merkwürdig, Sir Gresham hat sich vor einiger Zeit ähnlich geäußert, er sagte, es gäbe keinen ›gerechten Preis‹, er behauptet, der Grund für die Teuerung sei das überseeische Gold, ist das auch Eure Meinung?«

»Ja, Majestät. Der Preis ergibt sich aus dem Verhältnis zwischen dem Warenangebot und der vorhandenen Geldmenge. Eine Mißernte zum Beispiel führt zu einer Verknappung des Brotes, folglich steigt der Brotpreis.«

»Mißernten und ihre Folgen, Hungersnöte und Teuerung, hat es immer wieder gegeben und wird es immer geben, aber wir müssen schon jahrelang – unabhängig von Mißernten – mit einem kontinuierlichen Preisanstieg leben.«

Parry nickte. »Natürlich, der Grund dafür sind die Gold- und Silberschätze aus Übersee, die regelmäßig in Spanien eintreffen. Dieses Edelmetall hat dazu geführt, daß in Europa mehr Geld verfügbar ist als früher; da das Warenangebot gleich groß blieb, war die natürliche Folge dieses Mißverhältnisses ein Anstieg der Preise. Warum sollen die Kaufleute die Waren billig verkaufen, wenn mehr Geld verfügbar ist? England spürt die Teuerung besonders stark, weil unser Außenhandel mit Wolle und Tuch sich auf Antwerpen konzentriert, und Antwerpen ist das spanische Finanzzentrum.«

Parry schwieg, und eine Weile herrschte Stille im Raum. Schließlich stand Elisabeth auf, ging zu einem der Fenster und sah nachdenklich hinunter in den Garten und zur Themse, und plötzlich erinnerte sie sich an jenen Morgen im Tower vor fünf Jahren und an ihre Vision von Englands Zukunft: Der Ozean war die Zukunft ihres Königreiches, warum sollte die englische Flotte, deren Wiederaufbau gute Fortschritte machte, warum sollten nicht englische Schiffe eines Tages neue Länder entdecken, die Gold und Silber bargen, was sprach gegen eine Kaperung spanischer Schiffe? Nichts!

»Glaubt Ihr, daß noch mehr Gold und Silber nach Europa kommen werden?«

»Ja, Majestät«.

»Dies bedeutet, daß die Relation zwischen Geld- und Warenmenge gleich bleibt und daß wir mit dem Preisanstieg werden leben müssen?«

Parry dachte kurz nach und erwiderte: »Majestät, ich bin kein Finanzexperte wie Sir Gresham, aber ich fürchte, daß die Preise im Laufe der Jahre allmählich weiter steigen werden. Die Kaufleute profitieren natürlich davon, es gibt schon jetzt Londoner Handelsherren, die luxuriöser leben als ein Grundbesitzer in einer armen Grafschaft im Norden.«

»Ihr habt recht«, erwiderte Elisabeth mit einem bitteren Unterton in der Stimme, »die Grundbesitzer mit einem festen Einkommen durch die Pachtverträge sind bei steigenden Preisen natürlich die Leidtragenden, und dazu gehört auch die Königin von England. Ich werde also eine arme Königin bleiben, die jeden Penny umdrehen muß.«

Parry unterdrückte mühsam ein Lächeln angesichts der perlenbestickten Robe. »Man muß die Entwicklung abwarten, Majestät.«

»Die Entwicklung«, sagte Elisabeth mehr zu sich selbst als zu ihrem Schatzmeister, »die Entwicklung…, wie hat die Welt sich verändert! Als mein Großvater 1485 König von England wurde, hatten die Preise sich seit etlichen hundert Jahren nicht verändert, und jetzt? Innerhalb von sieben Jahrzehnten haben wir eine Teuerung wie noch nie zuvor. Als mein Vater den Thron bestieg, gab es in Europa nur einen christlichen Glauben, und jetzt? Seit vierzig Jahren bekämpfen die Christen sich gegenseitig, und noch ist kein

Ende abzusehen... Geht, Parry, sagt Lord Rob..., ich meine Lord Dudley, er soll mich sofort benachrichtigen, wenn die neuen Pferde eingetroffen sind.«

»Zu Befehl, Majestät«, er zögerte etwas, »ich bitte um Vergebung, Majestät, aber ich möchte Euer Majestät noch einmal auf einen Mißstand aufmerksam machen, nämlich die halbleere Hoftafel. Die privaten Köche haben sich wieder eingeschlichen, ihr Tun und Treiben verschlingt Unsummen.«

»Was sagt Ihr?« fuhr Elisabeth auf, und ihr blasses Gesicht wurde rot vor Ärger. »Himmelkreuzdonnerwetter! Ab jetzt werde ich Geldstrafen verhängen wie mein Großvater!«

»Majestät, wie sollen die Übeltäter überführt werden? Einige haben angeblich in London zu tun, andere schützen Krankheit vor, die Herren werden um Ausreden nicht verlegen sein.«

Elisabeth sah nachdenklich vor sich hin. »Wenn wir nach Greenwich übersiedeln, Parry, werden die Köche in ihre Grafschaften zurückgeschickt, während meiner sommerlichen Rundreise ist die Hoftafel unproblematisch, weil wir von den Städten und dem Adel bewirtet werden, und bis zum Herbst finden wir vielleicht eine Lösung. Geht jetzt.«

Während Parry sich unter den vorgeschriebenen Verbeugungen zurückzog, amüsierte er sich im stillen darüber, daß Elisabeth sich zweimal versprochen hatte: Lord Rob...

Im Audienzzimmer war inzwischen eine Tafel aufgebaut worden, und Parry blieb stehen, um die Zeremonie des Auftragens der Speisen zu beobachten, er hatte dieses Ritual zwar schon öfter erlebt, aber es beeindruckte ihn stets von neuem. Die Gespräche der Anwesenden wurden leiser, verstummten, und alle verfolgten andächtig eine Zeremonie, die den Spanier de Feria an einen Gottesdienst erinnerte. Zwei Herren betraten den Raum, einer trug einen Stab, der andere das Tischtuch aus Damastseide. Sie beugten an der Tür das Knie, schritten bis zur Mitte des Zimmers, beugten das Knie zum zweiten Mal und vor der Tafel zum dritten Mal. Nun wurde der Stab kurz auf den Boden gestoßen, das Tischtuch aufgelegt, und die Herren zogen sich zurück, wobei sie wieder dreimal das Knie beugten.

Jetzt erschienen zwei andere Herren, einer trug den Stab, der andere ein Salzfäßchen und eine Platte mit Brot. Kniebeugen, ein Stoß mit dem Stab, Salzfäßchen und Platte wurden auf den Tisch gestellt, dann zogen die Herren sich unter Kniebeugen zurück.

Nun betraten eine Hofdame und ein Ehrenfräulein das Zimmer, Kniebeugen, dann rieben sie die Platte mit Brot und Salz ein. Nachdem die Damen sich kniebeugend zurückgezogen hatten, marschierten vierundzwanzig Leibgardisten herein, jeder trug eine vergoldete Platte mit einer Speise, die sie in einer bestimmten Reihenfolge auf den Tisch stellten. Innerhalb weniger Minuten verbreiteten sich im Audienzzimmer eine Vielfalt von Düften: Es roch nach gebratenem Fleisch, warmen Pasteten, süßen Kuchen. Parry war zu weit von der Tafel entfernt und konnte nicht alles erkennen, was aufgetischt wurde, aber er sah immerhin, daß es gebratene Hühner und Tauben gab, eine Schüssel mit Lammragout, Stör, Salm, verschiedene Puddings und ein Schloß oder eine Burg aus Marzipan, die er irgendwann schon einmal gesehen hatte. In diesem Augenblick begannen die Trommler und Trompeter ihr Spiel, um den Höflingen zu melden, daß die Stunde gekommen war, um sich zur Tafel zu begeben.

Jetzt betrat wieder eine Hofdame das Zimmer, näherte sich ebenfalls unter Kniebeugen der Tafel und kostete mit einem Probiermesser von jeder Platte, um zu überprüfen, ob die Speisen nicht vergiftet waren, nach der Probe brachte ein Hofgardist die Platte zur Königin, die nun auswählte, was serviert werden sollte. »Ich bin zutiefst beeindruckt«, sagte de Feria leise zu Arundel, »es ist so, als ob eine Messe zelebriert wird«, im stillen bedauerte er die Königin, die wahrscheinlich nach diesem Aufwand halbkalte Speisen essen mußte, aber es war beeindruckend und imposant, wie diese protestantische Königin es verstand, sich selbst und ihren Hof in Szene zu setzen, man huldigt ihr wie einer Göttin oder wie der Jungfrau Maria, dachte de Feria. Beim Verlassen des Audienzzimmers betrachtete Parry das Marzipanschloß etwas genauer, nanu, dachte er, das ist doch Kenilworth…, einst gehörte es dem Herzog von Northumberland, nach seinem Tod fiel es an die Krone zurück… Er fühlte sich hungrig und eilte gutgelaunt zur Hoftafel, er freute sich auf die bevorstehenden fleischlichen Genüsse, Gott sei Dank gab es keinen Seefisch.

Während Parry an der Hoftafel genüßlich ein Fleischgericht nach dem andern probierte und mit Arundel und den Ashleys über dies und jenes plauderte, aß Elisabeth allein und appetitlos etwas Stör und gebratene Taube. Im Gegensatz zu ihrem Vater, der Gesellschaft bei Tisch geliebt hatte, speiste sie – seit der Thronbesteigung – allein, wobei mehrere Gründe eine Rolle spielten. Sie war nun Königin und mußte notgedrungen vom Morgen bis zum Abend in der Öffentlichkeit leben, sie konnte sich nur wenige Stunden den Argusaugen des Hofes entziehen, wenn sie sich zur Ruhe begab und bei den Mahlzeiten; während die Diener lautlos und diskret servierten, entspannte sie sich, überdachte noch einmal ein politisches Problem oder träumte vor sich hin. Es gab indes noch einen anderen Grund, der Hoftafel fernzubleiben, nämlich die Männergesellschaft, in der sie lebte. Sie mußte sich als Frau gegenüber diesen Männern behaupten und durchsetzen, und das bedeutete, daß sie sich rar machen mußte, in der ungezwungenen Atmosphäre der Hoftafel, dachte sie, verliere ich etwas von meinem königlichen Nimbus. Ich muß als Frau und Königin eine gewisse Distanz zu den Männern schaffen...

Abgesehen von den Dienerinnen, die für ihre körperlichen Bedürfnisse zu sorgen hatten, bestand ihr weibliches Gefolge nur aus achtzehn Damen: vier Kammerdamen, acht Hofdamen und sechs junge Ehrendamen.

Seit ihrer Thronbesteigung wußte sie, daß es nur eine Möglichkeit gab, die Männergesellschaft zu zähmen, sie mußten erkennen und begreifen, daß die Königin der Mittelpunkt des Hofes war, ein Mittelpunkt, den man verehren mußte wie seinerzeit die Jungfrau Maria.

So speiste sie allein, und wenn man ihr ein halbkaltes Stück Fleisch servierte, erinnerte sie sich wehmütig an die heiße Pottage in Hatfield, aber..., überlegte sie, die überflüssige Zeremonie im

Audienzzimmer ist notwendig, ich muß bei jeder Gelegenheit zum Ausdruck bringen, daß ich die Königin bin. Unterdessen war das Marzipanschloß Kenilworth serviert worden. Sie betrachtete nachdenklich die Mauern und Türme, dachte daran, daß es einst den Dudleys gehört hatte…, ihre Gedanken wanderten zu Robert, und sie überlegte, daß ihre Mahlzeiten weniger eintönig wären, wenn er ihr Gesellschaft leisten würde… Sie konnte ihn jederzeit einladen, mit ihr zu speisen, aber das Geschwätz der Höflinge…, Unsinn, getratscht wird immer, aber… – Sie spürte eine innere Hemmung, die mit dem Hofklatsch nichts zu tun hatte, irgendwann würde sie mit Robert allein speisen, aber das hatte Zeit, nur nichts überstürzen, es muß sich alles entwickeln, auch ihre innere Beziehung zu Robert mußte sich entwickeln, gewiß, es gab eine Zuneigung zwischen ihnen, aber sie war die Königin, er nur der Oberhofstallmeister, dieser Unterschied im Rang mußte überwunden werden, nicht innerlich, aber äußerlich, er muß peu-à-peu aufsteigen, dachte sie, zum Baron, zum Grafen, zum Herzog, zum… Mein Gott, was für ein Unsinn, meine innere Beziehung zu ihm hat nichts mit seinem Rang bei Hof zu tun, ich liebe ihn, aber wie soll es weitergehen…

Ich kann nur abwarten…, es gibt im Leben manchmal glückliche Zufälle…, wäre ich ein einfaches Landmädchen, so müßte ich warten, bis der Mann ein Signal gibt, Kenilworth…, sie könnte… Sie ließ das Zuckerkunstwerk abservieren, ging hinüber in ihr Arbeitszimmer, trat zu einem der geöffneten Fenster, sah hinunter zur Themse und genoß die milde Frühlingsluft. In zwei Stunden würde Cecil kommen, um noch einmal die Religionsfrage mit ihr zu erörtern, sie mußte sich auf dieses Gespräch noch vorbereiten, aber sie verspürte keine Lust, sich an diesem warmen Nachmittag mit dem Abendmahl und der Liturgie zu beschäftigen, sie verspürte auch keine Lust, sich mit Cecil darüber zu unterhalten, wie weit man den religiösen Forderungen des Unterhauses entgegenkommen konnte. Sie überlegte, ob sie das Gespräch mit ihrem Ersten Staatssekretär verschieben sollte.

Während der letzten Wochen hatte sie öfter Gespräche mit Cecil verschoben, um zu jagen oder auszureiten, wobei sie stets Roberts Nähe gesucht hatte… Cecil hatte sie am nächsten Tag immer vorwurfsvoll angesehen, obwohl jene Angelegenheiten, die erörtert werden mußten, nicht so wichtig waren, Entscheidungen des Staatsrates über Petitionen einzelner Bürger, oder die Frage, ob der Grundbesitzer X aus der Grafschaft Kent in den Ritterstand erhoben werden sollte... Cecils vorwurfsvolle Augen sind ungerecht, dachte sie, ich habe von Anfang an meine Aufgaben als Königin ernst genommen..., und ihre Gedanken wanderten zurück zum November 1558.

Am 20. November, einem Sonntag, war der Staatsrat in Hatfield erschienen.

Sie hatte den Herren mitgeteilt, daß Sir Cecil das Amt des Ersten Staatssekretärs übernehmen würde, und daß sie beabsichtigte, den Rat zu verkleinern, um besser und effektiver arbeiten zu können.

Künftig würde der Rat nicht mehr aus dreißig, sondern nur noch aus elf Mitgliedern bestehen – sieben Adelige, vier Bürgerliche –, die Entlassung der übrigen Räte sei kein Urteil über ihre bisherige Tätigkeit, aber ein Staatsrat dürfe nicht zu zahlreich sein.

Als sie nun anfing, die Namen der künftigen Ratsmitglieder zu nennen, war die Spannung in der Großen Halle fast körperlich zu spüren. Sie bestätigte einige Mitglieder des alten Staatsrates.

Die Adeligen bekleideten, bis auf die Grafen von Derby und Pembroke, gleichzeitig ein hohes Hofamt: Howard von Effingham – der erste Kammerherr, der Oberhofmeister – Graf von Arundel, Lordadmiral Clinton,Schatzmeister Winchester, Shrewsbury – der Präsident des Rates im Norden, Sir Thomas Cheney – der Hofschatzmeister, Sir William Petre, Sir John Mason, der Kanzler der Universität Oxford, Sir Nicholas Wotton.

Dann nannte sie die neuen Räte:

Sir William Cecil, Sir Thomas Parry, Sir William Parr, der Bruder der Königinwitwe Katharina, dem sie den Titel Marquis von Northampton zurückgegeben hatte, Sir Nicholas Bacon, der Lordsiegelbewahrer, Sir Richard Sackville, Sir Edward Rogers, Lord Russell, der zweite Graf von Bedford – und schließlich Sir Francis Knollys, der Gatte ihrer Cousine Katharina, er war ein leidenschaftlicher Protestant und hatte unter Marias Herrschaft als Flüchtling in Deutschland gelebt, jetzt war er Mitglied des Staatsrates, Vize-Haushofmeister und Kommandant der Leibwache. Sie hatte ihre erste Ansprache an den Rat sorgfältig vorbereitet und besonderen Wert auf die Schlußsätze gelegt, der Schluß einer Rede prägte sich am meisten ein:

»Das Gesetz der Natur treibt mich dazu, um meine Schwester zu trauern; das schwere Amt, das mir zugefallen ist, verwirrt mich; und doch will ich es in Anbetracht dessen, daß ich als Gottes Geschöpf Seinem Willen gehorchen muß, übernehmen, wobei ich von ganzem Herzen wünsche, daß Gott der Herr mir in Seiner Gnade hilft, der Diener Seines göttlichen Willens in dem mir jetzt übertragenen Amt zu sein.«

Am 23. November war sie nach London aufgebrochen, hatte die folgenden fünf Tage in Charterhouse bei Lord North verbracht, sein Sohn Roger war mit Robert Dudley befreundet, am 28. war sie feierlich unter den Jubelrufen des Volkes in London eingezogen und hatte den Tower, der das Königreich symbolisierte, in Besitz genommen.

Sie war in lila Samt gekleidet, weil sie offiziell um die verstorbene Schwester trauerte, und ritt eine weiße Stute, gefolgt von ihrem Oberstallmeister Robert Dudley auf einem Rappen…

Am 5. Dezember dann die Fahrt auf der Themse zu ihrem Stadtschloß Somerset House, dort hatte sie gelebt, bis Maria bestattet war, am 23. Dezember die Übersiedelung nach Whitehall, ihr erstes Weihnachtsfest als Königin…, am Neujahrstag waren ihr gemäß dem Brauch Geschenke überreicht worden, prachtvolle, einfache; junge Adelige mit wenig Geld hatten ihr Verse geschenkt, die sie gedichtet hatten, ansonsten: ein gesticktes Taschentuch von ihrer Wäscherin, zwei Stück Batist von ihrem Müllkutscher, eine Flasche Toilettenwasser und kandierter Ingwer von den Leibärzten, das waren nette Aufmerksamkeiten. Von den Edelleuten aber erwartete sie Gold oder Edelsteine, was die Hofleute wohl wußten. Parrys Frau hatte ihr eine Schlangenzunge aus Rubinen und Gold geschenkt, von ihrem Großonkel Lordadmiral Howard hatte sie einen goldenen halbmondförmigen Kragen erhalten, von Robert Dudley eine kostbare Börse und eine Brosche...

Seine Geschenke bewahrte sie im Schlafzimmer auf, die übrigen Kostbarkeiten wurden in eine Liste aufgenommen und wanderten in die Schatzkammer, wo sie für Notzeiten aufbewahrt wurden.

Robert..., sie hatte weder ihn noch John Ashley in den Staatsrat berufen, sie wollte beide der Politik fernhalten, weil sie beiden keine politischen Fähigkeiten zutraute, aber sie hatte versucht, sie zu entschädigen: John Ashley führte die Oberaufsicht über die königlichen Juwelen, und Robert war nicht nur Oberstallmeister, sondern auch der Verwalter von Schloß Windsor und den umliegenden Wäldern, darüber hinaus hatte sie ihm Land in Yorkshire geschenkt, das Rittergut Kew, und er durfte Wolle zollfrei exportieren. Er war jetzt wohlhabend und finanziell unabhängig von Amy, wollte er nicht ein Landgut für seine Frau kaufen? Sie nutzte jede Gelegenheit, um ihn vor den Augen des Hofes auszuzeichnen, und hatte ihn mit einem äußerst wichtigen Auftrag zu Dr. Dee, dem Astrologen, geschickt: Der gelehrte Herr sollte errechnen, wann der günstigste Tag für ihre Krönung war. Dee kam zum Ergebnis, der günstigste Tag sei der 15. Januar 1559, ein Sonntag.

Ihre Krönung... Sechs Tage hatten die Feierlichkeiten gedauert, von Donnerstag, dem 12., bis Dienstag, den 17. Januar. Sie hatte weder Mühe noch Kosten gescheut, weil die Krönung ein politisches Ereignis von grundlegender Bedeutung für ihre Regierung war, diese Zeremonie legitimierte ihre Herrschaft und war vor allem ein wichtiger außenpolitischer Akt: Die Prachtentfaltung sollte den ausländischen Gesandten signalisieren, daß es England wirtschaftlich gutging (in Wirklichkeit waren die Staatskassen leer), die Inszenierung bewies, daß England ein kulturelles Niveau besaß, das mit dem Kontinent konkurrieren konnte, am wichtigsten aber war die Huldigung des Adels und der Jubel des Volkes: Dies war für die ausländischen Gesandten der Beweis, daß sie fest auf dem Thron saß! An die Ausgaben durfte sie nicht denken…, 16741 Pfund, 19 Schilling, 3 Farthings (ohne das Bankett), eine schwindelerregende Summe, wenn sie daran dachte, daß der Jahreslohn eines Handwerkers nur fünf bis zehn Pfund betrug und die Jahreseinkünfte aristokratischer Familien nur 3000 bis 4000 Pfund. Die Kosten der Stadt London anläßlich der Krönung waren wahrscheinlich noch höher gewesen als die der Krone. Der Aufwand hatte sich gelohnt, die ausländischen Gesandten waren offensichtlich sehr beeindruckt, was hatte der Venezianer zu Cecil gesagt? Die Fahrt zum Tower sei so festlich gewesen, er könne es nur mit dem prunkvollen venezianischen Staatsritual der Vermählung des Dogen mit dem Meer vergleichen… Die Fahrt auf der Themse zum Tower war der Auftakt gewesen… Am 12. Januar, einem sonnigen kalten Tag, war sie in einer vergoldeten Barke von Whitehall zum Tower gefahren, umgeben von anderen festlichen Barken…, sie trug ihren Hermelinmantel, saß auf einer Art Thron, umgeben von den Menschen, die sie schätzte oder die aus politischen Gründen dabeisein mußten, wie der hochnäsige de Feria, ansonsten Kate, nunmehr ihre Erste Hofdame, Cecil und… Robin, er saß etwas tiefer, aber ihr am nächsten, sie plauderten, einmal stand er auf und legte ihr den Hermelinmantel fester um die Schulter…

Am Samstag, gegen zwei Uhr nachmittags, begann der Krönungszug durch London, hinsichtlich der Innenpolitik war es der wichtigste Teil der Krönung, bei dieser Gelegenheit zeigte sie sich der Bevölkerung der Hauptstadt, und die Londoner waren nun einmal das Fundament ihres Thrones, abgesehen davon war der Krönungszug die Gelegenheit par excellence, den Kontakt zur Bevölkerung zu pflegen…

Bevor die Londoner jedoch ihre Königin zu sehen bekamen, wurde ihnen die aristokratische und bürgerliche Führung des Landes präsentiert, natürlich in protokollarischer Ordnung: die Ratsherren der Stadt, die Kronanwälte und Richter, die Ritter und Barone, der Hochadel und die Bischöfe und, am Schluß des Zuges, die Königin.

Alle ritten oder gingen ohne Gefolge im Zug, nur sie, die Königin, wurde eingerahmt von Gardisten, Pagen, Hofdamen zu Pferd und im Wagen, die höchsten Amtsträger der Regierung waren in ihrer unmittelbaren Nähe, sie selbst saß in einer goldenen Sänfte, die von zwei Pferden getragen wurde, unter einem Baldachin, den vier Adelige trugen, Robin führte hinter der Sänfte ihr Leibpferd am Zügel...

Sie trug ein Kleid aus Goldbrokat und die Fürstinnenkrone, auch dieser Tag war sonnig und zugleich klirrend kalt, aber sie spürte die Kälte nicht, weil sie vollauf damit beschäftigt war, ihrer Rolle gerecht zu werden, das bedeutete, daß sie Leutseligkeit und Distanz geschickt dosieren mußte.

Der Krönungszug war wie üblich durch verschiedene Stationen unterbrochen, an denen der Monarch anhielt, um sich die Erklärung der allegorischen Schaubilder anzuhören; sie hielt auch zwischen den Stationen an, wenn sie sah, daß jemand aus dem Volk sie sprechen oder ihr Blumen überreichen wollte..., in der Fleet Street überreichte ihr eine arme Frau ein Rosmarinsträußchen, das während des ganzen Zuges gut sichtbar neben ihr lag. Sie versuchte, sich noch einmal an die einzelnen Stationen zu erinnern, die erste Ehrenpforte hatte den Stammbaum der Tudors gepriesen, der zweite Triumphbogen war eine dezente Erinnerung an die Regelung der religiösen Frage, schließlich Cheapside: Der Stadtschreiber überreichte ihr das Gastgeschenk der City, eine Börse mit eintausend Goldstücken, und sie erwiderte:

Ich danke dem Lord Mayor, seinen Amtsbrüdern und
euch allen. Und sintemalen es euer Ersuchen ist, daß ich
fortfahren möge, eure gute Frau und Königin zu sein,
so seid versichert, daß ich so gut zu euch sein werde,
wie es jemals eine Königin zu ihrem Volk war. An Willen
kann es mir nicht fehlen, und ich glaube fest, daß es mir
auch an Macht nicht fehlt. Und überzeugt euch, daß ich um
euer aller Sicherheit und Zufriedenheit willen nicht zögern

werde, wenn es not tut, mein Blut zu geben. Gott lohne es euch allen.

Während es weiterging, fuhr ihr durch den Kopf, daß sie dem Beispiel ihres Vaters folgen und ebenfalls uniformierte Gilden gründen sollte, außer den Tuchhändlern, den Fischhändlern und den Goldschmieden gab es noch mehr Gewerbe in London, die Gildenmitglieder beschäftigten sich mit kommunalen Angelegenheiten, kontrollierten die Stadtverwaltung, und vor allem waren sie bestrebt, sich Privilegien von der Krone zu erkaufen... Der Verkauf von Privilegien war eine lohnende Einnahmequelle für die Krone...

Bei Temple Bar verabschiedete sich die Stadt London von ihr durch eine Reihe von Versen, in denen die Lehren der einzelnen Schaubilder zusammengefaßt waren.

Ein Kind, als Dichter verkleidet, sagte das Abschiedsgedicht auf:

»Leb wohl, o edle Königin, und da wir wissen fest,
Daß dort, wo Irrtum war, Du nun die Wahrheit setzt,
So hoffen wir, Du wirst als Königin uns bleiben
Und güt'ge Herrin jetzt und lange, lange Zeiten.«

Was hatte sie geantwortet? »Seid alle versichert, daß ich euch eine gute Königin sein werde.«

Der Tag klang aus mit einem Feuerwerk über der Themse.

Schließlich am Sonntag der Höhepunkt: die Krönung in Westminster Abbey. Wieder ein klarer, sonniger, frostiger Tag. Sie schritt über einen kostbaren blauen Teppich vom oberen Ende der Halle bis zum Chorportal der Abtei, hinter ihr hatte das schaulustige Volk den Teppich in kleine Stücke zerschnitten, als Andenken an diesen Tag...

In der Kirche waren bereits Adel, Würdenträger, die geistlichen Herren und die Stadtväter Londons versammelt, unmittelbar vor ihr schritt der Herzog von Norfolk mit der Krone des heiligen Eduard, links und rechts neben ihr die Grafen Pembroke und Shrewsbury. Die Krönung wurde nach lateinisch-mittelalterlichem Ritus zelebriert.

Die viermalige Proklamation zur Königin an vier Stellen der Abtei und die viermalige Akklamation vom Volk, anschließend wurde sie zum Altar geführt, um ihre Opfergabe darzubringen, ein Goldstück im Wert von zwanzig Schilling und eine prächtige Kelchdecke, Predigt, Bittgebet. Schließlich sprach der Bischof von Carlisle den Krönungseid, worin sie sich verpflichtete, das Gesetz und die Sitten des Reiches zu achten, Frieden mit der Kirche und dem Volk zu halten und Gerechtigkeit und Wahrheit zu üben... Litanei, Gebete und dann endlich die Salbung! Man zog ihr einen Wappenrock aus weißem Sarsenett über und hielt die von ihr gestiftete Decke über sie, während der Bischof sie mit dem heiligen Öl salbte. Anschließend setzte man ihr eine Batisthaube auf und zog ihr Handschuhe an, die das Öl auf Haupt und Händen schützen sollten.

Nachdem sie sich in der Sakristei umgekleidet hatte, kam die Investitur: Der Bischof hängte ihr ein Schwert an die Seite, legte ihr die beiden Armstreifen an, unter Fanfarenklängen setzte er ihr die Krone aufs Haupt, steckte den Krönungsring an den vierten Finger der rechten Hand und übergab ihr Zepter und Reichsapfel, zuletzt gab sie dem Bischof das Schwert zurück, das er auf den Altar legte. Die Huldigung durch die Großen des Königreiches und die Geistlichkeit, ein Hochamt, anschließend kleidete sie sich erneut um und begab sich zum traditionellen Krönungsbankett in die Westminster Hall. Sie hatte während der Zeremonie drei verschiedene Roben getragen, eine aus goldenem und silbernem Schleierstoff, eine aus karmesinrotem Samt und schließlich Purpursamt mit Hermelin besetzt...

Das Bankett begann gegen drei Uhr nachmittags. Der Graf von Arundel und der Herzog von Norfolk ritten in die Halle und verkündeten, begleitet von Trompetenstößen, das Auftragen der ersten Gänge. Anschließend folgte das traditionelle Zwischenspiel mit dem Fehdehandschuh.

Sir Edward Dymoke ritt in voller Rüstung in die Halle und ließ durch einen Herold verkünden, er sei bereit, gegen alle zu kämpfen, die der Königin ihr gesetzliches Recht auf die Krone absprechen wollten, er warf den Fehdehandschuh auf die Erde. Dann wurden neue Gerichte aufgetragen. Ihr Großonkel, Lord William

Howard, und Thomas Radcliffe, der dritte Graf von Sussex, die ihr beide treu ergeben waren, standen neben ihr, schnitten das Fleisch, das sie aß, und füllten ihren Weinbecher. Sie fühlte sich so erschöpft, daß sie kaum essen, trinken oder sprechen konnte, und spürte, daß sie sich am Tag zuvor erkältet hatte.

Irgendwann im Laufe des Abends dankte sie den Lords, die die Krönung vorbereitet hatten, trank ihnen zu, woraufhin die Pairs die Adelskronen vom Haupt nahmen. Gegen ein Uhr morgens war alles überstanden.

Am Montag sollte ein Turnier stattfinden, an dem auch Robert teilnahm, aber sie war so erschöpft, daß man es auf den Dienstag verschob, und wegen ihrer starken Erkältung trat das Parlament nicht wie geplant am 23., sondern erst am 25. Januar zusammen.

Ihr erstes Parlament..., sie erinnerte sich unbehaglich an das selbstbewußte Auftreten der Abgeordneten des Unterhauses, und überlegte zum soundsovielten Mal, ob es richtig gewesen war, möglichst wenig Einfluß auf die Wahl in den Grafschaften und Städten zu nehmen. Ihre Vorgänger hatten die Zusammensetzung sowohl des Unterhauses als auch des Oberhauses beeinflußt, aber auch bei letzterem hatte sie bewußt auf Rangerhöhungen verzichtet oder auf die Anweisung fernzubleiben, beides übliche Methoden, um das Oberhaus willfährig zu stimmen, sie hatte bewußt jede Beeinflussung abgelehnt, weil sie – im Hinblick auf die Regelung der wichtigen Religionsfrage – ein realistisches Bild der öffentlichen Meinung haben wollte.

Die Parlamentarier waren ihr einerseits ergeben, andererseits benahmen sie sich wie gleichberechtigte Partner des Monarchen und scheuten sich nicht, Forderungen zu stellen. Bei meinem Vater, überlegte sie, wäre dies undenkbar gewesen, aber das Parlament stimmte der Lösung von Rom zu, das Parlament erkannte meinen Vater als Oberhaupt der Kirche an, und seit damals haben die Abgeordneten ihre Stellung langsam, aber sicher gefestigt und ausgebaut, wobei ihnen natürlich zugute kam, daß nach meinem Vater kein starker Herrscher regiert hat. Ich werde mein ganzes diplomatisches Geschick aufbieten müssen, um mit dem Unterhaus fertig zu werden, vor allem darf ich das Gesicht nicht verlieren, ich werde wahrscheinlich Kompromisse schließen müssen, aber dann muß es nach außen hin immer so aussehen, als ob ich meinen Willen durchgesetzt habe!

Der Auftakt der Parlamentseröffnung war erfreulich: Ober- und Unterhaus erklärten sie für legitim und bestätigten das Thronfolgegesetz des Jahres 1543. Weniger erfreulich war Anfang Februar die Bitte des Parlaments, sie möge heiraten, wobei durchklang, sie möge einen Engländer heiraten.

Einige Tage später antwortete sie, sie habe sich, seit sie das Alter der Einsicht erreicht habe, zum Leben einer Jungfrau entschlossen, und wenn Ehrgeiz, Not oder gar Lebensgefahr sie in die Ehe geführt hätten, dann würde sie jetzt nicht in der Lebensarbeit stehen, die ihr so vertraut sei und in der Gott sie erhalten habe. Sie könnten überzeugt sein, daß, wenn es Gott gefiele, ihr Herz zur Ehe geneigt zu machen, ihre Wahl auf jemanden fallen würde, der um die Erhaltung des Reiches ebenso besorgt wäre, wie sie selbst es sei. Sollte der Herr sie aber weiterhin in ihrem Willen, unverheiratet zu bleiben, erhalten, so würde die Thronfolge unter allen Umständen geregelt werden. Sie erinnerte die Abgeordneten daran, daß sie bereits dem Königreich England vermählt sei, zog den Krönungsring vom Finger und hielt ihn hoch: »Und ich werde völlig zufrieden sein, sowohl was das Weiterleben meines Namens als auch meinen Nachruhm angeht, wenn nach meinem letzten Atemzuge auf meinem Grabmarmor eingemeißelt steht: ›*Hier liegt Elisabeth, die als Jungfrau regierte und als Jungfrau starb*‹.«

Die Abgeordneten waren natürlich beunruhigt wegen der Eheverhandlungen mit Spanien, nun, die wurden wenig später abgebrochen, sie waren sowieso nur ein außenpolitisches Manöver gewesen, eine Komödie, die für den Granden de Feria ziemlich nervenaufreibend gewesen war... Philipp wollte England anscheinend unbedingt seinem Reich einverleiben, jedenfalls hatte er kurz nach der Thronbesteigung um ihre Hand angehalten.

Sie und Cecil waren von Anfang an entschlossen, ihm einen Korb zu geben, schließlich mußte sie Rücksicht auf die Gefühle des englischen Volkes nehmen; aber eine sofortige Absage konnte sie sich außenpolitisch nicht leisten, dazu war ihre internationale Stellung noch nicht fest genug, sie brauchte Philipps Unterstützung gegen den Papst und vor allem gegen Frankreich. Für den Papst war sie nach wie vor ein Bastard, Paul IV. drohte mit Exkommunikation, was Philipp, nach de Ferias Aussagen, zu verhindern suchte. Das Verhältnis zu Frankreich war weitaus schwieriger.

Trotz der Friedensverhandlungen herrschte offiziell immer noch Krieg zwischen Frankreich und England, damit nicht genug, hatte Heinrich II. seine Schwiegertochter Maria Stuart zur Königin von England proklamiert, und die Dauphine war dreist genug, das königliche Wappen Englands ihrem eigenen Wappen hinzuzufügen. Sir Nicholas Throgmorton, Englands Gesandter am französischen Hof, hatte natürlich protestiert, worauf man ihn diskret daran erinnert hatte, daß seine Monarchin – trotz des Verlustes von Calais – den Titel »Königin von Frankreich« beibehielt und in ihrem königlichen Wappen die französischen Lilien führte... Das stimmt zwar, dachte Elisabeth, aber im Gegensatz zu Maria Stuart erhebe ich keinerlei Ansprüche auf die französische Krone, die Dauphine hingegen, dieses vom Schicksal verwöhnte junge, dumme Ding, gebärdet sich als rechtmäßige Königin von England! Gütiger Himmel, hoffentlich kommt Heinrich II. nicht auf die Idee, die Thronansprüche seiner Schwiegertochter mit Waffengewalt durchzusetzen...

Während der vergangenen Monate hatte sie hin und wieder befürchtet, daß französische Truppen an der englischen Küste landen und nach London marschieren würden, im Winter war dies zwar unwahrscheinlich, aber man konnte nie wissen. Die Eheverhandlungen mit Spanien boten eine willkommene Gelegenheit, um Frankreich in Schach zu halten, so machte sie de Feria an einem Tag Hoffnungen, äußerte am nächsten Tag ihre Bedenken gegen eine Verbindung mit Spanien, bis der Grande völlig verwirrt war.

Irgendwann begann Philipp das Spiel zu durchschauen und schrieb am 10. Januar an de Feria, er hege gewisse Zweifel bezüglich einer Ehe mit Elisabeth, aber er sei bereit, sie zu heiraten, wenn sie sich zum katholischen Glauben bekenne und diesen in England beibehalte. Sie erwiderte de Feria, sie müsse ihr Parlament befragen. Anfang März war ein weiteres Ausweichen unmöglich, sie erklärte dem Gesandten, es wäre gewiß eine Ehre für sie, Philipps Gemahlin zu werden, aber des Königs Ehe mit ihrer verstorbenen Schwester könne ein ernsthaftes Hindernis sein, abgesehen davon sei sie eine »Ketzerin« und könne aus diesem Grund Philipp nicht heiraten, indes sei eine gute geschwisterliche Freundschaft in ihrer beider Interesse und wäre für beide Länder außenpolitisch von Vorteil…

Philipp hatte ihr – trotz der Absage – versichert, er bleibe ein Freund Englands. So weit, so gut. Das Problem ihrer Heirat war allerdings nach wie vor ungelöst. Sie wußte, daß Parlament, Staatsrat und das englische Volk immer wieder den Wunsch an sie herantragen würden, sie möge heiraten, um die Thronfolge zu sichern. Die Thronfolge war zweifellos wichtig, aber sie wollte nicht heiraten, ein Ehemann bedeutete, daß sie die Macht mit ihm teilen mußte und nicht mehr der alleinige Mittelpunkt des Hofes war, und sie wollte der Mittelpunkt bleiben, jahrelang hatte sie im Schatten der Krone gelebt, das sollte endgültig der Vergangenheit angehören, und was die Thronfolge betraf, so würde ihr schon etwas einfallen; abgesehen davon gab es wichtigere Probleme. Die Regelung der religiösen Frage zum Beispiel, sie wurde leider erschwert durch die aus dem Exil heimkehrenden Protestanten, von denen viele in Genf gelebt und den Calvinismus kennengelernt hatten. Sie mochte die strenggläubigen Protestanten nicht, weil sie Fanatiker waren, und mußte dennoch Rücksicht auf sie nehmen. Sie war mit Cecil einer Meinung, daß man die Religionsfrage behutsam und langsam lösen müsse, man hatte versucht, den Papst und die Katholiken zu beruhigen, der englische Gesandte in Rom wurde nicht abberufen, die Messe wurde weiterhin zelebriert, allerdings teilweise in englischer Sprache, und bei ihrer Proklamation zur Königin war der Titel »Oberhaupt der Kirche« ersetzt worden durch : ›Verteidigerin des Glaubens et cetera…‹ Das »et cetera« besagte alles und nichts; die englischen Katholiken atmeten auf, Frankreich, Spanien und der Papst konnten vermuten, daß in England alles beim alten bliebe, so weit, so gut. Die Protestanten waren natürlich verunsichert, und so nutzte sie jede Gelegenheit, um zu demonstrieren, daß sie eine protestantische Königin war.

Als der Bischof von Carlisle beim Weihnachtsgottesdienst die Hostie emporhob, obwohl sie es ihm untersagt hatte, verließ sie empört die Kapelle.

Eine weitere Gelegenheit bot sich während des Krönungszuges durch London: Als man ihr an einer Station eine englische Bibel überreichte, küßte sie das Buch, hob es hoch, drückte es an die Brust und bedankte sich mit herzlichen Worten. Bei der Krönung zog sie sich während der Messe, als die Wandlung begann, demonstrativ in die Sakristei zurück. Bis jetzt hatte ihr Verhalten eine allgemeine Verunsicherung bewirkt, niemand, weder die Engländer selbst, noch das katholische Ausland, wußte, welchen Weg England in der Religionsfrage einschlagen würde…

Wenn Cecil nachher kommt, überlegte sie, muß ich ihm vor allem klarmachen, daß die englische Kirche so gestaltet werden muß, daß jeder Engländer in ihr leben kann…

In diesem Augenblick betrat ein Diener das Zimmer.

»Majestät, Sir Cecil wartet im Vorzimmer, er sagt, er habe wichtige Nachrichten erhalten.«

Elisabeth sah erstaunt zur Uhr. »Ich erwartete ihn erst in einer Stunde…, laßt ihn eintreten.«

Als Cecil gemessenen Schrittes auf sie zuging, wurde ihr erneut bewußt, daß er sich während der letzten Monate verändert hatte. Seine äußere Erscheinung war imposanter als früher: Er war – trotz des milden Frühlingstages – in einen Zobelpelz gekleidet, worüber Elisabeth sich im stillen amüsierte, der Mantel war aufgeknöpft, und Elisabeth sah, daß Cecil ein schwarzes Samtwams trug und eine schwere Goldkette, sein Kopf war mit einem hohen schwarzen Samtbarett bedeckt, das ein Kreuz aus Rubinen schmückte, der Hals war von einer üppigen Spitzenkrause umschlossen, und wer ihn nicht kannte, konnte schon aus der Kleidung schließen, daß dieser Mann ein wichtiges Staatsamt innehatte.

Er verneigte sich ehrerbietig und dachte wieder einmal mit Genugtuung daran, daß er der einzige am Hof war, der nicht das Knie beugen mußte, eine Gunst, die seine Bedeutung noch unterstrich, weil allgemein bekannt war, wie streng die Königin auf das Zeremoniell achtete.

Elisabeth war der Meinung, daß die Besprechungen mit ihrem wichtigsten Ratgeber nicht durch zeremonielle Förmlichkeiten gestört werden sollten.

»Ich bitte um Vergebung, Majestät, daß ich früher komme als vereinbart, aber die Nachrichten, die ich vorhin erhielt, dulden keinen Aufschub.«

»Willkommen, Mylord, nehmt Platz, ich hoffe, Ihr habt gute Botschaften.«

»Ja und nein, Majestät. Die eine Nachricht ist zweifellos gut, die andere hingegen...«, er hüstelte und öffnete die Mappe aus Saffianleder, »die andere Nachricht ist gut oder schlecht, das wird die Zukunft zeigen, eine schlechte Nachricht kann gut, eine gute Nachricht schlecht sein, das hängt davon ab, was man aus ihr macht. Die zweite Botschaft ist schlecht, aber sie ist auch gut, weil sie Euer Majestät zwingt, eine Entscheidung zu treffen bezüglich eines Problems, das jeden Eurer Untertanen zutiefst bewegt.«

»Mylord, niemand wird mich je zu einer Entscheidung zwingen und schlechte Nachrichten am allerwenigsten, aber nun zur guten Botschaft, worum geht es?«

Cecil entnahm der Mappe einen Bogen Pergament und überreichte ihn feierlich seiner Königin. »Majestät, hier sind die Bestimmungen des Friedens von Cateau-Cambrésis, der am 2. April zwischen Frankreich, Spanien und England geschlossen wurde, für uns sind vor allem die Vereinbarungen bezüglich der Stadt Calais interessant, es ist ein Kompromiß, aber als Kompromiß ein Erfolg! Die Beharrlichkeit Eurer Majestät hat sich gelohnt: Calais bleibt dem Namen nach englischer Besitz unter einstweiliger Verwaltung durch Frankreich; faktisch ist Calais zum Preis von einer halben Million Kronen an Frankreich verkauft worden, die innerhalb der nächsten acht Jahre gezahlt werden müssen; nun, in acht Jahren kann viel geschehen, zahlt Frankreich nicht, bleibt Calais im Besitz Englands.«

Elisabeth las das Dokument, und Cecil beobachtete, daß ihre Augen kurz aufleuchteten. »Gott sei Dank«, sagte sie und gab Cecil das Papier zurück, »mir fällt ein Stein vom Herzen, mit diesem Friedensvertrag haben die katholischen Großmächte mich faktisch als Königin von England anerkannt, meine internationale Position ist gefestigt, und Calais..., die getroffene Vereinbarung ist vortrefflich, Geld oder Calais, im Augenblick würde ich Geld sogar vorziehen. Man könnte das Tuchgewerbe fördern, der Export von Wolltuch ist zwar während der letzten Monate wieder etwas gestiegen, aber wir könnten natürlich größere Gewinne erzielen, wenn wir keine Rohware, sondern verarbeitetes Tuch exportieren, was meint Ihr dazu? Technisch können wir natürlich im Moment mit den Flamen nicht konkurrieren, aber das ist eine Frage der Zeit.«

»Majestät, ich fürchte, der Plan ist nicht realisierbar, die Flamen kaufen nur unverarbeitetes Tuch - verständlich, in Flandern und Brabant möchte man das Monopol der Veredelung behalten, veredeltes Tuch würde zu Absatzschwierigkeiten führen, aber wir könnten andere Güter exportieren, zum Beispiel Hammelfleisch, eine Verlagerung der Produktion von Wolle auf Fleisch ist bei der Schafzucht ohne weiteres möglich.«

Elisabeth überlegte. »Ich werde darüber nachdenken, aber nun die zweite Nachricht.«

»König Philipp von Spanien wird Elisabeth von Valois, die älteste Tochter des französischen König heiraten.«

»Die kleine Valois? Sie ist doch noch ein halbes Kind, erst vierzehn Jahre, soviel ich weiß, Philipp ist über dreißig, er könnte ihr Vater sein, aber, gütiger Himmel, diese Heirat bedeutet ein Bündnis der katholischen Großmächte, das fortan wie ein Damoklesschwert über uns hängen und uns bedrohen wird.«

»Majestät, die Lage ist sicherlich ernst, aber wir sollten sie nicht zu pessimistisch beurteilen. Diese Ehe ist zunächst nur eine Annäherung zwischen den beiden Mächten, und was Philipp betrifft, so wird er uns wohl freundschaftlich gesonnen bleiben, im Interesse unseres Handels mit den Niederlanden. Seine Politik ist zur Zeit englandfreundlich, bedenkt, er interveniert in Rom gegen die von Frankreich geforderte Exkommunizierung Eurer Majestät, er hat Eurer Majestät seine Vettern, die Erzherzöge Ferdinand und Karl, als Ehekandidaten vorgeschlagen! Ich vermute, daß Philipp durch diese Heirat den Frieden mit Frankreich festigen will, um in Ruhe die Angelegenheiten seines eigenen Reiches zu ordnen. Spaniens Staatsfinanzen sind zerrüttet, trotz der ständigen Goldzufuhr aus Übersee, in den Niederlanden gärt es, der Protestantismus fängt an, dort Fuß zu fassen, überdies sind die Flamen ein freiheitsliebendes Volk, die Autonomiebestrebungen sind in der letzten Zeit stärker geworden, wahrscheinlich, weil die derzeitige Statthalterin, Margarethe von Parma, eine gemäßigte, konziliante Politik verfolgt, was natürlich nicht in Philipps Interesse ist. Wir müssen damit rechnen, daß er seine Halbschwester irgendwann abberuft und durch einen Spanier ersetzt, der hart durchgreift, wodurch England in eine schwierige Lage kommen kann.«

»Ihr denkt an unseren Export?«

»Ja und nein, er kann natürlich darunter leiden, vielleicht sogar zum Erliegen kommen, aber das ist nicht das Problem, wir können neue Märkte erschließen, viel wichtiger ist die Frage, wie England sich verhalten soll, wenn es in den Niederlanden zu politischen und religiösen Unruhen kommt.«

Elisabeth sah Cecil erstaunt an. »Mylord, ich kann verstehen, daß Ihr wie beim Schachspiel gern drei Züge vorausdenkt, aber sind Eure Überlegungen nicht etwas verfrüht, wenn es soweit ist, können wir immer noch entscheiden.«

»Gewiß, aber die Niederlande sind nicht das einzige Gebiet, wo es gärt, auch in Frankreich kann es zu religiösen Unruhen kommen, bedenkt, daß die Führer der Hugenotten zum französischen Hochadel gehören: Admiral Coligny, aus dem Hause der Montmorency, und vor allem Antoine de Bourbon, der König von Navarra, soviel ich weiß, ist er ein entfernter Verwandter der Valois. Schottland ist inzwischen ein dritter Unruheherd, seit John Knox aus dem Genfer Exil heimgekehrt ist und überall im Lande predigt; unser Gesandter Randolph schreibt in jedem Bericht, daß die Schotten fasziniert Knox' Predigten zuhören, sogar einige der Lords sympathisieren ernsthaft mit dem Protestantismus.«

Er schwieg, damit die Königin seine Ausführungen verarbeiten konnte, und fuhr dann fort: »Falls es in Mitteleuropa während der nächsten Jahre zu religiösen Unruhen kommt, werden die Protestanten natürlich England um Hilfe bitten. Majestät, wir sollten uns schon jetzt auf diese Situation einstellen und überlegen, wie wir uns verhalten wollen.«

Elisabeth dachte eine Weile nach und erwiderte: »Das wird ein schwieriger Balanceakt, es bietet sich natürlich an, eventuelle Unruhen zu unterstützen und sie außenpolitisch für uns zu nutzen, andererseits dürfen wir dadurch keinen Konflikt mit Frankreich oder Spanien heraufbeschwören…, ich finde, wir sollten abwarten und eine Entscheidung erst treffen, wenn wir mit diesem Problem konfrontiert werden. Die Annäherung zwischen Frankreich und Spanien bereitet mir im Augenblick mehr Sorgen, ich möchte unser freundschaftliches Verhältnis zu Philipp absichern, aber wie?«

Cecil lächelte. Jetzt bot sich ihm eine Gelegenheit, die wichtige Frage der Verheiratung voranzutreiben, damit verbunden war die Regelung der Nachfolgefrage, allerdings…, wenn er das Gespräch auf die Erbfolge brachte, mußte er unter Umständen auch Informationen preisgeben, die er bisher für sich behalten hatte. Nun, er mußte die Entwicklung des Gespräches abwarten. Er dachte eine Weile nach und begann dann vorsichtig jenes heikle Gespräch über Ehe und Thronfolge. Er war fest entschlossen, in der Ehefrage hartnäckig zu bleiben und seine Königin allmählich zu zermürben, nicht heute oder morgen, aber im Laufe der nächsten Wochen und Monate; irgendwann muß sie heiraten, dachte er, und Kinder bekommen, England darf nach ihrem Tod nicht von den katholischen Stuarts regiert werden…

»Majestät, es gibt eine ganz einfache Lösung, dem Bündnis Frankreich-Spanien zu begegnen und gleichzeitig einem Wunsch Eures Volkes Rechnung zu tragen: Nehmt Heiratsverhandlungen nach Wien auf!«

Elisabeth sah Cecil verblüfft an. »Wie bitte? Ihr wollt, daß ich den Engländern einen Habsburger als Gatte präsentiere? Die Heirat meiner Schwester war ein schwerer politischer Fehler, diese Ehe hat uns in den überflüssigen Krieg gegen Frankreich verwickelt, der uns finanziell an den Rand eines Staatsbankrotts gebracht hat! Ich werde nie einen Habsburger heiraten, nie! Wagt nicht noch einmal, mir derartige Vorschläge zu unterbreiten!«

In ihrer Erregung sprang sie auf und lief einige Male hin und her, wobei sie nervös die Armschleifen um die Finger wickelte.

Cecil beobachtete seine Herrin und beschloß abzuwarten, bis sie sich beruhigt hatte. Er ärgerte sich über die Abfuhr, es war das erste

Mal, daß sie ihn wie einen Lakaien abgekanzelt hatte, aber er würde sich wohl damit abfinden müssen, daß Ihre Majestät manchmal launisch war, also Ruhe bewahren. Als sie sich endlich setzte, beobachtete er, daß ihr vor Zorn gerötetes Gesicht allmählich blasser wurde, und als sie ihn nun ansprach, war sie wieder ganz die Königin, die die politischen Vor- und Nachteile einer dynastischen Verbindung für ihr Land abwägte.

»Welchen der beiden Erzherzöge habt Ihr mir zugedacht, Mylord?«

»Majestät, ich habe über unseren Gesandten in Wien vorsichtig anfragen lassen. Kaiser Ferdinand ist durchaus bereit, einen der beiden jüngeren Söhne mit Eurer Majestät zu vermählen, wobei Erzherzog Ferdinand ausscheidet wegen seines strengen katholischen Glaubens, man möchte dem Erzherzog nicht zumuten, in einem protestantischen Land zu leben, so bleibt Erzherzog Karl, der in religiösen Fragen toleranter denkt…«

»…er ist klein von Wuchs und hat einen großen Kopf«, unterbrach Elisabeth ihren Staatssekretär, »ich weiß, daß eine Verbindung mit den Habsburgern außenpolitisch vorteilhaft wäre, aber ich muß bei der Wahl meines Gatten auf die Gefühle des englischen Volkes Rücksicht nehmen.«

»Selbstverständlich, Majestät, aber man kann Karl nicht mit Philipp vergleichen. Philipp war der Erbe eines großen Reiches, und die Engländer befürchteten zu Recht, eines Tages zum Vasall Spaniens zu werden, Karl hingegen ist ein jüngerer Sohn des Kaisers, seine Erbansprüche sind unwichtig, weil der Thronerbe Maximilian bereits einen Sohn von fast sieben Jahren hat, man müßte den Ehevertrag so formulieren, daß Eurem Gatten kein Mitspracherecht bei politischen Entscheidungen gewährt wird, er darf auch nicht den Titel »König von England« führen, kurz, seine Rolle ist die des Prinzgemahls, unter diesen Voraussetzungen könnte man gewisse Zugeständnisse bezüglich der Religion machen, zum Beispiel die Messe in den privaten Räumen Eures Gatten.«

»Ich weiß nicht…, ich kann mich jetzt nicht entscheiden…, ich müßte ihn sehen, bevor ich ja oder nein sage, könnt Ihr es nicht arrangieren, daß er inkognito nach England kommt, wenn ich ihn persönlich kennengelernt habe, werde ich mich entscheiden.«

Cecil glaubte nicht richtig gehört zu haben, wollte sie ihn tatsächlich erst sehen, um ihm dann eventuell einen Korb zu geben?

»Majestät, ich befürchte, daß der Wiener Hof Euren Wunsch nicht erfüllen wird, ich bin gerne bereit, dafür zu sorgen, daß ein gutes Porträt des Erzherzogs nach London geschickt wird, vielleicht ist er sogar bereit, sich für Eure Majestät noch einmal malen zu lassen, ich würde dafür sorgen, daß er sich von Tizian malen läßt...«

»Bemüht Euch nicht, Mylord, ich muß alles noch einmal reiflich überdenken, Ihr könnt aber ruhig Verhandlungen mit Wien aufnehmen, so bleibt uns Philipps Gunst erhalten, aber denkt daran: Der Ehevertrag mit Wien hat Zeit, er eilt nicht, zieht die Verhandlungen in die Länge, so weit es geht.«

»Selbstverständlich, Majestät.«

»Vielleicht sollte ich doch einen englischen Aristokraten heiraten, wer käme in Frage?«

Cecil überlegte.

»Majestät, ich habe den Eindruck, daß Volk und Parlament gerne den Grafen von Arundel als Euren Gatten und König von England sehen würden.«

»Arundel? Er hat den Tudors immer treu gedient, aber er ist siebenundvierzig, er könnte mein Vater sein, ja, wenn sein Sohn, Lord Maltravers, noch leben würde, aber der ältliche Graf, ich glaube, als Gatte würde er mich langweilen.«

Cecil seufzte unhörbar, die Ehe war doch kein Vergnügungspark, sondern eine geistig-seelische Lebensgemeinschaft, die – im Falle seiner Königin – zumindest keine politischen Nachteile zur Folge hatte, aber bitte, wenn Ihre Majestät sich amüsieren wollte...

»Was halten Euer Majestät von Sir William Pickering? Sein Vater war Hofmarschall unter König Heinrich VIII. Sir William hat die diplomatische Laufbahn eingeschlagen; er ist ebenfalls etliche Jahre älter als Eure Majestät, soviel ich weiß, zählt er jetzt dreiundvierzig Jahre, er war noch nicht verheiratet, man rühmt ihn als blendende Erscheinung, groß, stattlich, und... mit Verlaub, Majestät, ihm eilt der Ruf voraus, daß er..., daß er ein Liebling der Frauen ist.«

Die letzten Worte waren von einem verächtlichen Unterton begleitet.

»Er weilt zur Zeit noch in Flandern, Majestät, man könnte ihn zurückrufen.«

»Pickering? Ich weiß nicht, sein Rang..., man müßte ihn zum Baron erheben, zum Grafen, vielleicht sogar zum Herzog..., was für ein Aufwand..., ruft ihn zurück, Mylord, ich will ihn mir ansehen.«

Cecil atmete auf, allmählich kam man in dieser leidigen Heiratsfrage voran, Elisabeths folgende Worte indes belehrten ihn eines Besseren.

Sie stand auf, ging ein paar Mal nachdenklich auf und ab und trat schließlich vor ihren Staatssekretär.

»Mylord, ich mag es betrachten wie ich will, jede Lösung birgt schwerwiegende Nachteile für England: Die Verbindung mit einem protestantischen Fürsten, zum Beispiel mit Herzog Adolf von Holstein, der mich mit Briefen belästigt, oder mit König Erich von Schweden, der mich ständig drängt, seine Sondergesandten zu empfangen, ein protestantischer Fürst würde zwar von Volk und Parlament akzeptiert, bringt uns aber keine außenpolitische Vorteile, im Gegenteil, wir reizen den Papst und setzen Spaniens Wohlwollen aufs Spiel. Erzherzog Karl ist außenpolitisch natürlich vorteilhaft, aber das englische Volk würde ihn nicht akzeptieren; ein englischer Aristokrat, Katholik oder Protestant, wird zwar vom Volk und vom Parlament akzeptiert, aber bei einer solchen Verbindung besteht die Gefahr, daß die alten Adelsfehden wieder anfangen, und über kurz oder lang kommt es zu einem neuen Rosenkrieg. So, Mylord, nun sagt mir, welche der drei Möglichkeiten das kleinste Übel ist.«

Cecil sah düster vor sich hin und schwieg eine geraume Zeit, endlich erhellte sich seine Miene. »Majestät, es gibt noch eine vierte Möglichkeit, die uns außenpolitisch nicht schadet, dem Volk genehm sein wird und den inneren Frieden nicht gefährdet: der schottische Kronprätendent, James Hamilton, Graf von Arran. Die Hamiltons haben, nach den Stuarts, den berechtigtsten Anspruch auf den Thron, der junge Mann lebt zur Zeit als protestantischer Emigrant in Frankreich, ich könnte ihn entführen lassen.«

»Arran...? Mein Vater hat einst versucht, mich mit ihm zu verheiraten, die Idee ist nicht übel, eine Verbindung mit einem schottischen Adeligen würde vielleicht unser Verhältnis zu Schottland entspannen, ich muß es mir überlegen, vielleicht sehe ich ihn mir an.«

Cecil atmete zum zweiten Mal erleichtert auf und erlebte sofort den zweiten Rückschlag. »Manchmal denke ich, es ist für England am besten, wenn ich überhaupt nicht heirate.«

»Majestät, die Frage Eurer Heirat ist untrennbar verknüpft mit der Thronfolge. Wenn Euer Majestät keine Erben hinterlassen, wird England von den katholischen Stuarts regiert werden! Ich sehe ein, daß die Frage, wen Ihr als Gemahl erwählt, reiflich überlegt werden muß, Heiratsverhandlungen können sich über Monate hinziehen, nach der Heirat dauert es seine Zeit, bis ein Erbe oder eine Erbin das Licht der Welt erblickt, inzwischen kann viel passieren, deshalb unterbreite ich Euer Majestät folgenden Vorschlag: Entscheidet jetzt, wer Euer Nachfolger sein soll für den Fall, daß Ihr keine eigenen Kinder hinterlaßt, der Tod ist allgegenwärtig.«

»Redet nicht dauernd vom Tod«, erwiderte Elisabeth ungeduldig, »ich bin jung und gesund.«

»Gewiß, Majestät, aber es gibt tückische Krankheiten, Seuchen, Jagdunfälle…«

»Mylord«, und Elisabeths Stimme bebte vor Ärger, »nehmt ein für allemal zur Kenntnis, daß ich nie einen Nachfolger zu meinen Lebzeiten bestimmen werde, nie! Ich möchte nicht ständig mein eigenes Leichentuch vor Augen haben! Ich war selbst Thronfolgerin und habe erlebt, wie die Unzufriedenen im Lande sich um den Nachfolger scharen, Ihr wißt doch, daß ständig Verschwörungen gegen meine Schwester angezettelt wurden, um sie zu entthronen und mich zur Königin zu proklamieren. Wenn ich heute einen Nachfolger bestimme, bin ich morgen im Tower!«

»Majestät, unter Königin Maria waren die Voraussetzungen anders, sie war beim Volk verhaßt wegen ihrer Ehe und der Verfolgung der Ketzer. Euer Majestät hingegen werden vom Volk geliebt, und Eure Untertanen erwarten, daß Ihr die Nachfolge regelt, damit England nicht nach Eurem Tod ein Opfer der katholischen Großmächte wird! Majestät, es gibt etliche präsumptive Thronerben.«

»O ja«, rief Elisabeth und lachte spöttisch, »die gibt es, aber keiner von ihnen ist zum Herrscher geboren wie mein Vater oder mein Großvater oder wie…«, ›wie ich‹, dachte sie…, »meine Vorfahren haben Fehler gemacht, jeder Monarch macht Fehler, aber mein Vater und mein Großvater besaßen das Format zum Regieren, die sogenannten präsumptiven Thronerben... Da wären die beiden Schwestern von Jane Grey, Katharina und Maria, zwanzig und achtzehn Jahre alt, die beiden gehören zu meinen Ehrenjungfrauen, weil ich sie unter meiner Aufsicht haben möchte, ich sehe und erlebe die jungen Damen jeden Tag, sie wurden von den besten Lehrern unterrichtet, dafür hat meine verstorbene Cousine Frances gesorgt, wenngleich sie selbst nie ein Buch in die Hand genommen hat, und das Ergebnis des Unterrichts? Mon dieu, die Sprachkenntnisse der präsumptiven Thronerbinnen sind erbärmlich, sie interessieren sich weder für Philosophie noch für Literatur, ihre Gespräche kreisen um Kleider, Schmuck und vor allem um den Mann, den sie einmal heiraten werden. Nein, gemäß dem Thronfolgegesetz und dem Testament meines Vaters stehen sie an nächster Stelle in der Erbfolge, aber die beiden kommen nicht in Frage, abgesehen davon..., ich kann es nicht vergessen, daß meine Cousine und ihr Mann versucht haben, Maria und mir die Krone zu entreißen, wenn sie ihre Zustimmung zu Janes Heirat mit Guildford nicht gegeben hätten, wäre Northumberland machtlos gewesen...«

»Ich kann die Gefühle Eurer Majestät verstehen, und bei den jungen Damen würde natürlich erneut das Problem auftauchen, einen passenden Ehemann zu finden, aber es gibt doch zwei männliche Thronanwärter, deren Anspruch ebenfalls auf dem Stammbaum basiert. Henry Hasting, der Graf von Huntingdon, er ist sogar bereits verheiratet, leider mit einer Tochter des Verräters Northumberland, und eine geborene Dudley auf Englands Thron..., ich weiß nicht..., es ist etwas heikel...«

»Katharina ist unschuldig am Verrat des Vaters, auch ihre noch lebenden Brüder trifft keine Schuld; Huntingdons Ururgroßvater war der Herzog von Clarence, ein Bruder Eduards IV. und Richards III., der Graf ist loyal, hat Verbindungen zu den vornehmsten Adelshäusern, aber es mangelt ihm an Ehrgeiz, er ist zu kontemplativ, der andere Anwärter, ich weiß, wen Ihr meint, kommt aus der katholischen Stuart-Linie und ist noch ein halbes Kind, erst vierzehn Jahre, und seine Mutter ist ein Bastard.«

»Wieso?« fragte Cecil erstaunt.

»Meine Tante Margarete hat nach dem Tod Jakobs IV. von Schottland Archibald Douglas, den Grafen von Angus, geheiratet. Diese Ehe wurde vom Papst für ungültig erklärt, die Tochter aus dieser Ehe, Lady Margaret, die den Grafen von Lennox geheiratet hat, diese Tochter ist illegitim, folglich sind die Ansprüche ihres Sohnes auf Englands Thron umstritten, hinzu kommt, daß die Familie Lennox katholisch-papistisch ist, was meinen Vater veranlaßte, seine Nichte von der Thronfolge auszuschließen. Meine Cousine, die Gräfin Lennox, ist sehr ehrgeizig und davon überzeugt, daß ihr Sohn - wegen des Stammbaumes - ein Anrecht auf die englische Krone besitzt. Dieser junge Mann ist der schlechteste Thronprädentent, er steht völlig unter dem Einfluß seiner Mutter, er glaubt, daß er etwas Besonderes ist, und benimmt sich anmaßend und arrogant. Er kann vielleicht gut tanzen und den Damen Komplimente machen, aber er ist ein Hohlkopf, besitzt nur ein Spatzengehirn, die Frau, die ihn heiratet, bedauere ich schon jetzt.«

»Er kann sich noch entwickeln, Majestät.«

»Nein, er ist dumm, ich erlebe ihn doch bei Hof und beobachte ihn, er behandelt die Rangniederen herablassend und kriecht vor den Ranghöheren, Gott möge verhüten, daß Lord Darnley jemals König wird!«

Cecil überlegte eine Weile und erwiderte dann: »Majestät, keiner der Prätendenten scheint eine Persönlichkeit zu sein, aber es gibt ein Parlament und einen Staatsrat, die dem König zur Seite stehen und ihn beraten können, Majestät, Ihr müßt, im Interesse Englands, rechtzeitig einen Nachfolger bestimmen.«

»Ich muß gar nichts«, erwiderte Elisabeth gereizt.

Cecil beugte sich etwas vor, sah seine Königin an, und spielte dann mit wohlgesetzten Worten den Trumpf aus, den er bis jetzt zurückgehalten hatte: »Wenn Euer Majestät keinen Nachfolger benennen und kinderlos sterben, wird England ein Vasall Frankreichs, der von den katholischen Stuarts regiert wird.«

Elisabeth zuckte unmerklich zusammen, sagte zunächst nichts, und überlegte, daß Cecils Behauptung wahrscheinlich auf Informationen basierte, die sie nicht besaß.

»Mylord, Heinrich II. hat zwar die Dauphine zur Königin von England proklamiert, aber bis jetzt hat er nicht versucht, diesen

Anspruch militärisch durchzusetzen, im Gegenteil, Cateau-Cambrésis beweist, daß er mich faktisch als Königin anerkennt.«

»Gewiß, Majestät, aber König Heinrich ist unproblematisch, das eigentliche Problem sind die Onkel der Dauphine, die streng katholischen Guisen.«

Er stand auf, ging im Zimmer auf und ab und erläuterte Elisabeth die problematische Situation der Thronfolge: »Ihr wißt, Majestät, daß ich hervorragende Spione beschäftige. Im Januar, kurz vor Eurer Krönung, erhielt ich folgende Nachricht: Einige Tage nach dem Fall von Calais ließ Franz von Guise, der Herzog von Lothringen, seine Nichte Maria Stuart ein Dokument folgenden Inhalts unterschreiben: Maria Stuart erklärt sich zur Thronfolgerin von England. Falls sie kinderlos stirbt, schenkt sie Schottland und den Anspruch auf die englische Krone dem derzeit lebenden König von Frankreich. Sie verspricht, dieses Geschenk niemals zurückzuziehen. Die Dauphine hat die politischen Konsequenzen dieser Unterschrift wahrscheinlich nicht überblickt oder begriffen, aber unser Gesandter Throgmorton schreibt in jedem Brief, daß Maria Stuart auftritt, als sei sie die Königin von England, und sie und ihr Gatte Franz stehen völlig unter dem Einfluß der Familie Guise. Solange König Heinrich lebt, ist das Dokument für uns belanglos, aber nach seinem Tod werden die Guisen die Macht an sich reißen; sofern Frankreich nicht mit anderen Problemen beschäftigt ist, werden sie versuchen, Maria Stuarts Ansprüche militärisch durchzusetzen, auch die Ansprüche einer kinderlosen, toten Maria. Kurz, die Gefahr, die uns durch die Herrschaft der Guisen droht, erfordert es, daß Euer Majestät einen Nachfolger benennen, der durch das Parlament bestätigt wird; ein gesalbter, gekrönter König schafft Tatsachen, die man akzeptieren muß, ein Machtvakuum hingegen, nun, ich muß Euch die Folgen nicht schildern.«

Er schwieg und wartete auf Elisabeths Reaktion. Sie hatte ihm aufmerksam zugehört, dachte eine Weile nach und erwiderte schließlich: »Ihr geht bei Euren Überlegungen davon aus, daß Heinrich II. tot ist, Ihr vergeßt, daß er erst vierzig Jahre zählt und sich einer guten Gesundheit erfreut, er kann noch zehn bis fünfzehn Jahre leben, und wer weiß, was bis zu seinem Tod alles passiert: Die Dauphine kann im Kindbett sterben, die Guisen fallen vielleicht in

Ungnade, wir sollten die Entwicklung abwarten und dann unsere Entscheidungen treffen.«

»Gewiß, Majestät, aber wie gesagt, der Tod ist allgegenwärtig, König Heinrich mag noch jahrelang leben, aber er kann auch plötzlich sterben, es gibt Attentate, tückische Krankheiten, Jagdunfälle, Turnierunfälle…«

»Mylord«, unterbrach Elisabeth ihn ungeduldig, »ich werde in Ruhe über die Nachfolgefrage nachdenken, im Augenblick gibt es wichtigere Probleme zu lösen. Um noch einmal auf Cateau-Cambrésis zurückzukommen: Dieser Friede und die damit verbundene faktische Anerkennung meiner Regierung verschafft uns etwas Spielraum bei der Regelung der religiösen Frage. Was meint Ihr dazu?«

»Ich denke, die Forderungen des Unterhauses…«

In diesem Augenblick überbrachte ein Diener die Nachricht, daß die neuen Pferde eingetroffen waren.

»Majestät, Lord Dudley läßt fragen, wann Euer Majestät sie besichtigen möchten.«

»Wann? Sofort, sagt Lord Rob…, ich meine Lord Dudley, er soll mich in ungefähr einer Viertelstunde erwarten«, und zu Cecil: »Ihr entschuldigt mich, Mylord, über die Religionsfrage können wir uns morgen unterhalten, ich erwarte Euch um zehn Uhr«, und ehe Cecil es sich versah, war sie hinausgeeilt.

Er sah ihr einige Sekunden verblüfft nach und begab sich verärgert zurück in sein Arbeitszimmer. Dort warf er die Dokumentenmappe achtlos auf den Tisch, trat zum Fenster und sah verdrossen hinunter zur Themse. So weit ist es also gekommen, dachte er, die Königin von England bricht ein Gespräch über eines der wichtigsten Probleme des Landes ab und läßt mich, ihren Ersten Staatssekretär, einfach stehen, um irgendwelche neuen Pferde zu besichtigen, das heißt, nein…, die Pferde waren nur ein willkommener Vorwand, in Wirklichkeit wollte sie zu ihrem Stallmeister…, ›Lord Rob…, ich meine Lord Dudley…‹. Er fühlte sich gekränkt und tröstete sich schließlich mit dem Gedanken, daß er der wichtigste Mann bei Hofe war, bei ihm liefen die Fäden der Politik zusammen, und einem Charmeur vom Schlage Dudleys würde es schwerlich gelingen, ihn, Sir William Cecil, von seinem Posten zu verdrängen, aber damit war das Problem, über das er seit Monaten nachdachte und zeitweise verdrängte, nicht gelöst. Die Höflinge warten gespannt, wann Dudley zum Liebhaber der Königin avanciert, und dann warten sie darauf, wann sie ihn fallenläßt. Schön, sollen sie: Die ausländischen Gesandten beobachten natürlich auch mit Argusaugen, ob und wann etwas »passiert«, und berichten jeden neuen Klatsch sofort an ihre Höfe, vielleicht werden dadurch die Heiratsverhandlungen etwas erschwert, aber schließlich ist es allgemein üblich, daß die Fürsten ihre körperlichen Bedürfnisse außerhalb der offiziellen Ehe befriedigen und Bastarde zeugen, die manchmal intelligenter sind als die legitimen Kinder... Nein, ein Liebhaber Dudley, der irgendwann wieder in den Hintergrund trat, war nicht das Problem, sondern... Die kurzsichtigen Höflinge merkten natürlich nicht, was los war. Woher auch, viele von ihnen hatten Elisabeth und Dudley nie zusammen am Hof erlebt, aber er, Cecil, er hatte in jenem Sommer 1551, der nun schon acht Jahre zurücklag, bemerkt, daß sich zwischen den beiden jungen Menschen etwas entwickelte... Damals hatte er der sich anbahnenden Romanze keine Bedeutung beigemessen, nach Eduards Tod kamen schwierige Jahre für Elisabeth und Dudley, die gemeinsame Zeit im Tower, schließlich Elisabeths Thronbesteigung...

Er erinnerte sich an jenen 17. November 1558: Am Abend saßen sie in der Großen Halle vor dem Kamin, unterhielten sich, und er fragte beiläufig, warum sie einem so jungen Mann wie Dudley dieses verantwortungsvolle Hofamt des Oberstallmeisters anvertraute. Sie erwiderte, Dudley sei der richtige Mann für dieses Amt, ein hervorragender Reiter und so weiter, außerdem sei sie ihm zu Dank verpflichtet. Er habe ihr, während Eduard im Sterben lag, eine warnende Botschaft geschickt, dann kam sie auf die Schwester zu sprechen, den Einzug in London, die Krönung... Er hörte nur halb zu und dachte über Dudley nach: Der junge Mann hatte den Vater verraten, nun gut, aber es wäre doch logischer, wenn er Maria gewarnt hätte, die künftige Königin, statt dessen Elisabeth, warum? Zuneigung, Liebe? An jenem Novemberabend hatte er Elisabeths Dankbarkeit gegenüber Robert Dudley verstanden. Während der folgenden Wochen dachte er über das Paar nicht weiter nach, hatte auch gar keine Zeit, er mußte sich um die Friedensverhandlungen kümmern, um die Krönungsvorbereitungen. Der Papst mußte über die religiöse Entwicklung in England beruhigt und de Feria im unklaren gehalten werden bezüglich Philipps Heiratsantrag. So kam der 12. Januar, an jenem Tag fuhr Elisabeth auf der Themse zum Tower, um dort gemäß der Tradition die Tage bis zum Krönungszug durch London zu verbringen. Merkwürdig, dachte er, es gibt Augenblicke im Leben, die sich unauslöschlich einprägen, die Towerfahrt zum Beispiel…

Er sah noch einmal Elisabeth auf dem erhöhten Sitz und Robert Dudley etwas unter ihr, er konnte das Gesicht des jungen Mannes sehen, und beobachtete, daß sich in den Augen eine Mischung aus Verliebtheit, Ehrerbietung und sinnlichem Begehren spiegelte. Elisabeths Gesicht konnte er nicht erkennen, aber er hörte ihre Stimme, ihr Lachen, sie wirkte heiter, unbeschwert und…, er suchte nach dem passenden Wort…, verliebt, kokett, aber es war mehr, sie wirkte glücklich… Ja, dachte Cecil, während jener Themsefahrt war sie eine glückliche Frau… Irgendwann sagte sie, ihr sei kalt, Robert stand auf, legte ihr behutsam den Mantel fester um die Schultern, und als für den Bruchteil von Sekunden seine Hand auf dem Mantel ruhte, wußte er auf einmal, daß die erotische Spannung, die zwischen den beiden knisterte, auf einer echten Zuneigung basierte, und genau dieser Punkt war das Problem.

Seit Januar beobachtete er, daß seine Herrin jede Gelegenheit suchte, um ihren Stallmeister zu sehen, der Hofgesellschaft fiel es wahrscheinlich zunächst nicht auf, er jedoch bemerkte es, weil Elisabeth vereinbarte Gesprächstermine verschob, weil sie manchmal unkonzentriert war, wenn er ihr einen Sachverhalt vortrug, und er gewann allmählich den Eindruck, daß sie sich mehr mit dem Arrangement höfischer Lustbarkeiten beschäftigte als mit der Regierungsarbeit. Seit dem Ostersonntag wußte der Hof, daß sie Robert Dudley begünstigte, und seit Ostern hatte er sich manchmal besorgt gefragt, wie es weitergehen solle. Er dachte daran, daß Heinrich VIII. auch während der ersten Jahre seiner Regierung die Staatsgeschäfte völlig dem Kardinal Wolsey überlassen hatte, aber bei Elisabeth konnte er sich das nicht vorstellen, schließlich hatte es sie einige Mühe gekostet, die Krone zu erringen… Allerdings, sie war Heinrichs Tochter, das Blut – sollte sie etwas von seiner Sinnlichkeit geerbt haben? Heinrich hatte wegen Anna Boleyn eine

Staatskrise heraufbeschworen, anders konnte man die Trennung von Rom nicht bezeichnen, sie ist die Tochter ihres Vaters..., das Blut... Er schob den Gedanken, der ihn blitzartig durchfuhr, zur Seite, nein, das konnte, das durfte nicht sein... Er ging zum Schreibtisch und versuchte, einen Bericht des englischen Gesandten in Wien über den Erzherzog Karl zu lesen, legte aber die Blätter bald zur Seite und dachte noch einmal über das Gespräch mit seiner Königin nach. Sie mußte heiraten, um die Erbfolge zu sichern, den idealen politischen Gatten, der außenpolitisch vorteilhaft war und gleichzeitig vom Volk akzeptiert wurde, gab es nicht, bei der Wahl des Gatten mußte man nur einen Gesichtspunkt berücksichtigen: Wer ist das kleinste Übel für England?

Diese rationale Überlegung hatte in dem nachmittäglichen Gespräch überhaupt keine Rolle gespielt, ihre Vorbehalte waren emotional gewesen, warum zierte sie sich so, wenn es um ihre Heirat ging?

Es gäbe drei Gründe, überlegte er: Erstens, sie will – der Himmel weiß, warum – tatsächlich nicht heiraten, in ihrer Antwort an das Parlament deutete sie dies bereits an. Zweitens, sie will die Religionsregelung und deren außenpolitische Wirkung abwarten und dann eine Entscheidung treffen. Drittens... ein Gedanke, der ihn seit Ostern hin und wieder flüchtig gestreift hatte, stieg nun erneut empor und ließ sich nicht mehr verdrängen – dachte sie etwa an eine Heirat mit Robert Dudley? Gab sie deshalb bezüglich ihres künftigen Gatten Antworten, die keine Antworten waren? Robert war verheiratet, überlegte Cecil, aber die erneute Trennung der englischen Kirche von Rom ist nur eine Frage der Zeit, irgendwann im Frühjahr oder im Sommer ist Elisabeth gemäß Parlamentsbeschluß wieder Oberhaupt der Kirche von England, dann sind wahrscheinlich wieder Ehescheidungen möglich. Ihr Vater ist ja mit gutem Beispiel vorangegangen, aber sie, mein Gott, sie wird doch nicht so töricht sein und dem englischen Volk den Sohn des Verräters Northumberland als Gatten präsentieren? Nein, das ist ausgeschlossen, oder, vielleicht...

In jenem Augenblick fühlte er sich völlig verunsichert, vermochte Elisabeth überhaupt nicht mehr einzuschätzen und beschloß, am Abend mit seiner Frau darüber zu sprechen, eine Frau, überlegte er, kann eine andere Frau sicher besser beurteilen als ich.

Unterdessen scheuchte Elisabeth ihre Kammerfrauen umher.

»Mein Reitkleid, rasch, beeilt euch!«

»Welches Reitkleid, Majestät?«

»Das rostrote, nein..., das schwarze..., nein, das grüne würde besser zum Frühling passen..., ach, nein, das schwarze mit dem Goldbrokatbesatz, darin sehe ich am elegantesten aus, holt meinen Perlenschmuck, Lucy, nimm das Diadem ab und kämme die Locken.«

»Majestät, welches Lippenrouge wünscht Ihr, das hellere oder das dunkelrote?«

»Das dunkelrote, und auf mein Taschentuch, Lucy, sprengst du einige Tropfen von dem italienischen Zitronenduftwasser..., ach, nein, reiche mir das französische Parfüm mit dem Lilienduft.«

»Mit Verlaub, Majestät, es ist ein schwerer Duft.«

»Na und?«

Lucy schwieg, und während ihre Herrin sich mit dem Parfüm betupfte und zuletzt einige Tropfen auf ihr Taschentuch gab, hatte Lucy das Gefühl, daß der Lilienduft ihre Sinne benebelte und daß sie kein Parfüm, sondern irgendein tödliches Gift einatmete... Lord Dudley führt sich genauso auf, wenn die Königin ihn empfängt, dachte sie, es wird wohl stimmen, was mein Mann mir erzählt...

Elisabeth sah zur Uhr, wenn sie jetzt hinunterging, würde sie pünktlich im Marstall sein, aber... Robert kann ruhig ein bißchen warten, ich werde ihm erzählen, daß Cecil so lange bei mir war, das schürt seine Eifersucht... Sie hatte längst bemerkt, daß es Roberts Wunsch war, an den politischen Entscheidungen beteiligt zu werden, aber sie wußte, daß dieser Wunsch Ehrgeiz an der falschen Stelle war.

Robert sollte sie von den politischen Problemen ablenken, aufheitern und vor allem... sie wollte von ihm als Frau behandelt werden.

Langsam und mit klopfendem Herzen ging sie über eine Seitentreppe hinunter in eine kleinere Halle und von dort über einen Nebenhof zum Marstall. Am Eingang blieb sie stehen und sah sich um: Der Raum, in dem die königlichen Reitpferde standen, war hoch, hell und sehr gepflegt, man spürte, daß hier jemand die Aufsicht führte, der sein Handwerk verstand. In diesem Stall stand niemand müßig herum, jeder Knecht war emsig beschäftigt: Einer mistete aus, ein anderer schleppte Hafer in die Boxen, der dritte striegelte ein Pferd, es herrschte eine wohltuende Ruhe, nur das Schnauben oder Stampfen eines Pferdes hörte man hin und wieder. Sie ging langsam den Mittelgang entlang und sah sich nach Robert um, endlich hörte sie seine Stimme in einem der Seitengänge.

»Schreibt: Nummer eins – Bay Star; Nummer zwei – Bay Bell; Nummer drei – Bay Gentle...«

Aha, dachte sie, er gibt dem Aufseher über das Futter Anweisungen, in welcher Box die Pferde stehen sollen. Der Aufseher war einer der wenigen Bediensteten im Marstall, der lesen und schreiben konnte. Sie ging um die Ecke in den Seitengang, stellte sich hinter einen Mauerpfeiler und beobachtete Robert, der mit dem Aufseher langsam von Box zu Box ging. »Nummer vier – Bay Killigrew; Nummer fünf – Bay Prince; Nummer sechs – Bay Altabelle...«

Sie genoß den Klang der kräftigen Männerstimme, die nicht zu tief war, und zum ersten Mal fiel ihr auf, daß Roberts Gestalt kräftiger und muskulöser geworden war, sein Auftreten, seine Bewegungen und Gesten waren hier im Marstall herrisch und dominierend, man spürte, daß er hier der Herr war... Auf einmal wußte sie, daß der Robert Dudley, den sie jetzt sah, weder der Kammerherr ihres Bruders war noch der Gefangene im Tower, er war auch nicht der berittene Bote ihrer Schwester oder der Gefolgsmann König Philipps oder der Höfling, der gut tanzte und geistreich plauderte, er war nicht mehr und nicht weniger als der Stallmeister, der es verstand, mit Pferden umzugehen, und vor allem war er der Mann par excellence, der auch wußte, wie man mit Frauen umging. Da wußte Elisabeth mit einem Mal, daß es für eine Frau, die Robert Dudley liebte, nur zwei Möglichkeiten gab: Entweder sie unterwarf sich seiner Männlichkeit, oder sie verzichtete. Eine andere Lösung gab es nicht…

»Nummer sieben – Bay Minion…«

Wie müßten jetzt allein sein, dachte sie, ohne Knechte und Aufseher… Sie sah ihn auf sich zukommen, er umarmte sie und… Nein, er würde nie wagen, mich zu küssen, und sie trat hinter dem Pfeiler hervor.

»Guten Tag, Mylord.«

»Majestät«, Robert und der Aufseher beugten das Knie, und Elisabeth ging es durch den Kopf, daß ein Mann, der das Knie beugte, nie versuchen würde, sie zu küssen.

»Sind dies die neuen Pferde?«

»Ja, Majestät.«

»Habt Ihr nur Braune gekauft?«

»Nein, Majestät, auch einige Graue«, und er führte Elisabeth einige Boxen weiter.

»Hier, Majestät, Gray Jennet, Gray Sparrow, hier stehen die Rappen: Great Savoy, Speedwell, Delicate, Bellaface… Ich hoffe, daß Euer Majestät zufrieden sind.«

Elisabeth begutachtete die Pferde, lächelte Robert an und überlegte, wie sie ihr Lob dosieren sollte: »Ihr habt gut gewählt und einen angemessenen Preis gezahlt. Ich wollte früher hier sein, aber ich mußte noch eine wichtige Angelegenheit mit Sir Cecil besprechen, und wir haben gemeinsam eine befriedigende Lösung gefunden.«

Bei den letzten Worten spürte Robert einen feinen Stich und gleichzeitig Eifersucht auf Cecil, wie schon etliche Male seit Elisabeths Thronbesteigung. Sir Cecil, dachte er erbost, Cecil ist natürlich wichtiger als ich, warum zum Teufel bespricht sie mit mir keine staatspolitischen Probleme? Sie begünstigt mich vor den Augen der Hofleute, gut, aber in politischen Angelegenheiten ist Cecil ihr einziger Vertrauter…

Er merkte nicht, daß Elisabeth sein Mienenspiel genau beobachtete und zufrieden feststellte, daß er sich ärgerte.

Sie lächelte ihn erneut an. »Laßt uns ausreiten, ich möchte überprüfen, ob die Pferde gut zugeritten sind.«

»Zu Befehl, Majestät, ich schlage vor, daß Euer Majestät Bay Star reiten«, und er befahl einem Stallknecht, Bay Star und Bay Bell zu satteln.

Während sie hinausgingen, fragte Elisabeth: »Wie weit seid Ihr mit den Vorbereitungen für die Übersiedelung nach Greenwich?«

»Sie sind abgeschlossen, Majestät, wir können morgen aufbrechen.«

»Gut, in den nächsten Tagen werde ich entscheiden, welche Grafschaften ich während meiner Sommerreise besuchen werde, ich möchte zunächst in der Nähe Londons bleiben und mich erst im Laufe der Jahre von der Hauptstadt entfernen, aber ich weiß noch nicht, ob ich in diesem Sommer nach Norden, Süden, Osten oder Westen reisen soll, sobald ich mich entschieden habe, könnt Ihr mit der Organisation der Rundreise anfangen, es ist keine leichte Aufgabe, aber Ihr werdet es schon schaffen.«

»Gewiß, Majestät.«

Beim Gedanken an die Sommerreise der Königin fühlte er sich unbehaglich. Die Organisation der Übersiedelung nach Greenwich war nicht einfach gewesen, aber wenn alles glücklich überstanden war, blieb man wenigstens einige Wochen an einem Ort, während der Rundreise hingegen war man zwei Tage in einer Stadt, dann zog man weiter zu einem Adelssitz, verbrachte dort drei, vielleicht auch vier Tage, dann reiste man erneut weiter, vier bis sechs, vielleicht auch acht Wochen lang, der gesamte Hofstaat, sämtliche Pferde, Kutschen, Sänften, Lasttiere mußten so eingesetzt und geordnet werden, daß alles reibungslos verlief…, nun, er würde der Königin zeigen, daß er seines Amtes würdig war, es durfte keine Panne passieren!

»Ehe ich es vergesse«, unterbrach Elisabeth seine Gedanken, »der neue spanische Gesandte, de Quadra, wird in den nächsten zwei Wochen hier eintreffen und uns natürlich auch nach Greenwich begleiten. Ich möchte ihm zu Ehren ein kleines, ländliches Fest geben, ein Maifest am ersten Sonntag des Monats…, das wäre am 7. Mai, es soll nicht aufwendig sein, sondern eine Gelegenheit, den Gesandten mit Land und Leuten vertraut zu machen, mit unseren Sitten und Lebensgewohnheiten. Ihr könntet für diesen Tag einen Ausritt organisieren, sucht für den Bischof einen gut zugerittenen, ruhigen Wallach aus, man weiß nie, wie sicher die geistlichen Herren im Sattel sitzen, arrangiert es so, daß ich mich mit de Quadra eine Stunde oder zwei ungestört unterhalten kann. Wir reiten nach dem Gottesdienst los, nehmen einen Imbiß für unterwegs mit, am frühen Abend gibt es ein einfaches Bankett, an dem auch die Bauern der umliegenden Dörfer teilnehmen dürfen, anschließend wird bis Mitternacht getanzt.«

»Eine vortreffliche Idee, Majestät, der Bischof von Aquila wird sich geschmeichelt fühlen.«

Unterdessen wurden die Pferde gebracht, und Robert befahl einem Reitknecht, sie zu begleiten.

In diesem Augenblick verspürte Elisabeth nur einen Wunsch: Sie wollte endlich einmal mit Robert allein sein! Sie wollte nur für kurze Zeit einmal nicht von neugierigen Hofleuten und Bediensteten beobachtet werden.

»Ich möchte mit Euch allein reiten«, sagte sie zu Robert.

»Gewiß, Majestät«, er gab dem Knecht ein Zeichen, sich zu entfernen, und bestieg ziemlich verwirrt Bay Bell. Sie wollte mit ihm allein reiten, was bedeutete dies? Hoffentlich unterlief ihm jetzt kein Fehler, und er spürte, daß er Herzklopfen bekam. Er beobachtete verstohlen ihre verschlossene Miene und überlegte, was in ihr vorgehen mochte. Sie ließen die Pferde antraben, und nach einer Weile wechselte Elisabeth wieder in den Schritt, so ritten sie schweigend nebeneinander, und Robert wartete, daß die Königin das Wort an ihn richtete.

Elisabeth ihrerseits überlegte, wie sie sich jetzt, unter vier Augen, ihm gegenüber verhalten sollte. Er weiß so gut wie ich, daß der Hof in ihm meinen künftigen Liebhaber sieht, es wäre an der Zeit, ihm zu sagen, was ich denke, fühle, was ich will oder nicht will, ich könnte jetzt sagen: ›Ihr nehmt das Hofgeschwätz hoffentlich nicht ernst, Ihr seid für mich ein alter Freund, mehr nicht...‹, aber diese Worte würden ein für allemal jene prickelnde, amouröse Atmosphäre zerstören, die sie so genoß. Sie konnte ihm ihr wahres Gefühl offenbaren und signalisieren, daß sie Sehnsucht nach ihm hatte, aber dabei gab sie etwas von sich preis, was sie nicht preisgeben wollte oder jedenfalls im Moment nicht preisgeben wollte..., es war wohl am besten, wenn sie einfach abwartete. Ob er sich Hoffnungen machte? Wieviel einfacher wäre alles, wenn Amy nicht wäre, Amy steht zwischen uns, und einem plötzlichen Impuls folgend fragte sie: »Wie geht es Eurer Frau? Wolltet Ihr nicht einen Landsitz für sie kaufen?«

»Sie ist seit einiger Zeit krank, sie war schon immer kränklich und leidend, aber jetzt ist sie krank.«

Elisabeth horchte auf. »Um was für eine Krankheit handelt es sich?«

»Das konnte der Arzt bisher nicht feststellen, es ist eine merkwürdige Krankheit, Amy liegt nicht im Bett und muß nicht gepflegt werden, nein, sie kann ihre täglichen Pflichten erfüllen, empfängt Gäste, besucht Bekannte, sie kann ausreiten…, hin und wieder klagt sie über starke Schmerzen in der Brust…, ihre Krankheit ist auch der Grund, weshalb ich keinen Landsitz für sie gekauft habe, sie muß jetzt Menschen um sich haben, auf einem Landgut wäre sie allein.«

Was redet er denn jetzt für einen Unsinn, dachte Elisabeth verwundert, auf einem Landschloß würde sie doch nicht allein leben, sondern wäre ebenso wie in der Stadt von ihrer Dienerschaft umgeben…

»Ich habe Amy vor einiger Zeit in Cumnor Hall in North Berkshire untergebracht, unser Schatzmeister Forster hat einen Flügel des Hauses für sie gemietet, die übrigen Räume werden von ihm und der Besitzerin, Mrs. Owen, bewohnt, so hat Amy wenigstens etwas Gesellschaft.«

»Ja, Cumnor Hall ist zwischendurch als Wohnsitz bestimmt ganz angenehm.«

»O, Amy wird in Cumnor Hall bleiben, es ist sozusagen ihre endgültige Wohnung.«

Elisabeth sah Robert verwundert an, sagte aber nichts, es ging sie schließlich nichts an, wo seine Frau wohnte, aber angemessen war diese Unterbringung für eine Dame von Stand wie Lady Dudley gewiß nicht. Elisabeth kannte das ehemalige Kloster Cumnor Hall flüchtig, es war nicht groß, nur einstöckig, während der Säkularisation hatte die Familie von Dr. Owen – dem königlichen Leibarzt – das Anwesen erworben. Amy, überlegte Elisabeth, bewohnt nur einen Teil des Hauses, für wenige Wochen im Jahr wäre es angemessen, aber für immer? Er vernachlässigt seine Frau, und einen

Augenblick lang wußte sie nicht, ob sie sich darüber freuen oder dieses Verhalten verurteilen sollte, aber es hatte keinen Zweck, daß sie sich etwas vormachte, sie freute sich, daß Robert seine Frau vernachlässigte, daß sie ihm anscheinend völlig gleichgültig war, er liebt sie nicht und wird sie nicht lieben, Gott sei Dank, und um ihr Gewissen zu beruhigen, sagte sie: »Die Ärzte auf dem Land wissen manchmal nicht viel über Krankheiten, ich bin gerne bereit, einen meiner Leibärzte nach Cumnor Hall zu schicken, damit er Eure Frau untersucht, vielleicht kann er feststellen, um welche Krankheit es sich handelt.«

Robert zuckte unmerklich zusammen. »Majestät«, erwiderte er zögernd, »Euer Angebot ist sehr großzügig, und ich danke Eurer Majestät dafür, aber Ihr benötigt Eure Ärzte doch auch.«

»Ich benötige sie überhaupt nicht, zur Zeit geht es mir gesundheitlich so gut wie noch nie zuvor, Ihr könnt über die gelehrten Herren gerne verfügen.«

»Vielen Dank, aber ich glaube, es ist nicht nötig, schließlich ist Amy nicht bettlägerig.«

Elisabeth betrachtete Robert verstohlen von der Seite, es kam ihr so vor, als ob er verlegen wirkte, und sie spürte, daß er aus irgendeinem Grund Amy nicht untersuchen lassen wollte, aber das ging sie schließlich nichts an.

»Solltet Ihr Eure Meinung ändern, Mylord, so werde ich zu meinem Wort stehen«, und sie ließ Bay Star aus dem Schritt heraus angaloppieren.

»Kompliment«, rief sie zu Robert, der seine ganze Kraft aufbieten mußte, um an ihrer Seite zu bleiben, »Bay Star ist hervorragend zugeritten, als Kind besaß ich ein Pferd, das nur aus dem Trab angaloppieren konnte…« Nach einer Weile ließen sie die Pferde wieder im Schritt gehen.

»Euer Majestät sind die beste Reiterin, die ich kenne«, dies war aufrichtig gemeint, und Elisabeth lächelte geschmeichelt, sie wußte, daß sie gut reiten konnte, aber sie genoß jedes Kompliment, das man ihr machte. Während sie gemächlich durch die Parklandschaft ritten, beschloß sie, das amouröse Spiel mit Robert noch eine Weile fortzuführen, einfach weil es prickelnd war, zu nichts verpflichtete.

Sie lenkte ihr Pferd zur Themse, und als sie am Ufer entlangritten, kam sie auf die Sommerreise zu sprechen: »Ich bin gespannt, was meine Lords sich einfallen lassen, um mich zu unterhalten, was sie alles arrangieren werden: Wasserspiele, Feuerwerke, Bälle, Maskeraden, Jagden..., und vor allem«, überlegte sie, »bin ich gespannt auf die Geschenke, die mir überreicht werden... Ein juwelenbesetzter Blumenstrauß vielleicht oder ein Fächer, der mit Diamanten besetzt ist, diese Kostbarkeiten kommen natürlich in die Schatzkammer, damit wir Notzeiten überleben können...«

»Unterhaltung?« fragte Robert erstaunt.

»Warum nicht? Die hohen Herren leben das ganze Jahr über auf Kosten der Krone am Hof, es ist nur recht und billig, daß sie – wenn ich sie mit meinem Besuch beehre – nicht nur für angemessene Unterkunft und Bewirtung sorgen, sondern auch für Unterhaltung; Arundel kündigt den Lords meinen Besuch rechtzeitig an und läßt dabei diskret meine Wünsche einfließen; ich weiß, daß mancher Lord uns wie eine Heuschreckenplage empfinden wird, aber diese Rundreise ist kein Vergnügen, sondern eine innenpolitische Notwendigkeit. Ich muß wissen, was im Lande passiert, ob die Bevölkerung zufrieden ist, ob es Mißstände gibt, und ich kann die finanzielle Last meiner Unterbringung nicht nur den Städten aufbürden.«

»Gewiß, Majestät.«

»Auch Ihr, Lord Dudley, werdet von meinem Besuch nicht verschont bleiben.«

»Ich werde Euer Majestät mit dem größten Vergnügen empfangen und weder Kosten noch Mühe scheuen, um Euch zu unterhalten.«

»Das dürfte Euch nicht schwerfallen«, erwiderte sie lächelnd, »irgendwann im Laufe des Sommers werde ich Euch zum Schirmherrn einer Schauspieltruppe ernennen, der Staatsrat bereitet eine Proklamation vor, die die Aufführung von Schauspielstücken unter bestimmten Bedingungen gestattet. Achtet darauf, daß Ihr nur ehrenhafte Männer als Schauspieler beschäftigt, das ist wichtig wegen der Knaben in Eurer Truppe, und vor allem wählt die Stücke sorgfältig aus, ich möchte, daß die Zuschauer zum Nachdenken angeregt werden. Ihr befindet Euch übrigens in hocharistokratischer Gesellschaft, der sechzehnte Graf von Oxford ist auch Schirmherr einer Schauspieltruppe.«

Hocharistokratisch, dachte Robert verärgert, die Dudleys gehören nicht zum Hochadel, aber was nicht ist, kann noch werden…

Elisabeth unterbrach seine Gedanken: »Ratet, auf welchem Eurer Landsitze ich Euch besuchen werde.«

»Vielleicht auf Kew?«

»Nein.«

»Hembsby Manor?«

»Nein.«

»Rockingham?«

»Nein.«

»Jetzt bleibt nur noch Eston übrig.«

»Nein, ich werde Euch auf Kenilworth besuchen.«

»Kenilworth?«

»Ja, auf Kenilworth in Warwickshire.«

»Majestät, das Schloß gehört der Krone.«

»Es gehört der Krone, aber irgendwann werde ich es Euch zurückgeben, mein Bruder hat es einst Eurem Vater geschenkt, meine Schwester hat es den Dudleys wieder weggenommen, ich schenke es Euch erneut, wohlgemerkt Euch, nicht den Dudleys, ich weiß noch nicht, wann ich es Euch zurückgebe, ein Geschenk wie Kenilworth muß bei einem besonderen Anlaß übergeben werden.«

Ihre letzten Worte waren von einem verführerischen Lächeln begleitet, er ahnte, was sie andeuten wollte, und dachte verzweifelt über eine passende Antwort nach.

»Ich teile die Meinung Eurer Majestät«, erwiderte er zögernd und beschloß, alles auf eine Karte zu setzen: »Gewisse Anlässe, Majestät, ergeben sich oder ergeben sich nicht.«

»Das müssen wir abwarten. Aber wir sollten jetzt zurückreiten, ich möchte nicht, daß meine Damen zu lange auf mich warten, sonst kommen sie noch auf dumme Gedanken.«

Als sie in den Hof des Marstalls einritten, trafen sie Lord Pembrokes Sohn, Henry Herbert, der mit Robert befreundet war. Der junge Pembroke beugte ehrfurchtsvoll das Knie, wobei ihm nicht entging, daß Elisabeth und sein Freund ohne Begleitung ausgeritten waren. Die Königin nickte Pembroke freundlich zu.

»Wir haben die neuen Pferde ausprobiert, Mylord, sie sind eine Bereicherung des Marstalls«, und zu Robert: »Ich erwarte Euch und Lord Ambrose heute abend zur gewohnten Stunde.«

Sie saßen ab, und während zwei Stallknechte sich um die Pferde kümmerten, ging Elisabeth über den Hof zum Schloß.

Robert zupfte verlegen an den Spitzenmanschetten seines Hemdes und vermied es, den Freund anzusehen, der ihn neugierig betrachtete.

»Ich gratuliere dir«, sagte er nach einer Weile.

»Warum?«

»Das weißt du selbst am besten, komm, zeige mir die neuen Pferde, sofern es deine Zeit erlaubt.«

Im Stall ging Robert zu einer Truhe aus Ebenholz, öffnete sie mit einem Schlüssel, den er stets bei sich trug, holte eine silberne Dose heraus und entnahm ihr einige Stücke von dem kostbaren Zucker, mit dem er hin und wieder ein Pferd für eine besondere Leistung belohnte.

Er ging zu Bay Star, der gerade von einem Knecht gestriegelt wurde, und fütterte das Tier mit den Süßigkeiten.

»Gibst du deinem Pferd keinen Zucker?« fragte Pembroke.

»Später.«

Dann gingen sie von Box zu Box, und Pembroke begutachtete fachmännisch Gebiß und Fesseln der Tiere. Beim letzten Pferd sah er sich vorsichtig um, ob auch keiner der Knechte in der Nähe war, und sagte leise zu Robert: »Bist du tatsächlich allein mit der Königin ausgeritten?«

»Ja, es war ihr Wunsch«, erwiderte Robert ebenso leise.

»Nun ja, ein königlicher Wunsch ist ein Befehl, aber sei vorsichtig, Robert, du hast Feinde am Hof, die dir deine Stellung neiden und dich verderben wollen.«

»Du hast gut reden mit der Vorsichtigkeit. Wie, um Himmels willen, soll ich mich verhalten, wenn die Königin mich…, nun, wenn sie mich haben will? Sage ich ›nein‹, falle ich sofort in Ungnade, sage ich ›ja‹, weiß ich nicht, wie es weitergehen wird.«

»Die Gunst der Könige ist wetterwendisch, du kannst nach der ersten Nacht in Ungnade fallen, aber Scherz beiseite, ich meine etwas anderes. Du mußt keine Intrigen befürchten, weil die Königin wahrscheinlich sofort Intrigen gegen dich durchschaut, dein Feind ist nicht die Intrige, sondern dummes Geschwätz.«

»An einem Hof wird immer dummes Zeug geschwätzt.«

»Eben darum, der Hofklatsch kann zur öffentlichen Meinung werden, du weißt genau, daß Gerard Braleigh dein Feind ist...«

»Na und? Wie kann er mir schaden? Er ist vom Alleinunterhalter der Königin Maria zum unbedeutenden Höfling der Königin Elisabeth herabgesunken.«

»Robert Braleigh hat eine lose Zunge, seine Worte sind ein langsam wirkendes Gift, deshalb mußt du vorbeugen. Ich bin dein Freund, der dir alles Glück der Erde wünscht, höre: Bis jetzt wissen nur du und ich, daß deine Frau krank ist, aber dies wird sich im Laufe der Zeit herumsprechen, und da man weiß, daß deine Ehe nicht besonders glücklich ist, mußt du damit rechnen, daß man dich für die Krankheit deiner Frau verantwortlich macht, man wird behaupten, sie sei krank vor Kummer, der Kummer werde sie ins Grab bringen und so weiter. Dies allein wäre nicht weiter schlimm, aber es kommen zwei Momente dazu, die für dich nachteilig werden können, wenn du nicht vorbeugst: deine Favoritenstellung und der Hofklatsch um die Heirat der Königin. Es gibt Stimmen im Lande, die für eine Ehe der Königin mit einem englischen Aristokraten plädieren, einige Namen werden bereits genannt, zum Beispiel Arundel, es besteht die Gefahr, daß böse Zungen dich ebenfalls als Kandidaten ins Gespräch bringen und behaupten, daß du auf den Tod deiner Frau wartest, um die Königin heiraten zu können.«

»Mein Gott, bleibe auf der Erde, Herbert, der Gedanke, daß die Königin und ich heiraten könnten, ist einfach absurd, ich denke nicht im Traum an diese Möglichkeit.«

»Natürlich nicht, aber Klatsch entwickelt sich ab einem bestimmten Punkt ins Unendliche und ist nicht mehr zu bremsen. Amy wird sicher wieder gesund werden, aber das wissen wir nicht, der Tod ist allgegenwärtig. Kurz, ich rate dir als Freund, hole sie nach London, laß sie in deiner Nähe leben, kümmere dich um sie.«

»Wie bitte? Ich soll den liebenden Gatten spielen? Das glaubt mir niemand.«

»Du sollst nicht den liebenden Gatten spielen, sondern der Öffentlichkeit zeigen, daß du deine christliche Pflicht erfüllst und dich um deine Frau kümmerst, wenn es ihr schlechtgeht, man soll erkennen, daß du dich für sie verantwortlich fühlst, umgib sie mit den besten Ärzten, besuche sie regelmäßig, äußere dich bei den Hofleuten besorgt um ihren Gesundheitszustand, wenn Amy gesund wird, kannst du wieder so leben wie bisher, stirbt sie, was Gott verhüten möge, so kann man dich moralisch nicht für ihren Tod verantwortlich machen, im Gegenteil, man wird sagen: ›Er hat sie zwar jahrelang vernachlässigt, aber als sie krank wurde, hat er sich um sie gekümmert.‹«

Pembroke schwieg und beobachtete seinen Freund, der innerlich mit sich zu kämpfen schien. »Ich muß jetzt gehen, überdenke in Ruhe, was ich dir gesagt habe, wir sehen uns an der Abendtafel.«

Als Pembroke fort war, ging Robert langsam den Mittelgang hinunter und dachte über den Vorschlag des Freundes nach. Er hat recht, überlegte er, der Hofklatsch ist unberechenbar, und als Favorit der Königin stehe ich natürlich im Mittelpunkt des Interesses; wer weiß, was die Höflinge, die vor Langeweile nicht wissen, wie sie den Tag verbringen sollen, alles zusammenphantasieren, Behauptungen werden zu Wahrheit, Wahrheit zu Lüge, die Worte werden gedreht und gewendet wie der Ochse am Spieß... Pembroke hat recht, aber... Amy auf unbestimmte Zeit in meiner Nähe? Er würde sie jeden zweiten oder dritten Tag sehen..., nein, dachte er, das ist unerträglich. Nach seiner Rückkehr aus dem Krieg gegen Frankreich hatte er sie in großen Abständen auf einem der Landsitze besucht, über Erträge, Pachtzinsen und Teuerung mit ihr gesprochen, und vor allem hatte er ihre flehenden Augen ignoriert... An ihre letzte Begegnung Anfang März in Cumnor Hall erinnerte er sich nur ungern, und dieser Besuch war der Hauptgrund, weshalb er Amys Nähe meiden wollte. Sie hatte blaß und leidend ausgesehen, wahrscheinlich, weil sie krank war, vielleicht wußte sie inzwischen auch, daß die Königin ihn favorisierte, ihr leidendes Gesicht konnte er ertragen, nicht aber die Augen, die um Liebe bettelten... Mitten in der Nacht war er von einem Geräusch erwacht und hatte zuerst gedacht, er träume, aber es war kein Traum, sondern Wirklichkeit: Am Fußende seines Bettes stand Amy, im Hemd, mit offenen Haaren, ihre Hände umklammerten eine Kerze, und sie zitterte am ganzen Körper vor Kälte... Verflixt, er hatte vergessen, den Türriegel vorzuschieben, wie er es sonst zu tun pflegte, wenn er sie besuchte, und plötzlich stieg eine kalte Wut in ihm hoch, er ärgerte sich über ihre Dreistigkeit, über seine Nachlässigkeit und verfluchte innerlich seine Ehe...

»Was willst du?« fragte er barsch.

»Robert, bitte, wir sind doch verheiratet.«

»Geh hinaus.«

»Robert, du weißt, daß ich dich liebe...«

»Aber ich liebe dich nicht, das weißt du doch, verschwinde!«

»Robert, ich bin krank, du weißt, was der Arzt gesagt hat, bitte...«

In diesem Augenblick war es mit seiner Beherrschung vorbei gewesen: »Schweig, was geht mich deine Krankheit an, ich wünschte, du wärest tot, dann bin ich wieder ein freier Mann!«

»Robert«, die Kerze entglitt ihren Händen, fiel zu Boden und erlosch. Eine Weile war es ganz still im Zimmer, er bereute seine harten Worte und wollte sie eben um Verzeihung bitten, da sagte sie leise: »Lieber Gott, ich flehe Dich an, erlöse mich aus meiner Verzweiflung.«

Dann ging sie hinaus, ohne ihn noch einmal anzusehen.

Als er sich am anderen Morgen bei ihr entschuldigen wollte, empfing sie ihn nicht, und so war er an den Hof zurückgekehrt und hatte versucht, die Erinnerung an die peinliche Szene in Cumnor Hall zu verdrängen. Ich bin ein Schuft, dachte er, nahm aus der Dose einige Zuckerstücke und gab sie Bay Bell. Ich bin ein Schuft, sie ist krank, ich hätte sie trösten sollen... Meine Geschwister sind glücklicher in ihren Ehen, bei ihnen hat mein Vater mehr auf den Rang geachtet als auf Geld..., Guildfords Frau war königlicher Abstammung, Katharinas Mann ist königlicher Abstammung, nur ich bin mit einem einfältigen Landmädchen verheiratet, das außer Geld nichts zu bieten hat. Nein, Amy bleibt, wo sie ist, ich werde sie auch nicht mehr besuchen, ich will sie nicht mehr sehen, nie mehr..., meine Ehe ist der Fluch meines Lebens...

Er holte noch einmal eine Handvoll Zucker und ging zu Bay Star.

Er spürte das weiche Pferdemaul auf seiner Handfläche und überlegte, wann er wieder mit der Königin ausreiten würde... »Elisabeth«, sagte er leise, »Amy bleibt wo sie ist.«

»Elisabeth...«, ob er sie je mit ihrem Vornamen anreden würde?

Kate Ashley saß in ihrem Wohnraum und ließ sich von der zwanzigjährigen Katharina Grey die wichtigsten Gedanken von Platons Höhlengleichnis auf griechisch vortragen.

Das Gesicht des jungen Mädchens war gerötet, hin und wieder stockte sie, und man spürte fast körperlich ihre Nervosität. Als sie fertig war, sagte Kate: »Du hast das Höhlengleichnis inhaltlich richtig vorgetragen, aber dein Griechisch! Du solltest jeden Tag eine Stunde lang Grammatik und Vokabeln lernen.«

»Wird die Königin mich heute wieder tadeln?«

»Vielleicht, sie wird dich bestimmt ermahnen, mehr zu lernen.«

Katharina seufzte unhörbar und dachte unbehaglich an die bevorstehende »Plauderstunde« in den privaten Räumen der Königin. Elisabeth verbrachte die frühe Abendstunde meistens im Kreise ihrer Damen und unterhielt sich mit ihnen über Philosophie, Religion oder Literatur. Bei dieser Gelegenheit überprüfte sie regelmäßig die Kenntnisse der Ehrenjungfrauen, schließlich waren die Mädchen an den Hof geschickt worden, um den letzten höfisch-gesellschaftlichen Schliff zu erhalten, irgendwann würden sie heiraten, und gemäß der Stellung des Gatten mußten sie an seiner Seite das Königreich nach innen oder außen repräsentieren. War Elisabeth mit den Antworten der jungen Damen nicht zufrieden, tadelte sie mild oder hart, je nach Laune und je nachdem, ob ihr das Mädchen sympathisch war oder nicht. Dem Tadel folgte der Befehl, Grammatik, Vokabeln oder den Text innerhalb der nächsten drei Tage zu wiederholen, nach Ablauf dieser Frist überprüfte Elisabeth erneut die Kenntnisse der jungen Dame.

Kate empfand Mitleid mit den Mädchen und half ihnen beim Lernen und Wiederholen.

»Ich habe Angst vor der Königin«, sagte Katharina, »ich werde nie die harten Worte vergessen, mit denen sie neulich meine Schwester und am Sonntag mich tadelte, ich sei zu dumm, um Platon zu verstehen..., mein Gott, Maria und ich, wir können doch nichts dafür, daß wir uns nicht für Philosophie und die alten Sprachen interessieren..., manchmal denke ich, die Königin hat kein Herz...«

»Katharina«, rief Kate empört, »was fällt dir ein? Die Königin hat ein Herz, aber als Monarchin muß sie ihre Gefühle nach außen hin beherrschen.«

»Verzeihung, Mrs. Ashley, es war nicht so gemeint.«

»Die Königin«, fuhr Kate fort, »beobachtet dich und deine Schwester aus einem besonderen Grund, ihr gehört zu den präsumptiven Thronerben; falls Ihre Majestät kinderlos stirbt, steht ihr gemäß dem Thronfolgegesetz an nächster Stelle.«

Katharina sah Kate verwundert an, und es dauerte eine Weile, bis sie begriffen hatte, worum es ging.

»Ich bin Thronerbin«, und in ihrer Stimme schwang eine gewisse Genugtuung mit, »ich kann Königin von England werden..., das muß ich Eduard erzählen.«

Kate horchte auf. »Wer ist Eduard?«

»Eduard Seymour, der Graf von Hertford, ein Sohn des hingerichteten Herzogs von Somerset, des ehemaligen Lordprotektors.«

»Aha, ja, ich erinnere mich.«

Sie beobachtete die verträumten Augen des Mädchens und überlegte, ob sie Katharina ein bißchen über Eduard ausfragen sollte.

»Mrs. Ashley, ich... ich möchte Euch ein Geheimnis anvertrauen, aber Ihr dürft keinem Menschen etwas erzählen.«

»Selbstverständlich, mein Kind.«

»Es ist nämlich so, Eduard und ich, wir..., wir lieben uns.«

»Oh, ihr..., nun ja, (wenn das die Königin wüßte, dachte Kate entsetzt), ich kenne deinen Eduard nicht, aber sei vorsichtig, mein Kind, gib auf dich acht, Ihre Majestät überlegt bestimmt schon jetzt, mit wem sie dich verheiraten wird.«

»Seid unbesorgt, Mrs. Ashley, ich kann warten bis zur Hochzeit.«

Kate sah zur Uhr und stand auf. »Komm, es wird Zeit, daß wir hinübergehen.«

Als sie das Zimmer verließen und die kurze Galerie entlanggingen, wurde unten eine Tür geöffnet, und Kate sah, daß der junge Lord Pembroke die Vorhalle betrat, fast gleichzeitig kam Gerard Braleigh durch eine Seitentür in die Halle. Kate stutzte. Sie hatte von Elisabeth einiges über Braleigh erfahren, fand ihn unsympathisch und beobachtete argwöhnisch, daß er sich stets still im Hintergrund hielt und – im Gegensatz zu den anderen Höflingen – überhaupt nicht versuchte, die Aufmerksamkeit der Königin auf sich zu lenken.

Ihre innere Stimme sagte ihr, daß sie die Begegnung der beiden Männer beobachten sollte, und so hieß sie Katharina weitergehen und huschte unter dem Vorwand, sie habe etwas vergessen, in ihr Zimmer zurück. Sie ließ die Tür einen Spalt offen und hörte zunächst Pembroke:

»Hallo, Mr. Braleigh, seid Ihr schon zurück von Eurer Reise, hattet Ihr nicht um einen längeren Urlaub gebeten?«

»Ich konnte meine Angelegenheiten rascher erledigen als geplant, und außerdem, Ihr wißt ja, wenn man dem Hof zu lange fernbleibt, wird man leicht das Opfer von Intrigen.«

»Da habt Ihr recht. Konntet Ihr denn Eure Pachtangelegenheiten zufriedenstellend regeln?«

»Gewiß, mein Vater hat Gott sei Dank seinerzeit nur kurzfristige Verträge geschlossen, so daß ich die Pachtzinsen jetzt, ohne die üblichen juristischen Schwierigkeiten, beträchtlich erhöhen konnte.«

»Was Ihr treibt, nennt man Pachtzinswucher.«

»Na und? Schließlich muß man als Edelmann und Grundbesitzer trotz der steigenden Preise standesgemäß leben.«

»Jeder Grundbesitzer muß heute sehen, wie er mit der Teuerung fertig wird, und es gibt weiß Gott andere Methoden als die Erhöhung der Pachtzinsen. Ich zum Beispiel werde die Viehzucht intensivieren, besonders die Schafzucht. Einen Teil der Tiere exportiere ich nach dem Festland, die übrigen werden geschlachtet, das Fleisch wird auf meinen Gütern verwertet und auf den Märkten verkauft. Das bringt mir einen schönen Gewinn und schont meine Pächter.«

»Ihr werdet also zum Fleischhändler, nein, ich habe genug vom Handel; mein Vater hat seinerzeit Land gekauft, um endlich Grundbesitzer zu werden und irgendwann Edelmann, ich bin ein Edelmann und will es bleiben, der adelige Grundbesitzer ist in England angesehen, nicht der Kaufmann.«

Kate fand die Unterhaltung nicht besonders interessant, jeder klagte über die Teuerung, auch die Königin, und so öffnete sie die Tür und wollte eben das Zimmer verlassen, als sie die Männer die Treppe heraufkommen hörte.

»Erzählt, was Ihr unterwegs alles erlebt habt«, sagte Pembroke, »hier am Hof ist es manchmal recht langweilig, ein Tag verläuft so eintönig wie der andere.«

»Eintönig?« rief Braleigh und begann laut zu lachen. »Eintönig, Ihr seid schlecht informiert, Mylord. Wißt Ihr noch nicht, daß die Königin und ihr Stallmeister heute nachmittag ohne Begleitung zusammen ausritten? Einer der Reitknechte erzählte mir die Neuigkeit vorhin bei meiner Rückkehr.«

Kate spitzte die Ohren. Sie wußte, daß Elisabeth eine starke Zuneigung für Dudley empfand, und war froh darüber, zeigte dies doch, daß Thomas Seymour nicht mehr den ersten Platz in ihrem Herzen einnahm. Trotzdem hatte sie sich im stillen schon manchmal gefragt, wie es weitergehen sollte, aber Elisabeth war immer vernünftig, sie wird den Bogen nicht überspannen.

»Mein Gott«, fuhr Braleigh fort, »wenn die arme, kranke Lady Dudley erfährt, was hier alles passiert, wird sie eines Tages noch an gebrochenem Herzen sterben.«

»Wie kommt Ihr darauf, daß Lady Dudley krank ist?«

»Unterwegs erfährt man allerhand. Auf dem Rückweg rastete ich im Wirtshaus von Abingdon, ein Ort in der Nähe von Cumnor Hall, wo Lady Dudley wohnt.

In der Schenke saß ein Diener von Lady Dudley und wartete auf Mrs. Pinto, ihre Zofe, die im Ort etwas besorgen wollte. Er erzählte dem Wirt, daß seine Herrin krank sei, aber nicht bettlägerig, daß sie über Schmerzen in der Brust klage und daß die Dienerschaft oft hörte, daß sie zu Gott bete, er möge sie aus ihrer Verzweiflung erlösen. Der Wirt meinte, sie gräme sich wahrscheinlich zu sehr über die Abwesenheit des Gatten. Wenn Ihr mich fragt, Mylord, ich glaube, daß ein Mensch aus Kummer krank werden kann, und es ist eine Schande, wie Lord Dudley seine Frau vernachlässigt.«

»Ihr könnt Dudley doch nicht dafür verantwortlich machen, die Ursache ihrer Krankheit werden wir wahrscheinlich nie erfahren.«

«Mylord, wenn Lady Dudley an gebrochenem Herzen stirbt, so ist der Stallmeister Ihrer Majestät moralisch schuldig, dies muß er vor Gott und seinem Gewissen verantworten, aber manchmal muß man eine moralische Schuld auch vor den Menschen, vor der öffentlichen Meinung verantworten.«

»Mr. Braleigh, noch lebt Lady Dudley, und wer weiß, vielleicht überlebt sie uns alle, aber… ich bin verabredet, wir sehen uns wahrscheinlich an der Abendtafel.«

Sie trennten sich am Ende der Galerie, Braleigh ging nach links, Pembroke nach rechts. Er überlegte, ob er Robert von dem Gespräch erzählen sollte, und entschied, nichts zu sagen. Braleigh ist ein Schwätzer, dachte er, ein Wichtigtuer…

Kate wartete, bis die Männer sich entfernt hatten, dann eilte sie zu den Gemächern der Königin. Als sie den großen Raum betrat, war die »Plauderstunde « beendet, und die Damen verabschiedeten sich.

Kate näherte sich unauffällig Katharina Grey und fragte leise, ob sie die »Prüfung« bestanden habe, woraufhin das junge Mädchen antwortete, man habe sich nur über die Kleider unterhalten, die man auf die Sommerreise mitnehmen wolle, und die Königin hätte sie überhaupt nicht beachtet.

»Wo warst du?« fragte Elisabeth, als sie mit Kate allein war.

»Oh, ich war ein Lauscher an der Wand, das heißt, hinter meiner Zimmertür.«

»Du hast gelauscht…«, Elisabeth lachte, »das ist unschicklich, wen hast du belauscht, gibt es wenigstens interessante Neuigkeiten?«

»Selbstverständlich«, und Kate schilderte das Gespräch zwischen Pembroke und Braleigh.

Als Kate berichtet hatte, sagte Elisabeth: »Der Hofklatsch über Robert und mich läßt sich nicht vermeiden, damit müssen wir leben, und was Amys mysteriöse Krankheit betrifft…, wer weiß, vielleicht ist sie gar nicht so schwer krank.«

»Gewiß, aber was meint Ihr zu Mr. Braleigh? Er ist ein Intrigant.«

»Ich weiß, deshalb lasse ich ihn am Hof leben, hier ist er unter Aufsicht.«

»Majestät, wäre es nicht besser, ihn zu entfernen? Er redet schlecht über Lord Dudley, er macht ihn verantwortlich für Lady Dudleys Krankheit, so etwas kann sich in der öffentlichen Meinung durchsetzen und beherrschen. Majestät, falls Lord Dudleys Ruf ruiniert wird, kann es Euch schaden.«

Elisabeth sah Kate nachdenklich an. »Du hast recht«, sagte sie schließlich, »aber was soll ich machen?«

»Wenn Ihr Mr. Braleigh nicht vom Hof entfernen wollt, gibt es nur eine Möglichkeit, sein dummes Geschwätz zu unterbinden: Holt Lady Dudley an den Hof, ernennt sie zur Hofdame, laßt sie und Lord Dudley nach außen hin zusammenleben. Wenn der äußere Schein gewahrt bleibt, wird es Lord Dudleys Feinden schwerfallen, seinen Ruf zu ruinieren.«

Elisabeth dachte erneut nach und erwiderte: »Dein Vorschlag ist vernünftig, aber… ich könnte es nicht ertragen, Lady Dudley um mich zu haben, sie täglich zu sehen, Robert liebt seine Frau nicht, aber irgendwann hat er die Ehe mit ihr vollzogen… Nein, ich will sie nicht sehen, sie bleibt, wo sie ist…, wenn sie in Cumnor Hall lebt, habe ich das Gefühl, daß Robert mir gehört…«

»Majestät, erinnert Euch an die dummen und böswilligen Gerüchte, die seinerzeit über Euch und Lordadmiral Seymour in Umlauf waren, erinnert Euch, in welche Schwierigkeiten Ihr damals kamt.«

»Kate, damals war ich Thronerbin, heute bin ich Königin, und als Königin lasse ich mir keine Vorschriften über meine Gefühle machen, ich allein bestimme, wem ich meine Gunst schenke! Laß mich jetzt allein, suche ein paar Notenhefte für heute abend zusammen, auch einige Kompositionen meines Vaters.«

Nachdem Kate gegangen war, saß Elisabeth noch eine Weile am Schreibtisch, versuchte vergeblich, sich auf Berichte von Gesandten zu konzentrieren, und begab sich schließlich in ihr Schlafzimmer.

Sie schloß ein Geheimfach ihres Frisiertisches auf, holte einen länglichen Kasten aus Ebenholz heraus und entnahm ihm ein Stück Papier.

Sie entfaltete es und las: »Der König wird noch in dieser Nacht sterben.«

Sie betrachtete die Schrift, die Buchstaben..., sein erster Brief, dachte sie, ein einziger Satz... Robert hatte ihr Leben gerettet, selbst auf die Gefahr hin, das seinige zu verlieren... Er liebte sie, sie liebte ihn, genau betrachtet war alles klar, einfach. Wenn er ihr Liebhaber wurde, gab es natürlich für eine gewisse Zeit neuen Gesprächsstoff am Hof, aber irgendwann wurde die Situation uninteressant, der Hof, das Volk, die Gesandten, die ausländischen Fürsten, alle gewöhnten sich an die Situation und akzeptierten ihre Liebesbeziehung zu Robert Dudley. Irgendwann gab es vielleicht einen offiziellen Gemahl, der natürlich im Hintergrund bleiben würde, und wenn sie von Robert ein Kind oder mehrere bekam, konnten sie legitimiert werden, und die Thronfolge war gesichert.

Es war alles so einfach, warum nur konnte sie sich nicht entscheiden, ihr Privatleben so ähnlich zu gestalten wie Heinrich II. von Frankreich? Am französischen Hof gab es eine offizielle Königin Katharina und die Mätresse Diane de Poitiers, die eine größere Rolle spielte als die Königin, und niemand regte sich darüber auf.

Wenn Robert ihr Liebhaber wurde, waren klare Verhältnisse geschaffen, und böswilliges Gerede wurde unterbunden.

Warum zögerte sie, den letzten Schritt zu tun? Was war der Grund? Amy? – Nein. Die ausländischen Gesandten? – Nein. Cecils Mißbilligung? Eine außereheliche Liebschaft würde er bestimmt mißbilligen. – Nein.

Der Grund war... sie selbst.

Irgend etwas hinderte sie, sich einem Mann ganz hinzugeben, sie wollte sich nicht preisgeben und anschließend von dem Mann beherrscht werden, in der ersten Nacht würde sie zweifellos ihren Nimbus verlieren, der sie als Königin umgab, und diesen Nimbus wollte sie behalten... Andererseits, sie dachte an die Ängste, die sie während der ersten Wochen ihrer Regierung ausgestanden hatte, die Angst, daß französische Truppen an der englischen Küste landeten...

Mit Cecil konnte sie nicht über ihre Ängste reden, er würde rational überlegen, was dafür, was dagegen sprach, Robert hingegen würde sie in einer solchen Situation trösten, in die Arme nehmen...

Ihr Körper und ihre Seele sagten ja zu Robert Dudley, ihr Verstand sagte nein. Dieser Zustand war auf Dauer unmöglich, im Augenblick wußte sie nicht, wie sie das Problem lösen sollte, es war wohl am besten, wenn sie abwartete, manche Probleme lösten sich, wenn man lange genug wartete...

Während Elisabeth über ihr Privatleben nachdachte, blätterte Cecil in verschiedenen Akten und überlegte, welche er am Abend zu Hause in aller Ruhe lesen wollte. Seit der Parlamentseröffnung war er tagsüber zu beschäftigt und verschob das notwendige Aktenstudium auf den Abend. Die Unterlagen zur Religionsfrage mußte er noch einmal lesen, was gab es außerdem?

Randolphs Bericht über die Unruhen in Schottland? Er überflog die Seiten und legte den Bericht zur Seite, die Entwicklung in Schottland mußte man abwarten. Was schrieb Throgmorton aus Paris? Ach Gott, Cecil seufzte, schon wieder ein Bericht über die geplanten Hochzeitsfeierlichkeiten, Turniere, Bälle, noch ein Turnier...

Cecils Augen glitten gleichgültig über die letzten Zeilen: ...am 30. Juni wird ein letztes Turnier stattfinden, der König wird zusammen mit dem Herzog von Guise, dem Herzog von Ferrara und dem Herzog von Nemours den Kampf eröffnen...

Cecil legte den Brief zur Seite, Turniere waren im Augenblick uninteressant, aber..., und er dachte an die Heirat seiner Königin, wenn sie heiratet, müssen die Feierlichkeiten ebenso prunkvoll sein wie in Paris...

In diesem Augenblick betrat sein Sekretär das Zimmer und übergab ihm einen Brief. »Mylord, der Kurier wurde von einem Eurer Leute geschickt.«

Cecil nahm das Schreiben, betrachtete die Handschrift und wußte, worum es ging. Auf diese Nachricht wartete er schon einige Wochen.

Er entließ den Sekretär, brach das Siegel und begann zu lesen, das heißt, er übersetzte das Chiffre, wobei er beiläufig daran dachte, daß dieses Chiffre von einem Kenner entziffert werden konnte, der Sekretär, überlegte er, müßte für politisch wichtige Nachrichten eine neue Geheimschrift entwickeln... Plötzlich stutzte er, dechiffrierte die letzten Sätze erneut, nein..., das gleiche Ergebnis, er hatte richtig gelesen..., er legte den Brief auf den Tisch und betrachtete ihn nachdenklich.

Diese Nachricht veränderte die Situation, damit hatte er nicht gerechnet, und nun?

Ein Diener betrat das Zimmer. »Mylord, Eure Sänfte ist bereit.«

Cecil legte den Brief zu den Papieren, die er mit nach Hause nehmen wollte, und begab sich zu der langen Galerie, die immer noch von Höflingen und Besuchern bevölkert war. Heute abend, überlegte er, werde ich mit Mildred über diesen Brief sprechen...

Er schritt gemessen, ohne nach links oder rechts zu sehen, durch die Galerie und war so in seine Gedanken vertieft, daß er die katzbuckelnden Höflinge übersah, er bemerkte auch nicht, daß der Brief aus der Mappe herausrutschte und lautlos auf die Binsen fiel.

Keiner der Anwesenden sah das Papier auf dem Boden, nur zwei dunkle, freche Augen starrten gebannt auf den Brief. Gerard Braleigh stand unbemerkt in einer Fensternische, beobachtete das Kommen und Gehen in der Galerie, und als er Cecil erblickte, straffte er sich etwas, verfolgte den Staatssekretär mit seinen Augen und sah, daß ein Brief aus dessen Mappe rutschte. Seit Elisabeths Thronbesteigung beobachtete Braleigh die hohen Staats- und Hofbeamten, weil er hoffte, wertvolle Informationen zu erhaschen, Informationen, aus denen er eine Intrige gegen den ihm verhaßten Robert Dudley spinnen konnte, gegen den Jugendgefährten, den das Schicksal nach oben getragen hatte und der wahrscheinlich noch weiter aufsteigen würde...

Er glitt behende zu der Stelle, wo der Brief lag, hob ihn auf und ging zurück zu seinem Fensterplatz. Er sah hinunter in den Hof und las dabei den Brief. Aha, eine Chiffre, nun, er kannte diese Geheimschrift und begann sie zu entziffern... Als er den Brief halb gelesen hatte, stieß er einen leisen Pfiff aus, Donnerwetter, das war eine Nachricht!

Jetzt besaß er das Werkzeug, um an Robert Dudleys Sturz zu arbeiten, es würde dauern, er mußte Geduld haben, aber er würde es schaffen…

Er las den Brief, verwahrte ihn sorgfältig in seinem Wams und überlegte, wie er weiter vorgehen sollte…, es war ganz einfach…, er würde die Damen um die Königin ein bißchen hofieren, ihnen ein Geheimnis anvertrauen, und den Höflingen, die stets Neuigkeiten hören wollten, nun, denen würde er eine Neuigkeit erzählen…

Er lachte leise auf, verließ seinen Platz und ging langsam die Treppe hinunter in die Große Halle; auf halbem Weg eilte ihm Robert Dudley entgegen, immer zwei Stufen auf einmal nehmend.

Braleigh blieb stehen. »Hallo, Robert, wohin so eilig?«

Robert sah erstaunt auf. »Gerard? Du? Hattest du nicht um längeren Urlaub gebeten?«

»Ja, aber ich benötigte ihn nicht; wollen wir nachher eine Partie Schach spielen?«

»Heute nicht, Gerard, Ihre Majestät erwartet mich.«

»Richtig, das habe ich völlig vergessen, du pflegst deine Abende ja in den königlichen Gemächern zu verbringen.« Er lächelte süffisant, was Robert geflissentlich übersah.

»Bis später, Gerard, wir sehen uns vielleicht an der Abendtafel«, und er eilte hinauf zur Galerie.

Braleigh sah ihm nach und lächelte spöttisch. Noch eilst du hinauf, Robert Dudley, dachte er, aber du wirst tief fallen, in längstens zwei Jahren sitzt du im Tower…, nun denn, nimm deinen Lauf, Schicksal!

Er eilte hinunter und verließ triumphierenden Schrittes das Schloß.

Unterdessen war Elisabeth mit Umkleiden beschäftigt, ließ sich von Lucy eine Robe nach der anderen zeigen und entschied sich endlich für ein Kleid aus schwarzer Seide, dessen Rock von einem perlenbestickten schwarzen Schleierstoff bedeckt war.

»Warum schwarz, Majestät? Es ist Frühling?«

»Ich möchte heute abend besonders elegant aussehen, leg den Rubinschmuck und die Perlen zurecht.«

Als Elisabeth später ihren Wohnraum betrat, hatte sie das unstimmte Gefühl, daß an jenem Apriltag etwas Besonderes passiert war, etwas, das ihre Beziehung zu Robert verändern würde… Die Dudleys, Ambrose, Robert und ihre Schwester Mary, die Sir Henry Sidney geheiratet hatte, waren bereits anwesend, ebenso Kate. Letztere beobachtete die Geschwister und amüsierte sich im stillen über die Ehrerbietung, die Mary und Ambrose dem jüngsten Bruder entgegenbrachten, abgesehen davon fand Kate die Gesellschaft der Geschwister angenehm, Ambrose wirkte solide und zuverlässig, Mary, die zu Elisabeths Hofdamen gehörte, benahm sich zurückhaltend und vermied es, sich in den Vordergrund zu spielen.

»Ich möchte musizieren«, sagte Elisabeth zu Mary, »begleitet mich auf der Harfe«, und zu Robert, »Ihr blättert die Noten um.«

Sie setzte sich vor das Spinett, Robert stellte sich links neben sie, und bald erklangen gefällige italienische Melodien. Elisabeth streifte Robert mit einem Seitenblick und sagte leise: »In Zukunft müßt Ihr das Knie nicht mehr vor mir beugen.«

Robert sah die Königin überrascht an. Wie, sie gestand ihm das gleiche Privileg zu wie Cecil?

»Ich danke Eurer Majestät.«

Elisabeth legte neue Noten auf. »Dieses Lied, Mylord, hat mein Vater gedichtet und komponiert.« Sie schlug einige Akkorde an und begann zu singen: *»Pastime with good company, I love and shall until I die…«*

»Wie gefällt Euch das Lied?« fragte Elisabeth.

»Es stimmt mich traurig, Majestät.«

»Warum?«

»Weil vom Sterben die Rede ist.«

Elisabeth sah Dudley erstaunt an. »Robin«, sagte sie leise, »was ist mit Euch, so kenne ich Euch nicht.«

»Verzeihung, Majestät, es war… nur eine Stimmung, sie … sie hat nichts zu bedeuten.«

Einige Tage nach Cecils Ernennung zum Ersten Staatssekretär hatte ihm Elisabeth eines der prächtigen Stadthäuser am Strand geschenkt, damit er angemessen repräsentieren konnte. In diesem Palais führte Mildred Cecil, unterstützt von Tom, die Oberaufsicht über eine zahlreiche Dienerschaft, sorgte dafür, daß alles reibungslos lief, und war bestrebt, den vielbeschäftigten Gatten möglichst wenig mit häuslichen Problemen zu belasten.

Am frühen Abend jenes Apriltages saß die Tochter des Hauses, die dreijährige Anna, in der Großen Halle, wartete wie gewöhnlich auf die Heimkehr des Vaters und weinte trotzig vor sich hin. Sie war ein hübsches Kind mit wachsamen, dunkelblauen Augen und goldblonden Haaren, die in natürlichen Wellen auf die Schultern fielen, am auffallendsten aber war der kleine, herzförmige Mund, der genau dem Schönheitsideal der Zeit entsprach. Anna war das einzige Kind der Cecils, das die ersten Monate überlebt hatte, sie wurde von der Dienerschaft behütet und verwöhnt und hatte sich im Laufe der Zeit zu einem kleinen Tyrannen entwickelt, was ihre Mutter mit Sorge beobachtete, von ihrem Vater allerdings nicht bemerkt wurde.

Cecil war stolz auf seine hübsche Tochter, liebte sie abgöttisch, erfüllte ihr jeden Wunsch und hatte hochfliegende Pläne hinsichtlich ihrer Erziehung und späteren Verheiratung.

Die Kleine schmollte an jenem Abend vor sich hin, riß hin und wieder ärgerlich an den Bändern ihres Kleides und richtete sich plötzlich wachsam auf dem Schemel auf, als der Kammerdiener ihres Vaters sich neben die Eingangstür stellte, um die Akten seines Herrn in Empfang zu nehmen und in das Arbeitszimmer zu bringen. Er war der einzige Diener, dem Cecil wichtige Staatspapiere anvertraute.

Anna horchte, und als die Tür geöffnet wurde, sprang sie auf und lief ihrem Vater entgegen. Cecil gab dem Diener die Akten und hob seine Tochter hoch.

»Guten Abend, Maus«, er küßte sie und betrachtete erstaunt ihr tränenfeuchtes Gesicht. »Nanu, du weinst, was ist passiert, Maus?«

»Ich wollte heute mein Sonntagskleid anziehen, um Euch zu begrüßen, Vater, aber die Mutter hat es nicht erlaubt.« Sie schmiegte ihr Gesicht an seinen Bart. »Vater, darf ich morgen mein Sonntagskleid anziehen?«

»Du kannst es jeden Tag anziehen, Maus.«

»Ja? Danke, Vater.«

Sie küßte ihn auf die Wange und lächelte ihn an. »Wenn ich das gute Kleid jeden Tag anziehe, habe ich für den Sonntag keines mehr.«

»Das ist ganz einfach, du bekommst für die Feiertage ein neues Kleid, was möchtest du? Samt, Seide, Brokat?«

»Ich möchte ein Kleid wie die Königin es trägt, Ihr seht sie doch jeden Tag.«

»Ja, natürlich…«, und er überlegte, wie Elisabeth an jenem Nachmittag gekleidet war, elegant und prunkvoll wie immer, aber… er konnte sich beim besten Willen nicht an Einzelheiten erinnern.

»Gut, Maus, du bekommst ein Kleid wie die Königin.«

Er trug sie hinauf in ihr Zimmer, übergab sie der Kinderfrau und begab sich zu Tom.

Er überprüfte die Ausgabenliste und fragte, ob alles in Ordnung war.

»Ja, Mylord, allerdings, wenn wir den Sommer in Wimbledon verbringen, wird die Belieferung mit frischem Seefisch sehr kostspielig werden.«

In Cecils Haus wurden die Fastentage streng befolgt, und so gab es zweimal wöchentlich Seefisch, weil der Hausherr fand, daß er, als Staatssekretär, mit gutem Beispiel vorangehen müsse.

»Versuche, den Preis herunterzuhandeln, besprich die Sache mit meiner Frau.«

Tom seufzte unhörbar, sein Herr erwartete glanzvolle Repräsentation nach außen, die natürlich nicht viel kosten durfte.

Zuletzt begab Cecil sich zu seiner Frau, die um diese Stunde gewöhnlich las.

»Nun«, fragte sie bei seinem Eintritt, »war der Tag sehr anstrengend?«

»Wie man es nimmt, das Abendessen soll wie üblich in meinem Arbeitszimmer serviert werden.«

Mrs. Cecil legte verärgert das Buch zur Seite, sprang auf und ging zu ihrem Gatten.

»William, ich bin es allmählich leid, wie lange soll das noch so weitergehen? Seit über zwei Monaten sieht man dich kaum noch.

Wenn du nach Hause kommst, verschwindest du in deinem Arbeitszimmer, bleibst der Abendtafel fern, man kann nichts mit dir besprechen, ich frage mich manchmal, ob wir überhaupt noch verheiratet sind. Seit du Staatssekretär bist, haben wir kein Familienleben mehr, du bist nur noch mit deiner Arbeit beschäftigt.«

Cecil versuchte innerlich ruhig zu bleiben, aber je länger seine Frau sprach, desto mehr kochte ein lange unterdrückter Ärger in ihm hoch.

»Zum Teufel, einer in England muß schließlich arbeiten, wie soll das Land sonst regiert werden? Am Hof treiben sich nur Faulenzer und Müßiggänger herum, und die Königin ist nur mit ihren Vergnügungen beschäftigt, statt sich um das Wohl des Landes zu kümmern, aber sei es drum, sie ist eben die Tochter ihres Vaters, der hat ja auch Wolsey alles überlassen, und was meine Arbeit betrifft, so hast du gewußt, was auf dich zukommt, wenn ich Staatssekretär werde, aber bitte, wenn dir das Familienleben wichtiger ist, kann ich ja zurücktreten, während der letzten Wochen habe ich schon öfter meinen Rücktritt erwogen.«

»Du hast…, mein Gott, rede nicht von Rücktritt, letztlich willst du es ja auch nicht.«

Er schwieg und beruhigte sich allmählich.

»Du hast recht, ich wollte Staatssekretär werden und will es bleiben, aber du kannst mir glauben, die Tudors sind eine schwierige Familie, exzentrisch, launisch, herrisch, vergnügungssüchtig, prunkliebend, die Roben der Königin kosten wahrscheinlich ein Vermögen… Da fällt mir ein, ab morgen darf Anna jeden Tag ihr Sonntagskleid anziehen, wenn sie mich begrüßt, und laß ihr für die Sonn- und Feiertage einige neue Kleider schneidern, der Preis spielt keine Rolle.«

Mrs. Cecil wollte auffahren, besann sich aber.

»Hältst du es für richtig, dem Kind jeden Wunsch zu erfüllen? Ich finde, sie muß lernen, daß man im Leben nicht alles haben kann.«

»Ich möchte, daß meine Tochter glücklich ist«, erwiderte Cecil und verließ das Zimmer.

Seine Frau sah ihm verblüfft nach; es ist unglaublich, dachte sie, aber wenn der Unterricht beginnt, werde ich streng kontrollieren, ob Anna lernt, wehe, sie faulenzt, dann wird sie unnachgiebig bestraft…

Als Cecil die Dokumentenmappe öffnete, sah er sofort, daß der Brief weg war. Er überlegte, daß er ihn unterwegs verloren hatte, wahrscheinlich auf dem Weg zur Sänfte; wenn jemand ihn findet und entziffern kann… Was wird dann geschehen?

Nun, es kommt darauf an, wer den Brief findet, ob derjenige ein Freund oder ein Feind des Herrn Oberstallmeisters ist…

Er dachte noch eine Weile über den Brief nach und vertiefte sich schließlich in die Akten.

Später ging er zu Anna, sprach das Nachtgebet mit ihr, dann aß er zu Abend und arbeitete weiter. Gegen zehn Uhr begab er sich in den Wohnraum zu seiner Frau, um noch – wie jeden Abend – eine Stunde mit ihr zu verbringen. Er goß sich einen Becher Rotwein ein und setzte sich vor den Kamin.

»Was meinst du zur Königin, Mildred, wie beurteilst du sie?«

Seine Frau sah ihn erstaunt an. »Wieso fragst du mich? Ich kenne die Königin doch kaum, ich habe sie nur etliche Male bei Hof gesehen, sie war liebenswürdig zu mir… William, was ist passiert? Gibt es zwischen dir und der Königin Meinungsverschiedenheiten?«

»Nein, was die Politik betrifft, haben wir bis jetzt gut zusammengearbeitet, wenngleich ihre Entschlußlosigkeit mich manchmal stört, nein, unsere Zusammenarbeit ist im großen und ganzen harmonisch… Allerdings, meiner Meinung nach arbeitet sie zuwenig, eine Monarchin, die sich den Thron so schwer erkämpft hat, müßte sich Tag und Nacht nur mit der Regierungsarbeit beschäftigen; statt dessen arrangiert sie Bälle, Maskeraden, Konzerte, Jagdausflüge, läßt sich von den jungen Kavalieren den Hof machen…«

»Mein Gott, William, sie ist eine junge Frau, warum soll sie nicht nach den schweren Jahren das Leben ein bißchen genießen?«

»Gewiß, aber am Abend, nach getaner Arbeit, nicht tagsüber, heute hat sie ein wichtiges politisches Gespräch abgebrochen, um mit ihrem Stallmeister auszureiten«, und er schilderte, was vorgefallen war.

Mrs. Cecil lächelte. »Nun ja, Lord Dudley ist ein gutaussehender, charmanter Mann, du mußt zugeben, neulich auf dem Ball waren sie das schönste und eleganteste Paar, wahrscheinlich ist sie ein bißchen in ihn verliebt, Verliebtheit dauert nicht lange, bist du etwa eifersüchtig auf Dudley?«

»Ich, eifersüchtig auf Dudley?« rief Cecil entrüstet. »Ich bitte dich, das habe ich weiß Gott nicht nötig, nein, ich mache mir Sorgen. Mildred, was du als Verliebtheit bezeichnest, ist meiner Meinung nach eine echte beiderseitige Zuneigung, die das Wohl des Staates gefährdet.«

»Du übertreibst, Liebe hin und her, die Königin wird eines Tages eine politische Vernunftehe eingehen, und Lord Dudley ist bereits verheiratet.«

»Die Königin ist zur Zeit wenig an einer baldigen Heirat interessiert, zumindest sollen die Verhandlungen wegen des Erzherzogs Karl in die Länge gezogen werden, und was Dudley betrifft…, ja, er ist verheiratet… Noch ist er verheiratet, aber… seine Frau ist todkrank, sie wird nicht mehr lange leben… Und dann?«

»Was heißt ›und dann‹, glaubst du etwa, daß die Königin Dudley heiraten wird?«

»Das kann ich im Moment nicht beurteilen, und das ist es, was mir Sorge bereitet. Rational betrachtet, dürfte sie ihn nicht heiraten, einmal, weil ihm immer noch der Makel anhaftet, daß sein Vater ein Verräter war, zum andern, weil Dudley, wenn seine Beziehung zur Königin sich weiterentwickelt, immer mehr ins Gerede kommen wird. Wenn sich am Hof herumspricht, daß seine Frau todkrank ist, bekommt der Klatsch neue Nahrung, kurz, wenn er Witwer ist, hat er wahrscheinlich so viele Feinde und Neider am Hof, und sein Ruf ist derart ruiniert, daß die Königin im eigenen Interesse darauf verzichten müßte, ihn zu heiraten, aber…

Er schwieg eine Weile, um seine Gedanken zu sammeln, und fuhr dann fort:

»Während der letzten Monate ist ein Charakterzug, eine Veranlagung bei ihr deutlich geworden, die mich nachdenklich stimmt. Sie läßt sich, was Dudley betrifft, völlig vom Gefühl leiten, fast möchte ich sagen, sie ordnet ihren Verstand dem Gefühl unter. Ich weiß nicht, wie ich dies beurteilen soll, hat sie vielleicht von ihrem

Vater eine gewisse sinnliche Veranlagung geerbt, die erst jetzt erwacht ist? Vielleicht... Viel wichtiger ist die Frage, wie sie sich in einer kritischen Situation verhalten wird, rational oder emotional? Dieses Problem wird wahrscheinlich nicht nur bei Dudley auftauchen, es gibt in ihrem Wesen einen emotionalen Zug, den ich erst während der letzten Monate bemerkt habe, er ist neu für mich, überraschend...«

»Ich kann deine Sorge verstehen, William, aber warte in Ruhe die weitere Entwicklung ab, vielleicht löst sich das Problem mit Dudley von selbst, woher weißt du überhaupt, daß seine Frau todkrank ist?«

»Ich erhielt heute nachmittag einen Brief von einem meiner Spione. Du weißt ja, daß ich wichtige Hofleute und ihre Angehörigen ›beschatten lasse‹, dazu gehört natürlich auch Lady Dudley.

Als ich vor einigen Wochen erfuhr, daß sie zwar krank, aber nicht bettlägerig ist, befahl ich Nachforschungen. Ich weiß nicht, wie viele Pfund den Arzt zum Reden gebracht haben, aber er hat geredet: Lady Dudley ist innerlich krank, an der Brust; der Arzt hat beobachtet, daß nur Frauen von dieser Krankheit befallen werden, die sich über Monate hinziehen kann, aber immer tödlich endet. Er vermutet, daß Lady Dudley noch ungefähr anderthalb Jahre leben wird, vielleicht bis Ende 1560. Er hat das Ehepaar über die Krankheit informiert, der Herr Oberstallmeister weiß also, wie es um Lady Dudley steht.«

»Wie schrecklich«, rief Mrs. Cecil, »die arme Frau, sie tut mir leid, besteht wirklich keine Hoffnung, daß sie wieder gesund wird?«

»Nein, es besteht keinerlei Hoffnung, den Brief habe ich übrigens unterwegs verloren..., na ja, vielleicht hast du recht, abwarten, abwarten, wie Ihre Majestät es zu tun pflegt... Es ist spät geworden«, er stand auf, nahm einen Kandelaber, und während Mrs. Cecil sich zum Schlafzimmer begab, ging der Staatssekretär noch einmal kurz in das Kinderzimmer, um nach Anna zu sehen. Die Kinderfrau schrak auf, als der Hausherr das Zimmer betrat, nickte aber sofort wieder ein. Cecil trat zu dem Bett, betrachtete seine friedlich schlafende Tochter und dachte über ihre Zukunft nach: Eines Tages sollte sie so viele Sprachen beherrschen wie die Königin, damit sie an der Seite ihres Gatten entsprechend repräsentieren und auftreten konnte. Der Staatssekretär hatte auch genaue Vorstellungen hinsichtlich des künftigen Schwiegersohnes, am liebsten wäre ihm ein Angehöriger des alten Adels gewesen, aber die Cecils besaßen leider keinen Stammbaum, Anna würde also einen Mann aus guter Familie heiraten, der die Rechte studiert hatte und ein hohes Staatsamt bekleidete, vielleicht sogar Gesandter an den europäischen Höfen wurde... Im Geist sah er Anna schon in Paris, Madrid, Wien, Rom, sie sollte etwas von der Welt sehen..., sein Schwiegersohn mußte zuverlässig sein, ernsthaft, arbeitsam, ehrgeizig, so wie er, William Cecil, er mußte rechtzeitig in den Juristenschulen nach einem passenden jungen Mann Ausschau halten.

Irgendwo im Hause schlug es Mitternacht, ein Tag war vorüber, ein Tag wie jeder andere in England...

XVII

Cecil erschien am anderen Morgen pünktlich zur Audienz bei Elisabeth.

Während der Nacht hatte sich sein Ärger gelegt, und als sie ihn nun lächelnd begrüßte, dachte er, daß ihre bisherige Zusammenarbeit recht gut gewesen war, und was Robert Dudley betraf, mußte man die weitere Entwicklung eben abwarten.

»Majestät«, und er überreichte ihr einen Brief, »John Knox bittet erneut um Erlaubnis, in England leben zu dürfen.«

Elisabeths Gesicht verfinsterte sich, und sie warf das Schreiben ärgerlich auf den Tisch. John Knox, dachte sie, ausgerechnet er..., 1546 hat er sich den schottischen protestantischen Adeligen angeschlossen, die Jakobs V. Kanzler, den Kardinal Beaton, in der Burg von St. Andrews ermordeten, als die Burg schließlich von den Franzosen erobert wurde, geriet er in Gefangenschaft, diente neunzehn Monate als Sklave auf französischen Galeeren, nach seiner Freilassung kehrte er nach England zurück, predigte an Eduards Hof, griff Cranmer und dessen gemäßigten Protestantismus an, als Maria Königin wurde, floh er nach Genf, wo Calvin lebt und wirkt..., wie alt ist Knox inzwischen? Er müßte ungefähr Mitte Fünfzig sein...

Sie nahm den Brief, las ihn und legte ihn wieder auf den Tisch.

»Nein, und nochmals nein, ich will diesen Fanatiker nicht hier haben, ich kann nicht verhindern, daß er nach Schottland zurückkehrt, ich bin auch bereit, ihm freies Geleit durch mein Königreich zu gewähren, aber das ist alles. Ich kann nicht vergessen, daß er mich, die Königin, angegriffen hat, gewiß, sein Buch »Erster Trompetenstoß gegen das ungeheuerliche Weiberregiment« war gegen meine Schwester gerichtet, aber jetzt bin ich die Königin, und ich fühle mich angegriffen, es ist empörend, daß er behauptet, es verstieße gegen das göttliche Gebot, wenn eine Frau herrscht, und man dürfe keiner weiblichen Regentin gehorchen.«

Cecil lächelte. »Majestät, Knox hat mir immerhin nach Eurer Thronbesteigung geschrieben, er wolle fortan verkünden, daß Euer Majestät eine Ausnahme unter den weiblichen Herrschern sei, weil Ihr Euch zum protestantischen Glauben bekennt, er schrieb, Ihr seid wie Deborah von Gott auserwählt, um ihr Volk zu retten. Ich habe ihn etliche Male am Hofe Eures verstorbenen Bruders predigen hören, er ist ein brillanter Redner, der seine Zuhörer begeistert, seine Reise von Genf nach Dieppe soll ein wahrer Triumphzug gewesen sein...«

»Mylord, ich kann verstehen,daß Ihr Knox gerne als Prediger hier in England hättet, aber die heimgekehrten Calvinisten haben schon genug Unruhe gestiftet. Ihr wißt, daß ich persönlich diese Puritaner nicht mag, weder die Knoxianer noch die Coxianer, aber die Debatten im Parlament während der vergangenen Wochen haben mir gezeigt, daß ich mit Protestanten wie Cox und Grindal zusammenarbeiten muß, wenn wir die religiöse Frage lösen wollen.

Ich möchte, daß England ein wohlhabender Staat wird, daß meine Untertanen zufrieden sind, daß wir neue Märkte erschließen, in meinem Königreich sollen Künste und Wissenschaften gedeihen, diese Ziele können nur verwirklicht werden, wenn im Land ein dauerhafter religiöser Friede herrscht.«

Sie schwieg, dachte nach und fuhr fort: »Mylord, im Gegensatz zu Euch und vielen Abgeordneten im Unterhaus ist die Religionsfrage für mich eine politische Frage. Ich möchte keine Fenster in die Seelen der Menschen brechen und ihr Gewissen erforschen, in der neuen Kirche von England sollen alle meine Untertanen ihren Platz finden, deshalb muß, was die Glaubensinhalte betrifft, ein Kompromiß gefunden werden, mit dem sowohl die Katholiken als auch die gemäßigten und die radikalen Protestanten leben können, was gewisse Äußerlichkeiten und die Organisation betrifft, muß unsere neue Kirche den katholischen Großmächten etwas entgegenkommen. Wenn ein katholischer Engländer sich zur Staatskirche bekennt, und pro forma den Gottesdienst besucht, kann er von mir aus in seinem Privathaus Heiligenbilder aufstellen, die Jungfrau

Maria anbeten oder den Beistand eines katholischen Priesters in Anspruch nehmen.«

»Ich teile die Meinung Eurer Majestät, was die religiöse Toleranz betrifft, indes sollten wir hinsichtlich der Glaubensinhalte nichts überstürzen, wollen Euer Majestät, daß das Parlament schon jetzt eine neue Uniformitätsakte verabschiedet, ursprünglich wollten Euer Majestät damit warten bis zur Einberufung des nächsten Parlaments.«

»Ich weiß, aber seit Januar hat die Gesamtsituation sich verändert. Mein ursprünglicher Plan, nämlich die Wiederherstellung einer englisch-protestantischen Kirche, wie sie am Beginn der Herrschaft meines Bruders existierte, dieser Plan scheiterte – wie Ihr wißt – am Widerstand der Bischöfe, die eine königliche Suprematie ablehnen und die Suprematie des Papstes aufrechterhalten wollen, auch die radikalen Protestanten im Unterhaus widersetzten sich meinem Plan, weil das Gebetbuch des Jahres 1549 ihrer Meinung nach zu katholisch ist. Auf die Bischöfe kann ich mich nicht verlassen, ich bin also auf die Zusammenarbeit mit den protestantischen Abgeordneten des Unterhauses angewiesen. Im Hinblick auf unsere labile außenpolitische Situation wollte ich ursprünglich die Religionsfrage ganz allmählich regeln, aber durch den Frieden von Cateau-Cambrésis bin ich als Königin anerkannt, so daß wir die religiöse Frage nunmehr endgültig lösen können. Wir müssen einen Kompromiß finden zwischen den beiden Gebetbüchern der Jahre 1549 und 1552. Die Abgeordneten möchten natürlich das Gebetbuch des Jahres 1552 wieder einführen, aber das widerstrebt mir persönlich, zudem dürfen wir die gemäßigten Protestanten und die Katholiken nicht vor den Kopf stoßen…« Sie schwieg und dachte nach… »Als meine Schwester regierte, wurde ich nach meiner Meinung über die Gegenwart von Christus beim Abendmahl gefragt, und ich antwortete mit einem Vers:

»Hoc est corpus meum (Dies ist mein Leib)
Wie Christus es gewollt und gesagt hat,
wie Er es dankbar gesegnet und gebrochen hat,
und so, wie es Sein heiliges Wort gemacht hat,
so glaube und nehme auch ich es,
bereit, mein Leben dafür zu geben
und nicht länger auf Erden zu leben.«

Cecil hatte aufmerksam zugehört und erwiderte: »Majestät, die Auslegung der Worte ›Hoc est corpus meum‹ ist eines der Kernprobleme der Reformation, ein Kompromiß, der für alle christlichen Engländer tragbar wäre, müßte die Kommunionsformel so ändern, daß sowohl eine lutherische als auch eine zwinglianische Auffassung des Abendmahls möglich ist, sogar eine katholische Interpretation dürfte nicht ausgeschlossen werden. Im Interesse einer künftigen Zusammenarbeit mit dem Unterhaus sind Euer Majestät gezwungen, das streng protestantische Gebetbuch des Jahres 1552 zu akzeptieren, aber man könnte zwei Sätze einfügen, wodurch das Abendmahl eine andere Bedeutung bekommt. Im Gebetbuch des Jahres 1552 werden bei der Verabreichung des Sakraments folgende Worte gesprochen: ›Nimm und iß dies zum Gedächtnis, daß Christus für dich gestorben ist, und sei dankbar… Trinke dies zum Gedächtnis, daß Christus sein Blut für dich vergossen hat, und sei dankbar…‹ Das Abendmahl in dieser Form ist eine reine Gedächtnisfeier, man könnte diesen Worten die beiden Sätze aus dem Gebetbuch des Jahres 1549 voranstellen: ›Der Leib unseres Herrn Jesus Christus, der für dich dahingegeben wurde, bewahre deinen Leib und deine Seele zum ewigen Leben…, das Blut unseres Herrn Jesus Christus, das für dich vergossen wurde, bewahre deinen Leib und deine Seele zum ewigen Leben‹.« Er schwieg und wartete auf ihre Antwort.

»Ja«, erwiderte sie nach einer Weile, »ich glaube, mit diesem Kompromiß können alle Engländer leben, aber nun zur äußeren Form des Gottesdienstes, ich möchte, daß die Geistlichen Meßgewänder tragen, daß auf dem Altar ein Kruzifix und brennende Kerzen stehen, ich weiß, daß dies römische Bräuche sind, aber unter der Regierung meines Bruders wurde manches abgeschafft, was für einen Gottesdienst nützlich ist.«

»Hierbei dürfte es mit dem Parlament keine Schwierigkeiten geben, Majestät, man könnte betonen, daß die »Beibehaltung papistischen Brauchtums« notwendig ist wegen unserer Beziehungen zu den katholischen Großmächten. Das Problem der Priesterehe ist schwieriger, ich weiß, daß Euer Majestät gegen eine Verheiratung der Geistlichen ist, auch hier wäre ein Kompromiß möglich: Man kann die Priesterehe weiterhin erlauben und gleichzeitig erschweren, ein Pfarrer, der heiraten will, muß die Braut von seinem Bischof und zwei Friedensrichtern begutachten lassen und die Zustimmung der Eltern vorweisen.«

Elisabeth überlegte. »Meinetwegen«, erwiderte sie, »Matthew Parker, den ich zum Erzbischof von Canterbury ernennen möchte, ist auch verheiratet, da die Mitarbeit der katholischen Bischöfe fraglich ist, werden wir wahrscheinlich die meisten Pfründe neu besetzen müssen, meiner Meinung nach kommen nur gemäßigte Protestanten in Frage, und viele unter ihnen sind verheiratet; aber vielleicht akzeptieren die Bischöfe die neue Fassung des Suprematsgesetzes: Ich bin schließlich nicht »Oberhaupt der Kirche« wie mein Vater, sondern nur »Oberster Gouverneur der Kirche«, also kein englischer Papst, sondern ein von Gott mit der Leitung der Kirche Beauftragter, diese Formulierung müßte für die Bischöfe akzeptabel sein und, was noch wichtiger ist, für die katholischen Großmächte.«

»Wenn das Parlament die neue Suprematsakte und die neue Uniformitätsakte in dieser Form verabschiedet, haben wir in England künftig eine Kirche, die protestantisch ist in der Lehre, konservativ in der Organisation – ich denke dabei an die Beibehaltung der Bischöfe und diese Kirche untersteht nicht einem Laien-Papst, sondern der Königin-Regentin und ihrem Parlament. Majestät, man sollte den Bischöfen noch einmal die Gelegenheit geben, den Eid auf die veränderte Suprematsakte zu leisten, und erst Konsequenzen ziehen, wenn sie den Eid zum zweiten Mal verweigern.«

»Ja, Ihr habt recht, wenn sie stur bleiben, werden sie ihre Pfründe verlieren, aber nicht ihr Leben,vorausgesetzt, sie meditieren still auf dem Land vor sich hin. Ich bin bereit, religiösen Nonkonformismus zu dulden, solange er nicht nach außen in Erscheinung tritt und – was Gott verhüten möge – zum politischen Nonkonformismus führt, wer die neue englische Kirche und mich als ihren obersten Regenten anerkennt, wird in England unbehelligt leben können. Cuius regio, eius religio! Bereitet die Gesetze vor, Mylord, damit dieses Problem endlich abgeschlossen werden kann, und überlegt, wie wir den Kirchenbesitz finanziell für die Krone ausbeuten: Man könnte den Bischöfen verbieten, Land länger als auf drei Lebensalter, also auf einundzwanzig Jahre, zu verpachten, wenn der Vertrag nicht auf die Krone überschrieben wird, oder die weltlichen Besitzungen vakanter Bischofssitze fallen an die Krone, bis sie wieder besetzt sind; Hofbeamte, die sich Verdienste erworben haben, könnte man mit bischöflichen Pachtgütern belohnen, und wenn ein Geistlicher befördert werden will, muß er mir Ländereien überschreiben, Ihr habt jetzt einige Anregungen, laßt Euch etwas einfallen.«

Cecil unterdrückte ein Lächeln, sie war eben doch die Tochter ihres Vaters und vor allem die Enkelin Heinrichs VII., dessen Finanzbeamte gefürchteter waren als der Henker. Als er in sein Arbeitszimmer zurückging, überlegte er, daß die Regelung der Glaubensfrage, wie sie jetzt wahrscheinlich vom Parlament verabschiedet wurde, zwar eine optimale politische Lösung war, aber als religiöse Lösung problematisch blieb, weil Staatstreue und Religion miteinander verknüpft wurden, die neue englische Kirche würde künftig alle beherbergen, die insgeheim einem andern Glauben anhingen, dies aber im Interesse ihrer gesellschaftlichen Integration nicht zugaben...

Vier Tage später, am 10. April, debattierte das Parlament erneut über die geänderte Suprematsakte und das Abendmahl. Während die Parlamentarier über die Auslegung der Worte »hoc est corpus meum« stritten, beschäftigte sich der Hof nach wie vor mit Elisabeth und Robert Dudley und verfolgte mit Argusaugen die weitere Entwicklung dieser Beziehung. Robert hatte sich schon öfter über die Feuchtigkeit in seinen Räumen beschwert, die unter denen der Königin lagen. Ungefähr eine Woche nach dem Ausritt mit Elisabeth teilte Arundel ihm mit, er könne die Wohnung neben den Räumen der Königin beziehen, Ihre Majestät habe es so befohlen.

Robert war überrascht, erfreut und wartete gespannt auf ein Signal Elisabeths, aber es geschah nichts, statt dessen bemerkte er, daß seine Person immer mehr die Aufmerksamkeit der Hofleute auf sich lenkte.

Wenn er durch das Schloß ging, hatte er das Gefühl, daß sie hinter seinem Rücken die Köpfe zusammensteckten und tuschelten, an der Hoftafel musterte man ihn neugierig und sah einander bedeutungsvoll an. Robert dachte, es hinge mit seinem Umzug zusammen, aber er fühlte sich zunehmend unbehaglich und empfand das Geraune um sich herum allmählich als bedrohlich, aber das ist die Schattenseite des Favoriten, man beneidet ihn und wartet insgeheim auf seinen Sturz... Von einem Sturz fühlte er sich in jenen Tagen allerdings nicht im geringsten bedroht, Elisabeth verbrachte jede freie Minute in seiner Gesellschaft, kokettierte, plauderte und lachte, aber wenn er allein war, beschlich ihn immer öfter ein ungutes Gefühl, das er sich rational nicht erklären konnte. Am 18. April begab er sich zusammen mit Pembroke zur Mittagstafel. Sie unterhielten sich über dies und jenes, auch darüber, daß an diesem Tag im Parlament die Lesung der neuen Uniformitätsakte stattfand.

»Ich bin froh«, sagte Robert, »daß das Gebetbuch des Jahres 1552 wieder eingeführt wird, mein seliger Vater hat seinerzeit aus politischen Gründen die Konfession gewechselt, aber ich habe mich, als ich in den Dienst König Eduards trat, ernsthaft mit dem neuen Glauben beschäftigt und wurde damals zu einem überzeugten Protestanten...«

In diesem Augenblick begegneten sie zwei jungen Kavalieren, und Robert hörte, wie der eine zum andern sagte: »Na, ich habe erfahren, daß inzwischen auch der Graf de Feria über die Dudley-Affäre Bescheid weiß...«

Er stutzte, als er Pembroke und Robert bemerkte, sah unsicher zu Boden und verstummte.

Robert blieb abrupt stehen und wartete, bis die beiden außer Hörweite waren.

»Herbert, was ist passiert? Ich habe schon seit Tagen das Gefühl, daß man über mich redet, mich beobachtet, daß man auf ein Ereignis wartet, um wie die Aasgeier über mich herzufallen. Gewiß, ich wohne jetzt neben der Königin, aber schließlich wartet der Hof schon seit einiger Zeit darauf, daß ›es‹ passiert, allmählich sollte man sich daran gewöhnt haben, daß ich wahrscheinlich eines Tages der Liebhaber der Königin bin.«

Pembroke sah den Freund erstaunt an. »Mein Gott, Robert, ist es möglich, weißt du wirklich nicht, welches Gerücht seit einigen

Tagen den Hof beschäftigt und bald auch im Ausland kursieren wird?«

»Nein.« Eine unbestimmte Angst überkam ihn, die er vergeblich zu unterdrücken versuchte.

»Zwei oder drei Tage nach deinem Ausritt mit der Königin erzählte eine ihrer Hofdamen, welche, weiß ich nicht, daß deine Frau brustkrank ist und daß die Königin auf Amys Tod wartet, um dich heiraten zu können. Na ja, und seit deinem Umzug wird geredet, daß die Königin dich Tag und Nacht besucht.«

Robert erschrak und fühlte sich gleichzeitig glücklich, die unbestimmte Angst war innerhalb weniger Sekunden verschwunden. »Was ist das für ein Unsinn, Herbert, erstens verbringe ich meine Nächte allein, das kann jeder Türsteher bezeugen, überdies gibt es zwischen den königlichen Gemächern und meiner Wohnung keinen Geheimgang, auch das dürfte bekannt sein, zweitens wird über eine Verheiratung mit dem Erzherzog Karl verhandelt, und jeder halbwegs vernünftige Mensch weiß, daß die Königin im Interesse Englands eine außenpolitisch vorteilhafte Ehe schließen muß, dieses Hofgeschwätz müßte verboten werden, es ruiniert den Ruf der Königin, die ausländischen Gesandten berichten doch alles brühwarm an ihre Höfe.«

»Ich bin derselben Meinung wie du, Robert, aber wie willst du Gerüchte unterbinden, und die zögernde Haltung der Königin, was ihre Heirat betrifft, fördert natürlich den Hofklatsch.«

Robert erwiderte nichts, aber während der Mahlzeit mußte er immer wieder daran denken, daß Elisabeth auf Amys Tod wartete, um ihn heiraten zu können...

Nach der Mittagstafel begab er sich zu den Stallungen, erteilte seine Befehle, überdachte noch einmal organisatorische Details für die Übersiedelung nach Greenwich und die Sommerreise und vergaß dabei für kurze Zeit das Gespräch mit Pembroke. Als er am Spätnachmittag in seine Wohnung zurückkehrte, dachte er erneut über jenes mysteriöse Gerücht nach, daß die Königin auf Amys Tod wartete, um ihn zu heiraten... Amys tödliche Krankheit ist kein Geheimnis mehr, wieso, überlegte er, außer dem Arzt und uns weiß niemand etwas davon, der Arzt ist zum Schweigen verpflichtet... Nun, es ist müßig, darüber nachzudenken, warum, auf welche Art alle über Amys Krankheit informiert sind..., Elisabeth weiß vielleicht, wie es um Amy steht, vielleicht weiß sie es auch nicht, aber... in jedem Gerücht steckt ein Körnchen Wahrheit, angenommen, Elisabeth weiß, daß Amy todkrank ist, hat sie den Hofdamen gegenüber geäußert, daß sie mich heiraten will? Nein, sie war und ist verschlossen und vorsichtig, aber in jedem Gerücht steckt ein Körnchen Wahrheit...

Je länger er über den Hofklatsch nachdachte, desto mehr kam er zu der Überzeugung, daß seine Heirat mit der Königin, nach Amys Tod und einer angemessenen Trauerfrist, keine reine Utopie mehr war.

Ihr Vater, dachte er, hat Anna Boleyn aus Liebe geheiratet, und bei Jane Seymour und Katharina Howard hat er sich ebenfalls vom Gefühl leiten lassen... Sie ist die Tochter Heinrichs VIII., vielleicht heiratete sie ebenfalls aus Liebe, vielleicht heiratete sie ihn...

Er überlegte, wie er sich ihr gegenüber am Abend verhalten sollte, und entschied, daß er so tun wollte, als wisse er nichts von jenem Gerücht.

Elisabeth hatte den Tag abwechselnd im Parlament und im Staatsrat verbracht und war bei ihrer Rückkehr nach Whitehall noch mit der Religionsfrage beschäftigt. Während sie sich für den Abend umkleidete und Lucy von der Parlamentssitzung erzählte, wurde Kate gemeldet.

»Ich bitte um Vergebung, Majestät, aber ich muß Euer Majestät unter vier Augen sprechen.«

Als Lucy das Zimmer verlassen hatte, berichtete sie Elisabeth, daß am Hof das Gerücht umlief, sie wolle Lord Robert nach dem Tod seiner Frau heiraten. Elisabeth sah Kate erstaunt an und begann zu lachen.

»Mon dieu, der Phantasie der Hofleute sind wahrhaftig keine Grenzen gesetzt, ich und heiraten?! Ich werde nie heiraten! Lady Dudley kränkelt seit Jahren, Menschen, die ewig krank sind, leben meistens am längsten.«

»Majestät, es wird auch erzählt, daß Ihr Tag und Nacht mit Lord Dudley verbringt.«

»Wie bitte?« Elisabeth sprang empört auf.

»In meiner Beziehung zu Lord Dudley gibt es keine Heimlichkeiten, ich bin ständig von meinen Damen umgeben, ich verstehe nicht, daß man mein Verhalten gegenüber einem Mann von ehrenhaftem Charakter unschicklich findet. Abgesehen davon, falls ich jemals an einem ehrlosen Lebenswandel Gefallen finden sollte, wovor Gott mich bewahren möge, so wüßte ich nicht, wer es mir verbieten sollte.«

»Majestät, ich flehe Euch an, beendet das dumme Gerede, denkt an die Schwierigkeiten, die es seinerzeit wegen Lordadmiral Seymour gab.«

»Schweig«, schrie Elisabeth, »ich verbiete dir, seinen Namen noch einmal zu erwähnen.«

Kate erwiderte nichts, und sekundenlang war der Raum von einer unheilvollen Stille erfüllt.

»Wie soll ich die Gerüchte unterbinden?« fragte Elisabeth nach einer Weile.

»Ihr solltet Lord Dudley heiraten.«

»Was wird aus Lady Dudley?«

»Vielleicht stirbt sie bald.«

Elisabeth sah Kate nachdenklich an.

»Laß mich jetzt allein.«

Sie trat zum Fenster und dachte über Kates letzte Worte nach. Vielleicht stirbt sie bald..., warum denken alle, daß Amy nicht mehr lange lebt? Ach.., dummes Geschwätz, die Tatsache, daß Robin jetzt neben mir wohnt, beflügelt die Phantasie der Höflinge, aber angenommen, er wäre Witwer..., nein, ich will nicht daran denken... Als Thomas Witwer wurde, begann mein Unglück, und sekundenlang durchlebte sie noch einmal jenen Nachmittag im Park von Hatfield..., ihren Entschluß, Thomas zu heiraten, das Glücksgefühl, das sie dabei empfand, ihre Hoffnung, als plötzlich sein Reitknecht vor ihr auftauchte, und dann..., in der Großen Halle die entsetzliche Nachricht, daß er im Tower war, die Wochen zwischen Angst und Hoffnung – und zuletzt die Nachricht von seinem Tod...

Nein, dachte Elisabeth, das möchte ich nicht noch einmal erleben, ob ich mich für einen ausländischen Fürsten oder einen englischen Aristokraten entscheide, es kann immer ein Unglück passieren, das mir den künftigen Gatten raubt: Angenommen, ich bin aus außenpolitischen Gründen gezwungen, den Erzherzog zu heiraten, ich finde mich mit meinem Schicksal ab, lasse alles zu seinem Empfang vorbereiten…, und dann erfahre ich, daß sein Schiff während der Überfahrt bei einem Sturm untergegangen ist… Angenommen, Robin wird Witwer, ich entschließe mich, ihn zu heiraten…, und ein paar Tage vor der Trauung wird er von seinen Feinden ermordet…

Nein, das möchte ich nicht erleben… Nein…, ob Robin weiß, was über uns geredet wird? Er weiß es bestimmt, ich werde ihm heute abend sagen, daß dieses Heiratsgerücht nur Hofklatsch ist…, aber ich muß mich endlich entscheiden, wie es mit uns weitergehen soll…

Als die Dudleys an jenem Abend zur gewohnten Stunde bei Elisabeth erschienen, sagte sie zu Robert: »Ich möchte eine Partie Schach mit Euch spielen.«

Während Ambrose, Mary und Kate zu dem Tisch gingen, auf dem verschiedene Kartenspiele lagen, stellte Robert die Schachfiguren auf.

»Welche Farbe nehmen Euer Majestät?«

»Schwarz, Ihr sollt heute das Spiel eröffnen, Mylord.«

Während Robert überlegte, ob er einen Bauern oder einen Springer bewegen sollte, betrachtete Elisabeth sein Gesicht, seine Hände und überlegte, wie schön es jetzt wäre, mit ihm verheiratet zu sein…, nach dem Schachspiel würden sie sich in das gemeinsame Schlafzimmer zurückziehen… In diesem Augenblick schob Robert einen Bauern nach vorne, und sie konzentrierte sich auf das Spiel und setzte einen Springer vor ihre Bauern.

Robert stutzte, und während er den nächsten Zug überlegte, sah Elisabeth verstohlen zu Mary, Ambrose und Kate, stellte fest, daß sie mit einem Kartenspiel beschäftigt waren, und sagte leise: »Robin…«, er sah auf, und sie bemerkte, daß seine Augen bei dieser vertraulichen Anrede aufleuchteten, »Robin, Ihr habt sicherlich von dem Gerücht gehört, daß ich angeblich auf Amys Tod warte, um Euch zu heiraten.«

»Ja, Majestät, ich habe davon gehört.«

Er sah sie an, und die Spannung zwischen ihnen wurde fast unerträglich.

»Es ist dummes Hofgeschwätz, Robin, ich werde nie heiraten.«

»Majestät, auch ich habe dieses Gerücht nur für Hofklatsch gehalten«, erwiderte er, aber Elisabeth entging nicht, daß das Aufleuchten in seinen Augen allmählich erlosch, sie verdunkelten sich, und er starrte angestrengt auf die Schachfiguren.

Mein Gott, dachte Elisabeth, hat er sich etwa Hoffnungen gemacht?

»Ich hoffe, daß Eure Gattin noch lange lebt.«

Er erwiderte nichts und setzte einen Läufer vor, der ihren Springer bedrohte.

Solange Amy lebt, dachte sie, komme ich nicht in Versuchung, ihn zu heiraten... Mein Gott, wohin verirre ich mich?

Mit dem nächsten Zug verteidigte sie ihren Springer, das Spiel ging hin und her, schließlich nahm sie seinen Läufer.

Nach einigen weiteren Zügen sagte sie: »Ihr spielt unaufmerksam, Mylord, Ihr werdet die Partie noch verlieren, ich möchte beim Schach nicht durch die Fehler des Gegners gewinnen, durch Fehler, die man vermeiden kann.«

»Ich bitte um Vergebung, Majestät.«

Sie spielten weiter, aber Robert war nach wie vor unkonzentriert und schrak zusammen, als Elisabeth sagte: »Gardez.«

Ihr schwarzer Turm stand bedrohlich vor seiner weißen Dame, und es gab keine Möglichkeit, sie zu retten. Sie nahm die Dame, »Schach, Mylord...«

»Euer Majestät haben das Spiel gewonnen.«

»Nein, Mylord, Ihr habt das Spiel verloren, Ihr hättet es gewinnen können.«

In der Nacht vom 14. auf den 15. Mai, dachte sie, wird er mein Liebhaber, nach dem Fest ist die Atmosphäre etwas gelockert...

»Ich bitte um Vergebung, Majestät, aber...schließlich, es war doch nur ein Spiel.«

»Aus einem Spiel kann Ernst werden«, erwiderte sie und lächelte ihn vieldeutig an, was ihn erneut verwirrte.

Zur selben Stunde schrieb de Feria an Philipp:

Er tut, was er will, und es heißt sogar, Ihre Majestät besuche ihn bei Tag und bei Nacht in seinem Zimmer. Man spricht so offen darüber, daß sogar behauptet wird, seine Frau habe eine kranke Brust, und die Königin warte nur auf ihren Tod, um Lord Robert zu heiraten.

Er legte die Feder zur Seite und betrachtete nachdenklich das Geschriebene. Gewiß, es war Hofklatsch, den er dem König von Spanien berichtete, aber die Gerüchte konnten nicht gänzlich aus der Luft gegriffen sein..., spielte sie vielleicht doch mit dem Gedanken, einen außenpolitisch wertvollen Freier – der Erzherzog war schließlich nicht irgendwer, sondern ein Habsburger –, spielte sie mit dem Gedanken, diesen abzuweisen, um ihren Oberstallmeister zu heiraten? Lady Dudley ist krank, stimmt das überhaupt? Vielleicht wird es nur behauptet, um einen Giftmord an ihr besser vertuschen zu können..., munkelte man nicht hin und wieder, daß auch Katharina von Aragon vergiftet worden war?

Während der folgenden Tage konnte de Feria seinem königlichen Herrn weitere Neuigkeiten über Elisabeth und Robert Dudley berichten:

...am 23. April, dem Sankt-Georgs-Tag, wurden in der Halle von Schloß Windsor vier Lords zum Ritter des Hosenbandordens ernannt: der vierte Herzog von Norfolk (er haßt Lord Dudley), der Marquis von Northampton, der Graf von Rutland, und – Lord Robert Dudley...! Am 25. April, dem Sankt-Markus-Tag, soupierte die Königin bei Lord Pembroke (er war einst ein Verbündeter des Herzogs von Northumberland, sein Sohn Henry Herbert ist mit Lord Dudley befreundet), während der Mahlzeit hat die Königin nur über Lord Robert Dudley gesprochen, sie lobte seine Tugenden, sein gutes Aussehen, seinen Geist, sein vollendetes höfisches Benehmen! Als einer der Anwesenden sich kritisch über Lord Robert äußerte, verteidigte sie ihn energisch und sagte, er sei wenig-

stens ein richtiger Mann, der nicht den ganzen Tag zu Hause hinter dem Ofen sitze…

Am 29. April schrieb de Feria:
…manchmal tut sie so, als ob sie nur einen großen Fürsten heiraten würde, dann wieder sagt sie, daß sie Lord Robert liebt und daß sie nie zulassen würde, daß er sie verläßt…

Als er den Brief siegelte, atmete er erleichtert auf, in wenigen Tagen würde er England verlassen und hoffentlich nie mehr zurückkehren, während der kommenden Jahre konnte sein Nachfolger de Quadra sich mit der schwierigen Königin dieses Inselreiches plagen…

Inzwischen hatte das Parlament die veränderte Suprematsakte und die neue Uniformitätsakte erörtert und beide Gesetze verabschiedet. Von den zwanzig Bischöfen hatten allerdings neunzehn dagegen gestimmt.

Elisabeth war fest entschlossen, die Bischöfe abzusetzen, falls sie sich weigerten, den Eid auf das königliche Supremat abzulegen, oder falls sie es wagten, die neue Gottesdienstordnung zu ignorieren. Sie war jetzt durch Parlamentsbeschluß »Oberster Gouverneur der Kirche von England«, statt der katholischen Messe gab es wieder einen protestantischen Abendmahlsgottesdienst, der in religiöser Hinsicht ein Kompromiß zwischen dem ersten und zweiten Gebetbuch war, Kerzen und Meßgewänder wurden beibehalten, ansonsten konnte jeder glauben, was er wollte, sofern er die neue Staatskirche und die königliche Suprematie anerkannte. Elisabeth stimmte den Gesetzen zu, löste das Parlament am 8. Mai auf und übersiedelte mit dem Hof nach Greenwich.

Mitte Juli sollte der »Progress«, die sommerliche Rundreise, beginnen, und sie wollte die Wochen in Greenwich nutzen, um sich auf die Gespräche mit den Bürgermeistern und Ratsherren der Städte vorzubereiten, um ihre Ansprachen an die Bevölkerung zu entwerfen, und vor allem wollte sie in Greenwich ihre privaten Probleme regeln.

Robert als Liebhaber war schön und gut, aber es mußte alles seine Ordnung haben, er mußte täglich daran erinnert werden, daß sie die Königin war und blieb, es war also notwendig, eine gewisse äußere Distanz zu schaffen…

Während jener Frühlingstage in Greenwich pendelte sie gefühlsmäßig zwischen sinnlichem Verlangen und einer unbestimmten Angst vor jener ersten Nacht mit Robert hin und her. Sie überlegte, ob sie mit Kate darüber sprechen sollte und entschied sich dagegen. Niemand sollte, erfahren, was sie vorhatte, überdies würde es sich bald genug am Hof herumsprechen… Vielleicht konnte sie hin und wieder dem Hofleben entfliehen und mit Robert zusammen ein paar Tage allein zu zweit auf einem seiner Landsitze verbringen, auf Kew oder Kenilworth…

In Greenwich verbrachte sie nur den Vormittag in ihrem Arbeitszimmer, nachmittags ritt sie zusammen mit Robert und einem kleinen Gefolge aus, die Abende verbrachte sie ebenfalls mit ihm und seinen Geschwistern, was natürlich die Gerüchte erneut anheizte, was weder Elisabeth noch Robert störte, irgendwann würde der Klatsch von selbst versiegen…

Cecil beschloß, die weitere Entwicklung abzuwarten, und vergrub sich in seinen Akten.

Die meisten Höflinge neideten Robert seine Favoritenrolle, der Herzog von Norfolk äußerte sich bei jeder Gelegenheit abfällig über den »Emporkömmling«, und alle lauerten auf den Sturz des Oberstallmeisters. Günstlinge hatte es immer gegeben, und irgendwann waren sie in Ungnade gefallen, das war der Lauf der Welt, das gehörte zum Hofleben…

Elisabeth wurde während jener Tage von ihren Ehrenjungfrauen beneidet. Am Abend des 13. Mai standen die Schwestern Grey an einem Fenster im ersten Stock, sahen müßig hinunter in den Hof und unterhielten sich über das ländliche Fest, das am nächsten Tag stattfinden sollte, und über die Königin.

»Wahrscheinlich wird sie den ganzen Abend mit ihrem geliebten Stallmeister tanzen«, sagte Maria, »sie ist beneidenswert, sie kann Tag und Nacht in Gesellschaft des Mannes verbringen, den sie liebt, unabhängig davon, welchen ausländischen Fürsten sie einmal heiraten wird, wir hingegen müssen den Gatten nehmen, den sie für uns aussucht, und können uns nicht nebenbei mit Liebhabern vergnügen.«

»Wir müssen nicht den Gatten nehmen, den Ihre Majestät geruht, für uns auszusuchen, ich bin fest entschlossen, meinem Herzen zu folgen und den Mann zu heiraten, den ich liebe.«

»Das gibt Ärger mit der Königin.«

»Na und? Sie wird toben und sich irgendwann beruhigen. Ihr Vater war seinerzeit auch empört, als er hörte, daß unsere Großmutter Maria heimlich seinen Freund Charles Brandon geheiratet hat, später versöhnte er sich mit dem Paar und erhob unseren Großvater zum Herzog von Suffolk.«

In diesem Augenblick kehrten Elisabeth und Robert, in Begleitung einiger Höflinge, von ihrem Ausritt zurück.

»Wie glücklich sie wirkt«, sagte Maria, »es muß ein wundervolles Gefühl sein, von einem Mann geliebt zu werden, na ja, vielleicht interessiert sich eines Tages auch ein Mann für mich.«

»Der Herr Oberstallmeister«, spöttelte Katharina, »wie kann man sich als Königin mit einem einfachen Lord einlassen, sein Rang ist so niedrig, niedriger geht es schon nicht mehr, er ist noch nicht einmal Graf!«

»Ich finde, der Rang ist unwichtig, wenn man sich liebt, ach, hoffentlich tanzt morgen ein Lord die Volta mit mir.«

Inzwischen waren die Reiter abgesessen, und Elisabeth und Robert gingen über den Hof.

»De Quadra schien sich geschmeichelt zu fühlen, als er von mir erfuhr, daß das Fest ihm zu Ehren gegeben wird«, sagte Robert, »er ist Gott sei Dank nicht so arrogant wie de Feria.«

»Gewiß«, erwiderte Elisabeth, »aber auch er singt permanent ein Loblied auf den Erzherzog Karl.«

Morgen um diese Zeit, überlegte sie, beginnt das Bankett, dann einige Stunden Tanz und dann... Ich werde ihm während des Tanzes sagen, daß er nach dem Ball in meine Räume kommen soll, um mit mir einen letzten Becher Wein zu trinken...

Der Sonntag war ein warmer Frühlingstag mit einem wolkenlosen, blauen Himmel über Greenwich. In der Schloßküche fing man am frühen Morgen mit den Vorbereitungen für das Bankett an, und die Diener schleppten Tische und Bänke in Hof und Park, weil das Fest unter freiem Himmel stattfinden sollte. Bis zum Beginn des Gottesdienstes war Elisabeth damit beschäftigt, eine passende Robe für den Abend auszusuchen, und entschied sich schließlich für das Kleid aus blauer Seide, dessen Rock mit unzähligen kleinen Perlen bestickt war. Nach dem Gottesdienst ritt man los, und Robert achtete darauf, daß zwischen Elisabeth und dem Gefolge ein entsprechender Abstand war, damit niemand hörte, worüber sie mit de Quadra sprach.

Auf königlichen Befehl durften nur der hohe Adel und die obersten Hof- und Staatsbeamten mitreiten, sehr zum Verdruß Cecils, der den Tag lieber an seinem Schreibtisch verbracht hätte, um Korrespondenz zu erledigen..., wenn er sich wenigstens mit de Quadra hätte unterhalten können, aber der Gesandte ritt neben Ihrer Majestät.

Der Bischof streifte die englische Königin mit einem bewundernden Blick und fand sie sehr elegant in dem goldbestickten grünen Reitkleid.

De Feria hatte ihn beim Abschied vor ihr gewarnt, sie sei verschlagen, hinterlistig, man wisse nie, was sie in Wirklichkeit denke, und sie besitze viel Selbstbewußtsein.

»Seid Ihr mit dem Pferd zufrieden?« fragte Elisabeth nach einer Weile.

»Ja, Majestät, ich fühle mich auf Bay Gentle völlig sicher. Ich bin übrigens sehr beeindruckt vom Gottesdienst, ich konnte zwischen den Zeremonien der englischen und der römischen Kirche keinen großen Unterschied entdecken, und die Predigt war ausgesprochen gut.«

Elisabeth lächelte. »Nun ja, Ihr habt den künftigen Erzbischof von Canterbury gehört, nur wenige beherrschen die Rhetorik so glänzend wie Mr. Parker, viele neigen zur Salbaderei, und wenn es mir zu frömmlerisch wird, unterbreche ich die geistlichen Herren und befehle ihnen, aufzuhören oder zur Sache zu kommen.«

Das ist ihr zuzutrauen, dachte de Quadra.

»Majestät, nicht jeder kann ein John Knox sein, nach allem, was man hört, muß er hinreißend predigen, was freilich nicht ganz ungefährlich ist, ein Priester sollte kein Demagoge sein«, und er überlegte, wie er die Rede auf den Erzherzog bringen konnte, die Heirat der Königin war ein interessanteres Thema als die Religion.

»Ich bin angenehm überrascht von England, Majestät, ich rechnete mit Kälte und Regen. Statt dessen ist das Klima ausgesprochen angenehm, in Spanien ist es um diese Zeit gerade noch erträglich, ein Ausritt um die Mittagsstunde ist eine Qual, man zieht sich in die Innenhöfe zurück und sucht hinter Mauern Schutz vor der Sonne, hier hingegen hat man vom Schloß aus einen freien Blick in den Park, ich werde den Aufenthalt hier sehr genießen.«

»Das freut mich, ich bin gern in Greenwich, es ist mein Geburtsort. Ich war für meinen Vater eine furchtbare Enttäuschung, weil er unbedingt einen Sohn haben wollte.«

»Das verstehe ich nicht, Majestät, schließlich hat das salische Gesetz in England keine Geltung...«, jetzt, dachte er, kann ich auf den Erzherzog kommen... »Die Herrschaft der seligen Königin Maria und Eure Herrschaft beweisen doch, daß auch Königinnen regieren können, ein Problem freilich muß dabei gelöst werden, die Wahl des richtigen Gatten.«

Er schwieg erwartungsvoll und wartete, daß sie den Ball fing und zurückspielte.

Sie fing den Ball und schoß ihn zurück. »Ihr habt recht, die Wahl des Gatten kann, je nach der politischen Lage, zu einem fast unlösbaren Problem werden. Was mich betrifft, so verspüre ich nicht die geringste Lust zu heiraten, am liebsten wäre ich eine Nonne, dann könnte ich in einer Zelle leben und meine Zeit im Gebet verbringen.«

De Quadra war sprachlos, meinte sie dies im Ernst, oder machte sie sich über ihn – den Gesandten des Königs von Spanien – einfach nur lustig?

»Eine Nonne«, wiederholte er und dachte an die Gerüchte, die über die Königin und ihren Oberstallmeister kursierten... Philipp hatte ihn nach England geschickt, damit er die Verhandlungen wegen des Erzherzogs vorantrieb, eine familiäre Verbindung mit dem Haus Habsburg würde die englische Königin hoffentlich daran hindern, den Protestantismus in Europa direkt oder indirekt zu unterstützen, vor allem aber mußte sie hinsichtlich der Niederlande neutral bleiben…

Elisabeth unterbrach seine Überlegungen: »Das Problem meiner Heirat muß ja nicht heute oder morgen gelöst werden…«, sie hielt an und sah sich um.

»Hier ist ein schöner Rastplatz«, rief sie ihrem Gefolge zu und stieg vom Pferd.

Während die Diener Decken und Kissen auf dem Gras unter den Bäumen ausbreiteten und die Reitknechte die Pferde zum Bach führten, der durch die Wiesenlandschaft floß, ging Elisabeth zu Cecil.

»Ihr müßt de Quadra ein bißchen aufheitern, Mylord, ich habe ihm nämlich anvertraut, daß ich wie eine Nonne leben möchte.«

Cecil verzog keine Miene, begab sich, innerlich fluchend, zu dem Spanier, lächelte ihn verbindlich an und begann auf lateinisch eine Unterhaltung über das Wetter und fragte, ob dem Gesandten der Ausflug gefalle. De Quadra pries die englische Gastfreundschaft, lobte erneut die Predigt, und es dauerte nicht lange, so unterhielten sie sich über theologische Fragen. »Kommt«, sagte Cecil und führte den Gesandten zu dem Baum, wo auf einem weißen Damasttuch eine kalte Mahlzeit gerichtet war, bei deren Anblick dem Spanier das Wasser im Mund zusammenlief. Da standen Platten mit dicken Fleischstücken, es gab geräucherte Aale und Forellen, allerhand Pasteten, frisches weißes Brot, Kuchen, Schüsseln mit verschiedenen Obstgrützen, bauchige Korbflaschen mit gewürztem Bier und Wein. Bei geräuchertem Fisch und gewürztem Bier setzten sie ihre Unterhaltung fort, wobei Cecil hin und wieder zu Elisabeth hinübersah, die in trauter Zweisamkeit mit Robert unter einem Baum saß, während die Diener ihnen Pasteten und Wein brachten.

Elisabeth hob ihren Becher und lächelte Robert an. »Mein Kompliment, Ihr habt den Ausritt großartig arrangiert.«

»Unser Land soll dem Gesandten gefallen, Majestät, schließlich ist unser Verhältnis zu Spanien wichtig.«

Elisabeth sah hinüber zu Cecil und de Quadra, die beiden verstehen sich, dachte sie zufrieden und zerteilte ihre Pastete. »Ich finde, unter freiem Himmel schmeckt es am besten«, sagte sie zu Robert.

»Ja, Majestät, allerdings wäre mir eine heiße Pastete lieber.«

»Ihr seid anspruchsvoll, Mylord, man serviert mir jeden Tag lauwarme Speisen, inzwischen habe ich mich daran gewöhnt, und auch Ihr, Mylord, werdet Euch daran gewöhnen.«

Robert blieb fast der Bissen im Hals stecken, und er starrte Elisabeth verwundert an, wollte sie damit sagen, daß er an ihrer Tafel speisen durfte?

»Was schaut Ihr mich so an, Mylord? Eßt Eure Pastete, sonst wird sie noch kälter.«

Auf dem Rückweg begegnete ihnen John de Vere, der sechzehnte Graf von Oxford, der von seinem kleinen Sohn und einigen Dienern begleitet wurde.

»Guten Tag, Mylord«, rief Elisabeth und hielt an, »wohin reitet Ihr?«

Bevor der Graf antworten konnte, rief der kleine Junge: »Wir reiten nach Plymouth zu unseren Schauspielern«, und dabei funkelten seine dunklen Augen vor Vergnügen.

»Edward«, mahnte der Graf, »sei nicht so vorlaut, steige ab und beuge vor Ihrer Majestät das Knie.«

»Laßt nur«, erwiderte Elisabeth, »ist er Euer Sohn?«

»Ja, Majestät«.

Elisabeth betrachtete das Kind, und was sie sah, gefiel ihr. Edward de Vere hatte dunkle Haare, ein schmales Kinn, dünne Lippen, und sie fand, daß er in den schwarzen Samtkleidern sehr aristokratisch wirkte, am meisten aber beeindruckten sie die dunklen Augen, in denen sich eine Mischung aus Verträumtheit und Wachheit spiegelte.

»Nun, Edward, du reitest wohl gerne zu eurer Schauspieltruppe?«

Die funkelnden Augen waren ihr nicht entgangen. »O ja, Majestät, am liebsten würde ich Tag und Nacht bei ihnen verbringen.«

»Das könnte dir so passen, mein Sohn«, rief der Graf, »du wirst bald Tag und Nacht in Cambridge verbringen und lernen, lernen, lernen. Vergiß nie, daß du ein de Vere bist, du mußt unserem Namen Ehre machen.«

»Ja, Vater, das weiß ich wohl.«

»Wie alt bist du jetzt, Edward?« fragte Elisabeth.

»Neun Jahre, Majestät.«

»Neun Jahre..., eines Tages wirst du der siebzehnte Graf von Oxford sein, dann vergrößerst du deine Truppe und läßt an meinem Hof Stücke aufführen, was meinst du dazu?«

Die blassen Wangen des Kindes röteten sich vor Aufregung. »Am Hof?! Majestät, ich werde dafür sorgen, daß die besten Schauspieler Englands zu meiner Truppe gehören, das verspreche ich Euch.«

Elisabeth lachte und sagte zu Robert: »Paßt auf, der junge de Vere wird Eurer Truppe Konkurrenz machen«, und zu dem Grafen, »ich wünsche euch eine gute Reise und viel Erfolg in Plymouth.«

De Quadra hatte die Szene aufmerksam verfolgt, und als sie weiterritten, fragte er Cecil: »Was bedeutet ›siebzehnter Graf von Oxford‹?«

»Nun, beim englischen Adel herrscht das Prinzip der Primogenitur, das bedeutet, nur der älteste Sohn erbt den Adelstitel, seine jüngeren Brüder dürfen sich nicht Baron, Graf oder Herzog nennen. Edward ist der älteste und bis jetzt auch der einzige Sohn des Grafen. Die Zahl siebzehn zeigt, daß es ein altes Adelsgeschlecht ist, John de Vere ist der höchste Graf des Königreiches, die Familie führt ihre Abstammung über Karl den Großen bis auf Cäsar zurück, das mag stimmen oder nicht, ihr Adel ist jedenfalls mindestens fünfhundert Jahre alt. Ich glaube, ein Aubrey de Vere kam 1066 mit Wilhelm dem Eroberer nach England, sein Sohn erhielt das erbliche Amt des Großkämmerers, es ist eine zeremonielle Funktion bei der Krönung, die de Veres sind irgendwie auch noch mit dem Haus Lancaster verwandt, und ihre Familiengeschichte ist teilweise recht abenteuerlich. Der zwölfte Graf und sein Sohn wurden unter Eduard IV. hingerichtet, der dreizehnte Graf kämpfte in der Schlacht bei Bosworth auf der Seite des Grafen von Richmond, der als Heinrich VII. über England herrschte, dieser de Vere überreichte dem ersten Tudorkönig die Krone, die Richard III. während der Schlacht verloren hatte. Die de Veres sind auch eine reiche Familie und unterhalten seit 1492 ihre eigene Schauspieltruppe.

Ich sollte besser sagen, sie sind wieder reich, unter Heinrich VII. verloren sie ihr Vermögen, aber inzwischen besitzen sie wieder an die achtzig Ländereien.«

Der Spanier streifte Cecil mit einem erstaunten Seitenblick, täuschte er sich, oder schwang ein Unterton von Ehrfurcht in der Stimme des Ersten Staatssekretärs mit? Der alte Adel scheint ihn zu beeindrucken, dachte de Quadra, das hat er doch weiß Gott nicht nötig, er ist der engste Berater der Königin und der mächtigste Mann in England...

»Die de Veres«, fuhr Cecil fort, »sind eine interessante, wenngleich auch etwas exzentrische Familie. Ein Onkel des jetzigen Grafen dingte sich zweitausend Gefolgsleute, die Heinrich VII. feierlich empfangen sollten. Der König, der die privaten Heere seiner Edelleute haßte, konfiszierte daraufhin den gesamten Besitz der de Veres. Das war 1498, kurz bevor der Titel auf die Linie des jetzigen Grafen überging. John de Vere, der sechzehnte Graf, genoß die Gunst Heinrichs VIII., erwarb sich militärische Verdienste und war auch Mitglied des Kronrates. Er unterstützte Heinrich VIII. bei der Niederwerfung der nordischen Rebellion im Jahr 1536, er errang 1544 den Sieg vor Boulogne und reiste anschließend zehn Monate durch Frankreich, ihm ist es zu verdanken, daß in der Grafschaft Essex die Verteidigungsanlagen längs der Küste in Ordnung sind. Unter Eduard VI. lebte er zurückgezogen, weil ihm die Regierung nicht gefiel, auch er war einer der Peers, die jenes Dokument unterzeichneten, das Lady Jane Grey die Krone zuerkannte, aber er besann sich eines Besseren und war später einer der ersten, der sich zur Königin Maria bekannte, er saß in ihrem Kronrat und hatte es als Protestant nicht einfach. Unter Königin Elisabeth steht er in hoher Gunst, er ist, alles in allem, ein vernünftiger Mann, sieht man einmal von seiner Vorliebe für die Schauspielerei ab; stellt Euch vor, im Februar 1547, als in allen Kirchen eine Seelenmesse für den toten König gelesen wurde, just in diesem Moment hat er seine Schauspieler in Southwark eine Farce spielen lassen. Na ja, sein Privatleben war zeitweilig auch etwas turbulent.«

»Aha, er hatte wohl viele Affären?«

»Nein, nur eine, aber sie erregte mehr Aufsehen, als hätte er jeden Tag eine neue Mätresse gehabt. Seine erste Frau war aus gutem Hause, eine geborene Neville, sie starb bei der Geburt der Tochter Katharina. Das kleine Mädchen wurde von einer Kinderfrau großgezogen, und diese Dorothy war die große Liebe des Grafen, er hatte ein Verhältnis mit ihr, dachte wohl auch an Heirat, aber die Nevilles beschwerten sich über ihn bei Hof, und da er nicht in Ungnade fallen wollte, verzichtete er auf seine große Liebe und heiratete im August 1548 Margery Golding of Belchamp St. Paul. Die Goldings besaßen große Ländereien und Geld, und Margery war Hofdame bei der verstorbenen Königin Maria. Ich besuche die de Veres hin und wieder und habe immer den Eindruck, daß Margery ihren Mann nicht liebt und die Ehe nicht besonders glücklich ist, aber das ist beim Hochadel nicht ungewöhnlich, und immerhin ging aus dieser Verbindung der Erbe hervor, am 22. April 1550 wurde der kleine Edward geboren.«

»Interessant«, sagte de Quadra, »das Kind wirkte auf mich übrigens ausgesprochen intelligent und aufgeweckt.«

»Ihr habt recht«, erwiderte Cecil, »er wird ab Herbst das St. Johns College in Cambridge besuchen, stellt Euch vor, er ist der jüngste Student in England, der jemals eine Universität besuchen durfte. In diesem College werden vor allem die Söhne des Adels ausgebildet, und da die jungen Herren eines Tages wichtige Staatsämter bekleiden werden, ist es mein Ziel, aus St. Johns die beste Akademie in England zu machen. Ihr habt wahrscheinlich schon bemerkt, daß Ihre Majestät Wert auf Bildung legt, aber, um auf den kleinen Edward zurückzukommen, ich habe noch keinen Jungen erlebt, der so wißbegierig ist und so viel liest wie er, kein Buch ist vor ihm sicher, ich glaube, die antiken Dichter hat er inzwischen alle gelesen, natürlich auch Chaucer, na ja, er wird von einem hervorragenden Lehrer unterrichtet, von Sir Thomas Smith, und sein Onkel, Arthur Golding, spricht Latein so gut wie Englisch.«

»Mit Verlaub, Mylord, die besten Lehrer nützen nichts, wenn die Neigung zur Dichtung nicht in einem Menschen drinsteckt.«

»Ich teile Eure Meinung, und deshalb verstehe ich nicht, daß der Graf diese Neigung seines Sohnes nicht besser steuert, St. Johns ist schön und gut, aber es ist geradezu unverantwortlich von ihm, das Kind zu den Schauspielern mitzunehmen. Die Schauspielerei müßte verboten werden, dieser Firlefanz verdirbt Sitten und Moral und verführt zur Knabenschändung.«

De Quadra sah Cecil erstaunt an.

»Das verstehe ich nicht, Mylord.«

»Nun, seit ungefähr dreihundert Jahren ist es in England Brauch, Chorknaben auszubilden, man wählt aus den Dörfern hübsche Jungen aus, die eine gute Singstimme besitzen, und läßt sie von Kirchenmusikern und Mönchen in Gesang und Latein unterrichten, nach dem Stimmbruch blieben die Knaben entweder als Mönche in den Klöstern, oder sie erlernten ein ehrbares Handwerk. In unserem Jahrhundert eröffnete sich den Knaben durch die Schauspielerei eine weitere Möglichkeit, nämlich bei einer Truppe in die Lehre zu gehen und die Frauenrollen eines Stückes zu übernehmen. Diese Bühnenknaben sind häufig ungewöhnlich schön, und wenn ein Edelmann sich mit einem Knaben vergnügen möchte, gibt er ihn einem Schauspieler, damit dieser ihn ausbilde, und alle sind zufrieden: Der Schauspieler hat einen Diener, die Truppe eine Besetzung für die Frauenrollen, und der Edelmann kann seine frevelhaften Gelüste befriedigen.«

»Großer Gott, weiß Ihre Majestät von diesen Dingen?«

»Vielleicht ja, vielleicht nein, die Königin hat ihre eigenen Vorstellungen über das kulturelle Leben in England, sie fördert den Mummenschanz, statt ihn zu verbieten, sie ist ständig auf der Suche nach großen Talenten unter den Stückeschreibern, wenn Ihr mich fragt, so wird sie bis zum St.-Nimmerleins-Tag suchen, unter diesen sogenannten ›Poeten‹ gibt es keine großen Talente, sie schmieren mit ihrer Feder nur Klamauk und billigste Unterhaltung zusammen. Ihr werdet es nicht glauben, aber das Volk und der Adel finden Gefallen an diesen Aufführungen, in den Herbergen der Städte drängelt sich das Volk, wenn die Schauspieler ein Stück aufführen, in den Schlössern ist man von diesen Darbietungen begeistert..., armes England!«

»Mit Verlaub, Mylord, ich bin nicht ganz Eurer Meinung, es ist doch besser, sich die Aufführung eines Stückes anzusehen und sich dabei zu amüsieren, als in der Schenke zu spielen und zu saufen, gönnt den Menschen doch ihr Vergnügen, laßt sie fröhlich sein, fröhliche Untertanen sind gleichbedeutend mit...«, er suchte nach dem passenden englischen Wort, »gleichbedeutend mit merry England.«

»Merry England«, erwiderte Cecil, »der Mensch lebt, um zu arbeiten.«

Pünktlich um sechs Uhr abends erschien Elisabeth mit ihrem Gefolge im Schloßhof, wo sie von den Bauern der Umgebung mit lautem Jubel empfangen wurde. Sie hielt eine kurze Ansprache, worin de Quadras Anwesenheit besonders betont wurde, sie hieß die Gäste mit herzlichen Worten willkommen und wünschte allen einige unterhaltsame Stunden. Das Bankett dauerte nur zwei Stunden, aber Elisabeth wollte an jenem Abend vor allem tanzen. Während die übriggebliebenen Speisen in die Große Halle gebracht und für einen späten Imbiß angerichtet wurden, nahmen die Musiker in einer Ecke des Hofes ihre Plätze ein und stimmten ihre Instrumente.

Als die feierlichen Takte der Pavane erklangen, bildete sich eine Prozession der Paare, die an diesem Abend tanzen wollten. An der Spitze des Zuges schritten Elisabeth und Robert. Nach der Pavane tanzte man Coranto und Galliarde. De Quadra und Cecil saßen nebeneinander, sahen den Tanzenden zu, und der Spanier verfolgte mit seinen Augen Elisabeth und Robert.

»Das Fest ist für mich hochinteressant«, sagte er zu Cecil, »der Graf de Feria hat stets berichtet, daß Ihre Majestät von den Engländern geliebt wird, aber wenn man dies mit eigenen Augen sieht, ist es doch etwas anderes. Der Jubel als die Königin im Schloßhof erschien..., so etwas habe ich noch nie erlebt. Aber ihre Beliebtheit ist verständlich, wenn man sieht, wie zwanglos sie sich unter das Volk mischt, so etwas wäre in Spanien undenkbar, der König lebt fernab vom Volk in seinem Palast.«

»Die Königin ist genauso beliebt wie ihr Vater«, erwiderte Cecil, »sie weiß auch, daß ihre Popularität der sicherste Pfeiler ihrer Macht ist, und ihre Klugheit wird sie daran hindern, die Liebe des englischen Volkes aufs Spiel zu setzen.« Hoffentlich, dachte Cecil, man kann nur hoffen...

»Die Königin und Lord Dudley sind ein schönes Paar«, sagte de Quadra, »ich habe gehört, daß der Lord ihr Günstling ist.«

»Ihr habt richtig gehört, aber dies kann sich von heute auf morgen ändern, der Hofklatsch übertreibt meistens.«

»Ihre Majestät hat mir während des Ausfluges angedeutet, daß sie nicht heiraten möchte.«

»Nun ja, das sagt die Königin hin und wieder, irgendwann wird sie heiraten, schließlich muß die Thronfolge gesichert werden.«

In diesem Augenblick begann ein neuer Tanz, und de Quadra beobachtete fasziniert, daß die Tanzenden sich nun in einzelne Paare auflösten, die zusammen tanzten. »Mylord«, sagte er zu Cecil, »seht, was ist dies für ein Tanz?«

»Es ist die Volta, man sollte sie wegen ihrer Schamlosigkeit verbieten, aber dieser Tanz ist leider sehr beliebt. Nach der Volta werdet Ihr noch einige ländliche Tänze erleben, bei denen es jedem Mann gestattet ist, mit jeder Frau zu tanzen, am Ende kommt der »Kissentanz«, da wählen die Damen ihren Partner, indem sie ein Kissen vor ihn legen.«

Der Spanier starrte Cecil an. »Mein Gott, ist das hier Sitte? Jeder Mann kann mit jeder Frau tanzen, die Damen können ihren Tanzpartner wählen?«

»Ja, es ist so, leider, meiner Meinung nach verderben diese Tänze die Moral, aber was soll man machen?«

De Quadra sah hinüber zu Elisabeth und Robert, die sich ansahen, schwiegen und sich ganz dem Rhythmus der Volta hingaben... Sie wirken wie ein Liebespaar, dachte de Quadra, was soll aus dem Erzherzog werden..., selbst wenn die Königin ihn heiratet, er wird immer im Schatten dieses Lords stehen...

Elisabeth genoß die Musik, den Tanz, die körperliche Nähe von Robert und überlegte, ob sie ihm jetzt, während der Volta, sagen sollte, daß sie ihn nach dem Fest in ihren Räumen erwartete... Die Volta war die beste Gelegenheit..., nach dem nächsten Takt, dachte sie, nach dem nächsten Takt..., jetzt... Sie sah ihn an.

»Robin.«

»Majestät?«

»Robin, nach dem Ende des Festes erwarte ich Euch...«

»Majestät, Majestät!«

Sie schrak zusammen, blieb stehen und sah, daß ein Page sich zu ihr durchdrängte.

»Majestät, soeben kam ein Sonderkurier aus Edinburgh«, und er überreichte ihr einen Brief.

Elisabeth betrachtete eine Weile unschlüssig die Schriftzüge ihres Gesandten Randolph, schließlich öffnete sie das Schreiben, las und versuchte ihre innere Erregung zu verbergen.

»Geh und suche Sir Cecil«, sagte sie zu dem Pagen, »er soll sofort in mein Arbeitszimmer kommen«, und zu Robert, »kümmert Euch um de Quadra, und sorgt dafür, daß das Fest nicht unterbrochen wird.«

Sie verließ langsam den Hof und ging hinauf in ihre Räume. Als Cecil wenig später das Arbeitszimmer betrat, ging seine Königin unruhig auf und ab, und er hatte den Eindruck, daß sie vor einer schwierigen Entscheidung stand.

»Was ist passiert, Majestät?«

»Vorhin erhielt ich einen Brief Randolphs, worin er mitteilt, daß in Schottland ein Aufstand gegen die Regentin ausgebrochen ist.«

»Ein Aufstand?!«

»Ja, eine Kette unglücklicher Zufälle...

Ihr wißt, daß John Knox Anfang Mai nach Schottland zurückkehrte und sofort alle Protestanten um sich scharte. Vor drei Tagen, am 11. Mai, predigte er in Perth gegen den Papismus. Als er fertig war, kam ein katholischer Priester in die Kirche und begann die Messe zu zelebrieren. Ein junger Protestant rief dem Priester zu, er solle aufhören, woraufhin ein anderer Priester den jungen Mann ohrfeigte, was einen Aufruhr der Protestanten hervorrief. Sie zerstörten die Heiligenbilder in der Kirche und plünderten die Klöster in der Umgebung von Perth. Einige der einflußreichsten schottischen Lords, darunter auch James Stuart, Maria Stuarts illegitimer Halbbruder, haben sich der protestantischen Kongregation angeschlossen und ihre Truppen in Perth versammelt, in Ayrshire und anderen Orten verboten die Gutsherren inzwischen die Messe und begannen mit der Auflösung der Klöster. Die Regentin hat inzwischen auch ihre Truppen und die in Schottland stationierten französischen Soldaten gesammelt und wird wahrscheinlich auf Perth marschieren.«

Sie gab Cecil den Brief und begann erneut unruhig auf und ab zu gehen.

»Ich bin völlig ratlos, Mylord. Im Grunde genommen begrüße ich es, wenn Schottland protestantisch wird, vielleicht gibt es dann endlich einen dauerhaften Frieden mit unserem nördlichen Nachbarn, aber wie sollen wir uns verhalten, wenn die Kongregation uns um Unterstützung bittet – und sie werden uns darum bitten. Eine offene militärische Unterstützung ist im Augenblick unmöglich, das würde nur zu einem neuen Konflikt mit Frankreich, vielleicht sogar zu Feindseligkeiten mit Spanien führen. Eine heimliche finanzielle Hilfe kann ich nicht gewähren, weil meine Staatskasse leer ist, hinzu kommt, daß sich in den nächsten Tagen eine englische und schottische Delegation in Upsetlington in Yorkshire trifft, um den Frieden von Cateau-Cambrésis zu bekräftigen, und Ihr wißt ja, daß in der Vereinbarung der Delegationen eine Klausel enthalten ist, wonach England und Schottland sich verpflichten, eventuelle Rebellen der Gegenseite nicht zu unterstützen. Der Zeitpunkt des Aufstandes ist denkbar ungünstig, der Aufruhr ist zu früh losgebrochen…., und wir sind praktisch gezwungen, die Kongregation zu unterstützen, wenn wir unser Ansehen bei den protestantischen Fürsten wahren wollen.«

Cecil legte den Brief zur Seite.

»Majestät, in der Politik wird der Zeitpunkt des eigenen Handelns häufig von außen diktiert, zunächst einmal sollten wir Ruhe bewahren und die weitere Entwicklung abwarten. Wir können erst Entscheidungen treffen, wenn wir wissen, welche konkrete Hilfe die Kongregation von uns erwartet. Ich schlage vor, daß wir zunächst versuchen, mit mündlichen Versprechungen Zeit zu gewinnen…«, er schwieg und überlegte. »Man könnte Sir Croft, den Gouverneur von Berwick, nach Perth schicken, er kann die militärische Entwicklung beobachten, und je nachdem, ob sich für die Kongregation Erfolg oder Niederlage abzeichnet, werden weitere Entscheidungen getroffen.«

Elisabeth ging zum Schreibtisch, kritzelte einige Zahlen auf ein Blatt Papier, und Cecil beobachtete, daß sie rechnete.

»Ich könnte zur Not dreitausend Pfund entbehren«, sagte sie nach einer Weile, »diese Summe sollte man den Rebellen vielleicht peu à peu geben, am besten in französischen Kronen, um die Herkunft zu verschleiern... 1000 englische Pfund sind ungefähr 3175 französische Kronen..., ach Gott, hoffentlich kommt es nicht so weit..., gewiß, ich stehe innerlich auf der Seite der Kongregation, aber... letztlich ist es eine Rebellion gegen die Königin von Schottland... Mylord, ich verurteile Rebellionen gegen den von Gott eingesetzten Herrscher...«

»Majestät, Ihr solltet Euch jetzt keine unnötigen Sorgen machen, es gibt eine Möglichkeit, unsere Hilfe zu verweigern und trotzdem gegenüber den protestantischen Fürsten das Gesicht zu wahren: Ihr könntet argumentieren, daß Ihr keine Rebellion gegen die Königin unterstützt, die Königin lebt zwar zur Zeit in Frankreich, aber die Regentin ist ihre Stellvertreterin, andererseits könnt Ihr – falls die Umstände uns zwingen, die Kongregation zu unterstützen – argumentieren, der Aufstand der Lords richte sich nicht gegen die Königin, sondern nur gegen die Regentin. Man kann ein Ding immer von zwei Seiten betrachten und so oder anders formulieren, und jetzt sollten Euer Majestät den restlichen Abend beim Tanz genießen.«

»Die schottische Affäre hat mir den Abend verdorben, aber ich muß wohl meinen Pflichten als Gastgeberin nachkommen.«

Im Hof drehten sich die Paare immer noch zum Rhythmus der Volta, und während Cecil sich wieder zu de Quadra begab, durfte Robert mit Elisabeth tanzen. Sie versuchte, sich nichts anmerken zu lassen, aber er spürte, daß ihre Gedanken weit weg waren von ihm und dem Tanz.

»Haben Euer Majestät sehr schlechte Nachrichten erhalten?«

»Ihr fragt zuviel, Mylord, es wird sich zeigen, ob die Nachricht gut oder schlecht war.«

Robert schwieg und ärgerte sich zum soundsovielten Mal darüber, daß sie ihn nicht in die Politik einweihte. Plötzlich brach die Musik ab, es entstand eine allgemeine Unruhe, und im nächsten Augenblick trat der Graf von Arundel vor Elisabeth.

»Majestät, Sir Parry ist tot.«

»Wie... – er ist..., aber..., er war doch noch vorhin recht munter...«

»Er ging in die Große Halle, um sich einen Becher Wein zu holen, fiel um... und war tot. Die Ärzte sind bereits bei ihm.«

Als Elisabeth, gefolgt von Robert und Arundel, die Halle betrat, waren einige Diener damit beschäftigt, Parry auf eine Bahre zu heben. Ein Zinnbecher lag auf dem Boden in einer Lache roten Weines.

»Parry«, sagte Elisabeth leise und zu den Dienern, »er soll in der Schloßkapelle aufgebahrt werden« – und zu Arundel: »Sagt den Leuten, daß das Fest abgebrochen wird wegen eines plötzlichen Todesfalles.«

Die Diener trugen Parry hinaus, und Elisabeth und Robert standen noch eine Weile schweigend in der Halle.

»Ich kann es nicht fassen«, sagte sie endlich, »er hat mir immer treu gedient..., es ist entsetzlich, wenn jemand so überraschend stirbt.«

»Gewiß, Majestät, aber er hat keine lange Krankheit erdulden müssen.«

»Parry ist tot... Gute Nacht, Mylord.«

»Gute Nacht, Majestät.«

Sie ging in die Kapelle, stand lange neben Parry, erinnerte sich noch einmal an die Jahre in Chelsea, Hatfield, Woodstock und nahm Abschied von ihm. Auf dem Rückweg in ihre Gemächer beschloß sie, Sir Francis Knollys zum Hofschatzmeister zu ernennen.

Als sie später vor ihrem Frisiertisch saß und sich von Lucy die Haare bürsten ließ, fiel ihr wieder ein, daß sie diese Nacht zusammen mit Robert hatte verbringen wollen...

Parrys Tod hat unsere erste Liebesnacht verhindert, dachte sie, vielleicht war es Schicksal...

»Parrys Tod ist ein schlechtes Omen, Lucy.«

»Warum, Majestät?«

»Ich weiß es nicht genau, ich spüre es.«

Zur gleichen Zeit stand Robert in einer dunklen Ecke des Schloßhofes, sah zu den erleuchteten Räumen der Königin hinauf und überlegte, was sie ihm während der Volta hatte sagen wollen: ›Robin, nach dem Ende des Festes erwarte ich Euch...‹ Wahrscheinlich hatte sie die Nacht mit ihm verbringen wollen..., Parrys plötzlicher Tod..., nun ja, aufgeschoben ist nicht aufgehoben, dachte er.

Vier Tage später, am 18. Mai, bat William Kirkcaldy von Grange Cecil um Unterstützung der schottischen Protestanten, und so wurde England in die religiösen Unruhen des nördlichen Nachbarn verwickelt. Cecil schickte Sir Croft als Beobachter nach Perth, und es dauerte nicht lange, da konnte dieser berichten, daß die Regentin – angesichts der starken protestantischen Streitmacht – mit der Kongregation einen Waffenstillstand geschlossen hatte. Bereits wenige Tage später brachen die Feindseligkeiten erneut los.

Die Truppen der Kongregation plünderten die Abteien, beseitigten die Heiligenbilder, zerstörten die alte Abtei von Scone, und es sah so aus, als ob die Protestanten siegen würden.

Ende Mai kehrte Sir William Pickering nach England zurück und wurde von Elisabeth sehr liebenswürdig empfangen. Während seines ersten Besuches bei Hof verbrachte sie mehrere Stunden in seiner Gesellschaft, und bereits am nächsten Tag wies sie ihm in Greenwich eine Wohnung zu. Die Hofleute sahen sich erstaunt an, es sah so aus, als ob Dudleys Stern langsam erlosch und der von Pickering aufging, und hie und da tuschelte man, daß die Königin vielleicht Pickering als Gatten wählen würde, schließlich verbrachte sie mit ihm jetzt ebensoviel Zeit wie vorher mit Dudley.

Robert befand sich zur Zeit von Pickerings Ankunft auf Schloß Windsor, um einige Verwaltungsangelegenheiten zu regeln, und mußte bei seiner Rückkehr nach Greenwich bestürzt feststellen, daß er plötzlich, von einem Tag auf den andern, in den Hintergrund gedrängt war. Als er von den Heiratsgerüchten hörte, verfiel er in stumme Verzweiflung und begann darüber nachzugrübeln, was der Grund für Elisabeths rätselhaftes Verhalten war, er konnte sich nicht entsinnen, einen Fehler begangen zu haben, er versuchte sich mit dem Gedanken zu trösten, daß ihre Vorliebe für Pickering nur eine vorübergehende Laune war, vergeblich. Von Tag zu Tag fraß die Eifersucht sich tiefer und schmerzlicher in ihn hinein, und als er an einem Nachmittag die Königin in Begleitung des stattlichen Sir William wegreiten sah, wußte er auf einmal, daß er es nicht ertragen würde, wenn sie einen englischen Lord heiratete, einfach, weil bei einer solchen Verbindung wahrscheinlich Gefühl und Zuneigung eine gewisse Rolle spielten, bei einer Verbindung mit einem ausländischen Fürsten war dies kaum zu befürchten. Die Heirat mit einem Ausländer mußte für England politisch vorteilhaft sein, Gefühle spielten keine Rolle. Robert versuchte mit der Situation fertig zu werden, indem er sich noch mehr als früher seinen Aufgaben als Oberstallmeister widmete und sich nur im Schloß blicken ließ, wenn es unumgänglich war.

Er vermied es, Pickering zu begegnen, und wenn er ihn sah, behandelte er ihn mit kalter Herablassung. Noch schlimmer als der Anblick Pickerings waren die hämischen Mienen der Hofleute, an der Tafel spürte Robert fast körperlich, wie sehr sie ihm seinen »Sturz« gönnten, am schlimmsten aber war eine Unterhaltung mit Gerard Braleigh, dessen Worte wie Nadelstiche in ihn eindrangen. Als sie sich an einem Nachmittag im Schloßhof begegneten, sagte Braleigh:

»Wie kommt es, daß man dich kaum noch im Schloß sieht?«

»Ach, weißt du, ich habe viel Arbeit mit den Vorbereitungen für den Progress.«

»Verständlich, was hältst du von Pickering? Glaubst du, daß Ihre Majestät ihn heiraten wird?«

Robert versuchte ruhig zu bleiben und ignorierte die Bosheit, die in Braleighs Augen funkelte. »Ihre Majestät wird den Gatten wählen, von dem sie glaubt, daß er dem Wohle Englands dient.«

»Selbstverständlich, Pickering wäre eine gute Wahl, seine Herkunft ist..., nun, sie ist ›unbefleckt‹, in seiner Familie gab es keine Verräter, er hat etwas von der Welt gesehen, besitzt diplomatische Erfahrung und menschliche Reife.«

»Nun ja«, erwiderte Robert und versuchte unbekümmert zu wirken, »vielleicht wird er Englands neuer König, unter den englischen Aristokraten gibt es nur wenige, die als Gemahl für die Königin in Frage kommen.«

»Wenige? Mein lieber Robert, unter den englischen Aristokraten ist Pickering der einzige, der als Gemahl für Ihre Majestät akzeptabel ist. Leb wohl«.

Er ließ Robert stehen und verließ den Schloßhof.

Verdammt, dachte Robert, ich halte es hier nicht mehr aus, ich muß weg. Am gleichen Nachmittag bat er Elisabeth um einige Tage

Urlaub vom Hofdienst, weil er sich um den Marstall in Windsor kümmern müsse.

Der Urlaub wurde sofort gewährt.

In Windsor ritt er einen Tag lang ziellos durch die Wälder, malte sich Elisabeths Heirat mit Pickering aus, und je länger seine Phantasie sich damit beschäftigte, desto mehr gewann ein Gedanke bei ihm die Oberhand: Er mußte eine Heirat der Königin mit einem englischen Lord verhindern, aber wie?

Es gibt nur eine Möglichkeit, überlegte er, sie muß einen ausländischen Fürsten heiraten, einen, bei dem es unwahrscheinlich ist, daß sie jemals Zuneigung für ihn empfindet..., der kleine Erzherzog Karl mit dem großen Kopf wäre der Richtige..., ich müßte gelegentlich mit de Quadra darüber sprechen, ihm versichern, daß ich eine Verbindung der Königin mit dem Erzherzog unterstütze...

Am nächsten Tag begab er sich zurück nach Greenwich und lauerte auf eine Gelegenheit, um mit de Quadra unter vier Augen zu sprechen.

Die Gelegenheit ergab sich nicht, statt dessen kam es zu einer lautstarken Auseinandersetzung zwischen ihm und Pickering. An einem Vormittag Mitte Juni erschien Pickering im Marstall und befahl einem Stallknecht, Bay Star für ihn zu satteln.

»Das geht nicht, Mylord«, erwiderte einer der Reitknechte, »Bay Star frißt seit einigen Tagen nicht, Lord Dudley hat verboten, ihn zu reiten, er soll geschont werden, wahrscheinlich ist er krank.«

»Halt das Maul«, brüllte Pickering, »wage es nicht, dich einem meiner Befehle zu widersetzen, los, sattele Bay Star!«

In diesem Augenblick betrat Robert den Stall und hörte Pickerings letzte Worte.

Der Teufel soll ihn holen, dachte er und trat wutentbrannt vor ihn hin.

»Mylord«, beim Klang von Roberts Stimme trat Pickering unwillkürlich einige Schritte zurück, »Bay Star ist krank, Ihr könnt ihn nicht reiten.«

»Mylord, anscheinend habt Ihr noch nicht gemerkt, daß meine Wünsche an diesem Hof Befehl sind.«

»Eure Wünsche sind nicht Befehl, sondern Dreck«, schrie Robert, »im Marstall befehle ich, sonst niemand! Verschwindet, und laßt Euch hier nicht mehr blicken!«

Pickering wich langsam zurück, am Ausgang blieb er stehen und sagte: »Das werdet Ihr noch bereuen, Mylord, ich werde mich bei Ihrer Majestät über Euch beschweren.«

»Tut Euch keinen Zwang an, und jetzt hinaus, oder ich lasse die Hunde auf Euch hetzen.«

Pickering rannte über den Hof, die Knechte lachten, und einer sagte zu Robert: »Ihr habt recht, Mylord, wenn Ihr den Kerl in seine Schranken weist, er ist zu unverschämt.«

Eine knappe Stunde später ließ Elisabeth durch Arundel verkünden, daß allein der Oberstallmeister Lord Dudley über die Benutzung der Pferde befehle, und daß man seine Anordnungen zu befolgen habe.

Robert horchte erfreut auf, war dies ein Silberstreif am Horizont?

Unterdessen stand Elisabeth am Fenster sah hinunter in den Hof und überlegte, wie es mit Robert und Pickering weitergehen sollte.

Letzterer war ein amüsanter Gesellschafter, aber das war auch alles, und Kavaliere wie ihn gab es am Hof zur Genüge. Er hat es fertiggebracht, überlegte sie, sich innerhalb weniger Tage bei den Hofleuten durch seine Prahlerei und Mißachtung des Hofprotokolls unbeliebt zu machen, auch mir haben seine Allüren nicht gefallen, die übertrieben extravagante Kleidung, die Angewohnheit, nicht an der Hoftafel, sondern allein zu speisen, gut, auch andere Höflinge haben ihren Privatkoch und speisen allein, mit dieser Unsitte werde ich mich wohl abfinden müssen, aber Pickering hat sich während der Mahlzeiten von den Hofmusikanten vorspielen lassen! Der Gipfel aber war vorhin die laute Szene im Audienzzimmer: Arundel hat ihn an der Schwelle zu meinen privaten Räumen aufgehalten und darauf hingewiesen, daß nur ein gewisser Kreis von Hofleuten Zutritt hätte, sein Platz sei im Audienzzimmer, woraufhin Pickering Arundel anschrie, das wisse er auch, Arundel sei ein unverschämter, ungehobelter Kerl, und dann kam er einfach in mein Arbeitszimmer, es war unerhört! Hat er sich etwa eingebildet, daß ich ernsthaft daran dächte, ihn zu heiraten? Nein, ich habe ihn favorisiert, um die Aufmerksamkeit ein bißchen von Robin abzulenken, um diesen eifersüchtig zu machen, und vor allem sollten de Quadra und der Baron Rabenstein bezüglich des Erzherzogs verunsichert werden…

Rabenstein war Ende Mai aus Wien gekommen, um wegen des Erzherzogs zu verhandeln. Elisabeth hatte ihm erklärt, sie habe, was ihre Heirat betreffe, noch keinen Entschluß gefaßt, Rabenstein solle die Angelegenheit mit Cecil besprechen.

Inzwischen waren drei Wochen vergangen, und Cecil hatte vor lauter Arbeit noch keine Zeit gefunden, den Baron zu empfangen, was ihr nur recht war…

Pickering wird in den nächsten Tagen mit einem diplomatischen Auftrag vom Hof entfernt…, er könnte meinem Freier, dem Herzog Adolf von Holstein, einen Brief überbringen, worin ich seinen Heiratsantrag ablehne. Wenn Pickering von Deutschland zurückkehrt, werde ich ihn mit anderen Aufträgen quer durch Europa schicken. Robin wird noch heute zum Leiter einer Schauspieltruppe ernannt, morgen werde ich wieder mit ihm ausreiten…, und dann, wie soll es weitergehen?

Der »Progress« beginnt Mitte Juli, während der Rundreise wird es wahrscheinlich keine Gelegenheit geben, ihn unter vier Augen zu sehen, er müßte vorher, in Greenwich, mein Liebhaber werden…, sie begann zu rechnen und kam zu dem Ergebnis, daß die Nacht vor dem Beginn der Rundreise, die Nacht vom 14. auf den 15. Juli, »ungefährlich« war…

Robert atmete erleichtert auf, als Elisabeth ihm am nächsten Tag während des Ausrittes erzählte, daß sie Pickering nach Deutschland schicken würde, sein Benehmen sei für den Hof untragbar.

Gott sei Dank, dachte er, die Gefahr ist vorüber... Er genoß seine alte – neue – Favoritenrolle und vergaß vorläufig, daß er mit de Quadra über den Erzherzog hatte sprechen wollen.

Cecil hatte die Pickering-Affäre nur beiläufig verfolgt, weil er vollauf mit der Entwicklung der militärischen Situation in Schottland beschäftigt war. Der britische Gesandte Randolph schickte ihm regelmäßig Nachrichten, und in der zweiten Junihälfte schien sich ein Sieg der Kongregation abzuzeichnen. Cecil atmete erleichtert auf, aber er hatte sich zu früh gefreut. Am 8. Juli traf die Nachricht ein, daß die Truppen der Kongregation am 29. Juni in Edinburgh eingezogen waren, allerdings, Lord Erskine, der Hauptmann der Burg, verhalte sich neutral und sei nicht bereit, die Festung einer der beiden Parteien zu übergeben; die Regentin habe sich mit ihren Truppen in die Festung Leith zurückgezogen und warte auf Verstärkung aus Frankreich. Cecil wußte, daß England sich in dieser Situation nicht länger passiv verhalten konnte, andererseits kannte er Elisabeths Bedenken hinsichtlich einer Unterstützung der Rebellen gegen ihre rechtmäßige Königin, und – es gab die Vereinbarung von Upsetlington, worin beide Staaten sich verpflichtet hatten, keine Rebellen der Gegenseite zu unterstützen, das hieß, falls die Katholiken im Norden Englands sich gegen Elisabeth verschworen, würde die katholische Regentin Schottlands sie nicht unterstützen. Die Situation war fatal, und Cecil hoffte im stillen, daß die Zeit für England arbeitete, daß ein Wunder geschah: ein Sturm, der die französische Flotte zerstörte, eine Seuche in Leith..., zunächst aber mußte er seiner Königin vorsichtig beibringen, daß es mit schönen Worten allein nicht mehr getan war.

»Was habt Ihr für Pläne, Mylord?« fragte Elisabeth, nachdem sie Randolphs Brief gelesen hatte.

»Majestät, ich werde noch heute an Sir Croft schreiben, er solle die schottischen Protestanten zuerst mit schönen Versprechungen, dann mit Geld und schließlich mit Waffen ermutigen, er soll ihnen versichern, daß England niemals ihre Vernichtung zulassen wird.«

»Waffen, Mylord?! Das bedeutet Krieg gegen Frankreich und Spanien, und für einen Krieg gegen die katholischen Großmächte sind wir nicht gerüstet!«

»Ich sehe die Situation anders, Majestät, es gibt Möglichkeiten, eine militärische Intervention zu verschleiern, und was Spanien betrifft, so ist Philipp ein protestantisches Schottland mit einer katholischen Königin wahrscheinlich lieber als ein katholisches Schottland mit einer katholischen Königin. Ein protestantisches Schottland schwächt Frankreich, und jede Schwächung Frankreichs ist Philipp willkommen, aber von einer militärischen Unterstützung der Kongregation sind wir noch weit entfernt, Majestät, zunächst werden wir den Schotten etwas Geld geben und abwarten.«

»Geld, Mylord?! Jetzt schon? Können wir damit nicht noch warten?«

»Majestät, Sir Croft schrieb mir vor einigen Tagen, daß die Lords der Kongregation ihr Tafelsilber verkaufen, um Geld für die Truppen aufzutreiben.«

»Mylord, ich bin bereit, Geld zu geben, aber erst, wenn es notwendig ist, solange die Lords noch Tafelsilber verkaufen können, müssen wir sie finanziell nicht unterstützen.«

Sie sah nachdenklich vor sich hin. »Noch etwas, wir müssen irgendwie erreichen, daß Philipp neutral bleibt, ich werde also die Verhandlungen wegen des Erzherzogs ein bißchen vorantreiben, schreibt an unseren Gesandten in Wien, er soll folgende Erkundigungen über Erzherzog Karl einziehen: sein Alter, seine Größe, sein Gewicht, seine Kraft, sein Aussehen, sein Gemütszustand, seine persönlichen Eigenschaften, seine Erziehung, seine religiösen Ansichten. Außerdem will ich wissen, ob er schon eine Frau geliebt hat und auf welche Weise.«

»Auf welche Weise, Majestät?« fragte Cecil irritiert.

»Ja, auf welche Weise.«

Die Informationen, die sie haben will, sind im Augenblick nur ein politischer Schachzug, dachte er, aber wer weiß, vielleicht entschließt sie sich doch, angesichts der prekären außenpolitischen Situation zur Heirat mit dem Erzherzog.

»Wann werden französische Truppen in Schottland eintreffen, Mylord?«

Cecil überlegte. »Die Hochzeitsfeierlichkeiten nähern sich ihrem Ende…, die Truppen müssen ausgerüstet werden, ich schätze, daß die ersten Soldaten im Laufe des Herbstes an Land gehen, dann kommt der Winter…, die militärische Entscheidungsschlacht wird wahrscheinlich erst im Frühjahr stattfinden, wir haben also genügend Zeit, um unsere Entscheidungen zu überdenken. Da fällt mir ein, die Hochzeitsfeierlichkeiten in Paris sind bereits beendet, am 30. Juni sollte das letzte große Turnier stattfinden.«

Während der folgenden Tage versuchte Elisabeth, sich auf das Rendezvous mit Robert einzustellen, aber ihre Gedanken kreisten unaufhörlich um Schottland.

Der 14. Juli war ein heißer, schwüler Sommertag, kein Lufthauch regte sich und man rechnete im Laufe des Tages mit einem Gewitter.

Elisabeth schwankte, ob sie wie geplant mit Robert ausreiten oder – wegen der Schwüle – im Schloß bleiben sollte, und entschied sich für den Ausritt, während der Rundreise würden sie nicht ungestört unter vier Augen zusammensein können.

»Ihr bleibt hier«, sagte sie zu dem Reitknecht, der sein Pferd sattelte, um das Paar zu begleiten, und zu Robert: »Ich möchte diesen Nachmittag mit Euch allein verbringen, während der Rundreise werde ich wahrscheinlich den ganzen Tag von einer Menge Leute umgeben sein, wir werden natürlich viel Spaß und Unterhaltung dabei haben, und wir werden einige Wochen lang billig leben und Geld sparen, das ist wichtig.«

»Euer Majestät denken wahrscheinlich an die Ausgaben, die bezüglich

der schottischen Angelegenheit auf uns zukommen?«

»Vielleicht ja, vielleicht nein, laßt uns von etwas anderem reden, habt Ihr schon Pläne mit Eurer Schauspieltruppe?«

»O ja, ich habe inzwischen an den Präsidenten im Norden, den Grafen Shrewsbury, geschrieben und ihn um die Lizenz gebeten, daß meine Truppe in Yorkshire spielen darf, ich denke, er wird meine Bitte erfüllen, er war mir immer wohlgesonnen. Eine Schauspieltruppe ist allerdings ein kostspieliges Vergnügen, ich fragte den Grafen Oxford, mit welchen Einnahmen und Ausgaben man rechnen müsse, und er erwiderte, in der Theorie würden die Honorare die jährlichen Kosten der Truppe decken, in der Praxis allerdings nie.«

»Vergnügungen sind nie umsonst, Mylord, aber wenn eines Tages am Hof Stücke aufgeführt werden, ist dies immer noch billiger als sonstige Arrangements, überdies sollen die Aufführungen nicht nur unterhalten, sondern auch…«, sie überlegte, »…ich weiß nicht, wie ich es Euch erklären soll, Mylord, der Inhalt der Stücke, das ist mein Ziel, müßte bei den Engländern ein Gefühl der Zusammengehörigkeit entwickeln, ihnen die Regierungspolitik verständlich machen… Hin und wieder predigt ein Pfarrer am Sonntag über die Gesetze, die erlassen werden, ich toleriere es, weil die Bevölkerung irgendwie informiert werden muß, aber der Gottesdienst ist nicht der richtige Ort dafür.«

Robert sah Elisabeth erstaunt an. »Ich verstehe, was Euer Majestät meinen, die Stücke sollen unterhalten und gleichzeitig die Regierungspolitik propagieren, allerdings, was zur Zeit aufgeführt wird, eignet sich nicht für die Ziele Eurer Majestät, inhaltlich ist es immer dasselbe: Diebstahl, Raub, Mord, Ehebruch, verschmähte Liebe, Betrug, Habgier, Geiz, Verschwendungssucht, hin und wieder ein Liebespaar, das nach Umwegen zueinander findet…, lauter alltägliche Dinge.«

»Ich habe nichts dagegen, daß man alltägliche Ereignisse aufführt, aber dann muß die Handlung einen inneren Gehalt bieten, das fehlt gegenwärtig bei den Stücken, sie sind zu flach, es wird lediglich eine äußere Handlung dargestellt, aber nicht die Auseinandersetzung des Menschen mit den Geschehnissen und die Konsequenzen, die er zieht. Man könnte ein Ereignis, das schon lange zurückliegt, so darstellen, daß ein Bezug zur Gegenwart entsteht. Nehmt den Konflikt zwischen den Häusern Lancaster und York und die Herrschaft Richards III. – Richard III. auf der Bühne wird jedem Zuschauer beweisen, wie segensreich die Herrschaft der Tudors für England ist.«

»Majestät, mon dieu, Ihr habt recht, man kann mit Hilfe der Vergangenheit einen Bezug zur Gegenwart herstellen, aber der Mann, der diese Stücke schreibt, muß eine entsprechende Bildung besitzen, und dies ist bei den gegenwärtigen Poeten nicht der Fall, na ja, vielleicht wird in den nächsten Jahren ein Poet geboren, der fähig ist, solche Stücke zu schreiben.«

»In den nächsten Jahren, Mylord? Das dauert mir zu lange, ich hoffe, daß er schon auf der Welt ist und bald zur kulturellen Entwicklung Englands etwas beitragen kann.«

Robert sah prüfend zum Himmel.

»Wir sollten zurückreiten, Majestät, seht«, und er wies zum Horizont, wo sich dunkle Wolken zusammengeballt hatten, die allmählich näher kamen, »es wird ein Gewitter geben, überdies sind die Pferde naß vom Schweiß und werden nervös.«

Sie galoppierten schweigend zurück, und je näher sie dem Schloß kamen, desto stärker klopfte Elisabeths Herz, im Hof überlegte sie, wenn wir abgesessen sind, werde ich ihm sagen, daß er heute abend kommen soll.

Bei ihrer Ankunft hingen die Wolken schwer über dem Schloß, und die ersten Blitze zuckten auf. Während die Stallknechte die Pferde wegführten, wandte Elisabeth sich zu Robert und lächelte ihn an.

»Wir sollten den letzten Abend vor dem Progress beschaulich ausklingen lassen, leistet mir nachher beim Abendessen Gesellschaft, anschließend können wir Schach spielen oder Karten oder uns einfach nur unterhalten..., allein zu zweit.«

Allein zu zweit, dachte Robert, und es dauerte einige Sekunden, bis er sich gefaßt hatte. »Ich danke Eurer Majestät für die Einladung, es ist eine große Ehre für mich.«

In diesem Augenblick sprengte ein staubbedeckter Reiter in den Hof, und fast gleichzeitig begann ein heftiger Gewitterwind.

Der Reiter brachte im letzten Moment sein Pferd vor Elisabeth zum Stehen, die erschrocken einen Schritt zurücktrat, dann fiel er fast herunter und lehnte sich erschöpft an den Pferdeleib. »Die Königin«, keuchte er, »ich muß sofort zur Königin...«

Elisabeth ging zu ihm hin. »Ich bin die Königin.«

»Majestät, hier, von Sir Throgmorton«, und er gab ihr einen Brief, »ich bin Tag und Nacht geritten... «, murmelte er noch, dann sank er ohnmächtig zu Boden.

Während Robert mit Hilfe einiger Diener den Kurier in die Halle schaffte, öffnete Elisabeth den Brief, las die ersten Sätze und starrte entsetzt auf die Buchstaben.

»Oh, mein Gott, nein, das…, das ist unmöglich…«

Sie sah sich um und winkte einen der Diener herbei. »Sir Cecil soll sofort in mein Arbeitszimmer kommen.«

In diesem Augenblick kehrte Robert zurück.

»Der Kurier kommt allmählich zu sich, Majestät…, er stutzte, als er Elisabeth sah. Sie war leichenblaß und zitterte.

»Majestät, fühlt Ihr Euch nicht wohl, soll ich nach dem Arzt schicken?«

Da faltete Elisabeth den Brief zusammen, steckte ihn in ihren Ausschnitt und sagte leise: »König Heinrich II. von Frankreich ist tot.«

»König Heinrich…«

In der Ferne hörte man Donnergrollen.

»Er ist tot«, sagte Elisabeth, und mit einem Unterton von Bitterkeit: »Jetzt ist Maria Stuart Königin von Schottland und Frankreich.«

Die ersten Regentropfen klatschten schwer auf den Boden, und sie gingen hinein in die Halle.

An der Treppe, die zur Galerie hinaufführte, blieb Elisabeth stehen und sah Robert an. »Ich hatte mich auf diesen Abend gefreut, aber… ich werde ihn nun mit Sir Cecil verbringen…, die außenpolitische Situation meines Königreiches… Ihr versteht?«

»Selbstverständlich, Majestät.«

Dies ist nun das zweite Mal, überlegte er, daß der Tod unser Rendezvous verhindert hat, es ist wie verhext…

Nachdenklich verließ er die Halle und rannte durch den Regen hinüber zum Marstall.

Als Elisabeth ihr Arbeitszimmer betrat, war Cecil bereits anwesend. Sie überreichte ihm wortlos den Brief. Cecil las, und Elisabeth beobachtete, daß er sich leicht verfärbte, obwohl sein Gesicht nicht verriet, was er dachte.

»Ein tragischer Tod«, sagte Cecil und legte den Brief zur Seite, »König Heinrich könnte genausogut noch leben.«

»Woran ist er gestorben, ich war vorhin, nach den ersten Sätzen so schockiert, daß ich den Brief nicht zu Ende gelesen habe.«

»Er wurde am 30. Juni bei dem großen Turnier in Vincennes tödlich verwundet. Die Tragik liegt darin, daß das Turnier beendet war, der König indes, besessen von seiner Leidenschaft für Turnierspiele, forderte Lord Montgomery, einen Normannen schottischer Herkunft, der Kapitän bei Maria Stuarts Leibwache ist, er forderte Montgomery auf, eine letzte Lanze mit ihm zu brechen. Montgomery versuchte dem Zweikampf auszuweichen, aber der König befahl ihm zu gehorchen, dann versuchte die Königin, ihn von seinem Vorhaben abzubringen, aber vergeblich... Sie hat angeblich zwei unheilverkündende Visionen bezüglich des Turniers gehabt... Beim Zusammenstoß der beiden Kämpfer zersplitterte Montgomerys Lanze, ein Splitter drang durch das Visier ins rechte Auge des Königs, ein anderer in seinen Hals..., man brachte ihn in das nahegelegene Hotel de Tournelles, wo er neun Tage bewußtlos lag, kurz vor seinem Tod kam er noch einmal zu Bewußtsein, rief den Dauphin und segnete ihn... Am 10. Juli, um ein Uhr starb er. Die Königinwitwe Katharina hat Diane de Poitiers sofort vom Hof verbannt, ansonsten ist Katharina von der Politik völlig ausgeschlossen. Der König ist zwar volljährig, aber schwach und bedarf der Führung, das heißt, faktisch üben in Frankreich jetzt die Verwandten Maria Stuarts, die Familie Guise, die Macht aus. Das junge Königspaar scheint völlig unter dem Einfluß der Guisen zu stehen, die beiden ältesten Brüder, François de Lorraine, Herzog von Guise, und Charles de Lorraine, der Kardinal von Lothringen, bestimmen die Richtlinien der Politik. Sobald die Trauerfeierlichkeiten vorbei sind, werden die Guisen ihre Schwester in Leith mit Truppen unterstützen, und ich bin fest davon überzeugt, daß diese katholische Familie so lange kämpfen wird, bis der Protestantismus in Schottland vernichtet ist... Und Frankreich ist militärisch besser gerüstet als die Kongregation.«

»Vielleicht zerstört ein Sturm die französische Flotte.«

»Das hoffe ich, aber darauf können wir uns nicht verlassen, und der französische Oberbefehlshaber, der Marquis von Elbœuf, wird so klug sein und mit der Hauptstreitmacht erst im Frühjahr Frankreich verlassen, wenn bessere Wetterverhältnisse herrschen.«

Er schwieg und wartete auf Elisabeths Reaktion. »Ich weiß, Mylord, daß wir uns für oder gegen die Kongregation entscheiden müssen, ich sehe keinen anderen Weg. Angenommen wir überlassen die schottischen Protestanten ihrem Schicksal, so werden sie von Frankreich besiegt, Schottland wird eine französische Provinz und eine ständige Bedrohung unserer Grenze im Norden. Angenommen, wir unterstützen die Kongregation mit Waffen und Truppen, dann besteht die Gefahr, daß Philipp sich mit Frankreich gegen uns verbündet, und dieser Übermacht sind wir nicht gewachsen. Wir müßten zunächst überlegen, wie wir Philipp neutralisieren können.«

»Die Neutralität Spaniens ist in diesem Konflikt das geringste Problem, Majestät.«

»Wieso?«

»Angenommen, die Franzosen besiegen die Kongregation, besetzen Schottland und versuchen, von dieser Basis aus England zu erobern..., Majestät, Philipp wird niemals eine Eroberung Englands dulden, stellt Euch vor, Frankreich im Besitz von Calais und... Dover! Dies bedeutet, daß Philipp von seinen Niederlanden abgeschnitten werden kann, nein, dem König von Spanien muß daran gelegen sein, daß Euer Majestät diesen Konflikt unversehrt überstehen.«

»Ihr habt recht, an die Niederlande habe ich jetzt nicht gedacht.«

»Euer Majestät können Philipp auch mit Höflichkeiten, die nichts kosten, gnädig stimmen. Sir Gresham schrieb mir vor einigen Tagen, daß der König im August die Niederlande verlassen und nach Spanien zurückkehren wird, seine Halbschwester, Margarethe von Parma, amtiert dann als Statthalterin, was in den Niederlanden sehr begrüßt wird. Euer Majestät könnten die Grafschaften an der Küste anweisen, den König mit allen Ehren zu empfangen, falls ungünstige Winde ihn zwingen, einen englischen Hafen anzulaufen, außerdem könntet Ihr verbieten, daß auf Jahrmärkten und in Theatern Stücke aufgeführt werden, worin Philipp, der Papst und andere katholische Herrscher angegriffen oder lächerlich gemacht werden.«

»Ihr habt recht, aber, um auf Schottland zurückzukommen, ich mag es betrachten, wie ich will, ein protestantisches Schottland ist wünschenswert, aber letztlich rebellieren die Lords gegen ihre rechtmäßige, gottgewollte Königin, so etwas kann ich nicht unterstützen, ich habe schon immer eine Rebellion gegen den legitimen Herrscher abgelehnt, außerdem besteht die Gefahr, daß die Revolte in Schottland zum Präzedenzfall wird, wer weiß, vielleicht erheben die Katholiken im Norden Englands sich eines Tages gegen mich, überdies, denkt an die Vereinbarungen von Upsetlington.«

Cecil überlegte, wie er seine Königin davon überzeugen konnte, daß eine militärische Unterstützung der Kongregation gerechtfertigt war, ohne englische Hilfe würden die Schotten nie mit den Franzosen fertig werden, davon war er überzeugt. »Majestät, auch ich bin der Meinung, daß es gegen Gottes Gebot verstößt, die Untertanen gegen den eigenen Herrscher zu unterstützen, aber in Schottland liegen die Dinge anders. Die Lords der Kongregation sind keine Rebellen, sondern loyale Untertanen ihrer Königin, sie protestieren lediglich gegen den Plan der Regentin, die Franzosen ins Land zu holen und Schottland Frankreich zu unterwerfen, dies ist ihr gutes Recht, schließlich ist die Regentin nicht die Königin, sondern nur eine Untertanin der Monarchin. Überdies ist die Anwesenheit französischer Truppen in Schottland eine Bedrohung Englands. Euer Majestät sind im Recht, wenn Ihr, gemeinsam mit den Schotten, die Franzosen aus dem Land jagt. Es gibt auch alte Aufzeichnungen, die beweisen, daß im 12. und 13. Jahrhundert der König von Schottland den König von England als seinen Feudalherren anerkannt und ihm Treue geschworen hat, das bedeutet: Wenn Euer Majestät die Kongregation unterstützen, so verhindert Ihr, daß Eure Vasallin Maria Stuart und die Regentin die Interessen ihres obersten Souveräns, nämlich Eure Interessen, verletzen.«

Er schwieg und wartete gespannt auf Elisabeths Reaktion.

»Eure Argumente überzeugen mich, Mylord«, sagte sie nach einer Weile, »außerdem bringt uns uns eine ständige Präsenz der Franzosen in Schottland in eine Abhängigkeit von Spanien, die fast einem Vasallenverhältnis ähnelt, und ich möchte irgendwann nicht mehr auf Philipps Gunst angewiesen sein. Eine Intervention in Schottland können wir natürlich nur rechtfertigen, wenn sie von den Lords und Würdenträgern erbeten wird, die der Königin treu ergeben sind und die genügend Macht besitzen, um gegen die illoyale Regentin vorgehen zu können.«

»Selbstverständlich, Majestät, im übrigen muß eine militärische Intervention natürlich im Staatsrat erörtert werden.«

»Gewiß, Mylord, aber die letzte Entscheidung in dieser Angelegenheit liegt bei mir.«

Cecil nahm es mit einer Verbeugung zur Kenntnis.

»Zwei Dinge noch, Majestät: Es wäre vielleicht ratsam, auf die Rundreise zu verzichten und den Sommer in der Nähe Londons zu verbringen, angesichts der politischen Situation müssen Euer Majestät jederzeit erreichbar sein. Außerdem..., ich könnte den schottischen Thronprätendenten, James Hamilton, Graf von Arran, mit Hilfe Throgmortons nach England bringen lassen, Euer Majestät können sich mit ihm unterhalten, überlegen, ob er als Gemahl in Frage kommt, von hier aus würde er dann nach Schottland weiterreisen, seine Anwesenheit ist vielleicht nützlich.«

»Gut, Mylord, regelt mit Arundel alles wegen der Rundreise, und schafft den jungen Hamilton nach England, ich bin neugierig auf ihn.«

Als Cecil gegangen war, öffnete Elisabeth ein Fenster und sah lange hinaus in den dunklen, regennassen Park. Die kommenden Monate, überlegte sie, sind entscheidend für die Existenz meines Königreiches..., ich kann alles verlieren und alles gewinnen..., ich werde keine übereilten Entscheidungen treffen, aber mein Gott, ich werde mich irgendwann entscheiden müssen, ob ich die Kongregation militärisch unterstütze oder nicht... Gott, gib mir die Kraft, mich richtig zu entscheiden...

An jenem Abend dachte sie noch lange über Schottland nach, und je länger sie nachdachte, desto mehr traten ihre privaten Entscheidungskonflikte in den Hintergrund... England darf nicht unterliegen, überlegte sie, Frankreich ist militärisch stärker als wir, aber wozu gibt es Täuschungsmanöver, List, Lüge, Betrug? Cecils juristische Argumente oder besser Wortspielereien ersetzen eine ganze Armee...

Unterdessen ging Cecil unruhig in seinem Arbeitszimmer auf und ab, und seine Überlegungen ähnelten denen Elisabeths, mit einem Unterschied allerdings: Er kannte sie inzwischen gut genug und rechnete damit, daß sie die Entscheidung über eine militärische Intervention entweder hinausschob oder widerrief, eine Intervention aber war für ihn die einzige Möglichkeit, die Franzosen zu vertreiben. Eine Unterstützung der Schotten mit Truppen und Waffen war natürlich auch ein Risiko, weil England miserabel gerüstet war, aber man mußte dieses Risiko eingehen... Ich habe nur ein Mittel, um sie zur Intervention zu zwingen, überlegte er..., falls sie die Kongregation nicht unterstützen will, werde ich meinen Rücktritt anbieten..., sie wird ihn nicht annehmen, weil... weil sie mich als Berater braucht..., gewiß, sie ist hochintelligent, aber in Regierungsgeschäften fehlt ihr noch die nötige Erfahrung...

Schottland ist ein Problem, der Mummenschanz ihrer Verheiratung ein weiteres... Ungefähr ein Dutzend Freier bewerben sich zur Zeit um ihre Hand..., und – mon dieu – fünfundzwanzig Bistümer müssen neu besetzt werden, weil sechs durch Tod vakant wurden und weil die katholischen Bischöfe den Eid auf die königliche Suprematie zum zweiten Mal verweigert haben... Ein Problem löst wahrhaftig das andere ab...

Ungefähr zehn Monate später, Mitte Mai 1560, begab Cecil sich unangemeldet zu Elisabeth. Als er mit heiterer Miene und beschwingten Schrittes durch die Galerie ging, sahen die Hofleute ihm verwundert nach und fragten sich, wieso der Erste Staatssekretär so gut gelaunt war, schließlich befand England sich in einer verzweifelten, hoffnungslosen militärischen Lage...

Auch Elisabeth staunte über den Optimismus, den ihr Erster Staatssekretär ausstrahlte.

»Was ist passiert, Mylord?«

»Ich gratuliere Eurer Majestät zum zweiten außenpolitischen Erfolg Eurer Regierungszeit, der erste Erfolg war der Vertrag von Cateau-Cambrésis, aber der Erfolg in Schottland bedeutet die endgültige faktische Anerkennung Eurer Majestät seitens der katholischen Großmächte, mag der Papst Euch nach wie vor als illegitim betrachten, England ist ein Königreich geworden, das die Großmächte Frankreich und Spanien künftig in ihre Überlegungen einbeziehen müssen, kurz: In diesem Jahr betritt England die Bühne der europäischen Politik.«

»Wie bitte? Wollt Ihr Euch über mich lustig machen? Vor drei Tagen erhielt ich die Nachricht über unseren fehlgeschlagenen Angriff auf Leith, und Ihr redet von außenpolitischen Erfolgen!«

»Ich bitte Euer Majestät um etwas Geduld. Militärische Siege oder Niederlagen sind nicht immer gleichbedeutend mit Siegen oder Niederlagen in der Politik. Ein militärischer Sieg kann ein Defensivsieg sein, vielleicht sogar ein Pyrrhussieg, eine militärische Niederlage kann sich zu einem politischen Erfolg entwickeln. Jeder Sieg, jede Niederlage werden von Zufällen begleitet, die letzlich ausschlaggebend sind. Gewiß, Lord Greys Versuch, die Festung Leith am 7. Mai im Sturm zu nehmen, ist fehlgeschlagen, aber heute morgen erhielt ich folgende Nachrichten: Die französische Delegation, die mit der Kongregation über eine Beilegung des Konflikts verhandeln soll, ist inzwischen in Edinburgh eingetroffen. Frankreich kann – bedingt durch innenpolitische, religiöse Konflikte – keine weiteren Truppen nach Schottland schicken, die Festung Leith wird sich bald ergeben müssen, weil es ihr an Vorräten mangelt, die Regentin ist sterbenskrank, und König Philipp ist vollauf mit der Türkei beschäftigt. Die französische Delegation ist auch ermächtigt, mit England zu verhandeln, diese Chance sollten wir nutzen, Majestät, um Zeit zu gewinnen, sollten wir nicht in London verhandeln, wie König Philipp es seinerzeit vorschlug, sondern in Schottland, in Newcastle oder in Edinburgh.«

Elisabeth überlegte, dann lächelte sie Cecil an. »Gut, begebt Euch nach Schottland, und verhandelt mit den Franzosen und den schottischen Lords, Ihr habt Euch wahrscheinlich schon überlegt, was England vorschlägt.«

»Ja, wenn die Franzosen und die Schotten meine Vorschläge akzeptieren, so wird es für Frankreich ein Kompromißfrieden, für Euer Majestät und die Protestanten ein Sieg. Also, die Kongregation und England fordern: erstens, Rückzug sämtlicher französischer Truppen und Beamten aus Schottland. Zweitens, Regelung der Religionsfrage durch das Parlament, nicht durch die schottische Königin. Drittens, Maria Stuart verzichtet darauf, das englische Wappen zu führen, im Gegenzug verzichten wir auf die sofortige Rückgabe von Calais und auf eine Entschädigung dafür, daß die Königin von Frankreich unser Wappen geführt hat, und wir lösen das Bündnis mit der Kongregation.«

Elisabeth überlegte eine Weile und erwiderte: »Ich bin mit Euren Vorschlägen einverstanden, die Regelung der Religionsfrage durch das Parlament verstößt zwar gegen den Grundsatz ›cuius regio, eius religio‹, aber es ist die einzige Möglichkeit, daß Schottland protestantisch wird, und was Maria Stuart betrifft..., nun, es wird höchste Zeit, daß sie in ihre Schranken verwiesen wird, es ist eine unerhörte Anmaßung und Unverschämtheit, einfach mein Wappen zu führen, ich ärgere mich stets von neuem, wenn ich daran denke. Dieses junge, dumme Ding, sie hat noch nichts erlebt, sie hat bisher nur die Sonnenseite des Lebens kennengelernt...«

Cecil wartete, bis seine Königin sich beruhigt hatte, und erwiderte: »Seid unbesorgt, Majestät, auch Maria Stuart wird – wie jeder Mensch – die Schattenseite des Lebens kennenlernen, dieser Friede, der den ›Krieg der Insignien‹ beendet, schafft Tatsachen, mit denen die Königin von Frankreich sich auseinandersetzen muß. Eine katholische Königin, die ein protestantisches Land regiert, das ist nicht unproblematisch, vor allem, wenn man es mit einem Mann wie John Knox zu tun hat.«

Elisabeth sah Cecil erstaunt an. »Wovon redet Ihr? Der Himmel ist hoch und Paris weit entfernt, sie regiert doch gar nicht in Schottland, nach dem Tod der Regentin wird es einen neuen Regenten geben.«

Cecil lächelte. »Noch ist Paris weit weg, Majestät.«

Elisabeth stutzte, was meinte er damit? Wahrscheinlich wußte er wieder mehr, als er zugab, aber sie kannte ihn inzwischen gut genug, um zu wissen, daß er erst dann seine Informationen preisgab, wenn es ihm angebracht erschien.

»Wann wollt Ihr aufbrechen, Mylord?«

»Nun, ich habe hier noch einiges zu erledigen und werde am 30. Mai abreisen, Mitte Juni bin ich – wenn nichts dazwischenkommt – in Edinburgh, die Verhandlungen dauern mindestens drei bis vier Wochen, ich schätze, daß ich gegen Ende Juli zurückkehre.«

Auf dem Weg zu seinem Arbeitszimmer dachte Cecil über die Informationen nach, die er seit einiger Zeit von seinen Spionen in Frankreich erhielt und die von Throgmorton bestätigt wurden: Die Gesundheit des jungen Königs war labil, der französische Hof verschleierte diese Tatsache natürlich, vielleicht lebte Franz II. noch ein paar Jahre, aber er würde nicht alt werden... Als Königinwitwe, überlegte Cecil, wird Maria Stuart im Schatten der Lilie leben, ob ihr das auf Dauer gefällt? Wahrscheinlich nicht, nun ja, man mußte abwarten... Im Augenblick schien es ihm ratsamer, seine Informationen und Überlegungen noch für sich zu behalten.

Als Cecil gegangen war, rief Elisabeth Kate zu sich, um ihr die Neuigkeiten mitzuteilen.

»Kate, es ist wunderbar, Cecil hat mich zu meinem zweiten außenpolitischen Erfolg beglückwünscht, Ende Mai wird er nach Edinburgh reisen und über den Frieden verhandeln, er meint, dieser Vertrag ist ein Sieg für England, was sagst du dazu?«

Kate sah Elisabeth verwundert an, die mit leicht geröteten Wangen und blitzenden Augen aufgeregt im Zimmer umherging. So aufgeregt und gesprächig hatte sie ihre Königin schon lange nicht mehr erlebt; seit Monaten war Elisabeth noch schweigsamer als sonst gewesen, und wenn sie sich mit ihr unterhielt, dann nur über Belanglosigkeiten, nie über Schottland; sie hatte nicht gewagt, Fragen zu stellen, sie wußte zwar, daß im Laufe des Winters eine Armee aufgestellt worden war, die bei Leith eine Niederlage erlitten hatte, aber das war alles. Und sie vermutete, daß sich seit der plötzlichen Absage des Progresses im Juli des Vorjahres allerhand hinter den Kulissen abgespielt hatte.

»Majestät, ist es wahr, der Krieg ist zu Ende, wir haben wieder Frieden...? Sie zögerte etwas und sagte dann vorsichtig: »Der Krieg hat Euer Majestät wahrscheinlich sehr belastet.«

»Das ist wohl wahr, komm, laß uns hinunter zur Themse gehen.«

Sie führte Kate zu einem bestimmten Anlegeplatz am Fluß und blieb dort eine Weile nachdenklich stehen.

»Vor sechs Jahren, Kate, habe ich hier die Barke bestiegen, die mich zum Tower brachte... Gott sei Dank übersiedeln wir bald nach Greenwich, ich bin immer froh, wenn ich im Frühjahr Whitehall verlasse. Siehst du, Kate, vor sechs Jahren bangte ich um mein Leben und um meine Erbansprüche, während der letzten Monate bangte ich um die Existenz meines Königreiches.«

»Gütiger Himmel, Majestät, stand es so schlimm?«

»Zeitweilig schon, seit letztem August hat die Situation sich immer mehr zugespitzt. Cecil und Throgmorton sorgten dafür, daß der Graf Arran nach England kommen konnte, und ich habe ihn dann Ende August heimlich in Hampton Court empfangen und mich etliche Male mit ihm unterhalten, du weißt, daß Cecil ihn als Ehekandidaten befürwortete, und ich war natürlich neugierig auf ihn, na, jedenfalls hatte ich bereits nach dem ersten Gespräch den Eindruck, daß er nicht ganz richtig im Kopf ist, und Cecil kam entsetzt zu dem gleichen Ergebnis. Cecil ließ Arran nach Schottland bringen, und neulich hörte ich, daß der Graf langsam, aber sicher dem Wahnsinn verfällt. Während der Monate September und Oktober berichteten Cecils und Throgmortons Spione, daß französische Truppen in kleinen Einheiten zur Küste geschickt würden, daß der Marquis von Elbœuf am 30. November mit eintausend Mann nach Leith segeln sollte, und im Frühjahr wollte Frankreich weitere Truppen nach Schottland einschiffen. Cecil riet der Kongregation, rasch zu handeln und Leith anzugreifen, ehe die Franzosen eintrafen, vorher aber sollten sie eine Proklamation erlassen und zwar im Namen von Franz II. und Maria Stuart; in dieser Proklamation wurde die Regentin ihres Amtes enthoben, weil sie es mißbraucht habe, um Schottland Frankreich zu unterwerfen, die Lords riefen das Volk zum bewaffneten Widerstand gegen die Regentin und die französischen Soldaten auf.«

Elisabeth schwieg eine Weile und fuhr dann fort: »Ab Oktober begann für mich eine nervenaufreibende Zeit. Die schottischen Lords gerieten in immer größere finanzielle Schwierigkeiten, und so schickte ich ihnen Ende Oktober von Berwick aus über den Gutsherrn von Ormiston eintausend englische Pfund, allerdings in französischen Kronen, schließlich mußte die Herkunft des Geldes verborgen bleiben.

Der Gutsherr wurde unglücklicherweise von einem schottischen Lord…, wie hieß er noch…, ja, James Hepburn, Graf von Bothwell, also – er wurde von Bothwell überfallen, und dieser raubte das Geld. Der Graf hatte sich aus irgendwelchen Gründen mit der Kongregation entzweit und unterstützte die Regentin. Als die Lords von dem Überfall erfuhren, schickten sie zwar eine Truppe zu Bothwells Burg Hermitage Castle in Liddishale, aber Bothwell wurde gewarnt und konnte rechtzeitig fliehen.«

»Wie aufregend«, rief Kate, »dieser Bothwell gefällt mir, kühn, ein Draufgänger, wahrscheinlich kann er auch mit Frauen umgehen und weiß, wie man sie verführt und entführt.«

»Mag sein, jedenfalls bin ich durch ihn um tausend Pfund ärmer geworden, und da Ormiston das Geld in Berwick erhielt, war dies für die Regentin der Beweis, daß England die Rebellen unterstützt. Sir Croft schickte den Lords weitere eintausenzweihundert Pfund, die auch sicher ankamen, aber Anfang November traf uns das nächste Unglück. Die protestantischen Truppen, die auf Leith marschierten, wurden von den französischen Garnisonssoldaten vernichtend geschlagen, woraufhin die Protestanten am 8. November Edinburgh verließen und sich nach Stirling zurückzogen.«

»Wie hat die Regentin reagiert, als sie wußte, daß Euer Majestät die Protestanten unterstützen?«

Elisabeth lachte. »Der französische Gesandte Noailles erschien, erklärte mir, daß die Regentin empört sei über die englische Unterstützung der schottischen protestantischen Rebellen, daraufhin schrieb ich an Maria von Guise einen Brief und stritt einfach alles ab. Sie gab sich damit zufrieden, was blieb ihr anderes übrig? Auch später, als der General Winter die Schotten mit Munition und Vorräten versorgte, war ich stets darauf bedacht, den Anschein zu erwecken, als ob er auf eigene Faust ohne mein Wissen handelte, aber ich greife vor. November und Dezember, das waren die schlimmsten Monate für mich, diese endlosen Debatten im Staatsrat…, schrecklich. Nach der Niederlage vor Leith im November baten die Lords mich offiziell um Hilfe, sie schrieben...« Elisabeth überlegte.

»Sie schrieben, als loyale Untertanen ihres Königs und ihrer Königin wollten sie ihr Land gegen die ausländischen Soldaten verteidigen, die es einzunehmen drohten. Sie erflehten meine Hilfe ›als der Herrscherin, die Gott uns im selben Land, umgeben vom selben Meer, zur Seite gestellt hat.‹ Mit diesem Brief begann für mich ein entsetzlicher Konflikt. Eine militärische Unterstützung der Kongregation bedeutete Krieg gegen Frankreich, gegen ein Land, das militärisch weitaus besser gerüstet war, wir hingegen befanden uns in einem desolaten militärischen und finanziellen Zustand: sechzigtausend Pfund Schulden, eine heruntergekommene Flotte, abgesehen von den Grenzgarnisonen hatten wir kein stehendes Heer, und ich wußte, daß es einige Zeit dauern würde, bis wir mit Hilfe der Adeligen auf dem üblichen Weg eine Armee aufstellen konnten, wir hatten keine ausgebildeten, kriegserfahrenen Offiziere, und es war bekannt, daß einige der Edelleute, die die Truppen führen sollten, mit den Katholiken sympathisierten, abgesehen davon wußten wir nicht, wie Spanien auf unsere militärische Unterstützung reagieren würde, Cecil rechnete mit Spaniens Neutralität – und er hat recht behalten, aber im letzten Herbst war Spanien ein Unsicherheitsfaktor. Nun, Kate, hättest du die Schotten unterstützt oder nicht?«

»Um Himmels willen, nein, natürlich nicht, das Risiko wäre mir viel zu groß gewesen.«

»Sir Nicholas Bacon vertrat im Staatsrat die gleiche Meinung, Cecil hingegen plädierte für eine militärische Intervention, die endgültige Entscheidung lag bei mir. Ich habe diese Frage mit Cecil, Bacon und einigen anderen stundenlang erörtert und mich schließlich gegen eine Intervention entschieden.«

Sie schwieg und überlegte, ob sie Kate von Cecils Brief erzählen sollte, warum nicht, Kate war seit ihrer Kindheit der einzige Mensch, dem sie mehr als allen anderen erzählte, was sie bewegte, sie erzählte nicht alles, aber vieles...

»Meine Entscheidung wurde natürlich akzeptiert, aber... am nächsten Tag erhielt ich einen Brief von Cecil, worin er, wenn man seine Worte richtig interpretierte, mit Rücktritt drohte. Er versicherte mir, er werde niemals eine Politik verfolgen, die ich nicht billigte, da er aber glaube, daß meine Entscheidung bezüglich Schottlands falsch sei, könne er seine Tätigkeit nicht fortsetzen; er bitte darum, ihm andere Aufgaben zu übertragen, denn natürlich sei er bereit, mir weiterhin zu dienen. Nun ja, ich wollte Cecil nicht verlieren, seine Ratschläge waren immer richtig gewesen, ich überdachte das Problem erneut, entschied mich dann doch für eine bewaffnete Intervention...«

Ich will Cecil nicht verlieren, dachte Kate, er scheint sie sehr zu beeinflussen...

«...und befahl dem General Winter, er ist ein erfahrener Flottenkommandant, ich befahl ihm, zum Firth of Forth zu segeln, die Schotten mit Vorräten zu versorgen, und vor allem die Mündung des Forth zu bewachen, damit die Franzosen Leith nicht erreichten. Ich versprach ihm, so bald wie möglich eine Landarmee unter dem Herzog von Norfolk und Lord Grey loszuschicken, die auf Leith marschieren sollte. Du weißt, was für entsetzliche Stürme letzten Winter über die See tobten, der Admiral verlor drei Schiffe und erreichte erst am 22. Januar die Mündung des Forth, zum Glück ging es den Franzosen auch nicht besser. Elbœuf sah die schottische Küste nur von weitem und mußte wegen der Stürme nach Frankreich zurückkehren.

Am 27. Februar unterzeichneten der Herzog von Norfolk und die schottischen Abgesandten in Berwick einen Bündnisvertrag zwischen England, dem Thronprätendenten Schottlands, also Arran, und den Lords der Kongregation. Cecil hatte eine Legitimation dieses Bündnisses formuliert: Ich sei zufrieden mit der Loyalität der schottischen Lords gegenüber der Königin von Schottland und deren Gemahl, dem französischen König, dem sie Loyalität schuldeten, solange er mit Maria verheiratet sei. Der Vertrag wird geschlossen zum Schutz der Freiheit der Krone von Schottland vor der Eroberung. Die militärischen Vorbereitungen dauerten länger als erwartet, und Grey konnte erst ab Mitte April die Festung Leith belagern.«

»Warum haben die Franzosen im Frühjahr keine neue Flotte nach England geschickt?«

»Die Verschwörung von Amboise hat in Frankreich zu religiösen Unruhen geführt, die Guisen verzichteten also notgedrungen auf eine weitere Unterstützung der Regentin mit Truppen. Cecil erfuhr am 7. März von der Aufdeckung des Komplotts, es ist schrecklich, was sich zur Zeit in Frankreich abspielt: Eine Gruppe französischer Protestanten plante, in das Schloß von Amboise einzudringen, wo sich der Hof aufhielt, die Guisen zu töten und das Königspaar gefangenzunehmen, dann sollte eine protestantische Regierung gebildet werden. Als der Herzog von Guise von der Verschwörung erfuhr, versprach er den Protestanten Schonung falls sie sich ergaben, sie hatten sich nämlich in einigen Häusern der Stadt verbarrikadiert, nur die Anführer der Rebellen sollten bestraft werden. Die Protestanten ergaben sich, einige Tage später wurde ihre Begnadigung unter einem nichtigen Vorwand für ungültig erklärt... Hunderte der Verschwörer wurden in der Stadt und im Schloßhof öffentlich hingerichtet, man erzählt, daß Franz und Maria gezwungenermaßen bei einigen Hinrichtungen anwesend waren..., viele wurden aufgehängt, manche in Säcken in der Loire ertränkt, einige wurden aufs Rad geflochten...

Am 24. März erließ ich eine Proklamation gegen die Guisen, worin ich ihnen vorwarf, daß sie die Jugend und Unerfahrenheit des Königspaares ausgenutzt und in Frankreich die Macht an sich gerissen hätten, sie planten die Eroberung Schottlands und bedrohten die Sicherheit Englands, in dieser Proklamation forderte ich die Engländer auf, Feindseligkeiten gegen Franzosen zu unterlassen, nicht die Franzosen sind unsere Feinde, sondern die Familie Guise.

Meine Proklamation war natürlich dreist, weil normalerweise kein Herrscher den Untertan eines anderen Herrschers öffentlich anprangert. Im April traf aus Antwerpen eine neue Hiobsbotschaft ein.

Gresham schrieb, daß viertausend spanische Soldaten eingetroffen seien, um sich nach Schottland einzuschiffen. Einige Tage später schrieb Throgmorton aus Paris, er habe sichere Nachrichten, daß die Spanier in Tripolis gegen die Türken kämpfen sollten, daraufhin befahlen Cecil und ich dem Lord Grey, Leith in einem Sturmangriff zu nehmen, der Angriff endete, wie du weißt, mit einer Niederlage unserer Truppen, nun ja, jetzt hat sich doch noch alles zum Guten gewendet.«

»Spanien blieb also tatsächlich neutral?«

Elisabeth lachte: »Ja, Philipp hat sogar seine Vermittlerdienste angeboten, der Ärmste, er war in arger Bedrängnis; er will weder ein protestantisches Schottland noch ein übermächtiges Frankreich; eine Eroberung Schottlands durch Frankreich, ein Vordringen der Franzosen bis Dover, das muß für Philipp ein Alptraum sein, Frankreich im Besitz von Dover und Calais, da bangt er natürlich um seine kostbaren Niederlande, schließlich können die Franzosen ihm jederzeit den Seeweg versperren. Mitte Dezember hatte ich eine Unterredung mit de Quadra, ich erklärte ihm, die Franzosen hätten eine Armee losgeschickt, um Schottland zu erobern und anschließend von Norden in England einzufallen. Das Ziel der französischen Truppen sei nicht nur die Niederschlagung des Aufstandes, schließlich sei die Kongregation bei Leith besiegt worden und habe Edinburgh verlassen, ein Beweis, daß die Regentin genügend Truppen gegen die Rebellen habe, die Franzosen kämen also aus einem anderen Grund. Ich sagte zu de Quadra, ich sei sicher, daß der König von Spanien mir recht geben würde, daß ich zum Schutze meines Königreiches Maßnahmen ergreifen müsse, und ich bat ihn um Unterstützung gegen den gemeinsamen Feind Frankreich. Philipp antwortete, er sehe nur einen Ausweg: keine weitere Unterstützung der Kongregation durch England, er werde aus den Niederlanden Truppen schicken, die zusammen mit den Franzosen den Aufstand niederwarfen, falls die Franzosen anschließend in England einfielen, würde er mir helfen, mit anderen Worten, er war bereit, mich zu unterstützen, falls ich mich von der Kongregation abwandte. Inzwischen hatten Cecils Spione herausgefunden, daß die Guisen nach der Verschwörung von Amboise Philipp um Unterstützung in Schottland baten, woraufhin er seine Vermittlerrolle anbot. Sein Unterhändler schlug einen Waffenstillstand vor, solange die Gesandten der beteiligten Mächte versuchten, den Konflikt mit friedlichen Mitteln beizulegen. Cecil und ich lehnten einen Waffenstillstand ab, weil die Franzosen diese Wochen natürlich genutzt hätten, um ihre Truppen zu verstärken.

Da es zu keiner Einigung über einen Waffenstillstand kam, baten die Guisen Philipp erneut um militärische Unterstützung, inzwischen hatten die Türken vor Tripolis eine spanische Flotte angegriffen und versenkt, und das war für Philipp natürlich wichtiger als der schottische Konflikt. Abgesehen davon hätte er die Franzosen wahrscheinlich nie unterstützt. Der flämische Edelmann, der Philipps Vermittlungsvorschlag überbrachte, riet Cecil unter vier Augen, den Krieg fortzusetzen. Der Herzog von Alba, der spanische Gesandte in Paris, zitierte Throgmorton gegenüber ein spanisches Sprichwort: ›Wenn der Feind bis zum Gürtel im Wasser steht, reiche ihm die Hand, um ihm herauszuhelfen; reicht ihm das Wasser aber bis an die Schultern, dann packe ihn und tauche ihn ganz unter.‹ Mit anderen Worten: Wenn ich imstande war, die Franzosen ohne Gefahr für mich selbst aus Schottland zu vertreiben, so sollte ich es tun.«

Sie gingen noch eine Weile an der Themse entlang und kehrten dann zum Schloß zurück. »Das schottische Problem ist gelöst«, sagte Elisabeth unterwegs, »die letzten Schwierigkeiten bei der religiösen Frage sind auch bereinigt, die widerspenstigen katholischen Bischöfe philosophieren in der ländlichen Verbannung vor sich hin, ihre Pfründe sind inzwischen mit Protestanten besetzt, Matthew Parker ist Erzbischof von Canterbury, jetzt werde ich endlich die leidige Heiratsfrage lösen.«

»Euer Majestät haben sich also für einen der Kandidaten entschieden?«

»Nein, ich werde allen eine Absage schicken.«

Kate blieb verblüfft stehen. »Majestät, um Gottes willen, denkt an die Thronfolge! Als Ihr im im August letzten Jahres am Tertianfieber erkranktet, hat ganz England um Euer Leben gezittert.«

»Das war nicht nötig, dieses Fieber ist keine tödliche Krankheit, und was meine Freier betrifft, so sind sie – abgesehen vom Erzherzog Karl – alle unbedeutend.«

»Nun, der König von Schweden ist immerhin reich, bedenkt, daß sein Bruder, Herzog Johann von Finnland, als er im letzten Herbst in London weilte, nach allen Seiten mit Geld um sich geworfen hat, sein Nachfolger hat Euch Goldbarren und Pferde gebracht...«

»Erich von Schweden ist reich und aufdringlich, im Mai letzten Jahres schickte er einen Sonderbeauftragten, um die Hochzeitsvorbereitungen zu besprechen, als ich nicht reagierte, kam im Juli ein leidenschaftlicher lateinischer Liebesbrief und schließlich im September sein Bruder als Brautwerber, der mir nicht mehr von der

Seite wich. Jetzt will Erich selbst nach England segeln, um mir ›sein Herz zu Füßen zu legen‹, so schrieb er im letzten Brief, na, ich werde ihm eine Antwort schicken, die an Deutlichkeit nichts zu wünschen übrigläßt, allerdings muß sie so konziliant formuliert sein, daß die politische Freundschaft zwischen unseren Ländern erhalten bleibt, und dem lästigen Holsteiner werde ich ebenfalls schreiben, daß ich leider bei meiner alten Melodie bleiben muß.«

Kate fing an zu lachen und erinnerte sich amüsiert an den Besuch des Herzogs im April: er wohnte im Somerset-House, und Elisabeth versuchte verzweifelt, ihn möglichst wenig zu sehen, und behauptete schließlich, sie habe Fieber, Gott sei Dank reiste der Herzog bald wieder ab.

»Majestät, wollt Ihr auch dem Erzherzog eine Absage schicken?«

»Ja, Englands außenpolitische Situation hat sich durch die schottische Angelegenheit gefestigt, die Verhandlungen mit Wien können vorläufig ruhen, ich werde dem Kaiser Ferdinand schreiben, warum ich nicht heiraten möchte…, der Brief muß natürlich so formuliert werden, daß ich mir ein Hintertürchen offenhalte.«

Kate betrachtete Elisabeth verstohlen von der Seite und dachte an die Gerüchte, die seit dem Herbst erneut über Robert Dudley umliefen, wollte die Königin vielleicht doch ihren Oberstallmeister heiraten?

Kate schwankte, ob sie das heikle Thema berühren sollte, aber ihre Neugier siegte.

»Was ist mit Lord Dudley, Majestät?«

Elisabeth sah Kate erstaunt an. »Wie meinst du das?«

»Nun ja, Euer Majestät favorisieren ihn nach wie vor, indes dürfte Euer Majestät kaum entgangen sein, welch schlechten Ruf Lord Dudley bei den Hofleuten hat; zuerst hieß es, er wolle sich von seiner Frau scheiden lassen, um Euer Majestät zu heiraten, dann wurde erzählt, er wolle seine Frau vergiften, um Euer Majestät heiraten zu können, vor ein paar Tagen hörte ich, daß er Mörder gedungen hat, die seine Frau umbringen sollen, damit er endlich frei ist für Euer Majestät…«

»Kate«, unterbrach Elisabeth den Redefluß mit scharfer Stimme, »schweige, ich weiß, daß am Hof derlei Gerüchte kursieren, ich überhöre dieses dumme Geschwätz, Robert würde niemals einen

Menschen ermorden lassen, nie! Vor einem Jahr behauptete man, daß ich auf den Tod seiner Frau warte, um ihn heiraten zu können. Jetzt ist ein Jahr vergangen, und Amy lebt immer noch.«

»Sie soll sehr krank sein.«

«Sie war schon immer krank, und was die Mordanschläge betrifft, so hat man im letzten Herbst geplant, Lord Dudley zu ermorden. Der Herzog von Norfolk hat ständig gegen Robert gewettert, kurz vor Weihnachten kam es zu einer erregten Auseinandersetzung zwischen ihnen, daraufhin ernannte ich Norfolk zum Generalleutnant des Nordens, es war die einzige Möglichkeit, ihn vom Hof zu entfernen.«

»Angenommen, Lady Dudley stirbt, würdet Ihr dann Lord Robert heiraten?«

»Kate, noch lebt Amy, laß uns von etwas anderem reden.«

Während Kate den neuesten Hofklatsch erzählte und ausführlich schilderte, wie unglücklich Maria Grey sei, weil noch kein Freier aufgetaucht war, kreisten Elisabeths Gedanken um Robert Dudley. Ihre Gefühle für ihn waren unverändert, aber während der letzten Monate stagnierte ihre Beziehung, was natürlich mit dem Krieg in Schottland zusammenhing, der ihr manch schlaflose Nacht bereitet hatte. Es muß etwas geschehen, überlegte sie, so wie es jetzt ist, kann es nicht weitergehen, der Hofklatsch, daß er seine Frau ermorden will, ist absurd! Falls sie wirklich so krank ist, wie man behauptet, kann er in Ruhe ihren Tod abwarten, die Gerüchte, daß er sie ermorden will, sind dummes Geschwätz, aber ärgerlich, vielleicht beruhigen sich die Gemüter, wenn er endlich mein Liebhaber wird..., solange Cecil in Edinburgh weilt, ergibt sich bestimmt eine Gelegenheit..., während der kommenden Wochen werde ich mehr Zeit für mein Privatleben haben.

Als die Dudleys und Kate sich an jenem Abend wie gewöhnlich bei Elisabeth einfanden, wurde zu ihrer Überraschung nicht Wein, sondern schottischer Whisky serviert. »Auf das Wohl des protestantischen Schottland«, rief Elisabeth und hob ihren Becher, »Sir Cecil reist am 30. Mai nach Edinburgh, um die Friedensbedingungen auszuhandeln, und nach seiner Rückkehr, wahrscheinlich Ende Juli oder Anfang August, beginnt unser Progress.«

Robert zuckte unmerklich zusammen, als er von Cecils Abreise hörte, und während Elisabeth erzählte, weshalb sich die politische

Lage zugunsten Englands verändert hatte, dachte Robert an den Brief, den er vor einigen Tagen erhalten hatte, und dessen Inhalt ihn seither beschäftigte, ohne daß er zu irgendwelchen Entschlüssen gelangt war, aber als er an diesem Abend von Cecils Abreise hörte, reifte in ihm ein Plan. Er hatte – auf Umwegen – von Elisabeths Unterredungen mit Arran erfahren, und dabei war ihm – wie zuvor bei Pickering – klargeworden, daß sie anscheinend erwog, auch einen englischen oder schottischen Lord zu heiraten, und dies wollte er verhindern. Im Laufe des Winters hatte er etliche Male mit de Quadra gesprochen und dem Spanier versichert, er befürworte eine Heirat der Königin mit dem Erzherzog, der Habsburger sei der einzige Kandidat, den die Königin heiraten könne, auch bei Elisabeth hatte er sich für den Erzherzog eingesetzt, sie war jedoch nicht weiter darauf eingegangen. Jetzt hat die Situation sich verändert, überlegte Robert, der Brief…, Cecils Abwesenheit…, welch glückliche Fügung des Schicksals…, ab jetzt würde er sich nicht mehr für den Erzherzog einsetzen, ab jetzt kämpfte er für sich selbst…

»Was ist mit Euch, Mylord?« fragte Elisabeth. »Ihr seid so schweigsam.«

»Oh, ich… ich dachte darüber nach, wie viele Zufälle notwendig sind, um eine Angelegenheit glücklich enden zu lassen.«

»Zufälle?« rief seine Schwester. »Der Sieg des Protestantismus in Schottland ist eine göttliche Fügung, Gott wollte es so.«

»Vielleicht hast du recht«, Gott wollte es so, dachte er, zweimal hatte eine Todesnachricht verhindert, daß er der Liebhaber der Königin wurde, war das auch gottgewollt? Angenommen, er wäre im letzten Sommer ihr Liebhaber geworden, wer weiß, dachte er, vielleicht hätte sie längst einen anderen Geliebten…

Als Robert später in seinem Zimmer allein war, las er noch einmal jenen Brief, den der Arzt seiner Frau ihm geschrieben hatte: Amys Zustand verschlechtere sich von Tag zu Tag, sie würde gegen Jahresende sterben, es folgten medizinische Erklärungen, warum sie nur noch einige Monate leben würde, zuletzt schrieb der Arzt, daß Lady Dudley wisse, wie es um sie stehe, und daß sie ihrem Tod gefaßt entgegensehe. Robert legte den Brief zur Seite, trat zu dem geöffneten Fenster, sah hinaus in die warme Mainacht und überlegte, ob er in einem Jahr König von England sein würde. König Robert, dachte er, es war unwahrscheinlich, daß Elisabeth ihn zum Mitregenten erheben würde, aber das war im Moment auch unwichtig, als Gemahl der Königin hatte er das Recht, den Titel »König von England« zu tragen...

König von England..., nun, bis dahin war der Weg noch weit..., aber nach Amys Tod war er ein freier Mann, und nach Ablauf der Trauerzeit konnte Elisabeth ihn heiraten, vorausgesetzt, sie überwand ihre Abneigung gegen eine Ehe..., an diesem Punkt, überlegte er, muß ich anfangen..., solange Cecil fern vom Hof ist und sie nicht beeinflussen kann, muß ich erreichen, daß sie von selbst den Wunsch verspürt, mich zu heiraten... Morgen oder übermorgen müßte ich ihr anvertrauen, daß Amy nur noch wenige Monate leben wird, diese Neuigkeit kann sie bis Ende Mai verarbeiten, und nach Cecils Abreise werde ich anfangen, sie »seelisch« zu verführen..., bis jetzt war ich immer der zurückhaltende, höfische Kavalier, für den sie zuerst die Königin war und dann noch einmal die Königin und nebenbei eine Frau... Wenn Cecil weg ist, werde ich ihr als Mann gegenübertreten, der sie sie als Frau begehrt..., es ist natürlich ein riskantes Spiel bei ihrer Sprödigkeit, ich muß es eben wagen, selbst auf die Gefahr hin, daß ich in Ungnade falle... Wer nicht wagt, der nicht gewinnt...

Ich sollte ihr möglichst bald von Amys Zustand erzählen, am besten morgen vormittag..., ich werde um Urlaub bitten, wegen dringender Familienangelegenheiten.

Als Robert am nächsten Vormittag gemeldet wurde und das Arbeitszimmer der Königin betrat, wäre er am liebsten sofort wieder umgekehrt. Er hatte damit gerechnet, die Königin um diese Zeit allein anzutreffen – Staatsbeamte und Gesandte empfing sie meistens später am Tag –, statt dessen schritt Cecil, in einen kostbaren Pelz gehüllt, langsam auf und ab und redete: »...wir müssen auch damit rechnen, Majestät, daß König Franz und Königin Maria den Vertrag nicht ratifizieren…«

»Einen Augenblick, Mylord«, unterbrach Elisabeth und lächelte Robert an, »nun, was habt Ihr auf dem Herzen?«

Erst in diesem Augenblick bemerkte Cecil den jungen Mann, sein Gesicht wurde eisig, und er musterte Robert mit kalten Augen von oben bis unten. So ist es richtig, dachte er verärgert, ich, der Erste Staatssekretär, muß meinen wichtigen politischen Vortrag wegen des Herrn Oberstallmeisters unterbrechen.

Robert spürte instinktiv, was in Cecil vorging, und es war ihm unangenehm, daß der Staatssekretär hörte, was er der Königin sagen wollte.

»Ich bitte um Vergebung, Majestät, ich wußte nicht, daß Sir Cecil…«

»Schon gut, um was geht es?«

»Ich bitte Euer Majestät um einige Tage Urlaub, ich muß wegen einer dringenden Familienangelegenheit nach Cumnor Hall.«

Cecil horchte auf, verzog aber keine Miene.

Elisabeths Lächeln verschwand, und sie preßte verärgert die Lippen aufeinander. Nach Cumnor Hall, dachte sie empört, was will er bei Amy?

»Was ist das für eine dringende Familienangelegenheit, Mylord?«

»Majestät, meine Frau ist todkrank, und ich muß mit unserem Schatzmeister die Verwaltung der Ländereien regeln.«

Cecil zuckte unmerklich zusammen und sah verstohlen zu Elisabeth, in deren Augen sich Überraschung spiegelte.

»Was heißt ›todkrank‹, Mylord?«

»Majestät, der Arzt, der meine Frau behandelt, schrieb mir vor einigen Tagen, daß sie nur noch wenige Monate leben wird, er ist fest davon überzeugt, daß sie das Jahr 1561 nicht mehr erlebt.«

Nach diesen Worten sprach eine Weile niemand. Cecil betrachtete Elisabeth und versuchte zu erraten, was in ihr vorging, aber ihr Gesicht blieb verschlossen. Bei den Worten »meine Frau« hatte sie einen feinen Stich verspürt, und die alte Eifersucht auf Amy war wieder hochgestiegen. Meine Frau, dachte sie erbost, meine Frau, nein…, er bleibt hier.

Sie musterte Robert von oben bis unten und erwiderte kühl und spitz:

»Mylord, ich kann verstehen, daß Ihr Eure Angelegenheiten regeln müßt, aber nicht zum jetzigen Zeitpunkt, vor dem Progress kann ich Euch keinen Tag beurlauben, ich benötige Eure Dienste.«

»Gewiß, Majestät.«

Kein Urlaub, dachte er beim Hinausgehen, gewiß, ich würde Amy ganz gerne um Verzeihung bitten, aber das hat weiß Gott Zeit bis nach der Rundreise. Die Königin weiß jetzt, daß ich in einigen Monaten wieder ein freier Mann bin, und gut gelaunt begab er sich zum Marstall.

Cecil war etwas überrascht, als er hörte, wie brüsk Elisabeth das verständliche Anliegen Roberts ablehnte.

Sie muß Amy sehr hassen, überlegte er, das bedeutet allerdings auch, daß ihre Gefühle für Robert unverändert sind..., in wenigen Monaten ist er ein freier Mann... Sie muß sich schon jetzt mit dem Entscheidungskonflikt, der auf sie zukommt, auseinandersetzen, die Gerüchte, daß er seine Frau umbringen will, sind albern, er kann in Ruhe ihren natürlichen Tod abwarten, aber diese Gerüchte schaden seinem Ruf... Als Königin kann sie niemals einen solchen Mann heiraten...

»Majestät, wollt Ihr den Urlaub wirklich nicht gewähren? Abgesehen von den Verwaltungsangelegenheiten gibt es vielleicht noch einiges zwischen dem Ehepaar zu klären, bedenkt, sie sind jetzt zehn Jahre verheiratet, gewiß, Lord Dudley hat meistens getrennt von seiner Frau gelebt, aber er muß sich wahrscheinlich erst an den Gedanken gewöhnen, daß er in einigen Monaten Witwer und wieder ein freier Mann ist.«

»Ein freier Mann?«

»Ja, Majestät, nach Lady Dudleys Tod ist Lord Dudley ein freier Mann.«

Cecil sah Elisabeth an, und erst in diesem Augenblick begriff sie die Anspielung, senkte die Augen, sah wieder zu Cecil und erwiderte zögernd: »Ich werde die Urlaubsangelegenheit noch einmal überdenken, aber nun zu dem Vertrag, den Ihr aushandeln werdet. Was passiert, wenn Franz und Maria sich weigern, ihn zu ratifizieren?«

»Zunächst passiert nichts. Nach dem Tod der Regentin gibt es einen neuen Regenten oder einen Regentschaftsrat, und wenn durch einen Parlamentsbeschluß in Schottland der Protestantismus als Staatsreligion etabliert wird, so sind dies Tatsachen, die der Herrscher akzeptieren muß, im andern Fall würde es zu Unruhen kommen. Sollte Maria Stuart jemals nach Schottland zurückkehren, wird sie schwerlich an John Knox, den Lords und dem Parlament vorbeiregieren können.«

Elisabeth sah Cecil erstaunt an. »Rechnet Ihr mit dieser Möglichkeit?«

»Majestät, ich rechne in der Politik immer mit allem.«

»Was wißt Ihr?«

»König Franz kränkelt, er wird nicht alt werden.«

Elisabeth dachte eine Weile nach und erwiderte: »Ich kann mir nicht vorstellen, daß eine verwöhnte junge Frau wie Maria Stuart aus dem kultivierten Frankreich, wo sie aufwuchs und erzogen wurde, in das rückständige, unwirtliche, protestantische Schottland zurückkehrt.«

»Warten wir es ab, Majestät.«

Am Nachmittag gewährte Elisabeth Robert eine Woche Urlaub, damit er in Ruhe seine häuslichen Angelegenheiten regeln konnte. Zu ihrem Erstaunen kehrte er bereits nach drei Tagen zurück und schien irgendwie verstimmt.

»Ist etwas nicht in Ordnung, Mylord?«

»Wie man es nimmt, Majestät. Die künftige Verwaltung der Ländereien war rasch geregelt, aber…«, er zögerte etwas, »nun ja, Majestät, es ist so, im Februar letzten Jahres habe ich Amy sehr verletzt, als ich mich am nächsten Tag wegen meiner unbedachten Worte bei ihr entschuldigen wollte, hat sie mich nicht empfangen. Ich bat vor allem um Urlaub, weil ich sie noch einmal um Verzeihung bitten wollte, und ich dachte, im Angesicht des Todes…, sie hat mich wieder nicht empfangen und mir ausrichten lassen, daß sie mich nicht mehr sehen will... Nun gut, es war das letzte Mal, daß ich nach Cumnor Hall geritten bin.«

Elisabeth sah Robert nachdenklich an und erwiderte nach einer Weile:

»Wenn sie Euch angesichts ihres bevorstehenden Todes nicht verzeiht, dann müßt Ihr sie sehr verletzt haben...«, sie zögerte, aber ihre Neugier war stärker, »was habt Ihr zu Amy gesagt?«

Robert erschrak. Nein, dachte er, wenn ich es ihr erzähle, wird sie mich verurteilen.

»Majestät, bitte, es war sehr schlimm, ich...«

»Sagt es mir, es ist ein Befehl!«

»An jenem Abend sagte ich zu Amy: ›Was geht mich deine Krankheit an, ich wünschte, du wärest tot, dann bin ich wieder ein freier Mann‹.«

»Ihr habt ihr den Tod gewünscht?«

Es dauerte einige Sekunden, bis sie sich gefaßt hatte.

Robert sah beschämt zu Boden.

»Euer Majestät verurteilen mich jetzt wahrscheinlich...«

»Nein, es ist..., es ist irgendwie verständlich...«, und sie erinnerte sich daran, daß sie vor langer Zeit ebenfalls gehofft hatte, daß Amy in jungen Jahren sterben würde... Unser Wunsch wird sich erfüllen, dachte sie, aber es ist... unheimlich, es ist eine Sünde, einem Menschen den Tod zu wünschen, wir haben uns beide versündigt. Und sie versuchte, das beklemmende Gefühl, das in ihr aufstieg, zu unterdrücken.

»Wenn ich abergläubisch wäre, würde ich die Tatsache, daß Amy Euch nicht verzeiht, als Fluch deuten, aber Gott sei Dank bin ich nicht abergläubisch, im übrigen ist es gut, daß Ihr früher zurückgekehrt seid; nach Sir Cecils Abreise übersiedeln wir nach Greenwich, aber ich möchte dort nur einige Tage bleiben und dann zu einer mehrtägigen Jagd aufbrechen. Was schlagt Ihr vor?«

Robert überlegte.

»Was halten Euer Majestät von Windsor? Ich habe dort einige Dinge zu regeln.«

»Gut, richtet es so ein, daß wir die zweite Juniwoche in Windsor verbringen können.«

Während des Winters hatte Elisabeth den abendlichen Kreis, der sich bei ihr versammelte, hin und wieder um einige Hofleute erweitert, und so gesellten sich zu den Dudleys und Ashleys einige Verwandte der Boleyn-Linie, Sir Richard Sackville, Henry Carey – Lord Hundsdon -, und ihre junge Cousine Lettice, die mit Sir Francis Knollys, dem Hofschatzmeister, verheiratet war.

Inmitten dieser Gesellschaft, die lachte, scherzte, Karten spielte, vergaß Elisabeth für einige Stunden ihre Sorgen um Schottland und die Zukunft Englands, sie genoß es, der Mittelpunkt zu sein, und vor allem genoß sie Roberts stilles Werben um sie. Hin und wieder, wenn er sie ansah, schienen seine Augen zu fragen: Wann?

Eines Abends sagte sie beim Abschied zu ihm: »Wenn der Krieg vorbei ist, Robin, werden wir wieder mehr Zeit füreinander haben.«

Am Abend nach Roberts Rückkehr aus Cumnor Hall waren außer Kate und den Dudleys auch das Ehepaar Knollys bei der Königin, und während die Dudleys, Kate und Lettice Karten spielten, unterhielt Elisabeth sich mit Sir Francis darüber, wie viele Pfund man während des Progreß einsparen könnte. Während der Schatzmeister einige Zahlen auf ein Blatt Papier schrieb und rechnete, sah Elisabeth beiläufig hinüber zu dem Spieltisch, betrachtete Robert, dachte daran, daß er in wenigen Monaten Witwer war, und zuckte unwillkürlich zusammen, als sie das helle Lachen von Lettice hörte. Sie sah zu ihr hinüber… Nein, sie täuschte sich nicht, ihre junge Cousine und Hofdame machte Robert schöne Augen, flirtete mit ihm – es war unerhört!

Mein Gott, dachte Elisabeth, als Witwer kann er wieder heiraten, ich bin nicht die einzige Frau am Hof, die in ihn verliebt ist…, ich darf nicht daran denken, daß er wieder heiratet, nein, er darf nicht mehr heiraten, ich muß es irgendwie verhindern, nach Amys Tod will ich ihn mit keiner anderen Frau mehr teilen, ich will ihn ganz für mich haben…

Jetzt lachte auch Robert, sagte irgend etwas zu Lettice..., auf einmal hielt Elisabeth es nicht mehr aus, sprang auf und rief: »Genug für heute, ich bin müde, die Abende bis zur Abreise der Delegation werde ich übrigens in Gesellschaft von Sir Cecil verbringen, ich muß noch vieles mit ihm besprechen.«

Sie nickte allen hoheitsvoll zu, bemerkte mit Genugtuung, daß Robert erblaßte, und zog sich zurück.

Cecil wußte nicht, wie ihm geschah, als Elisabeth ihn am andern Tag aufforderte, den Abend mit ihr allein in ihren privaten Räumen zu verbringen. Sie unterhielten sich über religiöse und philosophische Fragen, und Elisabeth erzählte Cecil, welche Stücke sie in den kommenden Jahren aufführen lassen wollte, welche Ziele sie dabei verfolgte, und fragte ihn um seine Meinung.

Er erwiderte, er halte nichts von Schauspielen, diese Belustigung verführe das Volk nur zum Müßiggang. Elisabeth widersprach, kam dann auf Roberts Schauspieltruppe zu sprechen, schließlich auf ihn selbst, lobte seine Tugenden, seine Fähigkeiten...

Cecil hörte seiner Königin zu, und je länger sie sprach, desto unbehaglicher fühlte er sich.

Ihre Zuneigung für ihn ist unverändert, überlegte er, sie weiß jetzt, daß er in wenigen Monaten Witwer ist..., ausgerechnet jetzt bin ich mehrere Wochen nicht am Hof, wer weiß, was alles passiert...

Als Cecil gegangen war, dachte Elisabeth, daß Robert ihr an dem Abend sehr gefehlt hatte, sie konnte seine Gesellschaft nicht entbehren, und so rief sie am nächsten Abend erneut die Dudleys und Ashleys zu sich, mit der Begründung, sie müsse sich am Abend entspannen, sie könne sich nicht rund um die Uhr nur mit Politik beschäftigen.

Ein Maitag nach dem andern verstrich. Tagsüber war Elisabeth damit beschäftigt, im Staatsrat den Vertrag zu besprechen, den man den Franzosen und Schotten anbieten wollte, die Abende verbrachte sie mit den Dudleys und Ashleys, nachts lag sie oft stundenlang wach und grübelte, wie es mit ihr und Robert weitergehen sollte.

So kam der Tag von Cecils Abreise.

Am Vormittag unterzeichnete Elisabeth einige Dokumente, dann saß sie noch eine Weile nachdenklich an ihrem Schreibtisch, nahm schließlich ein Stück Papier und schrieb ihren Namen: Elisabeth Tudor.

Sie zögerte einen Moment, tauchte die Feder erneut in die Tinte und schrieb: Robert Dudley, Graf von…? Graf von Leicester. Ich müßte ihn zunächst in den Grafenstand erheben, dachte sie. Sie tauchte die Feder zum dritten Mal in die Tinte und schrieb: Elisabeth Dudley…, König Robert von England… Sie legte die Feder zur Seite und starrte auf die Buchstaben: Elisabeth Dudley…, nein, dachte sie, ich will nicht heiraten, ich kann keinen König neben mir ertragen… Andererseits, Robert als legitimer Gatte an ihrer Seite, das war doch etwas anderes als nur ein Liebhaber, einem Liebhaber konnte sie nicht verbieten, sich erneut zu vermählen, gewiß, er lief Gefahr, in Ungnade zu fallen, wenn er heiratete, aber… Nein, ich kann seine Gegenwart nicht entbehren, ich muß ihn um mich haben… Sie zerriß das Papier in kleine Fetzen, warf sie ins Kaminfeuer und beobachtete, wie die Flammen das Geschriebene vernichteten. Ein Diener meldete, daß die Delegation im Hof versammelt war, und sie ging hinunter, um sich von Cecil zu verabschieden.

Die Reitpferde standen gesattelt bereit, die Gepäckpferde wurden von den Dienern beladen, Robert ging von einem Pferd zum andern und überprüfte, ob alles in Ordnung war, die Herren, die Cecil begleiten sollten, standen in einer Ecke zusammen und unterhielten sich, während Cecil, etwas entfernt von ihnen, auf und ab ging und hin und wieder mürrisch zu Robert hinübersah. Elisabeth beobachtete Cecil einige Sekunden, dachte erleichtert daran, daß sie während der kommenden Wochen von ihm nicht mit Staatsgeschäften belästigt wurde und die Zweisamkeit mit Robert ungestört genießen konnte… In ungefähr zwei Wochen, dachte sie, kann nichts »passieren«, dann wird er mein Liebhaber, in Greenwich, wo ich zur Welt kam...

Sie ging gutgelaunt zu Cecil.

»Mylord.«

»Majestät?«

Ihre Blicke trafen sich, und vor Cecils prüfenden Augen sah Elisabeth für den Bruchteil von Sekunden schuldbewußt zu Boden. Dann lächelte sie ihn an.

»Mylord, ich wünsche Euch viel Erfolg in Schottland, kommt gesund wieder, ich brauche Euch.«

»Gott schütze Euer Majestät«, erwiderte Cecil, ohne eine Miene zu verziehen.

In diesem Augenblick trat Robert zu ihnen. »Die Pferde sind bereit, Mylord.«

Cecil musterte Robert von oben bis unten mit einem kalten Blick, verbeugte sich vor Elisabeth, bestieg sein Pferd und ritt zum Tor.

»Er mag mich nicht«, sagte Robert zu Elisabeth und stellte sich so dicht neben sie, daß ihre Kleider sich berührten.

Sie spürte, daß ihr Herz zu klopfen anfing, und erwiderte: »Macht Euch nichts daraus, jetzt ist er ja für einige Wochen in Schottland beschäftigt.«

Robert lachte leise auf. »Nun ja, die Feindschaft des engsten Beraters Eurer Majestät sollte man ernst nehmen.«

»Wie meint Ihr das?«

»Nun, es gibt Beispiele in der Vergangenheit, Sir Cromwell, der engste Berater Heinrichs VIII., hat etliche Leute in der Umgebung des Königs zu Fall gebracht.«

»Ich weiß, Mylord, er war der Feind meiner Mutter, er hat die Königin gestürzt... Aber ich denke anders als mein Vater, ich würde niemals einen Menschen, den ich geliebt habe, zum Tode verurteilen, nie! Allerdings, wenn man ihm Hochverrat an England und an mir nachweist, dann freilich..., aber selbst dann würde ich zögern, ein Todesurteil zu unterzeichnen.«

In diesem Augenblick sah Cecil noch einmal zurück, und als er Elisabeth und Robert so dicht nebeneinander stehen sah, fast wie der König und die Königin von England, zumindest wie ein Liebespaar, da packte ihn kalte Wut.

»Gott schütze England«, rief er, riß sein Pferd zornig herum und sprengte davon.

Am nächsten Tag übersiedelte der Hof nach Greenwich, und von dort aus begab Elisabeth sich mit einem Teil ihres Gefolges nach Windsor zur Jagd.

Am 7. Juni brach man frühmorgens zu einem ganztägigen Ausflug in die umliegenden Wälder auf. Es war ein warmer Frühsommertag, und Elisabeth genoß die Bewegung in der frischen Luft, Roberts Gegenwart und freute sich auf die unbeschwerten Sommerwochen, die vor ihr lagen, Cecil regelte die schottische Angelegenheit, und sie konnte unterdessen in aller Ruhe ihren privaten Vergnügungen nachgehen: Reiten, Jagen, Tanzen, Bogenschießen, Musizieren, Lesen...

Sie streifte Robert mit einem verstohlenen Seitenblick..., als König von England würde er seine Repräsentationspflichten bestimmt bestens erfüllen, aber das konnte sie auch..., angenommen sie heiratete ihn, würde sie dann noch der Mittelpunkt des Hofes sein?

Der kleine Erzherzog mit dem großen Kopf war äußerlich wahrscheinlich unattraktiv und würde im Hintergrund bleiben, aber..., es gab nicht nur den Thronsaal, sondern auch das Schlafgemach.

Ein Mann neben mir, der mir nicht gefällt, überlegte sie, ein Mann, den ich vielleicht widerlich finde, nein, das kann ich nicht ertragen.

Eine Stunde nach der andern verging, ohne daß ein Stück Wild erlegt worden wäre. Als sie gegen Abend zum Schloß zurückritten, sichtete Robert eine Hirschkuh und nahm zusammen mit Elisabeth die Verfolgung auf, und sie entfernten sich – ohne es zu merken – immer weiter von dem übrigen Gefolge.

Plötzlich fiel Elisabeths Pferd vom Galopp zurück in den Trab und ging nach wenigen Metern im Schritt. »Robin«, rief sie und saß ab. Er galoppierte sofort zurück.

»Majestät?«

»Ich glaube, das Pferd lahmt.«

Robert untersuchte das Tier und ließ es ein paar Schritte gehen.

»Ja, Majestät, es lahmt, nehmt meinen Rappen.«

Er half ihr hinauf und überlegte, ob er sich einfach hinter sie setzen oder auf einen Befehl warten sollte.

Es ist kühn von mir, aber ich muß es riskieren, dachte er und bestieg das Pferd. Mit der linken Hand führte er das kranke Pferd, seine rechte ergriff die Zügel des Rappen, wobei sein Arm Elisabeth leicht berührte. Er wartete gespannt, ob sie ihm befehlen würde abzusteigen und neben dem Pferd zu gehen, aber nichts dergleichen geschah.

»Bis zum Schloß ist der Weg noch weit«, sagte sie nach einer Weile, »man wird allerhand Vermutungen anstellen...«

Robert lachte leise. »Wahrscheinlich, vielleicht sollte ich absteigen und neben Euch gehen.«

»Nein.«

»Euer Majestät stört es also nicht, daß man uns vermißt und Dinge vermutet, die gar nicht passieren?«

Bei den letzten Worten hatte Robert die Stimme etwas gesenkt, und Elisabeth spürte, daß sein rechter Arm sich fester um ihre Taille schloß.

Er ist dreist, ging es ihr durch den Kopf, ich müßte ihm befehlen abzusteigen..., wenn er jetzt versuchen würde mich zu küssen, würde ich mich nicht wehren... Sie wartete gespannt, was weiter geschah, und war etwas enttäuscht über Roberts Zurückhaltung.

»Es ist mir egal, was die Hofleute jetzt von uns denken oder vermuten«, sagte sie nach einer Weile, »ich bin die Königin, ich allein bestimme, wer mein Liebhaber oder Gatte wird.«

Robert horchte auf, Liebhaber oder Gatte...

»Im übrigen«, fuhr Elisabeth fort, »spielt es für den Hofklatsch keine Rolle, wer der Favorit ist. Meine Mutter hatte bestimmt unzählige Feinde am Hof, und viele haben es ihr bestimmt gegönnt, daß sie keinen Sohn zur Welt brachte und mein Vater sich von ihr trennte.«

»Bei Königin Anna ist der Neid verständlich, sie war die Gemahlin des Königs, und jede adelige Familie hätte natürlich gerne eine der eigenen Töchter auf dem Thron gesehen.«

Da drehte Elisabeth sich halb zu Robert um und sah ihn prüfend an.

»Auch Ihr werdet beneidet. Im letzten Herbst hat man angeblich einen Anschlag auf Euer Leben geplant, man will verhindern, daß Ihr König von England werdet. Seid vorsichtig, Robin, ich möchte, daß Ihr in Eurem Bett sterben werdet, den Herzog von Norfolk habe ich in den Norden versetzt, aber ich kann nicht alle Eure Feinde vom Hof entfernen.«

»Seid unbesorgt, Majestät, ich weiß mich zu schützen.«

Spielte sie mit dem Gedanken, ihn zu heiraten?

Bis zum Schloß sprach keiner mehr ein Wort, und Elisabeth beschloß, den Abend mit Robert allein zu verbringen; vielleicht kamen sie einander näher, das mußte abgewartet werden.

Als sie in den Schloßhof ritten, eilten ihnen Arundel und einige Hofleute entgegen.

»Majestät, Gott sei Dank, wir dachten, Euch sei ein Unglück zugestoßen, ich wollte schon Bewaffnete losschicken, um Euer Majestät in den Wäldern zu suchen«, rief Arundel.

Beim Anblick des aufgeregten Oberhofmeisters mußte Elisabeth unwillkürlich lachen.

»Beruhigt Euch, Mylord, das Pferd lahmte unterwegs.«

Sie saß ab, musterte die Herren mit spöttischen Augen und amüsierte sich im stillen bei dem Gedanken, daß sie wahrscheinlich annahmen, Robert sei an dem Nachmittag ihr Liebhaber geworden, dann wandte sie sich zu ihm, lächelte ihn an und sagte so laut, daß alle es hören konnten: »Robin, ich möchte den Abend mit Euch verbringen, leistet mir bei Tisch Gesellschaft, anschließend können wir Schach spielen oder Karten.«

Sie nickte den Herren hoheitsvoll zu, und ehe Robert etwas sagen konnte, schritt sie rasch zur Großen Halle.

Robert befahl einem der Knechte, den Tierarzt zu holen, und eilte zum Marstall, er konnte die neugierigen Augen der Hofleute nicht länger ertragen. Allein zu zweit, dachte er, zum Teufel, ich will nicht ihr Liebhaber werden, sondern ihr Gemahl…

Inzwischen war einer der Spanier, der zu de Quadras Gefolge gehörte und an der Jagd teilgenommen hatte, zurückgekehrt und trat nun zu den Höflingen.

»Wo wart Ihr so lange?« fragte Arundel.

»Ich habe eine Hirschkuh verfolgt, leider ohne Erfolg, sie verschwand in den Wäldern.«

»Wißt Ihr schon das Neueste?« fragte einer der jungen Kavaliere den Spanier. »Lord Dudley wurde heute nachmittag der Geliebte Ihrer Majestät, und wißt Ihr wo? Im Wald! Den Abend will die Königin allein mit ihrem Stallmeister verbringen, da werden sie dann ihr Liebesspiel vom Nachmittag fortsetzen.«

Der Spanier lächelte spöttisch.

»Ihr irrt, Mylord, es gab kein Liebesspiel im Wald, Lord Dudley ist nicht der Liebhaber der Königin, noch nicht.«

»Woher wollt Ihr das wissen?«

»Ich weiß es eben, Mylord.«

Er ließ die Höflinge stehen, ging zum Eingang und überlegte, wo er sich am Abend verstecken konnte, um zu beobachten, was zwischen der Königin und ihrem Stallmeister passierte, hinter dem Wandvorhang, im Kamin? Nein, am Vorhang hingen Glöckchen, eine ungeschickte Bewegung, und er war entdeckt, im Kamin konnte man zwar hören, aber nichts sehen. Vom Zimmer der Königin führte eine geheime Wendeltreppe zu einem Raum darüber, und dort war – das hatte er inzwischen erkundet – eine Falltür, von dort oben aus konnte er alles bestens beobachten, und am nächsten Tag würde er de Quadra eine detaillierte Beschreibung der Liebesnacht liefern…

Er lachte leise auf: Spionage wurde bestens bezahlt, und er konnte Dinge sehen und hören, die noch nicht einmal de Quadra oder der wichtige Sir Cecil sahen, sondern nur aus zweiter Hand erfuhren…

Als Robert sich für den Abend umzog, überlegte er, wie er sich Elisabeth gegenüber verhalten sollte.

Angenommen, er wurde in dieser Nacht ihr Liebhaber, bestand dann nicht die Gefahr, daß sie am nächsten Morgen ihre Hingabe bereute und er in Ungnade fiel?

Angenommen, er überstand den nächsten Morgen, war es nicht denkbar, daß sie seiner im Laufe der Zeit überdrüssig wurde und ihn noch vor Amys Tod fallenließ? Würde sie überhaupt einen Mann heiraten, der ihr Liebhaber gewesen war?

Angenommen, er verhielt sich völlig reserviert, auch in diesem Fall mußte er damit rechnen, in Ungnade zu fallen...

Er zupfte die Spitzenmanschetten seines Hemdes zurecht und betrachtete sich kritisch im Spiegel: War das Wams aus Silberbrokat nicht zu elegant?

»Euer Gnaden sehen blendend aus«, sagte Philip, »Ihr werdet der Königin bestimmt gefallen.«

»Meinst du?« O Gott, dachte Robert, was mache ich, wenn sie die Initiative ergreift? Nein, das ist unwahrscheinlich, das entspricht nicht ihrer Natur. Philip nahm eines der Spitzentaschentücher, besprengte es mit Duftwasser und beobachtete das Mienenspiel seines Herrn, er ahnte, was in ihm vorging.

»Ich wünsche Euer Gnaden einen vergnüglichen Abend bei Ihrer Majestät«, und er überreichte ihm mit einer Verbeugung das Taschentuch.

»Vergnüglich..., na ja, wir werden sehen. Du kannst heute abend für mich beten, Philip.«

»Gewiß, Euer Gnaden, erlaubt mir noch eine Bemerkung, meine Frau Lucy hat seinerzeit Wert darauf gelegt, als Jungfrau zu heiraten.«

»Als Jungfrau?« Robert dachte einen Augenblick nach.

»Danke, Philip«, und er verließ das Zimmer.

Auf dem Weg zu Elisabeth beschloß er, sich ihr gegenüber reserviert zu verhalten, er würde als höfischer Kavalier auftreten und seine Königin mit dem gebührenden Respekt behandeln...

Elisabeth öffnete ihre Schmucktruhe, überlegte, welche Juwelen am besten zu ihrer rostroten, goldbestickten Robe paßten, und entschied sich schließlich für den Smaragdschmuck.

Dann trat sie vor den Spiegel, zupfte die Locken zurecht und überlegte, ob man ihr die Aufregung ansah, nein, Gott sei Dank, ihr Gesicht war blaß wie immer, dafür klopfte ihr Herz zum Zerspringen, und sie sagte sich zum soundsovielten Mal, daß ihre Nervosität albern und unbegründet war. Sie ging hinüber in den Wohnraum und las die Speisekarte, die auf dem gedeckten Tisch lag.

Der 7. Juni war ein Freitag, und aus einer Laune heraus hatte sie befohlen, daß am Abend nur Fischgerichte serviert werden sollten, Süßwasserfische..., Hechtklößchensuppe, Salm, Stör, Forelle, Zander, Aal in sämtlichen Variationen: gedünstet, gebacken, gebraten, geräuchert, als Dessert gab es einen Brotpudding, der mit vielen Eiern und Sahne angereichert und mit Safran und Muskat abgeschmeckt war; sie mußte unwillkürlich lächeln, weil sie wußte, daß dies Cecils Leibspeise war, als Getränk gab es einen schweren, süffigen Rheinwein. Sie legte die Karte wieder auf den Tisch und bemerkte verärgert, daß ihre Finger leicht zitterten, warum war sie aufgeregt? Sie trat zum Fenster, sah nachdenklich hinunter auf die kiesbestreuten Gartenwege und überlegte, was sie von diesem Abend erwartete. Als sie Robert im Hof eingeladen hatte, war sie fest entschlossen gewesen, die Nacht mit ihm zu verbringen, inzwischen wußte sie nicht mehr genau, ob sie dies wirklich wollte, einerseits ja, andererseits...

Was störte sie bei dem Gedanken, sich ihm hinzugeben?

Sie dachte an ihren Vater... Anna Boleyn war zunächst auch nur seine Geliebte gewesen, und in der ersten Nacht hatte er bestimmt nichts von seinem königlichen Nimbus eingebüßt, weil..., weil er ein Mann war, eine Frau hingegen mußte sich dem Mann immer unterwerfen, auch wenn sie die Königin war. Ihr Vater hatte Anna Boleyn geheiratet und zur Königin erhoben, gewiß, der Hauptgrund war ihre Schwangerschaft gewesen und seine Hoffnung auf einen Thronerben, abgesehen davon war es aber auch eine Liebesheirat...

Wenn sie Robert heiratete, würden sie als Königin und König von England zu Bett gehen und als Königin und König am nächsten Morgen erwachen..., vorher mußte sie ihn noch in den Grafenstand erheben... In diesem Augenblick wurde Robert gemeldet.

Als er das Zimmer betrat, spürte sie instinktiv, daß sich seit dem Nachmittag etwas verändert hatte. Während der Jagd war er in Tuch gekleidet, jetzt in Silberbrokat, überlegte sie. Nein, es hängt nicht mit der Kleidung zusammen, als wir zurückritten, war er ein Mann, der mich ganz offensichtlich begehrt hat, jetzt hingegen... Sein Blick, seine Bewegungen, jetzt steht ein liebenswürdiger, höfischer Kavalier vor mir..., und als sie ihm nun die Hand zum Kuß reichte und er sich darüber beugte, rasch und ohne daß seine Lippen auch nur flüchtig über die Haut streiften, da wußte sie, daß er ihre privaten Räume nicht als Liebhaber sondern als höfischer Kavalier verlassen würde, und bei diesem Gedanken war sie halb erleichtert und halb enttäuscht.

»Willkommen, Mylord, setzt Euch«, und sie gab dem Diener, der diskret an der Wand stand, ein Zeichen, Wein einzuschenken.

»Auf Euer Wohl, Mylord, wie geht es dem lahmen Pferd?«

»Die Stute wird ärztlich bestens betreut, und bis zum Beginn des Progreß ist sie wieder völlig genesen, Majestät.«

»Ach ja, der Progress..., ich hoffe, daß meine Pläne nicht wieder durch einen Todesfall zerstört werden.«

»Man hört, daß die schottische Regentin an Wassersucht leidet und wahrscheinlich bald sterben wird.«

»Der Tod der Regentin berührt mich nicht weiter, im Gegenteil, nach ihrem Ableben wird Schottland hoffentlich von Protestanten regiert werden, aber ich will mich heute abend nicht mit Politik beschäftigen«, und zu dem Diener gewandt: »Man soll auftragen.«

Nun wurde die Suppe serviert, und als Robert einige Löffel gegessen hatte, sah er erstaunt auf.

»Die Klößchen sind eine Delikatesse, einfach köstlich, sie schmecken nach Hecht.«

Elisabeth lächelte.

»Es ist Hechtfleisch; bei diesem Fisch störten mich stets die vielen Gräten, und die Klosterköche, die seit kurzem am Hof beschäftigt sind, haben diese Art der Zubereitung eingeführt.«

»Klosterköche? Es gibt doch keine Klöster mehr.«

»Gewiß, die Mönche und Laienbrüder müssen aber irgendwie leben, und da allgemein bekannt ist, daß in den Klöstern Fisch und andere Fastenspeisen immer besonders delikat und phantasievoll zubereitet wurden, habe ich einige ehemalige Mönche eingestellt. Ich hoffe, daß sie nicht nur Hecht, sondern auch Seefisch so zubereiten können, daß er den verwöhnten Gaumen meiner Lords mundet, Ihr wißt ja, daß am Hof zuwenig Seefisch verzehrt wird, ich möchte den Verbrauch steigern, das kommt den englischen Fischern zugute und senkt die Ausgaben des Hofes.«

Seefisch, dachte Robert entsetzt, das fehlt gerade noch...

»Ich teile die Meinung Eurer Majestät, allerdings, eine wirksame Kostensenkung setzt voraus, daß alle Lords, die das Privileg genießen, an der Hoftafel speisen zu dürfen, sich auch tatsächlich zur Hoftafel begeben«, und verärgert dachte er daran, daß auch Gerard Braleigh seit einiger Zeit seinen Privatkoch hatte.

War es Gedankenübertragung, Elisabeth sah Robert an und erwiderte:

»Ich weiß, ich habe versucht, diesen Mißstand zu beseitigen, mit wenig Erfolg... Übrigens, Euer Freund Braleigh bleibt auch schon seit einiger Zeit der Tafel fern.«

»Ich weiß nicht, ob er mein Freund ist, Majestät.«

»Er ist nicht Euer Freund..., die Gerüchte, die um Euch, Eure Frau und mich im Umlauf sind..., ich vermute, daß er die treibende Kraft ist, er war immer ein Schwätzer, und ich habe ihn noch nie gemocht, und ich werde ihn im Herbst, nach dem Progress, mit irgendeinem Auftrag in die Türkei schicken.«

Inzwischen waren weitere Fischgerichte aufgetragen worden, Elisabeth wählte Salm und Stör, Robert entschied sich für Aal in Kräutersoße, was er noch nicht kannte.

Donnerwetter, dachte er, die Klosterbrüder verstehen ihr Handwerk, der gekochte Aal ist bei weitem nicht so schwer wie der geräucherte.

»Morgen vormittag«, sagte Elisabeth, »will ich mich im Bogenschießen üben, so können wir nur morgen nachmittag ausreiten, aber höchstens zwei Stunden, weil ich vor dem Ball noch etwas ruhen möchte. Ihr kennt die Gegend besser als ich, wo könnten wir hinreiten?«

Robert überlegte kurz und fing an, einen Weg durch die Wälder zu beschreiben. Elisabeth hörte nicht, was er sagte, sie zerbröselte etwas Brot, trank einen Schluck Wein, und ihre Augen wanderten langsam über sein Gesicht bis zum Mund, über den muskulösen Oberkörper zu den kräftigen Männerhänden… Ars amatoria, dachte sie…, der ertrunkene Page Fernando hatte ihr seinerzeit heimlich den Ovid aus London mitgebracht, später war ihr über Roger Ascham Ovids Liebeskunst von Thomas zugespielt worden…

Sie erinnerte sich an einige Verse:

Si quis in hoc artem populo non novit amandi,

hoc legat et lecto carmine doctus amet…

arte regendus amor.

Robert spürte, daß Elisabeth ihn betrachtete, und fühlte sich plötzlich verunsichert. Was ging in ihr vor, was erwartete sie von ihm, war seine Zurückhaltung richtig?

Was sagte Ovid in seiner Ars amatoria?

…vir male dissimulat, tectius illa cupit.

(…der Mann kann es nur schlecht verbergen, die Begierde der Frau ist besser versteckt.)

…quod refugit, multae capiunt; odere, quod instat.

(Was flieht, begehren viele, sie verabscheuen, was zudringlich ist.)

»Von jenem Kreuzweg aus, Majestät, führen zwei Wege zurück zum Schloß, der eine ist länger, der andere kürzer.«

In diesem Augenblick wurde das Dessert aufgetragen.

»Ich entscheide morgen, welchen Weg wir zurückreiten, Mylord, nehmt noch etwas mehr von dem Pudding, es ist eine Leibspeise von Sir Cecil.«

»Aha«, und nachdem er einige Löffel gegessen hatte, »der Pudding schmeckt vorzüglich.«

Der Herr Staatssekretär scheint ein Gourmet zu sein, dachte er, dieser Pudding strotzt von Eiern, Butter, Sahne und ist schwer verdaulich, genau wie Cecil…

Er mußte unbedingt die Abwesenheit dieses wichtigen Herren nutzen, um Elisabeth zu gewinnen, aber wie?

Er dachte erneut an Ovids Verse und wußte plötzlich, daß er auf dem richtigen Weg war: Er mußte Werbung und Zurückhaltung geschickt dosieren, Werbung schmeichelte einer Frau, Zurückhaltung verunsicherte sie und – was sich entzieht, wird begehrenswert…, das Feuer war entfacht, jetzt mußte er es schüren, heute durch Distanz, morgen während des Tanzes..., er dachte an die Volta und an das Spiel seiner Hände um ihre Taille...

Elisabeth stand auf. »Kommt, es ist so ein warmer Abend, laßt uns im Park spazierengehen, solange es noch hell ist.«

Im Garten ging Elisabeth zu den Rosenstöcken und überprüfte, ob sie auch richtig geschnitten und gepflegt wurden.

»Im August ist der fünfundsiebzigste Jahrestag der Schlacht bei Bosworth, so lange herrschen die Tudors jetzt in England, ich habe schon überlegt, daß es vielleicht nützlich wäre, neben den kirchlichen Feiertagen einen weltlichen Feiertag zu haben, der für alle Engländer, gleich welcher Herkunft und Religion, bedeutend ist, der das Gefühl der Zusammengehörigkeit stärkt, der 17. November, der Tag meiner Thronbesteigung, würde sich dafür eignen, zumindest während meiner Regierungszeit, und ich möchte lange regieren.«

»Ich hoffe sehr, daß Euer Majestät lange regieren.«

Eine Weile gingen sie schweigend nebeneinander die Gartenwege entlang, dann sagte Elisabeth: »Das Wappentier der Dudleys ist der Bär, ich werde Eurem Bruder den Titel des Grafen von Warwick zurückgeben, Ihr werdet Verständnis dafür haben, Ambrose ist älter als Ihr.«

»Selbstverständlich, Majestät.«

Was wird aus mir, dachte er, soll ich ein einfacher Lord Dudley bleiben?

»Euch, Mylord, werde ich irgendwann in den Grafenstand erheben, wie gefällt Euch der Name Leicester, Graf von Leicester?«

»Sehr gut, der Name klingt melodisch. Robert Dudley, Graf von Leicester, ich danke Euer Majestät für die Auszeichnung.«

»Schon gut, noch seid Ihr kein Graf.«

Sie gingen schweigend weiter in der Abenddämmerung, bis sie zu einem Brunnen kamen. Hier blieb Elisabeth stehen, lehnte sich an den Brunnenrand und sah sich um: Der Park mündete in eine Wiesenlandschaft, aus der einige knorrige Eichen herausragten.

»Seht Ihr den Baum dort? Er erinnert mich an die Eiche in Hatfield...«, sie sah Robert an und fragte unvermittelt: »Wie ist es, wenn man in einer richtigen Familie aufwächst, in einer Familie mit Eltern und Geschwistern?«

Robert überlegte und erwiderte: »Unser Familienleben verlief meistens harmonisch, mein Vater war zwar autoritär, verlangte unbedingten Gehorsam, auch von meiner Mutter, aber wir haben seine Autorität akzeptiert, wir kannten es nicht anders. In unserer Familie herrschte ein starkes Gefühl der Zusammengehörigkeit, ich wurde natürlich von meinen älteren Brüdern etwas bevormundet, aber das störte mich nicht weiter, schließlich verteidigten sie mich auch, wenn Kameraden mich angriffen und verprügeln wollten…, was mich störte, war die Tatsache, daß mein Vater seinen Sohn Guildford uns anderen vorzog, er versuchte zwar, uns alle gleich zu behandeln, aber es gibt Situationen, da merkt man es eben… Er wollte Guildford besonders glänzend verheiraten, hat lange gesucht, kein Mädchen war ihm gut genug, schließlich verfiel er auf die Idee mit Jane Grey…, sein politischer Ehrgeiz riß ihn und uns ins Verderben, sein Handeln war stets darauf bedacht, den Dudleys zu Macht und Ansehen zu verhelfen.«

»Ihr habt mich in jenem Sommer 1553 indirekt gewarnt, nach Greenwich zu kommen, hattet Ihr keine Angst, daß Euer Vater es erfahren könnte?«

»Ich habe versucht, alle Risiken zu umgehen, im übrigen hatte ich mehr Angst davor, daß mein Bote Euch nicht erreichen könnte, als vor der Rache meines Vaters.«

Sie sahen einander schweigend an, und jeder spürte, daß etwas in der Luft lag, was ausgesprochen werden müßte… Ob ich ihm jetzt sage, daß ich ihn liebe, überlegte Elisabeth, nein, die Zeit ist noch nicht gekommen, und überhaupt…, er muß sich zuerst erklären, dann kann ich meine weiteren Entscheidungen treffen… Ob ich ihr jetzt sage, daß ich sie liebe, überlegte Robert, es wäre ein geeigneter Augenblick, aber ich möchte nichts falsch machen…«

Er sah sich vorsichtig um. Es war inzwischen halb dunkel geworden, aber die Wege und Sträucher im Park konnte man noch erkennen. Hin und wieder zirpte eine Grille, ansonsten war es totenstill, plötzlich zuckte Robert zusammen, täuschte er sich, oder huschte eine Gestalt hinter den Sträuchern entlang, wahrscheinlich einer der unzähligen Spione, die überall herumlungerten. Er sah wieder Elisabeth an, sie sah ihn an, und dann nahm er seinen ganzen Mut zusammen:

»Ich liebe Euch... schon lange.«

Obwohl es halb dunkel war, entging ihm nicht, daß sich in ihren Augen so etwas wie Freude spiegelte. »Ich weiß es, Robin..., schon lange«, erwiderte sie leise.

Er zögerte noch etwas, überlegte, ob er es riskieren sollte, dann ging er einen Schritt auf sie zu...

»Elisabeth«, seine Lippen berührten flüchtig ihren Mund, sie ließ es geschehen, und er merkte, daß sie leicht zitterte.

»Wir sollten umkehren«, sagte er, »es ist bald ganz dunkel.«

Eine Weile gingen sie schweigend nebeneinander her, dann begann Elisabeth von ihrer Jugend zu erzählen.

»Ich war schon zehn Jahre, als ich zum ersten Mal eine Art Familienleben kennenlernte, es waren nur wenige Wochen, mein Vater schickte mich wieder fort, weil ich ihn verärgert hatte. Nach seinem Tod lebte ich bei meiner Stiefmutter in Chelsea..., sie heiratete wieder..., wurde schwanger..., wir wären vielleicht eine glückliche Familie geworden, wenn... Als Katharina wieder heiratete, war ich kein Kind mehr, sondern ein junges Mädchen..., Na ja..., es ist vorbei.«

Robert horchte auf, war doch etwas zwischen ihr und Thomas Seymour vorgefallen? Er erinnerte sich an die Klatschgeschichten, die damals in London umliefen, lauter dummes Zeug, sie hatte sich wahrscheinlich in ihn verliebt, wie junge Mädchen sich eben verlieben...

»Ich weiß nicht, ob ich jemals eigene Kinder haben möchte«, unterbrach Elisabeth seine Gedanken, »Königskinder können, genau wie andere Kinder, früh verwaisen, dann werden sie von einem Vormund erzogen, der vielleicht gleichzeitig die Regentschaft führt, und wenn dieser Vormund keine integre Persönlichkeit ist, sondern machtgierig und skrupellos, besteht die Gefahr, daß er die Jugend und Unerfahrenheit seiner Mündel für seine Zwecke mißbraucht, zu ihrem und des Landes Schaden, ich weiß, wovon ich rede, ich habe meine Erfahrungen gemacht. Nach dem Tod meines Vaters wurden mein Bruder und ich zum Spielball der Politik.«

»Ihr denkt dabei wahrscheinlich an meinen Vater«, erwiderte Robert zögernd und überlegte, wie er sie von dem Thema abbringen konnte.

»Ich denke an ihn, aber vor allem denke ich an die Seymours und ihre Rivalität, die letztlich dazu führte, daß der Lordprotektor seinen Bruder hinrichten ließ, nur um den eigenen Kopf zu retten, so etwas vergißt man nicht.«

Robert wußte nicht, was er darauf erwidern sollte, und so gingen sie schweigend weiter. Als das Schloß in Sichtweite kam sagte Elisabeth:

»Sollte ich jemals heiraten, einen Sohn bekommen und vielleicht sterben, bevor er erwachsen ist, dann darf der verwitwete König nicht mehr heiraten. Der Gedanke, daß mein halbwüchsiger Sohn vielleicht eine junge Stiefmutter bekommt, ist unerträglich für mich.«

»Das kann ich verstehen«, erwiderte Robert und überlegte, ob sie befürchtete, daß ihr ungeborener Sohn ähnliches erleben würde wie sie seinerzeit mit Thomas Seymour, die Affäre hatte jedenfalls ihre Spuren hinterlassen...

»Gute Nacht, Robin«, sagte Elisabeth, als sie die Große Halle betraten, und ehe er etwas erwidern konnte, eilte sie davon.

Nachdenklich begab er sich in seine Räume und überlegte, ob seine Hoffnungen, daß sie ihn heiraten und er König von England wurde, berechtigt waren, immerhin hatte sie sich seinen flüchtigen Kuß gefallen lassen... Er kam zu dem Schluß, daß der Abend bestens verlaufen war.

In dieser Nacht lag Elisabeth noch lange wach, dachte über den Spaziergang mit Robert nach, über ihre Unterhaltung... »Ich liebe Euch..., schon lange«, warum hatte sie nicht erwidert: »Ich liebe Euch auch..., schon lange«, warum?

Sie war über sein plötzliches Geständnis natürlich überrascht, sie empfand eine unbestimmte Angst davor, Gefühle zu zeigen..., aber, da war noch etwas anderes, das sie bewegte...

Sie versuchte noch einmal den Augenblick nachzuempfinden, als sein Mund ihre Lippen berührte..., sie spann den Gedanken weiter, er nahm sie in die Arme, preßte sie an sich... Ein wohliger Schauer durchrieselte sie..., ich hätte mich nicht gewehrt, überlegte sie, was hindert mich daran, ihn im Laufe des Herbstes in den Grafenstand zu erheben und ihn nach Amys Tod und der Trauerfrist zu heiraten?

Nichts!

Im Gegenteil: Parlament und Volk erwarten mit Recht eine befriedigende Regelung der Nachfolgefrage, eine Regelung, die verhindert, daß England jemals wieder katholisch wird, leibliche Nachkommen wären die beste Garantie für den religiösen Frieden, leibliche legitime Nachkommen bedeuten, daß ich heiraten muß... Nun gut, aber wenn ich meine Unabhängigkeit einem Mann opfere, dann nur einem, den ich liebe, der mir gefällt, von dem ich mich gern berühren lasse, eine dynastische Verbindung mit einem Mann, den ich erst sehe, wenn der Ehevertrag geschlossen ist, eine dynastische Verbindung mit einem Mann, der mich anwidert, wenn er neben mir liegt - und das könnte bei dem kleinen Erzherzog mit dem großen Kopf der Fall sein -, einem solchen Mann könnte ich mich nicht hingeben, und damit ist der Thronfolge auch nicht gedient. Nein, eine dynastische Verbindung kommt nicht in Frage.

Mein Vater hat meine Mutter aus Liebe geheiratet, und sie hat mich zur Welt gebracht, ein gesundes, intelligentes Kind... Bei der dynastischen Verbindung mit Katharina von Aragon sind die Kinder, bis auf Maria, alle weggestorben, und meine Schwester hat stets gekränkelt, vielleicht..., ein Gedanke schoß ihr blitzartig durch den Kopf und sie setzte sich auf und sah nachdenklich zum Betthimmel.

Ihr Vater hatte mit einer Frau, deren Adel noch jung war - auch die Howards von der mütterlichen Seite her gehörten zum neuen Adel in England -, also, ihr Vater hatte mit einer Frau von relativ einfacher Abstammung ein gesundes Kind gezeugt, die Dudleys gehörten auch zum neuen Adel..., vielleicht gingen aus solchen Verbindungen tüchtigere Herrscher hervor als aus dynastischen Ehen... Zum Beispiel Frankreich - Franz und Maria hatten immer noch keine Kinder, vielleicht war der Valois sogar unfähig, die Ehe zu vollziehen...

In Spanien sah es nicht besser aus, angeblich war Don Carlos, Philipps Sohn aus der Ehe mit der portugiesischen Prinzessin, nicht ganz richtig im Kopf... Der blaublütige schottische Kronprätendent verfiel allmählich dem Wahnsinn, und wie sah es mit der weitverzweigten Familie der Plantagenets aus?

Eduard II. hatte es angeblich mit jungen Männern getrieben, Heinrich VI. war dem Wahnsinn verfallen, Eduard Courtenay war ein Dummkopf par excellence gewesen…

Die ersten Vögel zwitscherten schon, als sie endlich einschlief.

Während des Bogenschießens am Vormittag kreisten Elisabeths Gedanken um Roberts Liebesgeständnis und den flüchtigen Kuß. Sie erinnerte sich noch einmal an den Kuß von Thomas Seymour, das lag zwölf Jahre zurück, nun war er schon lange tot, und Roberts Vater hatte wahrscheinlich auch für das Todesurteil gestimmt…, an dem Tag, als Thomas sie küßte, hatte sie ihn zum letzten Mal gesehen…

Sie nahm einen neuen Pfeil, spannte ihn in den Bogen und schoß ihn ab, Thomas war Vergangenheit…, Robert konnte die Zukunft sein…

Sie amüsierte sich im stillen über die Reaktion der europäischen Höfe, wenn bekannt wurde, daß die Königin von England weder den König von Schweden noch den Habsburger heiratete, sondern schlicht und einfach ihren Oberstallmeister Lord Robert Dudley, nein, Robert Dudley, Graf von Leicester…, wenn schon, dann ein richtiger Mann, kein degenierter Schwächling wie Franz II., hoffentlich blieb Maria Stuart kinderlos…, England und Schottland… Schottland und England… die Insel Britannia, Großbritannia?

An jenem Abend war Lucy der Verzweiflung nahe, weil ihre Herrin geschlagene zwei Stunden brauchte, bis sie sich endlich für ein Kleid aus weißem Goldbrokat und ihren Rubinschmuck entschieden hatte.

»Wollen Euer Majestät das Perlendiadem tragen?«

»Nein.«

Elisabeth öffnete eine andere Truhe und betrachtete nachdenklich die goldene gezackte Krone, die dort auf rotem Samt lag. Genaugenommen war es ein Duplikat jener Krone, die Richard III.

einst bei Bosworth verloren und die der Graf von Oxford aufgehoben und ihrem Großvater Heinrich noch auf dem Schlachtfeld aufs Haupt gesetzt hatte. Das Original lag wohlverwahrt in der Schatzkammer. Elisabeth hatte die Nachbildung noch nie getragen, nur hin und wieder öffnete sie die Truhe und betrachtete die Krone, weil ihr die Form gefiel und weil das Schmuckstück den Beginn der Tudorherrschaft symbolisierte.

Nun setzte sie die Krone vorsichtig auf und betrachtete sich prüfend im Spiegel.

»Wunderbar, Majestät«, rief Lucy, »königlich.«

Königlich, dachte Elisabeth, ich werde die Krone heute abend tragen, Robin darf nie vergessen, daß ich die Königin bin…, an meinem Hochzeitstag werde ich sie auch tragen…, Trauung in Westminster Abbey, so prachtvoll wie möglich, noch glanzvoller als die Hochzeiten in Paris…, die Brautnacht in Greenwich…, Flitterwochen auf Kenilworth…

In diesem Augenblick wurde Robert gemeldet, und Elisabeth fing an zu lachen, als sie sah, daß er ebenfalls in weißen Goldbrokat gekleidet war.

»Unsere Kleidung gibt dem Hofklatsch neue Nahrung, wie gefällt Euch die Krone?«

«Sie erinnert stets daran, daß Ihr die Königin seid.«

Elisabeth hatte richtig vermutet, während sie mit Robert Pavane, Coranto und Galliard tanzte, mokierten sich einige Höflinge über die Kleidung des Paares.

»Wahrscheinlich haben sie verabredet, daß sie heute abend Goldbrokat tragen.«

»Die kranke Lady Dudley kann einem leid tun, sie siecht dahin, während er sich amüsiert.«

»Ach was«, rief Gerard Braleigh, »sie ist gar nicht krank, das behauptet der Herr Oberstallmeister nur, damit es nicht auffällt, wenn er sie vergiftet.«

De Quadra und de Noailles standen etwas abseits und sahen den Tanzenden zu.

Als sie Braleighs Worte hörten, sahen sie sich vielsagend an und traten unauffällig näher. »Man sollte Euch die Zunge ausreißen!« rief der junge Lord Pembroke und trat drohend vor Braleigh. »Es ist allgemein bekannt, daß Lady Dudley todkrank ist, ihr Mann hat es gar nicht nötig, sie zu vergiften.«

»Nur keine Aufregung, meine Herren«, mischte sich Arundel ein, »wenn Lady Dudley tot ist, können Ihre Majestät und Lord Dudley heiraten, und dann beruhigen die Gemüter sich hoffentlich.«

Braleigh lächelte süffisant. »Nun, meine Herren, das Paar kann nicht warten, bis Lady Dudley friedlich in ihrem Bett entschläft, ihr Mann muß ihren Tod beschleunigen und dann sofort die Königin heiraten, Ihre Majestät erwartet nämlich ein Kind vom Herrn Oberstallmeister, so wird es im Volk erzählt.«

»Schurke!« schrie Pembroke und zog den Degen. »Ihr wagt es, die Ehre der Königin zu besudeln, ich fordere Euch zum Duell!«

Braleigh erbleichte und trat einen Schritt zurück.

»Mit Euch duelliere ich mich nicht«, und er eilte aus dem Saal.

»Feigling!« rief Pembroke hinter ihm her und stieß den Degen zurück in die Scheide.

Die Höflinge sahen einander unsicher an, und dann sprach man von etwas anderem.

»Meine Leute haben nicht aufgepaßt«, sagte de Quadra leise zu de Noailles.

Der Franzose nickte. »Ja, ich fürchte, meine Agenten haben auch nicht aufgepaßt. Na, wie dem auch sei, es ist entsetzlich, daß die Königin ein Kind erwartet.«

»Nun ja, es ist ziemlich skandalös.«

»Skandalös? Mon dieu, dieses Kind – sofern es legitimiert wird – sichert die Herrschaft der Tudors in England, und die Stuarts haben das Nachsehen.«

»Na und?« erwiderte de Quadra spitz. »König Philipp wird froh sein, daß England auch künftig von den protestantischen Tudors und nicht von den katholischen Stuarts und dem Haus Valois regiert wird.«

De Noailles maß den Spanier mit einem wütenden Blick und rauschte davon.

De Quadra lächelte vergnügt vor sich hin und ging zu einer Ecke im Saal, von wo aus er Elisabeth und Robert genau beobachten konnte.

Ihre Taille ist so schlank wie eh und je, überlegte er, wann weiß eine Frau, ob sie ein Kind erwartet? Vielleicht nach zwei Monaten, im Volk wird darüber geredet, wahrscheinlich ist sie schon im dritten Monat, dann wäre es also..., er begann fieberhaft zu rechnen. Angenommen, es ist Anfang März »passiert«, dann ist es Anfang Dezember soweit..., Cecil wird staunen, wenn er die Neuigkeit erfährt..., vielleicht ist es doch nur dummes Gerede, die Königin jagt und reitet bis zur Lebensgefahr, normalerweise müßte sie sich jetzt schonen, ich werde einen Spion auf die Kammerfrauen ansetzen, die wissen wahrscheinlich am ehesten, ob ihre Herrin Nachwuchs erwartet..., möglich wäre es, sie scheinen sehr verliebt ineinander zu sein..., seine Augen ruhten eine Weile auf Robert und Elisabeth, der nachdenkliche Blick des jungen Mannes fiel ihm auf, und er überlegte, was wohl jetzt in Lord Dudley vorging. Dachte er an das Kind und die Zukunft?

Robert dachte nicht an die Zukunft, sondern ließ die vergangenen Jahre Revue passieren ... Vor siebzehn Jahren hatte er Elisabeth in Hampton Court zum ersten Mal gesehen..., irgendwann im Laufe jenes Herbstes war die Zuneigung entstanden, die sich zur Liebe entwickelte..., er erinnerte sich noch einmal an Frühjahr und Sommer 1551, als sie am Hof ihres Bruders weilte... Drei Jahre später, im Frühjahr 1554, waren sie sich im Tower erneut begegnet..., dann wieder im Frühjahr 1557, als er König Philipp nach England begleitete, der Krieg in Frankreich, schließlich ihre Thronbesteigung im November 1558..., seither hatten sie sich fast täglich gesehen, gewiß, er war ehrgeizig, wollte an ihrer Seite König von England sein, aber... sein Liebesgeständnis am Abend vorher war aufrichtig gewesen...

Inzwischen hatte die Volta begonnen, de Quadras Augen wanderten über die tanzenden Paare, kehrten wieder zu Elisabeth und Robert zurück, und..., na so etwas, dachte er, unglaublich, der Herr Oberstallmeister streift in der Öffentlichkeit mit dem Mund die Wange der Königin, und sie läßt es sich gefallen..., na, morgen konnte er einen Sack voller Neuigkeiten nach Madrid schicken, am englischen Hof war es wenigstens nicht langweilig...

Roberts Lippen riefen bei Elisabeth ein angenehmes Schwächegefühl hervor, das sie zu überspielen versuchte.

»Am liebsten würde ich den ganzen Abend nur Volta tanzen.«

Er lachte und stemmte sie kurz hoch.

»Nun, dann befehlt, daß beim nächsten Ball nach der Pavane nur Volta getanzt wird.«

Sie drehten sich weiter, und als Roberts Mund erneut leicht ihre Wange streifte, spürte sie wieder jene Schwäche und gleichzeitig ein sinnliches Verlangen nach ihm wie noch nie zuvor.

»Robin«, flüsterte sie, »laßt das, mir wird schwindlig.«

Er lachte leise und preßte den Arm fester um sie. »Ihr sollt schwindlig werden, erinnert Ihr Euch an die Verse Ovids?

Conscius, ecce, duos accepit lectus amantes:
ad thalami clausas, Musa, resiste fores.
sponte sua sine te celeberrima verba loquentur,
nec manus in lecto laeva iacebit iners;
invenient digiti quod agant in partibus illis,
in quibus occulte spicula tingit Amor.«

(Siehe, das verschwiegene Bett hat die beiden Liebenden aufgenommen. / Vor der verschlossenen Kammertür, Muse, bleib stehen! / Ganz von selbst werden sie ohne dich die wohlbekannten Liebesworte sprechen, / und die linke Hand wird nicht untätig auf dem Bette liegen; / die Finger werden an jenen Stellen etwas zu tun finden, / an denen Amor heimlich seine Pfeile netzt.)

Sie sah ihn an und mußte unwillkürlich lächeln, als sie an die offiziellen Werbungen der Fürstenhöfe dachte, Pergamentbogen, vollgeschrieben mit höflichen Floskeln… Dies hier war eine Werbung anderer Art, kühn, verwegen, aber gerade dies gefiel ihr, es erinnerte sie ein bißchen an Thomas, als er ihr seinerzeit die Ars amatoria in die Hände spielte…

Roberts leise Stimme unterbrach ihre Gedanken:

»Crede mihi, non est Veneris properanda voluptas sed sensim tarda prolicienda mora.…sed neque tu dominam velis maioribus usus defice, nec cursus anteat illa tuos; ad metam properate simul: tum plena voluptas, cum pariter victi femina virque iacent.«

(Glaube mir, die Wonne der Venus darf nicht überstürzt, sondern muß allmählich durch langes Verzögern hervorgelockt werden…

Und laß du nicht die Geliebte im Stich, indem du ihr mit vollen Segeln vorauseilst, und auch sie soll nicht deiner Fahrt vorauseilen. Eilt gemeinsam zum Höhepunkt; dann ist die Lust vollkommen, wenn Mann und Frau gleichzeitig überwältigt daliegen.)

Er ist bestimmt ein guter Liebhaber..., ich werde ihn heiraten..., wann sage ich es ihm? Jetzt noch nicht, vielleicht nach dem Progress, ja, an meinem Geburtstag, am 7. September, hier in Schloß Windsor...

Die Musiker pausierten, und Robert führte Elisabeth zu ihrem Stuhl.

Sie ließ sich einen Becher Wein bringen, trank Robert zu und reichte ihm den Becher. »Ihr werdet auch durstig sein, Robin.«

»Danke.« Er nahm den Becher, wobei ihre Finger sich leicht berührten.

»Auf Euer Wohl..., Elisabeth.«

Sie lächelten einander an, und er hatte das Gefühl, daß er langsam vorankam.

Die Hofleute beobachteten die Szene und sahen sich vielsagend an.

»Da geht etwas vor«, flüsterte Arundel dem Lordadmiral Howard zu, »ich wette, er ist inzwischen ihr Liebhaber.«

Der Lordadmiral beobachtete seine Großnichte und überlegte, ob sie Robert Dudley inzwischen ebenso verfallen war wie ihr Vater einst Anna Boleyn.

Als Elisabeth und ihr Gefolge am Spätnachmittag des folgenden Tages von der Jagd zurückkehrten, zog unterwegs ein schweres Gewitter auf, der sonnige Nachmittag verwandelte sich innerhalb kurzer Zeit in Nacht, und Blitz und Donner begleiteten die Reiter bis zum Schloß.

Dort war alles in Aufruhr, Diener schleppten Wassereimer über den Hof, und einer der Reitknechte stürzte auf Robert zu: »Mylord, der Marstall brennt, ein Blitz...«

Robert sprang vom Pferd und eilte, gefolgt von Elisabeth, zu den Wirtschaftsgebäuden.

Die Knechte waren damit beschäftigt, die Tiere in Sicherheit zu bringen, und Elisabeth beobachtete entsetzt, daß Robert in den brennenden Stall hineinlief.

»Paßt auf«, rief sie und wollte hinterhereilen, als jemand sie festhielt, es war ihr Großonkel, der Lordadmiral Howard.

»Nein, Elisabeth, es ist zu gefährlich.«

»Ich habe Angst, Onkel William, ein Balken kann auf ihn herabstürzen, ihn erschlagen, er kann in den Flammen umkommen.«

Lord William betrachtete besorgt die angstvollen Augen seiner Großnichte und erinnerte sich flüchtig an jenen längstvergangenen Februarabend, als er sie in Ashridge verhaftet hatte, um sie nach Whitehall zu bringen...

»Elisabeth, wenn Lord Dudley heute den Tod findet, so ist es Gottes Wille, genauso, wie es sein Wille war, daß du Königin von England wurdest. Ich weiß, daß sein Tod im Augenblick für dich schrecklich wäre, aber, glaube mir, dadurch bliebe dir manches erspart. Es ist schwierig und kostet viel Kraft, auf einen lebendigen Mann zu verzichten, weil die äußeren Umstände es erfordern.«

»Meinst du damit Robin?«

»Ja.«

»Ich werde nie auf ihn verzichten, nie!«

»Denke an deine Stellung als Königin, und an deine Popularität.«

In diesem Augenblick kam Robert aus dem Stall, und Elisabeth stürzte zu ihm hin.

»Gott sei Dank, ich hatte furchtbare Angst um Euch.«

»Die Pferde sind alle gerettet, kommt, es fängt an zu regnen, so bleibt wenigstens ein Teil der Ställe erhalten.«

Lord Howard sah ihnen nach, als sie nebeneinander zum Schloß gingen. Sie hat völlig den Kopf verloren, dachte er, Gott schütze England.

War es das Gewitter, die Angst um Robert oder das Gespräch mit dem Lordadmiral, Elisabeth fühlte sich an jenem Abend sehr niedergeschlagen.

»Wir kehren morgen nach Greenwich zurück«, sagte sie zu Robert, »es sieht so aus, als ob der Regen anhält, dann können wir nicht zur Jagd gehen, und dieses Schloß wirkt bei schlechtem Wetter bedrückend auf mich.«

»Ich muß noch einige Tage hierbleiben, Majestät, wegen der Instandsetzung der Ställe.«

»Gut, aber kommt bald nach – und jetzt laßt mich allein!«

Er sah sie verwundert an, irgend etwas stimmte nicht, sie wirkte niedergeschlagen und traurig. »Elisabeth, ist etwas nicht in Ordnung?«

Sie sah ihn hilflos an.

»Ich weiß es nicht, ich fühle mich deprimiert..., Onkel William behandelt mich wie ein Kind, seine väterlichen Ratschläge sind völlig überflüssig.«

Als Robert gegangen war, begann sie einen griechischen Text zu übersetzen, um ihre Nerven zu beruhigen.

Am andern Morgen war Elisabeths trübe Stimmung verflogen. Die Sonne versteckte sich noch hinter den Wolken, aber der Regen hatte aufgehört. Als Elisabeth sich von Robert verabschiedete, dachte sie daran, daß sie in drei Monaten praktisch verlobt sein würden, natürlich zunächst nur heimlich...

»Im September feiern wir hier meinen Geburtstag, und dann tanzen wir bis zum frühen Morgen Volta, lebt wohl, Robin.«

»Lebt wohl, Elisabeth.«

Unterwegs beschloß sie, die erste gemeinsame Nacht aufzuschieben bis zur Hochzeit... Nein, bis zur offiziellen Verkündung der Verlobung... – nein, bis zu ihrem Geburtstag, danach würde sie sehen, was sich ergab...

Ende Juli kehrte Cecil zurück und begab sich sofort zu seiner Königin, um ihr Bericht zu erstatten.

Sie empfing ihn in heiterer, gelöster Stimmung, und er überlegte besorgt, was wohl während seiner Abwesenheit zwischen ihr und Dudley vorgefallen war.

Er wollte gerade anfangen, über die Verhandlungen in Edinburgh zu berichten, als Robert das Zimmer betrat.

Cecil stutzte. Wieso wurde Dudley nicht gemeldet, wie es sich gehörte?

»Guten Tag, Mylord«, sagte Robert und zur Königin: »Die Pferde sind gesattelt, Elisabeth.«

Cecil erstarrte. Der Herr Oberstallmeister redete die Königin mit ihrem Vornamen an, das wurde ja immer besser.

»Fein«, sagte Elisabeth, »ich ziehe nur rasch mein Reitkleid an«, und zu Cecil: »Mylord, ich erwarte Euch morgen um…, wann wollen wir morgen vormittag losreiten, Robin?«

»Gegen zehn Uhr.«

»Zehn Uhr… Mylord, ich erwarte Euch pünktlich um neun Uhr zur Audienz, eine Stunde dürfte genügen, um die Ergebnisse Eurer Verhandlungen zu besprechen. Und jetzt entschuldigt mich. Kommt, Robin.«

Sie eilten hinaus, und Cecil stand einige Sekunden wie betäubt da. Unglaublich, dachte er, Robin… Elisabeth… er, der Erste Staatssekretär, wurde wieder in die Ecke gestellt, das war ärgerlich, aber viel beunruhigender war das vertrauliche Verhältnis zwischen Elisabeth und Dudley. Sie scheint völlig in seinem Bannkreis zu leben, dachte er, wahrscheinlich ist er inzwischen ihr Liebhaber geworden, nun, er hatte damit gerechnet. Aber wie sollte diese Affäre weitergehen? Hatte Dudley inzwischen etwa auch Einfluß auf die Staatsgeschäfte? Er ging nachdenklich zurück in sein Zimmer und überlegte, wer wohl die zuverlässigsten Informationen besaß. Arundel? De Noailles? De Quadra?

De Quadra! Der Spanier beschäftigte gute Agenten, zumindest, soviel hatte Cecil inzwischen erfahren, zahlte de Quadra hohe Summen. Er ärgerte sich jetzt, daß er seine Spione teils nach Schottland mitgenommen, teils nach Paris, Wien und Madrid geschickt hatte, weil er die politische Großwetterlage für wichtiger hielt als Robert Dudley, zumal niemand Elisabeth daran hindern konnte, ein Verhältnis mit ihrem Oberstallmeister zu beginnen.

Am Spätnachmittag begab er sich zu de Quadra, der ihn ausgesprochen liebenswürdig empfing.

»Ich freue mich, Mylord, daß Ihr gesund und wohlbehalten zurückgekehrt seid, nach dem, was man hört, ist mit den schottischen Clans nicht zu spaßen.«

Cecil lächelte. »Nun ja, Land und Leute sind wohl etwas rauher und urwüchsiger, aber ich habe auch recht vernünftige Schotten kennengelernt, Maitland of Lethington zum Beispiel oder Lord James Stuart, den illegitimen Halbbruder der Königin.«

»Seid Ihr mit den Ergebnissen der Unterhandlungen zufrieden?«

»Ja, und ich hoffe, Ihre Majestät wird auch zufrieden sein.«

De Quadra sah Cecil erstaunt an. »Habt Ihr die Königin noch nicht unterrichtet?«

»Ich hatte noch keine Gelegenheit, Lord Dudley ist für die Königin im Augenblick wichtiger als der Vertrag von Edinburgh…«, und er schilderte kurz die Szene in Elisabeths Arbeitszimmer.

Der Spanier hörte aufmerksam zu und lächelte hin und wieder amüsiert.

»Ich nehme an, daß während meiner Abwesenheit allerhand passiert ist.«

»Nun ja, die Nachfolgefrage ist gelöst.«

Cecil sah den Spanier verwundert an.

»Wie bitte? Hat die Königin während meiner Abwesenheit einen Nachfolger bestimmt?«

»Nein, Ihre Majestät erwartet ein Kind von Lord Dudley.«

Cecil starrte de Quadra fassungslos an. Hatte er richtig gehört? Sie war schwanger…

Er sprang auf und ging erregt hin und her. »Das ist doch nicht möglich… Seid Ihr sicher? Nein, wie kann sie mir so etwas antun, denkt sie überhaupt nicht an ihr Land? Ich werde zurücktreten, heute noch! Ich bin maßlos enttäuscht, ich hätte nie gedacht, daß sie sich so gehen läßt, aber das ist das Blut ihres Vaters… Nein, die Schande! Die Königin von England erwartet ein Kind von ihrem Oberstallmeister! Was wird man in Wien, Paris und Madrid denken!? Wann soll der Bastard denn zur Welt kommen?«

»Wahrscheinlich noch in diesem Jahr.«

»Was?! Wann um Himmels willen ist es denn passiert? Aber, das sage ich Euch, ich werde dafür sorgen, daß dieser Bastard von der

Thronfolge ausgeschlossen wird, ein Enkel des Verräters Northumberland kommt nicht auf Englands Thron – jawohl, dafür werde ich sorgen!«

De Quadra lächelte. »Dann dürft Ihr nicht zurücktreten, Mylord, im übrigen, soviel ich weiß, bestimmt allein Ihre Majestät den Nachfolger.«

Cecil schwieg, setzte sich wieder und starrte düster auf den Steinfußboden.

»Beruhigt Euch, Mylord, möchtet Ihr einen Whisky? Ich habe einen guten schottischen Tropfen, fünfundzwanzig Jahre alt.«

»Ja, bitte.«

Sie tranken einander zu und dann sagte der Spanier: »Als ich zum ersten Mal hörte, daß Ihre Majestät guter Hoffnung sei, war ich ebenfalls überrascht und konsterniert, aber seid unbesorgt, die Königin ist nicht schwanger, ich hoffe Ihr verzeiht mir den kleinen Scherz…«, und er schilderte die Szene im Ballsaal von Schloß Windsor.

Cecil hörte aufmerksam zu, und als de Quadra fertig war, sah er eine Weile nachdenklich vor sich hin. Dieser Braleigh hat also das Gerücht verbreitet, überlegte er…, interessant.

»Woher wißt Ihr, daß die Königin kein Kind erwartet?«

»Ich habe einen Spion auf ihre Kammerfrauen angesetzt, und die Frauen versicherten glaubhaft, daß Ihre Majestät regelmäßig unwohl ist.«

»Gut, sie bekommt keinen Bastard, aber das schließt nicht aus, daß sie und Lord Dudley… Ihr wißt, was ich meine.«

Der Spanier lächelte.

»Auch über diesen Punkt kann ich Euch beruhigen, meine Spione arbeiten zuverlässig, wenn die Königin ein Liebesverhältnis mit Lord Dudley hätte, wüßte ich es längst, und Ihr ebenso. Auf einem Bein steht man nicht gut, noch einen Whisky?«

»Ja, bitte.«

Sie tranken einander zu, und de Quadra fuhr fort: »Was nicht ist, kann noch werden, man spürt förmlich, wie verliebt die beiden ineinander sind, Lord Dudley geht bei der Königin ein und aus, sie verbringen fast den ganzen Tag zusammen, Lord Dudley speist abends bei Ihrer Majestät, dies alles wäre nicht weiter schlimm, aber die Affäre erregt beim Volk und im Ausland allmählich eine Aufmerksamkeit, die nicht ganz unproblematisch ist, weil gewisse Gerüchte nicht auszurotten sind. Im Volk zum Beispiel ist man nach wie vor davon überzeugt, daß die Königin ein Kind erwartet, und man ist empört darüber, daß Lord Dudley König Heinrichs Tochter verführt hat. Bis jetzt hat Ihre Majestät noch nichts an Popularität eingebüßt, aber die Gefahr ist vorhanden. Irgendwann im Juni passierte folgende Begebenheit: Eine alte Frau, Mutter Dowe aus Brentword, erzählte auf ihren Wanderungen durch die Dörfer, Lord Dudley und die Königin hätten allerhand Kunststücke miteinander angestellt, und sie erwarte ein Kind von ihm. Die Frau wurde verhaftet, unter Ausschluß der Öffentlichkeit verhört, und man versuchte, eine weitere Verbreitung dieser Skandalgeschichte zu verhindern, aber die Bemühungen waren vergeblich. Im Ausland beschäftigt man sich inzwischen ebenfalls mit der Affäre. Ich weiß, daß der kaiserliche Gesandte vom Wiener Hof beauftragt wurde, bei den Leuten, die die Königin seit ihrer Jugend kennen, Erkundigungen über ihre Tugend während ihrer Mädchenzeit einzuziehen, und der spanische Gesandte in Paris schrieb mir neulich, der Hofklatsch beschäftige sich nur mit der Ketzerkönigin und ihrem Pferdeknecht!«

»Ich weiß, Throgmorton berichtete mir ähnliche Dinge.«

»Affären hat es bei den Monarchen immer gegeben und wird es immer geben«, fuhr de Quadra fort, »diese Affäre indes ist heikel, weil nach wie vor hartnäckig behauptet wird, Lord Dudley plane, seine Frau zu ermorden, um die Königin heiraten zu können. Wenn Ihr mich fragt, Mylord, ich traue Dudley allerhand zu, aber ich glaube nicht, daß er einen Menschen kaltblütig ermorden würde, abgesehen davon hört man auch, daß seine Frau todkrank ist, er kann also in aller Ruhe auf ihren Tod warten und dann die Königin heiraten. Allerdings, ich kann mir nicht vorstellen, daß sie einen Mann heiraten würde, der einen so schlechten Ruf hat und beim Volk unbeliebt ist, und den man verdächtigt, einen Mord zu planen.«

»Genau das ist der Punkt, der mir Sorgen bereitet«, erwiderte Cecil, »ein Mensch, der so stark von einer Leidenschaft beherrscht wird, ist meiner Meinung nach zu allem fähig! Wenn ich nur wüßte, wie ich sie von Dudley abbringe!«

»Ihr könnt nur auf Gott vertrauen, Mylord, vielleicht wird sie durch eine glückliche Fügung des Schicksals von ihm getrennt und kommt dann zur Besinnung.«

»Eine glückliche Fügung…, wie meint Ihr das?«

»Nun, eine ansteckende Krankheit zum Beispiel oder ein Unfall, vielleicht sogar, was Gott verhüten möge, ein tödlicher Unfall. Im Augenblick können wir nur abwarten, aller guten Dinge sind drei, noch ein Whisky?«

»Ja, bitte.«

Am nächsten Vormittag berichtete Cecil Elisabeth von seinen Verhandlungen in Edinburgh.

Der Friede war ein diplomatischer Erfolg für England, weil man sich auf die Bedingungen geeinigt hatte, die Cecil vorgeschlagen hatte: Die Franzosen erklärten sich bereit, aus Schottland abzuziehen und den Schotten die Regelung ihres Glaubens zu überlassen, die Engländer verzichteten auf eine sofortige Rückgabe von Calais und auf eine Entschädigung für die Übernahme des englischen Wappens durch Maria Stuart und erklärten sich bereit, das Bündnis mit den Lords der Kongregation zu lösen. Die Regentin war am 10. Juni gestorben, und Schottland wurde nun von einem Regentschaftsrat regiert, dem John Knox, Maitland of Lethington und der illegitime Halbbruder der Königin, Lord James Stuart, angehörten. Mitte August würde ein schottisches Parlament zusammentreten und ein Gesetz verabschieden, das Schottland in einen protestantisch-presbyterianischen Staat verwandelte: Die Messe wurde verboten, jeder, der sie zelebrierte oder besuchte, wurde mit Bußgeld, Gefängnis oder beim dritten Mal mit dem Tod bestraft.

»Der Unterschied zur englischen Kirche, Majestät, besteht darin, daß die schottische Kirche nicht von der Königin und ihren Bischöfen verwaltet wird, sondern von einem demokratisch gewählten obersten kirchlichen Gericht. Das schottische Parlament kann die schottische Königin gegen ihren Willen zwingen, die protestantische Religion anzunehmen.«

Elisabeth lächelte Cecil an.

»Ich bin sehr zufrieden mit Euch, Mylord. Nun können wir, frei von politischen Sorgen, unsere Sommerreise antreten. Der Progress geht in diesem Jahr Richtung Süden, bis Southampton, Anfang September will ich ihn auf Schloß Windsor ausklingen lassen. Ich möchte dort ein paar Tage jagen und meinen Geburtstag feiern, Graf Arundel hat Anweisung, ein glanzvolles Fest zu arrangieren.«

»Halten Euer Majestät es für angebracht, jetzt über Land zu reisen, die Stimmung im Volk...«

»Mylord«, unterbrach Elisabeth ihn scharf, »ich weiß, worauf Ihr anspielt, nehmt zur Kenntnis, daß mein Verhältnis zu Lord Dudley niemanden etwas angeht, auch Euch nicht, und ich bin darüber informiert, daß die Engländer mich – trotz der albernen Gerüchte – noch genauso lieben wie am Tag meiner Thronbesteigung.«

Sie drehte sich um und rauschte hinaus, Cecil sah ihr nach und überlegte, ob er nicht doch besser zurücktreten sollte.

Die Rundreise wurde ein wahrer Triumphzug für Elisabeth.

Die Lords, bei denen sie wohnte, scheuten weder Kosten noch Mühe, um sie angemessen zu empfangen, zu bewirten und zu unterhalten. Die Bevölkerung drängte sich in den Straßen, um sie zu sehen, jubelte ihr zu, und sie selbst war freundlich, liebenswürdig und sehr leutselig.

Cecil atmete erleichtert auf, als er sah, wie populär Elisabeth trotz der dubiosen Gerüchte war, weniger erfreulich fand er den Riesenaufwand, abgesehen davon, daß die Königin ihr eigenes Bett samt Bettzeug mit sich führte, war tatsächlich der gesamte Hofstaat unterwegs, und Cecil fand, daß einige der älteren Herren ruhig hätten zu Hause bleiben können, am meisten aber störte ihn der Anblick Robert Dudleys. Er war ständig in ihrer Nähe, hielt die Zügel ihres Pferdes bei den endlosen Ansprachen der Stadtväter, saß an der Tafel neben ihr, während er, Cecil, scheinbar völlig in Vergessenheit geriet.

Dies alles war wenig erfreulich, am schlimmsten aber empfand er Elisabeths offensichtliche Verliebtheit, und er beschloß, im

Herbst, wenn sie wieder in Whitehall waren, seinen Rücktritt anzubieten, soll sie doch ihren Robin zum Staatssekretär ernennen, dachte er verärgert.

So verging der August, und am 2. September, einem Montag, erreichte man gegen Abend Schloß Windsor.

Während der folgenden Tage vergrub Cecil sich in seine Akten, Arundel war vollauf damit beschäftigt, das Geburtstagsfest der Königin zu organisieren, Elisabeth und ihr Gefolge erholten sich von den Strapazen der Reise, unternahmen Jagdausflüge oder übten Bogenschießen; an den Abenden wurde musiziert, man spielte Karten, und während dieser Beschäftigungen dachte Elisabeth herzklopfend daran, daß sie sich an ihrem Geburtstag mit Robert verloben wollte.

Als sie am 7. September, es war ein Samstag, erwachte, herrschte im Zimmer ein mattes Zwielicht, und beim Schein der Nachtlampe sah sie, daß es kurz nach fünf Uhr war. Der 7. September 1560, ihr siebenundzwanzigster Geburtstag..., vor genau siebzehn Jahren, an ihrem zehnten Geburtstag, hatte sie Robert kennengelernt...

Sie konnte sich noch recht gut an das Fest erinnern, das ihr Vater damals für sie gegeben hatte..., das mehrstündige üppige Bankett, der Fechtkampf zwischen Robert und diesem widerlichen Braleigh, schließlich hatte ihr Vater den Tanz mit ihr eröffnet, und...

»Robin, mein Junge, dem Sieger gebührt die Ehre...«, dann hatte Robert mit ihr getanzt...

Das lag nun schon siebzehn Jahre zurück, ihr Vater wäre bestimmt damit einverstanden, daß sie aus Liebe heiratete wie er selbst... Sie überlegte, wann sie mit Robert reden sollte, während des Jagdausfluges? Nein, es war besser, wenn sie unter vier Augen mit ihm sprach, einige Zeit vor dem Beginn des Festes... Wo konnte sie ungestört mit ihm reden? Im Park..., sie beschloß mit ihm zu dem Brunnen zu gehen, dort hatte er ihr vor drei Monaten gestanden, daß er sie liebte, dort also...

Was ziehe ich an? In Schwarz sehe ich immer am elegantesten aus, also das schwarze, golddurchwirkte Seidenkleid, die Perlen und das Perlendiadem…

Die Jagdgesellschaft kehrte bereits am frühen Nachmittag zurück, damit genügend Zeit blieb, um sich auszuruhen und umzukleiden.

»Schade«, sagte Robert zu Elisabeth, »ich hätte für Euch heute gerne etwas Wild erlegt, es ist schließlich Euer Geburtstag, aber leider war mir das Jagdglück nicht wohlgesonnen.«

»Macht Euch nichts daraus, es gibt wichtigere Dinge, ich erwarte Euch gegen fünf Uhr in meinen Räumen, und…, noch etwas, ich möchte, daß Ihr heute abend Schwarz tragt.«

»Schwarz?«

»Ach, es ist so ein Einfall von mir.«

Launen, dachte er und beschloß, die Trauerkleidung mit einer Goldkette und einer weißen Spitzenhalskrause aufzulockern.

Als er gegen fünf Uhr Elisabeths Wohnraum betrat, hatte er das Gefühl, daß sie aus irgendeinem Grund nervös war.

»In einer Stunde beginnt das Fest, kommt, Robin, ich möchte mit Euch ein paar Schritte im Park spazieren und etwas besprechen.«

Sie gingen hinunter und dann jenen kiesbestreuten Weg an den Rosensträuchern vorbei, den sie seinerzeit im Juni gegangen waren.

Robert wartete darauf, daß Elisabeth das Gespräch eröffnete, aber sie schwieg, und ihr Gesicht sah so todernst aus, daß er sich besorgt fragte, ob sie ihm wegen irgend etwas zürnte, wollte sie ihn etwa wegschicken?

Kurz vor fünf Uhr erinnerte Cecils Kammerdiener seinen Herrn daran, daß es allmählich Zeit wurde, sich für das Fest umzukleiden.

Cecil schloß die Akten, trat zum geöffneten Fenster und genoß einige Augenblicke die warme Luft des Spätsommernachmittags.

Er dachte daran, wie gerne er jetzt im Park spazierengehen und den Abend mit einem interessanten Buch verbringen würde, statt dessen mußte er ein mehrstündiges Bankett über sich ergehen lassen und einen Ball, der bis zum frühen Morgen dauerte. Abgesehen davon, daß er die Tanzerei für ein oberflächliches, leichtfertiges Vergnügen hielt, bedeuteten diese Abende für ihn Arbeit, diplomatische Schwerarbeit, weil die Königin erwartete, daß er in der gelockerten Festatmosphäre von den ausländischen Gesandten mehr erfuhr als auf dem offiziellen Weg. Die ausländischen Herren waren natürlich vorsichtig, aber mit einiger Geschicklichkeit konnte man schon etwas aus ihnen herausfragen. Nach dem Bankett, überlegte er, werde ich mich bei Monsieur de Noailles diskret erkundigen, wann König Franz und Königin Maria geruhen, den Vertrag von Edinburgh zu ratifizieren, vielleicht erfahre ich bei dieser Gelegenheit auch, wie es um die Gesundheit Seiner Majestät steht…

In diesem Augenblick sah er, wie Elisabeth und Robert das Schloß verließen und einen der kiesbestreuten Wege entlanggingen, der zum anderen Ende des Parkes führte. Nanu, dachte Cecil verwundert, vor dem Fest noch ein Spaziergang im Park, normalerweise ist Elisabeth doch bis zur letzten Minute mit ihren Roben und ihrer Frisur beschäftigt…, beide in Schwarz, wie sinnig… Dieser Spaziergang mußte einen Grund haben, na, er würde das Paar nachher genau beobachten… Nachdenklich ging er in den Nebenraum, um sich umzukleiden.

Am Brunnen blieb Elisabeth stehen, sah Robert an, senkte die Augen, sah ihn wieder an, es war schwieriger, als sie gedacht hatte, schließlich gab sie sich einen Ruck.

»Erinnert Ihr Euch an den Abend im Juni, als wir hier standen und Ihr mir sagtet, daß Ihr mich liebt?«

»Ja, es war vor genau drei Monaten und einem Tag.«

»Ich liebe Euch auch, Robin…, schon lange.«

Ein freudiger Schreck durchfuhr ihn, wie albern von ihm, anzunehmen, daß sie ihn wegschicken würde.

»Ist das wahr, Elisabeth? Ich habe es immer gehofft, gewünscht…«

»Ich weiß, im Juni, habe ich geschwiegen, weil ich mich noch nicht entschieden hatte, inzwischen…, nun, ich habe mich für Euch entschieden, Robin, nach Amys Tod und der Trauerfrist werden wir heiraten, so prunkvoll wie möglich, glanzvoller als seinerzeit Maria Stuart und der Dauphin.«

Im ersten Augenblick konnte er es kaum glauben, daß sie es ernst meinte, daß sein Wunsch, ihr Gatte und König von England zu werden, sich erfüllen sollte, aber sie war nicht die Frau, die auf diesem Gebiet scherzte.

»Was habt Ihr? Seid Ihr wirklich so überrascht?«

»Es kommt mir unwirklich vor, fast wie ein Traum. Ihr werdet von Fürsten umworben.«

»Ja, aber ich kenne sie nicht, Euch kenne ich, auch Eure Schwächen. Im Laufe des Herbstes ernenne ich Euch zum Grafen von Leicester, nach Amys Tod gebe ich unsere Verlobung offiziell bekannt, Ihr werdet nicht mitregieren, sondern den Titel ›König von England‹ tragen, die staatspolitischen Angelegenheiten entscheiden weiterhin Sir Cecil und ich, aber es gibt viele Repräsentationspflichten, und Ihr wißt, welche Bedeutung ich diesen beimesse.«

»Ich verspreche Euch, daß ich mich bemühen werde, meine Pflichten als König von England stets zu Eurer Zufriedenheit zu erfüllen, vor allem aber… Ich hoffe und wünsche, daß Ihr in unserer Ehe glücklich werdet, Elisabeth.«

Er zog sie an sich und küßte sie leicht und flüchtig auf den Mund, wie im Juni, dann nahm er sie in die Arme, und für den Bruchteil von Sekunden fühlte sie sich ihm ausgeliefert, gleichzeitig durchströmte sie jene warme Flut wie damals in Chelsea, sie spürte eine Schwäche, einen leichten Taumel, sie schloß die Augen, gab seinem fordernden Mund nach und genoß seinen Kuß, seine körperliche Nähe, sie spürte seinen Bart auf ihrer Haut, roch das italienische oder französische Duftwasser, und als ihre Lippen sich voneinander lösten, stieß sie einen kurzen, glücklichen Seufzer aus.

»Wir sollten jetzt zurückgehen«, sagte er und rückte vorsichtig das Diadem zurecht.

»Ohne uns kann das Fest nicht beginnen«, sie schlang die Arme um seinen Nacken und sah ihn belustigt an.

»Du hast nicht nur Repräsentationspflichten, Robin, denke an den Thronfolger, wenn nicht pünktlich neun Monate nach unserer Hochzeit Salut geschossen wird, bekommen wir es mit dem Parlament und mit Cecil zu tun.«

Er lachte leise auf. »Cecil wird es nicht recht sein, wenn wir heiraten.«

»Er wird sich daran gewöhnen müssen«, sie schmiegte sich an ihn, »ich gehe erst zum Schloß zurück, wenn du mich noch einmal geküßt hast, das ist ein Befehl.«

»Zu Befehl, Majestät...«, mein Gott, sie ist nicht unerreichbar, dachte er, und auch nicht spröde, im Gegenteil, sie ist... ausgesprochen sinnlich.

Auf dem Rückweg legte er den Arm um ihre Taille, und sie gingen schweigend und glücklich nebeneinander her.

»Unseren ersten Sohn«, begann Elisabeth nach einer Weile, »werde ich Heinrich nennen, nach seinem Großvater und Urgroßvater.«

»Aha, und unsere erste Tochter?«

»Anna, nach ihrer Großmutter, unseren zweiten Sohn nenne ich... Thomas, nach...« Sie schwieg, und Robert spürte einen leichten Stich... Thomas, denkt sie immer noch an ihn, oder ist es nur eine Erinnerung, wahrscheinlich nur eine Erinnerung...

»Unseren dritten Sohn werde ich Robert nennen, nach dir.«

»Heinrich, Anna, Thomas, Robert..., willst du wirklich vier Kinder, Elisabeth?« Und er erinnerte sich an ihr Gespräch im Juni über das Schicksal von Königskindern.

»Na ja, drei Söhne würden zur Sicherung der Thronfolge genügen, drei Kinder in großen Abständen, ich habe keine Lust, jedes Jahr einige Monate lang auf Reiten und Tanzen zu verzichten.«

Robert lachte.

»Zu Befehl, Majestät, drei Kinder in großen Abständen.«

Cecil befahl dem Kammerdiener, den Zobelpelz zu holen, ging hinüber in sein Arbeitszimmer und schloß das Fenster. Da kamen Elisabeth und Robert zum Schloß zurück. Cecil stutzte, nein, er sah richtig, der Herr Oberstallmeister hatte den Arm um die Taille der Königin gelegt, und Cecil spürte instinktiv, daß während dieses Spazierganges etwas passiert war. Vorhin, dachte er, gingen sie nebeneinander, wie es sich ziemt, jetzt hingegen... und vor aller Augen, schließlich gibt es noch mehr Fenster zu dieser Parkseite.

Er konnte erkennen, daß Robert lachte und dann..., Cecil fielen fast die Augen aus dem Kopf... Das Paar blieb stehen, umarmte und küßte sich ungeniert und hingebungsvoll, auch die Königin... Er fand es skandalös und unschicklich, sie ist hemmungslos, sie ist eben doch die Tochter ihres Vaters...

Er sah zur Uhr, es war kurz vor sechs, sah wieder hinunter zu dem Paar..., küßten die sich etwa immer noch? Nein, aber der Herr Oberstallmeister drückte die Königin an sich und zupfte an ihren Locken herum..., wollten sie dort etwa den ganzen Abend stehenbleiben?

»Wenn du nicht bald im Festsaal erscheinst, wird Arundel einen Suchtrupp losschicken.«

»Na und?«

»Bist du dir klar darüber, daß man uns von den oberen Fenstern aus beobachten kann?«

»Es stört mich nicht, auf ein bißchen mehr oder weniger Tratsch kommt es jetzt auch nicht mehr an.«

Sie löste sich aus seinen Armen. »Komm, die Etikette ruft.«

Während der Kammerdiener ihm den Pelz umlegte, ging es Cecil durch den Kopf, daß er Mildred nur im Schlafzimmer küßte, wie es sich gehörte, überhaupt, die körperliche Liebe war nur eine Beigabe der Ehe, in einer Ehe waren andere Dinge viel wichtiger...

Ehe… Und blitzartig durchfuhr ihn ein Gedanke, den er sofort wieder verdrängte: Hatten Elisabeth und Robert sich etwa ein Eheversprechen gegeben? Nein, das kann nicht sein, das darf nicht sein… Auf dem Weg zum Festsaal spürte er eine merkwürdige Unruhe.

Während des Banketts saß Cecil Elisabeth und Robert schräg gegenüber und ließ seine Augen verstohlen zwischen den beiden hin und her wandern.

Die Königin war bestens gelaunt, lachte, plauderte, sah Robert hin und wieder verliebt an…, kein Wunder, dachte er, sie ist heute abend eine glückliche Frau…, und er beobachtete Dudley, dessen Verhalten ihm interessanter schien. Robert war liebenswürdig wie immer bei solchen Anlässen, ebenfalls bestens gelaunt, aber Cecil hatte den Eindruck, daß Roberts Stimme, wenn er sich mit seinen Tischnachbarn unterhielt, leicht überheblich und gönnerhaft klang.

Er benimmt sich so, als ob er weit über uns steht, dachte Cecil, in diesem Augenblick sah Robert zu ihm hinüber und fragte: »Mylord, welchen Namen würdet Ihr dem Thronfolger Englands geben?«

Cecil sah Robert durchdringend an und erwiderte langsam: »Diese Frage, Mylord, wird die Königin entscheiden.«

»Ihr habt recht, Ihre Majestät hat sich bereits entschieden.«

Hier unterbrach Elisabeth die Unterhaltung und sagte zu Cecil: »Uns…, mein erster Sohn wird auf den Namen Heinrich getauft, Mylord, nach seinem Großvater und Urgroßvater.«

Sie strahlte Cecil an, und er mußte unwillkürlich lächeln.

»Eine reizende Idee, Majestät.«

Seinem feinen Ohr aber war die Silbe ›Uns…‹ nicht entgangen, mein Gott, dachte er, wollte sie sagen ›Unser erster Sohn‹?!

Er gönnte es ihr, wenn sie persönlich glücklich wurde, aber nicht mit diesem Dudley, über den soviel geredet wurde, dessen schlechter Ruf auch ihr schaden würde… Er galt als potentieller Mörder seiner Frau… Er sah wieder zu Robert, der ihn triumphierend und spöttisch musterte…, plötzlich wußte Cecil, was sich am Spätnachmittag während des Spazierganges ereignet hatte… Nun, Robert Dudley, dachte er, noch bist du nicht König von England und

Gemahl der Königin, ich weiß zwar nicht, wie ich es verhindern kann, aber es gibt so etwas wie eine göttliche Fügung…

Als der letzte Gang serviert wurde, sagte Robert zu Arundel: »Sorgt dafür, daß heute abend nach der Pavane nur noch Volta getanzt wird.«

»Warum, Mylord?«

»Ich will es so, Mylord, und Ihre Majestät auch.«

Ich will es so, dachte Cecil, wie kann ich die Königin zur Vernunft bringen?

Zu vorgerückter Stunde stand Cecil in einer Fensternische und sah düster vor sich hin.

Sein Gespräch mit Noailles war wenig erfreulich gewesen: Der Franzose hatte sich über die Gesundheit des Königs keine Neuigkeiten entlocken lassen, nun gut, wozu gab es Spione? Viel bedenklicher waren Noailles' Äußerungen bezüglich des Vertrags von Edinburgh, er hatte unmißverständlich erklärt, das französische Königspaar werde den Vertrag erst ratifizieren, wenn Elisabeth ihre Cousine Maria Stuart zu ihrer Nachfolgerin ernannte.

Das kann noch heiter werden, überlegte Cecil, die Ratifizierung, na ja…, aber Maria Stuart erhebt Anspruch auf die englische Krone, und meine Königin, soweit kenne ich sie inzwischen, wird keinen Fußbreit nachgeben… Wann informiere ich sie über das Gespräch mit Noailles? Nach der Rückkehr des Hofes in die Hauptstadt…, Maria Stuart wird zum Problem werden, dachte er… Da kam de Quadra auf ihn zu.

»Ein herrliches Fest, Mylord, aber warum wird nur Volta getanzt?«

»Weil Lord Dudley es so will«, erwiderte Cecil, und plötzlich spürte er das Bedürfnis, sich seinen Kummer von der Seele zu reden.

»Hättet Ihr morgen nachmittag eine Stunde Zeit, ich möchte einmal in Ruhe über verschiedene Probleme mit Euch sprechen.«

»Selbstverständlich, Ihr seid jederzeit willkommen, Mylord.«

Wahrscheinlich will er sich über die Königin und Dudley unterhalten, dachte de Quadra stillvergnügt, vielleicht erfahre ich Neuigkeiten…

Gegen fünf Uhr morgens war das Fest zu Ende, und Robert begleitete Elisabeth zu ihren Räumen.

»Das war die erste Nacht in meinem Leben, die ich durchgetanzt habe«, sagte sie, »ich spüre meine Füße nicht mehr, aber es war der schönste Ball meines Lebens.«

Er betrachtete ihre glänzenden Augen, die geröteten Wangen, sie sah taufrisch aus, trotz der durchtanzten Nacht, sie schien überhaupt nicht müde zu sein und wirkte gelöster, gelockerter... Man konnte fast vergessen, daß sie die Königin von England war...

»Was ist, Robin, warum siehst du mich so an?«

»Warum? Weißt du nicht, wie begehrenswert du bist? In diesem Augenblick bist du Elisabeth Tudor und nicht die Königin von England.«

»Das mag sein, aber ich muß immer beiden Rollen gerecht werden, und man erwartet von mir, daß ich in erster Linie Königin bin, auch Cecil, er vor allem, du bist der einzige Mensch, bei dem ich Elisabeth Tudor sein kann.«

»Was mich betrifft, bist du nur bei offiziellen Anlässen die Königin, ansonsten...« Er gab ihr einen Kuß. »Wann wollen wir heute losreiten?«

»Heute? Richtig, es ist ja schon Sonntag, der 8.September..., ich erwarte dich um zwei Uhr, bis dahin habe ich ausgeschlafen, gute Nacht, Robin.«

»Gute Nacht? Guten Morgen, Elisabeth.«

Er eilte fort, sie öffnete die Tür und bedauerte es, daß sie allein in ihren Räumen war.

»Wann soll ich Euer Majestät wecken?« fragte Lucy.

»Gegen zwölf Uhr mittags.«

»Majestät, der Gottesdienst beginnt um...”

»Der Gottesdienst wird ausnahmsweise einmal ohne mich stattfinden.«

Als sie in dem breiten Himmelbett lag, ging ihr durch den Kopf, daß noch etliche Monate bis zu ihrer Hochzeitsnacht verstreichen würden, warum sollten sie noch so lange warten?

Gegen fünf Uhr nachmittags begab Cecil sich zu de Quadra. Nach den üblichen Höflichkeitsfloskeln kam er zur Sache.

»Seit meiner Rückkehr aus Schottland habe ich den Eindruck, daß die Königin zunehmend von ihrer leidenschaftlichen Zuneigung für Lord Dudley beherrscht wird und dieser Leidenschaft alles unterordnet. Sie vernachlässigt die Staatsgeschäfte in einer Art und Weise, die nicht mehr tragbar ist. Nun kann man erwidern, sie hat einen Staatssekretär und einen Rat, gewiß, aber wenn es einen Favoriten oder eine Favoritin gibt, besteht immer die Gefahr, daß sie versuchen werden, sich in die Regierungsgeschäfte einzumischen und ihre eigenen Interessen zu vertreten, die oft nicht identisch sind mit den Interessen des Landes. Es gibt hierfür ein Beispiel aus unserer jüngsten Vergangenheit.«

De Quadra, der die Anspielung verstand, erwiderte: »König Philipp war nicht der Favorit, sondern der Gemahl Königin Marias, und soviel ich weiß, hat er offiziell nie mitregiert.«

»Er hat inoffiziell mitregiert, er hat – verzeiht meine Offenheit – durch das Schlafzimmer mitregiert, und jetzt steuern wir mit vollen Segeln auf eine vergleichbare Situation zu.«

»Wollt Ihr damit andeuten, daß die Königin beabsichtigt, Lord Dudley zu heiraten?«

Cecil überlegte einen Moment und erwiderte: »Ich weiß natürlich nicht, was die Königin beabsichtigt, vielleicht weiß sie selbst nicht, was sie will. Bisher hat sie immer versichert, sie wolle nicht heiraten, und die einzelnen Freier erhielten eine Absage.«

»Bei Erzherzog Karl war die Absage zweideutig formuliert.«

»Nun gut, jedenfalls stand die Königin bis jetzt einer Heirat sehr reserviert gegenüber; ich habe in meinem Leben die Erfahrung gemacht, daß die Menschen wankelmütig sind, oder – um es positiv auszudrücken – der Mensch ändert seine Meinung im Laufe der Zeit, dagegen ist nichts einzuwenden, weil es zeigt, daß der Mensch sich weiterentwickelt, in der Jugend beurteilt man die Dinge anders als im Alter, aber, um auf die Königin zurückzukommen: Ich halte es für möglich, daß sie, bedingt durch die Leidenschaft oder

Liebe zu Lord Dudley, eine Ehe nicht mehr grundsätzlich ablehnt, vielleicht spielt sie mit dem Gedanken, ihn zu heiraten, vielleicht ist sie inzwischen entschlossen, wer weiß, da ich immer mit allem rechne, halte ich es für möglich, daß sie erwägt, ihn – nach dem Tod seiner Frau – zu heiraten. Ich habe nichts dagegen, daß sie einen englischen Aristokraten ehelicht, schließlich muß die Thronfolge gesichert werden, Lord Dudley indes ist die schlechteste Wahl, weil sie gefährlich ist. Dudley ist eine umstrittene und zwielichtige Persönlichkeit. Nehmt seine Herkunft: Er ist in den Augen des Volkes und des Adels der Sohn eines Hochverräters. Der junge Mann ist unschuldig am Verrat des Vaters, würde wahrscheinlich auch nie so handeln wie der Vater, aber der Makel haftet ihm an, obwohl Königin Maria ihn seinerzeit rehabilitiert und in Gnaden wieder aufgenommen hat. Dieser Makel würde im Laufe der Jahre verblassen, wenn das Privatleben des Lords normal verliefe, und das ist der zweite und entscheidende Punkt: Man wirft ihm vor, daß er seine Frau vernachlässigt und, Ihr kennt ja die albernen Gerüchte, daß er plant, sie umzubringen. Seine Ehe ist zunächst seine Privatangelegenheit, es gibt unglückliche aristokratische Ehen, über die niemand redet, bei Dudley indes liegen die Dinge anders, seine Ehe ist keine Privatangelegenheit mehr, weil die Königin seit dem Frühjahr 1559 damit in Verbindung gebracht wird. Die Gerüchte, daß er seine Frau umbringen will, um die Königin zu heiraten, färben auf die Königin ab – kurz: Es besteht die Gefahr, daß man nach Lady Dudleys natürlichem Tod ihn des Mordes verdächtigt, und nicht nur ihn, sondern auch die Königin. Falls sie sich über alles hinwegsetzt und ihn trotzdem heiratet, büßt sie ihre Popularität ein, der Adel – besonders der katholische Adel im Norden – wird aufbegehren, und England verliert im Ausland das Prestige, das wir uns mühsam erarbeitet haben.

Mit anderen Worten: Lord Dudley als König von England bedeutet den Ruin des Staates.«

Hier schwieg Cecil zunächst und wartete auf de Quadras Reaktion. Der Spanier überlegte und erwiderte:

»Ihr habt recht, wenn Ihr in dieser Ehe eine Gefahr für den Staat seht, aber ich persönlich halte die Königin für eine intelligente, rational denkende Frau, Liebe hin und her, bei einer so schwerwiegenden Entscheidung wird sie die Vor- und Nachteile genau überdenken, vielleicht entscheidet sie sich im Hinblick auf England gegen Lord Dudley.«

»Darüber denke ich seit Monaten nach. Ich bezweifle, daß ein Mensch, der von Emotionen beherrscht wird, noch rational denken kann«, vor seinem inneren Auge tauchte die Szene im Park auf, die er beobachtet hatte, »am liebsten würde ich zurücktreten.«

»Nein, Mylord, Ihr könnt England in dieser schwierigen Situation nicht im Stich lassen.«

Cecil schwieg, und de Quadra fragte sich im stillen, warum der engste Ratgeber der Königin ausgerechnet ihm, dem spanischen Gesandten, seine Gedanken und Befürchtungen anvertraute.

Da sagte Cecil: »Ihr wundert Euch vielleicht, warum ich mit Euch darüber spreche. Nun, Ihr seid der Gesandte des mächtigsten katholischen Landes in Europa, die Beziehungen zwischen unseren Ländern sind freundschaftlich, überdies war König Philipp der Schwager der Königin. Was Lord Dudley betrifft, so hört die Königin weder auf mich noch auf andere, auch ihre alte Erzieherin, Mrs. Ashley, hat keinen Einfluß bei dieser Affäre. Ich denke, daß die Worte eines ausländischen Gesandten mehr Wirkung haben. Ich bitte Euch, auf die Königin einzuwirken, daß sie an das Wohl des Landes denken soll, an ihre Pflichten, macht sie darauf aufmerksam, daß sie ihre Popularität beim Volk und ihr Ansehen im Ausland verliert, wenn sie Lord Dudley heiratet, sagt Ihr meinetwegen, daß sie König Philipps Freundschaft aufs Spiel setzt, wenn sie nicht von Lord Dudley abläßt, vielleicht findet Ihr mehr Gehör als ich oder ein anderer Engländer.«

»Mylord, Eure Bitte ehrt mich, und ich werde sie gerne erfüllen, aber soweit ich Ihre Majestät kenne, muß man einen günstigen Augenblick wahrnehmen.«

»Das überlaßt mir, ich werde Euch rechtzeitig einen Wink geben. Ach Gott, Lord Robert wäre bei den Engeln im Himmel am besten aufgehoben!«

»Der Tod, Mylord, kann ein Problem lösen, er kann es aber auch verschärfen.«

»Ein tödlicher Unfall wäre die einfachste und eleganteste Lösung, ich weiß, daß es Sünde ist, einem Menschen den Tod zu wünschen, ich wünsche Lord Robert nicht den Tod, aber es gibt göttliche Fügungen, wie gesagt, ein tödlicher Unfall...«

Während Cecil sich zu de Quadra begab, ritt die Jagdgesellschaft zum Schloß zurück.

»Heute habe ich wieder kein Wild erlegt«, sagte Robert zu Elisabeth, »wahrscheinlich ist die fehlende Nachtruhe der Grund.«

»Wenn dies der Grund ist, wirst du in Zukunft öfter kein Wild schießen, und während unserer Flitterwochen wird dir kein Jagdglück beschieden sein.«

Er stutzte einen Moment und fing an zu lachen.

»Das glaube ich nicht«, er sah sich um und sagte etwas leiser: »Die Liebe ist an keine Tageszeit gebunden.«

»Die Liebe ist an nichts gebunden«, erwiderte sie, »die kirchliche Trauung ist eine Formalität, als meine Eltern heirateten, war ich schon unterwegs.«

Robert verschlug es die Sprache, wollte sie damit andeuten, daß... Seinen sinnlichen Wünschen kam es entgegen, aber war es vernünftig?

»Ich möchte«, unterbrach Elisabeth seine Gedanken, »daß wir mit soviel Prunk wie möglich in Westminster getraut werden und die Flitterwochen auf Kenilworth verleben..., wer weiß, wieviel Monate bis dahin verstreichen, die Thronfolge ist wichtig... Kannst du dir vorstellen, daß bei unserer Trauung der Thronfolger bereits anwesend ist?«

Er glaubte, nicht richtig zu hören, und suchte nach einer passenden Antwort.

»Elisabeth, findest du nicht, daß alles seine Ordnung haben muß, wenn wir erst nach der Geburt unseres ersten Kindes heiraten, dann besteht die Gefahr, daß diesem Kind immer der Ruf des Bastards anhaftet, man wird nachrechnen, wann es gezeugt wurde, und wenn es noch zu Amys Lebzeiten war, dann wird man diesem Kind vorhalten, daß es ehebrecherisch gezeugt wurde.«

»Seit wann nimmst du Rücksicht auf Amy?«

»Ich nehme keine Rücksicht auf Amy, ich denke an dich und das Kind. Maria Stuart behauptet, die Königin von England zu sein, willst du, daß ein Kind Maria Stuarts unserem Kind die Erbansprüche streitig macht?«

»Maria Stuart hat bis jetzt noch keine Kinder und wird wahrscheinlich auch keine bekommen, man munkelt, daß die Ehe mit Franz noch nicht vollzogen ist. Außerdem sagte mir Cecil vor einigen Wochen, Franz sei krank und würde nicht alt werden. Falls Maria Stuart stirbt, ohne einen Erben für Schottland zu hinterlassen, und ich hätte einen Sohn, dann könnten die Tudors vom Stammbaum her Erbansprüche auf Schottland geltend machen, Maria Stuart und mein Sohn haben einen gemeinsamen Urgroßvater, Heinrich VII. von England, dann wäre es möglich, die beiden Länder zu vereinigen, unser Sohn wäre dann König von England, Schottland und Irland, die Insel Britannia wäre ein Reich, Großbritannia…"

»Elisabeth, wohin verlierst du dich? Noch hast du kein Kind, noch lebt Maria Stuart, und als junge Witwe wird sie versuchen, sich wieder zu verheiraten, um die Erbfolge in Schottland zu sichern.«

»Eine neue Heirat ist für sie genauso schwierig wie für mich, weil – wegen der Religion – etliche potentielle Kandidaten ausscheiden, eine katholische Königin in einem protestantischen Land, eine verzwicktere Situation gibt es wohl nicht. Du hast meine Frage noch nicht beantwortet, kannst du dir vorstellen, daß der Thronfolger Englands bei unserer Hochzeit anwesend ist?«

»Das kann ich mir sehr gut vorstellen, du solltest dir diesen Schritt dennoch gut überlegen, wir könnten warten, bis Amy gestorben ist, dann wäre der künftige König Englands nur vorehelich gezeugt und nicht ehebrecherisch…«

Er zügelte sein Pferd, zog sie zu sich herüber und küßte sie.

»Ich werde es mir überlegen, Robin, obwohl…«, sie sah sich um… »Wo ist unser Gefolge?«

Während sie zurückritten, dachte Robert daran, daß es erst vierundzwanzig Stunden her war, seit Elisabeth ihm gesagt hatte, daß sie ihn heiraten wollte, und einen Augenblick lang fragte er sich, ob er vielleicht träume, aber nein, es war Realität, und gutgelaunt begann er halblaut vor sich hin zu singen:

»Pastime with good company, I love and shall until I die…«

An diesem Nachmittag saß Amy Dudley im Erker ihres Wohnraumes und las in einem Gebetbuch. Sie war allein im Haus, weil sie die Dienerschaft beurlaubt hatte, um zum Jahrmarkt nach Abingdon zu gehen. Sie selbst wollte erst am Montag den Markt besuchen, wie es sich für eine Dame von Stand gehörte.

Gegen fünf Uhr schloß sie das Gebetbuch und sah eine Weile nachdenklich hinaus in den Garten. Sie dachte daran, daß dies wohl der letzte Sommer ihres Lebens war. Der Gedanke schmerzte nur ein wenig, ihr Leben war beendet, sie hoffte nur, es möge rasch gehen und ihr keine weiteren Qualen bereiten. Sie stand auf, schloß das Fenster und überlegte, daß sie im Park spazierengehen könnte, um die letzten Sonnenstrahlen zu genießen, nicht lange, eine halbe Stunde vielleicht…

Sie ging hinüber in den Schlafraum, setzte die schwarze Samthaube auf, überprüfte, ob sie auch fest genug saß, dann verließ sie das Zimmer und ging langsam die Steintreppe hinunter.

In jener Nacht lag Elisabeth lange wach und dachte über das Gespräch mit Robert nach. Einerseits gab sie ihm recht, es mußte alles seine Ordnung haben, andererseits verspürte sie wenig Lust, noch länger zu warten… Sie schrak zusammen, als sie ein Geräusch hörte, setzte sich auf und beobachtete entsetzt, daß die Tür langsam geöffnet wurde, sie wollte um Hilfe rufen, brachte aber keinen Ton heraus, dann betrat Robert das Zimmer, und sie starrte ihn einige Sekunden fassungslos an.

Er war nur mit Hemd und Hose bekleidet, das Hemd war halb aufgeknöpft, und sie konnte seine leicht behaarte Brust sehen.

Eine flüchtige Erinnerung, die von einer unbestimmten Furcht begleitet war, streifte Elisabeth, und sie überlegte, wie es Robert gelungen war, bei ihr einzudringen. Die Tür zu ihrem Schlafgemach war unverschlossen, aber im Vorzimmer waren Kammerfrauen, es gab Türsteher...

»Wurdest du an der Schwelle nicht aufgehalten?«

Er lächelte. »Warum sollte man mich aufhalten?«

Er trat zum Bett und setzte sich auf die Kante. »Ich will dir die Entscheidung abnehmen.«

Seine Finger glitten spielerisch durch die offenen rötlichblonden Haare.

Sie sah ihn unsicher an. »Diese Entscheidung muß ich treffen, nicht du.«

Er lachte. »Im Schlafzimmer bin ich der Herr.«

Er riß sie an sich und küßte sie mit einer Leidenschaft, die sie bisher noch nicht an ihm erlebt hatte, und schwankte zwischen Angst und dem körperlichen Verlangen, sich ihm hinzugeben.

Endlich gab er sie frei und drückte sie sanft in die Kissen zurück. Einige Augenblicke sahen sie einander schweigend an, dann beugte er sich über sie, küßte sie auf den Mund und ließ seine Lippen spielerisch über ihren Hals bis zum Schulteransatz gleiten.

Sie schloß die Augen und genoß den Schauer, der sie durchrieselte. Als er vorsichtig die Bettdecke wegzog, schlug sie die Augen auf, im selben Augenblick spürte sie, daß seine Hand unter ihr Hemd glitt und behutsam an ihrem rechten Bein entlangwanderte. Als er die Innenseite ihrer Schenkel erreicht hatte, schob sie seine Hand weg.

»Nein, nicht jetzt.«

»Hast du Angst?«

»Nein, es ist nur... Ich weiß es nicht.«

»Vergiß einmal in deinem Leben, daß du die Königin von England bist«, er beugte sich über sie, »vergiß, daß du die Königin bist...«

»Nein!« Sie stieß ihn zurück und setzte sich mit einem Ruck auf. »Nein, ich werde es nie vergessen, nie!«

In diesem Augenblick kam Lucy ins Zimmer. »Majestät, um Gottes willen, was ist passiert?«

Elisabeth öffnete die Augen und sah Lucy neben dem Bett stehen.

»Ihr habt eben laut gerufen, Majestät.«

»Ach so, nein, ich habe nur geträumt.«

»Wahrscheinlich ein Albtraum, Majestät.«

»Es war kein Albtraum, es war... nur ein Traum. Wie spät ist es?«

»Fünf Uhr morgens, Majestät.«

»Bringe mir ein Glas Wasser, wecke Kate und schicke sie zu mir, ach, noch etwas..., ich war doch die ganze Nacht allein im Zimmer, nicht wahr?«

Lucy sah ihre Herrin erstaunt an.

»Selbstverständlich, Majestät, der Türsteher würde niemand über die Schwelle lassen« – auch nicht Lord Dudley, dachte Lucy.

Während sie auf Kate wartete, dachte Elisabeth noch einmal über den Traum nach. So geht es nicht weiter, überlegte sie, die folgende Nacht werde ich mit ihm verbringen...

Dann kam Kate.

»Ist etwas passiert, Majestät?«

»Nein, bleibe bei mir, ich habe Angst.«

Auch an diesem Tag jagte man in den Wäldern, und Robert gelang es wieder nicht, ein Stück Wild zu erlegen, was ihm allmählich peinlich war, zumal er die schadenfrohen, spöttischen Blicke der Hofleute bemerkte.

Auf dem Rückweg sichtete er eine Hirschkuh, nahm zusammen mit Elisabeth die Verfolgung auf und mußte erneut erleben, daß das Tier in den Wäldern verschwand.

»Ich gebe es allmählich auf«, brummte er ärgerlich.

Elisabeth sah sich um. »Hier waren wir schon einmal, vor drei Monaten, Anfang Juni, entsinnst du dich? Damals lahmte mein Pferd, und wir verloren den Anschluß an unser Gefolge...«

Sie zögerte etwas. »Robin, ich habe noch einmal über unser gestriges Gespräch nachgedacht..., ich möchte, daß du heute abend bei mir bleibst..., bis morgen früh.«

»Hast du es gut überlegt?«

»Ja, das Geschwätz der Höflinge ist mir egal, ich folge dem Beispiel meines Vaters.«

Er beugte sich zu ihr und zog sie an sich.

»Hoffentlich bin ich morgen früh nicht in Ungnade«, sagte er scherzhaft.

»Das wirst du schon merken... Liebst du mich wirklich?«

»Warum zweifelst du daran?«

»Ich zweifele nicht, aber...sag es noch einmal.«

»Ich liebe dich, Elisabeth, immer.«

»Ich liebe dich auch, egal, was passiert... Küß mich noch einmal, ein letztes Mal, bevor wir zurückreiten...«

Er fühlte sich merkwürdig berührt bei ihren Worten, und als er ihre Lippen spürte, hatte er ein unbestimmtes, unerklärliches Gefühl, als ob die gemeinsame Zukunft bereits Vergangenheit sein könnte.

Als sie sich voneinander lösten, war es kühl geworden, und eine Wolke hatte sich vor die Sonne geschoben.

»Wie spät ist es, Robin?«

»Kurz nach fünf Uhr.«

Als sie eine Stunde später im Schloßhof absaßen, lief ihnen ein Page entgegen.

»Majestät, Mylord, vorhin traf ein Diener aus Cumnor Hall ein, Lady Dudley ist tot!«

»Was...?« rief Robert. »Tot..., so plötzlich?«

Sie ist tot, dachte Elisabeth, Gott sei Dank, dann können wir früher heiraten...

In diesem Augenblick kam ihnen Gerard Braleigh aus der Großen Halle entgegen, und als er Robert sah, begannen seine Augen triumphierend zu funkeln, der Augenblick war gekommen...

Er ging langsam auf das Paar zu, beugte vor der Königin ehrerbietig das Knie, dann musterte er Robert mit giftigen Augen von oben bis unten. »Deine Frau ist tot, Robert.«

»Ich weiß.«

Gerard Braleigh lächelte höhnisch und fuhr fort: »Du weißt noch nicht alles - Amy wurde ermordet!«

Robert und Elisabeth sahen einander erschrocken an. Elisabeth faßte sich zuerst. »Ermordet, sagt Ihr, von wem?«

»Von Lord Dudley, Majestät.«

»Redet keinen Unsinn«, fuhr Elisabeth Braleigh an, »Lord Dudley war während der vergangenen Tage hier in Windsor, und vorher hat er am Progress teilgenommen.«

»Gewiß, Majestät, aber man kann Leute dingen, der saubere Lord hat einige Schergen nach Cumnor Hall geschickt, mit dem Auftrag, Lady Dudley zu ermorden.«

»Schweig, Schurke«, schrie Robert, »du lügst!« Und zu Elisabeth: »Ich schwöre bei Gott und meinem Leben, ich habe Amy nicht umbringen lassen, ich bin unschuldig an ihrem Tod!«

Der Lärm hatte einige Höflinge angelockt, die teils entsetzt, teils neugierig den Wortwechsel verfolgten.

»Mr. Braleigh«, sagte Elisabeth, »Ihr begebt Euch zusammen mit dem Mann aus Cumnor Hall ins Audienzzimmer und wartet, bis ich Euch rufe«, und zu dem Pagen: »Sage Sir Cecil, er soll sofort in mein Arbeitszimmer kommen«, dann sah sie Robert an.

»Bleibe jetzt ruhig, Robin, gehe in deine Räume, und warte, bis ich dich rufen lasse.«

Als sie ihr Arbeitszimmer betrat, war Cecil bereits anwesend und ging unruhig auf und ab. Er wußte nur, daß Lady Dudley tot war, nähere Einzelheiten waren ihm unbekannt. Elisabeth schilderte empört die Szene im Hof, verteidigte Robert, und je länger sie sprach, desto verschlossener wurde Cecils Gesicht.

»Nun, Majestät, wir müssen jetzt der Reihe nach vorgehen, zunächst soll der Diener uns erzählen, was passiert ist, anschließend werden wir uns anhören, was Mr. Braleigh zu sagen hat, und dann treffen wir weitere Entscheidungen.«

Er ließ die beiden Männer holen und befahl dem Diener, die Wahrheit zu sagen und nur die Wahrheit.

»Majestät, Mylord, gestern, am Sonntag, erlaubte Lady Dudley ihrer Zofe und den Dienern, den Nachmittag auf dem Jahrmarkt in Abingdon zu verbringen. Sie war allein im Haus. Als wir am Abend gegen sieben Uhr zurückkehrten, fanden wir sie unten bei der

Steintreppe liegen, sie war tot, und bei näherer Untersuchung sahen wir, daß ihr Genick gebrochen war.

Wir holten sofort den Arzt, der den Tod bestätigte, und heute vormittag schickte Mr. Forster mich nach Windsor, um Lord Dudley die traurige Nachricht zu überbringen.«

»Sie lag unten bei der Treppe«, sagte Cecil nachdenklich, »beschreibt doch einmal genau, wie sie dalag.«

Der Diener überlegte eine Weile und erwiderte: »Nun, sie lag in sich zusammengesunken da, die Haube hatte sie noch auf dem Kopf.«

Cecil sah den Diener überrascht an.

»So, so…, die Haube, interessant, Lady Dudley lag also nicht lang hingestreckt auf dem Boden?«

»Nein, Mylord.«

»Zeigt doch einmal, wie sie dalag.«

Der Diener kniete sich auf den Boden und beugte den Oberkörper halb nach rechts. Cecil ging um den Mann herum, betrachtete ihn genau und befahl ihm schließlich aufzustehen.

»Ich habe keine weiteren Fragen«, sagte er zu Elisabeth, »und Ihr, Majestät?«

»Ich habe auch keine Fragen.«

Sie fühlte sich wie betäubt und war froh, daß Cecil die Untersuchung lenkte.

»Ihr könnt nach Cumnor Hall zurückkehren«, sagte Cecil zu dem Diener, »nun zu Euch, Mr.Braleigh. Wie kommt Ihr darauf, Lord Dudley des Mordes an seiner Frau zu bezichtigen?«

»Er hat ein Motiv. Jeder Engländer weiß, daß er schon lange seine Frau umbringen will, um Ihre Majestät heiraten zu können.«

»Angenommen, es wäre so, was letztlich niemand genau weiß, es ist allgemein bekannt, daß Lady Dudley todkrank war, Lord Dudley hatte es gar nicht nötig, seine Gattin zu ermorden, er konnte ruhig darauf warten, daß sie eines natürlichen Todes stirbt.«

In diesem Augenblick fiel es Elisabeth wie Schuppen von den Augen, und sie wußte, daß ihr Verdacht, den sie schon lange hegte, richtig war: Die Mordgerüchte, die seit Monaten am Hof und im Land kursierten, hatte Braleigh ausgestreut, um Robert zu schaden. Er hatte systematisch Rufmord betrieben, in der Hoffnung, daß

Robert vom Hof verbannt, sein Vermögen konfisziert wurde, wahrscheinlich hatte er sogar damit gerechnet, daß Robert wegen des Mordverdachtes in den Tower wanderte...

Nein, dachte Elisabeth empört, du hast dich verrechnet, Gerard Braleigh, und kurz entschlossen trat sie auf ihn zu.

"Verlaßt sofort den Hof, ich will Euch nie mehr hier sehen, hört Ihr, nie mehr! Ihr habt Lord Dudley genug geschadet, hinaus mit Euch!«

Gerard Braleigh drehte sich wortlos um und verließ eilig das Zimmer.

»Er allein ist verantwortlich für diese albernen Gerüchte«, sagte Elisabeth zu Cecil, »setzt noch heute ein Schreiben auf, worin er für immer vom Hof verbannt wird. Und nun zu Lady Dudley, wie beurteilt Ihr den Tod?«

»Majestät, meiner Meinung nach ist es weder Mord noch Selbstmord, sondern ein Unfall. Angenommen, Lady Dudley wäre die Treppe hinuntergestürzt worden, so läge sie der Länge nach auf dem Boden, und die Haube wäre dabei bestimmt vom Kopf gefallen. Abgesehen davon gibt es weniger spektakuläre Arten, jemanden umzubringen, durch langsam wirkendes Gift zum Beispiel, und wie gesagt, Lord Dudley hätte wegen der Krankheit den natürlichen Tod abwarten können. Für den Selbstmord gibt es zwar ein Motiv, die unglückliche Ehe, die unheilbare Krankheit, aber auch in diesem Fall kann man eine andere Methode wählen, zum Beispiel Gift. Wahrscheinlich ist Lady Dudley beim Hinuntergehen gestolpert, gefallen und hat sich dabei das Genick gebrochen.«

»Das denke ich auch, Mylord, jedenfalls muß Lord Dudley rehabilitiert werden, der Verdacht des Mordes darf nicht an ihm haften bleiben. Was empfehlt Ihr?«

»Euer Majestät sollten eine Kommission von neutralen Juristen einsetzen, die den Fall untersuchen und ihr Urteil fällen, danach sehen wir weiter. Eines sollten Euer Majestät jetzt schon bedenken: Auch wenn die Kommission Lord Dudley für unschuldig erklärt, der Verdacht, daß er vielleicht doch beim Tod seiner Frau eine Rolle gespielt hat, dieser Verdacht wird ihm anhaften, in der öffentlichen Meinung Englands und des Auslandes wird er immer eine zwielichtige Person sein.«

»Die öffentliche Meinung interessiert mich nicht.«

»Sie sollte Euer Majestät interessieren. Lady Dudleys Tod wird in Zusammenhang gebracht mit Lord Dudleys Absicht, Euer Majestät zu heiraten. Da alle wissen, daß er der Günstling Euer Majestät ist, besteht die Gefahr, daß man sich fragt, welche Rolle Euer Majestät bei dem mysteriösen Tod gespielt haben - kurz: es besteht die Gefahr, daß auch Ihr in den Verdacht des Mordes kommt. Aus diesem Grund, und auch, weil ein Mann, der des Mordes verdächtigt wird, nicht am Hof geduldet werden kann, aus diesen Gründen müßten Euer Majestät sich zumindest äußerlich von Lord Dudley distanzieren, er muß noch heute abend Windsor verlassen und sich auf einen seiner Landsitze zurückziehen, zumindest so lange, bis das Ergebnis der Untersuchungskommission feststeht.«

Elisabeth schwieg eine Weile und erwiderte schließlich zögernd: »Eure Argumente klingen überzeugend, es ist vielleicht besser, wenn Robert eine Zeitlang fern vom Hof lebt, aber warum soll er noch heute abreisen, warum nicht morgen früh?«

»Warum, Majestät...? Je eher er Windsor verläßt, um so besser für Euch und Euren Ruf, Majestät, ich beschwöre Euch, denkt an das Wohl des Landes und des Volkes, das Euch anvertraut ist.«

In diesem Augenblick war es mit Elisabeths Beherrschung vorbei. »Hört endlich auf, mir Predigten zu halten über das Wohl Englands!« schrie sie Cecil an. »Ich kann es nicht mehr hören, ich denke schon an das Wohl Englands, vielleicht mehr als Ihr. Ich werde Euren Rat befolgen und Lord Dudley heute noch wegschicken, aber eines sollt Ihr wissen, Mylord: Ihr, der Rat, das Parlament, das Volk, alle jammern nach einem Thronfolger, nun gut, dieser Thronfolger sollte heute nacht gezeugt werden!«

Cecil erblaßte, faßte sich aber sogleich und erwiderte in ruhigem Ton, obwohl er innerlich vor Wut kochte: »Ich nehme es zur Kenntnis, Majestät, indes, dieses Kind wäre nie der Thronfolger Englands gewesen, sondern nur ein königlicher Bastard, der Bastard Lord Dudleys.«

»Dieses Kind wäre kein Bastard gewesen«, schrie Elisabeth, »ich werde den Vater nämlich heiraten!«

Cecil glaubte nicht recht gehört zu haben, er hatte also richtig vermutet...

»Ihr werdet...«

»Jawohl, ich werde Lord Dudley heiraten, und niemand wird mich daran hindern, auch Ihr nicht, Mylord!«

Sie eilte hinaus, und Cecil fühlte sich einige Sekunden lang wie betäubt. Wollte sie wirklich diese Torheit begehen, Dudley heiraten und ihre Popularität aufs Spiel setzen? Die Tudors, sie waren alle gleich..., Heinrich VIII., Maria die Blutige. Anna Boleyn und Philipp waren beim Volk unbeliebt gewesen, und Dudley war es auch. Nun, überlegte Cecil, sie ist im Augenblick erregt, durcheinander, vielleicht, wenn sie sich beruhigt hat..., lieber Gott, ich flehe dich an, laß die Königin von England zur Vernunft kommen. Wenn sie nicht zur Vernunft kommt, wenn sie tatsächlich Dudley heiratet, dann werde ich zurücktreten.

Im Audienzzimmer angelangt, schickte Elisabeth nach Robert, er solle sofort in die Große Halle kommen.

Wenig später standen sie einander, anfangs schweigend, gegenüber.

»Gerard Braleigh hat dich erneut vor Cecil und mir des Mordes an Amy bezichtigt. Ich habe ihn für immer vom Hof verbannt. Cecil hält es für angebracht, daß eine neutrale Kommission die Sache untersucht, solange mußt du auf einem deiner Landsitze leben, gehe nach Kew.«

»Elisabeth, glaube mir, ich bin unschuldig an Amys Tod.«

»Ich weiß, Cecil glaubt auch an deine Unschuld, aber du kannst erst wieder an den Hof zurückkehren, wenn du rehabilitiert bist.«

»Gewiß, wann soll ich abreisen?«

»Heute noch.«

»Heute? Das ist Cecils Wunsch, nicht wahr?«

»Ja, er hält es für besser...« Ihre Stimme war leise geworden.

Robert merkte, daß sie mit den Tränen kämpfte.

»Leb wohl, Robin.«

»Leb wohl, Elisabeth.«

Sie eilte hinauf in den ersten Stock, er sah ihr nach und verließ bedrückt die Halle.

Cecil, dachte er, natürlich… immer wieder Cecil.

Elisabeth begab sich wieder in ihr Arbeitszimmer, nahm Papier und Feder und begann fieberhaft, lateinische und griechische Texte zu übersetzen. Sie mußte sich ablenken, wollte nicht nachdenken, und allmählich beruhigten sich ihre Nerven.

So verging eine Stunde nach der anderen, das Abendessen wurde aufgetragen und unberührt wieder abgetragen, Lucy und die Kammerfrauen warteten an diesem Abend vergeblich, daß ihre Herrin sich zur Ruhe begab. Endlich legte Elisabeth die Feder zur Seite, streute Sand auf die Tinte, schloß die Bücher und sah flüchtig zur Uhr, es war kurz nach fünf Uhr morgens.

Dienstag, 10. September, dachte sie, vor drei Tagen um diese Zeit hatte sie überlegt, wann und wo sie Robert sagen wollte, daß sie beabsichtigte, ihn zu heiraten. Vor zwei Tagen war sie nach einer durchtanzten Nacht glücklich in ihr Bett gesunken. Vor vierundzwanzig Stunden war sie aus jenem Traum erwacht, und jetzt… In der Erinnerung erschienen ihr die vergangenen drei Tage viel länger, aber es waren nur drei Tage, drei Tage, an denen sie restlos glücklich gewesen war.

Sie öffnete ein Fenster, atmete tief die frische Luft ein und beobachtete, wie der Himmel sich allmählich heller färbte. Es war kalt an jenem Morgen, und es roch nach Herbst… Sie fühlte sich ausgebrannt, leer und unendlich allein.

XVIII

Sir Throgmorton bat mich, Euch auch eine mündliche Nachricht zu überbringen, Mylord.«

Der junge Mann überreichte Cecil einen Brief und sah dann verlegen zu Boden.

»So, so, eine mündliche Nachricht..., mündliche Botschaften sind meistens delikat, redet frei heraus, Mr. Jones.«

»Nun ja, Mylord«, Throgmortons Sekretär hob den Kopf und sah Cecil hilflos an. »Es ist so, Ihre Majestät, Königin Maria von Frankreich, hat gesagt...«, er schwieg und sah wieder zu Boden.

»Redet frei heraus«, ermunterte Cecil ihn nach einer Weile.

Jones holte tief Luft, sah dem Staatssekretär fest in die Augen und antwortete: »Mylord, die Königin von Frankreich hat gesagt: ›Die Königin von England ist im Begriff, ihren Pferdeknecht zu heiraten.‹«

Cecil zuckte unmerklich zusammen, und sein Gesicht verdüsterte sich, was dem jungen Mann allerdings entging.

»Pferdeknecht«, wiederholte Cecil nach einer Weile, »ich wußte bis jetzt nicht, daß Maria Stuart sich so gewählt ausdrücken kann..., Pferdeknecht... Nun ja, vielleicht ist am kultivierten französischen Hof das Amt eines Oberstallmeisters unbekannt.«

»Ich weiß es nicht, Mylord.«

»Ihr könnt jetzt gehen, Mr. Jones, seid Ihr gut untergebracht?«

»Ja, Mylord.«

Cecil betrachtete Throgmortons Brief eine Weile unschlüssig, schließlich öffnete er ihn und überflog den Inhalt:

Meine Ohren glühen über das, was ich hören muß... Es gibt manche, welche sich nicht zu sagen scheuen: ›Was ist das wohl für eine Religion, die es zuläßt, daß ein Untertan seine Frau umbringt und die Fürstin es ihm nicht nur hingehen läßt, sondern auch noch bereit ist, ihn zu heiraten?‹

Am Schluß las Cecil, daß Throgmorton sich in Paris kaum noch unter die Leute wage, daß er diesen Brief tränenden Auges geschrieben habe und sich den Tod wünsche. Cecil seufzte und legte den Brief auf den Tisch. Solche Schreiben erhielt er seit einigen Wochen fast täglich, Lady Dudleys Tod hatte eine moralische Entrüstung an den ausländischen Höfen entfacht, wie er sie nie für möglich gehalten hätte.

Er entsiegelte die Schreiben und stutzte, als er einen Brief des Grafen von Sussex sah, der gerade in Irland weilte. Cecil wußte, daß der Graf keine hohe Meinung von Robert Dudley hatte und der Königin treu ergeben war. Wahrscheinlich entrüstet er sich wie die anderen über eine eventuelle Heirat zwischen Elisabeth und Dudley, überlegte Cecil, öffnete den Brief, las und ließ ihn erstaunt sinken. Es war unglaublich, der Graf plädierte für eine Ehe zwischen der Königin und ihrem Oberstallmeister. Cecil las den Brief noch einmal:

Wenn die Königin jemand lieben will, lasse man sie doch lieben, wo und wen sie will.

Sussex fuhr fort, ihre Heirat sei äußerst wichtig, und wenn ihre Wahl auf Dudley falle, solle man sie doch gewähren lassen, denn nach dem Grundsatz *omnes eius sensus titillarentur* (alle ihre Sinne sollten vor Begierde entbrennen) sei dies die beste Gewähr dafür, daß England durch diese Verbindung zu seinem ersehnten Thronerben komme.

Er hat recht, was die Thronfolge betrifft, überlegte Cecil, dennoch, eine Heirat mit Dudley ist unmöglich: Am 11. September gab die Königin offiziell Lady Dudleys Tod bekannt und erklärte, diese habe sich das Genick gebrochen, kaum vierundzwanzig Stunden später hat ganz England nur noch von Mord geredet. Ab Anfang Oktober trafen entsetzte Briefe unserer Gesandten ein, jetzt haben wir Mitte Oktober, und vor den Augen der Welt ist Robert Dudley ein Gattenmörder, und alle denken darüber nach, ob die Königin von England einen Mörder heiraten wird...

Cecil wußte inzwischen inoffiziell, daß die Untersuchungskommission zu dem Ergebnis gekommen war, daß Amy Dudleys Tod ein Unfall war. Ein Unfall, dachte Cecil, natürlich, beim Hinuntergehen hat sie einen falschen Schritt getan, ist gestolpert, gestürzt und hat dabei das Genick gebrochen. Aber die Welt glaubt es nicht, in einigen Tagen gibt die Kommission ihr Ergebnis offiziell bekannt, aber auch dies wird Robert Dudley nie ganz vom Verdacht reinigen, daß er vielleicht doch seine Frau hat ermorden lassen…

Wie mag es ihm in Kew gehen? Ob er sich noch Hoffnungen auf Elisabeth macht? Ich könnte ihn besuchen, sehen, wie es um ihn steht… Ich werde die Königin morgen um Urlaub bitten…

Plötzlich hatte er eine Idee, ging einige Male erregt auf und ab, setzte sich schließlich an den Schreibtisch und begann heftig an einem Gänsekiel herumzuschneiden.

Warum war er nicht schon früher auf diese Idee gekommen? Ich bitte sie um Urlaub, sage ihr, daß ich Dudley besuchen will, sie wird überrascht sein, und vielleicht verrät ihre Reaktion, ihre Mimik, wie sie jetzt zu ihm steht. Sie hat ihn über einen Monat nicht gesehen und vielleicht Distanz gewonnen… Wenn er rehabilitiert ist, wird er wahrscheinlich irgendwann an den Hof zurückkehren – und wie geht es dann weiter?

Elisabeth muß sich für oder gegen ihn entscheiden, wenn ich nur wüßte, was in ihr vorgeht…, sie hat ihm nicht heimlich geschrieben, das hätten meine Spione erfahren, sofort nach der Ankunft in Whitehall hat sie sich in die Staatsangelegenheiten vertieft, sie scheint gern zu regieren, und die gemeinsame Arbeit hat uns einander wieder nähergebracht, aber über ihre privaten Pläne schweigt sie sich aus, ihr Gesicht ist eine undurchdringliche Maske, ich weiß weniger denn je, woran ich mit ihr bin, will sie sich nur mit Arbeit betäuben, bis Robert rehabilitiert ist, oder regiert sie jetzt ernsthaft?

Ich habe das Thema Dudley natürlich vermieden, um sie nicht zu beeinflussen, sie muß ganz allein entscheiden, weil sie diese Entscheidung auch allein tragen muß.

Er sah zur Uhr und lächelte, jetzt konferiert sie mit ihrem »Piraten« John Hawkins über die Entdeckung neuer Länder…, na ja, es ist besser, sie träumt von der Seemacht England als von ihrem

Stallmeister, ach nein, ›Pferdeknecht‹, die Stuart soll sich gefälligst um ihre eigenen Angelegenheiten kümmern und ihren kranken Mann pflegen! Der Vertrag von Edinburgh ist immer noch nicht ratifiziert…

»Unverschämtes Weibsbild«, brummte Cecil und sah in seinem Terminplan nach, ob er am nächsten Tag nach Kew reiten konnte, ja, es würde gehen, keine wichtigen Besprechungen, kein Empfang, aber…, er blätterte weiter, Ende Oktober würde er keine freie Minute mehr haben, Sir Thomas Gresham kam aus Antwerpen zurück, und dann gab es stundenlange Konferenzen mit der Königin über die dringend notwendige Münzreform, die erst in den Anfängen steckte, 1561 sollte sie durchgeführt werden. Cecil seufzte, als er an die Staatsschulden dachte, die durch den schottischen Krieg entstanden waren, 247 000 Pfund…

Am späten Nachmittag saßen Kate und Elisabeths Damen im Wohnraum der Königin und unterhielten sich darüber, ob Lord Dudley an den Hof zurückkehren oder in Ungnade fallen würde.

»Ihre Majestät hat ihm ihre Gunst entzogen, sonst wäre er nicht in Kew.«

In diesem Augenblick wurde Elisabeth gemeldet, und das Gespräch verstummte. Bei ihrem Eintritt spürten die Damen, daß irgend etwas die Königin stark bewegte. Ihre Augen blitzten unternehmungslustig, als sie Platz nahm und sich im Kreis ihrer Damen umsah.

»Ich hatte soeben ein interessantes Gespräch mit Mr. Hawkins, dem Sohn eines reichen Reeders aus Plymouth. Der junge John Hawkins entwickelt faszinierende Pläne. Er möchte im nächsten oder übernächsten Jahr zu einer Expedition nach Amerika aufbrechen und versuchen, England am Handel der Spanier zu beteiligen, es wird nicht einfach sein, er muß die lokalen spanischen Behörden bestechen oder einschüchtern, und er will versuchen, uns etwas von dem spanischen Gold zu verschaffen. Warum soll nicht auch England von den neuentdeckten Ländern profitieren? Gewiß, im Vertrag von Tordesillas von 1494 hat Papst Alexander VI. die neue Welt unter Spanien und Portugal aufgeteilt, die Welt westlich der Azoren soll Spanien gehören, die östlichen Gebiete fallen an Portugal. Indes, kein Papst hat das Recht, die Welt aufzuteilen! Meine Seeleute werden schon dafür sorgen, daß England nicht zu kurz kommt.«

Sie schwieg, und die Damen sahen einander erstaunt an.

»Hawkins hat noch einen anderen Plan entwickelt«, sagte Elisabeth nach einer Weile, »er meint, es gäbe eine Nordwestpassage, einen nördlichen Seeweg um Amerika herum in den Pazifik, er hat mir Cabots alte Pläne gezeigt..., wenn man hoch im Norden eine Passage nach Westen findet, den neuen Kontinent umfährt, so muß man zwischen seiner Westküste und Asien südwärts segeln können und eines Tages die Inseln finden, deren Gewürzduft vom Wind über den Ozean getragen wird, noch bevor die Küste sichtbar ist... Englands Schiffe auf den Weltmeeren..., ich wäre sogar bereit, diese Expeditionen auszurüsten. Hawkins meint, im hohen Norden gäbe es neue Absatzmärkte für die englische Wolle... Nun, wir werden sehen, der Aufbau unserer Flotte kommt gut voran, kleine und wendige Schiffe – das ist die Basis für die Seemacht England.«

Die Damen hörten ehrerbietig zu, es kam selten vor, daß die Königin so ausführlich sprach, Hawkins' Expedition war abenteuerlich und interessant.

Elisabeths Augen wanderten von einer Dame zur andern, und sie amüsierte sich im stillen über deren ehrfurchtsvolles Schweigen, wahrscheinlich hatte noch keine ihrer Damen von der legendären Nordwestpassage gehört...

In diesem Augenblick bemerkte sie Katharina Grey, die verträumt vor sich hin sah, und von einem Augenblick zum andern war Elisabeths gehobene Stimmung verflogen.

Sie sah Katharina streng an und sagte: »Euer Benehmen während des letzten Balles hat mir nicht gefallen, Ihr habt Euch von Lord Hertford den Hof machen lassen, das ziemt sich nicht.«

Katharina errötete und sah zu Boden.

»Ich bitte um Vergebung, Majestät.«

»Ihr werdet Euch Lord Hertford gegenüber distanzierter benehmen.«

»Gewiß, wenn Euer Majestät es wünschen.«

»Das ist kein Wunsch, sondern ein Befehl! Habt Ihr verstanden?« rief Elisabeth.

Kate zuckte zusammen, und die Damen sahen einander erstaunt an. Die Stimme der Königin klang ungewöhnlich scharf, fast schrill.

Katharina preßte die Lippen aufeinander, und Kate beobachtete, daß sich in den Augen der jungen Frau Trotz spiegelte.

Elisabeth achtete nicht weiter auf Katharina, sondern begann von den Vorbereitungen für das Weihnachtsfest zu erzählen. Die Feiertage werde man nicht in Whitehall, sondern in Hampton Court verbringen...

Eine Stunde später entließ sie die Damen, nur Kate mußte noch bleiben, und nachdem Elisabeth noch einmal ausführlich über die geplante Expedition gesprochen hatte, brachte Kate vorsichtig die Rede auf Katharina Grey.

»Warum soll sie sich nicht den Hof machen lassen? Sie ist eine junge Frau von zweiundzwanzig Jahren und will ihr Leben genießen.«

»Sie ist präsumptive Thronerbin und hat die Pflicht, sich dieser Stellung würdig zu erweisen, sie muß auf ihren Ruf achten und ihre Tugend wahren, als ich so alt war wie sie, hatte ich bereits eine längere Haft im Tower überlebt! Aber wozu rege ich mich auf? Ich werde Lord Hertford im Frühjahr nach Frankreich schicken, Throgmorton soll ihn in die Diplomatie einführen, genug davon, worüber haben meine Damen sich vorhin unterhalten?«

»Ach, der übliche Hofklatsch«, erwiderte Kate zögernd und überlegte, ob sie Dudley erwähnen sollte, auch sie hatte – ähnlich wie Cecil – den Namen Dudley während der letzten Wochen nicht erwähnt – aber jetzt siegte ihre Neugier.

»Die Damen überlegen, ob Lord Dudley bei Euer Majestät jetzt in Ungnade ist und vielleicht überhaupt nicht mehr an den Hof zurückkehrt.«

»Wieso soll er in Ungnade sein? Solange er nicht offiziell rehabilitiert ist, kann er natürlich nicht am Hof leben.«

Sie schwieg eine Weile und sagte dann mehr zu sich selbst als zu Kate: »Er wird an den Hof zurückkehren, ich werde ihn nie fallenlassen, nie!«

»Euer Majestät werden ihn also heiraten?«

»Du fragst zuviel, Kate, vielleicht heirate ich ihn, vielleicht nicht, diese Entscheidung eilt überhaupt nicht.«

Mit dieser Antwort mußte Kate sich zufriedengeben.

Elisabeth sah Cecil erstaunt an, als er sie am nächsten Tag um Urlaub bat, weil er Lord Dudley besuchen wolle.

»Seit wann nehmt Ihr Anteil am Schicksal Robert Dudleys, Mylord?«

»Majestät, er lebt seit einigen Wochen völlig abgeschieden auf seinem Landsitz, weiß nicht, wie es weitergehen wird, das ist keine angenehme Situation.«

»In wenigen Tagen gibt die Kommission ihr Ergebnis bekannt, und dann werde ich weitere Entscheidungen treffen. Ihr dürft ihn natürlich besuchen.«

Cecil horchte auf, ihre Stimme klang kühl, aber er wußte, wie sie sich verstellen konnte.

»Kann ich Lord Dudley etwas von Euer Majestät ausrichten?«

»Nein.«

»Wirklich nicht?«

»Nein, was wollt Ihr ihm ausrichten?«

»Nun, ich dachte, Euer Majestät haben vielleicht schon beschlossen, wann Lord Dudley an den Hof zurückkehren soll, Ihr wißt inoffiziell so gut wie ich, zu welchem Ergebnis die Kommission gelangt ist.«

»Ich weiß noch nicht, wann er an den Hof zurückkehren wird, die Entscheidung eilt nicht.«

»Euer Majestät kennen die Stimmung im In- und Ausland, man blickt voller Spannung auf London, Sir Throgmorton ließ mir gestern mitteilen, daß man am französischen Hof sagt: ›Jetzt kann die Königin von England ja ihren Pferdeknecht heiraten‹.«

Elisabeth spürte einen feinen Stich, ließ sich aber nichts anmerken, sondern erwiderte: »So, Pferdeknecht…, wurde Katharina von Medici nicht als ›Krämerstochter aus Florenz‹ bezeichnet? Maria Stuart sollte sich um ihre eigenen Angelegenheiten kümmern und endlich den Vertrag von Edinburgh ratifizieren. Und nun, Mylord, reitet mit Gott und kommt gesund zurück.«

Sie lächelte ihn an und reichte ihm die Hand zum Kuß. Cecil beugte sich darüber und verließ resigniert den Raum.

Jetzt bin ich genauso klug wie vorher, dachte er verstimmt, sie verrät mit keinem Blick, mit keiner Bewegung, was wirklich in ihr vorgeht...

Als Cecil gegangen war, fiel die Maske von Elisabeths Gesicht, und sie begann zu weinen. Es war das erste Mal seit jenem 9. September, daß ihr die Tränen kamen.

Nach Roberts überstürzter Abreise hatte sie die Gedanken an ihn verdrängt und sich auf die Regierungsarbeit konzentriert, die allmählich zu ihrem Lebensinhalt wurde, aber sie wußte, daß sie sich irgendwann entscheiden mußte, ob sie Robert jetzt heiratete oder nicht, und diese Entscheidung schob sie vor sich her, seit sie das Untersuchungsergebnis kannte: Lady Dudleys Tod war kein Mord, sondern ein Unfall.

Pferdeknecht, dachte sie, und der Konflikt zwischen Verstand und Gefühl, den sie seit Wochen verdrängt hatte, dieser Konflikt stieg nun in ihr hoch. Ihr Verstand sagte ihr, daß Robert immer der Ruf des Mörders anhaften würde und sie ihn aus diesem Grund nicht heiraten konnte, ihre Gefühle für ihn waren unverändert, aber wenn sie ihrem Gefühl nachgab, riskierte sie den Verlust des Thrones. Das Volk und der Adel würden niemals einen Dudley, dem der Verdacht des Gattenmörders anhaftete, als König von England akzeptieren.

Sie trocknete die Tränen und sah nachdenklich vor sich hin.

Es gibt eine einfache Lösung des Problems, überlegte sie, ich kann ihn für immer vom Hof verbannen..., nein, das ist keine Lösung, sondern eine Flucht vor der Entscheidung! Abgesehen davon, daß ich seine Abwesenheit nicht ertragen könnte... Aber, es wäre ihm gegenüber auch ungerecht, schließlich ist er schuldlos an diesem dummen Gerede über den angeblichen Mord. Sobald er offiziell rehabilitiert ist, erlaube ich ihm die Rückkehr an den Hof, vielleicht kann ich mich leichter entscheiden, wenn er in meiner Nähe ist.

Amys überraschender Tod und der plötzliche Abschied von Elisabeth waren für Robert ein Schock gewesen, von dem er sich nur langsam erholte. Während Elisabeth die Zügel der Regierung ergriff, irrte Robert durch die Galerien und Räume von Schloß Kew und versuchte zu begreifen, was geschehen war.

Es dauerte einige Tage, bis die Nachricht zu ihm durchsickerte, daß das englische Volk ihn für Amys Tod verantwortlich machte, als er die Worte »Mörder« und »Gattenmörder« hörte, erwachte er aus seiner Erstarrung, überlegte, welches Schicksal ihm bevorstand, kam zu dem Schluß, daß er jedes Ergebnis der Kommission akzeptieren und sich vielleicht sogar als Mörder vor Gericht verantworten mußte.

Die Königin konnte zwar ein Todesurteil in lebenslängliche Haft oder Verbannung umwandeln, aber selbst wenn Elisabeth ihm das Leben schenkte, eine Rückkehr an den Hof war ausgeschlossen, von einer ehelichen Verbindung ganz zu schweigen.

Während er sich mit diesen Gedanken beschäftigte, verging ein Tag nach dem andern.

An einem Spätnachmittag Mitte Oktober wurde Cecils Ankunft gemeldet.

Robert erschrak, der Staatssekretär überbrachte persönlich das Urteil, nun, er würde Cecil gefaßt gegenübertreten, er darf nicht ahnen, wie mir zumute ist, dachte Robert.

Er befahl dem Diener, den besten Wein zu servieren, ging hinunter, begrüßte den Staatssekretär liebenswürdig lächelnd und führte ihn in sein Arbeitszimmer.

»Ihr habt hier ein hübsches Anwesen«, sagte Cecil, »der richtige Ort, um nachzudenken und zu meditieren.«

»Gewiß, Mylord, aber nebenbei muß ich die Ländereien verwalten und mich um die Probleme der Bauern und Pächter kümmern.«

»Natürlich, manchmal beneide ich die Grundbesitzer, sie leben beschaulicher als die Hofleute, sie müssen keine Intrigen befürchten, dafür entgeht ihnen natürlich der höfische Glanz.«

Der Diener brachte den Wein, sie tranken einander zu und schwiegen eine Weile, wobei Cecil den jungen Mann verstohlen musterte. Als ich aus Schottland zurückkam, dachte er, hat Dudley sich aufgeführt wie Englands künftiger König – und jetzt?

Jetzt steht ein Mann vor mir, dessen Gesicht die Ängste und Zweifel der letzten Wochen widerspiegeln, er wirkt nervös, unsicher…

In diesem Augenblick sagte Robert, der die innere Spannung nicht mehr ertrug: »Mylord, Ihr seid wahrscheinlich gekommen, um mir das Ergebnis der Kommission mitzuteilen.«

»Das Ergebnis? Nein, das Ergebnis werdet Ihr erst in einigen Tagen erfahren, ich bin gekommen, um zu sehen, wie es Euch geht, es ist bestimmt nicht einfach, wochenlang völlig abgeschieden zu leben und nicht zu wissen, was die Zukunft bringt.«

»Ihr habt recht, Mylord, ich bin inzwischen auf alles gefaßt, auch auf lebenslange Haft oder den Tod.«

Seine Worte klingen echt, dachte Cecil, aber wer weiß, wenn er wieder am Hof ist, wird er die Königin wieder umgarnen. Wird sie sich erneut von ihm betören lassen?

Cecil trank einen Schluck Wein und betrachtete Robert erneut. Er hat sich verändert, dachte er, er wirkt hilflos…, das wird sich geben, wenn er wieder am Hof ist, aber Amys Tod war die Zäsur in seinem Leben.

Elisabeth hat sich ebenfalls verändert, sie ist jetzt im wahrsten Sinn des Wortes die Königin…, zwischen ihm und ihr wird es nie mehr so werden, wie es einmal war…, ist dies ein Silberstreif am Horizont?

»Nun, Mylord«, sagte er freundlich, »Ihr rechnet also mit lebenslanger Haft oder dem Tod…, ich bin zwar der Meinung, daß man im Leben immer mit allem rechnen muß, aber man soll die Dinge des Lebens auch nicht unnötig dramatisieren. Ich vermute, daß die Kommission Euch rehabilitieren wird, und in diesem Fall werdet Ihr irgendwann an den Hof zurückkehren und wieder der Oberstallmeister Ihrer Majestät sein, nicht mehr, aber auch nicht weniger.«

Er schwieg und wartete gespannt, ob Robert seine Anspielung verstanden hatte.

»Eine Rückkehr an den Hof…, Oberstallmeister…, es ist mein sehnlichster Wunsch, es bedrückt mich, daß ich meine Pflichten jetzt vernachlässigen muß.«

»Nun ja, für die groben Arbeiten gibt es ja Pferdeknechte, wie gesagt – Oberstallmeister, nicht mehr und nicht weniger.«

»Oberstallmeister«, sagte Robert versonnen.

Er hat meine Anspielung nicht verstanden, überlegte Cecil, aber, das ist sein Problem. Er stand auf.

»Ich freue mich, daß es Euch gutgeht und daß Ihr Eure Situation mit Fassung ertragt.«

»Wollt Ihr heute abend nicht mein Gast sein, Mylord?«

»Ich danke Euch für die Einladung, indes, die Arbeit ruft, Ihre Majestät hat die letzten Wochen nur am Schreibtisch verbracht, ja, das Leben der Königin ist weniger beschaulich als das Eurige hier, lebt wohl, in einigen Wochen sehen wir uns am Hof.«

Als Cecil gegangen war, sank Robert erleichtert auf einen Stuhl, er würde an den Hof zurückkehren…, ich werde Cecil einen Brief schreiben, überlegte er und ihm für den Besuch danken… Ob Elisabeth davon weiß?

Sie hat die letzten Wochen in ihrem Arbeitszimmer verbracht…, was soll das heißen? Sie hat während der letzten Wochen nichts von sich hören lassen…, nun ja, das ist verständlich in unserer Situation, aber…, darüber denke ich jetzt nicht nach, wenn ich wieder am Hof bin, wird sich alles weitere entwickeln.

Einige Tage später gab die Kommission das Ergebnis ihrer Untersuchung bekannt: Lady Dudley sei nicht ermordet worden, sondern tödlich verunglückt. Es war ein trüber, regnerischer Oktobernachmittag, als Robert durch die Straßen Londons nach Whitehall ritt.

Als er die Große Halle betrat, bekam er Herzklopfen, nur noch wenige Minuten, dann würde er ihr gegenüberstehen, ein rehabilitierter Mann, den sie unbesorgt heiraten konnte. Er rechnete fest damit, König von England zu werden, warum sonst hätte sie ihn so rasch an den Hof zurückgeholt?

Als er, wie gewohnt, unangemeldet Elisabeths Arbeitsraum betreten wollte, verwehrte der Türsteher ihm den Zutritt, er habe Befehl, alle Besucher zu melden, auch Lord Dudley. Robert stutzte, das war kein vielversprechender Auftakt. Während er noch über den Befehl nachdachte, kam der Türsteher zurück.

»Ihre Majestät hat noch eine wichtige Besprechung mit Sir Cecil und bittet Euer Lordschaft um Geduld.«

Robert versuchte, sich nichts von seiner Enttäuschung und seinem Ärger anmerken zu lassen, und ging zu einem der Fenster. Cecil ist also wichtiger als ich, überlegte er, nun ja, er ist Staatssekretär, ich sollte mich nicht beunruhigen, ihre freie Zeit wird sie mit mir verbringen...

Er ging langsam im Audienzzimmer auf und ab..., endlich, nach ungefähr einer halben Stunde öffnete sich die Tür, Cecil erschien, nickte Robert freundlich zu, und dann wurde er vorgelassen.

Elisabeth empfing ihn stehend, und als er langsam auf sie zuging, spürte er fast körperlich die Distanz, die sie ausstrahlte.

»Willkommen bei Hof, Mylord«, begrüßte sie ihn lächelnd, »ich freue mich, daß Ihr rehabilitiert seid, ich hatte übrigens kein anderes Ergebnis erwartet.«

Bei dem Wort ›Mylord‹ durchfuhr Robert ein Schrecken, mein Gott, dachte er, förmlicher geht es nicht mehr.

»Ich bin froh und dankbar, daß ich Euer Majestät weiterhin dienen darf.«

»Ihr werdet ab sofort wieder das Amt des Oberstallmeisters übernehmen, während Eurer Abwesenheit ist viel Arbeit liegengeblieben.«

»Ich danke Euer Majestät für das Vertrauen.«

»Heute abend wird in meinen Räumen ein kleines Konzert stattfinden, ich erwarte Euch zur gewohnten Zeit.« Sie reichte ihm die Hand zum Kuß, und er beugte sich mechanisch und benommen darüber.

Eine kurze Audienz, dachte er, immerhin gehöre ich noch zu jenem vertrauten Kreis, den sie in ihren privaten Räumen empfängt. Bis zum Abend kämpfte er mit dem Gefühl der Enttäuschung. Er spürte, daß sich in Elisabeths Beziehung zu ihm etwas verändert hatte, und wollte es nicht wahrhaben.

Am Abend begegnete sie ihm herzlicher, er durfte hinter ihrem Stuhl stehen, und als sie ihn irgendwann Robin nannte, schöpfte er wieder Hoffnung, sie würde ihn heiraten, er mußte nur Geduld haben.

Während der folgenden Tage beobachteten die Höflinge mit Argusaugen Elisabeths Verhalten gegenüber Dudley, und als sie merkten, daß er nach wie vor der Favorit der Königin war, wurden Wetten abgeschlossen, ob und wann sie ihn heiratete.

An einem Abend sahen Elisabeths Damen, daß die Königin und Dudley von Pembrokes Schloß zurückkehrten, und sofort lief das Gerücht um, das Paar hätte sich heimlich im Schloß des Grafen trauen lassen.

Elisabeth lachte spöttisch, als sie davon hörte, und sagte zu Kate:

»Dummes Hofgeschwätz, eine heimliche Trauung ist unter meiner Würde.«

Ende Oktober ertrug Throgmorton das Getuschel in Paris nicht länger, eilte nach England und bat Elisabeth um eine Audienz, die ihm auch gewährt wurde. Anschließend erzählte er Cecil, er habe die Königin daran erinnert, daß Dudleys Vater als Verräter gehaßt würde, er habe sie beschworen, Robert nicht zu heiraten.

»Ihre Majestät hörte mich an, legte die Hände an die Wangen und drehte sich von links nach rechts in unterdrücktem Lachen, allerdings, sie hat während unseres Gesprächs sehr elend ausgesehen, was soll ich davon halten, wie wird es weitergehen, Mylord?«

»Ihre Majestät arbeitet viel«, erwiderte Cecil, »das ist der Grund für ihre angegriffene Gesundheit, und was Lord Dudley betrifft, so weiß Gott allein, wozu sie sich entschließen wird, Ihr tätet gut daran, Mylord, Eure Meinung zu mäßigen und die Königin nicht zu beeinflussen, versucht, mit unverbindlichen Worten die Gemüter in Frankreich zu beruhigen, Ihre Majestät hält die Hand über Lord Dudley, weil er rehabilitiert ist. Nicht mehr und nicht weniger.«

Dann lenkte Cecil die Unterhaltung auf andere Probleme, weil er wenig Lust verspürte, das Thema Dudley zu vertiefen.

Cecil hatte genau wie die übrigen Hofleute das Paar seit Roberts Rückkehr beobachtet und den Eindruck gewonnen, daß bei seiner Königin langsam, aber sicher die Vernunft über das Gefühl siegte.

Er hatte befürchtet, daß Elisabeth, sobald Robert wieder in ihrer Nähe war, sich nicht mehr um die Regierungsgeschäfte kümmern würde, sondern, wie im Sommer, den Tag in trauter Zweisamkeit mit ihrem Oberstallmeister verbringen würde, aber nichts dergleichen geschah.

Sie verbrachte den Tag in ihrem Arbeitszimmer und sah Robert nur am Abend oder an den Sonn- und Feiertagen, Dudley seinerseits war vollauf mit den Pflichten eines Oberstallmeisters beschäftigt.

So weit, so gut, dachte Cecil, beide sind abgelenkt, es ist nicht ausgeschlossen, daß sie ihn eines Tages doch noch heiratet, aber sie läßt sich Zeit mit der Entscheidung, und das ist gut so, je länger sie nachdenkt, desto klarer wird sie die Vor- und Nachteile dieser Verbindung sehen.

Cecil vermutete richtig, Elisabeth war unentschlossen und änderte ihre Meinung je nach Situation. Während der Unterredung mit Throgmorton kam sie zu der Überzeugung, daß es ein Fehler wäre Dudley zu heiraten, wenn sie mit Robert tanzte, ausritt, Schach spielte oder sich unterhielt, war sie innerlich bereit, sich über alles hinwegzusetzen und ihn doch zu heiraten, zwischendurch dachte sie auch an ein Liebesverhältnis, aber würde ein Kind aus dieser Verbindung König oder Königin von England werden?

Sie konnte dieses Kind als Nachfolger erklären, aber in den Augen der Welt würde es immer ein Bastard sein wie sie selbst, nein, wenn ich jemals einen Sohn oder eine Tochter habe, so sollen sie ohne Schwierigkeiten ihr Erbe antreten können, einem Kind des »Mörders« Dudley wird man das Recht auf Englands Krone streitig machen, ein Liebesverhältnis, um die Thronfolge zu sichern, ist jetzt, nach Amys Tod, ausgeschlossen, eine Ehe?

Im Laufe des November beschloß Elisabeth, Robert wenigstens in den Grafenstand zu erheben, am Dreikönigstag sollte die feierliche Zeremonie stattfinden, sozusagen als Auftakt des Jahres 1561.

An einem Spätnachmittag Ende November saß sie in ihrem Arbeitszimmer und las die Urkunde, worin Lord Dudley zum Grafen von Leicester ernannt wurde.

Die Tür zum Nebenraum war halb offen, und sie hörte beiläufig, daß zwei Diener das Zimmer betraten und Holz neben dem Kamin aufschichteten. Sie nahm die Feder, tauchte sie in die Tinte und wollte eben die Urkunde unterzeichnen, als einer der Diener sagte: »Lord Dudley steht wieder in höchster Gunst bei Ihrer Majestät, ich bin gespannt, wann sie ihn heiratet.«

Elisabeth horchte auf.

»Sie wird doch keinen Gattenmörder heiraten, schließlich ist sie unsere Königin, und ihr künftiger Gemahl muß ein unbescholtener Mann sein«, erwiderte der andere Diener.

»Lord Dudley wurde für unschuldig befunden.«

»Na und? Das besagt überhaupt nichts, vielleicht wurde die Kommission bestochen. Eines jedenfalls weiß ich, wenn die Königin Dudley heiratet, dann kommt es überall im Land zu Unruhen, das Volk wird nicht dulden, daß ein Mörder König von England wird, das Volk wird seinen Kopf fordern.«

Die Diener verließen das Zimmer, und Elisabeth saß eine Weile wie betäubt da, schließlich legte sie die Feder zur Seite und betrachtete die Urkunde.

Graf von Leicester, dachte sie, Graf von Leicester…, Gattenmörder, das war die Stimme des Volkes, wenn sie ihn heiratete, würde sie ihre Popularität einbüßen, vielleicht sogar den Thron verlieren, und da kein Thronfolger da war, würde es Machtkämpfe um die Krone geben, wie seinerzeit während der Rosenkriege… Nein, sie durfte das Reich der Tudors nicht leichtfertig aufs Spiel setzen, und vor allem, sie wollte Königin bleiben, lange regieren und ein reiches, mächtiges England hinterlassen…

Zum ersten Mal seit Amys Tod wurde ihr deutlich bewußt, daß sie sich entscheiden mußte zwischen England und dem Mann, den sie liebte.

Graf von Leicester, Gattenmörder, dachte sie, nein, ich werde Robin nicht heiraten, nie, England ist wichtiger… Sie nahm ein Federmesser, zerschnitt die Urkunde, sprang auf, eilte in ihr Schlafzimmer und sank weinend auf das Bett.

Einige Zeit später betrat der Sekretär das Arbeitszimmer, betrachtete verwundert das zerschnittene Dokument, und es dauerte nicht lange, da tuschelten die Hofleute, Dudley werde doch nicht Peer von England.

Am Nachmittag des folgenden Tages wurde Robert bei Elisabeth gemeldet.

Als er erregt und mit gerötetem Gesicht bei ihr eintrat, empfand sie zum ersten Mal ihm gegenüber eine neue Sicherheit.

Sie hatte sich entschieden und war damit gleichzeitig in eine neue Lebensphase eingetreten. Er blieb der Günstling, sie blieb die Königin..., es ist eine Lösung, mit der wir beide leben müssen, dachte sie, legte Throgmortons Brief zur Seite und empfing Robert freundlich lächelnd.

»Nun, Mylord, Ihr scheint erregt. Was gibt es?«

Robert nahm Haltung an und erwiderte: »Ich bitte Euer Majestät um Entlassung aus dem Hofdienst.«

Elisabeth glaubte nicht richtig zu hören.

»Wie bitte? Warum? Ihr seid rehabilitiert.«

»Das bezweifle ich, Euer Majestät verweigern mir die Peerswürde, man hat die Ernennungsurkunde zum Grafen von Leicester zerschnitten auf Eurem Schreibtisch gefunden.«

Ach Gott, dachte Elisabeth, warum habe ich das Dokument nicht verbrannt? Sie lächelte, stand auf, trat zu Robert und gab ihm scherzhaft einen Klaps auf die Wange.

»Nein, nein, so leicht sollt Ihr nicht gestürzt werden. Geht jetzt, kümmert Euch um den Marstall, und heute abend, Robin, erwarte ich Euch zur gewohnten Stunde.«

Er verbeugte sich schweigend und ging hinaus.

Eines Tages, überlegte er, werde ich Graf von Leicester, und..., vielleicht heiratet sie mich doch... Er schöpfte neue Hoffnung.

Unterdessen las Elisabeth Throgmortons Brief, der Gesandte schrieb, daß der junge König von Frankreich wahrscheinlich nicht mehr genesen werde...

Sie legte das Schreiben weg und sah nachdenklich vor sich hin. Er wird also nicht mehr gesund werden, das kann natürlich auch bedeuten, daß er jahrelang dahinsiecht.

Anfang Dezember übersiedelte der Hof nach Hampton Court, und alle, die Lords, die Damen, die Dienerschaft, bereiteten sich innerlich und äußerlich auf die Feiertage vor und überlegten, was man der Königin am Neujahrstag schenken könnte... Schmuck, Geld, Parfüm, Bücher, Noten..., und die jungen Höflinge, die nicht viel Geld besaßen, verfaßten Gedichte als Geschenk für ihre Monarchin.

Ungefähr zwei Wochen vor Weihnachten saß Elisabeth im Musikzimmer am Spinett und übte einige Choräle und Lieder ein, die sie während der Feiertage ihren Damen vorspielen wollte. Es war die Stunde vor der Abendtafel, die sie gerne allein verbrachte, um inneren Abstand von ihrem Arbeitstag zu gewinnen. Als sie ihr Spiel für einen Augenblick unterbrach und nach einem neuen Notenheft suchte, wurde Cecil gemeldet.

Elisabeth sah erstaunt auf, sie hatte Cecil eine halbe Stunde zuvor für den Rest des Tages beurlaubt.

»Er hat eine wichtige Nachricht«, sagte der Diener.

Cecil betrat das Zimmer sichtlich gut gelaunt, und sie atmete erleichtert auf. Wenigstens keine Hiobsbotschaft, dachte sie.

»Ich hoffe, Euer Majestät verzeihen die Störung...«, er zögerte etwas und fuhr fort: »Als ich im Vorraum wartete, habe ich Euer Majestät nach langer Zeit wieder musizieren hören, mit Verlaub, Euer Majestät spielen wunderbar.«

Elisabeth lächelte und erwiderte: »Ihr schmeichelt, früher spielte ich besser, im Augenblick habe ich keine Zeit für die Musik, aber auch keine innere Muße, ich denke viel über die kommenden Jahre nach, ich fürchte, wir gehen schweren Zeiten entgegen..., in meinem Reich herrscht Gott sei Dank religiöser Friede, aber auf dem Kontinent... Ihr wißt ja, was sich zur Zeit in Frankreich abspielt, der Prinz von Conde, einer der Hugenottenführer, hat sich persönlich zum König begeben, um für seine Glaubensbrüder zu bitten, wahrscheinlich sind die Guisen schuld daran, daß Franz ihn verhaften und zum Tode verurteilen ließ... Jetzt lebt Conde nicht mehr, er sollte am 6. Dezember hingerichtet werden.«

»Majestät, Conde lebt.«

»Wie bitte? Hat die katholische Partei ihn begnadigt?! Das wäre das achte Weltwunder!«

»Nein, Majestät.«

Er zog einen Brief hervor und überreichte ihn Elisabeth.

»Ich habe eine Nachricht für Euer Majestät, die gleichzeitig erfreulich, traurig und auch etwas problematisch ist. Vorhin, im Hof, begegnete ich einem Sonderkurier Throgmortons, der Euer Majestät einen Brief bringen wollte. Ich hielt ihn an, fragte, was es Neues gäbe, und er erwiderte: ›König Franz II. ist am 5. Dezember gestorben, sein jüngerer Bruder, der zehnjährige Karl IX., ist jetzt Frankreichs neuer König.«

Elisabeth brauchte einige Sekunden, bis sie sich gefaßt hatte.

»Mein Gott, ich hätte nicht gedacht, daß es so rasch gehen würde, jetzt ist Maria Stuart Königinwitwe von Frankreich.«

Sie öffnete den Brief, überflog ihn und sagte zu Cecil: »Franz ist einen Tag vor seinem siebzehnten Geburtstag in Orleans an einer Ohrenentzündung gestorben, Conde ist frei und mit ihm viele Hugenotten - eine göttliche Fügung, nicht wahr? Die Frage der Regentschaft ist freilich nicht ganz unproblematisch, von Rechts wegen müßte König Antoine von Navarra die Regentschaft für den unmündigen König übernehmen, aber er hat sie der Mutter des Königs, Katharina von Medici, überlassen, als Gegenleistung wurde Conde begnadigt, alle früheren religiösen Vergehen wurden den Bourbonen verziehen... Katharina ist katholisch, wer weiß, wie es den Hugenotten unter ihrer Herrschaft noch ergehen wird.«

»Majestät, ich glaube, darüber sollten wir uns keine Gedanken machen. Throgmorton hat Katharina von Medici in seinen Berichten stets als realistisch denkende Frau geschildert, sie scheint keine religiöse Fanatikerin zu sein. Sie wird sich mit den Führern der Hugenotten, Conde, Bourbon, Coligny, arrangieren, und sei es nur, um die Partei der Guisen zu entmachten, in deren Schatten sie jahrelang gelebt hat. Die künftige Entmachtung der Guisen ist für England einerseits erfreulich, andererseits schwierig wegen Maria Stuart.«

»Wieso, Mylord? Maria Stuart trägt jetzt die weiße Witwentracht der Königinnen von Frankreich und lernt endlich auch einmal die dunklen Seiten kennen, wenn sie künftig im Schatten der Lilie leben wird.«

»Gewiß, Majestät, aber wird sie das Schattendasein am französischen Hof lange aushalten? Als sie am 5. Dezember das Zimmer ihres Gatten betrat, war sie noch die Königin und hatte Vortritt vor ihrer Schwiegermutter, als sie das Zimmer verließ, war sie Königinwitwe und mußte Katharina von Medici den Vortritt lassen. Dies ist ein winziges Detail der Etikette, aber diese Details werden sie jeden Tag daran erinnern, daß sie nicht mehr die Königin von Frankreich ist, und ich bin davon überzeugt, daß Katharina von Medici jede Gelegenheit nutzen wird, um ihre Schwiegertochter zu demütigen, es ist ein offenes Geheimnis, daß »die Krämerstochter aus Florenz« die Königin von Schottland nicht mag.«

»Falls sie es im Schatten der Lilie nicht aushält«, erwiderte Eisabeth, »bleiben ihr nur zwei Möglichkeiten, sie kann sich in ein Kloster zurückziehen, was ich für unwahrscheinlich halte bei einer so jungen Frau, oder sie heiratet wieder.«

»Es gibt noch eine dritte Möglichkeit, Majestät, Maria Stuart kann nach Schottland zurückkehren.«

»Wir sprachen schon einmal darüber, ich kann es mir nicht vorstellen, sie hat Schottland als Kind verlassen, ihr Königreich ist für sie ein fremdes Land, überdies inzwischen protestantisch, der fanatische Knox haßt sie wahrscheinlich, die Lords der Kongregation werden auch nicht entzückt sein, wenn sie zurückkehrt, was soll sie in Schottland?«

»Im armen, rückständigen Schottland ist sie die Königin, im reichen, kultivierten Frankreich nur die geduldete Königinwitwe, aber warten wir in Ruhe die weitere Entwicklung ab. Zunächst einmal muß sie vierzig Tage allein in ihren Gemächern trauern. Ich möchte Euer Majestät bei dieser Gelegenheit noch einmal an die Lords der Kongregation erinnern, wollt Ihr ihnen nicht jetzt, an Weihnachten, ein Geldgeschenk schicken, als Dank dafür, daß sie für die protestantische Religion gekämpft haben?«

»Wie bitte? Seid Ihr von Sinnen, Mylord? Durch den Krieg in Schottland haben wir Schulden in Höhe von 247 000 Pfund, und Ihr redet von Geldgeschenken! Nein, das kommt nicht in Frage, ich muß sparen, sparen und nochmals sparen!«

Cecil gab sich geschlagen, sie ist mal wieder vom Sparteufel besessen, dachte er, na ja, es sieht so aus, als ob sie nicht mehr von Dudley besessen ist.

Sie sprachen noch über den Beileidsbrief an Maria Stuart und beschlossen, daß der Graf von Bedford ihn überbringen und bei dieser Gelegenheit noch einmal diskret an die Ratifizierung des Vertrages von Edinburgh erinnern sollte.

Weihnachten und Neujahr kamen und gingen, und allmählich beruhigte man sich über Amy Dudleys Tod. Man akzeptierte widerwillig, daß Robert nach wie vor Elisabeths Favorit war, und beobachtete mit Genugtuung, daß jenes vertrauliche Verhältnis, das während des Sommers 1560 zwischen beiden bestanden hatte, anscheinend beendet war. In diesem Winter 1561 war Elisabeth vollauf mit der Münzreform beschäftigt und ließ sich stundenlang von Thomas Gresham, der inzwischen in den Adelsstand erhoben war, beraten.

Kurz nach der Durchführung der Reform wurden, emsig Grund und Boden gekauft und verkauft, und allmählich entstand eine neue Gesellschaftsschicht kleinerer Landherren.

Gresham sorgte auch dafür, daß die Finanzleute, die bisher ihre Geschäfte in der St.-Pauls-Kathedrale neben Händlern und Advokaten abgewickelt hatten, nunmehr ihre Verhandlungen in einem eigenen Gebäude führen konnten, der sogenannten »Börse«.

Elisabeth beobachtete zufrieden den allmählichen wirtschaftlichen Aufschwung ihres Königreiches: Die Metallindustrie in

Birmingham entwickelte sich so weit, daß alles, von der Nähnadel bis zum Kanonenrohr, im eigenen Land hergestellt wurde, in Newcastle unterstützte der Staat die Kohlenförderung, und der Handelsverkehr belebte sich, als es die Möglichkeit gab, auf den Banken Geld zu leihen.

Die niederländischen Emigranten, die vor der spanischen Herrschaft nach England flohen, importierten handwerkliche Fertigkeiten, die in England noch unbekannt waren, zum Beispiel die Herstellung von Nähfäden, Spitzen und Seide, in Manchester wurde, unter Anleitung der Flamen, die feinste Wolle gesponnen und gewoben.

Als der Winter sich dem Ende zuneigte, erfuhr Cecil durch Throgmorton, daß Maria Stuart erwog, den spanischen Thronfolger Don Carlos zu ehelichen.

Elisabeth lachte, als Cecil ihr davon erzählte.

»Gütiger Himmel, weiß sie etwa nicht, daß Philipps Sohn halb verrückt ist?«

»Anscheinend nicht, Majestät, na, wenn sie es erfährt, wird sie von dem Plan Abstand nehmen.«

»Hoffentlich, ein Bündnis zwischen Spanien und Schottland können wir jetzt nicht gebrauchen.«

Einige Wochen später, Mitte Juni, erfuhren Elisabeth und Cecil, daß es keine spanisch-schottische Heirat geben würde.

»Es sieht so aus«, sagte Cecil, »als ob Katharina von Medici gegen dieses Projekt gearbeitet hat, sie hat natürlich kein Interesse an einer spanisch-schottischen Allianz und befürchtet wohl auch Nachteile für ihre Tochter Elisabeth, wenn Philipp stirbt und Don Carlos König wird; sie hat ihre Tochter Margarete ins Spiel gebracht, und eine doppelte Verbindung mit Frankreich ist für Philipp natürlich reizvoller als das protestantische Schottland, überdies liegt ihm wohl auch an einem guten Verhältnis zu England wegen der Niederlande.«

»Ich bin erleichtert, daß sie Don Carlos nicht heiratet, aber ich fürchte, daß sie sich jetzt dem Erzherzog Karl zuwenden wird, dessen Name wurde doch auch bei dem Heiratsspiel genannt.«

»Maria Stuart wird sich jetzt Schottland zuwenden, sie will zurückkehren. John Leslie, der Bischof von Ross, hat sie vor einigen Wochen besucht und versucht, ihr Schottland schmackhaft zu machen.«

»So, sie will zurückkehren. Und der Vertrag von Edinburgh?«

»Majestät, Sir Throgmorton tut alles, damit sie endlich unterschreibt, aber was soll er machen, wenn sie ihm erklärt, sie müsse dieses Problem mit den Ständen und den Lords erörtern. Seien wir geduldig, Throgmorton hat übrigens einen guten Eindruck von ihr, er schrieb neulich: ›Ihre Bescheidenheit ist so groß, daß sie klar die Grenzen ihrer Fähigkeiten erkennt und willens ist, sich von gutem Rat und klugen Männern leiten zu lassen‹.«

Elisabeth seufzte.

»Hoffentlich kommt es nicht zu Unruhen im katholischen Norden, wenn sie wieder in Schottland ist, mein Hauptziel ist der Frieden Englands.«

Robert Dudley hoffte immer noch, daß Elisabeth ihn eines Tages heiraten würde, und versuchte, sich um jeden Preis ihre Gunst zu erhalten. Im Juni 1561, am Tag der Sommersonnenwende, arrangierte er für die Königin eine Vergnügungsfahrt auf der Themse mit musikalischen Darbietungen und Wasserspielen.

Robert, Elisabeth und de Quadra saßen zu dritt in einer Barke, lachten, scherzten, und Elisabeth spöttelte über Maria Stuarts Heiratspläne.

»Man hört, daß sie ihren jungen Schwager, den knapp elfjährigen Karl IX., heiraten will, sie möchte partout Königin in Frankreich sein. Wenn Karl im heiratsfähigen Alter ist, geht sie auf die Dreißig zu, da möchte man doch einen richtigen Mann haben und keinen Jüngling.«

»Für England wäre diese Lösung ganz gut«, erwiderte Robert, »wenn Maria Karl heiratet, bleibt sie in Frankreich und kehrt nicht nach Schottland zurück...«, er zögerte etwas, dann lächelte er Elisabeth an und sagte zu de Quadra: »Da Ihr mit uns im gleichen Boot sitzt und Bischof seid, könntet Ihr die Königin und mich jetzt trauen..."

»Ich glaube«, unterbrach Elisabeth Robert, »dafür kann der Herr Gesandte nicht genug Englisch.«

»Nun«, erwiderte de Quadra lächelnd, »wenn Euer Majestät bereit ist, England wieder dem katholischen Glauben zuzuführen, bin ich bereit, Euch jederzeit mit Lord Dudley zu vermählen, mit dieser Lösung wäre auch König Philipp einverstanden.«

Elisabeth lachte und wechselte das Thema.

De Quadra beobachtete das Paar, wußte wieder nicht, wie er Elisabeth einschätzen sollte, und erinnerte sich an ein Gespräch mit ihr im Februar über das heikle Heiratsthema.

Philipp wollte natürlich wissen, woran er mit der englischen Königin war; falls sie Dudley heiratete, mußte man einen Aufstand im katholischen Norden befürchten, mit dem Ziel, Maria Stuart zur Königin von England zu proklamieren und Elisabeth abzusetzen, also Unruhen, die sich jahrelang hinziehen konnten, in dieser Situation mußte er natürlich die Katholiken mit Geld und Soldaten unterstützen und dies angesichts der latenten Unruhen in den Niederlanden...

De Quadra überlegte: Er hatte das Gespräch beiläufig auf Dudley gebracht, erwähnt, daß König Philipp ihn immer geschätzt habe, und Elisabeths Antwort? Sie liebe Dudley um seiner guten Eigenschaften willen, doch habe sie nie vorgehabt, ihn oder irgend jemand anders zu heiraten, sie sehe freilich immer deutlicher, daß sie eine Ehe nicht werde vermeiden können; sie werde nie jemand heiraten, den sie nicht genügend kenne, deswegen käme nur ein Engländer in Frage, und in diesem Fall sei Lord Dudley der geeignetste Kandidat...

Nach dieser Unterredung hatte er verzweifelt nach Madrid geschrieben, er werde aus dieser Frau nicht klug...

Bei Robert, dachte de Quadra, liegen die Dinge einfacher, er will die Königin um jeden Preis heiraten und macht keinen Hehl aus seinen Absichten..., es ist unglaublich, wenn die Königin wüßte, daß ›ihr‹ Robin seinen Schwager, Sir Sidney, neulich zu mir sandte mit dem Vorschlag, wenn König Philipp sich dafür einsetze, daß Lord Dudley die Königin heirate, dann würde er, Dudley, alles tun, damit England wieder katholisch werde...

Hirngespinste, dachte de Quadra, England ist für die katholische Kirche verloren, zumindest solange Elisabeth regiert. Dudley müßte seine Königin eigentlich besser kennen…

Es gab noch eine andere Sache, die de Quadra beschäftigte. Am Hof und in London lief das Gerücht um, die Königin könne keine Kinder bekommen…, gewiß, an Fürstenhöfen wurde viel dummes Zeug geschwätzt, aber vielleicht… Und er beschloß, Philipp im nächsten Brief diese Vermutung mitzuteilen.

Elisabeth war verstimmt über Roberts Ansinnen, de Quadra solle sie trauen, und überlegte, ob sie ihm sagen sollte, daß sie ihn nie heiraten würde. Allerdings bestand dann die Gefahr, daß er sich zum zweiten Mal vermählte - und diesen Gedanken fand sie unerträglich. Sie beschloß, ihn nicht in ihre privaten Pläne einzuweihen, irgendwann würde er von selbst merken, daß es zwecklos war, auf ihre Hand zu hoffen.

Im Sommer 1561 regnete es viel, es gab häufig Unwetter, und so war die Rundreise, die Anfang Juli begann und nach Suffolk führte, für alle Beteiligten kein reines Vergnügen. Am 13. Juli erschien ein Gesandter Maria Stuarts bei Elisabeth und bat sie um freies Geleit für die Königinwitwe durch England.

Elisabeth fragte, ob er die Bestätigung des Vertrages von Edinburgh mitgebracht habe, und als der Gesandte verneinte, verweigerte sie wütend das freie Geleit.

Cecil fand diese Entscheidung nicht richtig, man müsse auf ein gutes Verhältnis zu Schottland bedacht sein, woraufhin Elisabeth erwiderte:

»Ohne Ratifikation kein sicheres Geleit! Was denkt sie sich überhaupt? Die Ratifikation des Vertrages von Edinburgh bedeutet, daß sie mich als legitime Königin Englands anerkennt, solange sie die Unterschrift verweigert, ist sie für die Katholiken auf der Insel die rechtmäßige Königin. Als sie noch in Frankreich weilte, war ihr

Anspruch ungefährlich, aber ihre Anwesenheit in Schottland ist wie eine Lunte am Pulverfaß, solange der Vertrag nicht unterzeichnet ist.«

Cecil hielt es für besser, im Moment zu schweigen und die Antwort der schottischen Königin abzuwarten.

Einige Tage später erreichte die Reisegesellschaft Ipswich. Nach der Abendtafel ging Kate noch einige Zeit im Park spazieren, um sich von den Strapazen der Reise zu erholen und um in Ruhe die Eindrücke, die sie tagsüber aufgenommen hatte, zu verarbeiten. England ist ein blühendes Land geworden, dachte sie, neben den großen Schlössern entstehen jetzt zahlreiche kleinere Herrensitze, wenn der Progress nur nicht so anstrengend wäre, diese stundenlangen Empfänge der Städte, die endlosen Reden, die viel zu üppigen Bankette, und die Unterkünfte sind auch nicht immer sauber, aber die Königin erträgt alles lächelnd, na ja, sie kann wenigstens in ihrem eigenen Bett schlafen…

Es dunkelte bereits, als Kate in das Schloß des Grafen zurückkehrte, wo Elisabeth und ihr engeres Gefolge untergebracht waren. Sie ging die Treppe hinauf, die Galerie entlang und wollte eben ihr Zimmer betreten, da hörte sie aus einem der angrenzenden Räume Katharina Grey laut weinen und rufen: »Helft mir, Mylord, o Gott, helft mir, ich kann es nicht finden, und ich habe den Namen vergessen.«

Kate stutzte, der Raum war Robert Dudleys Zimmer, sie sah sich vorsichtig um, eilte zur Tür und lauschte.

Sie hörte Katharina schluchzen und dann Dudleys Stimme: »Beruhigt Euch, sprecht nicht so laut.«

Kate strengte ihre Ohren an, aber sie hörte nur, daß Katharina Robert etwas zuflüsterte. Sie gab es auf und ging nachdenklich in ihr Zimmer.

Katharina hat sich während der letzten Monate verändert, überlegte Kate, sie ist so still und in sich gekehrt, wahrscheinlich leidet sie unter der Trennung von dem jungen Hertford, vielleicht hat er in Frankreich ein anderes Mädchen kennengelernt und ihr einen Abschiedsbrief geschrieben, natürlich, Liebeskummer… Sie hat sich auch äußerlich verändert, während des Winters ist sie dicker geworden, kein Wunder, an der Hoftafel läßt sie keinen Gang aus, stopft alles in sich hinein, Liebeskummer..., warum vertraut sie sich Dudley an und nicht mir?

Kate fühlte sich gekränkt und beschloß, bei nächster Gelegenheit mit Katharina zu sprechen.

Am späten Nachmittag des folgenden Tages bat Robert Elisabeth um ein Gespräch unter vier Augen.

»Ich spreche nicht für mich, Majestät«, begann er vorsichtig, »sondern für Lady Katharina Grey. Ich fühle mich ihr gegenüber verpflichtet, weil ihre Schwester Jane mit meinem Bruder Guildford verheiratet war.«

»Ein Gespräch unter vier Augen wegen Katharina? Nun gut, faßt Euch kurz, ich möchte vor der Abendtafel noch etwas ruhen.«

Sie scheint nicht besonders gut gelaunt zu sein, dachte Robert, das kann heiter werden, vielleicht falle ich nach diesem Gespräch in Ungnade, aber ich habe Katharina versprochen, mit der Königin zu reden, und er holte tief Luft.

»Lady Katharina ist verzweifelt«, begann er vorsichtig.

»Aha, und warum?«

»Euer Majestät wissen wahrscheinlich, daß sie Lord Hertford liebt..."

»Ja, ich weiß«, unterbrach Elisabeth ungeduldig, »wegen dieser Liebelei habe ich Hertford nach Frankreich geschickt, wahrscheinlich ist sie verzweifelt, weil sie sich nach ihm sehnt, aber das ist ihr Problem, als präsumptive Thronerbin muß sie lernen, ihre Gefühle zu beherrschen. Sagt ihr, daß Lord Hertford vorerst in Frankreich bleibt.«

»Majestät, das... das ist nicht ihr Problem, sie hat ihn Ende Januar heimlich geheiratet und erwartet ein Kind von ihm.«

Elisabeth glaubte, nicht richtig gehört zu haben.

»Wie bitte? Sie hat ohne meine Einwilligung geheiratet? Sie hat den Sohn des Lordprotektors Eduard Seymour geheiratet, den Sohn des Herzogs von Somerset, den Sohn des Mannes, der den eigenen Bruder hinrichten ließ und mir nach dem Leben trachtete! O mein Gott, sie ist eine Hure, sie bringt Schande über das Haus Tudor, ihr Bastard wird nie Englands Krone tragen, nie!«

»Majestät, das ungeborene Kind ist kein Bastard, Lady Katharina ist verheiratet.«

»Ach was, verheiratet, sie kann viel erzählen, ich will noch heute die Heiratsurkunde sehen, diese Ehe, Mylord, wird geschieden, es gibt andere Partien für eine präsumptive Thronerbin als Lord Hertford, ein Seymour…, o Gott, ausgerechnet ein Seymour!«

Robert merkte, wie ihm der kalte Schweiß ausbrach. »Majestät, die Urkunde, das ist das zweite Problem, Lady Katharina kann die Urkunde nicht finden, hat sie verloren, und sie kann sich nicht an den Namen des Geistlichen erinnern, der sie getraut hat.«

»Ach so, das wird ja immer besser, und Ihr, Mylord, glaubt die Lügen, die sie erzählt! Wann soll der Bastard zur Welt kommen?«

»Gegen Ende September, Majestät«, erwiderte Robert kleinlaut.

»Gut, er wird im Tower das Licht der Welt erblicken!«

»Im Tower, Majestät?«

»Jawohl, im Tower! Nach der Rundreise wird die präsumptive Thronerbin den Tower kennenlernen, und Lord Hertford wird ihr, nach seiner Rückkehr aus Frankreich, dort Gesellschaft leisten, natürlich streng getrennt von seiner sogenannten Gemahlin. Ihr, Mylord, bürgt mir für Lady Katharina! Ihr sorgt dafür, daß sie streng bewacht wird, wehe Euch, sie entkommt, dann wandert Ihr ebenfalls in den Tower, und was diese mysteriöse Eheschließung betrifft, so werde ich eine Kommission beauftragen, die Angelegenheit zu untersuchen.«

Elisabeth schwieg und musterte Robert, der verlegen zu Boden sah, und auf einmal tat er ihr leid, schließlich war er unschuldig an dieser verfahrenen Situation.

»Warum hat Katharina ausgerechnet Euch zum Fürsprecher auserkoren?«

»Nun ja, teils wegen der Verwandtschaft, aber vor allem, weil sie glaubt, daß ich Einfluß auf Euer Majestät habe.«

»So, glaubt sie das? Mein Gott, sie ist nicht nur lüstern, sondern auch noch dumm, strohdumm. Ich habe nie viel von ihr gehalten, mein Gott, wie dumm sie ist. Sie wählt ausgerechnet den Mann als Fürsprecher ihrer Liebesaffäre aus, auf den ich, aus Gründen der Staatsräson, verzichten muß!«

Bei den letzten Worten horchte Robert auf: Sie mußte auf ihn verzichten, sie liebte ihn also doch noch…, vielleicht, eines Tages wird sie mich heiraten, dachte er glücklich.

Elisabeth wurde erst jetzt bewußt, daß sie etwas von ihren Gefühlen preisgegeben hatte, und so erwiderte sie halb im Scherz, halb im Ernst: »Geht jetzt, und vergeßt nicht, Ihr bürgt mir für Lady Katharina, ich habe keine Lust, Euch im Tower zu besuchen.«

Als Robert gegangen war, weihte Elisabeth ihre alte Erzieherin in die Geschichte ein.

Kate hatte Mitleid, erinnerte Elisabeth daran, daß die schwangere junge Frau vielleicht die Strapazen der Reise nicht ertragen würde, woraufhin Elisabeth erwiderte, dies alles hätte Katharina sich vorher überlegen sollen. Es sei ihr gleichgültig, wenn sie während der Reise zusammenbreche oder eine Frühgeburt habe.

»Sie liebt Lord Hertford, Majestät.«

»Na und? Jede Frau liebt einen Mann, aber sie ist nicht nur eine Frau, sondern eine Thronerbin, und als solche ist sie verpflichtet, an das Wohl des Staates und nicht an ihr persönliches Vergnügen zu denken.«

Kate schwieg, betrachtete Elisabeth verstohlen, und zum ersten Mal sah sie den herben Zug um die Mundwinkel, den kühlen Blick der Augen, die Stimme der Königin klang gereizt und unduldsam, und in diesem Augenblick begriff Kate, welche Überwindung es Elisabeth gekostet hatte, auf Robert Dudley zu verzichten.

Als der Juli sich dem Ende zuneigte, erhielt Elisabeth zwei Briefe aus Frankreich, von Maria Stuart und Throgmorton.

Die schottische Königin bat abermals um freies Geleit und erklärte sich bereit, den Vertrag von Edinburgh zu ratifizieren und Elisabeth als Königin von England anzuerkennen, wenn diese sie zur präsumptiven Thronfolgerin Englands erkläre.

Elisabeth war über diesen Vorschlag zunächst empört, wurde aber nachdenklich, als sie Throgmortons Brief las. Der Gesandte schilderte seine Audienz bei der Königin von Schottland am 20. und 21. Juli in Saint-Germain: Er habe wiederholt um Unterzeichnung des Vertrages gebeten, woraufhin sie geantwortet habe, sie müsse sich erst mit dem schottischen Parlament beraten, im übrigen bewundere er ihren kühlen Mut, am 20. habe sie zu ihm gesagt: »Ich benötige ebensowenig die Bewilligung Ihrer Gebieterin, der Königin, für meine Reise, wie sie die meine für Ihre Reise benötigt, und kann auch ohne ihren Paß und ihre Erlaubnis in mein Königreich zurückkehren.«

Am folgenden Tag habe sie zu ihm gesagt: »Monsieur l'Ambassadeur, wären meine Vorbereitungen nicht so weit gediehen, so hätte vielleicht die Unfreundlichkeit der Königin, Ihrer Gebieterin, meine Reise verhindern können. Jetzt aber bin ich entschlossen, die Sache zu wagen, was immer daraus entsteht. Ich hoffe, der Wind wird so günstig sein, daß ich nicht genötigt bin, die englische Küste zu berühren. Sollte dies aber geschehen, Monsieur l'Ambassadeur, dann bekommt mich die Königin in die Hände. Sie kann in diesem Fall mit mir tun, was sie will, und wenn sie so harten Herzens ist, meinen Tod zu verlangen, möge sie nach ihrem Gutdünken handeln und mich opfern. Vielleicht wäre diese Lösung für mich besser als zu leben.«

Throgmorton berichtete weiter, daß die Königin von Schottland ihn beim Abschied umarmt habe, am 25. Juli sei sie mit großem Gefolge von Saint-Germain nach Calais abgereist. Was für ein pathetischer Auftritt, dachte Elisabeth, indes, sie scheint mutig zu sein..., aber wenn sie ertrinkt...

»Wie soll ich mich verhalten?« fragte Elisabeth Cecil und zeigte ihm die Briefe.

»Es widerstrebt mir, ihr freies Geleit zu gewähren, weil ihr Verhalten zeigt, daß sie uneinsichtig ist und nicht staatspolitisch denken kann, sie will mich nur unter der Bedingung als rechtmäßige Königin von England anerkennen, wenn ich sie zur Thronfolgerin erkläre..., andererseits, wenn ihr Schiff im Sturm untergeht, werden alle katholischen Fürsten Europas mich für ihren Tod verantwortlich machen.«

»Ich kann Euer Majestät verstehen, aber es ist im Interesse Englands und Schottlands wichtig, daß zwischen den Königinnen ein gutes Einvernehmen herrscht. Seid großmütig, Majestät und gewährt der Königin von Schottland freies Geleit, diese Lösung hätte außerdem den Vorteil, daß Ihr Maria Stuart persönlich kennenlernen könntet, empfangt sie während ihrer Reise in einem Eurer Schlösser, der persönliche Eindruck ist immer der beste. Die Berichte Eurer Gesandten mögen noch so detailliert sein, sie sind und bleiben subjektiv.«

Elisabeth überlegte eine Weile und erwiderte: »Gut, sie soll ihr freies Geleit haben, überdies bin ich natürlich neugierig auf meine Cousine.«

Mitte August kehrte der Kurier mit dem Geleitbrief zurück und berichtete, bei seiner Ankunft in Calais wäre die Königin von Schottland schon auf hoher See gewesen.

Ungefähr zwei Wochen später erhielt Elisabeth einen Brief Randolphs mit der Nachricht, daß Maria Stuart am 19. August in Leith schottischen Boden betreten habe. Dann schilderte er ausführlich ihre Ankunft und die ersten Tage ihrer Herrschaft. Zuletzt schrieb Randolph, daß Graf Maitland von Lethington unterwegs sei, um Elisabeth einen persönlichen Brief der schottischen Königin zu überbringen und wahrscheinlich auch ein Geschenk, Maria Stuart sei großzügig, sie habe ihren Halbbruder, Sir James, der auch zur Regierung gehöre, mit Geschenken und Landbesitz überschüttet...

Noch am gleichen Tag teilte Elisabeth Cecil die Neuigkeit mit: »Sie ist am 19. August in Leith an Land gegangen, Randolph schreibt, es habe gestürmt und geregnet, niemand habe die Königin empfangen, weil man mit ihrer Ankunft noch gar nicht gerechnet hatte, am nächsten Tag zog sie in Edinburgh ein und wurde von der Bevölkerung verhalten und reserviert begrüßt. Wahrscheinlich hat John Knox von der Kanzel gegen sie gepredigt. Bisher hat sie sich anscheinend hauptsächlich damit beschäftigt, Schloß Holyrood in ein kleines Paris zu verwandeln; Randolph berichtet, er sei neulich zu einem Empfang im Schloß gewesen und habe sich wie in Frankreich gefühlt: französische Gobelins, Porzellan aus Sevres, französische Speisen, Rotwein aus Burgund, der Dichter Chastelard hat zur Laute gesungen...«

Elisabeth warf Randolphs Brief auf den Tisch. »Ich finde ihr Benehmen unmöglich, sie sollte sich den Sitten ihres armen Landes anpassen und sich nicht mit französischem Luxus umgeben.

Gewiß, das einfache Volk wird Holyrood nie betreten, aber was soll der schottische Adel denken?!«

»O«, erwiderte Cecil lächelnd, »die Lords sind sehr selbstbewußt und stolz, französischer Rotwein und Gesang zur Laute wird sie kaum beeindrucken, schließlich haben sie ihren Whisky und ihre Dudelsackpfeifen..., offen gestanden, ich möchte nicht über die schottischen Clans herrschen..., die Gordons, die Douglas, die Hepburns sind Könige in ihren Ländereien... Weiß Randolph schon, wie sie die religiöse Frage lösen will?«

»Ja, dieses Problem ist bereits entschieden. Sie will persönlich Katholikin bleiben, ist aber bereit, den protestantischen Glauben ihrer Landsleute zu tolerieren, na ja, es bleibt ihr auch nichts anderes übrig, wenn sie den inneren Frieden wahren will, einen Vorgeschmack des Volkszornes hat sie bereits bekommen, als am ersten Sonntag in ihrer Kapelle die Messe gelesen wurde, stürmte das Volk heran, drohte, den Priester herauszuzerren und zu töten, und wenn ihr Halbbruder nicht mit dem Schwert in der Hand die Türe verteidigt hätte, wäre vielleicht sogar ihr Leben bedroht gewesen; Sir James und Maitland gehören übrigens zu ihren engsten Beratern.«

»Aha, das ist gut so, allerdings, der innere Friede in Schottland wird auch entscheidend davon abhängen, wen Maria Stuart als Gemahl wählt.«

»Ihr habt recht, Mylord, die Wahl des Gatten ist für Maria Stuart genauso schwierig wie für mich, auch sie steht vor der Frage, ob sie sich für einen ausländischen Fürsten oder einen schottischen Lord entscheiden soll, meiner Meinung nach wäre es am besten, wenn sie sich mit einem Protestanten vermählte, sie kann ihrem Volk unmöglich einen Katholiken als König zumuten, ein ausländischer protestantischer Fürst wäre die beste Lösung, das würde Familienfehden zwischen den Clans verhindern und dem Glauben ihres Volkes entgegenkommen.«

»Ich bezweifle, Majestät, ob zum Beispiel ein deutscher protestantischer Fürst bereit ist, sein Leben in dem unwirtlichen Schottland zu verbringen; aber es gäbe noch eine andere Lösung: Maria Stuart könnte einen englischen protestantischen Lord heiraten.«

Elisabeth sah Cecil überrascht an. »Nun ja«, erwiderte sie zögernd«, das wäre auch eine Möglichkeit, auf jeden Fall sollten wir, wenn es soweit ist, die Königin von Schottland beraten und – wenn nötig – die Wahl auch beeinflussen, es ist sehr wichtig, wen sie heiratet, wegen der Kinder, die aus dieser Ehe hervorgehen.«

»Wegen der Kinder, Majestät?«

»Ja, Mylord, die Königin von Schottland und die Königin von England haben einen gemeinsamen Vorfahren, Heinrich VII., der Gründer des Hauses Tudor; das erstgeborene Kind Maria Stuarts würde also – vom Stammbaum her – zu den Thronerben Englands gehören, nicht wahr? Ich halte es für möglich, daß ich kinderlos sterbe.«

Cecil schwieg eine Weile und überlegte, ob er das heikle Thema Heirat ansprechen sollte, aber warum nicht, die Gelegenheit war günstig.

»Majestät, es ist natürlich möglich, daß Ihr Eure Söhne und Töchter überlebt, aber normalerweise hat ein Ehepaar mehrere Kinder, und zwei oder vielleicht auch drei sind so gesund und kräftig, daß sie die ersten Jahre überleben.«

»Sagtet Ihr, ein Ehepaar? Nun, Mylord, was meine Heirat betrifft..., einst wollte ich als Königin und als Elisabeth heiraten, inzwischen ist mir klargeworden, daß ich als Elisabeth nicht heiraten kann, ich glaube nicht, daß ich noch einmal einen Mann lieben werde, wenn ich jemals heiraten sollte, dann nur noch als Königin, und... Hört gut zu, Mylord, dazu kann mich nur die bitterste Notwendigkeit veranlassen, wenn Englands Glück und innerer Friede von einer solchen Heirat abhingen, dann... in Gottes Namen, ansonsten, Ihr versteht, was ich meine?«

»Gewiß, Majestät...« Abwarten, dachte Cecil. »Weiß er, wie Euer Majestät entschieden haben?«

»Nein, er wird es irgendwann merken, ich habe Euch in diese persönliche Entscheidung eingeweiht, weil Ihr mein engster Berater und Freund seid und wir hoffentlich noch lange zusammenarbeiten werden.«

»Ich danke Euer Majestät für das Vertrauen.«

Noch am gleichen Abend erzählte Cecil seiner Frau von der Unterredung mit Elisabeth.

»Sie ist tatsächlich zur Vernunft gekommen und verzichtet auf Dudley.«

»Ach Gott, William, sie tut mir irgendwie leid, es war bestimmt keine leichte Entscheidung für sie.«

»Gewiß, aber es war die einzig richtige Entscheidung, vor uns liegen schwierige Jahre …, in Frankreich gibt es keinen Frieden, niemand weiß, wie Maria Stuart sich als Königin von Schottland entwickeln wird, am meisten aber beunruhigen mich die Niederlande…, irgendwann werden wir die Flamen offen unterstützen müssen, und das bedeutet Krieg gegen Spanien.«

DRITTES BUCH
Gloriana
1562–1588

»Und wenn ich auch nur eine Frau bin, habe ich doch nicht weniger Mut, meinen Platz auszufüllen, als mein Vater hatte.
Im übrigen danke ich Gott, daß er mich so geschaffen hat, daß ich überall in der Christenheit leben könnte, auch wenn man mich im Unterrock aus meinem Reich vertriebe.«

XIX

Mitte Juni 1562 ritt John Hawkins in Begleitung einiger Diener und seines jungen Vetters Francis von London nach Schloß Greenwich. Sie kamen nur langsam vorwärts, weil die Wege durch den tagelangen Regen aufgeweicht und schlammig waren und weil sie ein Geschenk für die Königin mit sich führten, das sie ihr unversehrt übergeben wollten.

Hawkins war ungefähr dreißig Jahre, sein Begleiter Anfang Zwanzig. Die beiden Männer waren groß, breitschultrig, und in ihren von Wind und Seeluft gebräunten Gesichtern spiegelten sich Mut und Verwegenheit.

Während des Rittes sprachen sie nur wenig miteinander, weil jeder seinen Gedanken nachhing. Hawkins überlegte, welche Vorbereitungen für seine Expedition noch notwendig waren und wann er in Plymouth auslaufen konnte, im September oder erst im Oktober?

Der Vetter dachte mit gemischten Gefühlen an die bevorstehende Audienz bei der Königin, er wußte zwar, daß sie einfache Leute freundlich und leutselig behandelte, aber es war seine erste Audienz bei Hof, und er wollte einen guten Eindruck hinterlassen, hoffentlich fielen ihm die richtigen Antworten auf ihre Fragen ein…

»Ich befürchte, Francis«, sagte Hawkins und sah prüfend zum Himmel, »daß die Regenperiode noch nicht zu Ende ist.«

»Das befürchte ich auch«, er zögerte etwas und überlegte, ob er jetzt fragen sollte, was ihn schon länger bewegte.

»Warum willst du mich der Königin vorstellen, John?«

»Nun, ich bin davon überzeugt, daß aus dir ein tüchtiger Seefahrer wird, die Königin schätzt Leute, die Neues entdecken wollen.«

»Aha, du glaubst, ich sei tüchtig, warum darf ich dann nicht an deiner Expedition teilnehmen?«

»Du mußt dich noch mit nautischer Theorie beschäftigen, Francis, außerdem…, ich möchte dein Leben nicht den Gefahren dieser Expedition aussetzen, wer weiß, ob ich zurückkehre, wenn ich tot bin, hat die Königin wenigstens dich.«

»Das verstehe ich nicht, jeder Seefahrer begibt sich in Lebensgefahr, wenn er den Hafen verläßt, ein Sturm kann mich jetzt vernichten oder in einigen Jahren, oder überhaupt nicht.«

»Bei dieser Expedition sind nicht die Stürme die Gefahr, sondern die Portugiesen und die Spanier, ich kann noch nicht einschätzen, wie sie sich uns gegenüber verhalten werden.«

Inzwischen hatten sie einen Marktflecken erreicht. Auf dem Kirchplatz war eine Versammlung der Einwohner, die sich erregt über etwas unterhielten, und Hawkins schickte einen Diener zu dem Platz, um zu hören, worum es ging.

Bereits nach wenigen Minuten kehrte der Mann leichenblaß zurück.

»Mr.Hawkins, Mr. Drake, es ist entsetzlich, in der letzten Maiwoche wurde in Chichester ein männliches Kind geboren, dessen Kopf, Arme und Beine das reinste Gerippe sind, Brust und Bauch hängen ungeheuer dick an einer langen Nabelschnur, um den Hals trägt es einen großen Kragen aus Fleisch und Haut, der an die Krause eines Hemdes erinnert und dessen Falten bis an die Ohren reichen, ähnliche Mißgeburten sind bei Schweinen, Pferden und anderen Tieren aufgetreten, ein zweiköpfiges Fohlen wurde geboren, dem ein langer Schwanz zwischen den Köpfen hervorwuchs, ein Schwein mit menschenähnlichen Armen, Händen und Fingern wurde geboren, ein anderes mit zwei Rümpfen, acht Beinen und nur einem Kopf!«

Hawkins und Drake sahen sich an und begannen zu lachen. »Was für ein Unsinn«, rief Drake, »so etwas gibt es nicht!«

»Mr. Hawkins«, jammerte der Diener, »diese Mißgeburten sind schlechte Vorzeichen, verschiebt die Expedition, Eure Schiffe werden untergehen!«

»Meine Schiffe gehen nicht unter.«

»Nun, dann werden die Spanier Euch fangen und hängen!«

»Der Kaperbrief der Königin wird mich hoffentlich davor bewahren«, und zu Drake, »das ist ein weiterer Grund für die Audienz, die Königin will mir heute dieses wichtige Dokument übergeben, weil sie bald nach Norden aufbricht, um die Königin von Schottland zu treffen.«

»Warum liegt dir soviel an diesem Kaperbrief?«

Hawkins überlegte einen Augenblick und erwiderte: »Jeder Monarch ist interessiert am wirtschaftlichen Aufschwung seines Landes, unsere Königin möchte den Handel beleben und neue Märkte erschließen. Dies wäre unproblematisch, wenn nicht Spanien über sein Handelsmonopol in den überseeischen Gebieten wachen würde. Kein Ausländer darf sich ohne königliche Lizenz – und die wird nur in Ausnahmefällen erteilt – in den spanischen Kolonien niederlassen und dort Handel treiben. Vor einiger Zeit hatte ich die Idee, dieses Monopol friedlich zu unterlaufen, indem ich den spanischen Kolonisten lebensnotwendige Güter anbiete, zum Beispiel Sklaven aus Afrika, die auf den Plantagen arbeiten können. Schwarze Sklaven sind für die Kolonisten inzwischen lebensnotwendig, weil sie die anstrengende Feldarbeit besser ertragen; ich hoffe, daß die spanischen Behörden mein afrikanisches Warenangebot tolerieren werden. Die Königin ist von meiner Idee begeistert und fasziniert von meinen Überlegungen, wie man Expeditionen finanzieren kann, nämlich durch ein sogenanntes Konsortium: Einige wohlhabende Hofleute beteiligen sich mit einer bestimmten Summe an meiner Expedition, und nach der Rückkehr werden Gewinn und Verlust untereinander aufgeteilt.«

Er zögerte etwas und fuhr dann fort: »Was ich dir jetzt anvertraue, Francis, darfst du keinem Menschen erzählen, die Königin ist ebenfalls mit Geld an meinem Unternehmen beteiligt, aber das weiß niemand, noch nicht einmal Sir Cecil. Nachdem die Finanzierung der Expedition geregelt war, bat ich die Königin um einen sogenannten Kaperbrief, der den Status des Kapitäns und der Matrosen hebt: Falls uns ein spanisches Schiff mit Gold in die Hände fällt, sind wir dank des Kaperbriefes nicht mehr kriminelle Piraten, sondern von der Regierung dazu ermächtigte Freibeuter, selbstverständlich erhält die Königin auch ihren Anteil an der Beute.«

Drake dachte eine Weile nach und erwiderte: »Die Königin unterstützt also die Seeräuberei, nun gut, aber ich befürchte, daß der Kaperbrief wenig nützen wird, wenn deine Schiffe auf hoher See den Spaniern in die Hände fallen.«

»Du hast recht, aber angenommen, wir entkommen den Spaniern und man verlangt unsere Auslieferung oder Bestrafung, dann bewahrt uns der Kaperbrief davor, ausgeliefert oder in England als Piraten vor Gericht gestellt zu werden.«

»Was für Perspektiven! Ich freue mich schon jetzt darauf, dem papistischen Gesindel das Gold wegzunehmen, wir werden die Spanier lehren, uns zu fürchten!«

Hawkins mußte unwillkürlich lächeln, als er die blitzenden Augen seines Vetters sah.

»Ich verspreche dir, Francis, daß du mich auf der nächsten oder übernächsten Expedition begleiten darfst.«

Am späten Nachmittag trafen sie in Greenwich ein und wurden sofort von Elisabeth im Audienzzimmer empfangen. Der junge Drake war so aufgeregt, daß er die Königin erst sah, nachdem er das Knie gebeugt hatte. Sie lächelte ihn freundlich an und sagte dann zu Hawkins:

»Dieser junge Mann ist also Francis Drake, der für England die Meere erobern soll?«

»Ja, Majestät.«

»Nun, Mr. Drake, erzählt ein bißchen über Euch, wann und wo seid Ihr geboren, wer war Euer Vater?«

»Majestät, ich wurde 1540 in Crowndale bei Tavistock in Devon geboren; mein Vater war Seemann und trat zum Protestantismus über. Als 1549 in Devon eine katholische Revolte ausbrach, flohen wir nach Kent. Eine Zeitlang lebten wir auf dem Medway bei Chatham im Rumpf eines abgetakelten Schiffes, dort entdeckte ich meine Liebe zur Seefahrt. Nach der Thronbesteigung Eurer Majestät übernahm mein Vater das Amt des Vikars von Upchurch in Kent.«

»Ihr wollt Euer Leben also der Seefahrt widmen?«

»Ja, Majestät, ich...«, er zögerte etwas und fuhr fort: »Ich möchte um die Erde segeln wie Magellan vor vierzig Jahren, das ist mein Ziel und mein größter Wunsch, selbst wenn ich von dieser Reise nicht mehr zurückkehre wie seinerzeit der Portugiese.«

Elisabeth war einige Sekunden sprachlos.

»Ihr wollt..., ein Engländer, der die Erde umsegelt, nun, warum nicht? Mr. Drake, ich hoffe für Euch und für England, daß Euer Wunsch sich erfüllen wird.«

Inzwischen hatten die Diener die Kiste geöffnet und holten drei Segelschiffmodelle heraus, die sie nebeneinander auf den Boden stellten. »Ich habe Euer Majestät ein kleines Geschenk mitgebracht«, sagte Hawkins, »die Schiffe symbolisieren Vergangenheit, Gegenwart und Zukunft. Das linke Modell ist eine Karracke, wie sie unter dem seligen König Heinrich VIII. gebaut wurde, sie ist hoch im Verhältnis zu ihrer Breite, mit geräumigen Kastellen an Bug und Heck als Unterkünfte für die Besatzung, die Karracke ähnelt einem schwimmenden Belagerungsturm, wegen ihrer Schwerfälligkeit eignet sie sich nicht für den Einsatz auf hoher See. Das Modell in der Mitte ist eine spanische Galeone, das Schiff der Gegenwart, sie ist im Verhältnis zu ihrer Breite länger, mit niedrigerem Heck und ohne erhöhtes Vorderkastell, aber auch die Galeone ist noch zu schwerfällig.

Majestät, betrachtet nun das rechte Modell, es ist das Schiff der Zukunft und wird Euer Majestät die Herrschaft über die Meere sichern, es ist schmaler und niedriger, daher wendiger und manövrierfähiger. Ich bitte Euer Majestät nun, sich folgende Situation vorzustellen: Der Fußboden ist der Kanal, drüben am Kamingitter beginnt die englische Küste, am Schreibtisch die Küste Frankreichs, im Kanal tobt eine Seeschlacht zwischen den wuchtigen spanischen Galeonen und den kleinen englischen Schiffen..., ich versichere Euer Majestät, daß das neue Modell den Galeonen überlegen ist.«

Elisabeth sah Hawkins überrascht an, trat zu den Schiffen und betrachtete sie eine Weile nachdenklich.

»Die Galeone paßt zu dem düsteren Philipp im Escorial..., habt Ihr das neue Schiff entwickelt?«

»Ja, Majestät.«

»Es wirkt tatsächlich wendiger, aber bedenkt, Mr. Hawkins, ich beabsichtige keinen Krieg gegen Spanien, ich benötige eine seetüchtige Handelsflotte, keine Kriegsflotte. Ich danke Euch für das Geschenk, ich werde Eure Modelle gut aufbewahren, Ihr scheint etwas vom Schiffbau zu verstehen... Nun, wir werden sehen«, und zu einem der Diener: »Bringt die Schiffe in mein privates Arbeitszimmer, ach nein..., in mein Schlafzimmer«, und zu Hawkins: »Es ist nicht nötig, daß Sir Cecil die Schiffe sieht, er hält nicht viel von Eurer Expedition, weil er Spanien nicht verärgern möchte. Juristisch ist die Lage unproblematisch, weil seinerzeit im Vertrag von Cateau-Cambrésis die Regionen jenseits des Meridians und des Wendekreises des Krebses von seinem Geltungsbereich ausgeschlossen wurden, das heißt, die diplomatischen Vereinbarungen in Europa erstrecken sich nicht auf die außerhalb dieser Grenzen liegenden Gebiete, umgekehrt können die Zwischenfälle auf den Meeren die in Europa herrschenden Beziehungen nicht beeinflussen, aber das ist natürlich Vertragstheorie, faktisch wird Philipp empört sein, daß wir versuchen, sein Monopol zu unterlaufen, aber manchmal macht es mir geradezu Spaß, ihn zu ärgern, na, wenn de Quadra sich beschwert, weiß ich nichts von Eurer Expedition. Ihr kreuzt ohne mein Wissen und ohne meine Erlaubnis im Atlantik, es ist unerhört, bei Eurer Rückkehr werdet Ihr natürlich zur Rechenschaft gezogen werden...« Sie lachte, und auch Hawkins mußte unwillkürlich lächeln. Elisabeth ging zum Schreibtisch, breitete eine Weltkarte aus, suchte Plymouth und verfolgte mit dem Finger die Route, die Hawkins fahren wollte.

»Ihr segelt also zunächst zur westafrikanischen Küste, kauft bei den Häuptlingen Sklaven, das wird wahrscheinlich unproblematisch sein, man hört, daß die Portugiesen konzilianter sind als die Spanier, von Guinea aus segelt Ihr dann hinüber zum spanischen Hoheitsgebiet, wo werdet Ihr an Land gehen?«

»Auf der Insel Hispaniola, Majestät.«

»Hispaniola..., wie wollt Ihr mit den spanischen Behörden fertig werden?«

»Es gibt drei Möglichkeiten Majestät: Überredungskunst, Bestechung, Drohung.«

Elisabeth lächelte: »Ihr beherrscht die Rhetorik, Ihr werdet die Spanier wahrscheinlich überreden.«

Sie entnahm einem Geheimfach ein Dokument und überreichte es Hawkins.

»Euer Kaperbrief – und nun segelt mit Gott.«

»Majestät, ich verspreche Euch, in einigen Jahren wird England neben Spanien und Portugal die dritte europäische Seemacht sein.«

Als Hawkins und Drake gegangen waren, eilte Elisabeth in ihr Schlafzimmer und betrachtete noch einmal in Ruhe das stromlinienförmige, schmale und elegante neue Schiffsmodell. Die Seemacht England, dachte sie, mit Männern wie Hawkins und Drake wäre dieses Ziel zu verwirklichen…, irgendwann, wenn mehr Geld in der Staatskasse ist und die anderen Probleme gelöst sind, werde ich Hawkins beauftragen, eine große Handelsflotte zu bauen…, die anderen Probleme… Sie ging hinüber in ihr Arbeitszimmer, um sich auf das Gespräch mit Cecil vorzubereiten.

Sie blätterte in einem Memorandum, das er vor einigen Tagen verfaßt hatte, und worin er ihr eindringlich empfahl, den Prinzen von Condé gegen die katholische Partei in Frankreich zu unterstützen. Nein, dachte sie, ich werde mich aus diesem Religionskrieg heraushalten, Katharina hat versucht, einen Religionsfrieden zu schaffen, indem sie durch das Edikt von Saint-Germain im Januar 1562 den Hugenotten die freie Ausübung ihrer Religion gewährte. Wieso konnte es zu neuen Unruhen kommen?

Sie holte einen Brief Throgmortons hervor und überlas noch einmal die Ereignisse: Am 1. März hielten Protestanten in Vassy in der Champagne eine Gebetsversammlung ab; es war das Territorium des Herzogs von Guise; als dieser von der Versammlung erfuhr, ritt er mit einem Trupp Soldaten hin und befahl, die Versammlung abzubrechen. Die Protestanten weigerten sich und bewarfen Guise und seine Männer mit Steinen, daraufhin gab er den Befehl zum Feuern; Condé und Coligny forderten Katharina auf, Guise vor Gericht zu stellen, Guise erklärte, er habe das Recht, in seiner Provinz für Ordnung zu sorgen. Er zog mit Soldaten in Paris ein, bemächtigte sich des Königs und seiner Mutter und gründete einen Fonds zur Finanzierung eines Krieges gegen die Hugenotten. Katharina ist machtlos, weil beide Seiten zum Krieg rüsten... Am Schluß forderte Throgmorton, sie solle Condé mit Waffen und Soldaten unterstützen und auf die geplante Begegnung mit Maria Stuart verzichten...

Elisabeth legte den Brief nachdenklich zur Seite, nun ja, Throgmorton war ein strenggläubiger Protestant, fast schon ein Fanatiker, aber ihr Staatsrat teilte seine Meinung, Cecil befürwortete ebenfalls eine Unterstützung Condés und riet, das Treffen mit der schottischen Königin zu verschieben.

Sie hatte über Cecils Vorschlag nachgedacht, konnte sich nicht entscheiden und gab schließlich ihre Befehle für die notwendigen Vorbereitungen. Sie war der Meinung, daß es für die Zukunft beider Länder wichtig war, daß sie und Maria Stuart sich persönlich kennenlernten, unter vier Augen konnte man sich über die ungelösten Probleme und die gegenseitigen Forderungen wahrscheinlich besser einigen. Bis jetzt war ihr Verhältnis ungetrübt, und Maria lag offensichtlich viel an guten Beziehungen zu London. Im September 1561 hatte William Maitland of Lethington einen Brief Marias und einen großen herzförmig geschliffenen Diamanten überbracht, und nach den üblichen Höflichkeitsfloskeln war der raffinierte Diplomat zum Thema gekommen und hatte ihr erklärt, seine Königin sei bereit, den Vertrag von Edinburgh zu ratifizieren, wenn die englische Königin sie als präsumptive Thronerbin anerkenne, Heinrich VII. habe bestimmt nie die Absicht gehabt, die Nachkommen seiner ältesten Tochter, Margarethe, von der Thronfolge auszuschließen.

Sie hatte Maitland zugestimmt und vorgeschlagen, er solle mit Cecil privat, unter ihrer und Marias Aufsicht, über diese Frage korrespondieren.

Mit diesem Ergebnis war Maitland abgereist, und einige Monate später hatte Maria, aus eigenem Antrieb oder beeinflußt von Maitland, eine persönliche Begegnung vorgeschlagen, die Angelegenheit wurde mit dem Staatsrat erörtert und befürwortet... Sie öffnete ein Geheimfach des Schreibtisches, worin sie die Briefe der ausländischen Fürsten aufbewahrte, und las noch einmal Marias Brief vom 1. September:

Holyrood, am 1. September 1561

Sehr vorzügliche, mächtige und hohe Fürstin,
Unsere liebste Schwester und Base.

Wir begrüßen Euch von Herzen und haben zu Euch entsendet unseren vertrauenswerten und sehr geschätzten jungen Lord Lethington, Unsern ersten Sekretär, den Wir betrauten um seiner guten Dienste willen; um was es geht, werdet Ihr durch seine Darlegung vollauf verstehen. Wir bitten Euch aufs herzlichste, ihm festen Glauben schenken zu wollen, wie Ihr Uns selber glauben würdet. Hiermit, ausgezeichnete, höchste und mächtige Fürstin, Unsere liebwerteste Schwester und Base, vertrauen Wir Euch dem Schutz des allmächtigen Gottes.
In Unserem Palast zu Holyrood, am ersten Tage des September und im XIXten Jahre Unserer Regierung.

Eure gute Schwester und Base
Maria.

Im neunzehnten Jahr Unserer Regierung, dachte Elisabeth amüsiert, seit dem Tod Jakobs V. wurde Schottland von verschiedenen Leuten regiert, nur nicht von der gesalbten und gekrönten Königin, aber der letzte Satz beweist, daß sie ihren königlichen Rang verinnerlicht hat. Das ist ganz gut, dies wird hoffentlich ihre künftigen Handlungen und Entscheidungen beeinflussen... Bis jetzt hat sie sich geschickt verhalten: Sie toleriert den Protestantismus, versucht, mit dem Fanatiker Knox auszukommen, und überläßt alle wichtigen Entscheidungen ihrem Stiefbruder und Maitland...

Maitland ist ein Glücksfall für sie, so wie Cecil für mich, er ist erst dreiunddreißig Jahre alt, hat aber schon diplomatische Erfahrungen gesammelt: im Februar 1558 in London, im März 1559 in Paris, er war der Staatssekretär Maria von Guises, was ihn nicht hinderte, 1559 die Protestanten zu unterstützen... Er und Cecil schätzen und respektieren sich, so weit, so gut, aber das wichtigste Problem ist die Heirat der schottischen Königin, wen wird sie als Gatten wählen? Das ist der Punkt, über den ich mir bei unserem Treffen Klarheit verschaffen will…

In diesem Augenblick wurde Cecil gemeldet.

Bei seinem Eintritt spürte Elisabeth, daß er unangenehme Nachrichten brachte, bat Condé um militärische Unterstützung wie seinerzeit die schottischen Lords?

Cecil öffnete langsam und etwas umständlich seine Dokumentenmappe und überreichte Elisabeth einen Brief.

»Majestät, dies ist die Kopie meines Schreibens an Maitland bezüglich des Treffens Eurer Majestät mit der Königin von Schottland. Ich habe – gemäß Euren Wünschen – die Städte York oder Nottingham als Treffpunkt vorgeschlagen, obwohl, Ihr wißt, daß Maitland neulich schrieb, Maria Stuart sei sogar bereit, nach London zu kommen, und angesichts der unklaren Lage in Frankreich wäre es vielleicht sogar besser, sie in der Hauptstadt zu empfangen.«

»London kommt nicht in Frage, Mylord, es ist nicht notwendig, daß die Londoner ihr zujubeln, und wenn sie ihr nicht zujubeln, ist es peinlich, am liebsten wäre es mir, sie würde sich für York entscheiden, dann könnte der Bischof einen Teil der Kosten übernehmen, gebt Maitland einen Wink, daß er sie in diesem Sinn beeinflußt. Wann sollten wir uns treffen? August, September? Oktober?«

»Majestät, es wäre besser, das Treffen mit der Königin von Schottland zu verschieben, ich erhielt vorhin neue Hiobsbotschaften aus Frankreich: Der Herzog von Guise hat inzwischen eine Armee von 7000 Mann aufgestellt, Condé verfügt nur über 5000 Soldaten, beide versuchen Söldner anzuwerben; Katharina von Medici steht inzwischen auf der Seite der Katholiken, die offensichtlich stärker sind. Sie hat Condé Frieden angeboten, unter der Bedingung, daß ihr Toleranzedikt vom Januar aufgehoben und alle protestantischen Prediger aus Frankreich verbannt werden, Condé lehnte ab, woraufhin sie seinen inzwischen zum Katholizismus übergetretenen Bruder Antoine de Bourbon, den König von Navarra, zum Oberbefehlshaber der königlichen Truppen ernannte und ihn beauftragte, die protestantische Rebellion niederzuschlagen. Guise ist nur der Stellvertreter Navarras, aber er ist der faktische Oberbefehlshaber.«

»Mylord, was zur Zeit in Frankreich passiert, ist schrecklich, aber ich bin fest entschlossen, die Hugenotten nicht zu unterstützen, überdies haben wir kein Geld, um Soldaten zu bezahlen und auszurüsten.«

»Sir Gresham könnte in Antwerpen unsere Kredite prolongieren und neue Kredite aufnehmen.«

»Dann haben wir noch mehr Schulden, nein, das kommt nicht in Frage, und warum soll ich wegen Eurer Hiobsbotschaften das Treffen mit Maria Stuart verschieben?«

»Mit Verlaub, Majestät, England ist in den Augen Europas ein Vorkämpfer des protestantischen Glaubens, was werden unsere Glaubensbrüder über uns denken, wenn Ihr Euch mit der katholischen Königin von Schottland trefft, während in Frankreich die Hugenotten um ihr Leben kämpfen?«

»Ihr meint, es schadet meinem Ansehen, wenn ich mich zum jetzigen Zeitpunkt mit der Königin von Schottland treffe?«

»Ja, Majestät.«

Elisabeth überlegte.

»Vielleicht habt Ihr recht… Aber ich glaube, es ist sehr wichtig, daß wir uns bald kennenlernen.«

Cecil sah Elisabeth erstaunt an.

»Das verstehe ich nicht ganz, Majestät, über die strittigen Fragen kann auch noch eine gewisse Zeit schriftlich verhandelt werden.«

»Mylord, es gibt ein Problem, über das ich mit der Königin persönlich sprechen will, nämlich ihre Wiederverheiratung. Ich möchte herausfinden, welche Pläne sie verfolgt, und ich möchte ihr klar und eindeutig sagen, welche Wünsche ich habe: Sie muß einen Protestanten ehelichen, nur unter dieser Voraussetzung bin ich bereit, sie als Thronerbin in Betracht zu ziehen, und außerdem…«, sie überlegte, ob sie Cecil in ihren Plan einweihen sollte. Nein, es war noch zu früh, aber sie konnte ihre Überlegungen andeuten…

»Nun, Mylord, Maria Stuart und ich werden von unseren Lords begleitet, vielleicht kann man sie für einen der Herren interessieren.«

Cecil glaubte nicht richtig gehört zu haben, die Königin von England wollte die Königin von Schottland also verkuppeln, anders konnte man es wohl nicht bezeichnen.

»Majestät, auch ich halte die Begegnung mit der schottischen Königin für wichtig, aber ich befürchte, daß die Lage in Frankreich sich zuspitzt, und daß wir nicht länger neutral bleiben können. Eine Begegnung mit der Königin von Schottland ist im Augenblick sehr bedenklich, erinnert Euch, was Sir Bacon vor einigen Tagen im Staatsrat sagte: Diese Begegnung stärke das Haus Guise in einem Augenblick, wo es aktiv gegen den Protestantismus kämpfe; hätten die Guisen wieder die Macht in Frankreich, dann werde eine Liga der katholischen Fürsten zustande kommen, die vor nichts zurückschrecke, um den Protestantismus in England zu vernichten. Bei einem solchen Ereignis dürfe die Königin aber nicht auf die Hilfe anderer protestantischer Fürsten hoffen, wenn sie die Hugenotten jetzt im Stich lasse; außerdem würden die Guisen, sobald sie wieder die Herren in Frankreich seien, Maria Stuart beim Sturz der gegenwärtigen Regierung und bei der Ausrottung des protestantischen Glaubens in Schottland helfen. Majestät, dies sind die Gründe, weshalb Sir Bacon und die anderen Mitglieder des Staatsrates gegen die Begegnung Eurer Majestät mit der Königin von Schottland sind. Abgesehen davon, falls Euer Majestät sich mit Condé verbündet, ist die Anwesenheit Euer Majestät in London oder in der Nähe der Hauptstadt unerläßlich, auch aus diesem Grund ist eine Reise nach York oder Nottingham nicht zu empfehlen.«

Elisabeth schwieg eine Weile und erwiderte dann: »Wir sollten die weitere Entwicklung in Ruhe abwarten Mylord.«

Während der folgenden Tage dachte sie immer wieder über das Gespräch mit Cecil nach und kam allmählich zu der Überzeugung, daß er recht hatte, wenn der Krieg in Frankreich sich zuspitzte, konnte England nicht länger neutral bleiben. Sie ließ das Treffen mit Maria Stuart weiterhin vorbereiten und verfolgte unruhig und gespannt die Entwicklung in Frankreich.

Anfang Juli traf die Nachricht ein, daß Katholiken und Hugenotten Frieden geschlossen hatten, und am 6. Juli ritt ein Kurier nach Edinburgh mit der Botschaft, daß das Treffen der Königinnen stattfinden könne, zwischen dem 20. August und 20. September in York oder einem anderen passenden Ort.

Am Abend jenes 6. Juli bat Elisabeth Cecil, sie bei einem Spaziergang durch den Park zu begleiten, sie wolle sich mit ihm in Ruhe über Maria Stuart unterhalten.

»Was für ein angenehm warmer Sommerabend«, sagte Cecil, als er an der Seite der Königin die Blumenrabatten entlangging, »vor neun Jahren war der 6. Juli ein heißer, schwüler Tag, kein Lufthauch regte sich, gegen Abend zog ein schweres Gewitter herauf...«

»Ich entsinne mich, Mylord, es ist der Todestag meines Bruders, am späten Abend kam ein Kurier nach Hatfield mit zwei Nachrichten, die eine Botschaft war vom Herzog von Northumberland, die andere von seinem Sohn Robert...«

Sie gingen eine Weile schweigend nebeneinander her, und Elisabeth überlegte, ob sie Cecil jetzt in ihren Plan einweihen oder nicht doch noch warten sollte, aber sie mußte wissen, was er von ihren Überlegungen hielt...

»Ich war heute leichtsinnig, Mylord, ich habe fünf Dutzend neue Kleider in Auftrag gegeben und dazu passend Schuhe, Strümpfe, Handschuhe, Flohpelze, Schals, Hauben, Hüte, hoffentlich wird alles rechtzeitig fertig bis zur Abreise.«

Cecil blieb stehen und sah Elisabeth entgeistert an. »Fünf Dutzend Kleider...«

»Mylord, dieser Staatsbesuch wird uns fast vierzigtausend Pfund kosten, da kommt es auf ein paar Kleider mehr oder weniger auch nicht an, bedenkt, ich muß mich mehrmals täglich umziehen, und außerdem... Sie lächelte spöttisch: »Ich muß repräsentieren, Mylord, die Königin von Schottland soll merken, daß man an der Themse genauso kultiviert lebt wie an der Seine..., meine Eleganz wird die Jugend Maria Stuarts in den Schatten stellen.«

Cecil hörte zu, schwieg und staunte. Bis jetzt hatte er immer geglaubt, daß Frauen sich schminkten und putzten, um einem Mann zu gefallen, nun wurde ihm klar, daß die äußere Erscheinung auch ein Wettkampf der Frauen untereinander war..., zwei regierende Königinnen auf der Insel, zwei Frauen, das kann noch heiter werden, dachte er.

Elisabeth unterbrach seine Gedanken.

»Ich bin gespannt, ob meine Cousine wirklich so apart aussieht, wie sie immer geschildert wird. Randolph rühmt dauernd ihre hochgewachsene, schlanke Gestalt, die weiße Haut, die dunklen Haare und Augen.«

»Das klingt nach fremdländischer Schönheit«, erwiderte Cecil arglos.

»Schönheit?« erwiderte Elisabeth spitz, »eine Königin muß nicht schön sein, sondern intelligent und charakterstark, sie muß regieren können, und was diesen Punkt betrifft, so muß Maria Stuart noch viel lernen, nun ja, ich will nachsichtig sein, ihre Erzieher haben sie wahrscheinlich nicht auf die Aufgaben und Pflichten einer regierenden Königin vorbereitet, gut tanzen, Laute spielen, Sonette schreiben ist zu wenig, sie müßte sich vor allem mit fremden Sprachen beschäftigen, ich war entsetzt, als ich erfuhr, daß sie keine fremde Sprache richtig beherrscht, sie kann sich noch nicht einmal auf lateinisch unterhalten, von Griechisch ganz zu schweigen! Gott sei dank ist sie bis jetzt so klug und überläßt alle wichtigen Entscheidungen ihrem Stiefbruder und Maitland, aber ansonsten..., ihr Regierungsstil ist gelinde gesagt merkwürdig, in meinen Augen sogar unmöglich! Wie kann man als Königin an jeder Sitzung des Staatsrates teilnehmen! Eine Königin macht sich rar, erscheint nur, wenn wichtige Probleme besprochen werden, aber das ist noch nicht alles, sie ist anwesend, schweigt und näht, während ihre Räte debattieren, sie näht, Mylord, versucht, Euch dies bildlich vorzustellen!«

Cecil mußte unwillkürlich lächeln.

»Wahrscheinlich langweilt sie sich, Majestät.«

»Dann sollte sie besser fernbleiben und die Zeit anderweitig nutzen, sie könnte zum Beispiel den Kontakt zu ihrem Volk pflegen, wenn sie im Staatsrat schweigt, beweist sie, daß sie von den Problemen nichts versteht, die im Rat erörtert werden.«

»Sie muß sich allmählich in ihre Rolle als regierende Königin hineinfinden, Majestät, man hört, daß die Einwohner Edinburghs sie inzwischen sympathisch finden.«

»Sympathisch..., werden die protestantischen Schotten ihre katholische Königin, die im fernen Frankreich erzogen wurde, jemals lieben? Wird sie ihr Volk so lieben, wie ich die Engländer liebe?«

Mein Gott, dachte Cecil, es ist wahrscheinlich besser, wenn ich jetzt schweige, meine Königin ist als Frau anscheinend eifersüchtig auf die andere, jüngere Frau, als Herrscherin fühlt sie sich Maria Stuart überlegen, hoffentlich ist sie so klug und läßt bei dem Treffen die schottische Königin ihre Überlegenheit nicht zu deutlich spüren.

»Es ist mir letztlich gleichgültig« fuhr Elisabeth fort, »wie meine Cousine regiert und ob sie von ihrem Volk geliebt wird, für mich ist nur wichtig, wen sie heiraten wird, weil ihre Wahl mit der englischen Thronfolge zusammenhängt.«

Cecil sah Elisabeth überrascht an.

»Majestät, wollt Ihr Maria Stuart als präsumptive Erbin der englischen Krone anerkennen?«

»Das weiß ich noch nicht, aber ich denke schon seit einiger Zeit darüber nach. Zunächst muß sie den Vertrag von Edinburgh ratifizieren, aber ich stelle noch weitere Bedingungen: kein Bündnis mit Frankreich, Freundschaft mit England, dies dürfte für sie nicht weiter schwierig sein, formaler Übertritt zum Protestantismus, wenn sie dies nicht mit ihrem Glauben vereinbaren kann, muß sie sich bereit erklären, daß sie die englische Kirche akzeptiert, die wichtigste Bedingung, die ich stelle, ist eine angemessene Heirat, eine Heirat, die Englands Existenz nicht bedroht; erfüllt sie diese Bedingungen, so bin ich bereit – falls ich keine leiblichen Erben hinterlasse –, sie als Thronerbin anzuerkennen.«

»Im Testament des seligen Königs Heinrich«, begann Cecil vorsichtig...

»Ich weiß, Mylord, aber betrachtet den Stammbaum, Maria Stuart ist die Urenkelin Heinrichs VII., ihre Thronansprüche sind berechtigter als die der übrigen Prätendenten, Katharina Grey zum Beispiel wird von der Thronfolge ausgeschlossen.«

»Majestät, Lady Grey hat einen Sohn.«

»Sie hat einen Bastard, Ihr wißt so gut wie ich, daß der kleine Eduard illegitim ist, weil das Paar keinen Beweis für die Eheschließung vorweisen konnte.«

Cecil schwieg und dachte im stillen, daß dieser fehlende Beweis Lord Hertford das Leben gerettet hatte, man konnte ihn wegen des fehlenden Trauscheins nicht mehr des Hochverrats anklagen und hinrichten, er war – auf unbestimmte Zeit – im Tower inhaftiert, weil er eine königliche Jungfrau geschändet hatte..., er lebt zwar streng getrennt von Katharina, überlegte Cecil, allerdings, die Wärter im Tower sind bestechlich…

»Majestät, Lady Grey hat eine jüngere Schwester.«

»Maria ist noch dümmer als Katharina, die Suffolk-Linie scheidet aus bei der Erbfolge.«

Sie gingen ein paar Minuten schweigend nebeneinander her, dann kam Elisabeth erneut auf Maria Stuarts Heirat zu sprechen.

»Während der vergangenen Monate habe ich oft darüber nachgedacht, wer als Gatte für die schottische Königin in Frage käme, für unsere beiden Länder wäre es am besten, wenn sie einen englischen Aristokraten heiraten würde, und wenn wir uns treffen, werde ich ihr – sofern die Stimmung es erlaubt – einen Kandidaten vorschlagen, einen, an den niemand denkt, und nun, Mylord, ratet, an wen ich denke.«

Cecil überlegte und erwiderte: »Für eine Königin kommt nur der ranghöchste Aristokrat in Frage, das wäre der verwitwete Herzog von Norfolk, oder ein Aristokrat mit einer langen Ahnenreihe, das wäre der Graf von Oxford, aber er ist bereits verheiratet.«

»Norfolk scheidet aus, weil er katholisch ist, ich denke an einen protestantischen Lord, laßt den Rang beiseite, jeder einfache Lord kann zum Grafen oder Herzog erhoben werden.«

»Ein Protestant?«

Cecil überlegte erneut.

»Majestät, mir fällt niemand ein, den die Königin von Schottland akzeptieren könnte.«

Elisabeth lächelte.

»Ich dachte mir, daß Ihr meinen Kandidaten nicht erraten würdet, ich werde der Königin von Schottland Robert Dudley als Gemahl vorschlagen.«

Cecil glaubte nicht richtig gehört zu haben, und es dauerte einige Sekunden, bis er sich gefaßt hatte. »Euer Majestät belieben zu scherzen.«

»Nein Mylord, ich meine es ernst. Ich verstehe, daß Ihr Euch wundert, aber Lord Dudley als König von Schottland ist die beste politische Lösung für England.«

Sie schwieg einen Augenblick, und als sie nun weitersprach, merkte er, daß ihre Stimme leicht zitterte.

»Glaubt nicht Mylord, daß mir dieser Entschluß leichtgefallen ist, aber, ich habe zum Wohle Englands auf Robert verzichtet, zum Wohle Englands habe ich beschlossen, auch auf seine Gesellschaft zu verzichten und ihn nach Edinburgh zu schicken. Maria Stuart darf keinen katholischen ausländischen Fürsten heiraten und keinen katholischen Lord, sonst ist der religiöse Friede auf der Insel gefährdet, vielleicht nicht während ihrer Regierungszeit, aber unter ihrem Nachfolger. Das schottische und das englische Volk will keinem Papst mehr gehorchen, und es würde sich wahrscheinlich gegen einen katholischen Monarchen auflehnen, ist ihr Gatte Katholik, werden die Kinder natürlich auch katholisch erzogen; Robert als englischer protestantischer Lord ist für das schottische Volk und für die selbstbewußten Clans akzeptabel, und er bietet die Gewähr für eine englandfreundliche Politik Schottlands. Die Aussicht, daß sein ältester Sohn dereinst über Schottland und England herrschen wird, hindert ihn hoffentlich daran, gegen London zu arbeiten. Ich werde Robert zum Grafen, wenn nötig, sogar zum Herzog erheben, ihm Kenilworth schenken, das ist alles kein Problem. Was haltet Ihr von diesem Plan?«

»Die politischen Überlegungen Eurer Majestät sind richtig, aber ich befürchte, daß Lord Robert kein Interesse daran hat, die Königin von Schottland zu heiraten, er hofft anscheinend immer noch auf die Hand Eurer Majestät.«

»Er ist mein Untertan und muß gehorchen.«

»Gut, aber was ist mit Maria Stuart? Ich kann mir nicht vorstellen, daß sie bereit ist, Lord Dudley zu ehelichen, bedenkt, er ist Protestant, sein Ruf ist - seit dem Tod seiner ersten Frau - nicht der beste, und allgemein vermutet man, daß Euer Majestät... und Lord Dudley...« Er schwieg etwas verlegen unter Elisabeths kühlem Blick.

»Mylord, man könnte die englische Thronfolge an die Bedingung knüpfen, daß sie Dudley heiratet, besser wäre es natürlich, wenn sie ihn freiwillig heiratete..., Randolph schrieb mir vor einiger Zeit, daß sie leicht weint, und aus dem, was man so hört, gewinnt man den Eindruck, daß sie gefühlvoll ist, sich bei Entscheidungen von Emotionen leiten läßt..., diese Eigenschaft sollten wir nutzen, Mylord..., in einigen Wochen wird sie Lord Dudley kennenlernen, und vielleicht verliebt sie sich Hals über Kopf in ihn und will ihn heiraten.«

»Majestät, Ihr kennt meine Meinung zu diesen Ehen: Nuptiae carnales a laetitia incipiunt et in luctu terminantur.« (Ehen, die aus sinnlichem Verlangen geschlossen werden, beginnen mit Glück und enden im Streit.)

»Ich weiß, Mylord, aber bei dieser Ehe denke ich zuerst an das Wohl Englands. Ich werde Robert bitten, während des Treffens meine Politik zu unterstützen, er soll die Königin hofieren und umschmeicheln, damit sie den Vertrag von Edinburgh ratifiziert, seinem Charme wird sie kaum widerstehen können.«

Sie ist geradezu fixiert auf diese Verbindung, überlegte Cecil, denkt sie überhaupt nicht daran, daß auch Robert sich in Maria Stuart verlieben könnte? Will sie ihn vom Hof entfernen, um nicht dauernd an ihre unglückliche Liebe erinnert zu werden?

»Politisch wäre es die eleganteste Lösung, Majestät, aber ich habe meine Bedenken, der König von Frankreich muß einer zweiten Heirat seiner Schwägerin zustimmen, die Familie Guise ebenfalls.«

»Katharina von Medici wird froh sein, wenn ein Bündnis Schottland-Habsburg verhindert wird, und die Guisen werden mit der Aussicht auf die englische Thronfolge beschwichtigt, aber, Mylord, die Angelegenheit bleibt vorerst unter uns, kein Wort darüber an Maitland.«

»Selbstverständlich, Majestät.«

Ungefähr zehn Tage später saßen Elisabeth und Cecil im Arbeitszimmer der Königin und sprachen über die Geschenke, die Maria Stuart überreicht werden sollten.

»Man könnte Falken schenken«, sagte Cecil, »ich habe gehört, daß die Königin die Falkenjagd geradezu leidenschaftlich liebt.«

»Edle Pferde und kostbares Zaumzeug sind als Geschenk auch stets willkommen, Mylord, und bei einem Ausritt mit Lord Dudley kann sie meine Geschenke bezüglich ihrer Qualität testen.«

Cecil seufzte unhörbar, es scheint ihr tatsächlich ernst zu sein mit diesem kuriosen Heiratsplan, dachte er.

In diesem Augenblick meldete ein Diener die Ankunft des Grafen von Oxford. Elisabeth sah den Diener erstaunt an.

»Ich habe den Grafen nicht hierher befohlen.«

»Majestät, der Graf ist unten im Hof, er bringt seinen toten Vater.«

Elisabeth und Cecil sahen einander ratlos an.

»Kommt«, sagte Elisabeth zu Cecil, und sie gingen hinunter.

»Versteht Ihr, was das alles bedeutet, Mylord?«

»Nein, Majestät, indes, mein Freund John de Vere war schon immer ein Komödiant.«

Auf der Freitreppe blieben sie überrascht stehen. In der Mitte des Hofes sahen sie einen mit schwarzem Tuch drapierten Leichenwagen, der von sechs Rappen gezogen wurde. Der Wagen war mit großen Büscheln dunkler Kirschen geschmückt und umgeben von ungefähr vierzig Rappen und zwölf Pagen. Es dauerte einige Sekunden, bis Elisabeth und Cecil den hochgewachsenen, schlanken, dunkelhaarigen Jungen bemerkten, der, in schwarze Seide gekleidet, an der Spitze des Wagens stand und sein Pferd am Zügel hielt.

»Mylord, seht, ist das nicht Edward de Vere?«

»Ja, Majestät, mein Gott, was ist passiert?«

Sie eilten zu dem Jungen, der ehrerbietig vor der Königin das Knie beugte und dann mit tränenerstickter Stimme sagte: »Majestät, zu Eurer Anteilnahme habe ich meinen Vater hierher gebracht. Er starb vor einigen Tagen, und ich wollte es Eurer Majestät nicht zumuten, nach Schloß Hedingham zu kommen.«

Elisabeth nahm Edwards Gesicht in ihre Hände und betrachtete ihn eine Weile nachdenklich.

»Kleiner Graf Oxford, ich wäre auch nach Essex zur Beisetzung gekommen. Wie starb Euer Vater?«

»An den Folgen eines Reitunfalls, Majestät.«

»So seid Ihr nun der siebzehnte Graf von Oxford, der höchste Graf meines Königreiches, Ihr zählt jetzt zwölf Jahre, nicht wahr?«

»Ja, Majestät.«

Inzwischen hatte Cecil erstaunt festgestellt, daß außer Edwards Diener Peter, einem jungen Mann Anfang Zwanzig, kein Angehöriger des gräflichen Haushalts zu sehen war.

»Mylord, wo sind Lady Margery und Eure Schwester Katharina?«

Edward sah verlegen zu Boden. »Meine Schwester hat sich zu ihren Verwandten mütterlicherseits begeben, soviel ich weiß, wurde sie von der Familie Neville gut aufgenommen, meine Mutter…«, er zögerte etwas, »meine Mutter hat das Schloß in der Nacht bevor mein Vater starb verlassen, ich weiß nicht, wo sie sich jetzt aufhält.«

Elisabeth und Cecil sahen einander befremdet an.

»Wo ist Sir Smith?« fragte Cecil. Sir Thomas Smith war Edwards Privatlehrer.

»Er ist für ein paar Tage nach Cambridge gereist, um meine weiteren Studien zu regeln.«

»Ach so«, und zu Elisabeth: »Sir Smith ist der Mentor des jungen Grafen im St. Johns College, mit Verlaub, Majestät, er ist einer der erfolgreichsten Mentoren, gewiß, sein Schüler ist auch sehr begabt, aber Sir Smith achtet streng auf diszipliniertes Lernen, was man, Gott sei es geklagt, nicht von jedem Mentor behaupten kann, nach jedem Besuch in Cambridge bin ich der Verzweiflung nahe, wenn ich sehe, wie lässig mancher Mentor seine Pflicht erfüllt, statt die jungen Herren zum Lernen anzuhalten, erlauben sie ihnen, dem Tennisspiel zu frönen, Euer Majestät wissen selbst, wie sehr mir daran liegt, daß St. Johns das beste College in Cambridge wird, das College, an dem die männlichen Tugenden der jungen Lords zum Wohle des Staates entwickelt und gefördert werden, wie gesagt, Sir Smith ist der beste Mentor, der junge Graf von Oxford wird in knapp zwei Jahren seine Graduierungsurkunde erhalten, anschließend wird er zwei weitere Jahre in Oxford verbringen, um dort den Grad eines Magisters der freien Künste zu erwerben, und dann… Nun, man wird sehen.«

»Das ist erfreulich zu hören, Mylord«, Elisabeth strich Edward über die Haare und beschloß, sich den Namen Thomas Smith zu merken.

»Ihr werdet vorerst am Hof leben«, sagte sie zu Edward, »nach der Beisetzung Eures Vaters werde ich weitere Entscheidungen treffen.«

Sie winkte Arundel herbei, der mit einigen Höflingen die Szene neugierig beobachtet hatte.

»Mylord, Ihr sorgt dafür, daß der Graf von Oxford seinem Rang gemäß untergebracht wird.«

Auf dem Weg zum Arbeitszimmer sagte Elisabeth zu Cecil: »Das arme Kind, ich verstehe nicht, daß die Gräfin ihren Sohn seinem Schicksal überläßt.«

»Majestät, die Ehe war nicht glücklich.«

»Das ist kein Grund, sein Kind im Stich zu lassen, zieht Erkundigungen ein, wo die Gräfin sich jetzt aufhält.«

In diesem Augenblick überbrachte ein Bote die Nachricht, daß in Frankreich der Religionskrieg erneut ausgebrochen sei. Elisabeth starrte entsetzt auf den Brief, und blickte dann unschlüssig zu Cecil, aber der verzog keine Miene. Schweigend kehrten sie zum Arbeitszimmer zurück.

»Werden Euer Majestät den Prinzen Condé jetzt unterstützen?«

»Ja, wir können nicht länger neutral bleiben, aber ich werde den Hugenotten Bedingungen stellen: Ich verlange die Übergabe von Le Havre, diese Stadt ist so lange englisches Territorium, bis Frankreich uns Calais zurückgibt. Ihr, Mylord, schreibt noch heute an Sir Gresham und beauftragt ihn, neue Gelder aufzunehmen und die alten Schulden zu prolongieren, Sir Henry Sidney muß morgen früh nach Edinburgh reiten und der Königin mitteilen, daß unsere Begegnung wegen des Krieges in Frankreich auf den nächsten Sommer verschoben werden muß.«

»Wer soll die Truppen befehligen, Majestät?«

Elisabeth überlegte. »Ambrose Dudley wäre der geeignete Oberbefehlshaber, er hat sich im Jahre 1557 in Frankreich ausgezeichnet.«

»Wäre Lord Robert Dudley nicht auch geeignet, Majestät?«

»Robert? Nein, er hat sich seinerzeit in Frankreich tapfer geschlagen, aber ich halte ihn für militärisch wenig begabt, ich bezweifle, ob er die richtigen Entscheidungen trifft, überdies benötige ich ihn noch für eine andere Mission, wie Ihr wißt! Mein Gott, fast vier Jahre Königin und zwei Kriege, eine traurige Bilanz. Eines sage ich Euch, Mylord, dies ist das letzte Kriegsabenteuer, auf das ich mich einlasse.«

Noch am gleichen Tag befahl sie die Aushebung von Truppen und die Rüstung einer Kriegs- und Transportflotte.

Einige Tage nach der Beisetzung des Grafen Oxford teilte Cecil Elisabeth mit, Lady Margery weile auf dem Landgut von Sir Thomas Tyrell, einem Nachbarn der de Veres in Essex.

»Sie schrieb mir, ihr Sohn sei im St. Johns College gut aufgehoben, und wenn er seine Studien in Oxford fortsetze, könne er im Stadtschloß der de Veres wohnen, ich schließe aus diesen Worten, daß sie nicht die Absicht hat, sich künftig um ihn zu kümmern.«

Elisabeth überlegte.

»Machen wir das Beste aus der Situation, Mylord, der Graf ist minderjährig und muß einen Vormund haben. Ich entsinne mich, daß sein verstorbener Vater einmal sagte, sein guter Freund Cecil solle die Vormundschaft für Edward übernehmen, falls dieser bei dem Tod des Vaters noch minderjährig sei. Ihr solltet den Wunsch des Verstorbenen erfüllen und die Vormundschaft für den jungen Grafen übernehmen.«

»Selbstverständlich, Majestät, es ist eine Ehre für mich.«

»Unabhängig vom Wunsch des Verstorbenen hätte ich Euch sowieso gebeten, diese Aufgabe zu übernehmen, schließlich seid Ihr mein engster Berater, und Edward ist der höchste Peer Englands.«

Es gab noch einen anderen Grund, den sie aber für sich behielt. Sie wußte, daß ihre Hof- und Staatsbeamten sich bei jeder passenden Gelegenheit bereicherten, auch Cecil, obwohl er ein stattliches Jahreseinkommen von viertausend Pfund erhielt, sie wußte auch, daß Cecil sich – im Gegensatz zu den übrigen Beamten – in Maßen bereicherte, und sie hoffte, daß er das Vermögen des jungen Grafen schonen würde.

»Mylord, ich möchte, daß Ihr Monsieur Arbeau als Tanzmeister für Euer Mündel engagiert, er gilt als Meister seines Faches, manche rühmen ihn als besten Tanzmeister Europas, zum Glück weilt er zur Zeit in London, nehmt sofort Kontakt zu ihm auf, mein Eber soll ein vollendeter Hofmann werden.«

Mein Eber, dachte Cecil, der Eber ist das Wappentier der de Veres, sie scheint dem jungen Grafen wohlgesonnen zu sein, weil sie ihm schon jetzt einen Spitznamen gibt, ist er vielleicht der künftige Günstling? Das wäre nicht schlecht im Hinblick auf meine Familie, im Hinblick auf Thomas… Einige Monate zuvor war Cecil

Vater eines Sohnes geworden, für den er ehrgeizige Pläne hegte, er hoffte im stillen, daß Thomas unter Elisabeths Nachfolger ebenfalls Erster Staatssekretär würde...

»Majestät, ich werde den Grafen von Oxford erziehen lassen, als ob er mein eigener Sohn wäre, erlaubt, daß er die Wochen bis zu seiner Rückkehr nach Cambridge, auf meinem Landgut Theobalds verbringt, wo meine Familie sich jetzt aufhält.«

»Ich habe nichts dagegen...«, sie überlegte einen Augenblick, »Hatfield ist nicht weit von Theobalds entfernt, ein weiterer Landsitz wäre Eurer Stellung angemessen, ich gestatte Euch die Nutzung von Schloß Hatfield, ich war nicht mehr dort, seit meiner Abreise im Herbst 1558..., Hatfield gehört zu einem Abschnitt meines Lebens, der abgeschlossen ist und an den ich auch nicht gerne zurückdenke..., ich werde nur noch selten und nur für wenige Tage dort weilen, nehmt es einstweilen faktisch in Besitz, vielleicht schenke ich es Euch eines Tages.«

»Ich danke Euer Majestät, als ich Hatfield im November 1558 zum ersten Mal sah, war ich sehr beeindruckt, es ist so stilvoll, gediegen, der richtige Ort, um in Ruhe zu meditieren...«

Elisabeth lächelte und dachte im stillen, daß Cecil viel besser in das einfache Hatfield paßte als in das prunkvolle Theobalds. »Eines noch, Mylord, wegen des Krieges muß ich leider auf meine geplante Sommerreise verzichten, aber ein paar Tage Erholung möchte ich mir doch gewähren, ich habe die Absicht, Euch im September eine Woche lang mit meinem Gefolge in Theobalds zu besuchen...., sagen wir in der letzten Septemberwoche, man hört ja Wunderdinge über den Park, ich hatte bisher leider noch keine Zeit, ihn mir genauer anzusehen.«

»Euer Majestät erweisen meiner Familie und mir eine große Ehre«, und im Geist überschlug er, daß der königliche Besuch ihn mindestens zweitausend bis dreitausend Pfund kosten würde, drei Viertel seines Jahreseinkommens...

»Der Park, Majestät, nun ja, er ist weitläufig, gewiß, er bietet mindestens ein Dutzend Spielflächen für Schauspiele, Maskeraden, Turniere, kurz für Spektakel jeder Art, aber die Bepflanzung läßt noch zu wünschen übrig, es gibt genügend Rosenbüsche, Rosenstöcke, Bäume, aber ich möchte im Laufe der Zeit auch ein paar exotische

Pflanzen dort züchten, ich habe Mr. Hawkins gebeten, aus Afrika einige Pflanzen mitzubringen, die auch hier gedeihen würden..., es fehlen auch noch Marmorstatuen im Park, kurz, der Park ist von Vollendung weit entfernt, ich erwähne dies, damit Euer Majestät nicht enttäuscht sind.«

»Seid unbesorgt.«

Sie nahm eine Schatulle, die auf dem Schreibtisch stand, und holte einen goldenen, mit Edelsteinen besetzten Ring heraus. »Ich möchte Maria Stuart diesen Ring als Trost für die verschobene Begegnung schicken, wir müssen die Dame bei Laune halten wegen Lord Dudley.«

Ende Juli, an einem Spätnachmittag, trafen Edward de Vere und sein Diener Peter auf dem Landgut Theobalds ein, wo sie von Mildred Cecil mit reservierter Liebenswürdigkeit empfangen wurden. Sie war nicht erbaut gewesen, als der Gatte ihr schrieb, er habe, die Vormundschaft für den Grafen übernommen, weil die Königin es wünsche. Edward, sein Diener Peter und Sir Thomas Smith würden ab jetzt die Ferien und Feiertage in ihrem Haus verbringen, der Graf solle wie ein Familienmitglied behandelt werden, und zunächst solle er in der geräumigen Gästewohnung neben den Zimmern der Königin untergebracht werden. Drei Esser mehr, dachte Lady Cecil, wer kommt für den Unterhalt auf?

Noch entsetzter war sie über die Nachricht, daß die Königin und ihr Gefolge die letzte Septemberwoche auf Theobalds verbringen würden, abgesehen von den zusätzlichen Kosten waren es vor allem die organisatorische Vorbereitung des Besuches und der damit verbundene Aufwand, der ihr Sorgen bereitete, ihr geregelter Haushalt würde sich während der letzten Sommerwochen in ein Chaos verwandeln, und das in einem Augenblick, wo es ihr gesundheitlich nicht gutging.

Sie war wieder schwanger, und das Kind, das sie im zweiten Monat trug, verursachte ihr allerhand Beschwerden, morgendliche Übelkeiten, Ohnmachten, Schwindelgefühle..., bei Anna und Thomas hatte sie gar nicht gemerkt, daß sie guter Hoffnung war, bei diesem Kind jedoch verhielt es sich anders... An diesem Nachmittag sah sie Edward de Vere zum ersten Mal und empfand ihm gegenüber sofort eine Abneigung, die sie rational nicht zu erklären vermochte.

Er nahm das schwarze Samtbarett vom Kopf, verbeugte sich ehrerbietig, stand dann elegant-lässig vor ihr, sah sie an, und der Blick seiner dunklen Augen reizte sie, in ihm spiegelte sich eine Mischung aus Ernst, Versonnenheit, um nicht zu sagen Verträumtheit, Wachsamkeit, Neugier und...Spott! Sie hatte den Eindruck, daß er sich innerlich lustig machte über... nein, nicht über sie, Lady Cecil, sondern über seine Umwelt, so als wollte er sagen, die Welt ist ein Theater, das man nicht zu ernst nehmen sollte. Theater ging es ihr durch den Kopf, während sie Englands höchsten Lord musterte, und es fiel ihr ein, daß die de Veres schon seit über siebzig Jahren eine eigene Theatertruppe unterhielten und daß der verstorbene John de Vere sich geradezu besessen dieser Truppe gewidmet hatte, natürlich, die väterliche Erziehung..., hatte ihr Gatte nicht hin und wieder erzählt, daß der Graf seinen Sohn zu den Schauspielern mitnahm?

Das fehlt noch, dachte sie, daß wir einen Komödianten unter unserem Dach beherbergen, aber der Wunsch der Königin war nun einmal Befehl... Sie richtete sich etwas in ihrem Lehnstuhl auf und zwang sich zu einem Lächeln.

»Hattet Ihr eine angenehme Reise, Mylord?«

»Ja, Mylady, danke, Euer Landsitz liegt nur eine gute Tagesreise von Greenwich entfernt, die Strecke ist leicht zu bewältigen.«

»Ich war zutiefst betroffen, als ich vom plötzlichen Tod Eures Vaters erfuhr, die Königin wünscht, daß mein Gatte Euer Vormund ist, Ihr werdet ab jetzt in unserem Haus leben.«

Edward zuckte unmerklich zusammen und spürte in diesem Augenblick instinktiv, daß Lady Cecil ihn nicht mochte. Sie winkte Tom herbei, der in einer Ecke des Zimmers respektvoll wartete.

»Mylord, Mr. Gardener ist der Verwalter dieses Hauses, er wird Euch jetzt zu Eurem Zimmer führen und mit der Hausordnung vertraut machen.«

»Ja, Mylady – ach, fast hätte ich es vergessen, Sir Cecil gab mir einen Brief für Euch.«

»Danke, Ihr könnt jetzt gehen, wir sehen uns an der Abendtafel.«

Mein Gott, kühler und förmlicher geht es nicht mehr, dachte Edward, als er sich erneut verbeugte und mit Tom und Peter das Zimmer verließ.

Lady Cecil öffnete den Brief und las erleichtert, daß sie sich wegen der Kosten, die mit Edwards Aufenthalt verbunden waren, keine Sorgen machen müsse, die Ausgaben für Kleidung und Kost könne man gegen den gräflichen Grundbesitz aufrechnen, und zwar in Form eines einfachen Pfandrechtes gegen Land oder ein Dorf...

»Ihr seid gewiß hungrig«, sagte Tom zu Edward und Peter, während er sie zu ihren Zimmern führte, »bis zur Abendtafel dauert es noch eine Weile, man wird Euch in der Küche einen Imbiß richten«, und nachdem er ihnen dei Wohnung gezeigt hatte, ging er mit ihnen hinunter und über einen Hof zum Küchentrakt. Hier war man schon emsig mit den Vorbereitungen für die Abendtafel beschäftigt, und es duftete verwirrend köstlich nach Pottage, Pasteten, gebratenem Fleisch und frischem Brot. Tom führte die beiden neuen Hausbewohner zu einem etwas abseits gelegenen Raum, an dessen Schwelle ein halbwüchsiger Küchenjunge herumlungerte, dessen Gesicht Edward an eine Ratte erinnerte.

»Mylord«, sagte Tom, »der junge Mann ist Thom Bricknell und als Küchengehilfe zuständig für die Zubereitung der Blutwürste und des Zuckerwerks«, und zu Thom: »Der Graf von Oxford gehört ab heute zur Familie von Sir Cecil, richte dem Grafen und seinem Diener einen Imbiß.«

Er verbeugte sich vor Edward und verschwand. Thom Bricknell verbeugte sich, murmelte einen Gruß, führte sie in den Raum und brachte Brot, kaltes Fleisch, Käse und gewürztes Bier. Dann pflanzte er sich wieder neben dem Eingang auf und sah gelangweilt in den Hof.

Edward trank einen Schluck Bier, schnupperte und spürte ein leichtes Gefühl von Übelkeit.

»Hier riecht es widerlich nach Blutwurst«, sagte er leise zu Peter.

»Der Küchenjunge riecht danach, Mylord, nach Wurst und Zuckerzeug.«

Edward aß etwas Brot und Käse und hatte dabei das unbestimmte Gefühl, daß Bricknell sie während der ganzen Mahlzeit lauernd betrachtete. Als sie fertig waren, verließ Edward erleichtert den Küchentrakt. Er wartete, bis sie außer Hör- und Sichtweite waren, blieb stehen, sah sich vorsichtig um und sagte zu Peter:

»Ich glaube, in diesem Haus müssen wir aufpassen, die Ratte, ich meine Bricknell, gefällt mir nicht, ich fürchte, hier gibt es noch mehr Ratten, ich meine: Lauscher an der Wand.«

»Das befürchte ich auch, Mylord.«

Während Peter in das Schloß zurückging, um die Sachen seines Herrn auszupacken, spazierte Edward gemächlich durch die einzelnen Höfe, dachte noch einmal über den Empfang in Cecils Haus nach und kam zu dem Schluß, daß er sich hier wahrscheinlich nicht wohl fühlen würde.

Beim Abschied hatte Cecil angedeutet, daß er, Edward, bis zum Ende seiner Ausbildung im Haushalt des Staatssekretärs bleiben würde, weil Lady Margery es vorzog, ihr eigenes Leben zu führen. Edward hatte es mit einer gewissen Gleichgültigkeit zur Kenntnis genommen, das Verhältnis zwischen ihm und seiner Mutter war nie besonders herzlich gewesen, außerdem spielte es keine Rolle, in welchem Haushalt man lebte, die adeligen Häuser waren sich ähnlich in ihrer Lebensführung... Nein, dachte er jetzt, während er an den Blumenrabatten vorüberging, es ist nicht ganz unwichtig, in welchem Haus man lebt, weil die Atmosphäre eines Hauses von den Besitzern geprägt wird... Lady Cecil mochte ihn anscheinend nicht, aber das war nicht der einzige Grund für sein Unbehagen, in diesem Hause herrschte eine merkwürdig geheimnisvolle Atmosphäre..., er dachte an die schweren faltenreichen Vorhänge, die er in jedem Zimmer an den Wänden gesehen hatte, in den Schlössern seines Vaters gab es keine Vorhänge, sondern Gobelins, Wandteppiche, die das Mauerwerk manchmal nur notdürftig bedeckten..., Vorhänge, solange Cecil sein Vormund war, würde sein Leben sich also zwischen Vorhängen abspielen...

Wie mußte er Cecil einschätzen? Er war immer freundlich zu ihm gewesen, wenn er nach Hedingham oder Cambridge kam... Edward mußte unwillkürlich lachen, als er sich an Cecils Besuche im St. Johns College erinnerte..., mein Gott, wie die Magister um ihn herumscharwenzelten, wie aufmerksam und ehrfurchtsvoll sie ihm lauschten, wenn er in seinen prachtvollen Gewändern und

Pelzen in den Gängen auf und ab wandelte und tiefsinnig philosophierte, immerhin wurden an diesen Besuchstagen köstliche Speisen serviert, saftiges, knusprig gebratenes Fleisch, als Dessert ein leckerer Brotpudding... An gewöhnlichen Tagen gab es meist scharf gebratenes und gewürztes Fleisch, dessen Frische zu wünschen übrig ließ und bei dem niemand zu sagen wußte, von welchem Tier es stammte, so wurde es »Rätselfleisch« genannt..., wie gesagt, Cecil war immer freundlich zu ihm gewesen, auch jetzt, während seines kurzen Aufenthaltes bei Hof, hatte der Staatssekretär ihn mit der größten Liebenswürdigkeit behandelt, vielleicht war er ihm tatsächlich wohlgesonnen, allerdings, seine Freundlichkeit ist eine Spur zu glatt, überlegte Edward, er strahlt keine Wärme und Herzlichkeit aus, er ist eben ein Höfling par excellence... Die Zeit unter seiner Vormundschaft wird auch vorübergehen, zwei Jahre noch in Cambridge, zwei Jahre in Oxford und dann die Immatrikulation an einer der vier Londoner Rechtsakademien: Lincoln's Inn, Middle Temple, Inner Temple oder Gray's Inn... Am besten in Inner Temple oder Gray's Inn, die sind berühmt für ihre prächtigen Theateraufführungen. Gray's Inn erfreut sich außerdem der Gunst des Hofes, also Gray's Inn, dort würde er legal seiner Vorliebe für das Theater frönen können, schließlich beteiligten sich alle Angehörigen dieser Innung an den Theateraufführungen, die Anwälte und Richter ebenso wie die Studenten. Im Geist sah er sich schon als Meister der jährlich stattfindenden Spektakel..., nebenbei mußte er natürlich auch einige juristische Grundkenntnisse erwerben, Gott sei Dank konnte er als Graf sofort in eine Innung eintreten, der Weg über die Lateinschule oder Universität blieb ihm erspart...

Nach dem Gray's Inn wollte er einige Jahre quer durch Europa reisen, Frankreich, Deutschland, Italien, der Balkan, die Türkei, aber vor allem wollte er durch Italien reisen, die Lombardei und die Toskana kennenlernen...

Inzwischen war er vor dem Haupteingang des Schlosses angekommen, blieb stehen und betrachtete eine Weile nachdenklich das Mauerwerk aus rotem Ziegelstein, die unzähligen Schornsteine, Türmchen, Erker, die großen Glasfenster, hier waren die Zimmer geräumig, hoch, hell, kein Zweifel, Theobalds war prunkvoller als

Schloß Hedingham, dort waren die Räume dunkler, verräucherter, das Mauerwerk war stellenweise bröckelig, Hedingham war allerdings auch wesentlich älter als Theobalds...

Der neue Adel Englands besitzt die prachtvollsten Landsitze, bekleidet die höchsten Staatsämter, während die alte Familie de Vere nur das Amt des Großkämmerers innehat, ein zeremonielles Amt, das lediglich bei der Krönung eine Rolle spielt, nun, er wollte kein hohes Staatsamt bekleiden oder am Hof eine glänzende Rolle spielen, seine Welt waren die Bibliotheken in den väterlichen Schlössern und am St. Johns College. Er las die antiken Dichter, er las Chaucer, Dante, Petrarca, Boccaccio und erschloß sich eine neue Welt, die teilweise phantastisch, aber darum nicht minder realistisch war, irgendwann hatte er angefangen, die gelesenen Geschichten zu variieren, er fügte etwas hinzu, ließ etwas weg, er veränderte Anfang und Schluß, am liebsten aber ließ er tragische Schicksale glücklich enden, Cäsar wurde nicht ermordet, Hektor schleifte Ajax um die Mauern Trojas, nicht umgekehrt, manchmal verwandelte er auch ein glückliches Ende in ein tragisches, zum Beispiel bei Odysseus und Penelope, er fand es realistischer, daß eine Frau ihrem Gatten untreu wurde, wenn er mehrere Jahre abwesend war und sie nicht wußte, ob er noch lebte, in seiner Phantasie erhörte Penelope einen der Freier, und der heimkehrende Odysseus fand sie in den Armen eines Nebenbuhlers... Er erzählte keinem Menschen etwas von diesen Tagträumereien, auch nicht seinem Vater, der vielleicht sogar Verständnis dafür gehabt hätte, und erst recht nicht dem strengen Sir Thomas Smith, er spürte, daß seine Phantasien in den Augen der Umwelt unschicklich waren, ein junger adeliger Herr, ein künftiger Höfling, mußte hervorragend reiten und jagen, sich bei Turnieren auszeichnen, anmutig tanzen, er mußte mindestens ein Instrument beherrschen und in Gesellschaft geistreich plaudern können. Nun, er ritt und jagte gern, er war auch bereit, an Turnieren teilzunehmen, wenn es unbedingt sein mußte, aber dies alles war für ihn nur Zeitvertreib und nicht Lebensinhalt.

Er hoffte im stillen, daß die Königin ihm kein lästiges, langweiliges Hofamt aufbürdete, er wollte sich der Theatertruppe seines Vaters widmen, sie aufbauen, nach qualifizierten Schauspielern Ausschau halten, und vor allem wollte er Stücke aufführen, Stücke, die die Zuschauer unterhielten, lustige Stücke, traurige Stücke, Stücke, in denen alles gezeigt wurde, was es in der Welt gab, was er bisher beobachtet hatte, auch und vor allem am Hof: Liebe, Haß, Neid, Ehrgeiz, Skrupellosigkeit, Machtgier, Verschwendungssucht, Bigotterie, Falschheit, Geiz, Eifersucht, Betrug...

Eines Tages vielleicht, aber daran wagte er fast nicht zu denken..., vielleicht schrieb er eines Tages auch ein Stück... Er ging langsam weiter hinein in den Park und dachte über seine Kavaliersreise nach, es gab einige Städte in Oberitalien, die er auf jeden Fall besuchen wollte, er blieb stehen und malte mit der Spitze seines Schuhs langsam die Namen der Städte in den Sand: Mailand, Venedig, Mantua, Bologna, Padua, Florenz, Pisa, Siena..., es gab noch eine wichtige Stadt, aber ihr Name fiel ihm im Augenblick nicht ein...

Er ging weiter und stand plötzlich vor einem halbrunden Platz, der an einer Seite durch die Parkmauer begrenzt wurde. Hier werden wohl Maskenspiele und sonstige Spektakel aufgeführt, dachte er, blieb stehen und malte sich aus, daß es nicht später Nachmittag war, sondern Abend, ein warmer Sommerabend, es war bereits dunkel. Vor dem Platz saßen und standen die Zuschauer, die Bühne selbst wurde vom Licht einiger Fackeln erleuchtet, und dann... ein Saal, tanzende Paare, ein junger Mann geht auf ein junges Mädchen zu, fordert sie zum Tanz auf..., sie verlieben sich, dachte Edward ..., ein Balkon, das Paar unterhält sich heimlich, verabredet sich..., eine Straße, ein Fechtkampf, der junge Mann muß aus der Stadt fliehen, später kehrt er zurück, er findet das Mädchen tot und begeht Selbstmord..., die Familien umstehen die Toten und trauern..., die Familien sind verfeindet, dachte Edward. Er kehrte allmählich in die Wirklichkeit des Spätnachmittags zurück, und jetzt fiel ihm auch der Name der italienischen Stadt ein, die er ebenfalls besuchen wollte: Verona.

»Verona«, sagte er leise, »Verona...«

Inzwischen war es kühl geworden und Zeit, zum Schloß zurückzugehen. Er sah sich um, und da er nicht auf den Weg geachtet hatte, beschloß er, dem Verlauf der Mauer zu folgen. Nach ungefähr einer halben Stunde sah er ein Holztor, das in die Mauer eingelassen war, er öffnete das Tor und kam in einen gepflegten Garten mit zahlreichen Obstbäumen, unweit vor ihm erhob sich die rückwärtige Fassade des Schlosses. Edward ging zielstrebig unter den Bäumen auf das Schloß zu und blieb plötzlich erstaunt stehen: Auf einem Balkon im ersten Stock saß… ein Engel? Eine Nymphe? Nein, ein entzückendes blondgelocktes Mädchen von ungefähr sechs Jahren, das ihn freundlich anlächelte, wobei ihre blauen Augen schelmisch blitzten.

»Hallo«, rief die Kleine, »ich habe schon eine Weile beobachtet, wie du durch den Garten gingst, du bist sicherlich Edward de Vere, der Graf von Oxford?«

Edward verschlug es für einen Moment die Sprache. »Ja«, stammelte er, »woher weißt du, wer ich bin?«

»Meine Mutter hat mir erzählt, daß du künftig bei uns wohnen wirst, und überhaupt, die Dienerschaft redet seit Tagen von nichts anderem.«

»Aha«, und er überlegte, daß die Mutter des Mädchens wahrscheinlich eine Kammerfrau von Lady Cecil war, allerdings, das Kleid, das die Kleine trug, war herrschaftlich: rote Seide mit Goldstickerei und Spitzenbesatz an den Ärmeln und am Ausschnitt. »Wie heißt du?«

In diesem Augenblick verschwand das Lächeln, sie richtete sich in ihrem Stuhl etwas empor und erwiderte mit einer gewissen Herablassung: »Ich bin Anna Cecil, mein Vater ist der Erste Staatssekretär der Königin.«

Anna Cecil, dachte Edward, die Stellung ihres Vaters scheint sie zu beeindrucken.

Sie sahen sich einige Sekunden schweigend an, und dann fragte Anna:

»Bist du ein richtiger Graf?«

Edward unterdrückte ein Lächeln. »Ja.«

»Meine Mutter sagt, daß deine Familie schon seit einigen hundert Jahren den Grafentitel besitzt.«

O Gott, dachte Edward amüsiert, der Grafentitel scheint Cecils Haushalt völlig durcheinander zu bringen.

»Das ist richtig, der Grafentitel ist seit fünfhundert Jahren in unserer Familie erblich, ich bin der siebzehnte Graf von Oxford.«

Hierauf schwiegen sie erneut, und Edward beobachtete, daß Anna nachdachte.

»Komm zu mir auf den Balkon, und leiste mir Gesellschaft«, sagte sie nach einer Weile.

Er zögerte.

»Ich weiß nicht, Anna, ob es deiner Mutter recht wäre, wenn sie uns zusammen auf dem Balkon sehen würde.«

»Sei unbesorgt, meine Mutter ruht um diese Stunde, und die Amme paßt auf meinen kleinen Bruder auf. Siehst du die Stufen im Mauerwerk? Du kannst dort hinaufsteigen und von der Brüstung leicht auf den Balkon springen.«

Er folgte ihren Anweisungen, wunderte sich, daß er ihren Wunsch erfüllte, und kam zu dem Schluß, daß er auf Cecils Tochter neugierig war. Endlich stand er neben ihr, sie sahen sich an und schwiegen.

»Hast du noch mehr Geschwister?« fragte Edward nach einer Weile.

»Nein, Gott sei Dank, mit Thomas kann man überhaupt nichts anfangen, entweder er schläft, oder er schreit, dann gibt die Amme ihm zu trinken, dann schläft er wieder.«

»Du mußt Geduld haben, wenn er größer ist, kannst du mit ihm spielen.«

»Ich will jetzt mit ihm spielen«, und sie verzog schmollend den Mund, dann lächelte sie Edward an: »Ich habe mir immer einen großen Bruder gewünscht, willst du mein großer Bruder sein?«

»Ja, wenn du es wünschst.«

»Hast du die Königin schon einmal gesehen?«

»Ja, etliche Male während meines Aufenthaltes bei Hofe.«

»Mein Vater sieht die Königin jeden Tag.«

»Das ist selbstverständlich, dein Vater ist der Erste Minister der Königin.«

»Er ist nicht nur der Erste Minister, sondern auch der engste Berater der Königin.«

Hierauf wußte Edward nichts zu erwidern.

»Wie viele Diener hast du mitgebracht?« fragte Anna nach einer Weile.

»Ich habe nur einen einzigen Diener, das genügt doch.«

»Nur ein Diener? Ich habe sieben Diener, die mir jeden Wunsch erfüllen müssen.«

Ehe Edward etwas erwidern konnte, rief die Amme aus dem Hintergrund: »Fräulein!«

»Ich komme gleich!« erwiderte Anna und zu Edward: »Leb wohl, wir sehen uns bei der Abendtafel!«

»Fräulein!«

»Im Augenblick, ich komme!« und zu Edward: »Du darfst mich Maus nennen wie meine Eltern«, im nächsten Augenblick war sie verschwunden.

Edward kletterte hinunter und blieb noch wie benommen eine Weile unter dem Balkon stehen. Maus, dachte er, Maus…, das also ist Cecils Tochter, eine hübsche, verwöhnte Nymphe…

Er ging langsam zurück zum Schloß, blieb hin und wieder stehen und betrachtete den Balkon: …Fräulein! Ich komme, gleich… Fräulein… Im Augenblick, ich komme… Auf dem Weg zu seinem Zimmer löste in seiner Phantasie ein Bild das andere ab…

Bei seiner Rückkehr empfing Peter ihn ziemlich aufgeregt. »Mylord«, flüsterte er und sah sich vorsichtig im Zimmer um, »in diesem Haus wimmelt es von Spionen. Habt Ihr noch nicht die kurzbeinigen Bänke bemerkt, die hinter den Vorhängen stehen?«

»Nein.«

»Nun, als ich einen Diener nach den Bänken fragte, erwiderte er, sie sollten den Luftzug fördern und so die Fäulnis verhindern. Das klang plausibel, und ich begann Eure Sachen auszupacken und in den Schrank zu räumen, plötzlich roch es im Zimmer merkwürdig nach Blutwurst und Zuckerwerk. Ich sah mich um, bemerkte, daß der Geruch aus einer bestimmten Ecke des Zimmers kam, ich stürzte hin, riß den Vorhang zur Seite, und da stand: Thom Bricknell! Er starrte mich an wie einen Geist und ergriff die Flucht. In diesem Augenblick wurde mir klar, daß die Bänke dazu dienen, die Schuhe der Spione zu verbergen.«

»Die zwei Monate werden auch vergehen Peter, bis Weihnachten sind wir in Cambridge, und dann sehen wir weiter.«

Anfang August traf Sir Thomas Smith in Theobalds ein. Er wurde von dem Tanzmeister Arbeau begleitet und einem Londoner Schneider und Schuhmacher, die, im Auftrag Cecils, neue Kleider und Schuhe für Edward anfertigen sollten, damit er beim Besuch der Königin repräsentabel aussah. Die Ankunft des Mentors beendete die unterrichtsfreie Zeit, die Edward seit dem Tod des Vaters genossen hatte.

»Mylord«, begann Sir Smith mit einer Stimme, die keinen Widerspruch duldete, »Sir Cecil hat mich beauftragt, einen Stundenplan für Euch auszuarbeiten, damit Ihr bis zu Eurer Rückkehr nach Cambridge nicht alles vergeßt, Sir Cecil ist einverstanden, daß Euer Tag hier ebenso eingeteilt ist wie im St. Johns College.«

Edward erschrak. Wie, auch während der Ferien sollte er der strengen Disziplin des Schulalltags unterworfen werden? Auf Hedingham hatte Sir Smith ihn während der Ferien nur hin und wieder am Vormittag unterrichtet, ansonsten konnte er tun und lassen, was ihm beliebte.

»Der Samstag und Sonntag«, fuhr Sir Smith fort, »wird für Euch jetzt anders verlaufen als in Cambridge, dort konntet Ihr der Jagd und der Musik frönen, in Theobalds fügt Ihr Euch den Wünschen Sir Cecils: Der Samstag ist ein normaler Unterrichtstag, am Sonntag besucht Ihr natürlich den Gottesdienst, den Nachmittag könnt Ihr verbringen, wie es Euch beliebt, Ihr dürft ausreiten, spazierengehen, lesen oder meditieren, Karten- und Würfelspiel sind Euch streng untersagt. Falls Ihr Euren Stundenplan vergessen habt, hier, ich habe Euch alles aufgeschrieben.«

Edward nahm das Blatt und las:

6.30: Wecken, ein kaltes Bad, 7-7.30: Tanzunterricht,
7.30-8: Frühstück, 8-9: Französisch, 9-10: Latein,
10-12.30: Rhetorik und Zeichnen, Religiöse Unterweisung und Mittagstafel,
1-2: Kosmographie, 2-3: Latein, 3-4: Französisch,
4-4.30: Kalligraphie, Religiöse Unterweisung bis 5.30.

»Nach dem Abendessen habt Ihr noch vier Stunden Zeit, um Euch auf die Lektionen des nächsten Tages vorzubereiten, Mylord, habt Ihr noch Fragen?«

»Nein.«

»Gut, es ist jetzt kurz nach vier Uhr, geht in Euer Schulzimmer, und übt Euch in der Kalligraphie.«

Es fiel Edward nicht leicht, sich wieder an den regelmäßigen Unterricht zu gewöhnen, aber in dem kahlen Schulzimmer fühlte er sich wenigstens nicht ständig beobachtet, hier gab es keine Vorhänge, sondern nur Gobelins, die notdürftig die Steinwände verbargen.

Lady Cecil war bestrebt, ein gottgefälliges Leben zu führen, und dies bedeutete für sie, daß ein christlicher Mensch den ganzen Tag arbeitete, bescheiden und sparsam lebte und sich keine Annehmlichkeiten gönnte. Nach diesen Grundsätzen führte sie ihren Haushalt und wich nur davon ab, wenn sie, im Interesse des Gatten, repräsentieren mußte oder wenn der Hausherr selbst anwesend war. Für Edward war es nicht einfach, sich in die Atmosphäre dieses typisch protestantischen Hauses einzuleben. Er wunderte sich über die einfachen und knapp bemessenen Mahlzeiten, die an der Tafel des Ersten Staatssekretärs serviert wurden, dickflüssige Pottage ohne Fleisch, die sehr sättigte, eine winzige Fischpastete, worin man den Fisch suchen mußte, dünne Fleischscheiben in viel dünner Soße, und Süßspeisen, bei deren Zubereitung offensichtlich mit Zucker gespart worden war. Als Getränk gab es zu jeder Mahlzeit gewürztes Bier, und Edward erinnerte sich wehmütig an Hedingham und Cambridge, im Haus seines Vaters und im College standen mittags und abends Krüge mit Wein auf dem Tisch.

Das Benehmen der Dienerschaft fand er ebenfalls befremdlich, sie erfüllten ihre täglichen Pflichten ernst, streng, und er sah nie, daß ein Diener lachte oder scherzte. Er beobachtete, daß Lady Cecil schlicht gekleidet war, sie bevorzugte einfaches Tuch, gedeckte Farben und verzichtete fast ganz auf Stickerei oder Spitzenbesatz. In dieser strengen Atmosphäre war die kleine Anna in ihren farbenfrohen seidenen Kleidern der einzige Lichtblick.

So kam der erste Sonntag.

Zu Edwards Entsetzen dauerte der Gottesdienst geschlagene zwei Stunden, weil Lady Cecil lange, erbauliche Predigten liebte, damit nicht genug, bat sie den Pfarrer an die Mittagstafel, und nachdem Anna wie üblich das Tischgebet gesprochen hatte, verwickelte sie den geistlichen Herrn in eine theologische Unterhaltung.

Die übrigen schwiegen, widmeten sich den Speisen, und Edward blickte verstohlen zum unteren Ende der Tafel, wo Anna saß, sittsam auf ihren Teller sah und manierlich die kleinen Portionen aß, die man ihr vorlegte. Zur Feier des Tages trug sie ein weißes, seidenes Kleid, das mit Goldbrokat besetzt war, und eine weiße, goldbestickte Samthaube. Sie ist eine kleine Hexe, dachte Edward, in Gegenwart ihrer Mutter benimmt sie sich wie ein braves Kind, aber sobald Lady Cecil außer Sichtweite ist, quält sie ihre Diener mit unsinnigen Wünschen, und keiner wagt, sich zu beschweren, aus Angst entlassen zu werden, eine Stellung im Haus des Ersten Staatssekretärs setzt man nicht aufs Spiel...

Er löffelte lustlos die fade schmeckende Obstgrütze und wartete ungeduldig, daß Lady Cecil die Tafel aufhob und er sich seiner Privatlektüre widmen konnte, verflixt, wollte sie sich den ganzen Nachmittag lang mit dem Pfaffen unterhalten?

In seiner Verzweiflung spann er seine Liebesgeschichte weiter und überlegte, ob er sie an einem bestimmten Punkt nicht noch etwas ausschmücken sollte...

In Cambridge war er von den älteren Schülern längst über die Geheimnisse zwischen Mann und Frau aufgeklärt worden...

»Willst du schon gehn? Der Tag ist ja noch fern. Es war die Nachtigall und nicht die Lerche..., glaub, Lieber, mir: Es war die Nachtigall... Die Lerche war's, die Tagverkünderin...« Es war Edward nicht bewußt, daß ein verträumtes Lächeln seine Lippen umspielte, das von Lady Cecil mit Entrüstung bemerkt wurde.

»Mylord, was gibt es zu lachen?«

Er schrak zusammen, faßte sich aber sogleich und erwiderte: »Ich habe mich noch einmal an einige vorzügliche Passagen der Predigt erinnert, Mylady.«

Lady Cecil preßte die Lippen zusammen und schwieg, er ist ein Heuchler, dachte sie, die Königin hat uns einen Komödianten und

Heuchler aufgebürdet, und sie hob die Tafel auf. Edward eilte in sein Zimmer, nahm die »Odyssee« und rannte durch den Park zu jenem halbrunden Platz, den er am Tag seiner Ankunft entdeckt hatte.

Hier war inzwischen ein paar Fuß über dem Boden eine Holzbühne errichtet worden, wo während des königlichen Besuches, allerhand Spektakel aufgeführt werden sollten. Edward schwang sich auf die Bretter und begann zu lesen. Nach ungefähr einer halben Stunde hörte er rasche, leichte Schritte, und als er irritiert aufsah, stand Anna vor ihm. Seit dem Gespräch auf dem Balkon hatte er sie nur bei Tisch gesehen, weil auch Anna den ganzen Tag unterrichtet wurde.

»Hier bist du, ich habe dich schon überall gesucht, darf ich mich zu dir setzen?«

»Bitte, wenn du möchtest.«

Einerseits fühlte er sich gestört, andererseits wußte er nicht, wie sie reagierte, wenn er die Bitte abschlug, und im Gegensatz zu ihrer Mutter fand sie ihn anscheinend sympathisch. Er half ihr auf die Bretter, und eine Weile saßen sie schweigend nebeneinander.

»Was liest du gerade?«

»Die ›Odyssee‹ von Homer.«

»Aha«, damit war das Thema für sie erledigt.

»Du liest wohl gerne?«

»O ja, Bücher sind meine Leidenschaft.«

»Ich lese nicht gerne, meine Mutter hat mir ein Buch mit biblischen Geschichten geschenkt, die soll ich am Sonntagnachmittag lesen, aber eine Geschichte ist langweiliger als die andere, ich mag auch den Sonntagnachmittag nicht, weil ich ständig daran denken muß, daß am Montag der Unterricht wieder anfängt.«

»Du lernst wohl nicht gerne?«

»Das ist wahr, ich lerne nur, weil meine Eltern es wünschen, und den Eltern muß man gehorchen.«

»Ja, natürlich«.

Sie schwiegen wieder eine Weile, und dann sagte Anna plötzlich: »Erzähl mir etwas.«

»Was soll ich dir erzählen?«

»Eine hübsche Geschichte.«

Edward überlegte: »Eine hübsche Geschichte? In meinem Kopf ist ein Sammelsurium von Geschichten oder besser: Bruchstücke von Geschichten..., also..., höre: In einer Stadt in Oberitalien...«

»Warum Oberitalien?«

»Weil ich Oberitalien liebe und eines Tages dorthin reisen möchte, also: In einer Stadt in Oberitalien lebten zwei vornehme Familien, die schon seit Generationen miteinander verfeindet waren. Die eine Familie hatte einen Sohn, die andere eine Tochter...«

»Wie hießen sie?«

»Das weiß ich noch nicht, unterbrich' mich nicht dauernd. Bei einem Tanzfest lernt das Paar sich kennen, und sie verlieben sich ineinander; nach dem Fest treffen sie sich heimlich im Garten des Mädchens oder besser, auf dem Balkon, und sie beschließen, am nächsten Tag heimlich zu heiraten. Der junge Mann weiht einen Pater in den Plan ein, und dieser traut sie am Nachmittag des nächsten Tages. Wenige Stunden später wird der junge Mann auf offener Straße in einen Fechtkampf verwickelt, wobei er den Vetter seiner jungen Frau tötet. Nun hatte der Fürst der Stadt kurz zuvor befohlen, daß jede Fehde zwischen diesen beiden Familien schwer zu betrafen sei, und so verbannt er den jungen Mann in eine andere Stadt. Das Paar nimmt voneinander Abschied und hofft, bald für immer vereint zu sein. Inzwischen hat der Vater des Mädchens einen Heiratsvertrag mit einem Adeligen ausgehandelt, in ihrer Not wendet sie sich an den Pater, der ihr ein Schlafmittel besorgt, damit sie am Morgen der Hochzeit wie tot im Bett liegt. Die List gelingt, und sie wird in der Familiengruft aufgebahrt. Nun schickt der Pater eine Nachricht zu dem jungen Mann, informiert ihn über den Scheintod des Mädchens und fordert ihn auf, zu einem bestimmten Zeitpunkt an der Gruft zu sein. Durch einen unglücklichen Zufall erfährt der junge Mann nur, daß seine Frau gestorben ist, er besorgt sich Gift und reitet zurück in die Stadt; am Grab trifft er den adeligen Bräutigam, tötet ihn im Zweikampf, betrachtet noch einmal seine tote Frau und trinkt das Fläschchen mit dem Gift. Wenig später erwacht diese, sieht ihren toten Mann und ersticht sich. Endlich kommen die Eltern des Paares und der Fürst der Stadt, sie betrauern die Toten, und die Väter des Paares versöhnen sich.«

Edward schwieg und beobachtete Anna, die nachdenklich vor sich hin sah.

»Die Geschichte gefällt mir nicht«, sagte sie nach einer Weile, »es kommen zu viele Tote darin vor, es würde mir besser gefallen, wenn das Paar am Leben bliebe.«

»Dies würde voraussetzen, daß sie ihre Liebe verleugnen und sich ihren Familien unterwerfen, aber das würde sie bestimmt nicht glücklich machen.«

»Weißt du noch eine andere Geschichte, eine lustige, ohne Tote?«

»Ja, die erzähle ich dir am nächsten Sonntag.«

Anfang September begann man mit den Vorbereitungen für den königlichen Besuch.

Von Sonnenaufgang bis Sonnenuntergang wurden sämtliche Räume des Schlosses ausgefegt und gereinigt, überall brannten wohlriechende Hölzer, im Küchentrakt wurde geschlachtet und geräuchert, und täglich trafen neue Lieferungen von Mehl, Salz und Zucker ein. Mitte des Monats kam Cecil nach Theobalds, um persönlich die Vorbereitungen zu überwachen; er wurde von Robert Dudleys Schauspieltruppe und einigen Stückeschreibern begleitet.

»In welchem Teil des Schlosses sollen die Schauspieler untergebracht werden Mylord?« fragte Tom.

»Man soll eines der Gebäude hinter dem Küchentrakt für sie herrichten, das ist gut genug für die Komödianten.«

Nach der Abendtafel befahl er Edward in sein Arbeitszimmer.

»Nun, Mylord«, fragte er wohlwollend, »habt Ihr Euch inzwischen eingelebt?«

»Ja, Mylord.«

»Sir Smith erzählte mir, daß Ihr eifrig lernt, das freut mich zu hören, Ihre Majestät benötigt tüchtige Staatsbeamte. Ihr werdet ab jetzt alle Ferien, Weihnachten und Ostern in meinem Haus verbringen.«

Hier schwieg Cecil und überlegte, wie er seinem Mündel die peinliche Nachricht taktvoll und schonend beibringen konnte. Alle Ferien, dachte Edward, hat er mich bestellt, nur um mir dies mitzuteilen? Er spürte, wie ihn ein ungutes Gefühl überkam.

»Mylord«, begann Cecil zögernd, »wollt Ihr nicht wissen, wie es Eurer Mutter geht?«

»Wie geht es ihr? Ist sie gesund?«

»Sie erfreut sich der besten Gesundheit und wird…, nun, sie wird sich noch in diesem Herbst wieder verheiraten.«

»Mylord«, stammelte Edward, »das, das kann nicht wahr sein, mein Vater liegt erst zwei Monate unter der Erde.«

»Es ist leider wahr, sie wird Charles Tyrell heiraten, er gehört zur königlichen Ehrenwache und ist der jüngste Sohn von Sir Thomas Tyrell.«

»Der jüngste Sohn eines Ritters…, das ist nicht standesgemäß für eine verwitwete Gräfin Oxford, ich hoffe, daß Ihre Majestät die Zustimmung zu dieser Ehe verweigert.«

»Ich teile Eure Meinung, indes, so wie die Dinge liegen, kann niemand etwas daran ändern, und… Ihre Majestät hat beschlossen, die Zustimmung zu erteilen. Betet zu Gott, und tragt es mit Fassung, Mylord.«

Edward unterdrückte nur mühsam die aufsteigenden Tränen. »Zwei Mond' erst tot«, sagte er leise, mehr zu sich selbst als zu Cecil, »hat sie während all der Jahre an der Seite meines Vaters nicht bemerkt, was für ein großartiger, großzügig denkender Mann er war, ja…, er war ein Mann, nehmt alles nur in allem, ich werde nimmer seinesgleichen sehn'…, zwei Monde erst, o schnöde Hast, so rasch in ein anderes Bett zu stürzen!«

Cecil schwieg betreten, was sollte er auch sagen?

»Mylord«, beim Klang von Cecils Stimme horchte Edward auf, sie klang weicher als sonst, »ich verstehe, daß Ihr Euch über diese rasche Heirat grämt, aber Ihr seid noch jung, Ihr werdet noch schmerzlichere Dinge ertragen müssen. Ich weiß, daß dies kein Trost für Euch ist, aber vielleicht hilft es Euch, wenn Ihr hin und wieder an meine Worte denkt.«

Während der folgenden Tage versuchte Edward sich an den Gedanken zu gewöhnen, daß seine Mutter eine zweite Ehe einging, wobei er allmählich Haßgefühle für Sir Tyrell entwickelte, und in seiner lebhaften Phantasie malte er sich aus, daß seine Mutter schon lange Zeit eine Liaison zu Tyrell unterhalten hatte, und vielleicht, vielleicht war sein Vater von Tyrell heimtückisch umgebracht worden, vielleicht mit Gift, und je länger er darüber nachdachte, desto mehr glaubte er daran.

Eines Nachts erschien ihm sein Vater im Traum, bat ihn, seinen Tod zu rächen, und Edward begann Pläne zu schmieden, wie er Tyrell des Mordes überführen könne; bei diesen Gedanken empfand er eine gewisse Genugtuung und begann langsam, ohne es selbst zu merken, die zweite Heirat seiner Mutter zu verschmerzen.

In jenen Tagen empfand er das Leben in Theobalds besonders unerträglich, weil sich alles um den bevorstehenden Besuch der Königin drehte.

Im Schulzimmer hörte er von morgens bis abends den Lärm der Handwerker, die allerhand Bauten für die Vorführungen zimmerten. Bei Tisch sagte Cecil jeden Tag: »Dieser Besuch wird mich zweitausend, wenn nicht gar dreitausend Pfund kosten, aber meine Liebe zu meiner Monarchin und meine Freude, sie und ihr Gefolge zu beherbergen, sind so groß, daß weder Mühen, Sorgen noch Kosten zählen, wenn nur alles aufs beste zu ihrer Erholung und Zufriedenheit ausgeführt wird. Es ist gewiß von minderer Bedeutung, wenn diese aus freien Stücken übernommenen Pflichten mich aller Mittel entblößen.«

Ein anderes Tischgespräch, bei dem Edward sich entsetzlich langweilte, war der bevorstehende Krieg gegen Frankreich, Cecil wurde nicht müde, den Anwesenden zu erklären, daß dies ein gerechter Krieg sei, weil man für den Sieg des Protestantismus in Europa kämpfe.

Eines war allerdings erfreulich, seit der Ankunft des Hausherrn waren die Mahlzeiten besser und reichlicher, und mittags und abends wurde außer Bier auch Wein serviert.

Am Tag vor Elisabeths Ankunft, einem Sonntag, saßen Cecil, seine Frau, Anna, Sir Smith und Edward nachmittags in der Großen Halle vor dem Kamin. Cecil und Smith unterhielten sich über den Krieg und die Wahrscheinlichkeit eines englischen Sieges, das heißt, Cecil monologisierte, und Smith hörte respektvoll zu, Lady Cecil überdachte noch einmal die zeitliche Einteilung des folgenden Tages, die Königin wollte am frühen Abend eintreffen..., Anna blätterte gelangweilt in einem Bilderbuch, und Edward starrte in das Kaminfeuer, spann seine Rachepläne gegen den neuen Gemahl seiner Mutter und hörte mit halbem Ohr Cecil zu. Plötzlich, er wußte selbst nicht, warum, überkam ihn das Verlangen, den mächtigen, allwissenden Ersten Staatssekretär Ihrer Majestät, der in ganz Europa seine Spione beschäftigte und vielleicht sogar mehr wußte als die Königin, diesen Mann wollte er veralbern, selbst auf die Gefahr hin, daß er bestraft wurde.

Er wartete eine Gesprächspause ab, sah Cecil an und sagte ernst: »Mylord, wißt Ihr schon die jüngsten Nachrichten? Der König von Dänemark ist tot.«

Cecil und Smith sahen einander erstaunt an. »Habt Ihr davon gehört?«

»Nein, Mylord.«

Der König von Dänemark, überlegte Cecil, merkwürdig, er war doch bei guter Gesundheit... – und zu Edward: »Weiß man, an welcher Krankheit er gestorben ist?«

»Er starb an keiner Krankheit, Mylord, er wurde ermordet, und zwar von seinem eigenen Bruder: Als der König im Garten schlief, träufelte der Bruder ihm Gift ins Ohr, der Bruder ist jetzt Dänemarks neuer König und hat inzwischen die Königin geheiratet, ja, und der Kronprinz..., der Kronprinz scheint seitdem geistig verwirrt zu sein.«

»Unglaublich!« rief Sir Smith.

»Ich verstehe das alles nicht«, murmelte Cecil und überlegte entsetzt, ob sein Spionagenetz noch funktionierte... »Meine Leute kosten mich ein Vermögen«, sagte er zu Smith, »und ihre Leistungen sind gleich Null! Ich müßte längst über die innenpolitischen Veränderungen in Dänemark informiert sein!«

Er stand verärgert auf, ging einige Augenblicke auf und ab und blieb schließlich vor Edward stehen. »Woher wißt Ihr das alles, Mylord?«

»O, ich weiß es von niemandem, ich habe es mir eben ausgedacht.«

Cecil glaubte nicht richtig zu hören und starrte Edward einige Sekunden fassungslos an, was fiel dem Jungen ein?! Er machte sich über ihn, den Ersten Staatssekretär, lustig!

»Mylord, Ihr begebt Euch sofort auf Euer Zimmer, und laßt Euch nicht mehr blicken, bis ich Euch rufe.«

Als Edward gegangen war, ließ Cecil seinem Ärger freien Lauf: »Es ist eine Unverschämtheit von dem Burschen, Politik ist doch keine Komödie, aber er, er ist ein Komödiant, gütiger Himmel, ich beherberge unter meinem christlichen Dach einen Komödianten!«

Er setzte sich und starrte verärgert in das Kaminfeuer.

»Vater«, sagte da Anna, »zürnt ihm nicht, Edward denkt sich öfter Geschichten aus, die er mir dann erzählt. An zwei Geschichten entsinne ich mich gut: Die eine handelte von einem Liebespaar, das sich umbringt, weil die Familien verfeindet sind, die andere Geschichte handelt von einer Frau, die sich ihrem Gatten nicht unterordnen will, woraufhin der Gatte sie hungern läßt, sie darf nicht schlafen, bis sie bereit ist, ihn als Gebieter anzuerkennen, zuletzt überläßt sie es ihm sogar zu bestimmen, ob die Sonne oder der Mond am Himmel steht.«

»Das ist ja wohl die Höhe«, fuhr Cecil auf, »solch einen Unsinn erzählt er dir?« Und zu Smith: »Ist Euch noch nie aufgefallen, was für Flausen der Graf im Kopf hat?«

»Nein, Mylord, ich muß gestehen, ich bin entsetzt und zutiefst beunruhigt, sein Geist scheint im Augenblick etwas verwirrt zu sein, vielleicht hängt es mit dem überraschenden Tod seines Vaters zusammen.«

»Bringt seinen verwirrten Geist in Ordnung, und treibt ihm die Flausen aus!«

»Reg dich nicht auf, William«, sagte Lady Cecil, die nur beiläufig zugehört hatte, weil der Empfang der Königin ihr wichtiger war, »Anfang Oktober kehrt der Graf nach Cambridge zurück, und in der gewohnten Umgebung normalisiert sich sein Gemütszustand wahrscheinlich bald.«

»O«, rief Anna, »Edward verläßt uns, wie schade, dann habe ich keinen Bruder mehr.«

»Du hast doch Thomas, Maus«, sagte Lady Cecil, »überdies wirst du in einigen Monaten einen weiteren Bruder oder eine Schwester haben.«

»Ein Bruder wäre mir lieber, wann wird er ankommen?«

»Ende Februar oder Anfang März nächsten Jahres.«

»Wie wird er heißen?«

Cecil lächelte. »Würde dir der Name Robert gefallen?«

»Robert? Robert Cecil…, ja, der Name würde mir gefallen.«

»Nun, Mildred«, und Cecil hob seinen Weinbecher, »auf unseren Sohn Robert!«

Unterdessen ging Edward gutgelaunt in seinem Zimmer auf und ab und lachte leise vor sich hin, als er sich an Cecils überraschtes Gesicht erinnerte, es war ihm tatsächlich gelungen, den allwissenden Staatssekretär aus der Fassung zu bringen… Die Geschichte, die er Cecil erzählt hatte und die ihm bruchstückhaft durch den Kopf ging, endete tragisch, am Schluß waren die Haupthelden tot, der König, die Königin, der Kronprinz, das junge Mädchen, das er liebte, ihr Bruder, ihr Vater, der als Minister des Königs seine Ränke spann…

Der Minister des Königs, überlegte Edward, bisher war der Minister nur eine schemenhafte Figur gewesen…, waren hohe Staatsbeamte einander nicht ähnlich?

Er trat vor den Spiegel, ahmte Cecils Bewegungen und Gebärden nach…, ja, dachte er, warum nicht? Cecil ist der Minister im Staate Dänemark…

Am andern Morgen betrachtete Cecil prüfend die Geschenke, die er der Königin beim Abschied überreichen wollte.

»Was meinst du, Mildred, sind unsere Gaben kostbar genug?«

Lady Cecil besah nacheinander den Fächer, dessen Griff mit Diamanten besetzt war, den juwelenbesetzten Blumenstrauß, die Schlangenzunge aus Rubinen und Gold, den goldenen halbmondförmigen Kragen, das von einem in London ansässigen Italiener gebaute Spinett…

»Was hat der Blumenstrauß gekostet?«

»Ungefähr vierhundert Pfund.«

»Verwöhne die Königin nicht mit so kostbaren Geschenken, falls es ihr hier gefällt, beehrt sie uns möglicherweise jedes Jahr mit ihrem Besuch.«

»Ich rechne damit, daß sie jedes Jahr nach Theobalds kommen wird, ich bilde mir ein, ihren Geschmack etwas zu kennen, unser Anwesen wird ihr bestimmt gefallen.«

»Gütiger Himmel, jedes Jahr..., das wäre die reinste Heimsuchung! Abgesehen von den Kosten und den Vorbereitungen, ich habe über einen Monat lang täglich mit allen möglichen Händlern um die Preise für Nahrungsmittel gefeilscht, ich weiß nicht mehr, wie viele Zimmerleute und Handwerker wochenlang im Park beschäftigt waren, um alles für die Wasser- und Maskenspiele vorzubereiten, die Wohnung der Königin habe ich noch mit zusätzlichen Gobelins, Seidenkissen und türkischen Teppichen ausstatten lassen, abgesehen von den Vorbereitungen, das Schlimmste steht uns noch bevor, nämlich die Aufräumarbeiten, hast du etwa vergessen, was Erzbischof Parker, Graf Bedford und andere Lords erzählt haben? Das mit dem Hof herumziehende Gesindel habe die Gärten und Parks verwüstet, die Ernte niedergetrampelt, die Tapisserien waren beschädigt, und ein Teil des Silbergeschirrs hat gefehlt, ich muß Tom unbedingt daran erinnern, daß er auf das Tafelsilber achtgibt, zumindest auf die geborgten Stücke.«

»Wir müssen in Ruhe abwarten wie sich alles entwickelt, ich bin weder der Graf von Bedford noch der Erzbischof von Canterbury, die versuchen, sich mit allen möglichen Tricks um ihre Pflichten als Gastgeber zu drücken. Der saubere Graf bat mich seinerzeit um Hilfe, damit die Königin nur zwei Nächte blieb, und er bot mir hohe Bestechungsgelder an! Der Herr Erzbischof wollte die Königin und ihre Peers nur in seinem Palais aufnehmen, wenn sie ihre eigenen Möbel mitbrächten, und als die Königin damit einverstanden war, erklärte er ihr, sein Palais stände so dicht bei der Kirche, daß sie von dort aus das Volk nicht sehen könne, sie werde es aus diesem Grund wohl vorziehen, in ihrem eigenen Palais in St. Augustin zu wohnen, seine Einwände halfen ihm nicht viel, er mußte den Hof bei sich beherbergen..., derlei Ausflüchte sind unter meiner Würde.«

»Tom muß mit dem Schatzmeister darüber verhandeln, daß der Hof wenigstens die Kosten für Essen und Trinken übernimmt.«

»Nein, Mildred, Tom wird mit dem Schatzmeister nicht verhandeln, das Festbankett am Mittwoch gebe ich zu Ehren der Königin, und die übrigen Verpflegungskosten werden wir verkraften.«

»Ich verstehe bis heute nicht, warum bei dem Festbankett tausend Gerichte serviert werden, darunter hundert Süßspeisen, die Hälfte hätte auch gereicht.«

»Dieses Bankett soll sozusagen ein kulinarischer Ausgleich sein für das wenig originelle Unterhaltungsprogramm.«

»Hat Lord Dudley dir nicht seine Schauspieler zur Verfügung gestellt?«

»Gewiß, aber die Königin hat ihren Besuch so kurzfristig angekündigt, daß kaum Zeit blieb, ein vernünftiges Programm aufzustellen und einzuüben, während du mit den Händlern gefeilscht hast, habe ich mit den Stückeschreibern gestritten und mich über sie geärgert! Eine Aufführung der »Aulularia« des Plautus wäre mir persönlich am liebsten gewesen, natürlich im lateinischen Urtext, aber die Schauspieler können entweder kein oder zuwenig Latein, die Schüler des St. Johns College sind jetzt bei ihren Familien, sonst hätte ich sie geholt, damit sie das Stück proben und aufführen, so müssen wir uns notgedrungen mit einer Komödie von Nicholas Udall begnügen..., es gibt originellere Unterhaltungen für eine Königin«, er nahm einen Bogen Pergament und überflog das Programm: »Heute, nach der Begrüßung, werde ich die Königin durch das Schloß führen, anschließend ein Bankett im kleinen Kreis und ein Abendkonzert. Morgen vormittag zeige ich der Königin den Park, während unseres Spazierganges begegnen uns Schauspieler, die eine ländliche Szene spielen und singen, dann gehen wir weiter zum Teich, sehen uns die Wasserspiele an, am Nachmittag ist ein Ballspielturnier, abends ein großes Feuerwerk. Am Mittwoch will Ihre Majestät sich den Staatsgeschäften widmen und ausländische Gesandte empfangen, diese Herren sind natürlich auch abends beim Bankett anwesend, allein aus diesem Grund muß kulinarisch etwas geboten werden, abends also das große Bankett. Am Donnerstag ein Jagdausflug, abends diese Komödie von Udall, am Freitag Staatsgeschäfte, nachmittags ein Konzert, abends ein Ball, Samstag ist ein Ruhetag, am Abend ein kleineres Bankett, unterbrochen von Maskenspielen, anschließend ein Ball, zum Ausklang ein Feuerwerk, am Sonntag: Gottesdienst, die feierliche Verabschiedung Ihrer Majestät und die Überreichung der Geschenke.«

»Wieso ist dieses Programm nicht originell? Ich finde, es bietet genügend Abwechslung.«

»Ach, es ist zu seicht, es fehlen lateinische Reden und Disputationen, na, irgendwann wird Ihre Majestät Cambridge besuchen, und dann werde ich ihr ein anspruchsvolles Programm bieten, in St. Johns habe ich Magister und Schüler zur Verfügung und kein Komödiantenpack!«

Einige Stunden später ging Elisabeth an Cecils Seite die Freitreppe zur Großen Halle empor, während im Hof die Trommler und Trompeter spielten, bis die Königin die Schwelle überschritten hatte.

Am Eingang der Großen Halle blieb Elisabeth überrascht stehen: Der hohe Raum war in ein Meer aus weißen und roten Rosen verwandelt, sie bedeckten den Boden, wanden sich als Girlanden um das Treppengeländer und hingen als Kränze von der Decke herab.

Nun begannen die Hornisten auf der Galerie ihr Spiel, und ein Dutzend junger adeliger Mädchen aus Cecils Nachbarschaft, alle weißgekleidet, schwebten die Treppe herunter, verneigten sich vor der Königin und begannen zu tanzen, während fast gleichzeitig die in roten Samt gekleideten Knaben der Schauspieltruppe ein Lied anstimmten:

»Now birds record new harmony,
And trees do whistle melody:
Now every thing that nature breeds
Doth clad itself in pleasant weeds,
O beauteous Queen of second Troy,
Accept of our unfeigned joy.«

(»Nun stimmen Vögel eine neue Harmonie an, und Bäume pfeifen eine neue Melodie; nun kleidet sich alles, was die Natur hervorbringt, in ein anmutiges Kostüm. O schöne Königin des zweiten Troja, nimm unsere ungeheuchelte Freude entgegen.«)

Nun trat ein Schauspieler – in eine grüne Toga gekleidet – in die Mitte der Halle und begrüßte Elisabeth mit einer lateinischen Rede, er verglich sie mit der obersten Nymphe Angliens, die auf dem

Land einkehrt, wie einst Zeus in Philemons ärmliche Hütte, und darüber freuten sich Mensch, Tier und Natur.

»Ich danke euch allen für die herzliche Begrüßung«, sagte Elisabeth lächelnd und zu Cecil gewandt: »Zeigt mir nun Eure ärmliche Hütte, Mylord.«

Der Rundgang dauerte fast drei Stunden, weil Elisabeth immer wieder an ein Fenster trat und in den Park hinaussah. Zuletzt führte Cecil seine Königin in ihre eigenen Räume.

»Ihr habt es hier wunderschön, Mylord, Euer Schloß ist so repräsentativ, so weitläufig, es eignet sich hervorragend für den Empfang ausländischer Gesandter..., am liebsten würde ich jeden Sommer einige Zeit hier verbringen.«

»Mit dem größten Vergnügen, Majestät, Ihr erweist mir eine große Ehre.«

Edward hatte von Peter erfahren, in welchem Gebäude die Schauspieler untergebracht waren, und da Sir Smith auf Wunsch der Königin an dem Spaziergang durch den Park teilnahm, nutzte Edward die ungewohnte Freiheit und begab sich so unauffällig wie möglich zu den Wirtschaftsgebäuden. Er wußte, daß Cecil dies mißbilligen würde, aber die Versuchung war zu stark, er vergaß sogar, daß es im Hause ›Lauscher‹ gab. Die Schauspieler saßen oder standen herum, unterhielten sich, spielten Karten, und einer der Knaben übte unter Anleitung eines älteren Kameraden eine Frauenrolle ein.

Edward blieb in einiger Entfernung stehen, sah zu und vergaß Raum und Zeit...

Am Nachmittag wurde er zu Cecil befohlen.

»Mylord, Ihr wurdet heute vormittag bei den Komödianten gesehen«, begann Cecil ohne weitere Einleitung.

Edward spürte, daß er errötete, versuchte aber, dem strengen Blick des Staatssekretärs nicht auszuweichen.

»Ich weiß, Mylord, daß Ihr Euch zu diesen Leuten hingezogen fühlt, Euer seliger Vater hat Euch schon in frühester Jugend mit ihnen bekannt gemacht, aber glaubt mir, Mylord, der Einfluß der Komödianten auf ihre Umwelt ist schädlich, sie verführen die Menschen nur zum Müßiggang. Am Hof spielt es keine Rolle, weil sich dort viele Müßiggänger herumtreiben, in den Städten und Marktflecken ist es anders, kurz, Mylord, ich verbiete Euch jeglichen Kontakt mit den Komödianten, übertretet Ihr dieses Verbot, werdet Ihr streng bestraft. Da Ihr Eure Pflichten heute vormittag vernachlässigt habt, werdet Ihr den Rest des Tages auf Eurem Zimmer verbringen, Ihr werdet lernen und fasten, das Feuerwerk könnt Ihr von Eurem Fenster aus betrachten. Morgen werdet Ihr ebenfalls auf Eurem Zimmer bleiben und bei Wasser und Brot lernen. Nach dieser Lektion werdet Ihr hoffentlich einsehen, daß es für einen Grafen unwürdig ist, sich mit Komödianten abzugeben, Ihr könnt jetzt gehen.«

Edward sah zu Boden und verließ schweigend das Zimmer. Er hielt es für besser, zerknirscht zu wirken, der Stubenarrest störte ihn nicht, im Gegenteil, er würde Zeit haben zum Lesen und Träumen, weil Sir Smith wahrscheinlich mit der Königin beschäftigt war.

Am Mittwoch empfing Elisabeth ausländische Gesandte, besprach mit Cecil und dem Staatsrat Einzelheiten der Kriegsvorbereitung und unterschrieb das Dokument, worin Ambrose Dudley, der Graf von Warwick, zum Oberbefehlshaber der Truppen in Frankreich ernannt wurde.

»Ich würde mich jetzt gerne noch mit Eurem Mündel unterhalten, Mylord, wo ist er, ich habe ihn seit dem Empfang am Montag nicht mehr gesehen.«

»Majestät, er…, er hat Stubenarrest, ich war leider gezwungen, diese Strafe zu verhängen.«

»Was hat er angestellt?«

»Majestät, er vernachlässigte seine Pflichten, statt zu lernen, trieb er sich bei den Komödianten herum.«

Elisabeth sah Cecil an und begann zu lachen. »Mein Gott, aus diesem Grund muß der Ärmste jetzt in seinem Zimmer bleiben, Mylord, Ihr straft zu hart, eine Ermahnung hätte genügt, überdies, was stört Euch an seinem Interesse für das Theater? Falls er eines Tages an einer der Londoner Juristenschulen studiert, wird er auch mit dem Theater konfrontiert.«

»Gewiß, Majestät, aber an den Schulen führen die Kollegiaten und Anwälte die Stücke selbst auf, während hier in meinem Haus... Ich befürchte, daß diese Komödianten ihn schlecht beeinflussen, die Schauspielerei, das Theater... Majestät, dieses Milieu ist in meinen Augen unchristlich.«

»Unchristlich?! Ich bin anderer Meinung, Theaterstücke können das Volk informieren und... die Meinung des Volkes kann mit Hilfe des Theaters gelenkt werden! Ich möchte Eure Erziehungsmethoden nicht untergraben, aber während der nächsten Tage ergibt sich bestimmt eine Gelegenheit zu einem Gespräch mit Eurem Mündel. Ihr solltet bedenken, Mylord, mit Verboten bringt Ihr den Grafen nicht von seiner Liebhaberei ab, im Gegenteil, laßt ihn also gewähren.«

Cecil schwieg verärgert, wobei er – gegen seinen Willen – zugab, daß seine Königin wahrscheinlich recht hatte.

Am Samstag wurde Edward zur Königin gerufen.

Er beugte das Knie und sah sie dann schüchtern und etwas unsicher an.

»Nun, Mylord«, sagte Elisabeth freundlich und wies auf den Schemel zu ihren Füßen, »habt Ihr Euch inzwischen bei Sir Cecil eingelebt?«

»Ja, Majestät.«

Sie betrachtete sein schmales Gesicht und erinnerte sich, wie aufmerksam und gebannt er am Donnerstag abend die Aufführung der Komödie verfolgt hatte.

»Das Stück von Udall hat Euch wohl gefallen, Mylord?«

»Ja, Majestät, obwohl..., einige Szenen waren zu lang.«

»Zu lang? Wie meint Ihr das?«

»Nun, die Geduld des Zuschauers ist begrenzt, wenn die Spannung in einer Szene den Höhepunkt erreicht hat, muß sie gelöst oder unterbrochen werden, eine Spannung darf nicht verschleppt werden, aus diesem Grund müssen Szenen kurz sein, der Zuschauer muß in Atem gehalten werden.«

Elisabeth überlegte einen Augenblick...

»Kurze Szenen, interessant..., nun, habt Ihr schon Zukunftspläne? In ungefähr vier Jahren habt Ihr die Colleges absolviert, wie soll es dann weitergehen?«

»Ich würde gerne das Gray's Inn besuchen, Majestät.«

Elisabeth lächelte. »Das habe ich mir fast gedacht..., wie wollt Ihr Eure dort erworbenen juristischen Kenntnisse verwerten?«

»Das, das weiß ich noch nicht genau, Majestät..., ich möchte einige Jahre lang quer durch Europa reisen, von Frankreich über Deutschland und Italien und den Balkan bis zur Türkei, die finanziellen Mittel habe ich.«

»Geld allein reicht nicht, mein Türke, Ihr benötigt auch meine Erlaubnis.«

Edward sah Elisabeth erschrocken an.

»Das wußte ich nicht, Euer Majestät werden mir die Reise doch erlauben?«

»Das müssen wir abwarten, mein Türke, aber angenommen, ich erlaubte Euch, England zu verlassen, irgendwann kehrt Ihr zurück, wie wollt Ihr Eure Erfahrungen nutzen?«

»Ich werde meine Ländereien verwalten und die Schauspieltruppe meines Vaters weiterentwickeln.«

»Aha, um meine Schauspieltruppe wollt Ihr Euch nicht kümmern?«

»Mit dem größten Vergnügen, Majestät, aber seit wann haben Euer Majestät eine Truppe?«

»Ich habe noch keine Truppe, mein Türke, Ihr sollt sie aufbauen und gute Stücke mit ihr aufführen.«

»Ich müßte dann am Hof leben, nicht wahr? Nun, am Hof ereignet sich immer etwas..., vielleicht...«, eine leichte Röte überzog sein Gesicht..., »ich möchte...«, er schwieg und betrachtete verlegen seine Hände.

So saßen sie eine Weile schweigend zusammen, Elisabeth spürte, daß Edward mit sich kämpfte, ob er ihr etwas anvertrauen sollte, und sie wartete geduldig ab.

Endlich sah er sie an, und die Röte in seinem Gesicht vertiefte sich.

»Majestät, eines Tages möchte ich auch gerne ein Stück schreiben.«

Elisabeth sah Edward überrascht an. »Ihr wollt...«, dann lächelte sie und strich ihm leicht über die Wange: »Der höchste Graf meines

Königreiches ein Stückeschreiber… Nun, warum nicht…, Ihr glaubt also, daß Ihr es könnt?«

»Man muß es ausprobieren, Majestät.«

»Gewiß, aber vorher müßt Ihr Euch noch viel Wissen aneignen, und eines noch, mein Türke: Ihr werdet nur das schreiben, was ich wünsche, ist das klar?«

»Selbstverständlich, Majestät.«

»Habt Ihr schon jemanden in Eure Pläne eingeweiht?«

»Nein, Majestät.«

»Das ist gut, behaltet Eure Pläne für Euch, vor allem darf Sir Cecil vorläufig nichts davon erfahren.«

Einige Tage später begaben die Cecils sich in ihr Londoner Stadthaus, Edward kehrte, begleitet von Sir Smith und Peter, nach Cambridge zurück, Elisabeth übersiedelte von Greenwich nach Hampton Court, um sich in Ruhe auf die Eröffnung ihres zweiten Parlaments vorzubereiten. Hawkins stach in Plymouth in See, und der Graf von Warwick ging an der Spitze seiner Armee in der Normandie an Land und besetzte Le Havre.

Der Krieg Englands gegen die katholische Partei in Frankreich hatte begonnen.

XX

Einige Monate später stand Cecil neben der Wiege seines Sohnes Robert und betrachtete nachdenklich das verrunzelte Gesicht des Kindes.

Lady Cecil saß mit einem Buch in ihrem Lehnstuhl und sah ab und zu besorgt hinüber zu dem Gatten.

Seit letztem Herbst ist er stark gealtert, dachte sie, er steht erst in seinem dreiundvierzigsten Jahr, aber sein Bart ist schon ganz grau, kein Wunder, die Krankheit der Königin im Oktober, die nervenaufreibenden Parlamentsdebatten im Januar, der Krieg in Frankreich, dessen Ende nicht abzusehen ist...

»Du solltest dich endlich damit abfinden, William«, sagte sie nach einer Weile, »es ist nun einmal Gottes Wille, daß unser Kind nicht gesund ist.«

»Nicht gesund? Robert ist ein Krüppel und wird sein Leben lang ein Krüppel bleiben, die Menschen werden ihn insgeheim verspotten, ach, ausgerechnet mein Sohn muß mit einem Buckel zur Welt kommen...«

»William, ein Mensch kann körperlich mißgebildet sein und trotzdem intelligent und charakterlich anständig.«

»Ja, ich weiß, das sagt die Königin auch immer, aber ich frage mich jeden Tag, was aus ihm werden soll.«

In diesem Augenblick wurde einer der zahlreichen Spione gemeldet, die Cecil in London beschäftigte.

»Mylord, um die Mittagszeit besuchte Sir Maitland erneut die spanische Botschaft, seit seiner Ankunft vor zwei Wochen, also seit Anfang März, war dies heute das dritte Mal. Ich versteckte mich wieder im Kamin, und auch heute sprachen sie über eine Verbindung der Königin von Schottland mit dem Infanten Don Carlos, das heißt, Sir Maitland rühmte die Frömmigkeit, Tugend und Schönheit seiner Königin, de Quadra hörte zu und versprach, an König Philipp zu schreiben.«

»Wie lange dauerte die Unterredung?«

»Ungefähr eine Stunde, Mylord, bei jedem der Gespräche verhielt de Quadra sich sehr reserviert.«

»Es ist gut, Ihr könnt gehen.«

Cecil trat zum Fenster und sah hinaus in den regnerischen kühlen Vorfrühlingstag. Maria Stuart ist eine Närrin, dachte er, sie weiß doch, daß sie durch eine Heirat mit einem katholischen Fürsten ihre Thronansprüche auf die englische Krone verliert.

Kurze Zeit später wurde er in einer Sänfte nach Whitehall gebracht. Er zog die Vorhänge zu und überließ sich seinen Gedanken. Die Königin wird entsetzt sein, wenn sie von den Verhandlungen mit Spanien hört, überlegte er, indes, vielleicht ist dies der Anstoß, daß sie endlich ernsthaft über ihre eigene Heirat nachdenkt; die Krankheit im vergangenen Oktober hat der gesamten Bevölkerung erschreckend bewußt gemacht, daß Englands Wohlergehen und der innere religiöse Friede mit dem Leben eines einzigen Menschen verknüpft sind, mein Gott, dachte Cecil, diese Oktobernacht und die folgenden Tage werde ich nie vergessen, solange ich lebe...

Mitte Oktober war es, kurz nach Mitternacht, als ein Kurier, begleitet von einer Schar Bewaffneter mit Fackeln, lautstark Einlaß begehrte..., und dann die schreckliche Botschaft: »Die Königin liegt im Sterben, Mylord, Ihr sollt sofort nach Hampton Court kommen!«

Er wußte nicht mehr, wie er sich angekleidet und das Pferd bestiegen hatte..., während des halsbrecherischen nächtlichen Rittes hatte ihn nur ein Gedanke verfolgt: Die Thronfolge ist nicht geregelt, wer wird Englands neuer König...?

In Hampton Court hatte sich, trotz der nächtlichen Stunde, eine unüberschaubare Menschenmenge vor dem Schloß versammelt, auf der Themse schaukelte ein Boot neben dem andern, alle voll besetzt, und während die Bewaffneten ihm einen Weg durch das Volk bahnten, hörte er, daß viele leise oder halblaut für die Königin beteten...

Im privaten Arbeitszimmer wurde er von einem bleichen, aufgeregten Robert Dudley empfangen: »Ihre Majestät ist nicht bei Bewußtsein, wir haben Dr. Burcot geholt, einen deutschen Emigranten, den Lord Hundsdon empfohlen hat, der Arzt glaubt, daß die Königin an den Pocken erkrankt ist.«

»Die Pocken?! Nun ja, diese Krankheit grassiert schon seit zwei oder drei Jahren im Land… Die Pocken, mein Gott, auch die Gräfin Bedford starb kürzlich daran…«

»Es ging alles so rasch, Mylord, Ihre Majestät fühlte sich nicht wohl, nahm ein Bad, ging anschließend im Park spazieren, bei ihrer Rückkehr fühlte sie sich noch schlechter, legte sich mit Fieber ins Bett, als das Fieber emporschnellte, holten wir Dr. Burcot… Seine ärztlichen Methoden sind etwas merkwürdig, aber vielleicht helfen sie: Er hat die Königin in ein scharlachrotes Tuch gewickelt und ihr in eine Hand eine Flasche mit einem Beruhigungstrank gegeben.«

Im Schlafzimmer saß Kate Ashley neben dem Bett und weinte leise vor sich hin, Roberts Schwester Mary Sidney ging auf Zehenspitzen umher und flüsterte den Kammerfrauen Anweisungen zu…, der Arzt trat zu ihm und sagte leise: »Wenn der Ausschlag zum Vorschein kommt, Mylord, ist Ihre Majestät gerettet.«

Nach und nach trafen die Staatsräte ein, und man zog sich in einen Nebenraum zurück, um über die Nachfolge zu beraten…, zwei Namen, erinnerte sich Cecil, wurden genannt, der Graf von Huntingdon – für ihn plädierte vor allem sein Schwager Robert Dudley, aber auch Bedford und Pembroke, er, Cecil, hatte sich für Lady Katharina Grey eingesetzt, die sich immer noch im Tower befand, Maria Stuart wurde nicht erwähnt, sie war in England nicht beliebt, und er wußte nicht, ob Elisabeth die Heiratspläne mit Dudley und, damit verbunden, die Überprüfung von Marias Thronansprüchen noch verfolgte…

Während sie debattierten, wurden sie zur Königin gerufen, Elisabeth war zu sich gekommen, und als sie nun aufgeregt im Schlafzimmer herumstanden, winkte sie Robert Dudley zu sich und bat die Räte mit schwacher Stimme ihn, Lord Dudley, nach ihrem Tod zum Protektor Englands zu ernennen mit einem jährlichen Einkommen von zwanzigtausend Pfund und einem Titel, Baron, Graf, Herzog…

Man sah einander verlegen an, Dudley als Protektor?! Und dann, erinnerte sich Cecil, dann kam jenes erschütternde Bekenntnis, das ein Mensch nur macht, wenn er sich dem Tode nahe fühlt... Elisabeths Augen verweilten einen Augenblick auf Dudley, dann sah sie die Räte einen nach dem andern an und sagte:

»Ich liebe Lord Dudley, ich habe ihn immer geliebt, und ich schwöre bei Gott, daß zwischen uns nie etwas Ungehöriges vorgefallen ist.«

Nach diesen Worten verlor sie erneut das Bewußtsein... Sie zogen sich wieder in das Nebenzimmer zurück, um über die Thronfolge zu debattieren..., plötzlich erschien Dr. Burcot mit der erlösenden Nachricht, der Ausschlag sei zum Vorschein gekommen, Ihre Majestät werde genesen...

Elisabeth erholte sich erstaunlich rasch, und als sie wieder halbwegs bei Kräften war, berief sie Robert Dudley und den Herzog von Norfolk, die einander tödlich haßten, in den Staatsrat, allerdings nur mit beratender Stimme. So weit, so gut, überlegte Cecil, die Pockennarben sieht man Gott sei Dank fast nicht, im Gegenteil zu Lady Sidney, die Ärmste steckte sich bei der Königin an und überlebte ebenfalls, aber ihr Gesicht ist durch die Narben so entstellt, daß sie sich nicht mehr in der Öffentlichkeit zeigt... Das Nachspiel der Krankheit kam im Januar, als das Parlament energisch eine baldige Heirat und eine Regelung der Thronfolge forderte..., die Königin hat sich wie stets mit schönen Worten aus der Affäre gezogen, Mitte April wird das Parlament vertagt, und die Nachfolgefrage ist problematischer denn je... Im Augenblick gibt es nur einen Prätendenten, auf den man sich notfalls einigen könnte: der Graf von Huntingdon.

Katharina Grey hat sich die Gunst der Königin endgültig verscherzt, als sie im Februar ihren zweiten illegitimen Sohn, Thomas, zur Welt brachte, Elisabeth war außer sich, dabei müßte sie doch am besten wissen, daß die Wärter im Tower bestechlich sind... Die Suffolk-Linie scheidet also aus, wer bleibt noch als direkter Nachkomme Heinrichs VII.?

Maria Stuart..., nun ja, wer noch? Richtig, der junge Geck, der Sohn des Grafen Lennox, Heinrich Stuart, Lord Darnley..., er steht jetzt im achtzehnten Jahr, ein hübscher Junge, ein Milchgesicht, aber eitel, arrogant, dumm, oberflächlich, herrschsüchtig… Lieber Gott, gib, daß die Königin sich entschließt zu heiraten und Mutter zu werden! Der Erzherzog Karl wäre als Gatte optimal, obwohl er katholisch ist, aber Darnley ist auch katholisch…

Als er das Arbeitszimmer betrat, ging Elisabeth nachdenklich auf und ab. Beim Anblick Cecils erhellte sich ihre Miene.

»Ihr kommt gerade zur rechten Zeit, Mylord, ich bereite mich auf die Audienz mit Maitland vor, ein schwieriges Gespräch, die Themen, die er besprechen will, sind… fadenscheinig. Das Angebot Maria Stuarts, zwischen England und Frankreich zu vermitteln, ist vielleicht aufrichtig gemeint, aber ich traue mir zu, mit den Franzosen allein fertig zu werden, und Katharina von Medici wird ebenfalls wenig Wert auf die Vermittlung ihrer Schwiegertochter legen, der andere Punkt, Maria Stuarts Anerkennung als präsumptive englische Thronerbin, mein Gott, in Edinburgh kennt man meine Bedingungen, überdies sollen diese Fragen während unseres Treffens im Spätsommer besprochen werden.«

»Majestät«, erwiderte Cecil zögernd, »je nachdem, wie lange der Krieg in Frankreich noch dauert, muß das Treffen vielleicht noch einmal verschoben werden.«

»Der Krieg, der Krieg stagniert, keine Seite hat bisher einen entscheidenden Sieg errungen…, am 26. Oktober letzten Jahres eroberten die Katholiken Rouen, nachdem König Antoine von Navarra gefallen und der Herzog von Guise verwundet worden war, daraufhin ergaben sich die Hugenotten in Dieppe, ohne daß wir es verhindern konnten, Anfang Dezember verhandelten Condé und Coligny mit Katharina über einen Frieden, und als sie sich nicht einigen konnten, ging der Krieg weiter, Mitte Dezember dann die Schlacht von Dreux, Condé geriet in Gefangenschaft, Coligny zog sich nach Orleans zurück, wo er von Guise belagert wurde; am 18. Februar das Attentat auf Guise, sechs Tage später war er tot, daraufhin verließen die Guisen den Hof und kehrten nach Lothringen zurück, und seitdem herrscht faktisch Waffenstillstand.«

»Es ist ein heikler Waffenstillstand, Majestät, was soll aus den Engländern in Le Havre werden, wenn Katharina mit Condé und Coligny Frieden schließt?«

Elisabeth sah Cecil überrascht an, und allmählich wurde ihr klar, worauf er hinauswollte.

»Ihr rechnet damit, daß sie uns dann als Feinde betrachten?«

»Ja, Majestät, Condé und Coligny sind zwar Hugenotten, aber sie sind eben auch und vor allem Franzosen! Euer Majestät herrschen in England über Protestanten und Katholiken, Euer Majestät werden von beiden Parteien geliebt, weil sich jeder als Engländer fühlt.«

»Ich verstehe, was Ihr meint, aber…, in diesem Krieg müssen wir jetzt einfach abwarten…, um auf Maria Stuart zurückzukommen, ich muß einen triftigen Grund finden, um ihre Vermittlung abzulehnen, sie darf nicht vor den Kopf gestoßen werden.«

»Mit Verlaub, Majestät, meine Spione haben herausgefunden, daß Maitland mit de Quadra über eine Heirat zwischen der schottischen Königin und Don Carlos verhandelt, der Anstoß scheint von Schottland zu kommen, jedenfalls sind meiner Meinung nach diese Eheverhandlungen der wahre Grund von Maitlands Aufenthalt in London.«

Elisabeth blieb überrascht stehen und setzte sich schließlich an ihren Schreibtisch. »Das ist doch nicht möglich«, sagte sie nach einer Weile, »Maria Stuart weiß genau, daß sie niemals als englische Thronfolgerin anerkannt wird, wenn sie einen Katholiken heiratet.«

Cecil lächelte.

»Majestät, das spanische Gold ist für Schottland ebenso verlockend wie für England, überdies ist Don Carlos der Erbe eines Weltreiches.«

»Ja, der Erbe eines Weltreiches und ein Halbidiot… Nun gut, ich kann verstehen, daß die Macht und der Reichtum Spaniens für die Königin reizvoll sind, obwohl…, ihr Verhalten ist widersprüchlich, im Herbst des vergangenen Jahres hat sie den mächtigsten katholischen Magnaten Schottlands, den Grafen Huntly, das Oberhaupt des Gordon-Clans, bezwungen, sie hat seinen Aufstand niedergeworfen, einen Teil seiner Ländereien konfisziert, im eigenen Land bekämpft sie einen mächtigen katholischen Lord…«

»Majestät, der Sturz Huntlys hat nichts mit dem Glauben zu tun, sondern muß im Zusammenhang mit den generationenlangen Fehden der schottischen Clans gesehen werden, die Gordons sind immer noch reich und mächtig, Huntly hat wie ein Fürst im Norden Schottlands geherrscht, Euer Majestät hätten solche Verhältnisse auch nicht geduldet.«

»Ihr habt recht.«

Sie stand auf und ging wieder auf und ab. »Ich verstehe nicht«, sagte sie nach einer Weile, »daß Marias Stiefbruder, Sir James…, ach nein, er ist ja inzwischen Graf von Murray, also, ich verstehe nicht, daß Murray und Maitland den spanischen Heiratsplan unterstützen, sie können doch unmöglich einen Katholiken als König von Schottland wollen.«

»Majestät, ich vermute, daß Murray und Maitland, Murray vor allem, hoffen, daß ihre Königin nach der Hochzeit ihrem Gatten nach Spanien folgt und Schottland von einem Regenten oder Regentschaftsrat verwalten läßt. Murray scheint sehr ehrgeizig zu sein, vielleicht erhofft er sich durch Duldung der spanischen Heirat eine lebenslange Statthalterschaft analog zu Margarethe von Parma in den Niederlanden.«

»Eine spanische Heirat bedeutet, daß Schottland irgendwann zum spanischen Reich gehört…, die Spanier in Schottland, das muß verhindert werden! Gott sei Dank trifft Philipp keine übereilten Entscheidungen, wir haben also Zeit, um in Ruhe einen Gegenzug zu überlegen…, ich werde Maitland in der Audienz auf jeden Fall klipp und klar sagen, was ich von einer katholischen Heirat seiner Königin halte…, man kann ein bißchen drohen…, und bei dieser Gelegenheit werde ich ihm sagen, daß ich beabsichtige, seiner Königin Lord Dudley als Gatten vorzuschlagen, sie selbst muß noch nichts erfahren, aber Maitland kann sich allmählich an den Gedanken gewöhnen.«

Cecil sah Elisabeth erstaunt an, hatte sie diese kuriose Heiratsidee immer noch nicht aufgegeben? Wir machen uns zum Gespött Europas, wenn dieser Plan publik wird, dachte er. »Euer Majestät streben nach wie vor eine Ehe zwischen der Königin von Schottland und Lord Dudley an?«

»Ja, und seit den Auseinandersetzungen mit den Abgeordneten mehr denn je, man soll es gefälligst mir überlassen, wie und wann ich die Nachfolge regele, ob und wen ich wann heirate!«

»Nun ja, Majestät, die Königin von Schottland ist bei den Engländern nicht beliebt, und ein Stuart auf Englands Thron, ich weiß nicht recht…«

»Ein halber Stuart, Mylord, die andere Hälfte wäre ein Dudley.«

Cecil sah bekümmert vor sich hin, und eine Weile herrschte Schweigen im Raum.

»Majestät, das Parlament hat Euch gebeten, zu heiraten und die Nachfolge zu regeln, ein verständlicher Wunsch nach der schweren Krankheit Eurer Majestät. Wäre es nicht sinnvoll, die Verhandlungen mit Wien wieder aufzunehmen, sozusagen als Gegengewicht zu den Verhandlungen Schottlands mit Spanien? Das Parlament wird zwar vertagt, aber die Abgeordneten werden immer wieder die Themen Heirat und Thronfolge zur Sprache bringen.«

Elisabeth überlegte.

»Ich werde darüber nachdenken, Mylord, vielleicht kann ich nach der Begegnung mit Maria Stuart eher eine Entscheidung treffen.«

Als Cecil gegangen war, dachte Elisabeth über das zweite Parlament ihrer Regierungszeit nach, das im Januar 1563 einberufen worden war, um Geld für den Krieg in Frankreich zu bewilligen, und je länger Elisabeth nachdachte, desto wütender wurde sie. Gewiß, das Geld war bewilligt worden, und das Parlament hatte ein wichtiges Gesetz verabschiedet, das die Arbeits- und Ausbildungsverhältnisse regelte, dieses »Statute of Artificers« (»Handwerkergesetz«) bestimmte, daß jeder angehende Handwerker mindestens sieben Jahre lernte, so sollte die Qualität der englischen Waren verbessert und einem unkontrollierten Berufswechsel vorgebeugt werden, darüber hinaus sah das Gesetz vor, daß alle Männer zwischen zwölf und sechzig Jahren zur Arbeit in der Landwirtschaft gezwungen werden konnten, wenn sie nicht einer anderen erlaubten Beschäftigung nachgingen, so wurde der Arbeitskräftemangel in der Landwirtschaft behoben und, wenn die Bevölkerung eines Tages wieder wuchs, war dieses Gesetz ein Instrument, um die Bettelei und das Vagabundenunwesen zu bekämpfen, die Gesetze …, so weit, so gut, aber ansonsten... Beide Häuser – Ober- und Unterhaus – hatten sich erdreistet, ihre königliche Prärogative anzutasten, Heirat und Thronfolge waren ihre persönliche Angelegenheit, die niemanden etwas anging. Zuerst hatte das Unterhaus in einer sehr respektvollen Petition gebeten, sie möge heiraten und die Nachfolge regeln, sie hatte um Bedenkzeit gebeten und erwidert: »Wenn Ihr auch nach meinem Tod vielleicht noch viele Stiefmütter haben werdet, so werdet Ihr doch nie eine bessere Mutter finden, als ich Euch sein will.«

Einige Tage später überbrachten die Lords des Oberhauses eine ähnliche Petition, die sie vollends in Rage versetzte, weil sie von den Lords ein anderes Verhalten erwartete, und in barschem Ton hatte sie erwidert, die Spuren auf ihrem Gesicht seien Pockennarben und keine Runzeln, wenn sie auch für einige von ihnen offenbar eine alte Jungfer sei, so werde ihr Gott doch noch genauso Kinder schenken wie der heiligen Elisabeth...

Eine alte Jungfer, dachte sie, nun ja, im September wurde sie dreißig Jahre, sie war nicht mehr ganz jung, aber während der kommenden zehn, fünfzehn Jahre durchaus im gebärfähigen Alter...

Die Schlußsitzung des Parlamentes stand noch bevor, und in dieser Sitzung mußte sie die Abgeordneten beruhigen, Versprechungen geben, die alles offen ließen, vor allem aber mußten die Herren das Gefühl haben, daß sie die königliche Prärogative geradezu sträflich mit Füßen getreten hatten... Ihre Antwort auf die Forderungen des Parlaments mußte stilistisch ein Meisterstück werden, vielleicht so... Sie würde die Abgeordneten daran erinnern, daß sie einmal den Wunsch geäußert hatten, nur unter ihr und ihrer Nachkommenschaft zu leben... Sie habe diesen Wunsch immer dahingehend aufgefaßt, daß keines anderen Baumes Blüte in Betracht komme, bevor nicht alle Hoffnung auf Frucht von ihr erloschen sei..., wenn man glaube, sie sei entschlossen, nicht zu heiraten, so müsse man sich eben umstellen, denn es sei ein Irrglaube..., vielleicht halte sie für eine Privatperson ein jungfräuliches Leben für das beste, doch bemühe sie sich, bei Fürstinnen anderer Meinung zu sein... Und der Schlußsatz?

...hoffentlich sterbe ich einst ruhig mit dem ›Nunc dimittis‹, aber das kann ich nicht, wenn ich nicht die Hoffnung habe, daß Ihr in

Sicherheit weiterlebt, nachdem meine Gebeine dem Grabe übergeben sind…

Das klingt wohlwollend, ist gleichzeitig unbestimmt und läßt alle Möglichkeiten offen… Diese leidige Heiratsfrage wäre längst gelöst, dachte sie verstimmt, wenn Amy damals normal in ihrem Bett gestorben wäre, ein langsamer Tod, bei dem der Gedanke an Mord nicht aufgekommen wäre, statt dessen…

An jenem Nachmittag spürte sie ein Unbehagen bei dem Gedanken, daß Robert die schottische Königin heiraten würde, bis jetzt war dieser Plan eine politische Angelegenheit gewesen, die, bedingt durch den Krieg, während des Winters in den Hintergrund getreten war, aber jetzt, als sie anfing, die Sache energisch voranzutreiben, fragte sie sich, ob sie diese Ehe wirklich wünschte…

Während des restlichen Nachmittags schwankte sie, ob sie Kate einweihen sollte, ihre alte Erzieherin war der einzige Mensch, mit dem sie offen über das reden konnte, was sie bei diesem Heiratsplan beunruhigte. Am Abend bat sie Mrs. Ashley zu einer Unterredung in ihr Schlafzimmer.

»Du weißt, Kate, daß ich im Spätsommer die Königin von Schottland treffen werde, kannst du dir vorstellen, daß sie sich in Robert Dudley verliebt, wenn sie ihn sieht und kennenlernt?«

Kate sah Elisabeth erstaunt an, was für eine merkwürdige Frage…

»Majestät, das kann ich mir vorstellen, ich kenne viele junge Damen am Hof, die ihm schöne Augen machen, er freilich…, nun, ich glaube, er hofft immer noch auf die Hand Eurer Majestät.«

Elisabeth überhörte die letzten Worte und stellte ihre nächste Frage: »Glaubst du, daß Robert sich in Maria verliebt, wenn er sie kennenlernt?«

Was soll das, überlegte Kate, da stimmt doch etwas nicht. »Majestät, ich kenne die schottische Königin nicht, sie soll liebreizend sein, aber ich vermag beim besten Willen nicht zu sagen, wie sie auf Lord Robert wirkt…, ich verstehe Eure Fragen nicht, Majestät.«

»Nun, ich habe mir überlegt…«, sie erzählte Kate von ihrem Plan und betonte die politischen Vorteile dieser Heirat für England. Außer dir und Cecil weiß niemand von der Sache, auch Maria und Robert nicht, Maitland werde ich am 23. März einweihen, da kommt er zur Audienz.«

Kate schwieg lange Zeit und überlegte, was sie antworten sollte, aber vielleicht erwartete Elisabeth gar keine Antwort, sondern wollte ihr einfach nur mitteilen, was sie bewegte.

»Was hältst du von meinem Plan, Kate?«

»Ich... ich bin sehr überrascht, Majestät, wollt Ihr Lord Dudley wirklich nach Schottland schicken?«

»Ich will nicht, aber ich muß im Interesse Englands ein Bündnis der schottischen Königin mit dem Haus Habsburg verhindern...«, sie zögerte etwas und sagte dann mehr zu sich selbst als zu Kate: »Er wird mir sehr fehlen, aber ich tröste mich mit dem Gedanken, daß es eine politische Heirat ist, bei der Gefühle keine Rolle spielen..., vielleicht verliebt Maria Stuart sich in Robin..., aber er, er wird sie nie lieben...«

Mein Gott, dachte Kate, wer weiß dies, sie sollte sich keinen Illusionen hingeben, sie muß mit allem rechnen, ob ich es ihr sage...? Ja, sie muß sich rechtzeitig auf alles einstellen...

»Majestät, diese Ehe, sofern es dazu kommt, ist natürlich zunächst eine politische Verbindung, aber auch in einer Vernunftehe kann Liebe entstehen, Gefühle können sich wandeln, wenn man ständig mit einem Menschen zusammen ist.«

»Nein«, erwiderte Elisabeth mit einer Heftigkeit, daß Kate zusammenzuckte, »nein, Robin wird Maria Stuart nie lieben, nie, sie ist, nach allem was ich gehört habe, ganz anders als ich... Und, Liebe hin und her, wenn er sie heiratet, wird Schottland von London aus regiert, jawohl, sie wird sich meiner Politik fügen, und wenn sie sich widersetzt, werde ich sie nie zur Thronerbin ernennen!«

Kate wartete, bis Elisabeth sich etwas beruhigt hatte, und erwiderte vorsichtig: »Euer Majestät scheinen Maria Stuart nicht besonders zu mögen.«

Elisabeth zuckte zusammen und sah nachdenklich vor sich hin. »Was heißt mögen oder nicht mögen? Ich kenne die Königin von Schottland nicht persönlich... Ich werde sie stets als gesalbte und gekrönte Königin respektieren, und sofern sie als Königin zum Wohle ihres Landes handelt, werde ich ihre Entscheidungen akzeptieren, zum Beispiel Huntly, ich finde es richtig, daß sie den aufsässigen Grafen unterworfen hat, ein Lord, er mag noch so reich und mächtig sein, ein Lord ist stets der Untertan des Monarchen – und kein Untertan besitzt das Recht, gegen den legitimen Herrscher zu rebellieren. Maria Stuart ist die legitime Königin von Schottland, und wie gesagt, als legitime Königin von England werde ich sie stets respektieren. Aber..., wie soll ich es dir erklären? Sie hat nie im Schatten der Krone gelebt wie ich, ihr ist alles einfach zugefallen..., während ich um mein Leben bangte, war ihr Leben ein Blumenreigen, ein Traum..., die Witwenschaft, mein Gott, Franz war für sie wahrscheinlich mehr Bruder als Gatte, und jetzt... Jetzt wird sie wahrscheinlich den Mann heiraten, auf den ich, aus Gründen der Staatsräson, verzichte... Wahrscheinlich hat sie die Liebe noch nicht kennengelernt, vielleicht lehrt Robin sie die Liebe... Nein, Kate, ich darf nicht daran denken..., im Spätsommer lernen sie sich kennen, Kate, was ich jetzt sage, ist vielleicht Sünde, es ist auf jeden Fall unchristlich, aber ich hoffe, daß Maria Stuart sich in Robin verliebt und ihr Gefühl nicht erwidert wird, ich hoffe, daß sie aus Verliebtheit heiratet und unglücklich wird, ich hoffe, daß sie nie, nie geliebt wird, ich hoffe, daß sie an der Liebe zerbricht!«

Kate erschrak bei Elisabeths letzten Worten.

»Majestät, das sind keine guten Wünsche..., im Spätsommer sollen die schottische Königin und Lord Dudley sich kennenlernen..., nun, bis dahin fließt Gott sei Dank noch viel Wasser die Themse hinunter.«

Am frühen Nachmittag des 23. März begab Maitland sich gutgelaunt nach Whitehall zur Audienz bei Elisabeth.

Er wußte, daß dieses Gespräch wahrscheinlich kein Ergebnis bringen würde im Hinblick auf Maria Stuarts Anerkennung als englische Thronerbin, aber angesichts der Heiratsverhandlungen mit Spanien war es nicht weiter wichtig; falls Maria Stuart den Infanten Don Carlos heiratete - an jenem Nachmittag war Maitland davon überzeugt, daß seine Verhandlungen zum Erfolg führten - würde König Philipp sicherlich Druck auf Elisabeth ausüben wegen der Thronfolge...

Als er das private Arbeitszimmer der Königin betrat, spürte er instinktiv, daß die Atmosphäre anders war als im September 1561 bei seiner ersten Audienz, in dem Raum fehlte etwas...

Nach den vorgeschriebenen Kniebeugen sah er sich vorsichtig um und bemerkte, daß Lord Dudley fehlte - im September 1561 war er dabeigewesen... Dudleys Abwesenheit irritierte ihn, und er fühlte sich auf einmal unbehaglich, ohne zu wissen, warum.

War der Günstling in Ungnade gefallen?

»Nun, Mylord«, eröffnete Elisabeth die Audienz, »wie geht es meiner lieben Cousine in Edinburgh, ist sie gesund?«

»Königin Maria ist bei bester Gesundheit, Majestät.«

»Wir freuen uns über diese Nachricht und hoffen, daß der Gesundheitszustand unserer Cousine ihr im Spätsommer die Reise nach Nordengland erlaubt.«

Hier schwieg Elisabeth einen Augenblick, und Maitland nutzte die Pause und sah verstohlen hinüber zu Cecil, aber das Gesicht des Staatssekretärs war, wie stets, eine undurchdringliche Maske.

»Mylord«, fuhr Elisabeth fort, »Ihr wollt mir wahrscheinlich den ratifizierten Vertrag von Edinburgh überreichen?«

In ihrer Stimme schwang ein spöttischer Unterton mit, der Maitland nicht entging. Sie wußte, daß er den Vertrag nicht mitbrachte, und weidete sich an seiner Verlegenheit.

»Majestät, ich..., der Vertrag ist noch nicht ratifiziert, Königin Maria wird ihn erst ratifizieren, wenn Euer Majestät sie als Thronerbin anerkannt haben.«

»Meine liebe Cousine weiß genau, daß ich nur bereit bin, über ihre Thronansprüche nachzudenken, wenn sie mich als rechtmäßige Königin von England anerkannt hat. Es ist zwecklos, daß wir heute darüber reden, diese Frage muß ich mit meiner Cousine persönlich klären, aber ich möchte Euch noch einmal meine Überlegungen bezüglich der Thronfolge darlegen. Ich persönlich ziehe meine Cousine allen anderen Anwärtern vor, ich kenne niemanden, der einen berechtigteren Anspruch hat als sie, aber wenn ich sie offiziell als Thronerbin anerkenne, so bedeutet dies eine Belastung unserer Beziehungen. Wie kann man von mir erwarten, daß ich mir zu Lebzeiten mein Leichentuch vor Augen halte? Wie sollte ich daher meine Cousine lieben, wenn ich sie zu meiner Thronfolgerin erkläre? Ich weiß aus eigener Erfahrung, daß ich während der Regierung meiner Schwester der Brennpunkt der Opposition wurde. Ich kenne die Unbeständigkeit des Volkes und weiß, daß es stets die bestehende Regierung mißbilligt und seine Blicke auf denjenigen richtet, der als nächster den Thron besteigen wird. Die

Menschen neigen mehr dazu, die aufgehende Sonne zu verehren als die untergehende.«

Hier schwieg Elisabeth einen Moment, und Maitland erinnerte sich, daß sie im September 1561 die gleichen Argumente gebraucht hatte. Was soll dies, dachte er ärgerlich, wir drehen uns im Kreise…

»Mylord«, begann Elisabeth, »angenommen, meine liebe Cousine ratifiziert den Vertrag, dann bin ich bereit, ihre Thronansprüche unter folgenden Bedingungen wohlwollend zu prüfen: kein Bündnis mit Frankreich, Freundschaft mit England, ein formaler Übertritt zum Protestantismus und – eine annehmbare Heirat! Die beiden ersten Bedingungen dürften für meine Cousine kein Problem sein, das Bekenntnis zum Protestantismus, nun ja, es gibt auch Kompromisse; was aber den letzten Punkt betrifft, so habe ich meine Vorstellungen.

Eure Königin muß einen Protestanten heiraten, einen ausländischen protestantischen Fürsten, einen schottischen oder englischen protestantischen Lord. Die Wahl ist schwierig, weil nur wenige Kandidaten in Frage kommen, ich werde meiner Cousine die Wahl erleichtern und ihr einen Gatten vorschlagen, an den wahrscheinlich niemand denkt, akzeptiert sie ihn, so bin ich wie gesagt bereit, ihre Thronansprüche wohlwollend zu prüfen. Diese Botschaft könnt Ihr meiner Cousine übermitteln.«

Sie schwieg und beobachtete Maitland, der offensichtlich nicht wußte, was er erwidern sollte. Er fühlte sich überrumpelt und begann sich zu ärgern. Die Königin von England hatte also einen Gemahl für seine Königin ausgesucht, es war unglaublich!

»Mit Verlaub, Majestät«, begann er zögernd, »wen habt Ihr als Gatten für Königin Maria ausersehen?«

»Wen, Mylord?«

Sie hatte mit dieser Frage gerechnet und kostete den Augenblick aus.

»Mylord, der einzige Kandidat, der im Hinblick auf die Zukunft unserer beiden Länder in Frage kommt, ist Lord Robert Dudley.«

Maitland glaubte nicht richtig zu hören.

»Lord…, Majestät, in seinen Adern fließt kein Tropfen königlichen Bluts.«

»Ich kann ihn zum Grafen oder Herzog erheben.«

Maitland verschlug es die Sprache, und es dauerte einige Sekunden, bis er sich gefaßt hatte. »Nun ja«, erwiderte er vorsichtig, »Lord Dudleys Ruf, ich meine… der Tod Lady Dudleys seinerzeit…«

»Alles Lügen, Mylord«, unterbrach Elisabeth mit einer Stimme, die keinen Widerspruch duldete, »Lord Dudley ist kein Mörder!«

Es entstand eine Pause, und Maitland überlegte fieberhaft, was er antworten sollte, es war wohl am besten, wenn er den Vorschlag als Scherz behandelte, und so erwiderte er: »Majestät, es ist gewiß ein großer Beweis für die Liebe, die Ihr meiner Königin entgegenbringt, daß Ihr bereit seid, etwas zu geben, was Ihr selber so hoch schätzt, aber Königin Maria wird es schwerlich übers Herz bringen, Euer Majestät der Freude und des Trostes von Lord Roberts Gesellschaft zu berauben; es wäre vielleicht am besten, wenn Euer Majestät Lord Dudley selbst heirateten und dann ihn und England bei Eurem Tod meiner Königin hinterlaßt.«

Elisabeth zuckte unmerklich zusammen, das ist eine Unverschämtheit, dachte sie, ließ sich aber nichts anmerken und erwiderte lächelnd:

»In der Tat, Mylord, auch das wäre eine Lösung. Nun, Ihr sollt meinen Vorschlag noch für Euch behalten, überdenkt ihn, im Spätsommer, wenn ich mich mit meiner Cousine treffe, sehen wir weiter.«

Sie gab einem Diener ein Zeichen, wenig später wurde Wein serviert, und Maitland wußte, daß der offizielle Teil der Audienz beendet war.

Elisabeth wies auf einen Stuhl und lächelte ihn halb spöttisch, halb liebenswürdig an. »Nun, Mylord, wie verbringt Ihr die Tage in London? Man hat mir berichtet, daß Ihr öfter im Durham-Palace wart, kein Wunder, mit de Quadra kann man angenehm plaudern.«

Maitland merkte, daß ihm der kalte Schweiß ausbrach. »Man muß sich irgendwie die Zeit vertreiben, Majestät.«

»Gewiß, Mylord«, und zu Maitlands Erleichterung begann sie ein längeres Gespräch über Pferde.

Am nächsten Tag traf ein Brief Katharinas von Medici ein, der bei Elisabeth, Cecil und dem Staatsrat Bestürzung und Ratlosigkeit hervorrief. Katharina schrieb, daß Condé und Coligny sich nunmehr – nach der Ermordung des Herzogs von Guise – mit ihr geeinigt hätten, am 10. März habe man in Orleans einen Vertrag geschlossen mit folgenden Bedingungen: Die Protestanten durften in sämtlichen Städten, die ihre Armeen zur Zeit besetzten, und auf den Ländereien der Adeligen, die es ihnen gestatteten, predigen, außerdem in vier weiteren Städten in jedem Distrikt, den ihnen der König zuteilte, nur in Paris waren keine protestantischen Gottesdienste oder Predigten erlaubt; Condé werde zum Oberbefehlshaber der königlichen Armee ernannt, Coligny bleibe Admiral und Oberbefehlshaber der Kavallerie.

Da Elisabeth erklärt habe, sie interveniere in Frankreich nur, um den König vor den Guisen zu schützen, solle sie sich jetzt, da die Guisen den Hof verlassen hatten und der Aufruhr vorbei sei, aus Le Havre zurückziehen.

»Das ist Verrat«, sagte Elisabeth zu Cecil, »Condé und Coligny benützen die Religion anscheinend nur als Weg zur Macht und um sich ihrer Gegner zu entledigen! Ich werde dem französischen Botschafter sagen, daß ich Le Havre nur aufgebe, wenn ich dafür umgehend Calais zurückbekomme.«

»Dazu wird Katharina nicht bereit sein, Majestät«, wandte Cecil ein, »ich teile indes die Meinung Eurer Majestät, daß wir um Calais kämpfen müssen, und das bedeutet die Verteidigung von Le Havre.«

Er sollte recht behalten, und der Krieg ging weiter.

Elisabeth teilte Maria Stuart mit, das geplante Treffen müsse wegen des Krieges erneut verschoben werden.

Die in Le Havre stationierten 4363 englischen Soldaten waren entschlossen, die Stadt wie die Löwen zu verteidigen, und einige Wochen sah es so aus, als ob der Graf von Warwick sich halten würde, aber dann brach die Pest aus und raffte die Soldaten hinweg, Mitte Juli hatte Warwick nur noch 2800 einsatzfähige Männer. Elisabeth schickte 700 Mann Verstärkung, sicherte Warwick in einem Brief vom 4. Juli weitere Unterstützung zu und fügte handschriftlich noch einige Sätze dazu:

Mein lieber Warwick, wenn Eure Ehre es zuließe und ich mir wünschen könnte, daß ich den notwendigsten Finger verlöre,

den ich habe, so möge mir Gott in meiner höchsten Not so beistehen, wie ich mit Freuden dieses Glied hingeben würde dafür, daß ich Euch wieder wohlbehalten hier hätte; aber da ich nicht kann, was ich möchte, so will ich tun, was ich kann, und will lieber aus einem Aschennapf trinken, als daß ich Euch und den Eurigen nicht zu Wasser und zu Lande zu Hilfe käme, und zwar mit aller nur möglichen Eile, und mag dieses Gekritzel von meiner Hand ihnen allen das bezeugen.
Ganz die Eurige, Elisabeth R.

Inzwischen waren die Lebensmittel knapp geworden, die Engländer hatten nur noch dreihundert Schuß Munition, und eine französische Armee von zwanzigtausend Mann rückte bedrohlich näher.

Da ermächtigte Elisabeth Warwick zur Übergabe, und am 28. Juli 1563 wurde die Kapitulation unterzeichnet. Elisabeth berief den fanatischen Protestanten Throgmorton als Gesandten ab und schickte Sir Thomas Smith nach Paris, er sollte einen Kompromißfrieden aushandeln und versuchen, Calais zu retten. Sie war sich jedoch klar darüber, daß Calais nunmehr, nach der Niederlage, endgültig verloren war.

Die heimkehrenden Soldaten schleppten die Pest ein, die sich im Süden und vor allem in London rasch ausbreitete, von den ungefähr einhunderttausend Einwohnern Londons wurden binnen kurzer Zeit siebzehntausend Menschen hinweggerafft, auch der spanische Gesandte de Quadra wurde ein Opfer der Seuche.

Als der Herbst begann und die Pest allmählich abebbte, begann Elisabeth sich erneut mit Maria Stuarts Heirat zu beschäftigen. Bis zum März hatte sie gehofft, daß die schottische Königin im Spätsommer Robert Dudley kennenlernen und sich die Heiratsfrage irgendwie von selbst lösen würde. Nun, da das Treffen erneut verschoben war, mußte die Angelegenheit anderweitig vorangetrieben werden, und sie beschloß, das Paar allmählich auf die Heirat vorzubereiten, sie sollten sich langsam an den Gedanken gewöhnen...

Zunächst wurde Randolph beauftragt, mit Maria Stuart über ihre zweite Heirat zu sprechen, sie sollte klar und deutlich wissen, daß diese Verbindung keinesfalls den Interessen Englands schaden dürfe, falls sie einen katholischen ausländischen Fürsten heirate, könne dies als feindlicher Akt betrachtet werden, zuletzt sollte er andeuten, Elisabeth hoffe, daß Maria den Mann, den sie für sie ausgesucht habe, ehelichen würde…

Der Name Robert Dudley sollte zunächst noch nicht erwähnt werden.

Randolph verstand es, mit Maria Stuart umzugehen, und würde die richtigen Worte finden, dachte Elisabeth – und nun zu Robert…

Während des Sommers war der Krieg ein willkommener Vorwand gewesen, das problematische Gespräch aufzuschieben, aber jetzt, da Randolph eingeweiht war, blieb nicht mehr viel Zeit, sie mußte schließlich damit rechnen, daß trotz aller Diskretion etwas zu ihm durchsickerte, und er sollte von ihr persönlich erfahren, daß sie ihn der schottischen Königin als Ehekandidaten vorschlagen wollte, nur wann, wo, wie?

Während einer Jagd boten sich die besten Gelegenheiten zu privaten Gesprächen, und so beauftragte sie ihn für die letzte Oktoberwoche, einen mehrtägigen Jagdausflug nach Warwickshire zu organisieren.

Während jenes Ausfluges ergaben sich zwar öfter Gelegenheiten zu einem Gespräch unter vier Augen, aber Elisabeth ließ einen Tag nach dem andern verstreichen, ohne mit Robert über Maria Stuart zu sprechen, sie hatte nicht gedacht, daß es ihr so schwer fallen würde, und es gab Augenblicke, da hoffte sie, daß eine Nachricht einträfe, die diese Ehe vereitelte. Am vorletzten Oktobertag unterzeichnete sie ein Dokument und forderte Robert auf, sie am nächsten Morgen nach Kenilworth zu begleiten.

Der 31. Oktober war ein feuchter, nebliger Herbsttag, und die Reitknechte, die das Paar begleiteten, fröstelten und dachten sehnsüchtig an den warmen Marstall.

Als Elisabeth aufsaß, ging ihr flüchtig durch den Kopf, daß es nunmehr sechsundvierzig Jahre her war, daß Luther in Wittenberg seine Thesen veröffentlicht hatte. Jene Thesen hatten Europa religiös gespalten, ohne diese Thesen wäre Maria Stuarts zweite Heirat unproblematischer…

Während des Rittes sprach Elisabeth kein Wort, und Robert fragte sich wieder einmal, ob er etwas falsch gemacht hatte… Ich weiß nie, woran ich mit ihr bin, dachte er, was soll dieser Ausflug nach Kenilworth? Warum zum Teufel ist sie so schweigsam?

Elisabeth hatte Kenilworth nur einmal während eines Jagdausfluges im Herbst 1558 gesehen, aber die Silhouette dieses Wasserschlosses hatte sich ihr unauslöschlich eingeprägt: natürliche Wildbäche vereinten sich in Kenilworth und umgaben das Schloß im Süden und Westen, aus dem Wasser heraus erhoben sich die rötlichen Mauern, deren Farbe an den Karneol erinnerte, wie eine uneinnehmbare Festung.

Gegen Mittag kamen sie in Kenilworth an, und als sie über die Brücke in den Hof ritten, stahlen sich vorsichtig einige Sonnenstrahlen durch die Wolkendecke.

»Kommt«, sagte Elisabeth zu Robert und lächelte ihn an, was ihn vollends verwirrte, »Ihr kennt Euch hier besser aus als ich, welches ist der älteste Teil?«

»Die kerneolfarbigen Gebäude, Majestät, sind der älteste Teil des Schlosses, sie wurden im zwölften Jahrhundert errichtet, dort drüben, im rechten Winkel zur normannischen Zitadelle, sehen Euer Majestät das prachtvollste Gebäude, es wurde im vierzehnten Jahrhundert von John of Gaunt, dem Herzog von Lancaster, errichtet. Im ersten Stock ist eine riesige Halle, an jeder Seite befindet sich ein großer Feuerplatz, eine Reihe von hohen, spitz zulaufenden Fenstern zieht sich um die Halle herum, und auf der Südostseite ist ein Erker, von wo aus man in den inneren Hof sehen kann, unter dem Hof befindet sich ein gewölbter Keller, der Flügel gegenüber diesem Gebäude ähnelt in der Bauweise Hampton Court, er wurde von Heinrich VIII. bewohnt, wenn er hier weilte.«

Elisabeth sah sich um und betrachtete eine Weile schweigend das Gebäude John of Gaunts. »Er war der dritte Sohn Eduards III.«, sagte sie. »Und er war der Urgroßvater meines Großvaters Heinrichs VII…., ja, Kenilworth ist ein angemessener Aufenthaltsort für eine Königin…, erinnert Ihr Euch, Mylord, es ist jetzt ungefähr viereinhalb Jahre her, im Frühjahr 1559, da versprach ich, Euch Kenilworth bei einem entsprechenden Anlaß zurückzugeben.«

»Ja, Majestät, ich entsinne mich sehr gut an Eure Worte«, und er spürte, daß er Herzklopfen bekam.

»Es gibt jetzt einen Anlaß«, sie holte aus der Satteltasche ein versiegeltes Dokument hervor und überreichte es Robert, wobei ihre Hand leicht zitterte. »Hier, Robin, von jetzt an seid Ihr wieder der Besitzer von Kenilworth.«

Er nahm das Dokument zögernd an sich, und es dauerte einige Sekunden, bis er sich gefaßt hatte.

»Euer Majestät sehen mich überrascht, ich weiß nicht, was ich sagen soll, ich danke Euer Majestät...« Ein angemessener Aufenthaltsort für eine Königin, überlegte er, ein entsprechender Anlaß..., und seine alten Hoffnungen keimten erneut auf.

»Kenilworth steht Eurer Majestät natürlich stets zur Verfügung, ich bin glücklich, wenn Euer Majestät hier weilen, mein seliger Vater wollte das Schloß erweitern, seine Pläne werde ich jetzt verwirklichen.«

»Robin«, erwiderte Elisabeth zögernd, »meine Anwesenheit hier ist nicht so wichtig, eine Vergrößerung des Schlosses begrüße ich sehr, Kenilworth muß ein repräsentatives Anwesen werden, wegen...«, sie sah ihn an, und er glaubte in ihren Augen eine Mischung aus Resignation und Traurigkeit zu erkennen, was er nicht zu deuten vermochte.

»Ihr«, fuhr Elisabeth fort, »Ihr müßt ein repräsentatives Schloß besitzen wegen ..., wegen Eurer neuen Gattin.«

Er erschrak, offensichtlich betrachtete sie sich nicht als seine neue Gattin!

»Eine neue Gattin, Majestät?«

»Ja, Ihr lebt seit drei Jahren als Witwer, Robin, und das im besten Mannesalter..., ich wünsche, daß Ihr Euch zum Wohle Englands wieder vermählt, mit andern Worten, ich wünsche, daß Ihr eine politisch vorteilhafte Ehe eingeht, die Gattin, die ich für Euch ausgesucht habe, ist jung, angeblich hübsch und... sie ist von königlicher Abstammung wie ich.«

Hier schwieg Elisabeth zunächst, damit Robert die Neuigkeiten verarbeiten konnte.

Er sah sie verzweifelt an – und sie versuchte, seinem Blick auszuweichen.

»Eine politisch vorteilhafte Ehe«, sagte er nach einer Weile, »das bedeutet, daß ich England verlassen muß.«

»Ja, aber Ihr bleibt auf der Insel..., Ihr sollt... Ihr sollt Maria Stuart, die Königin von Schottland, heiraten.«

Robert starrte Elisabeth fassungslos an. Hatte er richtig gehört?

»Majestät«, stammelte er, »Ihr scherzt, Majestät.«

»Nein, Robin, ich scherze nicht«, und sie erklärte ihm die politischen Vorteile, die diese Verbindung für England bot.

»Majestät, das..., das könnt Ihr nicht von mir verlangen, ich will Maria Stuart nicht heiraten, und ich werde sie nicht heiraten! Überdies, auch sie wird mich kaum als Gatten wollen, ich bin Protestant, nicht ebenbürtig, und es gibt reichere Lords.«

»Ich werde Euch natürlich zum Grafen ernennen und Euch weitere Ländereien schenken, Kenilworth war nur der Anfang, und ich statte Euch mit einer Mitgift aus, die meine Cousine kaum ausschlagen wird... Falls sie Euch heiratet, bin ich bereit, ihre Ansprüche auf die englische Krone zu überprüfen und sie eventuell als englische Thronerbin anzuerkennen. Nun, Mylord, ist dies keine Perspektive? Euer ältester Sohn kann eines Tages König von England und Schottland sein!«

Robert überlegte und kam zu dem Schluß, daß es für Elisabeth eine rein politische Angelegenheit war, bei der Gefühle keine Rolle spielten, folglich waren ihre Gefühle für ihn unverändert oder ...

»Majestät, angenommen, Maria Stuart ist bereit, mich zu heiraten, ich werde sie nie lieben, Ihr wißt, daß ich seit langer Zeit nur Euch liebe.«

Elisabeth schwieg einige Sekunden, teils erfreut über sein Geständnis, teils verärgert, weil er alte Wunden berührte.

»Robin, wenn Ihr mich wirklich lieben würdet, wäret Ihr bereit, England dieses Opfer zu bringen, aber noch ist es nicht soweit, ich habe es Euch gesagt, weil ich nicht wollte, daß Ihr es aus einem andern Munde hört. Laßt uns zurückreiten.«

Robert verbrachte eine schlaflose Nacht und grübelte darüber nach, warum Elisabeth ausgerechnet ihn mit der schottischen Königin verheiraten wollte. Liebte sie ihn wirklich noch, und wollte sie ihm über diesen Umweg ihr Königreich vererben? Dies bedeutete aber auch, daß er nicht mehr auf ihre Hand hoffen durfte! Wollte sie ihn loswerden? Nein, dachte Robert, nein, dies sind bestimmt nicht die Gründe. Hoffte sie, Maria Stuart politisch besser überwachen zu können, wenn er mit ihr verheiratet war? Das war denkbar. Rechnete sie damit, daß Maria Stuart ihn als Bewerber ablehnte und sie dadurch einen triftigen Grund hatte, ihr die Thronfolge zu verweigern? Wollte sie seine Treue auf die Probe stellen? Diese Motive, überlegte Robert, sind möglich, aber vielleicht weiß sie selbst nicht, was sie will – vielleicht spielt sie nur mit diesem Heiratsgedanken, ohne ernsthaft an seine Realisierung zu glauben, vielleicht hatte sie auch bei ihm nur mit dem Gedanken an eine Ehe gespielt…

Nein, dachte er, nein, ihr Antrag damals war aufrichtig gemeint…

Wie kann ich nur verhindern, daß ich gegen meinen Willen mit der Königin von Schottland verheiratet werde? Ich will nicht der König dieses armen, rückständigen Landes werden, sondern König von England…, ich bin Protestant und will keine Katholikin heiraten…

Einige Tage später zog er seinen Freund Pembroke ins Vertrauen und schilderte ihm die Situation.

»Wie kann ich verhindern, daß ich mit dieser französischen Schottin verkuppelt werde?«

Pembroke hatte zunächst erstaunt zugehört, nun lächelte er halb amüsiert, halb spöttisch. »Ich glaube, Robert, in den nächsten Monaten werden wir eine kleine Heiratskomödie erleben, ich rate dir, verhalte dich ruhig, und laß der Affäre ihren Lauf.«

»Wie?! Ich soll mich passiv verhalten? Wenn ich nicht aufpasse, wache ich in einigen Monaten in Holyrood auf!«

»Robert, du bist nicht der einzige Bewerber um die Hand der schottischen Königin.«

»Ich weiß, Don Carlos ist im Gespräch, aber über ihn wurde bereits schon einmal verhandelt, und es kam zu keinem Ergebnis, wahrscheinlich verläuft die Affäre wieder im Sand.«

»Ich denke nicht an Don Carlos…«, Pembroke zögerte etwas, trat näher zu Robert und sagte leise: »Du hast einen Rivalen unter den englischen Lords; vor ein paar Tagen hörte ich zufällig ein Gespräch zwischen zwei Damen, die eine pries ihren Sohn in höchsten Tönen, lobte sein Aussehen, seine Intelligenz, seinen Charakter, kurz, sie hält ihn für den geeigneten Kandidaten.«

Robert sah Pembroke erstaunt an.

»Das verstehe ich nicht, kein englischer Lord, auch nicht der Herzog von Norfolk, hat eine Mitgift zu bieten wie ich, wenn Maria Stuart mich heiratet, wird sie wahrscheinlich zur Thronerbin erklärt.«

»Ja, aber dein Rivale hat mehr zu bieten, er ist katholisch und – er hat Erbansprüche!«

»Das ist nicht möglich, von wem redest du?«

»Das überlasse ich deiner Kombination, denke ein bißchen nach, dann wirst du wissen, wen ich meine.«

Sie gingen die Galerie entlang, die Treppe hinunter, durch die Große Halle, und als sie den Hof betraten, blieb Robert stehen und sagte:

»Ich weiß jetzt, wen du meinst, aber glaubst du, daß Maria Stuart ihn dem spanischen Infanten vorzieht?«

»Er wäre für die schottische Königin eine bessere Alternative als du, mein Freund.«

Robert lachte. »Hoffentlich, glaubst du, daß schon Fäden gesponnen werden?«

»Das kann ich nicht beurteilen, ich weiß nur, daß die Eltern deines Rivalen sehr sehr ehrgeizig sind, der Sohn ist ihr Augapfel…, aber das bleibt alles unter uns.«

»Ja, natürlich.«

Während der folgenden Tage dachte Robert immer wieder über das Gespräch mit Pembroke nach und beschloß, seinen Rivalen im Auge zu behalten und im geeigneten Moment – falls es diesen Moment gab – zu handeln.

Im Herbst und Winter verhandelte Elisabeth über ihren Gesandten Randolph und Maria Stuart über Maitland wegen eines geeigneten Gatten für die schottische Königin.

Randolph präzisierte im Auftrag Elisabeths und Cecils noch einmal die Forderungen Englands und betonte, daß die englische Königin ihrer Cousine die Freundschaft entziehen müsse, falls diese einen Habsburger heirate, die Ehe mit dem verstorbenen König von Frankreich sei das beste Beispiel für die Art von Verbindung gewesen, die sie nicht eingehen solle. Daraufhin fragte Maria Stuart, welchen Kandidaten ihre Cousine für geeignet halte, wobei sie ganz nebenbei die Nachfolgefrage einflocht.

Elisabeth versuchte auszuweichen, schrieb, sie wolle ihr jemanden vorschlagen, von dem niemand glauben würde, daß sie sich dazu entschließen könnte, woraufhin die die schottische Königin forderte, ihr einen konkreten Vorschlag zu unterbreiten.

Im März des Jahres 1564 entschloß Elisabeth sich endlich, den Namen des Kandidaten zu nennen: Lord Robert Dudley.

Maria Stuarts Antwort klang entgegenkommend, sie schlug vor, daß über diese Frage die Abgesandten beider Länder in Berwick verhandeln sollten.

In seinem Brief an Elisabeth schrieb Randolph allerdings auch, daß der erste Impuls der schottischen Königin ablehnend war, sie heirate keinen einfachen Untertanen!

»Man kann im Augenblick nichts anderes erwarten«, sagte Elisabeth zu Cecil, »ich werde ihr vorschlagen, daß wir uns im Laufe des Juli in York oder Nottingham treffen, um – unabhängig von unseren Gesandten – über diese Angelegenheit zu sprechen.«

»Was wird aus der geplanten Sommerreise Eurer Majestät nach Cambridge, sie sollte im August stattfinden.«

»Das eine schließt das andere nicht aus, ich kann im Juli nach Norden reisen und von dort aus zurück nach Cambridge, ich glaube, das Jahr 1564 steht unter einem guten Stern.«

Die Ereignisse der kommenden Wochen gaben ihr recht: Im April wurde zwischen Frankreich und England der Friede von Troyes geschlossen, der zwar den endgültigen Verlust von Calais bedeutete, aber ansonsten annehmbare Bedingungen für England enthielt. John Hawkins, dessen erste Expedition glücklich verlaufen war, schiffte sich zum zweiten Mal ein, und auch an dieser Expedition beteiligte sich Elisabeth mit Geld und stellte sogar ein Schiff zur Verfügung.

In diesem Frühjahr traf der neue spanische Gesandte Guzman de Silva in London ein, und bereits bei der ersten Audienz fanden Elisabeth und Cecil, er sei ein sympathischer und umgänglicher Mann, mit dem man wahrscheinlich gut verhandeln konnte.

Elisabeth empfing ihn öfter im Beisein Cecils, man unterhielt sich über dies und jenes, und bei einem dieser Gespräche erwähnte de Silva beiläufig, daß die Gesundheit und der Gemütszustand des Infanten Don Carlos sich immer mehr verschlechtere, es sei inzwischen allgemein bekannt, daß der Infant nie werde regieren können.

»Dies ist auch der Grund, warum Seine Majestät davon absieht, den Infanten zu verheiraten, es wäre unverantwortlich. Seine Majestät und ganz Spanien hoffen, daß Königin Elisabeth noch einen Sohn zur Welt bringt, von ihren Kindern haben bis jetzt nur zwei Töchter überlebt.«

Elisabeth und Cecil sahen einander verstohlen an, und beide dachten dasselbe: Gott sei Dank, die Gefahr eines Bündnisses zwischen Spanien und Schottland ist vorüber!

Auch im persönlichen Leben Elisabeths gab es in jenem Frühjahr eine kleine Veränderung, die Robert Dudley mißtrauisch und erbost beobachtete.

Anläßlich eines Maskenspiels in Grays Inn war ihr der junge Advokat Christopher Hatton aufgefallen; er war ungefähr im gleichen Alter wie Elisabeth, also Anfang Dreißig, sah gut aus, trat bescheiden auf, und als Elisabeth merkte, daß er hervorragend tanzen konnte, brachte sie ihn in der königlichen Ehrenwache unter. Am Hof lief bald das Gerücht um, daß Hatton der aufsteigende Stern war, der Lord Dudley verdrängen würde. Elisabeth kümmerte sich nicht um den Hofklatsch, sie mochte Hatton, schätzte seine Tanzkunst, genoß seine Bewunderung, gab ihm, was Robert besonders empörte, den Spitznamen »Augenlid«, der Spitzname signalisierte stets die besondere Gunst der Königin, und wenn sie mit Hatton tanzte, dachte sie flüchtig daran, daß er vielleicht, wenn Robert in Edinburgh lebte, ihn, den Mann, den sie nach wie vor liebte, ersetzen könnte…, ein Günstling, ein Mann, der sie bewunderte, nicht mehr und nicht weniger. Man konnte sich ein bißchen in ihn verlieben, ohne daß sich mehr entwickelte…

Eines Tages bot der eifersüchtige Robert ihr an, sie mit einem Tanzmeister bekannt zu machen, mit dessen Grazie Hatton es nicht aufnehmen könne, woraufhin Elisabeth kühl erwiderte, sie interessiere sich nicht für diesen Tanzmeister, denn er ginge ja nur seinem Gewerbe nach.

So verging der Frühling des Jahres 1564.

Anfang Juni schrieb Maria Stuart an Elisabeth, sie sei erst zu einer persönlichen Begegnung bereit, wenn die Königin von England sie als Thronerbin anerkannt habe.

Elisabeth starrte einige Sekunden fassungslos auf die Buchstaben, las die Sätze erneut, knüllte in zorniger Aufwallung den Brief zusammen, hob den Arm und wollte ihn eben in das Kaminfeuer werfen, als ihr einfiel, daß sie den Brief noch nicht zu Ende gelesen hatte, überdies war es das Schreiben einer regierenden Fürstin, also ein wichtiges Staatsdokument, das aufbewahrt werden mußte.

Sie glättete das Papier und las weiter: Maria Stuart schrieb, sie werde nach Mitte des Monats September den jungen Grafen Melville als Sondergesandten nach London schicken, damit er über Lord Dudley verhandele. Schließlich bat sie Elisabeth, dem Grafen Lennox die Reise nach Schottland zu erlauben, damit er die Verwaltung seiner Güter regeln könne, sie wolle nämlich dem Grafen seine Ländereien zurückgeben…

Gegen diese Bitte ist nichts einzuwenden, dachte Elisabeth und legte den Brief zur Seite. Aber was bedeutet diese verklausulierte Absage unseres Treffens?

Einerseits ist sie anscheinend bereit, über Robert zu verhandeln, andererseits läßt sie die erste Gelegenheit, ihn persönlich kennenzulernen, ungenutzt verstreichen… Da stimmt etwas nicht. Sie las den Brief erneut, dann ließ sie Cecil holen und überreichte ihm wortlos das Schreiben.

Die stahlblauen Augen des Staatssekretärs wanderten langsam von Zeile zu Zeile, und sein Mienenspiel verriet nicht, was er dachte; gegen Ende des Briefes umspielte ein spöttisches, wissendes Lächeln seine Lippen, das Elisabeth erstaunt zur Kenntnis nahm, aber fast im gleichen Augenblick wurde Cecil ernst, fast finster. Seine Züge verhärteten sich. Als er Elisabeth den Brief reichte und sie ansah, erschrak sie unwillkürlich beim Blick seiner Augen: Sie verströmten eine eisige Kälte, die sie fast körperlich spürte, und sie hatte das unbestimmte Gefühl, daß er seit der Lektüre des Briefes ein ihr noch unbekanntes Ziel verfolgte, und sie ahnte, daß er dieses Ziel mit seinen Mitteln erreichen würde, nämlich mit Ausdauer, Schläue… und natürlich ganz legal. Er wird Zug um Zug tun, ging es ihr durch den Kopf. Aber welches Ziel verfolgt er?

Sie nahm den Brief, las erneut die ersten Zeilen und schleuderte ihn empört auf den Tisch. »Es ist eine Unverschämtheit, das Treffen abzusagen. Der Vorwand ist nichtig! Sie weiß genau, unter welchen Bedingungen ich sie als Thronerbin akzeptiere – es gibt bestimmt einen Grund, weshalb sie nicht nach England kommen will…, wie denkt Ihr darüber, Mylord?«

Cecil überlegte und erwiderte vorsichtig: »Die Königin von Schottland hat bestimmt ihre Gründe, warum sie darauf verzichtet, Lord Dudley persönlich kennenzulernen…, aber was den Grafen Lennox betrifft, warum wurden seine Güter konfisziert?«

»Er hat 1544, vor nunmehr zwanzig Jahren, versucht, mit Hilfe englischer Truppen Schloß Dumbarton zu erobern. Er mußte fliehen, mein Vater gewährte ihm Asyl, die Regentin konfiszierte seine Güter, und er wurde in Abwesenheit wegen Hochverrats zum Tode verurteilt.«

»So, so…, ein Hochverräter. Ist es nicht merkwürdig, Majestät, daß die Königin von Schottland ausgerechnet einem Verräter seine Ländereien zurückgeben will? Ein Fürst behält doch meistens die Güter, die ihm auf diesem Weg zufallen.«

Elisabeth sah Cecil erstaunt an. »Wieso findet Ihr dies merkwürdig? Ihr wißt, daß ich – um ein Beispiel zu nennen – im vergangenen Herbst Schloß Kenilworth an Lord Dudley zurückgegeben habe.«

»Gewiß, Majestät, indes, Lord Dudley ist nur der Sohn eines Verräters, der Graf von Lennox ist selbst ein Verräter, abgesehen davon haben Euer Majestät mit der Rückgabe von Kenilworth ein bestimmtes Ziel verfolgt: Lord Dudley soll mittels materieller Güter als Ehekandidat für die Königin von Schottland aufgewertet werden.«

Bei dem Wort Ehekandidat zuckte Elisabeth zusammen, und ein Gedanke durchfuhr sie blitzartig... Nein, dachte sie, das kann nicht sein, das darf nicht sein, das..., niemals...

»Mein Gott«, sie stand auf und ging erregt auf und ab, »warum habe ich nicht früher daran gedacht, natürlich, das ist des Rätsels Lösung: Der Graf erhält seine Ländereien zurück, weil sein Sohn ein potentieller Bewerber um Maria Stuarts Hand ist..., und was für ein Bewerber! Er ist katholisch und besitzt unbestreitbare Anrechte auf den englischen Thron! Ist meine Vermutung richtig, Mylord?«

Cecil überlegte kurz, ob er das, was seine Spione ihm Anfang Mai mitgeteilt und er für sich behalten hatte, weil er die weitere Entwicklung abwarten wollte, ob er eben dies jetzt Elisabeth offenbaren sollte. Der Augenblick war günstig, ihre Erregung seinen Plänen förderlich, und so erwiderte er: »Die Vermutung Eurer Majestät ist richtig. Im April hat die Gräfin von Lennox für ihren Sohn um die Hand Maria Stuarts geworben.«

»Wie bitte?!«

Elisabeth starrte Cecil entgeistert an, sie wußte, daß seine Spione zuverlässig waren, und hatte sich inzwischen daran gewöhnt, daß er manchmal mehr wußte als sie selbst und einen geeigneten Zeitpunkt abwartete, um sie zu informieren.

»Es ist unglaublich, diese falsche katholische Schlange wagt es, mit mir, ausgerechnet mit mir, doppeltes Spiel zu treiben! Melville soll nur kommen! Ich werde in seiner Gegenwart Robert zum Grafen von Leicester erheben und ihn reichlich mit Ländereien beschenken! Die Ehe mit dem jungen Darnley muß verhindert werden, mit allen Mitteln..., ich werde meiner Cousine noch einmal klar und eindeutig schreiben, daß eine Ehe mit Robert ihr die englische Thronfolge sichert, falls ich kinderlos sterbe, eine Ehe mit Darnley werde ich als feindseligen Akt betrachten, was gleichbedeutend ist mit ihrem Ausschluß von der englischen Thronfolge! Mein Gott, sie wird doch nicht so töricht sein und ihre Thronansprüche aufs Spiel setzen?! Wie ist Eure Meinung, Mylord?«

Cecil wartete, bis seine Königin sich etwas beruhigt hatte, und erwiderte: »Euer Majestät, ich kann im Augenblick nicht abschätzen, ob die Königin von Schottland sich für Lord Dudley oder Lord Darnley entscheiden wird, im Augenblick weiß ich nur, daß die Gräfin von Lennox für ihren Sohn geworben hat und daß die Königin von Schottland diese Werbung anscheinend wohlwollend prüft. Aber die Entscheidung der schottischen Königin wird wahrscheinlich stark von ihrer Umgebung beeinflußt werden, ich glaube nicht, daß die protestantischen Lords und der Graf von Murray ohne weiteres einen Katholiken als König von Schottland akzeptieren werden, zumindest Murray wird sich gegen eine solche Heirat aussprechen, schon im Hinblick auf die englische Thronfolge. Bis jetzt hat die Königin die Ratschläge ihres Stiefbruders befolgt, vielleicht wird sie auch, was ihre Heirat betrifft, auf seinen Rat hören.«

»Vielleicht ja, vielleicht nein. Wir müssen auch damit rechnen, daß sie Darnley heiratet – und dann? Ich kann natürlich mein Mißfallen ausdrücken, sie von der Thronfolge ausschließen, das ist alles… Ein katholisches Königspaar in einem protestantischen Land …, das kann zu Unruhen führen, die auf unsere katholischen Grafschaften im Norden übergreifen…, ich darf gar nicht darüber nachdenken!«

»Mit Verlaub, Majestät, Eure Befürchtungen sind berechtigt, aber verfrüht. Angenommen, die Königin von Schottland setzt sich über ihre Ratgeber und die innenpolitische Situation hinweg und heiratet Lord Darnley… – diese Entscheidung ist ein Fehler, der sie in Konflikt, vielleicht sogar in eine offene Auseinandersetzung mit Knox und den Lords bringen wird; in diesem Augenblick, Majestät, haben wir eine Situation wie auf dem Schachbrett: Beim Schachspiel muß man die Züge des Gegners berechnen, und man muß außerdem versuchen, dessen Fehler zum eigenen Vorteil zu nutzen.«

Elisabeth zuckte unmerklich zusammen und sah Cecil unsicher an.

»Mylord, ich betrachte die Königin von Schottland nicht als Gegnerin.«

»Wirklich nicht, Majestät? Ist sie nicht Eure Gegnerin seit Eurer Thronbesteigung? Sie hat Euer Majestät immer noch nicht als die rechtmäßige Königin von England anerkannt, verlangt aber, daß Euer Majestät sie als Thronfolgerin Englands anerkennen – ist dies nicht eine Gegnerschaft par excellence?«

Elisabeth schwieg eine Weile und erwiderte dann leise: »Gewiß, Mylord, aber meine persönlichen Gefühle spielen hierbei keine

Rolle, ich möchte England den inneren und äußeren Frieden erhalten, und deshalb versuche ich, auch mit der Königin von Schottland in Frieden zu leben. Seit ihrer Rückkehr habe ich versucht, unsere Königswürde von unseren Personen zu trennen, und diese Trennung werde ich beibehalten, die Königin von Schottland wird für mich stets eine gesalbte, gekrönte Königin von Gottes Gnaden sein, eine Königin, die zufällig ...., nun, die zufällig eine Frau ist..., Maria Stuart...«

»Gewiß, Majestät, aber es ist nun einmal so, daß wir im Laufe unseres Lebens Menschen begegnen, die wir – aus irgendwelchen Gründen – sympathisch oder unsympathisch finden, gegen dieses Gefühl können wir uns nicht wehren, und es kann der Fall eintreten, daß wir Entscheidungen treffen müssen, die das Schicksal dieser Menschen beeinflussen, die es positiv oder negativ verändern, Majestät. Ich weiß nicht, ob man in einem solchen Fall Verstand und Gefühl restlos voneinander trennen kann... Glaubt Ihr nicht auch, daß in bestimmten Situationen unsere Gefühle den Verstand beeinflussen und dadurch auch Entscheidungen?«

»Das will ich nicht abstreiten, aber ich werde versuchen, meine Entscheidungen im Hinblick auf Maria Stuart nicht von Emotionen beeinflussen zu lassen.«

Eine Weile war der Raum von einem gespannten Schweigen erfüllt, schließlich nahm Cecil den Brief der schottischen Königin und sagte:

»Majestät, diese Absage, Euer Majestät persönlich kennenzulernen, diese Absage, die verknüpft ist mit der Forderung, als Thronerbin Englands anerkannt zu werden, diese Absage beweist, daß Maria Stuart Eure Gegnerin ist, dieser Brief eröffnet die Schachpartie zwischen Eurer Majestät und der Königin von Schottland! Niemand weiß, wie lange diese Partie dauern wird, aber eines ist sicher: Es darf und es wird am Ende keine Patt-Situation geben. Im Interesse Englands sollten Euer Majestät künftig jeden Fehler des Gegners rücksichtslos ausnutzen, Zug um Zug, bis der Gegner mattgesetzt ist.«

Elisabeth sah Cecil erstaunt an. Er sprach leidenschaftslos, kühl, aber sie spürte, daß er unter dieser Kühle leidenschaftlich und hartnäckig ein Ziel verfolgte...

»Wenn man Euch zuhört, Mylord, gewinnt man den Eindruck, daß Ihr Maria Stuart den Thron rauben wollt – was meint Ihr mit ›mattsetzen‹?«

»Majestät, Gott bewahre mich vor solchen Gedanken, Maria Stuart ist für mich die legitime, gesalbte Königin Schottlands, ich möchte nur verhindern, daß sie Euer Majestät schadet.«

Er denkt wohl schon etliche Schachzüge voraus, dachte Elisabeth, nun ja, abwarten…

»Was sagtet Ihr, Mylord? Die Partie ist eröffnet? So sei es denn, dieser Brief der schottischen Königin war der erste Zug, nun kommt mein Gegenzug: Ihr werdet einen Kurier nach Wien schicken, um Verhandlungen wegen des Erzherzogs Karl aufzunehmen, die Wahl des Zeitpunktes überlasse ich Euch.«

»Mit dem größten Vergnügen, Majestät«, und dabei blitzten seine stahlblauen Augen triumphierend auf.

Als Cecil gegangen war, dachte Elisabeth noch einmal über die beiden Ehekandidaten nach und versuchte abzuschätzen, für welchen Maria Stuart sich entscheiden würde… Die Absage, die Forderung als Thronerbin anerkannt zu werden, sind Indizien, daß sie im Augenblick Darnley favorisiert, das kann sich natürlich unter Murrays Einfluß wieder ändern… Ach, es ist am besten, ich warte die weitere Entwicklung einfach ab, viel wichtiger sind meine Heiratspläne…, bei der Religion werde ich vielleicht Zugeständnisse machen müssen, ansonsten…, hoffentlich kann ich mich vernünftig mit ihm unterhalten, er darf natürlich nicht mitregieren, aber er müßte eine Aufgabe bekommen, die ihn ausfüllt und gleichzeitig davon abhält, sich in Staatsangelegenheiten einzumischen… Er könnte sich zum Beispiel um das kulturelle Leben kümmern und zusammen mit dem Grafen von Oxford meine Schauspieltruppe aufbauen…, wie werden er und Robert zusammen auskommen? Wie wird mein Alltag verlaufen, wenn ich verheiratet bin? Es wird sich nicht viel ändern, außer, daß ich einige Stunden am Tag mit dem Gatten verbringen werde, wahrscheinlich die Abende… – und die Nächte…

Was mache ich, wenn er mir nicht gefällt? Es hilft nichts, angesichts der Situation in Schottland muß die Thronfolge gesichert werden, Roberts Kind als künftigen König von England hätte ich akzeptiert, Darnleys Kind? Nein, niemals!

Wer kommt als Gatte in Frage, wenn die Verhandlungen in Wien zu keinem Ergebnis führen? Wenn ich schon das Opfer bringe und einen Mann heirate, den ich nicht liebe, dann muß es wenigstens außenpolitisch eine vorteilhafte Ehe sein..., außenpolitisch vorteilhaft ist, auch auf lange Sicht, eine Verbindung mit Frankreich, wahrscheinlich wird sich mein Verhältnis zu Spanien während der nächsten Jahre verschlechtern, einmal wegen meiner Piraten, Philipp handelt zwar bedächtig und langsam, aber irgendwann wird er anfangen, sein Gold zu verteidigen, und die Situation in den Niederlanden wird sich nicht entspannen, sondern verschärfen... Ein Bündnis mit Frankreich müßte ich im Auge behalten, vielleicht über eine Ehe oder Eheverhandlungen mit Karl IX., er ist siebzehn Jahre jünger als ich, vollendet in wenigen Wochen erst sein vierzehntes Lebensjahr..., er darf auf keinen Fall mitregieren, was mache ich, wenn Katharina von Medici auf der Mitkönigskrone besteht? Ihr Sohn Franz besaß seinerzeit das Recht, in Schottland mitzuregieren..., ach Gott, dieses Problem muß Maria Stuart ebenfalls lösen, wenn sie heiratet..., gütiger Himmel, ich darf nicht daran denken, daß sie Darnley die Mitkönigskrone gewährt!

Sie stand auf und ging unruhig auf und ab... Wieso, überlegte sie, nehme ich an, daß Maria Darnley heiraten wird, noch ist alles offen, sie kann sich genausogut für Robert entscheiden oder auch für Ehelosigkeit... Nein, das entspricht nicht ihrem Charakter, die Verhandlungen wegen Don Carlos waren für sie bitterer Ernst, während meine diversen Verhandlungen ein Spiel waren, zur Absicherung meiner außenpolitischen Situation, solange meine Herrschaft faktisch noch labil war, inzwischen haben die katholischen Großmächte mich anerkannt und scheren sich den Teufel darum, daß ich für den Papst immer noch ein Bastard bin...

Wenn Maria Darnley heiratet, dann... Dann würde Robin in England bleiben..., am Hof, in meiner Nähe... Mein Gott, will ich etwa, daß sie Darnley heiratet? Nein, natürlich nicht, aber mein innerstes Gefühl sagt mir, daß sie sich für Darnley entscheiden wird...

Nach der häuslichen Abendtafel begab Cecil sich in sein Arbeitszimmer und holte eine Mappe mit losen Blättern herbei. Auf jedes Papier hatte er – seit Elisabeths Thronbesteigung – den Namen eines Freiers geschrieben und seine politischen Vor- und Nachteile aufgelistet. Seit Maria Stuarts zweite Heirat im Gespräch war, hatte er bei ihr die gleiche Methode angewandt.

Nun nahm er ein neues Blatt Papier, schrieb in seiner zierlichen, akkuraten Handschrift: ›Heinrich Stuart, Lord Darnley‹, und darunter die politischen Vor- und Nachteile dieser Verbindung für Schottland und England. Dann las er noch einmal, was er über Robert Dudley geschrieben hatte, und grübelte lange Zeit vor sich hin, für welchen der beiden Lords die schottische Königin sich wohl entscheiden würde, und als er zu keinem Ergebnis kam, begab er sich zu Lady Cecil. Vielleicht konnte sie, als Frau, eher einschätzen, wen Maria Stuart wählen würde. Mildred Cecil sah erstaunt auf, als der Gatte ihr erzählte, die Königin habe ihn beauftragt, erneut Eheverhandlungen mit Wien aufzunehmen.

Es kam selten vor, daß er im häuslichen Kreis über Staatsgeschäfte sprach, und wenn er davon anfing, wußte sie, daß er ihre Meinung hören wollte.

»Sind es echte Verhandlungen, die du führen sollst, William, oder ist es ein außenpolitisches Manöver?«

»Ich glaube und hoffe, daß es ihr diesmal ernst damit ist, ja, je länger ich darüber nachdenke, desto mehr bin ich davon überzeugt, daß sie jetzt wirklich heiraten will, der tiefere Grund sind wahrscheinlich die Gerüchte über einen neuen Freier Maria Stuarts…« Und er schilderte kurz sein Gespräch mit der Königin.

»Die politischen Vor- und Nachteile der beiden Herren sind fast gleich, Dudley ist zwar nicht königlicher Abstammung, aber seine Mitgift wäre die englische Thronfolge…, betrachtet man die Persönlichkeiten, so ist Dudley eindeutig vorzuziehen, er mag leichtsinnig sein und besitzt wenig politische Begabung, aber er ist nicht dumm, hinterhältig und oberflächlich wie Darnley, und seine Pflichten als Oberstallmeister erfüllt er gewissenhaft und verantwortungsbewußt. Was hältst du von Darnley?«

Lady Cecil überlegte, und vor ihrem inneren Auge erschien die hochgewachsene Gestalt des jungen Mannes, seine langen, schlanken Beine, sie sah die blonden Haare, die ein vollendet geformtes ovales Gesicht umrahmten, die Nase war kurz und gerade…, Apollo, dachte Lady Cecil…, das heißt – nein, die spitzen Ohren, die großen, schräggestellten, braunen Augen mit ihrem unergründlichen Ausdruck, die vollen rosigen Lippen, die von einem geradezu grausamen Zug umspielt sind… Darnley ähnelt eher einem Faun als Apollo.

»Ich glaube, William, du hast recht mit deiner Meinung über Darnley, aber der Charakter eines Menschen offenbart sich erst, wenn man ihn näher kennt, und bei diesen politischen Heiraten lernen die Partner sich doch meistens erst kurz vor der Hochzeit kennen, abgesehen davon spielt der Charakter bei einer dynastischen Ehe doch überhaupt keine Rolle.«

»Ja, natürlich«, erwiderte Cecil zögernd, »was meinst du, für welchen der beiden Freier wird Maria Stuart sich entscheiden?«

Lady Cecil überlegte und erwiderte: »William, die beiden Herren leben nicht auf dem Festland, sondern auf dieser Insel, wahrscheinlich wird die schottische Königin entweder beide oder einen persönlich kennenlernen, und, politische Vor- und Nachteile hin und her, auch eine Königin ist eine Frau, die für einen Mann Sympathie oder Antipathie empfindet, wahrscheinlich wird dieses Gefühl bei der Wahl ausschlaggebend sein…, und die Gefühle Maria Stuarts sind uns allen – dir, mir, der Königin – unbekannt.«

»Gefühle…, Gefühle, eine Königin darf sich nicht von Gefühlen leiten lassen, aber… du hast natürlich recht, Gefühle bilden sich erst, wenn man einen Menschen persönlich kennt…, was Dudley betrifft, so wird die Stuart ihn vorerst nicht kennenlernen, und Darnley?«

Er schwieg, dachte nach, und Lady Cecil überlegte, was in ihm vorging.

»William«, sagte sie nach einer Weile, »die Heirat der schottischen Königin scheint dich sehr zu beschäftigen, aber warum? Da unsere Königin ernsthafte Heiratsverhandlungen führen wird, ist es doch gleichgültig, wen Maria Stuart ehelicht.«

»Du irrst, Mildred, abgesehen davon, daß die Verhandlungen mit Wien sich noch über die nächsten zwei Jahre hinziehen können, falls Maria Stuart sich für Darnley entscheidet, wird sie von der englischen Thronfolge ausgeschlossen und...«, er zögerte etwas, »Mildred, ich sage es nur dir: Ich möchte nicht, daß die katholischen Stuarts über England herrschen, deshalb wäre mir eine Entscheidung der Schottin für Darnley sogar willkommen, ganz abgesehen davon, daß sie durch diese Ehe wahrscheinlich innenpolitische Schwierigkeiten bekommt. Die katholischen Stuarts auf Englands Thron, das gefährdet die Aufbauarbeit Ihrer Majestät, ganz abgesehen davon, daß unser Land in ähnliche religiöse Wirren verstrickt würde, wie sie zur Zeit in Frankreich herrschen, aber da ist das Parlament, die Debatten im Januar '63 haben klar und deutlich gezeigt, daß das Unterhaus sich zu einem Machtfaktor entwickelt hat, den man berücksichtigen muß, das bedeutet, daß künftige englische Herrscher mit dem Parlament verhandeln, vielleicht sogar nachgeben müssen. Ihre Majestät kann mit dem Parlament umgehen, die Stuarts..., ich weiß nicht, diese Familie gilt als sehr schwierig, ein Kind unserer Königin könnte von Geburt an auf diese Aufgabe – Umgang mit dem Parlament – entsprechend vorbereitet werden.«

»Ich kann verstehen, daß du die Katholikin Maria Stuart nicht als englische Thronerbin wünschst, aber du wirst ihre Gattenwahl nicht beeinflussen können.«

»Ich muß einfach abwarten, es gibt Zufälle, die eine Lenkung des Schicksals erlauben.«

»Wenn ich dich richtig verstanden habe, so ist unsere Königin gegen eine Ehe der Stuart mit Darnley, wie willst du sie überreden, dieser Verbindung zuzustimmen?«

»Das weiß ich noch nicht, ich denke auch nicht an Überredung, sondern an Lenkung, Steuerung..., es gibt übrigens einen viel besseren Steuermann als mich, nämlich den zukünftigen Grafen von Leicester, aber wie gesagt, alles hängt von einem glücklichen Zufall ab.«

Am 25. Juli 1564 starb Kaiser Ferdinand I., und sein Sohn Maximilian wurde zum Kaiser des Heiligen Römischen Reiches gewählt.

Cecil nutzte den Thronwechsel in Wien und beauftragte Christopher Mundt, den englischen Bevollmächtigten in Deutschland, dem

Kondolenz- und Glückwunschschreiben an den neuen deutschen Kaiser Maximilian II. ein Postskriptum beizufügen, das die Verhandlungen wegen des Erzherzogs Karl wieder in Gang bringen sollte.

Anschließend begab Cecil sich nach Cambridge, um persönlich die letzten Vorbereitungen für den Empfang der Königin zu überwachen.

Am Nachmittag des 5. August traf Elisabeth ein und wurde im Hof des St. Johns College von den Schülern mit einer langen lateinischen Rede begrüßt.

Während der nächsten Tage folgte – zum Entsetzen des Hofes – eine gelehrte Disputation der andern, und es wurde natürlich nur Lateinisch gesprochen.

Cecil eröffnete die Veranstaltungen mit einer Rede über die Monarchie als beste Regierungsform, am Sonntag nachmittag disputierten die Doktoren der Theologie über das Thema: ›Die Heilige Schrift besitzt größere Autorität als die Kirche.‹

Am Schluß baten sie die Königin, doch auch noch etwas auf lateinisch zu dem Thema zu sagen.

»Gern, meine Herren, aber ich glaube, es ist besser, wenn ich Englisch spreche.«

Sie wußte, daß die wenigsten Hofleute Latein perfekt beherrschten, und wollte, daß man ihre Antwort auch verstand.

Cecil räusperte sich und sagte leise zu Elisabeth: »Mit Verlaub, Majestät, auf einer offiziellen akademischen Veranstaltung darf nur Latein gesprochen werden, es genügen wenige Worte.«

Elisabeth überlegte einige Sekunden, und dann hielt sie – zum Erstaunen der Zuhörer – eine lateinische Rede, die ungefähr zehn Minuten dauerte.

Cecil war in seinem Element und hätte am liebsten noch weiter diskutiert, aber es wurde allmählich Zeit, sich für die Abendtafel umzukleiden.

Robert, Pembroke, Norfolk, Arundel, Knollys, alle atmeten erleichtert auf, als der gelehrte Nachmittag zu Ende war, und sie alle freuten sich auf den Abend und das Theaterstück, das die Absolventen, darunter auch der junge Graf von Oxford, der seine Abschlußprüfungen mit Auszeichnung bestanden hatte, aufführen wollten.

Wie soll man das Entsetzen der Hofleute beschreiben, als sie gewahrten, daß die »Aulularia« des Plautus nicht auf englisch, sondern auf Lateinisch geboten wurde, das Spektakel dauerte volle drei Stunden, und man sah einander verzweifelt an.

Während der folgenden Tage wurden Gottesdienste, Disputationen und Theateraufführungen geboten, die beiden letztgenannten natürlich stets auf lateinisch, zur Erleichterung der Hofleute gab es wenigstens ein größeres Bankett und eine Komödie von Udall in englischer Sprache, aber es fehlten die Jagden und die Tanzvergnügen. Elisabeth schien dies nicht zu stören, sie äußerte sogar den Wunsch, im nächsten oder übernächsten Jahr das College in Oxford zu besuchen.

Am letzten Abend führten einige Schüler ein Maskenspiel als Epilog zu einer Tragödie des Sophokles auf, und die Hofleute amüsierten sich königlich, weil das Spiel eine Posse über die katholische Messe war.

Elisabeth indessen erstarrte und überlegte fieberhaft, wie sie auf die Posse reagieren sollte.

Plötzlich erschien einer der Spieler als Hund verkleidet und mit einer Hostie im Maul auf der Bühne, und fast im gleichen Augenblick stand die Königin auf, befahl Cecil, ihr zu folgen, und verließ hoheitsvoll den Saal, innerlich empört, aber bemüht, sich nichts von ihrem Zorn anmerken zu lassen.

»Was bedeutet diese Geschmacklosigkeit, Mylord?« fuhr sie Cecil an. «Ich habe die Tage in Cambridge sehr genossen, aber was eben geboten wird, ist zuviel. Was sollen de Silva und de Mauvissiére denken?« (Mauvissiére war der französische Gesandte.)

»Majestät, gütiger Himmel, ich bin genauso entsetzt wie Euer Majestät, ich wußte nicht, daß die Schüler eine solche Posse aufführen wollten, ich bitte um Vergebung, die jungen Herren müssen natürlich bestraft werden…«

Gott sei Dank hat mein Mündel Edward de Vere nicht mitgespielt, dachte er, Gott sei Dank ist er am Tag vorher nach Theobalds abgereist!

Der Graf von Lennox begab sich während der ersten Septembertage nach Edinburgh, und ungefähr drei Wochen später traf der junge schottische Lord Sir James Melville in London ein.

Es war seine erste diplomatische Mission, und er sah dem Aufenthalt am englischen Hof mit gemischten Gefühlen entgegen. Er sollte offiziell wegen Lord Dudley verhandeln und inoffiziell die Gräfin von Lennox besuchen, wegen des jungen Lord Darnley.

Melville wußte zwar, daß seine Königin von dem Bewerber Dudley nicht viel hielt, aber sie war völlig unentschieden, was seiner Meinung nach diesen Auftrag erschwerte, zumal er erfahren hatte, daß die englische Königin sich nie eindeutig, sondern stets zweideutig äußerte.

Am nächsten Vormittag begab er sich herzklopfend zu seiner ersten Audienz nach Whitehall, wo er von einer liebenswürdig lächelnden Elisabeth empfangen wurde.

Melville starrte die Königin erstaunt und bewundernd an.

Er hatte sie sich anders vorgestellt – kühl, reserviert, altjüngferlich, jedenfalls hatte der Graf von Lennox sie so geschildert –, und nun sah er eine Frau, die äußerlich genauso reizvoll war wie die schottische Königin. Melville wußte, daß Elisabeth einige Jahre älter war als Maria Stuart, aber das sah man ihr nicht an, die weiße Haut war so glatt und schimmernd wie die der jungen schottischen Königin, sie war hochgewachsen und schlank wie diese, und das rostfarbene Kleid harmonierte vorzüglich mit ihren rötlich-blonden Haaren, diese farbliche Harmonie beeindruckte Melville am meisten, so etwas hatte er noch nie gesehen. Bei seiner Königin bildete die Farbe der Kleider immer einen Kontrast zu den dunklen Haaren, aber…, ich muß aufpassen, dachte Melville, die Augen der Königin von England lächeln und sind gleichzeitig hellwach, die Augen seiner Königin, ging es ihm durch den Kopf, blicken oft verträumt, weich…, ihre Stimme klingt nie herrisch oder befehlend, zwischen ihr und den Menschen, die sie täglich umgeben, herrscht ein fast vertraulicher Umgangston, und er spürte instinktiv, daß am englischen Hof der Umgangston anders war, formeller, das hatte der Graf von Lennox wahrscheinlich mit ›reserviert‹ gemeint, die Etikette, das Zeremoniell spielten hier eine wichtige Rolle, ebenso der Rang. Nur bestimmte Personen durften die Privaträume der

Königin betreten... Melville konnte sich nicht vorstellen, daß Elisabeth ungezwungen mit ihren Kammerfrauen plauderte wie seine Königin, ein vertraulicher Umgang mit den Höflingen..., undenkbar; seine Königin speiste oft in Gesellschaft der Leute, die sie besonders schätzte, wobei der Rang nur eine untergeordnete Rolle spielte, die englische Königin - so Lennox - speiste immer allein..., trotzdem ist sie der Mittelpunkt des Hofes, dachte Melville. Sie lächelt und weist dabei gleichzeitig jeden in seine Schranken..., wenn Maria Stuart lächelt, bin ich manchmal in Versuchung, die Etikette zu vergessen und möchte mit ihr wie mit einem adeligen Fräulein plaudern und scherzen..., er dachte auch daran, daß er in ihrer Gegenwart hin und wieder eine zweideutige Bemerkung machen wollte, was er aber dann doch unterließ, weil es sich nicht schickte, sie war schließlich die Herrscherin... Das Auftreten der englischen Königin verbot zweideutige Bemerkungen von selbst, sie war eben die Königin..., aber, überlegte er, Maria Stuart ist auch Königin...

Elisabeth ließ ihm keine Zeit, den Unterschied zwischen ihr und ihrer Cousine, den er in jenem kurzen Augenblick intuitiv erfaßt hatte, rational zu verarbeiten, sondern schlug vor, er solle sie während eines Spazierganges am Themseufer begleiten, dort könnten sie sich ungestört unterhalten. Sie hatte mit Genugtuung seinen bewundernden Blick bemerkt, nun ja, er sollte sie auch bewundern...

Randolph hatte geschrieben, daß Melville diplomatisch unerfahren und seiner Königin treu ergeben war, er verehre Maria Stuart wie die Jungfrau Maria...

Elisabeth war entschlossen, seine diplomatische Unerfahrenheit auszunutzen, und dies bedeutete, daß Robert in den Gesprächen, die sie mit Melville führte, und natürlich auch als Person, entsprechend präsentiert werden mußte. Melvilles Verehrung für Maria Stuart ärgerte sie, sie fühlte sich dadurch herausgefordert und beschloß, ihre eigene Persönlichkeit so in Szene zu setzen, daß das Bild der Rivalin vor Melvilles Augen verblaßte, der Heiligenschein der schottischen Königin mußte zerstört werden...

Sie gingen durch den Park hinunter zum Themseufer, und als sie die Anlegestelle erreichten, wo Elisabeth seinerzeit die Barke bestiegen hatte, die sie zum Tower gebracht hatte, blieb sie stehen und erinnerte sich – wie stets wenn sie hier weilte – noch einmal flüchtig an jenen regnerischen, naßkalten Palmsonntag des Jahres 1554. Es war jetzt über zehn Jahre her, und die Einzelheiten verblaßten immer mehr, nicht jedoch die Angst, die sie damals empfunden hatte.

»Ein Schloß, das an einem Fluß liegt«, sagte Melville, »wie idyllisch, Schloß Holyrood liegt zwar außerhalb Edinburghs in der freien Natur, aber nicht an einem Fluß.«

»Der größte Teil meiner Schlösser liegt an der Themse«, erwiderte Elisabeth, während sie weitergingen, »Hampton Court, Richmond, Greenwich…, gewöhnlich weilt der Hof zu dieser Jahreszeit noch nicht in Whitehall, aber morgen, am 29. September, wird es eine feierliche Zeremonie im St.-James-Palast geben, und die Residenzen in London bieten eben am besten den passenden äußeren Rahmen. Ich werde Lord Dudley zuerst zum Baron von Denbigh und dann zum Grafen von Leicester ernennen, anschließend wird getafelt, und zum Ausklang des Tages wird getanzt, Ihr werdet feststellen, daß Lord Dudley der beste Tänzer meines Hofes ist, meine Cousine liebt den Tanz wahrscheinlich ebenso wie ich, nicht wahr?«

»Ja, Majestät.«

Sie gingen eine Weile schweigend nebeneinander her, und Melville fühlte sich etwas unbehaglich, wahrscheinlich kommt sie jetzt auf die geplante Heirat zu sprechen, dachte er.

»Ihr werdet morgen übrigens auch den jungen Lord Darnley kennenlernen, den Sohn des Grafen von Lennox, er wird das Reichsschwert vor mir hertragen.«

Melville wußte nicht recht, was er darauf antworten sollte, und so gingen sie wieder schweigend nebeneinander her, wobei Elisabeth sich im stillen über die Unsicherheit des jungen Mannes amüsierte.

»Nun, Mylord, wie hat meine liebe Cousine den Vorschlag, Lord Dudley zu ehelichen aufgenommen?«

»Ihre Majestät«, erwiderte Melville vorsichtig, »ist der Meinung, daß die Beauftragten beider Länder in Kürze alle Probleme besprechen werden, die zwischen England und Schottland bestehen.«

Er weicht aus, überlegte Elisabeth, nun, das war zu erwarten…

»Mylord«, begann sie mit weicher Stimme, »Ihr und vor allem meine liebe Cousine, Ihr unterschätzt Lord Dudley, er ist ein Mann, den ich als meinen Bruder und besten Freund betrachte, wahrscheinlich hätte ich ihn sogar geheiratet, aber da ich nie diese Absicht hatte und wahrscheinlich nie heiraten werde, so ist es mein sehnlichster Wunsch, daß meine liebe Cousine ihn heiratet. Ich kenne keinen Mann, der würdiger ist, König von Schottland zu werden – aber nun genug von Lord Dudley. Hat der Graf von Lennox sich inzwischen wieder in seine alte Heimat eingelebt?«

»Gewiß, Majestät, er wird in Holyrood sehr geschätzt, er ist sehr großzügig, er hat Königin Maria Juwelen, eine Uhr und einen goldenen Spiegel geschenkt, er unterhält eine zahlreiche Dienerschaft, kurz, er ist außerordentlich beliebt, und dieses Gefühl überträgt sich bereits auf seinen Sohn.«

Elisabeth horchte auf, schwieg aber und ließ Melville weiterreden.

»Der Graf ist inzwischen nach Glasgow gereist, er will im alten Familienschloß wohnen, weil er von dort aus seine Güter besser verwalten kann.«

»Es ist wirklich großzügig von meiner Cousine, ihm die Ländereien zurückzugeben, aber nun, Mylord, erzählt ein bißchen von Euch, Eurer Jugend und Erziehung.«

»Meine Jugend, Majestät«, begann Melville geschmeichelt, »verlief wie die Jugend der meisten schottischen Adeligen…«, und er schilderte einige Erlebnisse.

Elisabeth hörte halb zu und dachte über das Benehmen des Grafen von Lennox nach.

Gegen Mittag kehrten sie in das Schloß zurück, und Elisabeth lud Melville ein, an der Hoftafel zu speisen, Lord Dudley könne ihm Gesellschaft leisten und ihm anschließend den Marstall zeigen.

Melville zögerte, errötete und stammelte schließlich, wobei er Elisabeths Augen auswich: »Ich danke Euer Majestät für die Einladung, es ist eine große Ehre für mich, aber… –, aber, die Gräfin von Lennox hat mich bereits zur Tafel gebeten, und ich habe zugesagt.«

»Oh«, erwiderte Elisabeth und versuchte, sich nichts von ihrem Ärger anmerken zu lassen, »wie aufmerksam von der Gräfin, ich kann verstehen, daß sie wissen möchte, wie es ihrem Gatten geht, und ich möchte sie natürlich nicht Eurer Gesellschaft berauben«, sie reichte Melville lächelnd die Hand zum Kuß und begab sich in die Große Halle, während der Schotte zögernd über den Hof ging.

Er spürte, daß es ein Fehler gewesen war, die Einladung der Gräfin zu erwähnen, aber wie hätte er sich aus der Affäre ziehen sollen?

Die Gräfin wird Melville noch öfter in ihr Haus bitten, dachte Elisabeth wütend, das muß unterbunden werden. Künftig wird Sir James mittags und abends bei mir speisen, im Beisein von Cecil und Robert.

Während die Speisen aufgetragen wurden, überlegte sie zum soundsovielten Male, welche Robe sie am nächsten Tag bei der Zeremonie tragen sollte…, sie wollte vor allem Melville beeindrucken. In Schwarz sah sie nach wie vor am elegantesten aus, vielleicht das schwarze Samtkleid mit der Goldstickerei, Samt schmeichelte, dazu das Diadem aus Rubinen und Brillanten…, ja, Schwarz war dem traurigen Anlaß angemessen, und wieder – wie so oft während der letzten Tage – empfand sie einen feinen Stich, wenn sie daran dachte, daß Robert zum Grafen ernannt wurde, damit Maria Stuart der Entschluß zur Vermählung mit ihm leichter fiel…

Sie ging im Geist die Zeremonie noch einmal durch und fühlte sich merkwürdig nervös, hoffentlich klappte alles… Während ihrer Regierungszeit hatte sie schon einige verdiente Männer zu Rittern geschlagen, einfache Lords zu Baronen und Grafen ernannt, aber am 29. September 1564 sollte nicht irgendwer erhöht werden, sondern eben Robert Dudley… –, vor den neugierigen Augen der Höflinge und Gesandten. Man würde sie und Robert natürlich genau beobachten, am Hof und bei den ausländischen Gesandten war es inzwischen durchgesickert, daß Robert König von Schottland werden sollte, der Name Darnley war noch nicht im Gespräch…

Sie sah auf die Uhr, jetzt unterhielten Melville und die Gräfin sich wahrscheinlich über den jungen Mann…

Sie fühlte sich auf einmal hilflos und hatte das unbestimmte Gefühl, daß sie die weitere Entwicklung kaum noch würde steuern können.

Am späten Abend jenes Tages erfuhr Cecil von einem seiner Spione, daß Melville gegen Mittag das Haus der Gräfin von Lennox betreten und es erst am frühen Abend verlassen habe, der junge Lord Darnley sei den ganzen Tag über in Whitehall gewesen. So, dachte Cecil, das Gerücht, das Anfang September aus Frankreich kam, ist also doch kein Gerücht..., was hatte sein Mann aus Avignon geschrieben? Es bestehe eine geheime Abmachung zwischen der Familie Lennox und der schottischen Königin. Maria Stuart werde den jungen Lord Darnley heiraten... Er hatte diese Nachricht für sich behalten und die weitere Entwicklung abgewartet...

Cecil stand auf, ging hin und her und überlegte, ob es nicht doch eine Möglichkeit gab, einen Spion in das gräfliche Palais einzuschmuggeln. Nein, dachte er, es ist zwecklos, das Haus wird zu perfekt von innen und außen bewacht..., wahrscheinlich war heute über die Heirat gesprochen worden. Wenn er nur Einzelheiten wüßte..., ob er Elisabeth Melvilles Besuch bei der Gräfin mitteilte? Nein, überlegte er, diese Heiratsverhandlungen können ruhig weitergesponnen werden...

Am späten Nachmittag des darauffolgenden Tages versammelten sich die Lords, Würdenträger und die ausländischen Gesandten im großen Audienzsaal des St.-James-Palastes.

Elisabeth saß – etwas erhöht – unter einem Baldachin, rechts und links von ihr standen Lord William Howard und Cecil, die Hofleute und Gesandten hatten sich an den Längsseiten aufgestellt, die Botschafter Spaniens, Frankreichs und Schottlands und der junge Lord Darnley mit dem Reichsschwert, standen in unmittelbarer Nähe der Königin.

Nun wurde die Tür geöffnet, und während der Herold, begleitet von Fanfarenstößen, die Namen rief, betraten nacheinander Lord Hundsdon und Robert – letzterer begleitet von den Lords Clinton und Strange in ihren Parlamentsroben – den Saal. Hundsdon trug den hermelinbesetzten Samtmantel der Peers auf seinen Armen, schritt langsam und feierlich auf die Königin zu, beugte das Knie und trat dann einen Schritt zur Seite. Nun näherte sich Robert und kniete vor Elisabeth nieder. Er trug, wie es bei solchen Zeremonien üblich war, einen Rock und eine Kappe.

Lord Howard übergab der Königin die beiden Urkunden, und Elisabeth reichte sie an Cecil weiter. Der Staatssekretär begann mit lauter, klarer Stimme das Dokument vorzulesen, worin Lord Robert Dudley zum Baron Denbigh ernannt wurde. Während Elisabeth zuhörte und auf ein bestimmtes Wort wartete, damit die Zeremonie ihren Fortgang nehmen konnte, betrachtete sie verstohlen den vor ihr knienden Robert, dachte wieder daran, daß sie ihn ursprünglich im Rang hatte erhöhen wollen, um ihn selbst zu heiraten – und nun mußte sie ihn an die Rivalin abtreten…, sie spürte die Tränen aufsteigen, und ihre Finger umschlossen fest die Armlehnen des Stuhls… Lieber Gott, laß mich diese Zeremonie mit Fassung überstehen, hoffentlich bemerkte niemand, was in ihr vorging…

In diesem Augenblick sagte Cecil: »…creavimus«, und sie atmete auf, jetzt mußte sie sich wieder auf die Zeremonie konzentrieren… Sie erhob sich langsam, nahm den Mantel, den Lord Hundsdon ihr reichte, trat zu Robert, legte ihn sanft um seine Schultern, glättete sorgfältig die Falten. So, nun war er also Baron Denbigh. In diesem Augenblick überkam sie der Wunsch, ihn noch einmal zu berühren, noch einmal seine Haut zu spüren, bevor er England für immer verließ…

Er kniete vor ihr mit gesenktem Kopf, so konnte sie nur den Nacken berühren, und vorsichtig strich ihre rechte Hand über die Haare, die unter der Kappe hervorlugten, und den Nacken entlang bis zur weißen Halskrause, wobei sie spürte, daß er leicht zusammenzuckte. Als sie nun, einem Impuls folgend, ihre Hand noch einmal über den Nacken zurückgleiten ließ bis zum Haaransatz, erschien vor ihrem inneren Auge schemenhaft die Gestalt der schottischen Königin, von der sie nur eine vage Vorstellung hatte, und der Gedanke, daß Maria Stuart mit ihrer Hand Roberts Haare und Haut berührte, daß er umgekehrt ihre Rivalin berührte, sie vielleicht körperlich begehrte, dieser Gedanke durchfuhr sie wie ein stechender Schmerz…, nein, dachte sie, das ertrage ich nicht, alles, nur dies nicht, nein, sie darf ihn nicht bekommen – und sie wird ihn nicht bekommen. Er bleibt hier am Hof, in meiner Nähe…

Und als sie nun, etwas benommen, zu ihrem Stuhl zurückging, wußte sie, daß sie seine Gegenwart niemals würde entbehren können…

Als sie wieder Platz genommen hatte, dachte sie daran, daß die Anwesenden ihre Geste beobachtet hatten. Nun ja, sollten sie, und sie amüsierte sich bei dem Gedanken, daß Melville seiner ›heiligen‹ Herrin diese Szene schilderte…

Roberts Herzschlag stockte einen Augenblick, als er Elisabeths Hand spürte…, mein Gott, dachte er, vor den Augen des Hofes, aber vielleicht…, seine alten Hoffnungen erwachten erneut…

Dem französischen Gesandten de Mauvissiere fielen bald die Augen aus dem Kopf, als er sah, daß die Königin ihren Günstling streichelte, endlich konnte er einen interessanten Bericht nach Paris schicken, Katharina von Medici würde sich bei der Lektüre königlich amüsieren… De Silva unterdrückte nur mit Mühe einen Lachanfall, mein Gott, dachte er, welch ein Unterschied zum Escorial, am englischen Hof war es wenigstens kurzweilig, hoffentlich beließ Philipp ihn recht lange auf diesem Posten… Melville starrte entgeistert auf die Königin von England, senkte dann verlegen und leicht errötend die Augen und überlegte fieberhaft, was er seiner Königin berichten sollte… Cecil ließ vor Schreck fast die Urkunden fallen und überlegte blitzschnell, was diese unschickliche Geste wohl bedeuten mochte, wollte seine Königin Maria Stuart provozieren, die Schottin würde natürlich, wenn nicht von Melville, dann von anderen erfahren, was sich während dieser Zeremonie abgespielt hatte, war es eine spontane Geste…? Elisabeth hat Robert zwar nicht geheiratet, aber ihre Gefühle für ihn sind wohl unverändert, sinnierte Cecil.

Robert erhob sich, verneigte sich vor Elisabeth und verließ gemessenen Schrittes, begleitet von Fanfaren, den Saal. Dann begann der zweite Teil der Zeremonie.

Nach einigen Minuten betrat der Graf von Warwick – ein Schwert tragend – den Saal, Robert folgte ihm in Begleitung der Lords Huntingdon und Sussex, dann kam Lord Clinton mit der Adelskrone.

Warwick beugte das Knie, trat zur Seite, dann beugte Robert das Knie, erhob sich und blieb vor der Königin stehen. Cecil begann die Urkunde vorzulesen, und bei den Worten »cincturum gladiis« überreichte Warwick Elisabeth das Schwert mit dem Wehrgehenk, sie umgürtete Robert mit dem Schwert und setzte ihm die Adelskrone auf die Kappe. Nun gab Cecil der Königin die Urkunden, sie nahm die Dokumente, wobei ihre Hände leicht zitterten, und überreichte sie Robert, nun war Robert der Graf von Leicester…

Sie standen einander gegenüber und sahen sich schweigend an. Im Saal war es totenstill geworden, alle Augen sahen auf das Paar, und in diesem kurzen Augenblick wurde den Lords und Gesandten zum ersten Mal bewußt, daß die Königin von England entschlossen war, im Interesse ihres Landes auf den Mann zu verzichten, den sie liebte. Sie hatte ihn zum Grafen erhoben, damit die andere Königin auf der Insel bereit war, ihn zu heiraten, und irgendwie sollte wohl dadurch auch die Thronfolge geregelt werden. Man wußte nichts Genaues, aber man hatte seine Vermutungen.

Deutlich spürten die Lords, daß auch gesalbte und gekrönte Herrscher Menschen waren, und in diesem kurzen Augenblick, als Elisabeth und Robert sich wortlos ansahen, als die Frau in der Herrscherin sichtbar wurde, in diesem Augenblick wirkte Elisabeth auf die Lords und Gesandten königlicher als am Tag der Krönung.

Die Trompeten und Fanfaren unterbrachen die Stille, und die Anwesenden gruppierten sich – gemäß ihrem Rang – zum Zug, um sich im Gefolge der Königin zum Bankett zu begeben. Elisabeth trat zu Melville, lächelte ihn an und fragte:

»Nun, Mylord, wie gefällt Euch der Graf von Leicester?«

»Majestät, ich bin davon überzeugt, daß er ein würdiger Gatte für Königin Maria wäre.«

In diesem Augenblick gewahrte Elisabeth den jungen Lord Darnley, der sich mit einem der Adeligen unterhielt, und einer plötzlichen Eingebung folgend wies sie auf ihn hin und sagte zu Melville: »Dennoch gefällt Euch jener Junge dort besser, Mylord.«

Der Schotte spürte, daß er leicht errötete, und erwiderte hastig: »Majestät, keine Frau von Geist wird sich für einen solchen Mann entscheiden, der mehr wie eine Frau denn wie ein Mann aussieht.«

»Nun, das müssen wir abwarten, Mylord«, sie nickte ihm zu und begab sich an die Spitze des Zuges.

Während des Banketts und des anschließenden Balles fiel Elisabeth auf, daß Melville amüsant und geistreich zu plaudern verstand, und so lud sie ihn, Cecil und Robert ein, am nächsten Abend bei ihr zu speisen.

»Nun, Mylord«, sagte Elisabeth, während der erste Gang serviert wurde, »habt Ihr Euch schon ein bißchen in London umgesehen?«

»Gewiß, Majestät, ich war heute den ganzen Tag unterwegs, diese Stadt ist faszinierend..., ich kam mir vor wie im Laden eines Kaufmannes, wo alle Güter der Welt feilgeboten werden, die Stadt scheint nur aus Einkaufsstraßen zu bestehen, sogar Tower-Bridge ist eine einzige Einkaufsstraße, das Gedränge war allerdings entsetzlich, ich habe mindestens zwei Stunden gebraucht, um von einem Ende der Brücke zum andern zu kommen. Und welch prachtvolle Häuser gibt es auf der Tower-Bridge, man hat den Eindruck, daß in London nur reiche Leute wohnen, diese Stadt ist ein Weltwunder!«

Elisabeth lächelte geschmeichelt.

»Ihr übertreibt, Mylord, allerdings, London ist nach Paris die zweitgrößte Stadt der Welt, und es gibt Kaufherren, die irgendwo in der Türkei Leuten begegnet sind, die zwar noch nie von England gehört haben, wohl aber von London. Den Reichtum der Einwohner solltet Ihr freilich nicht überschätzen, natürlich leben hier viele reiche Kaufleute, aber die Mehrzahl der Gewerbetreibenden besitzen nur einen kleinen Familienbetrieb mit einigen Gesellen und Lehrlingen, und die Produkte, die sie verkaufen, stellen sie selbst her. Ihr werdet bemerkt haben, daß die meisten Häuser mehrstöckige Fachwerkbauten sind mit einer schmalen Straßenfront, oben sind die Wohn- und Lagerräume, im Erdgeschoß Werkstatt und Laden, das ist das typische Londoner Haus. Insofern befindet Ihr Euch tatsächlich in einer Ladenstadt. Aber es gibt natürlich bessere und schlechtere Gegenden, die vornehmste und breiteste Straße, die Ihr Euch unbedingt ansehen müßt, ist die Cheapside, dort sind viele Goldschmiede und Geldwechsler ansässig. Für das vielfältige Warenangebot gibt es eine einfache Erklärung: In den Grafschaften versorgt man sich selbst, auch die Einwohner der Städte haben dort ein Stück Land und etwas Vieh, sie können schlachten, Brot backen, Bier brauen, die Schafe liefern die Wolle zum Spinnen und Weben. London hingegen ist die einzige Stadt

Englands, wo die Einwohner alles kaufen müssen, außerdem ist London der einzige Ort meines Königreiches, der den Einwohnern der Grafschaften die Produkte liefert, die sie nicht selbst herstellen können, also Silber- und Zinngeschirr, Schmuck, Jagdwaffen, Uhren, Navigationsbestecke, chirurgische Instrumente, aber auch kunstvolle Möbel, modische Kleider, hinzu kommt, daß London der größte englische Importhafen ist, und die Importeure sind verpflichtet, ihre Waren zuerst in London anzubieten, die Kaufleute der Hauptstadt haben das Vorkaufsrecht. Ihr müßtet einmal die Zeit der Gerichtssession erleben, die Herbergen sind dann überbelegt und der Handelsumsatz steigt um die Hälfte, die meisten Besucher Londons kommen wegen einer Gerichtssache und bei dieser Gelegenheit kaufen sie natürlich die Waren, die sie benötigen. London ist eine ausgesprochen kommerzielle Stadt, Ihr werdet hier keine besonders schönen Gebäude sehen, die Stadt wirkt vielleicht sogar etwas unansehnlich, das hängt natürlich auch mit der Zerstörung der Kirchen und Klöster in den dreißiger und vierziger Jahren zusammen, aber man legt hier auch keinen Wert auf repräsentative Bauten. Hier wird jedes freie Fleckchen für gewerbliche Bebauung genutzt. Ich persönlich finde dies richtig, der Handel ist die einzige Möglichkeit, daß aus England ein reiches Land wird.«

»Ihr werdet auch gemerkt haben«, sagte Robert,«daß das tägliche Leben sich auf der Straße abspielt, dort werden häufig Verkaufsgespräche geführt, fliegende Händler ziehen von Haus zu Haus und bieten ihre Waren an. Habt Ihr übrigens auf der London-Bridge die Pfähle auf einem der Brückenköpfe bemerkt?«

»Pfähle?« fragte Melville verwundert.

»Ja, dort werden die Köpfe der hingerichteten Hochverräter aufgespießt, das ist immer eine besondere Attraktion für die Besucher der Stadt.«

»Mein lieber Graf von Leicester«, sagte Elisabeth, *»dort* wurden die Köpfe aufgespießt. Solange ich regiere, wird kein Mensch hingerichtet werden, jedenfalls habe ich nicht die Absicht. Ich werde es so halten wie mein seliger Großvater, und Verrätern das Leben schenken, aber ihre Vermögen konfiszieren, das ist wirtschaftlich besser«, und zu Melville gewandt: »Wart Ihr auch schon im Tower?«

»Nein, Majestät, kommt man denn so ohne weiteres hinein?«

»In der Vergangenheit kam mancher Lord rascher hinein, als ihm lieb war, nun, der Tower ist nicht nur Gefängnis, Zitadelle, Münzstätte, Zeughaus und Schatzkammer, sondern, seit einigen Monaten auch Museum und Zoo, Ihr könnt fast alles besichtigen: die Rüstkammern, die Geschütze, den Sessel meines Vaters, die Schatzkammer, in der Menagerie gibt es einen Tiger, ein Stachelschwein und sechs Löwen.«

»Unter den Löwen«, ergänzte Cecil, »gibt es eine Löwin namens Elisabeta, die angeblich über hundert Jahre alt ist, aber der Spaß der Besichtigung des Towers ist natürlich nicht umsonst, Ihr müßt den Eintritt bezahlen, und der Wärter, der Euch alles zeigt, erwartet ein stattliches Trinkgeld.«

Die Königin, dachte Cecil im stillen, entdeckt immer neue Einnahmequellen, ursprünglich hatte er ihre Idee, den Tower zur Besichtigung freizugeben, bizarr gefunden, aber die Fremden zog er magnetisch an, die Wärter zeigten täglich mehreren Besuchsgruppen die Festung, und es gab schon Überlegungen, wie man die Besichtigungen rationeller organisieren konnte. Melville hatte staunend zugehört und beschloß, am nächsten Tag die Zitadelle, von der er schon soviel gehört, aufzusuchen.

»Wenn Ihr rasch von einem Ende der Stadt zum andern gelangen wollt«, sagte Robert, »so nehmt Ihr am besten den Wasserweg, es gibt Fährboote, die Euch von einem Ufer zum andern bringen, und Mietboote, die Euch auf Wunsch rasch befördern oder Euch auf der Themse spazierenfahren. Ein netter Ausflug wäre folgender: Ihr fahrt auf der Themse von hier, also von Westminster, bis zum Tower, Ihr besichtigt die Festung, setzt dann über zum anderen Ufer, Ihr seid dann auf der Südseite der Themse, von dort aus habt Ihr einen wundervollen Blick über den Fluß und die Stadtlandschaft, anschließend erholt Ihr Euch in einem der Pubs bei einem Krug Ale, und dann begebt Ihr Euch in den Stadtteil Southwark, in den westlichen Teil, die Bankside, das ist das Londoner Vergnügungsviertel, dort könnt Ihr Euch dann einen Stierkampf oder eine Bärenhatz ansehen.«

»Gütiger Himmel«, rief Melville, »da bin ich ja den ganzen Tag unterwegs.«

»Aber nein«, erwiderte Elisabeth, »höchstens einen halben Tag, die Bankside solltet Ihr Euch übrigens ansehen, weil sie nicht mehr lange in dieser Form bestehen bleibt. Ich möchte dort im Laufe der Jahre feste Häuser erbauen lassen, wo die Schauspieltruppen ihre Stücke aufführen können, das ist eine bessere Volksbelustigung als Tierkämpfe.«

Häuser, um Stücke aufzuführen, dachte Cecil entsetzt, das fehlt noch, daß die Londoner durch diesen Firlefanz von der Arbeit abgehalten werden, es reicht wahrhaftig, daß in den juristischen Kollegien dauernd Stücke aufgeführt werden. Die Leidenschaft der Königin für das Theater wird allmählich zur Manie. Er wandte sich an Melville: »Wenn Eure Zeit es erlaubt, solltet Ihr Euch auch die juristischen Kollegien ansehen, es sind klosterähnliche Anlagen mit viel Grünflächen, eine Oase der Ruhe, dort findet Ihr die besten Anwaltskanzleien der Stadt, dort werden auch die künftigen Juristen ausgebildet, Ihr solltet auch die St.-Pauls-Kirche besuchen, sie ist das geistliche Zentrum Londons, dort wird nicht nur am Sonntag gepredigt, sondern auch an normalen Wochentagen. Viele Geschäftsleute und Handwerker unterbrechen ihre Arbeit für eine Stunde und hören sich im Hof der Kirche eine der Predigten an.«

»Noch interessanter«, ergänzte Robert, »ist der Innenraum der Kirche, außerhalb der Gottesdienste ist das Kirchenschiff eine Wandelhalle, wo Kaufleute ihre Geschäfte vereinbaren, wo man Bekannte trifft, gebettelt wird dort natürlich auch, und vor allem müßt Ihr auf Euren Geldbeutel aufpassen, in der Kirche wimmelt es von Taschendieben.«

»Genug, Mylords«, rief Elisabeth, »ich möchte auch noch etwas von Sir Melville haben«, und zu dem Schotten, »ich hoffe, daß dies nicht Euer letzter Besuch in England war.«

»Gewiß nicht, Majestät.«

Inzwischen war das Dessert serviert worden, Puddings und Obstgrützen und dazu ein Wein, der herb-süß schmeckte.

»Der Wein heißt Alicante«, sagte Elisabeth und trank Melville zu, »es ist ein spanischer Dessertwein, hin und wieder trinke ich ganz gern ein Glas.«

Melville nippte an dem Wein und beobachtete verwundert, daß Elisabeth den Alicante nicht mit Wasser vermischte wie den Wein, der während der Mahlzeit serviert wurde, sie hatte – im Gegensatz zu Cecil und Leicester – nur wenig gegessen, und Melville fühlte sich verpflichtet, ihrem Beispiel zu folgen, mit dem Ergebnis, daß er noch hungrig war.

»Die erlesensten Weine«, sagte Elisabeth, »lagern übrigens im Keller des Oberbürgermeisters von London, er besitzt die besten Tropfen aus Griechenland, Spanien, Italien, Frankreich, Deutschland, ich könnte ihn bitten, daß der Rat der Stadt Euch zu einer festlichen Mittagstafel in die Guildhall einlädt. Ihr wißt wahrscheinlich, daß London eine eigene Stadtregierung hat, nun, die Stadt versteht zu feiern und zu repräsentieren, die Gastmähler in der Guildhall sind – entre nous – opulenter als bei Hof und dauern vom Mittag bis zum Abend, eine Delikatesse folgt der andern, na ja, der Oberbürgermeister ist auch reicher als ich.«

»Reicher als Euer Majestät? Das kann ich mir nicht vorstellen.«

»Ihr müßt wissen«, ergänzte Cecil, »daß der Oberbürgermeister seine Ausgaben selbst bestreiten muß, aus diesem Grund können nur die reichsten Kaufleute Londons dieses Amt bekleiden.«

Warum muß die Königin ständig mit ihrer Armut kokettieren, dachte Cecil leicht verärgert, sie ist doch nicht arm, ihre jährlichen Einkünfte betragen stattliche 200 000 Pfund Sterling, die Einkünfte ihrer geliebten schottischen Cousine hingegen..., was hat Maitland gesagt..., 10 000 Pfund Sterling. Dieses Bankett in der Guildhall ist mal wieder typisch für die Königin, sie wälzt Aufwand und Kosten auf die Stadt ab und schont die königliche Kasse, na, mir soll es recht sein...

»Mylord«, sagte Elisabeth und lächelte Melville an, »ich werde dafür sorgen, daß man Euch in die Guildhall einlädt, das bin ich dem Gesandten meiner lieben Cousine schließlich schuldig.«

Melville lächelte geschmeichelt und erwiderte: »Ich danke Euer Majestät, ich bin wirklich zutiefst beeindruckt von London, hier herrscht überall Sauberkeit auf den Straßen...«

»Das hängt mit dem vielen Regen zusammen«, warf Robert ein, »hinzu kommt das Gefälle der Stadt zum Fluß und der Fleet-Bach als Vorfluter, in London wird der Unrat genauso ungeniert auf die Straße geschüttet wie in den Grafschaften.«

»Etwas fiel mir während meiner Reise auf, was ich nicht ganz verstehe. Jedes Mal, wenn ich erzählte, daß ich nach London reise, hörte ich: ›O, Ihr wollt also in die Stadt?‹ Es klang so, als ob London die einzige Stadt Englands ist, aber das kann nicht sein.«

Seine Zuhörer lachten, und Cecil erwiderte: »Selbstverständlich gibt es außer London noch weitere Städte, aber für die Engländer ist der Begriff ›Stadt‹ gleichbedeutend mit London, das ist verständlich, wenn man bedenkt, daß es zwar über fünfhundert Ortschaften gibt, die das Stadtrecht besitzen, aber die meisten von ihnen sind kleine Flecken mit weniger als tausend Einwohnern. Die Orte, die die Bezeichnung Stadt verdienen, kann man an einer Hand abzählen: Nach London kommt Norwich, bekannt für sein Textilgewerbe, mit 15000 Einwohnern, dann Bristol, unser wichtigster Hafen im Westen, mit 10000 bis 12000 Einwohnern, schließlich noch York, die wichtigste Stadt im Norden, und Exeter, ein Zentrum im Westen.«

»Nun ja«, erwiderte Melville, »aber verglichen mit Schottland…«, er sah Robert an und fuhr fort: »Mylord, ich hoffe, Ihr seid nicht allzu enttäuscht von Edinburgh, die Stadt wurde nach dem Brand zwar neu erbaut, aber die Häuser sind klein, auch fehlt das geschäftige Leben Londons, die Straßen sind schmutzig, und auch ansonsten ist bei uns manches anders: Das Land ist durchsetzt mit vielen Binnenseen, es gibt nur wenige Wälder, die Aufforstung ist ein Problem, das die Regierung schon lange beschäftigt. Die Winter sind seit einigen Jahren ungewöhnlich kalt, die Sommer naß und stürmisch, unsere Dörfer und Häuser sind schmucklos und arm, es gibt weder Einfriedungen noch Zäune, die Bauern halten dies für überflüssig, weil das Land ihnen nicht gehört, sie pachten es nur für einige Jahre, unsere kleinen Städte sind nicht von Mauern umgeben, die Straßen schlecht, man ist ständig von Vagabunden bedroht, Kutschen gibt es erst seit der Ankunft von Königin Maria; wir haben nur wenige Herbergen, wo man übernachten kann, die Lords wohnen, wenn sie reisen, bei anderen Lords.«

»Wie viele Einwohner hat Schottland?« fragte Robert.

»Ungefähr 600 000, England hat – soviel ich weiß – ungefähr vier Millionen und Frankreich sogar annähernd dreizehn Millionen, ja, für meine Königin war es nicht leicht, sich einzuleben, besonders weil die Lords sich als autonome Herren auf ihren Ländereien betrachten, wir haben noch ein straff organisiertes Lehenssystem, und die Vasallen fühlen sich zuerst den Oberhäuptern der Clans verpflichtet. Bei uns hat der König nicht das Recht, zwischen den Hauptlehensbesitzer und seine Vasallen zu treten, das verhindert natürlich einen engeren Kontakt zwischen König und Volk. Ich sage Euch das, Mylord, damit Ihr nicht allzu schockiert seid, falls Ihr eines Tages Schottland besucht.«

»Ja, natürlich«, murmelte Robert. Verflixt, dachte er, hatte Maria Stuart etwa doch mehr Interesse an ihm als an Darnley? Während Melville die Verhältnisse in Schottland schilderte, sahen Elisabeth und Cecil einander verstohlen an, und beide dachten dasselbe: Erwägt die schottische Königin doch eine Ehe mit Dudley?

Wie kann ich das verhindern, grübelte Cecil.

Ich möchte Robert bei mir behalten, überlegte Elisabeth, aber sie darf natürlich auch nicht Darnley heiraten, am besten wäre es, wenn sie unverheiratet bliebe...

Sie hob die Tafel auf und führte die Besucher in ihr Schlafgemach, das sie im Laufe der Jahre in einen Wohn-Schlafraum verwandelt hatte. Hier empfing sie nur die Hofleute, denen sie sich besonders verbunden fühlte, Cecil, die Dudleys, die Boleyns, die Ashleys, von den ausländischen Gesandten durfte nur de Silva den Raum betreten.

Sie zeigte Melville das Gemach, weil es zu ihrem Inszenierungsprogramm gehörte, er sollte vor allem das prachtvolle Bett sehen mit den vergoldeten Pfosten und den schweren Vorhängen aus Goldbrokat...

Melville blieb tatsächlich an der Tür stehen, so geblendet war er von der Pracht dieses Raumes: Er sah venezianische Spiegel, Kristallvasen, goldene Weinbecher, persische Teppiche, türkische Seidenkissen, Samtvorhänge, silberne Kerzenleuchter, eine kunstvoll geschnitzte Standuhr aus Ebenholz... Auch Cecil staunte jedes Mal, wenn er diesen Raum betrat, seine Königin hatte im Laufe der Jahre einen Hang zum Luxus entwickelt, den er manchmal nicht ganz verstand, schließlich war dies kein offizielles Audienzzimmer, sondern ein völlig privater Raum!

»Ich werde dem Grafen von Leicester noch etliche Ländereien schenken«, sagte Elisabeth zu Melville. Cecil spürte, daß sie sich mit dem Schotten ungestört unterhalten wollte, und so ging er mit

Leicester – so wurde Robert jetzt bei Hof genannt – zum Erker des geräumigen Zimmers und begann eine Unterhaltung über die Kaufpreise der Häuser am Strand.

»Dort herrscht der reinste Preiswucher, wenn ich heute ein repräsentatives Haus erwerben wollte, würde ich ein Palais in Chelsea kaufen, dort ist es noch etwas billiger, jedes Mal, wenn ich de Silva sehe, klagt er, daß er Durham Palace nicht verkaufen kann, kein Wunder bei dem Preis, den er verlangt. Ich verstehe überhaupt nicht, daß er ein neues Domizil sucht, als Gesandter der Großmacht Spanien muß er angemessen repräsentieren, und Durham Palace ist eine der größten und prachtvollsten Residenzen Londons.«

Robert lächelte. »Vielleicht fürchtet de Silva, daß die Pest noch in den Räumen hängt... Durham Palace wurde übrigens vor drei Tagen verkauft – an mich. Ich gebe zu, es war leichtsinnig, aber ich konnte nicht widerstehen und außerdem...«, er zögerte etwas und beschloß dann, bei Cecil etwas vorzufühlen: »Ich muß meiner hochgeborenen künftigen Gemahlin eine angemessene Unterkunft bieten, falls sie einmal nach London kommt.«

Cecil lachte kurz und spöttisch auf. »Glaubt Ihr wirklich noch, daß Ihr eine Königin heiraten werdet?«

Robert überhörte die zweideutige Anspielung und erwiderte: »Im November soll in Berwick darüber verhandelt werden, ich persönlich würde lieber in England bleiben, aber ich werde mich natürlich den Wünschen Ihrer Majestät fügen, wenn Ihre Majestät wünscht, daß ich nach Schottland gehe, nun ja, dann bleibt mir nichts anderes übrig.«

Cecil lächelte.

»Ich kann verstehen, daß Ihr lieber in England bleiben wollt. Ich persönlich würde es übrigens begrüßen. Was die Wünsche Ihrer Majestät betrifft, glaubt Ihr wirklich noch, daß die Königin Euch fortschicken wird – erinnert Euch an die gestrige Zeremonie...«

Robert sah Cecil überrascht an, es kam selten vor, daß der Staatssekretär sich eindeutig äußerte, und blitzartig durchzuckte ihn der Gedanke, daß Cecil gegen diese Heirat mit Maria Stuart war, und er fragte sich, warum.

Cecil trat näher zu Robert und sagte leise: »Es gibt noch einen anderen Bewerber um die Hand der schottischen Königin, Melville hat vorgestern der Gräfin von Lennox einen längeren Besuch abgestattet.«

Robert stutzte. »Der junge Lord Darnley?« flüsterte er.

Cecil nickte. »Die Affäre gärt schon seit dem Frühjahr.«

»Mit Verlaub, Mylord, die Affäre gärt schon länger, ich habe zum ersten Mal vor fast einem Jahr davon gehört, dem Gerücht aber keine Bedeutung beigemessen.«

Nun sah Cecil Robert überrascht an.

»So? Vor einem Jahr? Interessant«, und fast gleichzeitig blickten beide zu Melville und der Königin, die in einer Ecke saßen und sich angeregt unterhielten.

Robert überdachte die Situation, und auf einmal wußte er, daß Cecil aus irgendwelchen politischen Gründen, die wahrscheinlich nur dem Staatssekretär bekannt waren, Maria Stuart mit Darnley verkuppeln wollte... Das war natürlich eine ganz neue Perspektive, die ihm, dem Grafen von Leicester, nur recht sein konnte, und beiläufig ging ihm durch den Kopf, daß Cecil bisher immer erreicht hatte, was er wollte...

Elisabeth erhob sich und ging, gefolgt von Melville, zu dem halbhohen Schränkchen neben ihrem Bett, sie öffnete die oberste Schublade, und Melville erblickte einige Edelsteine und in Papier gewickelte Miniaturen.

Sie nahm eine davon, und der Schotte sah, daß darauf in ihrer Handschrift stand: Das Bild meines Lords. Sie zögerte, die Miniatur auszuwickeln, und schließlich sagte Melville: »Euer Majestät wollten mir etwas zeigen.«

Da entfernte Elisabeth das Papier, und im Schein der Kerzen, die auf dem Schränkchen standen, sah der Schotte das Porträt Robert Dudleys.

»Majestät, wollt Ihr das Bild nicht der Königin von Schottland schicken, Euer Majestät besitzen doch das Original«, und er blickte hinüber zu Cecil und dem Grafen.

»Nein, Mylord, ich kann das Bild nicht entbehren, es ist das einzige, das ich vom Grafen von Leicester besitze.«

Sie wickelte die Miniatur wieder ein, legte sie zurück und sah nun ebenfalls zu den beiden Männern im Erker.

Ihre Augen trafen sich mit denen von Robert, und während Robert sich fragte, was sie Melville gezeigt hatte, war Cecil der Blickkontakt nicht entgangen, und er dachte sich seinen Teil.

Inzwischen hatte Melville in der Schublade einen großen, funkelnden Rubin entdeckt, der im Kerzenlicht wie Feuer glühte, und er fragte Elisabeth, ob sie Maria Stuart nicht den Rubin schenken wolle.

»Nein, Mylord, wenn die Königin von Schottland bereit ist, meine Ratschläge zu befolgen, dann kann sie damit rechnen, daß sie eines Tages alles erbt, was ich besitze.«

Sie schloß die Schublade und ging hinüber zum Erker.

»Mylord«, sagte sie zu Cecil, »ich muß Euch jetzt leider der Gesellschaft des Grafen berauben, ich möchte nämlich eine Partie Schach mit ihm spielen«, und zu Robert: »Meine erste Schachpartie mit dem Grafen von Leicester... Kommt«, sie lächelte Robert an, er erwiderte ihr Lächeln, und dann gingen sie gemeinsam zu dem Schachtisch.

Na, dachte Cecil, zwischen den beiden knistert es ganz beachtlich, aber da England inzwischen zum Mittelpunkt ihres Lebens geworden ist, wird sie den Kopf nicht verlieren, und ihre wiedererwachte Neigung für Robert wird sie hoffentlich von dem schottischen Heiratsplan abbringen...

»Wir wollen Karten spielen und ein bißchen plaudern«, sagte er zu Melville und führte ihn zu einem Tisch, der von den Schachspielern so weit entfernt war, daß man nicht hören konnte, was gesprochen wurde, er wollte sich mit Melville über ein Ereignis unterhalten, das ihn seit dem Frühjahr 1563 hin und wieder beschäftigte, weil er es nicht einordnen konnte, es schien nicht in das Bild zu passen, das Europa von Maria Stuart hatte.

Zu Maria Stuarts Hofstaat gehörte auch der französische Dichter Chastelard, der seine Herrin verehrte und sie seinerzeit nach Schottland zurückbegleitet hatte. Dieser Chastelard war einige Monate nach der Rückkehr öffentlich hingerichtet worden, weil er – laut Randolph – die Ehre der Königin beleidigt habe, wobei unklar blieb, was genau damit gemeint war. Cecil und Elisabeth vermuteten, daß Chastelard anzügliche Verse gedichtet und sie der tugendhaften, sittsamen Königin vorgetragen hatte, vielleicht war sie darüber empört, und die Feinde des Dichters hatten den königlichen Zorn für eine höfische Intrige genutzt, die ihn zu Fall brachte, dergleichen kam öfter vor und war nicht weiter ungewöhnlich.

Randolphs Brief wanderte ins Staatsarchiv, und die Königin und ihr Staatssekretär konzentrierten sich auf wichtigere Dinge, nämlich die religiösen Unruhen in Frankreich. Als Maitland im März 1563 in London weilte, kam, während der zahlreichen Gespräche, die er mit Cecil führte, irgendwann die Rede auf Chastelard, und nachdem Cecil hoch und heilig hatte versprechen müssen, keinem Menschen, auch nicht der Königin, davon zu erzählen, hatte Maitland berichtet, was seinerzeit in Schloß Holyrood vorgefallen war, und Cecil hatte entgeistert zugehört. Es war skandalös, unglaublich und eben auch unverständlich.

Cecil nahm die Karten auf, mischte, und während er sie verteilte, fragte er beiläufig: »Mylord, ist es wahr, was ich vor einiger Zeit hörte, der Dichter Chastelard drang in das Schlafzimmer der Königin ein, als sie sich zur Ruhe begeben wollte und wurde deswegen hingerichtet?«

Melville sah Cecil überrascht an und ordnete dann verlegen seine Karten.

»Ja, Mylord, es ist wahr, Chastelard drang zweimal bei Ihrer Majestät ein, beim ersten Mal versteckte er sich hinter einem Vorhang, während Ihre Majestät sich entkleidete, die Kammerfrauen entdeckten ihn und hielten es für einen dummen Scherz, jedenfalls machte die Königin kein Aufhebens, und vor dem Grafen von Murray wurde der Vorfall verschwiegen. Beim zweiten Mal drang er in das Schlafzimmer ein, als die Königin schon schlief, und als sie bei dem Geräusch erwachte, erschrak sie natürlich, rief um Hilfe, man ergriff Chastelard – und dieses Mal konnte die Sache vor dem Grafen nicht mehr vertuscht werden. Murray sah nur eine Möglichkeit, die Ehre und den Ruf der Königin zu retten, nämlich die öffentliche Hinrichtung Chastelards. Ihre Majestät mochte den Dichter, sie hätte ihm wahrscheinlich das Leben geschenkt und ihn nur für eine gewisse Zeit vom Hof verbannt, aber sie beugte sich dem Willen des Grafen von Murray…«

»Gütiger Himmel, was so alles passiert. Indes, der Graf hat recht, wenn er auf harter Bestrafung bestand.«

Während Cecil seine Karten ordnete, streifte ihn ein flüchtiger Gedanke, und er sagte, mehr zu sich selbst als zu Melville: »Chastelard ist also der erste Mann, der für die Königin von Schottland gestorben ist.«

»Mylord«, erwiderte Melville verwundert, »er ist der einzige Mann.«

Cecil lächelte den Schotten freundlich-spöttisch an. »Gewiß, aber gleichzeitig ist er auch der erste Mann«, und er spielte eine Karte aus.

Der Engländer gewann das erste Spiel, und während Melville mischte und verteilte, kam Cecil noch einmal auf Chastelard zurück.

»Die Sitten am französischen Hof mögen lockerer sein als bei uns, aber auch in Paris gibt es Grenzen, die man nicht ohne weiteres überschreitet. Ich verstehe nicht ganz, was Chastelard sich gedacht hat, Verehrung hin oder her, man dringt doch nicht ohne weiteres in das Schlafzimmer der Monarchin ein, es sei denn, die Königin hat durch ihr Benehmen Hoffnungen erweckt, kann es sein, daß sie ihn ermuntert hat?«

Melville hielt inne mit Mischen und dachte nach.

»Nein, Mylord, die Königin liebte seine Verse und mochte ihn, aber sie mag auch die anderen jungen Männer am Hof, gewiß, am Abend ist die Atmosphäre immer locker und ungezwungen, aber das ist auch alles.«

Cecil gewann auch das zweite Spiel, weil Melville sich nicht auf die Karten konzentrierte, und er beobachtete, daß der Schotte über etwas nachdachte.

Während Cecil erneut mischte, sagte Melville auf einmal: »Ich glaube, Ihre Majestät hat Chastelard indirekt ermuntert, wobei dies der Königin wahrscheinlich gar nicht bewußt war.«

Cecil horchte auf und legte die Karten zur Seite.

»Indirekt, wie meint Ihr das?«

»Nun ja, wie soll ich es Euch erklären? Ein Blick, ein Lächeln, ein Wort, eine Geste, ein leichter Händedruck der Königin beim Tanz, haben wahrscheinlich bei Chastelard den Eindruck erweckt, daß sie bereit ist, ihm ihre Gunst zu schenken, ich komme darauf, weil..., weil Chastelard nicht der einzige ist, der so empfunden hat…, auch mir geht es so, manchmal… Meistens beim Tanz, wenn die Königin mich anlächelt, dann fühle ich mich irgendwie als Mann herausgefordert… Ich bin nicht der einzige, bei dem sie den Eindruck erweckt, daß sie bereit ist, ihm die letzte Gunst zu gewähren, aber glaubt mir, Mylord, Ihre Majestät weiß wahrscheinlich gar nicht, wie sie auf Männer wirkt, sie ist die Tugend in Person. Ihr versteht, was ich meine?«

»Natürlich, Mylord«, es war unglaublich, was Melville alles erzählte, aber wahrscheinlich war es die Wahrheit, gleichviel, Maria Stuart benahm sich anscheinend wie ein leichtfertiges Weibsbild, nicht wie eine Königin. Melville ist ein Dummkopf, eine Frau spürt doch, wie sie auf Männer wirkt…

»Nun, Mylord«, er lächelte den Schotten freundlich an, wobei seine stahlblauen Augen spöttisch aufblitzten, »irgendwann wird die tugendhafte Königin erwachen – und dann? Wie geht es dann weiter?«

»Nun ja«, erwiderte Melville zögernd, »neulich sagte einer der französischen Herren zu mir – das muß aber unter uns bleiben, Mylord –«

»Selbstverständlich«, Cecil beugte sich etwas vor, die Unterhaltung über die sittsame Königin von Schottland wurde immer interessanter…

»Also, der Franzose meint, in der Königin schlummere eine starke Sinnlichkeit, die erst erwacht, wenn sie dem richtigen Mann begegnet.«

»Interessant. Hat er auch prophezeit, wie die Königin mit ihrer erwachten Sinnlichkeit umgehen wird, das ist nämlich der springende Punkt dabei.«

»Nein, Mylord, wie sollte er das wissen?«

»Na, warten wir in Ruhe ab«, Cecil nahm die Karten, verteilte sie und sah dabei hin und wieder hinüber zu dem Schachtisch.

Leicester schien angestrengt über einen Zug nachzudenken, während Elisabeth lässig zurückgelehnt in ihrem Stuhl saß und den Grafen verträumt-verliebt betrachtete.

Mein Gott, dachte Cecil, welch ein Unterschied zwischen Elisabeth und Leicester und Maria und Lord X, dem noch unbekannten richtigen Mann…

Es war einfach unvorstellbar, daß Robert je gewagt hätte, einfach nachts in das Schlafzimmer der Königin einzudringen, auch nicht damals, als Elisabeth ernsthaft erwog, ihn zu heiraten, und Cecil erinnerte sich an die Kußszene, die er damals im Park von Windsor beobachtet hatte... Sie war in jenem Augenblick nur eine Frau gewesen, die liebte, hatte aber gleichzeitig ihre königliche Würde gewahrt. In der Diplomatie, überlegte Cecil, verhält sie sich fast nur zweideutig, aber ihr Benehmen gegenüber den Herren des Hofes ist immer korrekt, eindeutig, nie anzüglich... Jetzt, nachdem Melville ihm einiges über Maria Stuart erzählt hatte, was ihn nachdenklich stimmte, sehr nachdenklich sogar, jetzt wußte Cecil, daß seine einstige Sorge, Elisabeth könne bei Robert Dudley den Kopf verlieren und dieser Leidenschaft alles unterordnen, unnötig gewesen war.

Während seines Aufenthaltes in London empfing Elisabeth Melville jeden Tag zu einer Audienz. Bei diesen Gelegenheiten trug sie ihre elegantesten Roben, ihren kostbarsten Schmuck, und Lucy war jeden Tag der Verzweiflung nahe, weil ihre Herrin unzählige Male Änderungen an der Frisur wünschte.

Der Schotte fühlte sich einerseits durch die Audienzen geschmeichelt, andererseits geriet er in die größte Verlegenheit, wenn Elisabeth ihn bat, etwas über Maria Stuart zu erzählen; wenn sie ihn liebenswürdig anlächelte und ihn mit sanfter Stimme fragte, ob das Haar ihrer lieben Cousine glänze, ob der Teint blaß oder rosig schimmere, wie sie Spinett spiele, tanze, Latein und Griechisch beherrsche, bei diesen Fragen spürte Melville, daß die englische Königin Komplimente erwartete, die ihre Person betrafen, und da er fand, daß beide Frauen auf ihre Art reizvoll aussahen, so erwiderte er:

»Euer Majestät sind die schönste Königin in England, meine Herrin ist die schönste Königin in Schottland.«

Elisabeth lachte. Die Antwort gefiel ihr, sie war diplomatisch, schlagfertig und bewies Loyalität gegenüber der eigenen Monarchin, und Loyalität konnte man nicht hoch genug einschätzen.

Am letzten Tag seines Aufenthaltes arrangierte sie es so, daß er ihr Spinettspiel hören konnte, und als sie ihn nach einer Weile ›zufällig‹ sah, wies sie ihn scherzhaft zurecht, sie pflege nicht vor Männern zu spielen, sondern nur für sich allein.

»Ich bitte Euer Majestät um Vergebung, daß ich hinter der Portiere stand, aber... Euer Majestät spielen weitaus besser als Königin Maria.«

Dieses Kompliment war spontan und aufrichtig gemeint.

Als Melville London nach neun Tagen verließ, empfand er die gleichen gemischten Gefühle wie bei seiner Ankunft, die Königin von England hatte ihn zwar huldvoll empfangen, Sir Cecil war ihm ausgesprochen liebenswürdig und leutselig begegnet, aber was den Grafen von Leicester betraf, so war Melville keinen Schritt weitergekommen. Wenn er das Thema Ehe und Thronfolge ansprach, hatte Elisabeth erwidert, darüber werde in Kürze in Berwick verhandelt, und Melville fragte sich im stillen, ob die englische Königin eine Heirat ihres Günstlings mit Maria Stuart überhaupt wünschte.

Im November trafen in Berwick Murray und Maitland mit Randolph und Bedford zusammen und begannen über die Ehe zwischen der Königin von Schottland und dem Grafen von Leicester zu verhandeln, wobei die Engländer, auf Anweisung Elisabeths und Cecils, sich in der Frage der Anerkennung Maria Stuarts als englische Thronerbin nicht festlegen sollten, überhaupt sollte dieses Thema möglichst vermieden werden, und sie konnten sich mit den Verhandlungen Zeit lassen.

In jenem November warb – zu Elisabeths Überraschung – Katharina von Medici für ihren Sohn Karl IX. um die Hand der englischen Königin.

Elisabeth und Cecil waren sich einig, daß ein Bündnis mit Frankreich im Auge behalten werden mußte, und so wurde die Werbung wohlwollend entgegengenommen, die Verhandlungen würden ohnehin Jahre dauern. Der November verging, es wurde Dezember, und in Whitehall bereitete man sich auf das Weihnachtsfest vor.

Elisabeth freute sich stets auf die Feiertage, weil dann die Staatsgeschäfte ruhten und sie sich in Muße ihrer privaten Lektüre widmen konnte. Aber in jenem Dezember 1564 fühlte sie sich von einer merkwürdigen inneren Unruhe ergriffen, sie wartete auf etwas, wußte aber nicht, worauf.

Es ist wie die Ruhe vor dem Sturm, dachte sie manchmal.

Ungefähr eine Woche vor Weihnachten traf ein Brief Maria Stuarts ein, worin die schottische Königin darum bat, Lord Darnley nach Schottland reisen zu lassen, der Graf von Lennox wolle seinen Sohn in die Verwaltung der Ländereien einarbeiten. Elisabeth war empört.

»Für wie dumm hält sie mich eigentlich?« fragte sie Cecil, der aufhorchte, als er die Neuigkeit vernahm, das war der glückliche Zufall, auf den er seit Monaten wartete!

»Denkt sie vielleicht, ich wüßte nicht, daß Darnley als Freier im Spiel ist? Er bleibt hier, ich denke nicht daran, ihm die Ausreise zu gestatten!«

»Majestät«, begann Cecil vorsichtig, »ist es nicht verständlich, daß der Graf seinen Sohn einarbeiten will?«

»Redet kein dummes Zeug, Mylord, wenn Darnley in Schottland ist, wird sie ihn heiraten.«

»Das weiß ich nicht, Majestät.«

»Aber ich weiß es, sie darf keinen englischen Thronprätendenten heiraten und dadurch ihren eigenen Anspruch stärken, er bleibt hier – das ist mein letztes Wort!«

Am nächsten Tag bat die Gräfin von Lennox darum, ihrem Sohn die Reise zu gestatten, sie verbürge sich dafür, daß er binnen eines Monats zurückkehre.

Cecil versuchte erneut, Elisabeth umzustimmen. »Majestät, die Gräfin bürgt...«

»Ich gebe nichts auf ihr Wort, er bleibt hier!«

Sie schwieg unvermittelt und sah Cecil prüfend an, aber er hielt ihrem Blick stand.

»Ich habe fast den Eindruck«, sagte sie spitz, »daß Eure Lordschaft gar nichts gegen diese Heirat haben.«

»Majestät, um Gottes willen – nein, ich sehe die Gefahren dieser Verbindung ebenso wie Euer Majestät.«

Es ist zwecklos, sie jetzt umzustimmen, überlegte er, am besten, ich lasse Weihnachten und Neujahr verstreichen, und dann... Bin ich in diesem Fall überhaupt der richtige Gesprächspartner? Nein, ich muß das Problem anders lösen, wozu gibt es einen Grafen von Leicester?

Seinem männlichen Charme kann sie, Gott sei Dank, immer noch nicht widerstehen, und es ist in Leicesters eigenem Interesse, wenn Darnley nach Schottland geht, also... Im Januar werde ich ihn in seinem neuen Haus besuchen.

Als Robert an einem Vormittag Anfang Januar 1565 durch Durham Palace ging, die renovierten Räume inspizierte und achtgab, daß die Handwerker, die immer noch im Haus waren, arbeiteten und nicht faulenzten, wurde Cecil gemeldet.

Robert sah überrascht auf. Es war lange her, daß Cecil zu ihm gekommen war, damals, in jenem schicksalsschweren Herbst 1560...

»Ich hoffe, Ihr verzeiht den Überfall, Mylord«, sagte Cecil, »aber ich kam zufällig hier vorbei, und da ich schon seit einigen Tagen über ein bestimmtes Problem mit Euch reden will, dachte ich mir, ich nutze die Gelegenheit.«

Robert führte Cecil in sein Arbeitszimmer und befahl, Rotwein zu bringen. Der Staatssekretär betrachtete den Grafen eine Weile sinnend, dachte an sein Vorhaben und zögerte..., für den Bruchteil von Sekunden hatte er das Gefühl, daß er noch nie zuvor das Schicksal Englands und Schottlands so in der Hand hielt wie jetzt, in diesem Augenblick...

Er hatte unzählige Male die verschiedenen Möglichkeiten durchgespielt, unter Berücksichtigung der gegebenen Faktoren: der gewalttätige Charakter der Schotten, die Herrschaft der Lords, Murrays Klugheit und Ehrgeiz und... die Mentalität der schottischen Königin..., wenn seine Rechnung aufging, kam es in Schottland zu Unruhen, die England für sich nutzen konnte...

»Auf Ihr Wohl, Mylord«, sagte Robert und trank Cecil zu.

«Auf das Wohl Englands«, erwiderte der Staatssekretär, trank einen Schluck und stellte den Becher dann fest auf den Tisch, so, jetzt, kein Zögern mehr...

»Mylord, ich möchte mit Euch über die schottische Heiratsangelegenheit sprechen. Ihr wißt, daß Ihre Majestät dem jungen Darnley nicht erlaubt, nach Schottland zu reisen, weil sie befürchtet, daß Maria Stuart ihn heiratet, Ihre Majestät ist gegen diese Heirat, die Gründe sind Euch bekannt. Was mich betrifft, ich deutete es Euch schon einmal an, würde ich eine Heirat Maria Stuarts mit Darnley begrüßen, diese Verbindung wird bei den Lords und beim Volk Unwillen erregen, weil Darnley Katholik ist; der gute Knox wird von der Kanzel herab gegen diese Ehe predigen, kurz, ich rechne damit, daß es zu Unruhen kommt, die England politisch ausnutzen kann, ganz abgesehen davon, daß Maria Stuart dann von der englischen Thronfolge ausgeschlossen wird. Falls Ihre Majestät Darnley reisen läßt, gibt es zwei Möglichkeiten: Entweder, es kommt zu einer Ehe mit den geschilderten Folgen, oder Darnleys Erscheinung verunsichert die schottische Königin und ihre Ratgeber, sie wissen nicht, welchem Kandidaten sie den Vorzug geben sollen, Euch oder Darnley, die Angelegenheit verzögert sich, und solange Maria Stuart unverheiratet ist, bleibt die Frage ihrer Nachfolge in der Schwebe, inzwischen kommt es vielleicht hier in England zu einer Lösung, sei es, daß Ihre Majestät heiratet, sei es, daß sie die Söhne von Lady Grey doch noch legitimieren läßt und als Nachfolger bestimmt, sei es, daß sie Euren Schwager, den Grafen von Huntingdon, zum Thronfolger erklärt. Kurz, Darnleys Anwesenheit in Schottland würde, so oder so, die jetzige unbefriedigende Situation verändern, stimmt Ihr mir zu?«

»Ja, Mylord.«

Warum erzählt er mir das alles, überlegte Robert.

»Nun zu Euch«, fuhr Cecil fort, »ich denke mir, daß Darnleys Anwesenheit in Schottland in Eurem Interesse ist, und es gibt am Hof nur einen Mann, der bei Ihrer Majestät in diesem Punkt etwas erreichen kann – Ihr, Mylord. Nur Ihr könnt die Königin überreden, Darnley ziehen zu lassen.«

Cecil trank einen Schluck Wein und beobachtete Robert, in dessen Gesicht sich Überraschung und Unentschlossenheit spiegelten.

»Ich würde Euch gerne unterstützen, Mylord«, sagte Robert nach einer Weile, »welches Argument kann die Königin überzeugen?«

»Nun, Ihr könntet über die negativen Eigenschaften Darnleys reden und argumentieren, daß die schottische Königin, wenn sie ihn persönlich kennenlernt, ihn wahrscheinlich kaum anziehend finden wird, im übrigen wird wahrscheinlich weniger das Argument Ihre Majestät überzeugen, sondern die Art, wie Ihr es vortragt.«

»Ich verstehe. Gut, ich werde es versuchen, aber was ist, wenn ich die Königin nicht überreden kann?«

»Ihr werdet sie überreden, davon bin ich überzeugt.«

Als Cecil gegangen war, überlegte Robert, wann sich die nächste günstige Gelegenheit ergeben würde, das heikle Thema anzusprechen, in ein paar Tagen war ein Ball. Beim Tanz war Elisabeth immer gut gelaunt..., er würde während der Pavane von Darnley reden, während der Volta darauf zurückkommen...

»Gibt es Neuigkeiten aus Berwick?« fragte er leise, als sie langsam zu den Klängen der Pavane durch den Saal schritten.

»Nein.«

Nach einer Weile sagte Elisabeth: »Ich bin diese Situation allmählich leid, ich möchte verhindern, daß sie Darnley heiratet, und ich weiß nicht, wie. Gewiß, ich kann ihm die Ausreise verbieten, aber ich kann nicht verhindern, daß ein schriftlicher Ehevertrag geschlossen wird.«

»Es gibt eine Möglichkeit, dies zu verhindern, Majestät, gewährt ihm die Reiseerlaubnis. Wenn die Königin von Schottland Lord Darnley kennenlernt, wird sie ihn so abstoßend finden, daß sie auf eine Heirat verzichtet.«

Elisabeth sah Robert zweifelnd an.

»Ich weiß nicht recht, ich muß darüber nachdenken...«

Am andern Morgen ritt ein Eilkurier zum Palais der Gräfin von Lennox und überbrachte die Reiseerlaubnis für ihren Sohn. Anfang Februar verließ Lord Darnley England.

Am Abend seines Abreisetages saß Kate mit einer Näharbeit im Schlafzimmer der Königin, während Elisabeth vor der Kommode neben ihrem Bett stand und den Rubin betrachtete, den Melville einige Monate zuvor als Geschenk für Maria Stuart erbeten hatte.

Sie überlegte, daß sie jedem anderen Menschen ohne weiteres den Edelstein geschenkt hätte, aber ihrer Cousine?

Nein, ich gönne ihr nichts, dachte Elisabeth, weil... Weil ich sie hasse!

Sie stieß die Schublade zu und setzte sich zu ihrer alten Erzieherin.

»Der junge Darnley ist heute morgen nach Schottland abgereist, Kate, alea iacta est.«

»Wie meint Ihr das, Majestät?«

»Mein Gefühl sagt mir, daß Maria Stuart ihn heiraten wird.«

Kate sah erstaunt von ihrer Näharbeit auf. »Majestät, habt Ihr ihn nicht gehen lassen, damit sie ihn kennenlernt und daraufhin beschließt, ihn nicht zu heiraten?«

»Ja, aber... Wie soll ich es dir erklären? Maria Stuart ist noch jung, im letzten Dezember wurde sie zweiundzwanzig, wahrscheinlich wurde sie noch nie ernsthaft umworben... Darnley wird sich in Edinburgh natürlich von seiner besten Seite zeigen, seine Werbung wird ihr schmeicheln, und so wird sie sich in ihn verlieben und ihn heiraten... Ich habe eine ähnliche Situation selbst erlebt, gewiß, ich war einige Jahre jünger als sie, damals, bei Thomas... Die meisten Frauen verlieben sich in den ersten Mann, der sie begehrt, bei ihr wird das nicht anders sein.«

Kate lächelte. »So, so, trotzdem habt Ihr Euch vom Grafen von Leicester dazu überreden lassen, Darnley die Ausreise zu genehmigen, der Graf hat anscheinend noch nichts von seiner Anziehungskraft eingebüßt.«

Elisabeth überhörte die letzten Worte und erwiderte: »Robin hat mich überredet, das ist wahr, aber vielleicht will ich sogar, daß sie Darnley heiratet.«

»Das verstehe ich nun überhaupt nicht, Majestät, wochenlang wart Ihr gegen diese Ehe, jetzt seid Ihr dafür, wißt Ihr überhaupt, was Ihr wollt?«

Elisabeth schwieg eine Weile, und dann sagte sie mehr zu sich selbst als zu Kate: »Cecil meint – und wahrscheinlich hat er recht –, daß die Ehe mit Darnley die Königin von Schottland in Schwierigkeiten bringen wird – und das wünsche ich ihr… Ja, Kate, sie müßte in solche Schwierigkeiten kommen, daß sie, die purpurgeborene Königin von Schottland, gezwungen ist, mich, den Bastard Anna Boleyns, und für Maria Stuart bin ich nach wie vor ein Bastard, mich um Hilfe zu bitten… Frankreich, also ihre Schwiegermutter Katharina, wird sie in einer schwierigen Situation nicht unterstützen, und Philipp hat andere Sorgen.«

»Majestät, das ist kein guter Wunsch, denkt daran, schlechte Wünsche kommen auf uns selbst zurück.«

»Dummer Aberglaube, ich bin ein Mensch, Kate, keine Heilige. Kein Mensch denkt nur edel.«

»Gütiger Gott, beschütze unsere Insel«, sagte Mrs. Ashley leise.

XXI

Einige Monate später, am 5. Juni 1565, kehrte Cecil von Greenwich nach Theobalds zurück, wo er am frühen Abend eintraf. Er übergab dem Reitknecht das Pferd, blieb noch einige Augenblicke im Hof stehen und genoß den warmen Frühsommerabend.

Er war gut gelaunt, weil die Dinge in Schottland sich in seinem Sinn entwickelten.

In der Großen Halle stürzte die inzwischen neunjährige Anna freudestrahlend in seine Arme.

»Wie schön, Vater, daß Ihr einmal früher nach Hause kommt.«

Cecil lächelte. »Die Königin will allein sein, Maus«, und dabei mußte er, wie schon öfter während der letzten Wochen, daran denken, daß seine Tochter in wenigen Jahren ein junges Mädchen war, das sich verlieben würde, und er empfand eine leichte Eifersucht auf den noch unbekannten jungen Mann, an den er sie verlieren würde.

»Was machen deine Fortschritte in Latein, Maus?«

»Ach…, mein Lehrer ist zufrieden, er lobt meine Bemühungen.«

»So? Na, übersetze mal folgenden Satz: ›Nuptiae carnales a laetitia incipiunt et in luctu terminantur.‹«

Anna überlegte und erwiderte nach einer Weile zögernd: »Fleischliche Ehen beginnen mit Glück und enden im Streit.«

»Du darfst ›nuptiae carnales‹ nicht wörtlich übersetzen, sondern im übertragenen Sinn, es muß heißen: Ehen, die aus sinnlichem Verlangen geschlossen werden…«

»Was ist sinnliches Verlangen, Vater?«

In diesem Augenblick betrat Lady Cecil unbemerkt die Halle und hörte erstaunt und befremdet die Frage ihrer Tochter.

Cecil zögerte und erwiderte nach einer Weile: »Höre, Maus, ich habe jetzt keine Zeit. Die Frage läßt du dir gelegentlich von deiner Mutter beantworten.«

Lady Cecil wollte die Unterhaltung unterbrechen, da sagte Anna: »Ihr wollt es mir nicht erklären, Vater«, und dabei lächelte sie ihn spitzbübisch an.

»Man kann es auch nicht erklären«, erwiderte Cecil nachdenklich, »sinnliches Verlangen überkommt die Menschen, ohne daß sie sich dagegen wehren können, starke Charaktere werden damit fertig und ordnen ihre Gefühle wichtigeren Dingen unter, schwache Charaktere erliegen dem Verlangen und können daran zerbrechen. Bei normalen Sterblichen ist dies schon schlimm genug, aber wenn eine Königin dem Verlangen erliegt, dann schadet sie womöglich ihrem Land, und je nach den Umständen, kann sie alles verlieren.«

Lady Cecil spitzte die Ohren, er bringt wohl Neuigkeiten aus Greenwich mit, überlegte sie.

»Wird unsere Königin alles verlieren, Vater?«

»Nein, sie wird nichts verlieren, sondern alles gewinnen, dafür werde ich schon sorgen...«

»William«, er drehte sich um und sah etwas betreten seine Gattin näher kommen.

»Geh' auf dein Zimmer, Maus«, sagte Lady Cecil, und als das Kind außer Hörweite war: «Wie kommst du darauf, mit Anna solche Gespräche zu führen, sie ist schließlich ein Kind.«

»Nicht mehr lange, meine Liebe, aber ich war in Gedanken noch halb in Greenwich. Komm, laß uns im Garten spazierengehen, der Abend ist zu schön.«

»Die Königin«, begann Cecil, während sie an den Rosenstöcken entlanggingen, »die Königin erhielt heute einen Brief von Randolph, worin er schreibt, daß Maria Stuart fest entschlossen ist, Darnley zu heiraten, daß alle ihr davon abraten, aber sie hört auf niemand. Elisabeth war außer sich, nachdem sie den Brief gelesen hatte.«

»Das verstehe ich nicht ganz«, erwiderte Lady Cecil, »Mitte April kam Maitland, um die Einwilligung der Königin für diese Ehe zu holen, die Königin verweigerte ihre Zustimmung und versuchte Maria Stuart davon abzubringen, indem sie sie unter Druck setzte:

Die Gräfin von Lennox wurde im Tower inhaftiert, Throgmorton nach Schottland geschickt, um zu verhandeln, Darnley wurde befohlen zurückzukehren, was er natürlich ignorierte, gestern schickte der Staatsrat ein Memorandum nach Schottland, was auch nicht viel nützen wird – Elisabeth mußte doch seit Wochen damit rechnen, daß ihre Cousine Darnley heiraten wird. Warum regt sie sich jetzt so auf?«

»Nun, bisher glaubten wir alle, daß es eine politische Verbindung ist, wodurch die Stuart ihren Thronanspruch festigen will, aber aus Randolphs Brief geht eindeutig hervor, daß es primär eine Liebesheirat ist, die Stuart hat sich unsterblich in ihren Vetter verliebt und stellt sich geradezu närrisch mit ihm an. Wahrscheinlich ist es der Liebesfrühling in Holyrood, der unsere Königin so in Rage bringt, wobei ich zugeben muß, daß Randolphs Brief nicht sehr zartfühlend formuliert war. Anstatt die Dinge zu umschreiben, etwa: …inzwischen hat eine Art Verlobung stattgefunden…, sagt er klipp und klar, daß das Paar die Nächte gemeinsam verbringt!«

»Gütiger Himmel, wie hat die Königin darauf reagiert?«

»Sie hat ihre liebe Cousine als größte Hure Schottlands bezeichnet, womit sie recht hat.«

»Nun ja, deine geliebte Königin war seinerzeit auch zu allem bereit mit ihrem Leicester, du warst damals sehr erregt über den Auftritt in Windsor nach Amys Tod.«

»Mildred, ich bitte dich«, rief Cecil entrüstet und blieb stehen, »das sind doch zwei völlig verschiedene Ebenen, zum einen ist Elisabeth eine Frau mit Format, die Beziehung zwischen ihr und Leicester ist eine echte Zuneigung, die sich langsam entwickelt hat, in Holyrood hingegen kann von Liebe keine Rede sein, die Stuart ist schlicht lüstern. Ich finde es einfach widerlich und ekelhaft, wenn eine Frau es nicht abwarten kann, mit einem Mann ins Bett zu gehen, na ja, jedenfalls werden wir uns in den nächsten Monaten bestimmt nicht langweilen. Ich bin gespannt, wie es weitergehen wird, wenn die Königin von Schottland aus ihrem erotischen Rausch erwacht… Randolph hat noch etwas erwähnt, das bei Elisabeth im Augenblick untergegangen ist: Darnley ist durch seine Arroganz schon jetzt bei Hof restlos unbeliebt und hat sich wohl auch schon Feinde geschaffen, im Augenblick wagt natürlich niemand etwas zu sagen, um den Zorn der Königin nicht zu erregen, aber... Na, abwarten.«

»Schottland wird bald einen Erben haben«, sagte Lady Cecil, »während wir..., wie entwickeln sich denn die Verhandlungen mit ..., mein Gott, ich kann mir den Namen nicht merken.«

»Du meinst Zwetkowitsch, seit seiner Ankunft im Frühjahr entwickelt sich alles leidlich, er hat den Hosenbandorden des verstorbenen Kaisers Ferdinand formvollendet überreicht, an Pfingsten speiste er mit dem Staatsrat, die Königin hat ihn schon öfter empfangen, sowohl in London als auch in Wien ist man an einer Ehe zwischen dem Erzherzog und Elisabeth ernsthaft interessiert, aber, um noch einmal auf Schottland zurückzukommen, es gibt da eine Kleinigkeit, die mich nachdenklich stimmt. Der Graf von Murray hat sich im April in aller Stille vom Hof zurückgezogen und lebt auf einem seiner Güter, er war ja von Anfang an gegen Darnley, er hat immer Leicester favorisiert. Murray ist ein kluger Mann, und sein Rückzug ein schlechtes Omen. Weiß der Himmel, was er plant.«

Während dieser Unterhaltung stand Elisabeth am Fenster ihres Arbeitszimmers und überlegte verzweifelt, welche Möglichkeiten es noch gab, diese Ehe zu verhindern - eine Liebesheirat..., das hatte sie befürchtet... In diesem Augenblick wurde Leicester gemeldet.

Sie drehte sich unwillig herum und funkelte ihn böse an. »Was wollt Ihr, Mylord?«

Robert zuckte beim gereizten Ton ihrer Stimme zusammen, und sah sie unsicher an. »Majestät, ich komme wegen des Jagdausfluges für Zwetkowitsch, soll die Jagd in Richmond stattfinden oder in Nonsuch oder in Windsor?«

Bei dem Wort Windsor zuckte Elisabeth zusammen und die Erinnerung an glücklichere Tage durchbohrte sie schmerzlich.

»In Windsor?!« rief sie. »Seid Ihr von Sinnen, ach, macht, was Ihr wollt, es interessiert mich nicht, wo wir jagen.«

»Majestät, ist etwas passiert?«

»Das fragt Ihr noch! Natürlich ist etwas passiert, Maria Stuart wird Darnley heiraten - und Ihr, Ihr seid schuld daran, Ihr ganz allein! Ihr habt mir geraten, Darnley ziehen zu lassen, o, hätte ich doch nie auf Euch gehört!«

»Majestät, ich...«

»Schweigt! Macht, daß Ihr hinauskommt, ich will Euch nicht mehr sehen!«

Robert verließ fluchtartig den Raum, wobei er innerlich Cecil verfluchte, der schlaue Fuchs hatte ihn vorgeschickt und ihm die Suppe der königlichen Ungnade eingebrockt...

Einige Tage später teilte Murray ihr mit, er plane einen Aufstand gegen seine Schwester, und bat Elisabeth um Unterstützung.

»Es ist die Rebellion eines Untertanen gegen seine Monarchin«, sagte sie zu Cecil, »prinzipiell verurteile ich so etwas, aber...«

»In diesem Fall sollten Euer Majestät Murray unterstützen, bedenkt, daß es in der Erklärung des Staatsrates vom 4. Juni exakt heißt, die geplante Heirat der schottischen Königin bedeute eine Gefahr für England.«

Elisabeth überlegte, wenn ihr Cousine in Schwierigkeiten kam, um so besser, sie hatte es so gewollt und nicht anders verdient...

»Gut, Mylord, teilt Murray mit, daß wir bereit sind, ihn zu unterstützen. Falls er besiegt wird, gewähre ich ihm natürlich Asyl, und, unter uns, Mylord, ich werde erst Soldaten nach Schottland schicken, wenn sich ein Sieg der Aufständischen abzeichnet.«

Während der folgenden Wochen hatte Elisabeth den Eindruck, daß sich die ganze Welt gegen sie verschworen hatte. Im Juli starb überraschend Kate Ashley, und Elisabeth hatte von einem Tag auf den andern keinen Menschen mehr, mit dem sie über ihre privaten Sorgen und Kümmernisse sprechen konnte. Sie litt entsetzlich und war kaum zu beruhigen.

Mitte August traf die Nachricht ein, daß Henry Stuart, Lord Darnley, am 28. Juli zum König von Schottland proklamiert worden war, am nächsten Tag hatte Maria Stuart ihn geheiratet. Im September überbrachte ein Bote die Nachricht vom Sieg der schottischen Königin über die rebellierenden Lords. Anfang Oktober traf Murray bei Nacht und Nebel in Whitehall ein, und Elisabeth geriet in einige Verlegenheit, weil sie sich öffentlich von ihm distanzieren mußte, und so inszenierte sie eine kleine Komödie und kanzelte Murray vor den Augen des französischen Gesandten ab, dieser heuchelte Reue über die Rebellion und zog sich nach Newcastle zurück.

Im Oktober begab man sich zur Jagd nach Windsor, und bei der Rückkehr von einem Ausflug kam es zwischen Elisabeth und Robert zu einer heftigen Auseinandersetzung über den Kauf neuer Pferde, ein Wort gab das andere, die Stimmen wurden immer lauter, und zuletzt schrie Elisabeth Robert an: »Wenn Ihr meint, daß Ihr hier regieren könnt, werde ich Euch zur Rechenschaft ziehen. Ich dulde nur eine Herrin und keinen Herrn, es tut mir leid um die Zeit, die ich mit Euch vertan habe!«

Sie wandte sich brüsk ab und rauschte in die Große Halle, während Robert verärgert zum Marstall ging. Was für ein Auftritt dachte er, vor den Augen der schadenfrohen Hofleute... Ich sollte den Hofdienst quittieren und mich aufs Land zurückziehen...

Mein Gott, dachte Elisabeth, als sie durch die Halle ging, ich hätte mich mehr beherrschen müssen, aber ich fühle mich einfach unglücklich...

Im grauen, verregneten Nebelmonat November begann die Situation sich allmählich zu verändern. John Hawkins kehrte erfolgreich von seiner zweiten Expedition zurück, und als der sonnengebräunte Mann vor ihr stand und mit blitzenden Augen verkündete, im Jahre 1567 werde er seine dritte Expedition beginnen, diesmal in Begleitung seines Vetters Francis Drake, da erschien die Zukunft ihr erstmals seit Monaten wieder in rosigem Licht.

Sollte Maria Stuart sich doch ihrem Liebesglück hingeben, Schottland würde immer arm und rückständig bleiben, während

England sich zur starken See- und Handelsmacht entwickelte... Ende des Monats trafen neue Nachrichten aus Schottland ein: Die Königin war schwanger und rechnete, daß sie Mitte Juni 1566 niederkommen würde...

Elisabeth nahm es gelassen zur Kenntnis, die Verhandlungen wegen des Erzherzogs entwickelten sich zufriedenstellend, und wenn sie erst verheiratet war, würde auch England bald einen Erben haben, viel wichtiger war Randolphs Bericht über die Ehe der schottischen Königin, die angeblich täglich schlechter wurde, er schrieb, das Königspaar entfremde sich, der König interessiere sich überhaupt nicht für die Staatsgeschäfte, er verbringe die Tage auf der Jagd, die Nächte in den Wirtshäusern und Bordellen Edinburghs, wo er zügellos saufe und hure, die Königin sei todunglücklich, verweigere ihm - einem *Ondit* zufolge - die ehelichen Rechte, bespreche die Staatsangelegenheiten nur noch mit ihrem Sekretär David Rizzio und dem Grafen von Bothwell, was nicht nur den König eifersüchtig mache, sondern auch die Lords, sie mißgönnten und neideten Rizzio und Bothwell die Vertrauensstellung...

Zuletzt berichtete Randolph noch etwas Hofklatsch: Der Graf von Bothwell werde im Februar 1566 Lady Jane Gordon heiraten, es sei eine echte Liebesheirat, obwohl die Mitgift der Braut auch eine Rolle spiele, weil der Bräutigam stark verschuldet sei. Die Königin billige es, daß die Trauung nach protestantischem Ritus vollzogen würde, sie stifte sogar den Silberbrokat für das Brautkleid und richte das Hochzeitsmahl aus...

Elisabeth faltete den Brief zusammen und überlegte: Rizzio..., er war Italiener und ursprünglich als Sänger an den Hof gekommen, Ende 1564 hatte Maria ihn zu ihrem Privatsekretär ernannt, was hatte Maitland seinerzeit erzählt?

Der Italiener sei einer der treuesten Diener der Königin, allerdings abstoßend häßlich, klein, bucklig, der Kopf sei zu groß für den Körper, seine äußere Mißgestalt versuche er durch prachtvolle Kleidung auszugleichen... Auf diesen Mann ist Darnley eifersüchtig, überlegte Elisabeth, das ist doch absurd...

Und Bothwell? Sie entsann sich, daß der Graf seinerzeit das Geld geraubt hatte, das sie den protestantischen Lords als Unterstützung gegen die Regentin geschickt hatte, er war Protestant, kämpfte aber für die Regentin, nach dem Sieg der Lords war er nach Frankreich geflohen, und im Spätsommer 1565, zur Zeit von Murrays Aufstand, hatte Maria Stuart ihn zurückgerufen... Er unterstützt sie jetzt bei den Staatsgeschäften, ähnlich wie Cecil mich unterstützt. Nun, warum nicht, Bothwell scheint gebildeter und belesener zu sein als seine Standesgenossen, die kaum ihren Namen schreiben können, und er spricht wahrscheinlich fließend Französisch...

»Der Liebesfrühling in Holyrood ist vorbei«, sagte sie zu Cecil, und es gelang ihr nur mit Mühe, ihre Schadenfreude zu verbergen, »Roberts Rat, Darnley ziehen zu lassen, war richtig, jedenfalls ist Maria Stuart todunglücklich.«

Cecil lächelte. »Das war zu erwarten, Majestät. Na, jetzt wird es in Schottland bald drunter und drüber gehen.« Auch er hatte von Randolph einen Bericht erhalten, worin der Gesandte vorsichtig andeutete, daß ›Unheil in der Luft liege‹.

Zu Roberts Erstaunen forderte Elisabeth ihn am nächsten Abend auf, sie in ihren privaten Räumen zu besuchen, sie wolle ihm neue Bücher zeigen.

»Ich habe Euch gescholten, Mylord. Nun, das kann vorkommen und bedeutet nicht viel, Euer Rat bezüglich Darnleys Abreise war übrigens hervorragend«, und sie erzählte ihm von Randolphs Brief.

Während der folgenden Tage beobachteten die Höflinge erstaunt, daß Leicester wieder seine alte Favoritenrolle zurückeroberte, und manch einer fühlte sich in die ersten Regierungsjahre Elisabeths zurückversetzt.

An einem Abend Ende Februar 1566 saß das Ehepaar Cecil in der Großen Halle vor dem Kamin. Der Staatssekretär beschäftigte sich mit Ciceros Reden, während Lady Cecil sich über eine Stickarbeit beugte und überlegte, ob sie mit dem Gatten ein Problem besprechen sollte, das sie schon länger bewegte.

»Wiliam«, und sie legte die Stickerei zur Seite, »ich möchte nicht, daß der Graf von Oxford künftig die Feiertage und Ferien bei uns verbringt, er wird jetzt sechzehn und kann ganz gut in einem seiner eigenen Häuser leben.«

Cecil sah verwundert auf. »Warum ?«

»Es ist wegen Anna.«

»So, wegen Anna... Stellt er ihr nach?«

»Nein, er verhält sich völlig korrekt – Anna stellt ihm nach.«

»Wie bitte? Unsere Tochter ist doch noch ein Kind!«

»Sie steht in ihrem zehnten Jahr, vielleicht können auch Kinder sich schon verlieben. Jedenfalls, wenn er bei uns weilt, ist sie ständig hinter ihm her und sucht seine Gesellschaft.«

»Ich verstehe dich nicht ganz, Annas Zuneigung für Edward ist doch kein Grund, ihn fortzuschicken, abgesehen davon bin ich sein Vormund und für ihn verantwortlich, bis er seine Studien beendet hat, er bleibt in meinem Haus.«

»Willst du die beiden nicht wenigstens beobachten lassen?«

Cecil seufzte. »Ich werde es mir überlegen.«

Er wollte sich eben wieder in den Cicero vertiefen, als sein Kammerdiener erschien und ihm mitteilte, daß einer seiner Agenten aus Edinburgh im Arbeitszimmer warte. Cecil sprang auf und eilte nach oben, während seine Gattin verärgert die Stickarbeit wieder aufnahm. Seit Elisabeths Regierungsantritt gab es keinen ruhigen Abend mehr im Haus, dann dachte sie über Edward und Anna nach und beschloß, den Küchengehilfen Bricknell mit der Beobachtung der beiden zu beauftragen.

Die Abneigung, die sie von Anfang an gegenüber dem jungen Grafen empfunden, hatte sich im Laufe der Jahre noch verstärkt, weil er irgendwie anders war als seine Altersgenossen. Seine verträumte Introvertiertheit reizte sie, sie ärgerte sich über seine scharfe Beobachtungsgabe, die dazu führte, daß er die Schwächen seiner Mitmenschen erkannte und präzis und treffend formulierte, sie wußte nie, was in ihm vorging, aber etwas ging in ihm vor...

Ungefähr eine halbe Stunde später kehrte Cecil zurück.

»Randolph muß auf Befehl der Stuart Schottland verlassen, weil er den Kontakt zu Murray pflegt, abgesehen davon werden die Schotten sich wahrscheinlich demnächst gegenseitig umbringen«, sagte er, und damit die Diener, die sich in der Halle aufhielten, nichts verstanden, fuhr er auf lateinisch fort: »Randolph deutete vor einigen Wochen etwas an, aber mein Agent hat jetzt genauere Informationen – also: es ist eine Verschwörung im Gange zwischen Darnley und einigen Lords, mit dem Ziel, Rizzio und Bothwell zu ermorden. Bei Darnley ist es wohl Eifersucht, aber die Lords sehen in dem Italiener einen papistischen Agenten, was meiner Meinung nach Unsinn ist, und Bothwell mißgönnen sie natürlich seine Machtstellung. Mein Agent wußte leider nur, daß die Tat demnächst ausgeführt werden soll, die Namen der Verschwörer sind ihm auch unbekannt, und er wußte auch nicht, ob die Königin in Gefahr ist. Randolph will versuchen von Berwick aus die Sache im Auge zu behalten.«

»Gütiger Himmel«, rief Lady Cecil, »das ist ja entsetzlich, du solltest deine Königin informieren.«

Cecil überlegte. »Nein«, erwiderte er nach einer Weile, »unsere Königin fühlt sich als Monarchin stets solidarisch mit anderen Monarchen, sie würde ihre Cousine bestimmt warnen, aber wozu? Wenn die Schotten sich gegenseitig umbringen, ist das ihre Angelegenheit, warum sollen wir uns einmischen?«

Am nächsten Tag teilte Elisabeth ihm mit, daß Maria Stuart ihr wegen Randolph geschrieben habe, und daß sie Sir Killigrew als neuen Gesandten nach Edinburgh schicken werde.

»Ich will ihr auch noch einmal empfehlen, Murray zu verzeihen, er scheint der vernünftigste Mann in diesem Land zu sein.«

An einem Vormittag Ende März besprachen Elisabeth und Cecil, wann in diesem Jahr das Parlament wieder einberufen werden sollte, Elisabeth sah die üblichen Debatten über die Thronfolge wie ein dunkles Gewitter auf sich zukommen und schlug vor, die Einberufung auf den Herbst zu verschieben, am liebsten hätte sie ganz auf das Parlament verzichtet, aber sie brauchte Geld.

Während sie sich darüber unterhielten, wurde der schottische Graf von Argyll gemeldet, Elisabeth sah überrascht auf, Cecil verspürte eine leichte Nervosität, versuchte aber, sich nichts anmerken zu lassen.

Argyll betrat sichtlich erregt das Zimmer.

»Majestät, ich überbringe Euch einen Brief von Königin Maria, worin sie Euch die grausige Bluttat mitteilt, die sie miterlebt hat. Es ist ein Wunder, daß Ihre Majestät noch lebt! Der Schauplatz der Bluttat läßt vermuten, daß man auch die Königin umbringen wollte, der Mord geschah in ihren privaten Räumen.«

Er holte Luft, und dabei fiel ihm ein, daß er vergessen hatte, vor der Königin das Knie zu beugen, er murmelte verlegen eine Entschuldigung und holte das Versäumte nach. Elisabeth war es noch gar nicht aufgefallen, sie starrte nur fassungslos den Schotten an und fragte sich, ob sie träumte oder ob dies Wirklichkeit war...

»Mein Gott, Mylord, wer wurde denn ermordet?«

»David Rizzio, der Sekretär Ihrer Majestät, meine Frau war dabei und hat mir berichtet, was geschah.«

»Rizzio?! Erzählt.«

»Am 9. März, einem Sonnabend, hatte die Königin ihren Sekretär, meine Frau – sie ist übrigens eine illegitime Halbschwester der Königin – und einige andere Damen und Herren zu einem Abendessen in ihre privaten Räume eingeladen. Die Gemächer der Königin liegen im zweiten Stock des Schlosses, der Speiseraum ist neben dem Schlafzimmer, von dort führt eine Geheimtreppe zu den Gemächern des Königs im ersten Stock. Als die Diener anfangen die Speisen aufzutragen, erscheint plötzlich der König, man ist erstaunt, weil er seine Abende gewöhnlich in der Stadt verbringt, aber man begrüßt ihn höflich. Er stellt sich hinter den Stuhl der Königin, und fast gleichzeitig erscheint der bleiche Lord Ruthven im Zimmer, im Volk hält man ihn übrigens für einen Hexenmeister. Ruthven fordert die Königin auf, Rizzio wegzuschicken, sie erwidert erstaunt, sie selbst habe ihn eingeladen, daraufhin behauptet Ruthven, der Italiener habe sich an der Ehre der Königin vergangen. Nun fragt die Königin ziemlich entrüstet ihren Gatten, ob er diesen Auftritt veranlaßt habe, und der König schweigt verlegen. Nun stürzt Ruthven sich auf, Rizzio, der inzwischen ängstlich bis zum Fenster zurückgewichen ist. Die Diener ergreifen Ruthven, und Rizzio stürzt zur Königin, klammert sich an ihr Kleid, inzwischen sind die anderen Verschwörer, die Lords Morton, Douglas, Lindsay und einige Bewaffnete ebenfalls im Zimmer, einer ruft der Königin zu, sie solle Rizzio freigeben und legt die Pistole auf sie an, da packt der König die Königin und hält sie fest, die Verschwörer ergreifen Rizzio, schleifen ihn hinaus, durchbohren ihn mit unzähligen Schwerthieben und werfen die Leiche hinunter in den Hof. Die Bewaffneten haben inzwischen Ruthven befreit und die Diener überwältigt, sie besetzen den Eingang zu den Gemächern der Königin, meine Frau und die andern müssen das Zimmer verlassen, die Königin ist mit ihrem Gatten allein und gefangen. Irgendwie ist es der Königin gelungen, den König auf ihre Seite zu ziehen, jedenfalls sind sie in der folgenden Nacht aus Holyrood geflohen, der Graf von Bothwell, der ebenfalls getötet werden sollte, entkam in letzter Minute; die Königin sammelte Truppen, kehrte nach Edinburgh zurück, woraufhin die Verschwörer das Schloß räumten und flüchteten, sie haben sich irgendwo in England und Schottland versteckt, auch John Knox floh, die Königin ist inzwischen wieder Herr der Lage, der König erklärte öffentlich, er habe mit der Verschwörung nichts zu tun gehabt. Zur Freude des Volkes lebt das Königspaar nach außen wieder einträchtig zusammen... Am Tag nach dem Mord kehrte übrigens der Graf von Murray nach Edinburgh zurück, die Königin hat sich mit ihm versöhnt und auch den anderen aufständischen Lords verziehen. Der Graf von Murray kümmert sich jetzt um die Verwaltung des Landes, der Graf von Bothwell um die militärischen Angelegenheiten.«

Argyll schwieg, und eine Weile sprach niemand ein Wort.

Murray ist also am Tag danach zurückgekehrt, überlegte Elisabeth, wahrscheinlich hat er von der Verschwörung gewußt...

»Es ist grauenhaft«, sagte Elisabeth, »wollte man die Königin tatsächlich umbringen?«

»Man weiß nichts Genaues, Majestät, Königin Maria vermutet, daß sie bis zur Niederkunft gefangen bleiben und danach abgesetzt werden sollte, dann wäre der König alleiniger Herrscher gewesen, Ihre Majestät hat ihm ja nie die Mitkönigskrone zugestanden, sondern nur den Titel eines Königs, er hätte, nach ihrer Absetzung, formal die Regentschaft für das minderjährige Kind ausgeübt, während die Lords faktisch regiert hätten. Seit der Rückkehr Königin Marias im Jahre 1561 haben die protestantischen Lords eine panische Angst, daß Schottland wieder katholisch wird, das war bei den Lords wohl auch der tiefere Grund für die Verschwörung.«

Elisabeth überlegte und erwiderte: »Das klingt plausibel, und, nun ja, die Schotten waren immer gewalttätig, aber Darnleys Rolle ist mir nicht ganz klar, er muß Rizzio tödlich gehaßt haben, warum? Der Italiener besaß wahrscheinlich eine ähnliche Vertrauensstellung wie Sir Cecil bei mir, das ist doch kein Grund zur Eifersucht.«

»Majestät«, erwiderte Argyll zögernd, »die Dinge liegen etwas anders, Ihre Majestät verbrachte viel Zeit mit Rizzio, sie spielte halbe Nächte lang Karten mit ihm, jedenfalls war der König überzeugt, daß sie ihn mit dem Italiener betrügt, was natürlich absurd ist, indes, die Verschwörer waren auch davon überzeugt – sie hatten wahrscheinlich recht, dachte Cecil –, der König hat sogar behauptet, das Kind, das Ihre Majestät trägt, sei nicht von ihm, sondern von Rizzio.«

»Was ist denn das für ein Unsinn«, rief Elisabeth, »zur Zeit der Empfängnis war die Ehe doch noch glücklich – mein Gott, Darnley ist noch dümmer als ich dachte.«

»Mit Verlaub, Majestät, meine Frau ist oft mit der Königin zusammen und hat die Ehe sozusagen miterlebt, meine Frau ist der Meinung, daß der König seiner Gemahlin körperlich verfallen ist, sozusagen hörig, und dieser Seelenzustand führt vielleicht zu Handlungen, die unbegreiflich sind, zum Beispiel die Teilnahme an Rizzios Mord.«

»Ich hoffe«, erwiderte Elisabeth, »daß die innenpolitischen Verhältnisse in Schottland sich stabilisieren, ich danke Euch für den Bericht.«

Als Argyll gegangen war, las sie den Brief.

»Hört, Mylord, was die Königin schreibt:

Nicht Ihr noch irgendein Fürst kann vernünftigerweise Verräter gleich diesen entschuldigen, die damit begannen, Unsere Wohnstätten zu besetzen, Unseren getreuesten und ergebensten Diener in Unserer Gegenwart zu erschlagen und dann Uns selbst in eigener Person hochverräterisch gefangenzuhalten, demzufolge Wir gezwungen wurden, um Mitternacht aus Unserem Palast von Holyroodhouse nach jenem Ort zu entfliehen, da Wir Uns gegenwärtig aufhalten, in großer Gefahr, in so gesetzwidriger und übler Lage, wie nur je eine Fürstin auf Erden sich befand…

Nun, Mylord, was haltet Ihr von der Geschichte?«

»Es ist entsetzlich, Majestät, bleibt die Frage, wie es weitergehen wird, wer ist als nächster an der Reihe, ermordet zu werden, und von wem?«

Die Frage schwebte eine Weile im Raum, und schließlich sagte Elisabeth:

»Ich glaube, die Meinung der Gräfin von Argyll bezüglich Darnleys ist richtig, wahrscheinlich hat Maria Stuart ihn im Schlafzimmer zum Verrat an den Lords bewegen können..., wenn er ihr erliegt, obwohl er weiß, daß sie ihn nicht mehr liebt, muß sie einen eigenartigen Zauber auf Männer ausüben...«

»Es ist ein gefährlicher Zauber, Majestät.«

»Angenommen, Ihr, Mylord, oder Robert würdet vor meinen Augen ermordet, und ich wüßte, daß mein Gatte, den ich nicht liebe, daran beteiligt ist..., dann... Dann würde ich ihn hassen, verachten und nur noch auf Rache sinnen, ich würde ihn im Tower einkerkern, ihn jeglicher Freiheit berauben, er dürfte nie mehr das Tageslicht sehen, er dürfte mit niemand sprechen, nichts lesen, ich würde mir immer neue seelische Qualen für ihn ausdenken...

Cecil unterdrückte ein Lächeln.

»Maria Stuart wird jetzt ähnlich fühlen, Majestät.«

Im Juni reiste Elisabeth nach Oxford, und ihr Gefolge mußte erneut gelehrte Reden und Disputationen anhören, aber es wurden auch Theaterstücke aufgeführt, diesmal in englischer Sprache. An einem dieser Tage trat auch der junge Graf von Oxford, der seine Prüfung zum Master of Arts mit Auszeichnung bestanden hatte, auf. Unter Anleitung seines Onkels Arthur Golding hatte er die fünfzehn Bücher des Ovidius Naso übersetzt und während der Übertragung in die englische Sprache frei gestaltet, anglifiziert und neue Wörter erfunden.

While Ceres was eating this, before hir gazing stood
A hard-faced boy, a shrewde pert wag, that could no manners good:
He laughed at hir and in his scorne did call hir »Greedie gut«.

The Goddess being wroth therewith, did on the
Hotchpotch put
The liquor ere that all was eate, and in his face it
threw…
(Als Ceres dieses aß, da stand vor ihr ein Knabe, starrend,
Mit groben Zügen, schlau und frech, ein ungezogner Kerl:
Er lachte über sie und hieß sie verächtlich »gieriger Freßsack«.
Die Göttin war darob erbost, nahm das Gebräu,
Und schüttete ihm alles, was noch übrig, ins Gesicht…)

Elisabeth, die neben Cecil saß, lachte und applaudierte. »Er hat den dekadenten Römer in einen englischen Landedelmann verwandelt, was für eine innovative, übermütige Sprache!«

Cecil lächelte mühsam und dachte unbehaglich an die bevorstehende Studienzeit seines Mündels im Gray's Inn…

»Er wird einmal ein gutaussehender Mann, der auf Frauen wirkt«, sagte sie ein paar Minuten später leise zu ihrem Staatssekretär.

»Er wirkt schon jetzt, Majestät, meine Tochter Anna ist fasziniert von ihm, leider, der Standesunterschied ist zu groß…«

»Dem kann man abhelfen, wenn es soweit ist, Mylord.«

Später stand Edward vor der Königin, verbeugte sich, und Cecil glaubte nicht richtig zu hören, als sie sagte: »Mylord, Ihr seid der englische Ovid, Eure Sprache gefällt mir, sie ist so bildhaft und lautmalerisch.«

Der siebzehnte Graf von Oxford errötete vor Freude. Was für ein Lob! Die Königin hatte ihn mit Ovid verglichen!

Ende Juni erfuhr Elisabeth, daß Maria Stuart am 19. Juni einen Sohn geboren hatte, der den Namen Jakob erhielt. Die schottische Königin bat ihre Cousine, die Patenschaft zu übernehmen, und lud sie zur Taufe ein, die im Dezember stattfinden sollte.

Elisabeth war zwar bereit, die Patenschaft anzunehmen und ein kostbares Taufgeschenk fertigen zu lassen, aber eine persönliche Teilnahme an der Zeremonie lehnte sie ab, der Graf von Bedford sollte sie würdig vertreten…

Anna Cecil nahm Edwards Hand, schmiegte sich fester an ihn, und er ließ es widerwillig geschehen. Ihre Zuneigung empfand er oft als lästig, andererseits war sie – seit er in Cecils Haushalt lebte – seine einzige Freundin. Es war ein heißer, windstiller Julinachmittag, und sie gingen unter schattigen Bäumen im Park von Theobalds spazieren.

»Ich freue mich, wenn du im Gray's Inn studierst, dann lebst du in London, und wir sehen uns jeden Tag.«

»Das weiß ich nicht, Maus, ich muß fleißig studieren und die Prüfungen gut bestehen, das erwartet dein Vater, laß uns ins Haus gehen, dort ist es kühler.«

Als sie in Sichtweite des Schlosses kamen, löste er vorsichtig ihre Hände voneinander, er wußte, daß sie beobachtet wurden, und es war nicht nötig, daß Cecils Spione alles sahen.

»Darf ich bei dir bleiben?« fragte Anna, als sie durch die Große Halle gingen.

»Meinetwegen.«

In seinem Zimmer sah Anna sich wie immer bewundernd um.

»Du bewohnst wirklich unser schönstes Gästezimmer. Lies mir etwas von Ovid vor, die ›Ars amatoria‹.«

»Nein, Maus, du verstehst den Ovid noch nicht.«

Plötzlich stutzte er, im Zimmer roch es nach Zuckerwerk und Blutwurst, und auf einmal überkam ihne eine maßlose Wut über die ständige Bespitzelung.

»Ich bin müde, Maus, laß mich allein.«

Sie verzog schmollend den Mund und ging hinaus.

Edward überlegte, beschloß, Bricknell Angst einzujagen, nahm ein altes Rapier, das über dem Kaminsims hing, und zog es wie einen Degen durch die Luft, was ein seltsam schwirrendes Geräusch erzeugte. Im gleichen Augenblick bewegte sich der Vorhang, und kurz entschlossen schob Edward ihn mit dem Rapier zur Seite: Vor ihm stand Thom Bricknell, schlotternd vor Angst, mit einem Küchenmesser in der rechten Hand.

»Gnade«, winselte er, »Gnade, Mylord.«

Die Ratte, dachte Edward, und sekundenlang wußte er nicht, ob es ein Traum war oder Realität, war er in Theobalds, oder stand er auf einer Bühne in Gray's Inn…

»Eine Ratte«, schrie er, »eine Ratte«, sprang vor und stieß das Rapier in Bricknells Leib, zog es heraus, stieß in blinder Wut erneut zu, zog es heraus, der Küchengehilfe sackte stöhnend und blutüberströmt zusammen, Edward stieß zu…, einmal und noch einmal und noch einmal…

Plötzlich wurde ihm bewußt, was er getan, er hatte einen Menschen ermordet…, und instinktiv begann er laut um Hilfe zu rufen…, irgendwann kamen Diener, irgendwann stand Cecil vor ihm… Der Staatssekretär hörte entsetzt, was passiert war, und beschloß sofort, im eigenen Interesse den Mord zu vertuschen, der in seinem Haus geschehen war und ihn selbst kompromittierte.

Einige Tage später fand eine Untersuchung statt, und Edward war überrascht, daß er nicht vernommen wurde, am Schluß kam man zu dem Ergebnis, der Koch habe sich selbst in das Rapier gestürzt, als Edward ihn bei einer unsittlichen Handlung ertappte.

Cecil atmete auf, als die Untersuchung abgeschlossen war, das Ergebnis hatte ihn eine stattliche Summe gekostet, aber sein Mündel konnte Grays' Inn besuchen, und für Anna…, falls ihre Zuneigung für Edward die Jahre überdauerte, würde er schon einen Ausweg finden, aus ihr eine Gräfin von Oxford zu machen, sie sollte glücklich werden, und in Gedanken sah er einen Enkel, der väterlicherseits einen langen Stammbaum aufweisen konnte…

Vorerst jedoch war es besser, daß Edward in Theobalds blieb, bis Gras über die Sache gewachsen war. Es genügte, wenn er im Herbst 1567 mit dem Studium in Gray's Inn begann.

Am 2. Oktober trat das Parlament zusammen, und Elisabeth sah sich einer geschlossenen Front von Staatsrat, Ober- und Unterhaus gegenüber.

Der Auftakt war wenig vielversprechend: Ihr Verbot, im Parlament über die Thronfolge zu debattieren, führte dazu, daß in London Flugblätter verteilt wurden, worin dieses Verbot kritisiert wurde.

Im Staatsrat hielt Norfolk in ihrer Gegenwart eine Rede über das Thema Thronfolge, worin er zuletzt darum bat, eine freie Debatte über diese wichtige Frage zu erlauben. Elisabeth fuhr Norfolk an, die Nachfolge sei ihre Privatsache, die niemanden etwas angehe, und was ihre Heirat betreffe, so wüßten alle von ihren Verhandlungen mit dem Erzherzog, dann rauschte sie wütend aus dem Ratszimmer.

Unterdessen debattierte man im Unterhaus darüber, der Königin kein Geld zu bewilligen, bis sie die Thronfolge geregelt habe. Darüber kam es sogar zu Schlägereien. Nachdem Elisabeth eine Abordnung des Oberhauses abgekanzelt hatte, erschien am nächsten Tag eine Abordnung beider Häuser mit Norfolk als Sprecher.

De Silva, der immer am besten informiert war, berichtete seinem König über die denkwürdige Sitzung: »Die Königin war so wütend, daß sie den Herzog von Norfolk hart anfuhr und ihn einen Verräter und Verschwörer und ähnliches nannte.

Er erwiderte, er hätte es nie für möglich gehalten, daß er sie einmal wegen solcher Vergehen um Verzeihung werde bitten müssen. Daraufhin soll die Königin, wie es heißt, versichert haben, sie habe dem Herzog gegenüber diese Worte nicht gebraucht. Die Grafen von Leicester und Pembroke, der Marquis von Northampton und der Lord Chamberlain mischten sich ein, und Pembroke machte die Bemerkung, es sei nicht recht, den Herzog so schlecht zu behandeln, da er und die anderen nur das Wohl des Landes im Auge hätten und ihr raten wollten, was am besten für sie sei, und wenn sie ihren Rat nicht annehmen wolle, so sei es dennoch ihre Pflicht, ihn ihr anzubieten. Sie erwiderte ihm, er schwätze daher wie ein betrunkener Soldat. Leicester fuhr sie an, sie habe geglaubt, er wenigstens würde sie nicht verlassen, auch wenn die ganze übrige Welt es täte, worauf er erwiderte, er sei bereit zu ihren Füßen zu sterben; sie aber sagte, davon sei jetzt nicht die Rede. Damit verließ sie die Versammlung, entschlossen, die Herren sämtlich in ihren Häusern unter Arrest zu halten. Dies tat sie zwar dann doch nicht, befahl Leicester und Pembroke aber, sich nicht in ihrem Audienzzimmer blicken zu lassen.«

Die Situation war restlos verfahren, und so empfing sie am 5. November dreißig Mitglieder aus jedem Haus, um ihnen erneut ihre Meinung darzulegen. Sie bereitete sich sorgfältig vor und wog jedes Wort genau ab, zunächst wollte sie etwas zu ihrer Abstammung sagen.

»Wurde ich etwa nicht in diesem Reich geboren? Kamen meine Eltern etwa in einem anderen Land auf die Welt? Gibt es einen Grund für mich, nicht um England besorgt zu sein? Ist es nicht mein Königreich? Wen habe ich unterdrückt? Wen habe ich zum Schaden anderer reich gemacht? Welche Unruhen habe ich in Unserem Staatswesen hervorgerufen, daß man mich jetzt verdächtigt, ich kümmere mich nicht darum? Wie habe ich von Anfang an regiert? Selbst der Neid kann mir nichts Übles nachsagen. Ich kann darauf verzichten, viele Worte zu machen, denn meine Taten sprechen für sich.«

Dann würde sie, zum soundsovielten Mal, Ausführungen bezüglich ihrer Heirat bringen: »Ich werde heiraten, sobald es mir möglich ist, falls Gott nicht den, welchen ich zu heiraten beabsichtige, oder mich selbst abruft oder sonst etwas Wichtiges dazwischen, kommen läßt. Mehr kann ich nicht sagen, da die andere Partei nicht anwesend ist. Auch hoffe ich, Kinder zu bekommen, sonst würde ich nie heiraten.«

Nun kam das Thema Thronfolge: »Es wäre seltsam, wenn der Fuß dem Kopf in einer so schwerwiegenden Sache den Weg zeigen müßte, in einer Sache, die Wir besonders fleißig bedacht haben, weil sie uns mehr betrifft als Euch…«

Am wichtigsten waren natürlich wie immer die Schlußsätze: »Und wenn ich auch nur eine Frau bin, habe ich doch nicht weniger Mut, meinen Platz auszufüllen, als mein Vater hatte. Ich bin Eure gesalbte Königin. Ich werde mich niemals mit Gewalt zu etwas zwingen lassen. Im übrigen danke ich Gott, daß er mich so geschaffen hat, daß ich überall in der Christenheit leben könnte, auch wenn man mich im Unterrock aus meinem Reich vertriebe.«

Die Lords akzeptierten ihre Ausführungen, im Unterhaus hingegen wurde, statt über die Steuern, weiterhin über die Thronfolge debattiert.

Irgendwann wurde Elisabeth bewußt, daß die Bewilligung weiterer Geldmittel noch nicht über die erste Lesung hinaus war, so lenkte sie widerwillig ein und verzichtete am 27. November auf ein Drittel des zu bewilligenden Betrages. Dies wirkte Wunder, die Abgeordneten beschäftigten sich wieder mit den Steuern, bewilligten die Summe, und Elisabeth atmete erleichtert auf, sie hatte ihre Privilegien wahren können, und sie war fest entschlossen, nicht so bald wieder ein Parlament einzuberufen.

Am letzten Dezembertag begab der Graf von Bedford sich nach Whitehall zu einer Audienz bei Elisabeth und Cecil. Er war am Vortag aus Schottland von Schloß Stirling zurückgekehrt, wo er der Taufe des Prinzen Jakob beigewohnt und das Geschenk – ein großes Taufbecken aus massivem Gold, das mit allerhand Edelsteinen besetzt war – überreicht hatte. Nach der Zeremonie, rekapitulierte er, gab es ein üppiges Taufmahl und einen Ball, aber ansonsten... Er überlegte, wie er der Königin die merkwürdige, gespannte Atmosphäre am schottischen Hof erklären sollte, es lag etwas Unheilvolles in der Luft.

»Ich freue mich, daß Ihr wohlbehalten zurückgekehrt seid«, sagte Elisabeth, »eine Reise nach Schottland ist immer noch nicht ganz ungefährlich... Aber nun erzählt, wie geht es der Königin, dem Kind, was habt Ihr erlebt und gesehen?«

»Majestät, Ihre Majestät, die Königin von Schottland, ist bei guter Gesundheit, ebenso Prinz Jakob. Das Fest anläßlich der Taufe war prachtvoll, aber... Seine Majestät der König war nicht anwesend, dies wurde mit Krankheit entschuldigt. Mit Verlaub, Majestät, ich glaube, der König wollte sich nicht zeigen, weil allgemein bekannt ist, daß die Königin ihm die ehelichen Rechte verweigert, und weil er dem Grafen von Bothwell nicht begegnen wollte. Der Graf von Bothwell ist im Augenblick der mächtigste Mann am Hof, mächtiger als der Graf von Murray, die Königin, das war mein Eindruck, steht völlig unter seinem Einfluß.«

»Wie meint Ihr das?« fragte Cecil. »Steht die Königin unter seinem Einfluß, oder Maria Stuart?«

Bedford sah Cecil erstaunt an. »Ich verstehe Eure Frage nicht, Mylord.«

»Mylord«, sagte Elisabeth, »ich möchte Euch die Frage an meiner Person erläutern: als Königin stehe ich unter dem Einfluß Sir Cecils, als Elisabeth Tudor stehe ich nicht unter seinem Einfluß.«

Bedford überlegte kurz und erwiderte: »Ich verstehe, was Euer Majestät meinen – was Schottland betrifft, so habe ich den Eindruck, daß Maria Stuart unter Bothwells Einfluß steht... Er hat einen schlechten Ruf, was Frauen betrifft. Ich habe gehört, daß ein Rendezvous mit einer seiner Mätressen nie länger als zehn Minuten gedauert hat, seine Gattin, Jane Gordon, ist anscheinend die einzige Frau, die er aufrichtig liebt, was die Königin von Schottland betrifft, so reizt ihn wohl die Macht..., es wird behauptet, daß er ein Verhältnis mit ihr hat, aber niemand weiß etwas Genaues... Eines habe ich noch erfahren, ich weiß nicht, ob es für Euer Majestät interessant ist: einige Tage vor der Taufe des Prinzen hat die Königin den Lords, die seinerzeit an Rizzios Ermordung beteiligt waren, Amnestie gewährt, sie dürfen nach Schottland zurückkehren.«

»Wie bitte?« fragte Elisabeth. »Sie gewährt den Mördern ihres treuesten Dieners Amnestie?! Nun ja, es geht mich nichts an. Mylord, ich danke Euch für Euren Bericht.«

Als Bedford gegangen war, herrschte eine Weile Schweigen zwischen Elisabeth und Cecil, dann hielt Elisabeth es nicht mehr aus: »Wie beurteilt Ihr die Lage in Schottland, Mylord?«

»Majestät, ich ahne Unheil, die Lords, die Darnley verraten hat, werden ihn tödlich hassen, und Bothwell... Was soll man dazu sagen?«

»Bothwell«, sagte Elisabeth nachdenklich, »glaubt Ihr, daß die Königin ein Verhältnis mit ihm hat?«

»Ja, Majestät.«

Elisabeth sah Cecil überrascht an, seine Antwort klang überzeugend, ohne daß sie wußte, warum.

»Ihr habt wahrscheinlich recht mit der Vermutung, daß sich in Schottland Unheil zusammenbraut. Könnt Ihr nicht noch ein paar Spione nach Schottland senden?«

»Majestät, ich habe dort zur Zeit nur einen Spion, der wahrscheinlich vollauf mit den amnestierten Lords beschäftigt ist, meine übrigen Agenten sind in Spanien und den Niederlanden, das ist mindestens so wichtig wie Schottland, indes... Ich könnte Tom Gardener nach Edinburgh schicken, und damit es nicht auffällt, den Grafen von Oxford, vier Augen sehen mehr als zwei, und der Graf kann ruhig einen Augenblick von der Bildfläche verschwinden. Überdies hat er Phantasie, Phantasie kann fehlende Informationen ersetzen. Ja, die beiden sollen morgen aufbrechen.«

»Am Neujahrstag, Mylord?«

»Je eher, desto besser, Majestät.«

Am Vormittag des 1. Januar beobachtete Cecil vom Fenster seines Arbeitszimmers aus den Aufbruch der jungen Leute nach Schottland. 1567, dachte Cecil, vor sieben Jahren um diese Zeit, kämpfte England auf der Seite der protestantischen Lords gegen die Regentin. Vor sieben Jahren war die siebzehnjährige Maria Stuart Königin von Frankreich und Schottland, durch den Tod des ersten Gatten verlor sie die Krone Frankreichs, jetzt, mit vierundzwanzig Jahren, ist sie nur noch Königin von Schottland...

Neun Monate später, am 9. September 1567, saßen Elisabeth und Robert im privaten Wohnraum der Königin in Schloß Greenwich und warteten auf Cecil und den jungen Grafen von Oxford, der zusammen mit Tom am Tag zuvor aus Schottland zurückgekehrt war. Es war ein naßkalter, verregneter Spätsommertag, und Elisabeth fröstelte, obwohl sie dicht vor dem Kaminfeuer saß. Zwischen ihr und Robert wurde kein Wort gewechselt, weil jeder spürte, daß der andere über etwas nachdachte und nicht gestört sein wollte. Robert trat hin und wieder zum Fenster und beobachtete, wie der Regen an die Scheiben schlug und es allmählich dämmrig wurde.

Der September ist genauso launisch wie der April, dachte er, vor sieben Jahren war es im September sommerlich warm, vor sieben Jahren... Mein Gott, es ist auf den Tag genau sieben Jahre her, daß Elisabeth und ich bei der Rückkehr nach Windsor von Amys Tod erfuhren und Gerard Braleigh mich sozusagen des Mordes an meiner Frau bezichtigte. Ohne seine unverschämten Lügen hätte Elisabeth mich vielleicht nach Ablauf der Trauerzeit geheiratet…, aber Gerard hat den Rufmord teuer bezahlt! Einige Wochen zuvor hatte Robert erfahren, daß der einstige Jugendgefährte sein gesamtes Vermögen verspielt und versoffen hatte und nun bei seiner, des Grafen von Leicester, Schauspieltruppe herumlungerte. Als der Leiter der Truppe ihm versichert hatte, daß Braleigh ein ungewöhnliches schauspielerisches Talent besitze, war Robert nach einigem Zögern bereit, ihm das »Gnadenbrot« zu gewähren.

Er setzte sich wieder neben die Königin vor das Kaminfeuer und dachte über die Eheverhandlungen mit dem Erzherzog Karl nach. Seit Monaten schon verhandelte man darüber, wer die Kosten für den Haushalt des Habsburgers aufbringen sollte, Wien oder London, ein weiterer Punkt, über den man sich nicht einigen konnte, waren Zugeständnisse in der religiösen Frage, und Robert hatte manchmal den Eindruck, daß Elisabeth gar nicht mehr ernsthaft an einer Verbindung mit dem Habsburger interessiert war, vielleicht entschloß sie sich doch noch, ihn zu ehelichen, obwohl, die zweite und dritte Ehe der schottischen Königin waren ein Beweis dafür, daß fürstliche Liebesheiraten nichts taugten…

Auch Elisabeth weilte mit ihren Gedanken in Schottland und erinnerte sich an die Ereignisse der vergangenen Monate: Im Januar war Maria Stuart nach Glasgow geritten, hatte ihren Gatten gepflegt, der an den Pocken erkrankt war, und ihn dann Anfang Februar nach Edinburgh zurückgeholt; wegen der Ansteckungsgefahr wurde er nicht in Schloß Holyrood untergebracht, sondern in einem geräumigen Haus außerhalb der Stadt, das Gelände hieß Kirk o'Field, in diesem Haus wohnte auch die Königin… Was für ein Theater, dachte Elisabeth, aber nun gut, wie ging es weiter? – Darnley sollte am 10. Februar, einem Montag, nach Holyrood zurückkehren, am Abend vorher, am 9. Februar, ritt die Königin mit ihrem Gefolge hinauf zum Schloß, um an der Hochzeit einer ihrer Kammerfrauen teilzunehmen, sie verbrachte die Nacht in Holyrood… In dieser Nacht gab es eine Explosion, das Haus, worin Darnley wohnte, flog in die Luft, er aber, er kam nicht bei der Explosion ums Leben, ihn fand man erwürgt im Garten neben dem Haus.

Cecil wurde eine Zeichnung zugespielt, die das Vorgefallene skizzierte: Wahrscheinlich war Darnley von einem Geräusch erwacht, hatte bemerkt, daß das Haus umstellt war, hatte versucht, über die Mauer in den angrenzenden Garten zu fliehen, und war dort einem von Bothwells Männern in die Hände gefallen, der den König von Schottland erwürgte.

In Europa herrschte Entsetzen über die Tat, die Königin ordnete Hoftrauer an, der König wurde – ziemlich hastig – bestattet, so weit, so gut. Bis zu diesem Zeitpunkt, überlegte Elisabeth, hat Maria Stuart sich korrekt verhalten, da das Königspaar in Eintracht nach Edinburgh zurückgekehrt war, kam der Gedanke, sie könne von dem Mordanschlag gewußt haben, zunächst nicht auf. Sie hätte nun streng und konsequent nach den Mördern fahnden müssen, statt dessen verhielt sie sich völlig passiv und gab Anlaß zu allerhand Gerüchten. Elisabeth entsann sich, wie entsetzt sie gewesen war, als sie hörte, daß Maria Stuart nach Ablauf der ersten Trauerwoche eine Einladung Lord Setons angenommen hatte, bei der auch Bothwell anwesend war. In den Straßen Edinburghs wurden bald die Namen der mutmaßlichen Mörder genannt: Bothwell, Balfour, Morton, die Lords, die Rizzio ermordet hatten. Die Königin machte keine Anstalten, eine Untersuchungskommission einzusetzen, schließlich klagte der Graf von Lennox Bothwell an, seinen Sohn ermordet zu haben. Die Gerichtsverhandlung wurde zum Fiasko, Maria winkte Bothwell nach, als er zum Verhör ging, und empfing ihn mit offenen Armen, als er für unschuldig erklärt wurde. Sie erinnerte sich gut an den Brief, den sie ihrer Cousine am 24. Februar geschrieben und worin sie die Königin von Schottland beschworen hatte, bei der Verfolgung derjenigen, die ihr dies zu Gefallen taten, wie behauptet wurde, nicht durch die Finger zu sehen...

»Ich rate Euch, Euch dieser Sache so anzunehmen, daß die Welt daraus ersieht, was für eine edle Fürstin und treue Gattin Ihr seid.«

Ganz Europa war fassungslos über das Verhalten der schottischen Königin. Am 1. März kam ein Flugblatt in Umlauf, das die Königin als Nypmhe mit entblößtem Oberkörper und einer Krone auf dem Kopf zeigte und Bothwell als Hasen – der Helmschmuck der Hepburns –, der in einem Kreis von Schwertern hockte, die

Anspielung war eindeutig, eine Nymphe war im übertragenen Sinn eine Prostituierte...

Ab April überstürzten sich die Ereignisse: Als die Königin von Schloß Stirling zurückkehrte, wo sie ihren kleinen Sohn besucht hatte, wurde sie unterwegs von Bothwell nach Schloß Dunbar entführt, Anfang Mai ließ er sich von seiner Frau scheiden, und am 15. Mai wurden er und Maria Stuart nach protestantischem Ritus getraut; nun war Bothwell König von Schottland, und sofort flammten die alten Fehden wieder auf, seine Feinde sammelten Truppen, und drei Wochen nach der Hochzeit verließen er und die Königin Edinburgh und sammelten ebenfalls Truppen; am 15. Juni standen sich die feindlichen Heere bei Carberry Hill, ungefähr acht Meilen östlich von Edinburgh, gegenüber. Gott sei Dank, dachte Elisabeth, kam es zu keinem Blutvergießen, weil nur verhandelt wurde, schließlich verließ Bothwell die Königin, die Lords brachten sie nach Edinburgh zurück und von dort nach Loch Leven, einem Wasserschloß, das Murrays Mutter, der Gräfin von Douglas, gehört. Dort hält man sie nun gefangen, niemand darf zu ihr, auch Throgmorton hatte man nicht gestattet sie zu sehen und zu sprechen. Der Graf von Murray, der sich, einige Tage vor dem Mord, aufs Land zurückgezogen hatte, setzte seine Halbschwester wohl unter Druck, jedenfalls dankte sie am 24. Juli zugunsten ihres Sohnes Jakob ab.

Am 29. Juli wurde Jakob VI. zum König von Schottland gekrönt...

Sie, Elisabeth, hatte schärfstens gegen die Gefangensetzung ihrer Cousine protestiert, ein von Gottes Gnaden eingesetzter Monarch konnte schließlich nicht von seinen Untertanen zur Abdankung gezwungen werden, sie hatte sogar mit Krieg gedroht, falls man die schottische Königin tötete, gleichzeitig hatten Cecil und sie überlegt, wie man diese Situation für England nutzen konnte, sie hatten Murray, der die Regentschaft führte, gebeten, den kleinen Jakob nach England zu schicken, damit er am Hof Elisabeths erzogen würde, und dieser hatte abgelehnt. Nun gut, man mußte abwarten...

Bei diesen dramatischen Ereignissen gab es zwei Dinge, die Elisabeth rational überhaupt nicht nachvollziehen konnte: Falls Maria Stuart von dem Mordplan gewußt hatte, und die Indizien sprachen dafür, warum hatte sie den Mord geschehen lassen? Gewiß, ihre Ehe war zerrüttet, aber die meisten fürstlichen Ehen waren nicht besonders glücklich, und die Partner arrangierten sich irgendwie. Gewiß, Darnley war schuld an Rizzios Tod, aber der Italiener war schließlich nur ein Diener gewesen, sie muß noch ein Motiv gehabt haben, überlegte Elisabeth, ein Motiv, das sie, die fromme Katholikin, zu einer so entsetzlichen Handlung trieb, der Mord an Blutsverwandten, an Eltern, Geschwistern, Kindern, und der Gattenmord sind die schlimmsten Sünden, und er wird stets mit dem Tod bestraft... Das andere Problem ist diese überstürzte Heirat mit Bothwell, was hat sie dazu getrieben, warum hat sie nicht die Trauerfrist abgewartet, sie hätte doch diese Liaison, sofern es eine war, ruhig fortsetzen können, ihr sittlicher Ruf war durch die Flugblätter doch sowieso ruiniert...

Ich verstehe es nicht, dachte Elisabeth, es ist einfach unbegreiflich, aber vielleicht erzählt Oxford etwas, das Licht in die Sache bringt...

Nach dem Mord hatte Cecil seinen beiden »Agenten« befohlen, vorerst in Schottland zu bleiben und die Ereignisse zu verfolgen, ihre Berichte ähnelten denen des englischen Gesandten Killigrew, aber dann..., einige Tage nach Maria Stuarts Ankunft in Loch Leven, hatte Edward de Vere einen merkwürdigen und geheimnisvollen Brief geschrieben: Er habe durch Zufall etwas entdeckt, was außer der Königin wahrscheinlich nur wenige Leute in ihrer Umgebung wüßten... Was mag aus Bothwell geworden sein, überlegte Elisabeth, er war zu Schiff aus Schottland geflohen und kreuzte wahrscheinlich irgendwo auf dem Meer, sofern er nicht längst in einem Sturm untergegangen war...

In diesem Augenblick wurden Cecil und der Graf von Oxford gemeldet. Edward, wie stets in Schwarz gekleidet, beugte das Knie und sagte dann gemessen, fast feierlich: »Majestät, ich überbringe Euch eine Neuigkeit, eine novella, wie man in Italien sagt, eine novella, die der Welt unbekannt ist, oder besser, die vor der Welt verborgen wird. Euer Majestät kennen das Decamerone des Boccaccio, in seinen ›novellas‹ gibt es immer ein Ereignis, das Auswirkungen hat auf das weitere Leben eines Menschen und seine Handlungen, in der Geschichte Maria Stuarts ist dieses Ereignis die erste

Nacht, die sie mit Bothwell verbracht hat, und – die ungewollte Schwangerschaft…«

Wie freimütig er redet, dachte Elisabeth.

»Sie war schwanger, Mylord? Nehmt Platz«, und sie wies auf einen Holzschemel neben dem Kamin.

Edward setzte sich, und dabei sah er die Laute, die neben ihm lag. Er nahm das Instrument, ließ seine Finger spielerisch über die Saiten gleiten, dann sah er die Königin und Leicester an und sagte: »Die Königin von Schottland hat Ende Juli in Loch Leven Zwillinge zur Welt gebracht, zwei Knaben, die kurz nach der Geburt starben, vielleicht auch umgebracht wurden. Die Kinder sind jedenfalls tot. Offiziell ist von einer Frühgeburt die Rede, aber ich habe den Fährmann bestochen, der mit einer Kammerfrau der Gräfin verheiratet ist, und nachdem ich ihm ein kleines Vermögen als Bestechung angeboten, sagte er mir, es sei keine Frühgeburt gewesen.«

»Mein Gott«, rief Elisabeth, »dann war sie also schon schwanger, als Darnley ermordet wurde, aber wie konnte sie ihren Zustand verbergen?«

»Sie hat sich nur selten in der Öffentlichkeit gezeigt, und die wenigen Male, die ich sie gesehen habe, trug sie stets weite Mäntel und Umhänge, auch als die Lords sie nach Edinburgh zurückbrachten, war ihr Zustand nicht zu erkennen, sonst hätte man sie noch mehr verhöhnt.«

»Angenommen, sie hat von dem geplanten Mord gewußt«, sagte Elisabeth, »dann war wohl die Schwangerschaft der Grund, daß sie ihn nicht verhindert hat, wahrscheinlich hatte sie Angst vor Darnleys Reaktion, vor seiner Eifersucht, denn schon das Gerücht, Jakob sei Rizzios Sohn, hält sich hartnäckig, so absurd es auch ist. Ein toter Darnley kann die Vaterschaft nicht leugnen, die Königin war also in der Lage zu sagen, das Kind sei von ihm, sie habe in einer schwachen Stunde seinem Drängen nachgegeben, dennoch verstehe ich nicht, daß sie nicht alles versucht hat, jeglichen Verdacht der Mitwisserschaft gar nicht erst aufkommen zu lassen, und die überstürzte Heirat mit Bothwell verstehe ich überhaupt nicht.«

»Majestät, rational ist das Verhalten der schottischen Königin natürlich nicht nachvollziehbar, man begreift es erst, wenn man weiß, daß Bothwell ihr Herr und Meister war – sie wollte ihn nicht verlieren, weil sie ihm körperlich verfallen war, und er hat diese Leidenschaft skrupellos für seine Zwecke mißbraucht. Er war machthungrig, und einmal an der Macht, wollte er die höchste Macht im Lande, wollte aufsteigen zum König von Schottland, und König konnte er nur werden, wenn er die Königin heiratete, also hat sie sich ihm unterworfen, sie billigte die Entführungskomödie, behauptete, er habe sie in Dunbar vergewaltigt, um einen Grund für die Eheschließung zu haben, und als er am Ziel seiner Wünsche war, nach der Trauung im Morgengrauen des 15. Mai, da warf er sie weg wie ein Stück Dreck. Das Hochzeitsfest ähnelte mehr einer Trauerfeier als einer Hochzeit, keiner der geladenen Gäste erschien zum Festmahl im Schloß, und am Abend dieses Tages verließ Bothwell die Königin und begab sich zu seiner geschiedenen Frau Jane, die er nach wie vor liebt. Die Königin soll darüber fast den Verstand verloren haben und wollte sich umbringen... Bis zur gemeinsamen Flucht aus Edinburgh hat er jede Nacht bei seiner geschiedenen Frau verbracht. Auch sein Abschied von Maria Stuart in Carberry Hill war kalt. Ich hatte mich als Soldat verkleidet und war mitgeritten. Die Königin trug einen roten Kittel und einen Samthut, während der Verhandlungen, die zwischen Bothwell und dem Abgesandten der Lords, dem französischen Gesandten du Croc, geführt wurde, saß sie auf einem Stein. Die Verhandlungen dauerten den ganzen Tag, gegen Abend trat Bothwell zur Königin, sagte ein paar Worte und ritt davon. Kein Kuß, keine Umarmung, keine Spur von Zärtlichkeit... Kaum war Bothwell weg, da begannen die Soldaten sie zu verhöhnen, am schlimmsten aber war die Wut des Volkes, als sie in Edinburgh, zwar unter dem Schutz der Soldaten, aber als Gefangene einzog. Überall in der Stadt hörte man die Rufe: ›Hure! Gattenmörderin! Hexe! Verbrennt die Hexe, foltert sie, reißt ihr die Kleider vom Leib, steinigt sie!‹ Man bewarf sie tatsächlich mit kleinen Steinen und dem Kot der Straße, die Lords brachten sie nicht nach Holyrood, sondern in das Haus des Henkers von Edinburgh. Ich habe den Raum am nächsten Tag gesehen, er war klein, ein Steinfußboden, ein schmutziges Strohlager, keine Möbel, ein vergittertes Fenster. Als es dunkel wurde, zerstreute sich die Menge, die Lords tafelten oben im Schloß, die Königin ließ man hungern. Am nächsten Morgen fanden sich bei Sonnenaufgang schon wieder die ersten Schaulustigen ein und verhöhnten die Königin. Ich muß gestehen, auch mich trieb die Neugier zu dem Haus, irgend etwas zog mich an wie ein Magnet, plötzlich erschien der Kopf der Königin, aber, mein Gott, wie sah sie aus, bleich, die Haare hingen offen und strähnig herunter, die Brust war halb entblößt, sie stierte mit wahnsinnigen Augen auf das Volk, sie krallte die Finger um die Gitterstäbe und rüttelte daran. ›Ich will hier raus, niemand hat ein Recht, mich gefangenzuhalten, ich bin die gesalbte, gekrönte Königin von Schottland… Die Menge johlte, lachte, und einer grölte: ›Ihr seid die größte Hure Schottlands!‹ Sie wirkte abstoßend, und doch verspürte ich das Bedürfnis, sie aus der Nähe zu sehen. Ich ging in die Küche und bot dem Koch an, der Königin Speisen und Getränke zu bringen, daraufhin gab er mir mürrisch einen irdenen Becher mit Wasser und ein Stück trockenes Brot. Kurz bevor ich ihren Raum erreiche, sehe ich einen Mann auf der Schwelle stehen, und die Königin ruft: ›Maitland, so helft mir doch, Maitland, wo ist mein Mann, wo ist der König?‹ Maitland lacht spöttisch auf und erwidert: ›Welchen Mann meint Ihr denn, vielleicht den Grafen von Bothwell? Den könnt Ihr vergessen, er hat Euch verlassen, er hat Euch nie geliebt, nie! Er liebte immer nur seine Frau Jane.‹ Die Königin schreit auf wie ein verwundetes Tier, sie heult, Maitland eilt hinweg, ich betrete die Kammer, da lehnt sie schweratmend an der Wand, ihr Umhang liegt auf dem Stroh, ich sehe den vorgewölbten Leib…, sie ist hochschwanger…, sie trägt die Frucht ihrer Lust mit Bothwell… Ich bin starr vor Staunen, da blickt sie auf, sieht mich und schreit: ›Hinaus mit Euch, was steht Ihr da und gafft?‹ Ich verlasse fluchtartig das Haus. Am Abend, als es dunkel war, wurde sie nach Holyrood gebracht und von dort während der Nacht nach Loch Leven.«

Der Graf von Oxford schwieg, und lange Zeit sprach keiner ein Wort.

Im Zimmer war es inzwischen völlig dunkel geworden, nur der Schein des Feuers erhellte die Umrisse der Anwesenden.

»In Schottland«, sagte der Graf von Oxford, »herrscht wieder Frieden, jetzt ziehen die Balladensänger von Schloß zu Schloß, über das Hochland oder durch die grünen Täler von Dorf zu Dorf, und singen von Liebe und Unglück, von Schuld und Gefangenschaft der

Königin von Schottland, sie stehen den Lords gegenüber, die zusammen mit ihrer Familie an der langen, schmalen Tafel speisen, sie sitzen auf einem Hocker vor dem lodernden Feuer, sie greifen in die Harfe und singen…« Er nahm die Laute und ließ die Finger über die Saiten gleiten: *»Herken, lordynges that truve bene / And I wol you tell of Marie Quene…«*

(Hört, Ihr Herren, die Ihr treu gewesen / ich will Euch sagen von Maria, der Königin…)

Beim letzten Wort ertönte ein schriller Laut, eine Saite war gerissen.

»Ich bitte um Vergebung, Majestät«, und er legte das Instrument zur Seite.

Im Hintergrund öffnete sich eine Tür, und zwei Diener brachten Kerzen. In ihrem Schein kam es den Anwesenden vor, als ob sie aus einem Traum erwachten, aber es war kein Traum, was sie eben gehört, war Realität.

»Ich danke Euch, Mylord«, sagte Elisabeth, »Ihr seid nicht nur der Ovid, sondern auch der Boccaccio Englands«, und zu Cecil: »Mylord, ich bin zwar der Meinung, daß die Königin von Schottland ihr jetziges Schicksal selbst verschuldet hat, aber sie ist immerhin Königin von Gottes Gnaden, es ist unmöglich, daß die Untertanen sie zwingen, dem Thron zu entsagen, wo soll das hinführen!? Überlegt, ob wir Murray nicht eine Lösung vorschlagen können, zum Beispiel eine formale Regentschaft für ihren Sohn, überdies müßte man ihr die Freiheit wiedergeben, sie ist entmachtet und für England nicht mehr gefährlich.«

Cecil war zwar anderer Meinung, er fand, daß Maria Stuart für England eine Gefahr war, solange sie lebte, aber vor Leicester und dem jungen Oxford wollte er seiner Königin nicht widersprechen, und so erwiderte er nur: »Ich werde darüber nachdenken, Majestät.«

Als Cecil und Oxford gegangen waren, nahm Elisabeth die Laute, betrachtete eine Weile nachdenklich die zerrissene Saite, dann sah sie Robert an.

»Maria Stuart war Bothwell also hörig, eine unselige Leidenschaft ist menschlich zwar verständlich, aber eine Königin muß zuerst an ihre Pflichten als Königin denken, als Monarchin hat Maria Stuart restlos versagt. Ihr Unglück begann mit ihrer zweiten Ehe, vielleicht ist es wirklich besser, wenn regierende Königinnen nicht heiraten, und vor allem sollten sie nicht aus Liebe heiraten… Guten Abend, Mylord.«

»Guten Abend, Majestät.«

Beim Hinausgehen fiel Elisabeth ein, daß es auf den Tag genau sieben Jahre her war, als sie von Amys Tod erfuhr. Mein Gott, dachte sie, ich war damals in einer ähnlichen Situation wie meine Cousine, was hätten die Engländer mit mir gemacht, wenn ich Robert geheiratet hätte… Meine Entscheidung gegen ihn damals war richtig, und der Erzherzog? Nein, ich werde ihn nicht heiraten, er ist Katholik, das kann im protestantischen England Komplikationen geben… Die Thronfolge? Maria Stuarts Sohn ist ein Ururenkel meines Großvaters Heinrich VII….

Als Robert zu seinen Räumen ging, wurde ihm schlagartig bewußt, daß er all die Jahre vergeblich auf Elisabeths Hand gehofft hatte, irgendwann, bald nach Amys Tod, hatte sie wahrscheinlich die Entscheidung getroffen, ihn nicht zu heiraten, und er hatte gewartet, sieben lange Jahre… Elisabeth Tudor war unerreichbar für ihn.

XXII

Einige Monate später, in der zweiten Maihälfte 1568, begleitete der Graf von Oxford die Königin auf einem Ausritt durch den Park von Greenwich. Er war inzwischen achtzehn Jahre alt, hatte sich während des Winters einen Bart wachsen lassen, und Elisabeth, die ihn, während er von Gray's Inn erzählte, hin und wieder mit einem Seitenblick streifte, dachte im stillen, daß er sich während des Winters zum jungen Mann entwickelt hatte... Wenn ich zwanzig Jahre jünger wäre, überlegte sie, würde ich mich wahrscheinlich in ihn verlieben... Kein Wunder, daß meine jungen Damen ihm schöne Augen machen, aber er, er übersieht sie, er lebt in seiner eigenen Welt, Gott sei Dank, es würde mich stören, wenn er sich verliebte, dabei könnte er mein Sohn sein. Mein Gott, ich werde in diesem Jahr schon fünfunddreißig...

»Wollen Euer Majestät wirklich einen Teil der Kosten des Gastmahles übernehmen?«

»Selbstverständlich, Mylord, Eure Idee mit dem Walfisch hat mir gefallen, und da Sir Cecil beim nächsten Spektakel, das Ihr organisiert, wahrscheinlich auch wieder über die hohen Kosten klagt, werde ich mich beim nächsten Gastmahl ebenfalls finanziell beteiligen.«

Edward war im Jahr 1568 von den Studenten des Gray's Inn zum »König der Spaßmacher« gewählt worden und mußte nicht nur die Theateraufführungen organisieren, sondern auch die Festessen, die viermal jährlich stattfanden und an denen die obersten Richter der Stadt, vornehme Besucher des Hofes, die Hofbeamten, die Minister und auch die Königin teilnahmen. Im Winter hatte Edward zum ersten Mal ein Festessen organisiert, und zwar in Form eines römischen Gastmahles. Zu Cecils Entsetzen hatte er ein kleines Vermögen für einen jungen Walfisch ausgegeben. Das Tier sollte nicht verspeist werden, sondern es wurde auf Pfähle gelegt, mit verschiedenen Speisen dekoriert und durch den Saal getragen, damit alle zunächst das optische Schauspiel genießen konnten, bevor sie sich den kulinarischen Genüssen hingaben. Auf dem Rücken des Walfisches thronten kandierte Enten, gesalzene Hirsche, gepfefferte Fasane, mit Senf bestrichene Ferkel…

»Ich danke Euer Majestät für die finanzielle Unterstützung, ich vermute aber, daß es Sir Cecil weniger um die Kosten geht als um meine Rolle im Gray's Inn, er hält mir ständig vor, daß ich mich zuwenig um die Jurisprudenz kümmere und zuviel um die Theateraufführungen.«

Elisabeth lächelte. »Ich weiß, bei mir beklagt er sich auch über Eure Liebe zum Theater, macht Euch nichts daraus, seine Kritik richtet sich nicht gegen Euch, sondern zielt auf die Vorführungen insgesamt, für ihn ist alles Firlefanz, dabei sind die Aufführungen so wichtig für die öffentliche Meinungsbildung. Sir Cecil wird seine Ansichten nicht mehr ändern, er gehört zu einer anderen Generation, bedenkt, er geht schon auf die Fünfzig zu. Ihr aber, Mylord, Ihr seid noch jung, und Ihr solltet so leben, wie Ihr es für richtig haltet, Ihr könnt es Euch leisten, dank Eures Vermögens.«

»Ich bitte um Vergebung, Majestät, aber genau dies bezweifle ich. Ich kann mein Lebensziel nur halb verwirklichen, ich kann zwar Stücke schreiben und sie aufführen lassen, aber ich darf sie nicht veröffentlichen, weil mein Stand mir den Broterwerb verbietet, so werden sie der Nachwelt nicht überliefert, schade.«

»Die Nachwelt?« rief Elisabeth verwundert. »Mon dieu, ich wußte gar nicht, daß Ihr nach literarischem Ruhm strebt. Wollt Ihr ein Dante, ein Petrarca, ein Chaucer werden?«

»Vielleicht«, erwiderte er leise.

»Mein lieber Graf von Oxford«, sagte Elisabeth ernst und eindringlich, »eines müßt Ihr wissen, man kann im Leben nicht alles haben, Ihr könnt nicht Berufsliterat sein und gleichzeitig die Privilegien des Adels genießen, Ihr müßt Euch irgendwann entscheiden, wollt Ihr aber beides vereinbaren, so gibt es nur eine Möglichkeit, das Pseudonym… Ihr könnt unter einem Pseudonym veröffentlichen, dann werden Eure Stücke der Nachwelt überliefert.«

Edward seufzte. »Meine Stücke, aber nicht mein Name... Nun ja, noch ist es nicht soweit, ich muß meine Studien beenden, will dann durch Europa reisen...«

»Sofern ich es Euch erlaube, mein Türke...« Elisabeth wechselte das Thema.

»Wie würdet Ihr den Spaniern San Juan de Ulua heimzahlen?«

Hawkins dritte Expedition war nicht vom Glück begünstigt: Ein Hurrikan beschädigte die »Jesus«, das Schiff der Königin, so stark, daß er im Hafen von San Juan de Ulua ankerte, um es zu reparieren. Der Zeitpunkt war ungünstig, weil die Schatzflotte aus Spanien erwartet wurde. Hawkins bemächtigte sich des die Hafeneinfahrt beherrschenden Forts und erklärte sich, als die spanische Flotte aufkreuzte, nur unter der Bedingung bereit, sie einlaufen zu lassen, daß er im Besitz dieses entscheidenden Stützpunktes bliebe. Der neue Vizekönig war empört, daß Hawkins ihm Bedingungen stellte, und so inszenierte er einen verräterischen Überfall, aus dem Hawkins nur unter Verlust aller Schiffe, außer der »Minion« und Drake mit der »Judith« davonkamen.

Edward überlegte. »Es gibt nur eine Möglichkeit, Majestät, Ihr müßt bei nächster Gelegenheit spanisches Gold beschlagnahmen.«

»Ihr habt recht, bei nächster Gelegenheit..., da Maria Stuart wieder als Königin in Holyrood residiert, müssen wir auch nicht befürchten, daß spanische Soldaten in Schottland landen...«

Maria Stuart war in der Nacht vom 1. auf den 2. Mai aus Loch Leven geflohen und war – von der Bevölkerung jubelnd begrüßt – in Edinburgh eingezogen, die Schotten waren der Herrschaft Murrays überdrüssig, überdies war Maria Stuart während ihrer Gefangenschaft in dem Wasserschloß zu einer romatischen Figur geworden.

»Wie ist es ihr nur gelungen zu entkommen?« fragte Edward. »Den Fährmann kann man bestechen, aber sie wurde doch im Schloß bestimmt gut bewacht.«

»Nun ja, soviel ich weiß, lebten auch die jungen Söhne der Gräfin in Loch Leven, wahrscheinlich hat die Königin sie so bezaubert, daß sie ihr bei der Flucht behilflich waren. Junge Männer sind meistens romantisch veranlagt, und außerdem war in jener Nacht Neumond, so daß die Fähre ungesehen den See überqueren konnte..., meinen Glückwunschbrief wird sie schon erhalten haben, ich bin froh, daß sie ihren Thron zurückerobert hat, man kann einen Monarchen nicht zur Abdankung zwingen, seine Person ist nun einmal unantastbar. Unsere Verhandlungen mit Murray waren vergeblich, er war zu keinem Zugeständnis bereit hinsichtlich Regentschaft oder Mitregentschaft, aber nun genug von der Politik, laßt uns galoppieren«, und schon gab sie ihrem Pferd die Sporen, und Edward hatte wie immer Mühe, an der Seite der Königin zu bleiben. Mein Gott, dachte er, sie reitet wahrhaftig wie der Teufel...

Plötzlich hörten sie hinter sich eine Männerstimme: »Majestät! Majestät! Haltet an, Majestät!«

Sie zügelten erstaunt die Pferde, drehten sich um und sahen einen Kurier herangaloppieren, der einen Brief in der Luft schwenkte.

»Das muß ja eine ganz wichtige Nachricht sein«, sagte Elisabeth, »vielleicht erklärt Wien uns den Krieg, weil aus der Ehe mit dem Erzherzog nichts geworden ist«, es sollte scherzhaft klingen, aber sie konnte ein ungutes Gefühl nicht unterdrücken.

»Majestät«, der Kurier überreichte ihr den Brief, »vom Kommandanten aus Carlisle.«

»Aus Carlisle?« fuhr Elisabeth auf. »Tod und Teufel, wegen des Kommandanten aus Carlisle stört Ihr meinen Ausritt, Ihr hättet wahrhaftig bis zu meiner Rückkehr warten können!«

»Ich bitte um Vergebung, Majestät, Sir Cecil schickte mich hierher, ich hatte für ihn ebenfalls einen Brief, die Königin von Schottland mußte aus ihrem Reich fliehen, sie ist jetzt in Carlisle und bittet Euer Majestät um Asyl.«

Elisabeth starrte den Kurier fassungslos an und versuchte, seine Worte zu begreifen.

»Wie, wie ist das nur möglich...«

Sie öffnete den Brief, las ihn und steckte ihn dann in eine Tasche ihres Kleides.

»Die Lords«, sagte sie zu Edward, »haben sich erneut gegen die Königin verbündet, beide Parteien sammelten Truppen, am 13. Mai kam es zur Entscheidungsschlacht bei Langside, es war die endgültige militärische Niederlage der Königin, sie ist Tag und Nacht geritten, um den Lords zu entkommen, sie fand schließlich Zuflucht in der Abtei von Dundrennan und schiffte sich von dort am Sonntag, also am 16. Mai, nach dem englischen Hafen Workington ein. Am nächsten Morgen kam der Kommandant von Carlisle, der inzwischen benachrichtigt worden war, und brachte sie – begleitet von vierhundert Bewaffneten – in das Schloß.«

»Nun«, erwiderte Edward, »das Leben der Königin von Schottland liefert den Stoff für ein Theaterstück.«

»Redet kein dummes Zeug, Mylord, mir ist jetzt nicht nach Scherzen zumute.«

In ihrem Arbeitszimmer fand Elisabeth einen Brief von Maria Stuart, worin diese verzweifelt ihre Lage schilderte und klagte, daß es ihr an allem fehle, sogar an Kleidern…

Die Kleider sind das geringste Problem, dachte Elisabeth und beauftragte Lucy, drei Dutzend ihrer eigenen abgelegten Roben nach Carlisle zu schicken. Dann ging sie unruhig auf und ab und überlegte, wie es weitergehen sollte – es gab nur eine Lösung des Problems…

Unterdessen eilte Cecil durch die Galerien und Säle zu seiner Königin und dachte darüber nach, was mit Maria Stuart geschehen sollte…

Als der Türsteher ihn meldete, wußte Cecil, daß es langfristig nur eine Möglichkeit gab, diese Lösung würde England viel Geld kosten, denn die Witwenpension, die Frankreich zahlte, reichte natürlich nicht für eine standesgemäße Lebensführung, und eine standesgemäße Lebensführung war wichtig im Hinblick auf die Reaktion von Frankreich und Spanien…

»Endlich, Mylord, meine Cousine hat mir einen mitleiderregenden Brief geschrieben, und ich bin fest entschlossen, sie hier am Hof mit allen Ehren zu empfangen, die einer Königin zukommen, man muß großmütig sein, denn sie befindet sich in einer Notsituation und hat mich um Asyl gebeten. Es wäre unchristlich, ihr das Asyl zu verweigern.«

Cecil glaubte nicht richtig zu hören, Großmut und christliche Nächstenliebe waren seiner Meinung nach bei Maria Stuart wirklich nicht angebracht.

»Mit Verlaub, Majestät, ich rate dringend ab, die geflohene Königin am Hof zu empfangen, das würde bedeuten, daß Ihr sie und nicht Jakob als Herrscher Schottlands anerkennt, die Folge wäre eine Verschlechterung der Beziehungen zu Schottland, das können wir uns außenpolitisch nicht leisten, überdies müßt Ihr damit rechnen, daß die Königin versuchen wird, im Mittelpunkt des Hoflebens zu stehen, sie wird versuchen, sich bei den Herren beliebt zu machen, und Euer Majestät wird es bestimmt nicht recht sein, wenn der Graf von Leicester auf Maria Stuart aufmerksam wird.«

Elisabeth zuckte unmerklich zusammen, sah Cecil überrascht an und… »Ihr habt recht, Mylord, aber…« Sie stand auf und ging nervös hin und her.

»Tod und Teufel, was soll ich denn machen, ich habe verschiedene Möglichkeiten erwogen, aber sie kommen alle nicht in Frage. Eine Auslieferung an Schottland bedeutet ihren Tod, abgesehen davon, daß die Person des Monarchen unantastbar ist, würden wir einen Konflikt mit Spanien und Frankreich heraufbeschwören…, wir könnten ihr mit Waffen den Thron zurückerobern, aber ich hasse Kriege, und es würde zu ständigen Unruhen in Schottland führen, ihr die Ausreise zu gestatten, ist auch unmöglich. Sie würde wahrscheinlich nach Spanien reisen, Philipp um Hilfe bitten, und dann haben wir eine ähnliche Situation wie 1559, bleibt also noch die Möglichkeit, ihr zu erlauben, sich irgendwo in England niederzulassen, dann wird sie sich wahrscheinlich in den katholischen Norden begeben und dort Unruhe stiften… So, Mylord, nun sagt mir, was ich machen soll, es ist ein Circulus vitiosus.«

Cecil lächelte. »Es gibt eine Lösung, Majestät. Ihr könnt die Königin von Schottland vorläufig in Ehrenhaft halten, die natürlich vor dem Ausland begründet werden muß. Glücklicherweise liefert die Königin den Grund selbst, nämlich den Verdacht, daß sie mitschuldig ist am Mord ihres zweiten Gatten. Euer Majestät müßten eine neutrale englische Kommission einsetzen, die beide Parteien – Murray und die Königin – anhört, den Sachverhalt klärt, auf Grund dieser Ergebnisse müßten Euer Majestät dann ein Urteil fällen, ist die schottische Königin mitschuldig am Mord ihres Gatten, wird sie entweder an Murray ausgeliefert oder in England gefangengehalten.«

Er schwieg und beobachtete Elisabeths Reaktion.

Sie überlegte eine Weile und erwiderte: »Mylord, mein Gefühl sagt mir, daß die Anwesenheit der schottischen Königin Probleme mit sich bringen wird, an die wir jetzt noch gar nicht denken... Allein die Frage ihrer Schuld ist ein Problem für sich. Murray wird wahrscheinlich diese ominösen Kassettenbriefe vorlegen, die angeblich ihre Schuld beweisen, die Königin wird behaupten, es seien Fälschungen – und dann?«

»Dann steht Aussage gegen Aussage, und Euer Majestät werden ein salomonisches Urteil fällen. Im übrigen müßte man die Briefe natürlich sehen, um sie beurteilen zu können.«

Jene Briefe, die Maria Stuart angeblich an Bothwell geschrieben, waren von ihm in einer silbernen Kassette aufbewahrt, ein Geschenk der Königin an ihn, und bei der Flucht aus Holyrood vergessen worden; von unterwegs schickte Bothwell einen Boten, der die Briefe in Sicherheit bringen sollte, was mißlang; sie fielen in die Hände der Lords, die im Dezember 1567 vor dem schottischen Parlament erklärten, die Briefe seien der Beweis für Maria Stuarts Mitschuld am Mord ihres Gatten. Daraufhin wurde ihre Abdankung, die Krönung Jakobs zum König und die Regentschaft Murrays als endgültig bestätigt.

»Euer Vorschlag, Mylord, die Königin vorläufig in Ehrenhaft zu halten, ist im Augenblick wirklich der einzige Ausweg, ich werde sie nach Schloß Bolton bringen lassen, es ist eine geräumige Residenz mit den höchsten Türmen des Königreiches, sie kann unter Bewachung spazierengehen, reiten, jagen, und natürlich muß man ihr alle Ehren erweisen, die einer Königin zustehen. Die Kommission indes... Ich werde es mir überlegen, Mylord.«

Während der folgenden Tage trafen immer neue Briefe Maria Stuarts ein, worin sie eine persönliche Unterredung mit Elisabeth forderte, ihre Hoffnung zum Ausdruck brachte, daß Elisabeth ihr helfe, den schottischen Thron wieder zu besteigen. Am 4. Juni bat sie sogar, sich an andere Herrscher wenden zu dürfen, denn sie sei nicht ohne Freunde in ihrer gerechten Sache. Elisabeth, die anfing, sich über die Uneinsichtigkeit ihrer Cousine zu ärgern, schrieb ihr einen deutlichen Brief, worin sie klar zum Ausdruck brachte, daß sie ihren eigenen Ruf nicht gefährden wolle.

Um Euch die Wahrheit zu sagen: Ich werde bereits jetzt verdächtigt, Eure Sache lieber zu verteidigen, als meine Augen Dingen zu öffnen, deren Euch Eure Untertanen anklagen...

Sie versicherte der schottischen Königin, daß sie für deren Leben und Ehre jederzeit eintreten werde.

Es kommt Euch seltsam vor, daß ich Euch nicht empfange? Bitte versetzt Euch in meine Lage! Sobald Ihr von dem Verbrechen losgesprochen seid, werde ich Euch mit allen Ehren aufnehmen. Vorher kann ich es nicht...

Der Sommer begann und verging. Zum Entsetzen aller europäischen Protestanten wurden Anfang Juni die Führer der niederländischen Freiheitsbewegung, die Grafen Egmont und Hoorn, auf dem Marktplatz in Brüssel öffentlich hingerichtet, Wilhelm von Oranien, der dritte Freiheitskämpfer, war rechtzeitig entkommen.

Im August 1567 hatte Philipp seine tolerante Halbschwester Margarethe von Parma abberufen und den Herzog von Alba als neuen Statthalter in die Niederlande geschickt, und Alba begann mit einer systematischen Verfolgung der Protestanten, wer verhaftet wurde und vor dem »Rat der Unruhen«, im Volk »Blutrat« genannt, erschien, war so gut wie tot.

In England starb Katharina Grey, in Spanien Don Carlos und seine Stiefmutter Elisabeth von Valois. Philipp berief den konzilianten de Silva ab und schickte den englandfeindlichen Intriganten de Spes als Gesandten nach London.

Den ganzen Sommer über drängte Cecil Elisabeth, eine Untersuchungskommission einzuberufen, man könne die Inhaftierung Maria Stuarts sonst nicht länger vor dem Ausland verantworten.

Im Herbst gab Elisabeth endlich nach, und Anfang Oktober wurde die Konferenz in York eröffnet. Elisabeth ließ sich durch den Herzog von Norfolk, Lord Sussex und Sir Sadler vertreten, der über besondere Erfahrungen im Grenzland verfügte. Die englischen Kommissare sollten weder als Ankläger noch als Richter auftreten, sondern völlig neutral die Anklagen der schottischen Königin gegen den Regenten Murray und die Gegenklagen anhören. Elisabeth hatte sich vorbehalten, auf Grund der Untersuchungsergebnisse eine Entscheidung zu fällen. Maria Stuart weigerte sich, persönlich zu erscheinen, und ließ sich von Lord Herries und dem Bischof von Ross, John Leslie, vertreten. Jakob VI. wurde von Murray, Morton und Maitland vertreten. Murray legte Abschriften der »Kassettenbriefe« vor, und nachdem der Herzog von Norfolk sie gelesen hatte, war er von ihrer Echtheit überzeugt. Als Elisabeth Mitte Oktober erfuhr, daß in York auch über eine mögliche Heirat zwischen Maria Stuart und dem Herzog von Norfolk verhandelt wurde, weil dies die einzige Möglichkeit sei, die schottische Königin wieder auf den Thron zu bringen, befahl sie Norfolk kurz entschlossen, die Konferenz zu vertagen, sie wolle die bisherigen Ergebnisse dem Staatsrat unterbreiten. Die Untersuchung sollte am 25. November in der Sternkammer, dem königlichen Gerichtshof in Westminster, unter Cecils Leitung fortgeführt werden.

Während des Sommers hatte Elisabeth immer wieder darüber nachgedacht, wie es mit Maria Stuart weitergehen sollte, die Königin von Schottland hatte sie um Asyl gebeten. Nun gut, sie war bereit, ihr Asyl zu gewähren, aber es war zu gefährlich, ihr in England Bewegungsfreiheit zu gewähren, sie dachte auch über die Kassettenbriefe nach, und am Tag vor der Wiedereröffnung der Konferenz beauftragte sie Cecil, sich die Abschriften anzusehen, am Abend wolle sie mit ihm besprechen, mit welchem Ziel die Verhandlungen geführt werden sollten.

Am Spätnachmittag öffnete Cecil neugierig die Mappe mit den Briefen und Sonetten, die Maria Stuart an Bothwell geschrieben haben sollte, und dabei überlegte er flüchtig, warum Murray die Originale in Schottland gelassen hatte, Abschriften waren nur Belastungs-, kein Beweismaterial. Die Sonette waren im Stil Ronsards geschrieben, und er erinnerte sich, daß der Dichter einst Maria

Stuart unterrichtet hatte. Er las einen Brief nach dem anderen, und wenn ihm ein Satz besonders auffiel, las er ihn ein zweites Mal…

»Wir haben mit zweierlei Art verräterischen Leuten zu tun. Der Teufel möchte uns trennen, möge uns Gott für immer einen, daß wir so treu Verbundene sind, als jemals Liebende verbunden waren. Dies ist mein Glaube, und ich will in ihm auch sterben… Lasset mich wissen, was Ihr beschlossen habt hinsichtlich dessen, das Euch bekannt ist, damit nichts falsch verläuft.«

»Sehr entstellt wurde er nicht durch diese Krankheit, immerhin hat er an Narben Erkleckliches aufzuweisen. Und sein Atem hat mich fast umgebracht, er dünstet stärker als Eures Vetter arger Atem, wenn ich auch nicht in seine Nähe mich begebe, sondern am Fuße seines Lagers sitze in einem Sessel und er sich in dem entferntesten Teile des Bettes befindet…«

»Ach, niemals betrog ich jemanden, doch will ich mich in allen Stücken Eurem Willen beugen. Lasset mich wissen, was Ihr von mir wollt, und was sich auch daraus ergeben wird, ich leiste Euch Gehorsam. Bedenket in Euch, ob Ihr wohl Versteckteres ersinnen könnet als durch ein Tränklein, denn zu Craigmillar werden Arzneien angewendet werden, und Bäder soll er nehmen. Mehrere Tage noch wird er das Zimmer hüten müssen…«

»Verbrennet diese Briefe, denn sie sind gefährlicher, und besser ist es, vorsichtig zu sein. Ich bin voller Besorgnis und verdüstert. Seid Ihr in Edinburgh, wenn Ihr dies lest, so lasset es mich wissen. Verübelt es mir nicht, wenn ich mich allzusehr auf Euch verlasse. Und wollet wohl aufnehmen, Teuerster, daß ich um Euretwillen weder mein Gewissen noch meine Ehre schone, noch irgend Hoheit, die mir zugefallen ist…«

»Spät ist es, immer möchte ich weiterschreiben an Euch, und doch muß ich jetzt enden, nachdem ich beide geliebte Hände Euch küsse…, liebet mich, wie ich Euch innig liebe… Weder in dieser Sache noch in anderem will ich das mindeste auch nur beginnen, ohne zu wissen, was darin Euer Wille sein mag, den ich Euch bitte mir zu eröffnen; denn ich möchte mich

mein ganzes Leben lang nach ihm nur richten, sicher lieber, als Ihr ihn mir verkündet... O teures Leben! Weiset mich nicht zurück, leidet es, daß ich bezeuge meine Unterwerfung, Treu, Enthaltsamkeit und freie Hingebung, was ich in heißen Freuden tue, wenn Ihr es annehmet, wie ich's meine; denn Ablehnung wäre mir größter Schimpf und tödlichste Beleidigung...

Anstatt dessen stellte er mir dringlich vor, das Ganze sei ein tolles Unternehmen, und ich könne Euch um meiner Ehre willen nicht zum Gatten nehmen, da Ihr ja schon vermählet wäret; noch mit Euch mich vereinen, weil niemand einverstanden sein werde damit...
Denn was Ihr vorhabt, wird ja nicht geschehen, um mich gefangenzunehmen und mir Gewalt anzutun, sondern um Euch meiner zu versichern, und damit die Vorstellungen und Einwände der andern mich nicht verhindern zuzustimmen dem, das Euch Euer Dienst einst zu erlangen hoffen läßt. Kurz, es soll einen Zwang auf die Herren ausüben und Euch die Möglichkeit schaffen zu Eurer Heirat, wie Ihr sie zu Eurer Sicherheit herbeiführen müßt...«

Am Abend begab er sich zu Elisabeth.
»Nun, Mylord, was haltet Ihr von den Briefen?«
»Majestät, es sind Abschriften, niemand weiß, ob der Inhalt echt oder gefälscht ist, das ist meine offizielle Meinung.«
»Aha, was denkt Ihr inoffiziell?«
Cecil zögerte etwas und fuhr sicherheitshalber auf griechisch fort, weil er überall Spione witterte: »Majestät, falls die Briefe echt sind, beweisen sie eindeutig die Mitschuld der Königin von Schottland an der Ermordung ihres Gatten, ich persönlich teile die Meinung des Herzogs von Norfolk und glaube, daß die Briefe echt sind.«
Er schwieg, und seine Worte hingen eine Zeitlang schwer im Raum.
Schließlich erwiderte Elisabeth ebenfalls auf griechisch: »Führt die Untersuchung so, Mylord, daß die Schuld nicht bewiesen wer-

den kann, ich möchte die Königin nicht an Schottland ausliefern, das wäre gleichbedeutend mit einem Todesurteil und würde uns in Schwierigkeiten mit Frankreich und Spanien bringen. Andererseits, sie ist jetzt in meiner Gewalt, und ich möchte, daß sie auch weiterhin in meiner Gewalt bleibt... Reichen die Briefe als Belastungsmaterial, um die Königin auch künftig in ehrenvoller Haft zu halten?«

»Gewiß, Majestät, uns fehlt der eindeutige Schuldbeweis, aber der Verdacht, der heftige Verdacht ihrer Mitschuld bleibt bestehen. Bei diesem Ergebnis können Euer Majestät frei entscheiden, was mit der schottischen Königin zu geschehen hat. Vorhin, beim Lesen, ging mir durch den Kopf, daß Murray wahrscheinlich kein Interesse an einer Auslieferung hat, sonst hätte er die Originale vorgelegt. Für Murray ist – im Gegensatz zu den Lords – die Person der Königin wahrscheinlich genauso unantastbar wie für Euer Majestät, hinzu kommt, daß Maria Stuart seine Halbschwester ist, überdies, er wird viele Jahre die Regentschaft für den unmündigen König führen, kann ihn im protestantischen Glauben erziehen, was will er mehr?«

Elisabeth sah Cecil überrascht an. »Ihr habt recht, daran habe ich noch gar nicht gedacht, eines noch: Die Königin von Schottland darf die Abschriften nicht sehen, sie darf auch nicht persönlich erscheinen, um sich zu verteidigen.«

Am andern Morgen wurden die Untersuchungen fortgeführt. Maria Stuart forderte eine Unterredung mit Elisabeth unter vier Augen, was diese ablehnte.

Am 10. Januar 1569 erließ Elisabeth ein Zwischenurteil folgenden Inhalts: In der Untersuchung habe nicht festgestellt werden können, was gegen die Ehre Murrays spreche, und nichts, was die Königin von Schottland einer Schuld überführe. Da sie andererseits ihre Unschuld nicht bewiesen habe und der Verdacht der Mitschuld nach wie vor auf ihr laste, behalte die Königin von England sich alle weiteren Entscheidungen vor.

Murray reiste zurück nach Schottland, Maria Stuart aber wurde nach Schloß Wingfield gebracht und der Graf von Shrewsbury mit ihrer Bewachung beauftragt.

George Talbot, der Graf von Shrewsbury, war wohlhabend, besaß neun Schlösser und hatte bis dahin still auf seinen Gütern gelebt, abseits von Amt und Würden, weil er keinerlei politischen Ehrgeiz besaß. Sein Bart war schon leicht ergraut, als Elisabeth ihm dies undankbare Amt übertrug. Er mußte eine Königin bewachen, die gleichzeitig eine Gefangene war, er mußte das Knie vor ihr beugen und gleichzeitig taktvoll ihre Freiheiten einschränken.

Elisabeth ihrerseits war entschlossen, die gestürzte Königin von Schottland gut zu behandeln und ihr den englischen Käfig so weit wie möglich zu vergolden: Vor allem sollten die Mahlzeiten von Maria Stuarts Gesinde zubereitet werden, damit nicht der Verdacht eines Giftmordes aufkam, wenn die Cousine krank war, würde sie ihr natürlich den eigenen Arzt anbieten, sie sollte wie eine Königin leben... Ich werde ihr erlauben, den Kronbaldachin in ihrem Empfangsraum aufzustellen, dachte Elisabeth, sie soll auf silbernem Geschirr speisen, ihre Zimmer werden mit teuren Wachskerzen in silbernen Kandelabern erhellt, auf den Dielen müssen türkische Teppiche liegen, zu ihrer eigenen Bedienung werde ich ihr ungefähr fünfzig Personen zugestehen, Ehrendamen, Zofen, Kammerfrauen, außerdem Haushofmeister, Priester, Ärzte, Sekretäre, Zahlmeister, Kammerdiener, Garderobenvorstände, Schneider, Tapezierer, Küchenmeister. Ich werde wöchentlich zweiundfünfzig Pfund für ihren Haushalt zahlen müssen, überlegte Elisabeth, von Frankreich erhält sie eine jährliche Witwenpension von zwölfhundert Pfund, da muß sie gewiß nicht darben, und außerdem... Diese formelle Höflichkeit ihrem Rang gegenüber, diese Gewährung billiger Bequemlichkeiten wird sie wahrscheinlich mehr treffen als der Tower mit Wasser und Brot. Wenn man das Knie vor ihr beugt, wird sie jedes Mal daran erinnert, daß sie eine entthronte Königin ist, und ich, ich bleibe vor den Augen der Welt eine humane Herrscherin, es ist unchristlich, aber ich empfinde Genugtuung, daß sie in meiner Gewalt ist...

Innerlich war Elisabeth entschlossen, nach einer gewissen Zeit mit Murray erneut über eine Mitregentschaft seiner Halbschwester zu verhandeln, weil sie befürchtete, daß eine längere Gefangenschaft der schottischen Königin den Konflikt mit Spanien verschärfte. Seit Beginn ihrer Regierung hatte sie ein leidlich gutes Verhältnis zu Spanien gehabt, aber seit dem Dezember 1568 war zwischen beiden Ländern ein heftiger Wirtschaftskrieg entbrannt. Der Herzog von Alba benötigte Geld, um seine Truppen auszurüsten, die versuchten, den Freiheitskampf in den Niederlanden zu unterdrücken. Da Philipp – trotz des überseeischen Goldes – ständig in finanziellen Nöten war, nahm er bei genuesischen Bankiers eine größere Anleihe auf, die auf dem Seeweg nach Brüssel gebracht werden sollte. Als die Schiffe im Dezember 1568 in Plymouth und Southampton vor heftigen Stürmen Schutz suchten, ließ Elisabeth die 85 000 Pfund beschlagnahmen, das heißt, die Anleihe wurde auf sie überschrieben, es war ihre Rache für San Juan de Ulua. Juristisch gesehen war sie im Recht, da das Gold so lange im Besitz der Genuesen blieb, bis Alba den Empfang bestätigte.

Philipp empfand den Coup natürlich als Provokation, Alba schloß den Hafen von Antwerpen für englische Waren und beschlagnahmte englische Güter und Schiffe. Elisabeth antwortete mit entsprechenden Maßnahmen gegen spanische Kaufleute in England, woraufhin Philipp englisches Eigentum in Spanien konfiszierte, das allerdings weitaus geringer war als das Eigentum der Spanier in England. Elisabeth fand bald einen neuen Absatzmarkt in Hamburg, und der englische Handel blühte und gedieh weiter, aber der Bruch mit Spanien war eine Tatsache, die mittel- und langfristig eine Neuorientierung der englischen Außenpolitik erforderte, und Elisabeth führte mit Cecil lange Gespräche, wie man das Terrain für ein Bündnis mit Frankreich vorbereiten konnte. Zum Glück hatte Karl IX. zwei jüngere Brüder, Heinrich, Herzog von Anjou, und Franz, Herzog von Alençon, die trotz ihrer Jugend (Heinrich stand im achtzehnten, Franz im fünfzehnten Lebensjahr) sich hervorragend für Eheverhandlungen eigneten. Und Katharina von Medici, immer bestrebt, ihre Kinder gut zu verheiraten, ging auf das Ehespiel der Engländer ein, schließlich war Elisabeth immer noch die beste Partie in Europa.

Als der Februar des Jahres 1569 sich dem Ende zuneigte, bemerkte Elisabeth erstaunt und irritiert, daß einige ihrer Staatsräte anfingen, bei jeder passenden und unpassenden Gelegenheit gegen Cecil zu sticheln: Leicester behauptete, er sei ein schlechter Ratgeber, Pembroke gab ihm die Schuld am Handelskrieg mit Spanien,

Norfolk meinte, die Inhaftierung Maria Stuarts sei allein Cecils Werk, weil er ein geschworener Feind der schottischen Königin sei, Arundel und Northampton mokierten sich über Cecils Protestantismus.

Elisabeth wußte zwar, daß ihr Staatssekretär Feinde am Hof hatte, aber bisher hatte noch nie jemand gewagt, ihr gegenüber den Staatssekretär zu kritisieren, und allmählich wurde ihr klar, daß hier - wie bei ihren Vorgängern - versucht wurde, den wichtigsten königlichen Ratgeber zu entmachten, zu stürzen, wobei der Angriff auf Cecil letztlich auch eine Kritik an ihrer Politik war. Nun, dachte sie, bei meinem Vater fiel erst Wolsey in Ungnade und dann Cromwell, mein Bruder Eduard hat Thomas Seymour enthaupten lassen, bei mir werden die Herren keinen Erfolg haben, Cecil bleibt!

Als sich am Abend des Aschermittwoch einige Staatsräte bei ihr einfanden und erneut gegen Cecil stichelten, schnitt sie ihnen kurzentschlossen das Wort ab: »Mylords, ich bin nicht bereit, Sir Cecil zu opfern, wenn die Herren eine Änderung der Politik wünschen, müssen sie die Königin wechseln.«

Man sah einander betreten an und schwieg.

Um Ostern herum fiel Elisabeth auf, daß die Erzfeinde Norfolk und Leicester sich hin und wieder scheinbar freundschaftlich unterhielten. Hoffentlich werden sie endlich vernünftig und versuchen sich zu arrangieren, überlegte sie, im Herbst 1565 war es mit beiden fast nicht auszuhalten... Damals war die Lage tatsächlich so gespannt, daß Roberts Anhänger blaue Litzen an ihren Anzügen trugen, Norfolks Gefolgsleute hingegen gelbe....

Im Frühsommer verspürte sie plötzlich eine merkwürdige innere Unruhe und hatte das Gefühl, daß sich etwas zusammenbraute. Eines Tages kam der französische Gesandte auf Maria Stuart zu sprechen und meinte, am besten wäre es, wenn die schottische Königin wieder heiratete, und zwar einen hochgeborenen Engländer, zum Beispiel den verwitweten Herzog von Norfolk.

Elisabeth ging nicht weiter darauf ein, dachte aber unbehaglich an die Heiratsgerüchte, die einige Monate zuvor in Umlauf gewesen waren. Sie ließ in allen Grafschaften Musterungen vornehmen und wies den Staatsrat des Nordens an, besonders wachsam zu sein, da sie wußte, daß die katholischen Grafschaften im Norden der schwache Punkt Englands waren. Dann ließ sie Norfolk nach Richmond kommen und fragte ihn, ob er Neuigkeiten mitbrächte. Der Herzog murmelte verlegen, er wisse nichts.

»Wie?« rief Elisabeth. »Ihr kommt von London und wißt mir nichts Neues über eine bevorstehende Heirat zu erzählen?«

»Nein, Majestät.«

Einige Tage später brach Elisabeth zu ihrer sommerlichen Rundreise auf. Unterwegs sprach sie Norfolk noch zweimal auf die Heiratsgerüchte an, aber er gab jedes Mal vor, nichts zu wissen.

Elisabeth ahnte, daß Norfolk ihr etwas verschwieg, und überlegte, ob er vielleicht in Verbindung zu den katholischen Grafen Westmoreland und Northumberland im Norden stand. Die Lords in Nordengland waren kleine Könige auf ihren Besitztümern, und der ihr treu ergebene Lord Sussex, der Präsident des Rates im Norden, hatte seit dem Frühjahr über die Unzufriedenheit berichtet und zwei Gründe genannt: die Inhaftierung der schottischen Königin und die Religion.

Die vornehmen Familien im Norden, die Percys, Nevilles und Dacres, wünschten nichts sehnlicher als ein katholisches England. Elisabeth wußte, daß diese Familien sich auf ihre Anhänger verlassen konnten, die würden blindlings folgen, sobald das Zeichen zum Aufstand gegeben wurde. Sie besprach die Angelegenheit mit Cecil, der Staatssekretär befürchtete zwar Unruhen, wußte aber genausowenig wie sie, ob Norfolk die Unruhe im Norden schürte.

Unterdessen hatte man Titchfield erreicht, wo man einige Tage bleiben wollte. Am andern Morgen hörte Elisabeth, daß es dem Grafen von Leicester schlechtgehe, er klage über Kopfschmerzen und Atemnot... Sie eilte sofort besorgt an sein Krankenlager, ließ sich die Beschwerden schildern und versprach, ihm ihren Arzt zu schicken.

»Vielen Dank, Majestät, aber ich glaube, es ist nicht nötig, ich... Ich wollte mit Euer Majestät unter vier Augen sprechen, ich muß Euch etwas beichten, es handelt sich um Norfolk.«

Elisabeth war schon aufgestanden, aber nun setzte sie sich wieder.

»Norfolk? Gütiger Himmel…, erzählt.«

»Euer Majestät wissen, daß der Herzog unzufrieden ist und glaubt, daß seine Verdienste nicht genug gewürdigt werden. Als Maitland ihm vor einigen Monaten vorschlug, Maria Stuart zu heiraten, um so das schottische Problem zu lösen, war er nicht begeistert, inzwischen aber findet er den schottischen Thron doch recht verlockend. Er hat folgenden Plan entwickelt: Maria Stuart soll ihre Abdankung widerrufen, über Darnleys Ermordung breitet man den Schleier der Vergessenheit, nach der Scheidung von Bothwell und der Heirat mit ihm, dem Herzog von Norfolk, soll die Königin wieder auf den Thron zurückkehren und den Vertrag von Edinburgh ratifizieren, damit sie zu Euer Majestät Nachfolgerin erklärt werden kann. Das ist der Plan des Herzogs.«

Elisabeth war sprachlos.

»Das grenzt an Hochverrat«, sagte sie nach einer Weile, »angesichts der Unzufriedenheit im Norden kann diese Heirat mich vom Thron stürzen. Der Herzog ist nach London abgereist, er muß sofort zurückkehren… Warum habt Ihr mir nicht schon längst gesagt, was im Gang ist?«

Robert sah verlegen auf die Bettdecke.

»Ich weiß es nicht, Majestät, ich hoffe, daß Euer Majestät nicht an meiner Loyalität zweifeln, ich muß Euch um Verzeihung bitten.«

Sie sah ihn an und dachte im stillen, daß es am Hof nur zwei Männer gab, auf die sie sich verlassen konnte: Cecil und Robert.

»Ich verzeihe Euch, Robin, ich verzeihe Euch auch die Notlüge, daß Ihr krank seid.«

Dann besprach sie die Lage mit Cecil, und sie waren sich einig, daß Dispositionen getroffen werden mußten: Schließung der Häfen, Mobilisierung der Truppen, vor allem aber mußte Maria Stuart von Wingfield aus in den Süden gebracht werden, und Elisabeth entschied sich für Schloß Tutbury.

Sie selbst wollte sich nach Schloß Windsor zurückziehen, das notfalls einer Belagerung standhalten konnte, Cecil sollte Norfolk auffordern, nach Windsor zu kommen und sich der Königin zu unterwerfen.

Der Herzog antwortete, er fühle sich nicht wohl, hoffe aber, am 26. September in Windsor zu sein.

Als er erneut aufgefordert wurde, unverzüglich vor Elisabeth zu erscheinen, begab er sich in aller Stille auf seinen Landsitz Kenning-Hall.

Elisabeth sah darin einen offenen Akt des Ungehorsams und ein Signal zum Aufstand. Sie vermutete ganz richtig, daß Norfolk eine Rebellion im Norden unterstützte, auch wenn er sich nicht aktiv daran beteiligte. Einige Tage lang rechnete man stündlich mit dem Ausbruch der Rebellion, aber es blieb alles ruhig, inzwischen traf ein ängstlicher Brief Norfolks ein, worin er der Königin seine Treue versicherte; sie befahl ihm erneut, nach Windsor zu kommen, und endlich nahm er Vernunft an. Am 1. Oktober traf er in Windsor ein und unterwarf sich seiner königlichen Cousine, die ihn sofort in den Tower bringen ließ.

Bevor der Herzog Kenning-Hall verließ, schickte er den Anführern des geplanten Aufstandes – es waren die Grafen Westmoreland, Northumberland und der fanatische Katholik Leonard Dacres –, eine Botschaft, sie sollten den Aufstand abblasen, sonst werde es ihn den Kopf kosten. Für die Grafen jedoch war die Rückkehr des Herzogs nach Kenning-Hall das Zeichen gewesen, auf das sie den ganzen Sommer gewartet hatten. Als bekannt wurde, daß er im Tower war, brach der Aufstand los.

Am 10. November ritten die Grafen und ihre Gefolgsleute nach Durham, stürmten die Kathedrale, zerrissen das Prayer Book und die englische Bibel und ließen eine Messe lesen. Diese Aktion sollte der Bevölkerung klarmachen, daß sie sich erhoben hatten um den katholischen Glauben zu verteidigen. Elisabeth hörte entsetzt, daß täglich Tausende den Grafen zuströmten, sie verwünschte die Ruhe des Lordpräsidenten Sussex, der noch einige Wochen zuvor an Cecil geschrieben hatte: *»Ich hoffe, das Feuer vergeht mit dem Rauch, sie machen nur viel Lärm um eine angebliche Rebellion, deren Ursache noch unbekannt ist und die meiner Meinung nach bereits zu Ende ist.«*

Elisabeths Hoffnung ruhte auf der Haupttruppe unter der Führung Lord Hundsdons. Am 24. November hatte die Lage sich kritisch zugespitzt, die Aufständischen befanden sich in unmittelbarer Nähe von Tutbury, und da man in London befürchtete, es könnte ihnen gelingen, Maria Stuart zu befreien, ließ Elisabeth sie noch weiter in den Süden, nach Coventry, bringen. Hartlepool, wo Alba seine Truppen hätte landen können, war bereits in der Hand der Aufständischen, aber bereits am 25. November änderte sich die Lage. Als Hundsdon in Tadcaster den Grafen den Weg nach Süden versperrte, zogen sie sich zurück, zumal Clinton und Warwick Hilfstruppen heranführten.

Das winterliche Wetter und innere Streitigkeiten führten zur Auflösung des Heeres, und die Grafen flohen gegen Jahresende nach Schottland. Einzig Leonard Dacre kämpfte weiter, am 19. Februar 1570 besiegte Hundsdon den Katholiken in der Schlacht bei Cleth, und auch er floh nach Schottland.

Elisabeth diktierte einen Dankesbrief an Hundsdon, dem sie ein persönliches Postskriptum anfügte:

Ich frage mich, mein lieber Harry, ob es mir mehr Freude macht, daß mir dieser Sieg zuteil wurde oder daß gerade Ihr es wart, den Gott zum Werkzeug meines Ruhmes auserseben hat; und ich versichere Euch, daß das erstere zum Wohl meines Landes genügen würde, daß aber das zweite mein Herz erfreut. Und damit Ihr nicht meint, daß es Euch nichts einbringt, obwohl Ihr ja gewiß hauptsächlich um der Ehre willen so tapfer gekämpft habt, habe ich vor, dafür zu sorgen, daß diese Reise Euer Auskommen verbessern wird, damit Ihr nicht sagen müßt: perditur quod factum est ingrato.
In herzlicher Verbundenheit
Eure Cousine Elisabeth R.

Northumberland wurde in Schottland gefangengenommen und an Elisabeth ausgeliefert, die ihn hinrichten ließ, den anderen gelang die Flucht in die spanischen Niederlande. Elisabeth kannte dieses Mal in ihrer Rache kein Erbarmen. Sussex hatte dem Staatsrat ein Memorandum zur Bestrafung der Rebellen unterbreitet, worin er vorschlug, man solle einige der Übeltäter hinrichten, um ein Beispiel zu statuieren, und alle, die Ländereien besaßen, die der Krone anheimfallen konnten, gefangensetzen.

Elisabeth ordnete härtere Vergeltungsmaßnahmen an, ungefähr siebenhundertfünfzig Rebellen wurden standrechtlich hingerichtet, Gnade und Aufschub des Todesurteils wurde nur denen gewährt, die es sich leisten konnten ihr Vermögen konfiszieren zu lassen. Über zweitausend Gefolgsleute der Grafen zahlten je nach Vermögen eine Buße und wurden begnadigt, wenn sie bereit waren, den Treueeid zu leisten. Die meisten Güter fielen an die Krone, die übrigen Ländereien fielen an Hundsdon oder wurden an seine Gefolgsleute verpachtet. Diese Umverteilung des Grundbesitzes schuf eine neue Klasse von Grundbesitzern und zerstörte die Macht des Partikularismus. Der Norden Englands hatte sein altes Gesicht für immer verloren.

Der Aufstand hatte Elisabeth erneut mit der Frage konfrontiert, ob die Inhaftierung Maria Stuarts langfristig eine gute Lösung war. Ihre Anwesenheit in England hatte das Land in blutige Unruhen gestürzt, und so beschloß Elisabeth im Laufe des Jahres, noch einmal mit Mar, dem neuen Regenten Schottlands (Murray war im Januar 1570 auf offener Straße ermordet worden), und mit ihrer Cousine über deren Wiedereinsetzung zu verhandeln, wobei Elisabeth zur Bedingung machte, daß Jakob als Geisel in England erzogen werden und Maria endgültig auf den englischen Thron verzichten sollte.

Im Mai 1570 wurde Elisabeth erneut mit der Religionsfrage konfrontiert, als die Bulle »Regnans in Excelsis« veröffentlicht wurde, mit der Papst Pius V. die Königin von England exkommunizierte und ihre katholischen Untertanen vom Treueeid entband.

Elisabeth war empört und nannte die Bulle eine unglaubliche Unverschämtheit. Ohne Reich, Würde und Privilegien sollte sie vogelfrei sein, auf ihren Kopf war ein Preis ausgesetzt! Sie dachte entsetzt daran, daß die Rebellen vielleicht gesiegt hätten, wäre die Bulle im November '69 bekannt geworden. Die englischen Katholiken mußten nun zwischen dem Papst und der Königin wählen, entschieden sie sich für die Königin, so drohte ihnen ebenfalls der Kirchenbann, viele verließen England und bauten sich auf dem

Festland eine neue Existenz auf, der größte Teil der katholischen Bevölkerung indes stand loyal zu Elisabeth.

Die Bulle führte dazu, daß die Königin und Cecil anfingen, über Sondergesetze gegen die Katholiken nachzudenken, die vom nächsten Parlament verabschiedet werden sollten. Diese Gesetze sollten sich nicht gegen den katholischen Glauben wenden, sondern gegen den politischen Anspruch der katholischen Kirche in die Beziehungen des Untertanen zu seinem Souverän. Es sollte streng unterschieden werden zwischen dem religiösen und dem politischen Katholizismus. Ein Katholik beging nur dann Hochverrat, wenn er die Königin der Häresie bezichtigte, päpstliche Bullen verbreitete und englische Untertanen zum katholischen Glauben bekehrte.

Der Herzog von Norfolk war zwar mitschuldig am Ausbruch des Aufstandes, konnte aber mangels aktiver Beteiligung nicht des Hochverrats angeklagt werden, dennoch sah Elisabeth in ihm einen gefährlichen Untertanen, und so blieb er vorerst im Tower.

Im Hochsommer war er endlich bereit, ein schriftliches Geständnis abzulegen und die Königin um Verzeihung zu bitten, daß er Maria Stuart hatte heiraten wollen. Er mußte versprechen, künftig nichts mehr zu unternehmen, was irgendwie mit Maria Stuart zusammenhing. Wegen seines schlechten Gesundheitszustandes erlaubte Elisabeth ihm die Rückkehr in sein eigenes Palais, ließ ihn aber auch dort noch bewachen, sie wußte aber, daß sie ihm nie würde verzeihen können, er hatte sie menschlich zu sehr enttäuscht.

Edward de Vere hatte seine Studien am Gray's Inn erfolgreich abgeschlossen und sich anschließend an der Seite Hundsdons im Kampf gegen die Rebellen des Nordens ausgezeichnet. Im Spätwinter 1570 begleitete er Lord Sussex auf einer Strafexpedition an die schottische Grenze, und nachdem er auch hier militärischen Ruhm erworben, zog er sich im Frühjahr in die Grafschaft Essex zurück, um seine Ländereien zu verwalten. Sein militärisches Engagement entsprang nicht einem Bedürfnis nach Ruhm, sondern der Hoffnung, daß die Königin, nachdem er für England sein Leben aufs Spiel gesetzt, geneigt war, ihm die Europareise zu erlauben.

Die Verwaltung der Ländereien, die Streitigkeiten, die ihm von den örtlichen Friedensrichtern unterbreitet wurden und die er schlichten mußte, die Einladungen der gutsherrlichen Nachbarn langweilten ihn bald, und so begab er sich Anfang Oktober nach London und wohnte wieder im Stadtpalais der Cecils, weil er hoffte, daß der Staatssekretär seine Reisepläne bei der Königin befürworteten würde.

Während des Winters wollte er das Hofleben genießen, sich durch die Lektüre von Fachbüchern auf seine Reise vorbereiten und anfangen, sein erstes Theaterstück zu schreiben, die Geschichte jenes Liebespaares, das durch die Feindschaft der beiden Familien in den Tod getrieben wurde; im Frühjahr, nach seinem einundzwanzigsten Geburtstag, wollte er sich dann nach dem Festland einschiffen.

Lady Cecil war wenig entzückt über Edwards neuerliche Anwesenheit im Haus, aber da ihr vielbeschäftigter Gatte damit einverstanden war, schluckte sie ihren Ärger hinunter. Am meisten freute Anna sich über Edwards Rückkehr. Sie hatten sich fast ein Jahr nicht gesehen, und als sie auf ihn zueilte und ihn umarmte, stellte er verwundert fest, daß aus dem Kind ein junges Mädchen geworden war, ihr Körper begann weibliche Formen anzunehmen, und er rechnete nach, daß sie inzwischen vierzehn Jahre zählte.

Sie lächelte ihn an, und er fühlte sich merkwürdig berührt, er fand ihr Lächeln unschicklich, dreist, so hatten sich die Landmädchen benommen, mit denen er während des Sommers im Heu gelegen..., sie war schließlich die Tochter des Ersten Staatssekretärs...

Er fand sie reizvoll, begehrenswert, und er beschloß, sie nicht merken zu lassen, was in ihm vorging. Sie gehört zu den Mädchen, dachte er, die sich leicht verführen lassen, aber sie ist Cecils Tochter, ich muß doppelt vorsichtig sein und mich völlig korrekt benehmen...

Ungefähr zwei Wochen nach Edwards Ankunft kehrte Cecil an einem Abend ziemlich erschöpft aus Whitehall zurück; er hatte an diesem Nachmittag eine nervenaufreibende Unterhaltung mit seiner Königin über das künftige Schicksal Maria Stuarts geführt. Von Wiedereinsetzung als Königin von Schottland war die Rede gewesen, und zuletzt hatte Elisabeth angedeutet, daß sie sich den kleinen Jakob durchaus als ihren Nachfolger vorstellen könne, dann wären England und Schottland endlich vereint... Ein Stuart auf Englands Thron, dachte Cecil entsetzt, ein Abkömmling von diesem Darnley...!

Als er an der Abendtafel Platz nahm, sah er erstaunt, daß weder seine Söhne noch Anna anwesend waren.

»Wo sind unsere Kinder, Mildred?«

»Thomas hat Stubenarrest, weil er statt zu lernen sich in der Stadt herumgetrieben hat, Robert will auf seinem Zimmer essen, weil er noch mit einer lateinischen Übersetzung beschäftigt ist, und Anna fühlt sich nicht wohl.«

»Ist sie krank?«

»Nein, sie fühlt sich nicht wohl, wie das bei jungen Mädchen manchmal so ist.«

»Ich verstehe. Ich wünsche, daß Robert künftig bei Tisch erscheint, es geht nicht an, daß er den ganzen Tag über den Büchern hockt, kommt er wenigstens täglich an die frische Luft?«

»Ja, aber wie soll es mit Thomas weitergehen? Ich kann nicht den ganzen Tag auf ihn achtgeben.«

Cecil überlegte und erwiderte: »Er kommt ab Januar nach Cambridge, in der strengen Zucht des St. Johns Colleges muß er lernen.«

Inzwischen war der erste Gang aufgetragen worden, und während Cecil eine Fischpastete zerteilte, dachte er über die unterschiedliche Entwicklung seiner Söhne nach. Der neunjährige Thomas war lernfaul, neigte zur Verschwendung (er kam nie mit seinem Taschengeld aus) und liebte den Luxus. Cecil war sich schon seit einiger Zeit darüber im klaren, daß aus seinem Ältesten nicht viel werden würde, es war wohl am besten, wenn er ihm ein Landgut kaufte und einen tüchtigen Verwalter zur Seite gab, dann konnte Thomas das geruhsame Leben eines Landedelmannes führen... Der siebenjährige Robert hingegen war zwar verwachsen und schwächlich, aber hochintelligent und lernbegierig, Robert sollte Cambridge, Oxford und das Gray's Inn absolvieren und dann in den Staatsdienst eintreten, insgeheim hoffte Cecil, daß Robert einmal sein Nachfolger im Amt würde... Und dann war da noch Anna – über sie dachte Cecil am meisten nach, er war stolz auf seine hübsche Tochter, aber sein scharfer Blick hatte längst erkannt, daß sie sinnlich veranlagt war, er würde sie früh verheiraten müssen, damit sie keine Dummheiten machte und womöglich schwanger wurde; am Hof und in den juristischen Kollegien gab es zwar viele junge Männer, die es als Ehre ansahen, die Tochter des Staatssekretärs zu heiraten, aber er wollte auch, daß sie glücklich wurde, und ihr Glück lag anscheinend bei Edward de Vere.

Cecil hatte gehofft, daß die vorübergehende Trennung ihn ihr entfremden würde, und mußte nun feststellen, daß Annas Zuneigung für Edward immer noch vorhanden war, leider. Im stillen dachte er manchmal, daß sie sich in den falschen Mann verliebt hatte, die beiden paßten nicht zueinander, Anna liebte Äußerlichkeiten, Kleider, Schmuck, Feste, sie sang und musizierte, aber mit Büchern beschäftigte sie sich überhaupt nicht, sie las nur, wenn man sie aufforderte.

Edward hingegen, er betrachtete verstohlen den jungen Mann, der mit seinen Gedanken irgendwo war... Edward konnte gesprächig und lustig sein, aber er war auch introvertiert, kapselte sich ab, und Cecil beobachtete, daß der junge Mann halbe Nächte über irgendwelchen Büchern saß, dann war da seine Leidenschaft für das Theater, Cecil hatte sich inzwischen daran gewöhnt, aber er mißbilligte diese Passion nach wie vor, dann der Rangunterschied... Nun, da konnte die Königin abhelfen. Nein, dachte Cecil, die beiden passen nicht zusammen, worüber soll Edward sich mit Anna unterhalten? Andererseits, ist es nicht mein geheimer Wunsch, daß meine Tochter eine Gräfin von Oxford wird? Abgesehen von seiner Theaterleidenschaft ist Edward nett, nicht so oberflächlich wie manche seiner Altersgenossen...

Nach dem Abendessen begab er sich zu seiner Tochter. Sie lag im Bett und sah halb nachdenklich, halb verzweifelt hinauf zu dem Betthimmel. »Na, Maus«, und er setzte sich neben sie, »du siehst blaß aus, soll ich den Arzt kommen lassen?«

»Nein, Vater«, erwiderte sie leise, preßte die Lippen aufeinander und begann zu weinen.

»Mein Gott, Kind, was ist passiert?«

»Ach, es ist... Edward, er behandelt mich wie eine jüngere Schwester, ich will aber nicht seine Schwester sein, ich liebe ihn doch...«

Sie setzte sich auf, umschlang ihren Vater mit beiden Armen und weinte hemmungslos an seiner golddurchwirkten schwarzen Samtjacke.

So geht es nicht weiter, dachte Cecil, ich muß die Angelegenheit jetzt in die Hand nehmen... Er wartete, bis Anna sich beruhigt und ihr Gesicht getrocknet hatte, dann sah er sie eindringlich an und fragte: »Du liebst ihn also, das weiß ich schon seit längerer Zeit, willst du ihn heiraten?«

»Ja, Vater, er ist der einzige Mann, den ich heiraten möchte.«

»Gut, dann müssen wir jetzt diplomatisch vorgehen, und vor allem darf deine Mutter nichts erfahren. Es ist im Leben leider so, daß der Mensch immer das haben möchte, was er nicht besitzt; du möchtest Edward haben, ab morgen drehst du den Spieß um und benimmst dich abweisend, launisch – kurz, du läufst, bildlich gesprochen, von ihm weg, du wirst sehen, das wirkt Wunder. Deine Abwendung wird ihn dazu bringen, daß er dich haben möchte. Wenn er anfängt, dich zu umwerben, läßt du ihn noch ein bißchen zappeln, ich sage dir schon im richtigen Augenblick, wann du dich wieder freundlicher benehmen sollst. Ich werde in den nächsten Tagen beiläufig erwähnen, daß ich dich mit Philip Sidney verheiraten möchte, das wird ihn ärgern, vielleicht sogar eifersüchtig machen. Er mag Sidney nicht, weil dieser Verse schreibt, wenn die Angelegenheit sich zwischen euch entwickelt, sehen wir weiter...«

Wenn die Angelegenheit sich entwickelt, überlegte er, werde ich Edward eine kleine Liebesfalle stellen, aber davon darf Anna nichts wissen...

»Na, Maus, willst du meinen Rat befolgen?«

»Ja, Vater, natürlich. Ich danke Euch, Ihr seid der beste Vater der Welt.«

Am nächsten Tag beobachtete sie, wann Edward das Haus verließ und wann er zurückkehrte, als er in den Hof einritt, ging sie hinunter in die Große Halle.

»Guten Abend, Maus«, sagte Edward gutgelaunt, als sie sich begegneten, »hast du fleißig gelernt?«

Sie raffte ihre Röcke, warf den Kopf zurück und erwiderte spitz: »Für dich bin ich nicht ›Maus‹, sondern Anna«, dann rauschte sie in ein Nebengemach.

Edward sah ihr verblüfft nach. Was ist los mit ihr, überlegte er, nun ja, vierzehnjährige Mädchen sind manchmal launisch und zickig…

Zu seiner Verwunderung übersah Anna ihn während der nächsten Tage fast völlig, und er hatte den Eindruck, daß sie ihm aus dem Weg ging. Irgend etwas stimmt nicht, überlegte er, und stellte erstaunt fest, daß Annas abweisende Haltung ihn verletzte und kränkte…

So verging ungefähr eine Woche. Als er an einem Abend mit Cecil über die Einkünfte aus den Ländereien sprach, sagte der Staatssekretär beiläufig: »Ihr kennt doch auch den jungen Philip Sidney, ich möchte Anna mit ihm verheiraten, er ist eine gute Partie, er wird einmal seinen Onkel, den Grafen von Leicester, beerben, vorausgesetzt, der Graf heiratet nicht und hinterläßt eigene Erben.«

Edward spürte einen Stich, eine plötzliche Eifersucht auf Sidney, und erwiderte so gleichmütig er konnte: »Philip ist doch erst sechzehn Jahre?«

»Das Alter spielt keine Rolle, bis er Anna heiratet, ist er wahrscheinlich siebzehn, vielleicht auch achtzehn Jahre alt.«

Edward schwieg, aber Cecil war die Betroffenheit des jungen Mannes nicht entgangen.

Philip Sidney, dachte Edward, als er sich zur Ruhe begab, ausgerechnet Sidney, der sich auf seine Verse so viel einbildet. Nein, das darf nicht sein, sie darf Sidney nicht heiraten, ich muß sie für mich gewinnen… Ab morgen werde ich sie geduldig umwerben…

Am nächsten Tag brachte er ihr Konfekt, das er in einem Londoner Delikatessenladen gekauft hatte.

»Lady Anna«, begann er ernst und feierlich, »ich weiß nicht, welche Fehler ich begangen habe, ich hoffe aber Ihr vergebt mir«, und er überreichte ihr die Bonbonniere.

Anna errötete, sie fühlte sich auf einmal unsicher. »Danke, Edward. Wir… Wir können doch weiterhin ›du‹ sagen, wir kennen uns doch schon so lange.«

»Magst du Konfekt?« fragte er, um irgend etwas zu sagen.

»O ja.« Sie öffnete die Bobonniere und hielt sie ihm hin. »Probiere einmal.«

Er nahm ein Stück Konfekt, sie nahm auch eines, und es dauerte nicht lange, da war die Bonbonniere leer.

Cecil lächelte amüsiert, als sein Spion ihm die Szene schilderte, die Sache scheint sich von selbst zu entwickeln, dachte er.

Während der folgenden Tage verwöhnte Edward Anna mit kleinen Aufmerksamkeiten, die sie glücklich entgegennahm: ein seidenes Tuch, ein Duftwasser, Süßigkeiten, Blumen...

Der Oktober verging, es wurde November.

An einem Sonntag nach dem Kirchgang fragte Edward Anna, ob sie nicht Lust habe, ihn am Nachmittag in eines der Irrenhäuser zu begleiten, dies war ein besonderes Sonntagsvergnügen der Londoner. Sein Vorschlag war nicht ganz uneigennützig, er wollte nämlich in seinen künftigen Stücken auch Personen darstellen, die wahnsinnig waren oder dem Wahnsinn verfielen, das war ein Zugeständnis an den Geschmack des Publikums.

»In ein Irrenhaus? Ich weiß nicht, Edward, ich habe bestimmt Angst vor diesen Leuten.«

»Wie wäre es mit dem Tower?«

Der Tower fand ihre Billigung. Anna war am meisten von der Schatzkammer beeindruckt, Edward vom Verrätertor, und er dachte daran, daß es nun schon sechzehn Jahre her war, daß die Königin dieses Tor durchschritten hatte...

Es wurde Dezember, und am Hof und in London rüstete man zum Weihnachtsfest. An einem Nachmittag spazierten Edward und Anna durch die »Cheapside«, und das junge Mädchen blieb staunend vor jedem Laden eines Goldschmiedes stehen und konnte sich nicht satt sehen an den Kostbarkeiten. In einem Laden lagen Perlen: eine dreireihige Kette, lange Ohrringe, eine Brosche, ein Armband und ein Ring.

»Edward, sieh! Die Perlen...«

Da hatte er eine Idee. »Laß uns hineingehen, ich wollte dir sowieso etwas Schmuck kaufen.«

»Die Perlen sind sehr teuer.«

»Geld spielt keine Rolle.«

Der Goldschmied nahm die Kostbarkeiten und breitete sie vor Anna aus.

»Was möchtest du haben?« fragte Edward. Er hatte inzwischen beschlossen, die ganze Kollektion zu kaufen und ihr am Neujahrstag zu überreichen.

«Mit Verlaub, mein Herr«, sagte der Goldschmied, »ich weiß nicht, ob Perlen der richtige Schmuck sind, Perlen bedeuten Tränen.«

Anna und Edward sahen sich an, und dann sagte das junge Mädchen:

»Ich bin nicht abergläubisch, suche du etwas für mich aus, Edward.«

Er bat den Goldschmied, die Ohrringe einzupacken, dann nahm er den Ring, ergriff Annas linke Hand und streifte ihn vorsichtig über den Ringfinger. Sie betrachtete den Schmuck, sah Edward fragend an, und er lächelte.

Als sie den Laden verließen, war es dämmrig geworden, Edward winkte eine Mietkutsche heran, die sie zu Cecils Palais am Strand brachte. Er war ihr beim Aussteigen behilflich, entlohnte den Kutscher, dann gingen sie langsam in die Toreinfahrt hinein, die von einer Lampe etwas erhellt wurde. Anna griff nach Edwards Hand, und er spürte, daß ein leiser Schauer ihn überrieselte. Er begehrte sie, aber sie war kein Landmädchen, mit dem man ins Heu ging, sie war die Tochter des Staatssekretärs, wenn er sie verführte, riskierte er einige Monate Haft im Tower, fiel womöglich bei der Königin in Ungnade, er konnte sie nur besitzen, wenn er sie heiratete…

»Ich danke dir für den Schmuck, Edward«, sagte sie leise.

Er bekam Herzklopfen, zögerte noch für den Bruchteil von Sekunden… Hoffentlich stieß sie ihn nicht zurück…, dann umarmte er sie und zog sie an sich.

»Anna«, ihre Augen trafen sich, und sie lächelte ihn dreist, kokett, erwartungsvoll an. Er spürte trotz des Mantels, den sie trug, daß ihr Körper sich hingebungsvoll an ihn schmiegte.

»Ich liebe dich, Anna.«

Sie glaubte schwindlig zu werden vor Glück und schloß die Augen.

»Ich liebe dich schon lange, Edward, und ich werde dich immer lieben, was auch passiert.«

Er küßte sie, und es dauerte noch eine Weile, ehe sie die Große Halle betraten. In ihrem Zimmer angekommen, überlegte Anna, ob sie den neuen Schmuck während der Abendtafel tragen sollte, was würde ihre Mutter sagen?

Sie hatte längst gemerkt, daß Lady Cecil Edward nicht mochte. Schließlich legte sie die Ohrringe an und eilte zu ihrem Vater, der, wie sie wußte, an jenem Nachmittag zu Hause arbeitete.

»Darf ich Euch stören, Vater?«

»Natürlich, Maus – ah, was für hübsche Ohrringe, sie sehen teuer aus, hat Edward sie dir geschenkt?«

»Ja, Vater, und diesen Ring ebenfalls... Ich würde den Schmuck heute abend gerne tragen, aber was wird Mutter sagen?«

»Das überlasse mir, es wäre indes angebracht, daß du Edward am Neujahrstag ein Geschenk überreichst, über ein Buch freut er sich wahrscheinlich am meisten, ich werde mich umsehen.«

»Ein Buch, das ist schwierig, sein Zimmer ähnelt inzwischen einer Bibliothek. Wie wollt Ihr wissen, ob er das Buch, das Ihr besorgt, nicht schon besitzt?«

»Nun, ich dachte an eine kostbar ausgestattete Bibel.«

»Ja, natürlich...«, sie zögerte etwas, überlegte, ob sie ihrem Vater von den Vertraulichkeiten in der Toreinfahrt erzählen sollte, aber sie war von klein auf gewöhnt, ihm alles anzuvertrauen, was sie bewegte...

»Vater, Edward..., er hat mich heute zum ersten Mal geküßt.«

Cecil lächelte. »So? Na, das geht ja alles rascher, als ich dachte, du weißt, Maus, wie weit du gehen darfst.«

»Selbstverständlich, Vater, ich werde mich von ihm nicht verführen lassen.«

»Dann ist es gut.«

Abwarten, dachte er im stillen, ab jetzt mußte er die Angelegenheit genau beobachten.

Während der kleine Robert das Tischgebet sprach, sah Lady Cecil etliche Male irritiert hinüber zu ihrer Tochter und überlegte, wie das Mädchen an die Perlen gekommen war, wahrscheinlich hatte der Gatte wieder einmal einen von Annas luxuriösen Wünschen erfüllt.

Spätabends, als sie im Schlafzimmer waren, fragte sie ihn, ob er Anna die Perlen geschenkt hatte.

»Nein, Edward hat sie gekauft.«

»Edward? Macht er unserer Tochter etwa den Hof, das hat gerade noch gefehlt, dieser katholische Komödiant...«

»Mildred, mische dich bitte nicht ein, ich möchte, daß die beiden heiraten.«

Lady Cecil war sprachlos. Gab es in London keine seriösen jungen Männer, die zudem Protestanten waren? Ausgerechnet Edward de Vere...

»Wie willst du den Rangunterschied überbrücken?«

»Ich werde bei Gelegenheit darüber mit der Königin reden.«

Lady Cecil schwieg, in ihrer über zwanzigjährigen Ehe hatte sie gelernt, daß es zwecklos war, den Gatten von etwas abbringen zu wollen, er verfolgte seine Ziele zäh und geduldig, und bisher hatte er immer erreicht, was er wollte.

Im Cecilschen Palais überreichte man sich die Neujahrsgeschenke erst am Abend, weil der Hausherr tagsüber beim Empfang der Königin in Whitehall weilte.

Anna errötete vor Freude, als sie den Perlenschmuck auspackte, und Edward seinerseits bekam Herzklopfen, als sie ihm eine kostbar ausgestattete Bibel überreichte: Es war eine Geneva-Bibel mit Goldschnitt, in roten Samt gebunden und mit silbernen Beschlägen versehen, der hintere Buchdeckel war mit der Oxfordschen Grafenkrone verziert. Edward schätzte, daß die Bibel ungefähr zwei Pfund gekostet hatte, und er nahm an, daß es Cecils Idee gewesen war, ihm ein Buch zu schenken... Hatte Anna ihm etwas von ihrer Romanze erzählt? Tolerierte er ihre Liebe? Während der letzten Wochen hatte Cecil ihn ausgesprochen liebenswürdig behandelt und auch nicht über seine Liebe zum Theater gespöttelt...

Die jahrelange Zusammenarbeit zwischen Elisabeth und Cecil brachte es mit sich, daß sie, wenn sich die Gelegenheit ergab, auch über persönliche, familiäre Dinge sprachen.

So hatte Elisabeth im August 1565 ihrem Staatssekretär voller Empörung von der heimlichen Heirat Lady Maria Greys erzählt: Die junge Frau, die nicht länger ledig sein wollte, hatte sich in den obersten Türsteher verliebt und also nicht nur heimlich, sondern auch weit unter ihrem Stand geheiratet. Das Ehepaar wurde natürlich getrennt, der Türsteher Thomas Keys kam ins Fleet-Gefängnis, wurde nach drei Jahren entlassen und starb bald darauf, Lady Maria lebte in Greenwich bei der Herzoginwitwe von Suffolk. Cecil seinerseits erzählte Elisabeth von der unterschiedlichen Entwicklung seiner Söhne, von Anna, und von den Verschönerungen im Park des Landgutes Theobalds. Anfang Januar 1571 erwähnte er bei Elisabeth beiläufig, daß der Graf von Oxford Anna am Neujahrstag kostbaren Perlenschmuck geschenkt habe, und daß er seit einiger Zeit auffallend um das junge Mädchen werbe.

Elisabeth horchte auf und fragte sich, was der intellektuelle Graf an der verwöhnten, oberflächlichen Anna fand, die keinerlei geistige Interessen hatte (das war der Eindruck, den sie aus Cecils Erzählungen über seine Tochter gewonnen hatte), und beruhigte sich bei dem Gedanken, daß Schönheit allein den Grafen auf Dauer nicht fesseln würde, sie überlegte, ob Cecil hatte andeuten wollen, daß eine Heirat bevorstand, sie dachte auch daran, daß er ihr jahrelang treu gedient hatte und es an der Zeit war, ihn zu belohnen…

»Nun, Mylord, ich entsinne mich, daß wir uns während meines Besuches in Oxford vor vier Jahren schon einmal über den Grafen und Anna unterhalten haben, falls es zu einer Heirat kommen sollte, gebe ich Euch schon jetzt meine Einwilligung – und was den Standesunterschied betrifft, nun, es ist an der Zeit, daß ich mich für Eure Dienste erkenntlich zeige, ich werde Eure Erhebung zum Baron vorbereiten lassen.«

»Ich danke Euer Majestät.«

Einige Wochen später, im Februar, wurde Sir William Cecil in einer feierlichen Zeremonie zum Baron von Burghley erhoben, und so, wie Robert Dudley bei Hof verkürzt Leicester genannt wurde, so hieß Cecil jetzt Lord Burghley oder einfach Burghley.

Im Laufe jenes Winters beobachteten die Hofleute, daß der Graf von Oxford sich – neben Leicester, Hatton, Heneage – ebenfalls zum Günstling der Königin entwickelte, sozusagen zur Nummer zwei nach Leicester. Edward genoß seine Favoritenrolle, auf den Bällen war er der bevorzugte Tänzer der Königin, und es gab viele Winterabende, an denen sie sich mit ihrem »Türken« über Dichtung unterhielt.

Robert Dudley mochte Edward nicht besonders, hielt ihn geistig für hochmütig, beobachtete argwöhnisch das Verhältnis zwischen der Königin und dem Grafen und fragte sich im stillen, ob sie dem jungen, gutaussehenden Mann jene letzte Gunst gewährte, die sie ihm verweigerte? Er betrachtete sich kritisch im Spiegel und stellte fest, daß er anfing, korpulent zu werden, nun ja, er stand im neununddreißigsten Lebensjahr, er liebte den Wein, gutes Essen, er war immer noch ein vorzüglicher Reiter, aber er kam eben in die Jahre, und manchmal war er der gelegentlichen Mätressen überdrüssig, sehnte sich nach einem Heim, nach Frau und Kind... und die Königin? Sie stand im achtunddreißigsten Lebensjahr, und hin und wieder hörte er, daß Frauen in diesem Alter in eine gewisse Panik gerieten, weil sie anfingen dahinzuwelken. Der Königin freilich sah man ihr Alter nicht an, weil sie geschickt mit Puder und Schminke umging und geradezu fanatisch auf ihre schlanke Figur achtete...

Als der Winter sich dem Ende zuneigte, wußte Robert, daß seine Eifersucht unnötig war, die Königin und den jungen Grafen verband eine Art geistig-seelischer Verwandtschaft, was den Rangunterschied bei ihren Gesprächen über Theater und Dichtung zeitweilig aufzuheben schien. Eros, dachte Robert erleichtert, spielt in der Beziehung keine Rolle; es war für ihn nach wie vor ein unerträglicher Gedanke, daß Elisabeth sich doch noch eines Tages einen Liebhaber nahm, wobei er völlig vergaß, daß er keineswegs wie ein Mönch lebte, aber er behandelte seine Affären so diskret, daß kein Hofklatsch aufkommen konnte.

Edward verlebte einen glücklichen Winter. Er sonnte sich in der Gunst der Königin, deren Persönlichkeit er schon lange bewunderte und verehrte, und er genoß die Zuneigung Annas, die er körperlich so stark begehrte wie noch kein Mädchen zuvor. Jeden Abend vor dem Einschlafen malte er sich die erste Nacht mit ihr aus, überlegte, worüber sie sich unterhielten, und als der Frühling begann, schrieb Er nieder, was seine Phantasie in den langen Winternächten ersonnen hatte. Die Geschichte jenes Liebespaares trug er schon seit Jahren in sich, und nun wußte er auch die Namen des Paares: Er nannte das Mädchen Julia und den jungen Mann Romeo, es mußten italienische Namen sein, weil das Stück in seinem geliebten Italien spielte, er schrieb nur eine Szene, die anderen mußte er sich noch überlegen, die Handlung war erst grob strukturiert, ein erster Entwurf, aber er hatte ja Zeit...

Romeo und Julia, sein erstes Stück, das hoffentlich irgendwann einmal aufgeführt wurde...

Er schrieb:

Julias Garten. Romeo kommt.
Romeo. »Der Narben lacht, wer Wunden nie gefühlt.«
Julia erscheint oben an einem Fenster.
»Doch still, was schimmert durch das Fenster dort?
Es ist der Ost, und Julia die Sonne!
Geh auf, du holde Sonn', ertöte Lunen,
Die neidisch ist und schon vor Grame bleich,
Daß du viel schöner bist, obwohl ihr dienend...
O wie sie auf die Hand die Wange lehnt!
Wär ich der Handschuh doch auf dieser Hand
Und küßte diese Wange!«
Julia. »Weh mir!«
Romeo. »Horch!
Sie spricht. O sprich noch einmal, holder Engel...«

Er legte die Feder zur Seite und dachte darüber nach, wie es mit ihm und Anna weitergehen sollte, jetzt, wo er die königliche Gunst genoß, würde man ihm wohl erlauben, seine große Reise anzutreten, und er entwarf einen Plan:

Sobald er die Reiseerlaubnis hatte, würde er bei Burghley um Annas Hand bitten, wobei ein unbestimmtes Gefühl ihm sagte, daß sein Vormund mit der Heirat einverstanden war, nach der Hochzeit wollte er sich mit seiner jungen Frau nach dem Festland einschiffen... Anna werde ich noch nichts erzählen, überlegte er, es soll eine Überraschung für sie werden...

In der Karwoche bat er Elisabeth um die Reiseerlaubnis.

»Ich werde es mir überlegen, mein Türke«, und lächelnd strich sie ihm über den brünetten Bart.

Ostern, Himmelfahrt, Pfingsten kamen und gingen, und er wartete immer noch auf die Antwort der Königin.

Am Tag der Sommersonnenwende stand Anna auf ihrem Balkon in Theobalds und hielt nach Edward Ausschau, es war die Stunde vor der Abendtafel, die sie meistens gemeinsam verbrachten. Endlich sah sie ihn langsam unter den Bäumen näher kommen, und bei seinem Anblick spürte sie, daß etwas nicht in Ordnung war.

Er kletterte auf den Balkon, umarmte und küßte sie wie sonst, aber sie spürte, daß seine Gedanken woanders weilten.

»Ist etwas passiert, Edward?«

»Ja, vorhin rief mich dein Vater und sagte mir, die Königin habe meine Reise nicht bewilligt, er hat mir sogar ihren Brief gezeigt.«

»Was für eine Reise?«

»Ach, ich will schon seit Jahren einige Monate, vielleicht sogar ein bis zwei Jahre quer durch Europa reisen, Frankreich, Deutschland, Italien, die Türkei... Aber man erlaubt es nicht.«

Anna glaubte nicht richtig zu hören.

»Edward, du willst fort? Du willst mich verlassen?!«

»Aber nein, Maus, du hättest mich natürlich begleitet, als... als meine Frau, als Gräfin von Oxford.«

»Ist das wahr, du willst mich heiraten?«

»Ja...« Er küßte sie, und in diesem Augenblick fühlten sie sich so nah wie noch nie zuvor. Endlich gab er sie frei und lächelte sie glücklich an. »Höre, Maus, ich werde die Königin immer wieder bitten, uns reisen zu lassen, irgendwann wird sie die Erlaubnis schon erteilen.«

»Edward«, sie zögerte etwas, »sei nicht böse, aber ich möchte England nicht verlassen, ich möchte bei meinem Vater bleiben.«

Er sah sie überrascht an.

»Möchtest du nicht fremde Länder kennenlernen?«

»Nein, was soll ich dort? Ich werde hier im Haus meines Vaters auf dich warten, an dich denken, dir schreiben und... Vielleicht haben wir dann schon ein Kind, dann muß ich auf das Kind aufpassen.«

Er spürte einen Stich, eine leichte Enttäuschung, ihr Bild hatte von einer Sekunde zur andern einen ganz feinen Sprung bekommen…

»Wozu gibt es Ammen und Erzieherinnen?« fragte er gereizt.

»Wenn dir soviel daran liegt, begleite ich dich natürlich.«

»Nein, Anna, das wäre zwecklos, ich werde dich nie zu etwas zwingen, was du nicht willst.«

Er schwieg, und Anna spürte, daß sich etwas verändert hatte, sie wußte nicht, was es war, Edward wirkte auf einmal so abweisend…, sie schmiegte sich an ihn, er ließ es geschehen, ging aber nicht weiter auf ihre Annäherungsversuche ein.

»Es wird kühl«, sagte er, »laß uns hineingehen.«

Während der folgenden Tage streifte ihn hin und wieder flüchtig der Gedanke, ob sie die richtige Frau für ihn war, sollte er sie überhaupt heiraten, begehrte er sie nicht nur körperlich? Er kam zu keinem Ergebnis, und so vergingen weitere vier Wochen. Cecil beobachtete das Paar und hatte das Gefühl, daß eine Veränderung eingetreten war, die Angelegenheit stagnierte, und er beschloß, sie voranzutreiben, zumal er wußte, daß innenpolitisch aufregende Wochen bevorstanden.

An einem Spätnachmittag Ende Juli stand Anna aufgeregt auf ihrem Balkon und konnte es kaum erwarten, bis Edward hinaufgeklettert war. Sie sah sich vorsichtig um und sagte leise:

»Meine Eltern wollen morgen für einige Tage nach Surrey reisen, das habe ich vorhin zufällig von meinem Vater erfahren… Dann, dann sind wir allein im Haus und könnten…, du weißt, was ich meine…?«

Edward sah Anna überrascht an, er hatte nicht damit gerechnet, daß sie die Initiative ergreifen würde, Mädchen ihres Standes waren gewöhnlich zurückhaltender, zierten sich, wenn man mit ihnen schlafen wollte. Wenn er Anna umarmte und küßte, spürte er stets die versteckte Sinnlichkeit… Er wußte längst, daß sie sich bereitwillig von ihm würde entkleiden lassen…

»Ich weiß nicht, Maus…, ist es nicht zu gefährlich, wir werden bestimmt beobachtet, wenn deine Eltern es erfahren, werden wir beide Ärger bekommen, und außerdem…, was ist, wenn du schwanger wirst?«

»Sei unbesorgt, ich weiß schon lange, wie man eine Schwangerschaft verhüten kann, und außerdem…, wir müssen ja nicht alles ausprobieren.«

Sie lächelte ihn dreist und verführerisch an, und er überlegte verzweifelt, was er antworten sollte.

»Wovor hast du Angst, Edward, oder… willst du mich nicht?«

»Mein Gott, davon kann keine Rede sein, ich sehne mich schon seit Monaten nach dir, aber… es ist zu gefährlich.«

»Es ist überhaupt nicht gefährlich, im linken Gästeflügel gibt es ein abgelegenes Schlafgemach, ›Tower‹ genannt, ich kenne einige mir treu ergebene Diener, die unseren Weg dorthin bewachen werden…

Er überlegte, zauderte, aber die Versuchung war stärker.

»Nun gut, dann treffen wir uns morgen abend, wenn es dunkel ist, im ›Tower‹.«

Sie plauderten noch eine Weile, dann kletterte Edward den Balkon hinunter. Hinter ihm knackte es im Gebüsch, aber er hörte es nur beiläufig, seine Gedanken weilten im ›Tower‹.

Als er am nächsten Abend herzklopfend das Gästezimmer betrat, war Anna schon anwesend. Sie saß mit untergeschlagenen Beinen und nur mit einem seidenen Hemd bekleidet auf dem Bett und strahlte ihn an.

Er berührte ihre offenen herabhängenden Haare und fühlte sich an eine Nymphe erinnert.

»Du bist tatsächlich gekommen, Maus.«

Er berührte ihre Lippen, dann streifte er vorsichtig einen Träger ihres Hemdes herunter und ließ seine linke Hand über ihre rechte Brust gleiten, sie war wohlgerundet, fest, und er spürte, daß Anna erregt war…

An einem Nachmittag Anfang September ging Elisabeth, begleitet von einigen Hofdamen, im Park von Richmond spazieren und dachte zum soundsovielten Male darüber nach, wie es mit Maria Stuart weitergehen sollte. Frankreich und Spanien hatten während der vergangenen Monate immer nachdrücklicher ihre Freilassung gefordert, und Elisabeth war sogar – angesichts ihrer außenpolitischen Isolierung – dazu bereit, aber die Verhandlungen mit Schottland stagnierten seit Monaten. Die Kommissare des kleinen Königs Jakob, die im Winter eingetroffen waren, behaupteten, keine Vollmachten zur Vertragsunterzeichnung zu besitzen, überdies müsse das schottische Parlament befragt werden, und so weiter...

Vielleicht, überlegte sie, wäre eine Ehe zwischen Maria Stuart und dem Herzog von Norfolk nicht die schlechteste Lösung gewesen, sie hätte – unter seiner Aufsicht – auf einem der Howardschen Schlösser leben können, mit mehr Freiheiten, als sie jetzt hat, aber mein ehrgeiziger Vetter wollte ja König von Schottland werden...

Auf dem Rückweg eilte ihnen ein junger Page entgegen.

»Majestät«, rief er schon von weitem, »Majestät, Lord Burghley ist eben angekommen, er hat wichtige Nachrichten!«

Elisabeths Herzschlag stockte sekundenlang, sie spürte, daß etwas Entscheidendes passiert war.

Als sie ihr Arbeitszimmer betrat, ging Cecil auf und ab, und an seinem Gang und seinem Mienenspiel sah sie, daß er offensichtlich gut gelaunt war, und sie atmete erleichtert auf, er brachte wenigstens keine Hiobsbotschaft.

»Majestät«, begann Cecil ohne weitere Einleitung, »der Herzog von Norfolk ist ein Hochverräter, seit gestern weiß ich die Einzelheiten der Verschwörung, Norfolk ist daran beteiligt, Maria Stuart, der Bischof von Ross, der spanische Gesandte de Spes, König Philipp, der Papst, die Lords Arundel, Lumley, Southampton und Cobham. Der Herzog wird zur Zeit in seinem Palais strengstens bewacht, Southampton und Arundel stehen unter Hausarrest, Lumley ist im Marshalsea-Gefängnis, Cobham wird morgen verhaftet, an den Drahtzieher Ridolfi kommen wir leider nicht heran, der ist zur Zeit in Brüssel und wird auch dort bleiben.«

Elisabeth starrte Cecil an und versuchte seine Worte zu begreifen.

»Mein Vetter Norfolk«, sagte sie schließlich, »ein Hochverräter…« Sie sank auf einen Stuhl und forderte auch Cecil auf, Platz zu nehmen.

»Eines möchte ich Euer Majestät jetzt schon sagen, dieses Komplott war von Anfang an so dilettantisch geplant, so unrealistisch, daß Euer Majestät keinen Augenblick ernsthaft in Lebensgefahr war, der einzige, der dieses Hirngespinst durchschaut hat, war der Herzog von Alba, nun ja, er ist Soldat und denkt logisch, was man von König Philipp und dem Papst nicht behaupten kann, aber Fanatiker denken eben nicht rational. Also: In London lebte ein Florentiner Bankier namens Roberto Ridolfi; er pflegte die Beziehungen zu de Spes, dem Bischof von Ross und anderen Anhängern der schottischen Königin. Er war anscheinend überzeugt, daß jeder zweite Engländer ein glühender Katholik sei, daß mindestens dreiunddreißig Peers insgeheim Maria Stuart unterstützten und eine Armee von fast vierzigtausend Mann aufstellen könnten, allein diese Annahmen waren völlig unrealistisch. Sein Plan sah vor, daß Alba mit einem Heer in England landen und sich mit der englischen Armee vereinen sollte, dann sollte Maria Stuart befreit, Euer Majestät abgesetzt, gefangengenommen werden, der Herzog von Norfolk sollte dann Maria Stuart heiraten und zusammen mit ihr über England regieren. Ridolfi setzte nun – in Norfolks Namen und mit dem Einverständnis der schottischen Königin – entsprechende Briefe auf und bat um Unterstützung der heiligen Sache, der Herzog unterzeichnete die Briefe zwar nicht, gab aber seine mündliche Zustimmung, dann reiste Ridolfi nach Madrid, Rom und Brüssel. Aus seinen chiffrierten Briefen, die er dem Bischof von Ross und Norfolk schickte, geht hervor, daß König Philipp und der Papst von dem Plan begeistert waren, einzig der Herzog von Alba hielt das Ganze für ein Hirngespinst und meinte, die Initiative müßte von den englischen Katholiken ausgehen, erst wenn diese bewiesen hätten, daß sie ihren Staatsstreich durchführen könnten, sollte Spanien ihnen zu Hilfe kommen. Charles Bailly, ein Bote des Bischofs von Ross, beförderte die Briefe zwischen Ridolfi, dem Bischof, Norfolk und de Spes. Baillys ständige Reisen zwischen Dover und Brüssel fielen meinen Agenten vor einiger Zeit auf, so wurde er in Dover untersucht, man fand Ridolfis Briefe, und unter der Folter deckte er die Verschwörung in großen Zügen auf; nun wurde der Bischof von Ross verhört, und angesichts der Folterinstrumente legte er ein volles Geständnis ab, so erfuhren wir, daß Norfolk französisches Gold und Briefe an Maria Stuarts Anhänger in Schottland schickte, in seinem Palais hat man inzwischen auch einen Brief der schottischen Königin an ihn gefunden, aber wie gesagt, eine dilettantische Verschwörung von Anfang an. Allein Ridolfis chiffrierte Briefe waren mühelos zu entziffern.«

Er schwieg, und Elisabeth sah eine Weile bekümmert vor sich hin.

»Mein Vetter«, sagte sie schließlich, »ausgerechnet er hat nach meinem Thron getrachtet, er ist ein Howard, hat er vergessen, daß meine Mutter, mütterlicherseits, ebenfalls eine Howard ist? Ich bin menschlich noch nie so enttäuscht worden, auch die Lords haben mich enttäuscht, wem kann ich noch trauen außer Euch, Robert, meinem Vetter Hundsdon? Norfolk, der einzige Herzog meines Königreiches..., er kommt sofort in den Tower und wird, wenn alle Verhöre abgeschlossen sind, vor Gericht gestellt. Die Peers sollen ihr Urteil fällen, allerdings – er ist mit sämtlichen alten Familien versippt und verschwägert, ich bezweifle, ob sie ihn überhaupt für schuldig erklären werden..., der Bischof wird ausgewiesen, de Spes desgleichen, Philipp kann einen neuen Botschafter schicken oder es bleiben lassen. Und Maria Stuart? Nun, dieses Problem ist durch ihre Beteiligung an der Verschwörung auch gelöst: Sie bleibt in England inhaftiert, angesichts der Tatsache, daß sie mir den Thron rauben wollte, ist ihre Haft nunmehr endgültig gerechtfertigt, und ich werde ab jetzt keine Schritte mehr unternehmen bezüglich ihrer Rückkehr auf den schottischen Thron. Wir haben gute Beziehungen zu unserem nördlichen Nachbarn, die sollen erhalten bleiben.«

»Mit Verlaub, Majestät, ich weiß nicht, ob das Problem Maria Stuart gelöst ist, im kommenden Frühjahr wird das Parlament zusammentreten, ich bin sicher, daß die Abgeordneten eine Aburteilung der schottischen Königin verlangen werden, vielleicht sogar ihren Kopf!«

»Ihren Kopf?! Nehmt eines zur Kenntnis, Mylord, die Königin von Schottland steht unter meinem persönlichen Schutz, ich werde nie, nie, ihr Todesurteil unterzeichnen, sie ist Königin von Gottes Gnaden und somit unantastbar. Ihre Hinrichtung wäre ein Präzedenzfall mit unabsehbaren Folgen für alle Monarchen Europas.«

Es entstand eine Pause, dann sagte Elisabeth: »Unsere Beziehungen zu Spanien werden wahrscheinlich gespannt bleiben, bei dem Handelskrieg ist noch kein Ende abzusehen, ich möchte endlich zu einer Verständigung mit Frankreich kommen, zu einem Bündnis, nehmt Eheverhandlungen auf, die Verhandlungen mit Karl IX. verliefen seinerzeit im Sand, obwohl er mich ›la plus fine femme du monde‹ genannt, die Verhandlungen mit seinem jüngeren Bruder, dem Herzog von Anjou, scheiterten an dessen sturem Katholizismus, Katharinas jüngster Sohn, der Herzog von Alençon, ist in der religiösen Frage flexibler, jedenfalls behauptet dies der französische Gesandte .«

»Der Herzog von Alençon?« fragte Cecil zögernd. »Er steht erst im sechzehnten Lebensjahr, überdies, ich weiß, welchen Wert Euer Majestät auf die äußere Erscheinung eines Mannes legen, der Herzog soll klein sein, mit Pockennarben im Gesicht und einer Knollennase.«

»Das ist im Augenblick unwichtig, Mylord, wichtig ist das Bündnis mit Frankreich, sowie der Vertrag geschlossen ist, überlegen wir, wie es mit dem Herzog weitergehen soll, und was seine äußere Erscheinung betrifft, nun, wäre die Rückgabe von Calais nicht eine Entschädigung für die Pockennarben?«

Cecil seufzte unhörbar, seit dreizehn Jahren kam man in dieser leidigen Heiratsfrage nicht voran, obwohl man inzwischen für Sondergesandtschaften etliche Vermögen ausgegeben hatte…

Im Dezember 1571, einige Tage vor Weihnachten, wurde in Schloß Hatfield die Hochzeit zwischen dem Grafen von Oxford und Anna Cecil mit großer Pracht gefeiert.

Nach der Trauung gab es ein mehrstündiges Hochzeitsmahl, einen Ball und zum Abschluß ein Feuerwerk. Außer der zahlreichen Verwandtschaft des jungen Paares waren auch Elisabeth und Leicester geladen. Man saß noch beim Hochzeitsmahl, Elisabeth und Robert am oberen Ende der Tafel, in der Mitte, einander gegenüber, das Brautpaar und die Eltern der Braut. Elisabeth trank hin und wieder einen Schluck Rotwein mit Wasser verdünnt, betrachtete das

Brautpaar und fand, daß Edward de Vere sich noch etwas Zeit hätte lassen können mit der Heirat, es gab weiß Gott genug adelige Mädchen, die ernster und intellektueller waren als Anna Cecil, es ärgerte sie auch, daß ihr »Türke« noch einer anderen Frau seine Aufmerksamkeit widmete. Gütiger Himmel, jetzt wurden ja schon wieder neue Speisen aufgetragen, sie wollte endlich tanzen...

Leicester neben ihr fühlte sich wohl, er zerteilte genüßlich ein Stück Rehbraten, trank reichlich von dem schweren Burgunder und lauschte auf die Musik im Hintergrund.

»Ich hätte nicht gedacht«, sagte er leise zu Elisabeth, »daß Burghley einen solchen Aufwand treibt.«

»Anna ist sein Lieblingskind, für seine Tochter ist ihm nichts zu teuer, Mylord.«

Robert trank einen Schluck Wein und ließ seine Augen über die Cecil-Familie schweifen, die Söhne waren mit den Speisen beschäftigt, kurz vor der Hochzeit hatte die Königin sie noch geadelt, Thomas war jetzt Graf von Exeter und Robert Graf von Salisbury. Cecil strahlte vor Stolz, verständlich, dachte Robert, Lady Cecil sah sauertöpfisch drein, auch das wunderte ihn nicht, er wußte, daß sie ihren Schwiegersohn nicht mochte, Anna lachte und schwätzte, und Robert vermutete, daß sie von dem ungewohnten Wein leicht beschwipst war, aber das war ganz gut für die Brautnacht, dann ist sie wahrscheinlich gelockerter, nicht so ängstlich und verklemmt wie seinerzeit Amy...

Eben zupfte sie Edward am Ärmel, sagte etwas zu ihm, und Robert stutzte. Erst jetzt fiel ihm auf, daß Edward die ganze Zeit über unbeteiligt gewirkt hatte, als ob ihn die Hochzeitsfeier nicht interessierte...

»Der Bräutigam sieht nicht sehr glücklich aus«, sagte er leise zu Elisabeth,«das wundert mich, es ist doch angeblich eine Liebesheirat, aber nun ja, vielleicht ist Anna schwanger, und sie müssen heiraten.«

»Ach, das wüßte ich doch, überdies ist Anna rank und schlank wie immer, außerdem steht seit Ende Juli fest, daß sie im Dezember heiraten, aber Ihr habt recht, der Graf von Oxford wirkt nicht sehr glücklich.«

Nun stand Cecil auf, bat um Aufmerksamkeit und hielt eine kleine Rede, worin er dem jungen Paar Glück, Gottes Segen und viele Kinder wünschte…

Edward hörte nicht, was Cecil sagte, er dachte an seine erste Nacht mit Anna im Gästezimmer von Theobalds, er dachte an die Ehejahre, die vor ihm lagen, und er verspürte nur noch einen Wunsch: Weg, raus aus England, bei nächster Gelegenheit würde er die Königin um die Reiseerlaubnis bitten…

Am 16. Januar 1572 begann der Prozeß gegen den Herzog von Norfolk, und am Ende dieses Tages erklärten die Peers ihn einstimmig schuldig des Hochverrats.

Elisabeth unterzeichnete zwar am 9. Februar das Todesurteil, nahm es aber bereits am nächsten Tag zurück, da sie sich nicht entschließen konnte, ihren Vetter hinrichten zu lassen. Cecil beschwor sie, das Urteil vollstrecken zu lassen, aber es war umsonst.

Am 19. April wurde in Blois ein Vertrag zwischen England und Frankreich unterzeichnet, wobei man sich im Falle eines Angriffs gegenseitige Unterstützung zusicherte und sich verpflichtete, den Feinden des anderen keine Hilfe zukommen zu lassen. In einer geheimen Zusatzklausel erkannte Frankreich den Status quo in Schottland an und verzichtete stillschweigend darauf, noch weitere Schritte für Maria Stuart zu unternehmen. Nach vierzehn Regierungsjahren hatte Elisabeth endlich einen außenpolitischen Verbündeten. Die Eheverhandlungen wegen Alençon wurden gemächlich weitergeführt, es eilte ja nicht.

Cecils Prophezeiung, daß das Problem Maria Stuart noch lange nicht gelöst war, sollte sich bewahrheiten.

Am 8. Mai trat das Parlament zusammen, verlangte, daß Norfolk endlich hingerichtet und Maria Stuart vor Gericht gestellt werden sollte. Einige Abgeordnete forderten offen, daß man der Schottin endlich den Kopf abschlagen und nicht soviel Aufhebens um sie machen solle. Cecil beschwor Elisabeth erneut, den Herzog hinrichten zu lassen, um die Gemüter halbwegs zu beruhigen, endlich gab sie nach: Am 2. Juni wurde der Herzog auf dem Tower Hill enthauptet.

Elisabeth hatte sich schweren Herzens entschieden, ihren Vetter hinrichten zu lassen, als nun das Parlament einen Strafbeschluß auf Tod wegen Hochverrats gegen Maria Stuart beschloß, legte sie ihr Veto ein; als das Parlament ein Gesetz zu ihrem Schutz verabschieden wollte, worin jeder, der sich für die Ansprüche der schottischen Königin einsetzte, ein Hochverräter war, und worin beschlossen wurde, die Königin von Schottland vor ein Tribunal zu stellen, falls sie weiter gegen Elisabeth konspirierte, legte sie erneut ihr Veto ein. Sie wußte, daß das Gesetz ihr Leben sichern sollte, aber Maria Stuart war Königin und unantastbar, gleichzeitig war sich Elisabeth in jenem Sommer bewußt, daß das Parlament die Frage, was mit der Königin von Schottland geschehen solle, immer wieder aufgreifen würde, ab jetzt, ab dem Jahr 1572, würden sie immer wieder Maria Stuarts Kopf fordern…

XXIII

»Soviel muß ich Eurer Lordschaft zu verstehen geben: daß ich nicht gewillt bin, mich bei meiner Gattin einzufinden, solange ich mich nicht besser über gewisse Mißliebigkeiten zufriedenstellen und aufklären kann. Was diese sind – denn von einigen darf man nicht als von Mängeln reden oder schreiben –, damit will ich mich hier nicht befassen. Einige, die außerdem mein Mißvergnügen erregten, will ich nicht hinausposaunen und öffentlich machen, bis es mir gefällt. Und schließlich gedenke ich mein Leben nicht länger mit solchen Scherereien und Belästigungen aufzureiben, wie ich sie erduldet habe, noch werde ich, nur um Eurer Lordschaft gefällig zu sein, mich selber unzufrieden machen. Wenn Sie also meinen, Anna mit meiner Zustimmung in Ihr Haus aufzunehmen, so stellt mich das sehr zufrieden; denn dort, als Ihre Tochter und die ihrer Mutter, mehr als meine Gattin, mögen Sie an ihr Gefallen finden; ich werde dadurch meiner Sorge ledig und von mancherlei Kummer befreit.
Dieses hätte durch persönliche Übereinkunft schon früher geregelt werden können, und hätte nicht zum Klatsch der ganzen Welt werden müssen, wenn Sie die Geduld gehabt hätten, sich mit mir ins Einvernehmen zu setzen; doch weiß ich nicht, durch wen oder auf wessen Rat hin dieser Weg so gegen meinen Willen eingeschlagen wurde, daß sie für alle Welt entehrt wurde und Verdächtigungen laut geworden sind, die durch persönliche Besprechung in aller Stille beigelegt hätten werden können, und mir weiterer Grund zum Mißvergnügen gegeben wurde.«

Der Graf von Oxford streute wütend Sand über die Tinte, siegelte den Brief, befahl, ihn sofort zu Lord Burghley zu bringen, ließ sodann sein Pferd satteln und verließ in Begleitung seines Dieners Peter London, um sich zur Königin nach Greenwich zu begeben.

Es war ein warmer Frühlingstag Ende Mai 1576. Vier Wochen zuvor war er von seiner großen Reise zurückgekehrt, die Elisabeth im Herbst 1574 endlich genehmigt hatte. Er war nicht freiwillig zurückgekehrt, im Dezember 1575 hatte ihn in Venedig ein Brief seines Schwiegervaters erreicht mit der unerfreulichen Mitteilung, daß ›Edward, seit der Abreise Anfang Januar 1575, viertausendfünfhunderteinundsechzig Pfund verbraucht habe‹, und er nicht länger gewillt sei Edwards finanzielle Angelegenheiten zu regeln, so war er eilig aufgebrochen und erreichte Paris Ende März, Paris..., er verscheuchte die Gedanken an die Nachricht, die man ihm dort überbracht, und überlegte, weshalb Elisabeth ihn nach Greenwich befohlen hatte, wahrscheinlich sollte er ihr von seiner Reise erzählen, aber wo anfangen, wo aufhören... Und er überlegte, was ihn besonders beeindruckt hatte...

Am 7. Januar 1575 hatte er sich – begleitet von Katharina Greys Sohn Eduard – eingeschifft, zu seinem Gefolge gehörten zwei Pferdeknechte, ein Zahlmeister, ein Bote, ein Quartiermeister, ein Küchenmeister, einige Schauspieler und Musikanten, die unterwegs etwas lernen sollten. Beim Abschied hatte Anna ihm anvertraut, daß sie sich schwanger fühle...

Die Normandie mit ihren fetten Kühen und den fröhlichen Menschen, das Gasthaus, wo das Kalb im Speiseraum geschlachtet wurde, die meerfrischen Austern, der Apfelwein, der Apfelschnaps...

Paris, die erste Ballettaufführung seines Lebens am Hof, Katharina von Medici, die wie eine Göttin das Hofleben beherrschte. Der Hermaphrodit Heinrich III. und seine Hermaphroditen, die fertig gekochten Speisen in kleinen Tontöpfen, die man in Paris auf der Straße kaufen konnte und die besser zubereitet waren als das süße und salzige Fleisch bei Hof, das meistens halb kalt serviert wurde, die Sänger, Rezitatoren, die Spielleute und Tänzer, er hatte immer wieder von neuem ihre vollendete Darstellung bewundert..., in

Paris erhielt er einen Brief seines Schwiegervaters, worin Annas Schwangerschaft bestätigt wurde, verbunden mit dem Vorschlag, nach Hause zu kommen, und seine Antwort?

«Doch dies zum Anlaß zur Rückkehr zu nehmen, liegt gar nicht in meiner Absicht; denn da es nun Gott gefallen hat, mir einen eigenen Sohn zu schenken (was ich hoffe), so denke ich, daß ich nun bessere Ursache zum Reisen habe, denn was immer mir zustößt, ich hinterlasse jemanden, um Pflicht und Dienst zu leisten, sei es, meinem Prinzen oder meinem Lande.«

Frankfurt, eine Handelsstadt par excellence, Englands Importwaren wurden hier gelagert, und er war von der Königin und seinem Schwiegervater beauftragt worden, mit den Bankiers und Kaufleuten zu besprechen, daß die Waren künftig direkt nach London geliefert und dort auch bezahlt wurden...

Wien, sie reisten taubstumm durch die Stadt, weil sie niemanden trafen, der Englisch, Französisch oder Italienisch sprach, er eignete sich ein paar deutsche Redewendungen an, um wenigstens eine Mahlzeit und Quartier bestellen zu können, der Hof schien in allem Paris nachzueifern...

Irgend etwas hatte er vergessen..., natürlich, Straßburg, seine Gespräche mit Sturmius, der ihn enttäuschte, er fand ihn geschwätzig; schließlich Ungarn, sein Besuch beim Sultan Abdul in Buda und Pest, der Sultan war ein welterfahrener Mann, mit dem er sich halbe Nächte unterhalten hatte. Am meisten aber hatte ihn das friedliche Nebeneinander von Moslems, Christen und Juden beeindruckt, neben den Moscheen gab es christliche Kirchen und zahlreiche Wirtshäuser, die Straßen waren gut gepflastert... Dann endlich Italien.

Venedig, Padua... Als sie in Padua einritten, hatte er spontan zu dem jungen Eduard gesagt: »Du weißt, wie mich der heiße Wunsch, Padua zu seh'n, der Künste schöne Wiege, in die fruchtbare Lombardei geführt, des herrlichen Italiens lust'gen Garten; laß uns, hier angelangt, mit Glück beginnen, die Bahn des Lernens und geistreichen Wissens.«

Verona, Bologna, Florenz, Siena, Palermo…, hier erreichte ihn die Nachricht, daß Anna im Juli eine Tochter geboren, die auf Burghleys Wunsch ›Elisabeth‹ getauft wurde…

Auf der Rückreise von Palermo dann Mantua und, als Krönung, das spanische Mailand…

Die Königin hatte ihm verboten, die spanische Festung in Italien zu besuchen, es sei zu gefährlich, aber er wollte ein Stück Spanien in Italien erleben, so verkleidete er sich als Mönch, ließ sich kahlscheren, zahlte dem Kutscher ein Schweigegeld und ließ sich durch das Stadttor kutschieren, der junge Eduard gab sich als Schullehrer aus, der viele Jahre in England gelebt und sich jetzt ein Schweigegelübde auferlegt hatte, solange England protestantisch war… Mailand, die Verbindung von Handel und Geistlichkeit, Priester, die mit profanen Gegenständen aus Gold und Silber herumliefen, Händler, die sich ständig bekreuzigten…, die Spanier, die als die Herren der Welt auftraten, in ihren Gesprächen ständig spekulierten, wann endlich die italienischen Fürsten verjagt und Spanien Herr über die Stadtstaaten und Herzogtümer würde…

Als er im Schloßhof absaß, dachte er noch einmal über seinen Brief an Cecil nach und überlegte, wie die Königin seine Entscheidung aufnehmen und ob sie seine Bitte bezüglich der kleinen Elisabeth bewilligen würde, sie kam bestimmt auf seine unglückliche Ehe zu sprechen… Und mit gemischten Gefühlen beugte er wenig später vor seiner Königin das Knie; als ihre Augen sich begegneten, atmete er erleichtert auf – sie schien ihm wohlgesonnen zu sein.

»Nehmt Platz, Mylord, ich bin sehr froh, Euch gesund und wohlbehalten wiederzusehen. Lord Burghley erzählte mir, Euer Schiff wurde im Kanal von Piraten gekapert, die Euch aller Habseligkeiten beraubten.«

»Ja, Majestät, ich kam nur mit dem Leben davon, weil einer der Piraten mich erkannte, und was meine Habe betrifft, so kann ich sie ersetzen. Aber die Schurken raubten auch die Geschenke, die ich Euer Majestät überreichen wollte, sie ließen mir nur diese Kleinigkeiten…

Er öffnete ein Päckchen und überreichte Elisabeth sechs Paar Handschuhe, zwei Säckchen orientalischer Bonbons, die nach Beeren dufteten, und ein Bouquet Seidenrosen.

»Mylord, was für reizende Handschuhe, sie sind so weich und sitzen perfekt.«

»Die Handschuhe, Majestät, sind nicht aus Stoff, sondern aus der Haut ungeborener Kälber geschnitten, ich habe sie mit Schlitzen versehen lassen, so kommen die Finger Euer Majestät besser zur Geltung.«

»Ihr seid raffiniert, mein Türke, über Eure Handschuhe freue ich mich mehr, als hättet Ihr mir Gold und Silber gebracht. Ihr bleibt jetzt einige Tage hier und erzählt mir jeden Abend ausführlich von Eurer Reise.«

Sie betrachtete noch einige Augenblicke wohlgefällig die Handschuhe, dann zog sie dieselben vorsichtig aus, sah Edward an und fragte zögernd: »Habt Ihr bei der Ankunft Lord Burghley und Eure Gattin getroffen? Sie wollten Euch nach Dover entgegenreisen.«

»Ja, Majestät, sie standen am Pier, ich würdigte sie keines Blickes und ging an ihnen vorbei. Lord Burghley hat inzwischen versucht zu vermitteln, umsonst, man macht einen Grafen von Oxford nicht ungestraft zum Hahnrei! Ich werde hinfort getrennt von Anna leben, und ich bitte Euer Majestät, die kleine Elisabeth für unehelich zu erklären.«

»Nein, Mylord«, erwiderte Elisabeth so scharf und bestimmt, daß er unwillkürlich zusammenzuckte, »das kommt nicht in Frage, ich weiß, wie es ist, wenn man zum Bastard wird. Man ist gebrandmarkt für das ganze Leben, warum soll das unschuldige Kind für den Fehltritt der Mutter büßen?«

Es entstand eine unbehagliche Pause, dann fragte Elisabeth:

»Wann und wo habt Ihr es erfahren?«

»In Paris, Majestät, Anfang April, kurz nach meiner Ankunft kam mein Zahlmeister York und erzählte mir, daß ich nicht der leibliche Vater meiner Tochter bin, woraufhin ich Paris eiligst verließ.«

»Ja, es wird überall in London erzählt, Euer intriganter Cousin, Lord Henry Howard, hat die Neuigkeit verbreitet. Ich vermute, er will einen Keil zwischen Euch und Lord Burghley treiben... Ich kann Eure Enttäuschung und Eifersucht verstehen, aber wollt Ihr

Euch nicht doch mit Eurer Gattin aussprechen, man muß im Leben auch verzeihen können, soweit ich über die Angelegenheit informiert bin, war es eine einmalige Affäre. Es ist nicht so, daß Eure Gattin Euch mit wechselnden Liebhabern betrügt, das würde auch Lord Burghley nie dulden, gleichwohl nimmt er seine Tochter in Schutz, behauptet, Ihr hättet sie vernachlässigt... Nun ja, Ihr wart doch sehr erfreut, als Ihr von der Schwangerschaft und der glücklichen Entbindung hörtet, demnach habt Ihr damals geglaubt, daß Elisabeth Eure Tochter ist, und jetzt...«

»Als York mir in Paris alles erzählte, habe ich noch einmal genau nachgerechnet... Elisabeth kann nicht meine Tochter sein; damals führte ich schon seit geraumer Zeit kein Eheleben mehr, obwohl ich mir nach dem Tod unseres ersten Sohnes sehnlichst einen Erben wünschte... An einem Abend bedrängte Anna mich so stark..., ich ließ mich verführen, zu dem Zeitpunkt muß sie schon schwanger gewesen sein und es auch gewußt haben – eine Aussprache..., worüber sollen wir sprechen... Es ist nicht nur wegen des Fehltritts, daß ich mich von ihr trenne, schließlich habe ich während der Reise auch nicht wie ein Mönch gelebt, ihr Fehltritt ist der Anstoß, die Ursache... Wir haben uns schon lange entfremdet, wir hatten uns noch nie viel zu sagen, sie hat sich nie für meine Arbeit interessiert, weder für den Gedichtband ›A Hundreth sundrie flowres...‹, zu dem ich einiges beisteuerte, und dessen Verfasser offiziell George Gascoigne ist, noch für mein Vorwort zur lateinischen Übersetzung des ›Il Cortegiano‹ meines Cambridger Lehrer Clerke, von meinem Stück über Heinrich V. ganz zu schweigen, es war ein Entwurf, und wenn ich ihr von meinen literarischen Plänen erzählte, unterbrach sie mich stets, sie verstünde nichts davon, ständig warf sie mir vor, daß ich zuviel Zeit bei den Theaterleuten verbrachte und zuwenig Zeit zu Hause – ein Vorwurf, in dem mein Schwiegervater sie unterstützte. Nein, die Reise hat eine innere Distanz zu meinem bisherigen Leben geschaffen, ab jetzt werde ich mich nur noch der Literatur und dem Theater widmen.«

»Seid vorsichtig, Mylord, ich bin gewiß tolerant, aber alles hat seine Grenzen, die vierzehn Gedichte in den ›Flowres‹ habe ich Euch durchgehen lassen und sie Eurer Jugend zugute gehalten, indes habt Ihr Euch nicht nur über Sir Hatton lustig gemacht...

Jeder Eingeweihte erkennt in dem weiblichen Part natürlich mich... Um noch einmal auf Eure Gattin zurückzukommen, ich habe mich damals über die rasche Heirat gewundert, hättet Ihr nicht noch ein paar Jahre warten können? Ihr standet damals erst im zweiundzwanzigsten, Anna im sechzehnten Lebensjahr.«

»Gewiß, Majestät... Ich mußte sie heiraten.«

»Wieso mußtet Ihr? Sie war doch nicht schwanger.«

»Majestät, Lord Burghley stellte uns eine Liebesfalle, von der Anna übrigens nichts wußte...«, und er schilderte Elisabeth die Verabredung an jenem Juliabend im Jahre 1571.

»Als ich das Gästezimmer betrat und den Bettvorhang zurückzog, saß sie schon auf dem Lager, ich gebe zu, ihre offenen Haare, ihre Haltung waren sehr verführerisch, gleichwohl hatte ich nicht die Absicht, sie zu entjungfern, ich wollte ihr nur einen Vorgeschmack der Erotik geben, was dann geschah, werde ich nie vergessen: Ich schiebe mit der rechten Hand langsam ihr Hemd nach oben, da, plötzlich, fliegt der Vorhang hinter dem Bett zurück, und Lord Burghley steht vor uns, begleitet von drei Dienern mit Kandelabern... Noch nie in meinem Leben bin ich so erschrocken wie damals..., sekundenlang drehte sich der Raum vor meinen Augen, aber ich faßte mich rasch, und in meinem Kopf überschlugen sich die Gedanken: Er war nicht in Surrey, er wollte uns in Sicherheit wiegen, das Geräusch im Gebüsch, das ich nur beiläufig wahrgenommen, war einer seiner Spione, der uns belauschte...

Anna hatte inzwischen ihre Blöße bedeckt, sie war puterrot geworden und sah verschämt zu Boden, ich stellte mich innerlich auf eine längere Haft im Tower ein, aber zu meiner Überraschung war Lord Burghley nicht böse oder empört. Er lächelte mich spöttisch an und sagte: ›Ihr seid zu neugierig, Mylord, jedoch, ich kann Eure Neugier verstehen, meine Tochter ist hübsch, jung und klug; sie hat keinen langen Stammbaum aufzuweisen, doch schmälert dies in keinster Weise ihre Tugend, überdies wird sie bald Euren Stammbaum zieren, Ihr seid ein Gentleman und werdet Euch nicht Eurer Pflicht entziehen – Ihr werdet meine Tochter heiraten.‹

Ich schwieg, so überrascht und benommen war ich, in diesem Augenblick aber wurde mir klar, daß ich Anna nur körperlich begehrt hatte, daß ich sie nie heiraten würde, aber ich wußte auch, daß, sollte ich es nicht tun, Lord Burghley auf Rache sinnen und sein Haß mich unbarmherzig verfolgen würde... Mein Schweigen dauerte ihm wohl zu lange, denn er sagte: ›Sprecht, ich warte auf Antwort.‹ Ich erwiderte: ›Ich werde Anna heiraten, in aller Form und wann Ihr es wünscht.‹ Dann verließ ich fast fluchtartig den Raum und rannte durch die spärlich erleuchteten Gänge zurück in mein Zimmer.«

Er schwieg, und auch Elisabeth sprach lange Zeit kein Wort.

Typisch Cecil, dachte sie im stillen, jetzt weiß ich auch, warum mein Türke an seinem Hochzeitstag nicht besonders glücklich wirkte...

»Manchmal«, sagte sie, »habe ich den Eindruck, daß es nur unglückliche Ehen gibt, Eure Entscheidung damals war natürlich richtig, Mylord, Euch blieb keine andere Wahl. Um noch einmal auf Lord Burghley zu kommen, ich nehme an, daß, wenn Ihr künftig Stücke schreibt, Euch manchmal der Hafer sticht, und Ihr Hofleute parodieren werdet oder sie anderweitig in Eure Stücke einbringt..., ich wiederhole es noch einmal: Seid vorsichtig, übertreibt nicht, haltet Maß, vermeidet es, Lord Burghley zu parodieren, Ihr kennt seine Einstellung zum Theater, er würde eine große Affäre daraus machen, notfalls sogar mit Rücktritt drohen, was ich natürlich nie akzeptieren könnte. Genug davon, Ihr wißt Bescheid.

Ich habe Euch kommen lassen, um mit Euch über Eure künftigen Aufgaben zu sprechen. Zur Zeit wird nur in einem einzigen Theater der Stadt, in Blackfriars gespielt – Mr. Burbage, Ihr wißt, daß er einst Schauspieler war, Mr. Burbage wird in den kommenden Jahren weitere Theaterhäuser in der Nähe des Parks Finsbury Fields errichten, und außerdem plane ich nach wie vor Theaterhäuser auf der Bankside im Süden Londons. Ich möchte, daß Ihr Euch fortan um das Theaterleben kümmert, sucht die Stücke aus, besetzt die Rollen mit den passenden Schauspielern, studiert die Rollen mit ihnen ein, kümmert Euch um Requisiten und Kostüme, ich stelle Euch jährlich fünfhundert Pfund zur Verfügung, über die Ihr keine Rechenschaft ablegen müßt. Wenn ich merke, daß das Theaterleben floriert, bin ich gerne bereit, die Summe zu erhöhen. Burbage hat übrigens den Innenraum der Theaterhäuser skizziert, wie er es architektonisch für richtig hält, ich möchte Euch die Zeichnung einmal zeigen, vielleicht sind die technischen Gegebenheiten der Bühne interessant für die Stücke, die Ihr in meinem Aufrag schreiben werdet.«

Sie ging, gefolgt von Edward, zum Schreibtisch und entrollte ein Plakat.

Auftragsstücke, dachte Edward, ich möchte meine eigenen Themen bearbeiten…

»Mylord, Ihr seht hier den offenen Innenhof mit schmalen, umlaufenden Galerien für die Zuschauer, die nicht im Hof um die Bühne herumstehen wollen. Hier vorne ist die Bühne, eine Bretterplattform, die auf festen Bohlen ruht und etwa bis in die Mitte des Hofes reicht, sie ist vorne und an den Seiten offen, im hinteren Teil ist sie überdacht, die Wand des Garderobenhauses ist ihr rückwärtiger Abschluß, die Wand hat zwei Tore für Auftritte und Abgänge, über den Toren ist ein breiter Balkon, ebenfalls für Zuschauer. Über dem Garderobenraum ist ein Aufbau mit einer Fahne, die anzeigen soll, daß an diesem Tag in diesem Theater gespielt wird, in dem Aufbau soll auch ein Trompeter sitzen, der den Spielbeginn verkündet. Im Aufbau sind auch die Musiker und Feuerwerker untergebracht, letztere sind nötig für Gewitter oder Schlachtenlärm. Bei voll besetztem Haus ist die Bühne auf allen Seiten von Zuschauern umgeben, die das Spiel aus unterschiedlichen Perspektiven sehen, das bedeutet natürlich, daß zwar Requisiten, ein Tisch, eine Bank und ein Thronsessel verwendet werden können, aber keine sperrigen Außenaufbauten.«

Edward überlegte eine Weile und fragte dann:

»Wie viele Zuschauer kann der Raum fassen?«

»Ungefähr dreitausend.«

»Dreitausend? Das gibt im Hof ein ziemliches Gedränge bei vollem Haus, und wir wollen ja volle Häuser, das bedeutet natürlich, daß die Zuschauer bei der Dramaturgie berücksichtigt werden müssen, also ihre Bedürfnisse, Emotionen, ihre Unterhaltungserwartungen, der Zuschauerraum ist genauso hell wie die Bühne, auch das muß berücksichtigt werden…, jede Szene muß also ihren eigenen Spannungsbogen haben, der das Publikum in Atem hält und der gelockert wird, wenn sich die Spannung über mehrere Szenen staut, dann muß eine komische Szene eingebaut werden, damit das Publikum sich durch Gelächter abreagieren kann... Jede einzelne Szene muß in sich ein abgeschlossener Vorgang sein, das Publikum muß ständig miteinbezogen werden, muß immer mehr wissen als die Personen auf der Bühne... Die wenigen Requisiten müssen durch möglichst prachtvolle Kostüme ersetzt werden, ansonsten... Die Bühne ist auf drei Seiten offen, das bedeutet, daß die Personen einzeln, nacheinander auftreten und abgehen müssen, und für den Abgang brauchen sie ein Motiv. Jede Szene muß bei Null anfangen, wird zum Höhepunkt geführt und klingt aus. Die Lokalisierung von Raum und Zeit muß durch den Dialog erfolgen, ich werde also mein eigener Bühnenbildner sein, Lokalisierung durch die Sprache, Wortkulissen statt realer Kulissen, bedeutet natürlich eine größere Flexibilität, diese Bühne erlaubt es, daß man überall spielen kann, jedoch ist ein differenziertes Spiel kaum möglich wegen der Sichtverhältnisse. Ausladende Gesten müssen genügen, die Feinheiten müssen durch das Wort erzielt werden, die Schauspieler müssen also reden, reden reden. Der Schauspieler sagt, was er empfindet, und erläutert, was er tut.«

Elisabeth hatte aufmerksam zugehört und erwiderte:

»Ich verstehe nichts vom Schreiben eines Stückes, aber Eure Überlegungen leuchten mir ein. Bei den Maskenspielen am Hof ist es wohl möglich, komplizierte Bühnenbilder herzustellen, in den Theaterhäusern, die in London für alle Schichten der Bevölkerung errichtet werden, vom Tagelöhner bis zum Hochadel, da müßt Ihr die Mängel der Bühne kompensieren und nicht nur Autor sein, sondern gleichzeitig Bühnenbildner und Regisseur, Ihr müßt die Möglichkeiten der Sprache bis zur äußersten Grenze ausschöpfen, um Illusionen zu erzeugen.«

»Wieviel Eintrittsgeld soll das Publikum bezahlen, Majestät?«

»Ich denke, einen Penny im Parterre, das ist für fast jeden erschwinglich, auf der Galerie und dem Balkon muß natürlich mehr gezahlt werden..., die Theater sollen der Unterhaltung dienen, aber ich möchte, daß die Menschen durch diese Stücke – und das erwarte ich von Euren Stücken – dazu angeregt werden, sich mit den Grundfragen des Lebens auseinanderzusetzen, darüber hinaus sollen einige Stücke gewisse Stoffe der englischen Geschichte behandeln, und zwar Notzeiten und Katastrophen. Die Störungen der gottgewollten Ordnung sind die lehrreichste Phase der Geschichte, ihre Darstellung auf der Bühne soll das gegenwärtige England feiern, das Zusammengehörigkeitsgefühl des Volkes stärken, und vor allem soll durch diese Stücke die Verbindung zwischen dem Monarchen und dem Volk immer wieder neu bewußtgemacht werden. Und jetzt zu meinen Aufträgen: Ihr sollt nach und nach ein Stück über folgende Könige schreiben: Johann, den man Johann ohne Land nennt, Richard II., Heinrich VI., sie waren Schwächlinge. Heinrich IV., er ist schuldig geworden, Richard III., er war ein Schurke, und über meinen Vater, Heinrich VIII. – England verdankt ihm die Lösung von Rom, von der Vormundschaft des Papstes. Ihr könnt Euch Zeit damit lassen, ein gutes Stück braucht Muße, Ihr müßt auch nicht chronologisch vorgehen, fangt mit dem Herrscher an, der Euch am meisten interessiert.«

»Was ist mit Heinrich V., Majestät?«

»Mylord, habt Ihr es noch nicht begriffen? Ihr sollt die negativen Herrscher Englands darstellen!«

»Er interessiert mich aber persönlich.«

Elisabeth seufzte. »So schreibt in Gottes Namen ein Stück über Heinrich V.«

Edward überlegte. »Ich glaube, ich werde mit Heinrich IV. anfangen, da kann ich die Gestalt Heinrichs V. schon hineinarbeiten…, im vierzehnten Jahr der Regierung Eurer Majestät, also 1573, passierte mir folgendes: Im Mai schrieben zwei meiner ehemaligen Diener an Lord Burghley und beschuldigten mich, ich hätte ihnen mit dreien meiner Leute auf der Landstraße von Gravesend nach Rochester aufgelauert und Kugeln auf sie abgefeuert, daraufhin wären wir auf unsere Pferde gesprungen und gen London geflohen… Nun ja, es war ein schlechter Scherz, diese Episode zum Beispiel könnte ich einarbeiten, das Stück würde dann im vierzehnten Regierungsjahr Heinrichs IV. spielen, ich wäre dann im Stück der Kronprinz Heinrich, einer meiner Leute, die damals dabei waren, ist ein feister Zechkumpan, der mich immer zum Spott reizt, außerdem prahlt er gerne, im Stück könnte man es so darstellen, daß dieser feiste Ritter einen Raubüberfall auf Kaufleute plant, von dem Prinzen und einem anderen, die sich verkleiden, selbst überfallen wird und hinterher in einer Schenke in Eastchamp mit seinen vermeintlichen Heldentaten prahlt. Als der Prinz ihn überführt, schwindelt er sich heraus, und behauptet, den Prinzen unter der Maske erkannt zu haben… Das wäre eine Szene, die die Zuschauer zum Lachen bringt, überhaupt, diese Figur müßte als komischer Nebenheld zwischendurch immer mal wieder auftreten, natürlich auch in Heinrich V., vielleicht fange ich auch mit Heinrich VI. an, ich muß in Ruhe darüber nachdenken, welcher König dramaturgisch am einfachsten zu bewältigen ist, mit diesem König werde ich anfangen.«

Elisabeth beobachtete den Grafen neugierig, was in einem Stückeschreiber so alles vorgeht, dachte sie verwundert.

»Dieser komische, feiste Ritter ist doch eine Figur, der Heinrich IV. nie begegnet ist, sie ist also nicht überliefert, sondern fiktiv.«

»Gewiß, Majestät, aber ohne Fiktion geht es nicht, die Fiktion in einem Stück lockert manchmal die Überlieferung auf – natürlich sind der Fiktion bei diesen historischen Stücken Grenzen gesetzt, die Grenze ist die innere historische Wahrheit, sie muß unbedingt erhalten bleiben.«

»Ich verstehe, Mylord…«, sie zögerte etwas und fuhr dann fort: »Meine Frage mag Euch merkwürdig vorkommen, aber Ihr habt ja schon kleinere Stücke geschrieben, wie baut man ein Stück, eine Szene auf, wie entsteht der Inhalt?«

Edward überlegte.

»Es ist sehr schwer, fast unmöglich, dies zu erklären, Majestät, man lebt letztlich mit den Personen, man muß sich in sie hineinversetzen. Wenn man Stücke schreibt, muß man in einer Phantasiewelt leben, das heißt, der Autor eines Stückes lebt permanent in zwei Welten, der alltäglichen Welt und der Welt der Phantasie, in dieser Welt entsteht allmählich der Inhalt eines Stückes. Eure Frage, wie man ein Stück schreibt, kann ich nicht beantworten, man kann es rational nicht erklären.«

Mit dieser Auskunft des Grafen von Oxford mußte Elisabeth sich zufriedengeben.

XXIV

Zwei Jahre waren vergangen, und Cecil war wieder einmal auf dem Weg zu einer Unterredung mit der Königin nach Whitehall, es war Herbst.

Seit fünf Jahren war er Lordschatzmeister, weil die staatliche Finanzpolitik immer umfangreicher und komplizierter wurde, das Amt des Ersten Staatssekretärs bekleidete Sir Francis Walsingham, vorher Gesandter in Paris, ein überzeugter, um nicht zu sagen fanatischer Protestant, der sich mit Cecil gut verstand und von Elisabeth den Spitznamen »Mohr« erhalten hatte. Neben den Aufgaben des Staatssekretärs war Walsingham damit beschäftigt, ein engmaschiges Agentennetz in ganz Europa aufzubauen, damit Komplotte rascher entdeckt wurden. Ansonsten war er faktisch der zweite Mann nach dem Lordschatzmeister, Cecil blieb nach wie vor der engste Berater der Königin.

An jenem Nachmittag ließ er sich wie üblich in einer Sänfte durch die Straßen tragen, weil die Sänftenträger in dem Gewühl rascher vorankamen als die schwerfälligen Kutschen, und wie üblich hatte er die Vorhänge geschlossen, um von dem Straßenlärm nicht in seinen Gedanken gestört zu werden. Elisabeth pflegte, wenn sie sich über ein spezielles Problem mit ihm unterhalten wollte, kurz anzudeuten, worum es ging. So auch an diesem Nachmittag, und Cecil war nicht wenig erstaunt gewesen, als er in dem Billett las, es gehe um die Niederlande.

Gütiger Himmel, dachte er, was ist denn dort schon wieder passiert? Ist etwa Wilhelm von Oranien ermordet worden? Das würde unsere friedlichen Beziehungen zu Spanien empfindlich stören, zumal Francis Drake im vergangenen Jahr seine Weltumseglung begonnen hatte, und natürlich jede Gelegenheit nutzen wird, um spanische Schiffe zu kapern und das Gold zu beschlagnahmen, was natürlich ganz im Sinne der Königin ist... Eine erneute Verschlechterung der Beziehungen zu Spanien würde die »Pazifikation von Gent«, Elisabeths bisher größten außenpolitischen Erfolg, zunichte machen, und er ließ die Ereignisse der vergangenen fünf Jahre an sich vorüberziehen.

Als 1572 in den Niederlanden ein Aufstand losbrach, verschloß Elisabeth einerseits den Holländern die englischen Häfen, andererseits versuchte sie zwischen Philipp und den Rebellen zu vermitteln, mit dem Ergebnis, daß ab 1573 wieder Handelsbeziehungen zwischen England und Spanien aufgenommen wurden, und 1574 wurde der Wirtschaftskrieg durch den Vertrag von Bristol beendet. Bereits im Jahre 1573 hatte Philipp den blutrünstigen Herzog von Alba abberufen und durch den milderen Requesens ersetzt. Requesens starb 1576, und Philipp beschloß, seinen illegitimen Halbbruder, den jungen Don Juan d'Austria, der bei Lepanto über die Türken gesiegt hatte, als neuen Statthalter nach Brüssel zu schicken.

In der Zeit zwischen Requesens' Tod und der Ankunft Don Juans erhielten die spanischen Soldaten keinen Sold, was zu Meuterei und Aufstand führte, zum Entsetzen Europas plünderten die Spanier Antwerpen und versetzten das Land in Aufruhr. Die Generalstaaten schlossen daraufhin mit Seeland und Holland einen Vertrag, die sogenannte »Pazifikation von Gent«, worin Wilhelm von Oranien zum Statthalter bestimmt wurde. Wilhelm bat Elisabeth, sich bei Philipp einzusetzen, daß er die Pazifikation anerkannte, und ersuchte sie um ein Darlehen.

Die Königin, dachte Cecil, reagierte ausnahmsweise schnell und entschlossen, schickte Gesandte nach Madrid und zu Don Juan und drohte, die Generalstaaten mit Geld und Truppen zu unterstützen, wenn die Pazifikation nicht bestätigt würde, unter der Hand hatte sie den Staaten bereits zwanzigtausend Pfund geschickt und weitere finanzielle Hilfe zugesagt. Don Juan erkannte die Bedingungen der Generalstaaten in einem »Ewigen Edikt« an: Die Niederlande waren unter einer Regierung mit den alten Freiheiten wie einst unter Karl V. – sie waren zwar unter spanischer Oberherrschaft –, aber die spanischen Truppen verließen das Land bis auf eine kleine Ordnungsstreitmacht. Das war ihr größter außenpolitischer Erfolg, dachte Cecil, leider hielt Don Juan sich nicht an die Abmachung, Walsinghams Agenten hatten herausgefunden, was er plante: Er wollte sich nach England einschiffen, Maria Stuart befreien, sie heiraten und Elisabeth absetzen. 1577 besetzte er Namur, und Elisabeth entschloß sich, die Generalstaaten unter der Hand mit Geld zu unterstützen, als Alexander Farnese, der Prinz von Parma, mit einem spanischen Heer anrückte, boten auch die deutschen protestantischen Fürsten den Niederlanden ihre Hilfe an.

Zum Glück starb Don Juan im Sommer 1578, und Philipp schickte zum ersten Mal seit der Ausweisung de Spes' wieder einen Gesandten nach England, de Mendoza, der vor allem Elisabeth von einer weiteren Unterstützung der Niederlande abhalten sollte, diesen Eindruck hatte er inzwischen gewonnen. So weit, so gut, dachte Cecil. In Schottland haben sich die Verhältnisse ebenfalls stabilisiert, seit dem Tod des Regenten Mar führt Morton die Staatsgeschäfte. Als Marias Anhänger das Schloß von Edinburgh besetzten, unterstützte die Königin ihn mit Truppen, und er erzwang die Übergabe der Festung, es war wahrscheinlich das letzte Mal, daß Schotten für Maria Stuart kämpften. Der fanatische Knox ist inzwischen auch gestorben, im Norden Englands und an der schottischen Grenze herrscht Gott sei Dank seit Jahren Ruhe, wir erfreuen uns eines steten wirtschaftlichen Aufschwungs, das einzige Problem ist nach wie vor die ungeregelte Thronfolge. Gewiß, die Königin sieht in Jakob VI. einen Thronprätendenten, aber er wäre nur eine Notlösung, und seine Mutter ist, solange sie lebt, eine echte Bedrohung für Elisabeth, das beweist der Plan Don Juans... Solange die Nachfolge nicht definitiv geregelt ist, besteht immer die Gefahr, daß die Stuart, falls sie Elisabeth überlebt, zur englischen Königin proklamiert wird... Seit zehn Jahren führt das Weibsbild auf Kosten des Staates ein behagliches Leben, wird wegen der guten Verpflegung und mangels Bewegung allmählich korpulent, jedenfalls wird dies erzählt, und erfreut sich der besten Gesundheit..., wenn sie doch nur die Pocken bekäme und stürbe, ich darf gar nicht daran denken, daß sie Elisabeth überlebt... Ob man noch einmal Heiratsverhandlungen aufnehmen sollte – aber mit wem? Die Auswahl wird immer kleiner, zudem ist die Königin jetzt fünfundvierzig Jahre, und eine Geburt in diesem Alter ist gefährlich, die Ärzte behaupten zwar, die Königin könne durchaus noch Kinder bekommen, sie erfreue sich der besten Gesundheit – gewiß, sie sieht blendend aus, aber eine Geburt...?

Die Verhandlungen wegen Alençon ließen sich damals gut an, er schrieb ihr glühende Liebesbriefe, und sie gab ihm einen Spitznamen: Frosch! Die Angelegenheit versickerte allmählich, und dann die entsetzliche Bartholomäusnacht. Er erinnerte sich mit Grausen an jenen Augusttag des Jahres 1572: Die Königin war mit dem Hof auf ihrer sommerlichen Rundreise, diesmal durch Warwickshire, wo die schönsten Landsitze und Gasthäuser im Fachwerkbau entstanden, sie besuchte die Ziegeleien und ließ sich alles erklären, dann besichtigte sie in der Stadt Warwick das neue Spital, das Leicester für alte und kranke Soldaten hatte errichten lassen..., ein Fachwerkbau mit dem Wappen der Grafen von Warwick am Tor: der gefesselte Bär mit dem Baumstamm, rechts und links die Initialen R und L, die Tudorrose zierte die Winkel neben dem Torbogen, an einem der Erker konnte man die Jahreszahl 1571 lesen. Die Veteranen hatten einen festlichen Empfang vorbereitet, und dann ging die Königin mit Geschenken von Bett zu Bett und unterhielt sich mit jedem der Männer ein paar Minuten. Von Warwick aus begab man sich für einige Tage nach Schloß Kenilworth, das Robert inzwischen beträchtlich erweitert hatte, und entspannte sich bei Musik, Tanz und auf der Jagd. Am 28. August ritt Elisabeth mit einer großen Gesellschaft bereits am frühen Morgen zur Jagd aus, auf dem Heimritt kam ihnen ein staubbedeckter Reiter entgegen, mit einem Brief von Walsingham aus Paris. Der Gesandte berichtete erschüttert über die Ereignisse in der Nacht vom 23. auf den 24. August, der Bartholomäusnacht: das Glockengeläute, der Mord an Coligny und dann die systematische Vernichtung der Hugenotten, die Stadt sei im Blutrausch gewesen... Einige Tage zuvor hatten der junge König Heinrich von Navarra und Katharinas Tochter Margarethe geheiratet, die Feierlichkeiten waren noch in vollem Gang, und aus diesem Grund besonders viele Hugenotten in der Stadt. Walsingham schrieb, Katharina von Medici sei die Urheberin des furchtbaren Mordens... Nun, ihre Motive waren klar, sie tolerierte, daß der junge König ein Anhänger und Verehrer Colignys war, sie führte Eheverhandlungen mit der protestantischen englischen Königin wegen Alençon und sie verheiratete ihre Tochter mit dem Hugenotten Heinrich von Bourbon. Wahrscheinlich waren drohende Briefe aus Rom und Madrid eingegangen, und in dieser Zwangslage hatte sie nur eine Möglichkeit gesehen, den jungen König zu überreden, der Ermordung Colignys und seiner Anhänger zuzustimmen, so kam es zur »Bluthochzeit« von Paris, nur der König von Navarra und Prinz Condé, sein Onkel, wurden verschont… Walsingham gewährte so vielen Hugenotten wie möglich Asyl in der englischen Gesandtschaft, und Elisabeth ließ den französischen Botschafter, der um eine Unterredung ersuchte, drei Tage warten, aber trotz ihrer Empörung über dieses sinnlose Hinschlachten von Protestanten wollte sie die diplomatischen Beziehungen zu Frankreich nicht abbrechen, lediglich die Verhandlungen wegen Alençon verliefen im Sand. Zwei Jahre später starb Karl IX. ohne Nachkommen, und sein Bruder regierte jetzt als Heinrich III. in Frankreich…

Ich werde nachher bei der Königin noch einmal das Nachfolgeproblem ansprechen müssen, überlegte Cecil.

»Mylord«, empfing ihn Elisabeth, »nehmt unverzüglich Eheverhandlungen wegen des Herzogs von Alençon auf.«

Cecil glaubte, nicht richtig zu hören.

»Der Herzog von Alençon, Majestät? Ja, aber…«

»Kein aber, ich habe erfahren, daß er versucht, aus den südlichen Niederlanden ein französisches Herzogtum zu machen, die Katholiken dort unten haben ihn zu Hilfe gerufen, und er nennt sich jetzt ›Verteidiger der Freiheit gegen den spanischen Tyrannen‹, auf alle Fälle beunruhigt mich eine Erweiterung des französischen Herrschaftsgebietes mehr als die Fortdauer der spanischen Herrschaft, und außerdem…«, sie zögerte etwas, »außerdem wünsche ich mir schon seit einiger Zeit eine Familie, Mann und Kind.«

Cecil war zunächst sprachlos, überlegte eine Weile und erwiderte: »Ich verstehe Euren Wunsch, Majestät, jedoch, der Herzog wird beim Volk nicht beliebt sein, die Engländer haben die Bartholomäusnacht noch nicht vergessen.«

»Mein Frosch wird keinerlei Einfluß auf die Politik haben, überdies ist er der französische Thronprätendent, und wer weiß, seine beiden ältesten Brüder sind jung gestorben, ohne Nachkommen zu hinterlassen, vielleicht stirbt Heinrich III. auch ohne Erben, dann wäre Alençon König von Frankreich.«

Die Valois sind schwächlich, überlegte Cecil, da hat sie schon recht, aber dann wäre ihr »Frosch« auch schwächlich, er hielt es jedoch nicht für angebracht, in diesem Moment darauf hinzuweisen.

»Euer Majestät wissen, wie sehr ich es begrüße, wenn die Nachfolge geregelt wird, Euer Majestät erfreuen sich der besten Gesundheit. Indes, ich bitte um Vergebung, Majestät, eine Geburt in den mittleren Lebensjahren ist mit erheblichen Risiken verbunden.«

»Mylord, eine Geburt ist immer mit Risiken verbunden, auch in jungen Jahren, ich möchte ein Kind, bevor es zu spät ist, nehmt also Verhandlungen auf - eines noch, ich heirate nur einen Mann, den ich vorher gesehen habe, der Herzog soll inkognito nach England kommen.«

Cecil verschlug es erneut die Sprache, glaubte sie wirklich, daß ein Valois bereit war, sich wie eine Ware begutachten zu lassen, um dann angenommen oder wieder fortgeschickt zu werden? Zwanzig Jahre dauert dieses Heiratsspiel jetzt, überlegte er, der Wunsch nach einem Kind scheint echt zu sein... Nun, vielleicht klappt es noch, Alençon ist ihre letzte Chance...

Zu Cecils Überraschung nahmen sowohl der Herzog - er stand inzwischen im fünfundzwanzigsten Lebensjahr - als auch Katharina von Medici bereitwillig die Verhandlungen auf, und Anfang des Jahres 1579 kam Jean de Simier nach England, um stellvertretend für den Herzog um die Hand der englischen Königin anzuhalten.

Elisabeth war begeistert von der Galanterie des Franzosen, genoß seine Schmeicheleien und Komplimente, übersah geflissentlich, daß er eine ihrer Nachthauben entwendete, um sie als Liebespfand an Alençon zu schicken; sie gab ihm den Spitznamen »Affe« und ließ sich von ihm den Kopf verdrehen, die englischen Kavaliere, sogar Leicester, kamen ihr - verglichen mit dem Franzosen - auf einmal linkisch vor, und während des ganzen Winters glaubte sie in Alençon verliebt zu sein. Robert Dudley war außer sich, als er merkte, daß Simier ihn in den Hintergrund drängte und sann auf Rache, und natürlich war er gegen eine Heirat mit Alençon, Hatton zerfloß in Tränen, weil Elisabeth auf Bällen nur noch mit dem Franzosen tanzte, nur der Graf von Oxford fand alles höchst amüsant und war im übrigen mit seinem eigenen Privatleben vollauf beschäftigt: er umwarb eine der Hofdamen der Königin, die dunkelhaarige, dunkeläugige Anne Vavasour, seine »schwarze Dame«.

Die Staatsräte und auch das englische Volk betrachteten die geplante Heirat mit gemischten Gefühlen, ein Franzose, ein Katholik, gab es keinen deutschen protestantischen Fürsten, den ihre Königin heiraten konnte?

Es wurde Frühjahr, Alençon schien seine Abreise hinauszuzögern und verlangte schließlich eine Antwort, ob die englische Königin seinen Antrag annehme. Elisabeth erwiderte, die Hauptpunkte des Ehevertrages müßten zwischen ihnen persönlich besprochen werden, da gab Alençon nach und erklärte sich bereit, inkognito nach England zu kommen, sobald er einen von der Königin unterzeichneten Reisepaß erhalten habe.

Im Frühsommer passierten zwei sehr unerfreuliche Zwischenfälle: Als Elisabeth, begleitet von Robert Dudley, Hatton und Simier, die Themse hinunterfuhr, wurde aus einem kleinen Boot ein Schuß auf die königliche Barke abgegeben, der offensichtlich Simier galt, Elisabeth widersprach dem Franzosen und meinte, der Schuß sei aus Versehen losgegangen. Ungefähr drei Wochen später schoß ein Mitglied der königlichen Leibwache auf Simier, während er im Park spazierenging.

Beide Schüsse waren so abgefeuert worden, daß sie nicht treffen konnten, aber dem Franzosen reichte es, er beschwerte sich bei Elisabeth und gab dem Grafen von Leicester die Schuld.

»Majestät, ich habe den Eindruck, daß der Graf ein Gegner der Heirat Eurer Majestät ist.«

»Das hat nichts zu besagen, er war immer dagegen, daß ich heirate, aber auch er wird es nicht verhindern können.«

»Ich verstehe den Grafen nicht ganz, er gönnt Euer Majestät nicht...«, er zögerte etwas und beschloß dann, sich an Robert für die Schüsse zu rächen: »...er gönnt Euer Majestät nicht die Geborgenheit der Ehe, obwohl er selbst verheiratet ist.«

»Ihr irrt, Mylord, der Graf von Leicester war verheiratet, aber er ist schon seit fast zwanzig Jahren verwitwet, er hat hin und wieder eine Mätresse und seit einigen Jahren auch einen unehelichen Sohn.«

Sie versuchte gleichgültig zu wirken, obwohl sie sich jedes Mal ärgerte, wenn sie unter der Hand von einem Rendezvous erfuhr, andererseits konnte sie ihm nicht befehlen, wie ein Mönch zu leben, und sie tröstete sich stets mit dem Gedanken, daß es für Robert nur ein flüchtiges Abenteuer, eine körperliche Befriedigung war, mehr nicht.

»Ich bitte um Vergebung, Majestät, aber ich weiß mit Bestimmtheit, daß der Graf von Leicester verheiratet ist, im September letzten Jahres wurde er, in aller Stille, mit der Witwe des Grafen von Essex getraut.«

Elisabeth glaubte nicht richtig zu hören, ich muß mich beherrschen, dachte sie, ich muß die Situation überspielen...

»Wie reizend, jetzt hat er meine Cousine Lettice Knollys also doch geheiratet, kein Wunder, er hat ihr schon vor vielen Jahren den Hof gemacht, der Schelm, warum hat er das verschwiegen – wahrscheinlich befürchtete er, daß ich ihm die Heirat verbiete, was für ein Unsinn, im Gegenteil, ich freue mich, daß er jetzt endlich in einer richtigen Familie lebt. Lettice, müßt Ihr wissen, hat aus ihrer ersten Ehe einen Sohn, Robert Devereux, der zweite Graf von Essex, er wird im November zwölf Jahre alt. Nun, da hat der Graf von Leicester eine verantwortungsvolle Aufgabe übernommen, ein zwölfjähriger Junge ist bestimmt nicht einfach zu erziehen, eines habe ich mir vorgenommen, wenn ich ein Kind habe, werde ich es nicht einer Gouvernante überlassen, sondern mich selbst um die Erziehung kümmern, ich werde jeden Tag mindestens eine Stunde mit meinem Sohn verbringen...«, und dann erzählte sie Simier von ihrer eigenen Kindheit. So verfloß der Nachmittag. Schließlich verabschiedete sie den Franzosen, ging dann in ihren privaten Räumen ruhelos auf und ab und versuchte, damit fertig zu werden, daß

Robert heimlich geheiratet hatte. Sie fühlte sich hintergangen, enttäuscht, Mätressen konnte man verzeihen, aber bei einer Ehe mußte sie annehmen, daß ernstere Gefühle im Spiel waren. Sie hatte seine Liebesbeteuerungen stets für aufrichtig gehalten, sie hatte ihn zum Grafen erhoben, ihm Ländereien geschenkt, seine jetzige Position am Hofe verdankte er nur ihr, vor einigen Tagen erst hatte sie ihm fünfzehntausend Pfund geliehen – und nun dies... Das war schlimmer als Norfolks Verrat, schlimmer als die Nachricht von Amys Tod, schlimmer als jene durchwachte Nacht damals in Windsor, sie fühlte sich menschlich enttäuscht wie noch nie in ihrem Leben, sie hatte damals ihr persönliches Glück der Staatsräson geopfert, und er... Er wußte es nicht zu würdigen, er erdreistete sich sogar, ihr von außenpolitisch wertvollen Verbindungen abzuraten...

Ich werde ihn holen lassen, dachte sie empört, ihn zur Rede stellen, dann kommt er für den Rest seines Lebens in den Tower, das Vermögen wird konfisziert, Lettice und ihr Sohn müssen England verlassen, ihr Vermögen wird ebenfalls beschlagnahmt...

Am nächsten Morgen fühlte sie sich zwar noch genauso enttäuscht und deprimiert, aber sie war sich inzwischen darüber klargeworden, daß sie nach außen hin ihr Gesicht wahren mußte, wenn sie nicht zum Gespött des Hofes und des Auslandes werden sollte, gewiß, noch war Roberts Ehe ein Geheimnis, aber allmählich würde die Neuigkeit durchsickern – also kein Tower, keine Konfiszierung des Vermögens, sondern nur eine längere Verbannung vom Hof, dies würde sie ihm persönlich im offiziellen Audienzzimmer, nicht in ihren privaten Räumen, kühl, von oben herab mitteilen, vor allem durfte er nicht wissen, wie verletzt sie war, wie sie darunter litt...

Robert ahnte nichts Gutes, als Elisabeth ihn noch am gleichen Nachmittag mit eisiger Miene im Audienzsaal empfing.

Sie musterte ihn von oben bis unten, und vor ihren prüfenden Augen sah er verlegen zu Boden...

»Mylord, ich habe erfahren, daß Ihr ohne meine Erlaubnis geheiratet habt. Warum?«

Robert erschrak und beschloß, wahrheitsgemäß zu antworten.

»Ich befürchtete, daß Euer Majestät mir die Erlaubnis verweigern würden.«

Elisabeth lächelte spöttisch, obwohl sie am liebsten geweint hätte.

»Warum sollte ich Euch nicht gestatten zu heiraten, Mylord? Jedenfalls müßt Ihr für diesen Fauxpas einen Denkzettel erhalten: Ihr werdet einige Tage in dem einsamen Turm im Park verbringen und Euch anschließend für unbestimmte Zeit auf einen Eurer Landsitze zurückziehen, bei Hof wird bekanntgegeben, daß Ihr krank seid und keine Besuche empfangen dürft.«

Nach diesen Worten drehte sie sich um und verließ, ohne ihn noch eines Blickes zu würdigen, das Audienzzimmer.

Robert sah ihr betroffen nach und ärgerte sich, daß er so dumm gewesen war und Lettice geheiratet hatte, es war eine reine Vernunftehe, Lettice wollte einen Vater für ihren Sohn, und er wollte jemanden haben, der ihn umsorgte, wenn er alt war...

Er wußte, daß Elisabeths Gleichgültigkeit nur gespielt war, und fragte sich angstvoll, wie tief seine Ehe sie wohl verwundet hatte, vielleicht wandte sie sich gänzlich von ihm ab, und er durfte nie mehr an den Hof zurückkehren...

Wenn er ihr sagte, daß er Lettice zwar mochte, sie aber nicht liebte, würde sie es ihm nicht glauben, und während er unter Bewachung in den Turm gebracht wurde, schalt er sich einen Dummkopf und Narren...

Als Cecil später das Arbeitszimmer der Königin betrat, stand Elisabeth am Fenster und weinte.

»Majestät, um Gottes willen...«

Sie zuckte zusammen, trocknete die Tränen, drehte sich um und erzählte ihm mit leiser Stimme von Roberts Heirat.

Cecil überlegte eine Weile und antwortete: »Ich kann den Kummer Eurer Majestät verstehen, glaube jedoch, Ihr solltet dieser Ehe keine allzu große Bedeutung beimessen, der Graf von Leicester ist inzwischen siebenundvierzig Jahre, da spielen Leidenschaften keine große Rolle mehr – es wird eine Vernunftehe sein, vielleicht spielt auch Geld eine Rolle, die Gräfin ist vermögend, und der Graf von Leicester hat, soviel ich weiß, Schulden.«

»Ja, Mylord, bei mir hat er Schulden… Nun ja, der Herzog von Alençon wird Mitte August in Greenwich eintreffen und mich hoffentlich ablenken, immerhin ist er der erste fürstliche Bewerber, der persönlich erscheint und nicht nur Deputationen und Geschenke schickt.«

Am Nachmittag des 17. August saß Elisabeth im Kreise ihrer Damen auf der Terrasse des Schlosses in Greenwich und wartete nervös auf die Ankunft Simiers.

Sie hatte mit ihm vereinbart, daß er sie an jenem Nachmittag besuchen sollte, um ihr seinen »Vetter« vorzustellen, das Inkognito für Alençon. Ich müßte mir abgewöhnen, ihn Alençon zu nennen, dachte Elisabeth, seit der Thronbesteigung Heinrichs III. ist sein offizieller Titel »Herzog von Anjou«, aber alle nennen ihn nach wie vor »Herzog von Alençon«.

Endlich erschien ein Diener und meldete die beiden Lords Simier.

Außer Simier, Cecil und Walsingham wußte am Hof niemand, wer sich hinter dem »Vetter« verbarg, vielleicht ahnten die Gesandten Frankreichs und Spaniens etwas, offiziell jedoch wußten sie von nichts.

Elisabeths Herz begann zu klopfen, als der Herzog von Alençon das Knie vor ihr beugte. Ja, dachte sie, er ist ein echter Valois, sie hatte Bilder seiner älteren Brüder gesehen, ihre Gesichter waren alle länglich-oval geschnitten, die Augen blickten skeptisch-spöttisch-müde… Die Brüder wirkten dekadent, wenig robust, ohne Elan.

Sie war angenehm enttäuscht von der Erscheinung des Herzogs, er war nicht zwergenhaft, sondern mittelgroß, die Knollennase war nicht so unförmig wie beschrieben, der Bart verbarg die Pockennarben, er lächelte gewinnend, um nicht zu sagen verführerisch, und als sie ihn nun auf französisch fragte, ob er eine angenehme Reise gehabt hatte, und er dies bejahte und sich bewundernd über England äußerte, den Wohlstand pries, die Gastfreundschaft der Engländer und zuletzt Komplimente wie Blumen auf sie herabrieseln ließ, da war sie vollends von ihm angetan. Er wirkte nicht so männlich wie Thomas Seymour, Cecil, der Graf von Oxford und... Robin, aber er verstand es, charmant und amüsant zu plaudern, und schließlich, man konnte im Leben nicht alles haben.

Sie machte ihn mit ihren Damen bekannt, und es dauerte nicht lange, so war er der Hahn im Korb.

Am Abend speisten er und Simier bei Elisabeth, die auch noch die junge Gräfin von Warwick eingeladen hatte, mit der sie freundschaftlich verbunden war. Im November 1565 hatte der verwitwete Ambrose Dudley die blutjunge Lady Anne Russell, eine Tochter des Grafen von Bedford, geheiratet, die von Elisabeth bald danach zur Hofdame ernannt wurde. Die Gräfin war - trotz ihrer Jugend - sehr verständig, sehr verschwiegen, und im Laufe der Zeit wurde sie die Vertraute der Königin. Gewiß, sie hatte nicht die Stellung von Kate Ashley, Elisabeth besprach vieles mit der Gräfin, aber nicht alles, wie seinerzeit mit Kate, sie wußte zum Beispiel nicht, wer Simiers »Vetter« in Wirklichkeit war, sie wußte auch nicht, wie sehr Elisabeth unter Robert Dudleys zweiter Ehe litt, die Königin hatte ihr lediglich von der Gefangenschaft im Turm und seiner Verbannung vom Hof erzählt.

Während der folgenden Tage überließ Elisabeth Cecil die Staatsgeschäfte, der darüber sogar recht froh war, weil nun gewisse Dinge erledigt und nicht länger aufgeschoben wurden, und widmete sich ihrem Freier. Sie ritten aus, fuhren auf der Themse spazieren, spielten Schach, unterhielten sich über Literatur, Politik, Philosophie, und Elisabeth versuchte sich ein Bild zu machen.

Nach zwölf Tagen reiste Alençon wieder ab, beim Abschied schwor er Elisabeth ewige Treue... Sie lächelte, wünschte ihm eine gute Reise... Nun, er war ein lieber Junge. Von Dover aus schrieb er einen leidenschaftlichen Liebesbrief, dem er eine kleine goldene Blume mit einem Frosch darauf nebst einem Perlengeschmeide beifügte.

Elisabeth betrachtete den Schmuck, las den Brief ein zweites Mal, ließ die vergangenen zwölf Tage Revue passieren und versuchte zu einer Entscheidung zu kommen. Seine äußere Erscheinung, er war kleiner als sie, nun ja, man mußte Zugeständnisse machen, und auf den Bällen würde sie sowieso mit Robin tanzen... Alençon würde sie verehren, sich im Hintergrund halten und nicht in die Politik einmischen, er war zweifellos ein angenehmer Gesellschafter, sie konnte sich gut mit ihm unterhalten, aber das konnte sie mit Oxford, Cecil oder Robin auch..., er war ein Valois, das Bündnis mit Frankreich würde durch diese Ehe zweifellos gefestigt, er war wirklich angenehm, es gab nichts gegen ihn einzuwenden. Nichts, außer..., er war in ihren Augen kein Mann, erotisch fühlte sie sich überhaupt nicht zu ihm hingezogen, während seines Aufenthaltes in Greenwich war nicht der geringste Funke übergesprungen, und sie fand, daß auch bei einer Vernunftehe eine gewisse prickelnde Spannung zwischen den Partnern schweben mußte. Sie konnte sich nicht vorstellen, daß er sie küßte oder gar das Bett mit ihr teilte, aber England brauchte einen Erben, der Thronprätendent Jakob VI. war zwar eine Lösung, aber die optimale Lösung war ein leiblicher Nachfolger – und sie wollte ein Kind. Alençon war ihre letzte Chance zu heiraten...

Sie las den Brief noch einmal, worin er ihr seine Verehrung zu Füßen legte, dann beschloß sie, mit der Gräfin von Warwick über ihren Freier zu sprechen.

Es war ein warmer Augustnachmittag, als sie langsam durch den Park von Greenwich ritten, die Gräfin genoß die Sonne, beobachtete, daß die Blätter schon anfingen sich gelb zu färben, Elisabeth hingegen überlegte, wie sie das Gespräch auf Alençon bringen sollte. Ob ich ihr sage, daß er inkognito hier war...

Sie achtete nicht weiter auf den Weg, und auf einmal standen sie vor dem einsamen Turm, in dem Robert einige Tage verbracht hatte.

»Wie lange war mein Schwager hier eingesperrt, Majestät?«

»Nicht lange, drei Tage...«, sie zögerte etwas und fragte dann: »Auf welchen Landsitz hat der Graf sich zurückgezogen?«

»Er lebt auf Kenilworth, das ist sein Lieblingsschloß, er wohnt dort immer allein.«

»Allein? Ist seine Gattin nicht bei ihm?«

»Lettice? Nein, Lettice lebt nach wie vor auf ihren Gütern, und Robert besucht sie hin und wieder, sie war bis jetzt nur einmal auf Kenilworth, im Sommer 1575, als Euer Majestät und der Hof drei Wochen dort weilten.«

»Was für eine merkwürdige Ehe«, sagte Elisabeth, wobei sie innerlich eine gewisse Genugtuung empfand, daß Lettice nicht auf Kenilworth weilte.

»So merkwürdig ist die Ehe nicht, bedenkt, Majestät, es war keine Liebesheirat, sondern eine reine Vernunftehe, Lettice wollte einen Vater für ihren Sohn, der junge Graf von Essex scheint ziemlich wild und ungestüm zu sein, jedenfalls hat sie Probleme, ihn zu erziehen, und Robert wollte eine Familie, damit er im Alter nicht allein ist, eine Frau, die sich um ihn kümmert, wenn er krank ist – er zählt immerhin schon siebenundvierzig Jahre, da muß man anfangen, an das Alter zu denken. Gewiß, er mag Lettice, aber Liebe? Nein! Er liebt nach wie vor nur Euch, Majestät.«

Elisabeth schwieg und wendete langsam ihr Pferd.

Eine Vernunftehe, das hat Cecil auch gesagt, überlegte sie, nun, die Gräfin von Warwick muß es wissen...

»Majestät, es geht mich nichts an, aber Ihr solltet meinem Schwager nicht länger zürnen, Ambrose war vor ein paar Tagen bei ihm, glaubt mir, mein Schwager ist todunglücklich, er wollte Euch nicht verletzen. Nun befürchtet er, daß Ihr ihn für immer vom Hof verbannt; könnt Ihr ihm nicht verzeihen?«

»Er hat einen Denkzettel verdient, aber ich werde es mir überlegen.«

Als sie durch die Große Halle ging, streifte sie flüchtig eine Idee, die sie zunächst verdrängte, aber die Idee kam wieder, setzte sich fest, und sie eilte herzklopfend die Treppe hinauf, die Galerie entlang zu ihren privaten Räumen. In ihrem Schlafzimmer holte sie aus einer Schublade das in Papier gewickelte Porträt Roberts und betrachtete es lange, dann dachte sie noch einmal über die Unterhaltung mit der Gräfin nach... Eigentlich hatte sie über Alençon mit ihr reden wollen..., sie dachte über die Valois nach, dies Geschlecht war dekadent und verbraucht, Franz II. war jung gestorben, ohne ein Kind gezeugt zu haben, Karl IX. war jung gestorben, sein kleiner Sohn ebenfalls, Heinrich III. war zwar inzwischen verheiratet, aber noch kinderlos, ob er je welche haben würde, war fraglich, schließlich war allgemein bekannt, daß er ein Hermaphrodit war. Am englischen Hof amüsierte man sich über die Berichte des Gesandten, der König trüge hin und wieder Frauenkleider, schminkte und parfümierte sich, er sah Frauen am liebsten in Männerkleidung und Knaben in Frauenkleidern... Grauenhaft, dachte Elisabeth, abartig, mein Gott, wenn ich Alençon heirate, laufe ich Gefahr, daß er entweder zeugungsunfähig ist oder daß das Kind früh stirbt oder nicht normal veranlagt ist... Nein, das englische Volk hat es weiß Gott verdient, von einem starken, gesunden Herrscher regiert zu werden, nicht von einem dekadenten Valois, ich muß schwanger sein, wenn ich Alençon heirate, und es gibt seit langem nur einen Mann, den ich mir als Vater meines Kindes wünsche, Robin... Jetzt, wo er allein auf Kenilworth lebt, wäre der Zeitpunkt günstig, zumal... Sie rechnete nach, sie näherte sich den »gefährlichen Tagen«, aber ich habe ihn vom Hof verbannt, es ist irgendwie heikel, es gibt nur eine Möglichkeit, ich kündige meinen Besuch an, und lasse ihn so lange wie möglich über den wahren Grund im unklaren...

Am nächsten Morgen ritt ein Kurier nach Kenilworth mit einem eigenhändig geschriebenen Brief Elisabeths, worin sie Robert mitteilte, sie werde am frühen Abend des 6. September eintreffen, sie wolle in aller Stille ihren Geburtstag feiern und sich ein paar Tage von der anstrengenden Regierungsarbeit erholen, sie werde nur von einigen Dienern und Kammerfrauen begleitet und wünsche weder einen offiziellen Empfang noch großartige Festlichkeiten...

Robert las und glaubte zu träumen, die Königin kam zu Besuch nach Kenilworth, das bedeutete, daß sie ihm verziehen hatte, gütiger Himmel..., er eilte in sein Arbeitszimmer, schrieb ein paar Zeilen, daß er sich über ihren Besuch unendlich freue, und gab dem Kurier das Billett, dann rief er den Haushofmeister, und es dauerte nicht lange, da brach der gute Mann fast zusammen unter der Flut der Anordnungen, was alles für den Besuch der Königin vorzubereiten sei. Anschließend ging Robert glücklich durch die Säle und Galerien des Schlosses und malte sich Elisabeths Ankunft aus, er fühlte sich so nervös und aufgeregt wie ein Liebhaber, der eine

Geliebte zum heimlichen Rendezvous erwartet, er war so erleichtert über ihre Verzeihung, daß er weder über den Grund des Besuches nachdachte noch darüber, warum sie ohne Gefolge reiste, sie kam zu ihm, das war die Hauptsache…

Am Nachmittag erhielt er einen Brief seiner Gattin, worin sie fragte, ob es ihm recht sei, wenn sie ihren Sohn ein paar Tage zu ihm brächte, sie werde mit dem Jungen nicht mehr fertig, er höre auf nichts, was man ihm sage, mache, was er wolle, Robert solle ihn sich einmal vornehmen…

Lettice und ihr Sohn, die haben mir gerade noch gefehlt…, dachte er, nein. Und er schrieb ihr kurz und bündig, er habe jetzt keine Zeit, bedürfe der Ruhe, und im übrigen empfehle er ihr, dem jungen Herrn eine Tracht Prügel zu verpassen…

Unterdessen führte Elisabeth eine vertrauliche Unterredung mit Cecil, nach einigem Zögern hatte sie beschlossen, ihrem engsten Ratgeber den Plan anzudeuten, er würde entsetzt sein, aber letztlich war es ihre Privatsache, die ihn nichts anging.

»Mylord, ich habe mich inzwischen entschieden, ich werde den Herzog von Alençon heiraten, und zwar so bald wie möglich. Macht den Ehevertrag fertig, und laßt die Hochzeit vorbereiten.«

Cecil atmete erleichtert auf, Gott sei Dank, die Erbfolge war gesichert, er war fest davon überzeugt, daß die Königin noch Kinder bekommen konnte.

»Ich freue mich über den Entschluß Eurer Majestät, wann soll die Hochzeit stattfinden? Vor der Fastenzeit, nach der Fastenzeit?«

»Fastenzeit?! Ich möchte den Herzog Ende Oktober heiraten, spätestens Ende November!«

Cecil glaubte nicht richtig zu hören, seine Königin fiel wahrhaftig von einem Extrem ins andere, jahrelang konnte sie sich für keinen Bewerber entscheiden, und auf einmal mußte es ganz rasch gehen!

»Mit Verlaub, Majestät, ich weiß nicht, ob innerhalb von zwei bis drei Monaten alles geregelt werden kann, bezüglich Ehevertrag und Feierlichkeiten.«

»Es *muß* geregelt sein, Mylord, beim Ehevertrag könnt Ihr den von meiner seligen Schwester als Grundlage nehmen, und im übrigen werde ich ohne Prunk heiraten, eine schlichte protestantische Trauung in Greenwich oder Richmond oder meinetwegen in Nonsuch, und anschließend ein Hochzeitsmahl mit nur wenigen Gästen, mit Menschen, denen ich mich persönlich verbunden fühle. Ihr werdet natürlich dabei sein, Sir Walsingham, der Graf von Warwick, Sir Hatton, Sir Heneage, der Graf von Oxford, der Graf von Leicester…«

Cecil horchte auf, Leicester? Sieh an, anscheinend hatte sie ihm verziehen…

»Die Taufe des Thronfolgers wird dafür um so prachtvoller gefeiert werden.«

»Gewiß, Majestät, indes, ich bitte um Vergebung, Majestät, aber warum diese Hektik?«

»Nun ja…«, sie zögerte etwas, »Ihr seid der einzige, der es wissen soll, Mylord. Der Graf von Leicester hat sich nach Schloß Kenilworth zurückgezogen, ich werde am 6. dorthin reisen und ein paar Tage bleiben, offiziell weile ich in Schloß Hatfield, um mich zu erholen, und werde dort niemanden empfangen. Eines noch, Mylord: Ich möchte auf Kenilworth nicht mit politischen Problemen belästigt werden, egal was passiert. Wenn Maria Stuart flieht, muß sie eben wieder eingefangen werden, bei irgendwelchen Unruhen in den Niederlanden seid Ihr bevollmächtigt, frei zu entscheiden, überdies bin ich ja nur einige Tage fort.«

Gütiger Himmel, dachte Cecil, sie nimmt sich ja allerhand vor, indes ist es verständlich – dieser Valois ist wahrhaftig kein Adonis und außerdem ein grüner Junge, ach was, ein Jüngelchen… Unter diesen Voraussetzungen müßte die Hochzeit natürlich Ende Oktober stattfinden…

»Ich kann verstehen, daß Euer Majestät sich ein paar Tage erholen wollen.«

Elisabeth sah Cecil überrascht an, mit dieser Reaktion hatte sie nicht gerechnet.

»Wie lange werden Euer Majestät voraussichtlich auf Kenilworth bleiben?«

»Mindestens eine Woche, es hängt auch von der Situation ab.«

Als Elisabeth am Morgen des 6. September, begleitet von Dienern, Kammerfrauen und einigen Bewaffneten, aufbrechen wollte, sah sie zu ihrer Überraschung Cecil auf sich zukommen.

»So früh, Mylord?«

»Ich möchte Euer Majestät nur gute Reise wünschen«, sagte er lächelnd, »und... viel Erfolg.«

»Danke, Mylord, Ihr wißt ja, meine Reise dient dem Wohl Englands«, sie gab ihrem Pferd die Sporen und galoppierte durch das Tor.

Cecil sah der Gruppe nach, bis sie verschwunden war. Das Wohl Englands, dachte er amüsiert, na ja, sie denkt dabei bestimmt nicht nur an England, sondern auch an sich, womit sie recht hat...

Unterwegs dachte Elisabeth darüber nach, wie es weitergehen sollte – sie und Robert würden wieder zueinander finden müssen, am nächsten Tag war ihr Geburtstag, dann kam der 8. September, der 9. September, vielleicht am Abend des 9. September... Es war jetzt neunzehn Jahre her, daß sie die Nacht vom 9. auf den 10. September mit Robert hatte verbringen wollen – und dann die Nachricht von Amys Tod... Sie begann erneut zu galoppieren und ließ ihre Begleiter bald hinter sich..., es ist genauso warm wie damals, dachte sie, und zum ersten Mal seit langer Zeit fühlte sie sich richtig glücklich.

Robert war unterdessen mit den letzten Vorbereitungen für den Empfang der Königin beschäftigt, er ließ Elisabeths Räume in ein Blumenmeer verwandeln, brachte den Haushofmeister zur Verzweiflung, indem er ihn etliche Male fragte, ob er auch nicht vergessen habe, den Champagner zu kühlen, er inspizierte die gedeckte Abendtafel in seinem privaten Eßzimmer, ließ für die Königin ein Bad vorbereiten, schließlich zog er seine silbergrauen Seidenkleider an, er bevorzugte diese Farbe seit einiger Zeit, weil sie gut zu seinen inzwischen graumelierten Haaren paßte, dann betrachtete er sich im Spiegel und fand sich sehr elegant, etwas korpulent, aber nicht zu korpulent... Er besprengte sich mit Duftwasser, und dann war alles getan, und er begab sich hinunter in die Große Halle, wo er nervös auf und ab ging.

Als es sechs Uhr schlug, eilte ein junger Diener, der die Toreinfahrt beobachten sollte, in die Halle:

»Mylord, eben reitet die Königin durch das Tor.«

Robert lief hinaus in den Hof und kam gerade recht, um Elisabeth beim Absteigen behilflich zu sein.

Dann standen sie sich gegenüber und sahen sich einige Augenblicke schweigend an.

»Willkommen auf Kenilworth, Majestät, ich freue mich sehr über Euren Besuch, er ist eine Ehre für mich.«

Sie lächelte, und er fühlte sich auf einmal merkwürdig berührt, sie wirkt gar nicht höfisch und formell, dachte er verwundert.

»Ich danke Euch für die Gastfreundschaft, Mylord, ich möchte mich einige Tage erholen, und ich hoffe, Ihr habt kein großes Programm vorbereitet.«

»Nein, Majestät, nur ein kleines Programm, für morgen abend habe ich einige Gutsnachbarn zum Bankett geladen, anschließend kann getanzt werden, und zum Abschluß gibt es ein Feuerwerk, am folgenden Abend werden meine Schauspieler eine Komödie aufführen, und für den Abend des 9. September ist noch nichts geplant.«

»Das ist sehr gut, Mylord, an diesem Abend möchte ich endlich wieder einmal mit Euch Schach spielen.«

Während sie über den Hof zur Großen Halle gingen, streifte Robert die Königin mit einem bewundernden Seitenblick. Sie trug ein rostrotes Reitkleid, und er fragte sich, wie sie es fertigbrachte, ihre schlanke Figur zu behalten. Sie wird morgen sechsundvierzig Jahre, dachte er, und wirkt sehr viel jünger...

Während Lucy die Kammerfrauen beim Auspacken beaufsichtigte, nahm Elisabeth ein Bad und erinnerte sich an ihren letzten, dreiwöchigen Sommeraufenthalt in Kenilworth, im heißen Juli des Jahres 1575.

Bei ihrer Ankunft hielt man die Uhr auf dem Cäsar-Turm an, Robin hatte einen italienischen Meister der Feuerwerkskunst engagiert, ursprünglich wollte er lebendige Hunde, Katzen und Vögel mit einem feurigen Drachen gen Himmel schießen und dann wieder ausspeien lassen, Gott sei Dank begnügte er sich mit einem bescheideneren Programm, was auch noch aufwendig genug war: Jeden Abend gab es Schwärme von umherfliegenden Feuerpfeilen und funkelnden Sternen, Ströme und Hagelschauer von Feuerfunken, lodernde Feuer zu Wasser und zu Land..., außerdem Bankette, Maskenspiele, dramatische Vorstellungen, Jagden und Bärenhatzen, der Höhepunkt war eine prachtvolle Aufführung auf dem Wasser: »Die Befreiung der Dame vom See«, wobei Proteus auf einem Delphin ritt..., der Delphin lag auf einem Floß, so daß die Ruder wie seine Flossen aussahen, und in dem Delphin spielten unsichtbare Musikanten...

Abgesehen von Cecil, der auch weder Kosten noch Mühen scheute, wenn sie nach Theobalds kam, abgesehen von ihm, ging es ihr durch den Kopf, ist Robin derjenige meiner Lords, der sich bis jetzt die meiste Mühe gegeben hat, meine Sommeraufenthalte so angenehm und unterhaltsam wie möglich zu gestalten...

Vor dem Abendessen saßen sie in der Großen Halle, tranken Champagner, unterhielten sich über dies und jenes, und Robert wurde allmählich innerlich ruhiger, sie schien ihm tatsächlich verziehen zu haben...

Später gingen sie in das private Eßzimmer des Hausherrn, und während die Diener den ersten Gang auftrugen, sagte Robert:

»Ich hoffe, daß Eurer Majestät die Speisenfolge konveniert, ich habe angeordnet, daß nur leichte und bekömmliche Gerichte serviert werden.«

Sie sah ihn überrascht an. »Das ist sehr aufmerksam von Euch.«

Während sie aßen und sich unterhielten, betrachtete sie ihn verstohlen, nun, er war ein richtiger Mann und ein gutaussehender Mann... Ich liebe ihn immer noch, überlegte sie, und daran wird sich nichts ändern...

Auch Robert betrachtete Elisabeth hin und wieder, sie war in Silberblau gekleidet und hatte ihren Saphirschmuck angelegt, und zum ersten Mal seit ihrer Ankunft dachte er flüchtig darüber nach, was der Grund ihres Besuches war... Sie wollte sich erholen, das hätte sie in Theobalds oder Hatfield genausogut gekonnt, warum wollte sie ihren Geburtstag in aller Stille feiern? Das war ungewöhnlich, denn normalerweise liebte sie die Festlichkeiten an diesem Tag, war sie etwa seinetwegen gekommen, um seiner selbst willen? Nein, das durfte er sich nicht einbilden, vielleicht wollte sie wirklich nur ein paar Tage dem höfischen Trubel entfliehen...

»Noch etwas Wein, Majestät?«

»Ja, bitte.«

Er goß nach, und als sie nun einander zutranken und sich dabei ansahen, spürte Robert fast körperlich, daß etwas in der Luft lag, etwas Unausgesprochenes, und eine flüchtige Erinnerung an den September 1560 streifte ihn, jetzt herrschte dieselbe Atmosphäre und Spannung zwischen ihnen wie damals... Ach was, dachte er, Einbildung, und er begann von seinen neuesten Pferdekäufen zu erzählen.

Die beiden folgenden Tage verliefen zu Roberts Erleichterung in friedlicher Harmonie, sie ritten zusammen aus, erzählten sich dies und jenes, tanzten während des Balles die Volta, und von den Leistungen der Schauspieltruppe war Elisabeth besonders angetan. Robert hatte nicht die ganze Truppe nach Kenilworth geholt und darauf geachtet, daß Gerard Braleigh nicht anwesend war, obwohl er der beste Spieler war.

»Eure Männer können es mit denen des Grafen von Oxford aufnehmen, vielleicht... Nun, darüber muß ich noch einmal nachdenken, ich möchte nämlich, daß London in ungefähr zehn Jahren die bedeutendste Theaterstadt Europas ist, mit der bisherigen Entwicklung des Theaterlebens bin ich sehr zufrieden.«

»Die Qualität der Aufführungen hängt natürlich auch von der Qualität der Autoren ab, die Stücke des Grafen von Oxford sind seit einiger Zeit am erfolgreichsten, sie haben den meisten Zulauf, es gibt Diener in meinem Haus, die sich schon etliche Male ›Romeo und Julia‹ oder ›Othello‹ angesehen haben.«

Elisabeth lachte. »Kein Wunder, Liebe und Eifersucht wird die Menschen immer beschäftigen.«

Am 9. September waren sie den ganzen Tag zu Pferd unterwegs, und während Robert erzählte, mit welchen Methoden er die Schafzucht intensivierte, überlegte Elisabeth, wie es weitergehen sollte, er benahm sich so völlig korrekt, sie mußte ihm einen Wink geben.

Während sie nach Kenilworth zurückritten, brachte sie das Gespräch auf seinen Stiefsohn, den jungen Grafen von Essex.

»Wie ist Euer Verhältnis zu Eurem Stiefsohn, ist es nicht merkwürdig, wenn man plötzlich Vater wird?«

»Nun, der junge Robert ist für mich mehr Kamerad als Sohn, obwohl ich natürlich versuche, ihn so zu erziehen, wie ich es für richtig halte. Er ist begabt, mutig, um nicht zu sagen tollkühn, er erinnert mich manchmal an ein junges wildes Pferd, das noch zugeritten werden muß, aber das werde ich schon schaffen, im übrigen ist er ein ausgesprochen hübscher Junge, wenn er in einigen Jahren an den Hof kommt, wird er Euren jungen Damen den Kopf verdrehen.«

Elisabeth lachte. »Nun, für dieses Problem gibt es eine einfache Lösung: wenn er sich nicht anständig benimmt, kommt er in den Tower. Jedenfalls tragt Ihr eine große Verantwortung, offen gestanden beneide ich Euch ein wenig um Euren Sohn, ich habe mir in der letzten Zeit auch oft ein Kind gewünscht…«

Robert horchte auf, bei den ganzen Debatten um die Nachfolge, und über diese Frage wurde natürlich auch in Elisabeths privaten Räumen im kleinen Kreis gesprochen, bei allen diesen endlosen Unterhaltungen hatte sie nie den Wunsch geäußert, daß sie ein Kind wolle, und jetzt… Aber vielleicht war dies typisch für Frauen in ihrem Alter, ein Gedanke blitzte in ihm auf, den er sofort wieder verdrängte – nein, das konnte nicht sein, sie war doch nicht deswegen nach Kenilworth gekommen, nein, er durfte sich keine Hoffnungen machen…

Elisabeth spürte seine Betroffenheit und streifte ihn mit einem neugierigen Seitenblick, er denkt nach, Gott sei Dank, ging es ihr durch den Kopf.

An diesem Abend brachte Elisabeth ihre Kammerfrauen und Robert seine Diener zur Verzweiflung, weil beide sich nicht entscheiden konnten, welche Kleidung sie tragen sollten. Schließlich entschied Elisabeth sich für Grün und Robert für Weinrot mit Silberstickerei.

Beim Abendessen wurde wenig gesprochen, Elisabeth kämpfte gegen ihre Nervosität an, Robert dachte über ihren Kinderwunsch nach.

Später gingen sie in den Wohnraum der Königin und spielten Schach, sie gewann die erste Partie, Robert die zweite.

»Genug für heute«, sagte sie und schob die Figuren zusammen, »der Tag war anstrengend«, sie nahm die Silberkassette, legte sorgfältig eine Figur nach der anderen hinein, und Robert dachte bei sich, daß dies am nächsten Tag ein Diener hätte erledigen können…; sie schien seine Verabschiedung hinauszögern zu wollen, und er überlegte fieberhaft, wie er sich verhalten sollte…

Sie schloß die Kassette, stand auf, er erhob sich ebenfalls, und als sie ihn nun ansah, glaubte er, die Spannung nicht länger ertragen zu können…

»Mylord«, begann sie zögernd, »habt Ihr Euch nicht während der letzten Tage manchmal gefragt, warum ich gekommen bin?«

»Gewiß, Majestät, dennoch – der Grund Eures Besuches ist doch sekundär, für mich ist wichtig, daß Ihr hier seid.«

»Robin«, sie trat einen Schritt auf ihn zu, »ich wünsche mir ein Kind, und ich möchte, daß du der Vater bist, der Vater des künftigen Königs von England.«

Er hatte es vermutet, im Innersten sogar gewußt seit dem Gespräch am Nachmittag, und dennoch kam die Eröffnung jetzt so überraschend, daß er einige Sekunden brauchte, um sich zu fassen.

»Elisabeth, ist das…, ist das wirklich dein Wunsch?«

»Ja, Robin.«

Er zog sie an sich, und erst als sie sich wie schutzsuchend an ihn schmiegte, wußte er, daß er nicht träumte.

»Ich bitte dich um Verzeihung«, sagte er leise, »wegen Lettice, es war so unüberlegt, ich wollte dich nicht verletzen, ich habe immer nur dich geliebt…«

»Ich weiß, wäre es anders, wäre ich jetzt nicht hier, und Lettice, mein Gott, du bist doch ein freier Mann, ich binde mich ja jetzt auch, nicht aus Liebe, sondern aus Vernunft, meine Ehe mit Alençon soll das Bündnis mit Frankreich dauerhaft festigen, ich möchte durch die Heirat verhindern, daß er die südlichen Niederlande für Frankreich erobert, aber ansonsten… Er war übrigens im August inkognito hier, aber das bleibt unter uns, außer dir weiß es nur Cecil. Na ja, er ist ein angenehmer Gesellschafter, nett, höflich, gebildet, aber ich möchte kein Kind von ihm, ich will offen sein, mir graut vor der ersten Nacht mit ihm, ach was, vor allen Nächten, ich möchte mit ihm kein Eheleben führen…« Sie hob den Kopf und sah Robert so verzweifelt an, daß er unwillkürlich lächeln mußte.

»Denke jetzt nicht an den Valois, Elisabeth«, er küßte sie, und sie spürte, daß Raum und Zeit sich auflösten, es war wie damals, vor neunzehn Jahren, an dem Brunnen im Park von Windsor…

Elisabeth blieb noch sechs Tage auf Kenilworth, und sie wäre gerne länger geblieben, aber sie war immer in erster Linie Königin! Außerdem mußte die Hochzeit mit Alençon vorbereitet werden.

Am Vormittag des 16. September nahmen sie und Robert voneinander Abschied.

»Leb wohl, Robin, wir sehen uns in spätestens zwei Wochen in Whitehall.«

»Elisabeth, bitte, reite vorsichtig.«

Ein letzter Kuß, dann gingen sie hinunter in den Hof, wo die Pferde gesattelt bereitstanden.

Jetzt kommt der offizielle Abschied, dachte sie belustigt, und vor den Augen des Hofes müssen wir auch Theater spielen, na ja, das ganze Leben ist ein Theaterstück, wo jeder seine Rolle spielt…

Er half ihr beim Aufsteigen, sie sah sich im Kreis der Anwesenden um und sagte, so daß alle es hören konnten: »Mylord, ich danke Euch für die gewährte Gastfreundschaft, ich erwarte Euch Anfang Oktober in Whitehall.«

»Der Besuch Eurer Majestät war eine große Ehre für mich, ich wünsche Eurer Majestät gute Reise.«

»Es lebe die Königin!« rief einer der Diener, und sofort erklang es im Chor: »Es lebe die Königin, Gott schütze die Königin!«

Die Dienerschaft hatte wohl gemerkt, daß es ein privater Besuch gewesen war, man tuschelte, vermutete und erzählte sich hinter vorgehaltener Hand, daß der Graf sieben Nächte lang sein Schlafzimmer nicht betreten habe, aber die Vermutungen taten Elisabeths Beliebtheit keinen Abbruch.

Sie winkte ihnen lächelnd zu, dann galoppierte sie – gefolgt von ihrer Begleitung – durch das Tor.

Robert sah ihnen nach, bis sie in einer Staubwolke verschwunden waren, und ging dann langsam durch die Halle, die Treppe hinauf zu den Gemächern, die die Königin bewohnt hatte, im Schlafzimmer verweilte er einen Augenblick und sah sich um: Auf dem Tischchen standen noch der silberne Behälter mit inzwischen geschmolzenem Eis, die leere Champagnerflasche – sie hatten jede Nacht Champagner getrunken – und zwei Gläser, nun ja, seine Dienerschaft war verschwiegen und ihm treu ergeben, ein Duft von Elisabeths französischem Parfüm hing noch im Raum, dann verweilten seine Augen nachdenklich auf dem breiten Bett: Er konnte es immer noch nicht ganz fassen, daß die Königin von England sieben lange Nächte mit ihm verbracht hatte, sieben Nächte, in denen sie versucht hatten, neunzehn Jahre nachzuholen…

Wir hätten eine glückliche Ehe geführt, überlegte er, aber nun ja, das Schicksal hat es anders gewollt…, die Debatten über die Nachfolge wären überflüssig gewesen, ihr erotisches Temperament hätte schon für genügend Nachwuchs gesorgt…, wenn im ersten Ehejahr mit Alençon ein Kind geboren wurde, das, wenn es heranwuchs, ihm, dem Grafen von Leicester ähnlich sah und nicht dem Valois, konnte dies zu einem Skandal werden, aber daran dachte sie wohl nicht, oder es war ihr gleichgültig… Ob Cecil eingeweiht ist? Wahrscheinlich, er muß doch wissen, wo seine Königin sich aufhält… Er lachte leise vor sich hin und verließ das Schlafzimmer.

Auch Elisabeth war mit ihren Gedanken noch halb oder ganz in Kenilworth und dachte, daß sie dort die schönste Zeit in ihrem bisherigen Leben verbracht hatte... Er war ein guter Liebhaber gewesen, aufmerksam, rücksichtsvoll, zärtlich, sie wäre an seiner Seite glücklich geworden, aber es hatte nicht sollen sein... Und außerdem, überlegte sie, hätte eine Familie mich zu stark von den Staatsgeschäften abgelenkt, wie oft hatte sie während der letzten Jahre abends noch einmal in Ruhe den Bericht eines Gesandten gelesen oder ein Memorandum von Cecil, ihre Reden vor dem Parlament hatte sie fast ausschließlich in Mußestunden ausgearbeitet, manche Idee, wie man den wirtschaftlichen Aufschwung fördern konnte, war ihr während der einsamen Mahlzeiten gekommen, neunzehn Jahre lang hatten ihre Gedanken sich ausschließlich mit England beschäftigt, das wäre bei einer Familie unmöglich gewesen. Nun, dank der Ehelosigkeit war aus England ein blühendes, aufstrebendes Land geworden, ein Staat, der in der internationalen Politik eine Rolle spielte. England hatte angefangen, sich zu einer europäischen Großmacht zu entwickeln, und das war ganz in ihrem Sinn, England würde auch in Zukunft ihr Lebensinhalt sein. Alençon? Nun, sie würde ihn irgendwie beschäftigen, vor allem mußte sie für eine Mätresse sorgen, damit er sie in Ruhe ließ, viel wichtiger war das Kind, das hoffentlich in einem Jahr um diese Zeit schon auf der Welt war... Robert mußte seinem Sohn natürlich Reiten, Bogenschießen, Tennis, das Jagdhandwerk, die Mathematik und das Schachspiel beibringen, ansonsten würde der künftige König von den besten Lehrern des Landes unterrichtet, der Sprachunterricht mußte so früh wie möglich beginnen, und sie würde auch Cecil an der Erziehung beteiligen, er muß meinen Sohn im Staatsrecht unterweisen, und außerdem muß das Kind von klein auf dabei sein, wenn ich das Parlament eröffne, er muß schon in der Wiege die machtpolitische Bedeutung des Parlaments begreifen, um später mit den Herren Abgeordneten fertig zu werden...

Als Cecil am nächsten Vormittag seiner Königin gegenübertrat, war er überrascht, wie sie sich während der Tage auf Kenilworth verändert hatte, sie sah bestens erholt aus, wirkte verjüngt, etwas lockerer, weniger herb und ernst, ihre Augen glänzten, und er gewann den Eindruck, daß sie rundherum glücklich war, kein Wunder, dachte Cecil, wahrscheinlich ist Leicester ein hervorragender Liebhaber, na, ihm sollte es recht sein, hoffentlich war der künftige Thronerbe schon unterwegs, damit dieses Dauerproblem endlich gelöst wurde...

»Ich freue mich, daß Euer Majestät gesund zurückgekehrt sind, während Eurer Abwesenheit hat sich nichts von Bedeutung ereignet, weder ist Maria Stuart geflohen, noch kam es in den Niederlanden zu Unruhen, indes...«, er zögerte etwas, »vor einigen Tagen erfuhr ich, daß der Puritaner John Stubbs ein Pamphlet veröffentlicht hat, mit dem Titel: ›Die Aufdeckung eines gähnenden Abgrunds, der England mittels einer neuen französischen Heirat zu verschlingen droht, wenn Gott der Herr das Aufgebot nicht dadurch verhindert, daß er Ihre Majestät erkennen läßt, daß sie eine sträfliche Sünde damit beginge.‹

Stubbs sagt in diesem Pamphlet offen, was er denkt, Majestät – nämlich, daß Euer Majestät zu alt sind, um noch an eine Ehe denken zu können, Euer Majestät seien im gefährlichsten Alter für eine Schwangerschaft, Alençon wird nicht nur als hinterlistiger französischer Wüstling bezeichnet, sondern als die Schlange selbst, die in Menschengestalt wieder auftaucht, um die englische Eva zu verführen und das englische Paradies zu zerstören, unter dem Vorwand der Errichtung einer Privatkapelle wolle man die römische Messe wieder einführen und so weiter; auch von den Kanzeln herab erschallen heftige Anklagen, daß die Tochter Gottes vom Sohn des Antichrist verführt werde; ich habe bisher nichts unternommen, weil ich die Meinung Eurer Majestät hören wollte.«

Elisabeth überlegte und erwiderte: »Meine Heirat mit Alençon ist also unpopulär, ich habe immer Wert auf Popularität gelegt, aber in diesem Fall, unter den gegebenen Umständen – ich muß Alençon heiraten, das ist die einzige Möglichkeit, um... Nun, Ihr wißt, weshalb.«

»Ich teile Eure Meinung, Majestät.«

»Die Geburt eines Thronfolgers wird mir meine alte Popularität wieder zurückgeben, aber nun zu Stubbs. Ich kann diese Anschuldigungen nicht unwidersprochen hinnehmen, ich werde eine Proklamation erlassen, worin ich mich und den Charakter des Herzogs ausführlich verteidige, dieses Schriftstück sollen die Bischöfe ihren Geistlichen zur Kenntnis bringen, sämtliche Exemplare des Pamphlets werden beschlagnahmt und verbrannt, Stubbs und sein Verleger werden vor Gericht gestellt. Was meine Heirat betrifft, so möchte ich, daß dieses Mal die Entscheidung vom Staatsrat mitgetragen wird. Ab Anfang Oktober ist der Graf von Leicester wieder am Hof, ruft den Rat zusammen, Mylord, und besprecht die Angelegenheit.«

»Majestät, ich persönlich befürworte die Ehe mit dem Herzog, aber die Meinungen im Staatsrat sind geteilt, indes werde ich versuchen, die Herren von der Notwendigkeit dieser Ehe zu überzeugen.«

Am 27. September wurde die Proklamation erlassen, Stubbs und sein Verleger Page wurden auf Grund eines Statuts von Philipp und Maria Tudor zum Verlust ihrer rechten Hand sowie mehrjährigen Gefängnisstrafen verurteilt.

Als Stubbs die rechte Hand abgehauen war, lüpfte er den Hut mit der linken und rief: »Gott schütze die Königin!«

Der Verleger Page indes hob seinen blutenden Armstumpf hoch und rief der Menge zu: »Ich lasse hier die Hand eines getreuen Engländers zurück!«

Als Elisabeth diese Einzelheiten erfuhr, wußte sie, daß ihre Beliebtheit einen Tiefpunkt erreicht hatte, aber sie mußte Alençon heiraten, weil sie sicher war, ein Kind zu erwarten.

Am 7. Oktober trat der Staatsrat zusammen und debattierte von acht Uhr morgens bis sieben Uhr abends über die geplante Heirat der Königin. Elisabeth machte sich keine Gedanken über das Votum der Räte, sie war fest davon überzeugt, daß die Herren den Plan befürworten würden, schließlich wurde sie von ihnen schon seit Jahren zur Heirat gedrängt.

Gegen halb acht erschien Cecil, und an seiner Miene sah sie, daß er keine guten Nachrichten brachte.

»Majestät, der Staatsrat hat folgenden Beschluß gefaßt: Er kann sich nicht positiv für die Heirat aussprechen, bevor er die Entscheidung Eurer Majestät gehört hat.«

»Wie bitte?« fuhr Elisabeth auf. »Hat der Rat den ganzen Tag debattiert, um mir letztlich eine Antwort zu geben, die keine ist, man schiebt also mir erneut die Entscheidung zu ?!«

»Ich bitte um Vergebung, Majestät, aber die Antwort, die keine ist, war meine Idee, ich wollte Euer Majestät nicht das Abstimmungsergebnis überbringen.«

Elisabeth sah Cecil erschrocken an.

»So wurdet Ihr überstimmt?«

»Ja, Majestät, von den anwesenden zwölf Staatsräten haben sieben gegen die Heirat gestimmt und fünf sie befürwortet, der Graf von Leicester hat mich übrigens unterstützt, während Sir Hatton dagegen gestimmt hat.«

Elisabeth schwieg eine Weile, dann sah sie Cecil an, und in ihren Augen spiegelten sich Ratlosigkeit und Verzweiflung. »Was soll ich nur machen, Mylord? Bevölkerung und Staatsrat sind gegen Alençon, aber ich muß ihn heiraten, weil…, weil ich ein Kind erwarte.«

»Ein Kind, Majestät?«

Er hatte zwar damit gerechnet, war aber nun doch überrascht.

»Wissen Euer Majestät es genau?«

»Nein, ich vermute es.«

Cecil überlegte, was das kleinere Übel für seine Königin war, eine unpopuläre Ehe oder ein illegitimes Kind.

»Nun«, begann er vorsichtig, »Parlament und Volk möchten am liebsten einen leiblichen Thronfolger, die Abgeordneten würden das Kind Eurer Majestät ohne weiteres als Nachfolger anerkennen.«

»Die Abgeordneten wohl, aber das Ausland? Im Ausland würde man den König von England als Bastard betrachten, und wenn Jakob VI. Ansprüche auf den Thron geltend macht, würde Spanien nicht zögern, ihn zu unterstützen, um die Insel dann der spanischen Herrschaft zu unterwerfen, nein, mein Sohn soll nicht dieselben Schwierigkeiten haben wie ich... Es bleibt nur eine Möglichkeit, die Ehe mit Alençon.«

Cecil atmete auf, es war die eleganteste Lösung.

Elisabeth verbrachte eine unruhige Nacht, wo sie wieder von Zweifeln befallen wurde, ob sie sich einfach über den Willen des Volkes hinwegsetzen konnte.

Am andern Morgen stellte sie fest, daß sie nicht schwanger war, sie schwankte einen Augenblick zwischen Enttäuschung und Erleichterung, dann rief sie Cecil und teilte ihm mit, daß sie sich geirrt hatte.

»Was nun die Verbindung mit Alençon betrifft, Mylord, so beuge ich mich dem Willen des Volkes und Staatsrates und werde ihn nicht heiraten, im Interesse unseres Bündnisses mit Frankreich solltet Ihr die Verhandlungen pro forma weiterführen, vor allem muß der Herzog hoffen, daß ich ihn irgendwann doch noch heirate.«

»Euer Majestät sind fest entschlossen, ihn nicht zu heiraten?«

»Ja, Mylord.«

»Und die Thronfolge, Majestät?«

»Es wird sich schon eine Lösung – ich meine, eine Alternative zu Jakob VI. – finden.«

Als Cecil gegangen war, sinnierte sie wieder über die Ereignisse des verflossenen Jahres nach, über die glücklichen Zufälle, die sie und Robert endlich zusammengeführt hatten..., sie erinnerte sich an die Unterhaltung, die sie mit Robert über seinen Stiefsohn, den jungen Grafen von Essex geführt hatte... Er ist über seine Mutter mit mir verwandt, dachte sie, seine Urgroßmutter war eine Schwester meiner Mutter, überdies fließt in seinen Adern das königliche Blut der Häuser Plantagenet, Lancaster und York, in einigen Jahren wird Robert ihn an den Hof bringen, ich könnte ihn formen. Vielleicht wäre er eine Alternative zum Sohn Maria Stuarts, Robert Devereux, der zweite Graf von Essex...

Im Spätherbst des Jahres 1581 saß Edward de Vere im Arbeitszimmer seines Londoner Stadtpalais und schrieb ein Sonett; als er fertig war und das Geschriebene noch einmal überlesen wollte, betrat sein Diener Peter leise das Zimmer.

»Verzeiht die Störung, Mylord, welche Kleider soll ich für die Audienz bei der Königin zurechtlegen?«

Edward sah erstaunt auf.

»Ich ziehe mich nicht um, Peter.« Er war wie stets in seinen geliebten schwarzen Samt gekleidet.

»Ich bitte um Vergebung, Mylord, es ist seit anderthalb Jahren das erste Mal, daß die Königin Euch sprechen will, Ihr wißt, welchen Wert Ihre Majestät der Kleidung beimißt, und Schwarz ist dem freudigen Anlaß bestimmt nicht angemessen.«

»Ob die Audienz ein freudiger Anlaß ist, weiß ich nicht, lege den weißseidenen Anzug zurecht.«

Als der Diener gegangen war, überlas Edward noch einmal das Sonett.

Soll ich dich einem Sommertag vergleichen,
Der du viel lieblicher und sanfter bist?
Durch Maienblüten rauhe Winde streichen,
Und Sommers Pacht hat allzu kurze Frist.
Oft fühlst zu heiß des Himmels Aug' du brennen,
Oft hüllt zu dunkler Schleier sein Azur,
Und stets muß Schönes sich vom Schönen trennen
Durch Zufall oder Wandel der Natur.
Doch deines Sommers Glanz wird nie ermatten,
Nie von dir fallen deine Herrlichkeit,
Nie wirst du wandeln in des Todes Schatten,
In ew'gen Reimen strahlst du durch die Zeit.
Solange Menschen atmen, Augen sehn,
Wird dies mein Lied, wirst du in ihm bestehn.

Es waren nicht seine ersten Verse, im Sommer des Jahres 1580, nach der Entlassung aus dem Tower, während des Hausarrestes, hatte er angefangen, seine unglückliche Leidenschaft für Anne Vavasour in Sonetten zu verarbeiten.

Sein Verhältnis mit der königlichen Hofdame war nicht ohne Folgen geblieben, es gelang Anne zwar, ihre Schwangerschaft zu kaschieren, aber als am 21. März 1580 plötzlich die Wehen einsetzten und sie gestand, daß der Graf von Oxford der Vater sei, wurde sie sofort in den Tower geschafft, wo sie am gleichen Tag einen Sohn zur Welt brachte, der den Namen Edward erhielt.

Am gleichen Tag wurde auch der Graf in den Tower gebracht, wo er zweieinhalb Monate blieb, anschließend durfte er in sein Palais zurückkehren, wurde aber auch dort noch eine Zeit bewacht, Anne Vavasour mußte den Hof verlassen.

Nachdem Edward von ihrer Schwangerschaft erfahren hatte, versuchte er, sie zur gemeinsamen Flucht ins Ausland zu überreden, weil er ahnte, wie die Königin reagieren würde, aber Anne weigerte sich, eine neue Existenz im Ausland war ihr zu ungewiß, in England hatte sie ihre Familie, die sie aufnehmen und für sie sorgen würde.

Es ist verständlich, überlegte Edward, daß die Königin eine gewisse Strenge walten läßt, wenn eine ihrer Hofdamen ein uneheliches Kind bekommt, aber sie stellt sich auch an, wenn eine ihrer jungen Damen heiraten will, meistens verweigert sie die Erlaubnis erst einmal, vielleicht hängt es damit zusammen, daß sie selbst nicht verheiratet ist und wahrscheinlich auch nicht mehr heiraten wird, die Verhandlungen, die seit einem Jahr wieder wegen des Herzogs von Alençon geführt werden, sind eine einzige Komödie, jedenfalls wird das von Eingeweihten behauptet.

Die Königin ist auf das Bündnis mit Frankreich angewiesen, weil die Beziehungen zu Spanien sich langsam, aber sicher verschlechtern, wahrscheinlich haben die Kaperfahrten der englischen Piraten mit dazu beigetragen, daß Philipp die rebellischen Iren unterstützt, und seit im vergangenen Jahr Spanien und Portugal sich vereinigt haben, ist König Philipp der mächtigste Herrscher in Europa, also flirtet sie mit ihrem »Frosch«, und der spielt mit, weil er wahrscheinlich auf ihre finanzielle Unterstützung hofft, bei seinen Kriegszügen gegen den Herzog von Parma... Seit Ende Oktober ist der Valois wieder in London, und Eduard mußte unwillkürlich lachen, als er sich erinnerte, welche Komödie Elisabeth inszenierte, um vor allem dem spanischen Gesandten Mendoza zu demonstrieren, daß sie gewillt sei, Alençon zu heiraten...

Er mußte sie sogar zum Gottesdienst in die St.-Pauls-Kathedrale begleiten, wahrscheinlich, um die kritischen Protestanten zum

Schweigen zu bringen, und als der Gottesdienst zu Ende war, gab sie ihm vor versammelter Gemeinde einen Kuß...

Noch aufsehenerregender war die Szene auf der Galerie in Whitehall, anläßlich des Jahrestages ihrer Thronbesteigung, sie sagte zum französischen Gesandten, er könne jetzt nach Paris melden: »Der Herzog von Alençon wird mein Gemahl sein.« Dann wandte sie sich Alençon zu, küßte ihn auf den Mund und zog einen Ring von der Hand, den sie ihm überreichte, auch Alençon gab ihr einen Ring von seinem Finger, dann rief sie die Höflinge und Gesandten aus dem Audienzzimmer auf die Galerie und wiederholte ihr Versprechen...

Nun, überlegte Edward, falls die Königin Europa eine Komödie vorspielt, so ist dies eine teure Aufführung, schließlich weilt die französische Delegation schon seit dem Frühjahr im Land, und fünfhundert Personen zu bewirten und zu unterhalten, bringt allerhand Probleme mit sich...

Warum will die Königin mich sprechen, überlegte er, ist vielleicht inzwischen die katholische Verschwörung aufgedeckt, die den Sturz der Königin zum Ziel hat...

Der junge Stückeschreiber Anthony Mundy, der Oxford sehr verehrte, hatte bei seiner Rückkehr von einer Reise nach Frankreich Informationen mitgebracht, ›daß alte Freunde und Verwandte des Grafen in eine Verschwörung gegen die Königin verstrickt seien‹, Edward hatte dies Elisabeth mitgeteilt, woraufhin die Beschuldigten nun ihn verleumdeten, was, da keine Beweise für die Verschwörung erbracht wurden, dazu führte, daß er erneut in Ungnade fiel.

Will sie mir neue Schreibaufträge erteilen, überlegte er, an meinen Stücken muß ihr viel gelegen sein, sogar im Tower bekam ich eine Feder, ein kristallenes Tintenfaß und ständig feines Pergament, nun, so konnte ich den dritten Teil von Heinrich VI. schreiben, Richard III., und mit Richard II. beginnen...

Der Aufbau der Londoner Theater, das Schreiben von Stücken... Titus Andronicus, Komödie der Irrungen, Verlorene Liebesmüh, Die beiden Veroneser, Der Widerspenstigen Zähmung..., ihre Aufführung und der Erfolg beim Publikum waren in den letzten Jahren die einzigen erfreulichen Momente in seinem Leben, ansonsten:

Die Leidenschaft für Anne Vavasour war längst abgekühlt, das Verhältnis zu seinem Schwiegervater blieb gespannt, Cecil hatte zwar inzwischen die Bedeutung der Theaterhäuser für die öffentliche Meinung erkannt, aber er verübelte es Edward natürlich, daß dieser sich weigerte, zu Anna zurückzukehren, hinzu kamen finanzielle Verluste. Er hatte Ende der siebziger Jahre dreitausend Pfund in Martin Frobishers Expedition investiert, die eine Nordwestpassage nach China finden sollte. Angeblich war Silbererz gefunden worden, was sich zuletzt als Irrtum herausstellte, und die Gesellschaft, die Frobishers Fahrt finanzierte, verlor zwanzigtausend Pfund.

Als er ungefähr eine Stunde später in Whitehall durch die Galerie zum Audienzzimmer ging, begegnete er Sir Christopher Hatton, der ihn – zu Edwards Erstaunen, denn Hatton war überzeugter Protestant – sichtlich erfreut begrüßte.

»Mylord, welche Überraschung, ich habe Euch mindestens ein Jahr lang nicht bei Hof gesehen!«

»Nun, ich denke, es gab keinen Anlaß, mich hier zu zeigen, und man hat mich bestimmt nicht vermißt.«

»Da habt Ihr recht…«, sie waren inzwischen im Audienzzimmer angekommen, und Hatton ging mit Edward in eine der Fensternischen, wo man sich ungestört unterhalten konnte.

»Mylord, ich teile Eure Meinung, daß es eine katholische Verschwörung gibt, mit dem Ziel, unsere Königin zu stürzen und Maria Stuart zur neuen Herrscherin Englands zu proklamieren. Die Priester aus dem Seminar in Douai, die seit einigen Jahren nach England zurückkehren, um das Volk zum katholischen Glauben zu bekehren, die Jesuitenmissionare, die seit letztem Jahr hier eintreffen, sie alle sind nur die Vorhut einer katholischen Invasion, die die Loyalität des englischen Volkes gegenüber der Königin untergraben sollen, gewiß, das Parlament hat inzwischen das Katholikengesetz verschärft, jede Missionstätigkeit wird als Anstiftung zum Hochverrat gesehen, aber man unterscheidet immer noch zwischen Priestern und Laien, zwischen seit langem bekennenden und neu konvertierten Katholiken, und das Auslegungsschreiben Gregors VIII. bezüglich der Bannbulle, das die Rechtsfolgen für die Dauer des gegenwärtigen Zustandes aufhebt, verschafft den Agenten der Gegenrevolution natürlich eine größere Bewegungsfreiheit. Das Auslegungsschreiben des Papstes unterstützt letztlich nur die Versuche König Philipps, Ihre Majestät zu stürzen und Maria Stuart auf den englischen und schottischen Thron zu bringen. Dieser Mendoza ist doch kein Botschafter Spaniens am englischen Hof, sondern nur ein Gesandter Philipps im Interesse Maria Stuarts.«

Edward sah Hatton erstaunt an. »Wie kommt Ihr darauf, daß König Philipp den Sturz Ihrer Majestät plant?«

»Mylord, Ihr wißt, daß England, trotz des Bündnisses mit Frankreich, immer noch isoliert ist, in London residieren nur zwei ausländische Gesandte, der Franzose und der Spanier. England hat lediglich in Paris einen Botschafter und in der Türkei, einen von den Kaufleuten der Levante-Gesellschaft bezahlten Agenten. Diese Isolierung versucht Sir Walsingham zu überwinden, indem er seit seinem Amtsantritt als Erster Staatssekretär systematisch ein dichtes Agentennetz aufgebaut hat, das wie ein Nebelschleier über Europa liegt, er sieht in diesem System das einzige Mittel, der Herausforderung des Katholizismus zu begegnen und die katholische Schlange Maria Stuart zu vernichten. Bis jetzt war seine Methode erfolgreich: Er hat etliche Anschläge auf das Leben Ihrer Majestät vereitelt, indem er zum richtigen Zeitpunkt zuschlug, er wird auch das Komplott, vor dem Ihr unsere Königin gewarnt habt, rechtzeitig aufdecken. Bei allen diesen Verschwörungen hatte Spanien stets die Hand im Spiel, und Maria Stuart war – direkt oder indirekt – ebenfalls verwickelt.«

»Gütiger Himmel, wie wird Ihre Majestät mit der Situation fertig, daß ihr Leben ständig bedroht ist?«

»Ihre Majestät ist sehr gelassen und vertraut auf den Schutz Gottes, noch nicht einmal der Graf von Leicester kann sie dazu überreden, schärfer gegen die Katholiken im Land vorzugehen, Euer Schwiegervater, Lord Burghley, trifft so viele Vorsichtsmaßnahmen wie möglich, um Ihre Majestät vor einem Attentat zu schützen, er hindert sie zum Beispiel daran, von Fremden parfümierte Handschuhe und Armschleifen anzunehmen, aus Angst, daß diese vergiftet sind und der Geruch des Giftes von anderen Düften überdeckt wird.«

Es entstand eine Pause, schließlich fragte Hatton vorsichtig: »Ist es wahr, daß Eure Lordschaft sich vom katholischen Glauben losgesagt haben?«

»Ja, aber aus Überzeugung, nicht wegen irgendwelcher Bußgelder.«

»Nun ja, die Bußgelder sollen die Staatseinnahmen erhöhen und die Katholiken letztlich ausrotten, ein Priester, der die Messe liest, muß als Strafe immerhin sechsundsechzig Pfund, dreizehn Schillinge und vier Pence bezahlen, wer an einer Messe teilnimmt, muß ungefähr die Hälfte bezahlen und wandert ins Gefängnis. Bisher betrug die Buße für diejenigen, die nicht am sonntäglichen Gottesdienst teilnahmen, einen Schilling, jetzt müssen alle Engländer über sechzehn Jahre monatlich noch zwanzig Pfund zusätzlich zahlen, und wer ein Jahr lang nicht den anglikanischen Gottesdienst besucht, bezahlt zweihundert Pfund jährlich, bis er sich fügt. Allerdings, bis jetzt sind erst ungefähr neunhundertneun Pfund an Bußgeldern zusammengekommen, ein Zeichen, daß der Katholizismus in England nur wenig Anhänger hat, oder besser: Nur wenige englische Katholiken haben Lust, ihren Glauben mit ihrem Vermögen zu bezahlen.«

Edward holte unruhig seine Taschenuhr hervor.

»Merkwürdig, Ihre Majestät wollte mich bereits vor einer Viertelstunde empfangen, na, vielleicht ist mein Schwiegervater bei der Königin.«

Hatton lächelte süffisant.

»Euer Schwiegervater, Mylord? Nein, Ihre Majestät empfängt gerade Mr. Raleigh.«

»Mr. Raleigh? Er soll der aufgehende Stern am Hof sein, wo kommt er überhaupt her?«

»Mylord, sein Stern ist bereits aufgegangen, er ist sozusagen die Nummer zwei nach Leicester! Als die Königin Anfang April in Deptford weilte, um Sir Drake zu ehren, hat Raleigh, als sie eine Pfütze überschreiten wollte, angeblich seinen Mantel über die Wasserlache gebreitet – ich war nicht dabei und halte es für eine Anekdote, indes, Ihre Majestät schenkt ihm Gehör… Er ist etwas jünger als Ihr, vielleicht knapp dreißig Jahre, sein Vater ist ein Landedelmann in Devonshire, mit siebzehn Jahren ging Raleigh nach Frankreich, um für die Hugenotten zu kämpfen, seit 1576 ist er wieder in England, gewiß, er besitzt kein Wappen, keinen Stammbaum, aber wenn man Sir Sidney zuhört, so ist Raleigh Gelehrter, Hofmann, Ritter und Dichter in einem, die Königin hat ihm auch schon einen Spitznamen gegeben, sie nennt ihn ›mein Wasser‹.«

»Mein Wasser?« fragte Edward erstaunt.

»Nun ja, er erzählt ständig von den Kolonien, die er in Nordamerika gründen will, es wundert mich nicht, heutzutage will jeder Sir Francis Drake nacheifern.«

Im Spätherbst des Jahres 1580 war Drake mit seinem Schiff »Pelican« von seiner Weltumseglung heimgekehrt, und, da das Schiff mit Gold, Silber, Seide und kostbaren Steinen beladen war, erhielt es den Namen »Golden Hind«; auch Elisabeth hatte privates Geld in Drakes Expedition investiert und erhielt nun ihren Anteil, einhundertsechzigtausend Pfund, ungefähr soviel, wie ihr das Parlament in einem Jahr bewilligte.

Als Drake an Bord der »Golden Hind« zum Ritter geschlagen wurde, verwandelte Elisabeth die Zeremonie in eine politische Demonstration: Sie sagte scherzend zu Drake, sie werde ihm mit dem vergoldeten Schwert den Kopf abschlagen, weil er ein Seeräuber sei, dann reichte sie das Schwert Seigneur de Marchaumont, Alençons Sonderbeauftragtem in London, damit dieser die Zeremonie an ihrer Stelle vollziehe, es war eine bewußte Anspielung auf die englisch-französische Liga gegen Spanien, was von Mendoza auch so verstanden wurde.

»Mr. Raleigh macht übrigens Euch und Sir Philip Sidney Konkurrenz, er schreibt Sonette.«

»Das stört mich weiter nicht«, erwiderte Edward, »ich schreibe Theaterstücke, die Sonette sind mehr ein Privatvergnügen, und was die Nummer zwei nach Leicester betrifft, so solltet Ihr Euch nicht grämen, irgendwann werdet Ihr auch wieder die Nummer zwei sein.«

»Vielleicht, vielleicht auch nicht, Euch, Mylord, scheint es nichts auszumachen, ein Leben fern dem Hof zu führen.«

»Ihr habt recht, es gab eine Zeit, da fand ich das Hofleben interessant und anregend, aber seit meiner großen Reise distanzierte ich mich immer mehr vom Hof, zuerst innerlich, dann, gezwungenermaßen, auch äußerlich – ich vermisse das Hofleben überhaupt nicht, im Gegenteil, meine Interessen waren schon immer andere als die der Hofleute..., mein inneres Wesen strebt nach Ruhe, Muße, Beschaulichkeit, fernab vom Ehrgeiz der äußeren Welt.«

Hatton hatte erstaunt zugehört und erwiderte: »Mylord, ich beneide Euch um Eure innere Freiheit, Ihr schreibt in Muße Eure Stücke, während unsereins um die Gunst der Königin buhlt, ich habe Ihrer Majestät als neues Liebespfand einen goldenen Eimer und ein goldenes Fischgefängnis geschenkt, natürlich als Anspielung auf den Spitznamen ›Wasser‹, Ihre Majestät bedankte sich und erwiderte, das Wasser und die Höflinge darin lägen ihr nicht so am Herzen wie ihre Schafe..., ich weiß wohl, daß ich nie Leicesters Stellung erreichen werde. Gut, damit habe ich mich abgefunden, aber ich möchte zumindest die Nummer zwei nach Leicester sein, und, offen gestanden, der tägliche Kampf um die Gunst der Königin ist inzwischen ein Bestandteil meines Lebens geworden.«

In diesem Augenblick kam Walter Raleigh aus dem privaten Arbeitszimmer der Königin in das Audienzzimmer.

Edward betrachtete den großen, gutaussehenden Mann und spürte, daß Raleigh einen gewissen Hochmut ausstrahlte, er hatte jedoch keine Zeit, darüber nachzudenken, weil der Türsteher ihn der Königin meldete.

»Mein Türke«, sagte Elisabeth lächelnd, und Edward bemerkte erstaunt, daß ihn die offensichtliche königliche Gunst gar nicht berührte, sie war ihm gleichgültig.

»Mein Türke, ich habe vor einigen Tagen eine Aufführung von ›Romeo und Julia‹ hier am Hof gesehen, abgesehen von gewissen inhaltlichen Dingen, auf die ich noch zu sprechen komme, hat mir diese Aufführung überhaupt nicht gefallen. Versteht mich recht, Eure Stücke faszinieren mich, weil Eure Personen keinem anderen Gesetz unterworfen sind als dem des eigenen Gewissens, sie streben nach individueller Entfaltung, ich billige es voll und ganz, wenn Ihr versucht, das Volk mittels Eurer Stücke zu diesen Überlegungen hinzuführen, aber die Aufführungen, mon dieu! Man hat mir zugetragen, daß der französische Gesandte dem spanischen Gesandten gegenüber sich abfällig über die Qualität der Aufführung geäußert hat, in Paris sei alles viel besser und so weiter.«

»Mit Verlaub, Majestät, die Schauspieler haben nicht viel Zeit zum Rollenstudium, aus diesem Grund lasse ich sie zuerst in der Provinz und in den Londoner Theaterhäusern spielen, bevor sie am Hof auftreten.«

»Ihr habt völlig recht, Mylord, indes, das genügt nicht. Kurz, ich möchte am Hof eine Truppe haben, die die beste Schauspieltruppe Europas ist. Es gibt gute und schlechte Stückeschreiber, Ihr Mylord, seid eine rühmliche Ausnahme, aber es gibt auch gute und schlechte Schauspieler, in jeder Truppe sind vielleicht zwei, höchstens drei gute Schauspieler, und ich möchte, daß Ihr, innerhalb der nächsten zwei Jahre, aus allen Schauspieltruppen des Königreiches die besten Männer herausfindet und aus ihnen eine Elitetruppe bildet, die nur am Hof spielt, sozusagen eine Truppe der Königin. Und nun zu Romeo und Julia, warum habt Ihr zu schreiben gewagt, ich sei krank und grün vor Neid?«

»Habe ich das geschrieben?«

»Ihr wißt es nur zu gut. Wer sonst in England wird mit Diana verglichen und der leuchtende Mond genannt? Was sagt Romeo in der ersten Szene?

Dies Treffen traf dir fehl, mein guter Schütz:
Sie meidet Amors Pfeil, sie hat Dianens Witz.
Umsonst hat ihren Panzer keuscher Sitten
Der Liebe kindisches Geschoß bestritten.
Sie wehrt den Sturm der Liebesbitten ab,
Steht nicht dem Angriff kecker Augen, öffnet
Nicht ihren Schoß dem Gold, das Heil'ge lockt.
Oh, sie ist reich an Schönheit; arm allein,
Weil, wenn sie stirbt, ihr Reichtum hin wird sein.«

»Gewiß, aber bei meiner Figur ist es der neiderfüllte Mond.«

»Ich weiß…

Auf schöne Sonne! Töt' die neiderfüllte
Mondsichel, die schon krank ist, blaß vor Kummer,
Daß du viel schöner bist – du, ihre Jungfrau! –
Als sie. Drum dien' als Jungfrau ihr nicht länger!

Ihre Vestalinnentracht ist kränklich-grünlich,
Nur dummer Mägde Kittel! – Wirf sie ab!...

Ich möchte, daß diese verderblichen Zeilen entfernt werden!«

»Euer Majestät können diese Zeilen tilgen lassen, aber dann werdet Ihr kein weiteres Stück von mir bekommen!«

Elisabeth schwieg betroffen, schließlich fragte sie: »Mylord, warum kann es zwischen uns keine Eintracht geben?«

»Mit Verlaub, Majestät, wir sind Herrscher zweier verschiedener Königreiche, da bleiben gelegentliche Mißhelligkeiten nicht aus, doch sollten diese Streitereien den gegenseitigen Respekt nicht verderben.«

Einige Minuten lang war der Raum von unheilvollem Schweigen erfüllt, schließlich sagte Elisabeth:

»Ein Monarch lebt immer einsam..., ich werde Euren neiderfüllten Mond hinnehmen, ich sage Euch bloß, was Ihr schon wißt: Ich brauche Eure Stücke, und mein Land braucht sie auch. Ich habe noch einen weiteren Auftrag für Euch, Euer John Falstaff in Heinrich IV. hat mir gut gefallen, könntet Ihr nicht noch ein Stück schreiben, wo Falstaff auftritt, vielleicht eine Komödie?«

Edward überlegte.

»Eine Komödie? Nun, man könnte eine brave Bürgersfrau, die unter der Eifersucht ihres Mannes leidet, den Falstaff dazu benutzen lassen, die Eifersucht des Ehemannes zu steigern...«

»Mon dieu, seid Ihr mit Eurem Eifersuchtsthema immer noch nicht fertig? Ich dachte, Ihr hättet im ›Othello‹ Eure Eifersucht abgearbeitet, jetzt diese Komödie, und was Romeo und Julia betrifft, ist Julia nicht Anna?«

»Ja, Majestät, Julia ist Anna..., sie schreibt mir seit einigen Monaten Briefe, worin sie mich bittet, ihr zu verzeihen..., vielleicht sollte ich es tun..., sonst wird sie noch wahnsinnig wie Ophelia.«

»Ophelia?«

»Nun ja, Majestät, dieser Stoff beschäftigt mich schon seit langem, ich war noch ein Kind, als ich diese Fabel in der Historica Danica des Chronisten Saxo Grammaticus las. Als Lord Burghley mein Vormund wurde, foppte ich ihn ein wenig mit dieser Fabel«, und er schilderte die Szene in Theobalds an jenem Abend im Sommer 1562 vor der Ankunft der Königin.

»Die Geschichte habe ich inzwischen in Rohform entwickelt, allerdings schwanke ich noch bei der Darstellung des Prinzen Hamlet..., ist der Dänenprinz ein reflektierender, tatgehemmter Mensch, ist er melancholisch – ein Mensch, der sich dem Wahnsinn nähert oder ist er ein männlich handelnder tapferer Rächer, der sich in einem schweren Gewissenskonflikt befindet?

Vielleicht sollte ich den Prinzen so darstellen, daß jede der genannten Interpretationen möglich ist... Ophelia steht zwischen den beiden Männern, ihrem Vater Polonius und Hamlet...

»Verstehe ich Euch richtig, Mylord, Ihr wollt Lord Burghley in diesem Stück als Polonius auftreten lassen?«

»Ja, Majestät, allerdings völlig unverfänglich, als Laertes, der Sohn des Polonius, eine längere Reise antritt, gibt der Vater ihm einige Ratschläge mit auf den Weg, dies könnte man so formulieren:

Und diese Regeln präg in dein Gedächtnis:
Gib den Gedanken, die du hegst, nicht Zunge
Noch einem ungebührlichen die Tat.
Leutselig sei, doch keineswegs gemein.
Den Freund, der dein und dessen Wahl erprobt,
Mit eh'rnen Reifen klammr' ihn an dein Herz.
Doch härte deine Hand nicht durch Begrüßung
Von jedem neugeheckten Bruder. Hüte dich,
In Händel zu geraten; bist du drin,
Führ sie, daß sich dein Feind vor dir mag hüten.
Dein Ohr leih jedem, wen'gen deine Stimme;
Nimm Rat von allen, aber spar dein Urteil.
Die Kleidung kostbar, wie's dein Beutel kann,
Doch nicht ins Grillenhafte: reich, nicht bunt;
Denn es verkündigt oft die Tracht den Mann,
Und die vom ersten Rang und Stand in Frankreich
Sind darin ausgesucht und edler Sitte.
Kein Borger sei und auch Verleiher nicht;
Sich und den Freund verliert das Darleh'n oft,
Und Borgen stumpft der Wirtschaft Spitze ab.

Dies über alles: Sei dir selber treu,
Und daraus folgt, so wie die Nacht dem Tage,
Du kannst nicht falsch sein gegen irgendwen.
Leb wohl! Mein Segen fördre dies an dir!«

Elisabeth mußte unwillkürlich lachen. »Mein Gott, Lord Burghley, wie er leibt und lebt, nun, wie ich Euch kenne, werdet Ihr dem Schauspieler genaue Regieanweisungen geben, so daß jeder Höfling den Lordschatzmeister in Polonius erkennen wird… Ich warne Euch, Mylord, seid vorsichtig, überspannt den Bogen nicht!«

»Majestät, jeder Schauspieler interpretiert die Rolle anders.«

»Gewiß, aber die Art, wie Polonius redet, was er sagt, ist typisch für Lord Burghley, und ich wiederhole es noch einmal, seid vorsichtig, die meisten Hofleute nehmen es gelassen hin, wenn sie sich in Euren Stücken wiedererkennen, sie fühlen sich sogar geschmeichelt, daß man ihnen soviel Aufmerksamkeit zollt – Lord Burghley indes versteht keinen Spaß, was seine Person betrifft, er besitzt wenig Humor, akzeptiert die öffentlichen Theaterhäuser nur widerwillig, ebenso die Aufführungen bei Hof, wenn er sich in einem Eurer Stücke wiedererkennt, wird er eine Szene machen, wahrscheinlich sogar mit Rücktritt drohen, und dies Mylord, werde ich nie zulassen. Also, ich habe Euch gewarnt!«

»Majestät, noch ist Hamlet nicht geschrieben, und der Aufbau Eurer persönlichen Theatertruppe wird mich so beschäftigen, daß ich während der nächsten zwei Jahre nicht dazu kommen werde, ein tiefsinniges Stück zu schreiben, vielleicht einige Komödien, mehr nicht.«

Als Oxford gegangen war, las Elisabeth Raleighs Sonett, das er ihr während der Audienz überreicht hatte.

»Wenn Hoffnung meiner Liebe Flügel leiht,
Steigt sie im hellen Mondenschein empor,
Zu künden ihr, die droben wechselnd zieht,
Daß auch mein Glück hier ständig wächst und schwindet.
Und ihr nur leise dies ins Ohr zu sagen,
Daß oft mein Hoffen sich verkehrt in Klagen.«

Die Höflinge, überlegte Elisabeth, nennen mich die Sonnengöttin, für Raleigh hingegen bin ich die Mondgöttin, nun ja, man mußte den jungen Mann im Auge behalten.

Im Jahr 1584 gab es zwei Todesfälle, die England zwangen, die Außenpolitik, speziell die Hollandpolitik, zu überdenken.

Im Juni starb der Herzog von Alençon, und dies bedeutete, daß der Hugenotte Heinrich von Bourbon, der König von Navarra, präsumptiver Thronerbe wurde, da Heinrich III. noch keine leiblichen Nachkommen hatte. Der König von Navarra wurde so zum Hoffnungsträger für die Hugenotten und auch für England, denn in Frankreich hatte unter dem erzkatholischen Heinrich III. der Katholizismus wieder die Oberhand gewonnen.

Im Augenblick bedeutsamer war die Ermordung Wilhelms von Oranien durch einen spanischen Agenten am 10. Juli 1584.

Es war bereits schon einmal ein Anschlag auf ihn verübt worden, der mißglückte. Ein Aufschrei der Empörung ging durch England, man fragte sich besorgt, ob der nächste Mordversuch auf die Königin zielte, und man überlegte, wie man sie davor schützen konnte.

Der Staatsrat gründete, auf Vorschlag Walsinghams, einen Eidbund, der alle Untertanen zu einer freiwilligen Gemeinschaft vereinigte, die gelobte, die Person der Königin zu schützen und den Mord an ihr zu rächen. Auf Vorschlag von Cecil und Walsingham wurde noch ein Zusatz beigefügt, daß die Unterzeichner niemals einen Nachfolger anerkennen würden, durch den oder für den ein so verruchtes Attentat versucht oder begangen würde, und daß die Betreffenden unter allen Umständen hinzurichten seien.

Nach kurzer Zeit liefen aus allen Grafschaften, sogar aus Yorkshire und Wales, Unterschriften ein, die erneut Elisabeths Beliebtheit bewiesen. Die Ermordung des Oraniers wurde als nationaler Notstand empfunden, und so berief Elisabeth zum ersten Mal nach zwölf Jahren wieder ein Parlament ein.

Der Antrag gegen die Jesuiten wurde rasch verabschiedet, alle Jesuiten und Seminaristen mußten England innerhalb von vierzig Tagen verlassen, wer trotzdem blieb, war ein Hochverräter, Laien, die Priester bei sich aufnahmen oder ihnen Hilfe leisteten, galten ebenfalls als Hochverräter. Weitaus schwieriger war die Verabschiedung des Gesetzes zum Schutz der Königin, weil die Parlamentarier forderten, daß auch Prätendenten, also Jakob VI., von der Thronfolge ausgeschlossen wurden, auch wenn sie nicht in das Komplott verwickelt waren. Elisabeth war dagegen, und im Frühjahr 1585 wurde ein Gesetz folgenden Inhalts verabschiedet, wobei Elisabeth in allen wichtigen Punkten ihren Willen durchsetzte: Falls man sie ermordete, sollte eine Kommission von Kronräten die Schuldigen verfolgen. Sollte ein Thronanwärter einen Anschlag auf ihr Leben wagen, einen Aufstand oder eine Invasion in die Wege leiten oder leiten lassen, so sollten Kommissare die Schuldigen aburteilen, aber der Thronprätendent durfte nur hingerichtet werden, wenn ihm die vorherige Kenntnis des Attentats nachgewiesen werden konnte. Der Thronanwärter sollte von der Nachfolge ausgeschlossen werden, nicht aber dessen Nachkommen, sofern sie nicht selbst an dem Komplott beteiligt waren. Maria Stuart und Jakob VI. wurden zwar nicht genannt, aber jeder wußte, wer gemeint war.

Anschließend begann Elisabeth mit Jakob VI. über ein Bündnis zu verhandeln. Sie wußte, daß der schottische König ein starkes Interesse daran hatte, sie wußte auch, daß er nicht gewillt war, den schottischen Thron mit seiner Mutter zu teilen, im Gegenteil, er stand ihrem Schicksal gleichgültig gegenüber, Jakob wollte eines Tages in Whitehall residieren. Nun gut, sie brauchte das Bündnis mit Schottland nötiger denn je, denn bereits im Januar 1585 hatte Philipp sich mit den Guisen und Heinrich III. verbündet und eine Heilige Liga geschlossen, die den Zweck hatte, Heinrich von Navarra von der Thronfolge auszuschließen. Das Ziel war klar, der Protestantismus sollte in Frankreich ausgerottet werden. Das Trauma der englischen Außenpolitik, nämlich ein Bündnis zwischen Frankreich und Spanien, war nun Wirklichkeit geworden, zwischen England als Vorkämpfer des Protestantismus und den Mächten der Gegenreformation stand in jenem Sommer nur noch der König von Navarra und damit ein Bürgerkrieg.

Die Lage war für England so bedrohlich wie noch nie zuvor, Philipp beschlagnahmte im Mai sämtliche englische Schiffe in spanischen Gewässern, der Herzog von Parma aber rückte an der

Spitze eines Heeres unerbittlich vor, um die Niederlande zurückzuerobern und so eine militärische Ausgangsbasis für eine eventuelle Invasion in England zu bekommen.

Die Ermordung Wilhelms von Oranien bedeutete einen Wendepunkt in der Hollandpolitik Englands. Bis zum Sommer 1584 hatte Elisabeth versucht, die Niederlande neutral zu halten, um ungehindert Handel treiben zu können, gleichzeitig versuchte sie, den Frieden mit Spanien und Frankreich zu erhalten. Diese Situation änderte sich schlagartig im Sommer 1584, als die Niederländer eine Kommission nach England schickten und Elisabeth die Herrschaft über ihre Provinzen anboten, wenn sie ihnen Soldaten und Geld im Kampf gegen den Herzog von Parma zur Verfügung stellte.

Elisabeth lehnte – zum Erstaunen ihrer Räte – dieses Angebot ab, mit der Begründung, dies wäre ein unverzeihlicher Affront gegen den rechtmäßigen Herrscher Philipp.

Sie versuchte, das Problem auf legale Weise zu lösen, indem sie die Niederlande unter ›ihren Schutz‹ nahm, womit freilich das Problem einer englischen militärischen Intervention nicht gelöst war. Vom Herbst 1584 bis August 1585 diskutierte der Staatsrat immer wieder die Alternativen. Leicester, Walsingham und Hatton plädierten für eine Intervention, Burghley und andere rieten ab.

Cecil stellte immer wieder die Frage nach den Kriegszielen: Wann und unter welchen Bedingungen sollten die englischen Truppen wieder abgezogen werden? Er prophezeite einen langen und kostspieligen Krieg ohne greifbare Ergebnisse. Elisabeth war lange Zeit unentschlossen, sie wußte, daß ihre Intervention in den Niederlanden den offenen Krieg mit Spanien heraufbeschwor, andererseits hatte sich seit Ende der siebziger Jahre das Verhältnis zu Spanien langsam, aber stetig verschlechtert. England war im Laufe der Jahre zum Rückhalt des protestantischen Nordwesteuropas geworden, die Kaperfahrten der englischen Kapitäne im Südatlantik und an der Küste Südamerikas waren nicht nur eine Provokation für Spanien, sondern gefährdeten auch die Silbereinfuhren, auf die Philipp nicht mehr verzichten konnte, wenn er zahlungs- und kreditfähig bleiben wollte, damit nicht genug, begann England allmählich, ebenfalls Kolonialpolitik zu treiben. 1584 hatte Walter Raleigh in Nordamerika die Kolonie Virginia gegründet. Es gab stille Stunden, in denen Elisabeth sich sagte, daß die Zeit wahrscheinlich reif war für die militärische Auseinandersetzung mit Spanien, dennoch war sie entschlossen, eine militärische Unterstützung der Niederländer so lange wie möglich hinauszuzögern.

Erst als Anfang September Antwerpen vor Parma kapitulierte, gab sie dem Drängen der Kriegspartei nach und entsandte Truppen. Gleichzeitig sicherte sie den Holländern im Vertrag von Nonsuch zu, aus eigenen Mitteln eine Armee von fünftausendeinhundert Fußsoldaten und tausend Reitern für die Dauer des Krieges zu finanzieren. Um der Welt zu beweisen, daß sie die Interessen der Niederlande und nicht einen territorialen Gewinn für ihr eigenes Land im Sinn hatte, gab Elisabeth im August eine Erklärung heraus, in der sie ihre Gründe für diese Intervention darlegte; auch Parma ließ sie eine Kopie davon zustellen. In dieser Erklärung betonte sie, daß sie die Provinzen nur unter ihren Schutz stelle, damit sie in Frieden ihre alten Freiheiten genießen könnten, was zur Stabilität Europas und Sicherheit Englands beitragen würde. Im Dezember 1585 ernannte sie Leicester zum Oberbefehlshaber, um damit zu demonstrieren, welche Bedeutung die Niederlande für sie hatten. Robert war nicht besonders glücklich über diesen Auftrag und fand erst Gefallen an der Sache, als am Neujahrstag 1586 eine holländische Delegation bei ihm in Den Haag erschien, die ihn als Statthalter der Königin von England willkommen hieß und ihm »die absolute Herrschaft über die ganzen Provinzen von Holland, Seeland, Friesland und Utrecht« anbot, er willigte ein, ließ sich mit »Exzellenz« anreden und beschloß, Lettice mit einem Gefolge von Damen und Kammerfrauen nachkommen zu lassen, damit er entsprechend repräsentieren konnte.

Elisabeth war außer sich vor Empörung, als sie davon erfuhr, und schrie, daß die Hand, die ihn in den Adelsstand erhoben habe, ihn auch wieder in den Staub stoßen könne.

Robert schrieb einen zerknirschten Brief, der ihren Zorn besänftigte, und er durfte in den Niederlanden bleiben.

Seit der Ermordung Wilhelms von Oranien dachte Cecil darüber nach, wie es mit Maria Stuart weitergehen sollte, ihre Existenz – auch unter verschärften Haftbedingungen – bedrohte täglich Elisabeths Leben, Spanien würde – zusammen mit Frankreich und dem Papst – immer wieder Verschwörungen anzetteln mit dem Ziel, Elisabeth zu beseitigen, Maria Stuart zu befreien, sie auf den englischen Thron zu setzen und England zu rekatholisieren…

Dank Walsinghams Spionagesystem waren bisher alle kleineren Komplotte aufgedeckt worden und 1583 auch die große Throgmorton-Verschwörung, auf die sein Schwiegersohn, der Graf von Oxford, schon zwei Jahre zuvor hingewiesen hatte…

Throgmorton war ein Verwandter von Elisabeths ehemaligem Gesandten in Paris, Walsingham ließ ihn monatelang beobachten, ehe er ihn im Herbst 1583 verhaftete. Unter der Folter gestand Throgmorton, Maria Stuarts Briefe an den französischen Gesandten befördert zu haben. In seinem Haus fand man eine Liste mit den Namen mitverschworener katholischer Adeliger und eine Aufstellung der englischen Häfen, in denen ein Invasionsheer landen konnte. Throgmorton wurde hingerichtet, einige der Verschwörer flüchteten, andere wurden im Tower inhaftiert, der spanische Gesandte Mendoza, der ebenfalls in das Komplott verwickelt war, wurde ausgewiesen wie seinerzeit de Spes, und im Volk wurden erneut Stimmen laut, Maria Stuart müsse vor Gericht gestellt werden. Aber, überlegte Cecil, die Königin ist uneinsichtig bezüglich Maria Stuarts, die Schottin wurde lediglich von der Außenwelt abgeschirmt, und im April 1584 löste Sir Ralph Sadler den milden Grafen von Shrewsbury ab, der dieses Amt schon lange hatte niederlegen wollen. Von Sheffield aus wurde die königliche Gefangene weiter südlich in das düstere Schloß Tutbury in Staffordshire gebracht, dort umstanden dreißig Soldaten Tag und Nacht das Schloß… So weit, so gut, dachte Cecil, aber die Anschläge auf das Leben Elisabeths gingen weiter…

Im Frühjahr 1585, noch während das Parlament tagte, wurde bekannt, daß der Abgeordnete Dr. Parry ein Attentat auf die Königin geplant hatte, sie sollte während einer Fahrt durch den Park in ihrer Kutsche erschossen werden… Das empörte Unterhaus forderte, daß Parry bei lebendigem Leib gevierteilt und Maria Stuart des Hochverrats angeklagt werden sollte – und die Reaktion der Königin?

Milde wie immer ließ sie Parry hinrichten ohne grausame Verschärfung des Urteils, und sie verbot, Maria Stuarts Namen im Zusammenhang mit Parry auch nur zu erwähnen, immerhin wurde der alte Sadler von Sir Amyas Paulet abgelöst…, Paulet – ein strenger Puritaner und ehemaliger englischer Gesandter in Paris –, Paulet nimmt seine Aufgabe sehr ernst, überlegte Cecil, er ist kein freundlicher Hüter wie Shrewsbury oder Sadler, sondern ein unerbittlicher Kerkermeister, der versucht, der Schottin das Leben so unerfreulich wie möglich zu gestalten, und der ihr jede Vergünstigung raubt… Nun, sie hat es nicht besser verdient, und mit einer gewissen Genugtuung erinnerte er sich an die Berichte, die Paulet regelmäßig an ihn und Walsingham schickte: Fünfzig Soldaten bewachten jetzt Tag und Nacht alle Zugänge zum Schloß, die Dienerschaft durfte nicht mehr wie bisher in den benachbarten Dörfern spazierengehen und mündliche und schriftliche Botschaften weitergeben, Maria Stuart durfte keine Almosen mehr an die Armen verteilen, Wäsche und Bücher ließ Paulet genau durchsuchen, er verbot seiner Gefangenen Jagd und Spazierritte, er sperrte sie hermetisch von der Welt ab…

Paulets Maßnahmen sind erfolgreich, überlegte Cecil, und die Königin belobigt ihn dafür, aber damit ist uns langfristig nicht gedient…

Maria Stuart muß sterben, natürlich ganz legal, basierend auf dem Gesetz zum Schutz der Königin…

An einem Abend Ende Februar 1586 bat Cecil Walsingham zu einer Unterredung in sein Palais, hier waren sie wenigstens vor Spionen sicher.

»Wir haben eine paradoxe Situation«, begann er, »das Gesetz zum Schutz der Königin eröffnet uns endlich die Möglichkeit, Maria Stuart vor Gericht zu stellen und sie zum Tod zu verurteilen, wenn erwiesen ist, daß sie einem Attentat auf die Königin zugestimmt hat, nur, der brave Paulet verhindert in seinem Übereifer, daß sie weiterhin konspiriert. Nun, meiner Meinung nach muß endlich Schluß gemacht werden. Carthaginem esse delendam, und zwar in den nächsten Monaten. Wie denkt Ihr darüber, Mylord?«

»Ich teile Eure Meinung, Mylord.«

»Gut, es gibt juristisch nur eine Möglichkeit, dieses verbrecherische Weibsbild unter das Beil des Henkers zu bringen: eine Verschwörung gegen die Königin und die klar bewiesene Mitwirkung der Stuart an diesem Komplott! Wir müssen ihr den Dolch in die Hand geben, mit dem sie sich selbst ermordet – dazu sind drei Etappen notwendig:

Erstens, es muß ein Attentat auf Elisabeth geplant werden, zweitens müssen die Verschwörer dazu bewogen werden, Maria Stuart von ihrem Plan zu verständigen, drittens – das wird am schwierigsten sein – muß Maria Stuart verlockt werden, den Mordplan zu billigen.«

Walsingham überlegte eine Weile und erwiderte: »Eine Verschwörung existiert bereits, Philipp hat in Paris eine Verschwörerzentrale eingerichtet. Morgan, der Vertrauensmann der Stuart und Philipps, organisiert mit spanischem Geld ständig Verschwörungen gegen unsere Königin, er ahnt natürlich nicht, daß ich einige meiner Spione in seine Kanzlei geschleust habe, die sich als fanatische Katholiken gebärden, jedenfalls hält Morgan meine Leute für seine verläßlichsten Botengänger, zur Zeit ist auch wieder eine Verschwörung im Gang, die sich natürlich nicht ausbreiten kann, weil der Kontakt zu Maria Stuart unterbrochen ist, aber ich kann dafür sorgen, daß das Komplott sich ausbreitet. Der erste Schritt wäre, daß man der Gefangenen peu à peu Erleichterungen gewährt, die ihr ein erneutes Konspirieren ermöglichen, ich werde Paulet ins Vertrauen ziehen und ihm klarmachen, daß es langfristig besser ist, seine Gefangene in eine Verschwörung zu verwickeln, um sie so zu Fall zu bringen. Allerdings, besteht nicht die Gefahr, daß sie mißtrauisch wird, wenn man ihr plötzlich wieder Freiheiten zugesteht?«

Cecil überlegte und erwiderte: »Das glaube ich nicht, ihre Beteiligung an den verschiedenen Komplotten beweist, daß sie sich mit ihrem Schicksal nicht abgefunden hat, die Hoffnung auf Freiheit und den Thron Englands wird sie dazu verführen, unvorsichtig zu sein.«

»Gut, an der Verschwörung, die ich erwähnte, ist ein gewisser Babington beteiligt, ein Kleinedelmann aus guter Familie, vermögend, verheiratet - er war einst Page im Hause des Grafen von Shrewsbury, und hat Maria Stuart wahrscheinlich hin und wieder gesehen. Er ist ein verträumter Idealist, für den Maria Stuart Englands rechtmäßige Königin ist. Dieser junge Schwärmer lebt auf einem Gut in der Nähe des Schlosses Chartley, ich werde ihn als zentrale Figur in die Verschwörung einbauen, einem idealistischen jungen Mann wird die Stuart sich eher anvertrauen als einem meiner Spione, Paulet muß sie in den nächsten Tagen nach Chartley bringen und ihr einige Freiheiten gewähren. Chartley ist auch deshalb günstig, weil in der Nähe einige katholische adelige Familien ansässig sind, die wahrscheinlich bereit sind, die königliche Korrespondenz zu befördern. Na, ich werde morgen mit Gifford reden, es hat mich seinerzeit ein kleines Vermögen gekostet, ihn »umzudrehen«, aber er ist einer der fähigsten Spione. Ich amüsiere mich jedes Mal von neuem, wenn er schildert, welches Vertrauen der französische Gesandte und Morgan ihm entgegenbringen, sie glauben, daß er bereit ist, für Maria Stuart zu sterben, Gifford wird sich etwas einfallen lassen, wie die Briefe rasch und zuverlässig befördert werden können.«

»Gut, Mylord, wie lange, glaubt Ihr, wird es dauern, bis der Fisch im Netz ist?«

»Einige Monate bestimmt, Mylord, meine Leute müssen schließlich Überzeugungsarbeit leisten, die Stuart vor allem muß sich in Sicherheit wiegen, ich werde Euch auf dem laufenden halten, nach meinen Erfahrungen muß der Plan gelingen.«

»Hoffentlich, eines noch, die Angelegenheit muß streng geheim bleiben, Ihre Majestät darf nicht den geringsten Verdacht hegen, daß ein solcher Plan existiert, sie würde ihn bestimmt nicht gutheißen.«

Ungefähr sechs Wochen später, an einem Abend Mitte März, begab Walsingham sich erneut zum Cecilschen Palais. Als er das Arbeitszimmer des Hausherrn betrat, sah dieser an den triumphierenden Augen des Polizeiministers, daß der Plan sich gut entwickelte. Walsingham holte einige Papiere aus seiner Mappe und breitete sie genüßlich auf dem Schreibtisch aus.

»Mylord, seht, dies sind die Briefe, die Maria Stuart seit einigen Wochen ihrem Pariser Agenten Morgan schreibt.«

Cecil überflog neugierig den Inhalt, der erste Brief war vorsichtig formuliert:

»Hüten Sie sich wohl, sich in Sachen einzumengen, die Sie belasten könnten und den Verdacht vermehren, den man hier gegen Sie schöpft.«

In den folgenden Briefen wird sie mutiger, überlegte Cecil, sie bietet die Krone Schottlands und ihr Kronrecht auf England Philipp II. an, falls er ihr zur Freiheit verhilft, sie fordert unablässig eine Invasion spanischer Truppen zu ihren Gunsten…

»Mein Kompliment, auf welchem Weg werden die Briefe befördert?«

Walsingham lächelte süffisant. »Nun, der gute Gifford hat dem französischen Gesandten folgenden Plan unterbreitet, wie man die Briefe nach Chartley befördern und die Antworten abholen kann: Die Dienerschaft der Königin wird einmal wöchentlich mit Bier beliefert, man müsse den Fuhrmann bestechen, daß er im Faß eine wasserdichte Holzflasche befördert, die die Korrespondenz enthält. Dieser Bierpostdienst funktioniert bis jetzt reibungslos, und der Fuhrmann wird dabei ein reicher Mann, Morgan zahlt gut, der Fuhrmann berechnet dem Haushälter der Stuart natürlich den doppelten Preis für das Bier, und von mir erhält er auch noch Geld. Am witzigsten sind übrigens zur Zeit die Berichte von Sir Paulet, er ist über die Bierpost informiert und schildert anschaulich, mit welch boshafter Freude er allwöchentlich die Bierwagen in den Hof fahren sieht, er amüsiert sich stets von neuem, wenn er sieht, wie geschäftig der Haushälter das Fäßchen in den Keller bringt, er malt sich aus, wie dieser die Flaschenpost herausfischt, wie die Königin die Briefe liest, die von meinen Agenten längst dechiffriert und kopiert sind, er schildert auch das steigende Wohlbefinden seiner Gefangenen, ihre Augen blicken seit langer Zeit wieder heller und freudiger.«

»Das Gift der Hoffnung«, erwiderte Cecil nachdenklich, »nun ja, gönnen wir ihr die Hoffnung und den Traum von der Freiheit, das Erwachen wird grausam sein…«

Er las die Briefe erneut und sagte: »Sie bietet also Philipp die Krone Schottlands und ihr Thronrecht auf England an, dieser Brief kann für uns nützlich sein, falls Jakob VI. gegen die Hinrichtung seiner Mutter protestiert… Ansonsten, der wichtigste Punkt, daß sie einen Mordplan gegen unsere Königin billigt, ist in diesen Briefen noch nicht enthalten, wie soll es weitergehen, Mylord?«

»Nun, während wir uns unterhalten, versuchen Gifford und einige meiner Leute, den Idealisten Babington, den fanatischen Priester Ballard und einige romantische junge Edelleute, die von Heldentaten träumen, davon zu überzeugen, daß es nicht genügt, Maria Stuart zu befreien. Nein, sie drängen auf die Ermordung Elisabeths…, mit anderen Worten, ich habe meine Spione in den Babington-Kreis hineingeschoben, damit sie natürlich alles erfahren, was geplant ist, und vor allem sollen sie Babington zur Bereitschaft treiben, Ihre Majestät zu ermorden, was er eigentlich gar nicht will. Seid unbesorgt, Mylord, meine Leute werden Babington so lange bedrängen, bis er zum Attentat entschlossen ist… Dies ist nur eine Frage der Zeit, erst danach wird es spannend, dann müssen wir die Stuart so weit bringen, daß sie ihre schriftliche Einwilligung zu dem Attentat gibt.«

Als Walsingham gegangen war, überdachte Cecil die Lage, der Plan war skrupellos, andererseits, sie ist eine törichte Närrin, dachte er, hat sie überhaupt nicht nachgedacht, warum man ihr auf einmal Freiheiten gewährt, wie kann man nur so unvorsichtig sein und sich schriftlich äußern, und beiläufig dachte er, wie geschickt Elisabeth sich während des Wyatt-Aufstandes verhalten hatte, sie hatte keinen einzigen Buchstaben zu Papier gebracht! Maria Stuart ist selbst schuld, wenn sie in die Falle geht, dachte Cecil.

Mitte Mai teilte Walsingham ihm mit, daß das Mordkomplott im Gange sei, vier katholische Edelleute, die Zutritt zu Elisabeth hatten, hätten geschworen, sie mit Gift oder einem Dolchstoß aus dem Wege zu räumen…

Cecil spürte eine leichte Nervosität, als er Walsinghams Brief dechiffrierte, jetzt, jetzt begann die entscheidende Phase, er wußte, daß Walsingham mit mathematischer Logik arbeitete, aber…, die Reaktion und Entscheidung eines Menschen wurde auch von irrationalen Momenten und Zufällen bestimmt, vielleicht schöpfte Maria Stuart im letzten Moment doch noch Verdacht? Abwarten, dachte Cecil, und während Walsingham in London blieb, pendelte Cecil zwischen Theobalds und Greenwich hin und her… Gottlob war Elisabeth vollauf mit der militärischen Entwicklung in den Niederlanden beschäftigt, die leider nicht sehr erfreulich war, dieser Krieg verschlang Unsummen, Elisabeth hatte mit jährlich 126 000 Pfund gerechnet, aber es stellte sich heraus, daß dieser Landkrieg den Reichtum Englands zu verschlingen drohte, Robert errang keine wesentlichen militärischen Erfolge, Sir Philip Sidney starb den Heldentod, und Elisabeth, die wußte, daß sie gegen den Herzog von Parma keinen Offensivkrieg führen konnte, weil das englische Heer zu schlecht ausgebildet und ausgerüstet war, Elisabeth begann zu überlegen, ob es nicht sinnvoller war, wenn sie sich für ihre holländischen Verbündeten um einen ehrenvollen Frieden bemühte.

Der Juni verging. Am 5. Juli wurde in Berwick zwischen England und Schottland ein Defensivbündnis geschlossen, Maria Stuarts Erbansprüche auf England wurden in diesem Vertrag mit keiner Silbe erwähnt, Cecil atmete auf, Jakob VI. hatte sich endgültig von seiner Mutter losgesagt, er würde nichts unternehmen, um sie vor der Hinrichtung zu bewahren… Fast zwei Wochen später bat Walsingham Cecil, er möge unter einem Vorwand nach London kommen.

»Jetzt wird es spannend«, sagte Walsingham, als Cecil am 20. Juli sein Arbeitszimmer betrat, »am 10. des Monats muß Maria Stuart Babingtons Brief erhalten haben, worin er ihr mitteilt, daß sechs Edelleute Elisabeth erdolchen werden, und sie um ihr Einverständnis bittet. Mein Sekretär Phelippe ist unterwegs nach Chartley, um die Antwort sofort zu dechiffrieren.«

Cecil überlegte. »Was machen wir, wenn sie vielleicht doch die Gefahr wittert und ihre Zustimmung nicht gibt?«

Walsingham sah Cecil erstaunt an. »Mylord, warum diese Zweifel? Meine Leute haben gute Arbeit geleistet, Babington hat Gifford eine Abschrift seines Briefes gegeben, es ist ein freimütiges Bekenntnis ritterlicher Bereitschaft, wäre ich nicht Polizeiminister, so wäre ich ergriffen und zu Tränen gerührt...«, ein spöttisches Lächeln umspielte seine Lippen, »auch Maria Stuart wird ergriffen sein, und Vorsicht ist nicht ihre Stärke. Am 17., spätestens am 18. Juli wird Phelippe ihre Antwort aus dem Bierfaß geholt und dechiffriert haben, ich rechne damit, daß sein Bote im Laufe des Tages hier eintreffen wird.«

»Ihr könntet mir die Wartezeit verkürzen und erzählen, wie Ihr Maria Stuart in das Komplott verwickelt habt.«

»Es war nicht ganz einfach, sie einzubauen, aber auch nicht so schwierig, wie man denkt, man mußte natürlich Geduld haben, also: Zunächst schickte ich einige meiner Leute nach Paris zu Morgan, sie sollten sich über Babington beklagen, daß er den Attentatsplan nicht mit der nötigen Energie verfolge, und Morgan bitten, er solle Maria Stuart auffordern, Babington einen ermunternden Brief zu schreiben. Morgan zögerte zunächst, vielleicht war er mißtrauisch geworden, aber meine Leute bedrängten ihn so, daß er nachgab, allerdings formulierte er den Brief, den die schottische Königin schreiben sollte, und dieser Brief war vorsichtig und unverfänglich, mit anderen Worten - er war unbrauchbar, also setzte ich meine Leute jetzt auf Babington an, und sie machten ihm klar, daß es seine Pflicht sei, Maria Stuart in das Mordkomplott einzuweihen und sie um ihr Einverständnis zu bitten. Ohne ihr Einverständnis sei das Komplott zu gefährlich, daraufhin schrieb Babington jenen Brief, auf dessen Antwort wir jetzt warten.«

»Habt Ihr nie befürchtet, daß Eure Leute die Seite wechseln?«

»Nein, dafür zahle ich zu gut - und außerdem, Gifford zum Beispiel gehörte ursprünglich zur anderen Seite, die »umgedrehten« Leute sind am zuverlässigsten, sie können sich einen erneuten Wechsel nicht mehr erlauben, das Problem Maria Stuart muß gelöst werden, und unser gespanntes Verhältnis zu Spanien wird auch nicht besser.«

»Natürlich nicht, die militärische Auseinandersetzung ist nur noch eine Frage der Zeit, Philipp ist im Begriff eine riesige Kriegsflotte zu bauen, eine Armada. Ihre Majestät läßt seit einigen Wochen in den Grafschaften Musterungen abhalten, und an der Küste wird ein Leuchtfeuersystem eingerichtet, um die Nachricht vom Herannahen der spanischen Armada weiterleiten zu können. Aber wir können den Bau der spanischen Flotte gelassen und in Ruhe verfolgen, unsere Schiffe können sich sehen lassen, Ihr habt Euch nie um den Schiffbau gekümmert, aber ich sage Euch, Sir Hawkins hat während der letzten acht Jahre gute Arbeit geleistet; er hat kleine, stromlinienförmige Schiffe gebaut, die leichter zu manövrieren sind und auch länger auf See bleiben können als herkömmliche Kriegsschiffe. Außerdem hat er eine stattliche Flotte größerer Schiffe mit weitreichenden Geschützen bauen lassen, und er hat das gesamte Schiffbausystem so umgestaltet, daß unsere Flotte sowohl die traditionelle Küstenverteidigung übernehmen als auch Expeditionen durchführen kann, und dies alles mit einem Minimum an Kosten, was Ihre Majestät besonders erfreut. Der Ausbau der Häfen zum Beispiel wurde durch eine öffentliche Lotterie finanziert, trotzdem sind die Ausgaben für die Marine enorm gestiegen, bis 1570 waren es weniger als zehntausend Pfund im Jahr, heute kostet uns die Marine jährlich zweiunddreißigtausend Pfund.«

»Wie stark ist unsere Kriegsflotte?«

»Verglichen mit dem Mastenwald in Cadiz und Lissabon ist unsere Flotte zahlenmäßig klein, nur fünfundzwanzig größere Schiffe, aber alle in bestem Zustand, und wir haben eine beträchtliche Reserve an Handelsschiffen und Fischkuttern, die notfalls auch unser Land verteidigen könnten. Im übrigen hängt bei einer Seeschlacht viel vom Oberbefehlshaber ab, er muß fähig sein, bei einem Witterungsumschwung flexibel zu reagieren und eigenverantwortlich Entscheidungen zu treffen, und Ihre Majestät hat hervorragende Admiräle, Lord Howard von Effingham zum Beispiel, Sir Henry Seymour nicht zu vergessen, Sir Francis Drake... Philipps Admiräle hingegen? Santa Cruz scheint recht befähigt zu sein, die übrigen sind Mittelmaß, Befehlsempfänger par excellence, die Befehle ausführen, ohne über sie nachzudenken.«

Als der Nachmittag in den frühen Abend überging, verebbte die Unterhaltung, und im Zimmer verbreitete sich eine spannungsvolle Ruhe. Walsingham und Cecil zuckten unmerklich zusammen, als ein Diener leise den Raum betrat und die Ankunft von Phelippes Boten meldete. Walsingham erbrach das Siegel, legte den Originalbrief zunächst zur Seite, und dann beugten er und Cecil sich neugierig über die dechiffrierte Abschrift; es war ein ausführlicher Brief, datiert vom 17. Juli 1586... Allgemeine Worte, Dank an Babington, drei Vorschläge, wie man sie aus Chartley befreien konnte... und dann... Dann endlich Maria Stuarts Antwort auf Babingtons Mitteilung, daß die sechs Edelleute die englische Königin in ihrem Schloß erdolchen würden: »Dann muß man also die sechs Edelleute ans Werk schicken und Auftrag geben, daß nach Erledigung des Unternehmens ich sofort von hier weggeschafft werde, ehe mein Wächter davon verständigt ist...«

Die beiden Männer sahen sich sekundenlang schweigend an, dann gab Cecil Walsingham die Hand. »Herzlichen Glückwunsch, Mylord, Ihr habt sozusagen das Leben Ihrer Majestät gerettet, ab sofort ist sie sicher vor den Komplotten dieses verlogenen katholischen Weibsbildes, noch heute müssen die Straßen und die Häfen gesperrt werden.«

»Ja, Mylord, was mich betrifft, so werde ich noch einige Tage mit meinen Opfern spielen, Babington soll den Brief ruhig bekommen und auch beantworten, so haben wir noch etwas mehr Belastungsmaterial, Ihre Majestät, die Königin von Schottland, hingegen wird von Sir Paulet auf einem Jagdausflug nach Schloß Tixall begleitet, am Eingang des Schlosses wird sie von einer Truppe Bewaffneter mit der freudigen Mitteilung empfangen, daß die Verschwörung aufgedeckt ist und ihre beiden Sekretäre festgenommen werden. Während Ihre Majestät einige Tage auf Tixall weilt, wird Sir Paulet in aller Ruhe ihre Räume in Chartley durchsuchen.«

Während der folgenden Tage wurden die Verschwörer einer nach dem andern verhaftet, Babington gelang im letzten Augenblick die Flucht.

Am 11. August erfuhr die Öffentlichkeit durch eine Proklamation von dem Komplott und wurde aufgefordert, nach ihm zu fahnden. Am 14. August fand man ihn und einige andere im Wald von St. Johns, wo sie sich versteckt hatten, verhaftete sie und führte sie in Ketten durch die Straßen Londons, ehe man sie in den Tower brachte.

Während in London Freudenfeuer aufflammten und die Stadt erfüllt war von Glockengeläute und dem Jubel der Bevölkerung über die glückliche Rettung der Königin, hörte Elisabeth, die sich in Richmond aufhielt, voller Entsetzen Cecils Bericht über die aufgedeckte Verschwörung. Abgesehen von Maria Stuarts Beteiligung vermochte sie es kaum zu glauben, wie viele der Verschwörer in naher Beziehung zum Hof standen: Edward Abington, der Sohn des Unterschatzmeisters, Chidiock Tichbourne, ein Diener Hattons, Charles Tilney, der Sohn ihres Vetters vierten Grades.

»Diese Verschwörung, Mylord«, und es kostete sie einige Mühe, nicht die Beherrschung zu verlieren, »ist ein Fall abscheulichen Verrats an meiner Person, wie er in diesem Königreich bisher noch nicht vorgekommen ist, dieses Mal werde ich keine Milde walten lassen, das Gestz soll bei den ersten sieben Verrätern in seiner ganzen Härte angewandt werden, den anderen werde ich die schlimmste Tortur ersparen, sie werden erst verstümmelt und gevierteilt, wenn sie tot sind. Babingtons Hinrichtung indes soll zu tausendfachem Tod verlängert werden!«

Das Gesetz in seiner ganzen Härte, dachte Cecil, und ein kalter Schauer überlief ihn, er wußte, was dies bedeutete: Man ließ die Verurteilten nur kurze Zeit am Galgen hängen, dann holte man sie noch lebend wieder herunter, verstümmelte sie so langsam wie möglich, riß ihnen bei lebendigem Leib die Eingeweide heraus, zuletzt wurden sie gevierteilt. Es war grausam, aber er fand, daß Elisabeth recht hatte, wenn sie ein Exempel statuierte.

»Die Königin von Schottland ist noch in Tixall, Majestät, wann soll sie in den Tower gebracht werden?«

Elisabeth sah Cecil erstaunt an. »In den Tower? Nein, sie wird nach Chartley zurückgebracht, und Mylord, sorgt dafür, daß in den Verhandlungen gegen die Verschwörer nichts verlautet, was Maria Stuart in das Verfahren hineinzieht.«

»Gewiß, Majestät, aber die Königin von Schottland muß, auf Grund des ›Gesetzes zum Schutz der Königin‹ vor Gericht gestellt werden.«

»Ich will darüber nachdenken, Mylord, vielleicht gibt es noch eine andere Lösung.«

Das fängt ja gut an, dachte Cecil, aber er wußte auch, daß es keinen Zweck hatte, seine Königin zu bedrängen.

Als er gegangen war, versuchte Elisabeth, ihre Gedanken zu ordnen und zu einer Entscheidung zu kommen. In ihrem Innern hatte sie all die Jahre gewußt, daß Maria Stuarts Gefangenschaft keine echte, dauerhafte Lösung des Problems war, aber im Hinblick auf das Wohl Englands gab es keine andere Möglichkeit. Sie wußte auch, daß Cecil recht hatte mit seiner Forderung, Maria Stuart vor Gericht zu stellen, trotzdem war es ungeheuerlich. Sie war eine gesalbte, gekrönte Königin von Gottes Gnaden und somit unantastbar. Ich muß eine Lösung finden, überlegte Elisabeth, die meinem Ruf nicht schadet, und es gibt eine Lösung. Ich werde ihr schreiben und anbieten, in einem privaten Brief an mich ein klares Geständnis abzulegen und sich meinem persönlichen Urteil zu unterwerfen und nicht dem eines öffentlichen Gerichtes. Ein privates Geständnis mir gegenüber erspart ihr Verhandlung, Verurteilung und Hinrichtung; ich würde sie irgendwo, bestens bewacht, weiterleben lassen, ihre Gefangenschaft wäre auf Grund ihrer Konspiration moralisch gerechtfertigt, und ich würde meinen guten Ruf bewahren.

Sie schrieb noch am gleichen Tag an die schottische Königin, wobei sie fest damit rechnete, daß diese ihr Angebot annehmen würde. Es verging jedoch ein Tag nach dem andern, ohne daß aus Chartley eine Antwort eintraf, und Elisabeth mußte erkennen, daß die Königin von Schottland den Tod ihrer Rettung vorzog, wobei sie sich im stillen eingestand, daß dieses private Geständnis nicht nur Rettung, sondern auch Erniedrigung bedeutet hätte.

Mitte September ließ sie Cecil rufen.

»Man soll die Königin von Schottland nach Schloß Fotheringhay bringen und dort auch die Gerichtsverhandlung führen, allerdings muß dieser Gerichtshof einer Königin würdig sein: Ihr, Mylord, und Sir Walsingham werdet die Verhandlung leiten, der Kommission sollen sechsunddreißig Peers, Staatsräte und Richter angehören. Ich werde die Königin in einem offiziellen Schreiben davon in Kenntnis setzen.«

Cecil atmete auf, nun konnte die Angelegenheit zum Abschluß gebracht werden.

»Majestät, nach Lage der Dinge wird die Königin von Schottland zum Tod verurteilt werden, der Staatsrat empfiehlt deshalb Euer Majestät, das Parlament einzuberufen, die Beteiligung des Parlaments bei dem Urteil wird Euer Majestät vor den Augen des Auslands weniger belasten.«

Elisabeth überlegte.

»Das Parlament wird natürlich die Hinrichtung fordern. Eure Überlegung ist richtig, allerdings werde ich der Parlamentseröffnung fernbleiben, ich werde hier in Richmond alles abwarten.«

Am 25. September 1586 wurde in der Großen Halle des Schlosses Fotheringhay die Gerichtsverhandlung gegen Maria Stuart eröffnet.

An der Endwand des Saales war über einem Prunkfauteuil ein Thronhimmel aufgerichtet, der die Anwesenheit der Königin von England symbolisieren sollte, sie saß diesem Gericht vor, in ihrem Namen wurde der endgültige Spruch gefällt.

Maria Stuart weigerte sich zu erscheinen und erklärte, die Kommission sei nicht für sie zuständig.

Daraufhin bat Cecil Elisabeth um Erlaubnis, die Verhandlung in Abwesenheit der schottischen Königin zu führen, was Elisabeth billigte, gleichzeitig schrieb sie einen sehr deutlichen, um nicht zu sagen, scharfen Brief an Maria Stuart.

Oktober 1586.

Auf mannigfache Art und Weise habt Ihr mir nach dem Leben getrachtet und versucht, durch Blutvergießen mein

Königreich zu vernichten. Nie bin ich grausam gegen Euch vorgegangen, sondern habe Euch immer geschützt und Euch geholfen wie mir selbst. Euer Verrat wird Euch nachgewiesen und aller Welt offenbar werden. Es ist mein Wille, daß Ihr den Edlen und Pairs des Königreiches antwortet, als wäre ich selbst zugegen. So verlange, will und befehle ich, daß Ihr antwortet, denn ich kenne Eure Anmaßung nur zu gut. Seid offen und ohne Hinterhalt, so werdet Ihr um so eher Gnade erlangen.

Elisabeth

Am 11. Oktober 1586 erschien Maria Stuart endlich, begleitet von ihrem Hofstaat, in der Großen Halle von Fotheringhay.

Sie überging die Beschuldigung, an den Verschwörungen beteiligt gewesen zu sein, sie leugnete, am 17. Juli jenen Brief an Babington geschrieben zu haben, und Cecil, Walsingham und Hatton mußten widerwillig zugeben, daß sie ihre Aussagen geschickt formulierte.

Nach zwei Tagen traf ein Befehl Elisabeths ein, die Kommission solle nach London zurückkehren, die Verhandlung müsse vertagt werden. Cecil eilte nach Richmond, erinnerte seine Königin noch einmal daran, welche Gefahr Maria Stuart für ihr Leben bedeute, schließlich gab sie nach, und am 25. Oktober überprüften die Kommissare in der Sternkammer in Westminster noch einmal das Beweismaterial und kamen zu dem Schluß, daß Maria Stuart »die Ermordung Ihrer Majestät beabsichtigt und darauf hingewirkt habe«.

Im Todesurteil wurde ausdrücklich erwähnt, daß die Schuld der schottischen Königin in keiner Weise die Ansprüche Jakobs VI. auf den englischen Thron beeinträchtige.

Elisabeth ignorierte das Urteil und weigerte sich, es offiziell verkünden zu lassen.

Sie verbrachte schlaflose Nächte und versuchte vergeblich, einen klaren Gedanken zu fassen, sie wollte das Urteil nicht unterschreiben.

Am 29. Oktober wurde das Parlament eröffnet, und beide Häuser waren sich einig, daß die Königin von Schottland hingerichtet werden müsse.

Am 12. November erschien eine Delegation von Abgeordneten in Richmond, um Elisabeth den Beschluß des Parlaments mitzuteilen.

Sie schickte die Herren nach London zurück, mit dem Auftrag, erneut zu beraten, ob es nicht einen anderen Ausweg gäbe.

Als die Delegation einige Tage später zum zweiten Mal in Richmond erschien und erklärte, Maria Stuart müsse hingerichtet werden, erwiderte Elisabeth: »Was Eure Petition betrifft, so verurteile ich Euren Spruch nicht, noch mißfallen mir Eure Argumente, aber ich bitte Euch, meinen Dank entgegenzunehmen, mir meine Bedenken zu verzeihen und Euch mit meiner Antwort ohne Entscheidung zufriedenzugeben.«

Cecil und die übrigen Staatsräte waren der Verzweiflung nahe und beschworen sie, das Urteil zu veröffentlichen und zu unterzeichnen, der französische und der schottische Gesandte erschienen etliche Male in Richmond und baten um das Leben Maria Stuarts, sie verbürgten sich, daß sie keine Verschwörung mehr anzetteln würde, wenn sie nur am Leben blieb.

Inzwischen war die Bevölkerung unruhig geworden, weil Gerüchte umliefen, eine spanische Armee sei im Norden gelandet, man habe wieder einen Anschlag auf Elisabeths Leben geplant, Maria Stuart sei aus Fotheringhay entkommen...

Schließlich gab Elisabeth dem Drängen der Räte nach und ließ das Urteil am 4. Dezember – zwei Tage nach der vorläufigen Vertagung des Parlaments – veröffentlichen.

Cecil und Walsingham atmeten auf, jetzt war nur noch eine Hürde zu überwinden, die Unterzeichnung des Urteils durch die Königin.

Der Hof war inzwischen nach Greenwich übersiedelt, wo man in diesem Jahr das Weihnachtsfest feiern wollte, aber die ungezwungene heitere Stimmung vergangener Jahre wollte nicht aufkommen.

Kurz vor Weihnachten kehrte Robert aus den Niederlanden zurück, teils wegen gesundheitlicher Beschwerden, zum andern, weil er in diesem Krieg keine Chance für einen englischen Sieg sah, es war ihm zwar gelungen, einen Hochseehafen einzunehmen und so die englische Flanke zu sichern, aber der wichtige Hafen Sluys war Parma dennoch in die Hände gefallen.

Elisabeth übergab den Oberbefehl an Lord Willoughby und Sir Francis de Vere und beauftragte sie, mit Parma über einen Frieden zu verhandeln. Sie war glücklich, daß Robert wieder am Hof weilte, hatte sie ihn doch gerade während der letzten Wochen schmerzlich vermißt, und als der Staatsrat ihn für das Scheitern des Feldzuges zur Verantwortung ziehen wollte, nahm sie ihn in Schutz.

Allerdings, bei der schwierigen Entscheidung, was mit Maria Stuart geschehen solle, war auch Robert keine Hilfe. Als ein Brief von ihr eintraf, worin sie Elisabeth bat, für ihre Diener zu sorgen, und erklärte, sie erleide den Märtyrertod um ihres Glaubens willen, drängte Robert auf Unterzeichnung des Urteils, oder aber, wenn ihr dies widerstrebe, sei auch der Meuchelmord eine Lösung. Elisabeth schwieg zu diesem Vorschlag.

Sowohl Robert als auch Cecil fühlten sich beim Anblick ihrer Königin schmerzlich berührt: Sie war abgemagert, sah blaß aus, und in Cecil stieg der Zorn hoch, wenn er sich an den Auftritt Maria Stuarts in Fotheringhay erinnerte: Wohlgenährt, gesund und korpulent, stolz und mit hochmütiger Miene stand sie in ihrem schwarzen Kleid mit den weißen wallenden Schleiern vor den Kommissaren, mit jeder Geste hatte sie zum Ausdruck gebracht, daß sie eine Königin war, die hoch über ihren weltlichen Richtern stand…

Robert war, ebensowenig wie Cecil, für Elisabeth ein Gesprächspartner im Hinblick auf Maria Stuart, aber seine Gegenwart wirkte beruhigend, und im Laufe des Januars fand sie endlich eine gewisse innere Ruhe, um das Für und Wider des Todesurteils in Ruhe zu überdenken.

Sie begann die Analyse der Situation damit, daß sie unterschied zwischen der Königin von Schottland und dem Menschen Maria Stuart, nach allem, was während der letzten Jahre vorgefallen war, hätte sie keine Bedenken gehabt, das Todesurteil einer Person namens Maria Stuart zu unterzeichnen, zumal ganz England es erwartete, aber da war die unantastbare Person der Monarchin, die von Gott eingesetzt und sich nur vor ihm zu verantworten hatte, wenn sie, als regierende Königin, eine andere Königin, auch wenn diese abgesetzt war, zum Tode verurteilte und hinrichten ließ, gab sie damit vor ganz Europa zu, daß sie nicht an die Unantastbarkeit der Fürsten glaubte, damit schuf sie, abgesehen von der Empörung, die sie bei allen katholischen Herrschern und beim Papst hervorrief, einen Präzedenzfall für die Zukunft, kein künftiger Herrscher würde noch unantastbar sein, wobei sie sich schon manchmal im stillen gefragt hatte, ob die Idee des Gottesgnadentums langfristig überhaupt bestehen würde. Für ihre Engländer war ein Monarch schon längst nicht mehr eine geheiligte Person – aber es war nicht nur dieser Gedanke, der sie zögern ließ, das Todesurteil zu unterzeichnen.

Bei ihrer Thronbesteigung hatte sie sich vorgenommen, gerecht, milde und tolerant zu regieren, und dieses Bild einer Königin sollte künftigen Generationen überliefert werden, eine Unterzeichnung und Vollstreckung des Urteils würde dieses Bild verdunkeln. Der Name Elisabeth I. würde stets im Zusammenhang mit der Hinrichtung Maria Stuarts genannt werden, alles, was sie für England erreicht und geleistet hatte, trat in den Hintergrund, der wirtschaftliche Aufschwung, der religiöse Friede, die kulturelle Entwicklung des Landes, die jahrelange milde Gefangenschaft der schottischen Königin, der Schutz, den sie ihr gewährt hatte..., alles würde vor dieser Hinrichtung verblassen, und wahrscheinlich, so überlegte Elisabeth, wird die Schottin gefaßt und würdevoll sterben und versuchen, mich dadurch ins Unrecht zu setzen. Fast beiläufig erinnerte sie sich, daß der Graf von Oxford, damals, als Maria Stuart nach England geflohen war, bemerkt hatte, das Leben der schottischen Königin liefere den Stoff für ein Theaterstück... Auch das noch, Maria Stuart als tragische Heldin!

Ich möchte, daß sie stirbt, dachte Elisabeth, aber ich möchte nicht, daß mein Name damit in Verbindung gebracht wird...

Wie oft während der vergangenen Wochen hatte sie auf ein Wunder gehofft, einen Herzschlag oder irgendeine tödliche Krankheit, die das Problem löste und ihr die Entscheidung abnahm, statt dessen war die Schottin gesünder als sie...

Gab es denn keinen anderen Ausweg? Eine Begnadigung führt zu einem Volksaufstand, und ich verliere meine Popularität, eine Hinrichtung befleckt meinen Namen für die Zukunft, und das muß verhindert werden...

Hatte es in der Vergangenheit nicht ähnliche Fälle gegeben, daß ein Herrscher sich von einem Menschen befreien wollte, ohne selbst direkt daran beteiligt zu sein? Robert und auch andere, darunter sogar Whitgift, der Erzbischof von Canterbury, hatten beiläufig den Meuchelmord erwähnt, es mußte doch einen Menschen in diesem Königreich geben, der diese Arbeit erledigte... Als Heinrich II. den Entschluß faßte, daß Thomas Becket, der Erzbischof von Canterbury, sterben müsse, und die Frage stellte: »Wer befreit mich von diesem rebellischen Priester?«, hatten sich sofort vier Ritter gefunden, die wußten, was ihre Pflicht war... Ein Mord rührt nicht an das Gottesgnadentum, aber Gericht, Verurteilung und Hinrichtung durch das Beil des Henkers erniedrigten den gesalbten Monarchen zu einem Sünder, einem hilflosen Sterblichen...

Paulet, dachte sie, hat bis jetzt gewissenhaft seine Pflicht erfüllt und Maria Stuart bestens bewacht, daß sie trotzdem konspirieren konnte, beweist ihre Verschlagenheit, Paulet wird auch jetzt seine Pflicht erfüllen...

Seit einigen Monaten gab es neben dem Ersten Staatssekretär Walsingham einen Zweiten Staatssekretär namens Davison, der hauptsächlich die Routinearbeiten erledigte und Walsingham vertrat, wenn dieser krank oder auf Reisen war.

Im Januar 1587 erkrankte Walsingham, und Davison mußte ihn vertreten. Am 1. Februar ließ Elisabeth den noch unerfahrenen jungen Mann mit dem Todesurteil zu sich kommen; sie las es zum soundsovielten Male und setzte dann ihren Namen darunter.

Während sie Sand auf die Tinte streute, fragte sie Davison: »Nun, seid Ihr über meine Unterschrift nicht tief bekümmert?«

»Nein, Majestät, ich kann keinen Kummer darüber empfinden, daß Ihr diesen ehrenhaften Weg eingeschlagen habt, den Tod der Schuldigen der Ermordung der Unschuldigen vorzuziehen, da die Königin von Schottland Euch ja nach dem Leben getrachtet hat.«

»Bringt das Urteil zu Lordkanzler Bromley, damit er es mit dem Staatssiegel versieht«, sie reichte Davison das Dokument, stand auf, ging zur Tür und sagte beim Hinausgehen: »Die Welt wird wohl erkennen, daß ich nicht aus Leidenschaft oder Bosheit unterschrieben habe, ach Gott, für Sir Paulet wäre es leicht gewesen, mir diese Last abzunehmen, die Ritter Heinrichs II. wußten, was ihre Pflicht war, Sir Paulet weiß es anscheinend immer noch nicht… Mr. Davison, auf dem Weg zum Lordkanzler besucht Ihr Sir Walsingham, sagt ihm, er solle an Sir Paulet schreiben und ihn an seine Pflicht erinnern, an jene Pflicht, die sich aus dem Eidbund des Jahres 1584 ergibt.«

Davison tat, wie ihm befohlen, und während der Lordkanzler das Urteil mit dem Staatssiegel versah, schrieb Walsingham den gewünschten Brief an Paulet und ließ ihn noch am gleichen Abend nach Fotheringhay bringen.

Am nächsten Morgen befahl Elisabeth Davison, er solle nicht zum Lordkanzler gehen, bevor sie nicht noch einmal mit ihm darüber gesprochen habe. Der verwirrte Davison begab sich sofort zu seiner Königin.

»Ist die Urkunde bereits mit dem Siegel versehen?«

»Ja, Majestät.«

»Tod und Teufel, warum diese Hast?«

»Ich bitte um Vergebung, Majestät, ich handelte nicht rascher, als Ihr es angeordnet habt.«

»Mich dünkt, man hätte eine andere Form dafür finden können«, und sie verließ das Zimmer.

Davison sah ihr verblüfft nach, er wußte nicht, was er davon halten sollte, würde man ihn jetzt dafür verantwortlich machen, daß er das Todesurteil weitergeleitet hatte?

In seiner Verzweiflung eilte er zu Cecil und schilderte ihm die Situation.

Cecil hörte bestürzt, was vorgefallen war, überlegte, daß das Urteil nur noch vollstreckt werden mußte, dachte entsetzt daran, daß seine Königin fähig war, die Vollstreckung monatelang zu verzögern wie seinerzeit beim Herzog von Norfolk, und beschloß, zu handeln. Selbst auf die Gefahr hin, daß er in Ungnade fiel wie damals bei Norfolk, als er sich einige Wochen nach

Theobalds zurückgezogen hatte, bis der königliche Zorn abebbte…

Er lud alle erreichbaren Staatsräte für den folgenden Morgen zu einer geheimen Besprechung nach Greenwich ein.

In dieser Konferenz übernahm Cecil den Vorsitz, verlas das Urteil noch einmal und sagte, man müsse den Willen der Königin unverzüglich vollstrecken, denn nun habe sie mit der Unterzeichnung alles getan, was Vernunft und Gesetz von ihr forderten. Es könne gefährliche Folgen haben, wenn sie abermals auf die Idee kommen sollte, der Gerechtigkeit in den Arm zu fallen, man müsse also sofort handeln, ohne sie noch einmal einzuschalten.

Alle Anwesenden verpflichteten sich feierlich, der Königin nichts davon zu sagen, daß sie das Urteil nach Fotheringhay weiterleiteten; dann beauftragten sie den Ratsschreiber Beale, den Auftrag so schnell und heimlich wie möglich auszuführen, er erhielt noch Instruktionen für den Grafen von Kent, zusammen mit dem Grafen von Shrewsbury die Vorbereitungen für die Hinrichtung zu treffen.

Unterdessen wartete Elisabeth auf Paulets Antwort, er war ihre letzte Hoffnung. Am 5. Februar las sie bestürzt seinen Brief, er schrieb, lieber hätte er den Tag nicht erlebt, an dem seine Königin ihn gebeten habe, eine Tat zu begehen, die Gott und das Gesetz verbieten; wenn er seinen Ungehorsam mit seinem Leben und seinem Besitz bezahlen müsse, sei er gern dazu bereit, aber Gott verhüte, daß er sein Gewissen so gräßlich belaste und seinen Nachkommen einen so befleckten Namen hinterlasse, ohne Gericht und Urteil Blut zu vergießen.

»Tod und Teufel«, rief Elisabeth, nachdem sie den Brief gelesen hatte, »was für ängstliche und pedantische Burschen, die nur Worte und keine Taten kennen!«

Während der folgenden Tage vermied sie es, Davison, Cecil oder einen der Staatsräte nach dem Verbleib des Todesurteils zu fragen, sie wußte, daß das Schicksal seinen Lauf nahm, aber so konnte sie wenigstens vor den Augen Europas glaubhaft versichern, das Urteil sei ohne ihr Wissen und ihre Billigung vollstreckt worden.

Wahrscheinlich hatte Cecil die Sache in die Hand genommen, nun gut, sie würde ihn für einige Monate vom Hof verbannen, bis das Ausland sich beruhigt hatte, nach außen hin war Davison der Sündenbock, einige Monate im Tower erwarteten ihn, natürlich keine strenge Haft, die Geldstrafe würde sie ihm später erlassen, er konnte in Ruhe irgendwo leben und würde auch seine Bezüge als Staatssekretär bekommen, allerdings kein öffentliches Amt. Im Hinblick auf das Ausland mußte Davison natürlich vor Gericht erscheinen, verhört und verurteilt werden... Dem Staatsrat würde sie vorwerfen, daß er ihr Vertrauen mißbraucht habe... Wichtig war vor allem, daß man im Ausland den Eindruck gewann, die Räte hätten eigenmächtig hinter ihrem Rücken gehandelt...

Am 9. Februar gegen Abend wurde Cecil gemeldet.

Elisabeth bekam Herzklopfen, jetzt, dachte sie, jetzt sagt er mir, was in Fotheringhay passiert ist...

»Majestät, gestern, am 8. Februar, zwischen neun und zehn Uhr morgens, wurde in Schloß Fotheringhay das Todesurteil vollstreckt, die Königin von Schottland starb durch das Beil des Henkers.«

»Seid Ihr von Sinnen, Mylord?« fuhr Elisabeth auf. »Wie könnt Ihr es wagen, ohne mein Wissen, hinter meinem Rücken das Urteil vollstrecken zu lassen! Haben wir nicht schon genug Schwierigkeiten mit Spanien und Frankreich? Verlaßt den Hof, ich will Euch vorläufig nicht mehr sehen!«

Cecil schwieg, verbeugte sich und verließ den Raum, er hatte mit dieser Reaktion gerechnet, nun, ein paar beschauliche Wochen auf Theobalds würden ihm guttun, nach den Aufregungen der letzten Monate...

Elisabeth spielte die Komödie zu Ende, sie kanzelte ihre Staatsräte ab, Davison wanderte in den Tower, und zum Schluß teilte sie Heinrich III. und Jakob VI. mit, das Urteil sei gegen ihre Absicht und ohne ihr Wissen vollstreckt worden.

Frankreich, Schottland und Spanien entrüsteten sich über die Hinrichtung, aber zwischen den Zeilen las Elisabeth, daß sie nur der Form Genüge taten, besonders Jakob VI., dessen Hoffnungen sich auf den englischen Thron konzentrierten.

In England hatte der Protestantismus nun endgültig gesiegt, und Elisabeth war so beliebt wie nie zuvor. Das Volk jubelte über die

Hinrichtung Maria Stuarts, und bald sickerten Einzelheiten durch, die man sich genüßlich abends vor dem Kaminfeuer erzählte: Der Henker habe erst beim dritten Schlag das Haupt vom Rumpf trennen können… Als er es hochhielt, sei der Kopf heruntergefallen und durch die Halle gerollt, er habe nur die Perücke in der Hand gehalten, der Kopf sei grauhaarig gewesen, das Gesicht alt… Nach der Hinrichtung sei der kleine Hund der Königin unter ihren Röcken hervorgekrochen… Sie habe rote Unterkleider getragen, damit das hervorspritzende Blut nicht auffiele…, später wurde auch erzählt, daß sie ruhig und mit königlicher Würde gestorben sei…

Als Papst Sixtus V. von Maria Stuarts Hinrichtung erfuhr, sagte er im Hinblick auf Elisabeth: »Welch tapfere Frau! Sie bietet den beiden größten Königen zu Land und zur See die Stirn, es ist jammerschade, daß Elisabeth und ich nicht heiraten können, unsere Kinder hätten die ganze Welt beherrscht.«

Seine Bewunderung für Elisabeth hatte ihn jedoch nicht daran gehindert, die Bannbulle Pius' V. gegen die englische Königin zu bestätigen und Philipps »Unternehmen gegen England« abzusegnen, allerdings beteiligte er sich nicht an den enormen Kosten und gehörte zu dem kleinen Kreis derer, die einen Seesieg Englands für möglich hielten.

Philipp II. war überzeugt, daß es seine Christenpflicht sei, England anzugreifen, Elisabeth abzusetzen und das Land wieder unter päpstliche Oberhoheit zu bringen. An die Cortes schrieb er: »Gott ist mein Zeuge, daß nicht der Wunsch, neue Königreiche zu erobern, mich leitete, sondern der Eifer, Gottes Sache zu dienen, und die Hoffnung, den heiligen Glauben zu verherrlichen. Hierfür habe ich alles aufs Spiel gesetzt – mein väterliches Erbe, die Sache Gottes, den Ruhm dieses Reiches und meine eigene Ehre.«

Philipps Plan sah vor, daß die Armada, eine gewaltige Flotte von einhundertzweiunddreißig Schiffen mit schwerer Artillerie und einer Besatzung von dreißigtausend Mann, sich an der Themsemündung mit dem Invasionsheer des Herzogs von Parma vereinigen sollte.

Nach Leicesters Rückkehr aus den Niederlanden im Dezember 1586 hatte Elisabeth versucht, mit Parma einen Frieden auszuhandeln, mußte aber bald erkennen, daß der Herzog sie hinhielt, und als sich gegen Ende des Winters 1587 herumsprach, daß Philipp im Sommer England angreifen wolle, schickte Elisabeth im April Sir Francis Drake mit vier Schiffen ihrer Flotte und sechsundzwanzig weiteren aus Privatbesitz auf eine Expedition nach Spanien.

Drake überfiel den Hafen von Cadiz, setzte die dort liegenden Schiffe in Brand und vernichtete Tausende Tonnen von Vorräten, auf der Rückfahrt kaperte er das portugiesische Schiff »San Felipe«, das eine Ladung im Wert von einhundertvierzigtausend Pfund an Bord hatte.

Dieser Beutezug, der »dem spanischen König den Bart versengte«, verzögerte den Aufbruch der Armada um ein volles Jahr.

Als das Jahr 1588 sich näherte, wurde überall in Europa geweissagt, dies sei ein Jahr des Unheils.

Elisabeth kümmerte sich nicht um die Weissagungen und ernannte Lord Howard von Effingham zum Oberbefehlshaber der Flotte. Effingham lag bei Queenborough vor Anker, Sir Henry Seymour befehligte vor Dover ein leichtes Geschwader, das die Aufgabe hatte, die Straße von Calais zu kontrollieren, Drake überwachte die westliche Zufahrt zum Kanal.

In Spanien war inzwischen der Admiral Santa Cruz gestorben, und Philipp ernannte den Herzog von Medina Sidonia zum neuen Oberbefehlshaber der Armada. Der Herzog hatte noch nie eine Flotte kommandiert, aber Philipp gab ihm detaillierte Anweisungen mit auf den Weg, die es Sidonia allerdings nicht ermöglichten, flexibel zu reagieren.

Am 19. Juli 1588 hatte die Armada Kap Lizard an der Südwestküste Englands erreicht. Am 21. Juli verließ Howard den Hafen von Plymouth. Nach einigen kleineren Gefechten erreichten die Spanier am 28. Juli die Höhe von Calais. In jener Nacht kam ein günstiger Wind auf, den Howard nutzte, um »Brander« gegen die Armada zu treiben.

»Brander« waren Schiffe voll Teer und anderem leicht brennbarem Material mit doppelt geladenen Kanonen, die bei der Hitze explodierten und unter den spanischen Schiffen Verwüstung und Verwirrung anrichteten.

Am nächsten Morgen begann die Schlacht bei Gravelines.

Jetzt stellte sich heraus, daß die kleinen, schnellen, wendigen Schiffe der Engländer der spanischen Armada mit ihren schwerfälligen turmartigen Aufbauten überlegen waren.

Die Spanier erlitten ungeheure Verluste, während die Engländer nur sechzig Mann und kein einziges Schiff verloren. Der Rest der Armada wurde durch einen Sturm aus dem Kanal hinaus in die Nordsee getrieben, die Verfolgung durch die Engländer, Schiffbrüche und Hungersnot bewirkten, daß knapp die Hälfte der Schiffe und nur ein Drittel der Mannschaft Spanien erreichten.

Es dauerte einige Tage, bis Elisabeth genaue Berichte über die Niederlage der Armada erhielt.

Elisabeth und mit ihr ganz England hatten zwar den Sieg erhofft, aber gleichzeitig auch bezweifelt, ob ihre Flotte der spanischen Übermacht gewachsen war, nun hatten die Spanier eine eindeutige Niederlage erlitten, aber in die Freude mischte sich die Sorge, daß der Herzog von Parma mit Truppen landen würde, und so begab Elisabeth sich am 8. August in das Feldlager nach Tilbury, um die Truppen zu inspizieren und ihnen Mut zuzusprechen.

In einen silberglänzenden Brustharnisch gekleidet, ritt sie – begleitet von Leicester – durch die Reihen, und am Schluß hielt sie eine Ansprache, die eine stürmische Begeisterung entfachte.

»Mein geliebtes Volk! Es ist Uns von einigen, die um Unsere Sicherheit besorgt waren, geraten worden, auf Unserer Hut zu sein, wenn Wir Uns unter eine bewaffnete Menge begeben, und Uns vor Verrätern in acht zu nehmen. Aber ich versichere euch, ich habe kein Verlangen, im Mißtrauen gegen mein treues und mir liebevoll ergebenes Volk zu leben. Sollen Tyrannen sich fürchten. Ich habe immer so gehandelt, daß ich, bei Gott, meine größte Stärke und Sicherheit in den treuen Herzen und der Liebe meiner Untertanen gefunden habe. So bin ich denn heute, wie ihr seht, zu euch gekommen, nicht zu meiner Erholung und Zerstreuung, sondern weil ich entschlossen bin, mitten in der Schlacht unter euch allen zu leben oder zu sterben, für meinen Gott, mein Königreich und für mein Volk, meine Ehre und mein Blut zu opfern, wenn es sein muß. Ich weiß, ich habe nur den Körper einer schwachen, hilflosen Frau. Aber ich habe das Herz und den Mut eines Königs – und noch dazu eines Königs von England – und ich spotte des Gedankens, daß ein Parma oder Spanier oder irgend sonst ein Fürst in Europa es wagen sollte, die Grenzen meines Reiches zu überschreiten; ehe durch meine Mitschuld Schande über mein Land kommt, will ich selbst zu den Waffen greifen und will selbst euer General und Richter sein und jeden von euch für seine Tapferkeit in der Schlacht belohnen. Ich weiß, daß ihr bereits für euren Eifer Lohn und Ehre verdient habt, und Wir geben euch Unser königliches Wort – ihr sollt beides erhalten.«

Sie blieb noch eine Woche im Lager, dann endlich wußte man, daß Parma die Überfahrt nicht wagte; Elisabeth befahl die sofortige Demobilisierung, weil sie fand, daß Soldaten im Frieden so unnütz seien wie Kamine im Sommer.

Sie kehrte, Leicester an ihrer Seite, an der Spitze eines Triumphzuges nach London zurück, um dort den Sieg gebührend zu feiern.

Leicester ging es gesundheitlich nicht gut, und so begab er sich, nach dem letzten großen Turnier, bei dem sein Stiefsohn, der fast einundzwanzigjährige Graf von Essex, sich besonders auszeichnete, nach Buxton zu einer Badekur.

Ganz Europa hatte gespannt den Zweikampf zwischen der alten und der jungen Seemacht verfolgt, und als Spaniens Niederlage bekannt wurde, ging ein Aufatmen durch die protestantischen Länder Europas.

Der Sieg über die Armada war keine Entscheidungsschlacht, die Philipp zwang, um Frieden zu betteln, sie brachte auch den Niederländern keine Freiheit, und in England hatte man nach wie vor Angst vor einer Invasion, aber sie gebot Spanien Einhalt, dessen

Macht, nach dem Sieg bei Lepanto, der Eroberung Portugals und Parmas Erfolgen in den Niederlanden, erdrückend geworden war. In England und auch außerhalb Englands sah man in der Niederlage der Armada einen Fingerzeig Gottes, anscheinend war der Allmächtige doch nicht auf seiten der großen Bataillone und Silberminen. Zum ersten Mal in diesem Jahrhundert glaubten die französischen Hugenotten und die protestantischen Niederländer, daß die Reformation irgendwann die Gegenreformation überwinden würde, daß beide Konfessionen irgendwann gleichberechtigt nebeneinander existieren konnten.

Philipp zog Medina Sidonia nicht zur Verantwortung, obwohl die Granden es forderten. Als die Nachricht von der Niederlage den König im Escorial erreichte, zog Philipp sich in seine Kapelle zurück, tagelang durfte niemand zu ihm.

Papst Sixtus hingegen äußerte offen und unverhohlen seine Freude über den Sieg Englands und lobte die englischen Seehelden.

Am Spätnachmittag des 6. September 1588 ging Robert Cecil mit kleinen, trippelnden Schritten durch die Große Halle in Whitehall, um sich zum Arbeitszimmer seines Vaters im ersten Stock zu begeben.

Robert war inzwischen fünfundzwanzig Jahre alt, hatte Cambridge, Oxford und das Gray's Inn mit Auszeichnung absolviert, war – mit königlicher Erlaubnis – durch Europa gereist und anschließend in den Staatsdienst eingetreten, offiziell war er ein Mitarbeiter des Lordschatzkanzlers Burghley, inoffiziell wurde er von seinem Vater darauf vorbereitet, einmal seine Nachfolge im Amt anzutreten.

Im Gegensatz zu seinem Vater war Robert nicht davon überzeugt, daß ihm eine glänzende Laufbahn bevorstand, von klein auf hatte er sich wegen seiner schmächtigen, verwachsenen Gestalt zurückgesetzt gefühlt. Was nützten ihm die herausragende Stellung seines Vaters, die kostbaren Kleider, die seine körperliche Mißbildung verbergen sollten, die akademischen Grade, wenn er bei Bällen am Rande stand und sehnsüchtig die tanzenden Paare betrachtete, er hatte zwar Tanzunterricht erhalten, aber er traute sich nicht, eine der jungen Damen bei der Pavane zu führen, sie waren größer als er, es würde lächerlich aussehen, und bedrückt dachte er daran, daß er wahrscheinlich am Hof immer nur ein Schattendasein führen würde…

Gewiß, die Königin behandelte ihn freundlich, liebenswürdig, sie lobte seine Memoranden, die er hin und wieder schrieb, aber sie suchte nicht seine Gesellschaft, sie umgab sich lieber mit gesunden gutaussehenden Männern, die Sonette schrieben, zu ihren Füßen saßen und Lieder sangen, Männer, die sie auf die Jagd begleiteten… Sir Walter Raleigh gehörte zu diesem Kreis, die Gründung Virginias war mit der Erhebung in den Adelsstand belohnt worden, die Kolonie existierte zwar schon nicht mehr, weil die englischen Siedler weder mit den harten Lebensbedingungen noch mit den einheimischen Indianern zurechtgekommen waren, auch wurden die Produkte, die Raleigh aus Virginia mitbrachte, skeptisch betrachtet – die Königin mochte die gekochten Kartoffeln nicht und ihre Damen flüchteten jedes Mal, wenn Raleigh seine Tabakspfeife rauchte, aber dies alles störte die Königin nicht, sie liebte seine Sonette, seine geistreiche Unterhaltung, seinen scharfen Verstand, er gehörte zum Kreis der Günstlinge, die Nummer drei nach Leicester, die Nummer zwei hingegen war seit ungefähr einem Jahr Leicesters Stiefsohn, Robert Devereux, der zweite Graf von Essex, und wie stets, wenn er an Essex dachte, empfand Robert Cecil Eifersucht…

Er seufzte und ging langsam die Treppe hinauf, das Treppensteigen fiel ihm schwer, und hin und wieder blieb er stehen, um sich ein bißchen auszuruhen. Plötzlich zuckte er zusammen, in der Halle erklangen rasche Schritte, und schon lief ein junger Mann an ihm vorbei die Treppe hinauf, immer zwei Stufen auf einmal nehmend, oben angekommen wandte er sich nach rechts, wo die Räume der Königin lagen…

Essex, dachte Robert erbittert, er übersieht mich einfach, natürlich geht er zur Königin, er hat ja freien Zutritt… Er besitzt alles, was ein Mensch sich nur wünschen kann: Jugend, Schönheit, Anmut, inzwischen ist er auch zu Reichtum gekommen, sein Vater, der wenig Erfolg in Irland hatte und darüber starb, hinterließ ihm nur Schlösser, aber dank der königlichen Gunst ist Essex inzwischen ein vermögender Mann, er ist von vornehmer Abstammung, weitläufig mit der Königin verwandt, er zeichnet sich bei jedem Turnier aus, ist auf den Bällen, neben Leicester, der bevorzugte Tanzpartner der Königin, alle jungen Damen sind in ihn verliebt... Er ist vom Glück begünstigt, und dabei hat er weiß Gott noch nicht viel geleistet, auf dem Schlachtfeld bei Zutphen hat er einige Lorbeeren geerntet, wurde von Leicester zum Ritter geschlagen, kam dann im Sommer 1587 an den Hof und bezauberte die Königin... Als Leicester zur Kur in Bath weilte, war Essex ihr Begleiter auf den Spazierritten durch die Wälder von Greenwich und Richmond, abends sang er ihr provenzalische Kanzonen zur Laute vor, und dann spielten sie die halbe Nacht Schach oder Karten, während er und sein Vater halbe Nächte lang über den Akten saßen...

Er arbeitete sich weiter die Treppe hinauf, und dabei ging ihm durch den Kopf, daß sein Vater Essex hin und wieder mit einem gewissen Thomas Seymour verglich, der vor fast vierzig Jahren wegen Hochverrats hingerichtet worden war...

Cecil sah flüchtig auf, als Robert das Zimmer betrat, Haare und Bart waren inzwischen weiß geworden, aber sein Verstand arbeitete so logisch wie eh und je, und auch seinem scharfen Blick entging nichts, als sein Sohn sich setzte und eine Akte aufschlug, spürte er, daß irgend etwas passiert sein mußte...

»Was ist los, Robert? Hat es Ärger gegeben?«

»Nein, Vater, nicht direkt, das heißt, auf dem Weg hierher begegnete ich Essex, er war natürlich auf dem Weg zur Königin und hat mich einfach übersehen, ich bin Luft für ihn!«

»Essex? Ich denke, er hat Leicester nach Buxton begleitet und will ihm ein paar Tage Gesellschaft leisten... Na, gräme dich nicht, Robert, ich habe es dir noch nie gesagt, aber die Königin hält viel von dir, ist von deinen Fähigkeiten überzeugt.«

»So? Davon habe ich bisher noch nichts gemerkt, an diesem Hof werden doch nicht Zuverlässigkeit und Fleiß honoriert, sondern Widerstand, Eigensinn, rebellisches Verhalten!«

»Was meinst du damit?«

»Nun, Vater, ich entsinne mich noch gut, im letzten Sommer gab Lady Warwick ein Fest zu Ehren der Königin, zu dem sie auch

Essex' Schwester Dorothy lud, die, wie Ihr wißt, wegen ihrer heimlichen Heirat vom Hof verbannt ist. Ihre Anwesenheit wurde als Beleidigung ausgelegt, Essex nahm seine Schwester in Schutz, es kam zu einem Wortwechsel zwischen ihm und der Königin, woraufhin er Hals über Kopf den Hof verließ und zur Küste ritt, um sich nach Holland zu begeben, die Königin indes schickte ihm einen Boten nach, der ihn zurückholen sollte, weil sie – so wird es erzählt – seine Abwesenheit nicht ertragen kann, zur Belohnung für seine Unbotmäßigkeit hat sie ihn an Weihnachten zum Ritter des Hosenbandordens und zum Oberstallmeister ernannt!«

»Der Oberstallmeister ist gerechtfertigt Robert, Leicesters schlechter Gesundheitszustand erlaubt es ihm doch gar nicht mehr, seine Aufgaben zu erfüllen, und was Essex betrifft… Nun, ich halte ihn für einen verwöhnten, launischen Jungen, der dazu neigt, sich zu überschätzen, merke dir, Robert, der Krug geht solange zum Brunnen, bis er bricht, arbeite du weiter fleißig wie bisher, das wird sich eines Tages auszahlen, wer weiß, vielleicht übernimmst du nach meinem Tod mein Amt, wirst Ratgeber der Königin.«

»Vater, Ihr erfreut Euch doch der besten Gesundheit, Ihr solltet nicht vom Tod reden.«

»Robert, ich bin achtundsechzig Jahre, da denkt man schon hin und wieder an den Tod, und was meine Gesundheit betrifft, nun ja, ich klage nicht, aber ich habe seit einiger Zeit Schmerzen in den Gelenken, daß ich denke, ich bekomme die Gicht, und dabei habe ich immer mäßig gelebt, aber ich muß mich eben damit abfinden, daß ich ein alter Mann bin.«

An jenem Nachmittag ging Elisabeth in ihrem Wohnraum auf und ab, dachte über Englands gewonnene Seeschlacht nach und freute sich erst jetzt darüber, jetzt, nachdem die Feiern beendet und der Alltag wieder eingekehrt war, fand sie die innere Muße, den Sieg zu genießen. Ich werde eine neue Silbermedaille prägen lassen, überlegte sie, auf der Vorderseite ist mein Profil zu sehen, auf der Rückseite ein Schiff in den Wellen…

Dann fiel ihr ein, daß sie im Jahre 1588 seit dreißig Jahren über England herrschte, dieses Jubiläum mußte auch entsprechend gefeiert werden, und am nächsten Tag war ihr fünfundfünfzigster Geburtstag, sie fühlte sich nicht wie fünfundfünfzig, gewiß, wenn sie sich genau im Spiegel betrachtete, entdeckte sie hin und wieder zwischen den rötlichblonden ein graues Haar, Gesicht und Hals begannen faltig zu werden, seit einiger Zeit trug sie hochgeschlossene Kleider mit üppigen Kragen und Halskrausen, und sie benötigte mehr Puder als früher, damit ihr Gesicht glatt wirkte, aber sie war schlank wie eh und je, sie ritt, jagte, tanzte, allerdings, die Volta tanzte sie nicht mehr, weil sie sich und Leicester nicht der Lächerlichkeit preisgeben wollte, es würde komisch aussehen, wenn der korpulente Robert sie hochstemmte, er müßte abnehmen, überlegte sie, wie oft ermahnte sie ihn, weniger Bier, Wein, Whisky, weniger Fleisch, mehr Fisch, hin und wieder ein Fastentag – es nützte nichts, sie redete gegen eine Wand... Es war jetzt auf den Tag genau neun Jahre her, daß sie nach Kenilworth geritten war, neun Jahre..., die Zeit war verflogen, sie hatte manchmal den Eindruck, daß die Tage, Wochen, Monate immer rascher vergingen, je älter sie wurde...

In diesem Augenblick wurde Essex gemeldet, bei seinem Eintritt mußte sie unwillkürlich lächeln, er war etwas größer als sie und hatte die großen schwarzen Augen und das kastanienbraune Haar seiner Mutter geerbt, deren Großmutter eine Schwester von Anna Boleyn war... Sie dachte, daß es viele gutaussehende Männer an ihrem Hof gab, aber er war ein schöner Mann, ritterlich, charmant...

»Nun, Mylord, ich wähnte Euch bei Eurem Stiefvater, wie geht es ihm? Er schrieb mir einen reizenden Brief aus Ricote, Lady Norris gab ihm das Zimmer, das ich sonst bewohne...«

Sie stutzte, weil Essex ihrem Blick auswich und verlegen zu Boden sah. Eine Ahnung überkam sie, die sie vergeblich zu unterdrücken versuchte.

»Mylord, ist etwas passiert?«

Da sah Essex die Königin an und sagte leise:

»Majestät, der Graf von Leicester ist tot.«

Es dauerte einige Sekunden, ehe Elisabeth begriff, was der junge Mann gesagt hatte. »Robin … Mein Gott, wie ist das möglich?«

»Am Spätnachmittag des 4. September ritt mein Stiefvater aus, er wurde nur von seinem Reitknecht begleitet, unterwegs erlitt er wohl einen Herzschlag und fiel tot vom Pferd.«

»Robin«, sagte Elisabeth leise.

»Mit Verlaub, Majestät, für ihn war es ein schöner Tod, er mußte keine lange Krankheit mit Schmerzen erdulden.«

»Für ihn ja, aber für mich…, laßt mich allein, Mylord.«

Als Essex gegangen war, sank sie auf einen Stuhl und dachte daran, daß sie ihn nie mehr sehen würde… Sie weinte, und dabei zogen einzelne Bilder der letzten fünfundvierzig Jahre an ihr vorüber:

Robin in Hampton Court an ihrem zehnten Geburtstag, Robin am Hof ihres Bruders und die beginnende Zuneigung für ihn, die gemeinsame Zeit im Tower, ihre Thronbesteigung… Seit dreißig Jahren war er ständig in ihrer Nähe gewesen, seine Zuneigung hatte ihr Sicherheit gegeben, warum, dachte sie, muß ich ausgerechnet jetzt, im Augenblick des Triumphes über Spanien den schwersten persönlichen Verlust erleiden? Robin war erst sechsundfünfzig Jahre, er hätte noch zehn, vielleicht auch fünfzehn Jahre leben können, warum darf er nicht erleben, daß ich seinen Sohn – gewiß, Essex ist nicht der leibliche Sohn, aber er hat ihn immerhin erzogen –, daß ich seinen Sohn eines Tages zu meinem Nachfolger bestimme…, warum nur?

Sie trocknete die Tränen, ging hinüber in ihr Schlafzimmer und holte eine silberne Kassette herbei, worin sie alle Briefe, die er ihr im Laufe der Jahre geschrieben, aufbewahrte.

Sie las seinen Brief aus Ricote:

Ich bitte Eure Majestät, einem alten Diener verzeihen zu wollen, daß er die Kühnheit besitzt, sich nach dem Befinden seiner gnädigen Herrin zu erkundigen, und zu fragen, ob Ihre Schmerzen nachgelassen haben; denn dies ist für mich das Allerwichtigste auf der Welt, weshalb ich auch täglich für sie um Gesundheit und ein langes Leben bete. Ich selbst nehme weiter Eure Medizin, die mir besser bekommt als alles andere, was man mir sonst gegeben hat. Ich küsse in Demut Eure

Füße. Geschrieben in Eurem Zimmer in Ricote am Donnerstag morgen.
Ihrer Majestät untertänigster Diener
R. Leicester.

Sie faltete den Brief zusammen, griff zu Feder und Tinte und schrieb auf die obere Seite: *Sein letzter Brief*.

VIERTES BUCH

Der Sturm

1589–1603

*Füllt milder Rauch aus euerm Mund
Mein Segel nicht, so geht zu grund'
Mein Plan; er ging auf eure Gunst.
Zum Zaubern fehlt mir jetzt die Kunst:
Kein Geist, der mein Gebot erkennt;
Verzweiflung ist mein Lebensend'…*

William Shakespeare

XXV

To be or not to be, that is the question -
Whether' tis nobler in the mind to suffer
The slings and arrows of outrageous fortune,
Or to take arms against a sea of troubles,
And, by opposing, end them. To die, to sleep -
No more; and by a sleep to say we end
The heart-ache, and the thousand natural shocks
That flesh is heir to;'tis a consummation
Devoutly to be wished. To die, to sleep -
To sleep, perchance to dream… ay, there's the rub,
For in that sleep of death what dreams may come,
When we have shuffled off this mortal coil,
Must give us pause - there's the respeckt
That makes calamity of so long life:
For who would bear the wips and scorns of time,
Th'oppressors's wrong, the proud man's contumely,
The pangs of disprized love, the law's delay,
The insolence of office, and the spurns
That patient merit of th'unworthy takes,
When he himself might his quietus make
With a bare bodkin? Who would fardels bear,
To grunt and sweat under a weary life,
But that the dread of something after death -
The undiscovered country, from whose bourn
No traveller returns - puzzles the will,
And makes us rather bear those ills we have
Than fly to others that we know not of.
Thus conscience does make cowards of us all,

And thus the native hue of resolution
Is sicklied o'er with the pale cast of thougt,
And enterprises of great pitch and moment
With this regard their currents turn awry,
And lose the name of action... Soft you now,
The fair Ophelia. Nymph, in thy orisons
Be all my sins remembered.

Sein oder Nichtsein, das ist hier die Frage:
Ob's edler im Gemüt, die Pfeil' und Schleudern
Des wütenden Geschicks erdulden oder,
Sich waffnend gegen eine See von Plagen,
Im Widerstand zu enden. Sterben - schlafen -
Nichts weiter! - und zu wissen, daß ein Schlaf
Das Herzweh und die tausend Stöße endet,
Die unsers Fleisches Erbteil - 's ist ein Ziel,
Aufs innigste zu wünschen. Sterben - schlafen -
Schlafen! Vielleicht auch träumen! - Ja, da liegt's:
Was in dem Schlaf für Träume kommen mögen,
Wenn wir den Drang des Ird'schen abgeschüttelt,
Das zwingt uns stillzustehn. Das ist die Rücksicht,
Die Elend läßt zu hohen Jahren kommen.
Denn wer ertrüg' der Zeiten Spott und Geißel,
Des Mächt'gen Druck, des Stolzen Mißhandlungen,
Verschmähter Liebe Pein, des Rechtes Aufschub,
Den Übermut der Ämter und die Schmach,
Die Unwert schweigendem Verdienst erweist,
Wenn er sich selbst in Ruh'stand setzen könnte
Mit einer Nadel bloß? Wer trüge Lasten
Und stöhnt' und schwitzte unter Lebensmüh'?
Nur daß die Furcht vor etwas nach dem Tod -
Das unentdeckte Land, von des Bezirk
Kein Wandrer wiederkehrt - den Willen irrt,
Daß wir die Übel, die wir haben, lieber
Ertragen, als zu unbekannten flieh'n.
So macht Bewußtsein Feige aus uns allen;
Der angebornen Farbe der Entschließung

Wird des Gedankens Blässe angekränkelt;
Und Wagestücke hohen Flugs und Werts,
Durch diese Rücksicht aus der Bahn gelenkt,
Verlieren so der Handlung Namen. – Still!
Die reizende Ophelia. – Nymphe, schließ'
In dein Gebet all meine Sünden ein!

Der Graf von Oxford stand am Fenster seines Arbeitszimmers in Fisher's Folly und sah hinunter in den Hof, wobei ein glückliches Lächeln seine Lippen umspielte.

Es war ein kalter, trüber Nachmittag Anfang Dezember 1589, aber Edward bemerkte das triste Wetter nicht, er dachte an den Abend zuvor in Whitehall und an die erste Aufführung seines »Hamlet« vor der Königin und der Hofgesellschaft.

Die Tragödie ›Hamlet, Prinz von Dänemark‹ hatte bei den Zuschauern einen wahren Sturm der Begeisterung entfacht, die Königin war aufgestanden, hatte applaudiert, die übrigen Anwesenden ebenfalls, nur sein Schwiegervater, Lord Burghley, hatte während der Aufführung keine Miene verzogen, sich später mühsam lächelnd und giftig blickend von ihm verabschiedet...

Edward lachte leise vor sich hin, als er sich daran erinnerte...

Hamlet war sein bisher bestes Stück..., er konnte guten Gewissens behaupten, daß er der beste Stückeschreiber in London war, alle anderen, sein Sekretär John Lyly, Thomas Kyd, Anthony Munday, Robert Greene, Angel Day, Thomas Nashe, alle schrieben schlechter, mit Ausnahme von Christopher Marlowe. Der Sohn eines Schusters, hatte ein Stipendium für Cambridge erhalten, den Magistergrad erworben und angefangen zu schreiben. 1587 hatten die Admiral's Men sein erstes Drama, den ›Tamerlan‹ aufgeführt, der überwältigende Erfolg hatte auch die Aufmerksamkeit der Königin erregt. Marlowe konnte für ihn ein ernsthafter Konkurrent werden, allerdings, er galt als Raufbold und verhehlte nicht seine homosexuellen Neigungen, aber er war noch jung, erst fünfundzwanzig, das Leben lag noch vor ihm, während er, Edward de Vere, bereits im vierzigsten Lebensjahr stand. In den vergangenen Jahren war er zum bedeutendsten Mann im Londoner Theaterleben geworden, er konnte mit seiner beruflichen Entwicklung zufrieden sein: Er hatte – innerhalb der von der Königin gesetzten Frist von zwei Jahren – ihre eigene Truppe, die Queen's Men aufgebaut, inzwischen betreute er nicht nur die königliche und seine eigene Truppe, sondern mehrere Ensembles: Oxford's Boys, Oxford's Tumblers, Worcester's and Oxford's Men, Children of St. Paul's, Children of the Chapel, Dutton's Men...

Ab 1586 zahlte ihm die Königin jährlich eintausend Pfund für seine Arbeit mit den Schauspieltruppen, er mußte zwar über die Verwendung des Geldes keine Rechenschaft ablegen, aber er hatte es sich angewöhnt, jede Ausgabe für die Truppen aufzuzeichnen.

Seit 1581 war er nur noch selten am Hof gewesen, morgens schrieb er mit erfahrenen Schauspielern seiner eigenen Truppe Stücke, die die Politik der Regierung propagieren sollten, nachmittags überarbeitete er die Texte, schickte sie, zwecks Überprüfung bestimmter Details, nach Gray's Inn, erst in der Nacht kam er dazu, seine eigenen Stücke zu schreiben.

Sein Privatleben hatte sich seit Beginn der achtziger Jahre stabilisiert: Gegen Ende des Jahres 1580 übersiedelte er in Cecils Palais und lebte vor den Augen der Öffentlichkeit wieder mit Anna zusammen, das Eheleben freilich mied er zu jenem Zeitpunkt noch. In jenen Jahren zog er am Abend mit seinen Schauspielern hin und wieder durch die Londoner Pubs. Als er an einem solchen Abend die Treppe einer Schenke hinunterging, trat Thomas Knyvett, ein Verwandter seiner ehemaligen Geliebten Anne Vavasour, ihm mit gezogenem Degen gegenüber. Er wollte Annes Ehre rächen, und es kam zu einem Duell, bei dem es Knyvett gelang, den Schenkel seines Gegners oberhalb des Knies zu treffen und einen Muskel zu durchtrennen.

Sein Schwiegervater holte die besten Chirurgen Londons, aber ihre Kunst war vergeblich, seit jenem Duell hinkte er, und er rächte sich an Knyvett auf seine Art: Er überarbeitete Romeo und Julia erneut, und ließ Knyvett als Julias Vetter Tybalt auftreten, der von Romeo im Zweikampf getötet wurde.

Jenes Duell führte zur endgültigen Versöhnung mit Anna. Sie pflegte ihn hingebungsvoll, wachte Tag und Nacht an seinem Bett, und als er fast genesen, erlag er der Versuchung, zog sie auf sein Lager und zeugte einen Sohn, der allerdings, Anfang Mai 1583, wenige Tage nach der Geburt starb. Im Jahr darauf kam seine Tochter Bridget zur Welt und nach weiteren drei Jahren die Tochter Susan.

Im Jahr des Sieges über die Armada starb Anna, er ließ die Töchter in der Obhut der Großeltern und übersiedelte vom Cecilschen Palais nach Fisher's Folly. Er mußte noch etwas Land verkaufen, um jenes ausgedehnte Anwesen inmitten Londons zu erwerben, es war umgeben von Gärten und besaß Höfe für Tennis, Krocket und Bowling; er hatte in diesem Haus nur wenige Diener, und die Speisekammer war oft kärglich gefüllt, aber an diesem Ort konnte er in Ruhe arbeiten und sinnieren, hier empfing er in regelmäßigen Abständen die Königin.

Sein neues Palais hatte ihr beim ersten Besuch so gut gefallen, daß sie ihn einmal wöchentlich besuchte, um sich von den Staatsgeschäften zu erholen. Sie unterhielten sich wie in alten Zeiten, einige seiner besten Schauspieler führten eine Szene vor, dann spielte einer die Laute oder Zither, während die anderen eine Gaillarde tanzten, und er empfand eine stille Genugtuung darüber, daß die Königin die Gespräche mit ihm nicht missen wollte und ihn aufsuchte, weil er sich am Hof nur selten blicken ließ, offiziell hieß es, sie wolle ihm, weil er hinke, den mühevollen Weg ersparen...

So weit, so gut, aber seine finanzielle Situation hatte sich im Laufe der Jahre immer mehr verschlechtert: Abgesehen davon, daß er Land verkaufen mußte, um seinen finanziellen Verpflichtungen nachzukommen, hatte er wenig Glück bei den Expeditionen, an denen er sich finanziell mit einer gewissen Summe beteiligte, in der Hoffnung, daß die »Piraten« eine reiche Beute heimbrachten; sein Schiff »Bonaventura«, das er erfolgreich gegen die Armada befehligt und das er im Frühjahr 1589 zu einer Expedition gegen Spanien beisteuerte, dieses Schiff kehrte leer zurück...

Man kann im Leben nicht alles haben, dachte Edward, und während er dies dachte, sah er einen jungen Mann über den Hof durch den Torweg zu den Wirtschaftsgebäuden gehen, und dabei fiel ihm ein, daß er diesem jungen Mann aus Stratford, wie hieß er noch...? William Shakespeare..., daß er ihm noch einige Anweisungen geben mußte, was die Aufbewahrung der Requisiten betraf, und bei dieser Gelegenheit wollte er sich etwas ausführlicher mit ihm unterhalten, wie er es stets zu tun pflegte, wenn neue Leute zu seiner Truppe stießen.

Er wußte von diesem Mann aus Stratford nur, daß er im Sommer, als die Oxford's Men dort gastierten, zur Truppe gekommen und bei ihr geblieben war, er gab auf die Kostüme acht, schirrte die Pferde an, spielte die Rollen ohne Worte und schien insgesamt ein witziger Kopf zu sein, jedenfalls hatte Lily empfohlen, den jungen Mann als Nachfolger des verstorbenen Requisiteurs bei den Queen's Men aufzunehmen. Edward hinkte zurück zum Schreibtisch und überlas zum soundsovielten Male an jenem Tag die Rollenverteilung bei ›Richard III.‹ Aus irgendeinem unerfindlichen Grund wünschte die Königin, daß am letzten Tag des Jahres ›Richard III.‹ in Whitehall aufgeführt werden sollte, er hatte versucht, sie zu einer Komödie zu überreden, seiner Meinung nach paßte eine Komödie besser zum Jahreswechsel als eine Historie, aber die Königin bestand auf ›Richard III.,‹ und am Neujahrstag wünschte sie eine Aufführung von ›Die lustigen Weiber von Windsor‹.

Die Wünsche der Königin waren für ihn immer ein Befehl, allerdings, bei ›Richard III.‹ gab es Schwierigkeiten: Am Vormittag hatte er erfahren, daß der Schauspieler, der gewöhnlich die Rolle des Richard spielte, an den Pocken erkrankt war, selbst wenn er überlebte, konnte er unmöglich am 31. Dezember den Richard spielen, Edward hatte schon verschiedene Umbesetzungen erwogen, und war schließlich zu dem Ergebnis gekommen, daß die Hauptrolle von einem Schauspieler, der nicht zu den Queen's Men gehörte, gespielt werden mußte. Kurz entschlossen befahl er Lily zu sich und fragte ihn, ob er einen Ersatzmann empfehlen konnte.

Lily überlegte und erwiderte: »In der Truppe des verstorbenen Grafen von Leicester gibt es einen Schauspieler, den Euer Lordschaft seinerzeit für die Queen's Men gewinnen wollten, aber der Graf von Leicester war dagegen.«

»Ja, ich entsinne mich, der Mann hieß Gerard Braleigh, und Leicester wollte nicht, der Himmel weiß, warum, daß dieser Schauspieler zur Truppe der Königin gehörte. Ihr begebt Euch sofort zu ihm und fragt ihn, ob er bereit ist, den Richard zu spielen.«

In diesem Augenblick wurde Lord Burghley gemeldet und betrat das Zimmer.

Lily verbeugte sich, murmelte einen Gruß und eilte hinaus. Er begegnete dem mächtigsten Mann Englands nicht gerne, weil er wußte, daß der engste Ratgeber der Königin die öffentlichen Theaterhäuser und die Aufführungen nur widerwillig duldete.

In dem Augenblick, als Cecil den Raum betrat, spürte Edward, daß ihm eine äußerst unangenehme Unterhaltung mit seinem Schwiegervater bevorstand.

»Mylord, bitte, wollt Ihr Euch nicht setzen?«

»Nein, die gestrige Aufführung des Hamlet war ein Skandal!«

Edward wußte sofort, worauf sein Schwiegervater anspielte, und versuchte sich herauszureden.

»Das verstehe ich nicht ganz, Mylord, Ihre Majestät war begeistert.«

»Wollt Ihr mich für dumm verkaufen?« schrie Cecil, und seine Stimme überschlug sich fast vor Wut und Empörung.

»Ich rede nicht von der Qualität der Aufführung, sondern von der Reaktion der Zuschauer, und diese Reaktion war ein Skandal! Es kann Euch nicht entgangen sein, daß jedes Mal, wenn Polonius auftrat, ein Flüstern durch die Reihen lief: ›Das ist Burghley, das ist Burghley…‹, und er entsann sich noch einmal empört an jenen Auftritt des Polonius, als dieser auf die Tollheit des Prinzen Hamlet zu sprechen kam und vor dem Königspaar sagte:

»Eu'r edler Sohn ist toll,
Toll nenn' ich's: denn worin besteht die Tollheit,
Als daß man gar nichts anders ist als toll?
Doch das mag sein.«

Und die Antwort der Königin im Schauspiel?

»Mehr Inhalt, wen'ger Kunst!«

Er empfand es als bodenlose Unverschämtheit seines Schwiegersohnes, ihn, den Lordschatzkanzler, als Schwadroneur hinzustellen, noch schlimmer war die Reaktion des Publikums, sie lachten, sogar seine Königin…, diese vier Worte: Mehr Inhalt, wen'ger Kunst, hatten ihn an jenem Abend zum Gespött des Hofes gemacht…

»Damit nicht genug, Mylord, als König Claudius auftrat, wurde geflüstert: ›Das ist Leicester, das ist Leicester…, wenn Ihr mich parodiert, in Gottes Namen, ich stehe über diesen Dingen, aber es ist eine Geschmacklosigkeit, über den Weg des Schauspiels an den Tod Lady Dudleys zu erinnern, es ist ein unerhörter Affront gegenüber Ihrer Majestät!«

»Mylord, ich habe den Eindruck, daß Ihre Majestät es nicht als Affront empfindet, und was Leicester betrifft, nun, als ich den ›Hamlet‹ schrieb, lebte er noch…«

»Schweigt!« donnerte Cecil. »Ihre Majestät ist natürlich längst hinweg über diese Geschichte vor fast dreißig Jahren, aber Ihr, Ihr könnt überhaupt nicht ermessen, was sie damals durchgemacht hat… Ihr gehört in den Tower, jawohl, in den Tower! Und das sage ich Euch: Wäre der ›Hamlet‹ vor zehn Jahren aufgeführt worden, hätte Ihre Majestät wahrscheinlich anders reagiert, damals… Genug, es geht Euch nichts an. Leider ist Ihre Majestät von Euren Stücken fasziniert und hält Ihre schützende Hand über Euch… Ihr wißt genau, daß es verboten ist, noch lebende Personen auf der Bühne darzustellen, und genau dies tut Ihr seit Jahren, Eure Stücke strotzen von Anspielungen auf reale Personen und Vorkommnisse, und natürlich amüsiert sich jeder, wenn Ihr den Hofklatsch in Euren Komödien durchhechelt, aber jetzt habt Ihr den Bogen überspannt.«

Er schwieg, ging langsam auf und ab, und Edward fragte sich, ob sein Schwiegervater nur gekommen war, um ihn abzukanzeln, wahrscheinlich nicht…

Da blieb Cecil stehen, musterte Edward von oben bis unten und sagte leise, mit einem gefährlichen Unterton in der Stimme:

»Meine Agenten mischen sich natürlich bei den öffentlichen Aufführungen unter das Volk, um zu hören, was geredet wird…, seit geraumer Zeit beobachten sie, daß die Zuschauer anfangen, sich dafür zu interessieren, wer der Verfasser eines Stückes ist, vor allem bei Euren Stücken interessiert man sich dafür, in absehbarer Zeit werdet Ihr sie nicht mehr anonym aufführen können, Ihr wißt, daß Ihr als Mann von Stand nicht als Verfasser in Erscheinung treten dürft… Ihre Majestät hat mir erzählt, daß Ihr plant, Eure Schauspiele irgendwann drucken zu lassen, um sie zu veröffentlichen, ist das wahr?«

»Ja, Mylord.«

»Wie stellt Ihr Euch das vor? Als Aristokrat dürft Ihr nichts veröffentlichen, es sei denn, es macht Euch nichts aus, Eure Standesehre zu verlieren, aber das kann ich mir bei Euch nicht vorstellen.«

»Ich werde die Stücke ohne den Namen des Verfassers veröffentlichen.«

»Das geht nicht, Mylord, jeder Leser, der irgendwann Eure Tragödien, Komödien, Historien gesehen hat, wird sich fragen, warum ausgerechnet bei diesen Stücken der Autor im dunkeln bleibt.«

»Wollt Ihr mir das Schreiben verbieten, Mylord?«

»Ich täte es gerne, aber das läßt Ihre Majestät nicht zu. Ihre Majestät sagt stets, das Land brauche Eure Stücke, und gestern, nach dem ›Hamlet‹, sagte sie sogar, Europa brauche Eure Stücke. Ihre Majestät ist an einer Verbreitung Eurer Geschichten sehr interessiert... Ihr dürft also weiter schreiben, Ihr dürft schreiben, bis Ihr ins Grab sinkt, aber Ihr werdet unter einem anderen Namen aufführen und veröffentlichen, unter einem Pseudonym, ich erwarte, daß meine Agenten in absehbarer Zeit einen Autorennamen hören, wenn sie sich Hamlet ansehen, also – sucht Euch einen.«

»Einen Strohmann?«

»Ja, ich werde Euch noch einige Kriterien bei der Auswahl nennen: Er muß existieren, sollte möglichst kein Londoner sein, ungefähr gleichaltrig mit Euch oder jünger, er darf nicht ganz ungebildet sein, und seine Biographie muß halbwegs überzeugen, das heißt, gewisse Lebensabschnitte müssen der Realität entsprechen und nachprüfbar sein. Ihr wißt jetzt, woran Ihr seid, Mylord, und vergeßt nicht, mein Arm reicht weit.«

Nach diesen Worten drehte Cecil sich brüsk um und verließ raschen Schrittes das Zimmer.

Edward sah ihm verblüfft nach und versuchte vergeblich einen klaren Gedanken zu fassen..., ein Strohmann, ein Pseudonym, das hatte die Königin vor vielen Jahren auch schon einmal gesagt... Er ging noch einmal die Kriterien durch, die Cecil genannt hatte... Gütiger Himmel, dachte er, das ist gar nicht so einfach, ob ich Lily einweihe, vielleicht kennt er jemanden.

Er trat zum Fenster und sah gedankenverloren hinunter in den Hof...

Nach einer Weile kam der junge Mann aus Stratford durch den Torweg zurück und ging über den Hof zum Eingang.

Einer plötzlichen Eingebung folgend, öffnete Edward das Fenster und rief hinunter: »Mr. Shakespeare!«

Der junge Mann hob erstaunt den Kopf: »Mylord?«

»Kommt herauf, ich möchte etwas mit Euch besprechen.«

Wenige Minuten später stand der junge Mann vor dem Grafen, der ihn neugierig betrachtete: Er war mittelgroß, rundlich, vor allem der Kopf war rundlich, die braunen Haare fielen leicht gewellt auf den Kragen, über dem Mund kräuselte sich ein Bärtchen, die Augen blickten offen und freundlich, und Edward fand die äußere Erscheinung recht sympathisch.

»Nun, Mr. Shakespeare, habt Ihr Euch inzwischen bei den Queen's Men eingelebt?«

»Ja, Mylord, alle behandeln mich freundlich, ich fühle mich wie in einer großen Familie, jeder ist bemüht, soviel zu leisten wie möglich.«

»Gewiß, das ist notwendig, weil Ihre Majestät hohe Anforderungen speziell an diese Truppe stellt, aber nun erzählt von Euch, ich weiß bisher nur, daß Ihr aus Stratford kommt, wer war Euer Vater, habt Ihr Familie, und vor allem, warum habt Ihr Euch meiner Truppe angeschlossen und Stratford verlassen?«

»Mylord, ich wurde am 23. April 1564 in Stratford-on-Avon geboren, es ist, wie Ihr wißt, ein kleiner Marktflecken in Warwickshire mit ungefähr eintausendfünfhundert Einwohnern. Mein Vater war der Sohn eines Bauern aus Snitterfield, 1557 heiratete er eine Tochter Robert Ardens, des Eigentümers der Burg Wilmcote. Meine Mutter brachte ein Landgut in die Ehe ein.

Mein Vater war Landwirt und Handschuhmacher, erwarb in Stratford im Laufe der Jahre einige Häuser und spielte im öffentlichen Leben eine Rolle: Er war nacheinander Bierprüfer, Schutzmann, Schatzkämmerer, Ratsherr und ab 1568 Amtmann.

Er hatte acht Kinder, von denen drei früh starben; mit sieben Jahren kam ich in die Schule der Gemeinde.

Ungefähr ab 1576 geriet mein Vater – warum, weiß ich nicht – in finanzielle Schwierigkeiten, und 1586 verlor er sein Amt als Ratsherr.

Im Jahr 1577 mußte ich die Schule verlassen, war zunächst Page bei Fulk Grevilles in Beaucamp Court, später Chorknabe in einer katholischen Adelsfamilie, Ihr müßt wissen, Mylord, daß mein Großvater Arden einem alten katholischen Geschlecht entstammt.

Im Alter von achtzehn Jahren verliebte ich mich in eine reife Frau, Anne Hathaway war acht Jahre älter als ich, Ende November 1582 erhielten wir die Heiratserlaubnis, und am 25. Mai 1583 wurde unsere Tochter Susanna getauft, am 12. Februar 1585 die Zwillinge Hamneth und Judith. Ungefähr drei oder vier Jahre nachdem mein Vater Amtmann geworden war, zogen hin und wieder Theatertruppen durch Stratford, und mein Vater erlaubte ihnen die Aufführung von Stücken. Ich war damals noch ein Kind, aber die Komödianten faszinierten mich… Nun ja, im letzten Sommer, als Eure Truppe in Stratford spielte, hatte ich Schwierigkeiten mit der Polizei, sie verfolgten mich, weil ich im Park von Sir Thomas Lucy gewildert hatte, und so beschloß ich, für einige Zeit unterzutauchen.«

Es entstand eine Pause, und Edward fand, daß William Shakespeare aus Stratford der geeignete Strohmann werden könnte.

»Mr. Shakespeare, hättet Ihr nicht Lust, eines Tages als wohlhabender Mann nach Stratford zurückzukehren?«

»Gewiß, Mylord, aber wie sollte ich jemals zu Wohlstand kommen?«

»Das ist ganz einfach, Ihr erweist mir einen Dienst, und ich bezahle Euch dafür. Aus verschiedenen Gründen benötige ich einen fremden Autorennamen für meine Stücke. Ich zahle Euch jährlich eine bestimmte Summe zusätzlich zu Eurem Lohn, wenn Ihr bereit seid, die Rolle des Autors zu übernehmen, das bedeutet nicht nur, daß die Stücke unter Eurem Namen aufgeführt und irgendwann gedruckt und veröffentlicht werden, Ihr müßt auch in bestimmten Situationen den Verfasser spielen.«

»Wie soll ich das verstehen, Mylord?«

»Habt Ihr die Schauspieler schon hin und wieder in die Pubs begleitet?«

»Nein, Mylord, das kann ich mir gar nicht leisten.«

»Sehr gut, in Zukunft könnt Ihr es Euch leisten, Ihr laßt Euch hin und wieder als Verfasser meiner Stücke in den Pubs sehen. Die

Schauspieler der Queen's Men und der Oxford's Men werde ich zum Schweigen verpflichten, bei den übrigen Truppen und beim Publikum bin ich als Verfasser bis jetzt noch unbekannt. Es wird eine Weile dauern, bis Euer Name mit meinen Stücken in Verbindung gebracht wird, das laßt meine Sorge sein, seid Ihr mit meinem Vorschlag einverstanden?«

»Ja, Mylord, ich erweise Euch gerne diesen Dienst.«

»Gut, allerdings knüpfe ich zwei Bedingungen an meine Sonderzahlung: Ihr werdet nie eigene Stücke schreiben und aufführen lassen, und nach meinem Tod verlaßt Ihr sofort London und begebt Euch zurück nach Stratford, Ihr dürft nie, hört Ihr, nie einem anderen Menschen etwas von diesem Handel erzählen oder darüber schriftlich etwas dokumentieren. Es ist üblich, daß ein Autor im Testament sein Werk erwähnt und gewisse finanzielle Dinge, die damit verbunden sind, regelt, in Eurem Testament darf kein Hinweis auf meine Stücke enthalten sein, habt Ihr verstanden?«

»Ja, Mylord.«

»Seid Ihr mit meinem Vorschlag einverstanden?«

»Ja, Mylord.«

Als William Shakespeare die Galerie entlang und die Treppe hinunterging, schwirrte ihm der Kopf: Er sollte also künftig als Verfasser der Stücke seines Brotherrn in Erscheinung treten… ›Hamlet, Prinz von Dänemark‹, geschrieben von William Shakespeare…, es klingt nicht übel, und dann malte er sich aus, wie er als wohlhabender Mann nach Stratford zurückkehrte und dort ein geruhsames Leben führte…

Edward verbrachte den Rest des Tages mit gemischten Gefühlen, eine Lösung war gefunden, gut, aber es schmerzte ihn, daß sein Werk irgendwann unter einem fremden Namen veröffentlicht würde – er, der Autor, würde für immer unbekannt bleiben, aber es gab für ihn keine andere Wahl…

Gerard Braleigh war sofort damit einverstanden, Richard III. zu spielen, und Edward teilte der Königin mit, daß er die Hauptrolle neu besetzen müßte, weil der Mann, der sie sonst spielte, wegen

Krankheit ausfiel; er nannte nicht den Namen des Ersatzmannes, weil er annahm, daß die Königin nur die Schauspieler der Queen's Men namentlich kannte. Am Spätnachmittag des 31. Dezember versammelten sich in der Großen Halle in Whitehall die Hofleute, die von der Königin zur Aufführung geladen worden waren, abgesehen von Essex, Raleigh, Hatton, den Cecils, dem Ehepaar Warwick waren es Damen und Herren, die sich für Literatur und die kulturelle Entwicklung Englands interessierten.

Die Stimmung war fröhlich und gelockert, nach der Aufführung würde es eine Pause geben, die man nutzen konnte, um den neuesten Hofklatsch zu erfahren, anschließend würde man einige Stunden tafeln und schließlich das Jahr 1590 mit Tanz und Feuerwerk begrüßen...

Cecil erschien bei Theateraufführungen stets im letzten Augenblick, kurz vor dem Beginn, und er kam auch nur, um die Königin nicht zu brüskieren. Als er an jenem Nachmittag die Galerie entlangging, blieb er einen Augenblick stehen, sah hinunter in die festlich erleuchtete Halle und ließ die Szenerie auf sich wirken.

Die Königin trug eine schwarze, golddurchwirkte Samtrobe, die am Hals in einen hohen schwarzen Spitzenkragen auslief, der mit Perlen behängt war, an jedem Finger funkelte ein Edelstein, das Diadem bestand aus Brillanten.

Cecil beobachtete, daß die Haare der Königin im Kerzenlicht kupferrot glänzten, und amüsierte sich im stillen, wahrscheinlich hatte sie ihre Locken frisch gefärbt, er wußte, daß sie noch keine Perücke tragen wollte, und es vorzog, die grauen Haare, die nach Leicesters Tod allmählich das rötliche Blond durchsetzten, zu färben.

Rechts neben der Königin stand Essex, von Kopf bis Fuß in weiße, golddurchwirkte Seide gekleidet, was seine dunklen Locken noch besser zur Geltung brachte, Raleigh stand links neben der Königin und etwas schräg vor ihr Oxford, er erzählte gerade etwas, und die anderen lachten.

Cecil suchte mit den Augen seinen Sohn Robert und entdeckte ihn, etwas weiter entfernt von der Königin, neben Hatton, der seit einiger Zeit das Amt des Lordkanzlers bekleidete, was Cecil völlig in Ordnung fand, Hatton war ein guter Jurist, ein fleißiger Arbeiter, und er lehnte es ab, sich zu verheiraten, um die Königin nicht zu kränken.

Cecil beobachtete seinen Sohn Robert, der sich bei höfischen Festen stets im Hintergrund hielt, aber er würde seinen Weg machen, und Cecil empfand eine gewisse Genugtuung darüber, daß Elisabeth, als Walsingham einige Wochen zuvor bettlägerig wurde, seinen Sohn beauftragt hatte, die Aufgaben des Ersten Staatssekretärs zu übernehmen, die er bis jetzt zur vollsten Zufriedenheit der Königin erledigte, vor einigen Tagen hatte sie sogar angedeutet, daß Robert nach Walsinghams Tod, und damit mußte man rechnen, weiterhin faktisch der Erste Staatssekretär bleiben sollte, mit der Aussicht, irgendwann, zum geeigneten Zeitpunkt offiziell ernannt zu werden... Der entscheidende Schritt nach oben war getan, und Cecil dachte oft, daß er jetzt ruhig sterben konnte, was hatte er vom Leben noch zu erwarten? Seine geliebte Tochter Anna war tot, sein Sohn Thomas bereitete ihm nur Kummer, als er ihn zur weiteren Ausbildung nach dem Kontinent auf Reisen schickte, hatte Thomas ein derart haltloses und ausschweifendes Leben geführt, daß Cecil befürchtete, er werde als verschwenderischer Trunkenbold nach Hause kommen, der nur noch ein Ballspielunternehmen leiten könne, und er selbst wurde von der Gicht geplagt ...

Seine Augen wanderten zu Raleigh und Essex, und er verglich die beiden Männer, beide waren Günstlinge, aber welch ein Unterschied zwischen Essex und den anderen Favoriten..., alle, auch Leicester, akzeptierten den Platz, den die Königin ihnen zuwies, gewiß, sie konkurrierten untereinander, aber sie akzeptierten stillschweigend Leicesters Stellung als Primus inter pares, und Leicester selbst..., nachdem er sich damit abgefunden hatte, daß Elisabeth ihn nicht heiratete, gab er sich mit der Rolle des Ersten Mannes am Hof zufrieden, er strebte nicht nach einer höheren Position, er äußerte im Staatsrat seine Meinung, versuchte aber nicht, sie um jeden Preis durchzusetzen, und vor allem, er und die andern Günstlinge gehorchten den Befehlen der Königin, während Essex...

Raleigh – inzwischen zum Kapitän der Leibwache ernannt – ist natürlich wie die meisten Seefahrer abenteuerlustig, aber er ist kein Abenteurer, er ist mutig, aber nicht tollkühn, und er handelt verantwortungsbewußt, Essex hingegen..., gewiß, er ist noch jung, erst zweiundzwanzig, aber gewisse Verhaltensweisen werden sich wahrscheinlich nicht mehr ändern, die mißglückte Expedition im Frühjahr nach Portugal war aufschlußreich im Hinblick auf Essex…

Elisabeth rechnete damit, daß Philipp eine neue Armada bauen und England erneut angreifen würde, dies konnte man nicht verhindern, aber man konnte versuchen, Philipp zu schwächen, und so segelte im April 1589, unter dem Kommando von Drake und Norris, eine gut ausgerüstete Flotte nach Portugal; an Bord befand sich auch der portugiesische Thronprätendent Don Antonio, und das Ziel war es, ihn wieder als König einzusetzen und die Spanier aus Portugal zu vertreiben. Elisabeth bezweifelte zwar, ob die Portugiesen Don Antonio wirklich wollten, aber diese Expedition würde Philipps Invasionspläne stören, und vielleicht konnte man einige spanische Goldschiffe kapern und Philipp wenigstens materiell schädigen.

Essex, erinnerte sich Cecil, wollte natürlich unbedingt an der Expedition teilnehmen, was Elisabeth ihm untersagte, einmal, weil sie um sein Leben fürchtete, zum andern, weil sie damit rechnete, daß es zu Schwierigkeiten mit den erfahrenen älteren Männern kommen würde, sein Rang und seine hohe Stellung bei der Königin verboten ihnen, sich im Kommando über ihn zu erheben, falls sie es dennoch wagten, würde Essex nur Störungen und Duelle provozieren.

Als der Graf von dem Verbot erfuhr, ritt er heimlich über Nacht nach Plymouth, ging auf das Schiff des zweiten Kommandanten, Sir Roger Williams, und befahl ihm, auf hoher See zu kreuzen bis die übrige Flotte zu ihnen stieß.

Wiliams gehorchte, und die Kuriere der Königin, die den jungen Grafen zurückholen sollten, kamen zu spät.

Daraufhin befahl Elisabeth Drake, Williams in Ketten zu legen und Essex zurückzuschicken…, und nun geschah etwas Erstaunliches:

Drake und Norris schickten weder Essex zurück, noch verhafteten sie Williams, und Cecil schlußfolgerte, daß die Admirale davon überzeugt waren, daß Essex' Einfluß auf die Königin so stark war, daß er sie vor der zu erwartenden Strafe schützen würde. Noch erstaunlicher war das Verhalten der Königin: Abgesehen davon, daß sie Essex freudig empfing und ihm verzieh, kamen auch die Kommandanten ungeschoren davon, sie mußten ihr Verhalten erklären, und Elisabeth gab sich damit zufrieden. Sie waren fähige Männer, aber dies allein war kein Grund, die Mißachtung eines königlichen Befehls einfach zu übergehen…

Das Verhalten der Königin wertet die Stellung von Essex auf, überlegte Cecil, er ist nicht nur Favorit, er ist mehr…, an diesem Punkt dachte er nicht weiter, weil er nicht weiterdenken wollte…, die Expedition war ein Fehlschlag, die Portugiesen wollten nichts von Don Antonio wissen, das Landungsheer schmolz zusammen, weil die Männer an Skorbut erkrankten, ein Sturm auf Lissabon war nicht mehr möglich, und Drake verzichtete darauf, zu den Azoren zu segeln, um einige Goldschiffe abzufangen…

Vor Lissabon hatte Essex seine Lanze in das Stadttor gejagt und den spanischen Kommandanten zum Zweikampf herausgefordert, was dieser gar nicht zur Kenntnis nahm… Drake und Norris werden sich amüsiert haben, dachte Cecil, Essex benimmt sich manchmal wie ein Ritter in der Vergangenheit, aber die Gegenwart ist anders, seine Allüren passen auf einen Turnierplatz, aber nicht in einen Krieg…

»Ihr kommt spät, Mylord«, wurde er von Essex mit leisem Tadel in der Stimme empfangen.

Elisabeth lächelte Cecil an und sagte zu dem Grafen: »Mein ›Geist‹ hat noch gearbeitet, Lord Burghley ist mein treuester und zuverlässigster Diener, merkt Euch, Mylord, Loyalität und Treue sind für den Monarchen und das Wohlergehen seines Landes unerläßlich.«

Cecil stutzte bei den letzten Worten: Es klang fast, als ob eine Mutter ihrem Sohn Ratschläge gab, er hatte schon öfter den Eindruck gehabt, daß Elisabeth in dem jungen Mann einen Sohn sah, einen Sohn? Auch diesen Gedanken hatte er noch nie zu Ende gedacht…

Er stellte sich auf seinen Platz unmittelbar hinter die Königin, damit jederzeit eine Verständigung möglich war, dann gab Oxford dem Trompeter auf der Galerie ein Zeichen, und dieser kündigte mit einigen Fanfarenstößen den Beginn der Vorstellung an.

In der Halle war es totenstill geworden, und alle warteten gespannt auf den ersten Auftritt, jeder der Anwesenden hatte die Historie schon etliche Male gesehen, entweder in einem der Londoner Theater oder auf einem adeligen Landsitz oder am Hof, aber das Stück hatte für die Zuschauer noch nichts von seiner Faszination eingebüßt.

Nun betrat Richard, der Herzog von Gloucester und Bruder des regierenden Königs Eduard IV,. durch eine Seitentür die Halle.

»Nun ward der Winter unseres Mißvergnügens
Glorreicher Sommer durch die Sonne Yorks;
Die Wolken all, die unser Haus bedräut,
Sind in des Weltmeers tiefem Schoß begraben.
Nun zieren unsre Brauen Siegeskränze,
Die schart'gen Waffen hängen als Trophä'n;
Aus rauhem Feldlärm wurden muntre Feste.
Aus furchtbar'n Märschen holde Tanzmusiken.
Der grimm'ge Krieg hat seine Stirn entrunzelt,
Und statt zu reiten das geharn'schte Roß,
Um droh'nder Gegner Seelen zu erschrecken,
Hüpft er behend in einer Dame Zimmer
Nach üppigem Gefallen einer Laute.
Doch ich, zu Possenspielen nicht gemacht,
Noch um zu buhlen mit verliebten Spiegeln;
Ich, roh geprägt, entblößt von Liebesmajestät,
Vor leicht sich dreh'nden Nymphen mich zu brüsten;
Ich, um dies schöne Ebenmaß verkürzt,
Von der Natur um Bildung falsch betrogen,
Entstellt, verwahrlost, vor der Zeit gesandt
In diese Welt des Atmens, kaum halb fertig
Gemacht, und zwar so lahm und ungeziemend,
Daß Hunde bellen, hink' ich wo vorbei:
Ich nun, in dieser schlaffen Friedenszeit,
Weiß keine Lust, die Zeit mir zu vertreiben,
Als meinen Schatten in der Sonne späh'n
Und meine eigne Mißgestalt erörtern;
Und darum, weil ich nicht als ein Verliebter

Kann kürzen diese fein beredten Tage,
Bin ich gewillt, ein Bösewicht zu werden
Und feind den eitlen Freuden dieser Tage.
Anschläge macht' ich, schlimme Einleitungen,
Durch trunk'ne Weissagungen, Schriften, Träume,
Um meinen Bruder Clarence und den König
In Todfeindschaft einander zu verhetzen.
Und ist nur König Eduard treu und echt
Wie ich verschmitzt, falsch und verräterisch,
So muß heut Clarence eng verhaftet werden
Für eine Weissagung, die sagt, daß G
Den Erben Eduards nach dem Leben steh'.
Taucht unter, ihr Gedanken, Clarence kommt.«

Cecil stutzte, der Schauspieler kam ihm bekannt vor, erinnerte ihn an jemanden, die Bewegungen, die Stimme…

In diesem Augenblick wandte Elisabeth sich halb zu Cecil und flüsterte: »Mylord, täusche ich mich, oder spielt Mr. Braleigh Richard III.?«

»Er spielt ihn, Majestät, aber seit wann ist er Schauspieler?«

»Er war seit frühester Jugend ein Schauspieler«, und eine flüchtige Erinnerung an die Begegnung mit ihm im Küchentrakt des Schlosses Hampton Court streifte sie…, er hatte sich als Enkel Richards III. ausgegeben, so also schloß sich der Kreis.

Das Stück nahm seinen Fortgang, und irgendwann beugte Essex sich etwas zu Elisabeth hinunter und sagte leise:

»Die Rolle Richards III. wird großartig gespielt, ich habe noch keine bessere Darstellung gesehen.«

»Ihr habt recht, übrigens hat dieser Schauspieler erheblich dazu beigetragen, daß der Graf von Leicester Euer Stiefvater wurde.«

»Das verstehe ich nicht, Majestät.«

»Ich erzähle es Euch nachher.«

Sie konzentrierte sich wieder auf das Spiel und stellte überrascht fest, daß sie Braleigh gegenüber weder Groll noch Haß empfand, sondern nur Gleichgültigkeit, vor zehn Jahren hätte ich noch anders gedacht, aber jetzt… Wie mag er zur Schauspielerei gekommen sein?

Als der Graf von Richmond, der spätere Heinrich VII., Elisabeths Großvater, seinen letzten Auftritt hatte, war die Halle von ehrfurchtsvollem Schweigen erfüllt.

»Beerdigt sie, wie's ihrem Rang gebührt.
Ruft Gnade aus für die gefloh'ne Mannschaft,
Die unterwürfig zu uns wiederkehrt;
Und dann, worauf das Sakrament wir nahmen,
Vereinen wir die weiß' und rote Rose,
Der Himmel lächle diesem schönen Bund,
Der lang auf ihre Feindschaft hat gezürnt!
Wer wär' Verräter g'nug und spräch' nicht Amen?
England war lang im Wahnsinn, schlug sich selbst:
Der Bruder, blind, vergoß des Bruders Blut;
Der Vater würgte rasch den eignen Sohn;
Der Sohn, gedungen, ward des Vaters Schlächter;
All dies entzweite York und Lancaster,
Entzweiet selbst in greulicher Entzweiung.
Nun mögen Richmond und Elisabeth,
Die echten Erben jedes Königshauses,
Durch Gottes schöne Fügung sich vereinen!
Mög' ihr Geschlecht (wenn es Dein Will' ist, Gott!)
Die Folgezeit mit mildem Frieden segnen,
Mit lachendem Gedeih'n und heitern Tagen!
Zerbrich der Bösen Waffe, gnäd'ger Gott,
Die diese Tage möchten wiederbringen,
Daß England weinen müßt' in Strömen Bluts!
Der lebe nicht und schmeck' des Landes Frucht,
Der heim des schönen Landes Frieden sucht!
Getilgt ist Zwist, gestreut des Friedens Samen:
Daß er hier lange blühe, Gott, sprich Amen!«

Nach diesem letzten Auftritt wurde anhaltend applaudiert, und der Hauptdarsteller mußte noch etliche Male auftreten, um einen Monolog zu sprechen oder eine besonders wirkungsvolle Szene noch einmal zu spielen. Schließlich winkte Elisabeth Oxford herbei: »Mein Kompliment, Ihr hättet die Rolle Richards III. nicht besser besetzen können, bringt den Schauspieler zu mir, ich möchte mich mit ihm unterhalten.«

Wenig später beugte Gerard Braleigh das Knie vor ihr, und als er sie dann ansah, fand sie, daß seine Augen sie noch genauso frech und unverschämt blitzten wie damals, Robin wäre jetzt siebenundfünfzig Jahre, rechnete sie, und Braleigh ist ein oder zwei Jahre älter, äußerlich hat er sich gut gehalten, keine grauen Haare, keine Korpulenz...

»Euer Spiel hat mir gefallen, Mr. Braleigh, erzählt, wie Ihr zum Theater gekommen seid.«

Er zögerte etwas und erwiderte: »Ich verlor im Laufe der Jahre mein Vermögen, und da ich meinen Lebensunterhalt bestreiten mußte, nahm mich der selige Graf von Leicester in seine Schauspieltruppe auf, dort bin ich immer noch. Vor einigen Wochen bat mich der Graf von Oxford, für einen erkrankten Kollegen in der Truppe Eurer Majestät einzuspringen.«

»Ihr gehört also zur Truppe des Grafen von Leicester..., wir danken Euch, daß Ihr heute hier gespielt habt.«

Sie nickte ihm freundlich lächelnd zu, und Braleigh zog sich zurück.

»Mit Verlaub, Majestät«, sagte Edward, »ich würde ihn gerne in die Truppe der Queen's Men übernehmen, dann hättet Ihr öfter das Vergnügen, ihn spielen zu sehen.«

»Das wäre ein zweifelhaftes Vergnügen, Mylord, Mr. Braleigh bleibt, wo er ist«, und zu Essex: »Kommt, ich möchte Euch etwas zeigen.«

Edward sah ihnen verblüfft nach, als sie die Treppe hinaufgingen.

»Versteht Ihr das?« fragte er seinen Schwiegervater. »Braleigh hat doch brillant gespielt.«

»Die Entscheidung Ihrer Majestät«, erwiderte Cecil, »ist nicht gegen Euch gerichtet, es hängt mit einer Affäre zusammen, die fast dreißig Jahre zurückliegt..., er zögerte etwas und fuhr vorsichtig fort: »Ich habe schon öfter beobachtet, auch vorhin während der Aufführung, daß Ihr den Grafen von Essex mit kritischen Blicken mustert, was haltet Ihr von ihm?«

Edward sah Cecil überrascht an, er konnte sich nicht erinnern, daß sein Schwiegervater sich jemals für seine Meinung interessiert hatte.

»Da Ihr offen fragt, will ich offen antworten. Der Graf von Essex ist ein prachtvoll verziertes, aber dennoch leeres Gefäß. Ich halte ihn für eitel, oberflächlich, sprunghaft, unberechenbar, er neigt zu unüberlegten Handlungen, ist ausgesprochen ehrgeizig, kriegslüstern, machtlüstern und herrschaftssüchtig.«

Cecil lächelte. »Ihr nehmt wahrhaftig kein Blatt vor den Mund.«

»Warum sollte ich? Ich habe nichts mehr zu verlieren, seit ich meinen Namen verloren habe.«

»Mein Gott, nehmt endlich Vernunft an, ich halte Euer lebendiges Pseudonym für eine ausgezeichnete Lösung, aber um auf Essex zurückzukommen, ich teile Eure Meinung, indes – wie kommt Ihr zu diesem Urteil, schließlich erlebt Ihr ihn nicht so häufig wie ich.«

Edward überlegte.

»Mylord, ich glaube, es hängt damit zusammen, daß ich schreibe. Wenn ich Personen überzeugend darstellen und differenziert charakterisieren will, muß ich mich in sie hineinversetzen, und ich muß natürlich auch die Menschen um mich herum genau beobachten und sie auf mich einwirken lassen.«

»Das klingt einleuchtend, einige Hofleute habt Ihr ja vortrefflich in Eure Stücke eingebracht. Habt Ihr schon Pläne, in welches Stück Ihr den Grafen von Essex einbauen wollt?«

Edward überhörte die sarkastische Bemerkung und erwiderte: »Der Graf übt auf Ihre Majestät keinen guten Einfluß aus, möge Gott verhüten, daß die Königin ihm jemals einen verantwortlichen Posten überträgt.«

»Ihre Majestät hofft, daß er im Laufe der Jahre sein jugendliches Ungestüm verliert und reifer wird.«

»Vielleicht, aber angeborene Charaktereigenschaften ändern sich nicht, Mylord.«

Während dieser Unterhaltung zwischen Edward und Cecil schilderte Elisabeth dem Grafen kurz die Rolle, die Braleigh bei Amy Dudleys Tod gespielt hatte.

»Gütiger Himmel«, rief Essex, »was es alles gibt, er wirkte übrigens gar nicht verlegen oder schuldbewußt, als er vor Euer Majestät stand.«

»Verlegenheit oder Schuldgefühle passen nicht zu ihm.«

In ihrem privaten Wohnraum holte sie aus einer Truhe eine weißseidene, mit Goldfäden bestickte Schärpe und zeigte sie Essex.

»Seht, Mylord, gelernt ist gelernt. Ich kann immer noch mit Nadel und Faden umgehen – und nun ratet, welchem ausländischen Fürsten ich die Schärpe schenken will.«

»Das ist nicht schwer zu erraten, Majestät, es gibt im Augenblick nur einen Herrscher, dem Euer Majestät so viel Hochachtung entgegenbringen, daß er eines Geschenks von Eurer Hand würdig ist, König Heinrich IV. von Frankreich.«

Das Jahr 1589 war für die Franzosen ein Jahr der politischen Umwälzungen: Im Frühjahr 1588 tobte der »Krieg der drei Heinriche«, Heinrich von Navarra kämpfte gegen Heinrich III. und Heinrich von Guise, den Herzog von Lothringen, der vom Volk verehrt wurde, während man den lasterhaften regierenden König haßte. Der Herzog war entschlossen, den letzten Valois zu stürzen und Frankreich dem katholischen Glauben zu unterwerfen.

Die Pariser gerieten in eine hysterische Begeisterung, als er in der Hauptstadt einritt, und sie nannten ihn den »König von Paris«.

Als der Herzog im Louvre den König zur Abdankung zwingen wollte, wurde er von Katharina von Medici so geschickt in langwierige Verhandlungen verwickelt, daß Heinrich III. fliehen konnte; er zog sich nach Blois zurück und rief den Lothringer zu Friedensverhandlungen herbei.

Heinrich von Guise ritt trotz verschiedener Warnungen nach Blois und betrat als Gast – ohne Panzerhemd und Waffen – das Schloß, wo er, auf dem Weg zu den königlichen Gemächern, von mehreren Dolchen durchbohrt wurde; sein Bruder, der Kardinal von Guise, wurde ebenfalls ermordet.

Inmitten dieser Wirren starb Katharina von Medici, und Heinrich III. war nun Alleinherrscher; als sich alle Parteien, mit Ausnahme der katholischen Liga, von ihm abwandten, versuchte er, ein Bündnis mit seinem Schwager, Heinrich von Bourbon, dem König von Navarra und Führer der Hugenotten, zu schließen.

Die beiden Könige trafen sich zu Verhandlungen in Plessis-les-Tours, wo Heinrich III. am 1. August von einem fanatischen Mönch erdolcht wurde. In den wenigen Stunden, die er nach dem Attentat noch lebte, setzte er den König von Navarra zum Erben der französischen Krone ein und beschwor ihn, zum katholischen Glauben überzutreten.

Am 4. August, noch vor der Bestattung des letzten Valois, erließ der neue König ein Toleranzversprechen an beide Konfessionen, aber die fanatische Liga hetzte das Volk, unterstützt von Spanien, gegen den neuen König auf, und der Bourbone bat Elisabeth um Unterstützung in seinem Kampf um die Krone Frankreichs.

Elisabeth legte die Schärpe in die Kommode zurück.

»Der Bourbone gefällt mir«, sagte sie zu Essex, »er ist zwar unglaublich unzuverlässig, bettelt ständig um Geld, verspricht, es zurückzuzahlen, was er dann doch nicht tut; wenn ich ihn an die geliehene Summe erinnere, kommt ein Liebesbrief aus Frankreich, aber er ist kein Fanatiker – und er ist der einzige Mann, der in Frankreich den Religionskrieg beenden kann. Wenn ich ihm die Schärpe schicke, werde ich ihm schreiben, daß er endlich den Rat seines Schwagers annehmen und – nach außen hin – zum katholischen Glauben übertreten soll, eher wird Paris ihm die Tore nicht öffnen, und er ist erst faktisch König von Frankreich, wenn er im Besitz der Hauptstadt ist.«

»Euer Majestät wollen also, daß Frankreich katholisch bleibt?«

»Ja, es ist die einzige Möglichkeit, daß das Land endlich zur Ruhe kommt, überdies habe ich keine Lust und auch nicht die Mittel, um auf unbestimmte Zeit ständig Geld und Truppen über den Kanal zu schicken. Heinrich hat inzwischen fast vierzigtausend Pfund von mir erhalten, überdies habe ich unter dem Kommando Lord Willoughbys eine kleine Armee in die Normandie gesandt, um die Kanalhäfen zu blockieren, aber ich kann dem englischen Volk nicht länger zumuten, doppelte Steuern zu entrichten und Gatten und Söhne zu opfern, um einem König in einem andern Land auf den Thron zu helfen.«

»Gewiß, Majestät«, erwiderte Essex zögernd, »trotzdem halte ich einen Krieg mit eindeutigen Siegern und Besiegten für besser als einen formalen Übertritt zum katholischen Glauben.«

»Mylord, Kriege sind kostspielig und können ein Land an den Rand des Ruins bringen, überdies sind Kriege überflüssig, oft kann man mit Verhandlungen mehr erreichen.«

»Majestät, wo bleibt der Ruhm?«

»Ach, der Ruhm, hört auf vom Ruhm zu reden, ein Monarch kann auch durch die Erhaltung des Friedens Ruhm erwerben.«

»Wenn ich an Stelle Eurer Majestät wäre, würde ich den Bourbonen solange unterstützen, bis er für die Hugenotten den Sieg erkämpft hat, ein protestantisches Frankreich wäre ein idealer Verbündeter.«

»Ihr regiert aber nicht an meiner Stelle, Mylord, überdies war ich auch schon mit einem katholischen Frankreich verbündet, und außerdem hängen Bündnisse nicht von der Konfession, sondern von machtpolitischen Konstellationen und wirtschaftlichen Interessen ab... Merkt Euch das.

Philipp von Spanien wurde erst ungemütlich, als wir anfingen auf den Weltmeeren zur Konkurrenz zu werden, aber – es ist Zeit für das Bankett.«

Auf dem Rückweg in die Halle überlegte sie, wie sie ihn von seiner Begeisterung für das Kriegshandwerk abbringen konnte. Er mußte ruhiger werden, der Degen saß ihm immer noch zu locker, und sie erinnerte sich an einen Vorfall im vergangenen Jahr:

Auf der Stechbahn war ihr der junge Charles Blount, Lord Mountjoy, aufgefallen, nach seinem Sieg grüßte er sie mit dem Schwert, was bedeutete, daß er für die Königin gekämpft hatte.

Ihr gefiel die Geste des jungen Mannes, und so schenkte sie ihm von ihren Schachfiguren die Königin, eine kleine Kostbarkeit aus purem Gold.

Blount band die Figur mit einem roten Band an seinem Arm fest und erschien stolzgeschwellt am Abend im großen Saal in Whitehall.

Essex sah die Schachkönigin, lachte und rief:

»Wie ich sehe, muß jetzt jeder Narr eine Vergünstigung haben!«

In der Morgenfrühe des nächsten Tages kreuzten Blount und Essex die Klingen, wobei letzterer verwundet wurde.

Sie hörte es entsetzt und rief halb zornig, halb besorgt: »Tod und Teufel, jemand sollte den Grafen zusammendonnern und ihn Manieren lehren, sonst wird man nicht mehr mit ihm fertig!«

Der junge Blount und Essex hatten sich inzwischen versöhnt und waren Freunde geworden, zwischen Essex und Raleigh aber schwelte eine unterdrückte Rivalität.

Während des Banketts beobachtete Cecil Elisabeth und Essex, die nebeneinandersaßen, und eingedenk der Worte seines Schwiegersohnes ließ er das Paar auf sich wirken...

Elisabeths Augen ruhten hin und wieder liebevoll mütterlich auf dem jungen Mann, nun ja, vielleicht war er für sie eine Art Sohn, es wäre verständlich, zehn Jahre zuvor hatte sie sich ein Kind gewünscht, aber wenn sie in Essex einen Sohn sieht, dann... Und zum ersten Mal dachte Cecil den Gedanken zu Ende, den er bisher verdrängt hatte. Sie sieht in ihm nicht nur den Ersatz für einen Sohn, sondern auch ihren Nachfolger... Mein Gott, dieser Mann soll irgendwann König von England werden, ich darf nicht daran denken, nun, vielleicht besinnt sie sich noch..., er sah unwillkürlich zu dem Grafen, der lächelnd hörte, was die Königin sagte.

Cecil fühlte sich instinktiv unangenehm von diesem Lächeln berührt, und auf einmal wußte er, warum, und wußte gleichzeitig, worin der Unterschied zwischen Essex und den übrigen Favoriten der Königin bestand: Elisabeth war für alle Günstlinge, auch für Leicester, zuerst die Königin gewesen, der man gehorchte und respektvoll huldigte, erst dann war sie für diese Männer auch eine Frau – eine Frau, die man bewunderte und verehrte, indem man Sonette dichtete und, wie im Falle Hattons, schwärmerische, platonische Liebesbriefe schrieb, einzig bei Leicester war die Beziehung zur Königin erotisch gefärbt, was wohl auch auf Gegenseitigkeit beruht hatte, nun gut, rückblickend betrachtet, war nichts dagegen einzuwenden, weil er immer in der Frau auch die Königin respektiert hatte, Essex hingegen?

Für ihn ist Elisabeth natürlich auch die Königin, und er genießt seine bevorzugte Stellung in vollen Zügen, aber er fühlt sich nicht zu respektvollem Gehorsam verpflichtet, weil für ihn auch eine Königin nur eine schwache Frau ist, die dem Mann zu gehorchen hat; irgendwann wird Elisabeth seinen wahren Charakter erkennen, und – wie geht es dann weiter?

Hoffentlich hat er bis zu diesem Zeitpunkt noch nicht allzuviel Unheil angerichtet…

XXVI

An einem Vormittag Ende April 1593 begab Francis Bacon sich zu seinem Bruder Anthony, der im Palais des Grafen von Essex am Strand den Posten eines Sekretärs, oder besser Geheimsekretär innehatte.

»Wo ist der Graf?« fragte Francis beim Betreten des Zimmers.

»In der Staatsratssitzung, heute wird wohl endlich entschieden werden, ob wir Frankreich weiterhin unterstützen, na, ich habe dem Grafen noch eine wichtige Information verschafft, die er gegen die Cecils ausspielen kann.«

»Vortrefflich, dann wird der Graf sich hoffentlich erkenntlich zeigen und mich unterstützen. Es gibt Neuigkeiten: Die Stelle des Kronanwalts ist frei geworden, das wäre der richtige Posten für mich, hohe Einkünfte, Ansehen, die Möglichkeit, noch weiter aufzusteigen, als Kronanwalt wäre ich endlich meine finanziellen Sorgen los, ich werde den Grafen bitten, daß er bei der Königin für mich spricht, mich unterstützt, wenn ich diesen Posten bekomme, zeige ich außerdem unserem geliebten Onkel, daß ich nicht auf seine Protektion angewiesen bin, ich werde hier auf den Grafen warten, laß dich nicht stören.«

Er trat zum Fenster, sah hinunter in den Hof und träumte davon, Kronanwalt zu werden…

Die Brüder, Anthony zählte fünfunddreißig Jahre, Francis dreiunddreißig, waren die Söhne des verstorbenen Großsiegelbewahrers Nicholas Bacon, der eine Schwester von Mildred Cecil geheiratet hatte.

Beide galten als begabt, Anthony war von Kindheit an krank, er hinkte, litt unter Rheumatismus, mußte ständig Medikamente nehmen, und dieser schwache Gesundheitszustand lähmte seinen Ehrgeiz. Im Alter von einundzwanzig Jahren ging er auf Reisen ins Ausland, führte dort zwölf Jahre lang ein kostspieliges Leben und kehrte erst 1592 nach England zurück.

Francis war ein reiner Verstandesmensch; an Cecil schrieb er:

»Mein Reich soll das weite Gebiet allen Wissens sein«, er war ehrgeiziger als sein Bruder und träumte von hohen Ämtern und Würden, wobei er zur Erreichung dieser Ziele alle Möglichkeiten nutzte, von denen er glaubte, daß sie ihn voranbrachten.

Der Großsiegelbewahrer hinterließ ein mittleres Vermögen, das es den Söhnen ermöglichte, ein standesgemäßes Leben zu führen, vorausgesetzt, sie lebten normal, aber davon konnte nicht die Rede sein. Anthony verbrauchte Unsummen auf seinen Reisen, und Francis liebte den Luxus und sinnliche Freuden, dazu gehörten prunkvolle Kleider, Hausmusikanten, sein Gaumen vertrug nur eine besondere Sorte Dünnbier. Da der Geruch gewöhnlichen Leders ihn anwiderte, trugen alle Diener Schuhe aus Saffianleder, überdies hielt er sich eine Anzahl hübscher junger Männer, halb als Diener, halb als Kameraden, böse Zungen behaupteten, die jungen Männer seien seine Bettgenossen, jedenfalls steigerten sie die Kosten seines Haushaltes.

Irgendwann begann er sich zu verschulden und schrieb Bettelbriefe an seine Mutter, die außerhalb Londons auf einem Landgut ein bescheidenes puritanisches Leben führte. Meistens lehnte sie die Geldforderungen ihres Sohnes ab, hin und wieder schickte sie ihm einige Pfund, damit er wenigstens die dringlichsten Gläubiger bezahlen konnte.

Nachdem er seine Studien beendet hatte, arbeitete Francis als Rechtsanwalt bei den Londoner Gerichten und hoffte, daß sein allmächtiger, einflußreicher Onkel ihm einen einträglichen Posten verschaffen würde, aber es verging ein Jahr nach dem andern, sein Vetter Robert wurde zunächst der Vertreter von Walsingham, nach dessen Tod, 1590, wurde er faktisch der Erste Staatssekretär, einige Zeit später erhielt er einen Sitz im Parlament und wurde Mitglied des Staatsrates, während Francis Rechtsanwalt blieb und sich in den Mußestunden mit Literatur und Philosophie beschäftigte.

Als Anthony 1592 nach England zurückkehrte, wußte Francis, daß er von seinem Onkel nichts zu erwarten hatte, der protegierte nur den eigenen Sohn, und so begann er, sich nach einem wohlhabenden, einflußreichen Gönner umzusehen, und da kam im Jahre 1592 nur ein Mann in Frage: Robert Devereux, der zweite Graf von Essex.

Elisabeths Favorit Hatton war im Jahr zuvor gestorben, Sir Raleigh war in Ungnade, weil er der Königin liebstes Ehrenfräulein, die blonde blauäugige Elisabeth Throgmorton verführt und geschwängert hatte.

Raleigh verbrachte zunächst einige Wochen im Tower, nach seiner Entlassung gab die Königin zwar ihre Einwilligung zur Heirat, aber sie verbannte das Paar vom Hof – und es sah nicht so aus, als ob Raleigh jemals zurückkehren würde.

So blieb nur Essex, und Francis fand diese Lösung optimal.

Essex war inzwischen der mächtigste Mann am Hof, hatte ebenfalls einen Sitz im Parlament, gehörte seit Anfang 1593 zum Staatsrat, und er konnte es sich leisten, verschwenderisch zu leben, die Königin hatte, neben anderen finanziellen Zuwendungen, das sehr einträgliche Südweinmonopol an ihn verpachtet, das erst am Michaelstag, also Ende September, 1600 auslief und dann wahrscheinlich erneuert wurde – hinzu kam, daß der Graf offensichtlich bestrebt war, Anhänger um sich zu scharen, die Brüder nahmen also Kontakt zu ihm auf, und während Francis für Essex politische Aktenstücke entwarf oder eine kunstreiche sinnbildliche Huldigungsphrase für die Königin drechselte, schlug Anthony dem Grafen vor, im Laufe der Zeit die Cecils auf ihrer eigenen Domäne – nämlich der Außenpolitik – zu schlagen.

Essex war begeistert, und so verbrachte Anthony seine Tage in dem gotischen Palais am Strand damit, eine ausgedehnte Korrespondenz zu entwickeln: Seine Agenten wurden auf Essex' Kosten über ganz Europa gesandt, Briefe liefen ein aus Schottland, Frankreich, Holland, Italien, Spanien, mit ausführlichen Berichten über Aussprüche von Fürstlichkeiten, Bewegungen von Heereskräften, über das gesamte Getriebe internationaler Intrigen.

Anthony empfing, durchdachte, tauschte Nachrichten aus, und die Arbeit häufte sich bald so, daß er vier Geheimschreiber zu Hilfe nahm.

Die Cecils beobachteten verwundert und mißtrauisch, daß Essex in den Ratssitzungen bei außenpolitischen Fragen genauso gut oder noch besser informiert war als sie selbst, und nach einiger Zeit beauftragte Cecil seine Agenten die Angelegenheit zu beobachten.

Er wunderte sich auch, wie ernst der Graf seine Aufgaben im Parlament und im Staatsrat nahm, er erschien zu jeder Sitzung, und im Parlament sah man ihn schon um sieben Uhr morgens an seinem Platz.

Abwarten, dachte Cecil, das ist der Reiz der Neuheit, die politische Tagesarbeit ist ein mühsames Geschäft, wofür man Ausdauer benötigt, und diese Eigenschaft besitzt er nicht.

Elisabeth hingegen war hoch erfreut, daß der junge Mann anscheinend zu sich selbst gefunden hatte, nun ja, es wurde auch Zeit, er stand immerhin schon im fünfundzwanzigsten Lebensjahr…

Als der Winter des Jahres 1593 sich dem Ende zuneigte, beschloß sie, Essex am 17. November, also am 35. Jahrestag ihrer Thronbesteigung, offiziell zu ihrem Nachfolger zu ernennen, vorausgesetzt, er entwickelte sich weiterhin so gut wie bisher.

Hin und wieder überlegte sie, ob sie Cecil einweihen sollte, nein, dachte sie, die Proklamation soll für alle, auch für Robert, eine Überraschung sein…

Es war erst anderthalb Jahre her, daß sie über seine Eskapaden während des Frankreichfeldzuges getobt hatte, jetzt, da seine Sturm-und-Drang-Jahre anscheinend überwunden waren, konnte sie nur noch darüber lächeln…

Heinrich IV. bat die protestantischen Fürsten Europas ständig um militärische und finanzielle Hilfe gegen die katholische Liga.

Während aus Deutschland Söldner eintrafen, um die von den Katholiken besetzte Stadt Rouen zurückzuerobern, zögerte Elisabeth zunächst mit weiteren Unterstützungen, aber Heinrich schrieb immer dringlichere, flehende Briefe, und auch die Umgebung Elisabeths, Cecil und vor allem Essex, drängten auf eine Unterstützung des französischen Königs, und so entschloß sie sich zuletzt doch, Truppen nach Rouen zu schicken. Essex allerdings sollte in England bleiben, zum einen, weil sie um sein Leben bangte, zum andern, weil sie befürchtete, daß er in Frankreich Dummheiten machte. Nachdem er zwei Stunden vor ihr auf den Knien gelegen und sie angefleht hatte, ihm das Oberkommando zu überlassen, gab sie nach, aber sie befahl den erfahrenen Generälen Sir Williams und Sir Norris, ihn zu begleiten, um irgendwelche Tollheiten zu verhindern.

Im August 1591 schiffte Essex sich ein, und nach der glücklichen Landung in Frankreich traf eine Hiobsbotschaft nach der anderen ein: Als die Engländer vor Rouen ankamen, stellte sich heraus, daß Heinrich IV. Elisabeth angelogen hatte, er belagerte mit seinen Truppen nicht Rouen, sondern befand sich in Compiègne, in der Nähe seiner Hauptstadt. Norris und Williams leisteten mit ihren Truppen den deutschen Söldnern Gesellschaft, Essex hingegen wollte nicht untätig vor Rouen liegen und beschloß, den französischen König zu besuchen.

Sie war entsetzt und empört gewesen, als sie von den Heldentaten ihres romantischen Ritters hörte: Er ritt durch Landstriche, in denen es von Spaniern und Soldaten der Liga wimmelte, und ritt wie der König von England in Compiègne ein; sechs Pagen, gekleidet in gelbe Seide mit Goldstickerei, sechs Trompeter mit dem englischen Wappen auf ihrem Samtwams mußten links und rechts von Essex reiten; er selber trug auch ein gelbes Seidenwams, das Barett, die Säume seines Gewandes und die Handschuhe waren mit Edelsteinen besetzt, sechzig junge Adlige in prachtvollen Kleidern folgten ihm. Da Heinrich wußte, daß der Graf der Favorit der englischen Königin war, empfing er ihn mit königlichen Würden und feierte ihn durch Turniere und Wettspiele. Im Tennis siegte Heinrich, aber im Wettspringen mußte man für Essex die Barriere höher stellen als für jeden der anderen Herren.

Heinrich besaß Gott sei Dank so viel Verantwortungsgefühl, daß er den jungen Mann nicht durch das gefährliche Feindesland zurückreiten ließ, er hielt ihn in Compiègne, bis Norris eine stark bewaffnete Begleittruppe schickte. Darüber vergingen Wochen, das englische Heer war durch die Passivität demoralisiert, litt unter Fieber und Dysenterie. Bei seiner Rückkehr befahl Essex, den Angriff vorzubereiten, aber Norris und Williams waren dagegen, man verfüge über zuwenig Truppen und Artillerie, so beschloß Essex, allein zu kämpfen, und ließ den Kommandanten der Stadt zum Zweikampf herausfordern.

Der Kommandant erschien, und nachdem sie einige Stunden lang um den Sieg gerungen hatten, wurde der Kampf als unentschieden abgebrochen. Schließlich versuchte Essex die Stadt zu stürmen, der Angriff verlief erfolglos, aber Essex' junger Bruder kam dabei ums Leben. Damit nicht genug, schlug er vierundzwanzig seiner Anhänger zu Rittern, mit der Begründung, es sei weder ihre noch seine Schuld, wenn ihnen bisher Ruhm versagt worden sei; da sie aber so guten Willen gezeigt hätten, verleihe er ihnen die Ehrung, die sie sich bestimmt verdient haben würden.

Die Ehrungen empörten Elisabeth noch mehr als der Besuch in Compiègne. Ehrungen verlieh allein die Krone; wenn von dem Recht des Befehlshabers, Tapferkeit zu belohnen, leichtfertig Gebrauch gemacht wurde, so beraubte man die Königin eines ihrer ureigensten Vorrechte. Sie befahl Essex nach England zurück, woraufhin er ihr schrieb, das erfülle ihn mit solchem Gram, daß ihm »alle Knöpfe vom Wams sprangen, als wären sie mit einem Messer abgeschnitten worden«.

Er kehrte nach England zurück, versöhnte sich mit ihr, überredete sie, die Truppen aus Frankreich nicht zurückzuziehen, schiffte sich erneut ein und begann mit der Belagerung von Rouen. Rouen hielt stand, und im Januar 1592 befahl sie ihm, endgültig nach England zurückzukehren.

Als sein Schiff den Hafen verließ, stand er am Heck und küßte sein Schwert... Sie war erleichtert, als sie ihn gesund und wohlbehalten wiedersah, und nahm sich vor, ihn an keinem Feldzug mehr teilnehmen zu lassen.

Auch über sein Privatleben hatte sie sich zeitweilig geärgert. Im

Jahre 1590 hatte er heimlich die Witwe Sir Philip Sidneys – eine Tochter Walsinghams – geheiratet, immerhin erfuhr sie es nicht von dritter Seite, sondern von ihm selbst, was geschehen war. Allerdings zu einem Zeitpunkt, als die Schwangerschaft der jungen Frau nicht mehr verheimlicht werden konnte. Sie hatte sich mit der Ehe abgefunden, obwohl die junge Frau nicht standesgemäß war, und sich gesagt, daß eine Königin eine Gattin ignorieren könne.

Aber dies alles war im Frühjahr 1593 Vergangenheit, sie stand jetzt im sechzigsten Lebensjahr und mußte die Zeit, die ihr noch blieb, nutzen, um ihn auf die Pflichten eines Monarchen vorzubereiten.

Während Francis Bacon von der Kronanwaltschaft träumte, wurde im Staatsrat darüber debattiert, ob noch einmal Geld und Truppen nach Frankreich geschickt werden sollten.

Essex vertrat keine eindeutige Position, sondern hielt eine langatmige Rede, worin er die Vor- und Nachteile einer Unterstützung Frankreichs darlegte.

Die Cecils und andere strenggläubige Protestanten plädierten für eine weitere Unterstützung, Elisabeth war wie immer unentschlossen.

Es ging schon auf Mittag zu, als Robert Cecil noch einmal um das Wort bat.

»Majestät, Mylords, es ist allgemein bekannt, daß der Krieg in Frankreich uns seit 1589 bis heute ungefähr dreihunderttausend Pfund gekostet hat – das ist natürlich viel Geld, aber wir alle hoffen, daß die Hugenotten siegen. Wir sollten Heinrich IV. weiterhin unterstützen und so dem Protestantismus in Frankreich zum Sieg verhelfen.«

Es entstand eine Pause, die Räte sahen unschlüssig auf die Tischplatte, schließlich fragte Elisabeth, ob es andere Meinungen gäbe.

In diesem Augenblick sah Essex Robert Cecil an und sagte mit einem höhnischen Unterton: »Ihr seid schlecht informiert, Mylord, ich weiß aus zuverlässiger Quelle, daß Heinrich beabsichtigt, zum katholischen Glauben überzutreten.«

Die Räte sahen einander erstaunt an, Robert preßte verärgert die Lippen aufeinander, sein Vater jedoch musterte den Grafen mit einem spöttischen Blick, Elisabeth lächelte Essex an und sagte: »Ich hoffe, daß Heinrich endlich vernünftig wird und zum katholischen Glauben übertritt, Englands gute Beziehungen zu Frankreich werden dadurch nicht beeinträchtigt, ich möchte die weitere Entwicklung in Frankreich abwarten und werde dann entscheiden, ob wir Heinrich weiterhin unterstützen, die übrigen Punkte der Tagesordnung werden morgen behandelt«, und zu Essex: »Begebt Euch schon nach drüben« (damit meinte sie ihre privaten Räume), und zu Cecil: »Auf ein Wort, Mylord.«

Sie wartete, bis sie mit ihm allein war, und sagte dann: »Ihr wißt, daß die Stelle des Kronanwalts frei ist, ich bin völlig unentschlossen, wem ich dieses Amt anvertrauen soll, wen würdet Ihr vorschlagen?«

Cecil überlegte einen Augenblick und erwiderte: »Majestät, meiner Meinung nach wäre Edward Coke der geeignete Anwärter für diesen Posten, als Generalanwalt besitzt er genügend juristische Erfahrungen.«

»Ihr habt recht, Mylord, indes, wenn ich ihn zum Kronanwalt ernenne, muß ich einen Nachfolger für das Amt des Generalanwalts finden.«

»Majestät, die Stelle des Generalanwalts ist leichter zu besetzen, für diesen Posten gibt es mehrere fähige Bewerber.«

»Ich muß darüber nachdenken, Mylord, ich danke Euch für Eure Anregung.«

Sie nickte Cecil freundlich zu und begab sich in ihre privaten Räume.

»Was wollte die Königin?« fragte Robert, während sie in der Kutsche zum Strand zurückfuhren.

»Es geht um die Besetzung der Kronanwaltsstelle«, und Cecil schilderte seinem Sohn die Unterredung mit Elisabeth.

Sie schwiegen eine Weile, schließlich sagte Robert: »Haltet Ihr es für möglich, Vater, daß Heinrich IV. zum katholischen Glauben übertritt?«

»Ja, er ist ein kluger Kopf, es ist die einzige Möglichkeit, den Religionskrieg zu beenden, und die Stadt Paris wird ihre Tore nur einem katholischen König öffnen.«

»Ich möchte wissen, wo Essex seine Informationen her hat, ich ärgere mich jedes Mal, wenn er mehr weiß als wir.«

Cecil lachte spöttisch auf. »Bis zum gestrigen Tag habe ich mich auch gewundert und geärgert, inzwischen habe ich jedoch einiges in Erfahrung gebracht. Meine Neffen Anthony und Francis sehen in Essex wohl ihren Gönner und Fürsprecher und leisten ihm dafür gewisse Dienste. Anthony hat während seines Auslandaufenthaltes natürlich viele Leute kennengelernt, wertvolle Verbindungen geknüpft, und jetzt sitzt er im Palais des Grafen und empfängt Nachrichten. Dies geht so weit, daß verschiedene Gesandte zwar mit mir korrespondieren, gleichzeitig aber auch ihre Informationen an Essex schicken, ich hätte es nicht geglaubt, aber sie haben es mir selbst gesagt.«

»Es ist unerhört, Vater, wir müssen es unterbinden.«

»Wie willst du es unterbinden? Im Augenblick können wir nur abwarten.«

»Na, wenn Essex der Gönner meiner Vettern ist, wird es auf Francis bald Ehren und Würden regnen.«

»Das glaube ich nicht, die Königin ist nicht gut auf Francis zu sprechen, sie hat ihm die Rede noch nicht verziehen, die er neulich im Parlament hielt.«

»Die Rede war eine rhetorische Meisterleistung, aber er hätte sie natürlich besser nicht gehalten.«

Einige Wochen zuvor hatte Bacon im Unterhaus gegen die Gewährung von Subsidien opponiert, die von der Krone gefordert wurden. Die Belastung sei zu groß, hatte Bacon gesagt, der Adel müsse sein Silber und der Bauer seine Messingtöpfe verkaufen, um das alles bezahlen zu können. Das Oberhaus hatte sich eingemischt und versucht, mit dem Unterhaus zu verhandeln, woraufhin Bacon auf die Gefahren der Beteiligung der Lords an irgendwelchen finanziellen Debatten hingewiesen hatte, mit dem Erfolg, daß der Antrag des Oberhauses durchfiel. Elisabeth war empört über Bacons Rede gegen die Steuer, das Parlament hatte auf Krieg gedrungen und seine Hilfe zugesagt, und jetzt, wo die Zeit gekommen war, daß das

Land einen Teil der Lasten aufbringen sollte, wurde gemurrt, anscheinend hatten die Parlamentarier vergessen, daß sie, die Königin, bis jetzt mit ihrem Kapital den Krieg in Frankreich finanziert und dem Volk nur einen Bruchteil der Kosten aufgebürdet hatte.

Cecil überlegte eine Weile und sagte dann mit leisem Triumph in der Stimme: »Ich kenne den Ehrgeiz meines Neffen Francis und halte es durchaus für möglich, daß er seine begehrlichen Augen auf die Kronanwaltschaft gerichtet hat und Essex um Unterstützung bitten wird. Falls dies eintritt, dann wird sich bei dieser Frage zeigen, wer den größeren Einfluß auf die Königin besitzt, der Graf oder wir.«

Elisabeth und Essex saßen im privaten Speiseraum der Königin beim Mittagessen. Es war inzwischen zur Gewohnheit geworden, daß der Graf, wenn er zur Zeit der Mittag- oder Abendtafel im Schloß weilte, die Mahlzeiten gemeinsam mit der Königin einnahm. Abgesehen davon, daß Elisabeth den jungen Mann gerne um sich hatte, war es eine Gelegenheit unter vier Augen, seine Meinung zu diesem oder jenem politischen Problem zu hören und ihn durch diese Gespräche auf seine künftige Regierungsarbeit vorzubereiten. War der Arbeitstag sehr anstrengend gewesen, verzichtete Elisabeth auf politische Gespräche und unterhielt sich mit Essex lieber über Literatur, Philosophie, das Londoner Theaterleben oder über höfische Begebenheiten. Auch an jenem Apriltag war sie eher geneigt, ein unpolitisches Gespräch zu führen.

»Wie war der gestrige Abend, Mylord, habt Ihr Euch gut unterhalten?«

Essex traf sich hin und wieder abends mit Stückeschreibern, Schauspielern und anderen jungen Adeligen in einem der Londoner Pubs, um zu zechen und die Probleme der Welt zu diskutieren, meistens kam er gegen Mitternacht nach Hause, hin und wieder auch erst am frühen Morgen.

»Die Unterhaltung war hochinteressant, Majestät, Marlowe hat von seinen literarischen Plänen erzählt, na ja, später, als er nicht mehr ganz nüchtern war, er hat er seine Neigungen decouvriert und gesagt, wer sich nichts aus Tabak und Knaben mache, sei ein

Dummkopf, nun gleichviel, in den nächsten Jahren kann er ein ernsthafter Konkurrent Oxfords werden, sein ›Tamerlan‹, ›Eduard II.‹, ›Dr. Faustus‹, ›Der Jude von Malta‹ können es durchaus mit Oxfords Historien, Tragödien oder Komödien aufnehmen… Übrigens, das habe ich Euer Majestät noch gar nicht erzählt – vor ungefähr zwei Wochen ging ich an einem Nachmittag in das Theaterhaus Rose, um mir ›Hamlet‹ anzusehen…«

»Gütiger Himmel«, unterbrach Elisabeth, »wie oft habt Ihr das Stück bis jetzt gesehen?«

»Ich glaube, zwölfmal… Nun, ich ging also in das Theaterhaus und mischte mich wie stets unter das Volk, das die Bühne umstand, weil es mich interessiert, was die Leute so reden. Auf einmal hörte ich, wie ein Zuschauer seinen Nachbarn fragte, wer denn ›Hamlet‹ geschrieben habe, und der Nachbar erwiderte: ›Das wißt Ihr nicht? William Shakespeare, er schreibt übrigens auch Komödien. Ihr solltet Euch einmal ›Der Widerspenstigen Zähmung‹ ansehen, da lernt Ihr, wie man die Weiber behandeln muß, damit sie gehorchen.' Einige Tage später besuchte ich das Theaterhaus Newington Butts, um mir ›Richard II.‹ anzusehen, und dort erlebte ich das gleiche Spiel: Ein Zuschauer fragte einen andern, wer das Stück geschrieben habe, und erhielt zur Antwort: ›William Shakespeare‹ – ich wußte noch gar nicht, daß Oxford seine Stücke unter einem andern Namen aufführen läßt.«

»Nun ja, die Affäre wird natürlich diskret behandelt, das Pseudonym existiert schon seit über drei Jahren, aber das muß natürlich behutsam und vorsichtig in die Öffentlichkeit gebracht werden.«

Sie schwieg und ließ ihre Augen eine Weile nachdenklich auf Essex ruhen. »Wie hat Euch ›Richard II.‹ gefallen?«

»Die Aufführung war recht gut, aber ich habe schon bessere gesehen.«

Elisabeth sah überrascht auf. »Ihr habt schon mehrere Aufführungen ›Richards II.‹ gesehen? Das Stück scheint Euch zu gefallen.«

»Ja, Majestät, es ist ein interessantes politisches Lehrstück; ich persönlich finde es völlig richtig, daß ein schwacher, unfähiger Herrscher den Thron verliert, meiner Meinung nach haben die Untertanen sogar die Pflicht, sich eines solchen Herrschers zu entledigen und ihn durch einen fähigeren Mann zu ersetzen.«

Elisabeth erstarrte und überlegte, was sie erwidern sollte.

»Wo bleibt das Gottesgnadentum, Mylord?«

»Ein Mann, der seinen Monarchen beseitigt, um seinem Land einen Dienst zu erweisen, kann nicht an das Gottesgnadentum denken.«

»Habt Ihr diese Meinung schon öfter geäußert, Mylord?«

Essex zuckte unmerklich zusammen, die Stimme der Königin klang auf einmal distanziert, kühl und spitz, und er hatte das unbestimmte Gefühl, daß sie verärgert war, aber worüber?

»Mit meinen Freunden spreche ich manchmal über diese Probleme.«

Elisabeth schwieg, und im Raum breitete sich allmählich eine unbehagliche Stimmung aus. Als der nächste Gang aufgetragen wurde, sagte sie: »Ihr wißt, Mylord, daß die Stelle des Kronanwalts frei ist, denkt einmal darüber nach, ob Euch ein geeigneter Mann für dieses Amt einfällt.«

»Selbstverständlich, Majestät.«

Während der restlichen Mahlzeit wurde kein Wort mehr gesprochen.

Auf dem Heimweg besuchte Essex noch einige Freunde, und so kehrte er erst am frühen Abend in sein Palais zurück, wo er erfuhr, daß Francis Bacon seit dem späten Vormittag auf ihn wartete. Essex sah den Diener überrascht an, das muß ja eine wichtige Angelegenheit sein, überlegte er, während er sich zu den Brüdern begab.

»Guten Abend, Mr. Bacon, ich höre gerade, daß Ihr schon stundenlang wartet – was kann ich für Euch tun?«

»Mit Verlaub, Mylord, Ihr wißt wahrscheinlich, daß die Stelle des Kronanwalts frei geworden ist, und… Nun ja, ich halte mich nicht für ungeeignet, es wäre der Beginn einer Laufbahn, die ich mir immer wünschte, und überdies wäre ich endlich meine finanziellen Sorgen los, ich wollte Eure Lordschaft bitten, bei Ihrer Majestät ein gutes Wort für mich einzulegen, Eure Lordschaft sind der einflußreichste Mann am Hof, wahrscheinlich sogar einflußreicher als mein Onkel, Lord Burghley.«

»Euer Vertrauen ehrt mich, Mr. Bacon«, erwiderte Essex, der sich durch die letzten Worte besonders geschmeichelt fühlte, »ich werde Euch Ihrer Majestät als Kandidaten vorschlagen und empfehlen, Ihre Majestät bat mich heute übrigens, nach einem geeigneten Bewerber Ausschau zu halten, ich gebe Euch mein Wort, Mr. Bacon, spätestens in einer Woche seid Ihr der neue Kronanwalt, Ihre Majestät hat mir bis jetzt noch nie eine Bitte abgeschlagen.«

Francis Bacon bedankte sich überschwenglich und eilte glücklich und voller Hoffnungen nach Hause.

Elisabeth sah Essex erstaunt an, als er ihr am andern Vormittag Francis Bacon für den Posten des Kronanwalts empfahl.

»Bacon?! Wie kommt Ihr auf Bacon, Mylord?«

»Er ist ein kluger Kopf, Majestät.«

»Das weiß ich, aber er besitzt für dieses Amt zuwenig praktische Erfahrung, er ist Theoretiker. Edward Coke, übrigens ein Vorschlag von Lord Burghley, Coke ist ein tüchtigerer Jurist.«

Aha, dachte Essex verärgert, ein Vorschlag von Lord Burghley, und in diesem Augenblick wurde Bacons Bitte um Unterstützung für ihn zu einer prinzipiellen Frage, bei der es nur noch sekundär um die Kronanwaltschaft ging, es ging nur noch darum, über die Cecils den Sieg davonzutragen, sie in ihre Schranken zu weisen!

»Ich bitte Euer Majestät eindringlich, Bacon den Posten zu geben, ich halte ihn für fähiger als Coke.«

»Das könnt Ihr nicht beurteilen, Mylord, und nun laßt uns von etwas anderem reden, ich muß in aller Ruhe über diese Angelegenheit nachdenken.«

Essex war fassungslos, daß sie ihm so gar kein Gehör schenkte, und fiel schließlich vor Elisabeth auf die Knie, ein Kniefall hatte ihm seinerzeit auch das Kommando in Frankreich verschafft.

»Majestät, bitte – ich flehe Euer Majestät an, ernennt Francis Bacon zum Kronanwalt, Euer Majestät müssen ihn einfach ernennen.«

Da sah Elisabeth Essex zum zweiten Mal an jenem Vormittag erstaunt an und erwiderte kühl: »Steht auf, Mylord, Ihr macht Euch lächerlich, und merkt Euch ein für allemal, ich muß gar nichts, ich treffe die Entscheidungen. Ich bin gerne bereit Vorschläge anzuhören, aber sie müssen geziemend vorgetragen werden. Ihr,

Mylord, habt heute nicht die richtigen Worte gewählt, denkt einmal darüber nach…«

Essex erhob sich leicht errötend und murmelte eine Entschuldigung.

Francis Bacon war enttäuscht, als er vom Verlauf der Unterredung hörte, aber Essex beruhigte ihn, meinte, er müsse etwas Geduld haben, es sei nicht ungewöhnlich, daß die Königin Entscheidungen aufschiebe. Bacon und Essex hofften weiter, aber es verging ein Tag nach dem andern, ohne daß Elisabeth eine Entscheidung traf.

Am 30. Mai wurde Christopher Marlowe bei einem Gelage in Deptford ermordet.

Einige Tage zuvor, am 17. Mai, war Heinrich IV. von Frankreich zum Katholizismus übergetreten, und in ganz Europa wurden seine Worte bekannt, ›Paris sei eine Messe wert‹. Heinrich III. war während der Belagerung von Paris ermordet worden.

Papst Clemens VIII. erteilte Heinrich die Absolution, die Stadt Paris öffnete dem König die Tore, und in Frankreich stabilisierten sich die religiösen Verhältnisse: Heinrich verzieh der Liga, schloß Frieden mit der Familie Guise, Rouen und Le Havre ergaben sich freiwillig, und Gläubige beider Konfessionen konnten fortan ungehindert ihren Glauben ausüben. Sommer und Herbst des Jahres 1593 vergingen, Essex kam noch etliche Male auf die Kronanwaltschaft zu sprechen und bat für Bacon, aber Elisabeth ging nicht weiter darauf ein.

Das Jahr 1594 begann, und die Stelle des Kronanwalts war immer noch unbesetzt. Essex und Bacon wurden immer nervöser, während Cecil völlig ruhig blieb, er kannte die Unentschlossenheit seiner Königin.

In diesem Fall jedoch war Elisabeth nicht unentschlossen, wem sie das Amt übertragen solle, es war für sie schon lange klar, daß Coke der bessere Kandidat war, sie zögerte, weil Essex in die Angelegenheit verwickelt war. Ernannte sie Coke, so würde Essex schmollen, sich vom Hof entfernen, vielleicht sogar England verlassen, auf jeden Fall würde es Spannungen zwischen ihnen geben, und ihre emotionale Beziehung zu ihm war so, daß sie diese Spannungen fürchtete, sie wollte die Harmonie zwischen ihnen erhalten, auf der anderen Seite störte es sie, daß er versuchte, ihre Entscheidungen zu beeinflussen, gewiß, auch Cecil hatte all die Jahre versucht, ihre Entscheidungen zu steuern, aber er war nie drängend oder fordernd aufgetreten, war er anderer Ansicht als sie, so änderte er zwar ihr zuliebe nicht seine Meinung, aber als Diener gehorchte er ihrem Befehl. Essex hingegen? Sie wußte genau, daß, wenn sie im Fall Bacon nachgab, einen Präzedenzfall schuf, künftig würde er versuchen auch bei anderen Gelegenheiten seine Meinung durchzusetzen, ihr etwas aufzuzwingen, was sie nicht wollte – und sie wollte sich nicht zu etwas zwingen lassen, aber während des ganzen Winters kam sie zu keiner Entscheidung.

An einem Vorfrühlingstag fuhren Robert Cecil und Essex im Wagen durch London und sprachen über die immer noch unbesetzte Stelle des Kronanwalts.

»Ich glaube«, sagte Robert, »daß die Ernennung bald erfolgt, und ich bitte Eure Lordschaft, mich wissen zu lassen, für wen Ihr Euch einsetzen werdet.«

»Ihr könnt Euch denken, daß ich mich für Francis Bacon einsetzen werde.«

»Du lieber Gott, ich staune, daß Eure Lordschaft soweit geht, Eure Kräfte auf etwas derart Aussichtsloses und Unmögliches zu verschwenden. Wenn Eure Lordschaft von der Generalanwaltschaft gesprochen hätte, so wäre das vielleicht leichter verdaulich für Ihre Majestät.«

In diesem Augenblick war es mit Essex' Beherrschung vorbei, und er schrie: »Verdaulich oder nicht, die Kronanwaltschaft für Francis muß ich haben, und daran will ich all meine Kraft, Macht, Autorität und Freundschaft setzen und mit Zähnen und Nägeln darum kämpfen, für ihn – gegen wen's auch sei; und wer mir diesen Posten für irgend jemand anderen aus den Händen reißt, soll es mir büßen – sei es, wer es sei; darauf könnt Ihr Euch verlassen, Mylord, denn ich rede jetzt ganz offen mit Euch. Und was Euch betrifft, so ist es mir unbegreiflich, sowohl von dem Lordschatzmeister wie von Euch, daß es Euch einfallen kann, einem Fremden vor einem so nahen Verwandten den Vorzug zu geben.«

Robert Cecil schwieg, aber er wußte in diesem Augenblick, daß die Frage der Kronanwaltschaft zu einer Machtfrage zwischen Essex und den Cecils geworden war.

Robert Cecils Hoffnung auf eine baldige Entscheidung der Königin sollte sich nicht erfüllen. Der Hof weilte in Hampton Court, und Elisabeth brachte ihre Umgebung schier zur Verzweiflung, weil sie dauernd ihre Reisepläne änderte, an einem Tag sollten Vorbereitungen für den Aufbruch nach Windsor getroffen werden, am nächsten Tag widerrief sie ihre Befehle, sie wolle lieber in Hampton Court bleiben, dann entschied sie sich plötzlich für Richmond.

Als der Fuhrmann, der die Wagen mit der königlichen Habe zu besorgen hatte, zum dritten Mal fortgeschickt wurde, rief er: »Nun sehe ich, daß die Königin auch bloß ein Weib ist, wie meins!«

Elisabeth, die zufällig am Fenster stand, hörte die Bemerkung, lachte und warf dem Fuhrmann drei Zehnschillingstücke hinunter, dann befahl sie, nach Nonsuch aufzubrechen.

Die Bemerkung des Fuhrmanns hatte sie amüsiert und gleichzeitig nachdenklich gestimmt, der einfältige Mann hatte sich nichts dabei gedacht, aber wenn sie für ihre Untertanen in gewissen Situationen so wirkte wie eine normale Frau, war es dann nicht denkbar, daß ein Mann wie Essex in ihr eine Frau sah, der man den männlichen Willen aufzwingen konnte?

Nein, dachte sie, da verrechnet er sich. Ich bin seine Königin und werde ihm eine Lektion erteilen!

Kurz nach Ostern 1594 ernannte sie Edward Coke zum Kronanwalt. Die Cecils triumphierten innerlich, Francis Bacon war der Verzweiflung nahe, Essex vermochte es nicht zu glauben, die Königin hatte sich für den Kandidaten der Cecils entschieden! Aber vielleicht war der Kronanwalt doch etwas zu hoch gegriffen, noch war nicht alles verloren, weil der Posten des Generalanwalts nun vakant war, und nachdem er sich versicherte, daß die Cecils nichts dagegen hatten, wenn Bacon Generalanwalt wurde, bestürmte er nun die Königin, Francis Bacon wenigstens diesen Posten zu geben.

Sie lächelte und erwiderte, sie müsse die Angelegenheit überdenken...

Das Spiel begann von neuem, Elisabeth ließ den Posten Wochen und Monate unbesetzt, Essex mußte lernen, daß sie, sie allein, die Entscheidungen traf.

Im Oktober ernannte sie Mr. Fleming, einen fähigen Schöffen, zum neuen Generalanwalt. Essex war erschüttert, zum zweiten Mal hatte er eine offensichtliche Niederlage erlitten, er versuchte Bacon zu entschädigen, indem er ihm ein Landgut im Wert von ungefähr achtzehnhundert Pfund schenkte, das Bacon dankbar annahm.

Am Hof flüsterte man sich erstaunt zu, daß Essex' Einfluß wohl doch nicht so groß sei, daß man es möglichst nicht mit Robert Cecil verderben solle... Essex wußte, daß er seine Stellung nur festigen konnte, wenn er militärischen Ruhm erwarb. Seit dem Sieg über die Armada befanden sich England und Spanien in einem Krieg, der faktisch kein Krieg war, sah man einmal davon ab, daß die Engländer hin und wieder spanische Silber- oder Goldschiffe kaperten, dadurch allmählich zu den Herren der Meere wurden, was den Konflikt mit Spanien noch verschärfte, ohne daß eine Lösung in Sicht war. Während man in England besorgt beobachtete, ob Philipp mit dem Bau einer neuen Armada begann, verlagerte sich Anfang der neunziger Jahre der Schwerpunkt des Kampfes zwischen Reformation und Gegenreformation nach Frankreich. Nachdem Heinrich IV. 1593 zum katholischen Glauben übergetreten war, unterstützte Spanien die Liga zwar nicht mehr, aber die Grenzen Frankreichs waren nach wie vor bedroht, im Süden durch Spanien, im Osten durch Philipps Statthalter in den Niederlanden.

Zu Beginn des Jahres 1596 traf in England die Nachricht ein, Philipp rüste eine neue Armada, und nach heftigen Debatten im Staatsrat gab Elisabeth dem Drängen der Kriegspartei, deren Sprecher Essex war, nach und befahl die spanische Flotte in ihren Häfen, zunächst in Cadiz, anzugreifen.

Sie hatte nur widerwillig nachgegeben, weil sie an das englische Volk dachte, das zwei schlechte Ernten hinter sich hatte und unter Teuerung und Hunger litt. Sie ernannte Essex und Lord Howard von Effingham zu den Oberbefehlshabern der Flotte, und beide begaben sich nach Plymouth, um die Flotte zu bemannen.

Während Elisabeth noch überlegte, ob die Entscheidung, Cadiz anzugreifen richtig war, erreichten zwei Hiobsbotschaften England: Im März liefen die restlichen Schiffe der Expeditionen ein, zu denen Hawkins und Drake im Jahr zuvor aufgebrochen waren, sie brachten keine Beute mit, sondern nur die Nachricht vom Tod der beiden Seehelden. Elisabeth war zutiefst erschüttert, hatte aber keine Zeit, sich der Trauer hinzugeben, denn die zweite Nachricht bedrohte Englands Existenz: Philipps Statthalter der Niederlande, Erzherzog Albert von Österreich, hatte überraschend Calais angegriffen. Wenn die Spanier Calais einnahmen, konnten sie von dort aus England angreifen. Sie schrieb sofort an Heinrich und bot ihm ihre Unterstützung an, unter der Bedingung, daß er Calais an England abtrete. Heinrich war empört über diesen Vorschlag, rief, er könne sich ebensogut von einem Hund beißen wie von einer Katze kratzen lassen, und während die Kuriere zwischen Paris und London hin und her galoppierten, während Elisabeth überlegte, daß Heinrich Calais auch ohne ihre Hilfe verteidigen könnte, traf die Nachricht ein, daß die Spanier am 14. April Calais erobert hatten. Daraufhin erteilte Elisabeth endgültig den Befehl, Cadiz zu erobern und die dort lagernde westindische Flotte – fünfzig Schiffe, beladen mit Gütern im Wert von acht Millionen Kronen – in den Besitz Englands zu bringen.

In jenen Wochen kehrte Sir Walter Raleigh von einer Expedition am Orinoco zurück und wurde huldvoll von Elisabeth empfangen; sie erkundigte sich, ob er das sagenhafte Goldland Eldorado gefunden habe, was er verneinte, aber er vermutete, daß es dort Gold gab, und überreichte ihr zwei Steine, die Spuren von Gold zeigten.

Elisabeth ernannte Raleigh zum Unterbefehlshaber der Flotte, weil sie vermutete, daß es schon jetzt zwischen Howard und Essex zu Unstimmigkeiten kam, anscheinend waren die beiden Herren uneinig, wer in der Rangordnung höher stand, die Schreiben, die sie von ihnen erhielt, sahen merkwürdig aus: Sie trugen stets nur

Howards Unterschrift, die Stelle, an der Essex hätte unterschreiben müssen, war herausgeschnitten, nun, Raleigh war vernünftig und konnte die Streitigkeiten der Oberbefehlshaber schlichten. Raleigh begab sich also nach Plymouth, wo er von Howard gnädig und von Essex ungnädig empfangen wurde.

Elisabeth schloß mit Heinrich IV. im Mai ein Bündnis gegen Spanien und schrieb einen feierlichen Privatbrief an Essex:

»Ich lege die demütigen Bitten in Seine Hände, daß Er mit seiner gnadenvollen Hand Euch so beschirmen möge, daß alles Ungemach an Euch vorübergehe und nur alles Beste Euch widerfahre; und daß Eure Rückkehr Euch besser und mich wieder froh machen möge.«

Schließlich fügte sie noch ein Bittgebet um erfolgreichen Ausgang der Expedition bei, das vor versammelter Mannschaft laut verlesen werden sollte:

»Allermächtigster und Lenker in allem Wirrsal unserer Welt! Der Du allein die Tiefen aller Herzen und Sinne erforschest und ergründest und den wahren Ursprung allen Tuns und Wollens in ihnen siehest, Dich, der Du uns unser Vorhaben eingegeben, flehen wir in Demut an, mit gebeugten Knien: Sei diesem Werke gnädig und lenke die Fahrt mit günstigen Winden, fördere den Sieg und segne die Rückkehr, zur Mehrung Deines Ruhms und der Sicherheit des Reiches, unter möglichster Schonung englischen Bluts. Zu diesen inbrünstigen Bitten, o Herr, sprich Du Dein gesegnetes JA! Amen!«

Am 3. Juni 1596 lichtete die englische Flotte die Anker und stach in See. Essex stand hochaufgerichtet am Bug des Admiralsschiffes und sah zum Horizont. Seine silberne Rüstung glitzerte im Sonnenlicht, die langen dunklen Locken wehten im Wind, und er fühlte sich glücklich: Er sollte Cadiz erobern, das war doch etwas anderes als die endlosen, langweiligen Debatten im Staatsrat, die mit juristischen Spitzfindigkeiten der Cecils gewürzt waren, dann das ewige Gerangele um irgendwelche Posten… Er hatte es immer noch nicht ganz verwunden, daß der alte, von Gicht gekrümmte Cecil und sein schwächlicher, buckliger Sohn bei der Besetzung der Kronanwaltsstelle über ihn, den mächtigsten Mann am Hof, der die uneingeschränkte Gunst der Königin genoß, den Sieg davongetragen hatten, aber er würde den Cecils noch zeigen, aus welchem Holz ein Graf von Essex geschnitzt war…

Ende Juli sprengte ein staubbedeckter Reiter in den Hof von Schloß Greenwich und eilte an den erstaunten Türstehern vorbei, direkt zum Audienzzimmer der Königin.

»Majestät, der Graf von Essex hat Ende Juni Cadiz erobert. Er ist inzwischen mit der Flotte in Plymouth gelandet und auf dem Weg zu Euer Majestät. Lordadmiral Howard und Sir Raleigh begleiten ihn.«

Elisabeth sah den Kurier einige Sekunden lang an, dann hatte sie sich gefaßt.

»Gelobt sei Gott, so sind meine Gebete erhört worden. Wißt Ihr Näheres über die Eroberung?«

»Ja, Majestät. Ende Juni erschien die Flotte vor Cadiz, binnen vierzehn Stunden war alles vorüber und die Stadt mit allen Schätzen in den Händen der Engländer. Der Graf hat sämtliche Ausschreitungen verboten: Er hat die Priester und die Kirchen verschont und alle Nonnen mit der größten Höflichkeit in das Binnenland bringen lassen, meines Wissens hat dies sogar den Statthalter Andalusiens, den Herzog von Medina-Sidonia, in Erstaunen und Bewunderung versetzt.«

»Medina-Sidonia… Der Ärmste, er hat die Armada in den Untergang geführt und muß nun die Zerstörung einer der blühendsten Städte Spaniens vor Philipp verantworten… Nun, Philipp wird ihm auch diesmal verzeihen, schließlich war unser Angriff nicht vorauszusehen…, bringt Ihr auch Nachrichten über die westindische Flotte, weiß man inzwischen, ob die Ladung wirklich acht Millionen Kronen wert ist?«

»Die westindische Flotte, Majestät? Über sie habe ich nichts gehört, ich weiß nur, daß auf dem Rückweg die portugiesische Stadt Faro überfallen und geplündert wurde, und daß jeder Offizier und Matrose mit gut gefüllten Taschen heimkehrt.«

Elisabeth sah den Offizier einige Sekunden lang fassungslos an und entließ ihn. Wie ist es möglich, überlegte sie, Cadiz wurde erobert, und die westindische Flotte?

Am Abend erschien ein weiterer Kurier mit der Nachricht, daß die Heimkehr des Grafen von Essex ein wahrer Triumphzug sei, das Volk jubele ihm in den Städten und Marktflecken zu wie der Königin bei ihrer Sommerreise... Diese Nachricht versetzte ihr einen Stich: Das Volk jubelte ihm zu, war es ihr beschieden, ihre Popularität an ihn zu verlieren..., nein, sagte sie zu sich, das Volk wird sich nach dem ersten Siegestaumel wieder beruhigen...

Sie hatte sich auf das Wiedersehen mit ihm gefreut, aber seine wachsende Popularität und der geheimnisvolle Verbleib der westindischen Flotte machten sie gereizt und vergällten ihr die Freude, als er am Abend des nächsten Tages eintraf. Sie bat Cecil, bei der Unterredung dabeizusein, weil vier Augen mehr sahen als zwei.

Als Essex das Audienzzimmer betrat, fühlte er sich durch Cecils Anwesenheit unangenehm berührt, und als er, nachdem er das Knie gebeugt hatte, die Königin ansah, wußte er, daß ihn eine unerfreuliche Audienz erwartete. Sie musterte ihn mit kühlem Blick von oben bis unten und sagte: »Mylord, ich beglückwünsche Euch zur Eroberung von Cadiz, indes habe ich den Eindruck, daß Ihr ohne die Schätze der westindischen Flotte zurückgekehrt seid.«

Essex sah einige Sekunden verlegen zu Boden und erwiderte: »Majestät, der Herzog von Medina-Sidonia gab Befehl, die Flotte in Brand zu setzen, nachdem wir Cadiz erobert hatten, ich hatte Befehl gegeben, sich ihrer zu bemächtigen, aber die Sache verzögerte sich. Nachdem das Unglück geschehen war, schlug ich vor, die Stadt zu befestigen und auf weitere Befehle Eurer Majestät zu warten – dies wurde vom Kriegsrat abgelehnt. Ich riet zu einem Marsch in das Innere Spaniens, auch das wurde abgelehnt. Schließlich schlug ich vor, daß wir den auf der Heimreise befindlichen westindischen Kauffahrern auflauern sollten, und auch das wurde abgelehnt. Man beschloß, unverzüglich nach England zurückzukehren, unterwegs überfielen wir Faro, ich für mein Teil habe von den Schätzen der Stadt nur die Bücherei des Bischofs Hieronymus Osorius behalten.«

Es entstand eine Pause, dann sagte Cecil:

»Mylord, Ihr hattet Ihrer Majestät versprochen, jede Beute zur Deckung der Kriegsausgaben in die Staatskasse abzuliefern, es ist eine krasse Mißachtung des königlichen Befehls, wenn man die Reichtümer von Städten wie Cadiz und Faro in die Hände der Mannschaft und ihrer Führer fließen läßt.«

»Gewiß, Mylord, aber hätte ich es nicht getan, so wäre eine Meuterei ausgebrochen.«

»Ich habe Eure Rechtfertigung zur Kenntnis genommen, Mylord«, sagte Elisabeth, »Ihr könnt gehen.«

»Medina-Sidonia hat die eigene Flotte also in Brand gesetzt«, sagte sie zu Cecil, als sie mit ihm allein war, »welcher Verlust für England.«

»Majestät, es ist auch ein gewaltiger Verlust für Spanien, Philipps Angriffspläne werden dadurch verzögert.«

Unterdessen ging Essex die Galerie entlang und dachte über den kühlen Empfang nach. Er hatte ihn sich anders vorgestellt und war sich, was die westindischen Kauffahrer betraf, keiner Schuld bewußt.

Als er die Treppe hinunterging, kam ihm Robert Cecil entgegen.

»Willkommen in der Heimat, Mylord, Euer Sieg bewegt ganz England, indes, Ihr seht nicht sehr glücklich aus. Ich nehme an, Ihr hattet eine Audienz bei Ihrer Majestät?«

»Ja, ich berichtete Ihrer Majestät von dem militärischen Verlauf.«

»Ach Gott«, erwiderte Robert Cecil, »Ihrer Majestät hat noch nie viel an militärischem Ruhm gelegen, sondern immer mehr an materiellen Gütern. Ich bin übrigens froh, daß ich Euch jetzt hier treffe, Ihre Majestät hat mich vor einigen Tagen offiziell zum Ersten Staatssekretär ernannt, und ich möchte diese Ernennung ein bißchen feiern, ich denke an ein festliches Abendessen in kleinem Kreis, mit wenigen Leuten kann man sich besser unterhalten - und ich möchte Eure Lordschaft dazu einladen.«

»Ich beglückwünsche Euch zu der Ernennung«, erwiderte Robert, wobei eine Welle von Eifersucht in ihm hochstieg, Robert Cecil als Erster Staatssekretär, das hat mir noch gefehlt, dachte er, aber er versuchte, sich nichts anmerken zu lassen, und nahm die Einladung dankend an. Dann ging er deprimiert die Treppe hinunter, während Robert Cecil sich glücklich hinaufarbeitete. Er hatte es geschafft, und er war froh, daß sein Vater diesen Tag der Ernennung noch erlebte, die finanziellen Aufwendungen für seine Erziehung waren nicht umsonst gewesen. Einige Tage später traf die Nachricht ein, daß die westindische Flotte, mit zwanzigtausend Dukaten beladen, nur zwei Tage nach der Abfahrt der Engländer in den Tejo eingefahren war. Damit war bewiesen, daß der Schatz gekapert worden wäre, wenn man Essex' Vorschlag befolgt und den Spaniern vor der portugiesischen Küste aufgelauert hätte.

Der Graf war also rehabilitiert und Elisabeth gnädig gestimmt, sie lächelte ihren Günstling wieder an, gab ihm zu Ehren ein Fest, tanzte mit ihm, und Essex war glücklich und glaubte, zwischen ihm und der Königin herrsche wieder die Harmonie vergangener Tage, aber er täuschte sich. Elisabeth war ihm zwar persönlich immer noch zugetan, aber diese Zuneigung wurde getrübt durch die ungeheure Popularität, die der Graf nach der Rückkehr genoß, die Liebe des Volkes sollte ihr allein gehören, und nun mußte sie erleben, daß man Essex in Predigten mit den größten Feldherren der Antike verglich, was sie um so mehr verdroß, weil sie inzwischen erfahren hatte, daß die Expedition um ein Haar schiefgegangen wäre, weil Essex die tollkühne Idee entwickelt hatte, zu landen und die Stadt vom Rücken her anzugreifen. Nur mit Mühe und Not hatte Raleigh Essex davon überzeugt, daß es strategisch sinnvoller sei, Cadiz von der See her anzugreifen, und nun wurde er mit den größten Feldherren der Antike verglichen – es war unglaublich.

Als der Vorschlag gemacht wurde, überall im Lande Dankgottesdienste für Cadiz abzuhalten, befahl sie, daß die Feierlichkeiten auf London beschränkt bleiben sollten.

Gewiß, er konnte nichts dafür, daß die Bevölkerung ihn als Helden feierte, und sie rechnete damit, daß die Begeisterung irgendwann von selbst aufhörte, statt dessen mußte sie erleben, daß Essex während der folgenden Wochen alles tat, um seine Popularität zu festigen und womöglich zu steigern. Elisabeth war fassungslos und wußte nicht recht, wie sie reagieren sollte; keiner ihrer Favoriten hatte je um die Gunst des Volkes gebuhlt, keiner war je beim Volk beliebt gewesen: Leicester hatte seine Anhänger bei Hof und bei den strenggläubigen Protestanten gehabt, Oxford lebte in seiner Phantasiewelt und interessierte sich für das Volk nur in der Rolle als Theaterpublikum, Hatton war nur besorgt gewesen, sich die königliche Gunst zu erhalten, Raleigh galt beim Volk als hochmütig – und Essex?

Sie beobachtete ihn, und was sie sah, gefiel ihr überhaupt nicht, es gab stille Stunden, in denen sie bezweifelte, daß er als Nachfolger geeignet war: Er vernachlässigte seine Pflichten im Staatsrat, erschien selten oder gar nicht zu den Sitzungen, statt dessen umgab er sich mit den jüngeren Söhnen adeliger Familien, die hofften, im Krieg ihr Glück zu machen, bei jeder Gelegenheit sagte er: »Ich liebe diese Burschen um meiner selbst willen, denn ich finde Geschmack an ihrer Unterhaltung, kräftige Unterstützung in ihrem Einsatz und Glück in ihrer Freundschaft.«

Statt sich mit den Staatsangelegenheiten zu beschäftigen, wie Robert Cecil, zog er mit seinen Anhängern durch die Straßen Londons, ließ sich feiern und bewundern, verbrachte seine Abende in Pubs, wo er von Cadiz erzählte und sich zuprosten ließ… Der Ruhm war ihm offensichtlich zu Kopf gestiegen, und er fing an, sich auf seinen Lorbeeren auszuruhen. Elisabeth überlegte, ob sie ihn ermahnen, an seinen Rang und die damit verbundenen Pflichten erinnern sollte, sein Verhalten war dem eines künftigen Monarchen unwürdig, ein Herrscher mußte, bei aller Popularität, stets Respektsperson bleiben, schließlich beschloß sie, ihn gewähren zu lassen, er stand jetzt im dreißigsten Lebensjahr und war alt genug, um zu wissen, was sich schickte und was nicht… Es war nicht nur Eifersucht auf seine Volkstümlichkeit, die sie bewegte, sondern sie empfand auch eine gewisse Furcht dabei, er konnte leicht ihr Gegner werden, so wie sie einst zur Gegenpartei ihrer Schwester geworden war. Solange Harmonie zwischen ihnen herrschte, war es unproblematisch, aber sie wußte, daß es immer wieder Situationen geben würde, die zwischen ihnen zu Meinungsverschiedenheiten führten, und irgendwann würde das Maß voll sein…

Eines Tages sprach sie mit Cecil über die Popularität des Grafen und wie man gegensteuern könne.

»Es gibt nur eine Möglichkeit, Majestät, Ihr müßt seine Volkstümlichkeit sich totlaufen lassen.«

»Wie meint Ihr das?«

»Euer Majestät dürfen ihm keine Gelegenheit mehr geben, militärischen Ruhm zu erwerben, mit anderen Worten, er darf kein Oberkommando mehr bekommen, laßt ihn den Ersten Mann Eures Hofes sein, so wird sein Ruhm irgendwann verblassen.«

»Ihr habt recht, Mylord.«

Auch Cecil beobachtete Essex, aber da er fand, daß der Graf sich durch sein Verhalten im Augenblick nur selbst schadete und nicht das Wohl des Staates gefährdete, ließ er ihn gewähren, und außerdem, dachte Cecil, geht der Krug nur so lange zum Brunnen, bis er bricht...

Es gab noch eine dritte Person, die sich Gedanken über Essex machte, nämlich Francis Bacon; in jenem Herbst des Jahres 1596 überlegte er manchmal, ob er sich mit Essex den richtigen Gönner erwählt hatte, Bacons scharfer Blick hatte längst erkannt, daß in England alles vom Willen der Königin abhing, einer Königin, die sich beraten, aber nicht beeinflussen ließ, die immer wieder zum Ausdruck brachte, daß sie, sie allein, die Entscheidungen traf.

An einem Abend griff er zur Feder und schrieb seinem Gönner einen Brief, worin er ihm einige Ratschläge erteilte.

Zunächst bat er ihn, sich in die Gedankenwelt der Königin zu versetzen... *Ein Mann, von Natur nicht geschaffen, sich beherrschen zu lassen; der den Vorteil meiner Zuneigung hat und es weiß; mit einem äußeren Besitz, der seiner Größe nicht entspricht; ein Mann, der beim Volk beliebt ist; ein Mann mit militärischem Anhang...*

»*Ich frage*«, schrieb Bacon, »*ob es eine bedrohlichere Vorstellung als die eben entworfene geben kann für irgendeinen Monarchen auf Erden, zumal für einen weiblichen und einen von so wachsamer Natur wie Ihre Majestät?*«

Er empfahl Essex sich zu bemühen, der Königin diesen Argwohn zu nehmen, er müsse mit allen Mitteln darauf bedacht sein, ihr zu beweisen, daß er nicht aufsässig sei, er müsse jede Gelegenheit ergreifen, vor der Königin eifrig gegen alles Streben nach Volkstümlichkeit zu reden und es an allen anderen zu tadeln; vornehmlich müsse er alles vermeiden, was auf militärischen Anhang deute. »*Was dies betrifft*«, schrieb er, »*so kann ich mich nicht genug verwundern über Euer Lordschaft Verhalten, denn Ihre Majestät liebt den Frieden. Zweitens liebt sie keine Kostspieligkeiten. Drittens schafft derlei Gefolgschaft Argwohn.*« Sodann beschwor er Essex, »*seiner Vorliebe für kriegerische Exkursionen nicht länger zu frönen, es seien Gerüchte im Umlauf, er wolle zum Generalfeldzeugmeister ernannt werden; dergleichen Absichten seien höchst unklug. Er möge seine Kräfte auf den Staatsrat konzentrieren: Hier könne er die militärischen Angelegenheiten überwachen, ohne selbst sich an ihnen zu beteiligen; und wenn ihn nach einem neuen Amt verlange, so möge er eines wählen, das rein ziviler Art wäre: Er möge die Königin bitten, ihn zu ihrem Geheimsiegelbewahrer zu machen.*«

Essex antwortete, er habe den Brief mit Dankbarkeit und Bewunderung gelesen und er werde die guten Ratschläge befolgen.

Wer beschreibt Bacons Entsetzen, als einige Zeit später der Graf durch sein Verhalten zeigte, daß er die Ratschläge entweder nicht begriffen hatte oder nicht annehmen wollte. Als der alte Lord Cobham starb und sein Posten des Hafenmeisters der Fünfhäfen frei wurde, forderte Essex, die Stelle solle nicht an Cobhams Sohn fallen, sondern an Sir Robert Sidney. Elisabeth ließ die Entscheidung eine Woche offen und verkündete schließlich, daß die Hafenmeisterschaft an Lord Cobham falle, woraufhin Essex erklärte, er verlasse den Hof, er habe Geschäfte in Wales. Als alles zur Abreise gerüstet war, kam ein Bote der Königin, um den Grafen zurückzuhalten, es folgte eine Unterredung mit der Königin und die Ernennung des Grafen zum Generalfeldzeugmeister.

Bacon war verzweifelt, der Graf hatte die Zuneigung der Königin ausgenutzt und mit Abreise gedroht, wohl wissend, daß sie ihn zurückhalten würde. Als das Jahr sich dem Ende zuneigte, schrieb Bacon seinem Onkel Lord Burghley einen ehrfurchtsvollen Brief, den Cecil richtig interpretierte, der Neffe fing an, sich langsam von Essex abzuwenden, und hoffte wohl erneut auf die Protektion des Onkels, nun, Cecil war nicht abgeneigt, dem Neffen bei Gelegenheit einen Gefallen zu erweisen...

Am Abend des Neujahrstages saß Elisabeth in ihrem Wohnraum und betrachtete die Geschenke, die Essex ihr am Vormittag überreicht hatte: einige berühmte Gemälde aus Italien, kostbar gebundene Bücher und Noten, Francis Bacons »Essays«, die soeben erschienen waren, außerdem hatte er aus Venedig Vollblutpferde für sie kommen lassen, und seine Schauspieltruppe hatte am Nachmittag eine ihrer Lieblingskomödien aufgeführt: ›Die lustigen Weiber von Windsor‹.

Sie freute sich über seine Geschenke besonders, weil die Auswahl verriet, daß er wirklich darüber nachgedacht, womit er ihr eine Freude machen konnte, und nicht einfach einen kostbaren Schmuck hatte anfertigen lassen wie andere Hofleute...

Sie blätterte in Bacons »Essays« und dachte dabei über ihr Verhältnis zu Essex nach. Seit Cadiz waren ihre Gefühle ihm gegenüber widersprüchlich, sie ärgerte sich über sein anmaßendes, herrisches Auftreten, sie wußte, daß seine militärischen Fähigkeiten begrenzt waren und doch, wenn er das Zimmer betrat, mit ihr tanzte oder ausritt, wenn sie sich unterhielten, verfiel sie dem Zauber, der von ihm ausging, und in solchen Augenblicken verzieh sie ihm seine Unbotmäßigkeiten, sie wußte, daß es ein Fehler war, aber sie beging ihn immer wieder. Was faszinierte sie nur so sehr an Essex? Seine Jugend, sein Aussehen, sie hatte immer eine Schwäche für gutaussehende Männer gehabt, und Essex verstand es meisterhaft, ihr zu huldigen... Aber sie mußte vernünftig werden, und sie beschloß, falls sich ein zweites Cadiz abzeichnen sollte, und es sah ganz danach aus, ihm nicht den Oberbefehl zu geben, er würde hübsch zu Hause bleiben und sie unterhalten. Raleigh war viel geeigneter als Oberbefehlshaber...

Im Laufe des Winters 1597 trafen immer wieder Nachrichten ein, daß König Philipp im Hafen Ferrol eine neue Armada rüsten lasse, deren Bestimmung allerdings unbekannt blieb, es war die Rede von England, Irland, und immer wieder tauchte das Gerücht auf, daß ein Angriff auf die Isle of Wight geplant sei. Im Staatsrat wurde die Situation besprochen, und man kam zu dem Ergebnis, daß Angriff in diesem Fall die beste Verteidigung sei, sogar die pazifistisch gesinnten Cecils stimmten einem Angriff zu, und so entschied Elisabeth, daß eine Flotte nach Ferrol geschickt werden solle, um alles zu zerstören, was man dort vorfände.

Sie übertrug Essex erneut den Oberbefehl und stellte Lordadmiral Howard und Raleigh unter sein Kommando.

Die Aussicht auf ein zweites Cadiz schuf eine versöhnliche Stimmung zwischen den Rivalen Robert Cecil und Essex und zwischen Essex und Raleigh. Essex gab ein kleines Diner in seinem Haus, wozu er seine beiden Rivalen lud, man begrub die Feindschaft, schloß einen Freundschaftsbund und beschloß, die Königin zu überreden, Raleigh endgültig Verzeihung zu gewähren und ihn wieder in seine Stellung als Hauptmann der Leibwache einzusetzen, was sie dann auch ohne lange zu zögern tat.

Im Juni begaben sich die Befehlshaber der Flotte nach Plymouth, um die letzten Vorbereitungen zu überwachen; in jenen letzten Tagen vor dem Auslaufen der Flotte gingen täglich Briefe zwischen Essex und der Königin hin und her, der Graf nannte sie seine »teuerste und angebetete Herrscherin«, und Elisabeth fügte jedem der eigenhändig geschriebenen Briefe ein kleines Geschenk bei. Manchmal, wenn sie einen dieser Briefe siegelte, dachte sie daran, daß sie ihm noch nie so häufig geschrieben hatte und daß jetzt wieder die Harmonie zwischen ihnen herrschte wie zehn Jahre zuvor, im Sommer 1587... Aber sie wußte auch, daß solche euphorischen Zustände nicht ewig währen konnten, und wenn sie an die künftigen Wochen dachte, konnte sie sich eines unguten Gefühls nicht erwehren... Am Vorabend der Abfahrt schrieb Essex noch einmal an Elisabeth:

...die unendliche Liebe, die ich für Euer Majestät im Herzen trage, macht mich mir selber lieb um Eurer Huld willen; und deshalb, teure Frau, seid gewiß, daß ich so bedacht sein werde, mich wieder heimzubringen zu Euch, wie es in Eurem Gefallen steht. Ich küsse untertänigst Eure schönen königlichen Hände und ergieße meine Seele in heißen inni-

gen Gebeten um alles wahre Glück für das teure Herz Eurer Majestät, das mich immerdar erkennen möge als Eurer Majestät untertänigsten und ergebensten Vasallen – Essex.

Am 10. Juli lichtete die Flotte bei wolkenlosem Himmel und günstigen Winden die Anker.

Im Escorial hatte man besorgt vom Auslaufen der englischen Flotte gehört, sie würde nach Ferrol segeln, ein zweites Cadiz stand bevor, der Oberbefehlshaber der spanischen Flotte, Martin de Padilla, Statthalter von Kastilien, erklärte, er könne den Hafen nicht verlassen, die Vorbereitungen seien unzulänglich... Da traf die Nachricht ein, daß ein verheerender Südweststurm die englische Flotte fast völlig vernichtet habe und daß ihre Überreste nach zehn Tagen mit Mühe Plymouth erreicht hätten. Im Escorial schickte man Dankgebete zum Himmel und fuhr fort, die Armada zu rüsten, aber auch Elisabeth war erleichtert, als sie hörte, daß die Flotte zwar stark beschädigt, aber ohne große Verluste die heimatliche Küste erreicht hatte, auch die Befehlshaber hatten den Orkan überlebt, und Essex schrieb an Elisabeth, er habe mehr als einmal seine Seele in die Hände Gottes befohlen...

Die Flotte war gerettet, und nach den Ausbesserungsarbeiten sollte sie nicht noch einmal auslaufen, so war Elisabeths Vorstellung.

Während Essex die Reparaturen überwachte, trafen vom Hof teilnahmsvolle Briefe ein; Robert Cecil schrieb:

»Die Königin ist jetzt nur darauf bedacht, daß wir alle Euch lieb haben, und sie und ich reden allabendlich wie die Engel von Euch.« Schließlich schilderte er noch ein Ereignis, das Elisabeth sehr amüsiert hatte: Kurz nach dem Auslaufen der Flotte war ein Gesandter aus Polen eingetroffen und in feierlicher Staatsaudienz empfangen worden. Der Pole hielt dann eine Rede in vorzüglichem Latein, aber statt der gewohnten Höflichkeitsfloskeln habe er die Königin abgekanzelt wegen ihrer Überheblichkeit, sie zerstöre den Handel Polens, zuletzt hörte sie, daß der polnische König nicht wil-

lens sei, ihr Verhalten länger zu dulden... Daraufhin habe die Königin gerufen: »Expectavi orationem, mihi vero querelam adduxisti..., und dann habe sich eine wahre lateinische Sturzflut über den verdatterten Polen ergossen, Gegenvorwürfe, Entrüstung, sarkastische Scherze, alle Anwesenden hätten voll Bewunderung die spontane lateinische Rede gehört – »Hat Euch der König deshalb hierher geschickt? Ich kann mir wahrhaftig kaum vorstellen, daß er selbst sich hier einer solchen Sprache bedient hätte, sonst müßte ich annehmen, daß er noch nicht lange König ist und daß er es nicht auf Grund seiner Geburt, sondern durch Wahl wurde. Und was Euch selbst anbetrifft, so merke ich zwar, daß Ihr viele Bücher gelesen habt, um Eure Argumente in dieser Sache zu stützen, aber ich möchte annehmen, daß Euch das Kapitel über die Umgangsformen entgangen ist, die unter Königen und Fürsten üblich sind.«

Als der Gesandte gegangen war, berichtete Robert, sagte die Königin zu uns: »Verdammt noch einmal, meine Lords, heute habe ich mein altes, eingerostetes Latein noch einmal aufpolieren müssen.« Ihre Majestät wünschte, Ihr, Mylord, wäret dabeigewesen und hättet Ihre Rede gehört, deshalb habe ich mir erlaubt, Euch diesen Bericht zu schicken...

Die Reparaturarbeiten zogen sich bis zum August hin, und da der Herbst sich näherte und man mit neuen Stürmen rechnen mußte, erschien es nicht ratsam, einen erneuten Angriff auf Ferrol zu wagen. Die Befehlshaber berieten, und schließlich unterbreitete Essex der Königin folgenden Vorschlag: Man werde erneut gen Ferrol segeln, aber nicht landen, sondern nur Brander in den Hafen schicken, um die Schiffe dort zu zerstören, danach werde man versuchen, die westindische Kauffahrtflotte abzufangen.

Elisabeth war wenig erbaut von dem Vorschlag, ihre Flotte schien ihr in den heimischen Gewässern am sichersten, überdies mußte die Küste geschützt werden, falls Philipps Armada auftauchen sollte, sie schilderte den Herren ihre Bedenken, aber Essex beschwor sie, dem Vorschlag zuzustimmen, die westindischen Güter würden den Staatsschatz auffüllen... Der Staatsschatz – er konnte eine Auffüllung gebrauchen, und so gab sie widerstrebend ihre Zustimmung.

In jenem Jahr, 1597, schien es, als habe der Himmel sich gegen England verschworen, diesmal hinderte ein schwerer Oststurm die Engländer daran, Ferrol anzulaufen.

Essex schrieb an Elisabeth, schilderte ihr sein neuerliches Mißgeschick und erklärte, er habe inzwischen erfahren, daß die spanische Flotte nach den Azoren gesegelt sei, um dort die westindischen Kauffahrer zu empfangen, und er beabsichtige deshalb, ihr unverzüglich dorthin zu folgen.

Nach der Lektüre dieses Briefes hätte Elisabeth die Flotte am liebsten zurückbefohlen, andererseits reizten sie die Schätze Westindiens. Da sie sich nicht entscheiden konnte, schrieb sie Essex einen sehr ernsten, mahnenden Brief, in der Hoffnung, daß er von selbst den Plan aufgab, zu den Azoren zu segeln.

Wenn ich, schrieb sie, *diesen merkwürdigen Ostwind bedenke und wie er gegen alle Gewohnheit der Natur so lange anhält, so vermeine ich wie in einem Spiegel die wahre Gestalt meiner Torheit zu sehen, daß ich mich der Gefahr übernatürlicher Fallstricke ausgesetzt habe, dem Zureden Rasender zuliebe. Dies macht mich jedoch im gegenwärtigen Fall gleich einem vormals Wahnsinnigen, der immer noch nicht einen Rest seiner Tollheit los wird, wozu der Einfluß von Sol in Leone* (gemeint ist die Augustsonne) *das Seinige beiträgt, der mich einem Manne wie Euch in größerem Maße nachgeben läßt, als ein Weiserer an meiner Stelle es je tun würde – wobei Ihr jedoch gewarnt sein mögt, daß Ihr Euch nicht durch diese meine verrückte Großmut und Güte dazu verführen laßt, allzu viele der Untugenden beizubehalten, die Ihr schon habt, oder gar meine Nachsicht durch neue Fehler auf die Probe zu stellen. Ihr bereitet mir allzuviel Verdruß dadurch, daß Ihr so wenig Rücksicht nehmt auf mein Wünschen und Tun. Macht also nach diesem ersten mißlungenen Versuch die Sache nicht noch schlimmer, indem Ihr Euch in einer so viel entlegeneren Zone in Gefahren begebt, die Uns sehr teuer zu stehen kommen würden; laßt Euch durch Chrakterfestigkeit leiten, und laßt es Euch genügen, wenn es Euch gutgeht, obwohl Genügsamkeit eine Tugend ist, mit der Ihr nicht eben sonderlich gesegnet seid...*

Nachdem sie diesen Brief geschrieben und abgesandt hatte, fühlte sie sich innerlich etwas ruhiger, die nächsten Tage verliefen still und gleichmäßig, aber als ein Tag nach dem andern in dieser gleichförmigen Ruhe verstrich, wurde sie wieder unruhig. Es war ›die Ruhe vor dem Sturm...‹

Dann wurde an einem Morgen die Nachricht überbracht, daß die neue spanische Armada direkt auf England zusegele.

Elisabeths Herzschlag setzte einen Moment aus, jetzt war das eingetreten, was sie während der vergangenen Wochen, seit ihre Flotte Plymouth erneut verlassen, im Unterbewußtsein befürchtet, was sie vorausgeahnt hatte: Philipp würde irgendwie erfahren, daß die Engländer zu den Azoren segelten, und die Gelegenheit nutzen, um die ungeschützte Insel anzugreifen: Sie fand keine Zeit, sich heftige Vorwürfe zu machen, jetzt mußten rasch Entscheidungen getroffen werden, aber während man im Staatsrat noch debattierte, wie viele Truppen ausgehoben werden mußten, traf eine neue Nachricht ein: Auf der Höhe der Scillyinseln war ein heftiger Nordwind über die spanische Flotte gekommen, hatte sie zerstreut, die meisten Schiffe waren gesunken, nur wenige waren nach Ferrol zurückgekehrt. England war gerettet, und Elisabeth schwor, daß sie nie wieder eine Flotte aus dem Kanal hinauslassen würde. Einige Tage später traf die Nachricht ein, daß die riesige spanische Schatzflotte, die Essex kapern sollte, sicher in den Hafen der Insel Terceira eingelaufen war.

Elisabeth und die Cecils sahen einander wortlos an, und jeder dachte für sich: Wo ist die englische Flotte? Wiederum einige Tage später wurde die Nachricht überbracht, daß die englische Flotte und ihre Befehlshaber wohlbehalten in Plymouth gelandet waren und daß sie einige spanische Kauffahrer mitbrachten.

In Elisabeth kochte die Wut, sie hatte nur widerwillig und voller Bedenken ihre Zustimmung zu dieser kostspieligen Expedition gegeben, und das Ergebnis war gleich Null. Die westindische Flotte war ihnen aus irgendwelchen Gründen entgangen, ihre Seefahrer hatten an Prestige eingebüßt, und vor allem war durch diese Expedition ihr Königreich gefährdet worden.

Eine Frage beschäftigte sie am meisten: Wieso war die westindische Flotte entkommen? Etwas war nicht mit rechten Dingen zugegangen, ihr Gefühl sagte ihr, daß es Streit zwischen Essex und Raleigh gegeben hatte, und als die drei Herren bei Hof eintrafen, befahl sie zunächst den Lordadmiral Howard zu sich, um zu erfahren, was passiert war. Der Lordadmiral würde ihr sachlich und objektiv berichten und nicht versuchen, etwas zu beschönigen.

Howard holte eine Karte hervor und breitete sie auf dem Tisch aus.

»Mit Verlaub, Majestät, ich möchte Eurer Majestät zum besseren Verständnis kurz die geographischen Gegebenheiten erläutern. Hier seht Ihr die Inselgruppe der Azoren, das ist die Insel Terceira, deren Hafen den Überseeschiffen alle Sicherheit bietet; westlich von Terceira liegt die Insel Fayal, die kaum verteidigt ist, von der aus man aber gut die Route überwachen kann, auf der die Goldschiffe kommen, östlich von Terceira liegt die Insel San Miguel, an dieser Insel fahren die Schatzschiffe in völliger Sicherheit vorüber.

Wir beschlossen, nicht in den Hafen von Terceira einzufahren, weil es zu gefährlich war, sondern die Insel Fayal zu besetzen und dort der Schatzflotte aufzulauern. Während der Fahrt zu den Inseln trieben Winde unsere Flotte auseinander, mit dem Ergebnis, daß nicht der Graf von Essex, sondern Sir Raleigh als erster eintraf und die Insel eroberte. Mit Verlaub, Majestät, der Graf war außer sich, als er einlief und hörte, daß Sir Raleigh vor ihm die Insel besetzt hatte. In seiner Wut wollte er Sir Raleigh vor ein Kriegsgericht stellen, was ich, zusammen mit einigen anderen Offizieren, Gott sei Dank verhindern konnte. Es kam zu einer Art Versöhnung zwischen den Herren, und dann befahl der Graf von Essex, daß man unverzüglich zur Insel San Miguel segeln solle, um diese zu erobern. Sir Raleigh widersprach, warnte davor, Fayal zu verlassen, wo jeden Augenblick die Schatzflotte auftauchen konnte, aber der Graf zwang uns, nach

San Miguel zu segeln. Als wir eintrafen, brachen sich die Wogen in haushohem Gischt an der zerrissenen Felsenküste, eine Landung war unmöglich, dann kam unser Spähboot und überbrachte die Nachricht, daß die Schatzschiffe einen Tag, nachdem wir Fayal verlassen hatten, sicher in den Hafen von Terceira eingelaufen waren.«

Elisabeth verzog keine Miene, während der Lordadmiral berichtete, und entließ ihn mit einigen freundlichen Worten.

Allein geblieben, versuchte sie zu begreifen, was vorgefallen war. Howard und Raleigh traf keine Schuld, aber Essex – und dieses Mal hatte er nicht nur militärisch versagt, eine strategische Fehlentscheidung war in ihren Augen immer entschuldbar, dieses Mal hatte er die westindische Flotte seinem persönlichen Ehrgeiz geopfert, und dafür gab es keine Entschuldigung. Bei dieser Expedition hatte er menschlich versagt, er gönnte Raleigh nicht den Ruhm, diese Insel erobert zu haben, sein Verhalten war kindisch, bewies seine Unreife, und während ihr dies durch den Kopf ging, wußte sie, daß er nie erwachsen werden, daß er an Fehlschlägen des Lebens nie reifen würde...

Einige Stunden später betrat Essex das königliche Audienzzimmer, und nachdem er die vorgeschriebenen Kniebeugen absolviert hatte und Elisabeth ansah, wußte er, daß ihm eine unangenehme Unterredung bevorstand.

Der Blick ihrer Augen war nicht kühl, sondern eisig.

»Mylord, ich habe mich inzwischen über die Vorgänge bei den Azoren informiert; ich möchte nur eines von Euch wissen: Warum habt Ihr Fayal verlassen und seid nach San Miguel gesegelt? Ihr wußtet doch, daß die Schatzflotte jederzeit auftauchen konnte, warum habt Ihr diesen sicheren Stützpunkt verlassen?«

Essex errötete und sah verlegen zu Boden.

»Ich... Ich weiß es nicht, Majestät.«

In diesem Augenblick war es mit Elisabeths Beherrschung vorbei.

»So«, schrie sie, »Ihr wißt es nicht, aber ich weiß es. Euer verderblicher Ehrgeiz, Eure Ruhmsucht hat es nicht verkraftet, daß Sir

Raleigh als erster Fayal besetzte, Ihr gönntet ihm nicht den Ruhm, deshalb mußtet Ihr nach San Miguel segeln, Ihr habt nur an Euch gedacht, nicht an das Wohl Englands, die englische Bevölkerung mußte inzwischen drei Mißernten verkraften, die Schatzflotte wäre auch dem Volk zugute gekommen, wißt Ihr überhaupt, wie viele Menschen in diesem Land inzwischen vor Hunger gestorben sind, trotz Unserer Bemühungen, die bitterste Not zu lindern? Ihr wißt es natürlich nicht, weil es Euch nicht interessiert, Euch interessiert nur Euer persönlicher militärischer Ruhm.«

Sie schwieg, ihre Blicke trafen sich, er wirkte schuldbewußt und gleichzeitig aufsässig, sie wartete auf eine Entschuldigung, ein Zeichen, daß er seinen Fehler einsah, aber Essex blieb stumm.

Sie fühlte sich enttäuscht und gleichzeitig leer, fast gleichgültig.

»Ihr könnt jetzt gehen, Mylord.«

Sie beobachtete, wie er sich schweigend zurückzog, und verspürte einen Schmerz, der sie zusammenkrümmte. Mein Gott, dachte sie, so weit ist es also gekommen…

Nachdem ihr erster Zorn sich gelegt hatte, dachte sie in aller Ruhe über die Konsequenzen nach, die sie bezüglich Essex nun treffen mußte. Eines war jetzt klar für sie: Essex war nicht der geeignete Nachfolger, ein Mann, der so wenig an das Wohl des eigenen Landes dachte, so unüberlegt handelte, konnte nicht König von England werden… Ihre persönliche Sympathie für ihn blieb zunächst von dieser Entscheidung unberührt, er konnte, wie einst Leicester, der Erste Mann am Hof sein, nicht mehr und nicht weniger…

Durch ihre Entscheidung gegen Essex als Nachfolger war diese Frage wieder akut geworden…, indes, war es wirklich noch ein Problem?

Im Augenblick gab es nur einen Thronprätendenten, dessen Ansprüche unabweisbar waren: Maria Stuarts Sohn, Jakob VI. von Schottland, und Jakob war sich dessen bewußt. Zu ihrem Ärger hatte er angefangen, einen Gesandten an den Höfen Europas herumzuschicken, um sein Recht auf die Thronfolge in England zu verfechten, daraufhin hatte sie ihm einen Brief geschickt, der ihn auf den Boden Tatsachen zurückholen sollte.

Als mir der erste Ton verwunderlichen, ungewohnten und selten vernommenen Gerüchts in meine Ohren gedrungen war, vermeinte ich, die flüchtige Fama, die oftmals das Schlimmste schnellen Gefieders auszutragen liebt, hätte unwahre Kunde gebracht... Und seid dessen gewiß, daß Ihr es zu tun habt mit einer Königin, die kein Unrecht hinzunehmen und keinen Schimpf zu ertragen gewillt ist; einer weit mächtigeren und gewaltigeren Fürstin als ganz Europa hat, wovon Beispiele vor so kurzem erst gegeben wurden, daß sie schwerlich schon vergessen sind...

Jakob VI. wartete auf ihren Tod, aber sie würde ihn zappeln lassen, sie hatte das gefährliche dreiundsechzigste Lebensjahr überstanden, sie fühlte sich gesund, sie ritt, jagte und tanzte wie eh und je, ihr Geist war frisch wie eh und je, ihre äußere Erscheinung... Nun ja, seit einiger Zeit trug sie rötlichblonde Perücken, weil ihre Haare inzwischen völlig ergraut waren und die ständige Färberei ihnen schadete, die Falten im Gesicht waren kaum noch wegzuschminken, zum Glück hatte sie bis jetzt nur einen Backenzahn verloren, während einige der älteren Hofdamen wegen der Zahnlosigkeit nur noch flüssige Nahrung und Breie zu sich nehmen konnten, sie war schlank wie immer, sie konnte noch zehn bis fünfzehn Jahre leben...

Am nächsten Tag erfuhr sie, daß der Graf von Essex den Hof verlassen und sich in sein Haus nach Wanstead zurückgezogen habe... Er schmollte also, nun gut, irgendwann würde er am Hof wieder auftauchen, und sie nahm sich vor, ihn nicht zurückzurufen...

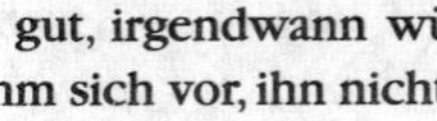

XXVII

An einem Morgen Mitte Juni 1598 bestieg Cecil, unterstützt von einem jungen, kräftigen Diener, seine Kutsche, die ihn nach Greenwich zur Ratssitzung bringen sollte. Als der Diener ihm gegenüber Platz nahm, wurde Cecil wieder einmal daran erinnert, wie alt und gebrechlich er inzwischen geworden war. Er stand jetzt im achtundsiebzigsten Lebensjahr, war geistig so frisch und wachsam wie eh und je, aber die Gicht machte ihm immer mehr zu schaffen, seine Hände konnten die Feder nicht mehr führen, so daß er seit einiger Zeit Memoranden und Briefe diktierte, was ihm nicht sonderlich behagte, wenn er ausging, stützte er sich auf einen Stock und mußte außerdem von einem Diener geführt werden... Das Leben war für ihn zur Plage geworden.

Während die Kutsche die staubige Landstraße entlang rollte, überlegte er, wie schon so oft während der letzten Wochen, ob er die Königin nicht bitten sollte, ihn aus ihren Diensten zu entlassen, wer wußte, wieviel Zeit ihm noch beschieden war, hatte er es nicht verdient, die letzten Monate oder Jahre seines Lebens ruhig auf Theobalds zu verbringen und sich auf den Tod vorzubereiten?

Er seufzte und dachte an die Ratssitzung, die ihm bevorstand, wahrscheinlich würde es wieder eine endlose, fruchtlose Debatte werden ob man mit Spanien Frieden schließen solle oder nicht, und wahrscheinlich würde der Graf von Essex sich wieder hervortun und für die Fortsetzung des Krieges plädieren, während er, Cecil, seit Monaten versuchte, die Königin von einem Friedensvertrag zu überzeugen, die Königin schwankte wie immer hin und her, mal gab sie ihm recht, mal Essex...

Essex, dachte er, nein, ich muß auf meinem Posten bleiben, solange der Graf in ihrer Nähe ist und sie immer wieder bezaubert und seinen unheilvollen Einfluß ausübt, wäre er nicht wieder am Hof, hätten wir vielleicht längst Frieden mit Spanien...

Er konnte Elisabeths Schwäche für Essex nicht nachvollziehen, am Anfang hatte er noch verstanden, daß der junge Mann sie mit seiner geistvollen Unterhaltung und seinen Huldigungen fasziniert hatte, es war auch nicht weiter verwunderlich, daß er zum Günstling, zum Ersten Hofmann aufstieg, aber spätestens seit der Rückkehr von Cadiz fand Cecil Elisabeths Verhalten unverständlich und logisch nicht nachvollziehbar, und wenn er daran dachte, was sich im letzten Herbst abgespielt hatte, so standen ihm noch jetzt die weißen Haare zu Berge. Die Volkstümlichkeit des Grafen hatte durch die unglückliche Fahrt zu den Azoren in keinster Weise gelitten, die öffentliche Meinung schob das Mißlingen auf die Ungunst der Sterne, auf das Wetter, auf Raleigh, nur nicht auf die Unfähigkeit des Oberbefehlshabers. Die Königin ärgerte sich natürlich, wenn ihr dergleichen zu Ohren kam, aber einige Tage, nachdem der Graf sich schmollend nach Wanstead zurückgezogen hatte, vermißte sie ihn wohl so stark, daß sie ihn bat, an den Hof zurückzukehren. So weit, so gut. Und der Herr Graf, erinnerte sich Cecil, setzte sich sozusagen auf das hohe Roß, beantwortete den Brief der Königin mit einem Schreiben, worin er ihr wahrscheinlich seine Verehrung zu Füßen legte und ihre königlichen Hände küßte, ansonsten blieb er in Wanstead. Elisabeth äußerte sich nicht weiter dazu, aber wenn sie unter vier Augen über ein staatspolitisches Problem sprachen, hatte er stets das Gefühl, daß sie Essex' Abwesenheit als schmerzlich empfand, als Kränkung, was es ja auch war. Hin und wieder sagte sie, daß er zu den Feierlichkeiten des Jahrestages ihrer Thronbesteigung bestimmt an den Hof zurückkehren würde; Essex gab vor, krank zu sein, und als der 17. November immer näher rückte, hatte er, Cecil, dem Grafen geschrieben, ihn an den Jahrestag der Thronbesteigung erinnert, umsonst. Auch Lordadmiral Howard schrieb, aber der 17. November kam und ging, und Essex weilte immer noch in Wanstead und ließ durchblicken, daß er zurückkehren würde, wenn Ihre Majestät ihn ausdrücklich darum ersuchte. Elisabeth erwähnte die Angelegenheit nicht mehr, und Cecil gewann allmählich den Eindruck, daß Essex anfing, größenwahnsinnig zu werden.

Er konnte sich denken, warum Essex so bockig war: Kurz nach der Rückkehr von den Azoren hatte die Königin den Lordadmiral Howard von Effingham zum Grafen von Nottingham erhoben, was Cecil und alle übrigen für gerechtfertigt hielten. Diese Erhebung zum Grafen beendete den ständigen Streit zwischen Essex und dem Lordadmiral, wer im Rang höher stehe, der Lordadmiral hatte nun als Graf nach dem Gesetz den Vorrang vor allen anderen Grafen, mit Ausnahme des Lordkämmerers, des Lordtruchseß und des Earlmarschalls, also des königlichen Zeremonienmeisters. Essex stand nun also laut Protokoll hinter Howard, damit nicht genug, wurde in der Ernennungsurkunde als einer Gründe die Einnahme von Cadiz genannt, natürlich wurde auch die Vernichtung der Armada erwähnt und die lange und glänzende Laufbahn im Staatsdienst…

Der Dezember verging, und dann, plötzlich erschien Essex zwischen Weihnachten und Neujahr wieder bei Hof und wurde von der Königin zum Earlmarschall ernannt, alle sahen darin ein besonderes Zeichen königlicher Gunst, einmal, weil Essex jetzt wieder den protokollarischen Vorrang vor Nottingham hatte, zum andern war dieses Amt seit Jahren unbesetzt gewesen.

Man atmete auf, als sich die gespannte Atmosphäre am Hof nach Essex' Rückkehr lockerte; der Graf nahm wieder an den Staatsratssitzungen teil und plädierte gegen einen Frieden mit Spanien in einem Augenblick, als die Königin über eben diese Frage mit Frankreich verhandelte.

Der kluge König Heinrich IV. hielt es im Interesse seines Landes für besser, mit Spanien endlich zu einer Verständigung zu kommen, wollte sich aber mit dem Bündnispartner England abstimmen und schickte im Herbst 1597 seinen Sondergesandten de Maisse nach London; Elisabeth empfing ihn in mehreren Audienzen, plauderte stundenlang mit ihm über Gott und die Welt, nur nicht über den Frieden mit Spanien, de Maisse reiste schließlich ohne greifbares Ergebnis ab, im Februar schickte Elisabeth Robert Cecil nach Paris, um über einen Frieden mit Spanien zu verhandeln, auch er kehrte ohne Ergebnis zurück, und Cecil gewann den Eindruck, daß Elisabeth Heinrichs Bemühungen, mit Madrid zu einer Verständigung zu kommen, gar nicht ernst nahm, sie hielt es wohl für ein taktisches

Manöver, aber dieses Mal hatte sie den Bourbonen falsch eingeschätzt: Anfang Mai schloß Heinrich IV. im Vertrag von Vervins Frieden mit Spanien, im gleichen Monat erließ er von Nantes aus ein Edikt, das beiden Konfessionen in Frankreich die Ausübung ihrer Religion zusicherte.

Elisabeth war außer sich über den Friedensvertrag, erklärte, Heinrich sei ein undankbarer Antichrist, sie habe ihm zur Krone verholfen, und nun lasse er sie im Stich ... Er, Cecil, hatte abgewartet, bis der erste Sturm sich gelegt, und ihr versucht klarzumachen, daß es für einen Frieden mit Spanien noch nicht zu spät sei, daß man Heinrichs Beispiel folgen könne und müsse. Seit Mai tobte im Rat der Streit für oder wider den Krieg mit Spanien, er, Cecil, betonte immer wieder, daß ein Friede mit Spanien auch die irische Frage lösen würde, weil die Rebellen dann nicht mehr unterstützt würden...

Die irische Frage war inzwischen zu neuer Bedeutung gekommen, weil der bisherige Vizekönig, Lord Borough, überraschend verstorben, und der Waffenstillstand mit dem Rebellenführer in Ulster, Tyrone O'Neill, im Mai abgelaufen war..., manchmal bezweifelte Cecil, ob die irische Frage überhaupt zu lösen war, solange er sich erinnern konnte, war Irland für die englischen Könige ein Problem gewesen... Heinrich VIII. hatte zwar den Titel »Herr von Irland« in »König von Irland« umgewandelt und an der traditionellen Politik der Anglisierung der irischen Sippenoberhäupter durch deren Erhebung in den Grafenstand festgehalten, aber die englische Amtsgewalt hatte sich nicht durchsetzen können. Das Land war aufgeteilt in englisches und irisches Territorium, wobei zum englischen Teil lediglich der der englischen Gerichtsbarkeit unterstehende östliche Teil der Insel gehörte, sowie die Städte im Süden und im Westen. Das irische Irland bestand aus den vier Provinzen Leinster, Munster, Connaught und Ulster, in denen die Clanoberhäupter – getarnt als königliche Gerichtsbarkeit dort, wo ein Oberhaupt den Grafentitel führte – die einzig wirksame Amtsgewalt waren. Von den vier Provinzen war Ulster am rebellischsten, hier lag das Zentrum des irischen Widerstandes, das Land war unzugänglich und von Stämmen bewohnt, die unter primitiven, archaischen Bedingungen lebten, zwei Clans kontrollierten die Provinz, die Familien O'Donnell und O'Neill.

Als Elisabeth den Thron bestieg, zeigte sich, daß erst die Macht der Clans gebrochen werden mußte, ehe man eine Zivilverwaltung aufbauen und die anglikanische Kirche einführen konnte. Die Unterwerfung der Clans war schwieriger als gedacht, weil das Land ideale Voraussetzungen für einen Kleinkrieg bot. Die Iren stellten sich selten zum Kampf, verwickelten die englischen Heere vielmehr in Störmanöver, schlossen sich in ihrem Rücken wieder zusammen, und machten so den Erfolg einer Armee nach der anderen zunichte, es wurden unzählige Waffenstillstände geschlossen, nach deren Ende begann der Krieg von neuem. Immerhin konnten die Engländer sich halten dank der Städte, die eine Art Stützpunkt waren, dank der Hilfe loyaler Iren und dank der Uneinigkeit der Clans. 1585 kehrte Hugh O'Neill, Graf von Tyrone, nach Irland zurück, anscheinend ein guter Freund der Engländer, aber offensichtlich bestrebt, sich zum Herrn über eigene und fremde Territorien zu machen. Er war ein guter Organisator, der es fertigbrachte, eine Art Armee aufzustellen, und ein gerissener Politiker... Wieviel Rebellionen hat es seit Elisabeths Regierungsantritt in Irland gegeben, überlegte Cecil... die Rebellion Shane O'Neills von 1559-66, die Fitzmaurice-Verschwörung in Munster von 1569-72, der Desmond-Aufstand von 1579-83 und jetzt die große Tyrone-Rebellion. Sie begann im Jahre 1594 und wird wann enden?

Die Frage, wer Vizekönig in Irland werden sollte, war natürlich auch schon mehrfach erörtert worden – ohne Ergebnis, darüber wird heute wahrscheinlich auch wieder endlos debattiert werden...

Er holte das Gebetbuch hervor, das er seit einiger Zeit ständig bei sich trug und worin er manchmal während der Fahrten las; er schlug den 55. Psalm auf, das Gebet wider die falschen Brüder, das gleichzeitig Trost in Gott suchte. Er las: »Eine Unterweisung Davids, vorzusingen auf Saitenspiel...«, als er beim letzten, beim 24. Vers ankam und die Sätze las: »...die Blutgierigen und Falschen werden ihr Leben nicht zur Hälfte bringen...«, überkam ihn plötzlich eine dunkle Ahnung, für den Bruchteil einer Sekunde hatte er eine Vision, das Verrätertor des Towers, ein Mann stieg die Treppen empor…, er schloß das Gebetbuch, nein, so etwas wollte er nicht denken…

Elisabeth begrüßte die Räte und kam sogleich auf Spanien zu sprechen: »Ich habe erfahren, daß König Philipp schwer krank ist und keine Befehle mehr erteilen kann, der Schlaganfall, den er im letzten Sommer erlitt, war wohl schwerer als vermutet, ich habe auch erfahren, daß die Ärzte mit seinem baldigen Tod rechnen; angesichts dieser Situation weiß ich nicht, ob ein Friede so dringend ist, der Nachfolger Philipps ist sein zwanzigjähriger Sohn Philipp, er soll ein schwacher Charakter sein, mit ihm ließen sich vielleicht bessere Bedingungen aushandeln, und wenn man sich nicht einigt, verläuft der Krieg wahrscheinlich im Sande und wird wieder ein Krieg, der faktisch keiner ist.«

Ihre Augen wanderten von einem Staatsrat zum andern, zuletzt sah sie Cecil an und sagte: »Was meint Ihr dazu, Mylord?«

»Mit Verlaub, Majestät, König Philipp ist gewiß schwer krank, indes sind Gottes Wege uns unbekannt, es ist möglich, daß er sich wieder erholt, im vergangenen Jahr rechneten wir auch mit seinem Tod, und er lebt noch immer; ich bin dafür, mit Spanien Frieden zu schließen, die Holländer können sich diesem allgemeinen Frieden anschließen, und wir könnten der irischen Rebellion ein Ende bereiten. Nach einem Friedensschluß schickt Spanien kein Geld und keine Soldaten mehr auf die Insel, und wir sind endlich in der Lage, an eine gründliche Eroberung des Landes zu denken.«

»Mylord«, rief Essex, »sollen wir etwa den Holländern den gleichen Streich spielen, den Frankreich uns gespielt hat? Sollen wir unsere protestantischen Verbündeten der christlichen Sanftmut der Spanier überlassen? Woher wollt Ihr wissen, daß sie sich ohne weiteres einem Frieden anschließen können? Mylords, wir müssen gegen Spanien kämpfen, wir müssen kämpfen bis zum endgültigen Sieg!«

Nach diesen Worten holte Cecil sein Gebetbuch hervor, schlug mit zitternden Fingern den 55. Psalm auf und sagte zu Essex:

»Mylord, hört, was im 24. Vers des 55. Psalms steht: ›Die Blutgierigen und Falschen werden ihr Leben nicht zur Hälfte bringen‹.«

»Dummes Zeug«, schrie Essex, und sein Gesicht wurde rot vor Wut, »was fällt Euch ein, Mylord, mich als blutgierig und falsch zu bezeichnen, ich verlange, daß Ihr Euch hier, vor dem versammelten Rat, entschuldigt!«

Man sah einander betreten an, Elisabeth aber rief: »Mylord, mäßigt Euch, es ist unter der Würde von Lord Burghley, sich vor Euch zu entschuldigen, Ihr solltet dem Alter mehr Respekt zollen.«

Es entstand eine verlegene Pause, Elisabeth betrachtete verstohlen Cecil, dessen Miene wie stets undurchdringlich war, es tat ihr weh, daß dieser alte Mann, der ihr fast vierzig Jahre treu gedient hatte, von einem Mann wie Essex, der bis jetzt fast nur Dummheiten gemacht, so angefahren wurde..., während sie noch überlegte, wie sie Essex' Fauxpas bei Cecil wieder gut machen konnte, wurde ihr ein Schreiben überbracht. Sie las den Brief und erbleichte.

»Mylords, Tyrone, der Rebellenführer in Ulster, hat einen unserer Hauptstützpunkte im Norden Irlands, nämlich das Fort am Blackwater, eingeschlossen, die Besatzung ist in großen Schwierigkeiten.«

Die Räte sahen einander entsetzt an, Elisabeth überlegte eine Weile und sagte schließlich:

»Ich werde Sir Henry Bagenal mit Truppen nach Irland entsenden. Die Frage, wer Vizekönig werden soll, wird immer dringender. Während der vergangenen Tage habe ich noch einmal darüber nachgedacht, ich glaube«, und zu Essex, »Euer Onkel, Sir William Knollys, wäre der richtige Mann.«

Essex erbleichte. »Mit Verlaub, Majestät, es ist eine große Ehre für meine Familie, aber ich weiß nicht, ob mein Onkel der Aufgabe gewachsen ist, wäre Sir George Carew nicht geeigneter?«

Es entstand eine Pause, und dann fragte Robert Cecil:

»Wie kommt Ihr auf Sir Carew, Mylord?«

»Nun, Mylord«, erwiderte Essex, und dabei umspielte ein spöttisches Lächeln seine Lippen, »ich halte ihn für fähig, diesem verantwortungsvollen Posten gerecht zu werden.«

Robert Cecil preßte verärgert die Lippen aufeinander und sah hilflos zu seinem Vater, Elisabeth aber, deren Augen zwischen Essex und Robert Cecil hin und her gewandert waren, amüsierte sich im stillen.

Aha, dachte sie, von daher weht der Wind... Sie wußte, daß Knollys ein Parteigänger von Essex und Carew ein Anhänger der Cecils war, und natürlich wollte keine der beiden verfeindeten Parteien einen ihrer Anhänger nach Irland abgeben, sie selbst hatte bei ihrer Entscheidung für Knollys nur auf die militärischen und organisatorischen Fähigkeiten geachtet...

»Majestät«, sagte Cecil, »es gäbe noch einen Kandidaten für diesen Posten – Charles Blount, Lord Mountjoy.«

»Lord Mountjoy?« Sie mußte unwillkürlich lächeln, als ihr einfiel, daß sie ihm einst die goldene Schachkönigin geschenkt hatte, durch den Tod des älteren Bruders war die Pairswürde seines Hauses auf ihn übergegangen, er hatte sich bei allen Expeditionen ausgezeichnet, er ging auf die Dreißig zu... »Lord Mountjoy? Ich werde darüber nachdenken.«

Der Juni verging, es wurde Juli. König Philipp siechte im Escorial dahin, der Krieg mit Spanien schleppte sich fort, ohne daß es ein Krieg war – und Elisabeth fand, daß sie mit dieser Situation ganz gut leben konnte. Anders war es mit Irland, hier mußte bald eine Entscheidung getroffen werden.

Als die letzte Juliwoche begann, bat sie Essex, Robert Cecil und den Lordadmiral Howard ins Ratszimmer in Greenwich, um ihnen zu sagen, wer Irlands neuer Vizekönig werden sollte.

Als die Herren den Raum betraten, stand sie hochaufgerichtet neben dem Tisch, eine Hand auf die Platte gestützt, im Hintergrund saß der Sekretär des königlichen Siegelamtes, um Notizen zu machen; Robert Cecil hatte den Eindruck, daß sie noch gebieterischer wirkte als sonst...

»Mylords, ich habe Sie hergebeten, um Ihnen mitzuteilen, wen ich zum Vizekönig von Irland ernennen werde. Ich habe mich für Sir William Knollys entschieden.«

Der Lordadmiral und Robert Cecil nahmen es zur Kenntnis, Essex glaubte, nicht richtig zu hören, und eine unermeßliche Wut stieg in ihm hoch, daß diese Frau es wagte, sich über seine Interessen hinwegzusetzen... Nun, er würde ihr beweisen, daß sie sich seinen Wünschen zu fügen hatte...

»Mit Verlaub, Majestät, ich halte meinen Onkel für ungeeignet, warum ernennt Ihr nicht Sir Carew zum Vizekönig?«

»Mylord, überlaßt die Entscheidung, wer für welchen Posten geeignet oder ungeeignet ist, mir, ich besitze weiß Gott mehr Menschenkenntnis als Ihr.«

»Majestät, Ihr müßt Sir Carew ernennen, ich verlange es, ich fordere es!«

Der Lordadmiral und Robert Cecil sahen sich entgeistert an, Elisabeth blieb nach außen völlig ruhig, obwohl sie sich nur noch mühsam beherrschte.

»Mylord, ich habe meine Entscheidungen bisher so getroffen, wie ich es für richtig hielt, und ich werde sie auch weiterhin so treffen, wie ich es für richtig erachte, nehmt dies endlich zur Kenntnis.«

Da drehte Essex sich um und wandte der Königin den Rücken zu.

Ehe Robert Cecil und der Lordadmiral sich von ihrem Schrecken über diese Unbotmäßigkeit erholt hatten, stand die Königin vor Essex.

»Geht zum Teufel!« schrie sie und gab ihm eine schallende Ohrfeige.

Essex riß den Degen aus der Scheide, im selben Moment warf der Lordadmiral sich zwischen ihn und die Königin, aber Essex drängte ihn zur Seite, stellte sich vor Elisabeth, die keinen Schritt zurückwich, und schrie: »Das ist ein Schimpf, den ich nicht auf mir sitzen lasse. Nicht von Eures Vaters Hand hätt' ich das ertragen!« Dann stürzte er aus dem Zimmer.

Robert Cecil fühlte sich einer Ohnmacht nahe, sein Vater würde staunen, wenn er ihm diesen Auftritt schilderte. Cecil war abwesend, weil er am Tag zuvor bettlägerig geworden war. Inzwischen hatte der Lordadmiral sich einigermaßen gefaßt. »Majestät, wollt Ihr nicht die Wachen verständigen, daß sie den Grafen in den Tower bringen?«

»In den Tower, Mylord? Wie kommt Ihr auf diese Idee? Überlegt einmal, was vorgefallen ist: Der Graf war ungezogen gegen eine alte

Dame, die zufällig Königin ist, und er hat eins hinter die Ohren bekommen, das ist wahrhaftig kein Grund, ihn im Tower zu inhaftieren. Was ich erwarte, ist, daß er Abbitte leistet, eher werde ich ihn nicht empfangen«, und zu Robert Cecil: »Wie geht es Eurem Vater?«

»Ach, Majestät, es geht ihm den Umständen entsprechend, die Ärzte stehen um sein Bett und können doch nicht helfen, er ist sehr schwach, er kann die Hände nicht mehr bewegen, muß gefüttert werden, ich will ihm nachher ein paar Rebhühner schicken, er hat sie immer gern gegessen.«

Da ging Elisabeth zu dem Tisch, schrieb einen kurzen Brief und übergab ihn Robert.

»Laßt das Billett zusammen mit den Rebhühnern überbringen, ich werde Euren Vater morgen besuchen.«

»Majestät«, stammelte Robert, »Ihr wollt diese Mühe auf Euch nehmen?«

»Es ist für mich keine Mühe, Mylord, Euer Vater war fast vierzig Jahre mein treuester Diener, es ist nur recht und billig, wenn ich ihn jetzt besuche.«

Als der Lordadmiral und Robert einige Minuten später die Galerie entlanggingen, sagte Howard:

»Ich kann mir nicht denken, daß die Königin Essex' Unverschämtheit einfach hinnimmt und ihn nicht bestraft, ihr Vater hätte dem Grafen den Kopf abschlagen lassen.«

»Ihre Majestät ist nicht Heinrich VIII., überdies hat sie recht, der Vorfall basiert auf schlechter Laune und persönlicher Gereiztheit.«

Als die Herren gegangen waren, begab Elisabeth sich in ihre privaten Räume, um in Ruhe über den Auftritt mit Essex nachzudenken.

Sie hatte Howard und Cecil äußere Gelassenheit vorgespielt, in Wirklichkeit war sie so betroffen wie noch nie zuvor in ihrem Leben, und sie fragte sich, warum sie sich zu der Ohrfeige hatte hinreißen lassen? Sie hatte noch nie in ihrem Leben einen Menschen geschlagen, gewiß, hin und wieder, wenn ihre jungen Ehrendamen sich nicht schicklich benahmen, war sie versucht gewesen, sie zu züchtigen, aber stets hatte sie sich zusammengenommen und sich gesagt, daß sie, die Königin, es nicht nötig hatte, derlei Methoden anzuwenden, es war einfach unter ihrer Würde, und nun – heute, heute hatte sie einen Mann geschlagen, einen Mann, dem sie persönlich zugetan war…, aber dieser Mann hatte sie jahrelang enttäuscht, was seine Fähigkeiten betraf, nun gut, das konnte man ihm nicht zum Vorwurf machen, eher mußte sie sich vorwerfen, daß sie dies nicht früher erkannt hatte, aber, Fähigkeiten hin und her, ein Mensch mochte politisch, militärisch keinerlei Begabung besitzen, aber dennoch charakterlich wertvoll sein… Und genau dies ist er nicht… Wie viele Briefe hatte er ihr geschrieben, sie seiner Ehrerbietung, Treue, Hochachtung und so weiter versichert, und dann dieses Benehmen, er hatte ihr den Rücken zugewandt, und sie fühlte sich durch diese Geste nicht nur in ihrer königlichen Würde gekränkt, sondern vor allem in ihrer Würde als Frau. Er sah wohl in ihr ein Weibchen, das nach seiner Pfeife tanzen sollte, nun – da hatte er sich gründlich verrechnet. Und in diesem Augenblick wußte sie, daß sie mit Essex fertig war, an jenem Tag war etwas in ihr zerbrochen, das nicht mehr reparabel war, sollte er in Ruhe auf dem Land leben, er mochte Abbitte leisten oder nicht, es interessierte sie nicht mehr, er war ihr gleichgültig geworden, sie würde ihn am Hof nicht mehr vermissen…, und der Posten des Vizekönigs? Diese Entscheidung konnte sie immer noch treffen… Jetzt mußte sie sich vor allem um Cecil kümmern.

Als sie am nächsten Tag Cecils Schlafgemach betrat, erschrak sie beim Anblick ihres Lordschatzkanzlers, er schien innerhalb weniger Tage um Jahre gealtert, er saß hoch aufgerichtet in den Kissen, die gichtverkrümmten Hände lagen auf der Decke, täuschte sie sich, oder war sein Gesicht kleiner geworden?

Bei ihrem Eintritt leuchteten seine stahlblauen Augen auf.

»Majestät, welche Ehre für mich, Ihr opfert Eure kostbare Zeit…, die Staatsgeschäfte…«

»Denkt jetzt nicht daran, Mylord, Euer Sohn Robert kümmert sich um alles. Wie geht es Euch?«

»Ach, ich will mich nicht beklagen, anderen geht es schlechter als mir…« Er sah Elisabeth an und lächelte verschmitzt.

»Ist es wahr, was Robert mir vor einigen Tagen erzählte, Euer Majestät waren mit den Damen in einem öffentlichen Theater?«

»Ja, Mylord, wir waren im ›Swan‹, es wird nicht mein letzter Theaterbesuch gewesen sein, ich möchte mir die Häuser nacheinander ansehen und eine Aufführung miterleben, wir erschienen natürlich inkognito, wir saßen in den Logen seitlich des Bühnenraums, wir kamen und gingen durch einen eigenen Eingang, wir trugen Halbmasken und ich zusätzlich eine dunkle Perücke, so erkannte das Volk uns nicht, nur die jungen Herren vom Hof wußten, daß ich anwesend war.«

»Was wurde denn gespielt?«

Elisabeth lächelte: »Julius Cäsar von William Shakespeare.«

»Gütiger Himmel, beschäftigt mein Schwiegersohn sich neuerdings mit den alten Römern?«

»Es sieht so aus, ich glaube, er plant noch andere Stücke, die in der Antike spielen.«

Sie schwiegen eine Weile, dann sagte Cecil: »Vor einigen Wochen las ich die ›Palladis Tamia‹ von Francis Meres, darin bezeichnet er William Shakespeare als den hervorragendsten Dramatiker unserer Zeit und nennt als Beweis sechs Komödien und sechs Tragödien…«, er zögerte etwas und fuhr dann fort: »Majestät, ich bin nun doch ein wenig stolz darauf, daß dieser Mann zu meiner Familie gehört.«

In diesem Augenblick brachte ein Diener die gebratenen Rebhühner. Er stellte die Platte auf einen Tisch, zerteilte das Geflügel, legte ein paar Stücke auf einen Zinnteller, nahm eine Gabel und wollte eben zu seinem Herrn gehen, um ihn zu füttern, als Elisabeth aufstand und ihm den Teller abnahm.

»Geht nur, ich werde Euren Herrn versorgen.«

»Majestät«, protestierte Cecil, »das geht doch nicht, das…«

»Keine Widerrede, Mylord, Ihr habt mir immer gehorcht, Ihr werdet mir auch jetzt gehorchen«, und während der Diener zögernd das Zimmer verließ, setzte Elisabeth sich wieder neben das Bett und schob ihrem Lordkanzler behutsam einen Bissen nach dem andern in den Mund und ließ ihn zwischendurch einen Schluck Wein trinken… Cecil war überwältigt von soviel Fürsorglichkeit, das hätte er nicht für möglich gehalten.

Als Elisabeth gegangen war, diktierte er einen Brief an seinen Sohn Robert:

»Ich bitte Dich, gib Ihrer Majestät recht angelegentlich und eindringlich zu wissen, wie sehr ihre unvergleichliche Güte mein Vermögen übersteigt, mich erkenntlich zu zeigen gegen sie, die nicht Mutter sein will und dennoch sich mir als so sorgliche Pflegerin erweist und mich speist mit ihrer eigenen fürstlichen Hand, und wenn ich jemals wieder so weit komme, daß ich selbst meine Speise zum Mund führen kann, so will ich ihr um so eifriger ein Diener auf Erden, wenn nicht, so hoffe ich, im Himmel ihr und der Kirche Gottes ein Diener zu sein. Und somit danke ich Dir auch für Deine Rebhühner. Diene Gott dadurch, daß Du der Königin dienst.«

Elisabeth besuchte Cecil jeden Tag, berichtete ihm über die Staatsgeschäfte, aber sie führten auch lange Gespräche über Religion und Philosophie.

Am 4. August war Cecil nach dem Essen etwas eingeschlummert, und Elisabeth ging zum Fenster, das weit geöffnet war, um die warme Mittagssonne einzulassen, sie sah hinaus in die Parklandschaft, erinnerte sich an die vielen erholsamen Wochen, die sie auf Theobalds gewesen war, und dachte bedrückt daran, daß dies der letzte Sommer war, den sie auf Theobalds verbrachte, sie war entschlossen, nach Cecils Tod nicht mehr hierher zurückzukehren, weil es für sie zu schmerzlich sein würde..., nach Cecils Tod, seit Tagen versuchte sie, sich an den Gedanken zu gewöhnen, daß er nur noch kurze Zeit leben würde, die Ärzte konnten nichts mehr für ihn tun und gaben ihm noch ein paar Tage, höchstens einige Wochen... Er hatte sie seit der Seymour-Affäre loyal unterstützt, fast fünfzig Jahre lang..., seit der Thronbesteigung vor fast vierzig Jahren war er ihr engster Berater gewesen, sie waren oft verschiedener Meinung, und er hatte es mit ihr nicht leicht gehabt, zweimal, nach der Hinrichtung von Norfolk und nach der Hinrichtung Maria Stuarts, hatte sie ihn mehrere Wochen vom Hof verbannt, bei Norfolk aus echtem, bei Maria Stuart aus gespieltem Zorn... Und jetzt würde er sie verlassen, genau wie Robin… Warum mußte sie die beiden Männer, die ihr am meisten bedeutet hatten, überleben? Nach Cecils Tod würde sie endgültig allein sein…

Um sich von ihren trüben Gedanken abzulenken, erinnerte sie sich noch einmal an sommerliche Rundreisen, die ihr besonders gefallen hatten, die Städte zum Beispiel hatten sich stets bemüht, etwas Charakteristisches zu bieten, Bristol, der zweitgrößte Hafen, zeigte ihr eine Seeschlacht, in Norwich, wo die neuen Tuche hergestellt wurden, führte man ihr strickende und spinnende Kinder vor…, sie hatte bis jetzt noch nie auf ihre sommerliche Reise verzichtet, obwohl die älteren Hofherren über die Strapazen murrten…

In diesem Augenblick hörte sie Cecils Stimme: »Majestät.«

Sie eilte zu ihm: »Mylord?«

»Majestät, ich spüre, daß meine Zeit bald abgelaufen ist, und ich möchte Euer Majestät noch einmal, ein letztes Mal, an die Regelung der Nachfolgefrage erinnern, die Nachfolge muß geregelt sein, sonst bricht nach dem Tod Euer Majestät das Chaos aus.«

»Die Nachfolge ist geregelt, Mylord, das heißt, sie hat sich von selbst geregelt, Jakob VI. von Schottland wird Englands nächster König, seine Ansprüche sind durch die Abstammung berechtigt, vielleicht benenne ich ihn offiziell als Nachfolger, das weiß ich noch nicht…«, sie zögerte etwas und fuhr fort: »Einst hatte ich andere Überlegungen wegen der Nachfolge, ich habe es Euch nie erzählt…, vor neunzehn Jahren, als ich wußte, daß ich nicht schwanger war und mich gegen Alençon entschied, da überlegte ich, daß Essex eine Alternative zu Jakob VI. sein könnte, er kam dann an den Hof, und ich versuchte, ihn allmählich auf seine künftige Stellung vorzubereiten, gab ihm einen Sitz im Staatsrat, ernannte ihn immer wieder zum Oberbefehlshaber, weil ich wußte, daß das Volk von einem König auch militärischen Ruhm erwartet, nun, durch glückliche Umstände gelangte er auch zu Ruhm, aber es hat sich eben alles anders entwickelt als gedacht. Nach der unglücklichen Azorenfahrt beschloß ich, ihn nicht zu meinem Nachfolger zu ernennen, weil er unfähig ist und zu unüberlegten Handlungen neigt, nun gut, er sollte aber der Erste Mann am Hof bleiben, deswegen auch die Ernennung zum Earlmarschall…, und dann die Szene neulich im Ratszimmer, Euer Sohn wird Euch davon erzählt haben…, ich will Euch nicht beschreiben, was anschließend in mir vorging, ich war so enttäuscht…«

»Ich kann mir vorstellen, was in Euer Majestät vorging, Robert hat mir die Szene genau geschildert, es ist natürlich richtig, daß er zunächst einmal ungezogen war gegen eine alte Dame, die gleichzeitig Königin ist, aber in seinem Verhalten steckt ein gefährliches Element…, angenommen, er leistet Abbitte, wie soll es dann weitergehen? Ihr könnt ihn nicht ohne triftigen Grund seiner Ämter und Würden entheben und vom Hof entfernen, aber er muß entfernt werden! Seine Anwesenheit stiftet nur Unruhe und entfremdet Euch das Volk, weiß der Himmel, warum er immer noch beliebt ist.«

»Ich habe noch nicht darüber nachgedacht, wie es weitergehen soll, wie ich ihn einschätze, wird es eine Weile dauern, bis er um Verzeihung bittet.«

»Es gäbe eine Lösung, Majestät, ernennt ihn zum Vizekönig in Irland, laßt ihn gegen Tyrone antreten.«

»Vizekönig von Irland, Mylord? Dieser Aufgabe ist Essex niemals gewachsen, das würde bedeuten, daß ich Menschen und Material für nichts und wieder nichts opfere.«

»Mit Verlaub, Majestät, was ich jetzt sage, ist zynisch und unchristlich und Gott möge mir verzeihen, aber ich sehe die Angelegenheit als Staatsmann: Während der vergangenen Jahrzehnte ist in Irland so viel englisches Blut vergossen worden – und in den kommenden Jahren wird auch noch viel Blut fließen –, da kommt es auf die paar Soldaten, die Essex in den Tod führt, auch nicht an; entweder, er hat Erfolg, dann könnt Ihr in auf seinem Posten in Dublin belassen, die Würde des Vizekönigs wird seiner Eitelkeit hinlänglich schmeicheln, versagt er, so wird es eine Möglichkeit geben, ihn für immer vom Hof zu entfernen, vielleicht sogar ins Ausland zu verbannen oder ihn, das wäre die beste Lösung, ständig bewachen zu lassen.«

»Vizekönig…, es wäre eine Möglichkeit, ich muß darüber nachdenken, vorerst will ich die militärische Entwicklung in Irland abwarten.«

»Majestät, seid auf der Hut vor dem Grafen von Essex, entfernt ihn aus Eurer unmittelbaren Umgebung, sonst wird er eines Tages versuchen, an Euer Zepter zu rühren.«

Er schloß die Augen, um wieder etwas zu schlafen, und Elisabeth trat erneut an das Fenster, dachte über Cecils Worte nach, und je länger sie nachdachte, desto mehr mußte sie ihm recht geben.

Eine Stunde nach der andern verging, es wurde allmählich Abend, und Elisabeth überlegte, ob sie Cecil wecken sollte...

Sie trat zu seinem Bett und beugte sich über ihn.

»Mylord... Mylord...«

Es dauerte einige Sekunden, bis sie begriff, daß William Cecil tot war.

Sie verbrachte die ganze Nacht bei dem Toten, weinte und fragte sich immer wieder, warum er nicht wenigstens noch ihr vierzigjähriges Thronjubiläum erlebt hatte.

Am andern Tag ordenete sie an, daß er mit fürstlichen Ehren in Westminster Abbey beigesetzt werden sollte. Einige Tage später, am 13. September, starb Philipp II. von Spanien, und sein Nachfolger, Philipp III., schien wenig Interesse am Krieg mit England zu haben, und das war gut so, denn einige Tage nach Cecils Tod war in London eine Hiobsbotschaft aus Irland eingetroffen: Sir Henry Bagenal war von Tyrone angegriffen, die Armee vernichtet und er selber getötet worden, ganz Nordirland bis an die Mauern von Dublin lag offen vor den Rebellen. In dieser Situation schrieb Essex an Elisabeth einen Brief, bot seine Dienste an und eilte nach Greenwich, wo er nicht vorgelassen wurde.

»Er hat mich lange genug zum besten gehalten«, sagte Elisabeth, »jetzt will ich ihn eine Weile zum besten halten und mich auf meine Hoheit versteifen wie er sich auf seinen Trotz, sagt dem Grafen, ich schätze mich ebenso hoch, wie er sich schätzt.«

Bis jetzt zeigte Essex wenig Neigung, Abbitte zu leisten, im Gegenteil, er fand, daß ihm Unrecht geschehen sei. Besonnene Männer am Hof rieten ihm, Vernunft anzunehmen, und der Großsiegelbewahrer Egerton schickte ihm ein langes Ermahnungsschreiben, das Essex mit einem ebenso langen Rechtfertigungsbrief beantwortete, worin er unter anderem schrieb:

Aber wenn die schnödeste Unwürdigkeit mir zugefügt wird, kann es da noch fromme Pflicht sein, zu Kreuze zu kriechen? Verlangt Gott solches? Wie, können nicht auch Fürsten irren? Kann nicht auch Untertanen Unrecht geschehen? Ist irdische Macht und Hoheit ohne Grenzen?

Inzwischen war Richard Bingham nach Irland geschickt worden, um den Befehl über die militärischen Operationen zu übernehmen, und war unmittelbar nach seiner Ankunft in Dublin, Anfang Oktober, gestorben.

Alles war in Verwirrung, ein neuer Vizekönig noch nicht ernannt, da bot Essex abermals seine Dienste an, und diesmal empfing Elisabeth ihn. Sie hörte sich seine Entschuldigung an, wohl wissend, daß er nur der Form Genüge tat, und während sie einander gegenüberstanden, wußten beide, daß der Graben, der zwischen ihnen entstanden war, sich nie mehr schließen würde.

Während der folgenden Tage wurde im Staatsrat erneut über die Frage des Vizekönigs debattiert, die Königin schlug erneut Sir Knollys vor, Essex war dagegen, sie schlug Lord Mountjoy vor, Essex war dagegen, schließlich fragte einer der Räte, wen er denn für geeignet hielte.

Essex erwiderte, seiner Meinung nach käme nur ein führender Mann des Adels in Frage, der mächtig an Einfluß, Ehre und Reichtum sei, beliebt bei den Militärs, und der schon eine Armee geführt habe.

Man sah einander erstaunt an, die Beschreibung schien auf Essex zu passen. Nach einer Weile meinten einige Ratsmitglieder, es sei am besten, wenn der Graf nach Irland ginge. Einen Augenblick herrschte gespannte Ruhe im Raum. Elisabeth ließ ihre Augen über die Runde schweifen, dann verkündete sie ihre Entscheidung:

»Mylords, da der Graf von Essex anscheinend überzeugt ist, daß er Irland befrieden kann, so soll er diesen Posten haben, ich werde ihn zum Vizekönig ernennen.«

Während der folgenden Tage sah man Essex stolzgeschwellt und mit triumphierenden Augen am Hof umhergehen.

Der Winter verging mit den Vorbereitungen des Feldzuges, und am 27. März 1599 brach Essex nach Irland auf. An der Spitze eines glanzvollen Gefolges ritt er durch die Straßen Londons, wo das jubelnde Volk so dicht gedrängt stand, daß die Vorreiter Platz schaffen mußten. Dann schiffte er sich ein, sechzehntausend Fußsoldaten und über dreizehnhundert Mann zu Pferd begleiteten ihn und genaue Anordnungen der Königin, er solle unverzüglich gegen Tyrone nach Ulster marschieren.

April, Mai und Juni vergingen, ohne daß in London Nachrichten über einen siegreichen Vormarsch eintrafen, im Juli hörte man, daß der Vizekönig, nachdem er durch das Land gezogen und kleinere Aufstände unterdrückt habe, wieder in Dublin weile, gleichzeitig traf die Nachricht ein, daß Essex wieder neunundfünfzig Personen zu Rittern geschlagen habe, was am Hof allgemeine Erheiterung hervorrief, nicht aber bei Elisabeth, sie befahl ihm, unverzüglich in Ulster einzumarschieren, Essex antwortete, die Armee sei zu geschwächt, von den sechzehntausend seien nur noch viertausend Mann übrig...

Elisabeth war entsetzt, es war bisher kein entscheidender Vorstoß gegen Tyrone erfolgt, und doch waren drei Viertel der Armee zusammengeschmolzen... Sie schickte weitere zweitausend Mann nach Irland und ließ einen Brief aufsetzen, worin sie streng und unmißverständlich befahl, Tyrone unverzüglich anzugreifen, zu vernichten und in Irland zu bleiben, bis dieser Befehl ausgeführt sei, keine frühere Abmachung gelte gegenüber dieser ihrer letzten Willensäußerung.

Einige Tage später traf sie im Park von Nonsuch Francis Bacon, zog ihn zur Seite und fragte ihn, was er von dem Verhalten des Vizekönigs halte. Bacon fühlte sich sehr geehrt, überlegte und erwiderte: »Majestät, wenn Ihr den Grafen von Essex hier hättet, den weißen Stab in der Hand, wie der Graf von Leicester, und ihn ständig bei Euch behieltet, Euch selbst zur Gesellschaft und Aufwartung und dem Hof zur Ehre und Zierde, in den Augen Eures Volkes und in den Augen fremder Gesandter, dann wäre er in seinem rechten Element. Denn ihn mißvergnügt zu machen, wie Ihr es tut, und zu gleicher Zeit Waffen und Macht in seine Hände zu geben, könnte leicht eine gewisse Versuchung für ihn bedeuten, sich unbequem und aufsässig zu zeigen. Und somit glaube ich, wenn Ihr ihn zurückrufen und ihm mit Ehren hier in Eurer Nähe genugtun würdet, falls Eure Staatsinteressen – mit denen ich nicht bekannt bin – dies erlauben, so wäre das der beste Weg.«

Elisabeth dankte Bacon und ging nachdenklich weiter... Ihn zurückrufen? Nein, er mußte in Irland bleiben, bis eine Entscheidung gefallen war.

Einige Tage später erhielt sie die Abschrift des Briefes, den Essex im Sommer an Egerton geschrieben... Sie las ihn und wurde von Furcht ergriffen, ...ist irdische Macht und Hoheit ohne Grenzen... So also dachte er, und sie erinnerte sich an ein lange zurückliegendes Gespräch über die Historie Richards II., sie dachte an Cecils letzte Warnung, daß er eines Tages versuchen würde, an ihr Zepter zu rühren...

Mitte September trafen neue Nachrichten aus Irland ein, die Armee sei durch Krankheit und Desertion immer noch zu geschwächt, das schlechte Wetter erschwere alle Operationen, der Rat in Dublin habe sich mit Entschiedenheit gegen einen Angriff auf Ulster ausgesprochen – da war es mit Elisabeths Geduld vorbei, und am 14. September schrieb sie an Essex einen Brief, der nichts an Deutlichkeit zu wünschen übrigließ: Sie wünsche, darüber informiert zu werden, was er demnächst zu tun beabsichtige, sie könne sich nicht vorstellen, wie sein Verhalten zu erklären sei...

Ihrem Verhalten allein verdanken Sie alle Ihre Schwierigkeiten. Wenn Krankheiten im Heere der Grund sein sollen, so frage ich, weshalb wurde nichts unternommen, solange sich das Heer in besserem Zustand befand? Schieben Sie die Schuld dem herannahenden Winter zu, warum ließen Sie denn die Monate Juli und August ungenutzt verstreichen? Wenn jedoch der Frühling zu früh kam und der Sommer nutzlos vergeudet wurde, wenn Sie schließlich den Herbst wieder mit Nichtstun vertrieben, dann müssen wir allerdings zu dem Schluß kommen, daß keine der vier Jahreszeiten Ihnen und dem irischen Staatsrat geeignet erscheint, in eine Verfolgung Tyrones zu willigen, dem doch einzig und allein das von Uns befohlene Unternehmen gilt. Sie erhielten, was Sie verlangten; Sie konnten den Zeitpunkt für Ihr Vorgehen frei bestimmen, Sie hatten größere Macht und Befugnisse, als jemals irgend jemand hatte oder haben wird. Wir ersuchen Euch zu bedenken, ob Wir nicht alle Ursache haben, anzunehmen, daß es Eure Absicht ist, den Feldzug nicht zu beenden.

Als sie diesen Brief siegelte, ging ihr durch den Kopf, daß Essex wegen der vorgeschrittenen Jahreszeit keinen entscheidenden Schlag gegen Tyrone mehr würde führen können, und sie ärgerte sich schon jetzt darüber, daß sie im kommenden Frühjahr erneut Truppen auf die Grüne Insel schicken mußte, oder sollte sie ihn des Kommandos entheben? Warum war er nicht direkt auf Tyrone zumarschiert?

Am 28. September 1599, einem Freitag, stand Elisabeth wie gewöhnlich gegen neun Uhr auf, nahm ihr Bad, überlegte, welche Besprechungen für diesen Tag geplant waren, Gott sei Dank nur eine mit dem französischen Gesandten, sie konnte also am Nachmittag in aller Ruhe in den Wäldern von Nonsuch – der Hof weilte gerade in diesem Schloß – reiten und jagen… Nachdem eine Kammerfrau ihr die grauen Haare hochgesteckt und sie ein Unterkleid angezogen hatte, breitete Lucy verschiedene Roben aus, und während Elisabeth noch überlegte, mit welchem Kleid sie den französischen Gesandten überraschen konnte, näherten sich eilige Schritte, die Tür wurde aufgerissen, ein Mann stürzte in das Schlafzimmer, mit wirren Haaren, lehmigen Stiefeln, rotgeränderten Augen, und fiel vor ihr auf die Knie: »Majestät…«

Die Kammerfrauen und Elisabeth starrten einige Sekunden auf die gespenstische Erscheinung… – es war Essex.

Elisabeths erster Gedanke war, daß er wider Erwarten doch noch Tyrone besiegt hatte, aber sein äußerer Aufzug und sein plötzliches

Auftauchen sprachen dagegen, ein Sieger würde seine Ankunft anders ankündigen und anders auftreten, und eine innere Stimme mahnte sie zur Vorsicht..., sie mußte ihm freundlich begegnen und ihn in Sicherheit wiegen, der Himmel allein wußte, was er plante...

»Erhebt Euch, Mylord«, und als er vor ihr stand, lächelte sie ihn an.

»Welche Überraschung, Mylord, aber wie seht Ihr aus? Geht, richtet Euch, dann wollen wir uns unterhalten.«

»Ich danke Euer Majestät«, und schon war er hinausgeeilt.

»Welches Kleid möchten Euer Majestät heute tragen?« fragte Lucy noch etwas benommen – seit sie in Elisabeths Diensten stand, hatte sie noch keinen solchen Auftritt erlebt.

Elisabeth überlegte, daß die Unterredung mit Essex wahrscheinlich wenig erfreulich verlaufen würde... »Das schwarze golddurchwirkte Samtkleid mit dem schwarzen Spitzenkragen«, und sie erinnerte sich flüchtig daran, daß sie vor fast zehn Jahren, am Abend des letzten Tages des Jahres 1589, ein ähnliches Kleid getragen hatte, zwischen diesem Abend und dem heutigen Tag lagen Welten...

Nachdem sie fertig angekleidet und geschminkt war, befahl sie den Hauptmann der Schloßwache zu sich, um zu hören, mit wie vielen Leuten Essex angekommen sei, lagerte vielleicht irgendwo das englische Heer? Der Hauptmann versicherte, er habe kein Heer gesehen, der Graf sei nur von einigen Offizieren und Edelleuten begleitet gewesen. Daraufhin beauftragte Elisabeth Robert Cecil, die Begleiter des Grafen unauffällig auszufragen, dann empfing sie Essex.

Als der Graf das Zimmer betrat, spürte sie, daß er sich unsicher fühlte, und in diesem Augenblick wußte sie, daß er in Irland restlos versagt hatte. Er war in weißen Goldbrokat gekleidet, und für Sekunden erinnerte sie sich an jenen letzten Dezemberabend des Jahres 1589, damals trug er auch weißen Goldbrokat... Am heutigen Tag fand sie den Anzug unpassend, er war schließlich nicht zu einem Fest gekommen, sondern zu einer sehr, sehr ernsten Unterredung...

»Nun, Mylord«, und sie lächelte ihn höfisch liebenswürdig an, »ich schließe aus Eurer Rückkehr, daß Ihr Tyrone besiegt habt.«

Er sah verlegen zu Boden.

»Nein, Majestät, ich habe einen Waffenstillstand mit ihm geschlossen.«

»Ein Waffenstillstand? Wie interessant, nun, Tyrone ist bekannt dafür, daß er gern Waffenstillstände schließt, aber nun erzählt vom Verlauf des Feldzuges, Eure Berichte und Briefe waren manchmal etwas verwirrend.«

Essex atmete unhörbar auf, sie war liebenswürdig und kanzelte ihn nicht ab, wie er es erwartet hatte. Elisabeth beobachtete sein Mienenspiel und ahnte, was in ihm vorging. Wie schlecht er sie doch kannte, obwohl er nun seit fast zwölf Jahren in ihrer Umgebung lebte, hatte er noch nicht gemerkt, daß ihre Zornesausbrüche harmlos, manchmal auch gespielt waren, um den anderen einzuschüchtern und zu verunsichern, daß hingegen ihre Liebenswürdigkeit gefährlich sein konnte.

»Majestät, bei meiner Ankunft in Dublin wurde ich sofort mit einer entscheidenden strategischen Frage konfrontiert: Sollte ich sofort auf Ulster marschieren und Tyrone erledigen oder zunächst die kleineren Aufstände der verschiedenen Clanoberhäupter unterdrücken?

Ich selbst zog die erste Möglichkeit vor, zumal Euer Majestät es befohlen hatten, aber der englische Rat in Dublin empfahl die zweite Lösung, mit der Begründung, daß man die Hauptstreitmacht leichter besiegen könne, wenn man zuvor ihre Hilfsquellen vernichtete. Da ich die Gegebenheiten des Landes nicht kannte, hielt ich es für besser, der Empfehlung des Rates zu folgen. Ich zog also zunächst nach Leinster, von dort nach Munster, überall öffneten die Städte die Tore, ich eroberte einige Burgen, kurz ich eilte von Sieg zu Sieg..., aber die Armee schmolz dabei zusammen durch Verluste, Fahnenflucht, Krankheit, nachdem ich drei Monate durch Irland gezogen, kehrte ich nach Dublin zurück und bat Euer Majestät um weitere Truppen. Inzwischen schritt die Jahreszeit voran, der Rat meinte, es sei zu spät, jetzt noch den Feldzug gegen Tyrone zu beginnen, er würde mit einer Niederlage enden, aber da war der Befehl Eurer Majestät, Tyrone unverzüglich anzugreifen, ich befand mich in einem ziemlichen Konflikt und entschloß mich Anfang September, den Schlag gegen Tyrone zu wagen. Ich nahm Fühlung mit seiner Armee auf, aber Tyrone wich einer Schlacht aus, es kam zu einigen Vorpostengefechten, dann schickte er einen Parlamentär und bat um eine Unterredung, ich willigte ein; wir trafen uns an einer Furt in der Mitte des Flusses; Tyrone bot einen mündlichen Vergleich an, er sagte, er zöge es vor, die Bedingungen nicht zu Papier zu bringen, und dann vereinbarten wir einen Waffenstillstand auf sechs Wochen, der immer in Perioden von je sechs Wochen bis zum ersten Mai erneuert werden sollte und nicht ohne vierzehntägige Kündigung gebrochen werden dürfte. Da der Feldzug somit zu Ende war, schiffte ich mich am 24. September in Dublin ein.«

Elisabeth betrachtete Essex eine Weile nachdenklich und erwiderte dann langsam:

»Ihr seid also zunächst durch das Land gezogen und habt dabei das Hauptziel, nämlich Tyrone, aus den Augen verloren, als Euch das bewußt wurde, war es für einen erfolgreichen Angriff zu spät..., dann seid Ihr, wie schon viele vor Euch, auf Tyrones alten Verhandlungstrick hereingefallen..., nun ja, was soll man dazu sagen? Ihr könnt Euch jetzt zur Mittagstafel begeben, Mylord, ich untersage es Euch indes, das Schloß zu verlassen, haltet Euch zu meiner Verfügung.«

»Selbstverständlich, Majestät.«

Er brachte ein schwaches Lächeln zustande, und Elisabeth spürte, daß seine Stimmung merklich stieg..., er denkt wohl, mit seinem Bericht ist alles geregelt, dachte sie – die wichtigste Frage aber, der eigentliche Grund für seine Rückkehr, ist noch nicht beantwortet, wenn er sich in Sicherheit wiegt, um so besser, jetzt werde ich ein bißchen Katz und Maus mit ihm spielen, das ist meine Rache für all das, was er mir in den letzten Jahren angetan hat...

Essex' Benehmen an der Hoftafel rief bei den Anwesenden den Eindruck hervor, daß er wieder die höchste königliche Gunst genoß, man fragte ihn nach Irland aus, und er erzählte begeistert von der lieblichen, wilden und sagenumwobenen Landschaft, von den halbnackten, mit Mänteln drapierten Menschen, ihren wilden Schlachtrufen und ihrem Klagegeheul, er erzählte von zerlumpten Weibern, die den ganzen Tag in den Zaunhecken lagen und lachten, von Männern, die ihre zerlumpten Kleider und die langen Stirnlocken aneinander verspielten, von Possenreißern und Barden, es sei, berichtete er, ein Land, in dem Traum und Wirklichkeit ineinanderflössen...

Nach Tisch wurde er vor den Staatsrat befohlen, Elisabeth war anwesend, Robert Cecil fehlte, was Essex sehr beunruhigte. Er mußte erneut über den Verlauf des Feldzuges berichten, dann stellten die Herren einige Fragen, die verrieten, daß sie von militärischen Dingen nichts verstanden, und es dauerte nicht lange, so erklärte Elisabeth die Sitzung für beendet und entließ die Räte, bis auf Essex.

»Eure militärischen Fehlentscheidungen, Mylord, sind unentschuldbar, weil Ihr, statt meine Anordnungen zu befolgen, dem Dubliner Rat Gehör geschenkt habt, der Gipfel des Ganzen aber ist die Tatsache, daß Ihr die Armee verlassen habt, obwohl ich es Euch ausdrücklich untersagte, abgesehen davon, daß Ihr damit erneut meine Befehle mißachtet habt, ist es ein Skandal, daß ein Oberbefehlshaber seine Armee im Feindesland allein läßt. Ein Feldherr, der so handelt, beweist, wie unfähig er ist, eine Armee zu führen, argumentiert jetzt nicht mit dem Waffenstillstand, Tyrone kann den Waffenstillstand jederzeit brechen und erneut angreifen, und dann? Ich erwarte von Euch jetzt eine Erklärung, warum Ihr die Armee verlassen habt.«

Essex errötete, sah verlegen zu Boden und erwiderte zögernd:

»Mit Verlaub, Majestät, ich weiß es nicht mehr, es war eine spontane Entscheidung, ich fühlte mich der Situation in Irland nicht mehr gewachsen und wollte nur noch fort, weg aus diesem Land, nach Hause, nach England.«

Er sah sie an, und in seinen Augen spiegelte sich so etwas wie Verzweiflung, sie spürte, daß er in diesem Augenblick die Wahrheit sagte, aber gleichzeitig hatte sie das Gefühl, daß es nicht die ganze Wahrheit war, daß es noch einen anderen Grund für seine Rückkehr gab, den er vielleicht jetzt verdrängte, gleichviel, wenn er die Wahrheit sprach, hatte er sich ausgesprochen kindisch verhalten, ein reifer, erwachsener Mann von fast zweiunddreißig Jahren versuchte mit mißlichen Situationen fertig zu werden und lief nicht davon...

»Mylord, Ihr seid wahrscheinlich Tag und Nacht geritten, Ihr seht übernächtigt aus, geht jetzt auf Euer Zimmer und schlaft ein paar Stunden.«

Sie lächelte ihn freundlich an, und Essex atmete erneut auf, sein Ungehorsam würde keine weiteren Folgen haben, vielleicht am nächsten Tag noch eine Strafpredigt, dann war alles wie früher...

»Ich danke Euer Majestät.« Er zog sich unter den vorgeschriebenen Verbeugungen zurück, und als die Tür sich hinter ihm schloß, wußte Elisabeth, daß sie ihn nie mehr sehen würde...

Später an jenem Tag empfing sie den französischen Gesandten in einer Privataudienz und hörte sich die Neuigkeiten aus Paris an: In Frankreich war, ebenso wie in England, die Erbfolge noch ungeregelt, König Heinrichs Antrag auf Annullierung seiner Ehe mit ›Königin Margot‹ habe Erfolg gehabt, und nun würde über eine Ehe mit Maria von Medici, einer Nichte des Großherzogs von Toskana, verhandelt.

»Die Erbfolge scheint überall ein Problem zu sein«, bemerkte Elisabeth, dann erzählte sie dem Gesandten von Essex' Eskapaden in Irland und schloß ihre Ausführungen mit den Worten: »Wenn er mein eigener Sohn wäre, ich würde ihn in den höchsten Turm von England setzen.«

Der Gesandte murmelte einige beifällige Worte und dachte bei sich, daß Essex' Stern im Sinken war, er mußte aufpassen, wer als neuer Stern am Hofe Glorianas aufging.

Während sie zu Abend aß und nachdachte, wie es mit Essex weitergehen sollte, wurde Robert Cecil gemeldet. Sie sah indigniert auf, sie liebte es nicht, bei ihren Mahlzeiten gestört zu werden, wenn Cecil, der ihre Gewohnheiten kannte, sich darüber hinweggesetzte, mußte es etwas Wichtiges sein, so ließ sie ihn eintreten.

»Ich bitte um Vergebung, daß ich Euer Majestät störe, aber ich habe mich inzwischen mit einigen Offizieren des zurückgekehrten Vizekönigs unterhalten.«

Elisabeth zuckte unmerklich zusammen, sie fühlte sich auf einmal nervös und völlig appetitlos, sie gab den Dienern ein Zeichen, die Speisen abzutragen, dann sah sie Cecil erwartungsvoll an: »Ich höre, Mylord.«

»Euer Majestät geruhten, mir im Sommer das sehr einträgliche Amt des Präsidenten des Vormundschaftsgerichts zu übertragen, ein Posten, den der Graf von Essex für sich erhofft hatte. Als die Nachricht von meiner Ernennung in Irland eintraf, tobte der Graf, rief, er werde nicht nach Ulster gehen, sondern an der Spitze seiner Armee nach England, er werde zeigen, wer der Herr sei, er werde Cecil und seine Anhänger hinauswerfen und ein für allemal dafür sorgen, daß die Königin so handelte, wie es sich gehörte und wie er es wünschte. Sein Stiefvater (Lettice Knollys war in dritter Ehe mit Sir Christopher Blount verheiratet) riet wohl davon ab, meinte, es wäre besser, nur mit einer Leibgarde von ein paar hundert Getreuen nach England zu gehen und einen Staatsstreich in Nonsuch durchzuführen, dieser Plan wurde auch verworfen, schließlich entschloß man sich zum Angriff auf Tyrone, der Ausgang der Geschichte ist Euer Majestät bekannt.«

Cecil schwieg, und Elisabeth fragte sich einen Augenblick, ob ihr das alles so neu war, hatte sie nicht unbewußt längst solche Pläne erwartet?

»Mein Gott«, sagte sie schließlich, »das…, das grenzt an Hochverrat.«

»Mit Verlaub, Majestät, das ist Hochverrat, indes – es sind mündliche Aussagen, uns fehlen schriftliche Beweise.«

»Selbst wenn wir schriftliche Beweise hätten, Mylord, könnten wir es im Augenblick nicht wagen, Essex wegen Hochverrat anzuklagen, auf Hochverrat steht nun einmal die Todesstrafe, der Graf ist immer noch außerordentlich populär, bei einer Hinrichtung müßten wir mit einem Volksaufstand rechnen, es ist wohl am besten, wenn Ihr vergeßt, was Ihr gehört habt – und ich werde es ebenso vergessen.«

»Selbstverständlich, Majestät.«

»Mylord, Euer seliger Vater hat dies auf seinem Totenbett vorhergesehen«, und sie schilderte ihm die letzte Unterhaltung mit William Cecil.

»Majestät, der Graf wird nicht an Euer Zepter rühren, dafür sorge ich.«

Als Cecil gegangen war, dachte sie noch lange über das Gehörte nach, war Essex vielleicht zurückgekommen, um einen Staatsstreich durchzuführen?

Ihr Instinkt sagte ihr, daß er wahrscheinlich tatsächlich aus einer gewissen Verzweiflung heraus nach Nonsuch gekommen war, aber er war ein gefährlicher Mann, die Ideen, die in Irland in seinem Kopf herumspukten, konnten wiederkommen, und so ließ sie dem Grafen ausrichten, er dürfe vorerst seine Räume nicht verlassen, und um ganz sicher zu gehen, ließ sie ihn bewachen.

Am nächsten Tag überwies sie Essex dem Lordsiegelbewahrer Egerton in Gewahrsam, in dessen Residenz – York House am Strand – er gebracht wurde.

Er war jetzt in ihrer Hand. Ende November trat die Sternkammer zusammen und verlas die Missetaten des Grafen in Irland, ohne daß daraus eine Konsquenz gezogen wurde, er blieb lediglich weiter in Haft. Niemand durfte ihn besuchen, noch nicht einmal seine Gattin.

Die Wochen vergingen, und man schrieb den ersten Januar 1600. An diesem Tag fand die feierliche Gründung der Londoner Ostindischen Kompanie statt, und Elisabeth übergab den Freibrief mit ihrer Unterschrift und dem Staatssiegel dem Direktor der neuen Gesellschaft, James Lancaster, der so bald wie möglich nach Indien reisen und dort erste feste Handelsbeziehungen knüpfen sollte.

Im Frühjahr schickte sie Lord Mountjoy als neuen Vizekönig nach Irland. Essex wurde nach wie vor im Palais des Lordsiegelbewahrers bewacht. Elisabeth wußte, daß dies keine Dauerlösung war, zumal die Sympathien des Volkes bei Essex waren, immer wieder erschienen Pamphlete, in denen er verteidigt und Cecil offen angegriffen wurde.

Essex selbst schrieb Elisabeth etliche Briefe, worin er sie anflehte, seiner Strafe, seinem Elend und seinem Leben ein Ende zu machen.

Die Unruhe im Volk zwang Elisabeth zum Handeln, zunächst wurde Essex in sein eigenes Palais gebracht, aber auch dort streng bewacht; dann berief Elisabeth ein Disziplinargericht mit dem Ziel, Essex einen strengen Verweis zu erteilen, er selbst sollte Abbitte tun und straflos entlassen werden, allerdings sollte er, wegen seines Versagens in Irland, alle Ämter, Orden und Würden verlieren. Die Richter wußten, daß kein Wort von Verrat fallen durfte, weil darauf die Todesstrafe stand, und Essex wußte, daß er sich zu unterwerfen hatte.

Die Zeremonie fand am 5. Juni 1600 in York House statt und dauerte elf Stunden, dann durfte Essex in sein eigenes Palais zurückkehren. Die Wachen wurden zurückgezogen, aber er selbst durfte erst Ende August sein Haus wieder verlassen.

Während der folgenden Wochen schrieb Essex immer wieder Briefe an Elisabeth, worin er Verzeihung erflehte und um die Rückkehr an den Hof bat: »Nun, da ich die Stimme von Eurer Majestät Gerechtigkeit vernommen habe, flehe ich in aller Demut, Eure eigene, leibhaftige Stimme der Gnade vernehmen zu dürfen…«

Elisabeth blieb ungerührt bei seinen Briefen und erwähnte Bacon gegenüber, daß er ihr ergebungsvolle Briefe schreibe, die wahrscheinlich mit seiner Sorge um die Verlängerung des Süßweinmonopols zusammenhingen.

Die Pacht lief am 29. September ab, und sie war fest entschlossen, sie nicht zu verlängern, sondern das Monopol zunächst der Krone vorzubehalten; sie wußte, daß der Entzug dieses einträglichen Monopols ihn in ernsthafte wirtschaftliche Schwierigkeiten bringen würde, weil seine Schulden sich inzwischen auf sechzehntausend Pfund beliefen, aber warum hatte er immer so verschwenderisch gelebt? Überdies besaß er Schlösser und Ländereien, die er verkaufen konnte, um seine Schulden zu tilgen.

Essex war außer sich, als er erfuhr, daß Elisabeth die Süßweinpacht nicht verlängert hatte, und schmähte sie im Freundeskreis bei jeder passenden Gelegenheit. Einmal sprach man von »Ihrer Majestät Zustand« und meinte den gesundheitlichen Zustand.

»Ihr Zustand!« rief Essex. »Ihr Zustand ist so verschroben wie ihr altes Gerippe!«

Elisabeth erfuhr davon, und ihre Gleichgültigkeit verwandelte sich in eisige Kälte, eine Kälte, die nicht bereit war, noch einmal Verzeihung zu gewähren.

Robert Cecil hatte die Art, wie Elisabeth mit Essex umging, mit gemischten Gefühlen verfolgt, sah sie nicht, wie gefährlich es war, diesem Mann die Freiheit zu geben, ihn gleichzeitig in Armut zu stoßen, ihn zu erniedrigen und ihn doch nicht ganz zu vernichten?

Seit Ende September verteilte Cecil seine Agenten in einigen Palais am Strand und in den Tavernen, sehr bald wußte er, daß in Drury House bei Lord Southampton regelmäßige Zusammenkünfte stattfanden, in den Tavernen sah man viele neue Gesichter, in London schwirrte es von Gerüchten, Robert Cecil sei im Begriff, England an Spanien zu verschachern, Raleigh beabsichtige, Essex zu töten, die Königin wolle Essex in den Tower schicken...

Robert Cecil war der Sohn seines Vaters: Er beobachtete und wartete ab, bis er glaubte, der Zeitpunkt zum Handeln sei gekommen.

Anfang Februar informierte er die Königin, daß Essex einen Staatsstreich plane, mit dem Ziel, die Regierung abzusetzen und die Königin zu zwingen, eine neue Regierung mit Essex an der Spitze einzusetzen – mit anderen Worten, Essex wollte die Macht im Staate an sich reißen, die Königin sollte repräsentieren, während er, Essex, regierte.

Elisabeth hörte sich alles gelassen an, meinte, daß dieser Staatsstreich keine Aussicht auf Erfolg habe, und dann besprachen sie das weitere Vorgehen.

Am 7. Februar 1601, einem Sonnabend, schickte Elisabeth einen Boten zu Essex' Palais, mit der Aufforderung, einer Sitzung des Staatsrates beizuwohnen. Der Bote kam zurück mit der Nachricht, der Graf sei zu krank, um der Sitzung beiwohnen zu können.

Am Nachmittag fand im 1599 erbauten Globe eine Programmänderung statt, man spielte nicht eine Komödie, sondern »Richard II.«. Nachforschungen ergaben, daß Essex für diese Programmänderung gesorgt hatte.

Am anderen Morgen schickte Elisabeth vier hohe Würdenträger – darunter den Großsiegelbewahrer Egerton – zu Essex mit der Aufforderung, am Hof zu erscheinen.

Um die Mittagszeit erfuhr Cecil, daß Essex, begleitet von seinen Anhängern, auf die Stadt London zumarschiere, wobei er beständig rufe, man habe sich verschworen, ihn zu ermorden, und die Krone sei an die Infantin von Spanien verkauft.

Er schickte sofort einen Herold los, der Essex zum Hochverräter erklärte, daraufhin verbargen die Bürger Londons sich in ihren Häusern, mit einem Hochverräter wollte niemand etwas zu tun haben.

In der Zwischenzeit trafen die Würdenträger wieder in Whitehall ein und berichteten, bei ihrer Ankunft sei das Essexsche Palais voll bewaffneter Männer gewesen, die bei ihrem Anblick gerufen hätten: »Schlagt sie tot! Locht sie ein!« Essex hätte sich gegen den Pöbel nicht durchsetzen können und sei nach draußen gedrängt worden, dann habe man sie eingeschlossen, der Pöbel sei Essex nach London gefolgt, irgendwann wären Cecils Leute gekommen und hätten sie befreit.

Essex war nach dem mißglückten Aufstand über den Wasserweg in sein Haus zurückgekehrt, wo er sich am gleichen Tag ergab und in den Tower abgeführt wurde.

Einige Tage später hatte Cecil eine vertrauliche Unterredung mit der Königin, worin er ihr mitteilte, daß Essex seit August mit Lord Mountjoy und Jakob VI. korrespondiert und um ihre Unterstützung gebeten habe, die Antworten der beiden seien zwar teils ablehnend, teils nichtssagend, aber wenn man sie in die Gerichtsverhandlung einbrächte, würde die Anklage des Hochverrats unterstützt, das sei wichtig im Hinblick auf die Stimmung im Volk, die in Essex nach wie vor ihren Helden sah.

Elisabeth überlegte und erwiderte: »Nein, Mylord, diese Affäre soll unterdrückt werden, ich halte Lord Mountjoy für loyal, überdies brauche ich ihn in Irland, und Jakob VI... Er wird mir dereinst auf den Thron nachfolgen, und ich möchte, daß er den Thron Englands unbefleckt ersteigt.«

Das Gericht klagte Essex des Hochverrats an und verurteilte ihn zum Tod. An jenem Tag brach er im Tower zusammen, verlangte nach Cecil und anderen Herren des Rats und schrie die Namen seiner Mitschuldigen heraus, jene, die ihm geholfen und ihn beraten hatten.

Die Herren ließen die peinliche Szene über sich ergehen und beschlossen, der Königin nichts davon zu sagen.

Elisabeth zögerte diesmal nicht mit der Unterzeichnung des Todesurteils, sie unterschrieb am 24. Februar, nachdem sie sich das Fastnachtsspiel angesehen hatte, was ihre Umgebung überraschte.

Am 25. Februar 1601 wurde Essex im Hof des Tower unter Ausschluß der Öffentlichkeit hingerichtet.

Zum Erstaunen ihrer Umgebung ließ Elisabeth sich zur Zeit der Urteilsvollstreckung auf dem Cembalo vorspielen, hin und wieder sah sie zur Uhr, und auf einmal befahl sie, mit dem Spiel aufzuhören…

Jetzt war Essex tot, und wieder war ein Abschnitt ihres Lebens vorbei, sie dachte daran, daß sie in diesem Jahr achtundsechzig wurde, und sie wollte ihre letzten Jahre geruhsam, ohne emotionale Aufregungen verbringen, die Zeit der Günstlinge war vorbei…

Einige Tage nach Essex' Hinrichtung traf der Graf von Mar, der Gesandte Jakobs VI., in London ein. Elisabeth beobachtete, daß er in Cecils Haus aus und ein ging, und ließ in den folgenden Wochen und Monaten Cecils Korrespondenz überwachen, was sie las, überraschte sie nicht weiter, ihr Staatssekretär ließ zwischen den Zeilen durchblicken, daß er Jakob als Nachfolger der Königin anerkannte, gleichzeitig schoß er giftige Pfeile gegen Raleigh ab, die Jakob gegen den Seefahrer ungünstig stimmen mußten. Nach meinem Tod wird sich nichts ändern, dachte sie, es wird weiterhin Intrigen geben, die nächste Intrige wird schon jetzt, zu meinen Lebzeiten, vorbereitet…

Im November 1601 mußte wieder ein Parlament einberufen werden, um die Monopolfrage zu debattieren, die Mehrheit der

Abgeordneten war der Meinung, daß die Monopole zur Verarmung der Untertanen führe.

Als die Debatte sich festlief, griff Elisabeth ein, widerrief einige der Monopole, setzte andere vorläufig aus, mit dem Ergebnis, daß das Parlament eine Abordnung zu ihr schickte, um ihr den Dank auszusprechen, und so erschienen am 20. November einhundertfünfzig Abgeordnete im Ratszimmer von Whitehall zur Audienz. Elisabeth, die damit rechnete, daß dies wahrscheinlich in ihrem Leben die letzten Parlamentsabgeordneten waren, die sie empfing, hatte ihre Rede besonders sorgfältig vorbereitet.

»Ich versichere Euch, daß kein Fürst seine Untertanen mehr liebt und daß es keinen gibt, dessen Liebe der Unseren gleichkommt. Daß Gott mich zur Königin erkoren hat, macht mich nicht so glücklich, wie daß ich die Königin eines solchen Volkes sein darf. Von mir selbst aber kann ich behaupten, daß ich nie zu den Monarchen gehört habe, die gierig Reichtümer zusammenraffen oder geizig auf Erhaltung ihres Besitzes aus sind oder ihr Gut verschwenden. Nie hing mein Herz an weltlichen Reichtümern, sondern nur das Wohl meiner Untertanen war mir wichtig.

Ich habe mir immer den Tag des Jüngsten Gerichts vor Augen gehalten und so regiert, wie ich es vor meinem höchsten Richter verantworten zu können glaubte, vor dessen Richterstuhl ich beteure, nie etwas anderes als das Wohl meines Volkes im Sinn gehabt zu haben. Es mag viele mächtigere und weisere Fürsten auf diesem Thron gegeben haben und auch in Zukunft noch geben, aber es ist keiner unter ihnen, dem Euer Wohl mehr am Herzen läge.«

Diese Botschaft sollte der Sprecher dem ganzen Haus ausrichten, dann bat sie die Anwesenden, nacheinander vorzutreten, um ihr die Hand zu küssen. Dann kam einer nach dem andern, und die jüngeren Abgeordneten wußten, daß sie ihre Königin an diesem Tag wahrscheinlich zum ersten und auch zum letzten Mal gesehen hatten, bis zur Einberufung des nächsten Parlaments würden Jahre vergehen…

Am späten Vormittag des 24. März 1603 saß der Graf von Oxford in seinem Arbeitszimmer in Fisher's Folly und überlas noch einmal die letzte Szene in der Historie »König Heinrich VIII.«.

Während der vergangenen Jahre hatte er fast alle Stücke überarbeitet, damit sie nacheinander veröffentlicht werden konnten, seit 1598 wurden seine Stücke peu à peu unter dem Namen Shakespeare gedruckt und veröffentlicht.

Eben las er:

»Cranmer: *Sie wird zu Englands schönstem Ruhm gesegnet*
Mit hohen Jahren, viele Tage sieht sie
Und keinen doch ohn' eine Tat des Ruhms.
O säh' ich weiter nicht! Doch sterben mußt du,
Du mußt, die Heil'gen woll'n dich: Doch als Jungfrau,
Als fleckenlose Lilie senkt man dich
Hinab zur Erd', und alle Welt wird trauern.«

Da polterten schwere Stiefel den Gang entlang, und im nächsten Augenblick meldete sein Diener einen Kurier des Ersten Staatssekretärs.

Edward sah überrascht auf, es kam selten vor, daß sein Schwager ihm einen Kurier schickte.

Der Mann betrat das Zimmer und überreichte Edward einen Brief.

»Ich bitte um Vergebung, Mylord, aber ich muß sofort weiter zur schottischen Grenze, König Jakob I. von England wartet auf Nachricht.«

»König Jakob?« fragte Edward irritiert.

»Wißt Ihr es noch nicht, Mylord? Ihre Majestät starb diese Nacht zwischen zwei und drei Uhr in Richmond, überall in London wird Jakob VI. von Schottland zum neuen König Englands ausgerufen, na, jetzt sind Schottland und England endlich vereint. In London herrscht Trauer und Bestürzung. Die Trauer könnte größer sein, aber die Königin hat seit der Hinrichtung von Essex an Popularität verloren, und das Volk sehnt sich nach einem Frieden mit Spanien.«

Im nächsten Augenblick war er verschwunden, Edward sah ihm fassungslos nach, dann öffnete er Robert Cecils Brief.

»Ihre Majestät kränkelte seit Ende Februar; es war wohl ein allgemeiner Schwächezustand, der plötzliche Tod der Gräfin von Nottingham, die zu ihren treuesten Ehrendamen gehörte, hat sie besonders getroffen. Am 23. März ließ sie Erzbischof Whitgift holen und betete lange mit ihm.

Gestern bat sie mich zu einer Unterredung und benannte Jakob VI. als Nachfolger. Sie verbrachte den Tag in einem Dämmerzustand, die Ärzte waren ständig um sie, gegen drei Uhr ist sie friedlich entschlafen.«

Edward ließ den Brief sinken. Gloriana war tot, er vermochte es nicht zu glauben, seit er denken konnte, hatte sie England regiert, sie stand im siebzigsten Jahr und hatte fast fünfundvierzig Jahre geherrscht, mit ihr, dachte Edward, geht ein Zeitalter zu Ende…

Welche Ironie der Historie, Heinrich VIII. hat, aus irgendwelchen persönlichen Gründen, versucht, die Stuarts von der Thronfolge auszuschließen, und jetzt ist Maria Stuarts Sohn König von England, Jakob I. von England, und die Thronfolge ist auch gesichert, Jakob hat einen Sohn, und wenn er das Kindesalter überlebt, wird er ihm als Karl I. nachfolgen.

Wie lange werden die Stuarts über England herrschen, länger als die Tudors, kürzer? Wie lange hat die Herrschaft der Tudors gedauert…, einhundertachtzehn Jahre, in dieser Zeit haben Heinrich VII. und Heinrich VIII. England in eine neue Zeit geführt, unter Elisabeths Herrschaft entwickelte sich England zur europäischen Großmacht und zur Seemacht…

Er verspürte das Bedürfnis, diesen denkwürdigen Tag nicht über seinen Stücken, sondern in London zu verbringen, das Wetter lud zu einer Themsefahrt ein, anschließend würde er durch das Vergnügungsviertel bummeln und den Tag in einem Pub beschließen.

Wenig später ritt er in Begleitung eines Dieners nach Westminster, vorbei am St. James Palace, die Straße entlang zur Westminster-Abtei, vorbei an Whitehall hinunter zur Themse.

Er befahl dem Diener, mit den Pferden zurückzureiten, und bestieg eines der Boote.

»Bringt mich zum Tower«, sagte er zu dem Fährmann, »Ihr könnt Euch Zeit lassen.«

Irgendwann erreichten sie das Verrätertor, und er befahl, anzuhalten.

Das Verrätertor..., vor fast fünfzig Jahren war die Königin die Stufen emporgeschritten, vor dreiundzwanzig Jahren er selbst... Unter Elisabeth hatte der Tower viel von seinem Schrecken verloren, sie hatte ihn als Mittel zur Disziplinierung benutzt, wenn ihre Lords Sitte und Anstand verletzt hatten..., eben jetzt kam ein Wärter mit einer Besuchergruppe, der Wärter erzählte wild gestikulierend etwas, und Edward fragte sich, welche Schauergeschichte er wohl zum besten gab, um ein ordentliches Trinkgeld zu bekommen.

Er ließ sich zum andern Ufer übersetzen und spazierte gemächlich an der Bankside entlang zum Globe-Theater.

Aha, die Fahne war aufgesteckt, hier wurde also heute gespielt; während er noch überlegte, ob er sich die Aufführung ansehen sollte, kam ein halbwüchsiger Junge mit einer Schelle gelaufen und rief, begleitet von dem eintönigen Klang der Schelle:

»Heute nachmittag im Globe: Die neue Tragödie von William Shakespeare – heute nachmittag im Globe...«

Edward blieb stehen, die Ankündigung versetzte ihm einen Stich, er wußte, daß William Shakespeare als Autor seiner Stücke galt, er hatte den Namen schon gedruckt gesehen, aber der öffentliche Ausruf schmerzte ihn..., nun ja, vielleicht würde eines Tages jeder Stückeschreiber, unabhängig von Rang und Stand, seine Werke unter dem eigenen Namen veröffentlichen können. William Shakespeare, er mußte sich endlich damit abfinden...

»Life's but a walking shadow...«, sagte er leise. »Leben ist nur ein wandelnd' Schattenbild; ein armer Komödiant, der spreizt und knirscht sein Stündchen auf der Bühn', und dann nicht mehr vernommen wird: Ein Märchen ist's, voller Klang und Wut, das nichts bedeutet...«

LITERATUR

Die Briefe der Königin Elisabeth von England 1533–1603
Hg.: G.B. Harrison, Hans Reisiger. Wien 1938

Maria Stuart: Ich flehe, ich fordere, ich bekenne. Der Königin Briefe, Hg. und Ü.: H.H. von Voigtalaster, mit einer Einleitung von Werner Picht. Heidelberg, Berlin, Leipzig 1923

Caspari, Fritz: *Humanismus und Gesellschaftsordnung im England der Tudors.* Bern 1988

Klier, Walter: *Das Shakespeare-Komplott.* Göttingen 1994

Neale, John. E.: *Königin Elisabeth I. von England.* München 1967

Lavater-Sloman Mary: *Elisabeth I.* Bergisch-Gladbach 1988

Lytton Strachey: *Elisabeth und Essex,* Ü: Hans Reisiger, Berlin

Schlegel, Helmut: *Das Rosenkranzgebet,* München 1986
Ovid: *Ars amatoria.* Stuttgart 1992
Platon: *Der Staat.* Stuttgart 1982

Suerbaum, Ulrich: *Das elisabethanische Zeitalter.* Stuttgart 1989
Williams Neville: *Elisabeth I. von England,* Stuttgart 1969

Shakespeare, William: *Sämtliche Dramen,* München 1993
Stemmler, Theo: *Heinrich VIII., Ansichten eines Königs,* Frankfurt und Leipzig 1991

Band 12686

Marius Gabriel
Töchter des Zorns

Über zwei Kontinente und ein halbes Jahrhundert hinweg – vom revolutionären Katalonien der Zeit vor dem Spanischen Bürgerkrieg bis zum wilden Kalifornien der siebziger Jahre – erstreckt sich die dramatische Handlung dieses Romans.
Zwei Frauen stehen im Mittelpunkt eines schicksalhaften Geschehens von der Unentrinnbarkeit antiker Tragödien:
Mercedes, aufgewachsen in der Kargheit eines spanischen Dorfes – und Eden, hineingeboren in den verführerischen Überfluß Amerikas. Gewalt prägt ihr Leben – und die verbotene Liebe zu Männern, deren Opfer sie sind, bevor sie am Ende ihren Weg in die Freiheit finden.

BASTEI LÜBBE

Band 12679

Judith Merkle Riley

Die Zauberquelle

Anno 1360. Margaret, in zweiter Ehe mit Sir Gilbert de Vilers verheiratet, schließt ihren Mann nach einem Feldzug wohlbehalten in die Arme. Doch schon bald wird das Familienglück getrübt: Gilberts exzentrischer Vater steckt wieder einmal in Geldnöten, und der Abt eines Klosters will ihm den Eichenhain rund um eine zauberkräftige Quelle abspenstig machen. Was liegt da näher, als begehrliche Blicke auf Margarets Vermögen und das Erbe ihrer Kinder zu werfen?
Daß alles doch noch ein gutes Ende findet, verdankt Margaret nicht allein ihren übersinnlichen Kräften, sondern auch der Gewitztheit ihrer Töchter und ihrer resoluten Gouvernante, die sogar Gilberts Vater gewachsen ist.

BASTEI LÜBBE